JN184458

智異山

上

李　炳注　著
松田暢裕　訳

東方出版

はじめに

松田暢裕

『智異山《チリサン》』は韓国の作家李炳注《イビョンヂュ》が書いた歴史大河小説です。題名の智異山とは、朝鮮半島の南部、全羅北道《チョルラブット》、全羅南道《チョルラナムド》、慶尚南道《キョンサンナムド》の三道にまたがる百以上の峰からなる山並みの総称です。最高峰は天王峰《チョナンボン》の一九一五メートルで、近畿最高峰の奈良県天川村の八剣山と同じ高さです。一九六七年に韓国で初めて国立公園に指定されました。現在は登山道が整備され、春夏秋には登山客で賑わう風光明媚な山ですが、冬は厚い雪に覆われ人間の接近を拒みます。智異山は金剛山《クムガンサン》、漢拏山《ハルラサン》とともに三神山とよばれ、かつては山岳信仰の聖地であったほか、仏教の聖地ともされ、山麓には韓国三大寺院に数えられる華厳寺《ファオムサ》の他、双渓寺《サンゲサ》、実相寺《シルサンサ》など多数の寺院があって多くの参拝客を集めています。智異山はこのように登山・観光の地、信仰の地という他にもう一つの側面があります。それは「抵抗の地」という側面です。智異山にはたくさんの渓谷があり、それらが絶好の隠れ家を提供しています。ですから古くから政治的・社会的に抑圧された人々の国内亡命地となったのです。一五九二年から始まった豊臣秀吉による文禄・慶長の役（韓国では壬辰倭乱《イムヂンウェラン》という）では、全羅道《チョルラド》に進軍した日本軍の武将小早川隆景《こばやかわたかかげ》に対して、朝鮮軍が智異山の地の利を生かして苦しめたこともありました。また一八九四年に起こった東学農民運動（甲午農民戦争ともいう）では、蜂起した農民たちが朝鮮政府軍・日本軍と戦いましたが、智異山はその舞台ともなりました。

小説『智異山』は一九三〇年代から一九五〇年代の半ば、つまり日本の植民地時代から朝鮮戦争の終わり頃の朝鮮と日本が舞台となっています。その時代を、自分の信念を貫いて生きようとした朝鮮の若者たちの青春と挫折が、史実を基にていねいに描かれています。主人公たちは、植民地時代、日本の支配に抵抗して智異山に逃れ、組織や武器を整備しながら抗日闘争を展開します。日本が敗れ朝鮮が解放されると、彼らは智異山を下りて自分たちが理想とする国家建設のために働きはじめます。しかし、アメリカの信託統治や南朝鮮の単独政府樹立に反対する運動を展開する過程で再び智異山に逃れ、パルチザンとなって、今度は韓国軍と戦うことになるのです。そして、ある者は酷寒の智異山の谷間で飢えと寒さのためにたおれ、ある者は銃弾にたおれ、ある者は捕らわれ、悲劇の最後を迎えます。

韓国ではパルチザンは反乱軍であり、討伐の対象でした。智異山の山麓、慶尚南道山清郡《サンチョングン》には「智異山パルチザン討伐展示館」もあります。ですから長い間韓国ではパルチザン出身者が自分の体験を語ったり、パルチザンのことを肯定的に語ることはタブーだったのです。そのような微妙な問題を小説の主題とすることは、例え共産主義を否定的に描いたとしても、常に危険が伴ったでしょう。ですから『智異山』は韓国では智異山パルチザンを主題にした初めての小説という面で語られることが多いと思います。けれども、日本に住む私たちにとっては、この小説は違う意味を持ちます。それはこの物語の前半部が、植民地時代の朝鮮を描いているところにあります。つまり植民地朝鮮の若者たちの様子、朝鮮人と日本人の様子を具体的に知ることができるということです。例えば、主人公たちが中学生の場面では、植民地時代の中学校がどのようなものであったか、日本人の教師たちはどのように朝鮮人の学生と接していたのかなどを知ることができます。そこには朝鮮語の授業廃止や創氏改名などで悩む学生たちの様子も描かれています。また、主人公たちが京都に留学する場面では、戦前の日本の様子が朝鮮人学生の目を通して描かれ、朝鮮人学生に対する差別事件や、在日朝鮮人集住地区のことも語られます。朝鮮人学生と日本人学生の恋愛や、民主主義の世の中を目指す朝鮮人と日本人の友情も描かれます。これらの場面は、読んでいて、これは日本の小説ではないかと錯覚するほどです。もちろん後半部の朝鮮戦争や智異山パルチザンの場面も、日本に暮らす私たちが、戦後の朝鮮の歴史を知る上で大いに役立つと思います。一九四五年八月十五日以降、朝鮮半島も日本同様平和を享受したと思っている人々にとってはぜひ知っておくべき歴史だと思います。

とにかく『智異山』は、日本と朝鮮半島に暮らす様々な立場の人々の共生を考える上で、多くの示唆を与えてくれると思います。『智異山』を日本で紹介することが、それらの人々の相互理解の一助になることを願って、本作品を翻訳しました。この日本で一人でも多くの人が『智異山』を読んでくださることを祈っています。

詳しい解説や出版に至る経緯は巻末の解説に譲りますが、この本の出版はジャーナリストの川瀬俊治さんの尽力なしには不可能でした。また出版実現まで、常に私を励まして精神的に支えてくださったブルース歌手の新井英一さんに書いていただいた題字と詩を本書で使わせていただいたことをお知らせしておきます。

目次

下巻　目次

朝鮮半島全図

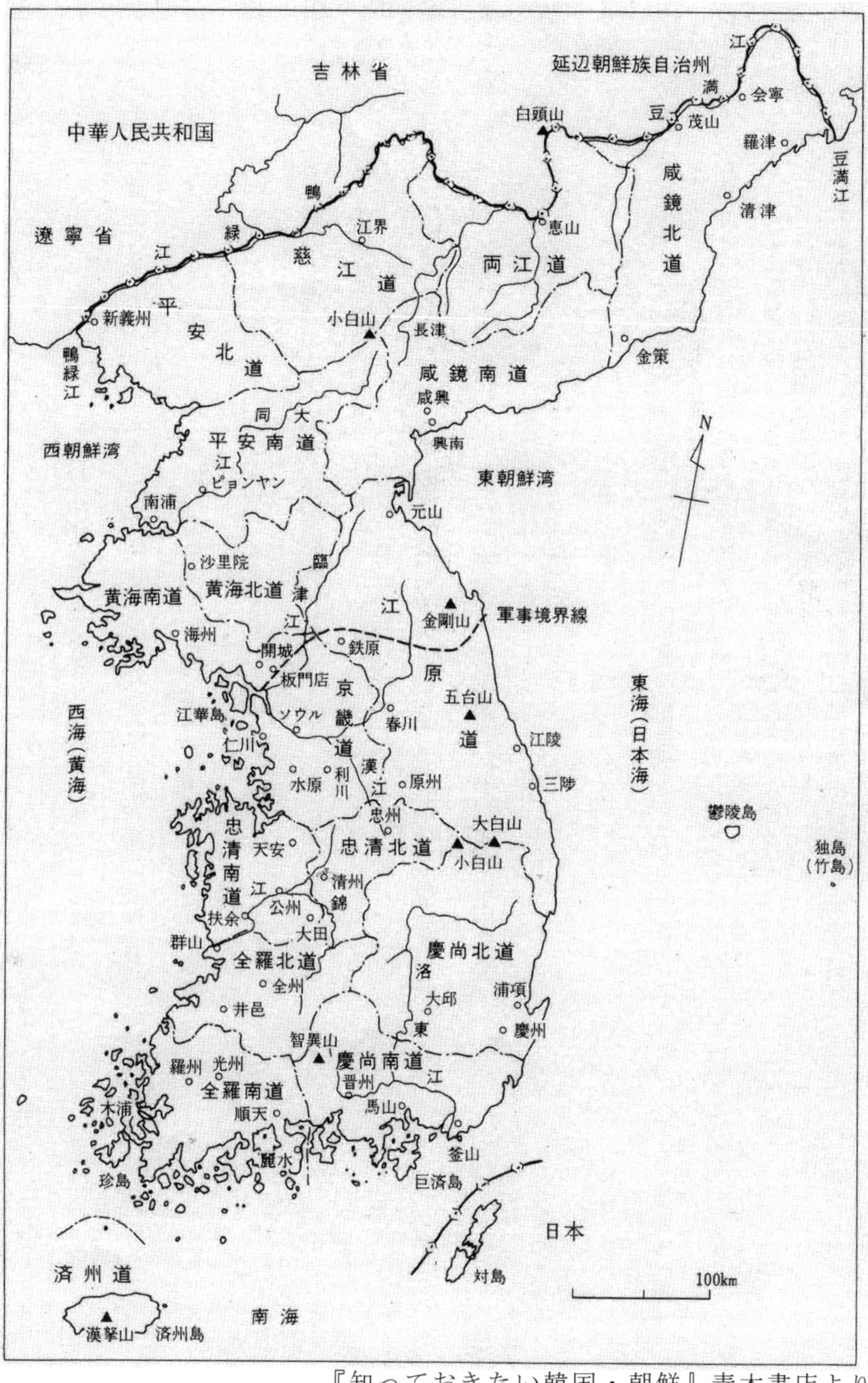

『知っておきたい韓国・朝鮮』青木書店より

主な登場人物

李圭（イ・ギュ）……………晋州《チンヂュ》中学校に通う学生。後に日本に留学する。

朴泰英（パク・テヨン）……李圭の同級生。明晰な頭脳と強い意思、反骨精神の持ち主。

河永根（ハ・ヨングン）……晋州の大地主で富豪。東京外国語学校出身の知識人。

河潤姫（ハ・ユニ）…………河永根の娘。母親は日本人。

原田（はらだ）………………晋州中学校の校長。

草間（くさま）………………晋州中学校の英語教師。

金尚泰（キム・サンテ）……李圭の同級生。級長として級友から信頼されている。

朱榮中（チュ・ヨンヂュン）…李圭の同級生。学生報国会に参加する軍国青年。

郭病漢（カク・ビョンハン）…李圭の同級生。

鄭武龍（チョン・ムリョン）…李圭の同級生。

林洪泰（イム・ホンテ）……李圭の同級生。卒業後は教師となる。

床次靖子（とこなみやすこ）…南海《ナメ》の床次旅館の娘。

木下節子（きのしたせつこ）…京都府立第一女子高等学校の学生。

杉本宗太郎（すぎもとそうたろう）…大阪市守口にある朝日牛乳店の社長。

宗川（むなかわ）……………………朝日牛乳店の住み込み配達員。特高警察の要注意人物。

金淑子（キム・スクチャ）…………大阪市猪飼野《いかいの》の女学生。

陳末子（チン・マルヂャ）…………日本陸軍看護婦の経験を持つ。金淑子の友人。

河俊圭（ハ・ヂュンギュ）…………李圭の中学校の先輩。空手の達人。東京に留学する。

盧東植（ノ・ドンシク）……………釜山出身。河俊圭とともに智異山《チリサン》に入る。

順伊（スニ）…………………………徳裕山《トギュサン》の火田民の娘。

車範守（チャ・ボムス）……………李圭の中学校の先輩。徴用を拒否して智異山に入る。

権昌赫（クォン・チャンヒョク）……河永根の友人。河永根の依頼を受けて智異山に入る。

李鉉相（イ・ヒョンサン）…………共産主義者。日本の警察の手から逃れるため智異山に入る。

梁恵淑（ヤン・ヘスク）……………ソウル茶洞《タドン》の酒場で働く女性。

金貞蘭（キム・ヂョンナン）………梁恵淑の従妹。両親を失い、梁恵淑を頼って茶洞で働く。

文南錫（ムン・ナムソク）…………慶尚南道《キョンサンナムド》道警察の刑事部長。盧東植とは釜山二商の同窓生。

凡例

一、訳者が付けた注は本文中に［　］で挿入した。

一、人名、地名などはできる限り漢字で表し、各章の初出に限り、その横にルビでおよその発音を付けるよう心がけた。漢字が特定できないものについてはカタカナで表した。ただし架空の人物で漢字が特定できない名前については、その音に合う適当な漢字をこちらで当てた。

一、人名のルビについては姓名を表記したときと、名のみを表記したときなどで異なるときがある。語頭に濁音が来ない韓国語の特徴ゆえである。韓国語特有の言葉についても同様に処理した。例、李圭《イギュ》、圭《キュ》　李ドンム、トンム。

一、智異山《チリサン》に集まった若者たちの呼称に「～道令《トリョン》」という表現が多数出てくる。未婚の若者に対する軽い敬意を込めた呼称で、日本語に訳せば「～さん」とするしかないが、原作の雰囲気を大切にするため、そのまま「～道令」という表現を使用した。

一、原作中、方言で書かれた会話文については、日本語に翻訳する際、すべて標準語に直した。日本の特定の地域の方言に置き換えても、韓国の方言の持つ雰囲気をうまく表現できないと考えたためである。

一、朝鮮半島の行政区画については、大きい順に、道《ド》、市《シ》、郡《グン》があり、市の下に洞《ドン》、郡の下に邑《ウプ》、面《ミョン》がある。邑、面の下には里《リ》がある。現在の大韓民国には特別市、特別自治市、広域市、特別自治道などがありずいぶん変化している。

第一部　失った季節

第一章　屏風の中の道

一

鳳仙花は垣根の陰の中で朝露を宿し、はにかんだように桃色に光っていた。キムチの甕をのせる台場の周りに植えられた鶏頭は、上ったばかりの朝日を喜ぶ尾長鶏のとさかのように深く妖艶な臙脂色《えんじいろ》をしていた。光と陰の境界が鮮やかに描かれた庭は、きれいに掃き清められ、その庭いっぱいに秋の朝が優しく立ちこめていた。見上げれば、母屋の上に広がる空もすでに秋の色だった。庭の一隅に大きく育った柿が、黄金色に光りながら、秋の歌を奏でていた。

これは一九三三年の秋夕《チュソク》［陰暦八月十五日。新米の餅や秋の果物を供え先祖に祭祀を行い、墓の草取りや墓参りなどをする］、李圭《イギュ》の回想の中に刻まれた風景の一場面だった。この年も国内外で多くの事件があった。その内容を年表から簡単にまとめてみると次のようになる。

尹奉吉《ユンボンギル》義士が上海で白川大将を殺した前年の事件に続いて、二月、朝鮮革命党が中国の救国会と合作して抗日戦線を結成した。四月、満州にある韓国独立軍が日本軍を撃破した。八月には朝鮮革命党総司令の梁世奉《ヤンセボン》先生が、日本の警察に捕らえられ死んだ。スペインでは内乱が勃発し、ドイツではヒトラーが登場した。また、アメリカの上院が「フィリピン独立案」を可決したが、独立を求めて退院した人々が先頭に立って、その独立を保留してくれと大統領に陳情騒ぎを起こす悲喜劇があった。アメリカ財界の恐慌が絶頂に達したとき、フランクリン・ルーズベルトが大統領に就任した。

しかし、そのとき圭《キュ》がこれらの出来事すべてを知っていたわけはなく、南海《ナメ》に向かって広がる智異山《チリサン》の支脈の間に位置した圭の村は、ただ一人の日本人巡査の君臨下、表面上は嘘のように静かで平和な秋夕を迎えていた。しかし、圭が普通学校の四年生であったその年の秋夕を特別はっきりと覚えているのは、国内外の情勢や事件のためではなく、自分自身が経験した小さな出来事のためだった。

その秋夕の日、圭は初めて祖父の墓参りにいった。そして、その年が暮れる頃、伯父が祖父の代から六十年以上暮らしてきたその家を手放したため、その家で迎える秋夕はその日が最後となったのだ。

その家を圭は本家と呼んだ。圭はそこで生まれ、普通学校に入学するとき、父が隣村へ分家して引っ越すまでそこで育った。父が分家していった家は小さくみすぼらしかったが、圭は堂々と風格のある、また、美しい庭や柿の木のある本家があるおかげで、友人たちの中で萎縮せずにすんだ。本家が自分の家だと思っていたからだ。ところがその本家がみすぼらしいあばら屋へ引っ越してしまったのだから幼い心に衝撃とならずにはいられなかった。その衝撃のために、本家での最後の秋夕が、悔恨とともに胸の底に秘められるようになったのかもしれない。

後で考えてみると、まさしくその秋夕の日にも家の中に沈鬱な空気が漂っていたのであろうが、そのときの圭には知るよしもなかった。従弟の泰《テ》は薄黄色の葛布で新調した服を着てにこにこ笑っていたし、圭は空色に染められた苧麻《からむし》の服を着て、やはり天真爛漫な笑みを浮かべて祭祀《チェサ》の膳を用意する大人たちを見守っていた。

焼香と献酒に続いて拝礼が始まった。圭は「顯高学生府君神位」と書かれた位牌とその後ろにある屏風の中の道に向かって、心をこめてお辞儀を繰り返した。祭祀の膳の後ろにある屏風が漠然としてではあるが、ある意味を持って圭の心に迫ってきたのもその日だった。鬱蒼とした森、見たことのない景色、渓谷などが描かれた屏風が、あたかも本物のように感じられた。その屏風の中の道を歩いてみたい衝動にも駆られた。その道は絶壁の間を流れる渓谷の曲線に沿って遡り、屏風のちょうど真ん中の部分で深山幽谷へと消えていた。そこから先を歩き続けてみたい思いにかき立てられたが、祖母の言葉によってその思いはより神秘性を帯びた。祖母は圭にたびたび言った。

「お前たちのおじいさんは、この道を歩いてあの山の中に入り、仙人になられたんだ」

そう言いながらその道を指さしたものだった。初めてその言葉を聞いたとき、圭と泰は屏風の後ろに回り、屏風を何度もたたいて、

「おばあさんのうそつき」

と騒ぎ立てた。しかし、祖母は静かな声で、

「おばあさんはうそは言わないよ。おじいさんがそこへ行かずにどこに行ったっていうんだい」

と繰り返すだけだった。幼い圭にとっても祖母の言葉をそのまま信じることはできなかったが、その秋夕の朝、突然圭は祖父が本当に屏風の中へ入っていったのではなく、屏風に描かれているような所へ行ったのだという意味に受け取るべきではないかと思いついた。圭はそのようなことを思いつくことができた自分自身に満足した。祭祀が終われば祖母にそのことを尋ねてみようと思った。

ところが、祭祀が終わるやその言葉を口にする間もなく祖母が言った。

「今日は圭と泰の二人は、叔父さんと一緒にお前たちのおじいさんに会っておいで」

圭は祖母の言葉を聞いて驚きながら、まだ片付けられずに置いてある屏風を見た。あそこに行くんだな。それならば聞いてみる必要はなくなったなと思った。

「まだ幼い子どもだというのに、どうやってあんな遠いところまで行って来るんですか」

叔父は困惑した顔で言った。そのとき圭は数えで十歳、泰は九歳だった。

「圭も泰ももう立派な大人じゃないか。行って来れるとも。生きているうちに会えなかった孫たちがこんなに大きくなったのを見たら、おじいさんがどれほど喜ぶことか」

このように話す祖母の言葉と表情に、圭は幼い心にも切実な願いを感じた。そして、

「どうだ、行ってみるか?」

という父の言葉が終わらぬうちに、圭は
「行こう、泰!おじいさんに会いに行こう」

と言った。泰もうなずいた。祖母はぐっと圭と泰を抱きしめ嬉しがった。

「よく言った。それでこそ私の孫だ」

やむなく引率を任された叔父は、言葉なく憂鬱なまなざしで祖母たちを見つめていたが、やがてそっぽを向いた。圭にもわかるほど叔父の顔は沈んでいたが、祖母が嬉しがる顔を見ると圭も嬉しかった。

しかし圭は聞かずにいられなかった。

「おじいさんのお墓はどこにあるんですか」

「智異山」

叔父が短く答えた。圭は驚いた。智異山といえば晴天の日にだけ、遥か雲の間にその頂上をあらわす峻険ではないか。

「智異山といっても、ずっと遠くに見えている山じゃなくて、近いところだよ」

父が安心させるように言った。圭は再び聞いた。

「それなら、そこまで何里くらいですか?」

「三里くらいかな」

祖母が言った。

「三里というが、山をいくつ越えなきゃならんのだ」

叔父は相変わらず心配そうな表情だった。

「近頃は下まで新作路ができているそうじゃないか」

祖母が少し強い語調で言った。

「三里なら大丈夫です。僕たちは遠足にも行ってきましたから。そうだろ?」

そう言いながら圭は泰を振り返った。

「うん」

圭は三里くらいなら自信があった。今年の春に海辺まで遠足に行ってきたが、それが三里ということだった。圭も泰も楽々帰ってきたのだった。

　このような話をしているうちに食事は終わった。あらかじめ準備をさせていたようで、祖母が言いつけると、スドリという下男が裏庭から出てきて墓参りに必要な食べ物を整理して背負子に載せた。スドリを先に出して、圭と泰、叔父は簡単に身支度をして家を出た。

「むこうで一晩は泊まらなくてはならんだろうから、ゆっくり休みながら行こう」

　どうにも心配だというように叔父が背後から言った。父が追いかけてきて、黙ったまま五十銭銀貨を一枚ずつ二人に握らせた。皆が止めたのだが、祖母は長く坂の急な路地を、杖をついて村の出口まで降りてきた。そこで圭と泰の背中をさすりながら、

「いっておいで。おまえたちが行けば、おじいさんが本当に喜ぶよ」

と言って涙を浮かべた。そして、介添えでついてきた従妹の連《ヨン》を振り返り、ため息混じりにつぶやいた。

「おまえも男の子だったら一緒におじいさんの墓に行けるのに」

　連は泰と同い年で、叔父の娘だった。叔父には男の子がいなかった。

　百メートルほど歩いて、角を曲がりながら振り返ると、祖母は杖に曲がった腰をあずけたまま、さっきと変わらぬ場所に立っていた。圭と泰は祖母が見えなくなる前に、声を合わせて叫んだ。

「おばあさん、行ってきます」

　後で気づいたことだが、祖母は圭と泰を祖父の墓前に送る日を、指折り数えて待っていたようだ。いつ死ぬかもわからぬ身のため、自分の生前に孫たちが祖父の墓参りに行くことのできる日を心待ちにしていたのだ。そして、圭が十歳になる秋夕の日にその願いをかなえようと心に決めていたのだった。もしそのような事情がなければ、孫がそのような遠いところまで出かけることなど真っ先に反対する祖母だった。

二

　空は澄み切っていた。心地よい風が吹いていた。大地には黄金の稲穂が波打っていた。通り過ぎる村々では、新しい服を着た子どもと大人が名節を喜び、

笑顔で話していた。圭と泰は、何も言わない叔父の後について四キロの道のりを歩いた。

「四キロといえば一里だ」

　学校で習った知識を、こうして活用してみるのも愉快なことだった。

「うん、四キロなら一里だ」

　泰も相槌を打った。圭と泰は自分の村を出発するときに、里程標を確認しておいたのだった。

「だから、あと八キロだけ行けばいいんじゃないか」

　そう言いながら圭は墓参りに来てよかったと思った。しかし、日が高くなるにつれ涼しさも消え、今まで歩いてきた疲れも重なり、額と背中には汗がにじみだした。八キロまで来たと里程標で確認したときには、圭と泰は全身汗でびっしょりだった。それを見て叔父は、道沿いの丘に登って休んでいこうと言った。

　草むらに座って、見知らぬ村をひとしきり眺めていると、汗が引いていった。しかし、大地の遥か彼方、山裾へと続く新作路を見ると気が滅入った。あの遠い道のりを、一歩一歩片付けていかねばならないのかと思うと、めまいがするようだった。

（だけど、もう後四キロじゃないか。そしたら三里になるんだから）

そう考えて、勇気を引き起こした。

「もう行くぞ」

叔父は服をはたいて立ち上がり、前方の村を指差していった。

「あそこに大きな木が見えるだろう。あの木の左に瓦屋根の家が見えないか。あの家が独立闘士、河《へ》先生の家だ」

　圭は泰の顔を見た。独立闘士という言葉がはっきりと耳の中に刻み込まれたが、その意味を二人は知らなかった。

「独立闘士って何ですか」

　泰が尋ねた。しかし叔父は、

「おまえが大きくなったらわかる」

と言うだけで、それ以上の説明をしようとしなかった。圭と泰は仕方ないと思い、さらに聞き出そうとはしなかった。叔父は無口な人だった。伯父と父と叔父の三人が座っている場に時々居合わすが、叔父が話しているところを見かけるのは至極まれだった。自分の兄弟に対してだけでなく、その他の誰かと話してしているところも圭は見たことがなかった。たとえ短い話でも、叔父が声をかけるのは、圭と泰だけだということも圭はよく知っていた。

　いつか圭は祖母に、叔父がなぜ話をしないのかと聞いたことがあった。祖母はすぐに答えられない様子だった。だから圭は、叔父はなぜいつも悲しい顔をしているのかと聞きなおした。すると祖母は口を開いた。

「大人になったら、悲しいことが多いのさ」

圭が叔父を理解できるようになったのは、かなり後のことだった。独立運動に参加し、万歳を叫び、監獄に出たり入ったりするうちに、自分の財産だけでなく兄弟たちの財産まで散財してしまい、どうにもこうにもならない状況で、それでも兄弟たちの世話になり続けなければならなかったのだから、どれほど辛かったろうか。当時の叔父の状況を簡単に説明すれば、次のようになるだろう。母や兄、そして弟の意に添うような生き方をするには、彼の気概があまりにも高すぎた。そして、兄と弟の破滅を顧みずに独立運動を続けていくには、彼の心はあまりにも弱かった……

もう少し歩けば三里だと信じて、圭は必死に歩いた。泰もやはり同じだった。もう、空も大地も花も見知らぬ村の姿も目に入ってこなかった。三里を歩くということ、その思いだけでか細い足を動かしつづけた。遠く見えていた山裾を回り、さらにもう少し進んだところで、ようやく十二キロを示す里程標に出会うことができたが、叔父は何も言わずにその前を通り過ぎてしまった。

圭と泰は気がなえてしまった。これ以上歩いていこうという気にならなかった。叔父は急に足が鈍くなった二人を見つめながら言った。

「あの橋の下で、手を洗って昼飯を食べていこう。スドリがあそこで待っている」

橋を渡ると、スドリが橋の下の陰に背負子を立てかけ、水の中に足をつけているのが見えた。圭と泰は橋の下に下り、倒れるようにスドリの横に座り込んだ。

小川の流れで手を洗い、草原に座る叔父を待って圭が尋ねた。

「もう着いたのですか」

「まだまださ」

「十二キロで三里なのに……三里さえ歩けば、おじいさんのお墓だって言っていたのに……」

泰が気抜けした声で言った。

「もう半分くらいは来たか」

圭は冗談を言っているのだと思って、叔父の顔を見守った。ところが冷酷な言葉が続いた。

「今までは道がよかったが、ここからは険しくなるぞ」

「三里歩いたのに、また三里歩かなきゃならないんですか」

圭はそれが事実でないことを願って聞いた。

「そうだ」

叔父の答えは冗談ではないようだった。

叔父はスドリに荷を解かせ、ソンピョン［秋夕のときにお供えする餅］やらリンゴやら肉の入ったチヂミやらを取り出し、二人に食べるよう言ったが、落胆のあまり圭はすっかり食欲をなくしてしまった。

「おばあさんは僕らをだましたな」

圭はぶつぶつと不平を言った。

「ばあさんがだましたんじゃない。それを両班《ヤンバン》里数というんだ」

と叔父は説明した。昔、両班［高麗・朝鮮時代の特権的な身分階層。文官を東班、武官を西班といい両者を合わせて両班といった。彼らは下級官職以外の官職を独占し、兵役・賦役その他の税が免ぜられた］たちは五里ほどの距離を二里と言い、二里の距離を一里だと言った。測ってみたわけでもなく、何か根拠があってのことでもなく、自分たちの都合のいいように決めてしまうのだった。そのわけは、商人や人夫たちに荷を背負わせるとき、その賃金を値切るためだ。つまり、確かに五里荷を運ぶように言っておいて、報酬は二里分しかやらぬためだということだ。

「だから、ばあさんは両班里数しか知らないんだ」

「僕は両班なんかになるもんか」

泰はべそをかいた。圭も同感だった。しかし、二人が両班になることを放棄したからといって、残された道のりが縮まるはずもなく、墓参りを中断するわけにもいかなかった。

「とにかく両班は罪深いものだ！」

そうつぶやいて叔父は立ち上がった。圭と泰も叔父に続いて立ち上がった。スドリが荷物を片付け、先に歩き始めた。荷を背負いつつも、疲れも見せず、すたすた歩いていくスドリを見て、圭は今更のように感嘆した。

少し歩いて山裾を曲がった。小川を挟んだ向こうに、大きな村が現れた。森と竹林に混じって山の勾配に並んでいる家々が、すべて瓦屋根であり、その瓦屋根のほぼ全てに寂しげに草が生えているのが不思議であった。圭の本家の瓦屋根にも、瓦の隙間から幾分草が出てきてはいた。しかし、その村の屋根ほどではなかった。圭が叔父に尋ねた。

「ここはなんという村ですか」

「ウォルチョンという村だ」

「どうして屋根にあんなに草が生えているのですか」

「滅び行く兆しだろう」

圭はぎくりとした。だとすれば、本家も滅びつつあるということなのか。しかし、圭はあえて聞いてみることはできなかった。

その村を通り過ぎたあたりから、平坦な道はなくなり、谷間に入った。険しい山と山の間を、かろうじて新作路一本が通っているという様子だった。同時に曲がった道が多くなった。ところが、広い平野の道を歩くより、曲がりくねった山道を歩くほうが楽だった。あの曲がり角を回れば目的地に着くだろうという期待感を持つことができるからだった。

コシプヂョンという小さい村で新作路を離れ、山を上る小道に入った。森の密度が濃くなった。虎が住んでいるといってもうなずけるほど森の中は薄暗かった。時々、バサバサと鳥が飛び立つ音が聞こえてきた。

森を過ぎ、道は再び下りになった。谷が見えてきた。点々と五六軒ほどの集落が見えた。圭は幼い心に、どうしてこんな谷間に住まなくてはいけないのかといぶかしく思った。下り坂を小川に沿って進むと、道は別の山に入り、再び上り坂となった。このようなことを何度か繰り返すと、急に四方が開けた土地に出た。開けたといっても、その周辺の集落の戸数は数えるほどで、狭い盆地にすぎなかった。汗のしみた皮膚に、ひんやりと感じられる空気が異様だった。勾配の上り下りを繰り返しながらも、相当高いところまで上がってきた様子だった。

叔父はその土地の入り口で足を止め、北の方角を指さして言った。

「この小川にずっと沿って、あの山を回って裏の山に登ればじいさんの墓がある」

圭と泰は最後の勇気を出した。小川に沿って、盆地を横切り、三十戸あまりの村を過ぎ、山裾を回り始めた。道端にはキキョウが咲き、ホタルブクロも咲いていたが、あまりの疲れに花を摘んでみる気にもなれなかった。しかし、燃えるように赤く熟した山苺だけは、そのまま通り過ぎることができなかった。太陽の熱のため、山苺は温かく、かぐわしく、ほのかに甘かった。

圭と泰は、山苺を摘んで、たらふく食べた。

「あそこの山を回って…」と言ったが、それがまた並大抵のことではなかった。巨大な山をほぼ完全に一回りしなければならなかったからだ。その後もまた、大変だった。叔父が言っていた裏の山とは、前の山のすぐ後ろに続いているのではなく、一里ほど渓谷をさかのぼった所にあったのである。

渓谷をさかのぼり、山裾を二つほど回ると、七，八戸ほどと数えられる集落が現れた。その集落の手前の岩に、スドリの背負子が立てかけてあり、スドリの姿は見えなかった。圭と泰は怪訝そうに叔父の顔を見た。

「墓守の崔《チェ》さんを呼びに行ったのだろう」

叔父の言葉が終わらぬうちに、スドリが一人の老人を連れて現れた。老人は垢染みた服をそのまま着ていた。口元には豊かで真っ白なひげをたくわえていた。

「ああ、新しい坊ちゃんたちが来なすったな」

と喜んで迎えてくれる老人の口の中は真っ黒だった。歯が黄色を通り越して、真っ黒に染まっていた。おそらくこの老人は、秋夕を祝うことはなかったのだろうと圭は思った。

老人は、家に入って休んでから出かけようと言ったが、叔父はそのまま出かけると言って、老人に先導させた。道をさらに一度曲がると、しばらく見えなくなっていた小川がすぐ足下に流れていた。額に迫ってくる絶壁のような山が、川辺からせり立った狭い道。その道すら見えないほど草が生い茂り、目の前に広がるものは完全な密林だった。

「さあ、足や顔を洗ってから行こう。あの道を上ればおじいさんの墓だ」

叔父の言葉に、圭と泰は服を脱ぎ、小川に入った。氷のように冷たい水だった。

木の枝をつかむことができ、急な斜面とはいえ、比較的たやすく上ることができた。何も考えずに、ただ必死に上り続けると、突然目の前が開けた。密林が終わり、芝生の地面が現れ、そこに丸く土が盛られた墓があった。祖父の墓だった。

三

圭が背中にしびれるような戦慄を覚えたのは、なぜであろうか。泰も同じ気分だったようで、荒い息をおさえながら、口をぐっと閉じたまま目を大きく開いて涙を浮かべていた。

「二十年もたつと、墓も据わりがよくなってきた」

叔父は苔むした石碑をさわりながら、感慨無量といった表情をした。そして、その目はどこまでも悲しげだった。

スドリと墓守の老人は、墓前の石の台を掃き、供え物を並べた。圭はきれいに手入れの行き届いた墓

の芝生と、すぐ横に咲いている名の知れぬ花を眺めて、

（ここでおじいさんは、二十年間眠っていたんだな）

そう思い、自分が生まれる十年も前に死んだ祖父の姿を想像してみた。しかし、あごの下に長いひげを垂らし、冠をかぶった老人の姿が浮かぶだけだった。

静かだという言葉では表現しきれなかった。寂寞とした山中の神秘さが、圭の胸を震えさせた。形容しがたい感動とともに、祖父の存在を実感させる霊感のようなものが起こった。

「さあ、こっちに来て、おじいさんに挨拶するんだ」

叔父の言葉に従って、二人は墓の正面に立った。二度ひざまずいて、起きあがろうとしたとき、圭は叔父がうつ伏せたまま動かないでいることに気がついた。圭と泰は先に起きあがるしかなかった。叔父は額を草むらに埋めて泣いていた。そして、かろうじて肩を震わせ、慟哭をこらえていた。

叔父がなぜ泣いていたのか、今ならおおよそではあるが想像することができる。兄弟の中でも一番できの悪いやつだと言われていた息子が、甥たちを連れて墓参りにやってきたんだという感傷もあったであろうし、胸の中に宿る抱負を実現できないまま、鬱々としている自身の身の上が、父の思い出とともに思い起こされ、涙が出るほど情けなかったのであろう。

その後、確かめたところによると、その年がまさしく一九三三年であり、叔父は当時、数えで三十四歳だった。中東学校に通っていた頃、三・一運動に荷担したため、日本の警察に捕らえられ、三年間獄中生活を送った。出獄後二年で六・一〇万歳事件により投獄され、再び三年間獄中で暮らした。三十四歳の年で、延べ八年間の獄中生活を送ったということは、青春時代のほとんどを監獄の中で過ごしたということだ。そのような人物が、今、出獄中だからといって心安らかでいられるわけがなかった。その上、当時、李奉昌《イボンチャン》義士、尹奉吉義士の事件があり、一九三三年には日帝の満州侵略が本格化し、海外同胞の独立運動が活発に展開されていた。そのような噂を知らぬはずがない叔父としては、憂鬱で焦燥感にかられる日々だったはずである。祖父の墓前で叔父が見せた涙は、どうすることもできない自分の身の上に対する嘆きの涙だったのかもしれない。しかし、これらすべては空想にすぎなかった。胸の内、奥深くに渦巻く叔父の苦悩は、叔父以外の誰も理解できないことだったからである。涙を拭いた叔父は、お供えとして持ってきた酒を墓守の老人と共に酌み

交わしていた。その間、圭と泰は今までの緊張から解放されて、芝生の上をあちこち歩き回ったり、眺望を楽しんだりしていた。

　目を南に回せば、山々が波のように果てしなく続き、東西には首を後ろにそらして見上げなくてはならぬほど高い山が幾重にも重なっていた。一番近くに見える峰を指さし、圭がスドリに尋ねた。

「あれが智異山で一番高いところなの」

「違いますよ」

そう言いながら、その山を見つめていたスドリは、

「あれは細石峰《セソクボン》でしょう」

と言った。

「あのほかにも高い峰があるのかな？」

圭が再び尋ねた。

「ありますとも」

そう答えながら、スドリはその名を知らぬようだった。圭は墓守の老人に全く同じことを聞いた。

「智異山では天王峰《チョナンボン》が一番高いでしょう」

老人はそう言い、天王峰に行くのはかなり大変だと付け加えた。

　その晩、圭と泰は墓守の老人の家で泊まることにした。叔父は、山を一つ越えたところに訪ねる人がいるから明朝戻ると言い残して、墓守の息子を連れて出かけていった。

　こんな山奥に叔父が訪ねていく知人がいるというのは妙に思われたが、叔父にそのことを尋ねはしなかった。

　寝床に入る前に圭が思ったことは、祖父の墓のある場所がどう考えても屏風の中の絵とは違うということだった。

　翌朝起きてみると、叔父はすでに戻っていた。朝の涼しいうちに歩こうと、簡単に食事を済ませて墓守の老人の家を出た。

「帰りは新作路と違う道を行こう」

と言って叔父は、昨日圭と泰が体を洗った小川を渡った地点から坂道を上っていった。はじめから息の上がっている二人が可哀想に思われたのか、

「この山さえ上れば、後は楽になる」

と叔父は言い聞かせるように言った。

　山頂に着くと、叔父の言葉が嘘でないことがわかった。そこからは、下り坂となる山道に沿って歩けばいいのだった。山の起伏に見えたり隠れたりする道を、あらかじめ予測しながら歩くことができるのも幸いだった。遠くかすかに海が見え始めた。そうして山道を下っているとき、圭はふと横に目を向けた。そこからは、祖父の墓があるところを左手に見

ることができたのだが、そこで突然屏風の中の風景が現れたのだった。圭は泰の肩をたたいた。「何」という表情で、泰は圭を見た。圭は自分が見た風景を指さし、

「なあ、屏風の絵と同じじゃないか」

とささやいた。

「本当だ」

と泰も足を止めた。

立ち止まった甥たちを、叔父が振り返った。「どうした？」という表情だった。

「ここから見ると、向こうの景色が本家の屏風に似ているんです」

と圭が言った。叔父は圭が指さす方向を眺め、

「ふむ」

と溜息をついた。

叔父も初めて気づくことらしかった。そして、次のような話をした。祖父が画工にあの絵を描かせたとき、叔父は今の圭や泰と同じ年頃だった。祖父は「仙人が住むところを描く」と言っていたそうだ。

「おじいさんのお墓をあそこにしたのは、屏風の絵があったからではないのですか」

圭が尋ねた。

「いいや。じいさんが亡くなるとき、自分の墓は、昨日お前たちが寝た家のおじいさんのお父さんに相談してから作るようにと話していたからさ」

そう言いながらも、叔父は何かを考えながら、目の前に広がる景色を見つめたまま、

「不思議だ」

とつぶやいた。

「確かに、この道は新作路ができるまで、あそこに行くただ一つの道ではあったが」

下っているので楽だったが、圭の村からこの道を上ってくるためには、険しい山道を何里もずっと上ってこなければならなかった。

「それなら、家からここまで荷物を担いできたんですか」

泰は、いくらなんでも不思議だというように聞いた。そうだと叔父は答えた。

圭は三十年も前のある日、冠を被り、道袍《ドポ》「男性が上着の上に羽織る袖が広くて長い礼服」と喪に服す頭巾をつけた祖父が画工を連れて、この険しい山を這い上がり、まさにここに座ってこの風景を見つめている姿を想像してみた。圭が今立っている場所が、ひょっとすると祖父が立っていた場所なのではないかという思いが、想像力を刺激した。具体的な情景は浮かんでこなかったが、郷愁のようなものを

強く感じた。

（どうしておじいさんは、この風景を絵に残そうと思ったんだろう？）

という疑問と、

（なぜおじいさんは、わざわざあの山に埋められることを望んだんだろう？）

という二つの疑問が圭の頭の中に広がった。

　圭の一家が、祖父の代から暮らしていた永玉亭《ヨンオクチョン》という村は、今は行政区域の変動で、河東郡《ハドングン》に編入されているが、祖父の生前には大也面《テヤミョン》といって晋州《チンジュ》に属していた。ということは、郡界を越えてまで、何里もはなれた智異山に埋葬されたいと願った特別な理由があったはずである。

（その理由とは何か？）

　墓参りに行った日、このように具体的に考えたわけではないが、しだいにこの疑問は圭の内部で大きくなり、一種の執念へと変わっていった。

　帰り道もやはり苦痛ではあった。しかし「コサリ［ぜんまい］峠」や「ヨルドゥモレンイ［十二の曲がり角］」という地名が面白く、高い高原地帯を歩く爽快感もあり、圭と泰には楽しい遠足となった。

　祖母、伯母、母、皆が墓参りから帰ってきた二人を凱旋将軍のように歓迎した。

「圭も泰も大人になったんだねえ」

と祖母は涙を流して喜んだ。大人になったという祖母の言葉は大袈裟かもしれないが、祖父の墓参りから帰った後、圭の意識に変化があったのは事実だった。祖父の存在、祖父が生きていた時代、そして、自分を取り巻く社会状況を理解し始めたのだ。

四

　圭の一族は、近所では「八兄弟八千石の一族」と呼ばれた。圭の曾祖父が八人兄弟だったのだが、それぞれ千石以上の財産を持っていたようだ。しかし、一九三三年当時には、わずか三，四軒を残して没落、または没落の過程にあった。祖父の家も、その年の末から傾き始めたようだった。

　圭の祖父は、八人兄弟の下から二番目を父として生まれた。名前を澄《チュン》といい、字《あざな》を崇文《スンムン》といった。崇文という字をつけるほど、祖父は漢文が好きで、近隣に英名高い学者だったそうだ。全二十巻からなる祖父の文集が残っている。

　圭が族譜《チョクボ》［家系図］に対する興味を持つようになったのは、祖父の墓参りから帰った後であった。そして、伯父が圭たちに本格的に族譜を教え始めたのは、圭が中学一年生の夏休みに入ってからだった。
族譜によると、圭の始祖は謁平《アルピョン》だ。伯父は謁平と続けて読まず、「謁字平字《アルチャピョンチャ》」と読み、圭たちにもそう読ませた。始祖謁平は、漢の太宗孝文皇帝が即位して三年目の三月（今から二千三百年前）、辰韓の飃岩《ピョアム》に降臨し、その身長は九尺、腕は膝の下まで伸び、龍虎のような目をしながらも、その眼差しには中和の徳が感じられたという。

圭は、この一節を聞いて、日本の天照大神が高天の原に降臨したという、日本史の冒頭の一節を連想した。そうか、昔の人々は皆、空から降りてくるんだなと思い、日本の天皇も大したことはないなという感想を持ったが、どう考えても釈然としなかった。伯父に聞いても納得のいく回答は返ってこなかった。

ただ、六部村長［六部とは新羅時代の慶州《キョンヂュ》の六つの行政区域］として朴赫居世《パクヒョクコセ》［新羅の開祖］を補佐した新羅開国の功臣だったということは、「三国史記」にも記された事実なので、そのまま信じることにした。ところで、圭の一族の系譜は始祖謁平から三十九代、開《ケ》という人物から始まるという。

これもやはり伯父は、「開字《ケッチャ》」と読んだ。族譜の序文は開について次のように記録している。

「…江陽君、諱《いみな》は開、爵位は江陽君だが諡号は文忠公という。新羅王を助け、玉堂翰林學士のとき琉球國の猛将石陀羅が、二十万の大軍を率いて我が国を侵犯するや、我が祖父は自ら進んで王に奏上し、一通の手紙を敵陣に送った。敵将は手紙を見て、たいそう驚き曰く、さすがは新羅だ。聖人がいらっしゃる。天命に背くわけにはいかぬ。と陣前に現れて祖父に一礼し、二十万の大軍をすぐさま撤退させた。こうして国内が無事に救われたため、国王は特別に我が祖父を江陽君に抜擢した。…その後、新羅が衰退し、高麗が建国されると、江陽君は「忠臣は二君に仕えず」と言って、高麗には従わない意思を表明した…」

圭は、この中始祖「開」から二十九代目の子孫だ。だから、始祖から数えると六十八代ということになる。日本史を無理矢理学ばされてきた反発から、圭は自分の家系を学ぶことが新鮮で興味深かったが、二千三百年の歴史がわずか六十八代にしかならないということに疑問を感じた。日本は神武天皇から昭和天皇に至るまで、二千五百年あまりの間に百二十四代続いていることと比較してのことだ。その疑問を話し、理由を伯父に尋ねてみたが、答えはこうだった。

「王朝の代は一般の家門の代より早く変わるものさ」

　しかし、このような答えでは納得できなかった。

そんなある日、事件が起こった。

　伯父が引っ越した家にも柿の木はあった。伯父はその柿の木の陰に、木製の寝台を持ち出し、圭に族譜の説明をしていた。いつの間にかやってきた叔父が、寝台の端に腰をかけ言葉なく空を見上げていた。そして、突然伯父の方を向いて座り直し、

「兄さん、子どもたちにそんなものを教えてどうしようというのですか」

と問いただした。低い声だったが、非難するような口振りだった。伯父ははじめ、弟が何を言おうとしているのか分からなかった様子で、説明を止めて叔父の顔をまじまじと見つめていた。すると叔父は、さっきよりも更にぶっきらぼうな語調で、

「そんな族譜なんてものを教えて、何の役に立つと言うんですか。滅びゆく国に族譜なんて何の意味があるというんですか」

と、吐き捨てるように言った。

　伯父は青ざめた顔で、

「こ、この野郎、狂ったか、ううっ…」

と、呻った。

「族譜が何の自慢になるんですか。それが何かの知識になるんですか。そんな物、恥さらしの固まりだと言ってるんです」

　叔父の態度は、いつもとは違っていた。伯父はとうとう怒り心頭に発した。

「貴様は我が家の財産を食いつぶすだけでは足りず、今度は家門の体面まで潰そうというのか」

と伯父は怒号をあげた。

　叔父も負けなかった。

「もう滅びた家門なのに、私が潰すものなんかありますか。国が滅びたのは、その族譜の山を有難がって広げている両班たちだってことが分からないんですか」

　伯父は灰皿を叔父に投げつけ、

「貴様、族譜に何の罪があるというのだ。これは我らの根源だろうが。貴様のようなやつが国も家門も滅ぼしたのだ。族譜を大切にする両班が滅ぼしただと？盗人猛々しいとはこのことだ」

と、ぶるぶる震えた。

「それならそうとしましょう。しかし、壬辰倭乱《イムヂンウェラン》［文禄・慶長の役］で散逸したものを韓末［大韓帝国（一八九七〜一九一〇）の末期］になって無理矢理でっちあげたものが族譜といえますか？本物ならまだしも偽物をもって…」

叔父の言葉は最後まで続かなかった。伯父は、すくっと立ち上がると、煙管で叔父の肩を力任せに殴りつけた。煙管の先が左の頬をかすめたのか、叔父の顔から血が流れはじめた。

「一族を冒涜するか、貴様は！」

伯父は叔父の頬から流れる血に怯むことなく、続けざまに煙管で叩きつけた。

しかし、叔父はその場から動こうとしなかった。伯父の怒号と殴打を、眉ひとつ動かさずに耐えつつこう言った。

「なにも我が家の族譜だけじゃありません。全ての族譜がそんな有様ではありませんか」

伯父は完全に狂乱状態になった。叩かれている叔父よりも、叩いている伯父の方が、今にも気絶するのではないかと思われるほどだった。

しかし、圭や泰にどうすることもできなかった。ただ、ぶるぶると震えているだけだった。

そのときになって、伯母が外から戻ってきた。柿の木の下で繰り広げられている光景を見て、伯母は小脇に抱えていたかごを放り出して駆け寄り、自分の体で叔父を覆った。伯父の煙管の先が伯母の背に打ちつけられた。伯父は怒鳴りつけた。

「どけ、今日こそこいつを殺してやる」

伯母は背中に煙管を打たれ続けながら、泣き叫んだ。

「何があったというんですか。生活に行き詰まってるだけでも悲しいのに、兄弟どうしで何ということですか。お義母さんが知ったら何と思うか」

伯母は泣いて訴えたが、伯父は隙間をねらって叔父を叩き続けた。だが、そのほとんどは、伯母が叩かれ続けていた。

「お前も早く逃げなさい！」

今度は、伯母は叔父に叫んだ。

「義姉さん、どいてください。僕は倭奴《ウェノム》［日本人に対する蔑称］の憲兵に叩かれ慣れてますから」

と、叔父は伯母の庇護から逃れようと身もだえした。伯父はすでに先の落ちた煙管を投げ捨て、寝台の上に座り込み、痛哭した。

「一族が滅びゆこうとするときに、このような奴が出てくるなんて、アイゴー、この先どうすればいいんだ」

寝台を叩きながら泣いている伯父の姿は哀れだった。千石の家の長男として生まれ、父母と弟妹の面倒を見ながら乱世を生きてきたが、今は先祖伝来の沃土と家まで売ってしまい、今にも倒れそうなあばら屋で暮らしている。それでも、筋金入りの両班だという誇りだけで、なんとか生きてきた伯父としては、叔父の冒涜的な言葉が我慢できなかったのだ。

　そのときの圭は、伯父の置かれた状況を、このように言葉ではっきり言い表すことはできなかったが、大体は察することができた。だから、殴られた叔父よりも、殴った伯父に、より同情した。何か自負を持ち続けなくては、耐えられなかった圭の心には、叔父の自虐と自蔑が理解できなかったのは当然だが、かといって叔父の心情も、全く分からなかったわけではない。叔父は、必死に自分の独立運動を止めようとする兄に、自ら日本人の奴隷になろうとするような卑屈さを感じていたのだろうし、そのような人間が、子どもたちに族譜を教えて家系を自慢している光景は、どうしても納得できなかったというのは容易に推測できた。

　この事件の後、伯父の族譜講義は更に熱を帯び、圭の家門の族譜が決して偽物ではないという証拠をあげたてることに集中した。圭の一族の族譜は、壬辰倭乱を経ても散逸することはなく、朝鮮王朝十六代粛宗《スクチョン》王［在位一六七四～一七二〇］のとき、一族全てを網羅した大同譜がつくられ、他の地方の文献に多少の混乱があり、若干の誤りがあるにはあるようだが、智異山周辺の一族、すなわち中始祖以後の記録は完璧に正確だとの話だった。そして、新羅の功臣としての中始祖が高麗王朝には仕えなかった伝統が、朝鮮王朝にまで影響を与え、一族があえて仕官をせず、娘を王妃として差し出すこともしなかったため、市井の民の族譜に過ぎなかったが、新羅以来最も純粋な系統を保ち、陜川《ハプチョン》、咸陽《ハミャン》、晋州、居昌《コチャン》、宜寧《ウィリョン》、泗川《サチョン》、光陽《クワンヤン》などの地に住む圭の一族には、常民と賤民が一人もいないことが自慢だとも言った。

　圭は伯父の信念をそのまま信じることにした。しかし、二千三百年の歴史にわずか六十八代というのはいくらなんでも釈然としなかった。だが、後日圭はある譜学者から詳しい説明を聞き、初めて納得した。その譜学者は次のように説明した。

「二千三百年の家系なら、宗孫と支孫の間にざっと三十代の代差ができます。今あなたに近い親戚の中に、あなたと同い年なのに祖父と同じ代の人がいるでしょうし、同様に孫の代の人もいるでしょう。近い親戚の中で同世代の代差が六代になるのなら遠い一族、特に直系宗孫との代差は三十代を超えるのが当たり前です。だから、支孫の支孫であるあなたが六十八代なら直系宗孫は百代を越えているはずです。そのような意味で、代をもって族譜の真否を語ることはできません。また、壬辰倭乱で族譜が散逸したと言いますが、全国的に資料を集めて取捨選択した上でつくられたものなので、全く誤りがないわけではないでしょうが、我が国の家門の族譜は概ね正確だといえるでしょう」

五

祖父の墓に再び圭が訪れたのは、中学校三年の秋夕だった。初めて訪れてから五年の歳月が流れていたが、その間、圭の一家には大きな変化があった。祖母が亡くなり、その半年後に叔父が家を飛び出し行方不明になった。それから一年が経った今も、何の手がかりも見つからなかった。智異山にいるという風聞が流れたが、それは日本の警察をだますためではないかと思われた。圭が叔父と最後にあったのは、中学二年の新学期が始まったばかりのある日だった。

その日、圭が学校を終え、友人と校門を出ようとすると、そこに叔父が立っていた。圭は挨拶代わりに、

「叔父さん、どうしたのですか?」

と聞くと、叔父はいつものように寂しそうに笑いながら言った。

「圭に一度会いたくて来たんだ」

二人は圭の下宿へと続く道をゆっくりと歩いた。その間、叔父は一度も口を開かなかった。圭も叔父同様黙って歩いた。

圭の下宿の近くの路地まで来ると、叔父は立ち止まった。そして、圭の肩に手を置き何か言いたげにもじもじしていたが、首筋の血管が浮いて見えるほどゴクリと唾を飲み込み、

「勉強がんばれ。俺は行く」

という短い言葉を残して行ってしまった。

「さようなら」

と圭は頭を下げたが、叔父の後ろ姿はこの上なく悲しげだった。追いかけて何か一言慰労の言葉をかけてあげたいと思ったが、結局そのまま路地の向こうに消えていく後ろ姿を見つめているだけだった。叔父はそのまま行方不明になった。

後に泰がこのように話してくれた。叔父が家を出る前日のことだ。田畑もなく、仕事もない叔父のために、伯父が仕事を用意した。宗家の小作地管理人をさせようとしたのだ。宗家は千石以上の財産をそのまま維持していた。叔父はそれを断った。

「私に小作人を搾取しろというのですか」

叔父がそう言うと、

「誰もそんなことはいってない。慣例通りに言われるまま、仕事を手伝っていればいいんじゃないか」と伯父がなだめるように言った。叔父は、

「慣例通りにすることが、小作から搾り取る地主の手先になるのではありませんか。私にはできません」と荒々しく答えた。

伯父はそれでも怒りを堪えた。

「なあ、人間は自分の運命に逆らうことはできん。誰が他人の家来になりたくてなるものか。仕方なくなるんだろう。とにかくこの仕事は我が一族の仕事じゃないか。宗家の財産を守ることは、すなわちご先祖様の財産を守ることになるんじゃないか」

「何と言おうがそんな真似はできません」

叔父は切り捨てるように言った。

伯父はついに怒り出した。

「よし分かった。今から米一粒、薪一本、貴様にやるわけにはいかん。飢え死にするなり勝手にするがいい」

そして、圭の父に向かって、

「今後こいつをお前の兄だと思うな。こいつは兄弟じゃなく仇だ、仇。一粒の米でもこいつにあげてみろ、お前とも義絶だ」

と力を込めて言った。

祖母が生きていれば、ここまで事態が悪化することはなかっただろうし、このことに関する限り、伯父の仕打ちは間違いだったと泰は言った。圭も同感だった。叔父の気性を誰よりも知っているはずの伯父が、いくら宗家のことだはいえ小作地管理人を任そうとしたのは誤りだったろう。

しかし、叔父が行方不明になったとき、一番心配したのは伯父ではなかったろうか。秋夕の祭祀を終えると、伯父はますますそわそわし、連を呼び沈痛な声で言い聞かせた。

「お前のお父さんのことだが…どこに行っても元気にしているはずだ。今いろんなところから情報を集めているから、すぐに分かるだろう」

圭は叔父と一緒に祖父の墓に行ったときのことを回想した。まだ祖母の喪中だったが、、祖母の霊を慰めるためには、祖父の墓にも行くべきだということになり、伯父と父は祖母の墓に行き、圭と泰は幼い弟たちを連れて智異山の祖父の墓に行くことになった。

五年前とは違い、コシプチョンまでの約三里の道を自動車で行くことができたので、幼い弟たちが苦労せずにすんだ。コシプチョンから墓守の家までは、

山道で二里あまりだったが、悠々と幼い弟たちを歩かせることができた。

墓守の家に立ち寄って老人を探した。以前にも面識のある三十前後とみられる息子が現れ、いぶかしげに圭を見つめた。しばらくして圭の顔を思い出したようだったが、無表情な顔で言った。

「あのじいさんは死にましたよ」

「祖父の墓に来たのですが」

と圭が言うと、

「道は分かるでしょう」

と言い、圭がうなずくと、

「なら、行ってみなさい」

と言い残して、家の裏に行ってしまった。圭は父から墓をきちんと手入れするよう言われ、その家に渡すようにと五円を預かってきたのだが、なにやら不快な気持ちがしたので、そのまま弟を連れてその家から出てきてしまった。五年前とは違い、道には葛《くず》の蔓《つる》が這い、クモの巣まで張っていて、歩くことも大変だった。それでもなんとか墓を探し出すことができたのだが、圭と泰は墓の有様をみて驚いた。五年前にはきちんと芝生が敷かれ、花以外の雑草はどこにも見あたらないほど墓とその周辺の手入れは行き届いていた。しかし、今、目の前にある墓は荒れ放題だった。墓の土まんじゅうのあちこちに松の灌木が生え、一部は芝生がはげ落ち、黄土が露出していた。台石と石碑には、真っ黒く苔が生え、石碑の文面は全く読みとれないほどになっていた。

圭は幼い弟たちと一緒に墓の上の松や周辺の雑草を抜き取り、荒れ果てた墓の周りを直した。それから、拝礼をした。惨めで悲しい気持ちだった。拝礼を終え、圭は供え物として持ってきた餅や果物を弟たちに食べさせながら、墓がこのようになったのは墓守の老人が死んだためだろうと考えた。ところが泰は意外なことを言った。

「何年か前に祭位沓《さいいくつ》［祖先の祭祀の費用を稼ぐための田］を売ってしまったんだ。だから、墓守はおじいさんの墓を見てくれないんだ。その間僕たちも来なかったし…」

「祭位沓を売ったのか？」

圭は初耳だった。

「売ったのは祭位沓だけじゃないさ。何もかも売ってしまったんだ。お父さんは祭位沓の権利書を渡すとき泣いていた」

泰の声は震えていた。圭も胸が詰まるようだった。本家の没落が今更ながらに悲しかった。朝の祭祀をするとき、軒の低い家で背の高い伯父がまっすぐに立てずに屈んで立っていた姿を思いだし、胸が痛んだ。圭がつぶやいた。

「家がこんなになってしまったのを知ったら、おじいさんも悲しいだろうな」

　泰はしばらく考えてから、ぽつりと言った。

「家がだめになったのはおじいさんの責任でもあるんだって」

「どうして」

　圭が尋ねた。

「僕もよくは知らない。お父さんが言うには、おじいさんが死んだ後、借金が山のようにあったって」

と泰は答えた。

「何で借金をしたんだろう」

「お父さんも分からないって。街には全然出かけずに、しょっちゅう智異山にばかり行っていたそうだけど、何のために智異山に行っていたのかも分からないって」

　泰は大人のような溜息をついた。

　圭は弟たちが墓の周りで遊んでいるのを眺めながら叔父のことを考えた。叔父が智異山に入ったという噂を聞いていたからだった。

　そのとき墓守の息子がすっと森の中から現れた。祭位沓のない墓なので冷遇していたが、気にはしていた様子だった。それだけでも圭の気持ちは軽くなった。父から預かった金を渡しながら、

「今後祖父の墓をよろしく頼みます」

と言った。墓守の息子は、

「気にはなっていたのですが、父が死んでから人手がなくて今年は見に来れませんでした。これからは必ず来ます」

と頭をかいた。

　そのときふと圭の脳裏をかすめたことがあった。五年前、圭と泰が墓守の家に泊まったとき、叔父は山の向こうにいる知人に会うために墓守の息子を連れて出かけていったことがあった。もし叔父が智異山にいるのなら、その人物に聞けば分かるのではないかと思った。圭は聞いた。

「五年前の秋夕にうちの叔父さんと、山向こうの人に会いに行ったことがありませんでしたか」

「ありましたね」

「その人は誰ですか？」

「叔父さんは徐《ソ》トンヂと呼んでいましたが」

「徐トンヂ？」

「はい」

「どのあたりに住んでいるのですか」

「そのときは孤雲洞《コウンドン》に行く途中の洞窟にいました

が、去年その近所に行ったときにはもうそこに人気はなかったですね」

「洞窟って、家に住まずに洞窟の中に人が住んでいるということですか？」

「智異山には洞窟に住んでいる人が多いですよ。追われている人なのか、仙人の真似をしている人なのか知りませんが…」

　圭には墓守の息子の言葉が、何かのお告げのように聞こえた。いつの日か智異山一帯の洞窟をくまなく探してみようと思った。そうすれば頻繁に智異山に出入りしていた祖父の秘密を探り当てられるかも知れなかった。それだけでなく叔父がどこかの洞窟に住んでいるところを発見できるかも知れなかった。

　圭は草の葉をはたいて立ち上がり、弟たちを呼んだ。多少骨は折れるが、昔歩いた道を歩き、弟たちに屏風の中の道を見せてやりたいと思った。

六

　風景はそのままだった。濃淡様々な緑の山たちが青空に屈曲を与え、谷間は光と陰でちりばめられていた。その一角に天王峰が遙か空の上に毅然と頂を現している姿は荘厳とした気品に溢れていた。松《しょう》籟《らい》が草の葉ひとつ動かさず静かに吹き抜け、その中からか細い虫の声が聞こえてくるのも霊感を引き立てていた。祖父が頻繁に智異山に出入りしていたのは、なによりも今、圭が感じている霊感に似た感動のためだったのではないか。生は瞬間で死は永遠というならば、そして、墓が人生の幸福に大きく関係するというならば、自分が好きだった智異山の中に墓があるということだけで、祖父は贅沢で幸福だといえた。このように考えるのも圭の心の中に祖父が生きているからではないかと思うと、人は子孫を通して永遠に生きることができるという素朴な信仰が切実な感情と共に交錯した。こうした経験によって、後日圭は「自らの心の階段を底まで降りていくと、その深いところで遙かな先祖の声を聞く」というモーリス・バレーの文章を読み、深く感動することができたのかも知れない。

　荘厳な風景を前に、圭はこの五年間を振り返ってみたが、その風景の中から過ぎ去った五年という歳月の痕跡を見つけることはできなかった。

「山河は変わらずそこにある…」

という言葉を実感した。圭は幼い弟たちを、その風景の前に立たせて聞いてみた。

「お前たちはあの景色を見て何か思い出さないか？」

圭のすぐ下の弟、準《チュン》は数えで十二歳、その下の誠《ソン》は五年前初めて圭がここに来たときと同じ十歳だった。

準と誠はしばらくその風景を眺めていたが、お互いの顔を見つめ合い、さらに圭の顔を見つめ、何かを探ろうとしていた。圭が投げかけた質問の真意を測りかねるといった表情だった。

「よく見てみろよ」

泰が横から助け船を出した。

それでも準と誠は首を傾げるばかりで、何事か分からぬといった態度だった。圭は密かに腹がたった。すぐさま手を叩いて気がつくとばかり思っていたのに、その期待は外れてしまった。

「祭祀のとき広げていた屏風があるだろう。本家に」

と圭が言った。そのときやっと準と誠は「あっ」と驚きながらほとんど同時に、

「あの屏風と同じだ」

と声を上げた。

「三十年前に、ここまでおじいさんが画工を連れて来て描いてもらったそうだ」

泰が弟たちに説明しているのを聞きながら、圭は、準と誠の二人は決して鈍感な子どもではないのに、なぜすぐに気がつかなかったのだろうかと考えた。それは、準と誠が圭と泰のようにあの屏風に慣れ親しんでいなかったということと、やはり、祖母と長い時間を一緒に過ごすことができなかったからだろうと思った。圭と泰は幼い時期、祖母の膝の下で育った。当時、その屏風は祖母の部屋にいつでも広げてあった。圭と泰はその屏風の絵の意味を考えながら成長したといっても過言ではなかった。祖父母の生前に幼年期を送った者と、祖父母の存在を意識せずに育った者との間には、両親を知らずに育った者と、両親の膝下《しっか》で育った者との違いほど大きくはなくとも、それなりの差があるだろうと後日圭は考えたが、その時も圭はそれに似たことを漠然と考えていた。

「ねえ…」

と準が指さしながら尋ねた。

「あの道を行ったらどこに行くの？」

あの道とは山の向こうへと続く目の前の道でもあり、屏風の中の道でもあった。しかし、圭は十分な答えを用意していなかった。そこまでついてきていた墓守の息子を振り返るしかなかった。

「神仙谷《シンソンゴル》に行く道です」

墓守の息子の答えだった。

「神仙谷？そこはどんなところですか？」

と圭は好奇心をそそられた。

「ただそう呼んでいるだけで、特別なところではないですよ」

「人は住んでいるんですか？」

圭は続けて尋ねた。

「昔は住んでいたようだけど、今は誰も住んでいません」

「景色はいいんですか？」

「そりゃいいでしょう。滝もあるし、竜が住んでいるという池もあるし…」

「それなのにどうして人がいないのかな？」

泰がいぶかしがるように言った。

「景色だけよくっても仕方ないでしょう。田んぼがありますか。畑がありますか。食べていくものがなくっちゃ」

「田んぼと畑を作ればいいのに」

泰がつぶやいた。

「行ったことがないからそんなことが言えるんですよ。あの山をあそこまで上って、また同じくらい降りなきゃならないのに。周りの山肌は急だから田畑を作る場所なんてないし、平地といったって猫の額ほどだし、空も狭いし、本当に仙人でも住んでいるような所です。人は住めません」

圭は彼の言葉を聞きながら、先ほど話に出てきた徐トンヂという人のことを思いだした。

「そう、さっき話した徐トンヂという人がそこに住んでいるのではないですか？」

と圭が尋ねた。

「いいえ、徐トンヂがいたのは違う山です。神仙谷には毒蛇が多くて人は近寄りません」

「毒蛇が？」

圭が聞き返した。

「山蛇といわれる奴だけど、そんなに大きくない奴の毒がひどいんです。噛まれでもしたら、たちどころに死んでしまいます。そこに行けば、いい薬草があるとはいいますが、薬草を取りに行って毒蛇に噛まれても間抜けですし。だから誰も行かない。そこに人が住んでいたのに、いつの間にかいなくなったのは毒蛇のせいだという話もあります」

「毒蛇がとぐろを巻いているような所を神仙谷と呼ぶなんて変だなあ」

泰が言った。

「仙人でなけりゃ住めない場所ということでしょう」

圭はそこに家を建て、住んでいたという人の中にあるいは祖父がいたのではないかと考えた。そこに住んでみて、毒蛇のために諦めたのではないかと思うと、ふいに圭はそこに行ってみたい衝動に駆られた。言葉そのまま山の神霊というものがいて、神聖な場所に人が立ち入ることを禁じるために毒蛇を飼っているのかもしれないとも思った。

いつか一度は行かねばならない場所だと圭は心に刻み、続いて叔父を思い尋ねた。

「五年前におじさんが見たという、その徐トンヂという人はどんな人でしたか？」

「さあ、なんというか。がりがりに痩せた人だったけど、どう見ても普通の人ではなかったなあ」

「うちの叔父さんとどんな話をしてましたか？」

「お互いぐっと抱き合って、泣きながら何やら囁いているところは見たけど、何を話していたのかまでは…」

「そういう人は今でもたくさんいますか？」

「かなりいるみたいだけど、もっと深いところに潜ってしまったから見かけることはないですね」

「何を食べて暮らしているんだろう？」

泰がつぶやいた。

「自分一人だけ食べていこうと思ったら、智異山には食べるものがたくさんありますよ。サツマイモもあるし、葛の根、キキョウの根もあるし、豆柿、ドングリ、シオデもある。鳥やウサギもいるし、時々村に降りてきて薬草と米を取り替えていったりもするし…」

「ここには巡査は来ないんですか？」

泰が聞いた。

「巡査が何しに来るのです。時々面書記［役人］は来るけど、面書記だってあんな山の向こうまでは行きませんよ」

「どんな罪を犯しても智異山に入ってしまえば捕まらないんだなあ」

やはり泰の言葉だった。

「捕まるわけありません。こんなに深い山の中なのですから」

圭はどうしても叔父がこの智異山の中に隠れているような気がした。そして、「徐トンヂ」というのは、名前でなく徐氏姓に同志《トンヂ》という呼称をつけたものではないかと思った。圭は独立運動や思想運動をする人たちは、お互いに君やさんで呼ばず、同志と呼ぶ習慣があるということを聞いたことがあったからだ。

圭は聞いた。

「徐トンヂは名前ですか？」

「そりゃ名前でしょう。でなければ何なのです」

「その人は叔父を見てなんと呼んでいましたか？」

「君の叔父さんが洞窟の外から徐トンヂと呼ぶところを聞いただけです。その人が君の叔父さんを何と呼んでいたのかは聞いてません」

墓守の息子から何かを聞き出すのは無理だと思った圭は、話題を変えた。

「おじさんの姓も僕と同じ李氏だけど、どこの李氏ですか？」

「徳水《トクス》李家です。李舜臣《イスンシン》将軍が家の先祖だということです。」

墓守の息子は、その言葉を言うときだけは、なかなかの威厳をもって言った。圭は少なからず驚いた。圭の彼に対する態度には常民に対するような不遜さがあったからだ。祖父の墓を世話する家が、李舜臣将軍の後裔だと聞いて、圭が驚くのは当然なことだった。中学校三年の知識でも、李舜臣将軍は国の歴史的人物の中で最も尊敬すべき人物であり、日本人が書いた教科書においても、彼が卓越した将軍であることは明らかにされていた。フランスにはこのような言葉がある。「王の子孫でない人間もなく、泥棒の子孫でない人間もない」しかし、圭がそんな言葉を知っているはずはない。圭は驚きとともに好奇心をそそられ、次のように尋ねた。

「それなら、いつからおじさんの家はこの智異山に住んでいるんですか？」

「祖父の時に避難してきたそうです」

「族譜はあるんですか？」

「忠清道《チュンチョンド》の祖父の故郷に行けばあるそうです」

圭は忠清道からここまで流れてきたその過程には、少なからぬいわくがあるだろうと思った。民族の英雄李瞬臣将軍の後裔が、故郷を捨て、この智異山の深い谷に住むことになるまでに理由がないわけはなかった。それで、あれこれと尋ねてみたが、彼からこれ以上話を引き出すことはできなかった。

「ここに親戚はいないんですか？」

「五件くらいあります。曾祖父がまだ健在です」

「おいくつですか」

「もう八十は越えました」

圭はその老人が様々な話を知っているだろうと思った。それから、誠と同い年の子どもを墓守の家の庭で見かけたことを思い出し、

「子どもたちは学校に行っていますか？」

と尋ねた。

「簡易学校にやっていますが」

「ここに簡易学校があるんですか？」

「昨年できました。あの山裾を曲がったところに上

の村があるんです。そこにあります」

「先生は何人いますか？」

「一人だけです」

「若い人ですか？」

「三十は越えているはずですよ」

圭はこの深い山里に独りぼっちで来ているという先生に好奇心を感じた。場合によっては圭自身も中学校を卒業した後、このようなところに来て子どもたちを教えながら生きるのもいいものだという感傷的な気分になった。

深い静寂は、異様な光で人間を惹きつける魔力を持っている。そのせいでこの雄壮な静寂を持った智異山に住む人間は、外に出る意志を失ってしまうのかもしれなかった。圭はただ呆然と、祖父の墓がある山を中心とした風景に長い間心を奪われていた。

「兄さん。もう行こう！」

誠が圭の袖を引いた。圭は我に返った。

「よし、行こう」

圭は李瞬臣将軍の子孫という墓守の息子に丁重に挨拶をし、来年も再び来ることと、祖父の墓をよろしく頼むという言葉を伝えた。

七

「父さん、神仙谷というところを知ってますか？」

「神仙谷だと？知らんが、それがどうした？」

祖父の墓から帰った晩の親子の話はこうして始まった。

圭はその日聞いた話と屛風との関連を、自分の推測を交えながら話した。

「わしには父、お前にはじいさんだが、あの人はわしが若い頃に亡くなったから、お互い話を交わす機会がなかった。だから、その神仙谷の話も聞いていない。ひょっとすると伯父さんが知っているかもしれないが、わしには一切そんな話はなかったな」

圭は神仙谷のことや、どうして祖父が智異山に葬られることを望んだのかなどについて知りたいと話した。圭がそのようなことを言ったのは、自分自身の好奇心もあったが、父が非常に喜ぶだろうと期待してのことだったのだが、以外にも父の言葉は冷淡だった。

「そんなことを知ってどうするんだ。一生懸命勉強でもしろ。じいさんが神仙谷で暮らそうとしたからどうだというんだ。墓にしてもそうだ。昔の人々は自分たちの気のままに墓を決めたものだ。ただそれだけだ。今更その理由を掘り返す必要はない」

父のそのような態度に失望した圭は、祖父の文集を読んでみたいと言った。

「全部漢文で書いてあるのに、お前がそれを読めるのか」

「学校で漢文を習っています。日本語で習っていますが、意味は分かります。分からないことがあれば先生に聞いたり、伯父さんに聞いたりして読めばいいじゃないですか」

圭は不満げに言った。

「もしお前が読めたとしてもだめだ。じいさんの文集は誰の目にもふれてはいかんのだ。我が国が…」と言いかけて、父はぷっつり言葉を切り、厳しい表情をした。

「誰の目にもふれてはいけないならば、そんな文集を何のために作ったのですか？」

「いつかは読んでもいいときが来るだろう。しかし、今はだめだ！」

圭は初めて父の態度が卑屈だと感じた。父が醸造場の許可を受け、精米工場を建てたことと、その態度との間に何か関係があるのではとさえ思われた。

反発の気持ちもあり圭が尋ねた。

「父さんは徐同志という人を知っていますか？」

「徐同志？」

父は聞き返した。圭は五年前のことと、今日の昼に墓守の息子から聞いた話をし、

「どうしても叔父さんが智異山にいるような気がします」

と付け加えた。

叔父に関する話は、家の中では一種のタブーのようになってはいたが、圭のそのような言葉を聞いて驚く父の態度はどう考えても変だった。

「墓守のおじいさんの息子が言うには、その徐同志という人はどう見ても普通の人には見えなかったそうです」

圭はわざとつぶやくように言って、父の顔をうかがった。父は何かをじっと考えている様子だったが、ふっと我に返ると圭を正面から見据えて言った。

「圭、じいさんや叔父さんへの関心は捨てろ。そんなことは伯父さんやわしがすることだ。お前は学校の勉強だけしていればいい。学校でも、もし独立だの思想だのと話しかけてくる友人がいたら、そんな友人は避けねばならん。世の中はこれからどんどん厳しくなっていく。薄氷踏むが如しだ。お前がわしの言うことをよく聞いて勉強に精進すれば、大学にだって行かせてやろう。だが、少しでも道を外れた

らそれまでだ。お前一人によって我が一族の命運は変わる。今後二度と叔父さんやじいさんのことを口にせずに、ひたすら勉強に励みなさい」

　このような父に、これ以上何を言ってもさらに怒りを買うだけだった。圭は「部屋に戻って寝なさい」という父の言葉とともに、父の部屋から出てきてしまった。陰暦八月十五日の月は中天にあった。

　翌朝、寝坊をして起きてみると、本家に来るようにという伯父の命令が待っていた。顔を洗い、食事を済ますと伯父を訪ねていった。

　伯父は圭と泰を並んで座らせ、祖父の墓に関することを詳しく尋ねてから、

「じいさんの文集を読んでみたいと言っていたらしいな？」

と圭を見つめた。

「はい」

と圭は頷いた。

　伯父は一冊の漢書を取り出し、圭の前に最初のページを広げた。『大學』だった。

「この冒頭を読んで、意味を解釈してみろ」

　圭は朝鮮語では読むことはできないが、日本語で読んだ意味としてはこのようになるのではないかと前置きし、その意味を説明した。『大學』のその一節は、圭が習っている漢文の教科書に出てくるものだったので、たやすく説明できた。

　伯父は、

「いつ漢文をそこまで習ったんだ」

と驚きを隠さなかった。

「学校で習います」

「日本人が学校で漢文を教えるというのか？」

　圭はそうだと言った。

　伯父はさらに一冊の本を取り出した。『唐詩合解』というものだった。始めのページを指さしながら、伯父はその意味を言ってみろと言った。圭はそれを学校では習わなかったが、岩波文庫の『唐詩選』という本の一番始めにあり、その詩が気に入っていたので朝鮮語でも暗記していた。「人生意気に感ず、功名誰か復た論ぜんや「人間、男と男の意気に感激するもの、そうなったらもう、結果として得られる功名のことなど、誰が問題にするものか」」という句節で結ばれる魏徴の詩だ。

　偶然にも圭がすでに学んでいたものがテスト材料となったわけだが、そのことを知らない伯父は、ひたすら圭が聡明なものとばかり受け止めた様子だった。そして、溜息をついて言った。

「わしがこの詩の意味を理解したのは二十歳の年だ

った。圭は今年十五歳だろう？」

　そして伯父は圭の手を取り、その手をさすりながら、

「じいさんが生きておられたらどれほどお喜びなさったか。自分の跡を継ぐ孫ができたと…」

と声を詰まらせた。

「しかし」

と伯父は真顔になった。

「才に勝れば徳薄しという言葉がある。そして、今の世の中は才能を外に表す時代ではなく、隠さねばならん時代だ。圭よ、お前はこれから先、出過ぎた真似はするな。学校で教わる範囲で落ちこぼれない程度に、愚かな振りをしなければならん。せっかくの才能がかえって災いとならぬよう行動を慎むんだ」

　そして伯父は、圭が叔父に似ているようで心配だとも言った。そして、「危邦不居、乱邦不入」という孔子の言葉を挙げ、日帝下の君子としての生き方を伯父なりに説明した。

「じいさんの文集を読むのを急ぐことはない。お前がわしの年くらいになってから読んでも遅くはない」

　伯父はこのように話を結び、泰に向かっては、

「お前は圭を心から尊敬しなければならん」

と言った。

　圭は、伯父が自分の聡明さを認めてくれたことは嬉しかったが、実力以上に評価されたことを恐ろしく思った。圭が特別に漢文を好んでいたことは事実だった。しかし、伯父の前で披露した実力は、日本人教師から日本の書籍を通して習ったものを暗記していたに過ぎなかった。

　圭は祖父について知りたいことがたくさんあるのに、大人達はなぜ話したがらないのかを伯父に問いただした。一つ例を挙げると、本家にいた祖父の兄弟は「機張《キチャン》縣監［縣は新羅から朝鮮時代までの一番小さな行政区画。縣監は縣の長］」の職に就いていた。だから機張翁と呼ばれていた。ところが、圭の祖父は一族第一の文才だと言われていたのに官職に就けなかった。それは何故なのかということである。

「官職は文才があるからといってできるものではない」

　伯父はこう言いながら、

「いつかはじいさんの話を思う存分聞かせてやれる時が来るだろう。文集も読ませてやれる時が来るだろう…だから、その時が来るまでじいさんのことは

考えるな」

と苦しそうな口調で言った。

　圭は、泰が来年の新学期に上級学校の入学試験を受けられるように頼んだ。泰は普通学校を卒業してから、ずっとぶらぶらしていた。圭の父が泰を進学させようとしても、伯父が頑強に拒否するのでそうなっていたのだった。

「家のどこにそんな余裕があると思う。泰が中学校に行けば、またお前の父さんの世話になるじゃないか。お前の父さんは、わしや叔父さんの家の面倒まで見なけりゃならないからてんてこ舞いだ。勉強は圭だけすればいい。泰は家の手伝いをしなけりゃならん。お前が泰の分まで勉強して出世してくれ。それでいいじゃないか」

　伯父は泰の進学について、圭や泰の前で話すのが非常につらい様子だった。

　圭と泰は外に出て、裏山に登った。たわわに実った稲穂が黄金色に輝き、山あいの里一面が豊作だった。大地を見つめるたびにわき起こる感慨が再び起こった。

（これらすべてが昔は自分たちのものだったのに…）

　泰もやはり同じ思いの様子で、目を細く開き、日の光を浴びる大地を見つめていた。

「泰、叔母さんのとこへ行ってみようか？」

　叔母は具合が悪いからといって昨日の祭祀に参席していなかった。

「行こう」

　泰が応じた。

　叔母は連と二人で隣村に住んでいた。二、三マヂギ［一マヂギは米一斗分の種をまくほどの広さ］の田をたがやす小作暮らしは、この上なく貧しかった。圭の父が面倒を見ているとはいえ、それが十分なはずもなく、やっと口に糊する程度の生活を辛くも支えている有様だった。

　土のにおいのする土壁そのままの部屋で、叔母は頭に帯を巻いて横たわっていた。圭と泰が入ってくると、叔母はあたふたして、

「まあ、どうしましょう。坊ちゃんたちが来たのに座る場所もないわ」

と起きあがって、その場に座った。

「どこがお悪いんですか？」

　圭が静かに尋ねた。

「別に悪いところはないんだけど、ちょっと目眩がして」

そう言う叔母の顔は驚くほど憔悴していた。

「叔母さんは苦労しすぎです。僕たちが大きくなっ

たら楽させてあげますから、それまで我慢してください」

圭なりに勇気を出して言った慰めの言葉だった。

「言葉だけでもありがとう。でも、苦労だなんて思っちゃいないよ。お前の父さんこそ、できの悪い兄弟を持っていつも苦労しているじゃないか」

と言いながら溜息をついた。そのとき連が外から帰ってきて、叔母の後ろに隠れて座った。昨日は秋夕だったというのに新しい服も着れずに、着古した麻の服を着ていた。圭は、幼くして悲しみを知ってしまった心優しい連の蒼白な顔を見つめながら、邑内に住む宗家の姪を思いだした。姪は連と同い年だった。昨年、普通学校を卒業し、白いシャツに黒いスカートをはいて女学校に通っていた。どこから見ても、連がその姪に劣っている所はなかった。同じ親戚なのに、連は女学校はおろか普通学校にも通っていなかった。圭はまずその事実を口惜しく思い、連の運命をそのようにした叔父が恨めしかった。伯父は圭が叔父に似るのではないかと心配したが、圭自身はとんでもないことだと思った。日本に抵抗する叔父の気持ちが分からないわけではなかった。しかし、自分の主張を貫くために家族を犠牲にするようなことは許せないと思った。日本の勢力は日に日に増していた。その強大な勢力にやみくもに反対したからといって何の効果もないように思えた。叔父の目的は漠然としていたが、家族の苦痛は具体的で切実なものだった。それでも叔母の言葉から、そのような叔父を恨めしく思う様子は微塵も感じられなかった。伯母や圭の母が、叔母に同情して叔父を非難するようなことを言うと、自分が大きな過ちを犯したかのようにうつむいて黙っていた。

一体叔父が家族に強いた犠牲を償える日が来るのだろうか。叔母を訪ねたことが罪深く思われた。そして、この家族が背負わされている重荷を実感した。どんなことがあっても叔父に似てはならないと改めて心に誓った。

八

どんなことがあっても叔父のようになってはならないという決心は、十五歳の少年としては殊勝なことだというほかにない。それはすなわち両親をはじめとする一門の大人たちの期待に背くまいという覚悟でもあり、いわゆる立身出世をしなければならないという素朴な意欲でもあった。しかし、どんな道を歩んでいくのかはまだ決まっておらず、また、決めることもできなかった。ただ、漠然とした栄光への憧憬だといえた。

圭には母方のおじが二人いた。兄の方は日本に渡り勉強をしていたが、肺病のために帰郷し療養していた。弟は面書記の仕事をしながら、独学で中学校卒業の資格を取り、次いで医師試験を準備中だった。

圭は、病床にありながらいつも闊達とした母の兄も好きだったが、弟の方がさらに好きだった。圭はその叔父からハンス・グリムの童話を聞いた。黄色い表紙の小さな本の中から次々にお話が飛び出してくるのが不思議で、ある日圭はそれは何かと尋ねてみた。叔父は普通学校一年の幼い圭に、

「これはハンス・グリムという人が書いた童話集だ」

と説明した。

「ハンス・グリムってどんな人ですか?」

と聞くと、

「ハンス・グリムはドイツの童話作家」

と言い、次いでドイツがどこにある国で、どんな国なのかという圭の質問にいちいち答えてくれた。そして、叔父が手にしている本がドイツ語で書かれた本だと言った。叔父がドイツ語を学んでいるということが珍しくもあり、また、そのような叔父が誇らしくもあった。それで、再び尋ねた。

「ドイツ語を勉強してどうするんですか?」

「医者になろうと思ったらドイツ語をやらなきゃならないのさ。世界で医学が一番進んだ国がドイツなんだよ」

と言いながら叔父は圭の頭をなでた。そして、熱っぽく付け加えた。

「俺は将来、立派な医学博士になってみせる。お前は大きくなったら立派な文学博士になるんだぞ」

「文学ってなんですか?」

「医学は人の体の病を治すもの、文学は人の心の病を治すものだ」

普通学校一年生の子どもがこのような言葉の意味を十分に理解できたとは思えないが、圭はその叔父を思い出すたびに、当時のことが昨日のことのように蘇るのだった。そして、いつも改めて感動するのは、叔父が圭のような幼い子どもにも、対等な人格、対等な人間として向き合ってくれたことだった。

ずいぶん後のことだが、その叔父は初志を貫き医者になった。そればかりか、西大門の近所に病院を建て、医学部を出た医者たちと比べても遜色ない名医としての名声を受けた。

それだけに叔父の圭に対する影響は大きかった。そして、圭が自らの進路を考えるたびに、その叔父

の言葉が脳裏をかすめるのだが、中学生の圭としては自分の将来を叔父の言葉通りに決めるつもりはなかった。文学が何かを知るよしもない中学生としては当然なことでもあり、そのような方面にはまりこむのではないかと怯えている父の気持ちが推し量られたからでもあった。

　圭はあれこれと重い気持ちで学校から帰った。ところが、とんでもない事件が圭を待っていた。圭と一番親しい朴泰英《パクテヨン》という友人が警察に連行されたのだ。

　朴泰英は圭より一歳年上だったが、同じ学級だった。故郷は咸陽のある村、彼の言葉を借りれば、圭も泰英も同じ智異山の土と水で育った少年だった。朴泰英ほど優秀な頭脳を持つ学生は他にいなかった。日本人教師が舌を巻くほどの秀才だった。彼を校内で一躍有名にしたのは、彼が二年生の時に校友雑誌に載せた「故郷」という作文だった。その冒頭が、

「郷土は祖先への追慕を通した郷愁であり、後裔への期待を通した憧憬」

で始まるものだった。教師たちは誰もがその作文が十六歳の少年が書けるものではないといって問題にしたのだった。それで日本人教師が朴泰英を密室に呼び、題材を与えて作文を書かせた。その結果、「故郷」が朴泰英によるものであり、彼にはそれ以上の文章を書く実力があることが明らかになったのだった。

　朴泰英の才能は作文だけでなく数学においても卓越していた。幾何を学びながら、時折教科書以外の公式を発見して教師に質問するため、教師が冷や汗を流すことすらあった。それでも朴泰英には才能に恵まれた者にありがちな軽薄さがなかった。静かで落ち着いた学生、非の打ち所のない学生だった。

　そんな朴泰英が警察に連行されたというので、校内外で大事件となった。特に一番親しくしていた圭にとっては、言葉で言い表せないほどの衝撃であった。圭は食事ものどを通らなかった。そして、その翌日圭も警察に呼び出された。

　殺風景な部屋の中、隅の方に置かれたぎしぎし音のする椅子に座らされ、いかめしく凄味のある中年の刑事が、

「正直に答えなければお前も臭い飯を食うことになると思え！」

と前置きして、尋問を始めた。

「朴泰英とお前は一番親しい友だちだろう？」

「はい、そうです」

「朴泰英がお前に独立運動をするよう言ったことはなかったか？」

「ありません」

「嘘をつくな！」

刑事は机をどんと叩いた。圭の心は凍りつくようだった。言葉が震えた。

「本当にそのようなことはありません」

「よし、それはまた後で片付けることにして、朴泰英がお前に、自分たちは真理の使徒になろうと言ったことがあるだろう？」

「あります」

それは朴泰英の口癖だった。

「真理の使徒というものがどのようなものか分かるか？」

刑事の恐ろしい視線が圭の眉間を刺しつらぬくようだった。

「真の正しい学問をしようという意味でした」

「それなら朝鮮独立のために働くことは正しいことだとは思わないのか！」

圭は答えに窮した。背中に冷たい汗が流れた。

「隠さずに言え」

「そんなことは考えたことがありません」

「何？朴泰英はそう思ったと言ったのに、お前はそうは思わなかったのか？」

「はい」

「それなら何故、今年になって朝鮮語の科目がなくなったといって朴泰英と一緒に泣いたんだ」

「そんな事実はありません」

「この野郎、朴泰英の日記にはそう書いてあるんだ。それでもシラを切るのか？」

圭は呆れた。本当にそのようなことはなかったからだ。ただ、三年生に進級して朝鮮語がなくなったという話を聞いた時、朴泰英と圭は学校の裏庭で次のような話を交わしたことはあった。

「学校から朝鮮語をなくしたからといって朝鮮語がなくなるか？このような時だからこそ俺たちは朝鮮語を学ぶべきだ」

「そりゃそうだけど、どうやって？」

「俺は明日から朝鮮語の新聞を頑張って読むつもりだ。朝鮮語で書かれた雑誌も読むし、日記も朝鮮語で書く」

「ところで周《チュ》先生はどうなるんだろう」

周先生とは圭たちが二年生を終えるまで朝鮮語を教えていた先生だった。

「うん、本当に気の毒だ。しかし、周先生がおっしゃった話があるじゃないか。言葉を忘れずにいるなら、監獄に入ってもその鍵を持っているのと同じだと。あの話を忘れずにいよう」

「あの話は本当によかった。俺も朝鮮語の本を頑張って読もう」

このような会話を交わしたので、ある程度感傷的な場面とはなった。しかし、泣くほどの場面ではなかった。

しかし、そのような細かい説明をするわけにもいかず、圭はうつむいてしまった。その頭の上に雷のような大声が落ちてきた。

「隠さずに言えと言っているんだ。朴泰英は正々堂々と包み隠さず話したぞ。お前はよくよく卑怯な奴だな」

そして懐から手錠を取り出し、ガチャリと音を立てながら机の上に置いた。すぐにでもその手錠を圭の手首にかけようという勢いだった。圭は冷たい金属の光に怯え、思わず泣き出してしまった。

刑事は冷たい笑いを浮かべながら、泣いている圭を見つめ、尋問を続けた。朴泰英が圭に話したことを洗いざらい白状しろと言った。圭はおどおどしながら言葉をつないでいったが、それが要領を得るはずがなかった。刑事は何度か圭の胸ぐらをつかみさえした。

そのような時間がどれくらい続いたのか圭には分からなかった。一人の巡査が現れ、圭を尋問していた刑事の耳に何やら囁いた。すると刑事は不快な顔をして立ち上がった。

「立て、署長室に行くぞ」

廊下を通り、署長室の前までいくと、部屋の中から耳慣れた声が聞こえてきた。圭が通っている学校の校長の声だった。低いが幾分興奮したような語調だった。

「考えてもみてください、署長。あの子たちはまだ十五、六歳の少年なんですよ。何か問題があれば私にまず知らせるべきではありませんか？あの子たちは一旦私が教育を任された子どもたちなのに、私に何の相談もなくむやみに警察が引っ張っていくとはどういうことですか？それも何か大罪を犯したというならまだしも、書店で怪しげな本を一冊買ったというだけで家宅捜査までして、その子の日記を押収するなんて話になりませんよ。署長にだってお子さんがいるでしょう。教育的な指導をして、その上で見込みがないと判断したら署長が嫌だと言っても警察に引き渡します。あの子たちが大日本帝国に反抗するような子どもたちだというなら私自身が許しません」

相手側が何か言っている様子だったが、その言葉は聞こえなかった。それまで躊躇していた刑事はノックをしてドアを開けた。圭は刑事に続いて中に入った。袖に金色の筋が入った制服を着た署長とみられる人物が、刑事に出ていくよう指示し、圭には校長の横に座るよう言った。校長は圭を黙って見つめた。校長は眼鏡の奥から痛ましそうに圭を見つめた。

「朴泰英はどうしたんですか？」

校長は署長に尋ねた。

「すぐ連れてきます」

署長の言葉が終わらぬうちにドアが開き、刑事に連れられた朴泰英が入ってきた。二晩を留置場で明かした朴泰英は、見るも哀れに憔悴していたが、その目だけは凛と澄んでいた。圭は朴泰英を見つめることができなかった。

「辛かったろう」

朴泰英が圭と反対側の校長の横に座わると、校長は言った。校長は両腕を広げて二人の肩を抱き、交互に二人の顔を見つめた。そして、

「これくらいのことでそんなにしょげ返ってどうするんだ」

と優しく言った。

「お前たちはまだ幼いとはいえ中学三年生だ。自分のことは自分で責任を負えるくらいにはなっているだろう。朴君の日記からは不穏な思想が感じられた。だから、警察の取調を受けたわけだが、日本の警察が帝国の安寧と国民の精神状態について、隙なく対処しているということがよく分かっただろう。これからはつまらない誤解を受けぬよう、心して忠良な皇国臣民にならなくてはならん。校長先生がわざわざお前たちのためにここまでいらしてくれたので、特別に考慮して見逃してやるからそう思え。今後再び同じようなことがあれば絶対容赦はせんぞ。それでは校長先生、この子らを連れて行ってください」

署長はそう言って、机の上にある本と朴泰英の日記とおぼしきノートを校長に渡した。

校長は黙ってそれを受け取ると、圭と泰英を先立たせて署長室から出てきた。

警察署の前庭で、オーバーを着た人物が校長を見るや慌てて駆け寄ってきた。丁重に校長に挨拶をしてから、目に涙を浮かべたまま朴泰英の父だと自己紹介をした。

「大切なご子息を預かりながら、このような不祥事が起こってしまいすみませんでした」

校長は謹厳な表情で言った。

「とんでもございません。不詳息子のせいで先生に

まで累が及んでしまい申し訳ございません」

泰英の父は身の置き場がないというように恐縮しながらも泰英の方を横目で窺い見た。泰英は魂を失った人のように立っていた。

「この子たちと家に行って少し話をしたかったのですが…」

と躊躇っていたが、校長は泰英の頭をさすりながら言った。

「明日までゆっくり休んで、明後日頃学校に出てきなさい。その時話をしよう。李君も一緒に。ところでこの本とノートは私が持っていくぞ」

そして泰英の父に、子どもを責めぬよう言い聞かせて警察署の門を出ていった。

黙って前を行く父に従いながら泰英が低い声で言った。

「すまない、圭。俺が日記に圭のことをいろいろ書いたせいでお前まで呼ばれてしまった。すまん」

九

校長室はストーブの熱気でほどよく温かかった。しかし校長室の威厳に気圧されて心だけでなく、体の緊張まで解けなかった。泰英と圭が校長の正面に座り、学級担任が少し離れてその中間に座った。しばらく沈黙が流れた。かんかんと燃え上がる火の音とストーブの上のやかんが蒸気を吹き出す音だけが聞こえた。窓の外には曇った冬の空があった。

「朴君、この本を全部読んだのか？」

校長は文庫版ゴーリキー随筆集を触りながら尋ねた。

その本を泰英が買うところをある刑事が目撃し、彼を尾行して下宿を見つけ日記帳を押収、今回の事件となったのだ。

「はい、全部読みました」

朴泰英は落ち着いて答えた。

「中学三年生が読むにはかなり難しい本だが、朴君は稀に見る秀才だから充分に理解できただろう？」

「大体理解できたと思います」

「ゴーリキーの本をこのほかにも読んだのか？」

「はい、読みました」

「何と何を読んだんだ？」

「『私の大学』という本と『零落者の無理』や『母』という本を読みました」

「なかなかたくさん読んだな。ところでゴーリキーを特別に選んで読んだのは何か理由があるのか？」

「ただ周囲にあるものを読んでいたらそうなりまし

た」

「その本を全部書店で買ったのか？」

「いいえ、私の下宿の近所に住む人が持っていた本を借りて読みました」

「ゴーリキーのどんなところに感動した？感動したからそれほど次々に読んだんじゃないのか」

「貧しさの中で育ち、苦労しながら独学であれほど偉大な人間になったという点に感動しました」

「君もそういう人間になりたいか？」

「できることなら、そのようになりたいです」

「まさか共産主義者になりたいということではないだろう？」

「はい、ただ困難な環境に打ち克っていける人間になりたいというだけです」

校長はしばらく言葉を切り、額に手を当て考え込むふうだったが、再び口を開いた。

「朴君のお父さんは何をしていらっしゃるんだ？」

「郡庁の書記をしています」

「どこの郡庁？」

「泗川郡庁です」

「故郷は？」

「咸陽郡です」

「故郷には畑と田んぼがどれくらいあるんだ？」

「田んぼが十五マヂギ、畑が五マヂギくらいあります」

「誰が耕しているんだ」

「祖父がしています」

「生活は苦しい方なのか？」

「そうでもありません」

「専門学校や高等学校に行かせてもらえそうか？」

「そこまでは無理です」

「それならここを卒業したら就職しなければならんな」

「…………」

「就職するだろう？」

「苦学してでも上級学校に行きたいです」

「苦学？それはそんなに簡単なことではないぞ。しかし朴君は心配しなくてもいい。君ほど頭が良くこれからも努力するのなら、朝鮮奨学会から奨学金を受けることもできるだろう」

校長はここでまた言葉を止めた。そして再び次のように続けた。

「忠良な皇国臣民として一流の人間になって社会から優遇されたいか、独立運動だの共産運動だのにはまって一生を監獄で暮らしたいか？」

泰英は答えなかった。

「独立運動もいいし共産運動もいい。しかし日本の国体が生きている限り、ばかげたことだ。日本の国体は万世一系であり、天壌無窮だ。ゴーリキーの暮らすロシアとは完全に違う。どうだ、私に忌憚なく話してみてはくれんか？君が何を言おうと私は意に介さん。どちらの道を選ぶんだ？」

泰英の背には脂汗が滲んでいることだろう。圭は全身に戦慄を覚えた。

泰英は姿勢を正して座り直し、

「校長先生、その質問はあんまりです。今、僕がどうしてそんな難しい質問に答えられますか？万一僕が皇国臣民になるならば社会から優遇されるためではなく、そのために一生監獄暮らしをしても構わないという信念を持ってなるつもりです。皇国のために今も命を捧げている勇者たちがいるではありませんか。彼等は社会から優遇されたいがために皇国臣民になったのではないと信じています」

と眉のあたりに悲壮な覚悟を表して言った。

校長は何かに怯えたかのように泰英を見つめ、その視線を圭の方に向けてから学級担任を振り返った。担任教師は緊張のあまり蒼白になった顔でどもりながら言葉をかけた。

「朴君、校長先生になんてことを言うんだ！」

校長はそんな担任教師を手で制し、

「私の間違いだった。朴君が正しい。朴君の言葉はまさにその通りだ。皇国臣民は優遇を願ってなるものではない。私は朴君から素晴らしい教訓を学んだ」

と言いながら何度も頷いた。

そして担任教師に向かって、

「先生はいい生徒を持った。将来この学校の誇りとなる学生だから格別に目を掛けてやってください」

と言い、朴泰英には、

「それだけに君は慎重にならなくてはならん。皇国臣民になるためにも、また他の信念が必要ならその信念のためにも、君は大きな器を持ちなさい。そのためにはこんな本を読んで警察に疑われるような、青葉の季節に踏みつぶされるような危険な真似は避けなければならん。そうしてくれるのなら、校長の私が力の及ぶ限り君の助けになるつもりだ」

と言った。そして一つだけ条件があると次のように言った。

「君にゴーリキーの本を貸したのは誰なんだ？」

「…………」

「その人のことは警察に話したのか？」

「話していません」

「なぜ？」

「警察署ではそのようなことは聞かれませんでした」

「警察が聞かなかっただと？」

「どうしてその本を買ったのかということと、日記帳に書いてある内容についてのみ聞かれました」

「それならその人が誰なのか私に教えてくれないか？」

泰英は黙っていた。

「危険なのはその人物だ」

校長の言葉が急に厳しくなった。

「君のような純真な生徒にこんな本を読ますなんて、少年の道を踏み外させる以外の何ものでもない。君が大学生くらいになってから読んだのなら物事の理を判断して処理することもできただろうに、早すぎたためにそれが禍根になったのだ。今後君を保護するためにも私はその人物がどんな人間なのかを知らねばならん。調べてみて問題ない人物ならば見逃すだろうが、そうでなければ断固としてそのような毒素は取り除かねばならん。将来の禍根をなくすためにも君はその人物の名前を絶対言わねばならん」

泰英は青ざめた顔を上げ言った。

「その人が僕に読むよう勧めたのではなく、僕がわざわざその人の書架にあったものを選んで読んだのです。その人に責任はありません」

校長は自分の感情をどう抑えていいのか分からない様子だった。彼の顔面神経が震えた。

「朴君、校長先生に本当のことを言いなさい。校長先生はお前のことを考えておっしゃっているんじゃないか」

担任教師が間に入った。しかし泰英は蒼白な顔で担任教師を一瞥しただけで口を開こうとはしなかった。

校長は口を閉ざしてしまった泰英から圭の方に視線を移した。

「李君もゴーリキーの本を読んでみたのか？」

「僕は読んでいません」

「朴君と李君は親友だそうだが、朴君が興味を持った本を君に貸してはくれなかったのか？」

「僕が読んでも理解できないことをよく知っているから勧めなかったのだと思います」

圭はかろうじてそう答えた。

「話ぐらいは聞いていただろう？」

「話は時々聞きました」

「どんな話？」

「ゴーリキーは社会の一番底辺に置かれた人間であったにもかかわらず、そこに埋もれず自分自身を磨いて世界的な文豪になった。これは大変なことで、そんな人こそ偉大な人物だという話です」

「それ以外の話は聞いたことはないか？」

「特にありません」

次に校長は朝鮮語に関して、一昨日刑事から受けたことと同じような質問をしてからこのように言った。

「朝鮮語をなくしたことについては私も胸が痛い。長い歴史を持った言葉であり、特にハングルは非常によくできた文字だそうだな。だが、日本語だって決して遜色ない言葉であり文字だ。日本語でも文化を創造することができるし、世界を支配することだってできる。それに朝鮮語も日本語も本来同祖同根だといえる。それならばせっかく内鮮一体、一視同仁の方向へ進んでいるのだから、言語も統一するべきじゃないのか。言葉が違えば、そして違う言葉を各々が主張すれば民族は永遠に分裂状態のままだ。一億の人間が心を合わせようとするなら言葉をまず統一しなければならん。朝鮮語を捨てることは無論惜しい。だが捨てなければならんものは躊躇せず捨てなければならん。そこに発展があり、向上があり、希望があり、幸福がある。神州は不滅だ。神国は永遠だ。朝鮮はお前たちが歴史で学んで知っているとおり、数千年にわたって小国が分立し、外国の支配の下、様々な苦しみを味わってきた。独立すれば再びそのような立場に立たされるのは明らかだ。今、日本は中国大陸にまでその勢威を振るっている。このようなときに半島の独立など不可能であるだけでなく、半島人民の幸福のためにも望ましいこととはいえぬ。君たちのような秀才が、さっき泰英君が言ったとおり信念を持って皇国臣民となる決心をするならば内鮮一体の効果は一層促進されるのではないか。今すぐに君たちの答えを聞くつもりはない。私の気持ちとしては、いや、私の信念としては朴泰英君にゴーリキーの本を貸した人物を是非とも突きとめたいのだが、朴君のためにその人に累が及べば、それがまた朴君の精神的負担になるようだから一切不問に付すことにしよう。朴君も李君もこのような私の心情を理解してくれ。それから、今後何か悩みがあれば遠慮なく私のもとに相談に来てくれればありがたい」

そして学級担任に圭と泰英を連れて行くよう目配せをした。

ところが圭と泰英が出ていこうとすると、校長は再び呼び止め二人の肩を抱き囁くように言った。

「この世に読んではいけない本などない。だが、あまりにも本が多すぎて、それらを全て読むことはできん。いい本を読むのではなく、最善最高の本を読まねばならん。しかし、最善最高の本も時と場所をわきまえて読まねば最悪の本になってしまう。私の願いだが、君たちは大学を卒業するまでは自分が読む本に関して先生の指導を受けるようにしなさい。先生の指導なしで読む本は大学を卒業した後で読んでもいい。私の言いたいことが分かるだろう。今日はこれだけ頼んでおくぞ……」

第二章　河永根

一

警察に連行された事件、そして校長室に呼び出された出来事の後、朴泰英《パクテヨン》は変わった。屈託なく笑い、天真爛漫に話していた彼に陰鬱な陰が宿り始めた。できるだけ人を遠ざけるようにもなった。

　このような朴泰英に対する学級全体の雰囲気にも若干の変化が起きた。皆が彼を尊敬する態度には変わりなかったが、彼と一緒にいることを避けるようになった。朴泰英と一緒にいたらどんな危険に巻き込まれるか分からないという漠然とした恐怖のようなものが芽生え始めている様子だった。学友たちだけでなく、教師たちまでも朴泰英を腫れ物に触るかのように接した。

　冬休みまであと二週間というある日の昼食時間だった。弁当を食べた後、皆ストーブの周りに集まっていたのだが、鄭泰民《チョンテミン》という学生がストーブの上に置かれたやかんを取るために割り込み、前にいた朴泰英に、

「おい思想家、肩ちょっとどけろ」

とおどけて言った。

鄭泰民を振り返った朴泰英の顔が真っ青に青ざめていた。泰民はばつが悪そうに笑いながらもさらに皮肉った。

「思想家を思想家といって何が悪い？」

　その言葉が最後まで終わらぬうちだった。泰英はストーブの上のやかんをつかむと鄭泰民の顔面に叩きつけた。泰民の眼鏡が粉々に砕け、全身に水が流れ落ちた。熱湯でなかったのが幸いだった。

　泰民は泰英よりも年上で体も大きかった。学級ではやたらと腕力を使うグループに入っていた。一対一で対峙して泰英が泰民に勝つ勝算はなかった。しかし泰民は、青ざめた顔で飛びかかってくる泰英に気圧されたのか、途中まで振り上げた拳をおろし、床に落ちた眼鏡のレンズを拾い上げると黙って自分の席に戻ってしまった。

　そのようなことがあってから泰英は一層学級内で孤立した存在となった。そうなればなるほど圭《キュ》は泰英と親しくなり、一緒にいる時間も増えていった。だからといって泰英と圭の意見がいつも一致するわけではなかった。まず、校長に対する考えからそうだった。圭はひたすら単純に原田校長を慈愛に満ちた、ありがたい先生だと思っていたが、泰英はそうではなかった。

「アオダイショウが十五匹ほどとぐろを巻いているような人間」

と泰英は校長を評した。

「朝鮮人をどうやって丸め込んだらいいかを研究して行動するあんなふてぶてしい態度よりは、かえって悪意むき出しの態度の方が正直なだけましだ」

とも言った。

　話が議論になるといつも圭が負けてしまった。少年時代の一歳という歳の差は大きなものだが、それよりも泰英の識見に圭が全く及ばなかったためだった。

　ひどく寒い土曜日の午後、学校から帰る途中で泰英が圭に、

「今日、河《ハ》先生を一緒に訪ねてみないか？」

と誘った。

　河先生とは河永根《ハヨングン》氏のことだ。泰英がゴーリキーの本を借りたのはその人物だった。泰英から河永根という人物の話を聞いたのは、二人が校長室に呼び出された日の午後だった。しかし、その後泰英から河永根の家に行こうと誘われたことはなかった。

「やたらに押し掛けて失礼にならないか？」

「あらかじめ圭のことは話しておいた。一度連れて来なさいと言ってくれた」

「俺も一度行ってみたいとは思っていたけど……」

と圭は語尾を濁した。

「よし、それならこのまま河先生の家に行こう」

「うん」

　返事はしたものの圭はあまり乗り気ではなかった。しかし、一度会ってみたいと言った言葉も嘘ではなかった。

　圭と泰英が歩いている道を、冷たい風が埃を巻き上げていた。この地方の人々が「智異山《チリサン》おろし」と呼ぶ風だった。往来の商店はガラス窓を閉めたまま息をひそめ、行き交う人々の足取りは追われるもののように速かった。日の光は差していても暖かさはまったく感じられず、ただ侘びしい照明に過ぎなかった。このようなときは早く下宿に戻って、暖かいオンドル部屋に引きこもりたいと思ったが、泰英の好意を無にする勇気はなかった。圭は黙って泰英の後に従い、西鳳洞《ソボンドン》の狭い路地へと入っていった。路地は低い家々がお互いに肩を寄せ合って震えているようで、道を行く者は一人もいなかった。犬一匹通り過ぎなかった。生きているものすべてが死んでいなくなってしまったのではないかという錯覚を起こすほどひっそりとした路地をしばらく歩くと、その一帯に不釣り合いなほど大きな瓦屋根の家が目の前

に現れた。路地の行き止まりに門があった。その門に「河永根」という表札が風雨に色褪せた文字で刻まれていた。

泰英が、

「ごめんください」

と声を上げたとき、圭は背後に人の気配を感じた。圭ははっと振り向いたが、驚いて門の脇に飛びのいた。黒いトゥルマギ（外出するときに一番外側に着る外套のような服）の下に白いチョゴリを身につけた女学生が近づいてきていたのだった。一瞬のことだったので確かなことは分からなかったが、細い体に白い顔、はにかむような伏し目がちな瞳、きれいに櫛でとかれて結ばれた髪…などが脳裏に焼き付いた。

女学生は門の前まで来ると二人に背を向けて立った。やがて門の向こうに人の気配がして大門の横につけられた板戸を開けてくれたのは、十五、六くらいの少女だった。青いマフラーに包まれた顔はリンゴのように真っ赤に上気していたが、そのきらきら輝く目が清潔な印象を圭に与えた。

「先生はいらっしゃいますか？」

と言う泰英の言葉に少女は答えず、代わりに板戸を大きく開いた。そこで帰ってきた女学生に気づいたようで、

「お嬢様お帰りなさい。今日はとっても寒いでしょう」

と本の入った風呂敷を受け取った。

圭は舎廊《サラン》［客間を兼ねた主人の書斎］に通じる板戸をくぐった。高い軒を持った舎廊の棟が左側にあり、目の前には広い庭があった。南向きの塀に沿って数本の木が葉の落ちた枝を伸ばし、東の塀にはマサキが並んでいた。庭の中央の木々は藁を着せられ、荒涼とした冬の庭らしい情景を演出していた。

南向きに建てられた舎廊の棟はすべてガラス戸になっていた。圭と泰英の姿を見つけた河永根と思われる中年の男がガラス戸を開けて手を振った。河永根は茶色のマゴヂャ［チョゴリの上に重ねて着る上着］に灰色のパヂ［ズボン］を着ていた。歳は三十をかなり越えているように見え、痩せた体は鶴のような印象を受けた。

ガラスに囲まれた舎廊の板間はストーブがなくてもサンルームのように暖かかった。河永根は二人にソファーに座るよう勧め、自分は安楽椅子に座った。

「朴君から李《イ》君の話はたくさん聞いている。ところで蓬莱洞《ポンネドン》の李《イ》炯寛《ヒョングワン》さんとはどういう間柄なんだい？」

李炯寛とは圭の宗家の人間だった。圭は丁寧に答えた。

「僕には八親等の親戚になります」

河永根はなにげなしに聞いた。

「最近どうしているか知らないか?」

「最近は宗家にはまったく行かないのでよく分かりません」

そう答える圭を河永根は微笑みながら見つめ、こう言った。

「そう堅苦しくならないでもいいよ。私の叔母が炯寛さんの母なんだよ。だから私の家と李君の家は先祖代々のよしみだ」

圭は「サクシルおばさん」と呼んでいる宗家の女性が河永根の叔母だと聞いて驚いた。同時にその女性の実家が大変な金持ちだと聞いたことを思い出した。その家がまさしくこの家なのかと思うと世間は実に狭いものだと思った。

「ところで李君は将来何をするつもりかな?」

河永根は話題を変えた。

「まだ決めていません」

「そりゃ決めることはできんだろうさ。しかし、大体の方針は考えておかなくちゃ。来年には大学の予科なり高等学校なりの入学試験を受けるんだろう?」

圭は漠然としてではあるが自分が考えていることを話してみようと思った。

「僕は将来、歴史を学んでみたいと思います」

「歴史?それもいいだろう。無窮無尽の世界だから」

河永根は何か考えに浸る目つきで言葉を切ったが、

「朴君は哲学をすると言っていたけど、その覚悟に変わりはないかい?」

と泰英に話しかけた。

「哲学であれ何であれ、人生と社会の根本問題を探求する学問をしたいと思います」

泰英は堂々とそう言った。

「一方は哲学、一方は歴史、君たちは将来いい友人になるだろう」

河永根はそうつぶやいた。圭は泰英が言った哲学というものがそもそも何であるのかと思った。こうしていつも連れ立って行動しているのに、泰英からそのような話を聞いたことはなかった。無論、圭自身も歴史を学びたいという考えを泰英に話したことはなかった。

「先生、哲学とは何ですか?」

圭は勇気を出して尋ねた。

「そうさな、哲学をやりたいという泰英君に聞いてみたらどうかな。朴君一度説明してみなさい」

「分からないから学ぼうとしているんじゃないですか」

泰英が恥ずかしそうに言った。

河永根は少年の質問をあまりにも軽く受け流しすぎたことを申し訳なく思ったのか、静かな語調で次のように言った。

「私も詳しくは知らないけれど、哲学は知に至ろうとする努力のことではないかな。知とは、より澄んだ目、より澄んだ耳、より澄んだ心のことだと私は思う。本来哲学は人生と社会を理解するために必要な知を得ようとする努力のはずなのに、ほとんどの人間は融通の利かない怪物になったり、哲学書の山に埋もれて暮らす哲学者になったりするのが関の山だ。哲学は哲人となるための学問のはずなのに、哲学者と哲人が調和した人物は稀だ。哲人として現実と遊離するか、哲学者として本の虫になってしまうか。しかし泰英君は聡明だから哲人と哲学者を自分の中に調和させることができるだろう」

泰英は真剣な表情で河永根の言葉を聞いていた。圭も注意深く聞いた。相当に難しい話のはずなのだが、河永根のその言葉がはっきりと理解できたような気がして驚いた。

「しかし」

と河永根は言葉を続けた。

「哲学を正面から研究するのも構わないが、私は他の学問を通して入っていくのもいいと思う。例えば物理学をするとしよう。物理学を徹底的に研究していけば、必ず哲学的な局面に入り込んでいくんだ。そこから出発して哲学をやれば物理学という実に具体的な知識の拠点を利用して素晴らしい哲学の宮殿を建てられるような気がする。物理学じゃなくてもいい。植物学をしてもいいし、動物学をしてもいい。具体的な知識の基礎があるから、その哲学がより強い説得力を持つんだ。ある哲学者は経済学という具体的な知識を通して自分の哲学を展開した。ところがそれがどんな哲学よりも強力だったんだ。今、純粋な哲学はあまりにも専門的になりすぎて一般大衆、ある程度の知識人までも含んだ大衆との距離が離れすぎてしまった。だからといってそれが人類に寄与する所がないという話ではないけれども、私は泰英君の大切な頭脳がアカデミーに埋もれてしまってはだめだと思う。まあ、これは私の偏見に過ぎん。まだ時間があるから急がずにゆっくり行路を決めればいいさ」

そして河永根は自分が出会った哲学者、経済学者、文学者たちについてふれ、彼等の特徴、逸話などを話しはじめた。その中で一度会ってみて、一番大きな感動を受けた人物は魯迅という中国の文人だと言った。

「魯迅という人はどんな人ですか」

　泰英が聞いた。

　しかし河永根は、

「そのうち分かるさ」

と言うだけで具体的な説明はしてくれなかった。

二

　日が落ちると板間には急に寒気が広がった。河永根は立ち上がると部屋に入り、明かりをつけて言った。

「外は寒いからこっちに入りなさい」

　圭は泰英の後について舎廊に入った。

　寺の大部屋を連想させるほどの広いオンドル部屋だった。圭は自分たちの教室の倍ほどの広さはあるかと推測した。その広い部屋の壁三分の二くらいを書架が占めていた。部屋の向こうの隅にはソファーを置いた応接セットが用意されており、こちらの隅には屏風を背景に厚い絨毯が敷かれていた。別の場所にテーブルが置いてあるかと思えば、在来式の文箱が机を兼ねて配置されているところもあった。書架と書架の間には掛け軸が掛けられ、仏像をはじめとした美術品も適当に空間を満たしていた。その部屋一つで東洋と西洋の生活様式を兼ねられるように工夫されていた。

　圭の宗家も金持ちだったので、宗家の家にある珍しい調度品を見慣れてはいたのだが、河永根の書斎を兼ねたその部屋には驚かされた。圭は金持ちというものがこのように優雅で気品のある豪奢を享受できるのならば、金持ちになることを熱烈に追求してみるだけのことはあると思った。

　厚い絨毯の上に座り、圭が目をきょろきょろさせていると、部屋の外から誰かが近づいてくる音がした。引き戸が開くと使用人らしき二人が大きな膳を持って入ってきた。さっき、脇戸を開けてくれたきれいな瞳の少女が箸と匙を置いてくれた。その少女を見て河永根が、

「潤姫《ユニ》は帰ってきたか？」

と聞いた。

「下のお嬢さんでしたらもうお帰りですよ。今日は半ドンですからね」

と言うと少女は出て行った。圭は潤姫という人がさっき門の前で見た女学生のことだろうと思い、わけもなく顔を赤らめた。

膳には梨、リンゴ、石榴、甘柿、渋抜きの柿をはじめとする果物から、カンヂョン、ユミルグヮなどの菓子、甘酒、餅に至るまできれいに並べられた豪華なご馳走が積まれていた。

「親戚の坊ちゃんが来たと言ったから、大騒ぎで用意したみたいだな」

河永根は三年前に植えた柿からこんなにいい甘柿が実ったと言いながら、まず甘柿を勧めた。

空腹だったせいもあり、圭と泰英の旺盛な食欲は遠慮を知らなかった。

「それだけ旺盛な食欲があれば天下も征服できそうだな」

と言いながら、河永根は半分の甘柿も持て余しながら静かに噛んでいた。

いつしか圭と泰英が通っている学校の校長の話が話題に上った。河永根は、泰英を通して以前の事件と校長の言動を聞いている様子だった。

「その原田という校長はただ者ではないな」

と話を切りだした。

「君たちの学校に来る前は、東莢《トンネ》高等普通学校にいたそうだ。東莢高普は同盟休校で有名な学校だ。その原田校長は、同盟休校の度に学生の肩を持って道警察部と対決していたそうだ。私と親しい東高出身の友人から聞いた話だ」

「そんな人間が、ゴーリキーの随筆集を読んだといって問題視しますか？」

泰英が不満げな口振りで言った。

「それは警察が問題にしたから校長も問題にしたんだろう」

河永根はなだめるように言った。

「それならそうとしましょう。でも朝鮮語を廃止したことを当然のことのように言っていました。それから皇国臣民になれとか、神国は永遠だとかいうことも言ってました」

泰英は相変わらず不服そうだった。

「それが日本人としての限界じゃないか。そのような限界を持った日本人としてはただ者ではないということだよ。原田校長の態度をすべて肯定しろと言っているんじゃない」

そして河永根は原田校長が東莢高普時代、同盟休校のためについに退学処分とせざるを得ない学生が出たとき、その学生の家庭事情が許せば日本内地の中学校に転校できるよう誠意を尽くして斡旋したという話をして、植民地で中学校校長の職に就く日本人としてはたいへんな人間と見なければならないとも言った。そして、そのように言いながらも次のように付け加えた。

「そりゃ朝鮮民族を団結させるためには原田校長のような人物はむしろ有害かも知れない。徹頭徹尾日本人根性をむき出しにする奴ならば正面切って敵対することができるけれども原田校長のような人に対して無条件に敵対することもできないからな」

また、河永根はこんな話しもした。

「君たちの学校の初代校長は高力高雄《こうりきたかお》という人だった。この人は徹底したゴーリキー崇拝者だったようだよ。次男ということを理由に分家して、自分の名前を「マキシム・ゴーリキー」になぞらえて高力高雄に変えたんだ。マキシムとは、日本語で近似値を探せば高雄になる。姓はそのまま高力にしたと本人が自慢げに言っていたそうだから間違いない事実だ。日本人の中にも時々そういう変わった人間がいる。そういう傑物はこの先だんだん少なくなる傾向にあるようだ。そんな意味で原田校長は君たちが出会う最後の傑物かも知れん。だから君たちはいい校長を持ったといえるだろう」

それでも泰英は釈然としない表情をしていたが、圭は河永根の意見が正しいかも知れないと思った。川向こうの学校では、軍事訓練をするからといって制服の色をカーキー色に変え、登下校時には軍隊式に脚絆をつけさせていた。ところが同じ中学校であるにもかかわらず圭の学校では夏は霜降、冬は黒地の制服を変えようとせず、教練の時間以外に脚絆をつけろなどと命令されることはなかった。その事実だけでも原田校長の心中を知ることができた。

圭はこの春起きた事件を想起した。上級生たちが妓生《キーセン》［芸妓］を連れて船津《ソンヂン》というところに花見に行き、そこで同じ市内の中学生たちと喧嘩騒ぎを起こした。原因はこちらが連れて行った妓生を相手が冷やかしたというたわいないものだったが、一度喧嘩が始まると棍棒や石つぶてまで飛び出し花見の場は修羅場と化し、双方に数十名の重傷者を出すに至った。警官たちの介入で喧嘩はようやく鎮圧されたが、問題はそれからだった。現地踏査までした道警察部と学務課は、道知事の命令をかさに、両校の関係学生全員の退学処分を要求してきた。

相手校の校長は、道知事の命令が下るやたちまち関係学生全員を退学処分にした。ところが原田校長は道当局の指示に反発した。

「学生の分際で妓生を連れて花見に行くような、さらにそればかりか喧嘩騒ぎまで起こしてくるような奴らであるほど、より切実に教育を必要としている者たちだ。そんな危険な奴らをそのまま学校から追い払うわけにはいかない。保護者から委任を受けた校長の責任としても、あの学生たちを退学させるわけにはいかない」

というのが原田校長が主張した名分であり、万が一その名分を立てられないのならば自分は校長の職を退く意志があるとまで頑強に主張した。結局校長の意志は通り、関係学生たちは退学処分を免れた。相手校においても退学処分が取り消された。その代わり原田校長は関係学生全員を寄宿舎に入れ猛烈な精神訓練を行った。

いつも穏和な校長が、時によっては岩のように重く、獅子のように豹変するという事実を知ったでけでも学生たちには大きな教訓だった。

圭がぽつりぽつりとその話を終えると、

「とにかく原田校長はただ者ではない」

と河永根が噛みしめるようにいった。

「それなら全て校長先生が言うとおりにしなければなりませんね」

やはり泰英はふてくされたような口調で言った。

「朴君はよっぽど校長先生が嫌いなようだな」

そう言って河永根はからからと笑った。

「僕にゴーリキーの本を読ませた人を教えろと言いました。黙っては置かないと。僕がもし先生の名前をしゃべっていたら、校長はすぐさま警察に連絡していたところでした。原田という校長は結局そんな人間です」

泰英は興奮して言った。

「でも君が言わなかったから、その質問を撤回したんだろう？それはひょっとすると君の人間性を試してみたのかも知れないぞ。そして仮に君が私の名前を教えても、一度くらい私のところに訪ねてくるくらいで警察に連絡するような真似はしなかっただろうと思うけどな」

「河先生はどこまでも原田校長の肩を持つんですね」

「朴君、肩を持つんじゃない。人間の真価をそのまま理解することが一番重要だということを言いたいんだ。人生の師として、また時には友だちのように付き合うことのできる人間を、皮相的な感情で敵に回してしまうのはお互いに不幸だと思わないか？私が聞いている範囲で考えるなら、原田という人は稀に見る教育者だ。そんな人を軽蔑したり、仇のように思うのは愚かなことだと思わないかい？そう言う意味で私は言っただけのことだ。相手が日本人だといって、無条件に憎むわけにはいかないだろう？日本人として日本という国を神聖視するからといって、私たちが従わなければそれまでだ。それだけで相手を悪い人間と決めつけることはできないんじゃないかな？」

圭は河永根の言うことが至極もっともだと思った。

「李君は将来歴史を学びたいといったが、それも決してたやすいことではないだろう。いろんな制約を受けなくてはならんから。とにかく君たちが生きていくのは並大抵のことじゃないだろう。人間としての誇りも大切だし、食べていくために職にも就かなきゃならんし……」

泰英が言った。

「食べていくのは問題ないと思います」

「問題ないとは？」

河永根は不思議そうに聞いた。

「幸い智異山のふもとに、僕と僕の家族が食べて暮らしていけるだけの土地がありますから。僕は一生畑を耕して暮らしても構わないと思ってます。問題はどうすれば人間らしく生きられるかにあると思います」

河永根はそのように話す泰英を見て微笑んだ。

「それがそんなに簡単な問題じゃないんだ。畑を耕して暮らしても構わないという君の心も、突き詰めてみればセンチメンタリズムに過ぎない。君が畑を耕して平穏に暮らしていけると思うかい？誰が放っておくものか。朴君と李君は二人とも何かの使命を帯びてこの世に生まれてきた人間だと思う。その使命感が、君たちを平穏には置いとかないだろう」

河永根は二人に聞かせるというより独り言のようにつぶやいた。

「河先生は、使命感を持っていらっしゃらないんですか？」

泰英が聞いた。

「私も一時は使命感のようなものを持っていたよ。けれども病気になってからは何もかも放棄してしまったのさ」

彼の語調は沈んでいた。泰英から圭が聞いた話では河永根は心臓病と慢性胃腸炎を患っているということだった。けれどもげっそり痩せ細っていること以外は、彼の外見から病を見て取ることはできなかった。

「先生はご自分の病気を治すことができない病気だと思っていらっしゃるのですか？」

圭がかしこまって聞いた。

「治すことができるできないということには私はあまり関心がないんだ。このままの状態でもいいからどうすれば長く生きられるかとは思うけれど……そして私は病んでいるということを、それほど不幸なことだとは思わない。むしろ世の中のしがらみから逃げるための手段として利用している。民族を憂える立場ではないという言い訳もそこに見つけたし、より善く生きようという意欲も病気のせいにして捨ててしまった。小作人を搾取して生きていくことだって、病気のためだと弁明できるし、言ってみれば卑怯に生きていくための弁明の材料には、病気というのが都合がいいということさ。そのうえ病気という看板をぶら下げているから、警察から危険人物と見られることもないし、適当に寄付でもすれば恩に着せることだってできるし、義勇団だの警防団だの、そういった類の団体に荷担しないで済むし……いろいろ便利なのが病気なんだよ」

河永根は大したことではないというように話していたが、その口調はやはり重かった。人の何倍も燃え上がる理想と意欲を持ちながら、それを無理矢理押さえ込まなければならぬ鬱憤のようなものが感じられた。気のせいかも知れないが河永根の顔が来たときに比べてとても憔悴して見えた。そして太い皺が彼の眉間に幾筋も刻まれた。辛そうな表情だった。

三

膳を片付けてから圭が言った。

「本を見たいのですが構いませんか?」

「ああ、読みたいものがあったら持って帰ってもいいぞ」

河永根は顔をしかめながらも快活に言った。

圭と泰英は、近くの書架から順に回った。

「この分厚い本がブリタニカだ。『大英百科事典』さ」

この書斎に精通しているような泰英の説明だった。

「そしてこの書架にあるもの全部が英語の原書なんだ。全部で千二百冊。前に数えてみた」

その書架を過ぎ、次の書架にいくと泰英は、

「これは全部フランス原書だ」

と言い、その次の書架はドイツ原書だと説明した。次いで漢籍がぎっしり詰まった書架があり、その次は朝鮮書籍、さらには日本書籍だけで占められた書架があった。そしてレコードのコレクションと画集が一方の壁面の半分程度を占めていた。

圭はまずその本の量に驚いた。千数百冊あるという英語原書の書架を基準に、ざっと見積もってみただけでも、実に一万冊を越える本の量だった。それだけでなく、河永根という人が英語、フランス語、ドイツ語をすべて読むことができるという事実に圧倒された。圭は圧倒感のため、日本書籍の書架に手に取ってみたい本があったのだが、そのまま広い部屋を一回りして河永根が座っている絨毯の近くに戻っていった。

河永根は壁に立てかけた座布団にもたれたまま微笑み、

「読みたい本はなかったかい？」

と言いながら圭の顔をうかがった。

「あまりにも本が多くて選ぶことができませんでした」

と圭は正直に言った。

「多いと言ったって全部がらくたさ。私自身が訳の分からん人間だから、本もみんなこの有様さ」

河永根は寂しそうに言った。

「ところで先生は、この本を全部読んだのですか？」

圭はそう聞かずにはいられなかった。河永根は寂しそうな表情のまま、

「ただ積んであるだけさ、全部読めると思うかい？いつかは読もうと思うけれど、どうにも私の寿命が足りないようだ」

と、うなるように言った。明らかにそれは病人の口振りだった。そして、河永根は左手で左胸を押さえはじめた。額からは脂汗が流れていた。電灯の明かりの下で、その脂汗は不吉な光を放っていた。圭はある親戚の場合を思い出し、このようなとき病人は絶対安静にしておかなければならないと思い、

「大分お悪いようですから、僕たちはそろそろおいとました方がよろしくないですか？」

と言って泰英を見やった。

泰英が答える前に、河永根が手を振った。

「いや、もう少しいてから帰りなさい。私のことは気にしないでくれ。退屈ならレコードを聴いてもいいし、あそこに画集があるからそれを出して見てもいい。君たちが側にいる方が、ずいぶん気が楽なんだ。君たちが帰ってしまったら、寂しさだけが残る。このままもう少しいてくれ」

胸から絞り出すようにそう言うと、絨毯に体を横たえながら付け加えた。

「一時間くらいこうやって横になっていたら、発作が治まるだろう。その時また話をしよう」

このようなことに慣れているようで、泰英は圭を

立たせると再び書架の方へ連れて行った。

一番隅に置かれた書架の前まで行った泰英は、下から二番目の棚の中間あたりに並べられていた一冊の本を取りだした。『古代中国の経済制度』という題の本だった。圭は何のために泰英がそんな本を取りだしたのか不思議に思いながら見つめていた。泰英はその本を開くと、そこに挟んであった二枚の写真を取りだし、ソファーの方へ行って座った。圭も後について横に座った。

「圭、これを見ろ!」

泰英が一枚の写真を圭に渡しながら言った。

座ったまま杭に縛り付けられた人の姿が見えた。それも一人ではなく三人で、レンズの視野に入っていないところにも同じように縛られた人がいると想像できた。杭に縛られた人たちは、皆白い布で目隠しをされていた。白いチョゴリとパヂから見て、朝鮮人のようだった。それが写真の右側で、写真の左側に銃を構えた一団の軍人たちがいた。格好から見て日本の軍人であることは間違いなかった。つまり、その写真は日本の軍人が朝鮮人を銃殺する瞬間を写した写真だった。

長い時間が経過していたため、印画紙は黄色く変色していたが、それだけにその写真から受ける陰惨さは一層引き立っていた。圭は息が詰まりそうになった。何の写真なのかと尋ねる気にもならなかった。ただ泰英の説明を待つしかなかった。しかし泰英は口をぐっと閉ざしたまま何も言おうとはせず、代わりにもう一枚の写真を圭に渡した。

その写真の情景は一層残忍だった。人々が首をくくられたまま、高いところに架け渡された竿に吊されている写真だった。まるで鱈でも吊すかのように鈴なりに吊されていた。写真に写っているだけでも数十人を数えることができた。もつれた髪の毛の間からぴんと飛び出している髷、だらんと垂れ下がったパヂの様子は凄惨だった。そして写真の一隅には背負子を置き、そこに何体かの死体を載せている様子が写っていた。圭は胸ががたがた震えてくるのを感じた。これがまさしく地獄なのだろうか。いや、地獄よりもさらに身の毛がよだつ情景だった。横で泰英が大きく溜息をついた。そして泰英は震える声でかろうじて言った。

「三・一運動のとき、日本の奴らが俺たち朝鮮人を捕まえて殺している光景だ」

圭はゴクリと唾を飲み込んだ。しかしその唾が喉のどこかで絡まったかのように息苦しかった。同時にふいに脳裏をかすめる姿があった。叔父の姿だった。叔父もこのような姿になるところだったのだ。叔父はこのように凄惨な地獄を自分の目で見てきただけでなく、その地獄から生き残った人間だった。そのような叔父が日本人を恨まずに耐え忍ぶことができるはずがなかった。圭は今初めて叔父を理解したような気がした。自分自身の人生をなげうち、家族の幸せすら踏みにじってまで日本に対する憎悪の炎を燃やさずにはおかれなかった叔父の気持ちを初めて理解し、時には叔父を恨めしくさえ思った自分の浅はかさが悔やまれ、涙が流れ落ちそうになった。

圭はもう一度、その二枚の写真を代わる代わる見た。杭に縛られ、飛んでくる銃弾を待つ人々の心中はどのようなものだったのだろうか。犬のように首を絞められ、鱈のように吊された父や息子を見る、息子の心、父の心、母の心はどうだったのか……これほど残忍なことを一体どうしてできるのか。

どれだけの間、その写真を前に置き、我を忘れていたのだろうか。圭は泰英が何か吐き捨てるように言ったのを聞き、我に返った。圭は泰英の方を見た。

「こんなものを見ても、俺たちが皇国臣民になれるか？」

再び繰り返した泰英の言葉だった。圭はその言葉を自分の胸に刻み込んだ。

（こんなものを見ても、俺たちが皇国臣民になれるか？なれない。絶対になれない）

いつの間にか河永根が二人の後ろに立っていた。心臓の痛みが治まり、部屋の隅にいる二人の様子を見にきたのだった。河永根は黙ってその写真を摘み上げると、隅に置いてある文箱にしまってしまった。そして再び絨毯の上に行き、体を横たえながら静かに言った。

「君たちは見てはいけないものを見てしまった」

圭は今し方受けたばかりの衝撃を鎮めることができず、呆然と河永根の背後に広げられた屏風を見つめた。絶壁と、その隙間に咲く蘭を描いたもののようだったが、圭はそこから何の意味も読みとることができなかった。

外では急に風が出てきたようだった。ガラス窓が騒がしく揺れた。その音に混じって、庭の木の枝が悲鳴を上げていた。

「過去をすべて忘れて生きることはできないが、過去にとらわれすぎてもいかん」

横になったまま河永根がぽつりと言った。

「見て見ぬ振りはできないのではありませんか？」

泰英がかしこまって言った。

「見ぬ振りはできんだろう。だから見てはいけないものを見たといってるんじゃないか」　河永根は叱責するように言った。そして彼は言い聞かせるようにこう言った。

「歴史というものは、数え切れない犠牲の山を残しながら進んでいく壮大なドラマだ。人生は、そんな犠牲の山を一々問いただしながら暮らしていけるほど余裕のあるものではない。さっき君たちが見た写真は、無数の犠牲の山の小さな一部分に過ぎない。今、この瞬間にも地球のどこかの片隅で、いや、この半島の中で、あれよりも酷いことが引き起こされているだろう。君たちが受けた衝撃は充分に理解できるが、人間はそんな衝撃までも、自分なりに消化して生きていくしかないんだ。死んだ者を悔やんでも仕方ない。非常に過酷な言葉だが、それが現実だ。どうすることもできん。君たちは当分の間、前だけを見て歩くんだ。他人のこと、また、過去のことを問いただしているときではない。まず、君たちが大きくならなくてはならん。そんな意味でも、あの写真から受けた衝撃は忘れてしまいなさい」

「日本の奴らに対する憎しみまで忘れろとおっしゃるんですか？」

　泰英が反発した。

「忘れがたいものまで忘れる努力をしてこそ、それが修養じゃないか。玉を包むように、自分の心の憎しみを包んでおこうという詩を読んだことがある。高く聳える大木に育つためには、憎悪などは一時、包み込んでおくのがいいだろう」

「私はそうは思いません」

　泰英が断固として言った。

「私たちが成長するためには、憎しみまでも成長させなくてはならないと思います」

「朴君の意見は立派だ。気骨ある人間としては、不正や悪に対する徹底的な憎しみを持たねばならんから。しかし、朴君と李君はまだ基礎を学ばねばならないときだから、その基礎を積み上げるまでは、憎しみだの何だのといった観念を一時保留しなさいと言ってるんだ。あいにく、君たちがあの写真を私の家で見てしまったから、責任上このように言っているんだ。それから日本に対する憎しみというが、憎しみの対象がそんなに漠然としていては一歩も前に進めないだろう。日本人の中にも本当に憎まねばならない人間もいれば、憎んではならない人間もいる。三・一運動ひとつにしてもそうだ。本当に憎むべき部類は私たちの内部にいるのかもしれない。直接銃を撃ち、殺した奴は日本人だが、日本にそのような真似をするようしむけた者が私たちの同族の中にいるとしたらどうする。憎むべきは徹底的に憎まねばならんが、その前に憎むべき人間と、そうでない人間を区別する必要があるのではないか。だがその区別が、そう簡単なことではない。世の中を、より正確に判断できるようになるまで、その区別自体を保留しておく方がいいだろうと言いたいだけだ」

話は続いて三・一運動のあらましへと広がっていった。河永根はあのような写真を保管しているだけあって、三・一運動の内容を詳しく知っていた。ところで彼の結論は、圭と泰英が成長してから聞いたどんな意見とも違っていた。河永根は三・一運動の責任を、日本人よりも朝鮮人に対して、より辛辣に追究しなければならないと言った。全民族規模で立ち上がりながらも、群衆の組織を全く等閑視したという点、最悪の場合をまったく考慮していなかったという点、日本の残虐行為を世界に訴えるための物的証拠の収集を怠ったという点(先ほどの写真のようなものが一番有力な材料となるのに、それすら外国の宣教師が写したものだ)、首謀者が事件と同時に自首して、安全地帯に逃げ込んだという点、そして民族の指導者を自任する人間の大部分が三・一運動を、日帝と野合するために利用したという点、などを挙げて、三・一運動は日帝が朝鮮人を弾圧、虐殺したという意味の前に、いわゆる民族の上層部が、全民族を裏切ったという意味で歴史に特記される事件だということだった。そして、

「李君は将来、歴史を研究するということだから、私の意見の正否を明らかにする日が来るだろう」

と言いながら、河永根は寂しそうに笑った。心臓の発作は完全に治まったようだった。

「だからといって、日本の残虐行為を許すわけにはいかないじゃないですか」

圭は叔父の哀れな姿を脳裏に描きながらそう言った。

「誰が日本の罪悪を許せと言った?他人の罪を責める前に、自分たちの過ちを問わなくてはならんという話だ」

河永根は絨毯の上に横たえていた体を起こして座った。

明日は日曜日だという安心もあって、圭と泰英は夜食までいただいて、殆ど午前0時になる頃、河永根の家を辞した。

泰英の下宿は河永根の家から近くにあった。だから泰英は泊まっていくよう勧めたが、圭は一人で自分の下宿に帰ることにした。河永根本人についてのことや、彼の家であった出来事などに、あまりにも

心を揺さぶられたため、ひっそりとした夜道を一人で歩きながら、整理してみたいと思ったからだった。

風は収まり、通りは静かだった。寒さはそれほど苦にならなかった。ぽつりぽつりとちらつく街灯、黒い輪郭だけ見せて沈黙している通りが、どこか異国の街を歩く旅人のような気分にさせた。圭の人生が、新しい局面へと展開していくような予感がして、軽い興奮を覚えた。

四

一万冊の本を積み上げ、その中に病んだ体を横たえている河永根という人物！

彼の人生は、一万石の家の一人息子として始まったが、その経路はそれほど平坦ではなかった。ソウルで高等普通学校を卒業し、城大予科に入学した。一年あまりそこで学んだが、植民地大学の退屈な雰囲気に嫌気が差し、東京へ渡った。そして一年間休養した後、東京外国語学校に入学した。第一外国語としてドイツ語を選択し、英語とフランス語も学んだ。中学校卒業程度の力をもって四年間外国語学校に通えば、外国語の三つや四つはマスターできると河永根は言った。

当初河永根は経済学を勉強するつもりだった。しかし病気のため、その思いを放棄した。

「経済学は病人の慰安にはならんものだ。他の学問も同じだろうが、特に経済学は健康な体力なしにはどうにもならない学問だ。だから手当たり次第に哲学書や文学書を読んでいる内に、こんなどうしようもないディレッタントになってしまったのさ」

これは圭が二度目に河永根と会ったときに聞いた話だ。その時、圭が尋ねた。

「ディレッタントとは何ですか？」

「例えば私みたいな人間さ」

そう言いながら、河永根は次のように説明した。

「専門がなく、ただ雑駁な知識ばかり拾い集めている人間、生産性のない知識の所有者、プライドばかり高くて能力が伴わない間抜け、道楽で学問や芸術の周辺をぐるぐる回っている人間、言ってみれば退屈な存在さ」

河永根は学校を卒業しても東京に留まり、中国の北京にも行き、上海でも一時を過ごした。その時、魯迅という中国の文人を知った。河永根は魯迅が書いたものや、彼に関する文献は残さず集めていると言い、時期が来れば、圭や泰英に見せてくれると約束した。

休みになり家に帰ると、圭は父に河永根という人を知っているかと尋ねてみた。

「母さんの方の遠い親戚だ。どうしてそんなことを聞くんだ」

圭は自分が受けた河永根の印象を率直に話した。聞いていた父の表情が、見る見る変わった。簡単には言い表せない、複雑な胸中のようだった。父は何かを一心に考えている様子だったが、

「河氏は名家の評判の息子だ。お前が手本にできる人ではない。付き合うにしても適当に付き合いなさい」

と言うと、それ以上は何も言わなかった。

圭にとっては理解に苦しむ言葉だった。名家の息子という言葉は、良いようにも悪いようにも解釈できる含みを持っていた。それに手本にできる人ではないという言葉も変だった。裕福でない家の息子が、金持ちの息子の真似をしてはだめだという言葉にも受け取られるし、河永根の人間性について言っているようにも受け取られるからだった。また、付き合うにしても適当に付き合えという言葉も変だった。いいならいい、だめならだめといつもはっきりものを言う父としては、意外な言葉だといえた。後々になって知ったことだが、その時、父は決して河永根を快く思ってはいなかった。父の人物評価には限界があった。人間は、自分の尺度に合わせてしか他人を量ることができないということだ。

圭は時折、母方の伯父と河永根を比較してみた。そして、もしあの伯父に河永根ほどの財産があったならば、ひょっとすると似たような人物になっていたかもしれないと思った。同じく病床の身でありながら、伯父と河永根は違っていた。河永根はいつも世界の中心にいる人間のように見えた。たとえ体は病んでいたとしても、その意識は自分を世界の中心に置いて物事を考えていた。伯父はそうではなかった。楽天的にものを言い、闊達に笑ってはいたが、その姿には世界から見捨てられた悲哀があった。

河永根は、また、母方の叔父とも違っていた。叔父は自分の意志にのみ頼り、自分と関係のないことには閉鎖的な態度を取った。世界の中心としての自負もなく、疎外された人間としての諦観もなかった。世界の片隅に自分なりの家を建てて住めばいいという、蜘蛛のような考えの持ち主といえた。

さらに河永根は、圭が学んでいる学校のどの教師たちとも違っていた。教師たちは彼らの体臭のように、偽善の臭いを漂わせていた。河永根にはその偽善の臭いがなかった。

休みの幾日かを河永根のことばかり考えて過ごした圭は、自分の所信を書いた手紙を河永根に送ってみようと思った。その手紙は朝鮮語で書かねばと決心して、古びた朝鮮語の教科書を取りだし、綴り方をおさらいした。ただ一つの綴りの間違いもあってはならぬと思ったからだった。

圭は祖父の墓に関する話から、族譜についての自分なりの感想を書き、歴史を学ぼうと思った動機をうち明けた。三回書き直し、二回清書して、その手紙を郵便で送った。

一週間も経たずに河永根から返事が来た。大人の文字らしからぬ、細く華奢で、稚拙な筆跡が意外だった。しかし、その文面は圭を喜ばせた。圭の手紙がとてもよく書けているという称賛から始まり、将来立派な歴史学者、卓越した文学家になる素質があるという言葉で締めくくられる手紙だったが、その中に、圭の祖父と河永根の伯父晦峯《フェボン》とは莫逆とした親交があり、往復書簡も残されているので、いつか研究してみようとも書かれてあった。そして、圭を驚かせたのは、手紙の末尾に河永根拝とあり、その横に小さな文字で、「潤姫記す」となっていたことだった。手紙の筆跡が、か細く稚拙だったのは、そのためだったのかと納得できたのだが、「潤姫記す」と、わざわざ記されたその文字が、不思議な意味を帯びて自分に迫ってきた。

その年が暮れる頃、圭は自分に届いた十通余りの年賀状の中に、発送人の名前のないものを見つけた。薄桃色の封筒に入ったその年賀状には、

「美しく、幸福な新年となることをお祈りいたします」

と書いてあった。圭はそれを見て、すぐさま河永根からもらった手紙を思い出した。慌ててその手紙を取り出してみた。年賀状の筆跡と、その手紙の筆跡はまったく同じだった。圭は天井がぐるぐる回るような気がして、しばらく目を閉じて息を殺していた。

我に返った圭は、自分も潤姫に年賀状を出さねばと決心した。しかし、圭が準備した年賀状には、潤姫に送るほど綺麗なものがなかった。何の絵もない白い紙を選ぶことにした。圭は白い紙の上に硬筆で次のように書いた。

「美しい年を、美しく過ごしていらっしゃることを祝福します」

いざ書いてみると、あまりにも陳腐だった。けれども、技巧を凝らした手紙など、純真な少女に対する冒涜だと思った。圭はていねいに手紙を封筒に入れると外に出た。下の村にある郵便局へ行くつもり

だった。

どんより曇った空から、雪が降っていた。その年になって、初めての雪だった。初雪に圭の胸は一層ときめいた。外へ出かけようとする圭を見かけた母が、居間から声を掛けた。「圭、雪が降っているのにどこに行くんだい」

「郵便局に手紙を出しに行きます」

「誰かに行かせればいいのに…こんなに雪が降っているのに郵便局まで行くのかい？」

「大丈夫です。自分で行ってきます」

と圭は言うと、次第に激しくなる雪の中を、半ば駆けるように歩き出した。

（雪の中、一九三八年は行く）

なぜかそのような言葉が圭の胸中に去来した。そして次のような文句も脳裏にひらめいた。

（一九三九年は激動の一年になるだろう）

正月三日、朴泰英が突然、圭の実家を訪れた。

「実家にいるとおじいさんの小言がうるさいし、下宿に帰ったら一人で暇だし、それで来たんだ」

こう話す朴泰英は、幾分やつれた表情だった。朴泰英は前にも一度、圭の実家に来たことがあり、圭の両親とも、泰や準とも顔見知りだった。久しぶりに会ったので、圭と泰英は夜遅くまで話を交わした。

それで分かったことだが、泰英が実家を出てきたのは、祖父の小言だけが原因ではなかった。咸陽《ハミャン》警察署から二度も刑事が来て、家の中を引っかき回して家宅捜査をするので、嫌気が差したということだった。

「このままでは到底耐えられなさそうだ」

泰英の言葉は憂鬱だった。以前の事件のためだけではなく、普段から泰英が日本人に対する憎悪をあまりにも露骨に表していることが禍の元であろうと圭は思ったが、それは言わずに、

「河先生にその話はしたのか？」

と聞いた。

「河先生の家にはまだ行ってない。だけど、この話を手紙に書いたらこんな返事が来た」

と泰英は立ち上がると、壁に掛けかけてあった洋服の懐から一通の手紙を取り出した。圭がまず目を引かれたのは、その手紙もまた、潤姫の筆跡で書かれているという点だった。圭はなぜか、胸がどきんとした。手紙の内容は、どんなことがあっても興奮してはいけない、当局の人間を刺激するような言動は避けるようにという丁寧な忠告で満たされていた。特にこのような文章が印象的だった。

「曇りの日があれば、晴れの日もある。これが泰英

君の自重を促す教訓だと思って、慎重な行動をとることを願う」

圭は手紙を読みながらも、その最後に「潤姫記す」という文句があることを恐れていた。ところが、手紙の末尾にそのような文句はなかった。ただ河永根拝とだけあった。

圭は言いしれようのない感動をなんとか抑制していた。友は憂鬱な気分に満ちているというのに、自分は彼の手紙に「潤姫記す」という文句がない、ただそれだけの理由で喜びに浸っているというのは罪悪であると思った。

「これで果たして、自分は泰英の友人だと自負することができるのか」

泰英の憂鬱な気持ちを理解しようと努めながら、圭はそのように反省していた。

山村の夜は更けていった。

第三章　一九三九年

一

晋州《チンヂュ》の春は、南江《ナムガン》の氷が溶け、その澄んだ流れの底に青い空が映り、そこに白い雲が散りばめられる頃に始まる。四月になり、川の南の竹林が、その青さを取り戻して白砂に映えるようになると、西《ソ》将臺《チャンデ》の西の大地には美しい菜の花が黄金の絨毯を広げ、平居《ヒョンゴ》、道洞《トドン》の果樹園の花は一斉に咲き乱れる。そして、そよ風がその香りを市街に運んでくる。花の香りの中、陽炎が立ちこめ、遙か北西の方角に、まだ白雪をかぶったままの智異山《チリサン》が毅然とした姿を現せば、晋州の春は一幅の絵を完成させる。

一九三九年の春もこのような春だった（しかし、その後晋州の春は多少変わったようだ。先ず、冬に南江が以前のように凍らなくなり、菜の花が咲いていた大地には工場が建った）。その年の春の新学期、圭《キュ》と泰英《テヨン》は中学四年になった。二人にとっては憂鬱な季節の始まりだった。

新学期が始まるその前日、圭は机を並べていた朴《パク》容培《コンベ》が死んだという知らせを聞いた。朴容培はバスケットボールの選手だった。浅黒い顔に、豹のように敏捷な体をしていた。そして、とても明朗な少年だった。彼が笑うと白い歯が突き出て、両頬にえくぼができた。圭は朴容培と特別親密な間柄ではなかったが、比較的親しい方だった。三年生二学期の途中から、彼が病床に伏しているという話は聞いていたが、まさか死ぬなどとは想像もしなかった。

圭は父方の祖母と母方の祖父の死に出会い、その他にも自分の周りに起こった死を見聞きし、死というもの自体に対しては、別段驚くことがないほどの経験があったのだが、自分と席を並べ、三年間共に過ごした朴容培の死は大きな衝撃だった。あの敏捷でがっしりした少年の肉体が死を準備していたなどとは信じられなかった。あの闊達として、愛嬌のある笑顔が、間もなく死ぬ少年のものだったとは、到底納得がいかなかった。

（死とは何か？）

時折圭の脳裏をかすめるようになるこの問いは、朴容培の死によるものだった。

しかし、少年は他人の不幸の周辺に、いつまでも留まることはない。朴容培の黒い影は、時間と共に、いつの間にか消えていった。それでも圭は時折、訳の分からぬ不安が、黒い霧のように胸の中に湧き上がり、窒息するかのような発作に捕らわれるときがあった。その原因が何によるものか分からないのがもどかしかった。

泰英も自分なりに何か悩みがあるようだった。いつも沈鬱な表情で、教室の隅に体をすくめて座っていたり、足下に視線を落としたまま歩いていたりした。

ある日曜日の午後、圭は泰英と比峰山《ピボンサン》に登った。途中、峠の道端に二本の大木があった。壬辰倭乱《イムジンウェラン》のとき、日本軍が晋州城を攻略する光景を見つめていたという伝説のある老木だ。

「泰英、お前最近どうしてそんなに憂鬱そうにしているんだ？」

圭が尋ねた。

「圭、お前こそどうしてそんなに憂鬱そうにしているんだ？」

泰英が聞いた。そして、しばらく沈黙した後で泰英が口を開いた。

「圭、距離というものは不思議なものだ。街の真ん中にいるときは、あんなに騒々しい音が、ここに座って聞いていると何か子守歌のようじゃないか？」

圭はそうだなとうなずいた。泰英は続けて言った。

「あの平居と刑務所のあたりを見てみろ。真っ黄色の菜の花が本当に綺麗だ。だけど、あの中を歩いて見ろ。糞の臭いで息が詰まるほどだ」

「不思議なのは何も距離だけじゃないさ。時間だってそうだ。壬辰倭乱を見ていたこの大木に喋らせてみれば、六十年そこそこしか生きられない人間の言葉とはまったく違うはずさ」

そう言いながら、圭は死んだ朴容培のことを考えた。

「それなら俺たちが憂鬱に思うことなど何一つないはずなのにな」

泰英はそう言って空を見上げた。圭も同感だった。考えてみれば憂いなど何もないはずだった。

圭は自分を取り巻く、また、自分が直面している問題を一つ一つ考えてみることにした。先ず進学問題だ。圭は何が何でも高等学校に行きたかった。しかし、父は圭に医学専門学校や高等農林学校に行けというのだった。父の言葉によると、高等学校に行けば、さらに大学にも行かねばならない。すると、六年間も学費を出さなければならない。それは今の家の暮らし向きからすると、到底無理だということだ。

「お前だけが息子ではない。お前の下には準《チュン》もいれば述《スル》もいる。そして、お前は長男だ。弟たちのことも考えねばならん」

父の言葉はこのように冷たかった。圭は一時、父の言葉に従うことにしたのだが、草間という英語教師の言葉を聞いて、最終的に高等学校に行くことを決心したのだった。ある日、圭の下宿を訪ねてきた草間はこう言った。

「李《イ》君は高等学校に行かねばならん。大きな穴を掘ろうとすれば、広い場所が必要だ。そして、そこで木を育てようとすれば、根の周りに高く土を盛り上げなくてはならん。今、日本の教育制度の中で、一番まともなのが高等学校で、一番ダメなのが専門学校だ。そりゃ学校だけが学びの場じゃない。そう考えたら、高等学校だろうが専門学校だろうが、そんなもん全部無視しちまってもいいんだが、せっかく上の学校に行くんなら高等学校にしなけりゃ。これはみんなに当てはまることじゃない。李圭《イギュ》、まさにお前にだけ言えることだ。お前は素直すぎるから、一番環境に左右されやすい学生だ。お前が専門学校に行ったら、そこの枠にだけはまった人間になっちまう。高等学校なら、無限の可能性を持った人間になれるかも知れん。お前の親友、朴泰英《パクテヨン》はどんな学校に送っても、自分の可能性を充分に発揮できる人間だが、お前はそうじゃない」

そして、草間は自分が高等師範学校を出たために、その後、京都帝大にも行ったが、高等師範から受けた損害がどれほど大きかったかを愚痴った。

「どんな損害だったのか、具体的に教えてくれませんか？」

と聞き返す圭を見つめて草間は、

「教育者になるんだという信念が固まる前に、教育の技術ばかり注入されるなんて話しにならんと思わねえか？俺はそのコンプレックスのせいで、一番教育者らしくねぇ教師になってやろうと決めたんだ。だから、この有様だ」

と言いながら、黄色い歯を見せて笑った。

確かに、草間は性格破綻者と思われるほど型破りの教師だった。四十に近い年で、いまだに独りで下宿暮らしをしながら、気が向けば学生たちの家や下宿を訪ね、どこでも寝てしまうような人間だった。そうでありながら、いつも本を手から放さず、その英語の実力は相当なものだった。

圭は進学問題について、父と議論しなくてはならないと思うと憂鬱だったが、そのことについて、あまり深刻に考えないことにした。

（高等学校の入学試験に合格してしまえばそれまでだ）

そう思っていた。

「泰英、今、何を考えている？」

圭が聞いた。

「進学問題」

泰英がぽつりと言った。

「偶然の一致だな。俺も今、それを考えていた」

そう言って、圭はさらに聞いた。

「お前はどうするんだ？」

　泰英の父は、泰英が師範学校の演習科に行くことを勧めているということを聞いていた。

「そんなもの、なるようになるだけさ」

　泰英は憂鬱な表情をした。

「お前はどこに行っても大丈夫だそうだ」

　圭は草間の言葉をそのまま伝えた。

「俺もそう思う。学問は自分がするものだ。誰かにさせられるものじゃない。高等学校だの帝国大学だのといって、日本人の奴らが作った価値秩序に便乗するのは反吐《へど》が出る。といって、それらをすべて無視することもできん…とにかく、なるようになれっていうことだ！進学なんて、どこに行っても勉強ができれば、それでいいじゃないか」

　圭は朴泰英の知識が、自分よりも更に一歩進んでいることを悟った。

　二人は再び各々の考えに浸った。


　圭は自分の憂鬱の原因を、比峰山の上で探り当てたかった。ところで、圭には泰英に隠していることがあった。それは河永根《ハヨングン》の娘、潤姫《ユニ》へのあわい思慕の情だった。冬休みに潤姫から年賀状をもらい、自分も出して以来、不思議な気持ちが芽生え始め、それが次第に大きくなりつつあった。本を読んでいると、潤姫の姿が行間に浮かび、数式を解いていると、解答欄に潤姫の顔が浮かんだ。街を歩いていると、向こうから潤姫が歩いてくるような幻覚に捕らわれ、見知らぬ路地に入り込んでしまうことすらあった。それどころか潤姫のことを考えさえすれば、全身が火のように熱くなり、息苦しくすらなった。日記帳を広げ、思いのままに書こうとするのだが、「河潤姫」という三文字さえ書くと、胸がどきどきして、すぐさまそれを消しては、日記帳を汚してばかりいた。圭はその日記帳が自分の不潔な心の表れだと思い、ある日燃やしてしまった。しかし、潤姫に対する自分の感情まで燃やして消し去ることはできなかった。

　河永根宅には時々出入りしていたが、その度に潤姫に会えるのではないかという期待を持ちつつ、反面、もし出会ったらどうしようかと怯えてもいた。しかし、一番恐ろしかったのは、河永根が圭のそのような心に気づきはしまいかということであり、同時に朴泰英に勘付かれはしまいかということだった。けれども、それが圭の憂鬱の原因ではなかった。

圭は泰英が自分に何かを隠していると思っていた。聞いてみることはできなかったので、それが何であるかは分からなかったが、そのようなものがあることだけは直感で分かった。

ほとんど日が暮れる頃、ようやく二人は比峰山から降りてきた。圭の下宿が近づいてくると、少し寄っていけという圭の誘いを断わり、踵を返そうとしていた泰英が、突然言った。

「圭、お前恋をしたことがあるか？」

圭は驚いた。しかし、すぐに否定した。

「い、いや」

泰英はそれ以上何も言わずに行ってしまった。その後ろ姿を見つめながら、圭は道が暗くて幸いだったと大きな溜息をついた。赤面した顔が、まだ火照っていた。

二

その次の土曜日、圭と泰英は、河永根を訪ねることにしていたのだが、泰英が突然、咸陽の実家へ行かねばならなくなってしまった。圭は泰英をバス乗り場まで見送り、帰り道に松南《ソンナム》書館という書店に立ち寄った。何となくわびしい気がして、雑誌でも買うつもりで立ち寄ったのだが、主人が、

「今度こんな雑誌が創刊しましたよ」

と、『文章』という雑誌を見せてくれた。李泰俊《イテチュン》、金起林《キムギリム》、鄭芝溶《チョンチヨン》など、名のある文人たちが目次を飾り、創刊の言葉もなかなかのものだった。圭は一人で河永根を訪ねるのも気がひけて、その雑誌を読みながら土曜日の午後を過ごすことにした。

下宿に帰り、雑誌を開いた。小説があり、詩があり、評論があった。だが、圭の理解の範囲では感動するほどのものを発見することはできなかった。それで雑誌を伏せようとしたとき、李箱《イサン》の『東京日記』というものが目に付いた。それまで圭は、李箱の文を読んだことがなかった。圭はまず、その奇妙な文体に興味を持った。読んでみて、やや面食らった。特に東京のカフェで、紅葉模様の服を着た女給たちが右往左往するのを見て、顕微鏡の中に現れた性病菌を見ている感じだという一節が気にかかった。十六歳の圭が性病を知るはずもなく、だから性病菌という言葉を実感として受けとめることができたはずもなかったが、和服という日本の女性の服に

散りばめられた紅葉の模様は容易に想像することができた。それがまさしく顕微鏡の中の性病菌と通じるということは、自分がいつか実験室で、ある病原体を顕微鏡で見た経験と重ねて、観察とはそのようにもできるのかということと、文章をこのようにも書くことができるのかという開眼に近い感動を覚えた。

　同時に李箱という名前の、箱という字が強烈に印象的だった。そのまま下宿の部屋に籠もっていることができなくなった。圭は『文章』を持って、河永根の家に行くことにした。大門を入ると、すでに花園は満開だった。冬と早春にはただの垣根、ただの道、ただの庭であったところが、すべて花でおおわれているのだった。中門を開けると、再びそこには絢爛たる花園が現れた。しかし、中門を開けたとたん圭が立ち止まってしまったのは、花園の絢爛たる美しさのためではなかった。ガラス戸を開け放ち、春の光を一面に受けた板の間に、潤姫の姿が見えたからだった。潤姫は父の傍らで、何やら鋏を使っていた。圭は後にも先にも進めず、そのまま立ちつくしていた。

「そんなとこで何してる。早く上がってきなさい」

　河永根が笑いながら手招きした。

　圭が近づくと、潤姫は自分の前に置かれた紙を片付け、立ち上がろうとした。河永根はそんな娘を引き止め、

「ちょうどいい、二人を紹介しよう」

と言って挨拶をさせた。

「これは私の娘の潤姫だ。娘というより私の助手だ。今、新聞を整理していたところだ」

　そう言うと潤姫には、

「この学生が俺が言っていた李圭君だ。お前には王姑母《ワンコモ》［祖父の姉妹］になる人、だから俺の姑母《コモ》［父の姉妹］の孫だ。俺には七親等の甥になる。うちとは親戚だ。道で出会っても、お互い挨拶をしなさい」

と、詳しく説明した。

　圭は赤くなった顔を上げることができなかった。潤姫もやはり項垂れたままだった。

「若い男女の学生がどんな話をするのか聞いてみたかったんだが、二人ともどうしたんだ？」

　河永根はからかうように言った。

「幼い頃から男女が親しくするほうが人間には有益なのに、我が国にはつまらない因習がいまだにはびこっている。お前たちがそんな因習を打ち破っていきなさい。李君は今年で十六だったろう？それなら

潤姫は李君より一つ上になるな。お互い気兼ねなく、これからはいい話し相手になりなさい」

潤姫は紙の束を抱いて立ち上がった。

河永根は笑いながら言った。

「俺にはやたらと食ってかかる奴が、李君の前では大人しいんだな。それならもう行きなさい。その新聞はここに置いて。李君に手伝ってもらうから」

潤姫は綺麗に櫛でといて束ねた長い髪を、桃色のセーターの上でゆらゆらさせながら出ていった。爆発物が除去された後の土地のように、静かな平穏を取り戻したような気分だった。圭はようやく安堵の溜息をつき、緊張を解いた。そして、自分の緊張をカモフラージュする意味もあって、

「これは何ですか？」

と、ごま粒のような英字で満たされた、潤姫が置いていった紙の束を見た。

「タイムズという新聞だよ。よくロンドンタイムズというだろう。ロンドンで発行されているものだが、私の元に届くまで、東京を経由してまるまる二ヶ月半かかる。それを今、スクラップしているところだ。なにしろ量が多くて、私には不必要な部分が多いから大まかにスクラップしてから読むんだ」

圭の好奇心に気づいたらしく、河永根はまず新聞の体裁について説明した。そして、二ヶ月半も遅れるにもかかわらず、ロンドンタイムズを読んでいる理由を次ぎのように挙げた。

イギリスを中心とした世界情勢を細かく知ることができるということ、イギリス国会の議事録が小説以上に面白いということ、これを読むことにより、たとえ体は朝鮮半島の片隅に閉じこめられていようとも、意識だけは世界人として生きることができるということ、日本や朝鮮で報道された事件の内容とは、まったく違う事件の真相をときおり発見できるということ、等々だった。

「けれどもこれは私が直接取り寄せることはできないんだ。東京にいる日本人の友人の名義で入ってきて、私に転送してもらっているんだ」

圭はそのような説明を聞きながら新聞をさわっていたのだが、二月十日付の新聞に大きな活字で次のような見出しを見つけた。

「カタロニア陥落」

圭は自分の翻訳が正しいのかどうか、そして、カタロニアが何であるのかも知りたくて、

「カタロニア陥落というのは何ですか？」

と聞いた。

「カタロニアはスペインの地名だよ。そのカタロニ

「アが陥落したという話だ」

「そこで戦争があったのですか？」

「そうだよ。スペインでは三年間も戦争が続いていたんだ」

「そうですか」

圭は驚いた。

「すると李君はスペインで内乱があったことを知らなかったのか？日本の新聞にも出ていたはずだが」

「新聞を読まなくてはいけませんね」

圭は顔を赤らめた。

「そりゃまだ中学生だから、そんなこと知らなくてもいい。けれどもスペインの内乱は、李君がいつかは知っておかなくてはならない大事件だ」

そう言って河永根は部屋を出ていくと、分厚いスクラップブック三冊を抱えて戻ってきた。スクラップの表紙には「スペイン内乱」と書かれていた。

「これは全部、ロンドンタイムズからスペイン内乱関係だけを切り集めたものだ。貴重な資料になると思う。今後、李君が歴史家になったときに、このスクラップが必要になるかも知れない。だから私の元にこれがあるということを覚えておきなさい。必要なときはいつでも提供するから」

河永根はスペイン内乱についての大まかな話をし

た。フランコやドロレス・イバルリという名前を聞くのも初めてだった。マドリード、バルセロナ、バレンシア、サラマンカ、アンダルシアなどの地名がどれもこれも新鮮かつ神秘的な名前に聞こえた。

「ところで、さっき李君が見ていたカタロニアでの戦闘が、最後の戦闘だったようだ。今年の三月二十七日、フランコ将軍がマドリードに入城した。人民戦線政府はとうとう崩壊してしまった。日本の新聞にも大書特筆されていたんだが」

圭はなぜか三月二十七日という日付が心に残った。

（一九三九年三月二十七日、フランコ将軍はマドリードに入城した。その日俺は何をしていただろうか？）

世界の何処かで国が崩れる大事件があったのに、それも知らずに山里の丘で日向ぼっこをしながら白昼夢を見ていたのかと思うと、圭の心は侘びしかった。圭は、この先知らねばならぬ事が山のようにあると思い茫然としたが、一方では何やら期待で胸がふくらむようでもあった。

（俺にもロンドンタイムズを読んで、世界の情勢を手に取るように知ることができる日が来るだろう）

河永根はロンドンタイムズを読みながら、説明を続けた。第二次世界大戦がいつ起きるか分からないという話や、イタリアがアルバニアを侵攻し、ヒットラーという独裁者がドイツを掌握して戦争の準備を急いでいるという話もあった。また、ガンジーというすでに聞いたことのある名前の他に、ネールという偉大な指導者がインドにいるという話もあった。

「世界は急激に変化している。李君が大人になる頃には全く違う世の中になっているかも知れない。ひょっとすると我が国が独立しているかも知れない」

国際情勢を説明しながら、河永根もいつしか興奮してきた様子だった。

「我が国が独立しているかもしれない」

という言葉に圭ははっとした。

「この国が独立できますか？」

「これだけ激しく変化しているんだから、あるいはそうなるかも知れないという話だ。日本は今、破竹の勢いで大陸を侵攻しているが、大陸がそれほどやすやすと日本の思い通りになるはずはないだろう？それに、世界が日本の勝手な振る舞いを黙って見過ごすはずはないからな。だけど、それだけに李君は慎重に勉強をしなさい」

圭はもっとはっきりしたことを聞きたかった。

「先生はこの国が独立できると信じてますか？」

「歴史の方向は誰もはっきりと予測できないものだ。私はただ日本の無軌道な振る舞いが加速して、彼らが予期せぬ方向に歴史が転換することもあり得るという意味で言ったまでさ」

ここで言葉を切り、河永根はしばらく考え込んでから、

「この話は朴泰英君にはするな」

と静かに言った。

圭としては河永根の言葉が意外だった。河永根は圭がいぶかしげな表情をしているのを見て、誤解を解かねばならないと思ったようだった。

「泰英君はダイナマイトのような天才だ。いつ、雷管に火がつくか分からない。火がつけば爆発する。もし私の口から我が国が独立するかも知れないという話を泰英にしてみろ。泰英はすぐさま独立運動に立ち上がる人間だ。天才は大体の場合、自分自身のためにも狡賢い一面があるものだ。それがまた天才を天才らしく育て、自分を守る役割をするものなんだが、泰英君にはそれがない。いつでも爆発することだけ考えている。ダイナマイトと同じだってことだ」

圭はその言葉の意味をすぐに理解した。

「だから泰英君のような天才は、できるだけ火の側から遠ざけて置かなくてはならん。あの情熱と気迫に水を浴びせてやらねば。先ず、あの天才を育て上げるために」

「泰英には絶対に今の話はしません」

「そうしてくれ」

河永根は暗然とした表情になって言った。

板の間の後ろの戸が開く音がした。圭は振り向いた。潤姫が湯飲みを載せた盆を提げて入ってきた。圭は自分の目を疑った。そのようなことはいつもお手伝いの娘がしていたのだ。

「やあ、今日はうちのお姫様がみずからお茶をお持ちになったぞ」

圭はどきどきと緊張しながら、湯飲みを置く白くて細長い、優雅な指ばかりを見つめていた。圭の浅はかな知識と想像力では、天使の指という言葉が浮かぶだけだった。とても美しく、清潔な指だった。

湯飲みを置くと、潤姫は黙って背を向けた。

「おい、せっかく来たんだから、ちょっと座れ。今、話が盛り上がっているところだ」

河永根はそう引き止めたが、潤姫はそのまままさがっていった。ほんの一瞬のことだった。夢ではないかと思った。

「さあ、冷める前にお茶を飲みなさい」

と言う河永根の声に、圭は我に返った。

圭はかろうじて湯飲みを口に付けたが、すぐに下ろすと、自分が持ってきた雑誌を河永根の前に置いて言った。

「こんな雑誌が出ました」

河永根はその雑誌を目次から丹念にめくり始め、ところどころ目を通していた。その間、圭はスペイン内乱の表題が付いたスクラップをめくりながら、主に写真を見た。破壊された家々、打ち捨てられた死体、各様各色の軍服を着た兵士たちの姿、写真だけを見てもスペインの内乱がどれほど凄惨だったかを知ることができた。

一時間ほど過ぎただろうか。河永根は雑誌を圭に返しながら呟いた。

「貧しく悲しい国が、文学的には豊かであることもあるのだが、この雑誌を通して見た私たちの文学は、私たちの国以上に貧しい。しかし……」

と河永根は、その雑誌を指さして付け加えた。

「その方たちの血の滲むような努力すらなかったら、わが国は真っ暗な暗黒世界になるところだった」

「李箱の文章はどうでしたか？」

圭はまずそれについての河永根の意見が知りたか

った。

「そうさな。割れたガラス、いや、ひびの入ったガラスに物を映したら歪んで見えるだろう？結局そんなものだが、技巧を駆使し過ぎる反面、真実が欠けているという感じがしないか？今読んだ李箱の文について言っているのではないけれど、そんな類の文を読むと貧血症に罹った才能という感じがする。李君はまだ知らないだろうが、文学にはそういう流派があるんだ。ダダイズムだの、表現主義だの……けれども、そんな話は置くとして、とにかく李君がこんな文を読むのは少し早くはないかと思うが……」

「ところで先生も文を書いて、発表なさったら……」

圭は思った通りに言った。河永根は声を立てて笑った。

「私が文を書く？そして発表するだって？私にそんな才能はないさ。自分には能力がないくせに、口で批判をする人間。だから私はディレッタントだって言ったじゃないか」

「無理にそうなさっているようですが」

「いや、本当だ。眼高手低という言葉があるだろう？まさにそれさ」

「外国の優れた作品をたくさんお読みになったから、私たちの国の作家の作品が気に入らないのではないですか？」

「そうかも知れん。そうならば、わが国の作家は同情すべきかな？知識人からは見下され、一般大衆とは遊離している……私の友人の中に小説を書く人がいるけれど、彼が言うには、朝鮮の文学人口は三千人にも満たないということだ。だから作家が職業として成り立つはずがなく、志士的な道を行くしかないんだが、文学への愛着のため、いや、文を書いて発表したいという欲望のために、本意でない真似をして身を滅ぼす場合が多いんだ。そういう意味でも、中国の魯迅を学ぶ必要があるんだが、実際この半島には魯迅のような木一株を育てる土壌がない……」

圭は河永根の言葉をすべて理解することはできなかったが、そんな嘆息には共感できるような気がした。

いつの間にか、長い春の日も傾いた。圭は夕食を食べていくよう言われたが、毎度毎度迷惑をかけるわけにはいかないと思い、河永根の家を辞した。

帰り道、春の夕風が圭の顔を柔らかくかすめ、圭の胸を満たした。潤姫と挨拶を交わしたという事実、潤姫が自分のためにお茶を持ってきてくれたという事実が、何か幸福の前兆のように圭の胸をときめかせた。しかし、それも一瞬のこと、下宿に着いた頃の圭は、再び捉えようのない憂鬱に包まれていた。

三

五月に入ったある日の最後の授業中だった。学級担任が出席を取った後、朴泰英を再び呼んだ。

「この時間が終わったらすぐ、校長室に行きなさい」

放課後、圭は校門の側で校長室に行った朴泰英を待っていた。三十分程経った後、朴泰英が現れた。

「何だった？」

圭が聞いた。

「何のことかさっぱり分からん」

泰英は歩き始めながら、ぶつぶつと言った。

「校長が俺の手を握りしめて……人生を恐れすぎることもないが、だからといって甘く見すぎてもいけないだとか……とにかく自重自愛して、大学を無事に卒業しろだとか。自分がどこにいようとも、俺が大学を無事に卒業したら、すぐに自分を訪ねてくれたらこの上なく嬉しい、それが無理なら手紙の一通でも送ってくれという話だった。何が言いたいのかさっぱり分からん」

「ありがたい言葉じゃないか？」

「ありがたかろうが、憎かろうが、わざわざ人を呼んでおいてこんな話じゃ呆れてものも言えん」

「それ以外に何も言わなかったのか？」

圭はやはり気になってそう聞いた。

「同じことをしきりに繰り返すんだ。体に注意しろ、警察をはじめ日本の機関を逆なでしないようにしろ、大学を卒業するまではとにかく危険な本や思想や団体には近づくな」

「校長としては特別にお前に関心があるんだ。去年みたいなことが、またあるんじゃないかと老婆心を起こしたんだろう」

圭はそう言ったものの釈然としなかった。

「俺もそう思ってはみた。だけど今更のようじゃないか？どう考えても警察署が何か言ったに違いない、ちくしょう」

泰英の癖になってしまった沈んだ表情が、一層沈鬱に歪んだ。

「気をつけろという言葉は、何百回聞いてもいい言葉じゃないか？」

圭は慰めるように言った。

「それに変なことがあるんだ」

泰英が言った。

「何が？」

「俺が校長室を出てきたら、五年生の閔永泰《ミンヨンテ》さんが外で待っていたんだ。閔さんも校長室に呼び出されたみたいだった」

「閔さんが？」

閔永泰も泰英とは少し違うが、秀才といわれ、校内で評判の学生だった。そして、一度か二度、警察の世話になったこともあった。父は郵便の配達夫だった。父には学費を出せるほどの余裕はなかったが、閔の才能を惜しむ篤志家が彼を援助しているとの噂だった。閔永泰まで呼んだのならば、泰英の思った通り、警察が何か言ってきたのは間違いないようだった。しかし、朴泰英は昨年の事件以来、まさしく謹慎の日々を送っていた。彼の言葉によると、ドイツ語やフランス語以外の言葉では、思想に関する本は読まないようにしていたのだった。

ところがその謎はすぐに解けた。

その翌日、朝礼直前の校庭は原田校長の転勤説でざわめいていた。

「間違いない」

「そんなはずがない」

「万一それが事実なら、決死の同盟休校をするぞ」

「もちろん同盟休校だ」

「校長が転勤なんて冗談じゃない」

「デマだ、デマ」

「いいや、デマじゃない」

それぞれが自分なりの見解を話していたが、確信を持っている者は誰もいなかった。万一、原田校長が他の所へ行くとすれば、それは学生たちにとって大きな損失だった。断固としてそのようなことがないようにしなくてはならないという感情だけは学生全員に共通しているようだった。校長が出ていくかも知れないという噂とともに、学生たちは今更のように原田校長の偉大さと愛情を認識させられたといえた。

圭は原田校長の転勤説がデマでなく真実であると直感した。デマであることを願う気持ちは圭も同じだったが、昨日、校長が朴泰英を呼んで、あのような話をしたということが、動かすことのできない証拠だと思った。校長は学校を去る前に、この学校で一番優秀かつ問題のある二人の学生を呼び出したのだ。圭はそう思いながら、泰英を探し回った。圭が泰英を寄宿舎近くの森の中で見つけたときには朝礼の鐘が鳴っていた。速い歩みで朝礼場に向かいながら、圭は自分の推測を話してみた。泰英の顔は真っ青に引きつっていた。彼もすでにそのような予感をしていた様子で、顔をくしゃくしゃにしながら言った。

「闘うしかない」

泰英は表面では校長を非難する振りをしていたが、やはり校長に愛情を持っていたのだなと圭は思った。そして、あるいは校長の転勤説とともに彼の心に校長に対する愛情が湧き上がってきたのかも知れないとも思った。

転勤説はデマではなかった。

黒いロイド眼鏡をかけた、「デブイタチ」という別名を持った教頭が壇上に上がると、悲鳴のような鋭い大声を上げた。

「今から原田校長先生の送別式を挙行します」

一瞬、校庭は水を打ったように静かになったが、次の瞬間、その静寂を破って、

「送別式絶対反対」

「絶対反対だ」

という叫び声が波のように起こった。知らず知らずに、圭もそう叫んでいた。配属将校がサーベルを光らせながら壇上に駆け上がると、怒鳴りつけた。

「静かにしろ！去っていかれる校長先生に対して無礼だろうが」

「誰が校長先生を辞めさせたんだ」

という叫び声が再び起こった。

「静かにしろ、これほど規律が乱れるのを黙って見過ごすわけにはいかん」

配属将校が首筋に血管を浮かせた。

「我々は校長先生が辞めることを見過ごすわけにはいかない」

どこからか、このような声がはっきりと聞こえてきた。

圭は自分の左側三番目の列に立っていた金鍾官《キムヂョングワン》が、隊列を抜け出て校庭の中央を目指し走っていくのを見た。彼はそこで立ち止まると、学生たちに向かって大声で叫んだ。

「我々は朝礼を中止して講堂に行きましょう。そこで我々はこの重大な問題について討議しましょう。さあ、講堂に行きましょう」

これが合図になった。学生たちは「わあっ」と喚声を上げながら講堂目指して走り始めた。すると、今まで静かに立っていた校長が壇上に駆け上がった。校長は走る学生たちに向かって、その場に止まるよう手を振った。そして、学生たちに訴え始めた。

「諸君、その場で私の話を聞きなさい。もう一度、戻ってきて私の話を聞くんだ。もし私を思う気持ち

が少しでもあるなら、戻ってきて私の話を聞くんだ」

むせび泣くような原田校長の訴えを、学生たちは無視することができなかった。学生たちは講堂に向かっていた足を戻し始めた。そして、一人ずつ集まると、校長が立っている壇を取り囲んだ。隊伍と列を作る間もなく、学生たちは密集した群衆となった。

「戻って整列しろ」

と配属将校が声を上げた。すると校長は、

「並ぶ必要はない。このままがいい」

と配属将校を制した。

校庭は静まりかえった。澄んだ五月の空が頭上にあり、新緑の香りを乗せたそよ風が吹いていた。学生たちは壇上の原田校長を、息を殺して見守っていた。

原田校長は静かに口を開いた。

「私は今朝のため、お前たちのため、そして、私のために、本当にふさわしい告別演説を準備していた。それが無駄になってしまった。一番の原因は私の不徳にあり、二番目の原因はお前たちの軽率さにある。私は大変悲しく思っている。人生において最も大切な時間は、出会いの時よりも別れの時だ。出会いの時はお互い間違いがあっても、付き合っていくうちにそれを修正する機会があるが、別れの時の失敗はそうはいかない」

原田校長はここで話を切り、しばらくの間、言葉なく学生たちの顔を見回した。そして、次のように続けた。

「諸君！誤解のないことを願う。私はお前たちと何時までも一緒にいたい。だが人間は自分の思い通りにはいかない。人間には死というものがある。人生には別れの時と終わりの時がある。私は今、こうしてまともに立ってはいるが、重い病気にかかっている。医者の言葉では、今すぐ静養生活に入らなければいつ死ぬか分からないということだ。私は考えた挙げ句、辞表を出すことにした。幸い当局がそれを許可してくれた。この老いぼれの原田を少しでも長生きさせてやると思って、お前たちは私を放免してくれなくてはならない」

「嘘だ」

誰かがわめいた。

「嘘だ」

「そうだ」

「そうだ、嘘だ」

と口々に声が続いた。

「私がいつお前たちに嘘をついたことがある」

校長の表情が険しくなり、その声は震えていた。

「私はお前たちから感謝の言葉を聞くことができないにしても、侮辱されねばならないような真似はしていない。今、お前たちと別れようという、この厳粛な場で、どうして私が嘘をつけるというのだ。私の話をそのまま信じてくれ」

そう言うと、再び話を続けた。

「私はお前たちと過ごした数年間を、私の生涯において最も幸福な時期だったと思う。教育者としての私の晩年が、決して失敗ではなかったと思っている。お前たちや、お前たちの先輩は、皆優秀だった。けれども諸君！お前たちのこれからの人生には、多くの困難が待ち受けているだろう。自分の良心に基づく行いが、その真価通りに報われない場合もあるだろう。自分の能力と努力に比べ、不当な待遇を受けることもあるだろう。思いも寄らぬ落とし穴に陥って、悔し涙を流さねばならないこともあるだろう。善因が必ずしも善果を用意していないことを知り、失望や挫折を味わうときもあるだろう。だが、このような悔しさと失望と挫折に打ち克つ人間が人生の勝利者だという事実を肝に銘じて欲しい。そして、もう一つ言っておきたいことがある。お前たちが社会に出たら、日本人から差別待遇を受ける現実にぶつかるだろう。精神的にも物質的にも差別現象が厳然として存在するから、敏感なお前たちは、すぐにその事実に気づくだろう。そんなときお前たちは卑屈になってはいけない。卑屈になるなといって、反抗しろという意味ではない。お前たちはお前たちを差別する者たちを、哀れな者たちだと思ってやり過ごせということだ。相手より優れた能力も実力もない奴が相手を差別待遇するのなら、悪いのはそいつであって差別される者ではない。そんな奴を相手にせず、自らの内面を磨くようにせねばならん。差別する何の根拠も優越性もない奴が、他人を差別するなんてことは、それ一点だけで軽蔑するに足る。だから差別を恐れるのではなく、そんな人間を哀れな奴だと笑ってやればそれまでだ。けれども、そいつらを笑うためには自分自身が立派な人物にならなくてはならん。差別待遇をお前たちが奮発する契機に活用すれば、お前たちの将来には栄光があるだろう。私がお前たちに一番申し訳ないと思うのは、私の在任中にお前たちの学科課程から朝鮮語科目をなくしてしまったことだ。私個人の力ではどうすることもできなかったなどという、そんな弁明で私の行いを言いつくろおうとは思わない。半島青年の教育に思いを抱いてここに来た私自身の責任として、私自身がその非難を受ける覚悟でいる。しかし、人間において最も重要な教育者は自分自身だということを知らなくてはならない。自分が自分の教育者となれたとき、初めて教育が始まると言っても過言ではない。私が最後に言っておきたいことは、大日本帝国は決してお前たちにとって悪い祖国ではないということだ。大日本帝国は今後、隆々と発展していくだろう。その祖国とともに、お前たちの将来も大きく開けていくことを痛切に願ってやまない。しかし、私はお前たちが自分の本心に背いて皇国臣民の振りをしろとは言わない。孔子の言葉に「君子は和して同ぜず、小人は同して和せず」という一節がある。大日本帝国の臣民になるのならば、孔子の言うところの和して同せずとなれということだ。小人の同して和せずをもって大日本帝国の臣民となることは、日本のためにも皆のためにも不幸なことだ。これが私の教育方針だった」

　原田校長はここで言葉を切った。万感が込み上げてきた、そんな表情でしばらく沈黙していたが、

「諸君！あの智異山を見ろ！」

と言って、智異山を指さした。学生たちの視線は原田校長が指さす方向へ向けられた。

　雲一つない五月の空の向こうに、神秘の帳幕をまとった智異山の頂上が、峻厳とした姿を現していた。

「あの智異山の峻厳とした姿を、ある年、ある時、私とともに目に留めたという記憶を、お前たちがいつまでも大切にしてくれていたらありがたい」

　原田校長のこのような言葉が静かに聞こえてきた。

　学生たちが再び視線を原田校長に向けたとき、原田校長の顔には涙が流れ落ちていた。

「諸君、自重自愛することを願う」

　最後の言葉は涙でかき消された。

　こうして原田校長は学生たちの目の前から去っていった。

　病気を理由に校長自身が辞意を表明したという言葉は嘘ではなかったが、原田校長の辞任は結局他意によるものだった。送別式場で学生たちが動揺したのは、内容は知らずとも青少年らしい直感でそのような機微を悟ったためであった。

　ところで原田校長辞任の真相が明らかになるまでには、相当な時間を必要とした。後に圭が知ったところによると、その真相のあらましは次のようだった。

　東萊《トンネ》高普以来、原田校長が反日的な学生を積極的に庇っていた事実に対して、当局は早くから目をつけていた。その上船津《ソンヂン》事件のとき、原田校長は公々

然と上部の指示に反発して問題の種を作った。そればかりか彼は、教練の教官に一週間二時間ずつ配当された時間の他には教練のための時間を認めなかった。毎朝の朝礼の時間を利用して、配属将校が閲兵・分列の訓練を課そうとするや、原田校長は「頭のいい学生たちだから、そこまでする必要はない」と、その提案を一蹴してしまったこともあった。また原田は、学生たちにカーキー色の制服を着せて軍国色へと変えなくてはという一部教師たちの意見を、「少年たちは、なるべく美しい環境で育てなくてはならない」と粉砕してしまったこともあった。

これだけでも充分に問題となってあまりあるのに、ある日、配属将校が志願兵になった卒業生を連れてきて、学生たちを激励する集会を持とうとすると、それを拒否する一方、その先輩を見習って志願兵になろうとした卒業生三人を呼んで、「あえて戦場に行かなくても、国に奉仕する道はいくらでもある」と彼らを引き留めた事件が重なった。

これが直接の原因となった。軍国主義の方向へと流れる状況の中で、校長のそのような態度が許されるはずはなかった。道知事は校長の人格を尊重して、忠告をした後、他の学校に転勤させるつもりでいたようだったが、軍部の力を借りた警察が黙っていなかった。その結果が原田校長の勧告辞職となったのだった。

原田校長に関しては後聞がある。

原田が勧告辞職となった噂が伝わるや、昔の教え子や保護者たちが満州吉林に朝鮮人中学校を設立し、原田をその学校の初代校長として迎え入れた。

四

齋藤という名の校長が原田の後任としてやって来た。

「デブイタチ」というあだ名が付いている教頭は、新しい校長を、「国学の精髄を把握された、識見、人格ともに卓越した大先生」と紹介したが、学生たちはすぐさま「水浸明太」というあだ名を付けてしまった。昨年の洪水の時、明太［干して乾燥させたスケトウダラ］の入った倉庫が浸水し、水浸しの明太を砂浜で乾かしていた。それを覚えていた学生が、新任の齋藤から明太を連想したのだ。齋藤はあだ名そのまま、水浸明太のように見栄えのしない老人だった。

齋藤の就任式は閲兵と分列式を合わせた軍隊式で挙行された。見栄えのしないげっそり痩せた老人が、将軍のような威厳を出そうと表情を繕い、虚勢を張っている様は学生たちの失笑を買わずにはいられなかった。閲兵に際し、校長が学生たちの横を通り過ぎる度に、堪えていた笑いをごまかす咳払いが後から後へと続いた。続いて行われた分列式もひどいものだった。配属将校が叫び声を上げたが、学生たちを一声で意のままにすることはできなかった。

圭は改めて原田校長の送別式を思い出した。隊列も作らず、ただそのまま朝礼台を取り囲んだ学生たち、その学生たちを撫でさするように慈愛に満ちた目で眺めながら、別れの挨拶をしていた原田校長！それがほんの数日前のことなのに、もうすでに昔話になってしまったのかという感慨に涙が出そうになった。

とうとう齋藤校長が新任の挨拶をする番になった。彼は判に押したような前置きをしてから、

「お前たちには軍人精神が入っていない。今までお前たちがたるんでいたという証拠だ。しかし私がこの学校の校長の職責を引き受けた以上、徹底的に軍人精神を叩き込むから今からしっかり覚悟しておくように」

と声を上げた。

すると学生たちの隊列の中から大声が響き渡った。

「我々は軍人ではない。学生だ。勘違いするな」

二年生の学級から起こった声のようだった。次級教官の亀井という少尉が、声の起こった方へ走っていったかと思うと、誰かを殴りつける音と怒号が聞こえてきた。

「あの野郎、殺せ」

という叫び声があちこちで起こった。校庭は瞬く間に修羅場となる直前の状態となった。学級担任たちが駆けつけて、学生たちを制止したためになんとか収まったが、抗議の叫び声はなかなか静まらなかった。その喧噪の上に、校長の鋭い声が鳴り響いた。

「このような醜態は絶対に許すわけにはいかん。これはすべて軍人精神が徹底していないからだ。今後は決してこのような事態を放ってはおかん」

続いて配属将校がその後を受け、長々と一時間の訓辞を並べ立てた。

朝礼のときに学生が教師から殴打されたのは、この学校の創立以来初めてのことではなかったろうか。朝礼が終わるや校内には不穏な空気が渦巻き始めた。学生たちはあちこちで集まり、同盟休校に立ち上がろうと気勢を上げていた。いつの間に連絡されたのか、私服の刑事と思われる人間がいたるとこ

ろに目についた。

　圭の学級では緊急会議が開かれた。熱血漢の金《キム》鍾業《チョンオプ》が教壇に立って叫んだ。

「我々は何が何でも、どんな手段を使っても、齋藤を排斥しなくてはならない」

　一同は拍手喝采で、その意見を支持する意思を表明した。

「団結さえすればできないことはない。我々は鋼鉄のように団結しなくてはならない」

　崔亮圭《チェヤンギュ》が賛助発言をした。

「そうだ！」

という叫び声が後に続いた。

「それなら早く下級生の教室に代表を派遣して、全体大会を開くことにしよう」

　鄭武龍《チョンムリョン》が提議した。

　いち早く他の学級に派遣する代表者が選ばれた。圭は三年一組に行くことになった。そして、代表たちがどやどやと立ち上がろうとしたとき、三年生の学生が飛び込んできて、

「私たち三年生は同盟休校を宣言し、全員比峰山に登ります」

と言うと再び駆け足で出て行った。

「我々が代表を送らなくても各学級は自発的に行動するようだから、我々も早く抜け出そう」

と郭病漢《カクビョンハン》が叫んだ。

「どこへ？」

と言う声に、

「比峰山に行こう」

と言う答えがあった。

「いや」

と朴泰英が立ち上がった。

「三年生が比峰山に行くのなら我々は南江の河原に行こう。そうすれば攻撃目標を分散することができるし、市民にもアピールできる」

「よし、南江に行こう」

　一瞬で意見の一致を見た学生たちは、いっぺんに廊下になだれ出た。その時、度のきつい眼鏡をかけた英語教師の草間が教室にやって来たが、一斉に出て行く学生たちとすれ違い、目を白黒させながら学生たちを見送った。

　誰かがリーダとなって命令したわけではなく、全学生が学級単位で一斉に同盟休校に突入した。入学してから二ヶ月あまりにしかならない一年生までもが後れを取らなかった。原田校長の留任を求める運動を展開できなかった後悔と、齋藤に対する反発が重なり、自然発生的に爆発したのだ。

しかし、この同盟休校は七十数名の検挙者を出し、二週間ももたずに挫折してしまった。地方の有力者と保護者の介入によって、警察に捕まった七十数名の学生たちの即時釈放と、この事件により一人も処罰を受けないことを交換条件に、学生たちは同盟休校の態勢を解かざるを得なくなってしまった。検挙された学生の中には圭と泰英も入っていた。

「緻密な事前計画と条件がなければ、何の結果も生み出すことができない」

後日朴泰英が述懐した言葉だが、自然発生的な爆発だったので激しい勢いはあったが、事前準備がなかったためにあっけなく瓦解するしかなかったのだろう。

学生たちの同盟休校が齋藤を排斥できなかっただけでなく、彼の態度を一層悪化させてしまったことを学生たちはすぐに悟った。

登下校時には必ずゲートルを着けよという命令が下った。次いで学生鞄の代わりに、日本の兵隊が背負うものと同様の背嚢を背負えという命令が続いた。その度に同盟休校をしようという意見が出たが、その程度は我慢しようという意見が圧倒的だったため、大人しく従うことにした。

ところが九月の新学期から制服をカーキー色に変えるという方針が発表されると、学校に再び不穏な空気が漂い始めた。

川向こうの学校では、既に三年前からカーキー色の制服を着ていた。学生たちはその学校とは違い、夏なら「霜降り」を着て、冬なら黒い「小倉」を着るのをプライドに感じていた。カーキー色の制服よりは「小倉」の制服が遙かに学生らしかった。それなのに自分たちもカーキー色の制服を着るようになれば、その唯一のプライドまでが奪われてしまうことになるのだった。

このような空気を事前に察知した学校当局は、警察と手を握り学生たちを脅した。校内で何か事件が起これば、その首謀者を退学処分にするだけでなく、監獄に送るという脅しだった。しかし学生たちは「奴隷の服を着るより囚人の服を着ることを望む」と、九月の新学期から着用が義務づけられたカーキー色の制服を命がけで拒否することにした。

そのような中で校内に妙な動きが台頭し始めた。学生報国会という集団が、剣道部と柔道部の学生を中心に結成された。その集団に参加しない学生は、柔道部から除名された。

学生報国会の会員は早起会というものを開き、早朝、神社参拝をしてから南江で冷水浴と体操をするなど心身鍛練をしていたが、二週間に一度は雄弁大会だといってわめき散らしていた。彼らは更に上級生の命令には絶対服従という規律を立て、万一下級生が上級生に挙手敬礼をしなければ制裁を加えると言った。従前から下級生が上級生に挨拶をすることは慣例になっていたが、それは挙手敬礼などではなく、帽子を取ってお辞儀をすることであり、挨拶をしなかったとしても制裁を受けるようなことはなかった。それだけでなく、上級生も下級生に話すときは丁寧な敬語を使うのがこの学校の伝統だった。

　学生報国会の存在は日に日に大きくなった。圭の学級でも参加者は次第に増えていった。初めは柔道部の朱榮中《チュヨンヂュン》と剣道部の朴漢洙《パクハンス》が仕方なく参加しただけだったが、二ヶ月が経つと李孝根《イヒョグン》、金達石《キムダルソク》、他に四、五人が自ら進んで入会したことが分かった。それからというもの、今まですぐにまとまっていた学級会が混乱するようになった。そのため、圭の学級では他の学級の方針に追従するが、自分たちは運動の先頭には立たないと決定した。そのような決定をした背景には、学生報国会の策動の他に草間先生の説得があった。草間は説得するつもりで話をしたのではなく、黒板の隅に「奴隷の服を着るより囚人の服を着ることを望む」と書いてあったのを見て自分の思いを語ったところ、それが説得の効果を持ったのだ。

　草間は次のように語った。

「今お前たちが着ている服が、奴隷の服でなく英雄の服だと思っているのか？制服だって、それが勲章の貼り付いた将軍の服でないなら、みんな奴隷の服だ。現在奴隷の服を着ていながら、これは何の寝言だ？」

　こう言いながら草間は黒板の文字を指さし物憂げな顔をした。他の教師がこのようなことを言ったとしたら、教室は蜂の巣をつついたように騒然となったはずだが、まったく偉ぶったところがなく学生との間に少しも壁を作らない草間の言葉だったので、学生たちは静かに話の続きに耳を傾けた。

「しかしお前たちの気持ちは分かる。反発したいその心情も分かる。けれども事を起こして傷つくのはお前たちだけだ。日本の軍国主義は今、大陸を席巻している。それが最後に成功するかどうかはともかく、現在は到底相手にできないほど激しい風だ。激しい風は避けねばならん。無慈悲な電車の車輪は避けねばならん。生きるためには負けた振りもせねばならん。危難を避けるためには負けた振りもせねばならん。熊に遭ったら負けた振りもせねばならん。

これしきの侮辱を受けたからといって、反発するのは自殺行為だ。もし今回のことで反発するつもりならば、それをもって死ぬ覚悟をしろ。できないならば止めておけ。中学時代に受ける侮辱は、侮辱でなく戯れ言だ。戯れ言でなければ鍛錬だ。カーキー色を着ようが黒を着ようが、服が問題でなく、それを着る中身が問題だ。カーキー色の制服を是非とも着せようとする人間に対してもそうだ。その考えを変えようとしたところで無駄なことだ。そんな拙劣なことを考え出す、その根源のものを正さなければ何の効果もない。今、半島全体でカーキー色の制服を着ていない中学校は、この学校を含めて三校しかないそうだ。それらの学校も近くすべてがカーキー色を着るようになるだろう。だからこれは齋藤校長の個人的な意志というよりも、大日本帝国の意志だと見た方が正しいだろう。卵を投げて城門を崩そうという類の愚挙は避けて、この草間が教える英単語を一つでも多く覚えるようにしろ」

今まで説教などしたことのない草間の言葉だったために、学生たちは真剣に聞いていた。そして草間は次のように付け加えた。

「お前たちの言う水沈明太は、まさしく水沈明太のように薄情な人間だ。へたに刺激して、お前たちが人生の出発期で挫折しないか、それが心配だ」

五

その年の夏休み、圭は南海にある尚州《サンヂュ》というところで過ごした。避暑のための海水浴などという贅沢ではなかった。入学試験の準備を本格的にしなければならないという焦燥感からひっそりとしたところへ行くより他になかったのだ。家にいれば細々した用事ができたり、来客に一々うわべだけの挨拶をしに出たり、集中できそうになかったからだ。

圭の家から二里ほど離れたところに多率寺《タソルサ》があり、一里ほど離れたところには薬水庵《ヤクスアム》という僧たちが修行をするための仮の家があった。父はそこに行けばいいと言ったが、圭は尚州へ行くことにした。圭が尚州を初めて見たのはその年の春、錦山《クムサン》の頂上からだった。その時、尚州という漁村が圭の心に強く残ったのだ。

圭が錦山に登ったのは、南海二東面茂林里《イドンミョンモリムニ》が故郷の鄭善采《チョンソンチェ》に誘われたからだ。鄭善采は、自分の故郷で自慢できるものは錦山だけだと言った。

「だけど俺はこの錦山のある故郷を、世界のどことも取り替えることはできない。俺は春と秋、必ず一度は錦山に登る。どうだ、俺と一緒に錦山に登ってみないか？」

　鄭善采は口数の少ない温厚な少年だ。そんな彼がそれほど言うのなら、一度登ってみようかと圭は思った。

　善采の村、茂林から錦山に向かって一里ほど南に新作路を歩いた。歩きながら圭はおどけて言った。

「南海《ナメ》もかなり広いんだな。ボールを思い切り蹴ったら海に落ちてサッカーもできないところだと思っていたよ」

　善采は圭が何を言おうとも笑っていた。そして、このような話をした。

「李太祖が王になることを願って山の神に祈祷を捧げたのがこの錦山なんだ。李太祖は夢が叶うと絹で山を包んだそうだが、それで絹を表す「錦」の字をつけて錦山と呼ぶようになったという伝説があるんだ」

「伝説としてはつまらない話だな」

　冗談めかしてではあったが、圭は本音を言った。

「どうして？」

　善采はいぶかしそうに圭の顔を見た。

「王になりたいと山の神に祈祷したって話もつまらないし、王になれたからって山に絹を巻くなんて実にくだらないじゃないか？錦山の名誉のためにもそんな伝説は無くしてしまった方がいい」

「いいや、その話は錦山の山神霊の偉大さを表した話だ」

「お前は山神を信じるのか？」

「当たり前だ。俺はどんな迷信も信じていないが、錦山に山神霊がいるということは信じている」

　圭は善采が真顔でそう話すのを見て驚いた。善采は工学を専攻したいという学生だった。

「科学をやる人間がどうして山神霊を信じる？」

「科学と山神霊を信じることと何の関係がある？錦山に山神霊がいるというより、錦山全体が山神霊なんだ。登ってみれば分かるさ」

　善采は真顔で言った。圭は善采の錦山に対する信仰が並大抵のものでないことを今更ながらに感じた。他人の信仰を茶化してはいけないと思い、圭は黙って善采の言葉を聞くことにした。

　ところで圭は、錦山の頂上で錦山の美しさや山神霊の偉大さを感じたというより、そこから眺める海の神秘的な美しさに感動した。

　圭は錦山の頂上で、海は眺望する距離と位置、角度によって千変万化するということを実感した。

　祖父の墓がある智異山の山並みに沿って下りなが

ら眺めた海は、ただ空からの連続だった。空が下に下りながら、次第にその色と密度を濃くしていくという感じ、従って海と空はその遠景において一体のものだった。空も海も果てしなく遠かった。

南海へと渡るときの船上から見た海は違っていた。運命の意志のようなものを感じさせる畏怖を圭に与えた。濃縮した飴色を彷彿とさせる海の表面は、無限量の水の集積というよりも、雄大な意志が液体の形となって陸地の何倍もの神秘さを秘めた自分の存在を忘れるなという示威を繰り返しているように感じられた。静かな海のその繊細な模様、少し怒ったときのその身もだえする荒い波……圭は舳先に砕け散る波と、艫に描かれる白い飛沫を、反対の視野の中で交互に見ながら、潮騒をこのように翻訳してみた。

「俺が怒りさえすれば、お前たちが乗っている船など一息に飲み込むこともできる。だがお前たちに対する俺の好意から、俺はそうしないでいるんだ」

船が無事に目的地に向かっているのは、人間の力、エンジンの力、船の力ではなく、単純に海の好意によるものではないかと圭には思われた。

錦山の頂上から望む海はこれとも違っていた。遙かな青が、ある時は紫色に変化しつつ水平線の彼方に無形無言の王国を築いていた。沈黙の王国ともいえる海は、圭に大きさも形体も不分明な憧れを抱かせた。その憧れは年を取り大人になれば、その正体を現すのかも知れなかった。そして、この果てしなく続く海の向こうに、サンフランシスコがあり、ケープタウンがあり、コペンハーゲンがあるのだと想像すると軽い興奮を覚えた。

(将来大人になるということは、どれほど祝福すべきこととか)

同時に圭は海への誘惑を強く感じた。具体的にどのようなものかは分からなかったが、海の呼吸を自らの呼吸とし、海の運命を自らの運命としたいという漠然とした誘惑だった。そのように考えながら茫然と周囲を見回していると、すぐ眼下に小さな漁村が視野に入ってきた。肘を外に曲げたまま腕を前に出し、両手の先を若干内側に向けると、その輪郭だけは表現できる、そんな形の湾がまず珍しかった。その湾の周りを、黒く見えるほど密生した松林が囲んでいて、松林と海との間には白い砂浜があった。砂浜の端には砂の白さとは違った白さで波が飛沫を上げていた。それを海抜千メートルの高所から眺めるのだから、音のない無声映画のようなつんと澄ました景観であった。民家は松林の中に茸のような藁葺き屋根を載せて、三十戸あまりの規模で眠っていた。

「あれはどこだ？」

圭は夢を見ている人のように尋ねた。

「尚州というところだ。面は二東面だ」

「あそこに行ってみたいな」

「気に入ったのか？」

「うん、綺麗じゃないか？」

「遠くから見るからそう見えるんだろう」

「いや、本当に綺麗なところだ。善采、あの漁村を見て何か思い出さないか？」

「さあ、俺はいつも見ているところだから別に」

「『イノック・アーデン』に出てくる漁村みたいじゃないか」

「圭はやっぱりロマンチストだな」

「ロマンチストとは何だ。とにかく俺は尚州を見ていると『イノック・アーデン』が浮かんでくる」

テニスンが書いた『イノック・アーデン』を昨年の秋、圭は草間から補充教材として習った。波が白い飛沫を上げながら絶え間なく打ち寄せる湾の漁村で、イノック・アーデンは貧しさの中育った。愛する女性と結婚し、貧しさから抜け出そうと遠洋船に乗ったイノック・アーデンは航海中に難破して孤島に残される。そして十年後、帰ってみると愛する妻は友人であるフィリップの妻となっていた。妻の幸せのため、イノック・アーデンは姿を隠して生活し、最後は寂しい旅館の部屋で病死する。……難解な英文だったが、その哀切とした物語に皆陶酔して、容易にその作品をマスターすることができた。尚州を見るや圭の脳裏にその時の感動が蘇ったのである。

「イノック・アーデンの漁村は尚州より遙かに規模が大きかっただろう。波止場もあるし、船で働く人夫たちもいたし、酒場も多いし旅館も多い、フィリップみたいな金持ちも住んでいたんだから。尚州を漁村と言うけど、漁村と呼べるほどじゃない。釣り船くらいはあるかも知れないけど発動船は一隻もない。漁夫じゃなくてみんな農夫だ。海に面しているというだけで、純粋な農村だ」

善采のこのような言葉を聞いて、圭は笑った。

「善采、お前はやっぱり科学者だな。ところでここからすぐにあそこには下りられないのか？」

「ここからは斜面が急でだめだ。西の方から抜けていかなけりゃ。さっき俺たちが登り始めた海辺から船に乗らなきゃならない」

「それなら船に乗って一度行ってみよう」

「船は三日に一度あるかないかだぞ」

「恐ろしく交通が不便だな」

「不便さ。俺たちが尚州まで楽に行こうと思えば、南海邑に戻って船所《ソンソ》というところに行かなけりゃならない。そこから船で弥助《ミヂョ》まで行って、また乗り換えなけりゃ」

「孤島と同じだな」

「そうさ、地形的にそうなってる。だけど近いうちに新作路ができるって話だ」

ふっと圭の脳裏に閃いたことがあった。それで善采を見つめて言った。

「善采、あの湾は旅順湾にそっくりじゃないか？」

「旅順湾？」

「日露戦争のとき、廣瀬中佐が粉砕したという関東州の旅順湾のことさ」

「ああ、言われてみるとそうだな。でも規模は比べようもないだろう」

圭は尚州を見ればみるほど、国民学校時代に先生が黒板に書いた旅順湾の形に似ていると強く思った。そして、尚州に対して強い好奇心と愛着を感じた。

しかし春休みが短かったため、そのとき圭は尚州に行くことができなかった。けれどもいつか一度はそこに行ってみなくてはならないと決心したのだった。

本と日用品を詰め込んだボストンバックを提げて、八月初旬のある日、圭は三千浦《サムチョンポ》から弥助へ向かう船に乗った。漢字をそのまま読めば「ミヂョ」となるものを船中の人々は皆、「ヤスケ」と日本語で呼んだ。圭はそのわけを知りたくて何人かに尋ねてみたが、知らなくてそうなのか、不親切でそうなのか、「ヤスケだからヤスケと言ってるんだ」と言うのみで、誰も納得のいく返事をしてくれなかった。

そしてまた、不思議だったことは、三千浦や統榮《トンヨン》を「陸地」と言い、南海を「ナメ」と発音せず、「ノメ」と言っていることだった。圭は南海の人々が「陸地」の人間に対して敵意に近い警戒心を抱いているということも船の中で知った。船の中の人々が交わす会話の中で、次のような話が当たり前のように交わされていた。

「陸地の奴を婿にもらうもんじゃない。生意気なだけで、怠けるだけ怠けて嫁の家の財産を狙ってばかりいる」

「嫁だって陸地からもらうもんじゃない。化粧のことしか頭にない。畑で何をしようと思っているのか。まったく使い物にならん」

さらにはこんな言葉まで飛び出した。

「鶏もノメの鶏でなけりゃ食えたもんじゃない」

四時間ほどかかって弥助に到着したときには、長い夏の日も傾いていた。尚州に向かう船は明日の朝まで待たなくてはならないということで、一晩旅館で泊まることにした。船着き場に近い便利なところを探すと、日本人が経営する旅館に泊まることになってしまった。その日本人旅館の名前は床次《とこなみ》旅館といった。人口が七百か八百あまりの漁村の旅館としては、かなり大きく綺麗なところだった。漁業が盛んな時期になると、漁場の主人や卸売商が釜山《プサン》、麗水《ヨス》などから押し寄せてくるために、そのような旅館が必要だということだった。

夕食の後船着き場に出て、圭はそこに集まっている老人たちと話を交わすことができた。その話を通して大きな漁場の所有者は、林兼《はやしかね》だの迫間《はざま》だのという日本人で、朝鮮人は一人もいないという事実を知った。

「朝鮮の近海に朝鮮人の漁場がないというのはどういうことですか。技術不足のせいですか」

圭はそう尋ねてみた。老人の一人が咳払いをしてから呟いた。

「技術不足だって?直接魚を捕っている漁夫はみんな朝鮮人だってのに」

「それなら……」

圭は好奇心をかき立てられた。

「わけを知ってどうする?そうなっているからそうなんだ」

他の老人が不意にこんなことを言った。

「魚も朝鮮人をばかにしているのさ。漁場の主人が日本人でなけりゃ魚も集まってこないのさ」

この問題は圭にとって宿題となった。後日その宿題は簡単に解けた。総督府政治が始まるや漁業権の更新があった。そのとき総督府は漁業権を日本人に渡した。理由は他の所にあったのだろうが表向きの名分は、朝鮮人は大きな漁場を担えるだけの漁労技術と施設、装備を備えていないということだった。

床次旅館での一晩は、妙な出会いのきっかけとなった。圭が蚊帳をつり、その中に机を持ち込んで勉強をしていると、浴衣姿の娘が「失礼します」と言いながら、ためらいもせず蚊帳の中に入ってきたのだ。

四方の障子や襖を外してあったので、部屋といっても仕切りはなかったが、年頃の娘が見ず知らずの青年の部屋へこっそり入ってくるなどということは、圭の常識の範疇を超えていた。

娘は丁寧に頭を下げて言った。

「床次靖子といいます。女中から学生さんが試験準備をされている方だと聞いて、失礼を顧みずやって来ました」

娘の顔と着こなし、そして話す態度は、大胆に男の部屋に入ってきた行動とは違い、端正で丁重なものだった。だから圭も丁重に聞いた。

「どうなさったのですか？」

「私は釜山高等女子の五年生です。来年、東京女子高等師範の入学試験を受けようと思っています。今準備中なのですが、どうしても解けない数学の問題があるんです。釜山に行けば先生がいらっしゃるので教えていただくこともできるのですけど、そのためにに釜山まで行くこともできませんし……悩んでいたところに学生さんが来られたので、もしかしたらと思って……」

「僕は四年生で、あなたは五年生ですよ。下級生の僕がどうやって……」

圭は解けない問題はそのままにしておいて、新学期が始まったらそのとき先生に聞いたらどうかと言った。

「それがだめなんです。解けないものがあるから先に進めないんです。気になってしまって」

圭はその気持ちが分かるような気がした。それで問題をちょっと見てみようと言った。靖子は持っていた数学の本を圭の前に広げた。そのとき靖子の髪から熟れた瓜のような香りがした。

赤鉛筆で印の付けられた問題を見て、圭は安心した。簡単に解くことのできる問題だった。問題のいくつかは開立を必要とする数式で、その他は級数に関する問題だった。圭はそれらの問題を解いて見せながら、簡単な解き方を説明した。そして、

「解き方さえ覚えれば簡単なものです」

と言うと、靖子はうっとりとした表情で圭を見つめた。

「ありがとうございます。すっきりしました。一学期に習った勉強よりも、ずっとためになった気がします」

靖子は心から喜んでそう言うと、次は幾何の問題を取り出した。それは主に軌跡に関する問題だった。軌跡の問題も要領さえ把握すればそれほど難しいものではない。圭は靖子が充分に納得できるように説明してあげた。そうやって夜遅くまで時間の過ぎるのを忘れて勉強していた。出て行くとき靖子は再び礼を言うと、

「学生さんならどの学校でも行きたいところに行け

るでしょうね」

と素直に羨ましがった。

その翌日、圭が支払いを済ませようとすると、主人の老夫婦は頑として金を受け取ろうとしなかった。

「手を取って娘に教えていただきありがとうございます。学生さんのような素晴らしい秀才に泊まっていただいただけでも光栄なのに、お金など受け取れません」

と言うのだった。

素晴らしい秀才という言葉に、圭は苦笑した。朴泰英を知ったらこの老夫婦は気絶するのではないかと思ったからだ。圭がここに来る前、泰英に一緒に行こうと誘った。すると泰英は、

「俺は休みの間だけでも、おじいさんを手伝って農作業をするつもりだ」

と言って、寂しそうに笑った。その表情が圭の脳裏をかすめた。

床次靖子は圭のボストンバックを自分が持つと言って、船着き場まで出てきた。圭が船に乗るとき靖子は、

「また分からないことがあったら尚州まで行きます。行ってもいいでしょう？」

と甘えるように言った。

「構いません。いつでも来てください」

圭はそう答えるしかなかった。

十一トンあまりの船は、まだ朝焼けの消えぬ海をかき分け出て行った。爽快な朝だった。

六

尚州でのその夏は、圭の回想の中で特別な位置を占めた。他の記憶とはまったく隔絶された、まるで括弧でくくられたような時間だった。それは夢のようなまぶしい光で縁取られた、鮮明な記憶として残ることになった。

ボストンバック一つで朝の海を渡り、弥助の村を訪ねていく少年の姿、少しの不安と好奇心で軽い興奮を覚える少年の心。圭は尚州に着くと特に躊躇うこともなく、その村にただ一つの居酒屋を兼ねた宿屋に下宿を決めた。居酒屋といっても陸地のように騒々しく人が集まって飲んだり騒いだりするような所ではない。大切な客が来ればそこに案内して簡単な接待をする、村全体の応接室だといえた。主人は金氏という中年の男だったが、夫婦で圭を歓迎してくれた。陸地から勉強しに来たという少年を、遠方

から来た貴賓のように手厚くもてなしてくれたのだ。

そこでの圭の日課は、朝早く起きて下宿の横を流れる小川で顔を洗い、青々と育ちつつある田んぼの畦を散歩して、朝食を取る。それから数学の勉強を昼まで続け、昼食後、英語など読むだけの学科の本を二、三冊選んで、海辺の松林の日陰に陣取り、本を読みながら水平線に目を向ける。松籟《しょうらい》の音、海岸線に打ちよせる波の音が、雄壮な音楽のように協和する中、本に書かれた知識が砂に染みこむ水のように圭の頭の中に吸収されていった。時折は海に飛び込み、浅瀬を探して泳いだり、砂浜にうつ伏せ、背中を焼いたりした。そんなとき、圭には何の不安もなく、悔恨もなかった。齋藤校長の赴任により起こった事件、今後起こるであろう出来事に対する不安も忘れることができた。来年の入学試験に対する心配もなかった。寂寞とした海辺にただ一人いるという意識が、命の充実感のようなものを感じさせた。

尚州に到着してから三日ほど過ぎた日、ある少年が圭を訪ねてきた。

「ぼ、ぼ、僕は二年生です」

ひどくどもりながら話す少年は続けて、

「名前は孫南得《ソンナムドゥク》です」

と言って、顔を赤らめた。

「そうですか、私は四年生の李圭といいます」

圭も丁寧に自己紹介をした。

「よ、よく知っています」

圭はどもりながら話す少年の前で、よどみなく流暢に話すことに後ろめたさを感じた。自分もどもりながら話す振りをしようかという衝動すら起こった。とにかくこの村に圭と同じ学校に通っている学生がいるということは嬉しいことだった。それで、

「うちの学校に通っている人は他にもいますか？」

と聞いてみた。

「い、いません」

「他の中学校に通う人はいますか？」

「い、いません」

「それならこの村から中学校に通っている学生は孫さん一人だけなんですね」

「はい、そ、そうです。ほ、補習学校に通っている人は二人います」

尚州でただ一人の中学生、孫南得の家は酒の卸屋を営んでいるということだった。それで息子を中学校に送れるのだった。

その晩、圭は孫南得の家から夕食に招かれた。五

十に近いと見られる南得の父の、息子に対する期待は並大抵のものではないようだった。

「南得からあなたの話は聞きました。とても有名な秀才だと聞いて、一層嬉しく思っています。こやつをよく指導してやってください」

圭は大人から対等な応対を受けたのは初めてだった。

その後、孫南得は時々圭を訪ねてきた。一緒に海辺を歩きながら話をしたり遊んだりした。そんな折り、孫南得が中学校を卒業したら陸軍士官学校に行きたいという話を聞いて驚いた。圭は反問せずにはいられなかった。

「よりによって、どうして士官学校に行こうと思うのですか?」

「し、し、士官学校にさえ行けば、り、り、陸軍少尉になれるでしょう。り、り、り、陸軍少尉なら高等官になったも同然だし、ぐ、郡守と対等だといいます」

圭は、それを少年らしい夢によるものだけだとは思えなかった。南海の人々はどの地方の人たちよりも出世欲が強いと聞いたことがあるが、孫南得の考え方はそれを物語っていた。圭は失礼を顧みず、

「士官学校もいいけれど、孫さんは、そのどもる癖から直さなければ。気をつけの号令をかける時、どもってはだめでしょう」

「ご、ご、ご、号令をかけるときは、ど、ど、どもりません」

「一度やってごらん」

孫南得は海に向かって足を広げて立つと、顔を真っ赤にして頬を風船のようにふくらまし、唇を震わせた。しばらくの後、風船がはじけるように、

「気をつけっ!」

と大声で叫んだ。少なくともその間、二、三分は経過していたのではないかと思われた。

「とにかくどもる癖は直すようしなさい」

圭はなかなか先輩らしく言い聞かせた。

「ど、ど、ど、どもりを、な、な、な、直すところがあると聞きました。そ、そこ、そこに行って、直せばいいと思います」

「早く直すようしなさい。自分の力で直さなけりゃ。それも癖なんだから」

圭は孫南得がどもる点を除いては、非の打ち所がない少年だと思った。学力も学年相当に申し分なく、品行方正だった。両親が期待を掛けるのも理解できた。

松林と砂浜はいつでも閑散としていたが、ある日、圭は麦わら帽子をかぶった青年が砂浜を歩いてくるのを見つけた。その青年は、圭が松林に座っているのを見ると、こちらに近づいてきた。

麦わら帽子の青年は、二十歳近くに見えた。白いズボンをはき、肩の露出したランニングシャツを着ている格好は、尚州の人間ではなさそうだった。青年は近くに来ると、圭が持っていた本や傍らに置いてある本をのぞき見ていたが、

「お前、学生か？」

と日本語で聞いてきた。

「そうだ」

と圭は朝鮮語で答えた。

「どこの学校の学生だ？」

青年は再び日本語で聞いた。

「晋州高普の学生だ」

圭はやはり朝鮮語で答えた。

「何の勉強をしているんだ？」

青年はやはり日本語だった。

「見れば分かるだろう？」

圭は相変わらず朝鮮語で答えると、手にしていた英語の本を裏返して見せた。圭はその青年の傲慢な態度に腹が立った。

青年はさっと圭の横に座り込むと、

「俺は釜山中学を卒業した。名前は木宮《きのみや》だ」

と言った。

(ははん、こいつは日本人だな)

圭はそう思うと、日本語で自己紹介をした。

「何年生だ？」

木宮が聞いた。

「四年生」

「それなら来年の受験勉強か？」

「そうだ」

「どこの学校に行くつもりだ？」

「高等学校に行くつもりだ」

「高等学校？」

木宮は嘲笑うような表情になった。そして、再び尋ねた。

「高等学校ってどこの高等学校だ？」

圭は青年のそんな態度が気に入らず、

「一高か、そうでなければ三高に行くつもりだ」

と肩を怒らし、断固として言った。

「ふん」

青年は鼻を鳴らすと、

「俺は山口高等学校に続けて二回落第した。だから目下浪人中だ。だが来年は必ず合格するつもりだ」

「試験を受けて、落第することもあるのか？」

圭は木宮の態度にむかついていたので、からかうようにそう言った。

木宮は呆れたように圭を見つめていたが、

「それならお前は高等学校の入学試験がどれくらい難しいかも知らないんだな」

と冷ややかに笑った。

「どれほど難しかろうが俺は落第というものを認めない」

「落第を認めない？お前が認めなくても試験官が認めたらどうする？」

「どんな試験官も俺の落第を認めることはできない」

「とんでもない奴だな」

「奴と言うのは止めろ」

圭は込み上げる怒りを堪えきれずに抗議した。

「奴と言ったのが気に触ったのなら謝ろう」

木宮は素直にそう言った。

「だけど奴という言葉は俺たち釜山中学の口癖だ。相手を侮辱するための言葉じゃない」

「いくら口癖といっても、たった今挨拶を交わしたばかりの人間に、そんな言い草はないだろう」

「だから謝ると言っているんだ」

木宮は頭を下げて見せた。

「俺たちの晋州中学では、上級生は相手が下級生であるほど敬語を使う」

「上級生が下級生に敬語を使うだと？」

木宮は意外だという表情をした。

「そうだ」

「それは軟弱だな」

「なぜ？」

「下級生は上級生が鍛えるもんだ」

「鍛えることと、敬語を使うことの間に何の矛盾があるんだ？」

「上下の分別をはっきりさせなければならないということだ」

「学校は軍隊ではないだろう？」

「これは日本男児の精神だ」

圭はこれ以上木宮と話を続けたくなかった。早く立ち去ってくれないのなら自分の方から立ち上がろうと思っていると、木宮はさっき圭が読んでいた英語の教科書を取り上げ、

「お前らもやっぱりキングクラウンの教科書を使ってるんだな」

とページをめくった。そして、

「一つ二つ聞いてもいいか？」

と言った。

明らかに木宮は圭を試そうとしていた。不快な気分だったが、さっき大口を叩いた手前、逃げることができなかった。

「何でも聞いてみろ」

「ところでこの教科書はどこまで習ったんだ？」

木宮は試験範囲を確認するつもりのようだった。

「習っていようがいまいが、その本の何処からでも聞けばいいじゃないか」

「お前四年生だろ。これは四年生の教科書だから、習ってないところがあるだろう？」

「習ってなくてもその本に載っているものは全部分かっているから、心配しないで聞いてみろ」

圭は泰英と一緒に、学校の進度とは関係なく一学期の内にその教科書を最後までマスターしていた。だから尚州の海辺の松林では、その教科書を初めから最後まで覚えるつもりで復習しているところだった。そして、今までにほとんど二分の一くらいの分量を、「コンマ」「ピリオド」一つ抜かさず覚えるほどになっていた。それが終われば二学期から五年生の教科書を始めるつもりだった。

木宮は本の終わりに近いページを指さし、それを翻訳してみろと言った。自分なりに文章が長く、難解なものを選んだつもりのようだった。しかし、圭はよどむことなく、語順一つ変えずに鮮やかに翻訳していった。木宮は怯えたように圭を見つめた。そして、顔から傲慢な表情を消し、素直な青年の顔になった。

「数学もこれくらいできるのか？」

木宮が聞いた。

「どんな問題でも出してみろ」

木宮は手にしていた本を置いてしまった。これ以上聞いても仕方がないと思った様子だった。

「俺の友だちに佐伯という秀才がいた。今、福岡高校に行っている。そいつもお前ほどはできなかった。学校で習った部分はよくできたが、それ以上は頭が回らなかった。けれどもあんたは本当に大した秀才だな。驚いた」

圭は朴泰英の話をした。朴泰英は英語でも数学でも、五年生の教科書までマスターしているという話を。

木宮は心底感心して聞いた。

「晋州中学には秀才が多いんだな。ところで参考書は何を使っている？」

「参考書は使わない。入試問題集は持ってるけど」

木宮は唖然とした表情で水平線を見つめていたが、

「失礼した」

と立ち上がった。そして、時々会う機会を持とうと言い残して帰っていった。

圭は遠ざかる木宮の後ろ姿に浪人生の悲哀を感じた。

（入試に二度も落第すれば辛いだろうな）

そんな同情心とともに、今まで木宮に感じていた不快感を忘れることにした。

夏の海の向こうに、入道雲が空を飾っていた。ぱったり止んだように感じていた蝉の声が、再び松籟と波の音と重なり騒々しく聞こえてきた。

下宿に帰って主人に木宮という日本人に出会ったという話をすると、木宮は尚州国民学校校長の義弟だと主人は説明してくれた。


床次靖子が圭を訪ねてきた。その日は朝からうだるような暑さだったので、圭は午前中下宿の裏にある大木の下に縁台を出し、そこで数学の問題を解いていた。数学を解いていると、時間の経つのも忘れ、横に人が来ても気づかなかった。

そうして無我夢中で熱心に鉛筆を動かしていたが、ふと見ると目の前に女性の靴が見えた。顔を上げるとワンピース姿の娘が立っていた。床次靖子だった。

「おじゃましてすいません」

靖子は提げていた風呂敷を置いて丁寧に頭を下げた。

「じゃまだなんて」

と言いながら、圭は靖子を縁台に腰掛けさせた。

「私、十分くらい立っていたんですよ」

「それならもっと早く声を掛けてくれればよかったのに……」

「とても熱中していらっしゃたので、何時間でもお待ちしようと思ってました」

圭と靖子は遠い昔からの知己のように、その間あった出来事を伝え合った。もし靖子が朝鮮人女学生だったならば、これほど早く親しくなることはできなかっただろうと思うと奇妙な気持ちだった。日本人と朝鮮人という壁があるため、かえって闊達に気持ちを伝え合うことができるということは、圭としては非常に不思議な発見だった。

いつの間にか昼になった。圭は靖子の食事をどうしようかと心配した。

「私はお弁当を用意してきました」

靖子は横に置いてあった風呂敷を持ち上げて言った。

「学生さんの分も用意してきました。気に入っていただけるか分かりませんが」

圭は礼を言うと、水筒に麦茶を入れてきて、彼がいつも行く海辺の松林へと向かった。洋服を着た女性と並んで歩いていると、野良仕事をしている村の人々が怪訝そうな目でこちらを見つめた。

美味い弁当を食べ終わると、その日の午後はさらに楽しかった。

「学生さんは将来何をなさるおつもりですか？」

「さあ、数学の勉強もやりたいし、文学もやりたいし、今悩んでいるところです」

圭は正直に言った。

「文学をなさってはどうですか？学生さんのように頭がよければ、何でもできるでしょう。菊池寛のように立派な文学者になれますよ」

圭は笑った。圭も日本の文学界の事情を詳しくは知らなかったが、菊池寛が日本文学の代表的人物となりえないことくらいは知っていた。しかしそんなことは言えなかった。

「でも文学をやりたいからといって、文学系統の学校に必ず行かなくてはならないということはないですから」

「それはそうでしょう。そうですけど……」

「床次さんは何をなさるつもりですか？」

「私は女学校の教師でもして……それなりに過ごすでしょう」

「でも夢はあるのではありませんか？」

「今は戦争中です。父の話では戦争はどんどん拡大していくそうです」

「戦争と床次さんの夢とどういう関係があるのですか？」

「世の中が破滅に向かって進んでいるのですから、私の夢も一緒に消えていくということです」

圭はそのような靖子の中に大人を感じた。

少年と少女は一日中楽しく過ごした。靖子のせいで勉強ができなかったことなど問題ではなかった。

日が暮れる頃、弥助に行く船が到着した。船着き場まで見送りながら圭は、

「何か質問することがあったのではないですか？」

と尋ねた。靖子は笑って答えた。

「学生さんにはそんなこと聞かないことにしました。分からないことがあったら後回しにして学校で聞きます」

「どうしてそうすることにしたのですか？」

圭は聞かずにはいられなかった。

「怖いんです」

「怖いとは？」

「学問は学生さんのように頭のいい人がするもので、私のような人間がするものではないという自暴自棄的な気持ちになるような気がするんです」

圭はその心理を分かるような気がした。そして、靖子が決して凡庸な女性ではなく、はっきりとした信念と個性を持った人間であると思った。

「それならもうここには来ないんですね？」

「一週間くらい経ったらまた来ます。遊びにです。でもそのときには難しい問題を聞くかも知れませんよ」

ちょうど一週間後、靖子は来た。ところがその日は午後から暴風雨となったため、靖子は弥助に帰れなくなってしまった。

「どこかで一晩明かせば大丈夫です」

と靖子は言ったが、圭にとっては困った問題だった。どうしてもいい考えが浮かばず、国民学校の校長の家に一晩世話になってはどうかと提案した。

すると靖子は、

「そこに木宮という学生がいるでしょう？」

と聞いた。

「ええ、います」

「あの人は不良です」

靖子はきっぱりと言った。木宮は時々床次旅館に泊まっていくのだが、靖子が数学の問題を聞いても、

「そんな問題くらい自分の力でしろ」

と偉そうに振る舞い、そればかりか二人だけでいると、おかしな行動をしようとし、野卑な手紙まで送ってくるという話だった。

「そんな人のいる家にどうして行けますか。こちらから訪ねていったら自分のことが好きで来たんだと、おかしな錯覚まで持たれてしまいます。だから心配しないでください。一晩お話ししながら明かしてもいいじゃないですか」

結局、圭と靖子は戸を開け放った部屋に蚊帳を吊って、一緒に勉強したり雑談をしたりしながらその日の夜を過ごした。

年頃の娘と一つ部屋でそのように過ごすのは、圭にとっては初めてのことだった。娘と二人きりでいるということで、少年らしくない妙な衝動に引きずられそうにもなったが、それを抑制するのはそれほど難しいことではなかった。

雨は休むことなく激しく降り続けていた。その音に二人は静かに耳を傾けたりもした。

「この島が船のように浮かんで大きな海をぷかぷか流れていったら面白いわね」

時々靖子はそんなたわいのないことも言った。
朝方、机を間に置いたまま二人は眠りに落ちてしまった。次に起きたときはまぶしい朝が広がっていた。嵐は嘘のように消えていた。
靖子はその日の夕方、船に乗って弥助に帰っていった。しかし雨の降る夜、靖子と二人で過ごした思い出は、圭の心に永遠に残った。

七

八月の末、圭は尚州を離れ、弥助の床次旅館に一晩泊まり、釜山に行くという靖子とともに三千浦に渡った。靖子は三千浦から釜山行きの船に乗った。圭はそこで靖子と別れ、無事に故郷に帰ってきた。彼が尚州にいる間に書いた日記には次のようなことが書かれていた。

×月×日
尚州の田んぼはたいてい川より高いところにある。だからその川の水を汲み上げるか、田んぼの隅に穴を掘ってそこにたまった水を汲んで農作業をしている。陸地の人たちも日照りが続くと水を汲み上げるときもあるが、これほど水を汲み続けながら仕事をすることは考えられない。尚州の人々にとって夏の仕事は水を汲むことだ。そして、大人であろうが子どもであろうが、ぶらぶら遊んでいる人間はいない。南海の人々が勤勉だという話は聞いていたが、実際に彼らの生活を見て驚いた。しかし皆、貧しかった。働き者であるだけに飢え死にする人はいないようだが、その所帯道具は見るも哀れだった。なんとか三度三度の飯にありつくのがようやくのようだった。昼は昼で田畑の草を引き、夜は夜で水汲みの重労働を繰り返し、それでようやく食べていける生活。それはどれほど悲惨な生活であろうか……

×月×日
郵便配達は三日おきにやってくるが、私が泊まっている下宿に全ての郵便物を置いていく。小さな村としてはかなり多い郵便物だ。遠く外地に行っている息子、娘から来る手紙だそうだ。ここの人々は老人や戸主、そして長男を除いて、一人前になると大概外地に出稼ぎのために出て行くという。ときには死んで帰ってくる者もおり、死んだという通知だけで帰ってこない者もいるそうだ。
私はその郵便物を通して、尚州には講義録を利用して独学する人が多いことを知った。講義録の多くは、普通文官講義録、または、初等教員講義録などだ。それで勉強して、巡査試験や教員試験を受けるようだ。そのようにしてこの村からは五人の警察官と三人の教員を出したということだ。辛い農作業の合間に勉強をして、ある日船に乗って陸地に向かう。そして、巡査や教師になって帰ってくる。それがこの村の人々の夢であるようだった。実利と直結した勉強というものを私は南海で知った。私も自分の勉強に対する態度を改めねばならないのではと思った。

郵便物を受け取りに来たある青年が、私が勉強している縁台のもとに来て腰を下ろし、

「何の勉強をしてるんだい」

と聞いてきた。

幾何の勉強をしていると言うと、

「そんなもの勉強して何になるんだ？」

と言った。

私は彼が私をからかっているのではないかと少し腹が立ったが、実はそうではなかった。彼が目標としている普通文官試験や裁判所書記試験、あるいは巡査試験、教員試験の科目には「幾何」などというものはないのだった。言ってみればそれを勉強しなくても警察官になれるし、判事や検事にもなれる。だから何のためにそんな勉強をしているのかという素朴な質問だった。私は入学試験のためにこんな勉強も必要なのだと言おうかと思ったが止めた。中学校にも通えない彼に、高校、大学のことを話しても仕方のないことで、学校に行かなくても出世できるんだという希望に胸をふくらませている彼に、私が学校にばかり執着しているような感じを与えたくなかったからだった。

彼はまた、

「憲法を知っているか？」

と言った。

知らないと答えると、妙な顔をして、憲法とは大日本帝国の基本法だと説明してから、さっき封を切ったばかりの講義録を私の前に広げた。その本には憲法というものも、民法というものも、刑法・行政法のようなものもあった。彼はそのページをめくって見せながら、こういうものを勉強するのが本当の勉強だと言いたそうに自慢げな顔をした。私はすっかり役立たずの勉強をしている人間のようになってしまった。確かに将来出世して、社会の担い手となるのは、この人のみたいな人間ではないかとさえ思われた。尚州という田舎で大日本帝国の基本法を勉

強している人を発見したのは大きな衝撃だった。

×月×日

角帽をかぶった大学生が妻を連れて現れた。大学生は暑い夏だというのに黒いサージの制服を着て、帽子を端正にかぶっていた。背は小さく、小太りだった。ところがその妻は、白いシャツに下着が透けるほど薄い黒のスカートを着て、靴を履いていた。面長で白い顔は、尚州界隈で見かける女性たちとは大違いだった。南海にもあんな美人がいたのかと思うほどの美人だった。川を渡るところで彼らとすれ違い、帰って下宿の主人にその話をすると、彼はこのように説明した。大学生は林《イム》秀英《スヨン》というこの村出身の青年だが、南海補習学校を出てから普通文官試験に合格するや、二東の面長が彼を婿にするつもりで日本の大学に留学させた。彼は今、高等文官試験を準備中だということだった。

高等文官試験を準備中ということには冷淡でいられたが、大学生の分際で、あれほど綺麗な妻を連れているということは見逃せなかった。私は自分のそんな感情に驚いた。

×月×日

木宮が海辺の松林に再び現れた。彼と私は最近かなり親しくなっていた。木宮は林の中でごろんと寝転がっていたが、急に起きあがってこう言った。

「お前、昨日大学生見ただろ?」

「見た」

「だらしない奴さ。あの大学がどんな大学か知ってるか?」

「M大学だそうだ」

「あれが大学か?俺はあんな大学なら死んでも行かん」

「どんな大学でも勉強さえできればいいじゃないか。彼は高等文官試験を準備中だそうだ」

「あんなとこを出て高等文官試験に合格したって仕方ない。東京帝国大学を出なけりゃだめだ」

「それは君たちの事情だろう。どこの大学を出ようと判事か検事、郡守くらいになれたらいいじゃないか」

「それが天下の秀才の君が言うことか?」

「俺は高等文官試験には興味ない」

そう言ってはみたものの、私は心の中では、高等文官試験を目標に努力を集中させてもいいのではないかと考えていたところだった。一晩寝て覚めれば、すっかり忘れ去る考えではあったが。

木宮は、林というその大学生を皮肉る話を続けた。私は木宮がそのような話をすればするほど林を擁護した。けれども私は林がかぶっていた角帽が尚州という田舎には似合わないと思った。私が大学生になっても故郷であんな帽子はかぶるまいと決心した。

木宮はしばらくぼんやりと座っていたが、

「どう考えても駄目だ」

と溜息をついた。

「何が」

「来年また落第しそうだ」

「がんばって勉強すればいいじゃないか」

「いいや、駄目だ。だんだん怖くなる。俺の頭は空っぽだ。すっからかんだ……来年落第したら俺は軍隊にでも行くしかない。その点お前たちはいいさ。軍隊に行かんでもいいから」

木宮の言葉は意外だった。日本精神を云々していた奴が軍隊に行くのを嫌がるとは。私はからかってやろうかと思ったが止めた。彼の表情があまりにも悲痛だったからだ。木宮が呟いた。

「だからといって私立大学には死んでも行きたくないし」

私はその言葉を聞いて、木宮がさっきあれほど林を皮肉った気持ちが分かった。林を見て、自分も挙げ句の果てには私立大学のような所に落ち着いてしまうのではないかという強迫観念に襲われているのは明らかだった。

×月×日
床次靖子は不思議な女性だ。子どものようでもあり、突然大人のようにもなる。例えばこんなことを言った。

「美徳は全部、偽善のようで、悪徳だけが真実に思える。だから困った問題です」

そして次のように説明した。

「早く寝て早く起きる。偽善的な努力でなければそんなことはできない。遅く寝て遅く起きる。その方が私の性に合っている。誰かの手を握ってはいけない。だからそうしているけど、それは偽善で、手を握りたいというのが真実です」

そのとき私はこう答えてあげた。

「初めの言葉は哲学で、後の言葉は甘えだ」

砂の上を歩いていた靖子は立ち止まった。そして言った。

「あなたは何歳なの？」

「十六歳。けれどどうしてですか？」

「もう、いやっ」

靖子は顔をしかめて声を上げた。

こんなこともあった。

「日本人が朝鮮人を差別待遇することが不快でしょう？」

靖子のこの言葉に私は丁寧に答えた。

「不快なことはありません。僕たち朝鮮人も日本人を差別しますから」

「それは本当？」

「万一僕が軽率な行動をすれば友だちから、お前は倭奴みたいな下品なことする奴だと笑いものにされます。大体そうです」

「それを聞いてすっきりしたわ。これからもずっと、たくさん、徹底的に日本人を蔑視してくださいね」

「根拠もなく他人を蔑視することは、結局自分を蔑視することになりますから、むやみにそんなことはしません、僕は」

するとは靖子はまた聞いた。

「あなたは何歳なの？」

「さっき言ったじゃないですか。十六」

「もう、本当にいやっ！」

そして靖子は砂浜の上に腰を下ろした。砂を摘むとワンピースの下から現れた膝の上に載せた。

「こうして海辺に座っていると石川啄木の詩を思い出さない？東海の小島の磯の白砂に、われ泣きぬれて、蟹とたわむる」

「僕はその詩より啄木のこんな言葉が好きです」

「言ってみて」

「いつまでも倒れずに回るいい独楽を作るため、私は大木を挽く」

「野心家は違いますね」

「僕に野心はありません」

「それなら何があるの？」

「真実、真理」

「何歳なの？」

「十六」

「もう、いやっ！」

床次靖子は本当に不思議な女性だ。

×月×日
明日になれば尚州を発つ。今離れれば、再びこの漁村に帰ることはないだろう。私はここでたくさんのことを知った。尚州で旅愁を知った。海を知った。尚州で夢を養った。何よりも大切なこと、私自身に対する自信を持つことができた。私がきっと立派な大人になれるという、その自信だ。私は尚州で毎日のように海に向かって叫んだ。真っ直ぐ潔癖で、誰よりも働き者で、誰よりも闊達とした人間になるぞと。そして、我が民族を支える柱にはなれずとも、民族の胸に打ち込まれる一本の釘にはなるぞと。私はその言葉一つひとつを、はっきりと海に刻み込み、空に刻み込み、砂に刻み込み、松林の中にも刻み込んだ。尚州は私の夢、私の誓いの証人だ。私の心の故郷になるだろう。

八

服装とは重要なものだ。

学生たちがカーキー色の制服を着るまいと同盟休校までしようとしたことは、皆がはっきりと意識したことではなかったが、理由があってのことだった。九月の新学期の初日、圭はそのことを骨身にしみて感じた。洋服店であつらえてきたカーキー色の制服を初めて着てみると、まるで自分が自分のようでなかった。しかし学校に行くためには着ないわけにはいかず、そのままその服を着て部屋を出た。目敏くその格好を見つけた下宿の使用人の子どもが笑い立てた。

「まるでヘイタイサンみたいだ」

ヘイタイサンとは日本語で兵隊という意味だ。圭はその子どもにも顔を上げることができなかった。ゲートルというものも人間をみっともなくさせる手段の一つだ。

路地に出た。おどおどした感じは、何か罪を犯した人間のようだった。通り過ぎる人たちが自分ばかりを見ているような気がして顔を上げることができなかった。新しい制服を着た学生たちが学校に向かって歩いていた。新調の服にもかかわらず、新調のように見えないのがカーキー色の特徴だ。下級生たちが圭を見て挙手敬礼するのも非常に気まずいものだった。

学校に足を一歩踏み入れて、さらに圭は驚いた。校庭を埋めたカーキー色が、学校の雰囲気を全く違うものにしていた。級友たちが集まっているところに行った。皆よそよそしく、挨拶を交わすこともできない、そんな気分だった。

「断固カーキー色は着ないと大騒ぎしていたお前も、とうとう着てしまったな」

郭病漢が林榮泰《イムヨンテ》を見て言った。

「天皇陛下のためだと目をぐっとつむって着たさ」

林榮泰がばつ悪そうに笑った。

「ちくしょう。こうして着てみると、みんな間違いなく倭奴の走狗みたいだな」

鄭武龍が茶化して言った。鬱々と腹の底で煮えたぎる皆の感情を、一言でうまく言い表した言葉だった。

「武龍、お前うまいことを言う。正に倭奴の走狗だ」

郭病漢がそう言うと、皆、声を上げて笑った。自嘲的な笑いだった。

ところで見あたらない顔が多いのが気になった。まず朴泰英がいなかった。金鐘業、李香石《イヒャンソク》、元斗杓《ウォンドゥピョ》たちの顔も見あたらなかった。

「李香石がいないが、どうしたんだ」

朝礼の鐘が鳴ると、級長の金尚泰《キムサンテ》が言った。李香石は一年生のときからずっと、欠席はおろか、遅刻すらしたことのない学生だった。

朝礼が始まり、出席が取られた。十数人が欠席していた。「ドジョウ」というあだ名の担任教師江口が顔をしかめて吐き捨てるように言った。

「新学期早々なんでこんなに欠席が多いんだ？」

そして江口は責めるような目つきで学級を見回した。その目と態度がドジョウよりもドジョウらしかった。学生たちはうまく名付けたものだ。

校長の訓辞があった。

「戦雲がヨーロッパを包み、今正に歴史は一大転機に立たされている。皇軍の偉容は大陸を席巻している。この時代を制するため、諸君は時局に対する認識を徹底して、畏れ多くも天皇陛下の忠良なる臣民として、後日に期するよう刻苦勉励せねばならない」

続いて閲兵式と分列式があった。だが、それは目を覆うほどひどいものだった。列はバラバラで、歩調はまるで合わなかった。目深にかぶった戦闘帽の下、「水浸明太」の目がマムシのような毒気を吹き出し、教官は大声を上げた。

「何だこの様は。ミミズが這っているのか？列を真っ直ぐ！足をそろえて！」

教官が声を上げたところで何の効果もなかった。とうとう教官は行事の中止を命じて叫んだ。

「納得のいくまで何度でも繰り返すぞ。大体お前たちの精神はなっとらん。徹底的にやるから覚悟しろ！」

そして、そのまま閲兵式と分列式は繰り返された。それはやればやるほど滅茶苦茶なものになった。

「お前たちが歩く様はチャンコロ（中国人に対する蔑称）の敗残兵だ。お前たちの目は腐った魚の目だ」

教官はありとあらゆる罵詈雑言をわめき散らした。やがて教官の声は止み、学生たちは疲れ果てた。

「明日の朝もう一度やる。覚悟しておけ！」

そう言い残して教官が解散を宣言したのは、朝礼が始められてから三時間が過ぎてからだった。

「くそったれ、こんな学校もうたくさんだ」

校舎の入り口に集まって脚絆を脱ぐとき、誰かがそう呟いた。圭も同感だった。こんなことが続くのならば本当にうんざりだと思った。

教室に入ってからも皆のはらわたは煮えくりかえっていた。いつもの新学期ならば、あちこちに仲間きり座り込んで、休みの間の話に花を咲かせていたのだが、その日の教室の空気は沈みきっていた。その重苦しさに耐えられなかったのか郭病漢が、

「みんな授業料持ってきただろ？」

と声を上げた。

「持ってきてたからどうしたっていうんだ」

「授業料出すのを止めよう。ちくしょう、わざわざ学校に通って倭奴の手先になる訓練を受けて、なんで授業料を出さなきゃならんのだ。それを集めて昼から南江の河原で思いっきり酒でも飲もう」

「賛成だ」

という声があちこちから起こった。

そのときだった。朱榮中が突然立ち上がると、甲高く響く声で言った。

「中学生の身分で酒を飲むなんて絶対にあるまじきことだ。その上授業料を出さないなんて、学生の道を踏み外すな。俺は反対だ」

「何？どうして？嫌ならお前だけ飲まなけりゃいいだろ。授業料もお前だけ払え。何を偉そうに！」

郭病漢が朱榮中を睨みつけてそう言った。

「今がどういうときだ？非常時ではないのか。この非常時を認識すればそんな言葉は言えないはずだ。この時局をしっかり認識しろと言っているんだ」

朱榮中も負けていなかった。

「この野郎、時局を認識するから酒でも飲もうと言ってるんじゃないか」

郭病漢がこう言うと、朱榮中はさらに噛みついた。

「それなら貴様は非国民だ。」

郭病漢はついに怒りを爆発させた。

「何だと、非国民だと？それなら貴様は忠良なる皇国臣民てことか？そうやって犬みたいに吠えていやがれ」

すると朱榮中が郭病漢に飛びかかった。朱榮中は柔道二段だった。郭病漢も堂々とした体躯をしてはいたが、朱榮中と一対一では太刀打ちできなかった。朱榮中が郭病漢の胸ぐらを掴もうとしたとき、林榮泰が間に入った。

「お前、少し柔道をかじったからって、やたらにつっかかるな。どうしてもやりたいなら俺が相手して

やる」

林榮泰は正式に習っているわけではなかったが、自分の家の庭にサンドバックを吊して日課のようにボクシングの練習をしていた。林榮泰が前に出ると、朱榮中は一瞬ひるんだが、

「何でお前が出てくるんだ。お前は郭病漢の子分か？　さあ、どけ」

「子分とは何だ！」

林榮泰は、すぐにでも郭病漢に飛びかかろうとしている朱榮中の胸倉をどんと押して言った。

「貴様は亀井少尉の子分か？」

「この野郎、お前には関係ないことだ。さっさとどけ」

朱榮中が林榮泰の手を振り切って飛びかかった。郭病漢がさっと前に出た。

「榮泰どけ。こいつの柔道がどれほどのものか試してやる」

「だめだ！」

林榮泰は郭病漢を遮った。

「榮中の相手は俺がする。喧嘩屋には喧嘩屋が相手をするもんだ。ところで榮中、病漢が何をしたっていうんだ。うんざりすることをさせられて酒でも飲もうと言ったのが、そんなに耳障りだったのか？」

「お前の目で見て、お前の耳で聞いたじゃないか。そいつはさっき俺に向かってなんて言った？」

「おい、この野郎、犬を見て犬と言ったのが何が悪い」

泰然と林榮泰が言った。朱榮中は血相を変え、つばを飛ばしてわめいた。

「俺が犬ならお前は何だ！」

「お前の言うとおり非国民ということにしておこう」

林榮泰が嘲笑うように言った。

もう少しのところで柔道とボクシングの対決が始まるところだったが、担任教師の江口が入ってきたため喧嘩はうやむやになり、全員自分の席に戻って座った。しかし、この事件は後味が悪かった。これがきっかけとなって学級内はいつも不安定になった。そして遠い後日、この事件による感情のもつれから惨劇が繰り広げられることになるのだ。それほど朱榮中は恐ろしい男だった。彼の偏狭な意志と執念はすさまじいものだった。


十数人の欠席は偶然のことではなかった。四年生の一学期まで皆勤だった李香石と朴石均《パクソッキュン》は家庭の事情のために学校を止めざるを得ない境遇に追い込まれていた。二人とも貧しい家庭だったが、親戚た

ちの援助のお陰で学校に通えていた。その援助が無くなったということだった。学校の状況がこのような有様でなければ、級友どうしでカンパをしてでも残りの三学期くらいなんとかできたのだったが、皆、学校に嫌気が差していたところだったために彼らの退学をそのまま受け入れた。それ以外の五人は他の学校に転校した。金鐘業と元斗杓はカーキー色の制服を着てまで学校に通う必要はないと退学願いを出した。

こうして一気に級友が九人も減ってしまった。二組では六人の退学者が出たという。四年生は入学時百名だったのだが、この間三十人が脱落し、一組二組合わせて七十人が残った。去っていく学友のため、一組二組合同で送別会を開くことにした。

道洞という村が見える南江の川辺で、九月の最初の日曜日に送別会は開かれた。朱榮中、朴漢秀をはじめとする学生報国会に属する十数名が参加しなかったことが気になったが、まだ慣れない酒に酔い始めると、そんな感情は消え、去る者送る者それぞれの感傷だけが残った。圭の学級の級長金尚泰が酒に酔って顔を赤くしながら立ち上がった。

「一言挨拶をさせてもらう」

と前置きしてからこう言った。

「考えてみればひどい話だ。四年前俺たち百人は智異山周辺のあちこちの村から集まった。ところがこの間、三人があの世に行った。五人が病気で休学した。俺たちと一緒にいるのが嫌で、他の学校に行った奴もいるし、やめた奴もいる。そうするうちに一、二組合わせて八十五人に減っていたのに、今回また十五人が去ることになり、七十人が残されることになった。その中には来年の四月になれば上級学校に行く奴も出てくるから、卒業する頃には五十人もいなくなっているんじゃないだろうか。これが人生無常というものなのか？これが会者定離というものなのか？長くても百年過ぎれば一人残らず墓の中にいると思えば、あまりにも空しいものだ。たったの百人がだ。わずか五年間をともに過ごせないなんて話があるか。俺は去っていく奴らに罵声を浴びせてやりたい。どいつもこいつも冷たい奴らだ。李香石と朴石均が金がないから学校をやめるだと。通う気があるのなら、俺たちが力を合わせれば済むことじゃないか。金鐘業と元斗杓は本当にぶっ殺してやりたい。金持ちの息子だから学校に行かなくても楽に暮らしていけると思っているんだろう。俺たちだけが倭奴の手先みたいな服を着て、卑屈になれってことか。他の学校に転校する奴らも悪い奴らだ。水浸明太を見るのが嫌だって転校して、行った先でバケモノみたいな校長に出会えばいい。他の学校に行ったからって、倭奴の走狗の服を着ないで済むと思っているのか？とんでもない。最後にこいつらに一言言っておく。どうか、どうか、長生きして、嫌になるほど長生きして、百歳まで年を食って、そして死んでくれ」

乱暴な金尚泰の言葉だったが、それだけになおさら皆を泣かせた。見ると全員が涙を流していた。

尚泰は涙にむせびながら続けた。

「今、倭奴が勢力を得て、俺たちはその走狗となりさがってこの様だが、ネズミの穴にも光が差す日が来るはずだ。倭奴の運命を倭奴の言葉で皮肉るなら、平家物語にこんなのがあるじゃないか。祇園精舎の鐘の音、諸行無常の響きあり。沙羅双樹の花の色、盛者必衰の理をあらわす。奢れる者も久しからず、ただ春の夜の夢の如し」

尚泰の演説が終わると、皆、どっと彼に飛びかかり、三回、四回と彼の体を空に舞い上げた。学級対抗の競技に勝ったり、学年や学級にいいことがあったりしたときには、決まってそのように胴上げをした。

「学校を去ることに何の未練もないが、名級長の下を離れるのは残念だ」

金鐘業がぽつりと言った。

本当に金尚泰は名級長だった。学級と学校当局の間に対立が起こったときには、いつでも学級に有利になるよう見事に解決した。同盟休校や、その他の反乱を起こすときには、金尚泰は素早く先頭に立った。そして事の結末をいつでも上手につけてくれた。そんな理由で、学課の成績は中程度にしかならない金尚泰が、級長選挙ではいつも満場一致で選出されていた。

ところで先の話になるが、九月の新学期はそうはいかなかった。朱榮中一派が反乱を起こして級長選挙を不可能にし、級長を校長が任命するよう画策した。その結果、級長の座を朱榮中が獲得した。

送別会は日が暮れるまで続けられた。最後に金尚泰の音頭でアリランを歌った。

「アリアリラン、スリスリラン、アラリガナンネ、アリラン、クン、クン、クン、アラリガナンネ。どうしてきたんだ、どうしてきたんだ、泣く泣く行く道をどうしてきたんだ：：：比峰山の麓、水浸明太が跳ねると、ドジョウが龍の振りをするね：：：アリアリラン、スリスリラン、アラリガナンネ、アリラン、クン、クン、クン、アラリガナンネ」

夕闇が迫り、白い砂がぼんやり見える砂浜と川の水を越えて、道洞の村の人々の耳にまで、その珍島《チンド》アリランのもの悲しい節が聞こえたという。青春が奏でる物悲しい節、圭の青春はこのような歌の他に歌うすべを知らなかった。

九

九月も中旬を過ぎて、朴泰英がやつれた顔をして現れた。

「お前の手紙は受け取った。でもすぐ行けると思って、返事を書かなかった」

圭の手紙に返事を書かなかった言い訳をすると、泰英は学校を欠席していた理由を次のように説明した。

「お前、田んぼの水を取り合って争っているのを見たことあるか。些細ないさかいなら以前にも見たけど、この夏に俺はとんでもない争いを見た。初めは二人きりの喧嘩だったのが、しまいには洞里と洞里の喧嘩になって、そこに一家や親戚まで群がってきたから、面と面の争いになってしまった。俺はその争いを止めようとして、鍬の柄でさんざんに殴られて、二十日間びくともできなかった。危うく死ぬところだった」

そして、泰英は右の向う脛をまくし上げて見せた。向う脛の全面に青黒い跡が残っていた。

「大変だったんだな」

泰英がそのような苦労をしていた頃、自分は尚州で安穏と過ごしていたのかと思うと、圭はすまなく思った。

争いの内幕は次のようだった。

鄭という人が水溜りを掘って、その水を汲み上げ、やっとのことで二百坪ほどの田が潤うようにした。ところが、すぐその下に田を持っていた趙《チョ》という人が、夜中に鄭の畔を崩して、水を自分の田へと移し入れた。その翌日、鄭が見ると、自分の田は干上がっていて、趙の田に水があった。調べてみると畔が崩されていた。鄭はその畔を埋め、再び水を汲み上げた。そしてその晩、鄭は自分の田に体を伏せて、徹夜で見張りをした。闇が深まると、鄭に気づかない趙がまた鄭の畔を掘った。そのとき鄭は稲妻のように駆けつけ、趙を力一杯殴りつけた。それが争いの始まりだった。

明け方、全身を血だらけにして、這うように帰ってきた夫を見た趙の妻と息子が鄭の家に押し入り、甕を割り、鄭をぶん殴り、大騒ぎをした。実際、鄭も趙との争いでかなりの傷を負い、家で寝込んでいたのだった。夜が明けるとその噂は広がった。鄭の一家が隣村の趙の家を襲撃し、怪我をして横になっていた趙を殴打した。趙の一家も黙ってはいられなかった。このようにして争いの範囲が大きくなっていった。朴泰英は趙の家の隣に暮らしていた。それで争いを止めに入ってとばっちりを受けたのだった。

結局、その争いは警察が介入して終結した。しかし鄭の一家も、趙の一家も、数名ずつが今も警察署の留置場にいるということだった。

「考えてみれば悲しいことじゃないか。手のひらほどの田んぼに水を入れるためにこんな喧嘩をするなんて。農夫はなんて悲しいんだ。農村の状況、あの悲惨な有様を考えれば、勉強なんて何の意味があるんだ。何としても農夫の生活を向上させて、農村を救わなければ」

朴泰英は沈痛な顔で言った。

「今、自力更正運動をしているじゃないか」

圭がそう言うと、泰英は口を歪めて言った。

「総督府がすることは見え透いている。米を一粒でも多く奪っていくつもりじゃないか。どうすれば農民を徹底的に搾取できるか研究している奴らじゃないか。まず、その小作制度からなくさねばならない。不在地主なんてものがあってはならない。地主は土地を持っているという、その特権だけで、農民が血と汗を流して作った米を半分以上も独り占めしてしまう。それでいいのか。さっき話した鄭さんと趙さんは、自分の取り分で米一石にもならない田んぼのために、あれほどまでに喧嘩したんだ」

「かと言って今すぐにどうすることもできないじゃないか」

「そうだ。だから憂鬱なんだ」

圭は学校の様子を伝えた。

「俺は家の事情さえ許せば、今すぐにでも学校を止めたい」

泰英はそう言うと、ばたりと床に仰向けに寝ころんで、

「でも李香石と朴石均は可哀想だったな。それで李香石と朴石均は学校を止めてどうするんだ？」

と聞いた。

「朴石均は満州にでも行って就職すると言っていた。李香石は志願兵に行くって言っていた」

「志願兵？ばかなことを。李香石は兵隊なんかになれる奴じゃない」

朴泰英は独り言のように呟いた。

学生報国会が話題に上った。朱榮中が積極的に皇民化運動を始めたということも伝えた。

「あいつらは頭の切れる奴らかも知れん。とにかく朱榮中、あいつは何か事をしでかす奴だ」

「嫌な話は終わりにして、冷麺《ネンミョン》でも食いに行こう」

圭は泰英をうながした。


辛い出来事が続いて起こった。

草間が学校を辞めることになった。教師としての威厳を持たず、性格破綻者のように振る舞う草間が、頑固な齋藤校長の下で我慢するのは難しいだろうと推測はしていたが、突然このような事態になるとは誰も考えていなかった。

その知らせが学級に伝えられると、皆お通夜のように沈んでしまった。何といっても、学生たちは草間に情を感じていたのだ。圭の学級は三年生から草間に英語を習うことになったのだが、圭の学級の英語の水準がずば抜けて高いのは草間のお陰だといえた。

「クサマはもし間違って発音すれば、キサマという非常に侮辱的な言葉になる。俺の性格をよく表した名字だ。俺は紙一重の差で人間でなくなる、いってみりゃ人間の境界線にいる奴だ」

草間は圭の学級で、最初の挨拶をこのように切り出し、次いでこんな話をした。

「そんな人間から英語を習うという事実が重要なんだ。いわば俺が必要なんじゃなくて、英語が必要なんだ。お前たちは英語を習うためなら、徹底的に俺を使わなきゃならん。俺みたいな奴の前で格好つける必要はない。分からんことは分からんと何でも聞け。お前たちが成績のことで俺みたいな奴から侮辱を受けるとすれば、それこそ不幸なことだ」

草間の教育方針は徹底的に覚えさせ、徹底的に理解させるところにあった。覚えたことは理解しているという信念により、草間の試験は指定した課をまるごと暗記させることに終始した。そうしながら、

「英語をマスターすることは、世界をマスターする方法を手に入れることだ」

と青年たちの心を刺激することも忘れていなかった。それればかりか学生たちの家や下宿に訪ねていって、勉強を手伝ったり、その場で自分が持ってきた本を読みながら、ところ構わずそのまま寝てしまったりした。そのように型破りな方法で学生たちと付き合った。

そうする間に、彼は学生たちと親密になった。草間の最後の授業が、九月末のある日に行われた。草

間の事情で、一、二組の合同授業となったのだが、退学者と欠席者が大勢いるにもかかわらず机を片付けていなかったため、合同授業をしても席には困らなかった。

草間は最後の授業のために、特別なプリントを準備してきた。

「今日は教科書は止めて、これを使おう。これはアルフォンス・ドーテーというフランスの作家が書いた『最後の授業』という短編小説だ。今日、俺がする最後の授業とは、まったく違う内容だが、最後の授業というその気分だけは共通している。この作品は元々フランス語で書かれていたものを英語に翻訳したものだ。お前たちの学力からすれば易しい文章だ。特に分からないところもないだろうから、一緒に読んでいこう」

その小説の内容は感動的だった。最後の部分、その作中の教師が黒板に「フランス万歳」と書く場面で、圭は思わず涙を流すところだった。

草間は最後まで読んでから、

「分からないところはないだろう？」

と教室を見回した。皆、言葉がなかった。

「そうだろう」

草間は満足そうに笑うと、続いてアルザスとローレンスの悲話を語ってくれた。そして、

「世界には不幸な国も多い」

と呟くように言ってから、

「俺も黒板に何か書かなきゃならんのだが、大日本帝国万歳と書くわけにもいかんし、朝鮮万歳と書くわけにもいかんしな」

と言いながら黒板の方を向いた。風霜に色褪せ、紺色が灰色に変わった古い上着を引っかけた貧弱なその後ろ姿と、櫛を入れない蓬髪が、はっきりと圭の胸の中に刻み込まれた。草間はしばらくの間黒板に額をつけていたが、ついにチョークを握ると英語で次のように書いた。

「太陽の子どもたち万歳！」

教室は水を打ったように静かだった。草間は再び学生たちの方を向き、何か言おうと体をすくめていたが言葉にならなかった。彼は手拭いを取りだし目の周りを拭き、鼻水を拭くと、何も言わず教室の戸を開けて外へ出て行ってしまった。廊下から草間が遠ざかっていく足音が聞こえた。それを聞きながら、圭の学級全体は硬直したように動かなかった。

「同盟休校するか」

郭病漢がそう話を切り出したときは、草間が出て行ってからかなりの時間が過ぎていた。

「餞別金でも集めよう」

すでに級長ではなくなった金尚泰が立ち上がって言った。

「餞別金を集めて送別会をする計画でも立てよう」

ちょうどその日の晩だった。八時頃、草間が圭の下宿に訪ねてきた。泰英が来ているのを見ると草間は、

「こりゃあいい。お前の下宿にも行くつもりだった」

と言いながら泰英の肩を叩いた。そして圭を見ると、

「李君、酒でも一本買ってこい。金はここにある」

と一円紙幣を取り出した。

「お酒を買うお金なら僕にもあります」

と圭はお手伝いの子どもを呼んで使いにやった。

「どうして辞めることになったのですか?」

泰英が聞いた。

「そんな質問は君らしくないな。はっきりしてるじゃないか。齋藤校長の教育観から見れば、俺は教師の風上にも置けない奴ってことだ」

「それをおっしゃるならば、今の日本に通用するどんな教育観にも合わないと思います」

泰英がそう言うと、草間は正にその通りだと頷いた。泰英が再び聞いた。

「先生はどうしてあのような態度を取られるのですか?僕には理解できません」

「俺は権威というものが嫌いだ。だから権威を振りかざして教えるという、そんな態度も嫌いだ。権威無き教師、例えばフィラップのディオゲネスのような教師、そんな極端な例を俺自身が体現してみたかったんだ。権威を認めない者が、権威を笠に着て振る舞うことはできないだろう?俺はどんな権威の力も借りないで、俺の英語の実力だけで教えてみたかった。教育が人格を教えるものならば、間違ってもあのような人間になってはいけないという手本を見せることで、逆説的な効果を狙ったのさ。それで俺は成功したわけだ。お前たちが何も言わなくても、俺を慕ってくれているのは分かっている。つまらん見せかけの尊敬じゃなくて、愛情を持ってくれているると実感することができる。それだけじゃない。中学校の水準から見て、お前たちの英語の実力がずば抜けているってことを、俺は実証することができる。それならば俺は成功したんじゃないか?性格破綻者だと同情され、その同情が愛情へと昇華されたんだから。つまり一番教師らしくなく振る舞って、どんな教師よりも教育的効果を収めたんだから、成功したと自負してもいいんじゃないか?」

草間の話はまさしくその通りだった。まさに真実だった。次に圭が尋ねた。

「これからどうなさるおつもりですか？」

「家族もいないし、俺一人だから乞食をしてでも生きていけるんじゃないか。退職金もあるから、これから二ヶ月くらいは心配ないし。二ヶ月経ったら原田校長を訪ねていくつもりだ。原田校長がまた学校を任されたら一緒に行くし、それがだめなら翻訳の下請けでもして暮らしていくさ」

「原田校長は先生を理解なさっているんですね」

「もちろんさ。俺の心の奥の奥まで見抜いている。それだけじゃない。原田校長は俺みたいなぶっこわれた教師も含めて、様々な個性を持った教師が必要だと考えていた人だ。それでこそ本当の人間教育が可能になるという信念を持っていたんだ。お前たちは短い間だったが、いい校長に恵まれた。それは将来お前たちの成長にとって貴重な肥やしとなるはずだ」

「ところでなぜ先生は結婚しないのですか？」

泰英がとぼけた質問をした。

「それも君らしくない質問だ。俺がいくら性格破産者だといったって、自分のことはよく分かってる。俺みたいな奴が、いい夫になれると思うか？いい父親になれると思うか？せいぜい逆説的な教師になれるくらいなもんさ」

圭と泰英は遠慮することなく様々な質問を草間にぶつけた。草間は次第に酒が回ってきた様子で、ろれつが回らないときもあったが、一つひとつの質問に率直に答えてくれた。やがて草間は、

「そろそろ俺が聞く番だな」

と二人の進学問題について聞いた。圭はいつか草間が忠告したとおり、高等学校に行くことにしたと言った。

「いい考えだ。ところで高等学校に行くのなら三高に行け。京都というところは青春を謳歌するのに一番いい場所だ。大学は東京にして……」

草間はここで言葉を切ると、泰英の方を向いて言葉を続けた。

「お前は注意しろ。些細な問題が起こっただけでも退学処分を受けるだろう。すっかり狙われているぞ。そして、退学処分を受けなかったとしても、校長の所見表が必要な学校に進学しようとは考えるな。以前ならお前くらいの実力があれば、どんな官立大学にでも入ることができただろう。一高や三高も、泰英くらいの実力ならば、いくら朝鮮人学生の数を制限しているといったって問題なかったろう。だけど

今は事情が違う。出身学校の校長の所見表まで無視して、それも朝鮮人学生を、実力のみで判断して受け入れる気骨ある学校があるとは思えん。でも朴君は学校など必要ない秀才だから、勉強できる最小限度の環境さえ整っていたら心配ない。だから腐らずに私立大学に行くのが賢明だと思う」

「泰英君の所見表はそんなにひどいのですか？」

「話になるか。原田校長の時代ならいざ知らず、今はまったく駄目だ。思想が不良な者、皇国臣民になれぬ者という烙印が押されてしまった。不快でも真実は知っておく必要があるし、泰英はそれくらいのことでひねくれたり萎縮したりしないと思うから話しているんだ。だけど泰英がどうしても官立大学に行きたいならば、一つだけ方法がある。検定試験を受けるんだ。検定試験に合格すれば、それをもって受験資格がもらえる。所見表はいらんし……でもさっきも言ったが、泰英にはそんな必要はない。学校の看板を利用しようなんて気は更々無いだろうから」

秋の夜は長かった。圭と泰英を前にして、草間の話は尽きなかった。途中、草間は腹が減ったと、近くにある冷麺屋から出前を取った。一握りほどの麺に炒めた肉を細長く刻んでのせ、梨と生姜で味を調えた肉汁をかけた、いわゆる晋州冷麺が草間の大好物だった。

「この冷麺がたまらん」

草間は一気に二杯食べると、

「晋州を離れたら、もう二度とこの美味い冷麺を食えないだろうな」

としょんぼり溜息をついた。

その晩、草間は泰英とともに圭の下宿に泊まった。

学校を辞めてからも、さらに二ヶ月間草間は晋州に留まった。その間、泰英と圭の斡旋で、草間は洋書ばかり二千冊の蔵書を河永根に譲った。河永根はその代価として二千円を支払った。二千冊の中には河永根が所蔵しているものもあったが、泰英と圭の体面、そして、不遇な教師に対する同情などからすべて引き取ってくれたのだ。

その代金二千円を草間に渡して帰る途中、泰英は言った。

「お前、二千円っていったらどれくらいの金か分かるか。田んぼ二十マヂギがそっくり買える金だ。本は二千円も買うくせに、それだけの金で小作人の面倒を見ない河永根さんを冷酷な人と見るべきか、不遇な教師にあれほどの同情を惜しまない河永根さんを人情の厚い人だと見るのが正しいのか」

　圭は何とも返事できなかった。

　晋州を去る前日、草間は圭と泰英に最後にこう言った。

「ヨーロッパで世界大戦が勃発した。今、中国大陸では戦争がどんどん拡大している。近いうちにアメリカと日本が激突する日が来るかも知れない。今に全世界が戦場となってしまうだろう。けれども俺たちはこの戦争に生き残らねばならん。戦争に生き残った者が勝利者であって、死んだ者が敗北者だ。俺たちは絶対に勝利者にならなくてはならないんだ。勝利者としての人生の始まりは、十年ほど先になるだろう。十年過ぎればお前たちは二十七、八の立派な青年になっている。その年で大輪の花を咲かすために、お前たちは必ずこの戦争に生き残れ。俺は乞食になってでも、この戦争に生き残ってやる。十年後を約束して、俺たちはここで別れよう」

十

　冬の初めのある日だった。圭は宗家の兄から急いで来るようにとの知らせを受けた。今までそんなことはなかった。宗家の兄は、等数からすると八親等の兄で、年は二十も上だった。その上、裕福な家の主人だから、圭などには目もくれない人だった。そんな人が使用人を送ってよこしてまで、圭に来るよう言ってくるとは、相当な問題なのだろう。圭は若干不安だった。八親等の兄、富豪というだけなら、何も気にすることはないのだが、圭の父が事業をする上で、その兄から少なからず世話になっているということを圭は知っていたし、その上、中学校における圭の保証人という関係で、気まずい思いでいつもその兄に接していたのだ。

　土曜日の午後、圭は礼拝堂の近くにある宗家を訪ねた。大門の前まで行くと、閉められた門を仰ぎ見る位置に、老人と中年の男が二人、白いトゥルマギを着たまま塀にもたれて立っていた。誰だろうと思って見ると、老人は「ファチョンじいさん」と圭が呼んでいる遠い親戚で、中年の男は彼の息子だった。圭は丁寧に挨拶してから、どうして家の中に入らずそこにいるのかと聞いた。老人は圭の話を聞いているのかいないのか、遠い山の方ばかり見つめていた。気のせいか皺の一本一本に、苦悩が刻まれているように見えた。圭は返事を求めるように息子の方を向いた。息子も圭の視線を避けていたが、

「圭よ、わしらの一族は皆、飢え死にすることにな

った」

と涙声で言った。

圭はそんな二人をそのまま置いて通り過ぎるわけにもいかず、

「どういうことですか？」

と聞き返した。

「酷い話さ」

息子は手を振りながら言った。

「わしらが耕していた田んぼを取られてしまった」

老人が溜息混じりに言った。田を取り上げられたということは、今まで小作していた田で小作できなくなったという意味だ。小作人が田を取り上げられるということは、死を宣告されたようなものだ。

「田んぼを取り上げられたということは、ここの兄さんが田んぼを取り上げたということですか？」

「他に誰が田んぼを取り上げるんだ」

息子が言った。

「五十年ずっと耕してきた田んぼなのに」

老人が呟いた。

「でも、何か理由があるのではありませんか？」

圭も気の毒に思いながら尋ねた。

「理由を知ってお前に何ができると言うんだ。あいつのじいさんほどの年にもなる老いぼれがこんな寒いところで震えていたって、門の中にすら入れようとしないものを」

圭は心の中でそんなはずはないと思った。それで再びこう言った。

「理由が分かったら僕が話をしてきます。田んぼを取り上げないよう頼んでみます」

溺れる者は藁をもつかむという気持ちになったのだろう。息子が説明した。三年前に収穫した分の小作料を支払えとしつこく催促されるあまり、その半分を返したため、昨年と今年の小作料を半分しか出せなくなったのだ。すると小作地管理人がやってきて、今年から麦を耕してはならないと通告してきた。麦を耕すなということは、すなわち小作をするなという意思表示だ。

「それで慌てて明け方からやって来て懇願しているのに、会うどころか門の中にすら入れてもらえんのじゃ」

老人が言った。

圭は義憤心がこみ上げてきた。世の中にそんなことがあっていいのか。

「おじいさん、ここにちょっといてください。僕が一度行ってきます」

門を押してみたが、重い大門はびくともしなかった。使用人の名前を呼んだ。さっき圭に知らせに来た使用人が、圭の声を聞いて門をこっそりと開けた。開けたというより、圭の体がやっと通れるほどの隙間を作った。

庭に入った圭は兄がどこにいるのかと聞いた。舎廊にいるという答えだった。しかし兄に会う前に、兄嫁に会わなければならなかった。それが久しぶりに宗家に来た分家の者の礼儀だと考えたからだった。

兄嫁の部屋に行き挨拶をした。圭が来たという知らせを聞いて、女学校に通う眞淑《チンスク》が駆けつけた。

「圭兄さん、どうして全然遊びに来てくれないのよ。それより兄さん羨ましいわ。潤姫姉さんがしょっちゅう兄さんのことを聞くのよ。どうやらとっても気になるみたい。それから永根おじさんが兄さんのことをとても気に入ってるみたいよ。兄さんは美人の奥さんもらって、金持ちの婿になって、ほほほ、それなら開運大吉ね」

圭は呆れて眞淑の騒ぎ立てる様をじっと見つめるしかなかった。母親である兄嫁がたしなめた。

「眞淑、なんてこと言うの……圭がどうして潤姫みたいな子と結婚するの。圭は両班の長男だっていうのに」

「それならおばあさんの実家は両班じゃないって言うの？」

眞淑がふくれっ面で言った。

「両班にも家格があるの」

「それならお母さんの実家は両班でも、潤姫は両班じゃないって言うの？」

「あんたはそんなこと知らなくってもいいの。とにかくつまらないこと言うのはよしなさい」

けれども眞淑は母の言葉には耳を貸さず、

「ふん、私は潤姫みたいな美人が兄さんのお嫁さんになったら嬉しいわ。そうでしょ？兄さん」

と圭の膝を揺すった。

そのとき外で使用人の声が聞こえた。

「圭坊ちゃん、舎廊にいらっしゃるようにとのことです」

圭は外にいるファチョンじいさんのことをどうやって切り出すかを考えながら庭を横切った。しかし兄のいる部屋に入って、礼をするやいなや途方もない雷が落ちてきた。

「お前、最近ずいぶん生意気なことをしてくれているそうだな？」

圭はただ面食らうばかりだった。

「この夏には留置場に入ってきたんだと？この野郎、

お前の親父がどれほど苦労してお前を学校に送っているのかも考えずに、同盟休校の先頭に立って警察署に出入りしやがって」

圭は宗家の兄から、昨夏の事件についてしかられるであろうことは覚悟していたが、行列［一族の間で、始祖から数えた男性の世代の上下関係を表す語］や年齢では自分より上になる圭の父を「お前の親父」と表現したことには不快感を感じないではいられなかった。

「それだけではない。この野郎」

と兄は文箱の上に置かれた封筒を取り上げ、圭の前に置きながら荒々しく言った。

「この野郎、これは学校から保証人のわしに送られてきたものだ。何だと、高校を出て大学に行くだと？そんな金がお前の親父にあると思うのか。はした金をさわっているうちに金持ちにでもなったつもりでいるようだな。それはみんな借金だってことを知れ。お前の親父もお前と同じ考えならば、わしから借りた金を一銭残らず返してからにしろ」

兄の話を聞きながら、圭は学校から送られてきた手紙を広げてみた。文面はこのようなものだった。

「貴下が保証人となっている本校四年生在学中の李圭が、第三高等学校へ進学する意思を学校当局に表明してきた。その意思が保護者の意思と一致しているのか、貴保証人が確認し、学校へ出頭、又は書面にて通知していただきたい。進学問題により、しばしば家庭内で波風が立つ事例が起こっていることに照らし、そのような弊害を未然に防止するため、学校側から保護者又は保証人の行動と一致させようとするところであるので積極的協調を願う」

圭は兄の怒鳴り声よりも、その手紙の内容に目眩がした。父の許しがなければ、進学に関する書類を学校は作成しないという意思を伝えていたからだった。圭は専門学校程度に進学することは父の承諾を得ていた。大学はとんでもないというのが父の態度だった。しかし高等学校の入学試験に合格さえしてしまえば、その既成事実で押しきって、父を承服させることができるだろうと計算していたのだった。

宗家の兄の独演はさらに続いていた。

「貴様が大学に行って何をするというんだ。ダルマエナガがコウノトリの真似をするとどうなるか知っているだろう？お前には中学校だってもったいないってことが分からんのか。中学校を卒業したら普通学校の先生をするなり、金融組合の書記をするなりして家計を助けるべきものを、大学に行きたいだと。お前のような奴はひょっとするとお前の叔父のようになるかも知れんな。お前が何でそんな浮ついた考えをするのか分かっている。聞くと河永根の家に頻繁に出入りしている様子だな。あんな奴の真似をしていたら使い物にならん。本ばかり読んでいて何になる。学生の分際で、日本の女をたぶらかして子どもまで作って、帰ってきてからは妓生《キーセン》遊び……財産があるからそれでもやっていけるんだろう。もし河永根に財産がなかったらどうする。学問をしたからって、せいぜい裁判所の書記が関の山だ。金も無い奴が、あんな奴の真似をしていていいと思うのか。よく考えてみろ」

圭は不快感を堪えきれなかった。自分をけなしたいならけなせばいい。しかし河永根まで悪く言うことはないではないか。

「少し運がいいからといって、いい気になるなと言っているんだ。わしはお前の親父がお前を中学校に入れると言ったときから反対だった。貧乏人の家の子どもは学校など行かずに背負子を背負うものだ。それでこそ懐も暖かくなるし、腹もふくれるんだ。下手に学問をすれば高望みばかりして、何の役にも立たん。お前の親父もお前のせいで頭が痛いだろう。さあ、この手紙をお前の親父に持っていって、学校に返事をしろと言え。お前の親父が考えてするだろう」

兄はここで話を止め、出て行けという仕草をした。圭はむかむかしていたので、すぐにでも座を蹴って立ち上がりたかったが、外で待っているファチョンじいさん親子のことを思うとそうすることもできなかった。圭は丁寧に座り直し、ファチョンじいさんの気の毒な境遇を助けて欲しいと頼み込んだ。雷のような大声が響いた。

「何だと貴様、黙って聞いていればとんでもないことを言い出すやつだ。何？親戚としての道理だと？人の道に外れるだと？少し学があるからといって、そんな生意気な口を叩くのか？こいつ、さては共産党じゃないか。わしの財産をわしの思い通りにして何が悪い。小作料もろくに出さない小作人をそのまま置いておけるか？それが先例になって、わしらが飢え死にする羽目になるんだ。全くこいつは大したやつだな。もうすでにこいつは自分の叔父そのままだ」

そのまま座っていると、いつになったら悪態が終わるのか分からなかった。圭は黙って頭を下げ礼をすると部屋から退き、兄嫁に挨拶もしないまま大門を蹴って外に出てきた。

「ファチョンじいさん、帰りましょう。この家には人間は住んでいないようです。まさか飢え死にまでしないでしょう。帰ったらうちの父に相談してみてください」

　圭は素早くこう言うと、相手の言葉を待たずにすたすた歩き始めた。


　圭は宗家の兄とのその日の出来事を、若干行き過ぎではあったが、結局は自分のための忠告であったと受けとめるべきなのか、徹頭徹尾侮辱として受けとめるべきなのかを、じっくり考えてみた。考えるほどはらわたが煮えくりかえった。自分を侮辱しただけでなく、父までも侮辱されたと結論づけるしかなかった。どう考えてもこのことは父に知らせた方がいいと思った。

　圭はまっすぐバスの停留場まで行くと、実家に向かうバスに乗った。

　父は圭の話を注意深く聞いていた。しかし、その答えはあまりにも意外だった。

「宗家の兄さんはお前のためにそんなことを言ったんだ。お前がその言葉を聞いて腹を立てたなら、それはお前の思慮が狭いからだ。悔しいという気持ちは一切捨てろ。一人前になるためには苦い薬も飲まねばならん」

　父の言葉に不服だった圭は聞いた。

「父さんは宗家の兄さんにどれくらい借金しているのですか？」

　父は険しい顔になった。

「途方もない借金をしている。お前がお前の息子の代になっても返せないほど大変な借金だ」

　その言葉を聞いて、圭は力が抜けてしまった。どうしてでも借金を返して、宗家の兄と堂々と対峙したいという思いが砕けてしまったのだ。圭のそんな気持ちを悟ったのか、父は静かに言った。

「だが心配はいらん。金で返すべき借金は全部返した。まだ少し残っている借金は、形として残してあるものだ。いつでもわしが借金をしているというお互いの関係を、そのまま続けておくためだ。返せと言われれば今すぐにでも返せる。問題はそんなことではなく、家は七八年前に宗家のお前の兄さんから借りた千円のお陰で、今日こうやって暮らしていられるんだ。それがなければお前は中学校にも通えなかったはずだ。だからその恩は代を継いで必ず返さなくてはならないという意味だ」

　圭の気持ちは複雑だった。言葉には出さなかったが、父の苦悩はよく分かった。圭は進学問題について尋ねてみようと思っていたが、それを切り出すのが気まずかった。なるようになれという自棄的な気分にもなった。どうにもならなくなったら河永根に相談してみようと決心した。圭は学校から保証人に宛てられた手紙を置いて立ち上がろうとした。

「おい、ちょっとそこに座れ」

と言って、父は再び何かを考え込んでいたが、しばらくして口を開いた。

「宗家に泰がいるし、お前のきょうだいたちもいるからいろいろ躊躇っていたんだが、圭、お前がやりたいようにしてやるつもりだ。専門学校に行きたければ専門学校に行って、お前がよく言うように高等学校から大学に行きたいのならそうしろ。力の及ぶ限り面倒はみてやろう。家の心配は必要ない。お前は勉強だけしていろ。もうお前は自分で考えられるから、改めて何も言うまい。ただ一つ言っておきたいのは、人は一人では生きていけない。自分が他人より優れているからといって、それだけでは生きていけない。お前一人を勉強させるために、お前の従兄弟やきょうだいが犠牲になるかも知れない。それを忘れてくれなければいい。それからもう一つ、宗家の兄さんに対してつまらん不満は持つな。さっきも言ったが、あの人は我が家の恩人だ。恩を忘れれば人間ではない。ファチョンじいさんのことは、わしに任せておけ。家の田んぼが人手が足りないから、何マヂギか分けてあげるつもりだ」

父の言葉は優しく、細やかだった。圭はバス停留所のある新作路に向かう野道を歩きながら涙を流した。

父も圭が宗家の兄から受けた侮辱を、侮辱として感じたのは間違いなかった。そして息子が受けた侮辱を複雑な思いで受けとめ、息子の気持ちを慰めるためにいろいろ気を遣ってくれたのだろうと思った。そうでなければ進学問題があれほどすんなり解決するはずがなかった。ファチョンじいさんに田を譲るつもりだということを、あれほど容易く言うはずがなかった。

野原の果てに小川が現れた。浅瀬の石の周りに、薄い氷が張っていた。小川の水に青い空が雲を浮かべていた。圭は石を跳んで渡ると、ポプラの木に背を預けて自分の村を振り返った。父、母、そして幼いきょうだいたちのいる愛すべき故郷。圭は心の中で静かに言った。

「父さん、僕は一生懸命勉強します」

第四章　偽りの真実

一

一九三九年は、雪の中で暮れて、一九四〇年は雪の中で明けた。この十年で初めて見る大雪だった。

雪というものはいつ、どこで見ても神秘的な自然の風物だ。地上の汚辱の摂理に対する配慮のようでもあり、偽りの美しさを教える教訓のようでもある。しかし雪は、山と大地と家と都市を埋め尽くすことはできても、その中で暮らす人間の悲しみと苦痛まではは覆いつくすことはできない。

圭《キュ》の村でもその雪に覆われた大地を踏みしめて、何人かの青年が徴用のため旅立った。九州か北海道の炭坑へ行くということだが、残された青年たちは彼らを羨望の眼差しで見つめていた。秋の取り入れが済んでからまだいくらも経っていないのに、貧しい家の米びつは底をついている有様だった。田舎にいては絶対に希望が持てないということだ。死のうが生きようが、あがくだけあがいてみようという思いが、彼らを九州や北海道の炭坑へと追いやるのだった。

ヨーロッパや中国の大陸では、戦争が拡大の一途をたどっている様子で、圭たちが住んでいる山村にまで新聞の大きな活字となって、その知らせが伝わっていた。一枚の新聞を広げ、村の老人たちは相当時局を心配している様子だったが、その老人たちがヨーロッパや中国を知っているはずもなく、戦争の意味が分かるはずもなかった。ただ、動物的な本能で今迫りつつある、そして今後降りかかってくるであろう危険をぼんやりと感じているだけであった。

徴用に行った青年たちについて、中国とヨーロッパの戦争について、圭は自分なりに考えてみなかったわけではないが、実際にはあまり関心がなかった。

圭の関心は三月の中旬に迫った高等学校の入学試験にあった。だから山村をおおう雪は、圭にとって試験勉強がはかどるために自然がくれた恵だった。

一月の中旬に三学期が始まった。

どうせ試験勉強をするのなら、欠席してもよかったのだが、圭は通常通り学校に出て行くことにした。学校を休まなくても難なく試験に合格する自信もあったし、入学試験の準備くらいで必死になっているような印象を友人たちに与えたくなかった。

三学期が始まってからいくらも経たない頃のことだ。日本人教師二人が召集令状を受けて、出征することになった。一人は足立という若い博物教師であり、もう一人は飯塚という中年の地理教師だった。足立は結婚したばかりだった。

「結婚したばかりの嫁さんを置いて戦場に行くなんて不幸な運命だな」

「天皇陛下のためだ。嫁さんなんか問題じゃないだろう」

「本当の思いを考えてみろ。やりきれんだろうさ」

新婚の足立について学生たちはこの程度の会話は交わしたが、直接教わってはいなかったので、それ以上の関心は持たなかった。しかし飯塚は違った。圭は一年生のとき、彼から地理を習い、四年生の現在も地理通論を習っていた。そのため飯塚出征の知らせは圭の学級では少なからぬ衝撃だった。

飯塚は最後の挨拶をするために、圭の教室に現れた。朝礼の時間に全体に挨拶をしていたので、改めてその必要はなかったのだが、圭の教室に現れた飯塚は、その時間がちょうど自分の授業時間で、この学級には格別な愛着があって来たと言った。飯塚は角張った顔だけは意志が強そうに見えたが、全体的には虚弱な体格だった。四十に近い歳だったが子どもがいなかった。そのため子どもを作れないほど体が弱いのではないかという噂が回ったこともあった。

飯塚がこの学級に愛着を感じていたのと同様、圭も飯塚を受け入れていた。その当時、圭は日本人教師を二種類に分類していた。日本人としての傲慢さを露骨にむき出しにする教師は無条件に敵対視し、そのような態度を取ろうとしない教師は無条件に受け入れた。飯塚は日本人臭さを感じさせない極少数の教師の一人だった。それだけでなく飯塚は一度聞きさえすればすっかり理解でき、知識として頭に焼き付くよう要領よく授業をする能力を持っていた。

彼は口癖のように言っていた。

「天文学をはじめ地理通論という学科は、これを専門にするつもりの学生でなければ、家で予習や復習をする必要はない。教室で聞いておけばそれでいい。その代わり教室の中では集中して説明を聞きなさい」

彼はまたこんな話もした。

「天文学を習う利得は巨視的なものの見方を身につけられるというところにある。あくせく世俗のことに没頭していても、無限大の宇宙を考え、二十億光年を頭に描けば、世の中のあらゆることがつまらなく思えてくる。人生というものは時折世の中の全てのことをちっぽけなものと考える必要もあるものだ。友人どうしで気分を害したときでも、果てしない天体の中の微粒子として暮らしながらそれくらいのことで神経を使ってどうするんだと思えば、たちどころに和解しようという気分になれるんだ」

それで学友どうしで喧嘩が起これば、すぐさま「飯塚式に考えよう」と仲裁に入る者が現れた。飯塚の影響を受けて将来天文学を専攻したいという権東《クオンドン》哲《チョル》のような学生も現れた。

圭が飯塚に好感を持ったのは、このような言動のためだけではなかった。圭は一年生のとき地理を習いながら、毎回興奮するほど楽しい時間を過ごした。

飯塚は地理の教科書と地図を参考文献として毎時間海外旅行をした。ある時間の旅行では産業視察という目標を掲げた。そして全世界の主要な産業地帯を訪ねまわった。産業視察を農業視察、工業視察、鉱業視察、水産業視察などと細かく分ける場合もあった。その途中でアフリカのコンゴに立ち寄り、ダイヤモンド鉱山を視察したりもした。ダイヤモンドにまつわる秘話が飛び出すときもあった。ロンドンにその司令部があるという話、イギリスの王冠に何カラットのダイヤモンドがはめ込まれているという話、ダイヤモンドに生死を賭けた人たちの話……このように産業視察旅行を地図の上に指を乗せ、なぞりながら何回かするうちに全世界の産業構造を自分なりにマスターできてしまうのだった。またある時間には教育視察という目標で、オックスフォード、ケンブリッジ、ウプサラ、ハイデルベルク、ソルボンヌなどの大学を訪ねたり、文化または偉人の遺跡を訪ねて洋の東西を彷徨ったりもした。ナポレオンが島流しにされたセント・ヘレナを訪れ、ナポレオンの時代から生きているという亀に出会ったのも地理の時間だった。ところでそのようなとき、利用する交通便、経由する地点が毎回違った。あるときはシベリア鉄道を利用し、あるときは飛行機に乗り、あるときは豪華船を利用したりもした。そして学生たちが座っているところを起点として都市と都市の間の距離、所要時間、必要経費などの計算も細かく出てきた。飯塚のノートはそのような資料でぎっしり埋められていた。

このように圭は一週間に二時間ずつ配当された地理の時間を一年間受ける間に、数十回の世界一周旅行をすることができた。それほど興味深い授業は他になかった。

飯塚に接するときの圭の胸にはこのような思い出が秘められていた。その思い出の主人公が弱々しい体を引きずって、今まさに戦地を目指して旅立とうというのだ。学生たちの胸中は切ない思いでいっぱいだった。

「私が原田校長の招聘を受けてこの学校に来てから、まる十年になる。当時私は二十八だった。二十八の青年が、今三十八のおっさんになって戦場に出かけることになった。私は補充兵で、体も見ての通り虚弱だ。こんな弱々しい私まで招集して戦争を進めなければならないところをみると、戦争は相当に切迫しているようだ。私が行かなければ戦争が成り立たないと思うと、私が何か大した人間のように思われてくるが、反面何か気が乗らないようでもある。あれこれ考えてみると個人とは至極取るに足らない存在だ。その頭脳に数十億光年を思い描くことができる人間が、一発の弾丸で粉砕されてしまう。人間とは天体と比肩されるほど壮大でありながら、昆虫のようにちっぽけな存在でもある。私は君たちの自重自愛を切実に願うが、その自重自愛の内容は、昆虫のように傲慢かつ天体のように慎ましくあれということだ。私は今その意味を説明しない。昆虫のように傲慢かつ天体のように慎ましくあれと、ある貧弱な地理教師が戦場に旅立つに際して話していたという、その事実だけ覚えていてくれればいい」

飯塚ははにかむようにそう言うと、黒板に世界地図の輪郭を描いた。世界地図を描くことくらい、飯塚の手にかかればわずか二、三分の作業だ。地図を描き終わると、彼は日本と朝鮮にいくつかの点を書き込んだ。そして黒板に向かったまま言った。

「この点を打ったところと、点と点を結んだ線が、私が生まれてから行ったところ、暮らしたところ、通り過ぎたところだ。私は日本と朝鮮以外、どこにも行ったことがない。しかし私は君たちとともに、この教室で数え切れないほどの旅行をした。地球だけでなく、太陽系の惑星や、銀河系の星、アンドロメダにまで旅行をした。私にとってこれ以上に貴重な経験はない。私はヨーロッパにも行きたかった。アフリカにも行きたかった。ラテンアメリカ、北アメリカにも行きたがその機会はなかった。これからも未来永劫ないだろう。大陸のどこに行くのか分からないが、それが私にとって最初で最後の旅行になるだろう。行きたいと恋い焦がれながら、行けなかった数多くの場所をそのまま残して、私の人生は終わるかも知れない。だから君たちにお願いだ。君たちは無事に大きくなって、再びこの地球に平和が訪れたら、まず行きたいところに行ってみてくれ。もしそこが私と一緒にこの教室で旅行したことがあれば、ああ、ここは自分たちが少年時代に飯塚先生と来たことがあったなあと思い出してくれ。私は霊魂と精神を信じる人間だ。君たちがどこに行っても、私の霊魂と精神が一緒について行くだろう。君たちの瞳に宿り、君たちの心に宿り、君たちと一緒に旅をさせてくれ」

飯塚の静かな言葉が、教室の中に幻想的な模様を編み出していた。その静寂を破って、

「先生は人を殺せますか？」

と権東哲が尋ねた。

「銃が人を殺すんだ。人が人を殺せるはずはない」

血の気の失せた蒼白な顔をして飯塚が言った。

すると朴泰英《パクテヨン》が言った。

「ある本に武器が人を殺すのではなく、人が人を殺すのだと書いてありました」

飯塚は驚いたように朴泰英を見つめると、

「その通りだ。武器が人を殺すのではないな」

と自分自身を納得させるようにうなずいた。

チャイムが鳴った。飯塚は夢から覚めた人のように教室の中を見回した。そして静かに言った。

「戦地に着いたら知らせるから、みんな手紙でもくれ。戦地にいると親しい人間からもらう手紙ほど嬉しいものはないというからな」

そして三日後、飯塚と足立は、まだまばらに雪が残るプラットホームから汽車に乗って旅立った。学生たちは声もかれんばかりに万歳を叫んだ。しかし、その万歳の声が何を意味するのか、学生たちに分かるはずもなかった。そんな無意味な万歳を去年も幾度となく叫んだが、その虚妄の意味を胸の中で圭が自問自答し始めたのは、飯塚を見送ったそのときからだった。

それから一週間も経たぬうちに圭はその無意味な万歳を、再び叫ぶことになった。志願兵の訓練を受けて帰郷し、再び入営することになった普通学校の同期生たちを、同じ駅頭から見送ることになったのだった。李光世《イグワンセ》と宋京圭《ソンギョンギュ》だった。圭とは同期同窓ではあったが、歳は圭より三、四歳上の青年だった。李光世は浅黒い皮膚の、がっしりした体の持ち主であり、宋京圭はひょろりと背ばかりが高くて、目のしょぼついた、どう見ても軍隊生活を送れるようには見えない青年だった。

光世《クワンセ》や京圭《キョンギュ》は二人とも普通学校に通っていたころ、幼い圭を優しく面倒見てくれた友だちだった。光世は同じ村からよく一緒に登下校し、小川を渡るときには時々ザリガニを捕まえてくれたりした。京圭は運動場で相撲を教えてくれたり、いつも一緒に遊んでくれた。そんな縁があったため、わざわざ圭が駅頭に出てきたのだった。

故郷から大勢彼らを見送りに来ていた。圭も知っている人々だったので、顔を合わすたびに挨拶をしたが、皆当惑したような表情をしていた。それを圭は自分なりに解釈した。日本人たちのように心底名誉なことだと激励すべきなのか、心の底から湧き上がる悲しみを正直に表すべきなのか戸惑っているのだろうと。李光世と宋京圭以外にも他の地方から来た志願兵たちが十数人いたが、彼らを取り囲む人々の場合も同じだった。

日本人さえ内心嫌がる軍隊に、志願までして行こうとする彼らの気持ちを圭は到底理解できなかった。軍隊に行くといってもその人間が全て死ぬということはないだろうが、いずれにせよ死に最も近いところへ行くのではないか。心底日本の臣民になろうという覚悟ができているのだろうか。命を捧げてまでして天皇陛下に忠誠を誓おうということなのか。そうだとすれば、その忠誠心はどこから起こってくるものなのか？

群衆をかき分けて圭は光世と京圭の前へ行った。圭を見ると光世は真白い歯を見せて笑った。京圭は恥ずかしそうに目をしょぼつかせながら小さく笑った。圭は慰労の言葉が見つからず、彼らの手を握りながら聞いた。

「何でまた軍隊なんかに行くんです」

京圭は笑っているばかりで、光世が答えた。

「召集令状が来たからじゃないか」

「そもそも何で志願兵になんかなったんです」

圭は言葉を変えて聞き直した。

「しつこく勧められるから仕方なくなったんじゃないか」

光世はこう答え、次に京圭が、

「家にいたってすることがないじゃないか」

と答えた。

（家にいたってすることがないじゃないか）

京圭のその言葉が、圭の胸を突き刺した。この世に自分の家よりいいところがどこにあるというのか。それなのに家にいたってすることがないだとは……

田舎から来た面長、駐在所主任、区長たちが押し寄せてきた。彼らの到着とともにプラットホームの中に入るための通用門が開かれた。皆我先に中へと入っていった。

プラットホームに入ると、智異山《チリサン》の方角から容赦ない暴風が吹き付けてきた。「祝入営武運長久」と縦に書かれた幟のいくつかが、その風に押し倒された。倒れた幟はすぐに立てられたが、圭にはその出来事が出征する人々の行く末を暗示しているように思えた。

光世と京圭ら志願兵たちが汽車に乗り込んだ。誰が音頭を取ったのか、万歳の声があちこちから湧き上がった。上気して浮き立った志願兵たちの顔が車窓に現れた。万歳の声が一層高くなった。しかし暴風の中にその万歳の声は、埃のように吹き飛ばされていった。吹き飛ばされていく万歳の声に混じって、地を這うような泣き声が混じっていた。朝鮮女性特有の哀切に満ちた泣き声が、あちこちから聞こえてきた。

そのときの汽笛の音！暴風の音も女たちの泣き声も、その汽笛の敵ではなかった。金属の音に怪物の叫び声を混ぜたような、その鼓膜を破るような汽笛の音は「何があってもこの汽車に乗った者たちを地獄に連れて行ってやる」という悪魔の意思表示のように聞こえた。

その悪魔の意思通り、汽車は引きずられていった。汽車が消えた後のプラットホームは暴風が吹き荒れる荒野のようになった。その上に伏して地を叩き、慟哭する老婆の姿が見えた。老婆たちは今し方旅立った志願兵たちの母や祖母であったに違いない。母と祖母にこのような断腸の思いをさせてまで志願兵として出征する理由とは何なのであろうか。

二

二月中旬のある日、正確にいうと一九四〇年二月一二日、月曜日の朝。

今日の朝礼は講堂で行うという掲示があった。講堂で朝礼をするということは、教練をしないということだ。まずは嬉しいことだったが、同時に何か事件があったのではないかという危惧も感じられた。

壇上に立った水浸明太は、

「今日はお前たちに嬉しい知らせを伝える」

と言いながら、咳払いをした。そして、

「天皇陛下の……」

と厳粛に話し始めたため、一同気をつけの姿勢を取る緊張状態となった。

「天皇陛下の聖恩極まり、恐れ多くも半島の臣民にも名実ともに一視同仁の恩恵を下さることになった。休め！」

学生たちは休めの姿勢に直した。しかし心の緊張はさらに深まっていった。校長の言葉は続いた。

「昨日下されたこの恩恵こそ、実に画期的な措置だといえ、半島の臣民ならば誰しも感泣すべきことである」

　学生たちの胸は不安に包まれ始めた。半島の民にとって不利な措置が下されるときには、必ずこのような前置きで始まる長広舌があるのだった。何年か前に志願兵制度ができたときのことが思い出された。

（ところで今回は何だろうか？）

　校長は再び咳払いをしてから学生たちを見回した。

「恐れ多くも天皇陛下におかれましては」

　再び学生たちは気をつけの姿勢を取った。校長の話が続いた。

「内鮮一体、内鮮人は、つまり半島人と内地人は同祖同根、同種同文であるという事実をご確認なさった。休め！」

　学生たちは再び休めの姿勢に戻った。恐れ多くもだの、天皇陛下だの、皇室だのといった類の言葉が飛び出しさえすれば、場所を選ばず誰もが気をつけの姿勢を取り、「休め」という号令が下るまでチャンスン［道端に立てて里数を示したり、村の守り神として村の入り口に立てておく男女一対の木像］のように立っていなければならないというのが規則であり慣例であった。

「同祖同根、同種同文、内鮮一体を完璧なものとするためには、まず形式から同じくしなくてはならないという聖慮があられた」

　聖慮という言葉にも気をつけの姿勢を取るべきかと戸惑う様子が列中に見受けられると、校長は手で制し、そこまでする必要はないという合図を送った。

「それは即ち姓であり名前だ。いくら内鮮一体を実現しようとしても姓と名前が異質的ではその目的を達成することはできない。内地人の姓は山田、木下、齋藤などといったものなのに、半島人の姓は李だの金だの朴だのだ。これでは差別をしないでおこうと思っても、姓名自体が差別的に現れてしまう。これでいいのか。姓名から差異と差別をなくそう。天皇陛下におかれては、ここまで半島の臣民のためを思って御決断を下されたのだ」

　慣例通り気をつけの姿勢を取ってはいたが、講堂はざわめき始めた。正確な内容は分からなくても、大体の要旨は把握できたのだった。一言で言って、姓と名前を日本式に変えろという話だった。圭は泰英を振り返った。泰英は無表情な視線を圭に送ってくるだけだった。あちこちからひそひそと話し声が聞こえてきた。

「静粛にしろ！」

配属将校が叫んだ。

校長の話が続いた。

「昨日二月十一日を期して、半島全域に創氏改名令が下される。諸君はこの有り難い意思を頂き、即時に創氏改名し、皇国臣民として過誤のないようせねばならん。諸君たちの父親を納得させ、一日も早く創氏改名を急いで社会活動に支障のないようしたまえ。不服のある者は当然いないであろうが、万が一にも今回の措置に不服のある者、この機会に他の者を扇動する者がいれば、その者を非国民と見なし、厳しい処分が下されるだろう。次に大石先生より内鮮が元来同祖同根、同種同文といわれる根拠について説明があるから傾聴するように」

校長に続いて登壇した大石という教師は、アカマダラヘビというあだ名を持つ漢文教師だ。学生たちから徹底的に憎まれている教師で、齋藤校長が連れてきた人物だった。

大石は百済時代に王仁が日本へ行っただの、神宮皇后が新羅征伐を行ったときに血が混ざっただの、任那は実は日本が統治していた土地だだの、全く理解に苦しむ話を取りあげ、日本と半島の人間は元々同じ民族だったという事実を証明しようとした。

「ちくしょう！やめちまえって叫んでやろうか」

圭の後ろから郭病漢《カクピョンハン》が低い声で言うのが聞こえた。

「我慢しろ、我慢」

と言ったのは前級長の金尚泰《キムサンテ》だった。

あちこちでこそこそ囁く声が聞こえ、場内がざわめき立つ様子に気づいたのか、大石は自分が展開していた出鱈目の話を、

「であるからして内鮮は同祖同根なのだ」

と結んでしまった。

朝礼が終わると講堂は蜂の巣をつついたようになった。

「何だと？これで同祖同根だと？」

と誰かが大声で笑い出すかと思えば、誰かは、

「俺たちに直せと言う前に、貴様らが直せ」

と不満をぶちまけた。

「だめだ。智異山に籠もって、山菜でも掘って暮らすしかないな」

鄭武龍《チョンムリョン》が言った。

「そういえば朱榮中《チュヨンヂュン》の奴は先見の明があったんだな。あいつはとっくに桜井信夫じゃないか」

安泳台《アンヨンテ》が皮肉っぽく言った。

教室に入るとさらに騒々しさは増した。郭病漢が言った。

「俺たちの国の悪口には、お前姓を変えろっていうのがあるじゃないか。それが最大の侮辱だってことを分かってて日本の奴らはこんなことをやらかそうとしているのかも知れない。もしそんな悪口があることを知っているのなら、俺たち朝鮮人を計画的に侮辱するつもりじゃないのか。そうだろう？」

「朝鮮人の根性がどの程度のものか試してやろうというつもりなのかもしれない」

　泰英が言った。そして泰英は次のように続けた。

「俺たちが本来の姓のままいたからといって、日本の奴等が税金を持っていかないというのか、監獄に閉じこめないというのか、殺さないというのか、何でも自分らの思い通りじゃないか。それなら俺たちの姓名を変える理由がどこにもないじゃないか。ただ一つ理由があるとするなら、俺たちを試してやろうという腹づもりだけだ。万一大人しく応じようものなら、俺たちは腰抜けになってしまう。応じなければ力ずくで応じさせて、さっき病漢が言ってた言葉そのまま俺たちの自尊心をなくしてしまうつもりだろう」

「泰英、喋りすぎだぞ」

と尚泰が泰英の横に来て牽制した。泰英は些細な事件を起こしただけでも退学処分になる危険があるということを全員知っていたため、できるだけ彼が危険な立場に陥らないよう級友たちが気を遣っていたところだった。

　このとき圭は朱榮中の動向を見つめていた。朱榮中は一番後ろの席に黙ったまま座り、級友たちの動態を観察しているような目つきだった。

「とにかく創氏改名だか何だか知らんが、絶対に俺は認めんぞ」

　郭病漢がこう言って立ち上がると黒板の方に行くと、

「創氏改名絶対反対、郭病漢」

と書いた。

　金尚泰がそれを消そうとすると、郭病漢は彼を手でさえぎって言った。

「こんな学校もう愛想が尽きた。鄭武龍の言うとおり智異山に入って火田民でもするか。俺は覚悟した。これはそういう俺の意思表示だから消さないでくれ。江口に見せてやる。なあに、退学以上のことはできないさ」

　それでも金尚泰は黒板の文字を消そうとしたが、間に合わなかった。郭病漢が黒板消しを握って放さないでいると、そこに担任の江口が入ってきたのだ。教室に緊張がみなぎった。しかし江口は意外にもにっこり笑みを浮かべて黒板の落書きを見つめ、郭病漢から黒板消しを受け取るとその落書きをきれいに消してしまった。そしてそれに関しては一言も言及せずに次のように話した。

「たった今、職員会議で決定した事項を伝える。これは即ち校長先生の命令でもある。創氏改名をしない者には卒業証書を授与しない」

　圭はその言葉を聞いて、三月五日に卒業式を控えた五年生は大変なことになったなと思った。しかし圭は他人の心配をしている場合ではなかった。

「三年生だろうが何年生だろうが、進学、または転学する学生には創氏改名しない以上、どんな証明書も発給しない。就職する者に対してもこれに準ずる」

　江口は紙切れに書かれたその内容をもう一度読んだ。圭は目の前が真っ暗になるのを感じた。

（よりによってこんな時に）

とも思ったし、

（学魔という言葉を聞いたことがある。俺には学魔がとりついているんじゃないだろうか）

とも思われて、容易く進学を許してくれた父の顔が脳裏をよぎった。だから江口は郭病漢の落書きを見て、冷笑を浮かべたのだ。

　江口は加えて、

「このことに関して面倒なことのないよう願う。天皇陛下の御命令により、朝鮮総督が下した法律同様のものだから揺るぎないものである。各自どのような感情を持とうが自由だが、命令には服従しなくてはならない」

と釘を刺した。

　続いて授業が始められたが、圭は上の空だった。重要な授業でなければいつも他の勉強をしていたのだが、そんな心の余裕もなかった。

　授業時間の合間に仲間きりで集まり、事態を憂慮する話が交わされていたが、結論が出るはずもなかった。四年生から高等学校に行くことにしていた権東哲と柳希大《ユフィデ》が圭の席の周りに集まって一緒に相談した。願書の締め切りが二月末なので、それまでに学校から証明書をもらう必要があった。ところが三人の事情は各自違っていた。

「俺は親父が普通学校の校長になってしまったから、俺が反対でも創氏改名はするだろう」

権東哲はこう言い、柳希大は憂鬱そうに、

「おじいさんが生きている間は考えられないと思う。おじいさんは俺が中学校に通っていることだって嫌っているんだからな」

と言った。けれども柳希大の場合は何の心配もいらなかった。「柳《ユ》」を「ヤナギ」と読み替えれば済むため、あえて創氏する必要がなかったのだった。

放課後、下宿に帰りながら朴泰英が圭を見てこう言った。

「倭奴の手先の服を着るのまでは我慢したが、俺は絶対に創氏改名だけはしない」

「お父さんがしたらどうする？」

「縁を切っても俺はしない」

「そんなことができるのか。父がするのに息子がしないなんて……」

「大臣だって自分がなりたくなけりゃそれまでだっていうじゃないか」

「そうか……」

「だけど圭は違う。学校に行くためには創氏をしなけりゃならないだろう。長いものには巻かれろってことだ」

圭は答えることができなかった。というよりも姓を変えてまでして、上級学校に行く必要があるのか、自分自身で答えを出すことができなかった。

泰英はこんなことも言った。

「世の中はおかしなもんだ。創氏改名をしろと言われて心から喜ぶ奴もいるんだからな」

「学生報国会の奴等のことか」

「それだけじゃない。その他にも心の中で喜んでいる奴はたくさんいる」

圭は何が何だか分からなくなって当惑するばかりだった。

三

学校の空気は日に日に変化していった。まず最初に朱榮中が櫻井信夫と出席簿の名前を変えると、学生報国会に所属する学生たちがそれに倣い、続いて他の学生たちの中にも創氏する学生が出てきた。そして、二月中旬になると半数以上の学生が日本式の名前を持つようになった。学校全体の比率もその程度になっている様子だった。

そして何があっても創氏しないという意思を持つ者は、圭の学級では鄭武龍、郭病漢、朴泰英だけで、その他は家の事情に従い待機中だった。だから創氏改名に対して猛烈な闘争を展開できる状況ではなかった。

新聞には連日創氏改名した名士たちの紹介が載せられた。ある中枢院参議は朝日昇と創氏改名し、別の参議は冨士山隆盛と変えたそうだ。

けれども時折センセーショナルな記事もあった。

申《シン》某という漫談家が江原《えはら》野原《のはら》と創氏改名したという記事を読んで、教室の中は爆笑の渦となった。江原野原とは明らかにエヘラノアラという民謡の掛け声から取ったもので、創氏改名自体を愚弄したものであるのは間違いなかったからだ。また、金某という文学評論家は酒無不暮介《さけなしくらせぬすけ》、酒が無くては暮らせないという意味の名前を付けて話題となった。

「そんなことができるなら創氏改名もしてみる価値はあるな」

前級長の金尚泰は、

「それなら親父の許しをもらってヤメテクレって名前にしてやろうか」

と黒板の前に立ち、「失目手具禮」と大きく書いた。無意味なことだったが、ヤメテクレという日本語は「投げ出してしまえ」「止めてしまえ」という意味の言葉だったので、皆「そいつはいいや」と拍手を送った。しかし金尚泰は自分の意に反して、父の言うとおりに金村相泰《そうたい》とするしかなかった。

そんな傾向を受けて本当に創氏改名を揶揄する名前を付けた学生が蘆英根《ノヨングン》と卓丙琯《タクビョングワン》だった。蘆英根は火爐亡根《かろぼうこん》、卓丙琯は不卓病琯《ふたくびょうかん》と名付けた。蘆英根は火鉢に入れたら根が滅びるという意味だと説明し、卓丙琯は創氏をしたら卓氏が卓氏でなくなるから不卓で、そうすることで丙琯が病気にかかったから病琯だと説明した。学級担任の江口は当初その名前を受け付けなかった。

「こんな名前でこれからどうやって生きていくんだ。一時的な悪戯で一生を台無しにするのか？」

という理由で再考を要請していたが、最後まで二人は聞き入れなかった。結局保護者が呼び出されたが、二人とも父親がいない母親だけの一人息子だったため効果はなかった。それでその名前がそのまま学籍簿に残ることになった。

そんな中でも衝撃的な事件だったのが、半島文壇の第一人者である李光洙《イグァンス》が香山光郎と創氏改名し、

「これで天皇陛下の誠の赤子となった」

と談話を発表した事件だ。学生たちには全く理解できなかった。独立運動の先頭に立っていただけでなく青年たちの愛国心を鼓舞する文章を書いていた人物が、そんなことをするはずがなかったからだ。しかし厳然とした事実である以上どうすることもできなかった。

「今日から李光洙の本を便所に吊して、ちり紙として使わなきゃならん」

いつでもすぐに興奮する郭病漢が言った。すると鄭武龍が手を振った。

「毎日そんな物を見てどうやって怒りを堪えるんだ。いっぺんに肥溜めの中に放り込んでしまえ」

　そんなことがあって数日後だった。圭は河永根《ハヨングン》を訪ねた。話題が李光洙に及んだとき河永根はこう言った。

「李光洙という人間は本来そんな人間だ。あいつが初期に書いた文章を読むと、虚栄ばかりで中身がない。李光洙の愛国思想なんて結局虚栄心が醸し出したセンチメンタリズムだ。見栄と美辞麗句の羅列の他は、一行残さずできそこないだ。愛国愛族にこだわって書いたという文章だって子細に読んでみると内容は空疎なもんだ。文学者の志操は緻密な思想によって支えられていなければならないのにそれがない。小説として書かれたものを見れば、民衆の生態に対する誠実な観察もない。ただの詠嘆であり歯の浮くような言葉で飾った話だけだ。歴史に対する認識もなく、だから民族の行路についての誠実な智恵も教訓もない。観念的、抽象的なスローガンだけだ。言ってみればどんな狂風にも折れることのない根っことというものがない。図体は折れても、折れたそこから再び新しい芽を芽吹かすことのできる強い根がない。それがなければ文学者でも思想家でもない。最近は仏経を覚えて時々それを紐解く文章を書いているが、李光洙の仏経は竹に接ぎ木した柿の木みたいなものだ。智恵に至るために仏経を覚えるのじゃなくて、逃げ込む穴を探すために覚えている。周囲から英雄だ、天才だと言われれば英雄の振り、天才の振りをして、周囲から見放されれば英雄はおろか市井の匹夫の行いもできない。そんな人間が創氏改名したからといって少しも衝撃ではない。李光洙は元々変節漢だ。変節漢が変節したからといって改めて驚くことはないじゃないか」

　河永根の言葉は言い過ぎではないかとも思われたが、李光洙の言動が実際にそのような形で表れたのだから反論する根拠がなかった。どうであれ寂しいことであった。

　圭は話題を変えるつもりで、

「河先生は創氏改名をなさらないのですか？」

と聞いてみた。

　河永根は庭に咲いている菖蒲の花をしばらく眺めていたが、このように言った。

「微妙な問題だ。創氏改名という問題が微妙なのではなくて、私を取り巻く事情が微妙だという話だが……私の場合は創氏改名をする方が楽で、しない方が難しい」

　圭はその言葉を理解することができなかった。

「説明するとこういうことだが……」

河永根は自分の考えを整理するかのように慎重に話をした。

「実際私は創氏改名をしなくても困ることは何もない。就職をする必要もないし、官位に就こうという考えもない。だからといって飯の心配もない。創氏しないからといってまさか刑務所に送られることもないだろうし……もし警察が訪ねてきて煩わしいことになったら、ちょっと余分に小遣いでもやって送り返せばいいことだし……その上李君のような弟や息子がいたらその子たちのためにやむを得ずすることもあるだろうけど、子どもといえば潤姫《ユニ》という娘一人だけだから何の問題もない。だけど一般大衆はそうはいかないだろう。まず生きるために卑屈な真似を我慢しなければならないんじゃないか。それで仕方なしに創氏をしたのに、隣に私のような奴が創氏をしないでふんぞり返っていたのでは、無駄にすまない気持ちにさせてしまうのではないだろうか。挙げ句には私を憎むようになるだろう。恥ずかしくとも大衆とともに行動するのがむしろ気が楽だ。自らの自尊心を守ろうとして大衆から孤立して恨みを買うよりは」

圭は河永根の言葉が分かるような気がした。同時に李光洙のことが頭に浮かんだ。

（李光洙こそ、仕方なく創氏改名せざるを得なかった大衆の心の負担を軽くするために自ら犠牲になったのではないだろうか）

圭は率直に自分の思いを話してみた。河永根はしばらくの間圭を見つめていたが、

「李君は本当に人がいいな。他人のことでも自分のことのように観点を変えて考えてみるのはいいことだ。そういう人間はそんなに多くはない……だけど李光洙をそうやって考えることはできないよ。あの人間はどんな場合であろうが、どちらの側に付こうが、英雄になりたがる、高みの見物をしたがる人間だ。大衆のために自ら悪名を着る？まさか。そんな人間があんな文章を書くかい？」

と興奮を隠さなかった。

「それなら河先生は創氏をなさるおつもりですね」

「どうかな。やはり私はしないだろう。いや、できないだろう。私は大衆の敵意は我慢できても羞恥だけは我慢できない」

「それなら僕はどうすればいいですか？」

「李君は上級学校に行かなくてはならないから、必要性からいってもしなくちゃ」

「上級学校がそんなに大事なものですか？」

「それは君の心にかかっているだろう」

河永根は、ははははと声を上げて笑った。そして笑いすぎたと思ったのか、優しく聞いた。

「君の家ではどうすると言っているんだい？」

「宗会を開いて決定するという話です」

「宗会だと！もっともらしい方法だな。我家でもそんな話が出たよ。でも私は断ってしまった。各自が責任持ってしろと。創氏する場合に意見を集めて同じ姓にするのは構わないが、するのかしないのかを宗会で決定する必要はないと言ってやったんだ」

圭はそんな態度を河永根の冷たい利己主義だと思った。河永根はもう一度圭の進学問題を心配して、やむを得ずとも創氏をするよう勧めた。

「栗が実るためには栗の木が育たなければならない。まずは実が実るようにしておかなければならないんじゃないかな。生きるということが一種の妥協だ。李君は自らを育てるためにも妥協せねばならない。李君の級友たちがしている通り、李君が必要を感じる通り、別に気を遣うことなく創氏をしなさい。ところで泰英君はどうすると言っていたのかな」

圭は泰英と何人かの友人たちの態度を説明した。河永根は黙って耳を傾けているだけで、その問題について一切何も語ろうとはしなかった。


入学試験のための書類を提出しなくてはならない期日が迫ってきた。圭は気が気ではいられなかった。圭は姓を変える行為はこの上なく卑屈な真似だと感じていたし、究極の恥辱と思っていたが、そのために進学を放棄しなければならないということが悔しかった。

権東哲は権藤という姓で第二高等学校に願書を提出し、柳希大は柳《やなぎ》という姓で静岡高等学校に書類を提出した。締め切りが一週間後に迫った。しかし圭は宗会で決定するという創氏問題を、自分のために早く決めてくれと言うことは死んでも嫌だった。適当に作って申告しても学校は受け入れてくれることになっていたが、父や伯父に相談せずに勝手にすることもできなかった。圭は焦燥していた。

そんな日々を送っているとき、突然事件が発生した。圭より一つ下の三年一組にいた閔英世《ミンヨンセ》という学生が一通の遺書を遺して自殺したのだ。遺書は簡単だった。

「国を失い、その上姓まで失い、私は生きていくことができない。日本人に大和魂があるように、朝鮮人にも朝鮮魂がある」

そして、その事件が一層大きな波紋を投げかけたのは、閔英世の父が警視という高級警察官だったということだ。閔英世は寡黙な少年だった。友人もなく、いつも教室の片隅で青白い顔をして、罪人のように座っていた。口には出さなかったが、父の職業に対していつも罪悪感を持っていたようだ。無論それは推測だが、友人もなく孤独な学窓生活を送りながらその心の片隅に、父が同胞に対して犯した罪を償わなくてはならないという気持ちを持ち続けていたのではないか。その上閔英世の実の母は離縁させられ、一人暮らしのまま昨年亡くなったという話であり、今回の創氏改名問題が起きるや閔警視はいち早く創氏をしたが、英世は最後まで学校に申告をしなかった。そんな通知が学校から閔警視に伝えられた日の晩、閔警視は自動車に乗って英世の下宿を訪ね説得した。しかし英世は父の言うことを聞かず、かえって父に食ってかかった。興奮した父はサーベルを抜いて息子に殺してやると脅し、無慈悲に殴り回した。下宿の主人の仲裁で騒動は収まった。

「お前はわしの息子ではない」

この言葉を残して閔警視は帰っていった。閔英世が死んだのは翌日の明け方だった。この事件は新聞にも載らなかった。校内でもその話が漏れないよう教師たちは神経を使っていたようだったが、何日も経たないうちに全員の知るところとなった。

学生葬を行おうという動議が一部から起こったが、そんなことが通用するはずがなく、学生代表が閔英世の下宿を訪ねたときは既に亡骸は片付けられた後だった。

頑固この上ない水浸明太の齋藤も、この事件の後は創氏改名しろという圧力を一時緩和するしかなかった。圭はそのような事情のため、創氏をしないまま無難に入学願書の書類を作成することができた。閔英世の死は卒業を控えた五年生にも大きな恩恵を与えた。創氏しなければ卒業証書を渡さないと言っていた学校当局があっさりと全員に卒業証書を与えたのだった。

四

卒業式は三月五日に行われた。

ところがその卒業式は無事に終わらなかった。齋藤校長の特別な取り計らいで卒業生たちに天照大神の神位が入った神棚が記念品として配られたのだ。神道を崇め尊ぶ校長らしい贈り物だった。

卒業生たちは式を終えると、校門を出るが早いかその神棚を打ち壊し、足で踏みにじった。そして校門から二百メートルほど離れたところにある女学校の寄宿舎の塀の中に投げ込んだ。

これが大事件となった。日本の皇室の祖宗である天照大神の神位を踏みにじった行為はまさしく大逆行為となる。この報告が入るや警察は即刻行動を開始し、卒業生たちを捜索して逮捕した。

卒業が取り消されるに違いない、全員刑務所へ送られるだろうなどという噂も流れた。狭い市内はこの事件によって大騒ぎになった。

このような騒ぎの中、卒業式の翌日、圭は泰英をはじめ数人の友人に見送られて日本の京都へと旅立った。

初めて乗る関釜連絡船、初めて見る日本の景色！圭は美しい日本の山河、そして村を見て、胸が詰まるほど驚いた。車窓から見える景色は圭が生まれ育ち、暮らしていた故郷とはあまりにも違っていた。圭はこの美しい環境の中で学問することになった自身の幸福に興奮した。しかしその一方で、学問も何もかも全て放り出して、故郷の貧しい農民たちとともに、故郷で老いて死に、痩せた山河に埋められるのが自分の生きる道なのではないかという感傷に浸った。半島を離れてみると、半島の悲しみが骨身にしみた。

夕刻、京都に到着した。

連絡を受けていた様子で、三高の姜憲勇《カンホンヨン》という先輩が迎えに来ていた。彼は嬉しそうに圭の手を握りながら、

「よく来てくれました」

と挨拶をすると、圭の背後をきょろきょろと見回した。圭にはその意図がすぐ分かった。今回の卒業生の中で尹根弼《ユングンピル》という学生が、圭とともに三高の入学試験を受けることになっていたのだった。圭は簡単に卒業式の日に起こった事件の話をした。

「それなら尹君は来れないんだね？」

姜憲勇は暗い表情をした。姜憲勇は四年生を終えて高等学校に来たので、尹根弼とは同期生だった。

ハトヤという百貨店の飲食店に行き、簡単に腹ごしらえをした。そしてタクシーに乗り、高等学校の近所に旅館をとった。

「僕の下宿に来てもいいんだけど、少し遠いから入学試験の間はここにいることにしましょう」

と姜憲勇は言った。京都の吉田にある三高は古色蒼然とした校舎で、その周辺の森の雰囲気もよかった。学問の匂いと青春の匂いが、その古色蒼然とした校舎と静寂の中で、対照的でありながらも奇妙な調和を作り上げているように感じられ、何としてもこの学校に通いたいという情熱を駆り立てた。それに加

えて姜憲勇が、三高がどれほど優秀な学校であるかをしきりに説明してくれ、それが一層圭の渇望を助長した。

受験票を受け取る間際、尹根弼が野球でいうならばスライディングセーフという形で駆けつけた。尹根弼と再会した圭は、一気に勇気を取り戻した。ほとんど絶対的ともいえる自信がわいてきた。圭と尹根弼は学科試験を無事に通過した。一日おいて口頭試験が行われた。数日前校庭を埋め尽くしていた受験生が五分の一程度に減っていた。その時初めて圭は不安を感じた。皆秀才ばかり残っているに違いない。この秀才の中で、さらにその半数の中に勝ち残らねばならないのだから、その不安は当然のことかも知れなかった。朝鮮人学生を差別するのは、この口頭試験なのではないかという恐れもあった。

口頭試験は思っていたより簡単だった。圭を担当した試験官は三十前後の度のきつい眼鏡をかけた赤ら顔の先生だったが、圭が前に座ると机上の書類をめくりながら暫くの間、言葉もなく圭と書類を見比べていた。

第一声が、

「君は半島人だね?」

というものだった。尋ねるというより独り言だった。

それで返事もせずに黙って座っていると、その試験官は、

「半島では今、日本式に姓名を直すのが流行だと聞いたが、君は直していないんだね」

と聞いた。圭はとっさに質問の意図を理解しかねた。しかしその口調が決して詰問するものではないことを本能的に感じることができた。それで、

「もう少しゆっくり考えようと思ったので、まだ直していません」

と正直に答えた。

「ところで田舎の中学校に通っていた学生がフランス語を第一外国語にすることは珍しいんだが、何か理由でもあるのかい?」

これが次の質問だった。

「英語は将来独学で勉強できるほどの基礎はできているので、新しい外国語としてフランス語を選びました」

「それならドイツ語でもよかったんじゃないのか?」

「ドイツ語よりはフランス語の方が私の性格に合っているという先輩の忠告がありました。ゆくゆくはドイツ語も学ぶつもりです」

「ずいぶん欲張りなんだな。よし」

口頭試験はそれで終わった。

若干の不安がないわけではなかったが、圭は合格を確信した。結果は確信した通りとなった。尹根弼も合格した。中学校の権威が一流学校合格者を多く出すことにかかっているという常識を、頑固な水浸明太も無視できなかった。だから受験生ばかりを選んで釈放させたのだが、尹根弼についていえば校長の英断が校長自身のためにも、尹のためにも成功したことになったわけだ。

入学した後に知ったことだが、圭の口頭試験を担当した試験官は、有名な桑原武夫先生だった。

一年生は原則的に寄宿舎生活をすることになっていたが、圭は半島人であるということを理由に下宿生活をすることにした。京都市内を縫うようにして走る電車に乗るのが楽しみでもあり、圭は臨済大学［臨済宗専門学校、現在の花園大学］近くの花園町に下宿を決めた。圭は十七歳の青年、桜の花の中に「三」の字を置いたバッジを付け、三本の白線が入った帽子をかぶった高校生になった。半島人であろうが、朝鮮人であろうが、圭は花園町の寵児となった。銭湯に行けば番台の主人が歓迎してくれた。しるこ屋に行けば店の娘が、一番大切なお客として接してくれた。屈強な中学生も丁重に道を空けてくれた。女学生たちもほとんど必ずと言っていいほど、すれ違う圭を振り返って見た。花園町は文字通り圭にとって花園だった。

その花園に六月が過ぎたある日、一通の分厚い封筒が舞い込んできた。泰英が送った手紙だった。

「圭よ！お前だけが幸せでいいのかという思いと、お前だけでも幸せでいてくれという複雑な思いをなんとか一つに統一させてこの手紙を書くことにする。まず報告からする。郭病漢と鄭武龍と俺はついに退学処分を受けた。理由は色々あるだろうが、突き詰めてみるとただ一つだ。創氏改名をしなかったということ。けれどもそれでは理由にならないから八方手を尽くしてあらさがしして、そのあらを過大評価、他の学生に伝染のおそれがあるという判決文を掲げて、だからやめなさいということになったのだ。俺たち三人はすでに覚悟ができていたから泰然自若としていたけれど、親父たちは大騒ぎだったようだ。郭病漢は親父たちの慌てふためく様子をみて、ヒナの皮を剥がれた親鳥みたいだと皮肉っていたが、親父たちの思いはそれ以上だったようだ。そんな父の情を思えば、高等文官試験を受けて判事にでもなってみようかと思ったりするが、創氏改名もしない俺たちには無理な話だろう。河永根先生の言葉を借りれば、大成する人間は、自分が進むべき道以外の道を全てふさいでしまうそうだが、俺たちはその言葉を慰めにするしかない。要は人生をどう生きるかが問題だ。郭と鄭は父親が日本の私立中学にでも進学するよう勧めているらしいが、日本か満州の鉱山に行って労働者になると言っている。俺はまだそこまで覚悟ができていない。とにかく勉強をしなければならないと思う。河永根先生が学費を出してくれるとおっしゃっているけれど、それは断ってまず専検を受けて中学校卒業の資格を取ろうと思う。どうせなら圭がいる京都で受けようと思っているから、そのとき一度京都に行くことにしよう……ところで俺たちの名級長金尚泰は本当におかしな奴だ。自分のことはそっちのけでいつも他人の心配ばかりしている。アメリカのような民主主義の国になれば大統領になる奴だ。あいつは最近天職を見つけたようだ。弁護士になるそうだ。郭、鄭、そして俺はどう考えても問題児になるに違いないから、自分のような弁護士が必要だろうというのが彼が弁護士の職を選んだ理由だ。俺たちが退学になったころ、学級は完全に日本式になった。金、李、鄭、林《イム》、という姓は姿を消し、金山、江川、新井、木下、李家《りのいえ》と……この有様だ。そんな重苦しい空気の中で、火爐亡根、不卓病瑄などが辛うじて一服の清涼剤の役割をしている程度だ。櫻井信夫は陸軍士官学校に行くらしい。行きたきゃ行け……お前に願うことは、せっかく創氏せずに入った学校なのだから、今後も姓を変えないこと。日本の学生が好んで履くという踵の高い下駄を履かないこと。永遠に俺たちの友であるために。お前ほど幸せな奴はそれくらいの心の負担を持ってもいいだろう。人生は長い。けれどもやらねばならぬことも多い。圭よ！心身ともに堅固に」

圭はこの手紙を読んだ後、目をつむった。数日前、父から送られてきた手紙を思い出した。そこには宗会で姓を江川とすることに決定し、戸籍簿にも登載したからそう心得るようにという内容が書かれていたのだった。

五

妙心寺の境内に蝉時雨が響く季節になった。

妙心寺は禅宗の本山だ。座禅を第一とする寺のせいか、開かれた法堂もなく、日によっては僧侶の姿が全く見られないときもあった。一抱えもある大木の森が作った深い影の中で重厚な沈黙を守りながら、寺全体が座禅を組んでいるかのような雰囲気を醸し出していた。その荘重な沈黙を縫って蝉たちは声の限り鳴き騒いでいたが、その声が寺の静寂を壊さないのが不思議だった。蝉の声も妙心寺ではたちどころに念仏か読経の声となってしまう。妙心寺とはそんなところだった。

圭は下宿から近いこともあったが、この妙心寺で時間を過ごすことを好んだ。仏教に特別な興味を持ったわけではない。都心の中の静寂がただ好きだった。そこにいるといつでも心が和んだ。だから圭は学校から下宿に帰ると、すぐに適当な本を一冊選んで妙心寺を訪れた。妙心寺には圭が決めた場所があった。正面門から入り、左側の森を奥へ奥へと入っていくと池がある。その池の畔で欅の木にもたれて座るのだった。

池では亀たちがのんびりと遊んでいた。日によっては池の畔の岩の上で首をすくめたままじっとしているときもあった。圭は本を読みながら、時々亀たちに目をやり、その遊んでいる様を無心に眺めた。亀は長い沈黙を守るために、あれほど分厚い鎧で武装しているのかも知れなかった。針の先でつついただけで傷つくような薄い皮膚を持ちながらも動物たちは生きているということを考えれば、亀の鎧はあまりに過剰武装ではないかとも思われる。その過剰武装を惜しんで、神は亀に千年の寿命を与えたのかも知れない。千年を生きる亀にとって、千年を生きるということ以外にまた他の意味があるのだろうか。長寿という点だけで亀は人間扱いされている。漁夫たちも亀を捕まえようとはしない。もし捕まえることがあったとしても、それは殺すためではなく飼うためだ。殺生を好む人間から殺生を忘れさせるというのは大変なことである。亀は偉大な動物だ。

一粒の砂がそこではなく、ここにあるということの理由が説明できれば、それをもって全宇宙の摂理を解明できるというフィヒテの文章を圭は読んだことがある。その筆法を借りれば、亀の鎧を通して全ての生物の秘密を明らかにできるのではないか。生命とは徹底的に孤独だという教訓が、亀の姿となって今目の前にあるのだと感じ、自らの孤独を噛みしめてみるときもあった。

「静かに自分の手を見つめてみろ。お前はお前が本当に孤独だということが分かるだろう」

ある本で読んだこの様な一節を反芻してみもした。しかし圭は自分の手を見つめるまでもなく孤独だった。友がいなくて孤独なわけでもなく、故郷が恋しくて孤独なのでもない。少年から青年になる時期、顔を赤らめずには自分の心をのぞき込むことができない時期に誰もが感じる、そのような孤独だった。

「人間は本質的に孤独な存在だ。それでいて人間は、アリストテレスが社会的動物だと言ったように、社会内存在だ。これは明らかにジレンマだ。このジレンマをどのように解決していくかによって、人格形成の方向と内容が決定される。そのため我々は思想に対する正しい認識を持たねばならず、その正しい認識を基盤にして、実践を導き出さねばならない。哲学とは結局そのための思考の体操であり、智恵に至るための理法の探求作業だ。肉体の健康のために体操が必要なように、精神の健康のためには精神の体操が必要だ。」

覚存という言葉を導入した哲学者、九鬼周造の弟子というY教授は哲学の時間にこのようなことを言った。この言葉を聞いたときはなかなかいい言葉だと思ったが、妙心寺の境内で蝉の声を聞き、亀を見つめながら考えていると、圭の胸には空しい木霊だけが残った。

哲学の歴史は数千年だ。哲学の種類も様々だ。言ってみれば数千年の間、思考の体操が繰り返されてきたわけであり、数千年の間、智恵の探求がなされてきたということだ。しかしその結果は限られた人間に天才の称号、大学者という看板を掲げさせただけだ。数千年続いてきた思考の体操と智恵の探求が、歴史と人生にどのような効果を付与したというのだろうか。智恵はいつでも強者にのみ奉仕してきたのではないか。

この様な思いとともに圭は数年前、河永根の家の書斎で見た三・一運動当時の凄惨な記録写真を頭に浮かべていた。あのような無慈悲な行いが、今、公々然と繰り広げられており、今後もそうであると考えると、思考の体操だの智恵の探求だのというものは、ある個人の自己優越のための手段に過ぎないのではないか。

中国大陸では日増しに戦争が拡大しているという。ヨーロッパも戦火の中に飲み込まれたという。圭は自分の意思とは関係なく戦場に連れて行かれた友や、創氏をしなかったために学校を追われた友のことを考えた。全てのことが謎だらけだった。圭は自分の思考能力を超えた問題を前にひたすら孤独だった。

妙心寺で享受していた心の平静が、妙心寺において破られる出来事が起こった。

いつからか圭とほとんど同じ時間に妙心寺に現れ

る女学生がいた。女学校の上級生と思われるその女学生は、毎日のように妙心寺に現れては圭と四、五メートルくらい離れた場所の木の下で、圭に横顔を見せて本を読んでいるのだった。初めは偶然の一致だと思っていたが、そのようなことが繰り返されるに従って、圭は無関心ではいられずになって心の平静を失った。

その時間に女学生が現れなければ、ひどく待ち遠しく、遅れてやって来たときには心が弾んだ。そのような心理過程が何度も繰り返された。ついに圭は狂おしい程その女学生に心が惹かれている自分自身を発見した。教室で講義を聴いていても、その女学生のことさえ思い出せば我を忘れた。そして女学生に対する関心は、その程度では終わらなかった。河潤姫を思い出すときもあった。南海《ナメ》の尚州《サンヂュ》で知り合った、今は東京女子高等師範に通う床次《とこなみ》靖子を思い出すときもあった。ところでそのような思いは、純粋な慕情ではなく、猥雑な欲望の花火として表れた。それればかりか圭は急に女性を意識するようになり、男性としての自分を抑制できぬ苦痛すら感じるようになった。従って圭は妙心寺に現れるその女学生を通して、女性全体に男性としての欲望を感じるようになったということができた。言い換えるならば、その女性を毎日目にしていたため、特にその女学生に強い欲望を感じたということである。

そのような妄想がひどくなると、いくら勉強に熱中しようとしても無駄なことだった。目を閉じて歯を食いしばり、ぐっと我慢するしかなかった。トルストイの『性欲論』を読んで自分を克服しようと努力したが「性欲は悪」だと何度も繰り返す文章が、かえって欲望を刺激、扇動することに仰天した。圭はそのような本を読みながら、妙心寺に現れるその女学生を陵辱する場面を想像している自分自身に驚き、強い嫌悪感に陥った。

ある日のことだった。圭がいつものように木の下に座って本を読んでいると、少し後から現れた女学生が自分の場所には行かずに、真っ直ぐ圭の方へやって来た。手には小さな風呂敷をもっていた。圭は本を読んでいる振りをして下を向いていたが、女学生の接近を全神経で感じていた。

女学生はすぐ前まで来ると足を止めた。白い運動靴の上に、ストッキングを履いていないふっくらとした脛が紺色のスカートへと伸びていた。圭は顔を上げた。

「これよろしかったらどうぞ」

女学生は京都弁特有の抑揚でそう言うと、風呂敷を差し出した。

「それは何ですか?」

そう言いながらも圭は手を出せなかった。

「柏餅です」

柏餅とは朝鮮のソンピョンとよく似た餅だ。

圭は風呂敷を受け取った。だが、その後どうすればいいのか分からなかった。風呂敷を受け取ったままの圭を見て、女学生はじれったいというように圭の横に屈んで座りながら、その風呂敷を再び受け取ると結び目を解いた。白い紙に包まれた物が現れた。紙を開くと、その中には五つの柏餅が入っていた。

「どうぞ召し上がってください。田舎のお祖母さんが作って送ってくれたものです」

そう言うと女学生は風呂敷だけ畳んで持つと、自分の場所に行ってしまった。そしていつものように横顔をこちらに見せた姿勢で座ると本を広げた。

圭は柏餅の一つを口の中に入れてみた。つるつるとして柔らかい感触とともに、小豆をこねて作った餡の香ばしく甘い味が口の中いっぱいに広がった。それほど美味い食べ物を食べたのは、実に久しぶりだった。何よりその女学生が突然見せた好意が、恍惚とするほど甘美に感じられた。

その甘美に酔ったせいか、圭はその紙包みを手に立ち上がると女学生の側に行った。圭が前に立つと女学生は眩しそうに圭を見上げた。平凡な顔だったが、白い肌と眩しそうに細めた目がかわいらしいと思った。

「一人で食べるのが惜しくて」

圭は恥ずかしそうに言った。

「私は家でたくさん食べました」

女学生はそう言いながらも、圭が座れるくらいの場所を空けて座り直した。

「さあ一緒に食べましょう」

圭は座りながら紙包みを広げた。

「私はたくさん食べてきたんです」

「いいえ、一緒に食べましょう」

「それなら一つだけいただきます」

女学生は柏餅を一つつまみ上げた。

「いえいえ、四つあるんだから二つずつ食べましょう」

「それはだめです」

「でも僕が三つ食べることになります」

「私は家で食べてきたと言ってるじゃないですか」

食べている間、言葉はなかった。蝉時雨が盛んに聞こえた。圭は二つ目を食べ終わると、こう言った。

「私たちの朝鮮の諺に、二人で食べていて一人が死んでも気づかない、という言葉があります。この言葉はまさしく今のようなことを言うのだと思います」

「まあ、それなら学生さんは朝鮮人？」

「そうです」

女学生はとても驚いた様子だったが、その驚く仕草が大袈裟すぎたと思ったのか、

「三高にも朝鮮人の学生さんがいるんですか？」

と質問を変えた。

「もちろんです」

「何人くらいですか？」

「七、八人いますよ」

「そうですか」

長々と感嘆する様子を見ると、三高に朝鮮人学生がいるということが、その女学生にとっては大発見だったようだ。

「三高という学校はとっても優秀な学校なんでしょう？」

「大したことはありません」

「いいえ、みんなそう言ってます。秀才の中の秀才でなければ入ることのできない学校だって。一高の次に立派な学校だそうですよ」

「大したことはありませんが、一高よりは優秀な学校ですよ」

一高の次にという言葉が気に障り、圭はそう言った。三高の学生たちは三高が一高より劣っているとは誰も思っていなかった。事実そうでもあった。だから一高の次という社会の通念には、皆が猛烈に反発するのだった。

「一高の次という言葉がそんなに嫌いですか？」

女学生は圭の気持ちを理解した様子だった。

「番号というものは優劣とは関係がないものです。一番地が二番地や三番地より優れているということはないじゃないですか」

「それはそうですね。とにかく私も男だったら三高に入ろうとしたでしょうに……でも男だったとしても三高には入れなかったと思います。とっても頭が悪いから」

「頭が悪いんですか？」

「どうしようもないほど悪いです」

「悪いと自覚しているんだから、そんなに悪いことはないと思いますが……ところで今はどこの学校に通っているんですか？」

「府立第一高女です」

「府立第一といえば女子中等学校の中ではかなり難

しい学校じゃないですか？どうして頭の悪い人が：：：」

「だから不思議なんです。試験は滅茶苦茶だったのに、合格したんですから。どう考えてもとってても目の悪い先生が採点したとしか思えません。誰かの答案と間違われたのかも知れませんし」

「謙遜でしょう」

「いいえ、家の母もそう言ってます。時々どうしてこんな間の抜けた子が第一に入れたのかとけなされます。やっぱり節子は人の答えを見たんだろうと」

「面白い話ですけど、そんなことあり得ないと思いますよ。ところで名前は節子とおっしゃるんですか？」

「木下節子です」

「私は李圭《イギュ》といいます」

「李氏朝鮮というあの李氏ですか？」

「そうです」

「それなら王族？」

「とんでもない。李氏は李氏でも、王族の李氏とは家柄が違います。朝鮮に行けば、砂浜の砂の数ほど多いのが李氏です」

「支那人の姓と同じですね」

「その通りです。人種的には中国に近いと思います。朝鮮人は」

「朝鮮に一度行ってみたいわ」

節子は遠くに視線を送りながら言った。

「行っても仕方ありませんよ」

「どうしてですか？」

「朝鮮に行っていつも目に付くのは日本人でしょうから」

「そんなに日本人が多いのですか」

「日本人が日向を全て独占して住んでいます。朝鮮人は日陰で暮らして」

節子は圭の言葉を理解したのだろうか、曖昧な笑みを浮かべた。

話題は圭の学校の話に戻った。

夕刻になって、ようやく二人は立ち上がった。

正面門を並んで出てくると節子は圭の下宿を尋ねた。圭は大体の位置を教えて節子と別れた。

なぜか物寂しい気持ちになった。

六

その翌日、節子はもうその場所に来ていた。圭と節子は軽く挨拶を交わした。

圭は自分の場所に行き、腰を下ろした。本を広げてみたが、活字に精神が集中しなかった。池の方に目をやったが、その日に限って亀は見あたらなかった。

節子も同じ気分だったのか、辺りをうかがうと立ち上がり、圭の方へやって来た。

圭は節子が手にしていた本を見た。ピエール・ロチが書いた『氷島の漁夫』の翻訳版文庫本だった。圭は節子も岩波文化人だなと思って、心の中で笑った。岩波文化人とは当時、知識層に広まっていた言葉だ。岩波出版社が発行する文庫は、東洋の古典はもちろん西欧の名作も大量に翻訳版を出していた。原書を読めない人々は、大概この岩波文庫を通して西欧の文化に触れていた。つまり大部分の読書人たちは岩波文庫を読んで西欧文化を論じていた。原書を読むことのできる人たちは、そんな現象を皮肉って岩波文化人という言葉を生み出した。従ってこの言葉には若干の軽蔑の意が込められていた。

しかし、いくら有能な知識人でも西欧の言語を全てマスターすることはできないのだから、突き詰めてみれば知識人全てが岩波文化人の範疇から抜け出せることはなかったのだが、外国語を知らない人に対する冷笑的な空気の中、この言葉は広く流布していた。高等学校の学生の努力は端的に言って、岩波文化人の枠から抜け出そうとすることにあった。だから自分と関係のない外国語で書かれた作品は躊躇うことなく翻訳版を読んだが、自分が専攻している言語分野の本は極力翻訳物を読まないようにする傾向があった。そのため『氷島の漁夫』は書店でしばしば見かけていたが、圭はいまだに読んだことがなかった。

圭は節子からその本を受け取ると、パラパラとページをめくりながら聞いた。

「小説が好きなんですか？」

「小説の他に読むものがあるのですか？」

圭はページをめくりながら、巻末にある解説に視線を止めた。訳者である吉江《よしえ》喬松《たかまつ》が直接書いたその解説におかしな部分があった。

「ピエール・ロチ、本名はジュリアン・ヴィアード（Ｊｕｌｉａｎ Ｖｉａｕｄ）……」

となっているが、圭のわずかなフランス語の知識をもってしても、Ｖｉａｕｄのｄは発音せずに「ヴィヨ」と読まなければならないはずだった。

圭は自分の知識を誇示するかのように、その部分について説明した。

「フランス語の大家吉江先生がこんなミスをするなんて」

「そんなことがあり得るのですか？吉江喬松先生はフランス文学では日本屈指の学者ですよ」

節子は圭の言葉が信じられない様子だった。

「いいえ、大家だってミスはします。特に明治時代の学者たちは外国語を読解することに主力を置いて、発音には神経を使わなかったようです。例えば英語でｃｏｍｅ ｈｅｒｅというのをコメヘレと読んで、ｋｎｉｆｅをクニフェと読んだというそうです」

圭がそう言うと、節子は大笑いした。

「コメヘレですって？本当に面白いですね」

「そう読んでも正確に理解していたのですから、大したものではありませんか。ところでこの小説面白いですか？」

圭は話題を変えた。

「悲しいお話です。お祖父さんが溺れて亡くなった海で、父が溺れて死に、さらにまた息子が溺れて死んで……こんな悲しい話が他にありますか？」

節子は本当に悲しそうな顔をした。

「祖父が出かけていって死んだ戦場に、父が行って死んで、その戦場に、また息子が行く……今はそんな時代ではありませんか？その小説より今の現実がもっと悲しいものだと思いますが」

「そうです。本当にその通りです」

節子は声を詰まらせた。

「だからといって泣くことはないじゃないですか」

圭はからかうような口調で言った。

「私の父が戦地に行ってます。体が弱いんです。それなのに」

「今、どこにいらっしゃるのですか」

「北支にいるそうです」

しばらくの間、言葉が途切れた。蝉の声が耳元に響き渡った。

「殺し殺される戦争をなぜみんなはするのですか」

節子がぽつりと呟くように言った。

「そうですね」

圭が知りたいのは、まさしくその問題だった。戦争をなぜしなければならないのか。誰もが皆生きるために必死にあえいでいるのに、互いに殺し合う悲劇がなぜ存在しなくてはならないのか。

「戦争をすれば得をする人たちがいるからでしょう。そんな人たちが戦争を起こすのではないですか」

圭は「死の商人」という本を読んで感じたことを話してみたが、その本の中の死の商人と日本の軍部との関係をうまく説明することができなかった。

「戦争はいつ頃終わるのでしょうか？」

節子が尋ねた。

「そうですね」

「また、そうですねですか？」

「戦争はこれからが始まりのようです。ですから終わる日なんて分かりません」

「とにかく悲しいことでしょう？」

「何がですか」

「殺し合うことです」

「生きるということは死に向かって進んで行くということです。今更悲しがることはないでしょう」

圭は自分自身、おかしなことを言っていると思いながらもこのように言ってしまった。

「まあ、死ぬことが悲しくないのですか？」

「死ぬことが問題なのではなくて、どのように死ぬか、それまでどのように生きたかが問題ではありませんか」

「とっても哲学的ですね」

「哲学ではなく常識です」

再びしばらくの間話が途切れた。そして、ふと気がついたかのように節子が聞いた。

「そうだわ、高等学校では哲学を教えるそうですね？哲学って何ですか？」

「僕にも分かりません」

「習ったことを教えてください」

「まだ一年生の一学期も終わっていないのに、いくらも習っていません。それに高等学校で教わる哲学なんて初歩の初歩ですよ」

圭はひそかに自分の知識を披露したい誘惑に駆られた。

「タレスという人が人類最初の有名な哲学者といわれています。約三千年くらい前の人です。そのタレスが天体の原理を探ろうと空を見ながら歩いていて、地面に掘られた穴に落っこちたそうです。それを見て、水を汲みに来ていたミレトスの娘が大笑いをしたそうです。天の理を研究する人間が、すぐ足下の落し穴に気づかなかったのですから、おかしな話でしょう」

「その教訓は？」

「人類最初の哲学者が無学の娘に嘲笑されたということ：：：」

「それだけ？」

「素朴な生活人の立場から見れば、哲学者なんて自分の目の前のことさえ処理できないくせに、迂遠なことばかり考えている愚かな存在だという意味もあると思います」

「如才なく目の前のことばかり片付けている人より

も、そんな世間ずれしていない純粋な人がいいじゃありませんか？」

　節子の言葉は意外だった。圭はまじまじと節子を見つめた。

「私はうぶで純粋な人が好きです」

　節子はもう一度そう言った。

　話題は再び小説の話になった。節子はかなりたくさんの小説を読んでいた。小説に関する限り、圭は節子の話についていくことができなかった。


　圭と節子が妙心寺で午後の時間を一緒に過ごす日が何日か続いた。圭にとってその時間は妙な圧迫を感じさせる時間でもあり、満ち足りた時間でもあった。

　そんなある日だった。節子は、

「私の家に遊びにいらっしゃらない？」

と言いだした。

「家にですか？」

　圭は躊躇った。

「父は出征してますし、母はお花の先生で毎日のように家を空けてます。だから家にはお手伝いのおばあさんと私しかいません。明日の午後遊びに来てくださいい。土曜日ですし」


　それでも圭は決心が付かなかった。圭は自分の下宿の他には、まだ一度も日本人の家を訪問したことがなかった。

「母は明日、お花の例会があって、夜遅くにならなければ帰ってきません。気を遣う人は誰もいませんから、是非来てください」

　そのように丁寧に誘われては断ることができなかった。午後三時くらいに行くと約束した。

　木下節子の家は妙心寺の塀から東向きに十メートルほど入った路地にあった。その路地に入ると一切の音響が消えてしまった。電車の音はもちろん、自動車の音も子どもたちの声も聞こえてこなかった。妙心寺の蝉の声が微かに聞こえてくるだけだった。路地の家々は初夏であるにもかかわらず、格子窓をしっかりと閉め、全く人気がなかった。無人の路地という感じさえした。

　節子の家は藤蔓の這った黒い板塀に囲まれた、屋根の低い家だった。圭は「木下」という表札の掛ったしおり戸の外から「ごめんください」と小さな声で呼んでみた。ところがその声が、意外にも大きく響いたので、圭は仰天した。

　待っていたように玄関の門を開ける音がして、続いてしおり戸が開いた。白地に紫陽花が描かれた和服を着た節子は、女学校の制服を着ているときには感じられなかった大人の女性を感じさせた。丸く白い顔が、艶やかな白い一輪の花のように笑っていた。

「さあ、お入りください」

節子は恭しく頭を下げた。しおり戸から玄関までの三、四坪ほどの庭に、夏の花々が満開だった。

圭は節子の部屋に通された。

大きな書架に本がぎっしり入っていて、その書架の横に色とりどりの人形を陳列した棚があった。

「人形がお好きなようですね」

圭は挨拶代わりにそう言った。

「人形は性格がはっきりしているんですよ。人形は人形どうしで社会生活をしています。これを見て。これが牛若丸で、これが弁慶です。こうして人形たちが集まって、悲しい伝説を描き、平安朝のドラマを生み出しているんです」

人形の話をするときの節子は美しかった。清純な少女と成熟した女性が交互に現れ、奇妙な雰囲気を醸し出していた。

「楽に座ってください。そんなに堅苦しくなる必要はありません」

節子はそう言って外に出て行くと、トマトと苺を盛った盆とサイダーを持ってきた。そして相変わらず正座をしている圭を見ると、笑って言った。

「楽に座ってくださいってば。今、家に誰もいません。お手伝いのおばあさんもお使いに出かけました。夜まで帰りません」

圭は急に周囲の空気が重くなるのを感じた。息苦しくなった。膝を崩して座ってみたが、胸が高鳴り始めた。喉の渇きを覚えた。サイダーを飲んだが、その乾きは癒されなかった。

「苺どうですか？」

節子が勧めるままに苺を取ろうとするのだが、なぜかフォークの先が震えた。節子は圭に故郷の話を聞かせて欲しいと言った。圭は一瞬、故郷の風景を脳裏に描いてみたが、話題になるような話を思い出すことができなかった。それで、

「ただ平凡な山があって、野原があって、村があるだけです。話になるようなものは何もないです」

と、口ごもった。

「学校ではフランス語をなさっているんでしょう？」

節子は話をつなぐためにそう言った。

「フランス語を学んで何をなさるつもりですか？」

「そうですね」

圭は頭をかいた。圭は漠然とフランス文化に憧れを感じていたことと、学問の手段としての日本語か

ら早く解放されたいという思い以外には何も考えていなかった。

「そうですねが答えになりますか」

「またそうですね」

「くせになったみたいです」

「フランス語って難しいんでしょう？」

「別に」

「秀才だから難しいものなんてないんでしょうね。ところでフランス語は外交語だそうですけど、将来外交官にでもなられるつもりですか？」

「外交官！」

圭は我知らず呟いた。日本人にはそんな職業もあったんだなという感慨だった。

しかし圭はそんな会話をしながらも全く上の空だった。全身がねじれるようであり、喉の渇きはさっきよりもひどくなった。それだけでなく急に便所に行きたくなった。けれども便所という言葉を言い出すのが憚られた。

圭が手を付けないでいるトマトを、節子が一切れ摘んで圭の近くに置いてくれたが、その動作に合わせて束ねられた節子の髪が圭の胸元をかすめた。圭は、ぐっと節子の肩を抱きしめたい衝動に体をびくりとさせた。それ以上到底耐えられそうもなく、圭はすくっと立ち上がると目をきょろきょろさせた。

「どうなさったの？」

節子の目は笑っていた。圭はもじもじしながら、やはり目を泳がせた。

「お手洗いをお探しでしょう？」

「はい」

「その障子を開けて、右の方に行ったところにあります」

圭は小便を終えても、ぼんやりその場所にしばらく立っていた。どう考えても醜い自分が情けなかった。純真な少女の好意を動物的な欲望で受けとめるなど、あってはならないことだという自責の念が匕首のように胸を刺した。

便所から戻ると、圭は立ったまま、

「これで失礼します」

と挨拶した。

「どうしてです？どこかお悪いんですか？」

節子は慌てて立ち上がった。

「いいえ、突然用事を思い出したので」

そう言うと、圭は玄関の方へ歩いていった。

「せっかくの土曜日なのに。いいお話を聞かせていただこうと思ったのに……」

節子は残念そうに、圭の横に寄り添った。圭の胸は再び高鳴り始めた。

路地に抜け出して、圭はようやく胸をなで下ろすことができた。

それからというもの、圭は妙心寺に行くことを躊躇った。知らず知らずに妙心寺に向かう足を無理矢理引き返し、町の喫茶店でぼんやりと時間をつぶし、その後は下宿の部屋に引きこもって憂鬱な時間を送った。その頃、圭は日記に次のように記録した。

「花園の季節は過ぎ去った。私はこの花園町を立ち去らなければならない。花園町は私にとって、すでに花園ではなく妄想の地獄と化してしまった。妄想！この性悪な動物的妄想を克服しなくては私という存在は不可能だろう。学問も真理も、この凶悪な妄想をそのままにしておいては決して実を結ぶことはない」

このように記録している瞬間にも、圭は節子の裸体を想像して興奮した。

一週間ほど過ぎただろうか。学校から帰ってきた圭は、郵便局の消印のない一通の手紙を受け取った。桃色の封筒には圭の名前だけがあり、差出人の名前はなかった。圭は直感で、それが節子から来たものだと感じた。

机の前に座って、その封筒を開いた。次のような簡単な手紙だった。

「李圭さんがあんなに小心者だとは思いませんでした。私は李圭さんが望むのなら、全てを捧げる覚悟でした。遠からず全世界が粉々に崩れ去ろうとしているのに、惜しいものなど何もありません。愛とはまた違った感情です。もし私をお望みなら、次の土曜日にもう一度私の家に来てください。私はもう妙心寺には行きません。ですから私を意識せずに貴方の友だちの亀のところに行ってあげてください。寂しいです。悲しいです。学校に行くのも嫌になりました……」

七

一九四〇年六月二十二日

日曜日だった。圭はその日の午後を大阪城で過ごした。木下節子の再三の誘いを断ることができなかったのだ。

京都で休日を過ごすなら、比叡山や嵐山に登るか琵琶湖へ行くのが常識だ。ましてや夏が盛りに向かう六月下旬の暑さの中、大阪へ遊びに行くのは常識外れのことだった。

「常識的に誰もが行くような所は、知っている人に会う危険がありますから」

節子の意見には一理があった。

京都と大阪の間は京阪を利用しても、新京阪を利用しても、電車で一時間しかかからないにもかかわらず、至極対照的な面を持っていた。

京都は森の中で夢を見ているような都市だ。ある詩人は夢と陰の都市だと言った。夢のように美しく、陰のように静かだという意味だ。しかし、その中で暮らしているときには、そのような実感を持つことはできない。夢のように美しい都市も煩雑な人間関係によって支えられているのであり、陰のように静かといっても人々の暮らしから生み出される騒音を避けることはできないからだ。

だからその中にいては、夢と陰を感じることができない。

ところが一旦京都を離れ、大阪の雑音の中で京都を思えば「夢と陰」の意味が鮮明に浮かび上がってくる。京都が夢と陰によって描かれた風景画だとすれば、大阪は広々と果てしない屋根の波だ。風景だけでなく人の表情も違って見える。行動ももちろん違う。京都では人々はゆっくりと歩く。大阪では皆、何かに追われる者のように歩く。

言葉もそうだ。同じ関西弁だからアクセントのきつい点はよく似ているが、京都弁は言葉の端々が柔らかい曲線を描いてつながっているのに対して、大阪弁のそれは割れたガラスの破片のように荒々しかった。同じ言葉でも京都人が使えば愛を囁いているように聞こえ、大阪人が使えば口論をしているように聞こえた。

「京都と大阪は全然違いますね」

圭は思った通りに感想を述べてみた。

「違うでしょう。こんな話があります。京都の電車では車掌とお客が話をしていて、その話が終わる前に停留所に着いたときには、車掌は電車を止めたままお客と最後まで話を続けます。ところが大阪の電車はお客が降りようと一歩足を出したとたんに出発してしまうそうです」

「それじゃ人が怪我をしないのですか？」

圭が笑って尋ねた。

「大阪人はそれほどせっかちだという話でしょう」

散文的で気怠い街を歩いていると、このような意味のない話しか出てこなかった。暑さは増すばかりだった。路地一つを通り過ぎるごとに氷屋に立ち寄らねばならなかった。

「氷水を飲みに大阪に来たようなものですね」

圭が言った。

「ごめんなさい。こんなことになるとは思いませんでした」

大阪に行こうと言った節子は消え入るような声で言った。

「謝ることはありません。僕も大阪にはいつか来てみたいと思ってましたから」

こう言ったが、圭は若干ふてくされていた。

節子は、大阪に来れば圭と二人きりで過ごせる時間と場所を容易く見つけることができると考えていたようだが、まだ未成年の身分では旅館に入ることもできず、仕方なく街をぐるぐる回って、氷屋に立ち寄るという情けない行動を繰り返すしかなかった。

「大阪城にでも上ってみますか」

道頓堀の路地裏の食堂で昼食を食べ、このまま京都へ帰るかどうか思案した末に節子が言った。

「そうしましょう」

圭は簡単に応じた。

大阪城ー
改修されて十年しか経たないという大阪城の天守閣は、いくつもの三角形を組み合わせた形で中天に聳え、その白壁が夏の太陽に眩しく反射していた。

見上げたまま、しばらく我を忘れるほど不思議な造形だった。東西南北どの方角から見ても大中小の順序で三つの三角形が積み重ねられていて、一番上の三角形の頂点が尖塔になっていた。石垣の上に五層、層ごとに銃眼または監視窓とみられる長方形の空洞が開けられていた。

(城とは何なのか)

その昔には明らかに攻守の意味があった。そして示威の意味もあったし、人々の実生活と結びついていた。けれども今は実際の意味は消え、遺物の役割だけが残った。ある一時期には命と引き替えるほど重要なものだったのが、わずかな歳月が流れただけで単純な観光名所となってしまった。

(歴史とはそういうものではないのか)

圭は大阪城を見て歴史を実感した。しかしそれ以上思考を広げることはできなかった。

天守閣のてっぺんから目を離し、城門の前に立てられている掲示板を読み始めた。その掲示板には大阪城の由来が記されていた。

一五三二年、本願寺の僧侶 證如《しょうによ》が初めて城を築いたといわれる。

その後織田信長の手中となり、次いで豊臣秀吉の所有となった。一五八五年、豊臣秀吉は全国から数万人の人夫を動員して大々的に増築した。そのときの規模は総面積百万坪を超えた。

さらに後、城は徳川家康の手に移った。一六六五年に落雷を受け消失したものを一九三一年に復元した。石垣の高さは十四メートル、その上に築かれた天守閣の高さは四十二メートル…内部は九層…

内部には頂上まで上がれるエレベーターが付けられているが、戦時という名目で一般人の昇降を禁じていた。

「貴方は徳川家康が好き？豊臣秀吉が好き？」

圭に並んで掲示板を読んでいた節子が突然聞いた。突然ではあったが、それは歴史を学ぶ学生の間で絶えず交わされる議論であった。

圭はそれには答えず、

「節子さんは？」

と聞き返した。

「私は徳川家康」

節子は迷うことなく言った。意外だった。圭は今まで豊臣秀吉より徳川家康を好きだという人に出会ったことがなかったからだ。圭自身も豊臣秀吉は朝鮮を侵略したが、徳川家康よりは豊臣秀吉に魅力を感じていた。だから、

「本当に？」

と再び聞いた。

「本当よ…」

節子は言葉を濁すと、悪戯っぽく口を閉じた。

「おかしいなあ」

圭は呟いた。

「豊臣秀吉は朝鮮征伐をしたじゃない？」

節子のその言葉で、圭はその真意が分かった。圭は笑って言った。

「僕が朝鮮人だからといって無理する必要はありませんよ。三百年前のことを根に持つほど僕は純粋でもないし、敏感でもないですから」

「それだけじゃないです。私は先が見えない、そんな人間は嫌い。度が過ぎた潔癖症の人も嫌い。タヌキだの、陰険だの、ふてぶてしいだの、不気味だのと言われても徳川家康みたいな人間が好き。国史の中で一番日本人らしくない人物が徳川家康なの。一番日本人らしくない人間が三百年間支配する基盤を作ったのよ。今だってそうだし、これからもそうだわ。日本で成功する人は絶対日本人らしくない人のはずだから見ていてください」

圭はこのような話をする節子をまじまじと見つめた。女学生らしからぬ言葉というだけでなく、それ

こそ日本女性らしくない言葉だったからである。

「どうしてそんなに見つめるの？私の話がおかしいですか？」

「いえ、とても珍しい話だったから驚いているんです。ところで日本人らしいというのはどういうことですか？」

圭は掲示板の後ろにあるベンチに腰を掛けながら尋ねた。節子も並んで座った。そしてこう言った。

「説明しなければならないですか？日本人といえば思い浮かぶことがあるじゃないですか。天皇陛下といえば大人しくなって、正直なことが一番の美徳で、竹を割ったように明快で、上司の命令に絶対服従で、せっかちで侮辱されれば自殺して……嘘つきで、ふてぶてしい人間たちが踏み台にするのにはもってこいの性格じゃない？えさにして悪人が肥え太るのにいい材料でしょう？私は美徳だけを大事にして他人のえさになる人間よりも、他人をえさにして利用する悪人を好きになるつもりです」

圭はただただ驚くだけだった。

「そんな思想を何処で教わったのですか？」

そう聞くのがやっとだった。

「スタンダールから学びました。バルザックからも学んだし」

圭は二の句を継げることができなかった。圭は高等学校の学生である上に、フランス語を学んでいたのだが、スタンダールやバルザックの作品をただの一つも読んだことがなかった。そればかりか節子のそんな大胆な言葉に対して、是非を論じる見識もなかった。

しかしそんな事実を正直に吐露することは、圭の自尊心が許さなかった。天下の高等学生が中学校の女学生にも劣るということはあってはならないことだった。圭は話題を避けることにして、城について先刻考えていたことの一部を話してみた。

「城は歴史だ。すてきな言葉ですね」

と言いながら、節子は考える素振りをしていたが、

「でも、城を建てる努力は歴史でしょうけれど、焼けて失った城を、城自体の目的はなくなってしまったのに、復元するということは歴史でもなく文化でもないでしょう？私はそんな真似は軽蔑します」

と心底蔑むように言った。

「復元作業を軽蔑するんですか。それなら歴史の遺物を軽蔑するってことですか？」

「復元がどうして遺物といえるの？遺物は廃墟です。廃墟こそ残すべきです。豊臣秀吉と徳川家康が死闘を繰り広げた痕跡、それが残ってこそ歴史の遺物と

なり得るんです。その廃墟に新しい家が建ってもいいし、そのまま保存してもいいし……歴史の過程で失われたものを無理矢理作り出すことは歴史の逆行です。どれだけよくできていたとしても、そんなもの不潔だわ」

「鑑賞の意味もあるし、教育の意味もあるはずだけど……復元には」

「鑑賞や教育のためなら博物館の隅にその地図と一緒に模型を作っておけばいいじゃないですか。土と石と木で造られていた城を鉄筋コンクリートで復元したって、鑑賞の対象にも教育の対象にもなりません。わずかな人間の復古趣味のために、巨額の国庫金を浪費しても構わないという考え方には納得がいきません」

圭は苦笑いするしかなかった。

「私が生意気すぎると言いたいのでしょう?」

と節子は圭が話をする暇も与えなかった。

「私は生意気で、軽薄で、うるさくって、ひねくれた女になるつもりです。つまり最悪の女になりたいの。でも周りがそんなこと許さないでしょうね」

「とんでもないことを考えているんですね」

「とにかく私はとんでもない女になりたいんです。コロンタイみたいな女、でなければリューバーみたいな女になりたい」

コロンタイもリューバーも圭は知らなかった。圭は恥を忍んで彼らが誰なのかと尋ねた。

「コロンタイを知らないんですか?リューバーも知らないんですか?」

節子はからからと声を上げて笑った。近くを歩いていた観光客たちが、その笑い声に一斉に振り向いた。「あちゃ」という表情で節子はうつむいた。口では何と言おうとも、恥ずかしがり屋の娘であることには違いなかった。圭はからかうように小声で言った。

「とんでもない女になる素質は十分にありますよ。恥ずかしがり屋で、とんでもない……それはそうとコロンタイは誰ですか?リューバーは誰ですか?」

「知らないわ」

節子は口をとがらせた。すねた節子の顔から視線をそらしたとき、圭は前から歩いてくる朝鮮人の老婆二人を見つけた。生粋の朝鮮服、朝鮮服の中でも古典的ともいえる、糊をぱりぱりにきかせてチマを風船のように膨らませた麻の服を着た二人の老婆が、学生風の青年に連れられて鷹揚な足取りでゆっくり近づいていた。圭はなぜか動揺した。そして動揺している自分を見守るもう一人の自分が、そんな自分を非難するのを自覚した。

（ここで同族の老婆に出会うことが、どうしてこれほどお前を動揺させるのか。それが何によるものなのか）

　圭はつま先に視線を落とした。

八

　圭の視線は二、三メートル先を通り過ぎている老婆たちのコムシン［ゴム靴］を追っていた。黒い色が埃を被って黄色くなったコムシン！圭は胸が詰まるのを感じた。故郷で見ていたときはいつも何気なしに、道端の石ころのように自然に見ていたものが、大阪城で日本人に囲まれて見たときに、どうしてこんなにもみすぼらしくグロテスクに見えるのだろうか。

「母さん、壬辰倭乱《イムヂンウェラン》知ってるでしょう？あの壬辰倭乱を起こした奴がこの城を建てたんです。ところでこれは……」

　二人の老婆を案内している青年は、周囲の人々には構うことなく朝鮮語で闊達に説明していた。その言葉の訛は、明らかに圭の故郷の訛と同じだった。そのせいか、学生の声がどこかで聞いたことのある声のように感じられた。圭は顔を上げ、その学生を見た。制服から見て大阪高等学校の学生だった。

（大高に朝鮮人が入るのはかなり難しいはずだが……）

　圭はそんなことをちらりと考えながら、その学生の挙動を見守った。学生は母を案内するのが嬉しくて仕方がない様子だった。

「母さん、叔母さん、これを見てください。あのてっぺんの部分は、何年か前に新しく造ってくっつけたものだけど、石垣は四百年前のものそのままだそうです。石一つが力自慢三、四人で持ち上げて、やっと持ち上がるくらい重いそうです」

　老婆たちは学生が指さす石垣と学生の顔を交互に見比べながら口をあんぐりと開けていた。

　圭はその老婆の顔に見覚えがあると思った。どこかで確かに見たことのある人たちだった。そう思ってみると、学生もどこかで見たことがあるようだった。

　見たとすれば故郷に違いない。圭は彼らを子細に観察した結果、その学生が普通学校の同級生高完石《コワンソク》に似ていることに気がついた。

（だけどあの高完石が大高の学生？）

そんなことは信じられなかった。彼の家の貧しさを思えば、高完石が上級学校に進学するなど考えられなかった。圭は高完石が日本のどこかで職工暮らしをしているという噂を何年か前に聞いたことがあった。だから目の前の学生が他人のそら似かとも思えた。だが老婆たちにも見覚えがあり、そのまま黙って見過ごすことができなかった。圭はベンチから立ち上がった。そして節子が後について立ち上がろうとするのを押し止めた。

「知り合いのようなんだ。挨拶してくるから」

圭が彼らのいる方へ近づくと、こちらを振り向いた大高の学生が先に大声を上げた。

「おい、お前、圭じゃないのか？」

「完石なのか？」

二人の学生は肩を抱き合って喜んだ。周囲にいた観光客たちは、高等学校の学生が肩を抱き合い、大声で朝鮮語で話している光景を珍しそうに眺めていた。

「母だ」

そう言うと高完石は、

「母さん、両班《ヤンバン》のお宅の圭じゃないですか」

と圭を自分の母に紹介した。

圭の故郷では、圭の宗家が両班出身であったため、圭のことも同様に扱った。

圭は丁寧に挨拶した。

「まあまあ、こりゃ両班の青秀《チョンス》の息子じゃないか」

完石の母は圭を眩しそうに見つめながら、

「お父さんそっくりじゃないか」

と言って圭の手を握った。

「いつ大阪にいらっしゃったのですか？」

自然と出てくる故郷の訛で圭が尋ねた。

「一昨日着いたんだよ。完石がしつこく来いって、旅費まで送ってよこすもんだから。一人じゃ退屈だろうって、叔母の分まで」

圭は完石の叔母にも挨拶をした。挨拶をしながら、圭は完石が学生の身分でありながら、どうして母と叔母を呼び寄せることができるのかと不思議に思った。

「さあ、それなら一緒に帰って晩飯でも食おう」

完石が言った。圭は節子のことが気になって断ろうかとも思ったが、せっかく出会った高完石と話をしたかった。どうやって高完石が大高の学生になれたのかとても興味があった。

職工暮らしをしていると聞いていた高完石が、大高の学生として現れたということ、その事実だけでも奇跡としかいいようがなかった。大阪高等学校といえば、人口六百万を超える大阪でも一番の学校ではないか。圭はその内幕を今すぐにでも知りたかった。

圭は節子のもとに戻ると、

「あのおばあさんたちは故郷から来た人たちで、あの学生は国民学校のときの同級生なんだ。五年ぶりに会ったから、今日は一緒に食事でもしなければ。だから今日は先に京都に帰るようにしてください」

と事情を説明した。

「そうするわ」

節子は素直に応じた。そして、

「九時ちょうどに上六の停車場で待っていますから、その時間に戻ってこれるようでしたら一緒に帰りましょう」

高完石は国民学校の頃から、すでに特殊な子どもだった。

父親は完石が三歳のときに亡くなったそうだ。母親に残された財産といえば、三マヂギの小作地だけだった。二人兄弟の兄は九歳で他人の家の作男となった。だから完石は国民学校にさえ通うことのできない境遇だった。ところが高完石が非常に聡明な子どもだったため、兄は何としても弟を国民学校に通わせたいと必死に働いた。

圭は高完石が月謝を払えないために、時々教師に殴られていた光景を記憶している。だから学用品も思うように用意できず、教科書はいつも誰かのお古を譲り受けていた。しかし完石は、そんな貧しさを少しも苦痛に感じていない様子だった。ぼろをまとっていても、いつも闊達としていた。他人の本をのぞき込みながら授業を受けていても、卑屈なところがなかった。

圭は次のような場面を今でも覚えている。ある日のことだった。先生が完石を呼び止めた。

「お前月謝を三ヶ月もためてどうするつもりだ?」

「はい」

と高完石は力強く答えた。

「次の市は日曜日です。僕が今日までに集めた薪が三束あります。それを売れば月謝分になるはずです。ですから月曜日には、たとえ一ヶ月分でも月謝を持ってきます」

「こいつ、市場まで三里以上もあるのに、三束の薪をお前がどうやって持っていくんだ?」

先生が尋ねた。

「心配ありません。背負子を三つ借りてきて、順番に背負っていけば大丈夫です。九里歩くつもりでいればいいんです」

十歳になるかならない少年が、重い薪を三つの背負子に積んで、それを次々に背負い九里の道を歩くというのだ。そんなことを実に屈託なく言ってのけるので先生も驚いた。

「お前、本当にそうするつもりなのか?」

先生の言葉が柔和になった。

「はい」

一瞬教室のが静まりかえった。何とも形容しがたい感動だった。

「授業が終わったら教務室に私を訪ねなさい。高君!」

先生はそう言って授業を始めた。

高完石の逸話はこれで終わらない。雪が野や山を覆う冬の日だった。学校から峠を二つ越えたところにある村に住む高完石は、まるまる一時間遅刻した。当時の担任教師は鄭学祚《チョンハクチョ》という人だったが、子どもたちの品行管理にはとても厳しい先生だった。些細な過ちでも体罰を加えることを常としていた。そのため一時間も遅刻した高完石が鄭先生の制裁を受けるのは間違いなかった。

二時間目が始まろうとするその瞬間、高完石が戸をがらがらと開けた。高完石は寒さで真っ青になった顔をして現れた。それでもその瞳はきらきら輝き、少しも疲れた様子はなかった。

鄭先生は教室に入ってきた高完石を睨みつけ、

「この野郎、一時間も遅刻をするとは。雪なんて理由にならん。雪がお前にだけ降っていたのではないんだからな」

と怒り声を上げた。

しかし高完石の答えは堂々としていた。

「あまりにも雪道が滑って、一歩前に踏み出すと二歩後ろに滑ってしまいました。それで……」

「こいつめ、一歩前に踏み出して二歩後ろに下がったのなら学校に来られるわけがないだろう」

「はい、その通りです。それで仕方なしに家に向かって歩きました。そうやってやっとのことで学校に来ることができました」

厳格な鄭先生もぷっと吹き出してしまった。教室内にどっと笑いが起こった。

「家に向かって歩いただと?もういい、席に座れ」

鄭先生の指示を受けて、高完石は凱旋将軍のように自分の席に座った。

六年生になり正規の授業が終わった後に、上級学校に進学する子どもたちのために補充授業が始まった。五十数人の子どもたちの中で十人前後が残った。

高完石は補充授業に参加することはできなかったが、いつも一緒に掃除を手伝い、補充授業が始まる時間になると、

「勉強がんばれよ、俺は山に木を切りに行く」

と言い残して帰っていった。

　国民学校を卒業するころだった。担任教師が子どもたち一人一人を呼び出して卒業後の志望を聞いた。

「中学校に行くつもりです」

「農業学校に行くつもりです」

「家で農業を手伝います」

「邑内にある叔父の店で働きます」

と各自話したが、高完石だけは、

「僕は日本に行くつもりです」

と言った。

「日本に行って何をするんだ？」

　先生が聞き返した。

「日本に行って、勉強しながらお金を稼ぎます」

「自信はあるのか？」

「あります」

「よし、高君ならどんな仕事をしても成功するだろう。その自信を忘れるなよ」

　先生の言葉は慈愛に満ちていた。

「ありがとうございます」

　高完石はぺこりとお辞儀をして座った。

　五年前、山里の国民学校の教室での、その場面が鮮明に圭の脳裏によみがえった。

「お前ずいぶん変わったな」

　猪飼野《いかいの》という同胞密集地区にある朝鮮人食堂の片隅に座ると、高完石はこう切り出した。

「変わったのはお前だ……ところでお前、卒業した後すぐに日本に来ていたのか？」

と圭は聞いた。

「卒業して一ヶ月後ぐらいか、兄貴が小作で稼いだ金二十円をくれたんだ。その金と近所の人で大阪に来ている人の住所を書いた紙切れ一枚持って渡ってきた」

「息子を一人で送り出すなんてどれほど心配したか」

　完石の母は、そのときの気持ちを思いだしたのか、大きく目をしばたたいた。

「完石は大人みたいにとってもしっかりしていたからねえ」

　叔母が言った。

　高完石は十三歳という歳で単身、彼の言葉を借りれば「風呂敷ひとつ背負って、コムシンをひっかけて」大阪に来た。大阪梅田駅で降りると、駅前の派

出所を見つけて目的地の守口に向かう道を尋ねた。派出所の巡査が親切に乗るべき電車と地理を、地図まで書いて教えてくれた。

　守口まで行くと、知人の家を訪ねた。だが知人はもうそこにはいなかった。三ヶ月ほど前に引っ越してしまい、どこに行ったか分からないという話だった。

「日はもう暮れかけていたんだ。金は電車賃を使っても十円くらい残っていたけど、その金を使う気は全然なかった。仕方なく守口の停車場まで行って、そこのベンチで一晩寝たんだ。腹が減ったけど、飯を買って食う勇気がなかった。便所に行って水道の蛇口をひねって、腹一杯水を飲んだ」

　停車場で一夜を明かした高完石は、自力で仕事を探そうと決心した。守口から大阪へ向かって歩きながら探してみると、時々「見習工員求む」という看板やビラが貼ってあるのが目についた。完石は躊躇うことなくそこに飛び込んだ。そして主人に会うと、

「夜間中学さえ行かせてくれれば、一生懸命働きます」

と自己紹介をした。

　朝鮮人ということと、夜間中学に行かせてくれという条件が気に入られなかったのか、どこの工場でも、

「家にはそんな人間必要ない」

という返事だった。

　こうして七、八軒断られると、気が萎えた。腹も空いていた。さつまいもかじゃがいもがあれば、一つくらい買って食べたかったが、食堂は目についても入ってみる気にはなれなかった。そして仕事が見つかるまで何も食べないという覚悟をした。

　守口の街を抜け、大阪市街の入り口で空腹と足の痛みのため、電信柱にもたれかかって一休みしていると、すぐ近くから機械の音が聞こえてきた。何かの工場のようで、幾分大きい気はするが外から見れば民家と少しも変わりのない家があった。完石はその家の周りを一回りしてみた。玄関のような所が現れた。玄関には杉本という表札がついており、玄関から四、五メートルほど離れたところに黒塗りの重々しい門が閉められていた。その門には杉本製作所という大きな看板が掛けられていた。ふと見ると、門の左側に小さなくぐり戸のようなものがあった。完石は我知らずそのくぐり戸を押した。すると戸は容易く開いた。小さな中庭があり、中庭に続いて工場があったが、門から工場の中が見えた。工場の中では何台かの機械が力強く回っていて、十数人の職

工が忙しそうに働いていた。

　完石は躊躇いながらも工場の中に入っていくと、主人を探した。四十過ぎに見える労働者の一人が黙ったまま右の方を指さした。完石は主人がそっちの方にいるのだろうと理解した。工場を出て、その労働者が指さした方へ行ってみると、事務所風に作られた部屋の中で頭のはげ上がった人物が算盤をはじいていた。入口を探したがなかったため、完石はガラス窓を叩いた。はげ頭の男が顔を上げると眼鏡を外した。

「誰だ？」

という表情だった。

「仕事を探して来ました」

と完石は言ったが、ガラス越しで声が聞こえないのか男は手を振った。

「帰れ」

という仕草だった。

　しかし完石は疲労と空腹でその場を離れることができなかった。目眩がして今にも倒れそうだった。

　はげ頭の男は何を思ったのか手招きをした。完石はやっとのことで体を動かし、手招きする方に回っていった。事務室の入り口があった。その戸を開けて中に入ると狭い事務室にストーブがかんかんと燃えていた。その暖かな空気に完石は生き返った心地がした。

「誰や？どこから来たんや？」

　男は意外にも親切な口調で完石に椅子を勧めた。

「高完石といいます。朝鮮から来ました」

　男は、

「仕事け？家の工場は今必要ないんやが」

と言いながら完石をまじまじと見つめて、

「仕事がどうのという前に、お前どっか悪いのとちゃうか」

　男は高完石の額に手を当てた。

「すごい熱やないか……どうしたんや」

「大丈夫です。昨日から何も食べてないからです」

「昨日から何も食べていないいって、お前金持ってないんか」

「お金はあります」

「金があるなら何で飯を食わんかったんや？」

「仕事が見つかってから食べるつもりでした」

「呆れた奴やな。食うもん食ってから探さなあかんわ。飢え死にしてから仕事が見つかっても、どないもならんがな」

　男は奥に向かって声を上げた。女中と見られる女性が現れた。

「すぐにみそ汁でも温めて、この子に飯を食わせたり」

男はそう言うと、完石に女中についていくよう言った。

食事をすると、腹の具合がおかしくなった。全身が気怠くもなった。冷たい汗が流れてきた。男が入ってくると、

「少し寝えや」

と言って、女中に布団を敷かせた。

何時間寝ただろうか、目を覚ましてみると天井の電気が点けられていた。完石は起きあがって座り、これからどうすればいいのかと思案に暮れた。すると襖が開いて女中が、

「お目覚めになったら、隣の部屋にいらっしゃいと言うてはります」

と伝えた。

はげ頭の男は、

「わしは杉本や。これはわしの女房や。相談した結果、お前をここに置いてやることにした」

と言って、不憫そうに完石を見た。杉本とその妻は四十前後に見えた。妻が聞いた。

「何歳や？」

「十三です」

「くには？」

「朝鮮の慶尚南道《けいしょうなんどう》です」

「ご両親はいたはるんか？」

「母だけいます」

「兄弟は？」

「兄が一人います」

「お兄さんは何をしたはるんや？」

「故郷で作男をしています」

「学校は出たんか？」

「一月前に国民学校を卒業しました」

「日本にはどないして来たんや？」

「近所の人を頼りに来たのですが、どこかに引っ越してしまって探すことができませんでした」

杉本の妻は優しくあれやこれやと尋ねた後で、こう付け加えた。

「お前がこの家でできることといったら掃除くらいや。他に行くところもないようやから当分家におったらええ。その後ここにいたかったら工場の仕事を覚えたらええし、他にあてができたらそのとき出て行ったらええ。まだ幼いのに可哀想なこっちゃ」

「夜間中学校にさえ行かせていただければ、どんな仕事でも一生懸命します」

完石は我知らず涙を浮かべていた。

「夜間中学にやれんと言ったらどないするねん？」

杉本がからかうように言った。

完石はこんな親切な家を離れてはいけないと思いながらも、

「他の仕事を探さなければいけません」

ときっぱり言った。

「大した覚悟やな。それならその問題はゆっくり考えよう」

杉本はそう言うと、完石に風呂に入ってくるよう言って、女中に案内させた。

こうして完石は杉本の家族になった。真面目なだけでなく聡明な完石は、自分の仕事の要領をいち早く把握した。一挙手一投足が杉本夫妻の気に入った。十日ほど経って、完石は近くにある夜間中学に入学することができた。

一年が過ぎた。完石の成績は学校で一番だった。杉本は自分の息子のように完石をかわいがり、自慢に思った。

「お前が大高にさえ入ったら、お前を大学まで送ってやる」

これが杉本の口癖になった。

そのときから完石は大阪高等学校という存在を意識するようになった。大阪に住む人々は大阪高等学校を神格化しているという事実も知った。完石はどんなことがあっても大高に入らなければならないと決心した。

それでも完石は工場の仕事をおろそかにしなかった。

完石が中学三年に進学して間もないある日、杉本はほろ酔い気分で、

「高君が中学四年を終えて、そのまま大高に入学できさえすれば大宴会をして町内のみんなに自慢してやるんやが」

と言った。それで、

「夜間中学は四年生では高等学校の受験資格がもらえません」

と完石が説明すると、杉本は、

「それなら昼間の学校に転学させてやるから一度試してみたらどうや」

と言ってくれた。

「頑張ります」

完石は約束した。

四年生の末、完石は見事に大高に入学した。杉本の喜びようは、例えようがなかった。

大高の入学式の日、杉本は完石に自分の養子にならないかと提案した。完石は母と兄が許してくれる

ならいいと答えた。杉本は完石が構わないのなら、完石の母と兄のために一万円を出してもいいとまで言った。

そんな経緯で高完石は杉本の養子になった。

しかし徴兵などの問題があり、正式な入籍は大学卒業後にすることにした。高完石は長い話を終えると、曖昧な笑みを浮かべた。圭は唖然としていた。

「それでお母さんがいらっしゃったのか？」

圭が聞いた。

「杉本さんが朝鮮まで行って母さんに会って挨拶したいと言うから、逆に大阪に来てもらおうと俺が言ったんだ。一人では無理だから叔母も呼ぶことにして」

「息子を売り飛ばすようで、やりきれない気持ちだよ」

完石の母が言った。

「売り飛ばすなんて。戸籍がどうなろうと僕はお母さんの息子だし、会いたくなったらいつでも帰れるのに……そんなこと言わないでください」

「お陰でこの子のお兄さんが金持ちになれるんだし、よかったじゃないの」

叔母が口を挟んだ。

高完石の制服にはSという旗章が付いていた。Sは理科という表示だ。

「理科に通っているみたいだが、何を専攻するつもりなんだ？」

圭が聞いた。

「大高の理科は三高ほどではないかも知れんが、かなりいいという評がある……杉本さんの希望さ。理科を選択したのは。それから俺は小さい頃トーマス・エジソンのような人間になりたかったんだ。何でも発明たちどころにしてみせる人間になりたかったんだ。でもまだ専攻は決めてない。物理学をするか、機械学をするか、迷っているところだ」

上六の停車場付近で別れるとき、圭と完石は互いの住所を交換した。そのとき圭が小声で聞いた。

「お前日本人の養子になったことを何とも思わないのか……？」

高完石はしばらく考え込む様子で黙っていたが、溜息をつきながらこう言った。

「貧乏人に恥も何もあるか。勉強どころか乞食暮しさえしかねない立場で民族意識もくそもあるか。俺が理科を選んだのも結局はそんな思いからだ。民族も、国家も、恥も、道義も関係なく勉強できるもの……俺は当分自分以外のことは考えたくないんだ」

圭と完石は挨拶をして別れた。

九

木下節子は上六停車場のベンチの片隅にちょこんと座っていた。圭を見ると疲れた素振りも見せずに、優しい微笑みを浮かべて駆け寄ってきた。

電車は十分おきに来ていたので、すぐに乗ることができた。

「さっきの大高の学生さんは、あなたの同級生だったの？」

座席に座るが早いか節子が聞いた。

圭は仕方なく高完石についての話を簡単に聞かせてやった。

話を聞き終えると節子は、

「ふう」

と溜息をついて、

「人生って色々なのね」

と囁くように言った。

（そうだ。人生というものは色々だ）

圭はこう思いながらも、朝鮮服姿の母と叔母を憚ることなく大阪の街につれてきた高完石の闊達とした態度を立派だと思った。そう思うほど、

「貧乏人に恥なんてあるか」

という高完石の嘆息が骨身にしみるようだった。

そんな感傷に浸っていると、節子が圭の耳元で囁いた。

「李《リー》さん、私たち奈良に行ってみない？」

「奈良？」

「うん、奈良！このまま別れるのは絶対にいや！」

節子の深い息づかいが圭の耳元をくすぐった。圭は顔がかっと火照るようだった。

「明日の学校はどうする」

圭はどぎまぎした。

「学校？学校がそんなに重要なの？」

節子はふくれた顔で汽車の窓外を通り過ぎる電灯の海を見つめた。その横顔は端正で清純そのものだった。このように端正で清純な顔をした少女の内部に、世界を燃やし尽くしても飽きたらぬほどの猛烈な炎が渦巻いているという事実は、実に不思議なことではないか：：：そう思うと同時に圭の下腹部から痛みを伴うほどの欲望が湧き上がってくるのを感じた。喉がひどく渇いた。

「全世界が破滅しようとしているのに学校？三高？私はそんな俗物が一番嫌い」

節子は真っ直ぐ前を向いたまま、圭にだけ聞こえ

るように呟いた。

「規則ばかり言う人間も同じよ。それはいけません。規則ですから。規則が何よ。死んで墓の中まで規則を持って行きなさいってのよ、ふん」

圭は自分の胸元に刃を突きつけられているように感じながらも、車内の乗客が閑散としていたことを幸いに思った。

「奈良に行くんだったら、どこかで降りて、電車を乗り換えなきゃ」

圭はおどおどと言った。

電車は猛スピードで走っていた。節子は目を閉じて、何かを一心に考えている様子だった。

電車が四条大橋の終点に到着した。時間は十一時三十分前。

そこで市電に乗らなくてはならないのだが、節子は何も言わずに見知らぬ路地へと入っていった。

「どこに行くの?」

圭が聞いた。

「どこって、ただ足の向くまま歩いてるだけよ」

節子の答えは冷淡だった。

何を探しているのか、節子はこの路地あの路地とあちこち彷徨った。圭はただその後を付いていくだけだった。節子自身も確かな目的はないようだった。

街灯もまばらな薄暗い路地へと入っていった。

「ここはどこ?」

「知らないわ」

その路地をしばらく歩くと五メートルほど前方に宿屋という文字が刻まれた灯籠が現れた。

「あそこで部屋があるかどうか聞いてきて」

圭は息が詰まるほどの興奮を感じながらも、一方で怖じ気づいた。

(節子は制服を着ていないから構わないだろうけど、俺は……)

と躊躇っていると、

「帽子と上着を脱いで」

節子は命令調で言った。

帽子と上着を節子に預けて、圭は旅館の中に入っていった。部屋は空いているということだった。しかし、

「お一人ですか?」

という問いには冷や汗をかいた。

「二人ですが」

言葉が震えた。

そんな場面に慣れているらしい旅館の女中は、万事を悟ったというような曖昧な笑みを浮かべて言った。

「お連れとご一緒にどうぞ」

あまりにも空しい行為だった。

あれほどまでに激しく湧き上がっていた欲望が、瞬時に燃え尽きた焚火の灰のようになって、胸の底に残った。

「いいの、いいのよ。これでいいの」

節子はそう言いながらも、そのあまりにも空しい結果を悔いているのか布団を頭から被った。すすり泣く声が聞こえてきた。節子が圭に泣き声を聞かせまいと必死になっているのが分かり、それが圭の胸を重くした。

しかしその一方で、圭は欲望の呪縛から解放されたような自由を実感していた。もう二度と妄想に捕らわれることはないように思えた。闊達と学問に励み、伸び伸びと行動できるような気がした。肉体と精神を押さえつけていた欲情の正体を知ったということが、失った童貞の価値以上のように思われた。

明け方、再び圭は節子の体を求めた。何が何やら分からなかった昨晩の行為とは違い、頭の片隅に明るい理性の火を点して自分の行動を観察しながら、長い時間をかけてその儀式を終えた。

行為の途中にもその後にも言葉はなかった。圭は再び眠りに落ちていくような恍惚とした疲労を感じた。

「寝たの?」

節子の静かな声が聞こえてきた。

「い、いや」

「私たち、いけないことをしたのね」

「うん」

圭は目を開けた。夜が明けたのか、窓の障子がほのかに白く暗闇の中に浮き上がった。

「後悔はしないわ」

節子が低い声で呟いた。

「俺も」

圭も心からそう言った。

「愛の誓いもなく……それでもいいわ」

自分自身に言い聞かせるような節子の言葉だった。

(そうか、愛の誓いもなかったな)

圭は心の中で思った。

「『肉体の悪魔』という小説を読んだことある?」

節子が聞いた。

「いいや」

「レイモン・ラディゲの『肉体の悪魔』。一回読んでみて。本貸してあげるから」

「ゆくゆく読むさ。言葉を勉強しながら」

「だめ、それだけは翻訳物でもすぐに読んで」

「どうして？」

「私はそれを読んでから我慢できなくなったの。これを知らなくては生きていけないとまで思うようになったわ。結婚だけがそれを知る唯一の方法なら、つまらない結婚でもいいから早くしたいとまで思ったの」

「それで俺を餌食にしたのか？」

圭は別に腹も立たなかった。

「私自身が餌食になったのだからいいでしょう？」

「それもそうだな」

いつの間にか部屋の中は明るくなっていた。

「向こうを向いて」

「どうして」

「服を着たいの。女は服を脱ぐときは男の人に見せてもいいけど、着るときの刹那は見せてはいけないって本で読んだの」

「節子は物知りだな」

「そうよ。つまらない知識ばっかりいっぱい知ってるの」

圭は寝そべったまま壁の方を向いた。

一枚ずつ服を着るその衣擦れの音を聞くのは不思議な気分だった。新しい欲情をかき立てる音だった。

「もういいわ」

という節子の声を聞いて、圭は布団の上に座った。

朝食は街の食堂でとることにした。

「朝っぱらから二人で食堂に行ったら変に思われないか？」

圭がそう言うと節子は、

「変に思うなら思えばいいのよ」

と、泰然と言った。

しかし、その旅館の通りからは抜け出さなくてはならなかった。

河原町の駅前まで出て、早朝から開いている食堂を探した。

食卓に向かい合って注文した。そのとき「ピーン」とラジオの音が聞こえてきた。そして、

「七時のニュースをお知らせします」

という声が聞こえてきた。

「ロンドン特電、フランスはドイツに無条件降伏をしました。現地時間六月二十二日一時、フランス政府の首班ペタン元帥は、ドイツのヒットラー総統が見守る前で降伏文書に調印しました。場所はコンピエーニュの森に保管されている列車の中でした。このコンピエーニュの列車は一次大戦当時、フランス

がドイツの降伏を受け入れた、由緒ある場所でもあります。ヒットラー総統は二十数年前の雪辱をまさしくその場所で果たしたかったのです。これでフランスは戦列から離脱、ドイツは最後の決定的勝利に向かって邁進することになりました。我が政府の正式発表はありませんでしたが、ドイツの勝利に満足しているとの政府筋の知らせです。もう一度繰り返します……」

食堂の中に歓声が起こった。

「ヒットラーようやった。やっぱり彼は英雄や」

労働者風の初老の男が大声で騒ぎ立てた。

「東洋では日本、西洋ではドイツ、万歳や」

このように相づちを打つ人もいた。

「フランスはしょうもないな。戦争が始まるやいなや降伏なんて……文弱な国はあかんわ」

と言う者もいれば、

「あのマジノ線とかいうのはどないしたんや」

と呟く声も聞こえてきた。

圭は知らん顔で箸を動かし飯を噛んでいたが、

(よりによってこんな朝に、河原町の食堂でフランス降伏の知らせを聞くなんて)

という思いを打ち消すことができなかった。

節子と旅館の密室で火遊びをしているとき、ヨーロッパではそんな大事件が起こっていたのだ。

圭は食事を途中で止め、箸を置いた。

「どうしたの?」

と、節子が目で尋ねた。

「早く学校に行かなくちゃ」

「今日は一日休むって言ってたじゃない」

「いや」

圭は立ち上がった。節子も勘定を支払って圭の後を追った。

電車を待つ間に節子が聞いた。

「フランスの降伏がよっぽど衝撃だったのね」

「衝撃なんて。俺は何も驚かなかったよ」

圭は無理して笑顔を作った。

「顔にそう書いてあるわ」

「俺がフランス語を勉強しているから、フランスの降伏に衝撃を受けたと思っているようだけど、そうじゃないんだ」

しかし、そう言いながらも、圭はこの事件が自分にとって大きな衝撃となるにちがいないと心の中で思った。

「私が衝撃を受けたのに貴方が何も感じないなんて変だわ」

気のせいか、節子の顔はやつれて青白かった。

電車に乗ってからは言葉がなかった。

円町の停車場で降り、圭と節子は同じ方向に帰るはずなのだが、別々の道を選ぶことにした。

「明日お手紙するわ」

節子はそっと圭の手を握ってから、路地へと消えていった。

一人下宿に帰りながら、圭は夢を見ているような気がした。

大阪、大阪城、猪飼野、高完石、高完石の話、その母と叔母、赤い提灯の掛った旅館、ひっそりとした旅館の部屋、節子の白い肉体、河原町の食堂、フランスの降伏…………慌ただしく、息つく間もない二十四時間だった。

しかし圭は、

(俺は今、フランスの降伏を考えなくてはならない)

と精神を集中させようと努めた。

「一体どこに行ってはったんや?」

下宿の女将が心配そうに尋ねた。

「顔色が悪いけど、どこか悪いのとちがうか?」

圭は曖昧な笑いを浮かべながら部屋に戻ると、時間割を整えた。

一時間目は倫理学、二時間目はI教授のフランス語、三時間目はK教授のフランス語…………

(I教授は何と言うだろうか)

(K教授は何と言うだろうか)

時計を見た。八時三十分。遅刻しないためには急がなければならなかった。

倫理学の講義は文科、理科の合同授業だ。一年生全員が一堂に集まる。

その日の朝、圭はかろうじて始業ベルが鳴る直前に自分の席を探して座ることができた。教授が現れる前から、百人が集まった教室は静かだった。小さな声が時折聞こえてくるだけで、学生たちは皆、本を広げて静かに座っていた。これが中学生の教室ならば、蜂の巣をつついたように騒々しかっただろう。わずか数ヶ月前は中学生だった少年たちが、高等学校の学生になったというその事実だけで、このように大人しくなったのだ。圭もフランス語の動詞変化表を広げて、短い時間を利用することにした。

始業ベルが鳴ると、二、三分後に教授が入ってきた。一同は座ったまま、曖昧な挨拶をして教授の言葉を待った。いつもなら謹厳な態度をより謹厳に見せるため、度の強い眼鏡の中、冷酷な瞳をぎょろつかせているH教授が、この日の朝は満面の笑みを浮かべながら、教室を見回して発声直前のポーズを取った。H教授は三高出身で、東京帝大を経て、ドイツのケルン大学に留学した経歴を持つ三十五、六の哲学徒だ。稀に見る秀才という評判が高く、前途ある学者と言われていたが、学生たちの間ではそれほど人気のある方ではなかった。

「諸君も朝のニュースを聞いただろう」

H教授はさも含蓄ある言葉を今からするぞというゼスチャーとして、このような前置きをした。H教授は話を続けた。

「私たちは今、輝ける世界史の瞬間にいる。ドイツがフランスを制圧した。偉大なドイツ精神が、退廃したフランスを打ち破ったのだ。当然の帰結だ。これは同時に栄光ある精神の勝利でもある」

すると、

「先生」

と、ある学生が声を上げげた。

「ヒットラーがドイツ精神を代表しているとお考えですか？」

圭は、その学生が誰なのかと声のする方に目を向けたが、大勢並んだ学生の中で確認することができなかった。

「代表すると考えている」

H教授の答えだった。

「それならイマニュエル・カントとドイツ精神との関係はどうなるのですか？」

さっきの学生が続けて質問した。

「カントの思想もドイツ精神の一部だと言えるだろう」

教授が言った。

「それならカントの精神とヒットラーの精神が同じだということですか？」

学生の言葉には憤然とした怒りが込められていた。

「誰が同じだといった？」

H教授も不快そうな口調になった。

「ヒットラーがドイツ精神を代表するなら、そしてカントの思想がドイツ精神の一部を占めるというなら、カントとヒットラーが同じという結論になりませんか？」

学生の言葉が鋭くなってきた。

「そんな考えは論理学の初歩法則からも外れたものだ」

H教授は、さも軽蔑したかのようにそう言うと、

「ゲルマン民族の特性は真理への献身、正義への勇気、邪悪を退けるにおいての果断だと理解するとき、ヒットラーはそのような民族の特性、即ちドイツ精神を代表しているということだ。個々の哲学者や思

想家たちとの関係は二次的な問題だ」と抑圧的な態度を取った。

「ヒットラーが侵略戦争を始めたことが、真理への献身、正義への勇気とおっしゃるのですか？」

今度はちがう学生が尋ねた。

「そうだ」

H教授は即座に答えた。

「そしてヒットラーは侵略戦争をしているのではなく、正義の自衛戦争をしているということを理解せねばならん。戦争の原因はイギリス、フランス、アメリカなどがドイツの自立を脅かす行動を続けているところにあるのだ。何もないところに波風を立てたのではない。つまり過ちはフランスやイギリスにあったのだ。ドイツにあったのではない。お前たちは家に帰ったら、歴史の本を開いてベルサイユ条約がどれほど過酷で不当な内容だったかを読んでみる必要がある。イギリスとフランスは、ドイツの植民地を奪っただけでなく、ドイツ領土自体まで分割するという蛮行を犯した。ヒットラーはこのような不合理に対して断固として抵抗しただけだ。だから正義の戦争と呼ばなくてはならない」

「先生、質問があります」

またある学生がこう言って立ち上がった。気持ちよく演説している最中に、話の腰を折られたからか、H教授は露骨に不快そうな顔をした。

「ベルサイユ条約が過酷だったとおっしゃいましたが、それはドイツが第一次大戦を引き起こしたからではないですか。彼らが自ら招いた禍ではありませんか？」

その学生は興奮することなく、静かな声で、しかしはっきりと言った。

「第一次大戦のときも状況は似ていた。バルカンを囲んで英仏の圧力が強烈だった」

H教授は愚かな者たちには口をきくのも嫌だというような口ぶりで言った。

「お前たちが他人の話を批判したかったら、しっかりと学んだ後にしろ」

「要はヒットラーが正しいとおっしゃりたいのですね。それはそうとして、退廃したフランスとはどういうことですか？ヨーロッパ文化の精華ともいえるフランスを、そんなに簡単な言葉で片付けることができるのですか？」

こう言ったのは、圭と同じ文科丙類の溝口という学生だった。

「フランスの退廃はすでに通説となっている。あの紊乱とした道義は全世界のひんしゅくを買っているのだ」

その程度で黙ってしまう溝口ではなかった。溝口は興奮のあまり、席から立ち上がって叫んだ。

「ベルグソンのフランスであり、ポアンカレーのフランスであり、ポール・バレリーのフランスであり、パステールのフランスでもあります。ヒットラー・ユゲントのように行進をすれば健全な道義で、自由に、自然に、文化を楽しむ生活は退廃かつ紊乱とした道義となるのですか。そして学問をする態度とは、通説に惑わされない態度のことをいうのではないのですか。古くさい常識人が皮相的な生活の表面を見て、容易く押した烙印を通説として広めているとき、学者は真実を掘り出し、通説の愚かさを訂正するのが正しい道ではないのですか。それが学者の良心ではないのですか？」

「フランス文化の真実が正に退廃だと言っているんだ。ポール・バレリーやパステールは例外に過ぎない。その証拠がまさしく今朝私たちが聞いたフランスの敗北なのだ」

Ｈ教授も上気した顔で言った。

「戦争に勝ちさえすれば、それが即ち正当だという意味ですね。私はそんな思想を軽蔑します」

溝口はがたんと大きな音を立てて椅子に座った。

「軽蔑するとはどういうことだ？」

Ｈ教授は気持ちをぐっと押さえ込んで言った。

「勝てば官軍という思想を軽蔑すると言っているんです」

溝口は堂々と言った。

Ｈ教授は自分自身を押さえきれないほどに興奮し始めた。喋り立てる長口舌は、既に論理を失っていた。教室のあちこちで揶揄を交えた笑いが広まった。

「……見ていろ。ヨーロッパはヒットラーの理念で統一されるのだ。健全なドイツ精神が全ヨーロッパの理念となるとき、世界はさらに高揚した生命感を享受するのだ。邪悪な思想はヒットラーの雄渾《ゆうこん》な指導精神によってのみ浄化されるのだ。フランスもヒットラーの指導のもと、その文化の真髄を取り戻し、更生するだろう。倫理はヒットラー精神の輪血を受けてこそ、再び活力を取り戻すのだ」

「ケルン大学で素晴らしいお勉強をなさいましたね」

講義が始まるや一番初めに質問の矢を投じた学生が声を上げた。爆笑が起こり、足を踏み鳴らす音が響いた。

真っ青に青ざめたＨ教授が叫んだ。

「……ドイツは我々の同盟国だ。従ってヒットラーを非難する者は、我々の国策を非難する者だ。この事実を徹底的に糾明してやる」

この言葉は、誰が聞いてもH教授の失言だった。「ダン」と机を叩く音が聞こえ、鋭い声が最後列から聞こえてきた。

「H教授、話を明らかにしてください。この教室で誰がヒットラーを非難する話をしましたか？仮にヒットラーを非難したとしましょう。しかし、それがどうして国策を非難することになるのですか。私たちは天皇陛下に仕える百姓であり、ヒットラーは総統としてドイツを支配する者です。いわばドイツの皇室を無視している者です。彼の思想と私たちの国策観念とが、どうして同じと言えるのですか。それから、H教授はこのことを徹底的に糾明するとおっしゃいましたが、それは学問的に糾明しようということですか、特高警察的に糾明しようということですか？」

この理路整然かつ気迫のこもった発言をした学生は、蓬髪のかなり年上の学生だった。

H教授は受け答えできないほどに慌てふためいていた。教授が怯んだ隙をその学生はさらに突いた。

「私はドイツの勝利が、例えそれが盟邦の勝利だとしても、教室の中では学問的に冷静に扱わなければならないと思います。ヒットラーの勝利を即ドイツ精神の勝利だと考えることにも私は反対です。その勝利が一時的な勝利に終わるのか、普遍的な勝利に結びつくのかも検討してみるべきだと思いますし、同時にドイツの今回の勝利が、世界の歴史にどんな意味を持つのか、それが我が国に与える影響がどんなものなのかも明らかにすべきだと思います。私は今朝ラジオを通して、浮かれたアナウンサーの声を聞いて、ちょっと不快な気分がしました。ドイツの勝利が即人類の勝利、我が日本の勝利に直結するかのように騒ぎ立てる口調自体が嫌でした。少なくとも教室の中ではそんな類のセンチメンタリズムはあってはならないと信じています。H教授の態度が、朝のそのアナウンサーの態度と少しも変わらなかったということが残念です。私はドイツの勝利を悪いと思っているのではありません。その勝利の意味を学問的に、真摯に取り扱うべきだと思うのです。ドイツの勝利を冷静に考えなければならないという意味で、さっきのみんなの質問がなされたのだと思っています。それがヒットラーを非難することになるのですか？それが国策を非難することになるのですか？糾明するとおっしゃいましたが、私たちが糾明したいのは、哲学徒を自任し、最も重要な学問を担当しておられるH教授が、どうしてヒットラーをしてドイツを代弁させ、フランスを退廃した国と見なすような飛躍した論理を展開なさるのか、その理由が、そのねらいがどこにあるのかというところにあります」

「分かった、分かったからもう止めろ」

とH教授はぶるぶる震えながら言った。

「お前たちは私の話を最後まで聞かずに、最初から妨害ばかりした。だから論理を展開することができなかったのだ。質問をするなら、私の話が終わってからすべきだ。お前たちは故意に、私の講義を妨害する目的で我先に噛みついてきた。そんな卑劣な態度が、学問をする人間の態度なのか？」

「それは違う」

「本末転倒だ」

「盗人猛々しいとはこのことだ」

と、教室の中は再び騒然となった。

「講義開始から私たちに不快な感情を与えたではないですか、H教授」

　別の学生が立ち上がって言った。

「輝ける世界史の瞬間とは何ですか。ヒットラーの野蛮が文化の首都パリを蹂躙した時間が、輝ける世界史の瞬間なのですか？ナチの暴力の前にフランスが降伏したからといって、栄光ある精神の勝利なのですか？そんなふうに講義を始めたから私たちにも疑問がわいたのです。私たちが知っているドイツ精神は、カントの精神、ゲーテの精神、ベートーベンの精神であるのに、どうしてそんな精神をヒットラーが代表できるというのですか。H教授が、この騒ぎを引き起こしたのです。それなのに誰を叱責するというのですか？」

「私はお前たちを誤解していた。お前たちを過大評価していた。お前たちの知識は、少なくとも私の意見を、私の言葉を理解して、私に共感できるくらいには成長しているだろうと信じていた。だから私は私の感想を率直に打ち明けたのだ。それが私の間違いだった」

「ほほう」

というからかい混じりの笑い声が再び教室に広がった。その笑いの前にH教授が赤くなったり青くなったりしていると、理科の学生と見受けられる、体の小さな学生が立ち上がって言った。

「ヒットラーが真理に献身する人間だとすれば、先生の言葉通りの人物だとすれば、なぜアインシュタイン教授はアメリカに亡命しなくてはならなくなったのですか？」

　この質問は、決してH教授を揶揄するためのものではなく、真面目な疑問をそのまま話したものだということとは、その学生の態度と話しぶりから理解できた。

「アインシュタインはユダヤ人だ」

H教授は吐き捨てるように言った。そして沈黙した。質問した学生は答えを待ちきれずに、

「それが答えになるのですか？」

と尋ねた。

「そうだ。それが答えだ。答えの全てだ」

「ユダヤ人だということだけで罪になるのですか」

「そんな不純な質問に答える必要はない」

「どうしてそれが不純な質問ですか？アインシュタインがアメリカに亡命したと聞いたとき、私たちは驚きました。世界的な大学者がなぜ、祖国を捨てなければならないのかと……私たちはそのわけを知りたかったのです。それで質問したのです」

体に比して凛々と響く、大きな声でその学生は反駁した。

「アインシュタインは大学者であり、自分自身には過ちはなかっただろうが、ユダヤ人としての自責を感じたために、彼はアメリカに亡命したのだ。ユダヤ人問題は簡単に説明できる問題ではない」

「複雑でもいいから、その問題をちょっと説明してごらんなさい」

明らかにからかっていると思われる言葉が、どこからか浴びせられた。

このような局面にいたって、H教授はこのまま遣り過ごしてはいけないと決心した様子だった。騒然とした教室を、唇を噛みしめたまましばらく睨みつけてから、次のような冒涜に近い言葉を吐き始めた。

「私は母校であるこの学校に五年間勤務してきたが、お前たちほど程度の低い学生に出会うのは初めてだ。仮にも高等学校の学生の分際で、お前たちほど時局を認識できない奴等もいないだろう。無論全員がそうだというわけではないが、数人の質の悪い奴等のせいで学年全体が侮辱されても仕方がない……私はお前たちを教育する情熱を失った……」

時局を認識しなければならないなどという言葉を圭が聞いたのは、この学校に入学して以来、初めてのことだった。圭はH教授に対する不快感をつのらせると同時に、これは無事に終わりはしないだろうと予感した。

H教授はあれやこれやと罵詈雑言を繰り広げていたが、果たして教室の一隅で火薬が爆発した。

「H教授、我々を教育する情熱を失ったことを幸いに思います。我々も貴方から学ぶ意欲を失った。貴

方のような方が倫理学を講義するなんて、倫理学に泥を塗るようなもので、我が校、我が学年に対する冒涜だ。二度と貴方の話は聞きたくないから速やかに退場してください」

蓬髪の学生が、真っ向から挑戦状を叩きつけた。

「自分の発言に責任を持つんだぞ。お前の名前は？挑戦するなら自分の名前を明らかにしろ」

H教授の言葉は震えていた。

「俺の名前は黒田明だ。よく覚えておけ」

黒田は即座に答えた。

H教授は教卓に置かれた本をそろえて抱えると、ガラリと戸を開けて出て行った。右肩を高く上げた、アンバランスな後ろ姿が喜劇的だった。

学生たちも席から立ち上がった。そのときだ、

「我々はH教授の授業を拒否しよう」

という提案が何処からか起こった。騒々しかった教室が一瞬で静まりかえった。

「僕は文科甲類の佐田という学生です。正式に提案します。今まで我々はH教授からあまりにも退屈な授業を聞かされてきたではありませんか。しかし、それを我慢してきたのは率直に言って我々が愚かだったからです。けれども今日の事件でHという人間が、その腹がよく分かりました。あんな人間のために、一週間に一時間ずつも貴重な青春の時間を汚すことはできません。僕の提案に賛成する人は挙手でその意思を表明してください」

「賛成だ」

と手を挙げる学生があちこちから出た。圭も手を挙げた。しかし大部分の学生たちは当惑していた。

「手を挙げないみなさんは、これからも彼の講義を聴き続けるということですね」

と黒田が叫んだ。

「賛成する人、いや、教授の授業を拒否する意思がある人は手を挙げてください」

皆が手を挙げた。

「これで意見の一致を得ることができました。来週からこの講義室に出てこないようにしましょう。僕がみなさんの意思を代表する文章を校長に送ります」

誰かが拍手をした。それが合図となり、一時教室の中は拍手の嵐が渦巻いた。

十

同じクラスといってもお互いに親しくしているわけではなかったが、合同授業を終えて、文科丙類の

小さな教室に戻ってくると、「俺たちだけで集まった」という心地よい親密感を感じた。そんな気分の中、学生たちは溝口を英雄のように見つめた。

ベルが鳴ると、I教授が入ってきた。出席を呼び終えると、テキストを開いて授業を始めた。倫理学の時間の事件のすぐ後だったので、I教授はフランスの降伏についてどんな話をするだろうと期待していたのだが、その期待が崩れ去ったのだ。皆そう感じていた様子で、お互いの顔色を窺っていたのだが、容赦なく指名が始められた。「接続法現在の文例を作ってみるように、次、次」というようにI教授は少しも休む暇を与えなかった。万一間違えでもすれば、鋭い叱責を浴びせた。仕方なく学生たちは、その熱を帯びた学習の雰囲気に巻き込まれてしまった。

そうする間に圭は倫理学の教室でのことを忘れていた。

授業時間の半分くらいが過ぎたとき、I教授は予め準備してきた白い紙を一枚ずつ配りながら、残った時間でそこに今日の感想を書くように言った。

「諸君たちが今まで学んだフランス語の知識を総動員して書くように。どうしても語彙が足りなければ、名詞の場合は英語で置き換えてもいい。その下に線を引いておきなさい。昨日でもなく、一昨日でもない、今日この日の感想だ。始めなさい」

今日の感想というならば、フランスが降伏したという知らせを聞いて感じたことを書けということだろう。圭はそう思った。それで自分の感想をまとめようとしたのだが、フランス語の実力不足以前に感想の内容自体をまとめることができなかった。まとめられないというよりも、自分なりの感想を持つだけの知識がなかったのだ。先刻、H教授に質問していた溝口や佐田や黒田らの見識が今更ながらに羨ましかった。全く同じ高等学校一年生であるのに、知識の質と量においてこれほど差ができるものなのだろうか。圭は今日の感想を考える前に、自らの無能を嘆かずにはおれなかった。

（朴泰英なら一流の感想を書くことができるのに……）

と思うと冷や汗が出てきた。周囲の学生たちは何かを熱心に書いていた。圭は確かな考えもないままに鉛筆を持った。

「フランスがドイツ軍の前に降伏した。ところで一つの国が他の国に降伏するということはどういう意味を持つのだろうか。我が国は三十年前に日本に降伏した。そして、その言葉を学ぼうとしていたフランスが今度はドイツに降伏した。しかし、私はフランスがドイツに降伏したとは書きたくない。フランスの軍隊がドイツの軍隊に降伏したのだと言いたい。軍隊の力が弱かったといって、国全体が奴隷状態におかれるのは悲しいことだ。ドイツに支配されるパリでは、今後ドイツ語を使用することになるかも知れない。それでも私はフランス語を学び始めたことを後悔はしないだろう……」

文法が合っているのかどうかを見直す前に、圭はそのようにしか書くことができない自分自身の貧困な思想に顔を赤らめた。他の学生たちが作文を提出し始めると、これ以上頑張ってみたところで無駄だと思われて、その幼稚な作文をそのままI教授の教卓の上に持っていった。

二時間連続の授業なので、間に休息時間があった。I教授は教卓の前の椅子に座ったまま、学生たちが書いたばかりの作文を読んでいた。次の時間のことだった。I教授はその作文を学生たちに返した。そしてこのような話をした。

「私はこの三高に入学してきた学生たちを、いつでも自慢に思っていた。十年あまりの歳月勤務しているが、例外なく皆優秀な学生たちだった。けれども私はこの学級に驚いた。今し方お前たちが出した作文は、厳密に言えばフランス語だとは言えない。フランス語を材料にしたある意思表示だと言った方がいいだろう。しかし、その意味では全て完璧だった。お前たちはフランス語を学び始めて、まだ二ヶ月も経っていないのに、あれほどまでに書くことができるとは本当に大したことだ」

学生たちは戸惑いながらその話を聞いていた。そう言っておいて、きっと恐ろしく鋭いしかりの言葉が後に付いてくると思っていたのだ。学生たちは教授から今まで賞賛らしい言葉を聞いたことがなかった。少しの間違いでもあれば、

「お前たちは学生ではなく徒弟だ、徒弟。徒弟というのは厳しい鍛錬を重ねて、やっと一人前になれる存在ということだ」

と説経した。あるときは、

「お前たち、入学試験に合格したからといって、秀才だという自負を持っては駄目だ。入学試験なんて太平洋の水を一合ほどすくって検査するようなものだ。秀才になるかどうかは今からのお前たちの努力に掛っている。入学試験に合格したということは学問をする素質があるという事実を明らかにしたに過ぎない。それ以上のものではない。一歩間違えれば生意気な天狗になる危険があるから、用心して努力

を怠ってはいけない」

と言うこともあった。

だから、I教授がむやみに学生たちを褒めるはずがなかったのだ。それなのにI教授は、

「お前たちとこうして同じ教室に座っているという事実だけでも私は光栄に思う」

とまで激賞した。

「先生」

と鎌田という学生が言葉をかけた。

「先生はフランスの降伏をどのようにお考えですか？」

「フランスの降伏？いつそんなことがあった？」

I教授はとぼけたような顔をしながら、

「さっき、ある学生の感想の中にフランスの軍隊がドイツの軍隊に降伏したのだという意味の言葉があったが、まさにそれだ。私はフランスがドイツに降伏したのだとは思わない。フランスの軍隊が、それも一部の軍隊がドイツ軍に降伏しただけだと考えている」

圭は胸が高鳴った。幼稚だと顔を赤らめた自分の感想に、教授が共感の意思を表明したのだ。圭は顔を上げることができなかった。

「それでも降伏は降伏ではありませんか？」

誰かが言った。

「降伏は降伏だ」

I教授の言葉は、圭の気のせいか沈鬱だった。続いて聞こえてきた言葉も沈んで聞こえた。

「しかし、フランスとドイツとは歴史上幾度となくそんなシーソーゲームを繰り返してきた……遠くから見ていると、愚かなことこの上ないことだ。どっちにせよドイツがフランスを支配することはできないから心配することはない。フランスは負けたままでいる国ではない。お前たちはそんなことに神経を使う必要ない。一つでも多くフランス語の単語を身につけるようにすればいい。私たちが立ち入ることのできない歴史の動きは、ただ見つめているしかない。心配することではない」

「倫理学のH教授は、今を光り輝く歴史の瞬間だと言って、ドイツ精神によって退廃したフランスを制圧したのだと演説していましたが」

溝口が打ち明けた。

I教授の顔が一瞬青ざめると、

「それは本当か？」

と聞いた。

「僕が作り話をすると思いますか？」

「H教授はヒットラーの信奉者だからそんなことも

言うだろう……だけど誰の哲学がどうであろうと関係ないだろう。十人十色という言葉があるだろう。さあ、テキスト！」

と、I教授は本を広げた。しかし、勉強できる雰囲気にはならなかった。

「他人の哲学がどうであろうと関係ないでしょうが、そんな人間から倫理学を学ぶ意欲を失いました。それで」

「それでどうするつもりだと言うんだ？」

I教授は心配そうに尋ねた。

「どうするつもりというのではなく、もう決定しました」

「どんな決定を？」

「H教授の講義を受けないことに文理科を合わせた一年生全員は決議をしました」

「いつ？」

「倫理学の時間が終わった直後のことです」

I教授は呆然と学生たちを見つめていた。

「この決議がもとで、もめ事が起こったら、先生は私たちの見方になってくれますね」

溝口が言った。

「H氏がヒットラーの信奉者という理由で受講を拒否するというのか？」

I教授が聞いた。

「違います。ヒットラーを信奉しようがしまいが、そんなことを問題にしているのではありません。フランスの降伏問題に対する態度が学問的にあまりにも不誠実だったので、その点を指摘すると、私たちを糾明するとまで言ってきたのですが、その理由が国策を非難したというものでした。だから自然発生的にH教授の講義を拒否することに全員一致したのです」

I教授は窓の外を見つめていたが、静かに口を開いた。

「H教授は大政翼賛会とつながっている人だ。そんな人間を相手にむやみに事を起こせばどのようなことが起こるか分からない。今の情勢をよく考えて慎重にならなくてはならない」

「大政翼賛会といえば政治団体ではありませんか。そんな政治団体と通じている人間を、この学校は教授として容認しているのですか。それならば闘いの相手は学校になりますね。僕は名誉あるこの学校が、そのようなものとは知りませんでした」

溝口は激しい口調で言った。

I教授は、

「今はそんな討論をする時間ではない。勉強をしよう」

と言って、テキストを読み進めていった。

終業のベルが鳴ると、I教授は一言も口をきかずに教室から出て行った。

次の時間のK教授は、フランス文学者であるだけでなく、文明批評家としても一家をなしている人であったため、圭は密かに期待してその時間を待っていた。

しかし、K教授は期待に反して、フランスの降伏について一切言及しようとしなかった。ただこのような話をしただけだった。

「世の中がどうなろうと、フランス語を学んでおいて損することはないだろうから、こんなときであるほど一層勉学に励まなくてはならない。フランスが降伏したといって、モンテーニュが、バルザックが、ビクトル・ユーゴーが降伏したのではない。この世で降伏を知らないものは偉大な思想であり、偉大な芸術だ。偉大な思想はそれ自体が勝利であり、偉大な芸術はそれ自体が勝利であり祝福だ。だから偉大な文化は政権の興亡、歴史の紆余曲折を超えて永遠だ。ギリシャは滅びても文化は残った。ローマは滅びてもローマの文化は残った。重要なのは文化だ。文化によって勝利し、文化によって繁栄しなければならない」

K教授はこのように言うと、本を開こうとしたが、ふと思い出したように、

「そうだ。今日はお前たちにラ・マルセイエーズを教えなくては」

と、黒板に文字を書き始めた。

行け、祖国の子らよ
栄光の時は来た
我らに向かい　暴政の
血塗られた旗が掲げられている
血塗られた旗が掲げられている
聞け　田園に響く
獰猛な敵兵の　あの雄叫びを
奴等は　我らの直中に攻め来て
諸君の妻子の　喉を切り裂こうとしている
武器を取れ　市民よ！
隊列を組め　兵士よ！
進め、進め！
汚れた敵の血潮で、我らが田園を潤そう！

神聖な愛国心を　燃やせ

この復讐の闘いを支えよ
自由よ！かけがえのない自由よ！
その守りのために　ここに集え
この旗の下に　勝利を導け
急げ　その雄々しい心で
死に行く敵に　見せてやろう
諸君の勝利と　我らが栄光を！

このように原語で書いてから、K教授は日本語に直した。そして次のように説明した。

「この歌は一七九二年、外からはドイツとオーストリアの圧力を受け、国内では革命の嵐が巻き起こっているときに作られたものだ。フランスの東北国境にストラスブールという都市がある。その都市の市長、ティトリックが出征する仕官たちと歓談をしているときに、兵隊の士気を高めるための歌が必要だという話が出た。その場に参席していた工兵大尉ルーズ・ド・リールが、その晩家に帰って徹夜で歌詞と曲を完成させた。それが一七九二年四月二十四日だった。翌日市長の家でこの歌が発表されたのだが、瞬く間にこの歌は有名となった。初めこの歌の題名は「ライン軍隊の歌」だった。その後、ストラスブールは敵軍に包囲されたが、この歌はフランスの南部にまで広まっていた。地中海に面したマルセイユから後援軍が派遣された。その後援軍がこの歌を歌いながら進軍してきた。それを契機にパリでも流行するようになり、歌がマルセイユから上ってきたといって「ラ・マルセイエーズ」の名前で歌われるようになった。一七九六年七月二十五日、国歌として採択されたが、ナポレオン三世のときに革命歌という理由で禁止され、帝政が終わると再び国歌として復活した。フランスにはラ・マルセイエーズが歌われるところに敵なしという信仰がある。それなのにフランスが降伏したところをみると、恐らくフランス軍がこの歌を歌わなかったのだろう。いつの日かこの歌を力強く歌えるようになるとき、フランスはもう一度その国権を回復するだろう」

ピアノの素養があるK教授は補助黒板に楽譜まで書いて、直接歌を教え始めた。

学生たちの教室は本館とやや離れたところにあったため、隣を気にすることなく歌を歌ってもよかった。六月下旬の真昼に思わぬところから突然ラ・マルセイエーズが響いてきた。

「フランスが降伏したこの日、極東の、日本の、京都の、この第三高等学校のある教室で、将来世界に名をとどろかす三十名近くの秀才たちがラ・マルセイエーズを歌ったという事実こそが歴史的事件だ。できることならこれを録音してパリの市民たちに送ってやりたいものだ」

こう言うと、四十に近いK教授は少年のように顔を紅潮させながら、再びラ・マルセイエーズを先唱し始めた。下宿へと帰る電車の中、圭は口の中で熱心にラ・マルセイエーズを繰り返していた。

「アロン　ジャンパン　ラ　パトリユ……」

この歌を繰り返しているうちに、知らず知らずにフランスへの愛着が満ち潮のように、胸に湧き上がってくるのを圭は感じた。その晩、圭は日記に次のように書いた。

「私は第二の故郷としてフランスを愛することを決心した。しかし正に今日、第二の祖国フランスはドイツの前に降伏した。私の気持ちとしてはフランス軍の一部がドイツ軍に降伏しただけだと思いたい。フランスは蘇るだろう。いつの日か勝利するだろう。その日が来ることを祈る。私は祈りながら、今日K教授から教わったラ・マルセイエーズを毎日歌わなければならない」

こう書いて日記帳を閉じようとしたが、ふと木下節子との昨夜のことが脳裏に浮かんだ。圭は再び日記帳を開いた。

「フランスが降伏したその時間、私の××はK・Sに降伏してしまった」

××は童貞を、K・Sはもちろん木下節子を意味していた。

十一

その事件が起きたのはフランスが降伏してから何日も経たないある日だった。その日は土曜日だった。

圭は花園の通りを真っ直ぐに歩いて市電の停留所へ抜けるのが、登校時の日常だったのだが、その日の朝は府立二商のプールを右手に見ながら歩く小道を通ることにした。

府立二商とは、正式名称を京都府立第二商業学校という。その学校は中等学校としては贅沢すぎるくらいの水泳施設を持っていた。圭がその小道を選んだのは、以前に学生たちが早朝から水泳練習をしている光景を見かけたので、

(今朝ももしかしたら?)

と思ったからだった。

朝日を正面から受けて、ダイビング台の上で呼吸を整えながら立っている少年たちの健康な顔もすが

すがしく、褐色の体が緊縮したポーズで空間を貫いて落下し、白い飛沫を上げる光景も爽快な感動を与えた。

中学校時代に運動らしい運動をできずに過ごした圭は、全ての運動に対して憧れを抱いていたが、ある朝そこで見たプールでの光景は、その憧れに一層切実な光を与えると同時に、失われた自らの少年時代を寂しく回想する動機にもなった。

ところが鉄網を通してプールの全景をはっきり見渡せる地点まで来ても、プールに少年たちの姿はなかった。しかし、プールの水は満々と満たされて、朝の空がエメラルドの光を放って静かに映っていた。

(まだ時間が早いのか?)

と思いながら、

(無人のプールもいいもんだな……)

そう思い直していた矢先、向こうからすさまじい気迫を放ちながら、一団の青年たちが近づいてくるのが見えた。人数は七、八人。全員ワイシャツ姿で、慌てたように速い足取りで近づいてきた。

圭は反射的に道を空けた。道を空けたにもかかわらず、先頭の青年は故意としかいいようのない乱暴な動作で圭の右肩にぶち当たった。圭はその弾みで倒れそうになるほどの強い衝撃を受けた。同時に、

「こいつも一発どついてやろうか」

と、はっきりとした朝鮮語が聞こえてきた。そして、

「つまらんことで時間を無駄にするな」

という言葉も聞こえてきた。やはり朝鮮語だった。

圭が振り返ったときには、その青年の一団は路地の角を曲がり見えなくなった後だった。

(明らかに俺を日本人と間違えたようだな)

という思いとともに、

(あの青年たちは一体何者だ。何かをしでかしたのは間違いないようだが……泥棒?そんなふうには見えなかったし、喧嘩?暴行?)

あれこれ考えながら歩いていると、警察官を先頭に、日本人と見られる青年、壮年たちの群れが押し寄せてきた。

(間違いなく何かあったな)

圭は何やら胸が高鳴るのを感じた。圭のすぐ前まで来ると、警察官が尋ねた。

「鮮人七人、八人が逃げていくのを見んかったか?」

鮮人とは朝鮮人に対する蔑称で、日本人が好んで使う言葉だ。

「見ませんでしたが」

圭は思わずそう答えた。

すると警察官は急いでその場を立ち去ろうとしたが、足を止め、

「そんなはずないんやが」

と、首をかしげて呟いた。

「奴等がそないに速く通り過ぎたんか」

「向こうの路地から抜けたのかも知れません」

警察官に付いてきた青年の一人が、今圭が通り過ぎてきた路地の入り口を指さした。

「よし、向こうに行ってみるか」

と、警察官は向きを変え、その路地へと踏み込んだ。その後を青年たちと壮年たちがぞろぞろと付き従った。

圭はとっさについてしまった嘘が、重大な結果をもたらすかも知れないという恐怖に捕らわれた。早晩彼らが捕まるのは明らかだった。捕まった彼らが逃げた経路をそのまま話せば、警察は間違いなく圭を探すだろうと思ったからだ。

(どうして嘘をついたんだろう)

そう後悔する一方で、

(仕方なかった)

という諦めの気持ちも起こった。

そう考えると、一層何があったのかが気になって仕方がなかった。

すると警察官に付いてきた集団の一人で、仲間から落伍したと見られる中年の男が、息を切らせながら圭の後ろに迫ってきた。圭はぎくりとした。自分を捕まえに来たのではないかと思ったからだった。しかしその男はそんな素振りは見せず、圭に聞こえよがしに、

「鮮人！頭の痛い奴等だ」

と呟いた。

圭は自分の日本語の発音からして、或いは朝鮮人だという事実がばれはしまいかと不安も感じたが、事件のことを知りたいという気持ちが先立って、その男に尋ねずにはいられなかった。

「何があったのですか？」

「ああ、鮮人何人かが二商の生徒たちに言いがかりをつけて殴る蹴るの暴行を働いたんや」

「二商の生徒たちに？」

「合宿中の水泳部の生徒たちが、朝練にやって来て電車から降りようとしたところを、その鮮人たちがしばき回したようや」

「どこでですか？」

「すぐそこ。円町停留所で」

「原因は何ですか。理由があるはずでしょう」

「分かるわけないやろ。暇な鮮人が暴れただけやろ

……だから学生も気いつけや。また鮮人が何をするか分からんからな」

電車通りに出ると、その中年の男はどこかの店の中に入っていってしまった。

圭はゆっくり歩きながら円町の停留所まで行った。出勤するサラリーマン、登校する学生たちが平和に並んでいるだけで、少し前にそこで乱闘騒ぎがあったとは想像もできないほどのんびりとした雰囲気だった。圭は吸えもしないたばこを一箱買いながら、たばこ屋の老人に尋ねた。

「さっきそこで喧嘩があったそうですね？」

「そうや」

と老人はたどたどしくその状況を説明した。その老人の話によると……

電車が止まった。早朝のため、二商の生徒の他には乗客のいない電車だった。電車が止まって生徒たちが降りようとすると、どこに隠れていたのか屈強な若者たちがあちこちから飛び出してきて、二商の生徒たちを次々に殴り倒し始めた。止める間も、止める人もなかった。仮に人がいたところで彼らの敵ではなかったであろう。全員かなり腕に覚えがあるようだった。その有様を見ると車掌は電車のドアを閉めてしまった。そして電車が動き出したのだが、今度は電車の中に乗っていた学生たちが黙っていなかった。窓を割り、ドアを蹴るなどして騒ぎ立てたため、電車はわずかに進んだだけで止まってしまった。電車のドアが開くと二十数人の学生たちが、どっと暴徒たちに駆け寄っていった。しかしそのわずか七、八人の暴徒たちの相手ではなかった。二商の学生の中でも体格がよく、力自慢の者が多くいたようではあったが、その暴徒たちの近くに行くと腐った棒きれも同じだった。胸倉を捕まれれば柔道技で空中に飛ばされ地面に打ちつけられ、肘で胸を打たれればその場に崩れ落ちて足で顔面を蹴られ……二十人あまりの生徒たちが七、八人になぎ倒される様は、正に見物だった。しかし二商の生徒たちは全身血まみれになりながらも、がむしゃらに立ち向かっていった。そこまで刃向かわなければ大した怪我もせずにすんだのであろうに、それが大和魂なのか、最後まで飛びかかっていったために、全員病院に送られるほどの重傷を負ってしまった。時折止めようと間に入る人があちこちから現れたが、同じように重傷を負わされた。応援を呼びに行け、警察に連絡しろ、などと言っている間に二十数人の学生は、一人残さず道端に倒れたまままびくともしなくなっていた。

「警察官が到着したときには、その暴徒たちは影も形もなかったんや。ほんまに強いわ、すばしっこいわ……鞍馬天狗が現れたみたいやったわ」

老人は暴行の現場を見たというよりも、見応えのある活劇の一場面を見たという不思議な興奮から、まだ覚められないという様子で言った。鞍馬天狗とは徳川幕府の終末期、京都市内に神出鬼没に現れた武士の別名だ。

圭は原因が何かを知りたいと言った。

「わしはここで見ていただけやから、原因が分かるわけないやろ。聞いた話では朝鮮人の一団やそうやけど、朝鮮人があないに武術ができるやなんて初めて知ったわ」

老人はどこまでも暴行事件ではなく、武術を披露した活劇の一幕として考えたい様子だった。

知ろうと努力する必要もなかった。京都で発行される新聞は、その事件を第一面に大書特筆して報道した。

事件の真相は次のようだった。

大谷潔、朝鮮名朴斗敬《パクトゥギョン》という学生が京都府立二商一年生三組に在学していた。その父朴在鎬《パクチェホ》は七条大宮で古物商を営んでいた。

朴斗敬はその学級では唯一の朝鮮人学生だった。入学当初から同級生によって朝鮮人という理由でいじめられていた。それでも朴斗敬はそんな差別をぐっと堪えていた。ところが一週間前、彼のすぐ横の席に座っていた村上という学生が「にんにくの匂い」がすると言った。朴斗敬は仕方なく自分の机と椅子を最後列に動かした。最後列に動くと、今度はすぐ前に座っていた学生が言いがかりをつけてきた。にんにくの匂いが後ろ頭に漂って、勉強にならないと言うのだ。朴斗敬は再び席を動いたが、そこでもやはり同じだった。どうすることもできず、彼は机を教室の一番後ろの隅に動かした。

担任教師が入ってくると、一人だけぽつんと隅に座っている朴斗敬を見て、

「どうしてやたらに席を動かすんだ」

と問いただした。答えずにいると、担任教師は教卓から降りてきて朴斗敬の胸を鞭で突きながら問いつめた。朴斗敬は理由を説明するしかなかった。

担任教師は学級全員を軽くたしなめると、朴斗敬には机を列の近くに動かすようにだけ言った。こうしてその時間は終わった。

放課後村上をはじめとする数名の学生が、告げ口をしたという理由で朴斗敬をひどく殴った。顔が変形するほど殴られて帰ってきた息子から事情を聞く

や、彼の父は翌日学校を訪ねて抗議をした。

しかし学校当局は「分別のつかない子どもたちの間にはよくある喧嘩」だと、事件をうやむやにして何の対策も講じようとしなかった。

憤慨したのはその学校の上級班にいた朝鮮人学生たちだった。朝鮮人といっても全校を合わせて十名あまりだったが、その中で権という四年生の学生が、村上を呼び出して頬を数発殴った。

村上は水泳部に所属する学生だった。水泳部の学生たちがこの知らせを聞くや、朝鮮人学生全員を順番に呼び出して集団暴行を加えた。そのようにして集団暴行を受けたある朝鮮人学生の兄が武道専門学校に通っていた。円町の停留所で二商の水泳部の学生たちに暴行を加えたのは、全員武道専門学校の朝鮮人学生だった。

新聞は彼らを一人残さず検挙したとも伝え、そのような不祥事を起こした二商をはじめとする各校は、朝鮮人学生に対する指導と保護に格別の配慮をしなければならないと書かれてあった。

しかし問題はそこで終わらなかった。あちこちで朝鮮人学生対日本人学生の衝突事件が頻発した。

武道専門学校のその学生たちを検事局に送検するという決定と、学校当局から退学処分を受けたという知らせが伝えられると、京都の朝鮮人学生たちは俄然緊張した。どのような手段を用いても、実力行使をしなければならないという雰囲気が充満した。

圭は自分が先鋒に立つことはできなくとも、そのような動きには積極的に参与する覚悟を固めた。圭としては自分の皮膚で直接感じた日本人の朝鮮人に対する差別意識だったのだ。

幸か不幸か本業を弁護士とする伊藤という京都府会議員が府議会にこの問題を上程して、武道専門学校側の再考を要請し、警察に逮捕された朝鮮人学生全員を釈放させるなどの努力が奏効したため、夏休みに入る時期とともにいわゆる「にんにく事件」は、まず表面的には落着するに至った。

しかし、この事件はいつまでも圭にとっては重大な問題として心に残ることになった。

十二

圭が朴斗敬という学生の家を訪ねてみることにした動機は、自分自身でも説明することができなかった。新聞に出ていたその家の住所が、いつの間にか圭の脳裏に刻まれていたからでもあったが、偶然に近くを通りかかったからかも知れなかった。

京都というところは家を探すには便利なところだ。平安京と呼ばれた昔から、都市を碁盤の目のように区画して、東西に延びる道には大宮通や堀川通といった名前をつけ、南北に延びる道には一条、二条というように名称を決めてあるので、七条大宮などといえばグラフの座標のようにその位置が分かる。そこから番地を探せばいいのだが、その番地の下には「南に入る」「北に下る」などの表示があるので、より一層探しやすい。

ところが圭は七条大宮までは簡単に探せたが、その家を探すのに苦労した。そこは朝鮮人が集団で暮している一種の貧民窟だったため、同じ番地に何世帯も住んでいて、朴斗敬の家を容易に探し出せなかったのだ。仕方なく道を行く人に、あの事件の話をして尋ねてみると、さっきから何度も通り過ぎていた家を指さした。古物商をしていると聞いていたため、その看板を探していたのが失敗だった。

朴斗敬の父、朴在鎬は古物商を営んでいるということだったが、立派な看板を掲げて商売する古物商ではなかったのだ。

夕食時に近かったので、玄関先で挨拶して少年がどうなったのかを聞くだけのつもりだったのだが、朴在鎬と思われるその家の主人が無理矢理圭を家の中に引っ張り込んでしまった。

四方の戸、窓という窓を全て開け放っていたが、全く風が入ってくる様子はなく、電灯に映った家の中は貧乏そのもので、息が詰まるようだった。朴在鎬は四十近くの、背が低く痩せ細った人物だったが、瞳だけはきれいに澄んでいた。日本語に精錬しているとは言えなかったが、無学だとは言えない何かが感じられもした。

「こんなむさ苦しいところをわざわざ訪ねてくださって……たくさん学生さんたちが来てくれましたが、高等学校の学生さんが来てくださったのは初めてです。三高に同胞の学生さんがいるとは聞いてましたが、こうしてお目にかかるのは初めてで……」

と言いながら自己紹介をすると、妻を呼んで酒とつまみを買ってくるよう言いつけた。

その必要はないと断ったが、頑として聞き入れてくれなかったので、仕方なく斗敬の様子を尋ねた。

「悔しいことです。葉銭《ヨプチョン》の宿命だから我慢しようと口を閉ざしていますが、こんなに腹の立つことが繰りかえさえるんですから。斗敬は今、使いに出かけてますが、じきに帰ってくるでしょう。二商に葉銭が入るのは大変なことです。日本人の奴等でも国民学校で優秀な成績を修めた者でなければ所見表を書いてもらえないという学校ではありませんか。うちの斗敬は、父親が言うのも何ですが、天才と言われた子どもです。だから日本人のガキどもが妬むのです」

　朴在鎬が気炎を上げている間に、マッコルリ［どぶろく］が入ってきた。マッコルリを見ると、朴在鎬は怒り出した。

「大切なお客さんが来ているのにマッコルリとは何だ。ビールを買ってこい、ビールを」

　ビールとは麦酒のことだ。

　圭は必死で断った。まだ下戸だが、せっかくならマッコルリを飲んでみたいと言って、やっとのことでビールを買いに行くことを止めさせた。すると朴在鎬は、

「それならトンチャン［ホルモン］でも買ってこい」

と大声で言い、圭には、

「まだトンチャンというものを食べたことがないでしょう。あれは体にいいんです。我々朝鮮人はトンチャンをたくさん食べて、力を奮い立たせなくてはなりません」

と言って笑った。

　朴在鎬は故郷を慶尚南道《キョンサンナムド》の咸陽《ハミヤン》だと言った。咸陽といえば朴泰英と同郷だ。圭は面がどこか聞いた。水東面《スドンミョン》ということだった。朴泰英は馬川面《マチョンミョン》だから、違うところだなと思ったが、圭は朴泰英という親しい友人がいて、故郷は咸陽郡馬川面で、とんでもない天才だと説明した。

「馬川に親戚がいると聞いたけど、もしかすると一族かも知れませんね」

と言って、朴泰英が京都に来たら必ず連れてくるように繰り返し言った。

　続けて彼は、

「ところで斗敬の奴が学校に行かないと言って大変なんです」

と愚痴をこぼした。

「あんな目に遭ったのですから、どうして学校に行く気になりますか」

　圭は少年の気持ちが分かるような気がしてそう言った。

「学生さん」

と、朴在鎬は真顔になった。

「我々葉銭があんな目に遭ったといって一々気にしていられますか。息子がされたことくらいが嫌だというなら、私なんか百回死んでます。葉銭の運命がそうなんですからどうしようもないでしょう。自分だけでなく、我々同胞全体がそんなことに耐えなが

ら今生きているのではありませんか。仕方ありません。葉銭は分相応に暮していくしかないでしょう」

葉銭、葉銭と繰り返される言葉が圭には耳障りだった。葉銭とは韓末「大韓帝国一八九七〜一九一〇の末期」に使われていた金だ。使えない金という意味で、我々朝鮮人は金に例えるなら葉銭のように使い道のない人間だという自虐的な言葉だ。しかし圭は抗議をすることもできず、そのまま聞いていた。

「府立二商さえ卒業すれば、葉銭でも京都ではいいところに就職することができます。今、気分が悪いからといって学校を辞めるのは愚かなことです。身を滅ぼす行いです。だから後で学生さんからも斗敬の奴に言い聞かせてやってください。学校からはクラスも変えてくれると言ってきてます」

圭は朴在鎬の言葉には矛盾があると思った。彼の言葉通り葉銭はその分相応に暮さなければならないというのなら、無理をしていい学校に通う必要も、将来いいところに就職する必要もないではないか。少年時代を卑屈に過ごしながら、いいところに就職したところで一体幸せが約束されるのだろうか。圭は言いたいことがたくさんあったが、黙り続けることにした。

トンチャンというものが入ってきた。そうでなくても息が詰まるようだったのに、赤く焼けたコークスの火がいっしょに入ってきたので、せっかくのもてなしではあったのだが圭は我慢ができなくなった。立ち上がる口実を考えていると、少年が帰ってきた。一目で彼が朴斗敬だということが分かった。

「三十分あれば帰ってこれる使いなのに、何でこんなに遅かったんだ？」

朴在鎬の問いには答えず、少年は台所の方に行こうとした。

「潔《きよし》、お客さんだ。挨拶せんかい」

少年は父の言葉に逆らうことができず、仕方ないというような顔で座ったが、部屋の隅に置かれた三本の白線が入った学生帽を見つけた様子で、目の色を変えて圭を見つめると頭を下げた。少年らしくない沈鬱な雰囲気を全身に漂わせていたが、目は澄んでいた。顔の輪郭も端正だった。一目で圭は気に入った。この少年とは友人になれるような気がした。

圭と少年が挨拶を交わすと、朴在鎬は少年にどこに行って遅くなったのかと再び問いただした。

「道場に行ってました」

少年は低い声で言った。

「道場だと。何の道場？」

「柔道の道場です」

「柔道？」

朴在鎬は驚いた顔をしていたが、

「つまらんことをせずに勉強しろ」

「この学生さんの意見もわしと同じだ。あれこれ考えずに今通っている学校にこのまま行くようにしろ」

と、さっき圭に言っていた内容の話を繰り返し始めた。少年は終始一貫口を閉ざして一言も話さなかった。

そんな退屈な場に圭はさらに一時間程座っていたが、帰らなくてはいけないと無理矢理立ち上がった。なめるようにちびりちびりやっていたのだが、それでもどんぶり二杯くらいのマッコルリを飲んでいたため、立ち上がったとき足がふらついた。

少年が電車の停留所がある通りまでついてきた。それまで何も喋らなかった少年が、停留所の近くまで来ると口を開いた。

「貴方も僕があの学校にこのまま通った方がいいと思いますか？」

圭は何とも答えることができなかった。少年は続けて言った。

「さっき父が貴方の意見もそうだと言ってましたが……」

「俺は何も言ってないさ」

圭は正直に言った。

「僕はやっぱりあの学校には通いたくありません。私立でもいいから中学校に行きたいんです。中学校に行って僕も三高に入りたい……」

少年は圭に話すというより、自分の心を確かめるような口調で言った。

圭はそんな少年に話すことはないと感じた。しかしこんな質問をせずにはいられなかった。

「柔道はいつから習っているんだい？」

「最近です」

「最近柔道を習う必要を感じたってことだね」

「そうです。やっぱり腕力がなければ駄目だと思ったんです。何一つ思うようにいかないんだったら、飛びかかってくる憎たらしい奴等を殴り倒してやるしかないでしょう」

少年らしい気持ちだと思った。そして同時にそのような思いに干渉してはいけないとも思った。話題を変える必要があった。

「お父さんは商業学校を続けることを心から願っているようだけど。就職がうまくいくからと……」

「倭奴《ウェノム》の下で算盤を弾くのがそんなにいい就職です

か？僕は土方をしてもいいと思っています」

「土方だって日本人の下でする仕事じゃないか？」

そんな話を交わしているうちに、次第に憂鬱になってきた。圭は少年の傷ついた心を慰める言葉がないか考え込んだ。

あるはずがなかった。その代わりに、

「俺の下宿に遊びにおいで。土曜日の午後か日曜日なら、大体下宿にいるから」

と提案した。

「遊びに行ってもいいんですか？」

本当に嬉しそうな少年の言葉だった。

「もちろんだとも」

圭は街灯の明かりの下に行って、住所と簡単な地図を書いてやった。少年はそれを何か大変な宝であるかのように丁寧に折りたたんで懐にしまうと、

「三高の学生と知り合いになって、いろいろな話をするのが僕の願いでした」

と恥ずかしそうに笑った。

圭はそんな少年とそのまま別れるのが惜しまれて、停留所近くの氷屋に入った。

かき氷を食べながら、圭はこんな話をした。

「その、何ていったかな、村上とかいう奴、にんにくの匂いがするって言って言いがかりをつけてきた奴のことさ。不快だろうけど、そんな奴は相手にする必要ない。悪い奴はどこにでもいるもんだから、はなっから相手にしないのがいい。斗敬君が人間として立派に成長すれば、それで復讐になるんだから」

すると斗敬の答えは意外だった。

「その村上という子のことは何とも思ってません。にんにくの匂いがするからするといったのですから。僕も幼いけど彼も幼いんですから。お互い幼いから嫌なものは嫌だと言うのは悪いことではないでしょう？けれども嫌なのにはっきり言わずに陰でこそこそ言う奴とか、初めから軽蔑して犬には犬の匂いがする程度に考えて無視する奴等が腹立つんです。本当に我慢できません」

圭は少年の対人認識がこれほどになるまでに、幼い頃からどれほどたくさんの辛い経験をしてきたのだろうかと考えて、斗敬の顔を真っ直ぐ見ることができなかった。

次いで斗敬は国民学校から商業学校まで、日本人の学生と一緒に育ってきたが、その中には本当にいい友だちもいたという話をした。

「国民学校は堀川に通ってましたが、三戸《みと》という友だちがいたんです。僕とは一番二番を競った間でした。四年生のとき学級の中に、鮮人はにんにくの匂

いがするから嫌だと言う生徒がいました。そしたら三戸は自分の親父から、その子の親父は医者だったのですけど、にんにくは健康にいいという話を聞いていたけど実践する勇気がなかった、今日から頑張ってにんにくを食べるぞ、と言って本当にその通りにしたんです。それからはにんにくの匂いが嫌だと言った生徒を見て、俺もにんにくの匂いがするからお前等俺と遊ぶの嫌だろう？と言ってからかったりもしてました」

「その三戸という子は今、どこの学校に通っているんだい？」

「府立一中にいます。僕が殴られてぶくぶくに腫れ上がって寝込んでいるとき、自分の親父を連れてきてくれました。二人で手を取り合って声を上げて泣きました」

圭は目頭が熱くなるのを感じた。

斗敬が尋ねた。

「三高では朝鮮人を差別しませんか？」

「差別はするだろうさ。でもみんな鋭利な人間ばっかり集まっているから表には出さないのさ。だからまだそういうことを感じたことはないけど、こっちから積極的に日本人と接触する気はない」

しばらく会話が途切れた。

斗敬がふとこんなことを言った。

「やっぱり朝鮮が独立しなければいけませんね？」

圭は驚いた。少年の口から出てきた言葉としては、あまりにも途方のないものだったからだ。そしてその少年の言葉に、闊達とした答えをしてやれない自らを恥ずかしく思った。圭は答えの代わりに、

「ところで日本で学校に通う少年たちの朝鮮語はたいがい下手だけど、斗敬君は朝鮮語が本当に上手いな。家で習ったのかい？」

「違います」

と、少年は視線を下に移して言った。

「うちの親戚の一人で兄貴代わりの人がいるんですが、今、立命館大学に通っています。その人から習っています」

必ず遊びに来るようもう一度念を押してから、圭は下宿に帰ってきた。帰る道すがら、今日朴斗敬を訪ねてよかったと心から思った。下宿に帰ると机の上に一通の手紙が置かれていた。

朴泰英からの手紙だった。

手紙には一週間後、京都に到着するという簡単な内容だけが書かれていた。

第二部　岐路にて

第一章　若き志士の出発

一

一九四〇年七月中旬のある日、午後二時頃——
京都駅のプラットホームは出征軍人とその見送りの人々で混み合っていた。日は遮られていたが、その陰が何の役にも立たないほど京都特有の暑さがプラットホームを蒸し風呂のようにしていた。ごった返す群衆と、蒸すような暑さが相乗して作り出す、その息苦しく気怠い雰囲気に疲れた圭《キュ》の意識は、もうじきプラットホームに入って来るであろう泰英《テヨン》を乗せた汽車への期待によって何とか生気を持ちこたえていた。

圭は群衆から離れたところの柱に寄り掛かって、無意識に群衆を眺めていた。「祝出征、祈武運長久」と太々と書かれた幟が、日章旗の波の上にいくつもそびえ立っていた。いつの間にか圭の目には、日章旗の波が空しい水の泡のように、祝出征だの武運長久だのといった幟が葬列の幟のように見え始めた。そして、祝出征という祝の字が奇怪な意味を帯びて、圭の心に刻まれた。祝の字が呪という字に見えた。「祝賀する」という美しい文字が、時と場合によっては「呪詛する」という意味になるという発見は奇妙に思われた。

圭は今、この瞬間、日本全国の停車場に呪詛の意味しか持ち得ない祝の文字が氾濫しているのだろうと思った。

（祝と呪と……死に場に赴く人間を祝うということは、まさしくその人間を呪うということになるではないか！）

そして、さらに彼らが歌っている歌が奇怪だった。

「勝ってくるぞと勇ましく
誓って国を出たからは
手柄立てずに死なりょうか……」

いつも圭自身が隊列に加わって、無心に歌っていた歌だ。無心に歌っていた歌が、距離を置いて聞いてみると、実に呆れた繰り言に聞こえた。

（どんな奴がこんな歌詞を作って、曲をつけたのか……そしてこれを歌う奴は……）

このときから、その歌が圭には歌として聞こえなくなった。自暴自棄、やけくその思いを、ただ叫んでいるように思えた。事実そうだった。ただ座っているだけでも嫌気のさすこの暑さの中で、戦場に出かける人間に、何を思ってあのような歌が歌えるのだろうか。ただ習慣のように喚き散らしているだけなのだろう。

歌が終わると、万歳が叫ばれた。明日明後日にも死んでいなくなるかも知れない人間に万歳とはどういうことなのか。祝、祈、武運、長久、万歳、人間たちは無数の空しい言葉を作り上げた。

列車が到着した。歌声が泣き叫ぶ子どもの声のように狂気を帯びた。万歳の声が飛び交った。騒乱のるつぼとなった。まさに絶望と虚無が作り出した一幅の絵といえた。その場面をかき分け泰英が真っ黒に日焼けした顔に、真っ白な歯を見せながら現れた。

「泰英!」

と圭が駆け寄って、泰英の手を握った。そして泰英が提げているボストンバックを持った。

「ずいぶん大きくなったな」

と泰英がにっこり笑った。

泰英は白い木綿で作った洋服を着て、白い登山帽を被っていた。何処から見ても田舎者のようなその格好が、けれども京都駅では一番実感のある姿だった。皆、惰性と暑さの中で自分を失っていたが、泰英だけは自分の個性を堂々と主張しているのだった。

木綿服と木綿の登山帽、学生服の泰英しか知らない圭にとって、その姿だけでも大きな驚きだった。


圭と泰英が階段を下りようとすると、背後の歌声が一層高まった。

「天に代わって不義を討つ
忠勇無双の我が皇軍は……」

泰英がその歌声のする方を振り向き、にやりと笑いながら言った。

「狂った奴等だ。笑わせるな。天に代わって不義を討つだと?」

駅を抜け出し、照りつける太陽の光を受けながら、駅前の広場を歩いた。

「京都の暑さは普通じゃないんだ。盆地だからだそうだ。暑いだろ?」

「暑さなんか問題じゃない」

泰英は顔に流れる玉のような汗を拭おうともせず、笑って言った。

「それより夏休みなのに、お前を家にも帰れなくして悪かった」

「つまらないことを言うな。俺は、初めから夏休みには家に帰らないつもりだった」

こう言って、圭は大丸百貨店のミルクホールに泰英を連れて行き、かき氷二つを注文した。久しぶりに泰英と向かい合って氷を食べていると、何とも言えない満ち足りた気分になった。泰英も全く同じ気

分の様子で、美味そうに氷を食べると、

「京都の最初の味が、こんなに涼しくて甘いとは、京都もさほど悪いところではないみたいだな」

そして、

「なあ、いつかお前とアイスケーキを四十五個食べたことがあっただろう。覚えてるか？」

と言って笑った。

「覚えてるとも」

それは泰英と圭が中学二年生の夏だった。晋州《チンヂュ》にアイスケーキというものが初めて登場した年でもあった。教練時間を最後に家に帰る途中、二人はあるアイスケーキ屋に立ち寄った。二十センチほどの長さに、指三本ほどの太さのアイスケーキだった。オレンジ色のもの、イチゴ味のもの、小豆の入ったものもあった。二人はそのアイスケーキをあれやこれやと思う存分食べ、四十五個平らげてしまったのだ。笑うとえくぼが両頬に深くできる少女の店員が驚いた顔で、

「せっかくだから、もう十個くらいどうですか」

とからかった。

「あの娘、今だったら怒鳴りつけてやるとこだけど、あのときは恥ずかしかったからな……」

泰英はからからと声を上げて笑った。

「もう一度あれくらい食べてみるか？ここではアイスケーキといわずに、アイスキャンデーというんだ」

と圭が言った。

「アイスケーキだろうとキャンデーだろうと、もうあんなことできないさ。一昨日汽車を待っているとき食べてみたけど、五個がせいぜいだった」

「それだけ俺たちが大人になったってことか」

「お前はやっと今大人になったのか。俺はとっくに大人になってたぞ」

「しょうもないこと言うな」

「あ、ところでお前、面白い話があったじゃないか。アイスケーキを買っていったお前の村の区長のことさ」

唐突に泰英が昔話を思い出した。

その話とは、次のようなものだ。圭の村の区長が自転車に乗って晋州に来た。仕事を終えて、アイスケーキ屋に立ち寄り、何個か食べてみた。区長はそれを自分の子どもたちに持って帰ってやろうと、三十個買った。新聞紙にしっかり包んで、自転車の荷台に固く縛り付けた。五里ほどの道を走って家に帰ってみると、アイスケーキが溶けてなくなっていた。溶けたという痕跡が残っていないほど、きれいに乾いていた。固く縛り付けていたので、アイスケーキ

の棒だけが、空しく新聞紙の中に残っていた。それを見た区長はぶつぶつと愚痴をこぼし始めた。

「ちくしょう、これだから街の人間は怖いんだ。あれほど固く縛り付けておいたのに、棒だけ残して中身を全部取っていくなんて。まったく街の奴等は油断も隙もない」

圭と泰英は、この話を思い出してひとしきり笑った。笑っていると涙が出てくるほどだった。思えば圭と泰英は、この四年間本当によく笑った。しかしそんな笑いを、圭は京都に来て以来忘れていた。再びその笑いを取り戻したかと思うと嬉しかった。笑いが収まると泰英が聞いた。

「ところであの区長は元気か？まだ区長をしてるのか？」

泰英に聞かれて思い出した。その区長の息子は、圭の普通学校の先輩だったが、志願兵として出征して、北支で戦死した。息子の戦死通知を受け取った区長は、気がおかしくなってしまった。圭が京都に来る頃には、人を見分けることができないほどになっていた。無論区長の仕事はできなくなっていた。今どうしているのかは分からない。その話を聞いた泰英は、

「あの問題のアイスケーキも、その息子に食べさせてやろうと買ったんだったな」

と沈鬱な表情になった。

圭は早く話題を変えねばと思った。

「それよりお前、その格好は何だ」

「どうして。これが変か？」

「いや、変じゃないけど、とても奇抜だから聞いただけだ」

「学生じゃないから、学生服を着るわけにはいかないだろう。他の服を買って着ようとしたら、全部国防色だし……国防色の服は死んでも俺は着ないつもりだ。ちょうど母さんが編んだ木綿があるっていうから、それで仕立ててもらったんだ。残りで帽子も作ってもらって……鞄の中に真っ黒に染めたやつが、もう一つ入ってる。夏冬関係なしに着れるはずだ。衣食住の中で衣の問題は、当分の間は解決した」

圭はさっきプラットホームで感じていたことを話した。皆が惰性に押し流されて自分を失っていく流れの中で、泰英だけは自分の個性を主張しているように見えたと。

「そんなふうに見てくれたとは、ありがたいな」

泰英は嬉しそうに笑った。

圭は、

「氷もう一つ頼むか?」

と聞いた。

「氷をまたか?いらないよ、俺は。小さい子じゃあるまいし……お前の学校にでも行ってみたい」

「いつか行くだろう」

「いつかじゃなくて今すぐ行ってみたいんだ」

「学校には、ゆっくり行けばいいじゃないか」

「いいや、先に延ばす必要はない。下宿に帰るついでに、そっちに回ればいいだろ」

「せっかちな奴だな」

圭は泰英の言いだしたら聞かない性格を知っていたので、大人しく従うことにした。大丸を出て、吉田に向かう電車に乗った。


休みに入った校庭は、そこに真夏の太陽を集中させながら、深い森の中、厳かな静寂に包まれていた。長い歳月の間に苔むした校舎の濃い樹陰を添えて、まさに古色蒼然とした気風が漂っているという圭の印象だったが、泰英の心象に描かれた印象はどのようなものかと振り返った。泰英は正門を入ると、焼きつけるような太陽が降り注ぐ場所をわざわざ選んで、そこに立ちつくし、校舎の全景を見回していた。

圭は眼前に現れた広い通りにある建物を説明した。

すると泰英は、

「お前の教室に行ってみよう」

と言った。圭は文科丙類だけが使っている教室に泰英を案内した。

「お前の席は何処だ?」

決まった席はないが、大体ここに座ると圭が言うと、泰英はコツコツと一歩一歩足音を立てながらそこへ行き、椅子に座った。そしてしばらく何かを考え込んでからこう言った。

「これが圭の机なら、俺の机はあの辺になくてはならないのに。人生はそううまくはいかないから辛いもんだ」

圭は急にセンチメンタルな気分になった。

「本当にそう思うなら、お前も来年この学校に入ってこいよ。俺が一年落第したら、同じクラスになれるじゃないか。お前の実力なら問題ないだろう」

「実力なんて関係ない」

圭のセンチメンタルな感情に冷や水をかけるような冷たい口調で泰英は言った。そして校舎を一回りしようと言った。圭は泰英を連れてあちこち見て回ってから、寄宿舎があるところまで来た。寄宿舎にはまだ学生が残っていた。裸になって窓枠に座っている学生や、近くの木陰に寝そべっている学生もいた。どこからか寮歌を歌う声が聞こえてきた。

「黙ってろ。あれは三高の寮歌だろう？一度聞いてみよう」

泰英が陰を見つけて座りながら言った。

蝉時雨を伴奏にして、うだるような暑さにも負けない若き声が、力強くそして感傷的な節回しで寮歌を歌っていた。

「紅もゆる岡の花
早緑《さみどり》匂ふ岸の色
都の花に嘯《うそぶ》けば
月こそかかれ吉田山……」

泰英が体をぽんとはたいて立ち上がって言った。

「三高の歌が一高より遙かにいいな。一高の歌は戯言みたいな意味だけど、三高の歌にはそれがない。深い意味はなくても青春の気分に溢れた歌……だから歌じゃないか、三高の歌は本当にいい」

三高の校門を出ると、今度は京都帝大に行こうと泰英が言った。言いだしたら聞かない泰英の性格を知っている圭は、泰英の言葉に従うしかなかった。ところが京都帝大の構内に来るのは圭も初めてのことなので、一緒に回るだけで説明や案内をできるような知識がなかった。京都帝大については、むしろ泰英の方がよく知っていた。

「哲学は東京帝大よりこの大学が遙かに進んでいるそうだが」

とも言い、

「気骨ある教授がこの大学にはたくさんいるそうだ」

という話もした。そして、

「今後日本の理論物理学は、この大学の出身者が先駆的役割をするだろうという話もある」

と言いながら、湯川秀樹と朝永振一郎の名前を挙げた。湯川と朝永の話は圭も聞いていた。二人とも三高出身のため、理科の学生たちが口癖のように、この二人の先輩の名前を挙げて自慢している場面に、圭は何度も出くわしていたのだった。京都帝大まで回ってみると、時間は既に六時をすぎていた。暑さのせいもあり、圭は少しくたびれていた。しかし泰英は少しも疲れたようではなかった。圭が氷屋を探して立ち寄ろうとすると、

「また氷か？」

と笑うばかりだった。

「とにかく少し休んでいこうや」

圭は哀願するように言った。

仕方ないというように、泰英は氷屋で圭の向かいに座るとこう言った。

「氷はお前だけ食べろ。俺は水でも飲むから。その

代わりお前の氷代は俺が出すから」

「どっちが払ってもいいから、お前も一杯食えよ」

「俺はいらない。俺はそうやって自分を鍛錬することにしている」

　圭は呆れた。

「泰英、人間は極端すぎると駄目だと言うぞ。李退渓《イテゲ》先生の逸話を一緒に聞いたことがあったろう。人間は極端すぎると駄目だって……普通でなければばって」

「俺は悪人になるつもりだ。だから極端な生き方をする。いいとか悪いとかいうのは、社会の通念じゃないか。俺はその通念に反抗してやる。そのためには極端でなければと考えたんだ。どこまで極端になれるか、それが問題だ。極端な奴の側にいると雷が落ちて来るという言葉があるだろう。俺はお前が、俺の側にいて俺のために雷に遭うのではないかと、そこまで心配している。だからお前に少しも禍が及ばないようにする覚悟もしている」

「泰英、お前変わったなあ」

　泰英が注文しなかったため、氷は一つだけ運ばれて来た。圭の困ったような素振りを見ると、泰英が言った。

「俺には今後、一切気を遣うな。そうするための訓練だと思って、お前だけ食え。俺は水がいい」

「まったく、とんでもない奴だな」

と言って、圭は氷を食べた。震えるほど美味かった。

「この氷、震えるほど美味いぞ」

「震えることはないだろう」

　泰英は水を一口飲んで、にっこり笑いながら次のように言った。

「圭、今日俺は三高と京都帝大を卒業した。卒業証書を渡す渡さないは他人の都合で、俺としては今日卒業したんだ。六年かけなければ高等学校から大学まで卒業できないというのは他人の都合で、三時間あまりの時間で卒業できるというのは俺の都合だ。すでに俺は俺の一生の経綸に、日本の教育制度による学歴は関与させないつもりでいた。けれどもその教育の残滓とでもいうか、おぼろげな未練が残っていた。その未練を、今日きれいに洗い流した。簡単にいえば、高等学校と大学に対する俺の未練を卒業したということになる。けれどもそれはどこまでも常識人の解説で、俺の考えでは、堂々と卒業した。そういうことだ」

　圭は泰英のその言葉が分かるようだった。けれども、つい最近受け取った手紙には、九月に専検試験を受ける予定だと書いてあった。それならその方針

を変更したのだろうかという疑問が残った。しかし、
圭はそのことを聞かないことにした。いずれ分かる
問題だろうと思ったからだった。
二

風呂に入り、夕食をすませた。蒸し暑さが消える
まで風に吹かれようと、圭は泰英を妙心寺に連れて
出かけた。
鬱蒼とした巨木、爽やかな芝生、妙心寺の夜はい
つも心を落ち着かせてくれる。圭はできるだけ人気
のない奥まったところを探して座った。
「妙心寺はいいだろう」
「静かでいいな」
ちょうどその時、十五夜の月が枝の間にかかって
いた。森の中に逃げてきたかのような月の光が、圭
と泰英の体の周りにほのかな模様を描いた。
「ああ月だ。いい月だな」
圭はその感動を押さえきれずにこう呟いた。泰英
はにやにや笑っているだけだった。
「嫌な笑い方をしてるな。何でそんなに笑うんだ?」
圭は照れくさくなって聞いた。
「太陽も、月も、星も、花も、感動しないことにし
たんだ。俺は」
泰英が静かに言った。
「何言ってるんだ。いいものはいい、綺麗なものは
綺麗、あるがままに見ろよ」
「どれだけいいものでも、よくないと思って見れば
そうなるし、どれだけ美しいものでも醜いと思って
見ればそれまでさ」
「それは詭弁だろうが?」
「詭弁?世界中が詭弁で埋め尽くされようとしてい
るのに、俺たちだけが詭弁を避けるのか?聞け、圭。
俺は俺の周りにあるすべてのいいもの、美しいもの
に、ある時期が来るまでは背を向けて生きるつもり
だ。無理をしてもだ」
「そんなことができるのか?あの月だけ見てもそう
じゃないか。あの美しさに、どうやって背を向ける
と言うんだ」
「チェーホフの作品に、こんな一節がある。果てし
ない草原の上に広がった空に、月が出た。その月が
どれほど神秘的か。けれどもチェーホフは、その月
を、青い壁紙に刺さった押しピンのようだと片付け
たんだ。どうだ、チェーホフにかかったら、数十万
の詩人たちが涙を流して感激する神秘的な月も、取
るに足りない押しピンになってしまうってことだ。

そんな筆法なら、所々枝に遮られた月を、糞にまみれたぼろ雑巾のようだと言うこともできるじゃないか……それだけじゃない。チェーホフは、荘厳で恐ろしい落雷の音を、いたずらっ子がブリキ屋根の上を走り回る音だとも比喩しているのさ……」

　圭は泰英の話がとても面白いと思ったが、それよりも、そのようにねじ曲がった泰英の考え方が心配だった。

「チェーホフは登場人物の、倦怠的で虚無的な気分を表現しようと、わざとそう書いたんだろう。チェーホフ自身が自然の美しさ、神秘さを、そう感じていたはずないだろう」

「圭、お前の言っていることは正しい。俺はそのチェーホフの作中の人物に似ているんだ。いや、似せようとしているのさ」

　圭はしばらく黙っていようと思った。泰英の口からそのような話が始まったら、終わるところを知らない。しかし、泰英もそれ以上何も言わなかった。夜の蝉の声が聞こえてきて、そこに草虫の声も重なった。静かすぎるほど、静かな時間だった。

「泰英、ビールでも一本買ってくるか？」

「ビールって、何でまた？お前酒飲むのか？」

「いや」

「それなら何でビールを？」

「何となくそんな気分になったから。静かな月の光の下で、旧友と出会って一杯。お前そんな気分にならないか？」

　泰英が静かに笑った。

「俺は今後、酒も煙草もやらない。ある時期までは」

「さっきからお前は、ある時期、ある時期って言ってるけど、一体その時期って何なんだ？」

「朝鮮が独立するときまで」

　泰英が一言一言、噛みしめるように言った。圭は正面から聞き返すことができなかった。

「朝鮮が独立する日が、いつ来るんだろう」

　圭は溜息をついて呟いた。

「俺の周りには百人中、一人として独立の望みがあると考えている人はいなかった。いや、一人いる。その人は、圭、お前も知っている河永根《ハヨングン》先生だ。けれども河永根先生も、本心から独立の可能性を信じているわけじゃない。河永根先生の独立可能説には、いつも「たら、れば」の文字が付いてくる。日本が滅びれば、国際情勢が急変したら、アメリカが急げば、中国が戦争に勝利すれば、そうやって無数の「たら、れば」が現実になれば、独立できるかも知れないだろう。それが河永根先生の意見だ。こんな意見でさえ、俺たちには貴重だ。俺たちは、こんな話さえ聞いたことがなかったんだから。聞いたことがなかっただけじゃなくて、独立という言葉さえ口に出すのを皆が恐れているんだから。どこかで独立運動をしている人たちがいるって聞いたが、俺たちの周りの人間は、徹底的に奴隷根性に染まっている有様だ。俺は、日本の奴等が俺たちを征服したんじゃなくて、俺たちが奴等の奴隷になることを自ら招いたんだと思う。その奴隷根性を捨て去らない限り、河永根先生がいくら「たら、れば」を挙げつのったところで、「たら、れば」が実現したところで、絶対に独立は不可能だ。仮にそんな機会が与えられたところで、独立しようという考えは持たずに、再び主人を探して飛び回るのは目に見えている。俺はそんな無様な姿を我慢することはできない」

圭は、泰英の情熱と信念を、そのまま肯定することができた。しかし、あまりにも遙か遠くの話だと思った。泰英は空の星を掴もうとしている……。

「それなら、どうしようというんだ」

これは質問ではなく、圭の呻きだった。

「万に一つの可能性がなければ、俺は百万に一つの可能性を創り出すつもりだ。先ず俺は、決して倭奴《ウェノム》の奴隷にはならない。徹底的に倭奴と闘うつもりだ。奴等の戦争に、どんな意味でも協力はしない。そして今後二年間、朝鮮がどうすれば独立できるかを研究して、同時に、どんな体制の、どんな規模の、どんな内容の国にならなければならないのかを模索して、それを一冊の本にするつもりだ。朝鮮には、孫文先生の三民主義に匹敵する本もないじゃないか」

圭が、もし泰英以外の人間からこのような話を聞いていたら、腹を抱えて笑っていただろう。独立の方法を研究するというのも何だが、国家の体制を明らかにする本を書こうというのだ。それも十八の少年の話なのだから、呆れた妄想に聞こえるしかなかった。しかし、泰英の話となると、そのまま聞き流すわけにはいかなかった。

「だけど、あまりにも漠然とした話だな」

「漠然だと言われても、空想だと言われても仕方がない。いつ死んだって構わない。奴隷になってはいけないという叫びだけ残して終わってもいい。俺は俺の仕事をリレーの第一走者だと思っている。松明を消すことなく、次の走者に渡すことができればそれでいい。俺の人生は、長かろうと短かろうと、その役割だけで満足だ……」

泰英は言葉を切り、しばらく黙っていた。圭は、泰英が湧き上がる情熱を、どのように表現すればいいのか躊躇しているのだろうと思った。

「俺が京都に行くと言ったら、河永根先生が、今後学費の心配はするなと言いながら、とりあえず使えと二百円をくれようとした。俺はその金を前に、複雑な気持ちになった。その金さえあれば、これから一年は心配ないという思い、祖父さんと父さんが数ヶ月東奔西走して俺に用意してくれた金が百円にも満たない八十円で、それさえもこれ以上家から金が出てくると思うなと念を押しながら出してくれたのに、河永根先生からは、これほど容易く二百円という金が出てくるのかという思い、いつかの冬、小作料を二石減らして欲しいと、ある老人が訪ねてきたのに、そんなことをなんで私に言うのか、村の小作地管理人のところに行って言えと、冷たく追い返したこの人が、どうして俺に米二十石にもなる金を惜しげもなく差し出すのかという思い、有り難いという思いと、この金を受け取っては駄目だという思いが、しばらく俺の胸に渦巻いていた。俺はその金を前に、悩んでいる自分自身が恨めしかった。だから「このお金は受け取れません」と断った。河永根先生は驚いていたさ。学問をするときは、金の心配なく落ち着いてしなければならない、学業を終えた後に返してくれてもいいから黙って受け取れと説得したりもした。それでも俺は受け取らなかった。これからは金をもらいながら、日本の奴等の下で勉強するつもりはないと言ってやった。最小限の金はかかるだろうが、それは自分の力で稼ぐつもりだと言ってやった。それでも河永根先生は、しつこく金を持っていけと言い張るんだ。それで俺はこう言った。いつそんな日が来るか分からないが、俺が独立運動を本格的に始めるとき、独立運動の資金を出して欲しいと……河永根先生は、独立運動の資金はそれとして、この金は別じゃないかと強要するのを、後ろも振り返らずに飛び出してきた。俺は河永根先生を有り難い方だと思ってはいるが、一方では憎んでもいる。俺が独立運動をすると言ったとき、その言葉をまともに聞かずに、子どもの戯言のように聞いていた。人が肺腑《はいふ》から湧き上がる言葉を話しているのに、どうしてそんなことができるんだ？」

圭は泰英の言葉に、少しでもいい加減な態度を取ってはならないと思った。

「河永根先生は、お前の考えをよく分かっているはずだ。お前の誤解だ。お前を一番よく理解している人はあの方じゃないか」

「だからこそ腹が立つんだ」

「泰英、興奮しないでお前の計画を話してみろ」

圭はこうしてなだめるしかなかった。

「お前には話す必要ないと思う。お前はお前の道を行け。考えてみれば、人間は二つの種類に分けることができるんだ。順境の中で、そのまま育っていく人間、逆境を押しのけ、逆境に打ち克つことでしか生きていけない人間。圭、お前は前者の種類に属する人間だ。お前は誰の怒りも買うことなく、万人の祝福を受けて大きくなっていく人間だ。そんな人間は、俺が歩いていく道を歩こうとしてはいけない。ただ一つ、お前が一生懸命勉強していれば、いつかは俺が歩く道と一致すると、俺は信じている。俺はお前が俺の友人であることを誇りに思う。お前は俺と同じ道を歩くことができなくとも、俺の敵となる方向には行かない人間だと思っている」

「ありがとう。俺もお前を友人としたことが一番の誇りと思っている」

圭と泰英はお互いの手を握りしめた。

「ところで圭」

と泰英は静かに言葉を続けた。

「今は一九四〇年だろう。十年が過ぎれば一九五〇年になる。一九五〇年に何が起こるか、想像してみろ。最近俺が考えた最大の収穫が、十年先を展望してみようというアイデアだ。そのときになれば、今俺たちが想像もできない局面が展開しているだろう。十年後といえば、お前は二十七歳、俺は二十八歳の青年だ。そのときから人生を本格的に始めることにして、それまで俺たちは基礎作業をするんだ。俺は独立運動の闘士として基礎作業をして、お前は世界的な大学者となるための基礎作業をして……。そのためには、お前は危険な道を避けて歩かなければならないし、俺は危険な峠ばかりを探して、その困難に打ち克っていかなければならない」

「基礎作業と言いながら、どうしてわざわざ危険な峠ばかりを探すんだ」

不満そうに圭が言った。

「危険な峠を探して、そしてそれに勝ち残る努力が、革命家の、または独立運動家の基礎作業なんだ」

「だけど」

「心配するな。圭、俺には自信がある。どんな危険にも勝ち残る自信がある。万一失敗すればそれまでだ。さっきも言ったように、松明の灯ったバトンを次の走者に渡してやればいいんだから。俺個人は何になるのかって？数千万の人間が奴隷の汚辱にまみれて生きている中で、この朴《パク》泰英《テヨン》はただただ自らの主人として振る舞い、主人として死んだ。それだけでも栄光じゃないか……遠い未来、俺の最も尊敬する友人、李圭《イギュ》氏が一幕の追憶談でも残してくれるだろうし……」

　十年先を見つめようという泰英の言葉は、強力な迫力を持って、圭の心を揺さぶった。それは啓示にも似た、貴重な教訓だった。三年経てば大学に行くだろう、さらに、三年が経てば大学を卒業するだろう、そういう考えの他に、圭は未来を展望してみたことがなかった。

「泰英、十年先を見つめるという思想は本当に立派だ」

「立派なことはないさ。当然の心構えさ。けれども、十年先を見つめて、計画を立てるということは重要なことだと思う。ひょっとすると、その頃には日本が倒れているかも知れないじゃないか。そのとき正々堂々とするためにも、今、卑屈になってはいけないんじゃないか。歴史の波に飲み込まれて喘ぐよりも、その行方を予測して、準備する方が、どれほど栄光あることか。十年、そうだ十年だ」

　泰英は次いで、郭病漢《カクピョンハン》と鄭武龍《チョンムリョン》が満州に行ったという話を取り出した。

「彼らはそこで独立運動をするそうだ。できることなら馬賊団に入って、日本の奴等と闘いたいと言っていた。だから俺は言った。お前たちはロシア語と中国語に精通しておけと。圭はフランス語をして、俺はドイツ語をする。英語はみんな問題なくできるから。俺たち五人が集まれば、それで世界の知識を集めることができるじゃないか……郭君と鄭君は、二人ともしっかりしているから、どんなことでもやってのけるだろう」

　圭は泰英の話を聞いていると、夢の世界で遊んでいるような感じがした。フランス語の動詞変化に追われる毎日を送っている自分が、あまりにもみすぼらしく感じられもした。

「ところで圭よ」

　泰英が語調を変えた。

「うん、何だ？」

「俺は明日から仕事を探さなければならない」

「仕事？」

「俺は明日から働かなければならない。労働者の中に飛び込んでみる。だが、軍需工場やそれに関係するところには行かない。軍需工場の職工を立ち上がらせて、ストライキができるような立場になるまでは……」

「仕事をそんなに簡単に見つけられるか？軍需工場以外で」

「土方の仕事でもするつもりだ。一月ほど働いて、九月になったら専検を受けなければならないから」

「専検を受けるつもりなのか？放棄するつもりかと思っていた」

「どうして放棄するんだ」

「さっき大学を卒業したことにするって言ったじゃないか。大学を卒業した奴が、専検試験を受けてどうするんだ？」

「大学に行くために専検を受けるんじゃない。いつどこで学生という身分で偽装しなければならないか分からないから、その準備として受けておくんだ」

「それなら九月はすぐじゃないか。俺の下宿で、その試験の準備をしろよ」

「専検のために準備をするのか？平均六十点でいいという試験のために？鉱物だの動物だの植物だのの本を少しかじっておけば十分だろう」

「お前の学力は相当なもんだけど、試験といえばまた別だ。甘く見てると恥をかくぞ」

「そんな心配はいいから、明日俺と一緒に仕事を探しに行ってくれ。一日だけ一緒に回ってくれれば、京都市内の地理が大体分かるから、明後日からは俺一人で回ることにする」

「本当にせっかちな奴だな」

こう言ったが、圭は明日から泰英を連れて回ることになるだろうと覚悟した。

しっとりと湿ってくる露を、皮膚で感じることができた。暑さはすっかり消え、冷気が広がっていた。圭は泰英を立たせ、月の光に染まった妙心寺の境内を抜け出しながら、空を見上げた。

「朴泰英、お前が何と言おうと、今夜の月は綺麗だ」

「今夜だけは、圭の目に同意する。本当に美しい空であり、月であり、夜だ」

二人は肩を組んだ。

「三高の寮歌、教えてやろうか」

「そうだな、教えてくれ」

圭が低い声で寮歌を歌った。

「紅もゆる岡の花、早緑匂ふ岸の色……」

これまでの言動からして、不満を言うものかと思われたが、若き志士朴泰英は、圭に合わせてその歌をとぎれとぎれに口ずさんだ。

三

「出生とともに人生は、各自独特の形式と内容を持って出発するものだ。ところが人生が進行する過程には、無数の岐路と峠がある。この岐路と峠を、偶然に翻弄されたまま、または惰性に流されたまま歩く人間もいれば、自らの意志で選択した道を強行する人間もいる。俺はその結果がどうなろうとも、偶然の作用を俺の意志で調節し、惰性を克服して、俺の人生を俺自身の力で造り上げていくつもりだ。失敗があるかも知れないが、それは俺の責任であり、敗北があるかも知れないが、それも俺自身の責任だから、少なくとも悔いのない人生にはなるだろう」

そのために泰英は、

「日本のど真ん中を溶鉱炉として、自分を我が民族のための鋼鉄として鍛錬する」

と言って、新聞の求人広告を探し回り始めた。初めの二日は圭に案内してもらっていたが、その次の日からは単独行動をした。そして一週間後、彼は大阪近郊の守口というところに牛乳配達の仕事を見つけたと言った。

京都でなく守口に職場を決めた理由を、泰英は次のように言った。

「この京都で俺が働いていたら、近いだけお前の心に負担になるだろう。だからといって、お前から離れすぎるのも嫌だったし、大阪や京都に比べたら空気もいいし……京都と守口は京阪電車で一時間あればいける距離だ」

泰英が行くことになったその牛乳店は、主人夫婦と七人の配達員がいる小さな店だと言った。

「ぽつりぽつりと家が建っているが、周りは草むらで……その草むらの中の二階建ての家で、朝日牛乳店という看板が掛っていたんだ。近くに行ってみたら玄関にも札が掛っていて、配達員募集とあったから構わずに入ってみた。誰もいないから大声で呼んでみたら、昼寝から起きてきたような中年の男が目をこすりながら出てきたんだ。俺を見て、牛乳配達をするつもりかと聞くから、そうだと答えた。そうしたらその人、俺の名前も聞かないで、いいぞと言うんだ。あまりにも拍子抜けして、名前も本籍も聞かないでどうしてそんなに簡単に言うのかと聞いたら、名前や本籍はいつでも知ることができるだろうと笑うんだ。月給はどれくらいかと聞いてみた。食べさせてくれて、寝かせてくれて、一月三十五円くれるそうだ。だから俺もそれでいいと言ったんだ」

圭はそれを聞いて、慎重に人生の起点を選択するつもりだと言ったのに、焦りすぎではないかと言った。

「相手が気軽に受け入れてくれるなら、こっちも気軽に決めなければならないもんだ。言葉だけじゃなくて、その主人の印象がよかったんだ。顔は真っ黒だけど、腹の中は黒くないようだった」

「お前よりもっと黒いのか」

と圭は冷やかした。

「こいつ、俺はその人に比べたら白人だ、白人」

泰英より黒いならば、その牛乳店の主人はどれほど黒いのかと、圭は笑った。

「ところでもうひとつ傑作がある。俺は朝鮮人だけど、それでもいいのかと聞いたんだ。そうしたらこう言うんだ。必要なのは牛乳配達員であって、特殊な人種や人格ではないって」

「よっぽど人手が足りないんだな」

「そうかも知れん」

圭はしかし、よりによってどうして牛乳配達をしようと考えたのか、聞かずにはいられなかった。

「集中的に三、四時間あれば終えることができる仕事だから、本を読む余裕があるだろうし、朝早く起きて、朝のうちにする仕事だから、運動にもなる。その上、牛乳という栄養物を配達することは、人類の健康のための仕事だから、堂々とした職業意識も持てるじゃないか」

そして泰英は声を低くして次のように言った。

「うちの親父の月給がだ。十年近く郡庁に通っているのに、その月給が三十五円にしかならない。食うことと寝ることはただで、三十五円の月給をもらうならば、俺は親父よりたくさんの額を受け取ることになる。中等学校を出て十年も勤続している人間が、一日三時間しか働かない牛乳配達の収入にも満たないなんて話になるか。植民地の末端官吏というものはそれほど悲惨なものさ」

圭は泰英についていって、その牛乳店を見てみたかった。しかし、泰英は頑として断った。高等学校に通う友人がいるという事実をそこの同僚に知られたら、それだけでも自分が異質分子の扱いを受けるということだった。その代わりに一生懸命手紙を書くと言った。仕方なく圭は、せめて四条大橋の駅まで送っていくと言って立ち上がった。

その日も京都は蒸すような暑さだった。駅に着くまでに全身が汗まみれになった。四条大橋のプラットホームには強い風が吹いていたが、すえた匂いの混じった蒸し暑い風のため、むしろない方がましだった。そのような暑さの中、牛乳配達をすると言って去っていく泰英の姿を見ていると、圭は何とも形容しがたい感傷に陥ったが、当事者の泰英は凛々としていた。垢染みた登山帽の下で、真っ黒い顔をにこにこさせながら、

「どうだ、新しい人生を出発する俺の姿は。コルシカからフランスに旅立つナポレオンに似ているだろ

う？」

とおどけた。

「ナポレオンがそんな垢まみれの登山帽をかぶっていたのか？」

圭はこう言ってからかった。

「登山帽をかぶっていたかどうかは知らないが、そのときのナポレオンは今の俺ほどみすぼらしかったはずだ」

みすぼらしいという言葉を使いながらも、毛ほども意気消沈した様子のない泰英を見ながら圭は、

（泰英こそ時と場所さえ得れば、ナポレオン以上の人物になるかもしれない）

と思った。

「とにかく泰英。牛乳配達もいいし、何をしてもいいけど、専検試験は必ず受けろよ。今度の試験は九月五日だろ。その日を忘れるな」

圭は真顔で言った。

「心配するな。その試験だけは受けるつもりだから」

「願書の締め切りは八月二十日、それも忘れるな」

「心配するなってば」

大阪行きの電車が入ってきた。始発駅のため、がらがらの電車ががたごと音を立てながらプラットホームに合わせて止まった。人々がわっと電車に押し寄せた。泰英もその方に足を向けようとしたが、立ち止まり、

「次の電車にしよう」

と、さっきまで座っていたベンチに戻って座った。圭もその横に座った。

「今日のうちに帰ればいいから」

呟くように言う泰英の言葉に、少しでも長く自分と一緒にいたいと思う気持ちと友情を圭は感じた。

電車が行ってしまうと、その場所は再び空間となり、その空間は川とその向こうの風景へと広がっていた。瀝青の光を帯びて重々しく流れる川、森を伴った川辺の密集した建物の上に、真夏の太陽が眩しく降り注いでいた。

（一九四〇年八月一日午後二時、ここ日本、京都の四条大橋プラットホームに朴泰英と李圭がこうして座っている！）

という思いとともに、

（この時間の意味とは何か？）

という想念が湧き上がった。

この時間が過ぎれば、泰英は圭が想像も及ばぬ未知の世界に行ってしまう。

（それなら、この瞬間こそが泰英と俺の決別の時間ではないのか。人生に多少の変化はあっても、これ

までは同じ線上にいた。けれども、この瞬間から人生の方向が違っていくのだ)

泰英も自分なりの感傷に浸っている様子だった。笑みが消え、沈鬱ともいえる影が顔を覆っていた。

「俺の人生を偶然の悪戯にだけ任せておくことはできない。俺の人生を惰性の流れに放置してしまうことはできない。これが俺の信念だが、その信念の結果がたかだか牛乳配達だとはお笑いだろう?」

と泰英が圭の方を向いた。圭はすぐに何とも答えることができなかった。

泰英が自分の気持ちを慰めるかのように静かに言った。

「ドストエフスキーの『罪と罰』の中でラスコーリニコフが呟く言葉があるだろう。ナポレオンが老婆の寝台の下に忍び込むか?という。俺は今、ふとその言葉を思い出した。ナポレオンが俺と同じ境遇に置かれたとして、牛乳配達をするだろうか?こうやって聞いている様を見ると、明らかに俺はナポレオンとは違うようだ。それなら俺はラスコーリニコフに似ているのか?」

圭は黙って聞いている他になかった。

「俺は決してナポレオンを尊敬してはいないし、そんな人間になりたくもない。けれどもナポレオン的な人間とラスコーリニコフ的な人間に分けて、どんな人間になりたいか選択を強いられたら、俺はやむを得ずナポレオンになると答えるしかない。いや、ナポレオン的な人間になると意地を張らずとも、ラスコーリニコフ的な人間にはなることはできない。だから俺は絶対にラスコーリニコフの模倣はしない。牛乳配達はしても、老婆の寝台の下に忍び込むことはしないということさ。けれども問題は残る。ナポレオンが牛乳配達をするかという問題だ」

泰英の胸中にふつふつと湧き上がる想念の渦のようなものを、圭は理解することができた。しかし、その思いをそのまま正確に把握することはできなかった。

「ナポレオンはナポレオン、朴泰英は朴泰英じゃないか」

「それはそうだ。けれども善悪はさておき、人間らしい人間になろうと思えば、ナポレオンを乗り越えなければならないんだ。ナポレオンを乗り越えなければならない人間が、牛乳配達をすることができるのかということだ」

泰英は圭に聞いているというよりも、自問自答するように呟いた。

「牛乳配達じゃなくて、汲み取りの仕事でも全然関係ないだろう。問題は卑屈になるか、そうじゃないかというところにあるんだろう」

圭は泰英自身の思想をそのまま反復してみた。泰英はにっこりと笑った。泰英の問いは、そんな常識を越えた、もっと人生の実相に近寄った真実を模索する渇望のようなものだと思われた。圭は自分の安易な答えを恥じて、顔を赤らめた。

「それはそうと、ラスコーリニコフの欠点が何処にあるのか分かるか？」

泰英が再び勇気を取り戻したかのように快活に言った。こうなれば、圭は泰英の言葉を待っていればそれでよかった。

「ラスコーリニコフの欠点、いや、彼の過ちは、自分自身に対する過度の自慢心にあったと思う。彼において一番の問題は、自尊心だった。誰にだって自尊心がないわけではないが、その自尊心の度が過ぎて、方向もずれていたんだ。人類の幸福だの、究極の人生だのという言葉を口にしているが、そんなものは彼にとっては自分を飾るための観念に過ぎない。だから、彼は人類の幸福を口にしながらも、何が人類の幸福なのかを誠実に考えてみたことがないのさ。ただ漠然としたものだ。自分に金と力さえあれば、今すぐユートピアを建設することができると、空想しているに過ぎない。言ってみれば、自分がナポレオンにならねばならないとだけ考えて、何をするためにナポレオンになるのかという思想も目標もなかったんだ。自尊への妄執だけだ。虱のような存在に過ぎない老婆くらい、死んでも構わないと考えながら、この世にどうしてそんな老婆が存在するようになったのかについての原因と条件は考えもしなかったんだ。まともに考えるなら、老婆に斧を振りかざすのではなく、そんな老婆を生み出した社会の不合理性に斧を振りかざすべきじゃないか。老婆一人を殺して、万人を救うことができるのならば、一つの罪で万人の利益を作ることになるのだから、一対万の数学の問題ではないかと問題を設定しているが、その問題設定が間違っている。その老婆一人を殺したところで、数百万のうちの一人を殺しただけに過ぎない。残りの数百万をそのままにして、どうやって万人の利益を用意できるというんだ。そんな老婆を作り出した原因からは目を背けて、目に見える枝葉末節だけを問題にするハン・ラスコーリニコフは人でなしだ。病的な人間の標本となるだけだ。だから彼は牛乳配達をすることができなかったんだ。だけど俺はそうじゃない。俺にも自尊心はあるが、同時に俺には朝鮮の独立という理想があり、目標がある。俺にはナポレオンにならねばならない理由があり、目標があるんだ」

こう言いながら、泰英は目元を赤くした。圭の反応がどうか気にしている証拠だといえた。圭は笑っているだけだった。

「その目標のために、いや、ラスコーリニコフにならぬために、俺は牛乳配達を六ヶ月する予定だ。それから木工場に行く。そこで半年くらい技術を学んで、次に夕張炭坑に行くつもりだ。そこには俺たちの同胞の労働者がたくさんいるそうだ。こうしていろいろな職場を遍歴しながら、人生を学び、俺自身を鍛え、逆境にある同胞たちに希望の種を蒔くんだ」

泰英のこのような言葉が、圭には無理に背伸びをして、実際以上に大きく見せようとする美しい稚気のように感じられもしたが、その胸に燃え上がっている抱負の真実には感動しないではいられなかった。
三、四本見送った後、朴泰英は守口行きの電車に乗った。わずか一時間足らずで行くことのできる場所に泰英を送りながら、圭は永遠の別れをするような悲しみを感じた。汗を拭うのも忘れてプラットホームを歩き、階段を下りながら、圭は泰英の言葉を噛みしめながら、心の底で呟いた。
(泰英はナポレオンになるために守口へ旅立った。ところで俺は?……)

四

朴泰英の日記抄。


八月一日。

守口の朝日牛乳店に午後三時半到着。主人夫婦に挨拶をした。主人の名前は大倉宗太郎。

「名前だけ見れば、総理大臣でもできそうやけど、実際はしがない牛乳店の主人や」

主人は顔の筋肉一つ動かさずにこう言った。口ぶりから見て、なかなかユーモアを理解した人のようだった。

「前に半島人の苦学生が二人、うちにいました。二人とも真面目な人でしたよ」

純朴な田舎風の夫人がこう言った。

夕食を兼ねて、歓迎会があった。順番に次のように全員が自己紹介をした。

「私の名前は新村《にいむら》透《とおる》。四国高松の生まれです。来年私は軍隊に行くことになっています」

端正な顔に、ぎらぎらした瞳を持った青年がこう言った。

「私の名前は金谷平助《かなやへいすけ》。すぐ横の河内に両親の家があります。私も来年には入隊します」

この青年は背が低いが、がっしりとした体格だった。

「私は佐竹です」

素朴な田舎臭さがそのまま残っている青年は、このように短く話した。

「佐竹は裁判所書記試験を受けるために熱心に勉強している模範青年や」

金谷が一言付け加えた。

「私は山本清といいます。大阪を転々として、ここへ来ました」

山本は少しやぶにらみの印象を与えた。

「彼も来年になると入隊や」

金谷の補充説明だ。

「私は平田《ひらた》穂《みのる》という不良青年です。お見知りおきを。私も来年には入隊しなければなりません」

「俺は矢木久次《やぎひさじ》だ」

と言った人物は三十過ぎに見えた。

「上等兵で除隊した勇士やが、少しくせがあるから特に注意しいや」

主人が一言口を挟んだ。確かに何か意地の悪そうな顔だ。

「私は宗川《むなかわ》だ」

四十歳近くに見える宗川は、足が悪いようだった。その体全体に漂っている虚無感のようなものは、彼の体の障害によるものなのかも知れない。

私はこのようなメンバーで構成された社会に入り込むことになった。必要以上の言葉は一切交わさないこと、そして、他人の嫌がる仕事は自分が率先してすることを、先ず心の中で誓った。

八月二日
早朝三時半に起床。卸屋から運搬されてきた牛乳を一合ずつ小さな瓶に分け入れる。全部で三千本以上の瓶だ。それから消毒だ。針金で編んだ籠に瓶を積んで、電気煮沸器に入れて三十分程熱を加える。次に各自、自分の割り当ての分を配達車に乗せて出発する。
私は主人について出かけた。以前ここにいた配達員が担当していた分を、主人が受け持っていたのだが、その分を私が引き継ぐようだった。
四時半といえば、夏の朝でも暗い。その暗闇の中で、道を覚え、表札を見分けなければならないので、なかなか難しい仕事だ。私は主人の後に従いながら、自分に必要なように自分なりの地図を頭の中に描いた。私が受け持つ顧客は約四百戸。それをすべて回って店に帰ってみると八時だ。三時半から数えて、まるまる四時間半かかったことになる。守口から大阪や京都に出勤する人も多いので、遅くとも七時半までには配達を終えねばならないというのが主人の言いつけだった。

朝食を食べると、皆、一眠りする習慣になっている様だったが、私は暗闇の中で覚えた道と家を、明るいときに確認するために外に出かけた。二回りしてみると、すべての道と配達対象の家を、ほとんど把握することができた。

帰ってみると昼食の時間。昼食をすませ、洗濯をして、主に手紙を書こうかと思ったが、緊張していたせいか、あまりにも疲れて一眠りすることにした。

二日目の晩になった。皆、どこかに遊びに行ってしまって、二階の合宿所には宗川という人だけが残って、枕を高くして寝そべったまま本を読んでいた。宗川が何の本を読んでいるのか知りたかったが、そんな好奇心を抑制しなければならないと考えて、自分も本を広げた。マシュー・アーノルドの評論集だ。アーノルドの英語は、初めは手こずったが、最近はかなり慣れて、一ページに二、三回辞書を引けば簡単に読み進めることができた。アーノルドの整然としながらも、人生と社会の機微を鋭く見抜いたような見識には学ぶところが多い。

八月三日

早朝三時半に起きるということは、少々辛い。だが、耐えられない程ではない。すべての人々がまだ夢の中にいる時間に、自分だけが起きているということだけで、満ち足りた気分にさえなる。そんなところにも、先覚者の自負を見いだすことができる。

この日の朝は、私は積極的に仕事を手伝った。トラックから牛乳の入ったドラム缶を引き下ろすときにも手際よく手伝えたし、小さな瓶に分けて入れるときにも自分の分の四百本は、自分の手で片付けられたと思う。消毒のときも同じだ。熱い籠を取り出すことも、あらかじめ冷たい水に湿らせた手拭いさえ用意しておけば簡単なことだった。

「朴君の仕事を見てると、何年も働いている人間みたいやな」

矢木という意地の悪そうな人がこう言って、

「お前、他のところで牛乳配達してたんとちゃうか？」

と聞いた。

「生まれて初めてです」

と答えると、彼はどうにも釈然としない様子だった。

配達車に瓶を載せ、車を牽き始めようとすると主人が、

「今日までは、助手をして道でも覚えや」

と言って、配達車を自分が牽こうとする。

「道と家は昨日の昼に二回回ったから大丈夫です。今朝からは僕一人でできます」

と、私は配達車を牽き始めた。一合瓶といっても、四百何十本も載せてみると、かなり重かった。けれども、車輪が回り始めると楽になった。一人でできると言い張っても、主人はついてきた。そして、私が少しの躊躇いもなく配達対象者の家を見つけて、牛乳を入れていくのを見て、驚いたように呟いた。

「いくら早いいうても、一週間くらいはかかるはずなんやが……」

八月五日
非の打ち所のない牛乳配達員になったと、私は自負できる。早暁三時半に起きることは少しも苦ではない。配達車を牽いて明け方の道を走ることが、愉快でさえある。これ以上の運動はないだろう。おまけとして十数本の牛乳が載せてあるから、休憩するところで一本は飲んで、一本で顔を洗う。残りは回収できない代金のために、内緒で顧客を作るのに必要でもあり、それで定収入外のポケットマネーを作ることもできるのだが、私にはそんな考えはない。同胞の中に、貧しい人がいれば、見つけ次第その家の子どもたちにあげるつもりだ。牛乳配達は、私の人生を始めるにおいての初めての労働であり、国の独立のために出発した、長い路程の初めの部分だ。人間はその時間ごとに、毎日、勝利しなければならない。現在においての勝利とは、張りつめた日課を自分に課し、それを完遂することだ。先ず日課を次のように考えてみた……

八月六日
主人はどこから見ても、よくできた人だ。牛乳をこぼしても、瓶を割っても、大きな声一つあげない。新村がしょっちゅう落として割るのだが、一、二本の場合は何も言わず、三本四本と繰り返されると、
「まだ、寝足りないみたいやな」
と、新村の代わりに主人が言い訳のように呟いている。私も今朝、瓶を二本割った。籠から取り出すときに、体の重心がずれていたために、一方が傾いてしまったのだ。

「ガラスの瓶も、長く使っているとも弱くなるんやな」と言いながら、主人は砕けた瓶のかけらを注意深く集めてゴミ箱に入れた。

少しの他人の失敗にも癇癪を起こすのは矢木という人で、何があってもまったく言葉がないのが宗川だ。私は八月一日にここに来てから、自己紹介をしたときを除いて、宗川が何か話しているのを聞いたことがない。昼間は寝ていたり、そうでないときはいつも本を読んでいる。ところでその本は日本語の本ではなく、西洋の本のようだ。しかし、私は好奇心を堪えなければならない。

宵の口にはどこかに出かけていって、十時くらいにならなければ帰ってこない新村、平田、金谷、山本たちが、今日はどこにも行かずに合宿所で花札を始めた。

「お前ら、すっからかんになったんやな」

矢木が古い靴下を繕いながら、こう言い放った。矢木は時間さえあれば、下着や靴下を繕うことを趣味としていた。

「人の金がどうなろうと余計なお世話だ」

平田が言った。

「金がのうなってよかったやないか。そのまま金が続いてたら、お前らのアホな頭は溶けて腐ってしまうわ。お前らほど女郎買いのひどい奴等も初めてや」

矢木が舌打ちしながら言った。

「戦場に行けば体もろとも腐ってなくなるんや。ちくしょう、溶けてぶっ倒れるまで思いっきり女郎買いでもできたらええのに」

山本が花札を投げながら言った。

「佐竹君を見習え。軍隊に行ったこともない青二才が、今から悪い癖を覚えて……それに、大人が話すことは黙って聞くもんや。口答えするとはなんや」

矢木がかっと大声を上げた。

同時に平田が、花札を投げ捨てて、矢木の方を向いて座り直した。

「何や？大人やて？上等兵が一番か？ここは兵営やないんや。女郎買いをしても俺らの金やし、酒を飲んでも俺らの金で飲んでいるのや。黙って聞いとったらいい気になりやがって」

「この野郎、俺を誰だと思っとるんや」

矢木の顔が残忍に歪んだ。

そして、ののしり合いが始まると、瞬く間に、殴り合いの修羅場と変わった。それでも佐竹は壁の方を向いたまま勉強を続け、宗川もやはり背を向けたまま本を読み続けていた。屈強な四人が矢木一人に飛びかかり、殴りつけていたが、私はどうしていいのか分からなかった。うかつに止めに入れば、私自身どんなとばっちりを受けるか分からなかった。仕方なく私は階下に降り、主人夫婦に、今喧嘩が始まったから止めてくれと言った。主人は無表情な顔で、

「また矢木と新村たちがやりあっとるんやな」

と言うだけで、動こうとしなかった。

「放っておき。騒ぐだけ騒いだら、勝手に静かになるわ」

妻もこう言うだけだ。

少々唖然として、外に出て風を浴び、しばらくしてから二階に上がってみると、主人の言っていた通り、喧嘩はいつの間にか収まり、静かになっていただけでなく、そんな喧嘩がいつあったのかというように、皆枕を並べて眠っていた。

(まったく妙な人種だ)

そう思った。

八月八日
新村、平田、山本、金谷たちは、一言で言って、純真な青年たちと言うことができた。しかし、彼らは月給をもらうやいなや、連日女郎買いに行き、三、四日の間にすべての金を蕩尽してしまう。そして、一月我慢して月給をもらうと、再び同じことを繰り返しているようだった。

私は彼らの惰弱な行動の原因が、来年になれば軍隊に行かねばならない現実にあるということを知った。言うなれば、彼らは軍隊に行く日を、死を待つ恐怖感とともに待っているのだ。家を飛び出し、牛乳配達をしているのは、長男でないという立場もあっただろうが、軍隊に行くまでの一時を自由に過ごしたいという思いからであろう。

「お国のために命を捧げる」

「天皇陛下のために犠牲となる」

と常套句のように使われている言葉が、どれだけ空しいものであるかを、私はその青年たちの行動を通して推測することができる。

「弾のことや。弾が自分の胸を貫通するときに、本当に天皇陛下万歳って叫べるのやろか」

新村が金谷を見て囁いていた。

「天皇陛下万歳って死ぬのは陸軍病院で死ぬ人たちやないか。死ぬときはみんな「お母さん」って死ぬんや」

金谷の言葉だった。

「俺には呼ぶことのできるおかんもおらん」

と言ったのは新村。

「梅毒とか、そんな病気にかかれば軍隊に行かない

でもいいそうや」

山本はこう呟いた。

自分自身の考えとは関係なく、何のために、何をしようという自覚も目的もなく戦場に死にに行くということは、まさしく耐え難いことであるのだ。私は彼らを理解し、今、日本という国家が国民のためにとんでもない悪行を行っているという事実を切実に感じている。

八月十日
宗川さんが何の本を読んでいるのか気にかかる。紙で表紙を覆っているため、かなり視力のいい私も、その表紙を読むことができない。宗川は鍵のついた箱を一つ持っている。読み終えると本をその箱の中に入れて、鍵をかけてしまう。

周りの人と一言も話さず、牛乳配達を終えると自分の世界に籠もってしまうこの人物が、どうしても気にかかる。勇気を出して声をかけてみたいが、その凍りついたような冷たい顔と向き合うと、勇気がしぼんでしまう。それで、今日、私は洗濯をしていてちょうど横に来た主人の妻に、宗川がどんな人間なのか尋ねてみた。

「あの人は私の遠い親戚にあたる人や」

答えはそれだけだった。

宗川と主人の家の関係を知ったことは大発見だったが、私が知りたいことはそんなことではない。しかし、それ以上さらに聞いてみることはできなかった。機会を待つしか……。

八月十一日
専検試験を本格的にしなければと思って、その範囲を調べてみたが、あまりにも広すぎた。十二科目と口では簡単に言うが、歴史の中には西洋史、東洋史、日本史があり、博物の中には、植物、動物、鉱物、生理衛生、博物通論など五科目を網羅していることになるため、学校で習った教科目で考えると二十科目を超える。残り一ヶ月もない時間で、その全部を復習することはできないから、歴史と地理、そして、博物にだけ重点を置いて、一度ずつ本を読む程度で終えるしかない。
あれやこれや思いを巡らすうちに、必ず専検試験を受けねばならない理由があるのかと考えてみた。上級学校に行く意志がないならば、この試験を受ける必要は全然ないのだ。何かの手段になるかも知れないという理由もなくはないが、何のための手段なのかと問いただせば、再び気持ちが萎えてくる。

けれどもいつか何かの機会に、後輩を説得するにおいての一種の力になるかも知れない。何より李圭君との約束を守る意味で、必ずこの試験を受けなければならないのだ。故郷にいる同期同窓生より半年先に学校を卒業することになるという点でも意味があるかも知れないし、私を退学させたあの悪どい教師たちに対する報復の意味もなくはない。一度決めたからには一路邁進あるのみだ。当分の間、試験以外のことは考えないことにする。宗川に対する好奇心もそれまで保留する。貧しい同胞を探すことも、試験が終わってからのことだ。

五

八月初旬の日曜日、泰英が京都にやってきた。専検試験の願書を出すためだった。専検試験の願書といっても大したものではない。自筆の履歴書を添付して出せばいいのだ。ただ、写真が必要だったため、圭の下宿の隣にある写真館で写真を写した。それを持って京都府庁に提出すればよかった。それは圭に任すことにした。

九月五日と六日の両日にかけて、京都一中の講堂にて試験は行われた。泰英は牛乳配達を終えてから京都に来て、試験を受けると午後に帰っていった。圭は学校に行かねばならなかったために、試験場には行くことができなかった。

そして、一ヶ月が経った。

ある日学校から帰ってきた圭に、下宿のおばさんが心配そうに言った。新聞記者だという人が、朴泰英について知りたいことがあって訪ねてきたということだ。

（新聞記者が泰英を訪ねてくる理由があるのか！警察ではないのか？泰英が何をしでかしたのか？）

圭は不安な気分で夜を過ごした。その新聞記者と名のる人物が、また来ると言ったそうなので、そのときを待つしかなかった。

翌朝早く、人が訪ねてきた。

「昨日来た人です」

下宿のおばさんの言葉だった。圭は玄関に出てみた。三十過ぎに見える、鋭い顔つきの男がネクタイ姿で立っていた。圭に名刺を差し出しながら、丁寧に言った。

「朴泰英という人に関して知りたいことがあって来ました」

名刺には京都日々新聞記者小野木健志と書かれていた。

圭は自分の部屋にその人を連れて行くと、一つしかない座布団を彼に差し出した。新聞記者はその場に座ると、紙と鉛筆を取り出して、質問を始めた。

「今、その人はここにいないということですが、朴泰英さんは何処にいるのですか？」

圭は質問に答える前に、何の用件なのかを聞いた。

「まだ知らないのですか？」

記者は訝しげな表情で言った。

「朴泰英さんは専検試験に合格しました」

（泰英が試験に合格したんだな）

圭は嬉しかった。しかし、聞き返さずにはいられなかった。

「朴君が専検試験に合格したことが新聞社の関心の種になるような事件なのですか？」

「普通の合格なら、関心事になるはずはないでしょう。だけど、彼は今回の試験に一等で合格したんですわ。今回の試験だけでなく、専検試験制度創設以来の最優秀成績だそうです」

「どうしてそんなことが分かったのですか？」

「一昨日官報に専検試験合格者の発表があったでしょう。新聞社は官報のようなものには神経を使うのです。それで、京都府関係の人を探したら、その中に朴泰英という人が載っていたんですわ。一度京都府の学務局に行って聞いてみました。そうしたら学務局の職員が東京の文部省からそういう通知が来たと言っていたんです」

「京都で試験を受けたのに、東京の文部省がどうしてそんなことを知っているんですか？」

「試験は各地方で受けても、答案用紙は全部東京に送られた後、そこで採点するようです。それから合格者は一括発表して、特殊な事情がある人については試験を実施したところの学務課に連絡するそうです」

事情がどうであれ、泰英が専検試験に一等で合格したという事実は、実に痛快なことだった。圭は記者が聞くことを、詳しく答えた。守口で牛乳配達をしているという事実も抜かさなかった。写真をくれということだったので、専検試験用に写しておいた残りを渡した。

泰英に関する話が終わると、記者は圭の部屋を見回して、

「学生さんは三高に通っているみたいですね。学生さんも秀才なんですね」

と、自分は三高の試験に三回も落第して、仕方なく同志社大学に行ったという話をした。「まだ合格証が届いていなければ、今日中にも届くはずです。合

格通知書の送付先が、「ここの住所になっていました」と言う言葉を残して、その記者は立ち上がった。

圭は学校に行く途中、郵便局に寄って泰英に電報を打った。

「専検試験一等合格おめでとう」

午後、圭は校門を出るとすぐに京都日々新聞を買った。社会面の一角に、朴泰英の写真を添えた三段ほどの記事が「独学生の登竜門、専検試験に一等合格の半島青年」というタイトルの下、次のように書かれていた。

「住所を京都府花園町×番地に置いた朴泰英(十八歳)君は、今年度後期に実施された文部省施行の専検試験に京都で受験し、全十二科目において一等の成績で合格した。文部省の発表によれば、今年度後期の受験者は全国で五千六百八十名、その内全科目合格者は百三十名だ。朴君の成績は平均九十二点。これは今年度後期の最高得点というだけでなく、専検試験制度創設以来の最優秀成績だという。従前の最高成績は平均八十三点だった。当局者の一人は、専検試験で平均九十点以上を取るということは驚嘆すべきことだと話した。朴君は現在、大阪府下守口の朝日牛乳店で配達員をしている」

そして、その記者が泰英に直接会って書いたように、泰英本人の感想まで付け加えられていた。

「……訪問した記者に向かって朴君は、次のように話した……とにかく嬉しいです。努力の結果だと思います。今後、一層奮発して立派な人間になり、独学生の模範となるよう頑張ります」

圭は嬉しさのあまり、電車の中で何回も繰り返しその記事を読んだ。その一方で、新聞記事というものの正体を見たような気がした。まったくの虚偽だとはいえないが、事実とはかなりの距離があると……

泰英の才能に対して、改めて驚く圭ではなかったが、それでも教科目で分ければ二十数個になる全科目に平均九十二点という成績で合格したという事実は、大きな驚きとなった。朴泰英は自分を退学処分にした学校に対して、見事に復讐したことになった。圭は母校に在学中の友人たちに手紙を書かなくてはならないと思った。

下宿に帰ってみると、朝、新聞記者が言っていた通り、合格通知書と思われる朴泰英宛ての一通の手紙が配達されていた。

「分かった。しかし、それだけだ。通知書はお前が保管しておいてくれ」

という電報が飛び込んできたのは夕食を終える頃だ

った。その電報によって、明日の午後にでも合格通知書と泰英の記事が載った新聞を持って、守口に行こうとしていた予定を放棄した。けれどもじっとしていることができず、夕食を終えると、朴斗敬《パクトゥギョン》を彼の学校に訪ねていった。朴斗敬もすでにその記事を読んでいた。

「僕も学校が終わったら、先輩のところに行こうと思っていたんですよ」

と、斗敬は興奮気味に話した。

朴斗敬はいわゆる「にんにく事件」によって、府立二商をやめて府立三中の夜間部に籍を移していた。それにあたっては、斗敬の父を説得するために圭の骨折りもあった。斗敬は昼間家の仕事を手伝う一方、柔道の道場にも通っているそうだ。

一時間授業が残っているということだったので、圭はその間、運動場をぶらぶらすることにした。暗い夜の校舎は怪物のようにそこに佇んでいたが、その中のいくつかの教室に明るく灯が灯っている光景が、圭に新しい感動を与えた。

（昼は働き、夜は勉強して……）

辛い人生がその教室の中にあるという思い、そして、その先には何があるのかという思い……

（あの教室で少年たちは何を思っているのか！）

両親のお陰で昼間平穏に勉強できる学生たちとは、その意識の基盤が違うはずだと思った。反抗を学ぶ子どももいるだろうし、従順を学ぶ子どももいるだろう。

（朴泰英は反抗を学んだ）

こんな思いとともに、圭の回想は、泰英と自分がまったく同じ経験をしながらも、その反応は違っていたという事実に捕らわれ始めた。

原田校長の話を聞いて、圭は無条件に感動した。その感動から導き出された結論があるとすれば、

（このようにありがたい校長先生の期待に背いてはいけない）

という思いだった。

ところが泰英は、そのありがたさを認めながらも、認めている自分自身に反発した。

「日本人のありがたい行動は、過酷な行動以上の毒素を持っている。それは朝鮮人の骨を溶かす作用でもある。だから警戒しなくてはならない」

これが泰英の思いだったのだ。

河永根に対する態度もそうだ。圭は河永根の温かい愛情をいつでもそのまま受け入れた。河永根のどんな行動に対しても、批判的な目で見ることはなかった。ところが、朴泰英は自分のために河永根が差

し出した巨額の金に対してまで反発した。そして、それを受け取らなかった。

専検試験にしてもそうだ。普通の少年ならば、その試験を一つの段階として、徐々に上へと上がっていくための基盤とするだろう。できることならば、社会で楽な道を選ぶための手段として利用しようともするだろう。しかし、泰英はそうではない。自分の自尊心を満足させるための手段以外に、何の考えも、何の意味も、専検試験におこうとはしなかった。

そんなことを考えている間に、いつの間にか時間は過ぎていった。終了を知らせるベルの音が聞こえた。少年たちが立ち上がる姿が、運動場からも見えた。

朴斗敬が走ってきた。

二人は街灯のまばらな、暗い路地を歩き始めた。

「疲れてないか？」

「とんでもないです」

「商業学校と夜間中学と、気分はどうだ」

「この学校の生徒たちは大人しいです。ふざけたりもしません」

「中学生の頃なら、思いっきり騒がなきゃならないのに」

しばらく話が途切れたが、斗敬がぽつりとこんなことを言った。

「泰英先輩も三高に来ればいいのに。泰英先輩なら簡単に入れるでしょう」

「俺もそう思う。でも、嫌だというものをどうすることもできないだろう」

「誘ってみたのですか？」

「そうさ。朴君が三高に来るつもりなら、同期生になるために俺が一年落第してもいいとまで言ったさ」

「それでも駄目でしたか？」

「朴君が京都に来たその日に、三高と京都帝大の構内を一回りしたんだ。それから言った言葉がこうさ。自分は高等学校と大学をいっぺんに卒業したのと同じだ。既に大学を卒業した人間が高等学校に入るのか？って。こう言うんだから仕方ない。確かに泰英には学校は必要ない。昔うちの中学に草間という英語の教師がいたんだけれど、こんなことを言っていた。俺は必ず一流の学校に通わなくてはならないが、泰英はどんな学校に行ってもいいし、学校に行かなくてもいいと……」

明るい路地に出た。圭は斗敬が腹を空かせているだろうと思った。近くにあるうどん屋に彼を連れて入った。うどん一杯をうまそうに食べ終えると、斗敬が聞いた。

「泰英先輩は、将来何になるつもりですか？」

「ナポレオンになるそうだ」

「ナポレオン？あのフランスの？」

「まさしくそのナポレオンだ」

斗敬が理解しかねるという表情をした。

「今度会ったら、斗敬君が直接聞いてみな」

「僕は明日、あの新聞を持って泰英先輩に会いに行こうかと思うんですけど」

「それもいいだろう」

「それなら明日行ってきます。朝早く行けば、一日中一緒にいられるでしょうから、明日一度聞いてみます」

圭は軽い不安を感じた。泰英が斗敬に独立運動の計画を話すのではないかと思ったからだ。そうなれば一気に斗敬の胸に火がつくであろう。

「とにかくすごいことではないですか」

圭の下宿への道と斗敬の家への道の分かれ道に立って、斗敬が呟いた。

「何が？」

「専検試験に平均九十二点で合格したということです」

「そりゃそうだ。すごいことだとも」

「それでは明日行ってきます。次の日曜日に先輩の下宿に行きますからね」

斗敬と別れて帰りながら、圭は再びさっきの不安を噛みしめた。斗敬が泰英の思想に完全に感染されるであろうことは明らかだったためだ。

そう思いながらも、そんな不安を感じる自らを冷笑した。

（お前は何だ。祖国独立の思想に不安を感じるお前は、日本人どもの奴隷で満足するということなのか）

六

圭が泰英に専検試験合格を知らせたとき、泰英は圭に、

「分かった。しかしそれだけ……」

という電報を送った。

しかし泰英の専検試験合格は、決してそれだけでは終わらなかった。京都日々新聞の記事を通じて知った大阪朝日と大阪毎日のような全国紙が、泰英の記事を載せたのだ。この二つの新聞は、朝日牛乳店まで泰英を訪ねて、店の看板の下にいる写真を同時に掲載した。その記事に載せられた泰英の談話は、

「専検試験合格が、それほど大したことだとは思わ

ない。問題は今後どれだけ社会に有用な人間になることができるかにある。これからも努力します」となっており、牛乳店の主人の話としては次のように書かれていた。

「誠実な青年です。勉強をしていたようには見えませんでしたし、いつそんな試験を受けたのかすらも知りませんでした。本人からも聞いていなかったので、記者さんたちが訪ねてきて初めて知りました。とにかく大変なことです。今後朴君に助けになることがあれば、誠意を尽くして協力するつもりです」

牛乳店の主人の話は本当かも知れないが、泰英の言葉となっている部分は、事実とは異なるだろうと推測できた。同時に泰英が新聞記者たちにどんな話をしたのかが気になりもした。

後に聞いたところによれば、泰英はそのときこう言ったということだ。

「私を独学生といっているが、その言葉が学校に通わない人を意味するならば、私は独学生ではない。中学校に四年生まで通ったからだ。そして、専検試験合格が大変なことだとは思わない。中学校卒業の資格をもらっただけではないか。中学校を四年生まで通った人間が、専検試験に合格したからといって何がすごいのか。平均九十二点だというが、中学校を優秀な成績で卒業した学生ということと同じだ。そんなことを問題にするのは可笑しいことだ……」

どうこう言っても、結果は大したことになってしまった。朝日牛乳店に毎日数十通の手紙が舞い込んできた。大部分は独学をしている青少年たちの、勉強する要領を教えてくれという内容の手紙だったが、その中には半島出身の成功した人が、泰英が望みさえすれば今後学費を出してやるという内容のものも混じっていた。

泰英は半島出身の人たちの手紙に対してだけ返事を書いた。その返事には一貫して、専検だの何だのという試験に合格することが問題でなく、どうすれば朝鮮人として堂々と生きることができるのかを研究して努力することが一番切実な問題だという点を強調する文を書き入れた。

彼はそのような青年の中で、将来意志を同じくすることのできる者を見つけることができるだろうという期待も持っていたのだ。

朴泰英が金淑子《キムスクチャ》という女学生から手紙をもらったのはその頃のことだった。数百通を超える手紙の中で、彼が一番大きい感激を受けたのはその手紙だった。そして、それが因縁となって、金淑子は朴泰英の人生において重要な役割をするようになるのだが、朴泰英が金淑子から初めて受け取った手紙の内容は次のようなものだった。

「新聞紙上で貴方の名前を知りました。一度もお目にかかったことがないのに、このような手紙を書く私の失礼をお許しください。私は朝鮮済州島《チェヂュド》を故郷とする朝鮮人女学生です。父は表記の住所で古物商をしていて、私は両親のお陰で女子商業学校四年生に在学しています。貴方についての記事が新聞に出ているのを見て、私の父は貴方が大変な秀才で、四、五年後には高等文官試験に間違いなく合格するだろうと言っていました。高等文官試験がどのようなものかと聞いてみると、その試験に合格さえすれば判事や検事、または郡守になれるとのことでした。私はその話を聞いて、貴方がそのような立派な地位につくことができればいいなという希望を持ちましたが、一方でそんな人になって欲しくないという思いも持ちました。その理由を説明します。私の母方の従兄にあたる人が、一昨年警察に捕まりました。鋳物工場で働きながら、暇を見つけては本を読んでいる篤実な青年でしたが、彼が読んでいる本の中に不穏なものがあったということと、友人たちと時々集まって不穏な話をしていたということでした。そのときから警察の留置場にいて、昨年の秋に裁判がありました。裁判の結果、懲役三年を言い渡されました。私は裁判がある度に、裁判所に傍聴に行きました。そこに検事という人と、判事という人がいました。裁判の光景を見守る中で、私は兄さんが正しく、検事と判事が間違っているという事実を発見しました。兄さんは、内鮮一体と言いながら、実際には酷い差別があるではないか、その差別を無くすためにはどうすればいいのかを、友人たちと相談していただけだと言いましたが、検事と判事は、そんな言葉と態度が間違っているのだと言いました。どうして兄の言葉が間違っているのですか。私たちは日本人に混じって、日本人と少しも違いなく働いて暮しているのに、警察が朝鮮人にする仕打ちはあまりにも過酷です。私が通っている学校でも朝鮮人学生を公公然と差別しています。そのようなことが許されるのでしょうか。兄さんは悪いことを悪いと言い、それを正さなければならないと考えて努力していただけなのに、検事と判事はそんな兄さんに懲役三年を言い渡したのです。検事と判事は非常に高い地位だそうですね。貴方が独学をして、そんな高い地位の人になることは嬉しいことですが、善良で篤実な青年に罰を与える、そんな人になるということは悲しいことです。検事や判事になって、私たち悲しき同胞のために努力することができるのならば、そんな幸せはないでしょうが、今の状況ではそんなことは不可能ではないかと思います。それならば、せっかく検事や判事になっても、私たち同胞を苦しめることをするしかないのではありませんか。貴方の凛々しい姿と善良な顔を、写真を通して見て、そんな人間にならないで欲しいという切実な願いを持ちました。私たち自慢の秀才が、同胞を苦しめる人間になって欲しくないという切実なお願いを、僭越と知りつつ手紙に書きました。どうか広い心で了解してください。最後に貴方のご健康をお祈りします」

金淑子の住所は大阪府「猪飼野《いかいの》」となっていた。泰英はその手紙を読むやいなや、その金淑子という女子学生に会いたくなった。それで「猪飼野」がどんなところなのか聞いてみると、「そこは大阪の中の朝鮮といえるほど朝鮮人がたくさん住んでいるところ」だと主人が言った。泰英は訪ねていくのは後日にして、先ず返事を書いた。

「手紙ありがたく読みました。先ず貴女の従兄に対して敬意を表します。一年前に三年の懲役を受けたならば、二年経てば出獄できるでしょうから、そのときお目にかかりたいと思います。そして、貴女の私に対する憂慮、本当にありがとう。けれども、絶対に心配しないでください。私は何があっても日本の判事や検事、また郡守などにはならないつもりです。それだけでなく、私は私の体において、手の爪、足の爪、髪の毛一本、細胞の一つに至るまで、私たちの同胞の利益のために捧げるつもりであり、私の精神においても、百パーセント私たちの民族のために奉仕する覚悟です。私が専検試験を受けたのは出世のためではなく、せっかく中学に四年生まで通ったのだから、その課程を一旦整理したかったからです。私の友人、李圭君の勧めによったものであって、それをもって他に利用するつもりは全然ありません。貴女も私と同じ決意を固めてくれたら、どれほどありがたいでしょうか。私たちの行く道は険しく荒れているでしょうが、その目標が高く、正しく、美しいほど、どんな道よりも充実して、香り高いものであると信じています。奴隷としての栄冠よりも、主人としての苦難を選ぶことに人間の威信があると確信しています。次にアブラハム・リンカーンの言葉を贈ります。「私は決して主人として君臨する考えがないのと同じくらい、奴隷となることも望まない」穏健で柔らかい言葉のようでありながらも、鋼鉄のような意志が染みこんだ言葉です。人間として振る舞おうとすれば、何よりも先ず奴隷の境涯から抜け出さなくてはならないのです。それも自分自身だけでなく、同胞たちとともに抜け出さなくてはならないのです。貴女の手紙は、私にこの上ない勇気を与えてくれました。いつかお目にかかれる日があるでしょう。そのとき思いきり話をしましょう。正しい学問をなさることと、自重自愛なさることを祈りながら、これでペンを置きます」

これが契機となって朴泰英と金淑子の間に、三日とおかずに手紙が行き交うようになった。泰英は日本語で書かれた金淑子の手紙が、一つの誤字もなく端正な筆跡で書かれていることが一層気に入り、淑子の姿をいろいろと想像してみたが、淑子の方から会いたいという提案がないのが不満だった。ある日、泰英は単刀直入に一度会ってみたいという願いを手紙に書いた。すると、このような返事が返ってきた。

「……貴方が私に会えば、きっと失望なさいます。私は醜いことで猪飼野近所に有名な女です。私も会いたいという気持ちは同じです。けれども、会った後の貴方の失望を考えると、ただただ怖いのです。私は貴方との友情が長く続くことを願っています。そのためには手紙の上だけで付き合うのが一番だと思います。私の切な願いを理解してください。遠い未来、私自身が私の顔と姿に対する劣等感を乗り越えることができる頃、お会いすることにしましょう。ごめんなさい」

泰英はすぐに、

「心と修養が重要なのであって、外貌は関係ありません。外貌だけ美しくて、心の醜い女性のことを、白く塗った墓場だといいます。顔のことだけいうなら、私自身が貴方に会うことを恐れなければならない立場です」

という手紙を書いたが、無理に会おうという提案を繰り返すわけにはいかなかった。しかし、金淑子を遠くからでも一目見たいという心は募るばかりだった。

ある日曜日、金淑子の住所を頭に刻み込んで、泰英は猪飼野へと向かった。猪飼野に立ち入ったとたん、いつも聞かされていた貧民窟の実像とはこういうものなのかと実感した。京都七条大宮にある朴斗敬の家を訪ねたとき、そこを斗敬は貧民窟だと言っていたが、猪飼野というところに来てみると、七条大宮はそれこそ文化民族が住む街だと思わずにいられなかった。

昨夜雨が降ったせいもあり、路地という路地に窪みができていて、足の踏み場もなかった。その窪みから臭気が漂い、しきりに吐き気を催した。人間が生きていくためには、いくらでも醜く生きることができるという事実をすでに知ってはいたが、集団的にこれほど酷い環境の中で暮しているという事実は正に驚きだった。

(こんなに酷い暮らしをするために、海を渡ってこの地に来たというのか)

泰英はこのようになったのは、日本人だけの責任ではないだろうと思った。我々同胞にも一抹の責任はあるのだと感じた。完全に飢え死にするような状態に置かれているのでないならば、街の人々がどうにか協力して最小限度の環境改善をしなければならないのではないか。ここには一人の指導者もいないというのか。ここまで団結することを知らないというのか。人が集まれば自然にそこに秩序が産まれるはずなのに、泰英の見た限りでは、ここには最小限度の秩序もないように感じられた。

泰英はひとりでに怒りが込み上げてくるのを感じた。自分たちが住む環境を、最小限度でも自律的に改善しようとする秩序意識すらないのならば、他人の蔑視を受けても仕方がないではないかという思いすらした。

(日本人の差別待遇を、このようなままで云々することはできない)

という思いとともに、

(他人に対して自分の主張をしたいならば、先ず自分が自分を尊重する証拠を見せねばならないのではないか)

というようにも思った。そして、

(豚小屋よりもさらに醜雑な暮らしをしながら、人間としての待遇を他人に要求するなんて話になるのか)

という反発意識も起こった。

泰英は何とも形容しがたい悪臭に吐き気を感じ続けながら、窪みのある道を注意深く歩いて、ある雑貨商の前まで来た。雑貨屋の中で、火がついたように子どもが泣いていた。幼い子どもを叩きながら、泣くなと悪態をつく母親の声が響き渡っていた。

泰英は金淑子の従兄という人のことを考えた。

(彼はこんな環境を背景にして、日本人の差別待遇に反抗しようとしていたのか。その前に彼は、この環境の改善のために同胞たちの心を一つにする必要があったのではないか)

泰英は金淑子の家の近所まで行ってみようという心の弾力を失い、子どもが泣いている雑貨屋の前で帰ろうとした。そのとき、二、三メートルの幅にもならない道の向こう側を、半長靴を履いて慣れた足取りで歩いている女学生を見た。その十七、八歳くらいと見られる、さっぱりした制服姿の女学生は、むさ苦しいことこの上ないこの路地に似合わない清楚さを感じさせた。女学生は、泰英の存在には何の関心も払わずに通り過ぎていった。顔に天然痘を患った痕跡がわずかに見て取れた。玉に瑕とでもいうか、いや、その痕跡があるために一層魅力的といえるほど、数にしてもいくつにもならない薄あばただった。顔の輪郭は端正で、やや細い目が、静かな中に強い情熱を秘めているような印象を与えた。泰英は一目でその女学生に魅了されてしまった。

(あんなに美しい女性が、この猪飼野にいる)

と思うと、泰英は今まで感じていた不快感がどこかに消えていくようだった。そのように感じながらも、一方でその女学生が何か不幸の象徴のように心を締め付けた。

泰英はそのままやり過ごすことができず、近くにあったたばこ屋の老人に恥を顧みずに聞いた。

「今この前を通っていった女学生はどこの娘さんですか?」

「淑子のことかえ、あの娘なら古物商の家の娘だ」

泰英は棍棒で後頭部を殴られたような衝撃を感じた。

(あの女学生が淑子!)

我に返った泰英は、たばこ屋の老人ともう少し話をしたかったのだが、老人がひどい済州島なまりだったために泰英には聞き取ることができなかった。

泰英は金淑子を見ることができたという満足感を胸に、守口へと帰った。そして、あれほど清楚で端正な姿をしながら、淑子は何故あれほど自己卑下するのかと考えた。どう考えてもその理由は、わずかばかりの天然痘の跡が顔に残っているためだろうと思われた。泰英は手紙を書かずにはいられなかった。

「驚かないでください。そして許してください。私はこの間の日曜日の午後二時頃、猪飼野に行って、たばこ屋の前で貴女が通り過ぎるのを見ました。その結果私は悩んでいます。あれほど清楚で美しく、端正な顔をしていながら、どうして私にあんな嘘をついたのかと。それは明らかに、私が貴女に近づかないよう、あらかじめ警戒線を引いたのだろうと思われました。その理由は何ですか?なぜ私を警戒するのですか?私が貴女に不測な行動をするかと怯えたのですか。私がそんな人間と思ったのですか?私は今後、私たちの同胞のために心と体すべてを捧げると覚悟し、貴女にもそう誓った青年です。そんな人間が、貴女の害になるようなことをすると思いますか。それとも私が嘘をついていると思っているのですか。私は貴女を見て、棍棒で殴られたような衝撃を受けました。それは貴女の美しさに驚いたというよりも、貴女がついた嘘に驚いたのです。私は貴女が、私が出会ったどの女性よりも美しい女性であると感じた事実を率直に告白します。同時に悲しく思います。この世で一番信じるべき友人として付き合おうとしている私に、なぜ嘘をついたのかという思いのためです。貴女に私に対しての一縷の親切があるのなら、その理由を教えてください。そうでなければ、私は今後貴女に絶対手紙を書きません。猪飼野についても言いたいことがたくさんありますが、先ず私にとって一番切実な問題だけ書きました。どうかご理解ください。貴女に親切があることを切に望みます。」

七

朝日牛乳店においての反応は様々だった。主人夫婦は泰英を宝か何かのように扱った。それもそのはず、泰英のお陰で新聞にまで紹介されたため、牛乳の注文がほとんど倍に増えたのだ。

「朴君は大高でも三高でも、どの学校にでも進学しなさい。学費はわしが出すから」

主人大倉の言葉は口先だけではなかった。

裁判所書記試験を受けるため勉強している佐竹は、泰英を神様のように思って、分からないことがあればしきりに質問してきた。

来年軍隊に行くことになっている一党も、泰英を尊敬の眼差しで見た。その中で、新村がこんなことを言った。

「朴君は将来立派な人間になるはずや。そのときは俺たちも自慢できるわ。朴君と一時、同じ釜の飯を食ったたって」

「自慢できるときが来たらええな。朴君が立派になっている頃には、俺たちは大陸の山奥で白骨になっているやろ」

山本が言った。

「半島人は軍隊に行かないでいいからええなあ。ちくしょう、俺も半島人に生まれてくればよかった」

これは平田の言葉だったが、皆同感の様子だった。

朝鮮人になることを望み、朝鮮人を羨ましがる日本人がいるとは、奇妙なことだと泰英は思った。

その中で、矢木だけは皆と違う態度を取った。瓶を洗うときや、瓶に牛乳を入れるとき、自分の方からわざとぶつかってきておいて、怒鳴った。

「何かの試験に合格したからって、生意気な態度とるんやない」

あるときは、泰英が靴下を洗って二階の部屋の欄干のようなところにかけておいたのを、矢木がこっそり下に落とすという意地悪をした。そうやって矢木は、わざわざ泰英を挑発するのだった。しかし、泰英はいつでも冷静だった。率先して掃除もし、仕事もした。どのような挑発にも応じずに、沈黙を守った。矢木はそんな態度が一層気に障る様子で、あるときには公公然とこんな言葉を吐いた。

「鮮人には意地もないようだな？卑屈で陰険で……」

これらのことよりも、泰英において最も重要なことは宗川の態度だった。

宗川が初めて泰英に言葉をかけてきたのは、憂鬱な心で淑子の返事を待っていたある午後だった。そのとき部屋には誰もいなかった。

「試験に一等で合格できて嬉しいだろう？」

宗川が聞いた。

「そうでもありません」

「なぜ？」

「当然の結果ですから」

「当然の結果だって！」

と呟くと、宗川は再び聞いた。

「これからも独学して、また何か試験を受けるのか？」

「いいえ、勉強はするでしょうが、試験を受ける予定はありません」

「それならこれから何をするつもりなんだい？」

泰英は躊躇った。率直な気持ちを打ち明けるわけにもいかず、だからといって心にもないことを言うのも嫌だった。それで、

「何であろうと、人類の幸福に貢献する、そんな仕事をしてみたいです」

という言葉で取り繕った。

「ずいぶん漠然としているな。農夫が農業を営むのも、俺たちが牛乳を配達するのも、突き詰めてみれば人類のための仕事だが、もう少し具体的に話せないか」

「追々具体化させていくつもりです」

宗川は煙草を取り出してくわえると、しばらく煙を吐き出していたが、

「私だけには正直に言ってもいい。しかし、今はまだ信じられないだろうな」

と呟いた。そして、

「見ているると、君はマシュー・アーノルドの本を読んでいるようだが、あの本を理解できるのか？」と尋ねた。

　泰英はかなり失礼な質問だと思ったが、ぐっと堪えてマシュー・アーノルドの本を読んだ感想を大まかに話した。

「よく分かっているな。だが、ああいった人間の思想をうっかり間違って受け入れると困る点がある。今の日本の事情から見れば、興味を引かれる新鮮味とでもいうか、そんなものがあるんだが、世界を動かしている潮流から見れば、危険な毒素を含んでいるんだ。例えばイギリスは貴族とブルジョワが適当に妥協して、今日のような国家を成立させている。貴族は彼らの世襲的な特権を享受し続けることができ、ブルジョワは彼らが稼いだ財産によって享楽にふけることができるよう、巧妙に妥協しているのがイギリスの実相だということだ。その結果、煮え湯を飲まされるのは農民、労働者、植民地に住む百姓たちだ。マシュー・アーノルドは、そんなイギリスを創り出すにおいて功績の大きかった思想家だ。うわべはいいことを言っているが、彼が属する階級の利益を損傷する危険があれば、一番無慈悲な反動へと化してしまうそんな人間であり思想だ。自分たちの内部の啓蒙のためには努力しているが、インドのような植民地の解放のためには、指先一つ動かさない偽善的思想家だということができるだろう」

　ただの足の不自由な男とばかり思っていた宗川が、突然巨大な人物として泰英の前に近づいて来たことに驚いた。

（一体この人物はどんな人なんだ？どうしてこれほどの見識を持った人が牛乳配達をしているんだ？）

　抑えていた好奇心が一度に湧き上がってきたような思いで、泰英は軽い興奮を覚えた。そして、大胆な質問をせずにはいられなかった。

「一体貴方は何者ですか？」

「何者？」

　宗川は寂しそうに笑ってから言った。

「びっこの牛乳配達。牛乳配達をしながら何かを待っている人間とでも言ったらいいかな」

　そしてこう言った。

「私も一時秀才と言われた人間だ。ところで秀才とは何かという問題を考えてみなさい。ただ記憶力さえよければ秀才になれる。だけどそんな秀才は、せいぜい立身出世にちょうどいい俗物であるだけだ。大秀才は大才になってこそ、はじめて意味がある。問題の本才とは記憶力だけでなれるものではない。問題の本質を見抜く判断力、一番重要な問題が何かを発見する直感力、下手な答案よりも必要な問題を創り出す能力などがなければならない。そうなろうとすれば、学問の方向が正しくなくてはならない。歴史上、多くの思想家、哲学者がいるが、その中から誰を先生とするかが一番重要だ」

泰英は、

「そんな問題よりも、貴方の経歴が知りたいです」

と、せがんだ。

「追々話す機会があるだろう。君の言うとおり、言葉が問題なのではなく、どんな経歴を持った人間が何を言ったかが問題だ。そんな意味では朴君の質問は正しい。しかし、人が自分の経歴を他人に話すということは普通のことではないし、誰に話しても構わない程度の経歴説明なら、私と朴君の間においては必要ないだろう。そんな意味からも、私たちにはもう少し時間が必要なようだ。一つだけ言っておこう。私がびっこになったのは、警察の拷問に耐えられなくて、二階の取調室から窓の外に飛び降りて怪我をしたためで、私が牛乳配達をしているのは、前科者の要観察人で他の職に就けないからだ。もちろん私が節を曲げて妥協すれば、容易く職をもらえるのだろうが、私は私なりの志操を守りながら、こうやって隠れて住むことにした。私としては、隠れて暮しながらある時期を待っている。そのときは必ず来る。そのときに花を咲かせるため、朴君も今から種を蒔くんだ。私が見たところ、朴君ならばさっき君が言ったように人類の幸福に貢献する人物に成長することができるだろうし、人類の未来を彩る花となるだろう」

洗濯を終えた佐竹が入ってきたため、宗川と泰英の第一次対話はそれで中断されたが、泰英は自分のすぐ横に教師の存在を実感し、幸せを噛みしめた。

その晩の日記に泰英は次のように記録した。

十月×日
「知性により道を探す人間に道は開けるという信念を得た。まさしくこの牛乳店に教師がいたという事実は、決して偶然ではない……」

金淑子からは返事がなかった。返事がなければ手紙を書かないと言った以上、泰英が手紙を書くこともできなかった。何か胸の中ががらんとしたような空虚な毎日が続いた。泰英は主に、金淑子についての経緯と感情を報告し、暇を見て金淑子を訪ねてくれという内容と彼女の住所を記して送った。手紙を送ったまさにその日の午後、二階で本を読んでいた泰英を牛乳店の主人の妻が呼んだ。

「猪飼野からお客さんが来はりました」

泰英はがばりと起きあがると、階段を転げ落ちるようにして下りていった。玄関に立っていたのは、まぎれもなく金淑子だった。泰英はその場に凍りついたように立ちすくんだまま、口を開くことができなかった。そんな泰英を見つめている金淑子の目の奇妙な光彩……。黙って立っている二人を見て、主人の妻は、

「何をしてはるんや？ 朴《ボク》さん、お客さんに上がってもらわんと」

と、からかいながら応接室の襖を開けると、

「こっちにお入りください」

と勧めた。

応接室に入ると、先ず金淑子が頭を下げて挨拶をした。

「金淑子です。突然お訪ねしてすいませんでした」

「僕は朴泰英です。よく来てくださいました」

主人の妻が運んできた湯飲みに手も出さず、二人はしばらく黙り込んでいた。

やがて金淑子が口を開いた。

「私は決して嘘をついたのではありません。私自身がそう感じているんです」

泰英はすぐに何とも答えることができず、

「僕の手紙があまりにも酷かったようです。ごめんなさい」

と、まごついた。

淑子の話を聞いて納得した。淑子は幼い頃、済州島で天然痘にかかった。その結果顔に跡が残った。その跡は決して醜い印象を与えない程度、いや、むしろ魅力を引き立たせるえくぼのようなものだったが、物心がついた頃に付いたあだ名が「あばた」だった。

両親までも、淑子が泣きやまないときは、

「あばたは頑固だっていうけど、この子の頑固も普通じゃないわね」

という言葉を平気で言い、冗談ではあったが姉や兄も、

「うちのあばたはお嫁に行けないな」

と、からかった。そんなわけで、淑子は幼いときから自分は醜い女だという意識を持つようになり、大きくなってからは鏡恐怖症にかかり、自分の顔を見ることを忌避してきたということだった。

泰英からあのような手紙をもらって限りなく嬉しく思う一方で、何やら大きな罪を犯したような気がして手紙を書くこともできず、かといってじっとしていることもできずに、この日学校を欠席して朝か

ら牛乳店の近くで躊躇していたのだが、やっと勇気を出して訪ねてきたということだった。

「淑子さんの顔は世界一です」

泰英は真剣な顔で言った。そう言いながら、泰英は淑子の顔に年に似合わぬ深みがあり、目に悲しく神秘的な光彩を帯びているのは、幼い頃から内面に刻まれてきた苦悩のためだろうと思った。

お互いの誤解が完全に解けた後、泰英は猪飼野で感じたことを率直に打ち明けた。金淑子は自分もそのようなことを感じていると言いながら、こう説明した。

「皆が自暴自棄になっているせいです。少しでも暮らし向きがよくなれば、猪飼野から出て行こうとばかりして、猪飼野自体を清潔で住みよい街にしようという意欲は全然ないのです。従兄の兄さんはずいぶん努力しました。しかし、猪飼野の人たちは自分と直接関係のない共同のことをするのは、大きな損をするかのように考えてしまうのです。それから猜疑心が強くて、そんなことを進んでするのは、自分たちを利用して一人だけ甘い汁を吸おうとしているのではないかと考えたりもします。その上、毎日些細な利害関係をめぐって喧嘩ばかりしていますから、環境を改善しようという意見を誰かが提案する暇もありません」

泰英は淑子の言葉を聞いて、現在朝鮮半島が置かれている状況の縮図がまさしく猪飼野ではないのかと思った。集金に出かけていった配達員たちが帰ってくる頃を避けて、泰英は淑子を外に連れて出てきた。猪飼野まで見送りながら、話をするつもりだった。淑子と並んで歩いている泰英の胸は高鳴り続け、恍惚とした気分だった。

（こうして祖国の独立を目指し、長く険しい道をともに歩いていくだろう）

こんな言葉を言いたかったが、泰英はその代わりに、

「この道が永遠に続いたらいいのにと思います」

と震える声で言った。

「私もです」

金淑子の小さいが力強い答えだった。

第二章　灰色の群像

一

「朴《パク》君、ドイツ語を学んでみる気はないか？」

宗川《むなかわ》が突然こんなことを言ってきた。

「ドイツ語は以前から勉強しようと思っていました。来年あたりに大阪市内に出て、講習所に通うつもりです」

「講習所に行く必要はない。ドイツ語を習いたいなら私が教えてやる」

泰英《テヨン》はまさかという顔をした。

「私がドイツ語を教えてやると言ったのが可笑しいか？」

そうではなかった。泰英は宗川が毎日のように読んでいるものが、ドイツ語書籍ということを知っていたからだった。

「違います。そんな迷惑をかけていいのかと思ったからです」

「いや、朴君みたいな人のためならどんなしんどいことでもしてみたい」

泰英はその日から宗川の指導でドイツ語を学び始めた。


ところが宗川の教授法は特異だった。枕を高くして寝そべり、じっと目を閉じたまま、囁くような口調で教えるのだった。同じ部屋の中でも少し離れたところから見れば、二人が何の話をしているのか分からない、そんな話し方だった。発音原則から始まって、ドイツ語の文法を順序通りに説明するのを、泰英は聞き書きして覚えればいいのだった。宗川は文法を説明しながら、適当な文例を取り上げた。

泰英はそれを次の学習時間までに覚えなければならなかった。

「このままいけば君は三、四ヶ月後には、ドイツ語の原書を辞書を引きながら読むことができるだろう」

と、宗川は満足そうだった。

「絶対ドイツ語を学ぶ必要もないんだが、私たちは今、待っている人間だろう。待っている間は下手に動いては駄目だ。かといって死んだふりをしているわけにもいかんし。そんな意味で、外国語を身につけておくのが一番だ。いつか使える日がくるだろうから」

こう話す宗川に、

「貴方は何を待っているのですか？」

と聞いてみた。

「暮しやすい世の中になるときさ」

「どんな状態が暮しやすい世の中なのですか？」

泰英が繰り返し尋ねた。

「戦争のない世の中、朝鮮のような立場にある国が、何の束縛も制圧も受けずに独立することのできる世の中、日本でいえば皆が自分自身自らの主人として暮らせる世の中、つまり不合理な支配関係がなくなって皆それぞれに自己主張して、その自己主張の調節が一番民主的に進行されうる世の中」

「そんな世の中が来ますか？」

「そんな世の中になるように努力するんだ」

「待っているだけで努力することになるのですか？」

「待つことも努力の一部分だ。今は一つの体制が崩壊していく過程だ。こんな過程においては、身動きせずに待っているしかないだろう。崩壊直前の状況で、極限まで緊張しているんだから。崩壊直前にある体制は何をするか分からん」

そして、宗川は明治維新を通して近代化に踏み出した日本の資本主義が、膨張していく過程を説明した。大韓帝国を併合したのもその一つであり、満州事変を起こしたことも、それが日中戦争の原因となったことも、今アメリカと一触即発の間に置かれていることも、膨張する日本資本主義の自己表現であると同時に、破滅の過程であることを分かりやすく説明してくれたのだった。

「アメリカ資本主義が、日本資本主義のこのような膨張を容認するわけがないだろう。どんな形であろうが日米の衝突は不可避だ。見ていろ、今はアメリカと日本が間接的に争っているが、近いうちに直接的な戦闘状態に突入するから。つまり、帝国主義の公式をそのまま実現しているのと同じだ」

宗川は次いで、帝国主義についての説明も欠かさなかった。

ドイツ語の勉強も意義があったが、宗川とともに一日三時間ずつ過ごす時間が、泰英にはこの上なくありがたかった。

十一月にはフランクリン・ルーズベルトの三選が決定した。ルーズベルト三選までのアメリカの政治風土、いわゆるニューディール政策についての見識も、泰英は宗川を通して得た。ソ連の情勢、中国の情勢なども宗川を通して知ることができたのだが、まったく同じ新聞を読みながらも、泰英には読みとることのできない事実を、どうやって宗川はそのように明快に解読できるのかと、ただただ驚くばかりだった。

ある日のことだった。宗川は読んでいた新聞を床

の上に広げ、その中の写真と名前を指さすと、

「犬畜生のような奴」

と、吐き捨てるように言った。

宗川が指した紙面には、大政翼賛会企画部長赤《あか》松《まつ》克《かつ》麿《まろ》という名前が書かれていた。

「どうしたのですか?」

泰英が訝しげな顔をして聞いた。

「こいつが一九一八年に東京帝大で新人会を作った奴だ。そしてその後、日本共産党創設のメンバーになったのさ。ところがいくらも経たずに、民族主義者になり、いつの間にか社会民主主義者に転向して、今は国家主義者として翼賛会の企画部長に収まっている。こんな娼婦みたいな奴がのさばっているから、醜く汚い世の中なんだ」

大政翼賛会とは、国会を超党的な御用団体にするために作られた機構だ。宗川は次のような解説をした。

「財閥は今まで政党を通じて肥え太ってきた。民政党が政権を握ると三菱が特恵を受け、政友会が政権を握ると三井が特恵を受け……だから財閥が政治資金を出して、彼らの支持政党を助けてきた。ところがその政党の利用に限界が来た。国内の市場は、ほぼ両分して独占してしまったから、発展の余地がなくなった。つまり政党の利用価値がなくなったんだ。どんな手を使ってでも国外に新しい市場を開拓しなければならないところまで来た。このようになると、財閥は政党よりも軍閥と手を握る必要を感じるようになった。軍閥と手を握るためには政党が邪魔になる。だから政党をなくす方向に作用し始めた。その結果現れたのが大政翼賛会だ。新体制だの何だの言っても、見かけ倒しだ。その中でも近衛とか何とかいう奴は、実像を知りもせずに操り人形の役目をしている奴だが、この赤松はすべて知りつつ操っている奴だ。日本の現体制の崩壊を加速化させているという功労は認めてやるが」

「それでいつ頃、終わりが来るのですか?」

泰英は好奇心のあまり質問した。

「アメリカと戦争を始めて敗亡する日、とりあえず終わるだろう」

「それなら先生は、日本がアメリカに負けることを望んでいるのですね」

「日本が負けるんじゃない。日本の現在の支配階級が負けるんだ」

「けれどもその敗北の代価は、日本の国民全体が支払わなければならないのではないですか?」

「仕方ないさ。百姓たちが間抜けなために奴等の政

策に呼応しているのだから、その愚かさの代価は払わねばば」

「先生は大衆を愛していないようですね」

「大衆を愛する？とんでもない。日本の大衆は、もう少し苦汁をなめねば。何が正しく悪いのかを判断できるようになるためには、少々痛い目に遭う必要がある。俺たちが望む世の中になるためには、大衆が覚醒しなければならないのに……大衆が覚醒さえすれば、今すぐにでも事態を立て直すことができるんだが、それは不可能だ。行き着くところまで行ってみないと悟れないのが大衆だから。だから私は大衆に利する方向を志向するが、大衆を愛してはいない。大衆を愛するということはセンチメンタリズムだ。大衆は元来、彼らを愛する者を裏切り、彼らを圧迫する者たちを助けてきた。大衆のためを思うなら、先ず彼らに有無をいわせぬだけの力を獲得しなければならない。十字架にかかって死んだイエス・キリストがいい例だ。ツルゲーネフの『処女地』という小説にマルケーロフという人物がいるだろう。農民のために努力するマルケーロフを、農民たちが捕まえてチャールの警察に受け渡したじゃないか。実に難しい問題だ。大衆とは……」

このような話を交わした後のことだ。宗川は突然思い出したという表情で、次のような話をした。

「赤松はかなりの秀才だったようだ。徳山中学三年生のとき、ストライキを指導したために退学処分を受けたが、彼はすぐに専検試験に合格して、そのまま三高に入った。同期生たちより一年早く進学したことになる。朴泰英君、君の場合と似ているだろう。彼は東京帝大在学中に、新人会を創設した。この新人会の創設だけは、彼の大きな功労として評価してやらねばならないが、その後の彼の足跡は、さっき言ったように反吐が出る。だから、話しているんだが、秀才ということが重要なのではなく、その才能をどのように表すかが重要だ。新人会の場合を見ても、かなり秀才たちが犯した過誤が多かった。いや、秀才だったために、そういう過ちを犯したとも言える。朴君はそれこそ非常な秀才だ。その才能を大切に伸ばさなければならない。けれども、いつも警戒しなければならないのは、うっかりすると秀才であるために、恥ずべき過誤を犯しやすいということだ。人間には人格というものがあり、思想には志操というものがある。説明しなければ相手に理解してもらえない人格は人格ではなく、弁明しなければ納得してもらえない思想には、志操というものがない。思想に志操がなければ、俗物の博識になってしまう。

俗物が博識を持ってしても、大衆を指導することも、人類を進歩させることもできない。これは朴泰英を惜しむ私の老婆心から言っているんだ」

泰英は新人会についての説明をしてくれとせがんだ。宗川は気が乗らない表情だったが、

「日本の社会運動を知るためには必要なことかも知れんな」

という前置きをして、このような説明をした。

新人会は一九一八年、東京帝大法科の学生だった赤松、宮崎、石綿たちが新思想運動を起こすつもりで発起した集まりだ。この集まりは、当時東京帝大の官僚的学風と日本社会の支配的な思想傾向に反逆的な立場を取る学生たちで形成されていた。彼らは教授の中で、政治学の吉野作造、刑法学の牧野英一、経済学の高野岩三郎のみを尊敬し、他の教授たちを軽蔑した。

新人会が出現した頃の世界情勢は、第一次世界大戦末期、世界的規模において旧支配階級が没落し、新しい民主主義の勢力が登場し始めた過渡期だったといえる。一九一七年十月にはロシア革命が成功し、その翌年一月、フィンランドに革命が波及し、十月にはオーストラリアの革命が後に続いた。そして、十一月にはドイツに共和政権が樹立した。これらが五年間にわたった一次大戦の結末現象の中で、最も際だった事件だった。日本国内の状況を言えば、ロシア革命とその翌年に起こった米騒動が、労働者と青年学生たちを大きく刺激し、一種の革命気運を創り上げていた。新人会とは、このような気運に乗って誕生した、その時代の表現だといえた。赤松が起草したという新人会綱領は、

一，我々は世界の文化的大勢である人類解放の新気運に協調し、これを積極推進する。

一，我々は現下日本の合理的改造運動に邁進する。

となっているが、当時の指導精神はマルキシズムではなく、至極素朴な社会主義革命主義であったし、理論体系も、組織原則もない純真な集団であったに過ぎなかった。

しかし、新人会は日に日に有能な会員が参集し、組織的、思想的に大きくクローズアップされた。甚だしくは、東京帝国大学に入学するのは新人会に入会するためだという青年が現れるほどに、新人会は時代の脚光を浴びた。この新人会の刺激を受け、一九二二年以来、学生運動は全国的な規模で拡大していった。同年九月には、一高、三高、七高、佐賀高、浦和高、新潟高など七つの高等学校に、社会科学研究会ができ、この連合体制として高等学校学生連盟

が結成された。次いで十一月には全国学生連合会でき、新人会（東大）、文化同盟（早大）、七一会（明大）などが参加した。無論その指導体は新人会だった。ところが一九二五年、ソビエト労働組合レプセ一行の日本訪問を契機として、京都学連事件が発生し、京大、東大をはじめとする数個大学の学生幹部三十八人が治安維持法の最初の犠牲者として検挙された。そして、学生運動の急進化に脅威を感じた政府は一九二八年四月、新人会に解散令を下した。

「新人会が解散した後、学生運動は終わってしまったのですか？」

泰英が聞いた。

「終わりはしなかったさ。その後、新人会は共産青年同盟として継承されたんだが……」

宗川は言葉を濁した。

「その後はどのように？」

宗川は泰英のしつこい質問に疲れたように、虚無的な笑いを浮かべ、

「みんな変質してしまったのさ。彼らの言葉を借りれば転向したんだよ。極少数を除外してね。知識人なんてだめだ。小さな試練にも打ち克つことができないんだから……赤松も鍋山も佐野も、皆、殺してやりたい奴等だ。社会運動を始めたのはよかったが、その社会運動に消すことのできない汚点を残してしまった……」

「変質した人たちは、今何をしているんですか？」

「赤松のように極右団体の幹部になっている奴もいるし、代議士になった奴もいる。例外なく帝国主義の走狗になったのさ」

「変質しなかった人たちは？」

「監獄にいるとか、廃人になったとか、陋巷《ろうこう》のどこかで乞食をしながら隠れているとか」

「先生はもしや新人会のメンバーだったのではないですか？」

「私が？」

と言う宗川の表情はこわばっていた。そして、憮然として言った。

「人の過去をそんなに根ほり葉ほり聞くもんじゃない。君はドイツ語の勉強を一生懸命するんだ」

二

年が変わった。

正月に入るとすぐに、周囲の空気がさらに重く感じられるようになった。雨が降る前の低気圧におおわれているような、そんな気分の日々が続いた。泰

英のドイツ語は、長足の進歩をした。宗川と一緒に、ハイネの詩集とエッセイを容易に読み進められるほどにまでなった。

「君のような人は初めて見た」

泰英がハイネの詩を読んで、それを淀みなく日本語に翻訳してみせたとき、宗川が発した嘆息だった。

しかし泰英と宗川は、長い時間ともに過ごせる運命にはなかった。ある日の午後、ひどく寒い日にもかかわらず泰英を散歩に引っ張り出した宗川は、守口駅前のミルクホールの片隅に座ってこのような話をした。

「今、政府は予防拘禁法という法律を作ろうと急いでいる。予防拘禁法とは、あいつは危険思想を持っているだろうと推測さえされれば、逮捕監禁できる法律だ。その法律が公布さえされれば、先ず初めに引っ張られるのは私のような奴だ。私は刑務所にいるとき、転向書を書かなかった。そのせいで刑期をまるまる服役した。そして、出所後も就職できなかった。だから牛乳配達をして過ごしてきたが、私の精神は闊達としているし、私の意識は晴朗だ。警察の監視は受けたが、それでも何事もなく過ごすことができた。しかし、予防拘禁法が効力を発生すればそうはいかない。私は拘置所の世話にならなくてはならない。そんなわけで私は、その法律が発効する前にどこかに姿を隠さねばならない。都市も駄目だし、農村も駄目だ。仕方がないから山の中に入って、草の根、木の芽を食って暮すつもりだ。今後何年かかるか分からない。だが私は山の中でも決して死にはしない。私が願うその日が来るまで、徹底的に生き残り待ち続けるつもりだ。君の本籍地の住所は分かっているから、その日が来れば手紙を書く。私はこのまま行かなければならないが、この紙切れに書いてある本を、この住所に送ってくれ。あの箱に入っている残りの本は君がしまっておいてくれ。本の数はいくらにもならないが、人生を人間らしく、知識人の志操と使命感を持って生きるために、決定的な指針となる本ばかりだ。もう少しだけ努力すれば、君のドイツ語の実力で充分理解できるだろう。もし持っていられない状況になったら、すべて焼き捨ててしまえ。それじゃ私は行く」

あまりにも唐突のことで、泰英はどうしていいのか分からなかった。汽車の切符を買う宗川に従って入場券を買い、プラットホームに入るとやっと、

「隠れて住むのでしたら相当に金も要るはずです。僕の貯金でも……」

と言った。

「五年間稼いだ金がここにたっぷり入っているさ」

宗川は胸を叩いて見せた。

「大丈夫ですか？」

泰英は心配そうに尋ねた。その意図を察した宗川は、

「現行犯じゃないから指名手配はされないだろう。不審検問さえ避ければ大丈夫だ。それに私は、早くから私が隠れ住む関東地方の山奥を決めておいたんだ。警察の派出所まで出て行こうとすれば、熊や猿しか行き来できない山と渓谷を二つも越えなければならない。昔、平家の落人たちが住み着いた小さな村なんだが、そこまでは日本の警察も手を伸ばすことはできない。狭い日本だが、そんな僻地もあるんだ。そこに行けば、ひょっとすると昔の同志に会えるかも知れない。だけど東京に二週間くらい留まるつもりだから、明日にでもあの紙切れに書いておいた本を送ってくれ」

泰英は宗川との別れを我慢することができなかった。この世に生まれてから初めて感じる別れの悲しみだと言っても過言ではなかった。

「先生、僕を連れて行くことはできませんか？」

泰英のこの言葉は本心からのものだった。

宗川は優しく笑った。


「朴泰英！初めから隠れる必要はない。最後まで闘ってみて、どうにもならなくなったとき世の中を避けるんだ。闘いもせずに逃げてしまったら、朝鮮の独立は誰が成し遂げるんだ」

宗川は朝鮮の独立という言葉を、低く、しかし力強く発音した。

電車がホームへと入ってきた。

「それでは朴泰英同志、元気で」

宗川は不自由な足を素速く動かして、電車に乗り込んだ。やがて電車は動き出した。

「朴泰英同志」

という宗川の言葉が、泰英の耳元に残った。呆然としばらく立ちつくしていたが、泰英は踵を返した。いつの間にか暗くなった路上に、暴風が吹きすさんでいた。それでも泰英は寒さを感じなかった。

牛乳店に帰ると、泰英は周囲の様子を窺って主人の部屋に入った。

「宗川先生が行きました」

主人は驚いた様子で、一瞬泰英を見つめてから頷くと呟いた。

「行かなならんときになったか」

夫人はお茶を入れると、泰英の膝の前に置きながら言った。

「朴さんは寂しくなるやろな。あんなに仲良くしてはったんやから」

「朴君！」

主人が低く言った。

「はい」

「宗川がどんな人間か知っているやろ」

「大体知ってます」

「佐賀高等学校を首席で出て、東京帝大の独法科に入学するとすぐに新人会に参加したんやが、その後思想でひっかかって監獄暮らしをした奴や」

「それは聞きませんでした」

「宗川の思想は理解することできへんけど、あんな奴が大手を振って生きることができないやなんて、なんちゅう世の中や。この世は何か間違ごうとるのや」

主人は溜息をついた。

「どこに行くと言うてはりました？」

夫人が聞いた。

「一旦東京へ行くお考えのようでしたが、そこからどこへ行くかは何もおっしゃいませんでした」

「新人会のメンバーだった者は、転向さえすれば政府からいい職場を斡旋してもらうこともできたんやけど、宗川は最後まで転向を拒否したのや。一番正しいと信じる道から転向してどこに行くのかというのが彼の答えだったんやが……」

主人は心配で仕方がない様子だった。

「惜しい人を失いましたね」

夫人も溜息をつきながら言った。

「朴君、こんな話はもちろん宗川の話は誰にもするな」

それは言われるまでもないことだった。泰英は立ち上がった。

その翌日、泰英は宗川の箱から紙に書かれた本を抜き出し東京の住所に送ると、残りは金淑子を訪ねて預けた。主人夫婦も宗川の本を引き取ることに難色を示したからだ。

三月になった。宗川の予想通り、予防拘禁法が公布された。Ａ新聞はそれに関わって次のような社説を載せた。

「……一億一心で国策の遂行に総力を挙げねばならないこの時局に、非国民を捜索すると同時に、反逆分子を戒め覚醒するため、絶対必要な法律である……」

守口署特高係の刑事が朝日牛乳店を訪ねてきたのは、一週間ほど過ぎてからだった。目玉のぎょろりとした中年の刑事が二人、すごい剣幕で現れると、宗川はいるかと聞いた。

「一月前にいなくなりましたわ」

主人がこう答えると、一人の刑事がかっと大声を上げた。

「一月前やと？それでどこに行ったというんや？」

「分かりません」

「分からん？あんたは宗川について警察に報告する義務がある人間やないのか。なぜ宗川がいなくなったときに報告せえへんかったんや」

「私にも何も言わずにいなくなったものを、どう報告するんですか？」

主人は憮然とした表情で答えた。

刑事の一人は宗川が起居していた部屋について聞き、彼が残していった品物はないかと詰問した。ないと言うと、

「この家にいる者たちは全員共犯のようや。一人残らず警察に連行せなあかんようやな」

と、脅迫した。すると矢野が、

「朴君、君なら知っているやろ。宗川とはかなり親しい仲やったから」

と突拍子もないことを言った。

刑事の鋭い眼差しが泰英をとらえた。主人が突然大声を上げた。

「親しいというなら矢野、お前がもっと親しかったやろ。宗川は少年の朴君に少し親切にしてやっただけやないか。親戚の俺にも何も言わんで出て行った奴が、なんで朴君に話をするんや。いい加減なこと言うんやない……」

主人の言葉に納得したのか、刑事たちは主人だけを警察署に連れて行った。主人はまるまる二十四時間警察で過ごした。帰って来ると、倒れるように布団をかぶって寝込んでしまった。そして、

「ああ、えらいこっちゃ。宗川の奴、ほんまにうまいこと消えよった」

と呟いた。

主人は周囲の人間がいなくなると、泰英に言った。

「君も今夜中にどこかに行きなさい。あの矢野という奴が、いつどんな告げ口をするか……。君は捕まりさえすれば、どんな目に遭うか分からん」

泰英は二階に上がると、荷物をまとめた。荷物といっても行李一つにしかならなかった。皆、当惑したような眼差しで見つめながら惜別の挨拶をしたが、泰英の耳には聞こえていないようだった。

「これはわしの誠意や」

と、主人は金が入っていると思われる封筒を泰英に握らせてくれた。

「二、三ヶ月くらいよそに行って、必ず帰ってきいや。それくらい経てば追及もなくなっているやろし、君がいなければ矢野も告げ口しようがないはずや」

主人夫婦の好意を思うと、本当にここを離れたくなかった。しかし、どうすることもできなかった。

荷物を背負って外に出た泰英は、守口の停車場で躊躇した。李圭《イギュ》のもとに行くべきか、金淑子《キムスクチャ》のもとに行くべきかと。

考えた挙げ句、泰英は一旦、金淑子の住む猪飼野《いかいの》に行くことに決めた。

猪飼野の下宿で荷を解いた。工場へ通う裵殷鎬《ペウノ》という人の家の二階に、一月五円で転がり込んだのだが、家賃五円の部屋が住みやすいわけはなかった。襖の紙はすべて破れ落ち、畳は真っ黒に垢染みていて幼い頃ともに遊んだやんちゃ坊主たちの足を連想させた。しかし、泰英は失望しなかった。紙を買ってきて襖と壁に貼り、三畳にしかならない畳を自腹で新しい物に取り替えた。そこに古物商で探してきた机と水屋を置き、新しい布団までそろえ、火鉢に火を入れてみると、なかなか小綺麗な部屋になった。

その部屋で泰英は圭《キュ》に手紙を書いた。

「……ようやく俺も一城の主になった。立方六尺の小さな空間だが、日本に来て初めて持った城だと思うと、豊臣秀吉が初めて城を建てた気分を想像することができる。その上、俺は家具と調度を揃えても、二百五十円という巨額を所有する富豪だ。二百五十円といえば、まるまる一年遊んで食べていける金だ。俺は恥さらしの小市民にならぬために、二百五十円がすべてなくなるまで労働はしないつもりだ。既に開始したドイツ語の勉強とともに、本格的に偉大な未来を設計するための基礎学問を磨くつもりだ。具体的にいえば、志操ある思想を身につけるということだ。俺は幸いにも師匠M氏に出会うことができた。M氏と別れたことは残念だが、彼から教わった志操ある思想を追究する精神は俺の中に永遠に残るだろう。今後は頻繁にお前のところに行けるだろうし、お前を俺の城に招待することもできるだろう。そして、俺の勇気を鼓舞するのは、猪飼野に住む同胞の青年たちを全力を注いで組織したいという抱負だ。この抱負の実現には君の力も借りねばならないだろう。まだ正確には把握していないが、この猪飼野に俺たちの同胞が約三万人住んでいるという話だから、青年の数はざっと五千人は超えるのではないだろうか。この五千人が志操ある思想を持ち団結さえできれば、来たる日のために大きな推進力となるだろう。だが心配はするな。俺は卑怯な方法を使ったりはしない。万端の準備、強靭な努力、石橋も叩いて渡る慎重さ、研究に研究を重ねた末に得られる説得力、すべての面において率先垂範できる勤勉と実践力、そして無償の奉仕、概ねこのような項目を俺の抱負実現のために計上している。それだけでなく、俺の栄光は金淑子さんの協調を得たところにある。あの人こそ俺の栄光だ。あの人とともに、この世のどんな男女も達成できなかった新しい愛のモラルを創り上げるつもりだ。結婚よりも強固で、恋愛よりも崇高で、男女間にありがちな一切の汚さをすべて排除した、プラトニックよりも神聖かつ清潔な関係を樹立するつもりだ。金淑子さんは立方六尺の俺の城を造るにおいても、絶対的な協調を惜しまなかった。今後俺の人生において、俺の事業において、俺たちの究極の目的のために、あの人の献身的な協調を期待する自信もある。金淑子さんは外聞を顧みずに俺の部屋に出入りしているため、彼女の父が次のように忠告をした。「年頃の娘が青年の部屋に出入りしてはいかん」これに対して金淑子さんが、どう答えたか想像してみろ。「あの人を信頼できないのなら、私はこの世に生きている必要がありません」圭よ、どうだ。男児が二十歳までに世の中を治められないのなら、後世に誰が彼を大丈夫と呼ぶだろうかという南怡《ナミ》将軍［一四四一〜一四六八 朝鮮王朝初期の武臣。若くして不遇の死を遂げた名将として、後世巷間で神格化された］の詩があるが、男児が二十になる前に金淑子さんのような人の絶対的な信頼を得るなんてこと。これ以上に素晴らしいことがこの世にあるだろうか。金淑子さんの父も娘の説得には折れた様子で、一昨日俺の人相を見に来て、今日補薬一服を送ってよこして曰く「何よりも体が大切だ。大人であるほど自重自愛しなければならない」と。そして、その哲学がまた妙なんだ。小人は他人のことを心配して、他人のために奉仕し努力しなければならないが、大人は自分のことだけ心配して、自分のためにだけ努力しなければならないということだ。その理由は、小人は他人のために働いてはじめて役に立つが、大人はその存在だけで充分に意味があるからだそうだ。何か錯覚しているような言葉だが、旧世代の人の錯覚を一度に是正することもできないではないか。当分俺は、その方の錯覚に便乗するつもりでいる……M先生の言葉によれば、俺たちは待たなければならないそうだ。しかし、待つ姿勢にも立派な姿勢と拙劣な姿勢があるそうだ。それなら俺たちは最善を尽くして、立派な姿勢で待たなければならないではないか……」

三

歳月は瞬く間に流れていく。

その年の十二月、日本とアメリカは交戦状態に入った。

宗川の言葉を思い出し、泰英は日本の瓦解が一歩前進したことを感じた。興奮のあまり泰英は圭のいる京都に駆けつけた。

愛国行進曲が繰り返される中、実に雄壮かつ厳粛に宣戦の詔勅がラウドスピーカーを通して街に流れていたが、宗川によって啓蒙された泰英の耳には葬送曲と弔辞にしか聞こえなかった。

しかし、圭はおろおろするばかりだった。泰英がいくら説明しても、圭は日本の瓦解ということを理解できなかった。だからといって圭は泰英の意見に反論するだけの理論と根拠を持っているわけではなかった。終始釈然としない顔の圭を見て、泰英はからからと笑って言った。

「どうも俺の説得力が不足しているようだな。だけど追々分かってくることだから、待つ姿勢だけは崩すなよ」

こんな言葉を残して泰英は帰っていったが、戦局は日本に有利な方向に展開するばかりだった。待つ姿勢を守るだけなのだから、毎日戦況報告に神経を使う必要はなかったのだが、圭は泰英が希望的観測で大勢を誤って認識しているのではないかと心配した。どこから見ても日本が瓦解する兆候など見つけられなかったからだ。

その頃、河永根《ハヨングン》が逮捕される事件が起こった。予防拘禁法によって、独立運動をしたという理由で刑務所暮らしをしたことがある鄭《チョン》治炯《チヒョン》、南《ナム》評愚《ピョンウ》の居場所を警察が追及していたのだが、その二人を河永根が自分の山亭に匿っていたのが発覚したためだった。

飛行機を一機献納することで二ヶ月後に釈放されたが、元々病弱な体のため河永根の健康はかなり悪化したという知らせを聞いた。

その知らせを圭が泰英に知らせると、泰英は即刻反発する手紙を送ってきた。

「河永根先生の健康がさらに悪化したと聞いて心配だ。しかし、飛行機を献納して釈放されたなんて話になるか。国のために命をかけて闘うことができないにしても、少しの間の苦痛も我慢できずに、そんな卑屈な真似をしたということは、何よりも河永根先生自身のために悲しく思う。広い教養、温かい人間性が志操を守れないのなら、それは何のためのものなのだ。教養や人間性が虚栄で終わってしまってはいけない。教養と人間性をアクセサリーと考える俗物の根性を俺は憎む。何よりも俺は、飛行機を献納した自らの卑屈さを今後河永根先生がどのように消化して生きていくのだろうかと思うと、この上なく残念だ。河永根先生はもう生ける屍だ。彼が自分自身を汚したという意味でも、俺は彼を許すことはできない……」

　この手紙を読んだ圭は不快だった。自分の信念に忠実なあまり、他人の行動を勝手に裁断することは、決して好ましいことではない。圭は再び泰英との距離感を感じた。そのことでなくても、圭は泰英の独善的な態度に度々負担感を感じていたのだった。

　さらに二年が過ぎた。

　圭は東京の大学へと移った。将来を平凡な中学校の教師と決めて、西洋史学を専攻していた。戦況は意外な方向へ展開しており、泰英の意見を想起することもあったが、だからといって日本の敗北を確信する程までには至っていなかった。しかし、西洋史を専攻する学生の見識から大方の歴史の方向を推測してみると、泰英の夢がまったく現実味のないことというわけではないと時折考えた。それほど泰英の思想に圧倒されていたのだが、そうであるほど泰英の存在が圭には気詰まりであった。泰英の思想にひざまずくのが正当な態度であると感じながらも、一方でこれに反発している心の葛藤が圭を憂鬱にした。その頃、泰英も東京に来ていた。下手をすれば徴用に引っかかる恐れがあると、ある私立大学の専門部に籍だけ置き、城東という工場地帯で働きながら独学をしていた。時々会うことがあっても、以前のように屈託なく笑い、冗談を言い合うような雰囲気にはならなかった。泰英は結論のような話ばかりをぽつりぽつり吐き捨てるように言うだけで無口になり、圭は圭で泰英に自分の考えを無邪気に打ち明けることができなかった。泰英も圭も、お互いの限界を感じて他人の世界に立ち入ることを拒む、そんな歳になっていたのだった。

　その頃、鄭善采《チョンソンチェ》は横浜高工に、崔亮圭《チェヤンギュ》は外国語学校に来ていた。その他にも圭の中学同期生が七、八人東京に留学していて、時々集う場を持っていたが、泰英は一度もその集まりに顔を見せなかった。酒も飲まず、煙草も吸わず、いつでも世界の大問題を心配しているような泰英は、昔の同期生たちには近寄りがたい存在でもあったので、こちらから泰英を訪ねることもなかった。圭は泰英の孤独を理解することができた。しかし同調することはできなかった。

　半島の青年たちにも徴兵制が実施された。天皇陛下の一視同仁の有難い政策だと大騒ぎだったが、圭にとっては地獄への門が開いたのも同然だった。その徴兵制によると、泰英が一期に該当し、圭は二期に該当した。その年の三月、日本軍はガダルカナルから撤収し、六月にはアッツで一個旅団の兵力が皆殺しになるなど、大本営の発表がいくら虚勢を張っても日本の敗色は隠しようがなくなっていた。ドイツはスターリングラードで敗北し、北阿戦線では降伏した。それでも圭は日本が瓦解するという実感を持てなかった。ただこんな戦局にもかかわらず、いつかは日本の兵隊として参戦しなければならない自身の将来に対する畏怖を感じていた。日本人学生、朝鮮人学生、皆が学問への気力を失っているときでもあった。

　夏休みに帰省した圭は、初めて同窓会というものに行ってみた。

　圭の同期生としては、朱榮中《チュヨンヂュン》と金尚泰《キムサンテ》など五、六人が出席しているだけであった。

　朱榮中は満軍士官学校の制服を着て、堂々とした姿で圭に握手を求めた。そして、

「俺は五族協和、大東亜共栄のために礎となるんだ」

と威張った。

　医学専門学校に通う金尚泰は、

「みんな戦争に行って死んじまうのに、医学を学んでどこに使うんだ」

と、自嘲的な冗談を言った。

　圭はその場で、李孝根《イヒョグン》と金達石《キムダルソク》が志願兵になり、李香石《イヒャンソク》、朴石均《パクソッキュン》が警察官になったという話を聞いた。

「鄭武龍《チョンムリョン》と郭病漢《カクビョンハン》の消息は聞いたか？」

と、圭が聞いた。

「あいつらは手紙一通よこさん。どこで何をしてるのやら？まあ、こんな狭い土地にいるよりましだろう」

　金尚泰の答えだった。金尚泰は朴泰英の様子を聞いた。

「国と民族の行く末を一手に引き受けて、今、熱心に苦悩し研究している」

と圭が言うと、金尚泰は、

「とにかくあいつは大した奴だ。将来、何をするとしても……だけど人間ってもんは融通性がなければならないんじゃないか。泰英のことを考えると頭が痛いな」

と、頭を振った。

尚泰は次いで元斗杓《ウォンドゥピョ》の話をした。元斗杓は二万石の財産を相続した当主だった。ところが警察署長をしていた赤木という日本人の口車に乗って、千トン級船舶を二隻も造って海運業を始め、その船を海軍に徴発されたのだ。そればかりか赤木は支配人として元斗杓の印鑑を預かっていたのをいいことに、元斗杓の土地を担保に巨額の融資を受けていたのだ。その金の行方が分からず、現在元斗杓はほとんど一文無しになっているということだった。

その晩、圭と金尚泰は五、六人の同期生とともに料亭で酒宴を開いたが、憂鬱な話が繰り返されるばかりでいっこうに座が盛り上がらなかった。歌舞音曲が禁止された料亭で、お通夜の宴のように酒を飲まねばならなかった。

「この先どうなるんだろう」

今更のように、こんな言葉が何度も交わされた。しかし、誰も答えることはできなかった。だから一層重苦しくなるばかりだった。

「暗澹とした日々！」

まさしく暗澹とした日々だった。米という米は全て供出してしまい、肥料として使われる大豆粕を食料としている境遇。壮丁という壮丁は徴用、もしくは志願兵に取られて全員出て行ってしまって、老人か女性、子どもだけが衰弱した姿でのたうち回っている境遇！

むしろ見ない方がよかった。圭は夏休みがまだ十日も残っているにもかかわらず、理由をつけて東京に渡ってきてしまった。

卒業日時を九月二十九日にするという措置がとられ、十月の初めには学徒出陣令が下された。卒業生はもちろん、在学生まで適齢の学生はすべて戦場に行かなければならなかった。徴兵免除の特典が全面的に取り消されたのだ。

次いで十月二十日、半島出身の学生にも志願兵制度を実施するという令が下された。圭は大学一年生であり、徴兵年齢にはまだ到達していなかったため、自分だけは例外だろうと思っていたのだが、志願兵の場合は十八歳以上であれば構わないという解釈が下された。

李光洙《イグワンス》だの崔南善《チェナムソン》だのといった先輩たちが東京に渡ってきて、学兵に志願するようにという勧誘演説をしたが、圭は出かけていかなかった。軍隊に行くにしても行かないにしても、心の整理をしておかなければならなかったが、まったく考えがまとまらなかった。

床次《とこなみ》靖子が訪ねてきて泣いた。木下節子が圭のことを心配する手紙を送ってきた。故郷からも緊迫した状況を伝えてきた。東京にきている友人たちは、連日のように圭の下宿に押しかけて一致した結論を出そうと相談していたが、いつも酒を飲もうという意見の一致を見るのみだった。泰英からは何の知らせもなかった。ところが一月のある晩だ。酒に酔いつぶれて寝ていると、騒々しく戸を叩く音がした。下宿の主人が戸を開けているなと思い、再び眠りに落ちたが、今度は枕元で音がした。目を開けると、そこに泰英が立っていた。慌てて布団を畳んで起きあがった。泰英の背後には人がいた。よく見ると金淑子だった。

「急いでいる」

泰英はそう言いながらその場に座った。

「明日、夕方の汽車で帰らなければならないんだ。お前も行くか？」

「そりゃ帰らなきゃ。でもなんで明日帰るんだ？」

「早ければ早いほどいい。俺は学兵制実施の命令が出るとすぐ、奥日光近くに宗川さんを探しに行ったんだが会えなかった。それで決心した。智異山《チリサン》に隠れる」

泰英は泰然として言った。しかし圭は落ち着いていられなかった。

「智異山に隠れるって大丈夫なのか？」

「大丈夫さ」

「一体どうしたんだ」

「どうもこうも、とにかく行くんだ。行ってなるようになるしかないだろう。やすやすと倭奴《ウェノム》たちの傭兵になってたまるか。背水の陣を引くんだ」

「俺には到底不可能に思えるけど」

と、圭が率直に言った。

「不可能って、倭奴の傭兵として引っ張られていって犬死にするのが可能で、智異山に入って活路を探すのが不可能というのか？」

泰英の言葉が震えた。

「活路があるようには思えないって言っているんだ」

「死んだからどうだって言うんだ。倭奴の傭兵として死ぬことはできても、最後まで倭奴に抵抗して死ぬのは嫌だというのか？」

「そうじゃない。あまりにも現実離れした話で、面食らっているんだ。とにかく考えてみなけりゃ」

「考えることは俺が充分に考えた。そして、智異山に行って暮す方法も研究したし、そのための大体の準備もした。これ以上考えるというのは、いくつも道があるときにすることだ。今、俺たちが直面している境遇は絶体絶命じゃないか。この道をおいて他にどうしようもないだろう」

泰英は叫びたい衝動を、辛うじて堪えているという口調で言った。

「李先生、智異山に行きましょう。その道しかありません」

金淑子は静かにそう言うと、圭を見つめた。

「寝巻のままで失礼しました」

圭はそのとき、やっと淑子に挨拶をした。

「そんなこと気にする必要はない。どうするんだ……俺たちと一緒に智異山に行くのか、行かないのか」

「時間をくれ。俺も考えたい」

「それなら明日の昼、十二時までにここに来るか、何らかの形で連絡をしろ。もし連絡がなければ、お前は行かないものと見なして俺は行動する」

泰英は住所の書かれた紙切れを圭の前に置くと、金淑子を先に立たせて下りていってしまった。圭は見送るのも忘れて、呆然と紙切れを見つめたまま座っていた。

その翌日、圭は泰英を訪ねることもせず、連絡もしなかった。その後、荒廃した心の空洞に暴風が吹き荒れるような気持ちで数日を過ごした。

下関の消印が押された一通の葉書が舞い込んできた。署名はなくとも、泰英の筆跡であることはすぐに分かった。文面はこのようなものだった。

「圭よ。お前も灰色の群像の中の一人だったな。しかし、俺はお前を責めはしない。どこで何をしていようとも、待ち続ける姿勢は忘れるな。その日のために自重自愛しろ。無駄死にする必要はない。俺はお前をそんな人間だとは思わない。お前はいつか幸せになる権利を持った人間だと、俺は信じている。だが俺の行くところには幸せはない。真理があるのみ、抱負があるのみだ。あの多くの灰色の群集たちに、俺の安否でも伝えてくれ」

圭はこの世に生まれて、初めて慟哭した。

第三章　岐路にて

一

一九四三年が暮れる頃—

下関は関釜連絡船に乗るため、日本各地から流れてきた人たちでごった返していた。ホテルというホテル、旅館という旅館は、連日超満員で、大部分の民家も宿泊客を収容していたが、それでも駅の構内や埠頭周辺には、乗船を待つ人々が難民のように溢れていた。大陸を経営するためには百万の軍隊が必要であり、それとほぼ同数の民間人も必要だったのだが、それらを輸送する船は、朝夕の二隻だけだったのだから、下関の混乱は当然の現象だった。

朴泰英《パクテヨン》と金淑子《キムスクチャ》は駅構内で一晩、埠頭周辺で一晩を過ごした。それでもいつ船に乗ることができるのか漠然としていた。泰英は責任者を訪ねて、

「今すぐに乗れないとしても、いつ頃乗れるのかという話くらいはできるのではありませんか？」

と、問いつめた。すると責任者の答えは、

「軍隊輸送に関する参謀本部の計画を事前に知ることができない以上、予定も明らかにすることはできません」

という冷たいものだった。

時は晩秋、いつまでも外で過ごすことはできなかった。泰英と淑子は仕方なく下関で鈍行列車に乗り、山口に向かって駅を三つ戻った長門というところに宿所を見つけた。そこから毎日、出勤するように下関に出て行くことにしたのだ。未来に対する不安と、船に乗れない焦燥感が絡み合い、泰英の口から吐き出される言葉はどれもこれも呪詛であり、毒舌だった。

「淑子さん、これを末期症状というのです。日本人の奴等が滅びる直前の現象です」

「あんなにたくさんの人間が大陸に渡って何をするのか分かりますか？見るまでもなく、中国人の血を啜りに行くのです」

「見ていなさい。あいつ等は皆、大陸に死にに行く結果になりますから」

淑子は泰英の言葉が一つひとつ正しいと思った。しかし、それが問題なのではなかった。泰英は朝鮮に渡ったら智異山《チリサン》に入ると言っているが、一体智異山で何年、いや何ヶ月持ちこたえることができるのか、それが心配だった。泰英は淑子に大阪に帰るよう毎日言い聞かせた。淑子は泰英が船に乗って出発するのを見送ってから帰ると言い張っていたが、内

心は自分も一緒に智異山に入ろうと決心していた。

長門に宿舎を取ってから三日目、泰英と淑子はいつものように鈍行列車に乗って下関に向かった。汽車がプラットホームに到着したときだった。泰英が荷物を淑子に預け、反対側のプラットホームに向かって走り出した。淑子は走っていく泰英の姿を見失わないよう、視線を離さずにプラットホームの上を駆けた。

登山帽にリュックを背負った青年の背後で泰英が呼んだ。

「河《ハ》先輩……」

河先輩と呼ばれた青年が振り返った。

「ああ、朴君！朴君もこの汽車に乗っていたのか？」

「いいえ、僕はもう四、五日前からここに来ています」

「それならどうして？」

「連絡船に乗れないのですよ。普通一週間は待たなければならないそうです」

と言って、泰英は番号票を取りだして見せた。

「これを受け取ったのですが、いっこうに順番が回ってこないのでどうすることもできません。とりあえずは番号票でももらいに行きましょう」

泰英は番号票をわたしているところに案内しようとした。すると、

「そこには後で行くことにして、ちょっと話をしよう。喫茶店にでも行って」

と、河先輩という人が言った。

このとき淑子が彼らの側にやって来た。

「紹介します」

と、泰英は淑子に挨拶させると河先輩に言った。

「済州島《チェヂュド》出身なのですが、両親は大阪で暮しています」

「金淑子といいます」

「私は河俊圭《ハヂュンギュ》といいます」

河俊圭は眩しそうに淑子を見た。

三人は改札口を出ると、山陽ホテルの喫茶店に入り、コーヒーを注文した。薄黒い液体の入ったカップがテーブルの上に置かれた。河俊圭は喉が渇いていた様子で、カップを口に当てると一口飲み、

「これもやっぱり豆を煎って作った代用コーヒーみたいだが、砂糖の味は本物だな」

と笑った。

河俊圭は小柄な体格、色白な皮膚、細い眉、そしてかわいらしい鼻、どこから見ても女装をすれば間違いなく女に見える、そんな印象の青年だった。淑子は内心、泰英が先輩と呼んではいるが、年の差は

一、二歳ほどしかないだろうと思った。
ところが俊圭の泰英に対する態度は、丁寧な言葉を使ってはいるが、幼い子どもを相手にしているようで、それが不思議だった。

「河先輩は志願しなかったのですか？」

泰英が小さな声で尋ねた。俊圭の目が一瞬光った。一瞬のことではあったが、その鋭い眼差しが凡庸な人物ではないことを淑子に感じさせた。その眼差しから、俊圭の泰英に対する態度が理解できるようだった。

俊圭は泰英の質問には答えず、

「朴君はどうしたんだ？」

と聞き返した。

「僕はしませんでした」

俊圭はしばらく泰英を見つめていたが、

「ここではそういう話はできない。どこか静かなところはないかな」

と周囲を見回した。

「それより番号票を取っておかなくてはなりません」

泰英がそう言うと、俊圭はにっこり笑って言った。

「いつ乗るにしても、一回は乗れるだろう。連絡船に乗って渡っていったところで、すぐに何かいいことがあるわけでもないし……」

「それはそうですけど……」

泰英はそれでも番号票が気になった。

「それならここで少し待っていて。私が連絡船事務所まで行って来るから」

俊圭はリュックサックを泰英の足下に置いて立ち上がり、喫茶店を出て行った。その動作が実に敏捷だった。俊圭の姿が消えると、泰英の説明が始まった。

「あの人は僕より四年先輩です。故郷は同じで、中学も同じ。中学時代は柔道二段、剣道も二段でした。拳闘や空手も強かったです。今、空手は恐らく五段くらいになっているでしょう。日本の学生空手では最高峰だから。前に拓殖大学に通っているという噂を聞いたことがありますが、今はどうしているのか。あれほど武術の修行をしているのだから、学問はあまりしていないでしょうが、とにかく普通の人物ではありません」

淑子は頷いた。

泰英は次いで、俊圭の家が大変な金持ちだということ、中学校時代、日本人教師に反抗ばかりして何度も退学になりかけたが、実家が学校に大きな講堂を寄付したため、特別扱いで卒業できたこと、その他様々な興味深い逸話を話した。そして、こう呟いた。

「あのような人が祖国の独立運動の先頭に立ってくれれば、千軍万馬を得たようなものなのだけど、大富豪の息子だし最近の意識がどんなものなのか分からない」

「東京でお会いになったことはないのですか？」

淑子が尋ねた。

「話は聞いていたけれど、会ったことはない。僕は苦学生で、彼は恵まれた留学生だったから、同じように付き合えるわけないでしょう？」

泰英は寂しそうに笑った。

河俊圭が戻ってきた。そして、席に座るといった。

「明日の晩、船に乗ることにした。朴君と金淑子さんの分も都合をつけてもらったよ」

と言いながら、二枚の切符をテーブルの上に置いた。

「僕は切符を持っていますが」

「その切符はもう一度汽車に乗るときに使ってしまうことにして、この切符で玄界灘を渡りましょう」

河俊圭は大したことないというように言った。泰英はその切符を手に取ってみた。二等の切符だった。

「二等なら明日の晩乗れるそうだ。それで二等を釜《プ》山《サン》まで三枚買ったよ」

と、俊圭は説明した。聞いてみると何でもないことだった。長門まで行って旅館を取ることまでは考えたのに、二等の切符を買うことを思いつかなかったとは、千慮の一失であった。

「それに……」

と、泰英が躊躇った。

「それにどうしたんだい？」

河俊圭が聞いた。

「金淑子さんは連絡船に乗らないのですよ」

泰英がもじもじしながら言った。

「いいえ、私も乗ります」

淑子が断固として言った。

「でも約束が……」

「あんまりだめだとおっしゃるものですから、行かない振りをしていたのです。見てください。私もこうして切符と番号票を用意しています」

と言って、淑子は番号票を取りだして見せた。

泰英は何か言おうとしたが、場所が場所だけにぐっと堪えることにした。

「では河先輩、今は下関で旅館は取れません。私たちのいる旅館に行って一晩休んで、明日また出てくることにしましょう」

泰英は長門に宿所を取ったことを説明した。

「そうしよう」

河俊圭は素直に応じた。

長門の宿所で、俊圭は初めて自分の本心を打ち明けた。

「さっき私に志願したのかと聞いたでしょう？　私がやすやすと倭奴《ウェノム》の傭兵になる奴だと思うかい？　私は死んでも学徒兵に志願などしない。死ぬのが怖くて戦場に行かないのではない。死んでも倭奴の兵隊にはならない、その姿勢で死ぬつもりだ」

「ありがとうございます、先輩。僕もまったく同じ覚悟です」

と泰英は感激した。

「ありがとうだなんて、当然のことじゃないか。それより朴君は立派だ。その年でそれだけの覚悟をしたとは大したものだ」

河俊圭はリュックサックから古い新聞を取り出すと、泰英によく見えるよう床に広げた。そこには小磯総督の談話が載せられていた。

冒頭は、

「お前たちが進もうとしている道は、将来朝鮮の百年の計を助けることになるのだから、今日、お前たちの過誤によって怨みを千秋に残すことのないよう慎重を期すように」

となっており、中間あたりには、

「お前たちの中にもし私の勧告を聞かぬ者がいるならば、そのような者たちは一人残らず徴用に送って労役に従事させてやる」

と言う文句があり、最後は、

「同じ教室で学んだ同類は、輝ける士官候補生として戦地で功を立てているというのに、お前たちはつまらぬ労役夫として彼らから指図され、蔑視されることの恥ずかしさを考えてみろ」

となっていた。

それを読み終えた頃、

「どうだ、これが仮にも総督となった人間の言うことか？　総督は礼儀正しく勧告だけして、罰則は下部官吏が発表すればいいものを。これはもう狂った人間の言葉だ。知覚のある人間の言葉じゃない。悪態を喚き散らしているだけだ。最高指導者がこの様ということは、日本帝国主義が最期の段階に到達した証拠じゃないか？」

泰英は河俊圭のような人物と意気投合したことが、この上なく嬉しかった。自分のすぐ近くに光明が差したという気分で胸が震えた。

俊圭は学徒志願兵令が下されてからの自分の苦衷を話し始めた。彼はできることなら東京の朝鮮人学生全員が志願を拒否するよう運動を展開しようとした。当初はそれが成功するかのように見えた。各大学に連絡員を置いてお互いの意思を緊密に集約し、拒否の方法、その後に起きるであろう事態への対策等を立てようとした。ところが朝鮮奨学会の幹部が何人かの学生を手先として送り込み妨害工作にかかると、たちまち各大学の連絡網が断ち切られてしまった。

「思想的にも団体的にも訓練されていない奴等は全然だめだ」

俊圭はここで舌打ちすると、説明を続けた。

仕方なく意志のある者だけを集めることにした。広範囲に広げることを焦るのではなく、極少数だけで精鋭部隊を作ろうということだった。千人が志願に応じても、百名の精鋭が反対すれば、それをもって朝鮮の青年の気概は発揮されると考えたのだ。しかし、次々に脱落者が出て、十五、六人だけが残った。この数字だけでも最後まで持ちこたえようと言った。だがそれすらも崩れ去ってしまった。そして俊圭だけが残ったのだった。

「警察の追及が激しかったんだ。故郷の両親やきょうだいが人質に取られているようで気が気でないし、精神的な支えにしてきたいわゆる名士たちが学兵に行けと叫んでいるし、脱落した彼らを私は非難はしない。それぞれどうすることもできない悩みを、あのようにしてでも打開するしかなかったのだろうから。自分一人が犠牲になれば、実家や故郷の村は平穏になるのだから意地を張ってどうするんだという考えを起こしても仕方がない。自分一人が犠牲になるのが嫌で、周囲の苦痛を顧みない利己主義者と思われるのも怖いのだろうし……だから彼らの心情は理解できる。理解はするが、彼らが進む道は絶対に間違っている。人間がこの世に生まれて……理性を尊重しなければならないこと、正義を崇拝しなければならないこと、真理に忠実でなければならないことを学んだ人間としてだ、どうして自ら納得できない道を進まなければならないんだ。納得のいかない道を進んで、仮に栄光に到達したとしても、その栄光は自分のものではない。ましてやそれが死につながるとしたら、その保障は誰がしてくれる。万一日本の軍人として、祖国と民族のために戦う中国人を殺したとしよう。それはどうやって贖罪する。生きて帰ってきたとしても、一生を捧げても償うことのできない罪を背負って帰ってくることになり、死ねば無惨な犬死にじゃないか？」

俊圭は涙を流していた。その涙を拭いながら言った。

「私は彼らが哀れに思えて仕方ない。どう考えても彼らは哀れだ。我々学徒たちの知覚がたかだかそれだけのものなのかと思うと悲しい。今私はこの上なく孤独だ。このような考えを持つ私が孤独を感じるしかないということが悲しい」

「先輩、我々は孤独ではありません。僕には先輩がいるではないですか。先輩には僕がいるではないですか」

泰英が静かに言った。

「私もいます」

金淑子が瞳をきらきら光らせて言った。

「そうだな。我々は孤独ではない。そして我々だけではない」

と、俊圭は東京の地に自分しか残らなかったと思っていたある日、労働者の中に入り込んで重労働をしている人物に出会ったという話をした。

「その友人は名前を盧成浩《ノソンホ》といって、中央大学で私と同じクラスだった。釜山二商を出た人で、気難しい性格の人だった。私が無事に朝鮮に渡って、拠点を作りさえすれば、連絡することになっている」

「ところで先輩、連絡船で捕まったらどうなさるつもりですか」

泰英は先ずそれが心配だった。

「朴君はどうするつもりだったんだい」

俊圭が聞き返した。

泰英は守口の朝日牛乳店の主人が作ってくれた、ある工場の工員証を取り出した。

「私もそのような物を持っています」

と、俊圭は満州に本社があり、支店を東京に置いている満鉄会社の社員証を見せながら言った。

「これはまったくの偽物だ。紙も印鑑も全部、私の下宿先の親戚にあたる青年が印刷所に通っていたのだけれど、心配してくれてこんな物を作ってくれたのさ」

俊圭と泰英は愉快そうに笑った。淑子もつられて笑った。

二

夕食の後、再び話は続いた。今後どうするのかという問題が主な話題となった。

「僕は智異山へ入るつもりです。家に連絡して米を何斗かもらって行って、火田民の中に入り込みます。そうやって待つつもりです」

次いで泰英は「待つ」という問題について宗川《むなかわ》から聞いた話をし、彼のことを説明した。

「いい人に会ったんだな」

俊圭が言った。

「本当にいい人でした。それで奥日光の近くに隠れて住むつもりだというのを聞いたので、そこまで行って探してみましたが見つかりませんでした。仕方なく僕は智異山に行くことにしました」

「朴君も智異山をよく知っているだろうが、私も同じだ。父に連れられて狩りに行ったこともある。私ももちろん、事情が差し迫っている場合には智異山に行くことも計画してみたが……」

「それなら先輩はどうなさるのですか」

「私は満州に行くことにした。隠れて住むにも、今後独立運動をするにも、満州が便利なようだから……」

「それもいい考えだと思いますが、宗川さんの言葉によると満州と中国は避けた方がいいとのことでした」

「その理由は？」

「戦争が進行すれば恐らく満州が決戦場になるだろうという話でした。いつかソ連が参戦するようになれば、日本軍、中国軍、ソ連軍の角逐戦がそこで繰り広げられるということです。そうなれば、日本軍からは忌避者として追われ、事情を知らぬソ連軍や中国軍は日本人扱いをするだろうから、いろいろと面倒ではないかというのが彼の意見でした」

泰英の言葉を聞いた俊圭は、

「一理ある言葉だな」

と言って、考え込む顔になった。そして言った。

「とにかく慎重を期して計画を立てなければならないことだから、もう少し考えてみよう」

このとき金淑子は部屋にいなかった。泰英がその機に乗じていった。

「河先輩にお願いがあります」

「何だい？」

「淑子のことですけれど、どうしても僕についてこようとするのですが、それを諦めるように先輩から言い聞かせてくれませんか」

「………」

「死ぬ日までともに行動すると言っても、それがそんなに簡単なことではないでしょう」

「そうだな。ところで金淑子さんと朴君はどんな関係なんだい」

「同志です」

「同志？」

「はい、生涯を誓った同志です」

「結婚するつもりかな？」

「そうではありません。とにかく生涯を誓った同志です」

「理解しかねるが」

「徐々に分かると思います。朝鮮の独立のためにともに助け、ともに戦おうと誓約した間です」

「率直に尋ねてもいいかな？」

「はい」

「肉体関係はあるのかな？」

「とんでもありません。僕たちは純粋な同志です」

「それならば同志として話をすればいいんだね？」

「そうです。どこまでも目的のためという観点で話をしてくだされぱいいです」

「分かった。一度話してみよう」

金淑子が入ってくると、泰英は外に出た。河俊圭が話をする機会を与えるためだった。

俊圭は躊躇うことなく本論から入った。

「淑子さんは泰英君に従って智異山まで行くつもりだと話していましたね」

「はい、そうです」

「それなら泰英君がどんな目的で智異山に行こうとしているのか、その理由もよくご存じでしょう？」

「よく分かっています」

「智異山がどんなところか知らないでしょう？」

「知りません」

「智異山はとてつもなく険しい山です。けれども追われる者でない限り、近くに村もあるから、辛うじて生き延びることはできます。でも追われる身であるとか、警察の目を気にしなければならない立場の人間が暮すには至極辛いところです」

「想像はしています」

「淑子さんが想像できる程度ではありません。淑子さんは泰英君のためにも智異山には行くべきではありません」

「泰英さんが智異山で耐えることができるなら、私にも耐えられる自信があります」

「自信だけではだめです。仮に朴君一人だけなら火田民の中に比較的容易く入り込むことができるでしょう。でも、淑子さんと二人となれば相当難しいでしょう」

「本当にそうなのでしたら私一人で単独行動をすればいいのではありませんか？」

「それでは朴君に精神的な負担を与えることになるでしょう。淑子さんが安全地帯にいると思うのと、智異山のどこかで苦労していると思うのと、朴君の精神的な負担はどうだと思いますか」

「……………」

「それに朴君は智異山に逃げ込むだけではなく、そこで何らかの方法で独立運動をしようとしているのではありませんか」

「ですから私も心配なのです。一人よりも二人の方がいいと思うのですが」

「それがそうではないのです。今すぐに独立運動を起こそうというわけではないのですから。淑子さんはいろいろな方法を使って朴君の後方支援をしてあげたほうが効果的だと思います。服を用意してあげるとか、薬や本を送ってあげるとか」

「……」

「万が一です。淑子さんが祖国の統一や日帝への反抗という意味の他に、朴泰英君を愛しているが故に一時も離れて暮らせない、独立運動がどうなろうと一緒に暮すことさえできればそれでいい、そう考えていらっしゃるのでしたら私は絶対に引き留めたりはしません。一緒に行くよう勧めるでしょう。どうですか」

「私が一緒に行くことが、独立運動の妨害になるのですか？」

淑子の瞳にうっすらと涙がにじんだ。

「そう言う意味ではありません。朴君が自由自在に活躍するためには、二人で行動することが妨げになるのではという考えを話したまでですが……」

「もしそうなのでしたら私は」

「淑子さんが私の言葉を素直に聞いてくださるのでしたら約束します。私も智異山に入るつもりですから、そこで生活できる基盤ができれば、どんな手段を使ってでも淑子さんをお連れするようにします。淑子さんを呼べるほどになったら、私たちも一応成功したことになりますから。そのためにも私たちは必死で努力します」

「それなら先生も智異山に行くおつもりなのですね」

淑子の目が光った。

「そうです。今決心したばかりです。淑子さんと話をしている途中、そう心に決めました」

「それなら分かりました。私は連絡があるまでお待ちします。先生が智異山に行かれるのでしたら安心です」

俊圭は淑子の自分に対する信頼と、泰英に対する愛情をひしひしと感じた。

「それではそういうことにして、これからの計画を立てましょう」

俊圭はほっとした気持ちでそう言ったが、淑子はまだ何か言いたいことがあるような様子であった。

俊圭は黙って待った。

「先生、私は先生の言うとおりにします。その代わり一つだけお願いがあります」

淑子はうつむいたまま消え入るような声で言った。

「お話しください。私にできることなら何でもして差し上げます」

すると淑子は静かな声ではっきりと言った。

「泰英さんと私の結婚式を挙げてください。今晩でも明日の晩でも構いません。お別れする前にです」

淑子はそう言い終えると、俊圭の返事を待たずに外に出て行ってしまった。

金淑子の頼みも唐突だったが、泰英の論理も奇妙だった。俊圭の口を通して淑子の意思を聞いた泰英は、

「それはおかしいです」

と、首をかしげた。そして、

「結婚式は両親のためにあるものでしょう。当事者しかいない場で結婚式など必要ないではないですか」

と言った。

「朴君、そんなことはないだろう」

「いいえ、先輩。僕と淑子さんに限って言えば、結婚してもしなくても、そんなことなど関係ないほど密接な間柄です。にもかかわらず、どうしても結婚式を挙げなければならないとすれば、それは僕たちのためではなく両親の同意を得たという、そんな意味にしかならないではありませんか。結婚式という因習的な手続きに固執するとするならばです」

俊圭は泰英の言葉を聞くと、頭のいい人間にありがちな理論癖だと感じた。そのせいもあって彼は笑いながら言った。

「私が思うには、この際論理は必要ないだろう。どっちにせよ二人は密接な関係なのだし、淑子さんはそうでもしておかなければ別れが辛くて仕方がないという気持ちなのさ。その意思を尊重して、今夜にでも結婚式を挙げることにしよう。私が媒酌人を引き受けるから」

そうしてその日、奇妙な結婚式が長門という日本の町で挙げられた。

そして、その結婚式を結婚式らしくするために、その田舎旅館の主人と従業員たちは無論のこと、同宿していた他の客たちもそれぞれにできうる限りの誠意を見せてくれた。しかし、新郎と新婦は自分たちが適当だと合意できる時期までは布団を同じくするまいと決心している様子だった。

このことがまた俊圭を驚かせた。泰英と淑子を並々ならぬ意思の所有者だと思った。

披露宴だといって旅館では配給の酒を準備してくれたが、俊圭も泰英も元来酒を好まないために、それはすべて他の客に振る舞われた。

その晩、俊圭は眠ることができなかった。ままごとのような結婚式をままごとのように媒酌したのだが、いざ終えてみると感慨が込み上げてきた。この先、彼ら若い夫婦が出会う日は永遠に来ないのではないかと思い、すぐさまその考えを打ち消してみたものの、考えれば考えるほど二人の未来には幾重にも困難が横たわっているのであった。俊圭は眠っている泰英を起こし、違う部屋で寝ている淑子のもとに送ってやりたい衝動に駆られたが、長い間同じ部屋で過ごしながらもお互いに肉体関係を慎んできた彼らの意志を思うと、それも無駄なことのように思われた。

泰英は安らかに眠っていた。

思想が健全な人間は安らかに眠ることができるものなのかと思うと、あれこれと思い悩み躊躇ってばかりいる自分の姿は、それ自体が思想が虚弱だということの証拠ではないかと思った。

（智異山に行く！それは日帝に対する断固とした抵抗を意味する。日帝というあの巨大な勢力を敵にして、孤立した力で智異山の中、果たして何年、いや何ヶ月持ちこたえることができるだろうか。智異山に行くということは墓場を探し求める行為に他ならないのではないか。しかし日本の軍人として連れて行かれて犬死にするよりはいいではないか。しかし……）

際限なく繰り返される「しかし」、それなのに朴泰英は未来に対して微塵の不安も感じていないようだった。朴泰英には全てのことが明快であるかのようだった。智異山に行くことを遠足や登山にでも行くかのように考えているのだった。俊圭は朴泰英を見習わなければならないと思った。

その翌日の晩、泰英と俊圭は埠頭の入り口で淑子と別れて連絡船に乗った。俊圭は、淑子が涙を流す場面を予想していたのだが、彼女は泰然としていた。楽しい旅行に出かけるのを見送る恋人のように、桟橋を渡りながら振り返った泰英と俊圭に優しく笑いかけ、手を振った。

「朴君は幸せだ」

俊圭はさも羨ましそうに言った。

泰英が恥ずかしそうに顔を赤らめた。

「人生の出発地点であんな伴侶と出会えたなんて、

実に素晴らしいことじゃないか」

俊圭は繰り返し言った。

二等船室も立錐の余地がなかった。壁に寄り掛かることのできる場所を押さえられただけでも幸いだった。足を伸ばすことができず、膝を抱いたまま夜を明かした。

「またこの船に乗る日が来るだろうか」

俊圭が独り言のように呟いた。しかしそんな感傷は泰英には通用しなかった。俊圭は過去六年間、この連絡船に乗り十数回玄界灘を往来した。その間、自分は何を学んだのかと考えた。

（空手？）

俊圭は苦笑いを浮かべた。

空手はスポーツとしては一流のものだ。しかし武術としては既に成立しなくなっている。一発の小銃の弾丸にも敵わないものが武術と呼べるだろうか。

そう思うと無意味な六年間だった。まるごと無為に過ごした青春！

そして、残り少ない青春にもかかわらず、皆は戦地へ行こうとしている。無気力な半島の学生たちよ！

泰英は淑子のことを考えていた。

（今頃は大阪に行く汽車に乗っているだろうか。一年以上も家を出ていたのだから、淑子はあの両親にひどく叱られるのではないだろうか。むしろ一緒に智異山に行った方がよかったのではないか。俺が斧を持って、淑子が葛の根を掘って……いいや、大阪に送ったのはよかった。本当によかったんだ。そうとも……）

彼はまた宗川のことを思った。どこの山奥で、どんな暮しをしているのか。あの不自由な足を引きずりながら、薪を拾っている姿がありありと目に浮かんだ……。

いつの間にか眠りに落ちていたのだが、目を覚ましてみるともうじき釜山に着くといって皆浮き足立っていた。連絡船から無事に降りることさえできればひとまず成功だ。

タラップを降りる列に並んでいると、冷たい浜風が容赦なく顔をかすめた。これが現実の風だという思いが胸を締め付けた。

「あそこに」

と、俊圭が泰英の耳元に顔を近づけて言った。

「李晩甲《イマンガプ》という奴がいる。奴と私は連絡船に乗るたびに、いつも喧嘩をしてきたから私の顔を覚えているはずだ」

「覚えていても、満鉄の社員をどうすることもできないでしょう」

「それはそうだ」

李晩甲とは水上署《スサン》の刑事だ。留学生を苦しめることで有名な刑事だった。

けれども二等船室の乗客だったためか、俊圭と泰英は別段何の尋問も受けることなく降船することができた。工員姿の泰英とリュックサックに登山帽の俊圭を大した者とは考えなかったからかも知れない。

俊圭と泰英は釜山駅前で、一軒のさびれた旅館に立ち寄り朝の腹ごしらえをした。

食事が終わると、俊圭は盧成浩の家に彼の安否を伝えに行くといって出かけていった。

二時間後に戻ってきた俊圭は、

「一月以内に出てこいと盧成浩に電報を打ってきた。あの家の人たちも盧成浩のためにかなり苦しめられている様子だったが、恐らく私の家も同じだろう」

そう言うと今後の行動計画を立てようと言った。

二人は次のように決定した。

河俊圭はこのままソウルに向かい、そこを拠点に各地方の友人を訪ね、再び釜山に戻ってくる。そして東京から盧成浩が帰っていれば、彼を連れて故郷に帰る。

泰英は晋州《チンヂュ》に行って、そこで山暮らしに必要な物をあらかた揃え、一旦家による。その後、山に入り河俊圭が来るのを待つ。

俊圭と泰英が出会う場所は、二人が地理に明るい徳裕山《トギュサン》の隠身谷《ウンシンゴル》に決めた。隠身谷は李太祖の師匠、無学大師が一時政敵の謀略にはまって身を隠していたという由緒のある所だ。

いくつも山を越えたところにあり、一番近い村とも三里以上離れている。仮に警察に気付かれたとしても、うかつには手を出せないということが隠身谷に決めた理由だった。

そしてそこは河俊圭の家から五里、泰英の家からは四里の距離にあり、不便ではあるが連絡を取ることができるというところにもう一つの利点があった。

「大変でも食糧と防寒具は余裕を持って準備していきなさい。私は一月二十日、友人たちの出征を見送ってから行くから、それまであまり焦らないように。一月二十五日くらいには必ず隠身谷に行く。水東《スドン》から越えていく峠のあたりで、その日待っていてくれればいい」

この言葉を残して俊圭はソウル行きの汽車に乗った。

泰英は晋州に向かった。

晋州駅に降り立つと、夜も十二時に近かった。泰英は気まずさを顧みず、河永根の家を訪ねることにした。

三

ソウル行きの汽車に乗り込む河俊圭の姿がまだ網膜に残っていた。その河俊圭と一緒に自分自身も去っていってしまったような、ここにこうして残っているのは自分でなくて、自分の影に過ぎないような切ない感傷に浸っていた。泰英は人知れず寂しい孤独感にさいなまれ、まだ時間は十分にあったのだが待合室の一隅に座って晋州行きの汽車を待つことにした。

まだ数日前にお互いの胸襟を開いただけ、わずか二日間ともに過ごしただけの間で、河俊圭がこれほどまでに近くに感じられるのが不思議に思われたが、泰英はそれを自分の孤独感のせいだと思った。こうして溢れるほど人間が住んでいるにもかかわらず、お互いの心を打ち明けて頼ることのできる人間は河俊圭しかいないのだった。金淑子の存在は泰英の心を温かくしてくれたが、それは彼の心の空洞に点された一本の蝋燭の明かりに過ぎない。そして、早く忘れなければならない名前なのかも知れなかった。泰英はまた、東京に残してきた李圭《イギュ》のことを考えた。圭《キュ》の性格はことごとく泰英の神経をさかなでたが、泰英は彼だけは理解することができた。彼の友情だけは失いたくなかった。それだけに圭に日本の軍隊に入って欲しくなかった。どうあっても圭が日本の軍人とならずに耐えてくれればと切に祈った。

「奉天行きの改札を始めます」

ラウドスピーカーを通して聞こえてくるその声に、泰英は物思いにふけっていた顔を上げた。国防服を着た人、もんぺを履いた女性、垢染みたトゥルマギを羽織った老人、その他様々な服装の老若男女の列が改札口に向かって動いていた。それぞれが風呂敷や鞄を背負ったり提げたりしている、その行列の動きを呆然と眺めながら泰英は、彼らは今、それぞれの人生のある時点を通過しているのだと思った。

(行き場があって行くのだ。行かなければならぬから行くのだ。しかし、早晩その先には死の終着駅があるだけではないか)

そう考えるならば、その行列は死の行列に他ならない。泰英は自分もその死の行列の例外ではないと思うとともに、自分の死を漠然とではあるが予測してみた。

（俺は一体どんな死に方をするのだろうか？奴隷としての悲惨な死は、すでに放棄した。戦場で死ぬのか。俺の死に栄光はあるのか？孤独な死を遂げるのだろうか。どんな死に方をしようと、俺は俺の信念と一致した死を迎えねばならない）

しかし、自分の死というものは泰英の実感としては具体化することができなかった。

「死ぬ前に死を知ることはできない。死んだ後にも死を知ることはできない。人間とは死を知ることはできないのだ。従って死に対して考えるということは時間の浪費に過ぎない」

いつのことだったか死が話題に上ったとき、宗川が言った言葉だ。この言葉を想起しながら、泰英は死に関する想念を脳裏から追放することにした。その代わり、自分は今、奉天にも、その他どこにでも行くことができるのに、どうして晋州に行くのかという意味を考えることにした。泰英にとって晋州に行くということは、故郷に帰るという意味ではなく、智異山に行くという意味だ。智異山に行くということは、日本の支配からの脱出を意味する。消極的であれ積極的であれ、日本に反抗するという意味に要約される。日本の支配から抜け出るということは、栄光ある脱出であるといえた。しかしそれは敗北と死への道なのかも知れない。何度も考えたことだが、このようなことを考えるたびに泰英は興奮した。興奮した彼は周囲の群集を横目で睨みつけ、心の中で叫んだ。

（ここ植民地の港、醜雑この上ない停車場の一隅に将来この国を救う英雄が座っている！）

少年の客気から抜け出さない幼稚な陶酔であることは泰英自身も分かっていた。しかしこのような想念が、泰英の姿勢を支える情熱の源泉であり、彼をして智異山に赴かせる原動力なのだ。

（マルセイユの駅馬車の停車場の一隅に、ナポレオンも今の俺のようにみすぼらしいいでたちで体を縮めて座っていた時期があったに違いない）

このような意識が脳裏に模様を刻み始めると、泰英は憂いを忘れた。汽車を待つ退屈な時間も苦にならなかった。

釜山から晋州へと続く鉄道を慶全南部線という。一九四三年のその頃、将来全羅道《チョルラド》順天《スンチョン》へと繋ぐ予定で付けられた名前だったが、その鉄路は晋州を終着駅としていた。汽車は晋州と釜山からそれぞれ明け方の四時と午後五時に、つまり一日二回出発した。明け方の汽車は通学汽車の役割をしていたため五時間内外で目的地に到着したが、午後五時に出発する汽車は自分勝手にもたもたして、あるときは七時間、ひどいときは八時間かかるときもあった。それでも客車二、三両、貨車一両を引っ張って往来するその汽車が、西部慶南の奥地と釜山、ソウルを繋ぐ唯一の交通手段であり、文明の利器であったのだ。

午後五時を数分前にして泰英は汽車に乗り込みながら、八年前国民学校六年生の時初めてその汽車に乗ったときの記憶が蘇った。煙突から立ち上る、時に黒く、時に白いもくもくとした煙、空気を切り裂くような汽笛の音、力強いピストンの迫力、鉄の道を摩擦しながら転がっていく車輪の音、すべてが珍しいものばかりだった。そのとき泰英はスチーブンソンという名前を心に刻み、遠い未来、自分もスチーブンソンのような人間にならなければならないと決心までした。スチーブンソンを夢見た少年が成長してナポレオンの夢を見るようになった自らを、苦笑とともに反省しながら、泰英は貨車のすぐ前の車両の一番隅に席を取った。泰英の座席の近くは魚の行商人の女たちでごった返していた。彼女たちが持ち込んだ魚籠よりも、彼女たちの体から放たれる生臭いにおいが一層強烈だった。そのにおいとともに、女たちは猛烈に喋り立てた。卸売商に対する悪口、不景気な世の中に対する不平、同僚に対する陰口、支離滅裂にまくし立てるおかみたちの話し声を聞いていると頭が痛くなってくるほどだった。

汽車がようやく釜山駅を離れたと思った途端、わずか数百メートルも行かずに草梁《チョリャン》駅に着いた。そこでまた乗客をぎっしり積むと、少し走って釜山鎮《プサンヂン》駅に止まった。釜山鎮駅で車両は立錐の余地がないほど満員となった。通路から押しやられてくる魚行商の女たちの生臭いにおいだけでなく、魚の跡の付いたセーターの裾が泰英の顔をかすめた。

泰英はまさしく貨物だと思った。貨物のように乗せられ、貨物のような扱いを受けても構わない人間に不平があるはずがない。このまま海の中に落とされたとしても、皆悲鳴を上げこそすれ反発はしないだろうと思うと、泰英は客車内の人びとに猛烈な憎悪を感じた。

すし詰めの車両が、沙上《ササン》、亀浦《クポ》、勿禁《ムルグム》などの地を過ぎると、若干空間ができ、三浪津《サムナンヂン》に到着したときにはあちらこちらに空席ができてきた。三浪津で公務員と見られる国防服の男三人が、泰英の座席の近くに来ると、泰英のすぐ前に座っていた二人を別の席に行けと脅すように言って、その席に座った。座るが早いか一人が日本語で言った。

「大本《だいもと》技手、あんたは本当に手が早いな。あんな短い間に旅館の奥さんをぺろっと食っちまうなんて大した技だ」

「順昌旅館の奥さんのことか」

もう一人の男がこう応じると、

「すると郡庁の西川郡属と大本技手は兄弟になったわけだ」

と、げらげら笑い立てた。

「穴兄弟さ」

初めに口を開いた男がからかった。

「他人のすることにいちいち干渉するな」

こう言った男が大本技手のようだった。

次いで「一杯おごれ」だの「おごらなければ噂を立てるぞ」だのといった戯言が交わされた。さらには「どんな味だった？」など話がひどくなり、お互い競い合うように猥談を並べ立てた。話を聞いていると、米の供出を督励するために出張に来た帰りの郡庁職員や面職員だった。

話題が急に変わった。

「どうやら李家《りのいえ》書記は、あのサンナムゴルの奥さんを手込めにしたようだな」

「サンナムゴルの奥さん？旦那が志願兵で出征中の奥さんを」

「出征家族に手を出したら、後でひどい目に遭うぞ！」

「誰がばれるもんか。あの李家の奴は供出督励より夜這い専門だな」

「あいつは日本人巡査部長のかみさんまでやっちまったそうだが本当か」

「火のないところに煙は立たぬと言うだろう。ところであの巡査部長のかみさんは相当好き者だな？面事務所前の文代書ともできてるって噂だぜ」

「とにかくあの部長のかみさんはろくでなしだな」

「でも変だな。どこでするんだ」

「馬山《マサン》とか金海《キメ》に行ってやってるようだ」

こんな話を聞いていると不快でもあったが、一方では興味深くもあった。しかし、彼らは進永《チニョン》で汽車を降りてしまった。泰英は人間生活の複雑に絡み合った内幕を、改めて垣間見たような気分で憂鬱になった。

馬山から乗った乗客の大部分は学生たちだった。国防色の制服にゲートルを着けリュックサックを担いだ彼らは、車内にどやどやとなだれ込んでくると、我先に空席を探して座った。泰英の前にも二人の学生が座った。襟章に四の字が付いた学生たちだった。

彼らは背負っていたリュックサックを下ろして膝の上に載せると、何の躊躇いもなく日本語で話を交わし始めた。明らかに朝鮮人学生であるのに、お互い呼び合う名前は日本式だった。

「おい、遠藤」

と言えば、

「何だ、金田」

というように受け答えしている様が、気に障って仕方がなかった。泰英は国防色の制服と創氏改名を拒否するなど徹底して反抗したために、ついには退学処分となった自分の中学時代を思い出し、中学生の気風がこれほどに変わってしまったのかという感慨に浸った。実に情けないことだともいえた。しかし中学生たちのそのような言動を非難することはできなかった。大勢がそのように流れているのであり、大人たちがそのように教えているのであるから。それればかりか曲がりなりにも高等教育を受けた専門学校、大学の学生が圧力に屈し、日本の傭兵に志願している局面ではないか。泰英は腕を組み目を瞑った。できることならば耳までふさいでしまいたかった。

「江川は少年航空兵にいくんだってな」

「俺は予科練がいいな。せっかく航空兵になるなら」

「もう少し待って陸軍士官学校にしたらどうだい」

「俺は海軍兵学校に行きたい。あそこの制服かっこいいんだ」

「どこに行っても天皇陛下に忠誠を尽くしさえすればいいじゃないか」

「それはそうだ」

「桜のようにぱっと咲いてぱっと散る大和魂だ」

泰英はどうしても感情を抑えきれなくなった。目を鋭く開き、前の中学生たちを睨みつけながら、しかし激することないよう声を殺して口を開いた。

「君たちはそんなに日本の天皇陛下に忠誠を尽くしたいのか？」

「勿論です」

一人が泰英のみすぼらしい姿を、軽蔑に満ちた眼差しで眺め回しながら日本語で答えた。

「君たちは朝鮮語を話せないのか？」

「そんなわけないでしょう」

やはり日本語で他の一人が言った。

「それならこちらが朝鮮語で尋ねたときには朝鮮語で答えたらどうなんだ」

「国語を常用しなければならないから朝鮮語は使い

ません」

「国語って、日本語が国語というのか？」

「無論そうでしょう」

「それなら君は家に帰っても日本語だけ使っているのですね？」

「当然でしょう。僕の家は国語常用の家ですから」

と、彼は威張ったように言った。

泰英はかっと大声で彼らを怒鳴りつけてやりたかった。しかし、ぐっと堪えて聞いた。

「君たちはどこの学校に通っているのですか？」

「馬山中学校です」

泰英はさもありなんという思いで頷いた。馬山中学は泰英が中学校に入学した頃新設された日本人中心の学校で、定員の三、四割だけを朝鮮人学生で充当しているという事実を知っていたからだ。それにしてもあまりにも奇怪すぎると思った。

（国語常用の家とは何てことだ……）

その頃、日本語を常用させるため、そのような家の門に表彰の意を込めて国語常用の家という看板を付けることになっているという話を聞いたことがあったが、まさかそれほど恥知らずな人間がいるとは泰英は想像もしてみなかったのだ。泰英はこのままでは到底やり過ごすことができないという思いに駆られた。

「それなら君たちは朝鮮語を未来永劫に捨てるつもりなのですね」

泰英は興奮を抑え、静かに言った。一人がすぐさま言った。

「内鮮一体、一視同仁の妨害となる、そんな言葉は当然捨てるべきでしょう」

泰英は腹の底から震え始めた自分自身を感じた。爆発させねば我慢できない感情だという予感がした。しかしどこまでも堪えねばならなかった。泰英は再び聞いた。

「もし朝鮮語が必要なときはどうするのですか？」

「そんなときはないでしょう」

別の一人の答えだった。

「それならば学生さんたちは、この戦争に日本が必ず勝つと信じているのか？」

「勝つに決まってるでしょう。神州不滅です」

一人が断固として言った。

「神国日本が鬼畜米英に負けるはずがない」

もう一人もやはり断固として言った。

時と場所さえ許せば、絶対にこのまま許しては置かなかったのだが、汽車の中ではどうすることもできなかった。泰英は話題を変えた。

「君たちは今も英語を習っているのかな？」

「一週間に二時間ずつ習ってます」

「しっかり習っておきなさい」

「敵の言葉を習ってどうしろと言うんです？」

泰英はもう相手をするのが嫌になってきた。しかし自分から言葉をかけておいて、やすやすと退却してしまうようなことは彼の性格が許さなかった。泰英は筋道を立てて細かく説明しようと思った。

「先ず第一に、世界が広いということを知らなければならない。次に、世界には多くの国があるということを知るべきだ。さらに、英語を通して初めて学ぶことのできる文明と思想があるということを知らなければならない。それに日本が勝つとは限らないのではないか。だから朝鮮語も捨ててはならないのです」

「何だって？」

学生の一人が鋭い口調で聞き返した。

「日本が勝てないだと？」

「日本が必ず勝つという保障はどこにもない」

するとその学生は、敢然と立ち上がり、泰英を指さしながら、

「貴方は非国民だ」

と大声で叫んだ。汽車の車輪の音と車内の騒々しい話し声を抑えて響き渡るような大声だった。車内の視線が一斉に泰英の座席の方へ集まった。一瞬すべての音声が止まったようだった。泰英は瞬時に覚悟した。そして吐き捨てるように言った。

「お前は非人間だ」

「非国民が何を言うか」

その学生がもう一度叫んだ。泰英がその学生の頬を殴りつけたい衝動に駆られて立ち上がろうとした。するとそのとき向こうから背の高い学生が大股に歩いてくるのが視野に入った。すでに覚悟を決めた泰英は、先ず歩いてくる学生を待つことにした。

背の高い学生が泰英の座席の脇に来て立ち止まると、大声で叫んでいた学生を見て静かに聞いた。朝鮮語だった。

「お前、今何て言った？」

「この人が日本が負けるかも知れないって言うんです。だから非国民だと言いました」

叫んだ学生がそう言うと、背の高い学生は、

「座って話をしろ」

と、その学生を座らせ、自分もその席に座り込みながら泰英をまじまじと見つめて尋ねた。

「貴方は何をしている人ですか？」

「僕は大学生です」

泰英は落ち着いて答えた。

「僕は馬山商業高等学校に通う学生です」

と帽子を取ると、座ったままぺこりと頭を下げた。

そして非難するような口調で言った。

「こんな幼い子どもたちを相手にしてどうするんです」

「僕はこの学生たちを、僕と同じ同胞と考えて話をしたのです」

「この学生たちは、この汽車で通学する学生の中では愛国少年で有名な学生たちです。そんな学生たちに向かって、貴方はとんでもないことを言ったのです」

と言いながら商業学校の学生は中学生を振り返り、

「年上の人に向かって大声で叫ぶとは何事だ。謝れ」

と低い声でたしなめた。

しかし大声を出した学生は膨れっ面をしたまま口を開こうとしなかった。背の高い商業学校の学生は、もどかしそうな表情で狭い席に座ったまま、何と言うべきか考えている様子だった。

汽車は気まずい車内の雰囲気をそのまま抱いて走り続けていた。

「この車内に警察官やその手先がいなくて幸いだった。大事になるところだった」

商業学校の学生はこう呟くと、中学生たちを見つめて話し続けた。

「幸いだったのはお前たちだ。万が一この大学生が捕まってしまったとしてみろ。お前たちが告げ口したことになるだろう。そうなればお前たちは愛国少年である前に、卑劣な人間となるんだ。愛国者であればあるほど堂々としていろ。卑劣な愛国者は軽蔑を受けるのみだ」

泰英はその商業学校の学生が、自分のためにひどく神経を使ってくれているのを感じた。だから、いくつか中学生に投げつけてやりたいと思っていた言葉を我慢した。せっかく無難に収拾してくれようとしている、その学生の努力を無駄にしたくなかったからだった。

そんなことがあってから三十分ほど後に、汽車は咸安《ハマン》に到着した。前の席の中学生と商業学校の学生は、大部分の学生たちと一緒に汽車を降りた。すっかりがらがらになった車内を見回しながら、泰英はさっきの事柄を振り返ろうとした。すると後ろから商業学校の学生が不意に現れた。そして、

「あの子らは心配しないでください。後で何かあるようなことはありません」

と言うと慌てて降りていこうとするのを、お互い住

所と名前だけでも交換しておこうと泰英が引き留めた。彼は咸安邑に住む安明在《アンミョンヂェ》という名の学生だった。泰英は彼の住所と名前を手帳に記入して、

「朴とだけ書かれた手紙が届いたら、僕が送ったものだと思ってください」

と言うと、握手を求めた。

彼と別れ、動き出した汽車の中、泰英は心で呟いた。

（のろまな汽車も役に立つもんだ！）

咸安の次が郡北《クンブク》だ。郡北を過ぎると車内は五人を残してがらがらになった。急に寒さが増してきた。

（朝鮮人が乗る汽車にはスチームなど必要ない）

と喚く日本人の小賢しい表情が、目の前にちらついた。泰英は寒さを忘れるためにも、さっきの出来事を振り返ってみることにした。

「貴方は非国民だ」

と指を指しながら大声を上げた奴の頬を殴りつけてやることができなかったのが、何とも残念で仕方なかった。商業学校の学生さえ現れなかったら、泰英は相手の顔面を力一杯ぶん殴っていただろう。もしそうなっていれば乱闘が起こっていたであろう。その結果泰英は警察の世話になっていたかも知れない。そう思うと背筋がぞっとした。安明在という学生に必ず感謝の手紙を書かなければならないと思った。

（何はともあれ、今後は絶対に時と場所を選ぶ慎重さを失ってはいけない）

宗川の言葉が蘇った。

「革命家は捕まってはならない。捕まるということは、最も幸運な場合でも捕虜となるということで、捕虜となれば行動力を失う。行動力のない革命家はナンセンスだ。最悪の場合には死が待っていて、決定的な敗北に通じる。精神の武装とは微塵の失敗もしないという覚悟だ」

寒気がひどくなると、考えの脈絡がもつれてくる。泰英は三、四列前の席に、垢染みた白いトゥルマギを着て、見るにもみすぼらしい姿で小さくなっている老人を見つけると、そこに席を動いた。

自分の向かいに見知らぬ青年が座っても、無表情な顔でぶるぶる震えている老人に、泰英は話しかけた。

「おじいさんは何処まで行かれるのですか？」

田舎の老人に会いさえすれば、泰英は純真な訛に変わる。

「徳山《トクサン》まで」

老人の声には痰がからんでいた。

「徳山が故郷ですか？」

「そうじゃ」

徳山といえば山清側の智異山のすぐ麓にある集落の名前だ。泰英はその老人が徳山に家を持っているという事実に関心を持った。しかし露骨にそんな関心を表すこともできず、

「ところでどちらに行っておられたのですか？」

と尋ねた。

「羅南《ナナム》に行ってきた帰りじゃ」

「羅南というと、咸鏡道《ハムギョンド》の羅南のことですか？」

「そうじゃ」

「どうして羅南に行かれたのですか？」

「うちの末っ子の奴が羅南の軍隊にいるんじゃ」

「志願兵に行かれたのですね」

「志願兵だか何だか知らんが、とにかくそこにいるんじゃ」

老人はごほごほと咳き込むと痰を吐いた。呼吸が苦しそうだった。泰英は少し間を置いてから再び話しかけた。

「面会に行かれたのですね。息子さんはお元気でしたか」

「元気ならどれだけいいかの。見舞いに行ったのさ」

老人は溜息混じりに言った。

「それなら病院にいらっしゃるんですね？」

「あれが病院なもんかい。部隊の病室にいるだけじゃ」

老人は涙声になった。

「心配ですね」

「少しくらい悪くたって心配なんかするか。噂で聞いたんじゃが、その部隊がすぐに何処かに、南の方か北の方かまだ分からんが、すぐに行くようなのじゃ。あんな具合の悪い子をどうするつもりなのか、それが心配なのじゃ……だからといってどうしろというのじゃ。仕方がないだろう？」

仕方がないだろう？という老人の口ぶりは悲しそうだった。

（仕方がないだろう？）

檀君《ダングン》［朝鮮の始祖神。名は王倹《ワンゴム》。帝釈天の子の桓雄《ファヌン》と熊女《ウンニョ》から生まれたとされている。紀元前二三三三年に即位したとされる］以来、朝鮮の百姓が数限りなく繰り返してきた言葉だ。全世界の奴隷たちが口にしてきた言葉だ。

（仕方がないだろう？）

泰英は考えた。天が崩れ、地が裂けても、自分はこの言葉だけは口にすまいと心に誓った。泰英は改めて、日本の兵隊とならなかった自分の決断が間違

っていなかったと思った。しかし話題を変える必要があった。

「今年は豊作だそうですね？」

「豊作？」

と言うと、老人は咳き込んだ。そして痰のからんだ声で呟いた。

「豊作だったらどうだっていうんじゃや。小作料払って、供出出して、空のござを担いで脱穀場から帰る運命なのに」

泰英は詳しく老人の家庭事情を尋ねた。老人は七マヂギの田を小作していた。今年の秋は十五石の収穫だった。ところが小作料として七石半を払わねばならず、供出として三石を出さなければならなかった。従って計算上としては四石半が残ることになるのだが契穀をはじめとした雑賦金を払うと、一粒の米も残らない有様になったということだった。そして老人が住む集落の小作人全体がこれと同じようなものだと付け加えた。この老人の集落だけでなく、半島全体の小作人がそのような状況に置かれているのだろうと泰英は思った。

「それなら何を食べているのですか」

「何とか死なんようにやっているのさ。うちはまましな方じゃや。上の息子が一日おきに作男をしているから、その稼ぎのおかげで飢え死にすることはない」

「米の供出だけでも精一杯なのに、近頃は松の油を搾って出せだの、真鍮の器を持ってこいだの、何でもかんでも持ってこいさ」

「器まで出せというのですか」

「器だけじゃないさ。匙も箸もたらいも尿瓶までも、全部もって行かれるんじゃや……ところでお宅の村ではどうなんじゃい」

「僕は日本にいました」

「日本には供出がないのか？」

「ありますよ。でも器まで供出するなんて話は聞いたことがありません」

泰英にしても農村の事情を知らないわけではなかったが、続けざまに咳払いをして、痰を詰まらせ呻吟している老人の口を通して聞いてみると、一層悲惨さが身につまされた。

泰英は自分の上着を脱ぎ、老人の肩に掛けてやると少し眠るよう勧めた。そして自分は物思いにふけった。

（このような貧しさから百姓を救い出す方法はないのか）

（いくらこの国が貧しくとも、日本の奴等の収奪さ

えなければ飢え死にする人はなくせるのではないか)

(収穫の半分を取り立てる、あの過酷な小作制度をどうすれば改良できるのか)

　泰英は自分の問題と抱負が、結局はここにあるのだと再確認し、この問題に忠実である限り、決して孤独ではないと信じた。下関の埠頭で別れた金淑子の姿が目の前に浮かんだ。その姿を思い浮かべていると勇気がわいてくる……

　汽車はトンネルの中に入った。高い汽笛の音とともにトンネルを抜けると晋州の光が視野に飛び込んできた。ついに終着駅に到着したのだ。泰英は老人の脇を抱えて歩くのを助けながら改札口を出た。待合室に掛った時計は十一時半を指していた。

(終着駅に夜十一時半到着!)

　泰英の感慨は、終着駅という言葉によって再び湧き上がった。遠い後日、泰英は悲痛な思いでこの終着駅という意識を噛みしめることになるのだった。

四

　老人の名は康《カン》大《デ》原《ウォン》といい、家は徳山にある大《テ》源《ウォン》寺《サ》の隣村にあるということだった。泰英はその老人を玉峰洞《オクポンドン》の峠にある彼の娘の家まで連れて行くと、自分は西鳳洞《ソボンドン》の河永根《ハヨングン》の家に向かった。

　真夜中に他人の家を訪ねるのは失礼だと分かっていたが、万一旅館のようなところで寝ていて臨時検査にでも引っかかったらやっかいなことになるので、失礼を顧みず訪ねることにしたのだ。

　河永根の家の門前に立ったとき、どこからか十二時を打つ鐘の音が聞こえてきた。その鐘の音をすべて数えてから泰英は門を叩いた。なかなか反応がなかった。

「河先生」

と声を上げながら少し強めに門を叩くと、母屋に通じる門が開き、暗い庭に光がこぼれる様子が門の隙間から見えた。しばらく待っていると左側の行廊《ヘンナン》の棟「伝統的様式の屋敷で表門の両側にある部屋。下僕などが居住する」から誰かが出てきて門の内側に立つと、

「どなたですか?」

と聞いた。声の主は泰英もよく知っている「クムセおじさん」と呼ばれる年老いた下男だった。

「僕は朴泰英という学生です」

　かんぬきを外す音とともに門が開いた。

「学生さんがこんな夜中に何の用ですか?」

クムセおじさんは泰英の姿を認めるとこう言った。泰英は挨拶を兼ねて尋ねた。

「その間、お変わりありませんでしたか？先生はいらっしゃいますか？」

「先生はお休みです」

クムセおじさんがかんぬきを挿しなおしていると き、舍廊《サラン》の灯が点った。

門の方から聞こえてくる音を河永根が聞いたようだった。

寝巻姿だったが河永根は泰英を喜んで迎えた。泰英は挨拶を終えると、夜遅くに訪ねてきた理由を弁解した。河永根はよく来たと言うと、尋ねもせず夕食の準備をするよう家の者に言いつけた。

食事を前後して泰英は自分の態度と今後の計画をすべて打ち明けた。河永根は泰英の話を最後まで聞くと静かに言った。

「私は朴君の考えがよく分かる。ただ一つだけ理解できない点がある」

泰英は河永根の次の言葉を待った。

「なぜそんなに急ぐのかが分からないのだ。何のためにそれほど気忙しく慌てるのか」

「正しいか間違っているかが問題であって、急ぐことのどこが問題なのですか。正しいことなら急がなければなりません。慌てなければなりません」

泰英は落ち着いて言った。

「いくら正しいことでも急いで成ることと、急ぐことによって失敗してしまうことがあるものだ。今君に一番大切なことは、君自身を大事にすることだ」

「僕自身を大事にするために、智異山に行くのではありませんか」

「智異山に行って、仙人になる修行をするつもりかい？」

河永根はややからかうように言った。泰英は密かに腹が立った。

「日本の兵隊になるのなら、火田民になると言っているのです」

「絶対智異山に行かなければ逃げられないのか？」

「それ以外に何か方法がありますか？」

「もう少し考えてみれば方法はあるだろう。満州に行くとか、中国に行くとか」

「いろいろと全て考えてみました。しかる後に智異山に行くと決心したのです。世の中の誰が反対しても、先生の同意だけはいただきたいのです」

泰英は誠意を尽くして言った。

「世の中の皆が賛成しても、私だけは賛成できない」

河永根は重々しく言った。

気まずい沈黙が流れた。河永根は言葉が過ぎたと思ったのか、柔らかい語調で次のように言った。

「私は朴君に平凡な暮しをして欲しいんだ。決定的な破綻が来るまでは、世間の常識を守って、できるだけ目立たないように暮して欲しいというのが私の願いだ。朴君の才能は、今後私たちの民族のために巨大な財産になると信じているからこそこんな話をしているんだ。非凡な才能を発揮するためには、平凡に暮さなければならないものだ。これは逆説のようだが真実だ。角張った石は鑿で打たれるという諺があるだろう。私は朴君の挙動を見ていると危なっかしく思われて仕方がない。あまりにも目立ちすぎるが故に鑿で打たれるのではないかと……今朴君の歳はやっと二十歳じゃないか。二十歳の青年らしく行動していればいいじゃないか。非凡な光はひとりでに光彩を放つものだ。自分自身の真実を守りながら世間に倣って暮す、それが私は最高の智恵だと思う。大器晩成という言葉がある。大才または大人物は、晩年になってこそ成功するという言葉ではない。大才や大人物は、老いてもなお成長するという意味だと思っている。私は朴君が今すぐに何か念願を達成することよりも、三十、四十、五十、六十、七十歳まで成長する大才として、大人物として才能を発揮してくれることを願っている」

「そのためには世間に従って、日本の兵隊になってもいいとおっしゃるのですか？」

泰英は、河永根の道学者然とした説経には反発する習性があってこう言った。

「いや、兵隊になることを避けるために智異山まで行かなくてもいいではないかと言っているんだ」

「智異山に行くことのどこが悪いのですか」

「悪いというのではなくて、極限的な手段を今から使う必要はないということだ」

「僕は極限的な手段を使わねばならない極限的な状況にいる人間です」

「それを被害妄想というんだ」

「僕は現在の状況から極限的な状況を感じることのできない人間を、奴隷根性の持ち主だと思います」

泰英は我知らず激した声を上げた。河永根は力無く笑った。

「君のような強情っぱりを説得しようとした私が間違いだった」

それから日本の今回の戦争においての勝敗が話題となった。河永根も日本の敗北を予見していた。しかしその予見はどこまでも観念的なもので、彼の実感として成熟しているものでないことを泰英は見抜

いた。泰英は宗川の意見を引用して、日本が三年以内に敗北するだろうと主張した。そして、

「日本が敗北すればカイロ宣言によって我が国は独立するのです。そのときまで僕は智異山に隠れて暮そうというのです」

と熱を帯びて付け加えた。

「日本が決定的に敗北しないで、ある程度のところで講和することもあり得るから、カイロ宣言通りにならない場合も予想するべきだ」

泰英は河永根のこの言葉が、まったく妥当性のないものだとは思わなかったが不快に思った。

「そうなったときは我々民衆が蜂起すればいいじゃないですか。三・一運動のような運動を展開するのです。カイロ宣言までしておいて連合国が我々の意思を無視するはずがないじゃないですか」

「三・一運動も民族自決宣言に便乗した運動だっただろう。それなのにアメリカは日本の肩を持った。我々の味方をしたか？」

河永根の意見はどこまでも悲観的だった。

「そのときは、河先生も前におっしゃったではないですか。民衆の指導力と組織力に欠陥があったから失敗したんだと」

「今それらの欠陥を是正できる何の力もないじゃないか？今はあの当時よりさらに悪化している」

「だから僕は智異山に行くのです。そこで組織力の土台を創るのです。僕たちがそこに土台さえこしらえておけば、志のある人たちが加勢してくるのではありませんか。一糸乱れぬ計画を立てることもできるではありませんか。つまり智異山に民族の指導部を創ろうというのです」

河永根はげらげら笑った。

「朴君は見かけによらずロマンチストだな。私の見たところでは、今の朝鮮の大衆はいくら笛を吹いても踊る気持ちを失っているようだが……何よりも日本の奴等に怯えているじゃないか。怯えている大衆は立ち上がることはできん」

泰英は汽車の中でのことを想起した。日本が負けるかも知れないという泰英の言葉に対して「貴方は非国民だ」と非難したあの学生が、今日の朝鮮の学生の大部分を代表するのならば、河永根の言葉通りいくら笛を吹き、ラッパを吹いても無駄なことなのだ。

しかし泰英は言い張らずにはいられなかった。

「民衆の情熱をそんなに過小評価できるのですか。日本が劣勢に押されて講和するのなら、民衆はその隙を見逃すはずがありません。日本の勢力を叩き伏

せておくためにも連合国は朝鮮に加勢するはずです」

「満州を放棄するという条件と、朝鮮の継続領有を交換条件にするおそれもあるからな」

この言葉を聞いて、泰英は河永根が自分の本心を話しているのではなくて、泰英の見識をテストするためにわざとそのようなことを言っているのではないか、という疑問を持った。それで泰英は断固として言った。

「この戦争は日本の無条件降伏に終わります。中途半端な講和などで終わるはずがありません。先生、賭けましょう」

果たして河永根は、

「賭けるほど自分の意見に自信はない」

と答えて寂しく笑った。

そして河永根は、

「歴史の方向を予見して、ある程度の方針を立てるのはいいが、その予見に一切を賭けるのは無謀なことだ」

と言って、泰英が智異山に入ることだけは止めるよう言い聞かせた。そして、万一泰英が応じさえすれば、ある寺に連絡をするから、三年間僧侶になって隠れてはどうかと提案した。

「本や食糧は不足なく送るようにする。だから三年間勉強でもして過ごしてはどうだ。仮に警察に知られても重大犯人ではないから、せいぜい徴用にでも送ろうとするだけだろう。そのときはそのときで手を回すこともできるし……」

「僕のためにまた日本の奴等に飛行機を献納する気ですか？」

泰英としては、こう言って河永根をからかったつもりだった。

「ひどい奴だな！」

河永根は苦笑すると、

「ところで李圭《イギュ》君には会えたのか？李圭君はどうするつもりなんだ」

と尋ねた。

「東京を発つ数日前に会いました。一緒に智異山に行こうと言いましたが、嫌がっていたようでした。志願するかどうか、はっきりとしたことは聞けませんでした」

「それなら李圭君の動きを確かめて、もし彼も志願しないのならば、ともに行動してはどうなのかな」

「智異山には行かないと、彼は態度で示したんですけど」

「智異山に行かない方向で行動を統一してはどうか

と言っているんだ。私は」

「志願しないで頑張ってみても、徴用に送られるのは明らかです。僕は徴用にも行かないつもりです」

河永根はもどかしくて仕方ない様子だった。

「一人で行動するのはよくない。智異山に一人で行くのはどう考えても駄目だ。そんなに焦らずに……例えば徴用令状が来てからにするとか……」

「先生、心配いりません。僕一人で行くのではありません」

「一緒に行く人がいるというのか？」

「そうです。河俊圭という先輩と一緒に行くことにしました」

「河俊圭とは？」

「咸陽《ハミヤン》の河俊圭。ひょっとして先生の親戚ではないですか？」

「親等は遠いが、うちの親戚だ。以前確かに一度会ったことがある。その彼が？」

「本当に立派な人です。自分の考えをしっかり持っている人です」

「暴れん坊で有名な子だったが」

河永根は納得できないという顔つきだった。

「昔はそんな噂があった先輩です。空手五段ですからそんな人間と思われがちですが、実際は違います。僕は彼ほどはっきりとした見識の所有者をまだ見たことがありません」

「君と意見が合ったようだな？」

「それだけではありません。じつにに立派な人です」

河永根はしばらく考えこんでいたが、

「武術の選手と鋭い秀才と、ひょっとするといいコンビになるかも知れないな」

とはっきり言った。

そして偶然思い出したというように尋ねた。

「朴君は鄭準映《チョンヂュニョン》君を知っているだろう」

「はい、知ってます」

「それなら明日の朝、いや今日にでも夜が明けたら彼に一度会ってみてはどうかな」

「その人は志願したんでしょう？」

「何日か前に志願したって、うちに挨拶に来ていたよ」

「それなのにどうして会えとおっしゃるのですか」

「志願した人間の意見も、一度くらい聞いてみるのもいいじゃないか」

鄭準映は東京帝大で朝鮮史を専攻している学生だ。泰英の中学校の二年先輩にあたる。秀才の評判が高く、品行方正だったため、同郷の留学生の中では代表的人物と目される人物でもあった。

泰英は彼と顔見知りではあったが、二人きりで話をしたことはなかった。この機会に一度くらい会ってみるのは、様々な面で意味があることだと思い、河永根の家で朝飯を食べると泰英は鄭準映を訪ねてみることにした。

鄭準映は自宅の父親の書斎で泰英を迎えた。ところが挨拶を交わした後は、口を閉ざしたまま黙って座っているだけだった。泰英に志願をしたのかと聞くこともなく、この間どうしていたのかという儀礼的な質問すらなかった。見たところでは、言いたいことがあるなら早く言って帰れという冷たい態度だった。泰英はかえってそんな態度の方がいいと思い、自分の方から話を切り出した。

「鄭先輩は志願をされたそうですね？」

「した」

ぎこちない質問にぎこちない答えだった。

「何か動機があるのですか」

泰英はおずおずと尋ねた。

「動機なんてあるか。しろというからしたんだ」

仮にも大学で朝鮮史を学んでいる人間が、強制されたからといって易々と応じてしまうなどということがあり得るのかと、面と向かって非難してやりたい衝動を泰英は辛うじて堪えた。そしてその代わりに、

「志願しない方法もあったのではないですか？」

と言ってみた。

そのときようやく鄭準映は、泰英の目を正面から見た。

「どんな方法があるというのですか」

準映《ニュニョン》は柔らかい口調で言った。

泰英は準映の悲しみを感じた。

（この人の胸には、張り裂けんばかりの鬱憤がある。その鬱憤をどうしていいのか分からず、来客にも普通に応対することができないのだ）

こう考えると、泰英は楽に自分の所信を話すことができた。河俊圭先輩の意見も自分の意見とまったく同じだと付け加えた。鄭準映は項垂れたまましばらく何かを考え込んでいたが、やがて口を開いた。

「河先輩は今どこにいるんです？」

「昨日僕と釜山で別れてソウルに行きました」

「晋州には来ないと言ってましたか」

「晋州に来たら捕まるではありませんか。志願した人たちが発った後で智異山で落ち合うことにして、時間と場所を約束しました」

準映は呆然と座っていたが、低い声で言った。

「会ったらよろしく伝えてください」

　泰英はのらりくらりとした準映の態度がもどかしくて仕方がなかった。一緒に智異山に行こうと誘ってみようかとさえ思った。しかし、うっかりそんな話を持ち出すわけにはいかなかった。泰英はこれだけは聞いておかなければならないと思って言った。

「鄭先輩は日本がこの戦争に勝つとお考えですか」

「……」

「僕は必ず負けると思うのですが」

　準映の表情が硬くなった。

「日本が勝とうが負けようが、今の状況には関係ないでしょう。私は自分一人だけいい格好するのが嫌で志願したのです」

　妙な言葉だった。正直な心情の吐露のようでもあり、泰英自身や俊圭に対する非難のようでもあった。

　泰英は沸々と湧き上がる胸の中の反発を抑えて、その場から立ち上がった。準映は引き留めなかった。しかし門のところまでついて来ると泰英に握手を求めながら次のように言った。

「慎重に行動しなさい。ところで今日、学兵に行く仲間たちが君賢館という料亭で集まることになっています。そこに来てください。泰英さんの同期生たちも何人かいるはずです」


　泰英はその誘いを断ることができなかった。それでその日の晩、泰英はその集まりに参席したのだが、行くやいなや彼は後悔した。

　皆、泰英を志士として扱った。しかし、それは尊敬の態度ではなくからかい半分のものだった。彼らは毎日のように宴席を設けているためか、実に慣れた様子だった。妓生《キーセン》を侍らせてもいたが、そんな雰囲気自体が泰英には不快だった。宴が進むに従って流行歌や軍歌が飛び出す頃には、泰英はその集団から完全に疎外されている自らを発見した。泰英は座が乱れた隙をうかがって外に抜け出した。

　冷たい夜風に吹かれて河永根の家に戻る途中、泰英は抑えようのない鬱憤を次のように反芻した。

（彼らの行いは自虐でもない。彼らの行いは絶望への身もだえでもない。彼らの行いは苦悩を忘れようとする逃避でもない。彼らは絶望するすべも、苦悩するすべも、悲しむすべも知らぬ、ただ反射神経のみで行動する昆虫のような存在に過ぎない。そんな場には日本の軍歌がお似合いだ。妓生との不潔な会話がお似合いだ。大学生とは何だ？頭のでかい学生ならば大学生というのか……俺は決して彼らを許さないだろう。何があっても許すことはできない。許せない……）

帰って河永根にこの話をすると、彼は悲しそうな眼差しで次のような話をした。

玉皇上帝が眠りにつこうとしていた。下の村が騒々しくて寝ることができずにいた。それで霹靂大臣を呼び、下の村を静かにさせるよう言いつけた。霹靂大臣が降りていくやいなや、下の村は静かになった。実に驚いた玉皇上帝は、目が覚めると即座に霹靂大臣にそのわけを聞いた。霹靂大臣の答えは次のようだった。「下の村は百戸からなる村でしたが、一軒だけが正直かつ善良で、残りの九十九戸は皆泥棒でした。昨晩騒々しかったのは、その九十九戸の人々が集まって一軒の善良な人を追い出そうと相談していたからでした。九十九戸をなくそうとすれば時間と労力が掛かり、一軒の善良な人をなくすのは簡単でしたので、その家に雷を落としてなくしました。そうしましたら静かになりました」玉皇上帝は霹靂大臣のしたことに「でかした」と称賛し、手厚い褒美まで与えた。

河永根が引き留めるままに、泰英は河永根の家で一週間を過ごした。智異山に旅立つまさにその前日、永根が泰英を静かに呼んだ。

「君が智異山に行くことには、私は今も反対だ。しかし君の覚悟がそうならば仕方があるまい」

と、各種の薬や山の生活に必要な品物を押入から取り出して置いた。この一週間の間に河永根が心に決めて集めたものに間違いなかった。

「大方、登山するときの要領で準備したんだが、後で確認してみて不足しているものがあれば明日用意することにしよう」

そう言いながら次に河永根は二枚の毛布を取り出した。

「これは私が上海で買ったものなんだが、軽いのに驚くほど温かいんだ。これをぐるぐる体に巻き付けて寝れば、雪の中でも凍死しないそうだ。試してみることはできなかったが、まあ間違いないだろう」

泰英は手を伸ばしてその赤い毛布を触ってみた。指先が溶けてなくなるような柔らかい感触だった。その感触は河永根という人間の温かく柔らかな心のようだと思うと、目頭が熱くなった。

「それからこれは金だ」

と河永根は一束の分厚い紙幣の固まりを泰英の前に置いた。

「分厚くてもいくらにもならない金だ。五百円だが山の中で使うならば、大きな紙幣は不便だろうから一円紙幣ばかりを集めたらこんなに大きくなってしまった」

五百円という金はとてつもない額の金だ。泰英はそれだけは遠慮することにした。

「山でお金なんて必要ありません。お金は受け取ることはできません」

「世間知らずなことを言うな。そんなところであるほど金が重宝するんだ。食糧を求めるときだとか、人を使いにやるときだとか……それにいつか君の学費を出してやろうとしたら、この次に独立運動の資金を出してくれって言ったじゃないか。これは独立運動の資金だ。堂々と受け取ってくれ……」

泰英はそれ以上何も言えなかった。

「それから必要な本があれば、私の書斎から自由に選んで持っていきなさい。本はあんまりたくさん持たない方がいいと思う。もし荷物になるようなら誰かに持っていってもらうぞ」

その他に河永根は、どんな手段を使ってでも時々連絡を取ること、金や薬が足りなくなったら遠慮なく通知してくれということ、山の中で用心しなければならないこと、健康上注意しなければならないことなどを子細に説明すると、

「どうにもならなくなったら躊躇せず私のところに来なさい。罪人でもなく、追われる身でもないのだから、恐れることはない。そして一度挫折したからといって失望することはない。朴君はまだ若い。いくらでも人生をやり直すことができるんだから。望みがないと分かっていながら、つまらぬ自尊心で一つのことに執着して、人生を台無しにしてしまった例は多い。人生は賢く生きなければならない」

また、こうも言った。

「朴君が行こうとする道が、決して無謀な道ではないということをここで言っておこう。今智異山にはそれほど多くはないが、何人かの志士たちが隠れ住んでいる。まだ誰にも話したことはないが、李圭君の叔父さんも智異山にいる。時々連絡があって、不足しているものを私が援助しているんだが、彼がどこにいるのかはっきりしたことは知らない」

河永根は、泰英がせっかくその道に行こうとしているのだから、抗日独立運動について自分が知っている限りのことは説明しておかなければならないといって、次のような話をした。

「安昌浩《アンチャンホ》先生が亡くなってからは国内の活動で目立ったものは特にない。大部分の指導者たちが刑務所生活をしていたり、監視下に置かれていたり、総督府と妥協してしまった生活をしていたりという状況だ。しかし、目には見えなくても独立への民族的情熱まで失ってしまったわけではない。一方、海外

では抗日独立運動が比較的活発だ。満州の独立軍は満州国の建国とともにその主力を失った様子だが、残留組織は粘り強い活躍をしている。重慶には大韓民国臨時政府がある。金九《キムグ》先生、金奎植《キムギュシク》先生、趙《チョ》素昂《ソアン》先生、張建相《チャンゴンサン》先生などがその中心人物だ。臨時政府の組織として光復軍がある。その主導人物は李《イ》青天《チョンチョン》、李範奭《イボムソク》氏などだ。延安には金科奉《キムドゥボン》先生をはじめとする崔昌益《チェチャンイク》、韓斌《ハンビン》氏などが独立同盟を結成していて武亭《ムヂョン》、朴孝三《パクヒョサム》、朴一禹《パクイル》氏などが率いる義勇軍がある。アメリカには李承晩《イスンマン》博士が臨時政府駐米委員会を創って活躍中だ。その他に知っておくべき人物は林炳稷《イムビョンヂク》、韓《ハン》ギルス氏などではないかな」

泰英は河永根がどうしてそんな情報を知っているのかという驚きを隠すことができなかった。

「イタリアが降伏して、ドイツはスターリングラードで敗北の後、後退中だそうだから、戦争は殆ど終わりに近づいたようだ。そこに先月カイロ宣言があったこともあって、抗日独立運動は一層活発になるだろう。様々な点で朴君が行く道は、決して孤独ではないから、自重自愛すれば栄光はそれほど遠くはないだろう……」

その晩、泰英は眠ることができなかった。まんじりともせず一夜を明かすと、河永根に短い手紙を残して、泰英は明け方に家を出た。

日が昇る直前の薄暗い空の向こうに、明星が鮮やかに大きな光芒を放っていた。泰英はその星の光に向かって深呼吸をしながら誓った。

「栄光のその日まで、俺は決して屈したりはしない」

泰英は智異山に向かって力強く歩き始めた。

第四章　一つの道

一

晋州《チンヂュ》から山清《サンチョン》まで九里、咸陽《ハミャン》まで十五里、徳《ト》裕山《ギュサン》に行こうとすれば咸陽と居昌《コチャン》への分かれ道を居昌の方へ進み、北上面《ブクサンミョン》で北へと折れて約五里の峠道を回らなければならない。自動車を利用し、地理に明るかったとしても一日で踏破できる距離ではなかった。

朴泰英《パクテヨン》は行商の人々と一緒に乗ったトラックを院旨《ウンヂ》市場で降り、そこで宿屋を兼ねた居酒屋に入って朝飯を食べた。重々しいリュックを背負った姿が、行商人さながらなのが便利だった。

飯を食べ終えた後、泰英は店の暖かいオンドル部屋に座って、壁に掛っている日めくりの日付を手帳に書き入れた。

一九四三年十二月二十四日土曜日。

陰暦では癸未《みずのとひつじ》十一月二十七日。

手帳に書かれたその記録を見て泰英は、ナポレオンがコルシカを旅立ちフランスに到着した日付ほどの意味はあるはずだと思って内心笑った。

そして次に徳裕山隠身谷《ウンシンゴル》へ向かう道順を決めることにした。隠身谷へは自分の故郷の馬川《マチョン》面を通っても行くことができるし、その手前の休川《ヒュチョン》面《ミョン》からも行くことができる。それ以外にもいくつかの道があった。しかし、河俊圭と約束した地点である水《ス》東面《ドンミョン》を通る道だけは知らなかった。泰英はあらかじめその地点を確認してから徳裕山に入るべきか、隠身谷に入った後で調べるべきかと躊躇った。しばらく考えた挙げ句、河俊圭がそこに来るまでには一ヶ月あまりも時間があるため、ひとまず智異山《チリサン》のあちこちを探索して、一月二十五日のその日に約束した地点まで出てきて一緒に隠身谷に入ることにした。徳裕山隠身谷は、お互いがよく知っているためにそこで落ち合うことにしたというだけであり、長い間山の中で生活するのであれば智異山を事前に熟知しておく必要もあった。

泰英はふと休川面で中学同期の林洪泰《イムホンテ》が国民学校の教師をしているという話を思い出し、先ず彼を訪ねてみることにした。朴泰英が知っている林洪泰は文学少年だった。彼が奇特だったのは、彼の関心の重心を朝鮮文学に置いているという点だった。日本文学を読まないわけではなかったが、彼は努めて朝鮮語で書かれた我々の文学を読んでいた。

朴泰英が金東仁《キムドンイン》の『ジャガイモ』『狂炎ソナタ』

『足の指が似ている』などの作品を読んだのも、金裕貞《キムユチョン》の『春・春』を読んだのも、李箱《イサン》の存在を知ったのも、林洪泰を通してだった。

トラックの荷物の上で、冬の冷たい風に吹かれながら十里の道を走りながらも、泰英がそれほど苦痛を感じなかったのは、林洪泰を思い彼にもうすぐ会えるという期待感のためであった。

咸陽へと向かう途中でトラックから降り、一里の道を歩き、休川国民学校の正門の前に立ったときには、白銀に被われた智異連峰の一つに短い冬の日が沈もうとしている頃だった。子どもたちの影もないがらんとした校庭を歩いて中へ入ると、鐘の付いた窓を開け広げて外を眺めている国民服姿の男がいた。それが林洪泰だった。

林洪泰は朴泰英の姿を見つけると、喜び勇んで玄関へ回ると飛び出してきた。

「一体どうしたんだ？」

林洪泰は泰英の手首をがっしり握って言った。

「お前に会いたくて来たんじゃないか」

泰英はなぜか目頭が熱くなった。

「ちょっと待ってろ」

林洪泰はさっき開けていた窓から、中にいる用務員らしき人に、

「僕は家にいますから、何かあったら知らせてください」

と言うと、無理矢理泰英のリュックを奪って自分の肩に引っ掛けた。

「さあ、俺の家に行こう。すぐ目の前だ」

洪泰は、学校の左側にある藁葺きの家をあごで指した。泰英と洪泰は、並んで校庭を出た。今日は終業していたのだが、日直のため学校に残っていたそうだ。

林洪泰は、小さな藁葺きの家を借りていた。部屋は二つだった。洪泰は書斎として使用している部屋に泰英を案内すると、夫人を呼んだ。隣の部屋から、赤ん坊がうるさくむずがる声が聞こえてきた。

「いつ結婚したんだ？」

「もう三年になるかな」

「それじゃ中学校を卒業してすぐ？」

「いや、師範演習科を出てからだ」

「子どもは？」

「半年前に生まれたんだ。男の子だ」

「立派な親父になったんだな」

「親父になったなんて、なんか恥ずかしいや」

林洪泰の夫人が現れた。とても純朴そうな印象の女性だった。型通りの挨拶が済むと、洪泰が泰英を

紹介した。

「俺の友だちだけど、有名な天才朴泰英だ。俺が時々話しただろう？こんな友だちがわざわざここまで訪ねてきてくれたなんてすごいことだぞ」

そして自分の夫人を、

「大した嫁じゃないけど、俺の二倍はよくできた嫁だ。君、俺のことよろしく頼むとお願いしといてくれよ」

というように紹介した。

やがて隣家にまで手伝ってもらったようで、豪華な食膳が入ってきた。昼を抜いていたせいもあって、泰英は実に美味そうにそれらを食べた。

「俺は生まれてこの方、こんなに美味い飯を食べたのは初めてだ」

膳を下げてもらいながら泰英は心底そう言った。

食事の後、泰英は自分の事情と今後の計画を簡単に説明した。

「すごい決心だな」

洪泰は深刻な表情になった。

決心は立派だが、実行するのは厳しいだろうという思いがありありとした表情だった。しかし洪泰としては何とも言うことができなかった。それほど心配に満ちあふれていた。友のそんな顔を見ると泰英は言った。

「君は日本が必ずや負けると思わないか？」

「絶対負けねばならないと思っている」

「負けねばならないとは思うけど、必ず負けるという予想はできないということだろう？」

「……」

泰英は自分が知っている限りの世界情勢を説明した。そして日本の敗亡は時間の問題であり、それは科学的判断の結果だと付け加えた。

「君は時代の最先鋒を行く人物だから」

と、林洪泰は溜息をついた。

「なんで溜息なんかつくんだい」

泰英が笑って言った。

「時代の最先鋒を行く人物の苦悩を思うから溜息が出たのさ」

林洪泰も笑った。

「俺は君も時代の最先鋒を行く人間だと思うが」

「何言ってるんだい、朴君。俺は時代から取り残されて生きる決心をした人間なのに」

そう言って、林洪泰は子どもの教育を通した文学と、文学を通した教育という仕事に一生を捧げるつもりだという自分の所信を説明した。

「教育というものは、正義のためには生命までも捧げなくてはならないという信念の伝達ではないのか。それなら……」

朴泰英がそう言うと、林洪泰は、

「俺はそんなたいそうなことは考えてない」

と笑いながら言った。

「子どもたちとヒバリのように唄いながら文字を覚えて、ウサギのように飛び回って遊びながら計算を教えて、空と大地と隣人を愛することを教えるのが教育だと俺は考えているだけだ」

「善悪の分別は？」

「子どもたちが成長しながら、自ら区別できるようにするだけさ」

「天皇陛下を崇拝して、皇国臣民の誓詞を覚えさせることに矛盾は感じないのか？」

「そりゃ感じるさ」

「それだけか？」

「人生にはたくさんの制約があるもんだ。この村を取り囲む山々は、自然の制約だろう。日本の統治だの何だのといったことは社会の制約じゃないか。そんな制約の一つだと考えて我慢しているんだ。仕方ないだろう」

「悪の制約に対する反抗は教えずに？」

「反抗を教えたからといって、どうにかなることじゃないだろう。そんなことを教えられる状況でもないし」

「そんなことで正しい教育ができるのか？」

「俺は正しい教育をしようとしているんじゃない。可能な教育をしようとしているんだ」

洪泰のその言葉に真実があると泰英は感じた。金東仁の『ジャガイモ』に感涙し、李箱の倒錯した世界に、壊れた民族の意識を敏感に感じ取った林洪泰が、いわゆる皇民教育の第一線で感じている苦痛など、第三者が原則論だけを持ってあれこれ非難できることではないと思った。

「正しい教育でなく可能な教育！俺は林君からいい話を聞いたな」

「それしかないじゃないか。一番弱いのが教育者で、一番強烈に日本の支配風潮が吹き寄せてくるところが学校なのに。でも俺は失望はしない。そのいい例が朴君、君じゃないか。君は国民学校で反抗を教える先生に出会ったか？中学校でそんな教育を受けたか？俺たちとまったく同じ皇民教育だったじゃないか。それでも君みたいな人物が現れたじゃないか」

「俺みたいな人物だって？そんな歯の浮くような台詞やめてくれ」

「いや、教育の効果についての例を話しただけさ」

泰英は釜山《プサン》から晋州に来る途中、汽車の中で起こった話をして、教育がどれほど恐ろしいものかについての見本として提示した。

「とにかく俺には遠大な抱負なんてないよ。遠い未来に俺が教えた子どもたちに、あの先生に出会ったせいでとんでもない損害を被ったっていう愚痴を言われない、そんな先生になりさえすればそれでいい」

次に二人が教わった教師たちの比較論議になった。そして結論として、どんな教師でもその教師に出会ったことによって損をしたという教師はいなかったという話になった。原田校長からは素晴らしい感化を受け、水沈明太の齋藤校長からは典型的な日本人の偏狭性を知ることができたのだから、どんな人間からでも逆説的教育者としての価値は見いだすことができるという意見だった。

さらに一日林洪泰の家に泊まって、朴泰英は碧《ピョク》松寺《ソンサ》へと向かった。林洪泰もそこで数日を過ごすつもりでついてきた。碧松寺に行った目的は、その寺には智異山の地理に明るい老人がいるという噂を聞いたからだった。

碧松寺は咸陽郡馬川面楸城里《チュソンニ》の山里、南には下峰、中峰を背景とし、七仙《チルソン》渓谷を望む日のよく当たる位置に建てられた古色蒼然とした寺だ。寺の規模は大きくなかったが、深い谷間のひっそりとした池の畔で、俗世から遙かに断絶された幽邃《ゆうすい》としたところだった。朝鮮王朝時代、西山《ソサン》大師の師匠である碧松《ピョクソン》大師が創建したという由来を持つ寺でもあった。

林洪泰の家からそこまでは三里の山道だったため、寒さの中にもかかわらず碧松寺に到着したときには全身汗でびっしょりになっていた。一人の老僧が碧松寺の裏にある、池の畔の庵に二人を案内した。庵というだけに外観は寺のような建物だったが、仏像を安置しているわけでもない普通の民家だった。寺を訪れる一般人を泊めるための家なのだろう。

泰英の代わりにリュックを背負ってきた林洪泰が、板の間にそれを下ろしながら、

「寺には時々巡査が来ますか?」

と尋ねた。

林洪泰と親しげな老僧は、

「先生が巡査のことを聞くなんて変ですね」

と前置きしてから、警察官は一年に一度来るか来ないかだと言い、

「警防団員は時々出入りしてますが、冬にはまったく現れません」

と付け加えた。

林洪泰は朴泰英を、自分の友人で季節外れの登山に来たとだけ紹介すると、一ヶ月ほど泊めてくれるよう頼んだ。そして、

「仙人になるんだとおっしゃっていたご老人は、まだいらっしゃいますか？」

と聞いた。老僧は、

「いますよ。今日も山に入っていったようですが、じきに帰ってくるでしょう」

と言った。

仙人になる老人とは、智異山の地理に明るいという老人のことだ。

老僧は部屋の一つをあてがうと、小僧を呼んですぐに火をつけさせるからと言い残して法堂へと行ってしまった。部屋が暖かくなるまで近くを散歩しようと、泰英と洪泰は七星閣の方へ回り、舎利塔があるところに行ってみた。

舎利塔は数百年苔むしたまま、五層のつつましい姿で立ちつくしていた。高く枝を伸ばした樅《もみ》の森に囲まれて、その石塔は沈黙を守っていたが、知られざる歴史の悲哀がそのまま塔になってしまったような、そんな雰囲気を醸し出していた。

「この塔の下に碧松大師の舎利が入っているのか」

泰英が呟いた。

「そうだろう。そうでなけりゃこんな山の中に、これほど精巧な塔を建てるなんて……」

洪泰は塔の表面をかぶっている苔を撫でさすった。

「碧松大師を研究してみたことはないのか？」

と泰英が聞いた。

「研究なんて、そんなたいそうなことしたことはないさ。この寺に残されている記録程度は知ってるけど、それ以上は知らん」

「記録ではどうなっているんだ」

「さっきの老僧に聞いた方が詳しいはずだ。俺が知っている限りでは、世祖から中宗の代にかけて生きていた人だから、十五世紀から十六世紀初頭の人物だ。初めは軍人だったようで、女真族と戦って功を立てたこともあるそうだ。中年になって仏門に入り、晩年ここに来て寺を建てて弟子を教えたとされている」

「この寺がそのときの建物なのか？」

「それは知らん。でも、この舎利塔だけは碧松大師が死んだ後すぐに作られたものがそのまま残っているはずだ」

泰英はその舎利塔が、見ればみるほど感慨深い史跡だと思った。五百年あまりの歳月を経た故人の痕

跡を実感するというのは実に不思議な気持ちだった。

「俺たちが通り過ぎた後も、また五百年の歳月が流れていくんだろう」

泰英が呟いた。

「五百年じゃすまないさ。五千年、五億年も流れていくだろう」

洪泰も感慨無量といった様子で言った。

(俺が死んで五百年後、この舎利塔一つくらいほどの痕跡でも残っているだろうか!)

なぜか泰英はこんな感傷的な気分になった。

(恐らく何の痕跡もなく消えているだろう。痕跡があろうとなかろうと、それがどうしたっていうんだ……人生なんて考えてみれば虚しいものだ)

こんな泰英の気持ちが言葉となった。

「人生!この空虚なもの」

「人生は不可思議だと書き残して、滝に身を投げて死んだ奴がいるじゃないか。藤村操《みさお》とかいう奴」

「彼はナンセンスだ。人生が不可思議なのは、太陽が東から昇って西に沈むのと同じことじゃないか。人生の不可思議に溺れることなく、自分の可能性を試してみるのが賢明な道だろう」

「何もかもすべてが虚しくなった時は?」

「そうだな」

泰英は腕を組んだ。

「この塔を見ていると、しきりに虚しくなってくる。虚無を訴えるために、ここにこの精巧な塔を建てた!」

「でも、一つの意思がここにこうして五百年の風雪に耐えて立っているんじゃないか」

泰英はどんな想念よりも、先ず虚無感に打ち克たなければならなかった。

「智異山の住民になるんじゃと?」

六十か七十か、その年齢を推し量りがたい老人は、ふさふさとした豊かな髭におおわれた口でこう言った。

「はい、そうです」

泰英は丁寧に答えた。崔《チェ》という姓のその老人は、髷の方に傾いた頭をしきりに左手で押し上げながら、泰英の顔を子細に見た。今上がったばかりの太陽が障子窓を正面から照らしていたため、部屋の中はほこり一つさえもはっきり見えるほど明るかった。その明るい光の中で、崔老人は泰英の相を見ようとしていた。老人は仙人になると発心して、三十年あまりの歳月を、智異山にあると伝えられている青鶴洞《チョンハクトン》なる地を探し求めていた。

　青鶴洞に行きさえすれば仙人として不老長生できるという伝説をそのまま信じている崔老人は、泰英もその仙人志望生と思いこんでいる様子で、その仙人としての相を見ようとしているのに間違いなかった。例えば、仙人になれる器かどうか判断しようとしているのだった。

　崔老人はしばらく泰英の顔を見つめていたが、次に両手を広げてみるように言った。手を見せると、今度は立ってみろと言った。泰英は言われるままにした。崔老人は泰英を再び座らせ、

「甲子《こうし》年の生まれだと言ったな？」

と言うと、生まれた月日、時間を尋ねた。

「陰暦十月二日です」

　崔老人は指を折って簡単に計算した。

「甲戌《こうじゅつ》の月、甲寅《こういん》の日じゃな。時刻は？」

「午前八時だと聞きましたが」

　崔老人は再び指折り数えると、

「甲辰《こうしん》の時」

と言いながら、膝をはたと打つと虚空を見つめた。そして呟いた。

「この四柱は大変なものじゃ。甲子年、甲戌月、甲寅の日、甲辰の時、じゃないか」

　崔老人はしばらく念仏を唱えるように口の中で呟いていた。そして、

「学生は智異山に来て本当によかった。学生は戦争に行けば、間違いなく死ぬ四柱を持っているのじゃ。戦争さえ避ければ大人物になる四柱じゃ。戦争を避けるのに、この智異山を置いて他にどこがある。実によく来たものじゃ。どんな導師が導いてくれたのじゃ」

と尋ねた。

　泰英は自分の意思によって来たのだと言った。

「それなら貴方は英雄じゃ。戦争に連れて行かれれば死ぬ運命だったものを。外におればいつ戦場に引っ張られるか分からんじゃろう。本当によく来た。戦争さえ避ければ三十歳で宰相になれる相を持っている。じゃがどう見ても仙人になる器ではない。出将入相の相じゃ」

「戦場に行ってはいけないとおっしゃいながら、出将とはどういうことですか？」

　林洪泰が聞いた。

「三十歳まで戦争を避ければそうなるということじゃ」

　泰英と林洪泰は二人とも崔老人のその大ボラを真に受けたわけではなかったが、そのように言われて

不快なはずはなかった。

　その日から崔老人の智異山山水についての説明が始まった。崔老人の説明は神話と伝説に重点を置いていて、それればかりか自分の趣向に合わせて我田引水、牽強付会をするのでほとんど聞き流さねばならなかったが、泰英は自分が必要とする骨子だけは把握しようと努めた。

　そうはいうものの三十年間にわたって智異山を研究した、その結果としての崔老人の知識はただものではなかった。その知識を通して智異山を、ただ一つの山としてではなく無数の神秘を秘めた宇宙として考えなくてはならないとも思った。

　崔老人の説明によれば、智異山の別称には頭流山《トウリユサン》、方丈山《パンチヤンサン》、三神山《サムシンサン》などがあるということだ。

「頭流山という名前は、白頭《ペクトウ》山脈が穏やかに流れてきて天王峰が作られたという意味で、方丈は仏名として呼ばれる名前じゃ。智異山とは、李太祖が王位につく志を抱いて山の神々に祈祷を上げたのじゃが、白頭山、金剛山《クムガンサン》の山神は承諾し頭流山の山神だけは反対したのじゃ。だから李太祖は頭流山の山神の位を落として、その後反逆者たちをこの山へと流罪に処したため、後年李朝を滅ぼす知識人がここから輩出されるだろうという意味から呼ばれた名前じゃ。三神山は、秦の始皇帝が欲しがっていた不老長生の薬がここにあるといって呼ばれた名前じゃから智異山は……」

　崔老人の説明はこのように淀みなく、終わるところを知らなかった。

「五千尺以上の頂が十八、三千尺以上が二十二、二千尺以上は二十ほどだから、高峰は合わせて六十だ。中峰、低峰は一千以上、正に山の中の大王じゃろう。川は七筋流れており、渓谷は数十あるから奇観名勝が優れて美しく、風雨がほどよければ肥沃な土地であるはずじゃ。仙人が逍遙する仙境を想像するに余りあるじゃろう」

　講談を聞くようなその口調が可笑しくもあったが、興味もそそられ、泰英と林洪泰は三日三晩崔老人とともに過ごした。

　一週間ほど後に再び訪れることにしてそこを辞しながら林洪泰が言った。

「九州大学演習林の管理事務所に、智異山を科学的に研究している人がいる。その人を訪ねて大まかな資料をもらってこよう。それと崔老人の話を合わせれば智異山についての事前知識は殆どそろうだろう」

二

行けども行けども山ばかりだ。無数の起伏が連なる山々、緩急様々な勾配の山々が広がり、イヌシデ、アベマキなどの喬木とサワフタギ、サンショウなどの灌木が、原始林そのまま残されている。それらの木々が絡み合った間を、わずかに山道が続いていた。

水東《スドン》峠を出発したのは昼頃だったのだが、ほとんど日が暮れる頃になってようやく隠身谷の近くまで来た。幼いころ父と一緒に狩りに来ていてこの周辺の地理には明るいとはいうものの、泰英は河俊圭の記憶力がただものではないと思った。

「この峠を越えれば隠身谷のはずだ」

暮色が深まりつつある急な坂道を見つめながら河俊圭はこう言った。そして先ず顔を洗って少し休もうと言った。

汗が滲んだ顔だったが、谷川は薄氷が混じり冷たかった。

「雪が降らなくて幸いだった」

河俊圭が言った。智異山連峰の高いところはすでに雪に覆われていたが、徳裕山周辺ではまだ雪は見あたらなかった。

「行こう」

河俊圭が立ち上がった。そして釜山から同行してきた盧東植《ノドンシク》を見て言った。

「米、重いだろう？」

「なんともないさ」

河俊圭は昨夜、盧東植を連れて自分の家に寄った。そこでわずかばかりの仮眠を取り、米を四斗ずつ背負うと夜明けの中を旅立ったのだった。咸陽から家に行く途中のトラックの中で刑事に出会ったため、恐らく今日あたりには家に警察が押し寄せているだろうと思い俊圭《チュンギュ》は憂鬱な顔をした。

山の中腹で、十歳あまりの樵童が木を背負って下りてきた。

（こんなところに人が住んでいるのか）

そう思うと心が落ち着いた。俊圭が尋ねた。

「ここが徳裕山だろう？」

「はい、そうです」

樵童ははきはきと答えた。

「お前の家はどこだい？」

「あの山の上にあります」

樵童は背負子を支えるための棒で指し示したが、その方向はすでに夕闇に閉ざされようとしていた。

ついに山の頂上に着いた。周囲の闇は深まるばかりだった。

「隠身谷はあの方角のはずだが」

と河俊圭が指さす方に視線を向けると、その方向にちかちかと灯火が見えた。

「明かりだ」

　泰英が叫んだ。

「そうだ明かりだ。家があるようだ」

と河俊圭が先に立って歩き出した。上り坂は辛くても、下りは楽だ。灌木が絡み合い、下半身を動かすのが不便だったが、道を選ぶ暇もなく灯火を目標に急いだ。三十分ほどかけてその灯火の側まで来た。小さな小屋があり、台所とおぼしきところで若い女性が夕食の支度をしていた。

「ご迷惑をおかけしますが一晩泊めていただけませんか」

　俊圭が丁寧に話した。若い女性は三人の風体を見定めるような目つきをしていたが、

「近くにはこの家しかありません。部屋にお入りください」

と優しく言った。

　彼らは部屋に入ると荷を下ろした。部屋の床にはむしろ一枚が敷かれているだけで、壁は黄土だった。壁に灯盞《とうさん》をかけて出て行くその女性の足は素足だった。冬にもかかわらず履き物を用意する余裕もない様子だった。

「一体この家は何をしている家なんだろう」

「家族もいないようだが」

「こんな山奥に女一人で住んでいるってことか」

「きつねが化けているわけでないことは確かだ」

　こんな話を囁いていたが、泰英の心はまるで家に帰ってきたかのように和やかだった。俊圭や東植《トンシク》も同じように感じているようすだった。三人はほかほかの床の上で思いきり足を伸ばした。

　そうこうしていると外が騒々しくなり、男たちの荒々しい声が聞こえてきた。昔話に出てくる盗賊の巣窟を連想せずにはいられなかった。

　戸が開くと三十歳くらいの男と四十歳前後の男が入ってきた。そしてその後ろから最後に老人が一人入ってきた。三十歳くらいの男が金《キム》だと自己紹介をした。この小屋の主人であり、先刻の女性は彼の妻であった。四十歳くらいの男は金書房《ソバン》「書房は官職のない人の名字に付けて呼ぶ語。～さんの意」の兄、老人は彼の父親だった。金書房の兄は妻を亡くし、十六になる娘を連れてやもめ暮らしをしていた。娘の名前は順伊《スニ》といった。

　河俊圭が夕刻にもかかわらず彼らを訪れた理由と、今後当分の間この山中で暮さなければならない

という話をした。彼らは黙って話を聞いてから、噂に聞いた世間の様子を自分たちだけでやりとりしていた。そして金書房は、

「それなら明日からでもこの近くに小屋をひとつ建てなさい」

と言った。

一晩寝ると周囲はすっかり銀世界に変わっていた。松、樅、クヌギの枝々に花が咲き、大地も草原も銀色に彩られていた。

「昨日来てよかったな」

河俊圭が、泰英と東植を振り返って言った。

「俺たちが徳裕山隠身谷に来たのを歓迎してくれているみたいだな」

東植がこう言って笑った。

朝飯をすますと、彼らは金書房とともに出かけた。木を切り倒すためだった。斧で木を切り倒し、鑿で削った。それから適当な場所を選んで、その木を井の字の形に積み上げた。そして雪の中の土を掘って塗り、壁を作った。その上に再び木を載せ、藁で被うと屋根ができた。さらにオンドルと台所も作った。

一日で家の外形を作り、二日目は内部構造を仕上げ、三日目には火を焚いて乾かした。そして四日目、彼らは難なく新しい家に住むことができるようになった。

「これが俺たちの家だ」

何とも言えない喜びが込み上げた。

彼らと金書房の家は、ひとつの家族のようになった。一家がすぐ隣に新居を建てて分家したような気分だった。彼ら三人は寝るときは新しく建てた家で寝て、飯は金書房の家で一緒に食べた。そのため晩には食事を終えると、夜更けまでともに話に花を咲かせることができた。

そんなある夜、河俊圭がこんな提案をした。金書房、金書房と呼ぶのは気が引けるから、金参奉《チャムボン》［朝鮮時代に様々な役所に置かれた従九品の官位］と呼ぶことにして、彼の兄は金主事《チュサ》［朝鮮時代末期の官位。男性を呼ぶとき姓の後に付けて、尊敬の意をこめるときにも使う］、老人は金進士《チンサ》［朝鮮時代、科挙の予備試験に合格した人に与えられた称号］としようと。そして、

「山の中で誰も文句は言わないでしょうから、名前だけでも贅沢しましょう」

と付け加えた。

すると金書房改め金参奉の妻がこう言った。

「それなら私たちも両班《ヤンバン》になったんですから、順伊は鄭道令《トリョン》［道令は未婚の男子を少し敬って呼ぶ語］

と結婚できるんですね」

この言葉に部屋の中は爆笑の渦となった。鄭道令とは河俊圭の変名だ。彼ら三人は徳裕山に来るとき、それぞれ変名を使うことにしていたため、山小屋の家族たちにはその変名を名乗っていたのだった。河俊圭は鄭武一《チョンムイル》、盧東植は洪文和《ホンムナ》、朴泰英は全昌《チョンチャン》といった。だから火田民の家族たちは彼ら三人をそれぞれ鄭道令、洪道令、全道令と呼んでいた。

金参奉夫人の言葉に鄭道令こと河俊圭は顔を赤らめたが、十六になる金主事の娘順伊は平然と次のように言い返した。

「おばさん、鄭道令をお兄様って呼んでるでしょう?　だけど私と鄭道令が夫婦になったら、私はおばさんのお兄様の夫人になるじゃないの。そうしたらおばさんは私をお姉様って呼ばなきゃならないわね」

一同は順伊のこの言葉に再びげらげらと笑った。実際、順伊は三人それぞれに親切だったが、特に河俊圭に対しては少女らしい慕情を抱いているように見えた。

その日の晩、自分たちの小屋に帰って河俊圭が言った。

「俺にはもう妻がいるし、全道令にも恋人がいるから、かわいい順伊は洪道令の恋人になったらいいと思うんだが、洪道令の意思はどうなんだ」

「つまらないこと言うな。男前の鄭道令に惚れてしまった順伊の気持ちを、不細工な洪道令がどうやって振り向かせるんだい。俺は順伊を妹として愛することにした」

彼らは日課を決めた。

夜明け前に起床し、朝飯までの二時間ほど河俊圭指導のもと武術訓練をした。

「中国古来の十八技というのがある。十八技に通じれば、小石一つ、棒切れ一本、竹槍一本が途方もない武器に変わる。その十八技の基本が空手だ。空手は攻守両面において敏捷に応じられるように体を鍛錬できるだけでなく、腕一本で敵を打ち倒す技術も身につけることができる」

河俊圭は空手の訓練から始めた。この武術訓練には順伊も加わった。

朝飯の後は、斧を提げて木を切りに行った。泰英はいくらも経たないうちに熟練したばかりか、面白いとさえ感じた。斧を力一杯振り下ろすと、カーンと木霊が響き渡り、全身の血管は早瀬のようにたぎった。心の重荷はいとも容易く消え去り、新しい生が、新しい世界が近づいて来るような恍惚感すら感じた。振り下ろす斧に粉々に飛び散るものが倭族《ウェヂョク》のようにも思われた。

昼飯を食べた後は二時間ほど勉強する。そして再び作業、夕食後には家族たちが集まって雑談、それから二時間程度読書をする。順伊にハングルを教えることも日課とした。

こうして日々を送り、金参奉の家族とは情を深めていったが、食糧の問題が迫ってきた。食欲に任せて食べていたために、当初背負ってきた米は底をついた。金参奉の家にしても、食糧が豊富なはずはなかった。金参奉の家も米がなく、ジャガイモ、大根、ドングリなどで食いつないでいる有様だった。そこに彼らが厄介になることはできなかった。

泰英が河永根《ハヨングン》からもらった金を取り出して、米を買ってこようと主張した。だが河俊圭は、いつ緊迫した状況になるか分からないため金は使わないことにしようと、その提案を退けた。その代わり河俊圭は、ある晩金参奉を連れて実家に行き、いくらかの米と猟銃を持ってきた。

父に伴って幼い頃から猟銃を扱ってきた河俊圭は、天性の名射手だった。銃弾を節約しなければならないため、むやみに撃つことができないためでもあったが、河俊圭の射撃は百発百中だった。毎日のようにノロジカとイノシシの一頭くらいは捕らえてきたので、肉は食べきれないほどだった。残った肉を金進士の称号を受けた老人が、三、四里離れた村に行って米や麦と交換してきた。

このように食糧についての心配はなくなり、順伊のハングルの実力は向上し、泰英と東植の武術も日増しに進歩していった。

「学兵に行った奴等は、今頃訓練で度肝を抜かれているだろうな」

ある晩、俊圭が突然こんなことを言った。

「自業自得だろう」

盧東植が答えた。

「行った奴等の中には精神状態がまともでない奴もいただろうが、ほとんどの奴等は苦悩しながらその意味を探しているんだろう」

俊圭の言葉には遠くに行ってしまった友を懐かしむ情が流れていた。泰英は圭《キュ》のことを思った。

（圭がここに来ていたらどれほどよかったか）

泰英は何よりも圭のその後の消息が気がかりだった。それで林洪泰に、泰英の実家に自分の安否を伝えるとともに、圭の消息を調べてくれと頼んでいた。

「ラジオでもあればいいんだが」

盧東植が言った。

「家にピーピー雑音のするラジオがある。猟銃を取りに行ったとき、それでも持ってこようかと思ったんだが止めた。当分は世の中のことを知らずに暮そう。きっかり一年だけ世間を忘れて過ごそうじゃないか。そのほうが心が落ち着くだろう。一年経てば何らかの結果が出ているかも知れない」

河俊圭の言葉は正しかった。戦況の一こま一こまを知って、一喜一憂しながら神経をすり減らす必要がないのだ。

「警察は俺たちがここにいるのを知ったら追跡してくるだろうな」

盧東植がぽつりと言った。

「氷が溶ける頃になれば分からないが、今は来ないだろう。仮に何人か来たところで、この広大な山奥にうまく隠れてしまえばそれまでさ。そう心配することはない」

河俊圭の言葉だった。

「心配はしてないが、あまりにもすべてがうまくいきすぎて恐い。このまま戦争が終わるまで過ごすことができるなら、嘘のような話に思えてならないんだ」

盧東植の言葉に泰英も共感した。次々に迫ってくる困難を予想していたのに、平和に暮し、武術の修練をしたり、本を読みながら過ごせることが、どう考えても嘘のように感じられるからだった。

「いいことばかりはないだろう。どんな形で押し寄せてくるかは分からないが、この先無数の難関があると覚悟すべきだろう」

河俊圭がこう言った。そして、寝る準備をしていると外から順伊の声が聞こえてきた。

「トトリムッ［ドングリの粉をゼリー状に煮固めたもの］食べませんか？」

戸を開け放った。冷たい風とともに順伊のかわいい顔が、トトリムッの入ったどんぶりを持って笑っていた。

「お入り」

と言いながら、盧東植がどんぶりを受け取った。

「まだ灯が点いていたから。だから明日の朝差し上げようと思っていたのを持ってきたの」

人里離れた叔父の家で育ったせいか、順伊にはすれたいやらしさがない。屈託なく話し、笑っている純真さが野菊のようだった。

真夜中に食べるトトリムッは格別の味だった。順伊をまじえて花園のようになった部屋で、若者たちは時を過ぎるのも忘れて笑っていた。徳裕山の夜は、この若者たちの笑い声を伴奏として静かに更けていった。

河俊圭、盧東植、朴泰英がここに来てからほとんど二ヶ月が経った頃だった。三人の若者が彼らの小屋を訪ねてきた。それぞれ幾ばくかの食糧を背負って来ていた。訳を聞くと徴用忌避者たちだった。

「同志は多い方がいい」

と言って、河俊圭が先ず歓迎した。

鄭と名乗る若者の一人が部屋に入って座るやいなや、

「ここに全昌という人がいますか」

と尋ねた。全昌という別名を知っているのは泰英自身と河俊圭、盧東植、金参奉一家、そして、水東峠で別名を付けたときに一緒にいた林洪泰だけだった。泰英は彼が林洪泰から何か伝言を聞いてきたのだろうと推測して、自分が全昌だと名乗った。思った通りその若者は、

「林洪泰先生から預かってきました」

と言って、袖の縫い目を解くと、しわくちゃになった一通の手紙を取り出した。

「君が頼んだ通り、君の家を訪ねてお祖父さんに会ってきた。詳しく説明すると、ひどく心配なさっていたが、一方で安心もされた様子だった。また機会があれば連絡すると伝えてきた。李圭《イギュ》君は学兵には行っていない。年齢が足りないという理由で押し通したようだ。今は東京にそのままいるという話だ。君の安否を簡単に伝えた。帰郷したら一度俺のところに来るよう言っておいた。事情が許せば圭と一緒に君のいるところを訪ねて行くつもりだ。それから、この手紙を持っていく若者たちは、皆信じるに足る人たちだから、一緒に暮らせるよう河先輩に話してくれればありがたい。山の暮しに慣れた人たちだから役に立つはずだ。徴用から逃れるために俺のところに相談に来たから、考えた挙げ句そっちに送ることにしたのだが諒解して欲しい。君の話を聞いて、時局を注意深く観察した結果、君の予言が的中するだろうという自信を持った。その自信があるから三人をそこに行くよう勧めたのだ。何年後か分からないが、世の中は君の願い通りになるだろうから、自重自愛して充実した毎日を送ってくれ。苦労している君に、これといった力になれないのが残念だ。朝鮮史の本をあちこち探してみたが、崔南善《チェナムソン》の『朝鮮歴史』が一番無難だと思ったので先ずそれを送る。河先輩と盧先輩にもよろしく伝えてくれ……」

あらかじめ広く作った部屋だったため、若者三人が加わっても不便ではなかった。三人は、崔、鄭、郭《カク》といったが、河俊圭は彼らに別名を与えた。崔を李、

鄭を朴、郭を車《チャ》とした。そして姓の後に道令を付けて呼ぶことにした。噂が立ったとき、家族たちにどんな禍が及ぶかわからぬためにとった方策だった。こうして徳裕山には三道令が増えたことになった。そして徳裕山の六道令は解氷を待って、金参奉一家の指導のもとに大々的な開墾を行う計画を立てた。

雪が溶け始めると、いつしか春が訪れた。山里の春は遅い。しかし一度近づけば駆け足で訪れる。冬枯れの枝が水気を帯び、雑草たちもたちまちの間に青々としてくる。前ぶれなく花が咲き、山鳩をはじめとした鳥たちのさえずりも潤いを帯びてきた。

冬の間に木を切り倒し、その根を抜き取った後の地面を鍬で掘り返すと、柔らかな匂いとともに黒い土が顔を出した。肥沃なその地面に作物が育たないはずはなかった。彼らは畑を広げ、畝を盛り上げ、準備しておいた種を蒔き、ジャガイモも植えた。

しかし、この国の持病である春窮［春の食糧がない時期］が迫ってきた。イノシシやノロジカは春になると餌を求めて別の場所に行ってしまったようで、時々捕まえたとしても壮健な六道令と金参奉一家の空腹を満たすほどにはならなかった。それを残して近隣の村に持っていったところで、どこの山村も春窮に見舞われていて、肉と交換するような食糧を持っていなかった。金を持っていっても、配給制の世のため食糧を求めるのは困難だった。

とうとうある日河俊圭は、泰英一人だけ残し、各自家に戻って食糧を調達してこようと言い出した。少しでも多く持ってこれるよう、盧東植は河俊圭についていくことにした。

昼間はいくら何でも危険だということで、日が暮れる時分に行動を開始した。徳裕山の頂の反対側までは全員で同行し、そこで別れて各自実家へ赴き、戻るときは明け方三時頃に七石《チルソク》峠で落ち合うことにした。往復八里の道を一夜のうちに行って帰ってこようというのだから、大変な強行軍だった。

ところがその明け方に事件が起きた。河俊圭と盧東植が米を背負って約束の場所で待っていたのだが、一緒に出発した三道令が約束の時間になっても現れないのだった。不吉な予感がして、河俊圭と盧東植は背負っていた米を森の中に隠すと同志たちがやってくるはずの方向に逆戻りしてみた。すると、ある洞窟の前で三道令が二人の巡査と三人の警防団員によって逮捕され、今まさに捕縛されようとしている刹那だった。河俊圭は躊躇しなかった。手にしていた棒を振り回しながらその場に飛び込んでいっ

た。日本人巡査は、

「貴様らまんまとかかったな。隠身谷に徴用忌避者たちが隠れ住んでいるというのは嘘ではなかったな」

と言うと、やはり棍棒を手に飛びかかってきた。

　河俊圭は空手の選手であるばかりか、剣道も五段だった。そんな河俊圭に巡査二人と警防団員三人は敵ではなかった。俊圭は巡査を打ち倒して失神させると、警防団員たちを散り散りに追い払い、三道令を連れてその場から逃れた。勿論米が入った袋も忘れずに持ち去った。

　一行が小屋に到着したのは午前六時を過ぎていた。帰りの遅い彼らを心配して山の頂まで迎えに来ていた順伊は、俊圭を見つけるとすがりつくようにして喜んだ。

「鄭道令は鬼神のようだ。倭奴《ウェノム》巡査と朝鮮人巡査の二人が身動きひとつとれなかったんだ。倭奴のサムライ活動写真を見てるようだった」

　三道令は口角泡を飛ばしながら交互に河俊圭の武術を褒め称えた。その話に熱心に耳を傾ける順伊の目には、偉大な英雄を自分の恋人にした女の誇らしさと愛情が、美しい玉のように光っていた。

三

　朝飯を食べながらも、食べ終えた後も、三道令は河俊圭の非凡な武術を称賛して止まなかった。

「手をちょっと動かしたと思ったときには一人が倒れて、足を上げたと思ったときには、また別の奴が倒れるんだ」

「本当に鬼神のようだった」

「ようだとは何だ。まさに鬼神だ」

「そらから？それから？」

と順伊が話を催促すると、彼らはさらに興に乗ってはなしを続けた。

　憂鬱そうに知らん顔をしていた河俊圭が、

「もうその話は止めにして、一眠りしよう。眠くてたまらない」

と言い、泰英には、

「全道令は順伊の字の勉強でも見てやってくれ」

と言うと寝る準備を始めた。夜を徹した上に、活劇まで演じたのだから眠くなるのも無理なかった。

　泰英は順伊を連れて外に出た。早春の晴れ渡った山の午前だった。泰英は深呼吸をすると伸びをした。太陽が殆ど中天に来ているにもかかわらず、山の麓には朝焼けが残っていた。風には冷たいとげが感じられたが、日差しは温かかった。泰英は金参奉の小屋の正面にある松の下、太陽を正面から受ける向きに座りながら、順伊に本とノートと鉛筆を持ってくるように言った。

戸を開けて小屋に入った順伊が鉛筆とノートを持って出てくると、泰英の向かいに座った。小麦色に日焼けした順伊の顔が、今日はなぜか新鮮な魅力を帯びて輝いていた。乳房が目に見えてふっくらしてきたなと感じながら、泰英はすぐに顔を背けた。

「まるで女の人みたいに見えるのに、何であんなに強いのかしら」

順伊は河俊圭の武術を、いや、河俊圭のことを思っているようだった。泰英は笑って言った。

「ああいうのを外柔内剛っていうのさ」

「外柔内剛って？」

順伊の瞳がきらきら輝いた。

「外見は柔らかそうに見えて、中身は強いっていう意味さ」

「外見は柔らかく、中身は強い」

順伊は泰英の言葉を静かに呟いた。

「男は、いや、男も女も隔てることなく、人は外柔内剛でなくてはならない」

「鄭道令のように？」

順伊は顔を赤らめた。

「誰でも鄭道令みたいになれるわけないだろう。でも、そうなるように努力はしなけりゃ」

こう言いながら泰英は、順伊が今、危険な思春期にいるということに気がついた。順伊の河俊圭に対する慕情は、ともすると大きな悲劇につながるおそれがあるとも思った。河俊圭も順伊のことを好いてはいるが、それはどこまでも兄が妹に対して持つ感情以上のものではなかった。ところが順伊は異性として河俊圭に愛情を感じているのは間違いなかった。従って自分の愛が結局は実らぬものだと知ったとき、この山里の少女はどうなるのだろうか？河俊圭もそれを感じているらしく、できる限り順伊とともにいることを避けて、まだ独身の車道令と順伊を近づけようと気を使っている様子なのだが、それほど効果があるようには見受けられなかった。

「今日は書き取りをしてみるか？」

泰英は順伊から本を受け取って聞いた。

「書き取りは難しいわ」

と言いながら、順伊はノートを膝の上に広げた。泰英は本の中にある文句を読もうとしたが止めて、

「徳裕山って書いてごらん」

と言った。

順伊は鉛筆をなめると、しっかりした字で徳裕山と書いた。

「順伊は頭がいいな。字の勉強を始めてからまだ三ヶ月なのに、もうそんなに書けるようになるなんて大したもんだ」

「私たちが住んでいるところなのに、それくらい書けるわよ」

「それなら隠身谷って書いてごらん」

順伊はそれも正確に書いた。泰英は密かに悪戯心を起こした。それで次のように言った。

「十六歳の、愛しています、花のような、春に咲いた、少女です、私は、私の胸に、幸せへの、憧れが、咲きました、限りなく、鄭道令を、妻、しかし、彼には、います、わきまえない、考えは、身の程を、捨てなければ、お兄さんとして、一生、お仕えしなければ」

一言一言ゆっくりと話したために、順伊は泰英の意図も知らずに書き取っていった。泰英は順伊のノートを受け取って調べてみた。六、七字間違えただけで、残りはすべて合っていた。泰英は間違っていた箇所を直してあげてから、

「今書いたこの文字を、意味が分かるように並べ替えてごらん」

と言った。

しかしそれがなかなか難しく、順伊は頑張っていたがうまくいかないようだった。泰英はもう一度ノートを受け取ると、アラビア数字で順序を書き入れてやり、その順序通りに読んでみるよう言った。順伊はつっかえながらも次のように読んだ。

「私は十六歳の少女です。春に咲いた花のように、幸せへの憧れが私の胸に咲きました。鄭道令を限りなく愛しています。しかし彼には妻がいます。身の程をわきまえない考えは捨てなければ。一生お兄さんとしてお仕えします」

最後まで読んで、ようやくその意味が分かった様子で、順伊は項垂れたまま顔を上げようとしなかった。どんな言葉でも平気で口にし、恥ずかしさなどまったく知らなかった順伊が、突然耳の根元まで真っ赤になっていた。泰英は冗談が過ぎたなと思い、すぐに後悔したが後の祭りだった。

「順伊、そうだろう？鄭道令をお兄さんのように思わなけりゃ」

順伊が顔を上げた。目にはうっすらと涙が浮かんでいた。そして口をとがらせていたが、言葉だけは快活に言った。

「お兄さんだと思っているわよ」

しかし順伊の顔に快活さは戻らなかった。悲しい少女の心には悲しい話が似合うと思った泰英は、

「今日の勉強は終わりにして、ひとつ話でもしてやろうか?」

と順伊の気を引いてみた。

「お話しして。全道令のお話っていつ聞いても面白いんだもの」

順伊は順伊なりに泰英の済まなく思う気持ちを理解したようだった。

泰英はテニスンの『イノック・アーデン』の話をした。『イノック・アーデン』は泰英が中学時代、英語教師の草間から副読本として習ったもので、今も生々しい感動とともに細部まで覚えていたのだった。

話は一時間あまりかかった。その間順伊は静かに身動きひとつせずに耳を傾けていた。

アーデンが死ぬ場面に来ると、順伊は目をふさいだ。知らず知らずに涙が溢れてきたのだった。

「何でそんな悲しいお話をするのよ」

手で目をふさいだまま順伊が言った。泰英には返す言葉がなかった。その話のせいではないが、突然泰英も胸の奥から悲しみが朝潮のように込み上げてくるのを感じた。

金淑子《キムスクチャ》の顔が目の前にちらついた。

(今頃何をしているだろうか?)

微かな天然痘の跡を額にひとつ、鼻の右側にひとつ、左の耳元にひとつ持ち、それをもって自分を醜いと思っていた、この世で最も美しい女性!

イノック・アーデンの絶海の孤島での孤独にも似た感情が、薄い紫色の空を切り裂いて取り巻く山々に充満しているような気がして泰英は目眩を感じた。

(人生とは何だ)

(今後、俺の人生はどうなるのだろう)

(再び淑子に出会うことができるのだろうか)

故郷を近くにおきながら、そこにいる母、父、祖父を訪ねようとも思わない自分の非情さが、実に苦い後悔となった。このような後悔は泰英としては初めて感じる感情だった。次に平凡な生涯を選ぶべきだったのではないかという思いも込み上げた。しかし泰英はすぐさまその考えを打ち消した。順伊は泰英に背を向けて座り直し、遠い山を見つめていた。順伊も少女らしい感傷に浸っている様子だった。

(ヒバリにも思想はあるのか)

ヒバリの声を聞きながら、順伊に思想があるとすればそれはヒバリのような思想だろうと泰英は思っ

た。

「並んで座って何を見ているんですか？」

金参奉の妻が幼顔に笑みを浮かべながら近づいてきた。ざるにはヨモギやツルマンネングサなど春の山菜がぎっしり詰まっていた。山菜を採りに行った帰りだった。

「春を見ています」

泰英が笑いながら体をはたいて立ち上がった。

順伊もすくっと立ち上がると、

「私も山菜採りに行く」

と言うと、小屋の方に走っていってしまった。

「全道令だけ残して、みんなどこかへ行ってしまったの？」

金参奉の妻は、道令たちの小屋を振り返って聞いた。

「一眠りしているところです」

「徹夜したんだから眠いのも無理ないわね」

金参奉の妻は、ざるを手にして出てきた順伊に何やら声をかけると、小屋の中に消えていった。

その日の午後、六道令たちは会議を開いた。明け方起こった事件のため、日本の警察がそのうち行動を開始するだろうから、その対策を相談するためだった。

「だからといって奴等がすぐに捜索戦を始めるだろうか？」

盧東植が言った。河俊圭は、

「解凍したといっても、山道がかなり険しいうえにぬかってもいるから、すぐには無理だろう。だが、奴等は黙ってはいないはずだ。だから鉄のような警備体制を取っておく必要がある」

と言うと、次のように提案した。

「今後、無意味な衝突は絶対に避けよう。奴等が現れれば我々は逃げる。上手に逃げて奴等の兵力を疲弊させるのもいいだろう。そして明日から一人ずつ、あの山のてっぺんに歩哨を立てる。さらに市の立つ日ごとに金参奉の家族の誰かを市に送って、情報を探らせることにする。その一方で我々はいつでも出動できるように荷物を整理しておく。夜、奴等はこの山中では行動できないから心配はないだろうが、金参奉の家にも知らせて明かりが外に漏れないよう、窓に幌を巻くようにしよう。そして夜は道の入り口を丸太でふさいでおく……」

誰も異議があるはずがなかった。俊圭の提案はそのまま指示として実施され、緊張した日々を送った。武術の訓練には全員が熱を上げた。今までの倍ほどの時間を武術の訓練に充てるよう意見の一致を見て、実際にそれを実行した。

それでも安心できなかったのか、俊圭はある晩こう切り出した。

「我々は徹底して奴等との全面衝突を避けねばならないが、避けるにしても心に余裕を持って避けるのと恐れおののいて避けるのとではまったく違う。奴等が捜索戦を始めるとすれば、大規模な兵力を動員するはずだ。今の奴等の事情から見て軍隊まで動員できるとは思えないが、いずれにせよ警察を主力として在郷軍人や警防団員も動員したかなり大きな規模になるはずだ。こういう場合、銃声一発が大砲ほどに威力を持つ。だが猟銃一丁では、いくら何でも不足だ。どんな猟銃でもかまわないから三、四丁集めることができないものか。それだけあれば烏合の衆百人くらいに追われたからといって何も心配はいらない。時々、四方から一発ずつ撃てば、奴等はうかつに手を出せなくなるから」

俊圭の意見はもっともだった。だが猟銃をどこから手に入れようというのか。

「李道令、朴道令、車道令、君たちの村に猟銃を持っている人はいなかったか？」

俊圭が尋ねた。しかし、皆いないという答えだった。それはそうだろう。貧乏人ばかり住んでいる山村に、猟銃などを持つ贅沢な人間がいるはずがなかった。猟銃を持てるほどの人物といえば、少なくとも千石ほどの富豪なのだ。

泰英はある年の春、河永根が板の間に二、三丁の猟銃を取り出して手入れしているのを見たことがあった。しかし河永根が住んでいるのは遙か遠くだ。それに河永根にそんな負担までかけることは到底できない。

河俊圭のせっかくの意見だったが、結局は絵に描いた餅となってしまった。後味の悪さを残しながら、別の話題に移ってしまった。泰英の胸には悔いが残った。そのため、泰英は寝床に入ると隣の俊圭に河永根が持っていた猟銃の話をした。

俊圭はその話を聞くや、

「全道令、どんな手を使ってでも河永根先生の猟銃を借りてこよう」

と、その場に起きあがって座った。泰英も起きあがった。

「明日にでも我々の連名で手紙を書いて、金参奉に晋州に行ってもらうことにしよう」

河俊圭は自分の考えを確認するようないつもの口調で言った。

「申し訳ないが、多少骨が折れるとしても河永根先生に碧松寺《ピョクソンサ》まで猟銃を持ってきてもらおう。自分の銃を持ってくるのなら誰も文句は言えないはずだ。碧松寺にいつ頃いらっしゃるかということさえ分かれば、夜陰に紛れて我々が受け取りに行ける」

俊圭はこのように簡単に言ったが、泰英はそこまで河永根を苦しめていいものかと思った。

「河永根先生は体が弱いから…」

「体が弱いといっても、あれほどの金持ちなんだから自動車を借り切ることもできるでしょう」

「確かに倭奴の軍隊に飛行機まで献納した人なんだから、我々に何丁かの猟銃くらいくれたっていいはずだけど」

泰英はこう言いながら覚悟を決めた。泰英はすぐさま丁寧な手紙を書いた。

日本の警察に対抗するためという目的には一切ふれず、山暮しで狩りでもしないと食いつなぐことができないという哀願を記した。そして銃は多ければ多いほどいいと書いた。同志が六人だという事実も明らかにした。

その手紙と路銀十円を持って、金参奉は晋州へと向かった。

出発してから三日目の夜中、金参奉は隠身谷に帰ってくると、背にしていた重々しい荷物を道令たちの小屋に下ろした。その中には三丁の猟銃と大量の弾薬、ラジオまで入っていた。あまりにも不思議に思われて泰英が聞いた。

「大胆だな。これを金参奉が晋州から背負ってきたのですか?」

「一息入れてから話しましょう」

金参奉はどんぶり一杯の水を一息に飲み干すと、ぽつりぽつりと次のように話した。

河永根は手紙を読むと、碧松寺まで出てくる必要はないと言い、その翌日、友人二人を狩りに行こうと誘った。そして三人がそれぞれ猟銃と弾薬を背負い、自動車を貸し切ると北上面まで来た。そこであちこち彷徨い狩りをしているように偽装し、夜になるのを待って、その猟銃と弾薬を金参奉に渡したということだった。

「鮮やかなものだ」

盧東植は感嘆の溜息をついた。

「ありがたいことだ」

俊圭は三丁の猟銃をかわるがわるに触りながら、涙の浮かんだ目で、

「これはウェンチェスターという銃で、これはレミントン、これはジッポー、どれも猟銃の中では最も

高価なものだ」

と言うと、次のように付け加えた。

「みんな聞いてくれ。これは簡単なように思えて簡単なことではない。この猟銃が万が一倭奴たちの手に渡った日には、この銃を我々に送ってくれた人たちも死ぬんだ。銃には番号がある。その番号からすぐに銃の持ち主が分かってしまうんだ。そんな危険まで顧みずに送ってくれた銃だ。我々のために彼は背水の陣を引いてくれたのだ」

泰英は河永根の手紙を読んだ。

「…………すべてを信じて朴君と河君の望み通り銃を送る。狩りをするための銃として送るのだから、その使い道には十分注意をしてもらいたい。どんなことがあっても、はやまってはいけない。今朴君や河君、そしてそこにいる人たちがしなければならないことは、無事に生き延びることだ。その目的以外の行動は一切慎むように。君たちのような境遇では命を守るだけでも大きな功績となるのだ。そして、一人だけで生きる世の中でもなく、極少数の人間の思い通りになる世の中でもない。明らかな真理でありながら、それが口にされて以来三千年が過ぎても未だに実現されていない事例が私たちの周りにどれだけたくさんあることか。正しいことが正しいと通用するためには、天と地と人間が一致する摂理の作用を待たねばならない。大事が成就するためには天、地、人の調和がなければならない。『三国志』は古くさい話だが、そこに描かれた智恵は今も新鮮だ。命を守ること以外のことには、一切急ぐことのないよう重ねて願いながら路上での乱筆を終えることにする。ラジオがないそうだからひとつ送る。世の中の動きを大まかにでも知っておく必要があるだろう。それから何かあれば躊躇せずに、今回使いに来た方を送りなさい。私ができることなら何でもするつもりだ。自重自愛することを切に願う」

泰英が手紙を読み終えると、部屋の中は水を打ったように静まりかえった。それほど大きな感動が道令たちの胸に衝撃を与えたのだった。

金参奉の兄、金主事と順伊が入ってきたために部屋の中はにぎやかになった。

「ねえ、これ何」

順伊が銃を手に取った。

「ぴかぴか光って本当にきれい」

順伊はおもちゃを抱いた子どものように嬉しがった。俊圭はそんな順伊を愛しげに見つめながら言った。

「順伊、お前に銃の撃ち方教えてやろうか?」

「女が銃を撃ってどうするのよ」

順伊はすねて銃を床に置いた。

「えっ、順伊は女だったのか？俺は男の子かと思ってたんだが」

俊圭がからかった。

「本当に意地悪ね。鄭道令は見る目がないのよ。私がチマを着ているところ見たことがないんでしょう」

「男の子がチマを着るのか？」

盧東植まで冷やかした。

「もう、真面目な洪道令までそんなこと言うのね」

順伊は盧東植を横目で睨んだ。

夜食を食べなさいと言って、金参奉の妻が食べ物を頭に載せて入ってきた。

雉の肉を入れたヨモギ汁、山菜の和え物、トトリムッ、粟と小豆と米を混ぜた雑穀飯、苦いナズナのキムチ、正にご馳走だった。

「これでマッコルリでもあれば大富農も目じゃないんだが」

酒好きの李道令が言った。

「一度、麹を踏んでお酒も作ってみようかしら」

金参奉の妻が言った。

「倭奴が倒れるまでは酒を飲まないことにしています」

河俊圭が言った。

「週に一度、マッコルリ一杯くらい飲んでもいいんじゃないか」

盧東植の言葉だった。

「ちょっと食料に余裕が出たから、余計なことを考え出したみたいだな」

河俊圭が笑って言った。

酒の話題になったので、朴道令も車道令もそそられた様子だった。一杯だけでいいから飲みたいと何度も繰り返した。

「酒より隠身谷の水の方がどれだけ美味いか」

と河俊圭が言った。

「それなら酒を飲みたい者は手を挙げてみなさい」

泰英と俊圭を除いて全員が手を挙げた。順伊まで手を挙げていた。

「順伊、お前いつ酒の味を覚えたんだ？」

盧東植が尋ねた。

「お祖父さんと一緒に市へ行ったときに飲んでみたの。ぴりぴりしびれるようでおいしかったわ」

順伊は屈託なく言った。

「それなら多数決ということで。おばさん、酒を一斗ばかりだけ作ってみてください。金進士もいらっしゃることですから……」

このように俊圭が決定を下した。

「それくらいの余裕がある方がいいだろう。俺たちの生活はあまりにも緊張しすぎだ」

盧東植が遠回しに言った。

「俺は順伊の結婚式にでも一杯いただこうかと思ってたんだけど、棚からぼた餅とはこのことだ」

と朴道令が笑った。

「朴道令も意地悪ね。私がいつ結婚するって言ったのよ」

順伊が口をとがらせた。

酒の話が出ると急に座が和むのが不思議だった。

泰英はマッコルリの一杯くらいは飲めるかなと思い、秘かにその日を待ち遠しく思った。

四

その後、殆ど一ヶ月が過ぎても討伐隊はやって来なかった。そんな兆候すらなかった。

金参奉の父、金進士がある日、市場で聞いてきた話によれば、隠身谷に数十人の若者たちが集まって連日武術訓練をしているとう噂が周辺一帯に広まっていて、大々的な討伐作戦を展開しなくては掃討することが難しいと考えて、警察は当分の間事態を観望しているらしいということだった。

「どうせなら数百人が集まっているって言ってくれればいいのに、なんで数十人なんだ！百人力の壮丁が六人もそろっているんだから」

俊圭はからからと笑った。

彼らの毎日は、そんな風聞によって一層楽しいものとなった。さらにラジオを通して聞こえてくる情勢が彼らの気持ちを高ぶらせた。河永根が送ってくれた高性能ラジオは、短波を通してアメリカ軍の放送を聞くことができた。日本の太平洋艦隊は、ほぼ壊滅状態であり、太平洋の島々も次々とアメリカ軍の手中に落ちていた。日本軍はフィリピンで戦々恐々としながら辛うじて持ちこたえている有様というから、日本軍の敗亡は目前に近づいているのも同じだった。

日本本土に対するアメリカ空軍の爆撃が次第に熾烈になっていくと思われた。

スターリングラードで打撃を受けたドイツ軍はソ連領土から追いやられ、東ドイツに退却中という知らせも聞いた。

そんな中、春が過ぎ夏となった。彼らが畑を開墾して植えたジャガイモがいつしか生い茂り、緑色の葉が風に揺られる頃となった。その緑色は夏が深まるに連れて濃くなっていった。土の中ではジャガイモが一生懸命に実を膨らませていた。風と雨と太陽の光がその実をさらに大きくした。

また彼らはマクワやスイカも植えていたが、それらもほどよく色づいていた。彼らは熱心に草取りをして、それが終わるとぐっすりと昼寝をすることもあった。昼寝から覚めると冷たい小川に漬けておいたマクワやスイカを食べた。

しかし、頭痛の種もあった。ジャガイモが大きくなると、イノシシがそれを荒らし回るのだった。名射撃手の河俊圭が銃を撃ちさえすればイノシシの山ができるはずなのだが、非常事態に備えて一発の弾丸でも惜しまねばならなかったため、仕方なくイノシシを防ぐ幕を張り、不寝番を立てて追い払わねばならなかった。

イノシシを捕らえるために様々な工夫もした。イノシシは酒を好むという話があったため、大きな落し穴を掘って、底に酒を注ぎ入れてみた。しかしイノシシは彼らの罠にかかることなく、ジャガイモ畑だけを掘り返して消えてしまうのだった。あるときは縄をなって網を作り、それで捕らえようと試みてみたが効果はなかった。イノシシは愚鈍に見えながら、実は賢く敏捷だった。その上、力も強かった。普通の網くらいなら簡単に破ってしまうし、落し穴もすぐさま見抜いて、飛び越えたり迂回してしまった。銃を使えないため根気よく見張って、イノシシが現れたら大声を出して追い払うしか方法がなかった。

イノシシよけの幕を張り、イノシシを追い払う仕事は辛いばかりではなかった。月の出る晩なら月光の下で、月のない晩なら微かな星の光の下で、篝火を真ん中に置いて騒ぎながら夜を明かすのも、そしてスイカやマクワを夜食に食べながら遊ぶことも楽しいことだった。順伊が加われば、それは一層賑やかになった。ある晩こんな会話があった。

いつもとぼけて冗談ばかり言う朴道令が、順伊を口説き始めた。

「順伊は、どんな男のところにお嫁に行くんだ？」

「お嫁に行くなんてまだ早いわよ」

「まだって順伊は十六じゃないか。十六と言えば、お前の叔母さんがお嫁に来た歳だろう」

「それでも私は行かない」

「そう言わんと俺の話を聞け。俺みたいな男は気に入らんか？」

「まあ、そんなおじさんが」

「三十がおじさんか？お前の叔父さんも三十で、十六の叔母さんと結婚したじゃないか」

「叔父さんは叔父さん、叔母さんは叔母さん、どうして他人と比較するのよ」

「順伊が分からないことばかり言うからだろう。どうだ、俺のところに嫁に来る気はないか？」

「死んでも朴道令みたいな図々しい人のところにお嫁になんか行かないわ！」

「李道令ならどうだ？」

「李道令もいや。嫌みっぽいから」

「車道令は？」

「車道令もいやよ。無愛想だから」

「洪道令は？」

「洪道令も。真面目すぎる」

「全道令は？」

「いやよ。時々いじめるから」

「やっぱり鄭道令だけがお気に入りなんだな」

「鄭道令？」

と言って順伊は河俊圭の顔をじっと見つめていたが、

「鄭道令も嫌い」

と元気のない声で言った。

「鄭道令は何で嫌いなんだ？」

朴道令が聞き返した。

「鄭道令は顔が女みたいだもの。私はそんな人嫌い」

こう言うと順伊は急に立ち上がって小屋の方に走っていってしまった。

「なんだ全員落第だな」

朴道令が大きな声で順伊の背中に向かって言うと、ははっと笑った。

「こりゃあ鄭道令大変だぞ。純真な乙女を病気にしてしまうぞ」

盧東植が言った。

「さっき順伊が、全道令は時々いじめるから嫌いって言ってたけど、あれはどういう意味だい？」

河俊圭が聞いた。

泰英がいつか順伊に書き取りをさせたときの話をした。その話を聞いて皆笑った。俊圭だけが深刻な顔で言った。

「順伊の気持ちが、みんなが感じている通りだとすれば大変だ。全道令はあの子に字を教えるごとに、そのときのような方法で言い聞かせてくれ。そうでもして考え直させないと……」

「だめですよ。一度ならまだしも二度もできません。あの時だって文字を並び替えて読んだとたん順伊の顔が真っ青になったのに、あんな残酷なことどうして繰り返すことができるんですか？」

泰英は実に困った問題だと思いながら言った。

「ほぉーい」

とイノシシを追い払う真似をする声に続いて、けたたましく笑い立てる順伊の幼い笑い声が、深い夜の静寂を破ってジャガイモ畑の向こうから聞こえてきた。

それはあたかも狂った者の笑い声のようだった。泰英は背筋が寒くなるのを感じた。純情な想いが最後に遂げられなかったとき、順伊は本当に狂ってしまうのではないかと思われたからだった。しかしそんな言葉を口に出すことはできなかった。


黒い土の中からジャガイモがぞろぞろと出てきた。大地が精一杯育ててくれた生命を掘り出すという新鮮な感動が泰英の胸を踊らせた。大地の神秘が改めて皮膚、血管、頭脳を通して伝わってくる、そんな気分だった。

ジャガイモを植えればジャガイモが育つ。マクワを植えればマクワが育つ。スイカを植えればスイカが育つ。豆を植えれば豆が、小豆を植えれば小豆が育つ。この何でもない日常の常識が、どうしてこれほどまでに感動的なのだろうか。

泰英は土が即ち祖国だという言葉を心の中で反芻した。すべての生命が土から生まれ、土に帰っていく。土は神聖だ。この神聖な土が領土となれば、そこに祖国ができる。土が神聖であるように祖国も神聖だ。人間は神聖な祖国をさらに神聖なものとするために、惜しみなく命を捧げることができる。命を祖国のために捧げるということは、祖国の生命に自らの生命を帰一させるということだ。

それなのにこの祖国を外敵が蹂躙している。これはどんな民族意識、どんな社会的観念、どんな政治的理念にも相反する。いや、それ以前に自然の摂理に反する行いだ。自然の摂理に反抗して人間が生きていけるはずはない。反自然を容認する意識と精神が成立するはずがない。祖国を蹂躙する勢力と争うことは、即ち反自然的方向を自然的方向へと是正する努力に他ならない。このような努力を怠る者、顔を背ける者は、すでに人間ではない。それは奴隷だ。奴隷という名の動物だ。

泰英はぎらぎらと照りつける真夏の日差しを浴び、汗をだらだらと流しながらジャガイモひとつひとつを掘り出した。そのひとつひとつのジャガイモが何かの啓示のように思われて恍惚とした気持ちになった。

己が己の主人となる自由、己が己の主人となることのできる環境、徳裕山隠身谷は、文字通りの隠身谷ではなく自由の谷であった。泰英は夜になり寝床につくとき、この感動を河俊圭と盧東植、そしてその他の道令に話してみようと思った。

一九四四年の八月中旬となった。

アメリカ軍の放送は、グァム島を奪還したという報道とともに、太平洋全域に渡って一大攻勢に入ったと伝えた。一方、日本の大本営発表は退却を転進、全滅を玉砕と言い換えるなど虚勢を張ることに躍起となっていたが、その退勢は挽回不可能なところまで来ていると思われた。

「懲りない奴等だから、後二年は持ちこたえるだろう」

河俊圭の意見だった。

「それなら山中生活を二カ年計画で立てなければならないな」

盧東植が言った。

「計画は三年くらいにしなけりゃ」

河俊圭が答えると、

「それじゃ本当におっさんになっちまうな」

と朴道令が豪快に笑った。

「三年どころか五年でも、このままなら充分暮らせるだろうが、もっと畑を作る必要があるな。そうすれば食糧の心配もなくなる」

車道令はいつもこのように楽天的だった。

「アメリカ軍は朝鮮にも上陸するだろうか」

盧東植が呟いた。

「アメリカ軍が上陸さえすれば、俺たちも呼応すべきだ。背後からゲリラ戦を展開すれば、アメリカ軍の作戦を大きく助けることができるだろう」

河俊圭は並々ならぬ闘志を見せた。

「上陸するなら日本本土でしょう。朝鮮にまで上陸する必要性がありますか」

泰英が自分の意見を述べた。

「それはそうかも知れん。でも万が一ということもあるだろう」

河俊圭はアメリカ軍が上陸した場合のゲリラ戦を予想して、実に面白い作戦計画を披露した。

泰英は山中の生活が三年になるのなら、系統的な学問を始めなければならないと決心した。そのためには河永根の力を借りて読書計画を立てねばならず、それに併せて本も借りなければならなかった。従って先ず林洪泰に連絡する必要があった。泰英が俊圭と相談して、金進士を林洪泰のもとに送ろうと考えていたある日の夕方、林洪泰本人が登山帽姿で現れた。泰英だけでなく道令たちも、この珍客の訪問を心から歓迎した。

林洪泰は、八月の初旬に李圭が自分を訪ねてきて数日泊まっていったと言いながら、圭の手紙を泰英に伝えた。泰英の胸が高鳴った。

「朴泰英君、林君を通して君のことは大体聞いた。心身共に健康に暮していることで、これ以上に嬉しいことはない。俺もおかげで無事に暮しているから安心してくれ。無事にと書いたが、それは肉体だけで心は空虚だ。君の固い意志と決断力が羨ましい限りだ。俺はもう少しのところで君があれほど反対していた学兵に連れて行かれるところだった。倭奴の兵役年齢に数ヶ月足りないことにつけこんで(そう言い張るのには一人の大学教授の助力があった)辛うじて俺は辱めを受けることを免れた。だが来年は逃げられないだろうから、そのときには君のいるところに行こうかとも思っている。これほど優柔不断な奴は煩わしいだけだろうが、寛大な心で受け入れてくれることを願う。世界の大勢は、君が考えていた通りに動いているようだ。それでも智異山へ行くとはっきり決断できずにいるのだから情けない話だ。俺だけでなく、俺の周囲の人間すべてがそんな有様だ。これが現実だと考えてしまえばそれまでかも知れないが、だからこそ君のような指導者の存在理由があるのだろう。とにかく君の存在は、君を知る人々にとっては大きな意味を持っている。日本の抑圧に屈しそうになったときでも、朴泰英のような認識方式、朴泰英のような行動方式があると思えば気を確かに持てるからだ。学兵に行った友人たちからも、そんな意味の手紙をたくさん受け取った。検閲があるため思いの全てを書くことができず、不分明な部分もあったが「龍の存在が俺の胸の中で大きな位置を占めている」などといった言葉はまさに君のことだろう。時代を認識するにおいて君のような存在は、優柔不断な我々にも大きな助けになっているということを伝えたかったのだ。君が人格、思想、ともに大成することを期待している。健康に注意しろ。俺が君のためにできることがあれば林洪泰君を通して知らせてくれ。できる限りのことはする。林君が一度君を訪ねると言うから、俺も同行しようと思っていたのだが、林君の事情から時期が遅くなりそうなので、この手紙だけ残して家に帰ることにする。日本は空襲がひどいので、当分は実家にいるつもりだ。機会があればぜひ今年か来年に君を訪ねるつもりだ」

手紙を読み終えた泰英を見て、俊圭は自分にもその手紙を読ませてくれと言った。泰英はその手紙を俊圭に渡した。俊圭はしばらく手紙を読んでいたが、ぽつりと言った。

「あれこれ悩まず、とにかくここに来いと李圭君に手紙を書いてやれよ」

泰英もそのつもりだと答えた。

リュックから米一斗を取り出して、林洪泰は山小屋で三日間過ごした。

「俺もここで一緒に住みたいなあ」

こう言った林洪泰は本当にそう考えているようだった。

「空は美しく輝き　山もありのままの姿で佇む
道令は新鮮な空気を吸いこみ　芳しい吐息を吐く
いかなる美しい詩も　色褪せて見えるここでは
人間こそが歩く花だ
本当の人間として存在できることが
いかに美しいか教えてくれる
徳裕山の道令たち！」

と言うと林洪泰は、

「河先輩、へたな即興詩ができました」

と、恥ずかしそうに笑った。

「へたなものか。空は美しく輝き、山もありのままの姿で佇むというところまではよかったけど、新鮮な空気を吸って道令が香気を吐くって句は間違っている。みんなジャガイモを食って臭い屁をこきまくるからうんざりしているんだ。ジャガイモの屁ってのはひどいもんさ」

俊圭はそう言うと、からからと笑った。

林洪泰は、一ヶ月に一度金参奉に会って連絡を取ることにして帰っていった。林洪泰が帰るとき、泰英は河永根と金淑子宛ての手紙を託し、河俊圭と盧東植もそれぞれ正体を隠した手紙を預けた。そして林洪泰に「準道令」の称号を与えることを満場一致で決議した。

林洪泰が帰っていったまさにその日、徴用忌避者二人が隠身谷を訪ねてきた。家族が二人増えることになったのだ。そしてさらに一週間ほど後、再び徴用忌避者の若者三人が訪れた。

「小屋をもう一つ建てなきゃならんな」

と道令たちは嬉しい悲鳴を上げた。

「これからどんどん来るはずです」

新しく来た道令たちが言った。徴用へと追い立てる警察の横暴が、日増しに激しくなっているという話は林洪泰を通して聞いていた。

「隠身谷に徴用を忌避した若者数十人が集まって、楽しく暮しているという噂がそこらじゅうに広がっているんです」

と一人が説明した。

それで「どんどん増えるはずです」と言った様子だが、そうなる場合を予想して根本的な対策を予め考えておく必要があった。

食糧確保のため、開墾計画をしっかりと立てねばならない。また小屋も建てる必要がある。そして厳しい規律を作らねばならなかった。道令が六人のときは同じ部屋で寝食を共にすることができたし、幸い皆が温厚な性格だったため、一度も衝突するようなことはなかったのだが、十人以上の大所帯となると、お互いの道義的な態度にのみ期待することはできないからだ。さらに彼らの言葉そのまま、徴用忌避者が増え続ければ、日本の警察も黙ってはいられなくなるだろう。それに伴う対策も必要だった。

先ず六道令で会議を持った。その結果、最高の頭領を河俊圭とし、盧東植は作業監督、朴泰英は教養指導の役割を引き受けた。朴道令、李道令は新しく来た若者たちの中に入り、ここでの生活に関する指導をすることにした。そして全体会議を開き、新しく来た者の中から一人は従来の小屋で起居させ、残りの四人が入る新しい小屋に朴道令と李道令が移ることにした。車道令は俊圭の一行と同じ小屋に残って連絡調整の役を担った。

開墾を急ぎ、霜が降りるまでに収穫できる作物を植えることにする一方、山に生えているキキョウ、葛の根、地リンゴなど、人間が食べられる草の根、木の皮、木の実、山菜をこつこつ集めていくことにした。ノロジカやイノシシ、鳩、雉などを捕まえれば、それを干し肉にすることにした。冬を間近に控え、可能な限り急がねばならなかった。

だが八月の末までに、家族がさらに十三人増えた。合計二十四人となったわけだ。いよいよ開墾計画だけでは冬を越す食糧を確保することが困難となった。彼らが持ってきた食糧で二ヶ月持ちこたえ、すでに準備できているジャガイモや雑穀で一ヶ月を切り抜けるにしても、来年の春まではまるまる三ヶ月分の食糧が不足していた。春窮期を経験している俊圭や泰英は、この問題をおざなりにするわけにはいかなかった。方法といえば草の根、木の皮、山菜の収集を継続し、徹底的な節食運動をする他にはなかった。それだけに規律を厳格に決めなければならなかった。

「規律を厳しくしても、罰則を過酷にすることはできない。罰則は言い聞かせる方法の他にはない。言い聞かせて言い聞かせて、最後まで言い聞かせるしかない」

これが河俊圭が打ち立てた方針だった。

辛い仕事の上に武術訓練まで重なって、さらに節食をしろというのだから、自然と雰囲気がとげとげしくなった。仕方なく一週間に一度は腹一杯食べる日を決めてみたが、それで雰囲気を和らげることはできなかった。そんなときに事件が起こった。

非常事態、即ち日本の警察に追われるときのことを予想して、餅米で小さな干し餅を作り、それを非常食糧として一俵ほど備蓄していたのだが、ある日それが五分の一ほど減っていることが分かった。それを盗む者がいようとは誰も想像していなかっただけに、その事件の衝撃は大きかった。しかし犯人を捕らえて処罰するわけにもいかず、だからといって放っておくこともできなかった。俊圭は全員を集め、次のような訓示をした。

「我々は誰かに命令されてここにいるわけではありません。無理矢理連行されてここに来ているわけでもありません。我々自ら自分の意思でここに集ったのです。どうしてここに集まったのか？言うまでもありません。倭奴の汚い顔を見ることなく、我々の命を保存する目的で集まったのです。一人では危険だから、このような団体となったのです。従ってこの団体がうまくいってこそ、私たちの命は保存されるのです。今後必ず警察の追跡があるでしょう。我々がその追跡から勝ち残るためには、私たちの団体が強固でなければなりません。ひびが入ってはなりません。それなのにわずかな空腹を我慢できずに、我々が苦境に陥ったとき、それをもって生き延びねばならない命の食糧を盗んだ人がいます。これが話になりますか。我々が今、腹が減ったからといって我慢できないほどではありません。先々のことを考えて節食しているのであって、食糧がなくて節食しているのではありません。いわば自発的にしているのです。みなさんが徴用に行っていれば太平洋の魚の餌となっていたかも知れず、炭坑で死んでいたかも知れません。もし死んでいなかったとしても、今我々が食べているほどの食べ物も食べられなかったでしょう。今、外では食糧が足りずに豆粕を混ぜて食べているというではありませんか。我々はまだ豆粕を食べるほどではありません。それにもかかわらず、この小さな苦痛すら耐えられないとすれば、今後我々の同志となることはできません。そんな人間一人のために我々の団体にひびを入れることもできません。みなさん今後は二度とこのようなことがないようお願いします。万一そのような癖を直すことができないというのなら、我々の団体から出て行ってください。持ってきた食糧はそのままお返ししますし、何の非難もしません。我々のためにどうか出て行ってください。この先もし再びこのようなことがあれば、私も到底黙ってはいられません」

河俊圭は声を詰まらせながら話を切った。再びこのようなことはないだろうと皆が思った。

だが不祥事はすぐその翌日に再び発生した。今度はその非常食糧のほとんど半分がなくなっていたのだった。開墾作業と山菜収集をして帰ってきてみるとそのようになっていたのだが、犯人はすぐに推測できた。薪割りをさせるために新しい道令の中から、余《ヨ》、白《ペク》という二人を小屋に残しておいたのだが、その二人のうちの一人、さもなくば二人の共謀であることには疑いの余地がなかった。

河俊圭は頭領として重大な決断をしないわけにはいかなかった。徳裕山隠身谷での初めての危機であり試練だった。

五

満月にはまだ二、三日早い八月下旬のある晩だった。河俊圭は道令たちが寝静まる時間を待つと六道令だけを起こし、小屋から少し離れたスイカ畑の番小屋に集合させた。非常食糧盗難事件に対する処理策を相談するためだった。

山奥の月夜には鬼気迫るものがあった。時折風の音が起こり、小川のせせらぎもときには高く、ときには低く聞こえてきた。虫の声は合唱のように高まったり、か細くなったりしながら聞こえてきた。寂寞の中であるほど生命をより強く感じることができるのは、月の影を抱いて佇んでいる岩までが今にもその長い沈黙を破って話し出しそうに見えるからだ。

「やはり根本的に何らかの対策を立てなければ。このまま見過ごすことはできない」

河俊圭はこう言うと顔を上げた。月光が、彼の白い額をスポットライトのように照らしていた。しかし、目元は影となっていて彼の表情を読みとることはできなかった。河俊圭は数日間、この問題で悩み続けているのだった。

皆すぐさま何とも答えることができなかった。小川の流れる音だけが一際高く聞こえた。

「和を乱さないで処理できる妙策はないだろうか」

俊圭はもう一度呟いた。

「先ず頭領が考えた方法があれば、それから話してください」

盧東植が言った。

「どう考えてもいい方法が浮かばないんだ。人の和を考えればこの問題を不問に付すしかないし、集団の秩序に重点を置こうとすれば徹底的な方策を考えるしかない……」

俊圭の声は沈痛だった。

「ちくしょう、白と余を呼び出してやっつけてやりましょう」

朴道令が言った。

「推測だけでそんなことができるか」

俊圭の言葉だった。

「推測でも何でもあいつ等の仕業でなければ洪吉童《ホンギルトン》［朝鮮時代に許筠《ホギュン》によってハングルで書かれた小説の主人公。魔法を使って金持ちから財を奪い貧民たちに分け与えた義賊］が来たとでも言うんですか」

朴道令が不満そうに言った。

「白、余の二人を呼び出しましょう。はっきりとした証拠がないと言ってても怪しいのは確かでしょう。あのような奴等さえ追いだしてしまえば解決します。誰が犯人だって騒ぎ立てる必要もなくなりますし」

これは李道令の意見だった。

「その方法も考えてみた。しかしだめだ。彼らが犯人だとしてもそれはできない。こんな山奥で追いだして彼らにどうしろと言うんだ」

河俊圭がきっぱりと言った。

「それならどうするのですか。やっつけることもだめ、追い出すのもだめ、困りましたな」

朴道令がぶつぶつとこぼした。

「困った問題だから、こうやって集まって相談しているんじゃやないか」

盧東植が笑いながら言った。

「私に任せてください」

車道令が言った。

「どうすりうつもりだ?」

李道令が聞いた。

「うまくそそのかして盗んだことを全部吐かせて、頭領に謝罪するようにしてみます」

車道令が自信を持って言った。

「泥棒を捕まえて盗まれた物を取り返すのが目的じゃないから」

俊圭は難色を示した。

「かと言って短い夜に、堂々巡りばかり続けるつもりですか」

車道令が不満そうに言った。

「要はこれからこのようなことが起こらないようにしなければならいのだが、悪いことをしたと彼らが心から反省して今後二度と繰り返さないようにするだけでなく、彼ら自身が気まずくならないように、つまり堂々と共同生活ができるようにする方法がないかというところに問題があると言っているんだ」

泰英は河俊圭の本心を理解した。だから俊圭はそれほどまでに悩んでいたのである。泰英はここ数日考えていたことを話してみようと思った。

「さっき頭領がおっしゃった通り、要は集団の団結を維持していけるように問題を解決しなければならないというところにあるのでしょう。それなら先ず原則を作らなければならないのではありませんか」

「どんな原則だい」

河俊圭が促した。

「我々のこの集まりを単純な逃亡者の集団にしてはいけないということです。何かはっきりとした目的を持った団体として組織して、その趣旨に賛同する者は各自誓約をしてこの団体に残り、誓約できない者は当分の間ここで共に生活することにするが別の集団として区別してはどうでしょうか。団体を組織すれば必ず規律を決めなければならず、誓約した者はその規律に従う義務があり、破れば必ず罰を受ける。そのようにしていく必要があります。このような原則がないのですから、今回の事件は単なる盗難事件に過ぎません。単純な盗難事件と考えれば問題は簡単です。ちょっと損をしたものとして諦めて、今後は盗まれないよう注意すればいいのです」

「どんな目的の団体にすればいい？」

河俊圭が尋ねた。

「祖国独立のため倭敵をはじめとする敵と戦うということを目的とすればいいでしょう」

泰英が躊躇せずに答えた。

皆が慎重に耳を傾けていた。

泰英が話を続けた。

「だから今回の事件は一旦保留して、組織から先ず作りましょう。幸い鄭道令を我々の頭領することができ、数ヶ月共に暮す中でお互いの思想も大体分かっているのですから、頭領を中心として鋼鉄のような独立結社を作りましょう。そしてその組織の下、訓練し、修養し、命令し、服属し、建議し、罰するようにしましょう。原則が立ったら、そのとき盗難事件を処理する方針を立てましょう」

「いい意見だ」

盧東植が賛成した。続いて李道令、朴道令、車道令が同調した。ところが河俊圭は躊躇する態度を見せた。

「全道令の意見は正しいと思う。しかし国の独立のために倭敵と戦うことを強要することはできないのではないか。思想と信念の問題であり、生死に関わる問題だ。一度組織ができてしまえば、死を誓ってその組織を守らなくてはならないではないか。そんなことをどうして簡単に決めることができるんだ」

「ですから言っているのです。各自自由に何の強制もなく誓約するのです。誓約した者で組織を作り、誓約しない者たちは別に集まって暮すようにすればいいでしょう」

泰英がそう言うと俊圭は、

「だが全道令、この山奥でそんなことを言えば誰も反対できないのではないか。強制しなくとも、この雰囲気自体が強制しているのと同じではないか。心から望まないのに誓約する者も出てくるのではないか。そうなれば厄介なことになるかも知れないし：：：」

と言いながら躊躇い続けていた。

「方法はある」

と盧東植が次のような話をした。

「公開の席上で提案するのではなく、自由な気分で雑談しながらお互いの真意を確かめてみればいいじゃないか。そうした上で誓約の話を持ち出せばうまく行くと思うのだけど。意思の認められない者には止めておいて：：：誓約も公開でするのではなく頭領にだけ個人的に秘密でするようにして：：：」

「それでこれ以上誓約する者がいないと判断されたときに組織を作り、後で現れる者がいればその組織に入れましょう」

泰英が補足説明をした。

「いい意見ではあるけれど、先ずここに集まった六道令からが問題だろう」

と河俊圭が笑った。

「私はどんな誓約でもします」

李道令が言った。

「私もです」

「私も同じです」

と朴道令、車道令が言った。

「そんなに急ぐことはないだろう。道令たちが誓約しないからといって、それで我々の友情が切れるわけでもないのだから」

河俊圭がぐずぐずと言った。

「どうも頭領は私たちを信じていないようだ……私たちは隠身谷にやって来るとき、すでに覚悟をしてきたのです……国の独立のために戦うという明確な目的までは持っていなかったにしても、倭奴たちと一緒に暮すことはできないという考えくらいは持っていたはずです。私たちの考えが少しばかり足りないとしても、頭領や全道令、洪道令が啓蒙してくれればいいのではありませんか。今、知識が不足しているからといって、ある者は誓約し、ある者はしないというやり方は絶対にだめです。今、この隠身谷にいる道令たちだけでも一つになるべきです。嫌がる奴も引きずり込むべきです」

「車道令がいいことを言ってくれた。頭領、迷うことなく組織を作りましょう。鋼鉄のような組織を」

盧東植が熱を込めて言った。

「それなら具体的に考えてみよう。盗難事件の問題はしばらく保留することにして、今日は解散しよう」

この言葉を残して河俊圭は立ち上がった。

隠身谷の夜は更けていった。

組織の準備作業は、泰英を中心に着々と進んでいった。

集団の目的は、「祖国独立のその日まで心身を鍛練し、同志が互いに切磋琢磨しつつ、倭敵をはじめとする民族の敵に決死の反抗闘争をする」と決めた。

組織は頭領を推戴し、総務責、訓練責、作戦責という部署を設け、それぞれ責任者及び副責任者を決め、団員が五十人以内の場合には、その人員を平等に三分してそれらの管掌下に置くことにした。

組織の当面の課業は食糧確保と訓練に置き、訓練は思想訓練と戦術訓練にわけることにした。思想訓練の内容と戦術訓練の要領は継続して研究・検討することにした。同時に規則、規律は最も合理的なものを研究・検討して、組織員全員の賛同を得て、これを実施することにした。

誓約の内容は次のようにすることに六道令の間で合意した。

「私、×××は、この祖国に生まれた百姓の一人として祖国に忠誠を誓い、頭領の命令と我々が決定した規則に絶対服従することを頭領の前に誓約します」

組織の名前は頭領の提案通り普光党に決まった。

普光とは普《あまね》く祖国の光となろうという意思を明らかにしたものであり、党と付けたのは組織の意味を強調するためだった。

道令たちの説得は秘かに全員に対して行い、説得が終われば順番に頭領の前で単独誓約をする。単独誓約が終われば、頭領が日を決めて集団誓約とともに普光党の発足式を開くことにした。

そして非常食糧盗難事件の処理は、普光党発足式の前でなければならないという意見で一致し、その処理方法は頭領に一任された。忌々しい事件をきれいに片付け、発足式をすがすがしい気分の中で行いたいがためであった。

万事は順調に進められた。全員が普光党の趣旨に賛同し、頭領に対する単独誓約を終えた。明日発足式を行うという伝達と同時に、今日の午後ジャガイモ畑の横の丘に全員が集まるよう頭領の指示があった。

残暑はまだ過ぎ去っていなかったが、丘に降り注がれる太陽の光は心なしかもう秋の気配を感じさせた。その光を背に受けながら、丘に集まった道令たちの顔には緊張感がみなぎっていた。

小高いところから河俊圭は沈痛な表情をして一同を見つめていたが、やがて次のように話し始めた。

「非常食糧盗難事件は本当に不愉快な事件でした。私は徹底的に犯人を暴き出し、厳罰に処す覚悟をしました。同志たちの非常食糧を略奪するような者は、自分が危険にさらされたとき同志を売る者であり、自分の些細な欲望を満たすために同志を死地へと追いやる者です。このような者を放っておいたままでは我々は一歩も前進することができません。明日、普光党が発足しますが、このような者を我々の内部に置いておけば、党はおろか親睦団体としてもその目的を達成することはできません。我々はここに盗賊の巣窟を作るために集まったのではありません。我々の敵、日本の奴等から逃れて来たのです。いわば不正かつ不合理な社会を避け、正義に則《のっと》った生活をしながら我々の命を守るためにこうして集まったのです。それなのにここに来て我々が不正を働き、同志を裏切る行為をするのならば、悪の社会から逃れてきた意義がまるごと失われてしまいます。そのような意味から、我々は非常食糧を盗んだ者を許すことはできません。私は徹底的に犯人を捜し出すため努力しました。その結果私は犯人を見つけ出しました」

俊圭はここで言葉を切った。一瞬、空気が感電したように震えた。次いで重々しい静寂に包まれた。鳥の囀る声すらなかった。風もその息づかいを止め、小川の流れもぴたりと止まったかのようだった。

しばらくの後、その静寂と緊張を破って頭領の口が開かれた。

「私は犯人を見つけ出しました。その結果、犯人は」と、頭領は少しの間、目を閉じていたが、悲痛な語調で、

「その犯人は他でもない私でした。この鄭道令でした」

と言った。そして、

「従って、その犯人に対して今から公開で罰を与えることにします」

と言うと、懐から何かを取り出した。それは鋭く先を研いだ一本の錐だった。錐を右手に持った。小屋を建てるときに使っていた錐だった。頭領は左右の両手をさっと挙げるとき、太陽がキラリと光った。頭領は左右の両手をさっと挙げると、右手に握った錐で自分の左手の甲を「やっ」という気合いと同時に突き刺した。錐はかなり深く刺さった様子で、抜き取るとき再び気合いをかける声が響いた。どす黒い血が手の甲からどくどくと流れ落ちた。

一瞬の出来事だった。誰にも止める時間の余裕がなかった。

「あっ！」

という悲鳴とともに小屋へと走っていく順伊の姿が見えた。盧東植が頭領の傍らに行くと手拭いで頭領の手の甲を包んだ。その間に順伊が布きれと味噌を持ってきて、傷口に味噌を塗ると乾いたヨモギを被せた。そして布きれを手に巻き付けた。

重い沈黙が隠身谷を抑えつけているようだった。

かなり経ってから頭領は顔を上げ、ゆっくりと、そして柔らかな口調で言った。

「この程度の罰で私の罪が償われたとは思いませんが、皆さん、私をお許しください。今後このようなことは絶対にないでしょうし、あってはならないことです。ですから私を許してくれるなら、この事件は今この瞬間からきれいさっぱり忘れてしまうことにしましょう。二度とこの問題のことは口にしないことにしましょう。なかったことにしましょう。明日は私たちが新しく出発する日です。真っ白な白紙で出発しましょう。全員小屋に帰ってゆっくり休み、明日を待つことにしましょう」

道令たちは鬼神に魂を抜かれたような気持ちから覚めると、小屋へと帰っていった。泰英は震えた。彼の冷静な目から見ると、河俊圭の行動はやや度の過ぎた演劇のように感じられないでもなかったが、俊圭の誠意と情熱を疑うことができない以上、尊敬の念をさらに深めないではいられなかった。盧東植は、頭領の手は隠身谷を守る要塞のようなものなのに、むやみに傷つけるなんてどうかしていると愚痴

をこぼしたが、彼としても並々ならぬ感動を受けた様子だった。とにかくその日の河俊圭の行動は、隠身谷の道令たちを大きく感動させ、頭領としての貫禄を確立する一つの契機になったことだけは事実だった。

その日の晩、白と余の二人は裏山の岩の間に隠していた非常食糧を持って、頭領の小屋を訪ね、涙を流して謝罪した。行く末が不安でつまらぬ考えを起こしたと言いながら、再びこのような罪は犯さないと誓った。

「道令たちが私と共犯だったとしても、罰は私が代表して受けたのだから解決したことだ」

と言い聞かせると、

「二度とこの問題については口にしないことにしようと言ったのにどうしたことだ」

と言いながら彼らを自分たちの小屋へと帰した。

一九四四年九月一日

徳裕山隠身谷にて普光党の発足式が行われた。そのときの光景を泰英は次のように記録した。

「雲一つない蒼天は、無限に我々の上に広がっていた。その無限の蒼天を遮る徳裕山の稜線は、我々の儀式のために立てられた荘厳な屏風となった。山々を彩る芳しき秋の花々は、祖国と民族が我々を祝福するため与えてくれたのだ。ああ、太陽！我々の情熱のごとく輝く強烈なその光、その太陽の光の下、一縷の恥もない胸を開いて集った二十四名の道令たち、これから先、二千四百万の生命へと広がる信念と情熱の核心となることを自覚してここに集った。

先ず頭領河俊圭の誓約があった。彼は、私は私の体と精神を捧げ、祖国の独立を期す普光党のため、誠心誠意働き、どんな危難も顧みず同志たちの先頭に立ち、必ずや我々の願いを成就させると固く誓った。

次いで盧東植、朴泰英の順に二十三名の道令たちが頭領の前で厳粛に誓約した。誓約が終わると、頭領から編成発表と幹部の口頭任命があった。作戦責は頭領が兼ね、総務責及び第一組長は盧東植、訓練責及び第二組長は朴泰英、頭領の秘書は車道令、第一組副長は李道令、第二組副長は朴道令に決まった。

次に総務責盧東植から規則発表があり、訓練責朴泰英からは課業修行に関わる方針発表があった……

一滴の水が集まり大海を成し、小さな火種が燎原の炎となった。ここ、この徳裕山の谷間に集った二十四名の意志が祖国と民族に栄光をもたらす根源となることを疑わぬ。徳裕山隠身谷、一九四四年九月一日！今日この場こそが輝ける時間、輝ける故郷と言えよう。普光党は未来永劫民族に普く光を与える党となるだろう」

六

まさしくその日、普光党発足式が行われた日の夕暮れだった。一人の少年が一頭の牛を牽いて小屋の前に現れた。最初に見つけた朴道令が声をかけた。

「お前、道に迷ったのか？」

「いいえ違います」

少年ははきはきと答えた。

「それならどうしてこんなところまで来たんだ」

「ここを目指して来たのです」

「ここを目指して？誰に会いに来たんだ？」

「誰かに会いに来たのではありません。ただ来たのです」

「ただ来たって？ところでその牛は何だ？」

「僕の牛です」

少年は粗末な服を着て、足は裸足だった。とげのある蔓で引っ掻いたのか、脛のあちこちに傷があった。

「牛をあの松の木に繋いで、こっちにおいで」

こう言って、朴道令は小屋の中にいる道令たちに少年のことを知らせた。

少年は朴道令が指した松に牛を繋ぐと小屋に入ってきた。

車道令は洗面器に水を汲んできて、少年に手足を洗わせながら、

「山道を裸足で登ってくるなんて、とんでもない奴だな」

と言って、頭をなでさすった。汗と埃にまみれて小汚かったが、目鼻立ちの整った利発そうな少年だった。

「頭領に挨拶しろ」

車道令が河俊圭を指さすと、少年は床に正座をしてぺこりと頭を下げた。

俊圭は少年を楽に座らせてから尋ねた。

「お前、名前は何ていうんだ？」

「姜泰守《カンテス》です」

「歳は？」

「十六歳です」

「学校は行ったのかい？」

「国民学校を卒業しました」

「お前の家は？」

「瓶谷面《ピョンゴクミョン》にあります」

河俊圭は一瞬ぎくりとした表情をした。瓶谷面と

いえばまさしく河俊圭の出身面だったのだ。

「ところでどうしてここに来ようと思ったんだ？」

「牛を奪われるのが嫌だから来ました」

「誰が牛を奪うんだ」

「面所が供出しろと言うのです」

「牛を供出しろって言うのか」

「はい」

するとも朴道令が自分の家からも牛を供出したという話を持ち出し、そのことが話題になった。総督府では予め把握している数字を土台に、各面が保有している頭数の三割を供出するよう指示を出したのだが、その供出しろという頭数自体が面で保有している数字を上回っていたために農民たちは窮地に追いやられているという話だった。

「どうしてそんなことになったんだ」

農村の実情をよく知らない釜山出身の盧東植の言葉だった。

「面書記たちが嘘の報告をしたからそうなったんじゃありませんか」

車道令が言った。

「そんなことまでどうして嘘の報告をするんだ？」

盧東植が再び聞いた。車道令が説明した。

「総督府では時々、面事務所管内に牛が何頭、豚が何頭、鶏が何羽いるのかを報告させているのです。面書記たちは実地調査をせずに、ただ机上で適当に数字を書いて送っていたようです。そりゃ一軒一軒訪ねてそんなこと調べられるわけありません。そうやって実際の数より莫大に膨れあがったのです。総督府はその報告をもとに供出を命じているのですが、面書記の奴等は今更嘘だったとは言えず、手当たり次第に牛を集めてこいと言っているのではないですか」

「それでお前は牛を手放したくなかったってことか？」

俊圭はもう一度少年に聞いた。

「父はしきりに出せと言うんです。面書記と区長がやかましいから、仕方なく、でも僕は、僕は……」

と少年は泣き声になった。

べそをかきながら少年は次のような話をした。

少年は十歳になった年、自分の責任でペネギ牛を一頭借りて養うことにした。「ペネギ」とは牛を養ってあげて、子牛を産めば、最初の子牛は主人のものとして、二番目は自分のものになるという風俗のことだ。そうやって少年は一昨年、自分の子牛を手に入れた。少年はその子牛を精一杯育てた。子牛はすくすく育ち、立派な大人の牛になった。それなのにその牛を供出しろという命令が下りたのだ。財産としての牛が惜しくもあったが、それ以上に少年はその牛に愛情を感じていたのだった。

「何が何でも僕は牛を供出することはできなかったのです」

自分なりに覚悟をしてきたということが、少年の表情と言葉から伝わってきた。

「牛がいなくなったと分かったら、お前のお父さんがひどい目に遭うんじゃないか。そうなったらどうする？」

車道令が尋ねた。

「それが心配なのです。心配ですが、いない牛を供出することはできないではありませんか……でも父のことを考えると……」

少年は再びべそをかきだした。

「お前の言う通りだ。文句を言われても、いなくなった牛を出すことはできないだろう。それにひどい目に遭うといっても一時のことだ。懲役にはなるまい……だから泣くな」

俊圭はこう少年に言い聞かせてから、

「お前、瓶谷面だって言ったな。それなら河俊圭という人の名前を聞いたことあるか？」

と聞いた。

「河長者の長男のことですか？」

少年ははっきりと答えた。

「そうだが、その人のことで何か噂はなかったか」

「昨年だったか、その人が何処かに逃亡したという噂で持ちきりだったことがありましたけど、最近はまったく聞きません」

俊圭はにっこり笑った。自分たちの正体が漏洩していないことに満足したのだった。

俊圭はその日から姜泰守少年を自分の側におくことにした。そして彼の教育を泰英に任せた。

平穏な日々の中、秋は深まっていった。

普光党の発足以来、厳しい規律が科せられていたが、党員たちはその規律の中でも楽しく過ごしていた。

一日二回の点呼があり、昼夜の別なく歩哨に立ち、学習、軍事訓練、食糧確保のための作業等、びっしりと時間が詰まっていたが、誰一人不満を漏らす者はいなかった。そして姜泰守少年が加わったことで集団の活気は一層高まった。

泰守の仕事は頭領の身の回りの雑用と、自分の牛に餌をやること、そして泰英から特別指導を受けることの他には、小川に行ってザリガニを捕まえておかずに彩りを加えることくらいなものだった。泰守は利発だったため、泰英が教えることをしっかり消化することができた。

「このまま三年くらいやれば泰守に中学校卒業以上の学力を付けてやることができそうです」

泰英がこう言ったとき、俊圭は目を細めて満足そうに笑った。同じ面の出身というだけでなく、彼は泰守を実の弟のように、いやそれ以上にかわいがっていた。

ある日俊圭が聞いた。

「泰守、お前は大人になったらどんな人間になりたい？」

「頭領のような人間になりたいです」

「俺のような人間？それはどういうことだ？」

「ただそう思うのです」

「そう言わずにはっきり話してみろ」

「はっきり話します。頭領のように器用で、情があって、頭がよければ、それ以上願うことはないではありませんか」

「そう言う意味じゃなくて、それじゃあお前が学校に通っていたときどんな人間になろうと思っていたんだ？」

「上の学校には行けなかったから偉い人にはなるのは無理だと思って、巡査にでもなろうかなと思っていました」

「巡査？」

「はい」

「刀を差して、人を捕まえるのがそんなにいいのか？」

「僕は巡査になって、貧しい人たちを助けて、悪いことをする面書記や区長を捕まえようと思ったのです」

「巡査が面書記や区長を捕まえられると思うのか？」

「何で捕まえられないんですか。悪事を働く奴は捕まえられるでしょう」

「巡査は悪いことをしないのか。お前の村にきて大声で喚き散らしたり、鶏を勝手に食らったり、罪もない人を連れて行って殴ったりするのを見たことないのか」

「僕は巡査は悪いことをしないものだと思っていました」

「それなら泰守の間違いだ。区長や面書記が堂々と悪事を働くことができるのは、裏で巡査が助けているからさ。貧乏人が面書記や区長に反抗でもしてみろ。捕まって縛られるのは貧乏人の方だ。面書記も区長も巡査も、みんな同じ穴のムジナってことだ。そしてお前が巡査になったとしよう。巡査になりさえすればお前は嫌でも倭奴の手先となって俺たち同胞を苦しめなければならないんだ。それでも巡査になりたいか？」

「今はそう思いません。国民学校に通っていたときそう思ったという話です」

「全道令の話では、今後三年間だけしっかり勉強すれば、お前は中学校卒業程度の実力になれるそうだ。だから全道令の教えてくれることをしっかり聞いておくんだ。全道令はこの世に二人といない秀才だ。お前がどれだけいい学校に行ったとしても、あれほどの先生に出会うのは難しいだろう。それから後数年経てば、我が国は独立できるかも知れない。独立すればお前は大学に行かなければならない。大学を出て本当に我が国の立派な人物となるんだ。そのときになったら警察になってもいい。真正な我が国の警察に」

「独立したらどうなるのですか」

俊圭は自分なりに説明してやろうかと思ったが躊躇した。その素朴な質問に答えるのにさえ、あまりにも準備ができていない自分自身を発見したからだった。

「それは全道令に聞いてみろ。全道令がきちんと教えてくれるだろう」

俊圭はそう言うと次に、

「家に帰りたくないか？」

と聞いた。

「帰りたくありません」

泰守は自信を持って答えた。

「家のことは心配するな。心配しても仕方のないことだ。お前がここで立派に育っていけば、それがお父さんとお母さんのためになるんだ。それじゃ行ってお前の仕事をしてこい」

泰守は立ち上がると、ぴょんぴょんウサギのように飛び跳ねながら牛小屋の方へと向かっていった。数日前に泰守の牛のためになかなか立派な牛小屋を建ててやったのだった。

俊圭は泰守の後ろ姿を見つめながら憂鬱な気持ちになった。

「独立したらどうなるのですか」

泰守の質問が蘇ってきた。独立できるかどうかも分からない現時点で、こんな質問について考えるのもおかしなことだが、どんな方法でどのような独立をするべきかについては予め研究しておく必要があると俊圭は思った。

（重慶に臨時政府があるから、その臨時政府の指導に従う）

これも一つの方法だった。

（無数の地下運動家がいるとも聞いた。彼らの意見に従う）

これもまた一つの方法だった。

（だが我々は独自の方向と内容を設定しておくべきではないのか。まったくの無策で進んでいくことはできないのではないか）

河俊圭はこのような思想の問題こそが重大だと感じた。それでその日の晩、初めて泰英と盧東植がいるときに、この問題を提起してみた。その結果、泰英が試案を考え、それを土台に河俊圭、盧東植、泰英の三人で話し合い、結論が出ればそれをもって党員たちを教育することにした。

姜泰守少年を準党員にしようという提議が頭領を通して出された。党員でない人間を、党の規律に縛り付けることもできず、正式党員になってしまえば泰守の教育に支障があるという理由から考え出された意見だった。泰守は全党員の承認を受けて準党員となった。すると今度は順伊が黙っていなかった。

泰守が準党員となったその晩、順伊は怒ったような顔をして俊圭の小屋にやって来た。順伊はその場に座るやいなや、

「私も普光党に入れてください」

と俊圭に迫った。

「順伊はだめだ」

俊圭は静かに言った。

「どうしていけないんですか。男だからって泰守は入れて、私は女だから入れない。そんなことってありますか」

順伊は泣き顔になって言った。

「順伊はお嫁に行かなければならない。普光党に入ればお嫁に行けなくなる」

「誰がお嫁に行くって言ったのよ。私はお嫁になんか行かないわ」

「お嫁に行く行かないって話は今決められる問題じゃない。それに順伊一人だけで決められる問題じゃないだろう」

俊圭は言い聞かせるように言った。

「私が行かないって言えばそれまででしょ。何が何でも私は普光党に入るんだから」

側で見ていた盧東植が見かねて言った。

「順伊も準党員くらいにしてやりましょう。順伊の働きだって大きいじゃないですか」

「だめだ」

俊圭はきっぱり言うと真剣な顔つきになった。頭領が真顔になったため、それまでは若干なごやかだ

った雰囲気が突然緊張したものになった。少し居心地が悪くなったのか、盧東植が、

「絶対だめだっていう理由はないでしょうが。順伊がこんなに望んでいるのに」

と呟いた。

「理由は後で話す。とにかく順伊はだめだ」

俊圭は頑固に言い張った。

「私が女だからできなかったことがあった？畑の手入れも丸太の切り出しもよくやってるし、ハングルだってちゃんと覚えたわ。武術訓練も道令たちについていけるようになったし、何だって言われた通りにできるのに、どうしてだめなのよ、頭領！」

順伊は語気強く問いつめた。

「順伊は俺の言うことが聞けないのか？」

俊圭は難詰するように言った。

「私が頭領の言うことを聞かないわけないでしょう。頭領が私の言うことを聞いてくれないから言ってるんじゃないの。私が今まで頭領の言うことを聞かなかったことがある？そして何て言ったか覚えてる？これから朝鮮がまともな国になるためには、男も女も同じ待遇を受けなくてはならないって言ったじゃないの。頭領もそう言ったし、全道令も言ったわ。それなのに何で私は普光党に入れないのよ」

順伊は涙を浮かべていた。

「順伊」

俊圭が静かに呼んだ。順伊は返事の変わりに潤んだ瞳で俊圭の顔を見つめた。

「順伊、普光党はこの先とんでもない仕事をしなければならない」

「どんな仕事だって私はやるって言ってるじゃないですか」

「いや、女の力ではどうにもならないことをしなければならないんだ」

「女の力ではだめなことって何ですか。言ってください」

俊圭は目を瞑っていたが再び開けた。

「人を殺さなければならないかも知れない。だからこちらも死ぬ覚悟をしなければならない」

「私も死ぬ覚悟できます。誰よりも早く死ぬ覚悟ができます」

「いいや、順伊。俺の話を最後まで聞くんだ。俺たち普光党、泰守まで含めて二十五人は一人残らず死ななければならない日が来るかも知れない。そうなったら祭祀《チェサ》をしてくれる人が一人くらいいなければならないだろう？順伊、お前が残って俺たちの祭祀をしてくれなきゃ。そして今日俺たちがこうやって

暮している姿、この先敵と戦って死んでいく姿、それらを多くの人々に伝えてくれ」

「私が普光党に入ったらそれができないの？」

順伊は口をとがらせた。

「だめさ、そうはできない。普光党に一度入ってしまえば例外は認められない。全員が死ぬときは、必ず一緒に死ななければならない。自分の息が絶える最後の最後まで戦わなければならないのだから、女だからといって残るわけにはいかない。必ずともに行動し、ともに死ななければならないんだ」

「みんなが死んだら私だって生きてはいけないわ」

順伊は泣き出してしまった。

「それはだめだ。お前だけは死んではいけないんだ。全道令がどうしてお前に一生懸命ハングルを教えてくれたか分かるか？俺たち全員の運命を、お前が記録できるようにするためなんだ」

順伊は頭を垂れたまま、すすり泣いていた。俊圭の言葉が静かに続いた。

「今俺たちには何事も起きていないだろう？何事も起きていないように見えるだろう？明日も何も起きないと思うだろう？だがそうじゃないんだ。俺たちは嵐の種を蒔いているのと同じだ。将来暴風雨を起こすための種を。日本の奴等が俺たちをこのまま放っておくと思うか。とんでもない。奴等は奴等に対抗する者には必ず襲いかかってくる。そんな奴等が、俺たちがここで奴等に反抗する党を作っているのを黙って見ていると思うか？奴等は強大な軍隊に警察、警防団を持っている。大砲も飛行機も持っている。いつか奴等が暴風のように迫ってきて、にわか雨のように飛びかかってくるだろう。今は奴等が俺たちの存在を大したことないと思って黙っているが、いつの日か命を投げ出して戦わなければならない日が来るに違いない。その日のために俺たち普光党は準備をしなければならない。党員も増やさねばならないし、武器も用意しなければならない。この普光党を一大勢力に育てなければならない。俺は必ずや俺たちが勝利すると信じている。だけど遠い未来の勝利のために、俺たち自身は犠牲となる覚悟もしておかねばならない。だからお前だけは残しておきたいんだ。俺たちが勝利するとも敗北するとも、始めから最後まで俺たちを見守って生き残る人間が必要なんだ。俺はその人間として、順伊、お前を選んだんだ。順伊は俺たちのために普光党員以上の役割をしてくれなければならない。お前のことを党員以上に信じているから、こんな話をしているんだ」

俊圭はここでしばらく言葉を切った。そして付け加えた。

「順伊、普光党は遊びじゃないんだ」

「誰が遊びだって言ったのよ」

順伊は肩を震わせながら、嗚咽とともに言った。

俊圭は順伊の肩を軽く叩いて言った。

「俺の言ってること、分かってくれただろう？」

順伊は頷いた。

その晩、泰英は順伊を彼女の小屋に送っていった帰り道、星の光り輝く大空を仰ぎながら深い溜息をついた。そして俊圭の言葉を思い出してみた。

（本当に普光党はお遊びではない）

第五章　風と雲と

一

山は生きている。

どんな生命体よりも、敏感に、雄大に、豊かな生命力と、繊細な審美感と、枯れることを知らぬ情熱を持って生きているのが山だ。

山に春が訪れると、春の山となるのではなく、春そのものとなる。夏が来れば夏それ自体となり、秋が来れば秋それ自体となり、冬が来れば冬それ自体となる。季節が山を通り過ぎるのではなく、山が自身の意志と情熱で季節を作り出すのだ。

濃淡様々な緑一色の夏に、ぴかぴかと赤い斑点が吹き出てきたかと思うと、いつの間にか山全体を紅葉が彩りゆくのを、泰英《テヨン》は毎朝新しい感動とともに見守っていた。何という紅葉の美しさ！紅葉の美しさは、すがすがしい秋の太陽と大気を赤く染め上げ、人の胸に静かな哀愁の影を映し出す。徳裕山隠身谷《トギュサンウンシンゴル》は今まさに秋の盛りだった。

しかし秋の哀愁や感傷に浸っている暇はなかった。普光党の道令《トリョン》たちは越冬準備を急がねばならなかった。

米、麦、ジャガイモ、カボチャなどは勿論、木の実、木の皮、木の根、蔓をはじめとして、草木、魚、雉、ウサギ、ノロジカ、はなはだしくはキノコ、バッタにいたるまで、人間が食べられるものなら集められる限り集めて貯蔵していった。

普光党の道令たち二十五人、これに金《キム》家の家族、泰守《テス》が連れてきた牛まで合わせた三十一人の一家が、四ヶ月間持ちこたえる食糧を確保することが容易であるはずがなかった。毎日毎日辛い作業と訓練に明け暮れた。

そんな中でも普光党の道令たちが、活気と希望を失わなかったのは、どれほど苦しい仕事でも、それは自分自身のための努力であったことと、夜毎ラジオを通して日本が敗亡していく過程を比較的詳しく知ることができたからであった。

アメリカ軍は太平洋に浮かぶ島々の日本軍を次々に殲滅し、その勢いをかって破竹の勢いで日本本土を目指していた。

アメリカ軍の勝利を、彼らの将来と結びつけて実感するには、太平洋はあまりにも遠く、隠身谷はあまりにも閉ざされた場所であった。しかし日本が敗亡するその日、祖国の独立がやって来るという、おぼろげな意識だけは疑いようがなかった。

「一歩一歩日本の滅びる日がやって来る。そうだろう？」

「ああ、その日が来れば！」

「その日が来ればどうする？」

「俺はかわいい嫁さんをもらう」

「なんだ、それだけか」

「先ず、独立した国の人口を増やさねばならんだろ」

「仰せの通りだ」

「それはそうと、いつ頃日本は手を挙げるだろう？」

「頭領は、後二年は待たなければならないって言ってたぞ」

ある晩、こんな道令たちのやりとりを聞いて泰英は考え込んだ。

（日本が滅びれば祖国は独立する。道令たちは各自自分の家に帰る。独り者なら先ず結婚のことを考えるだろう……だが果たしてそんな平和な世の中が来るのだろうか？）

泰英は何故かそれを実感として感じることができなかった。理念ははっきりしていたが、展望は漠然としていた。

（みんな結婚して息子ができ、娘ができ、一家団欒の中で暮す、そんな日が来ればどれほどいいだろうか）

泰英は、ジャガイモを掘りながら車《チャ》道令から聞いた話を思い出した。

車道令には恋人がいた。同じ村に住む娘で、年は二十歳ちょうどだという。田舎の風習上、お互い思い焦がれながらも話を交わすことすらできなかった。道端ですれ違うときに、はにかんだ笑みを交わすのがせいぜいだった。

徴用令状が下った日の晩だった。友人たちと飲み屋でマッコルリを飲んで家に帰り、柴戸を開けようとすると、戸のすぐ近くに人がいた。車道令が愛するその娘だった。車道令は、

「ネミじゃないか」

と近寄った。

ネミという娘は、闇夜にもかかわらず頭を垂れて、すすり泣きながら言った。

「本当に行ってしまうの？」

「行く。仕方ないじゃないか」

車道令も声をつまらせた。そして、ネミの肩を抱きたかったが胸が震えた。手でも握ってやりたかったが、それすらできなかった。ただぼうっと立ちつくしていると、通りに人の気配がした。ネミは素速く踵を返すと、一言残して闇の中に消えていった。

「行ったら嫌いになる。行かないで」

車道令の耳に、ネミのその言葉がはっきりと刻み込まれた。その日の晩、彼は眠ることができなかった。その翌日、車道令は同じく徴用令状を受けた李《イ》道令と朴《パク》道令を連れて、休川《ヒュチョン》国民学校の林洪泰《イムホンテ》を訪ねた。林洪泰が国民学校の教師をしながら青年訓練所の講師も兼ねていたため、何度か出会う中で彼らは林洪泰に親密感を持つようになったのだった。

林洪泰は方法は一つしかないと言って、徳裕山隠身谷の話をした。

「今後どうなるかは分からないが、そこに行けば最悪の場合でも犬死には免れるだろう」

というのが林洪泰の答えだった。

三人は即座に隠身谷に行くことを決心し、大まかな計画を立てると家に帰った。車道令は夜のとばりが下りた頃、ネミの家の近くを歩き回った。自分に気づいたネミが、水汲みを言い訳に出てきてくれそうな気がしたからだった。

思った通り、ネミが水瓶を頭に載せて家から出てきた。車道令はネミを先に歩かせて、路地を抜けながら呟いた。

「俺、徴用には行かないことにした。その代わり隠身谷に逃げることにした。隠身谷はここから五里しか離れていないから、会いたくなったらいつでも会えるさ。何があっても死にはしない。いい世の中になったら帰ってくるから。南方や北海道に行って犬死にするよりましだろう」

「捕まったらどうするの」

ネミが言った。

「捕まえるって誰が捕まえるのさ。隠身谷に行けば、鬼神のような道士がいるそうだ」

「誰に聞いたの？」

「学校の林先生がそう言ってた」

「それならいつ出発するの？」

「明後日出かける」

「明後日のいつ？」

「明け方」

「何処から行くの？」

「共同墓地の方から回って裏山を越えるつもりさ」

小川の側で、車道令はネミと別れた。村の入り口の大木の陰に隠れて水を汲むと、ネミは帰っていった。車道令はそのとき辛うじて言葉を投げかけた。

「元気でな。俺は必ず帰ってくるから、待っていてくれ」

ネミはびくっと足を止めた。暗闇の中で車道令を見つめていたが、重い水瓶を頭に載せていたせいで、首を横に振ることも頷くこともできなかった。

「分かったわ」

という言葉を残して闇の中に消えていった。

その明後日の明け方、車道令は家を出た。朴道令と李道令は、それぞれ違う道から裏山の頂上に登ることになっていた。車道令は村を抜けると、共同墓地に続く道へと踏み込んだ。すると、畑の端にうずくまって座っていたネミが立ち上がった。二人は互いに言葉なく立ちつくしたまま、ただ見つめ合っていた。ネミが小さな袋を差し出した。

「何だい？」

車道令が聞いた。

「後で開けてみれば分かるわ。持って行ってちょうだい」

ネミは落ち着いて言った。

車道令はそれを受け取りながら、

「それじゃ元気で。俺は行くから」

と、その場を去った。

「私、ずっと待っているから」

背後から聞こえてきた蚊の鳴くような声に、車道令は振り返った。まだ夜が明けきらない薄暗い中でも、ネミの目に涙が溢れているのが分かった。坂道を上り、松林へと入りながら、車道令は再び振り返った。ネミはさっきのその場に、小さな姿となって立ちつくしていた。車道令はその姿に向かって手を振ってみせると、唇を噛みしめ、二度と振り返ることなく山を登っていった。

山の頂に座って朴道令と李道令を待ちながら、ネミがくれた袋を開けてみた。一升ほどの茹でた栗と手拭いに包んだ物が入っていた。手拭いを解いてみた。そこから煙草三箱と二円五十銭が出てきた。

「煙草を手に入れるなんて、本当に大変なのに、どうやって三箱も手に入れたのか。それに二円五十銭といえば大金だ。どうやって用意したのか」

溜息を交えながら、車道令は話をむすんだ。

泰英は、会ったことはなくてもネミという娘を、ありありと目の前に思い描くことができた。その姿は順伊《スニ》にも似ていたし、自分の恋人である金淑子《キムスクチャ》にも似ていたからだった。


その頃、李圭《イギュ》から手紙が来た。市場の中に決めておいた連絡所で、金参奉が林洪泰から受け取ってきたのだ。三冊の本も一緒にもらったが、泰英は先ず李圭の手紙を開いてみた。

「泰英、元気で暮していることと思う。河《ハ》先輩をはじめ、そこにいるみんなにもよろしく伝えてほしい。俺は相変わらず退屈な毎日を送っている。ところで最近、あまりにも嬉しい知らせがあったので、君たちに知らせたく、この手紙を書く。嬉しい知らせとは他でもない、ドイツがフランスに降伏した。九月九日にはドゴール将軍がパリに入城した。極めて大きな慶事だ。遠からずドイツは全面的に降伏するだろう。東部戦線ではソ連がすさまじい攻撃を加えている。すでにイタリアは降伏し、今またドイツが降伏すれば、枢軸軍は日本だけを残して敗亡したことになる。そうなれば日本も現在の敗勢を挽回する道を閉ざされる。それこそ時間の問題となった。もう少しの辛抱で、泰英が待ちに待った世がやって来るだろう。鋭敏で、意志の固い君に、忠告などとおこがましいが、どうかその日まで自重自愛して、本来の願いを叶えてほしい。それはそうと、ドイツの降伏とドゴールのパリ入城に対する俺の思いを聞いてくれ。四年前のことだ。一九四〇年六月二十二日だった。その日、フランスのペータン元首は、ドイツのヒットラーの前に膝を屈した。ヒットラーは第一次大戦の雪辱の意味を込めて、コンピエーニュに保存されている列車の中で、ペータンの降伏文書を受け取った。今回のドイツ降伏に際して、俺は当時のことを鮮明に思い出した。それはフランスの降伏という歴史的事実よりも、その事実が教室内に与えた波紋によって鮮明に記憶していたからだ。その日、Hという倫理学の教授は、フランスの降伏を輝ける世界史の瞬間だと分析し、偉大なドイツ精神が、退廃したフランスを打ち破ったのだと喚き、気勢を上げた。文科乙類の学生たちは、ドイツ語を専攻する学生まで加勢して、全員がH教授に反発し、受講拒否の意志を表明した。その次の時間は、I教授のフランス語文法の時間だったが、俺たち学生にその日の感想を書かせた。そのとき俺は、稚拙なフランス語でこう書いた。フランスがドイツ軍の前に降伏した。ところで、一つの国が他の国に降伏するということはどんな意味を持つのか。我が国は三十年前に日本に降伏した。そして、その言葉を学び始めたフランスが、今またドイツに降伏した。しかし、私はフランスがドイツに降伏したとは書きたくない。フランスの軍隊が、ドイツの軍隊に降伏したのだと理解したい。軍隊の力が弱いがために、国全体が奴隷状態に置かれるというのは悲しいことだ。ドイツ軍が支配するパリでは、今後ドイツ語が使用されるのかも知れない。しかし、私はフランス語を学び始めたことを後悔しない……。大体このような内容だったが、意外にもI教授は、俺の名前を明らかにはしなかったものの、俺の作文に共感するという話をしてくれた。今思うと、稚拙な言葉を綴りながらも、俺の胸の中には痛哭直前の感情が渦巻いていたのではなかったかと思う。その次の時間はK教授のやはりフランス語の時間だったが、K教授はフランス降伏についての意見を述べる代わりに、「ラ・マルセイエーズ」を教えてくれた。フランスが降伏したまさにその日、我が教室には「ラ・マルセイエーズ」の力強い歌声が響き渡ったのだ。今、ドイツの降伏を受けて、フランスが本来の栄冠を取り戻したと聞いて、四年前のその教室での出来事が、強烈な色彩を帯びて記憶の中から蘇ってきた。俺はこの感激のおかげですべての憂いを忘れた。歴史を信じたいと痛切に思った。正義のためには命までも惜しんではならないという情熱が湧き上がってきた。他の誰よりも、朴泰英の意志を学ばねばならないと固く決心した。泰英！俺は君を尊敬する。愛する。俺はフランスの勝利に際して、君を再発見したような気がする。俺は本当に、本当に、君を友人としたことを誇りに思う。（I am proud of you,really,really.）君は偉大な思想家であると同時に、偉大な行動家となり、俺は貧弱ではあるが、その証人、証言者となりたい。遠からず、ドゴールのような英姿で我が民族の前に現れる君の将来を思うと、今から血湧き肉躍る思いだ。俺も君の側に行く日がやって来ることを信じている。金淑子さんからは連絡があった。最近、手紙は危険なため、どうやら直接渡ってくるようだ。先ず俺を訪ねてくるそうだ。そうすれば俺は淑子さんを林洪泰君の家に連れていく予定だ。ヘーゲルの『論理学』と『歴史哲学』そして、ニーチェの『ツァラトゥストラ』の原書を送るから、余暇があれば読んでくれ。ちょっと興奮しすぎたようで恥ずかしいが、書き直さずにそのまま送ることにする。再会の日まで堅固に！李圭拝」

手紙を読んで、泰英も興奮した。どうしたことか、毎夕二時間ずつラジオを聞いていたにもかかわらず、ドイツがフランスに降伏したという報道は聞き逃していたのだった。

泰英は即刻、この事実を頭領と盧東植《ノドンシク》に知らせた。そして、全員を集めると、圭《キュ》の手紙を披露すると同時に、世界の情勢の知る限りを説明した。

夜遅く、寝床に入りながら頭領が言った。

「ドゴールという人がどういう人物なのか知りたい。林洪泰君に連絡して、彼に関する詳しい知識を提供してもらおう」

泰英はうなずきながら、

「李圭の手紙にドゴールのような英姿云々という文

句がありましたが、あれは僕にではなく、頭領にあてはまる言葉です」

と言うと、

「ドゴールがどんな人間か知ってから、誰に似ている云々を言うべきだろう」

と頭領が笑った。そして、話題を変え、

「倭奴《ウェノム》たちが手を挙げる番になったな」

と呟いた。

そして、日本が降伏したときの状況が話題に上った。

「カイロ宣言によって、我が国が独立するのは間違いないだろう」

盧東植の言葉だった。

「独立はするだろう。するだろうが、どんな形態でするかが問題だろう」

頭領が言った。

「まさか李朝が復活することはないだろう」

盧東植が笑いながら言った。

「李朝という言葉が出てきたから言うんだが、独立すれば、いや独立する以前にでも、また党派闘争が起こるんじゃないかな……」

頭領は語尾を濁した。

前回の歴史学習の題目が、李朝の四色党争［李朝時代中期以降、儒教（朱子学）の学派をもとにして形成された両班たちの派閥争い。十六世紀に東人と西人が対立し、十七世紀には東人が南人と北人に分かれ、十八世紀には西人が老論と少論に分かれて四派が対立して権力を争った］だったので、頭領はそれを思い出したのだろうと泰英は思った。

「国体と政体は、先進国のものを我々の実情に合うように取捨選択すればいいでしょう。要は指導勢力が一切の党派争いを防げるだけの充分な力を持っていればいいのですが、それが完全にエックス状態だから答えを出すことはできません」

泰英の言葉だった。

「鋭敏な天才、全《チョン》道令をもってしても解くことはできないか？」

頭領は口惜しそうに言った。

「先ず、方程式すら立てることができないのですから、エックスを導き出すことはできません」

「普光党を因数にして方程式を立てることはできないか？」

盧東植が笑いながら言った。

「作ることはできるでしょう」

「取らぬ狸の皮算用という言葉があるだろう」

頭領はげらげらと笑った。

「とにかく全道令が方程式を作ってみてくれ。解くときはみんなで解くことにしよう」

そう言うと、鼾をかき出した。

しかし、泰英はなかなか眠ることができなかった。これから築かれる国の形式と内容については何度も考えてきたのだが、未だにその求心点すら把握できずにいるのだった。

(指導者、そうだ指導者が問題だ)

どのような政体、どのような制度を構想してみたところで、具体的な指導者像が見えてこない限り、ただの空想に過ぎないのだった。

宗川《むなかわ》は日本の将来を、階級革命に直結させていた。しかし、朝鮮の場合、全同胞が奴隷状態から解放されたばかりの状態では、一つの階級を優先させる革命は、あまりにも性急ではないのか。階級を対立的にとらえて国の方向を処方するよりは、階級どうしの協調に主眼をおいて、国の方向を決めるべきではないのか。

泰英はこの問題について、絶えず暗中模索していたのだった。

(政治学を徹底的に研究しなければならない。それには河永根《ハヨングン》先生の力を借りねばならない。李圭への手紙には、そのことを書こう)

このように考えながら、泰英も眠りに落ちていった。

二

九月二十八日の晩だった。

「アメリカの声」という放送は、グァム島とテニアンの日本軍を全滅させたと伝えた。グァムは国民学校を卒業した人ならば誰でも知っている島であり、実感できる様子で、道令たちは祝杯を挙げねばと大騒ぎになった。

ところが崔《チェ》道令は呆然とした顔で、わなわな震えていた。目敏い朴道令が、それに気づいて声をかけた。

「崔道令、どうしたんだ」

「グァムといえば日本の委任統治地の中で、唯一アメリカの領土として残っているところだろう?」

と、崔道令が聞き返した。

「そうさ、戦争が始まってすぐに日本があの島を占領していたのさ」

盧東植がこのように説明すると、崔道令は、

「そこに僕の従兄弟が行ってるのです。それなら従兄弟も死んだんですね」

と泣き出した。

「全滅と言うからには、みんな死んだということだろう？」

　誰かが言った。

「そりゃ太平洋の島では、同胞もたくさん死んだだろう。大勢行っているから。俺たちは、日本軍が全滅したって聞いたら喜んでいるけど、奴等の巻き添えになって死んだ同胞のことを考えると複雑だな」

　年長の李道令はこう言うと、崔道令を気遣った。

「僕の従兄弟は、叔母の一人息子なのに。叔母が知ったら……」

　崔道令は言葉を続けることができなかった。

「全滅といっても生き残った人間もいるだろう。そんなに悲観するな」

　李道令が言った。

「倭奴は滅びるべきだが、同胞が巻き添えになって死ぬのは耐えられんな」

　頭領が呟いた。

　泰英は、崔道令の叔母の気持ちを想像してみた。

　グァム島での日本軍の全滅は、祖国の独立を早めるという意味では歓迎すべきことだ。しかし、その島に息子がいる母親は、自分の息子が生き残ることを願い、日本軍の敗北を望みはしないだろう。考えれば考えるほど、我々同胞は日本とあまりにも深く利害関係を同じくしてしまっているようだ。敵も単純でないほどに、同志もやはり単純ではない。しかし、息子を思う母の心をもってして、革命や独立運動を実現させることはできない。といって息子を思う母の心以上に、強く純粋で、高貴な感情が他にあるだろうか。泰英は実に久しぶりに母を思い出した。今まで、いくらでも母を喜ばせる機会がありながら、泰英はあえてそのような機会に背を向けてきた。過ぎ去った過去を取り戻すことはできないが、今から広がる人生においては、母を悲しませたくはないという思いが込み上げて胸がつかえた。泰英はゴクリと唾を飲み込み、気持ちを落ち着かせた。

「太平洋で死んでいった、そしてこれから死んでいく同胞を思えば辛いが、それは彼らの責任だと考えましょう。私たちは、そのような犬死にをしないために、この隠身谷に集まったのではありませんか？　だから崔道令はそんなに悩まず、気を確かに持ってください。私たちは今、他人のことを心配できる、そんな余裕ある状況にはいないのです」

　偶然といえば、あまりにも偶然の一致だった。他人のことを心配できる、そんな余裕ある状況にはいないという、頭領の言葉が終わるやいなや、ダンと音を立てて戸が開くと、金進士《チンサ》が慌てふためき飛び込んできた。

「わ、わしは今、市場から帰ってきたのじゃが、道令たち大変じゃ」

老人は息を切らせながら言った。

「先ずこっちに来て座ってください」

頭領は老人を楽に座らせると、

「どうしたのですか。お話しください」

と、彼の側に座りながら言った。

「警察が隠身谷に押し寄せてくるそうじゃ」

瞬間、部屋全体に緊張感が走った。

「順を追って話してください」

頭領が冷静に聞き返した。

「市場ではその噂で持ちきりじゃ。警察が隠身谷に押し寄せてくると」

「いつ頃来るんですか？」

「すぐ来るそうじゃ」

「今夜にでも来るのですか」

「今夜ではない」

「それなら明日？」

「噂では稲刈りが終われば来るそうじゃ」

「稲刈りが終わるまでには、まだ十日ほどあるが……」

頭領は、

「確かな日にちまでは分かりませんでしたか？」

と聞いたが、老人が把握した情報は、それ以上のものではなかった。

老人を自分の小屋に送り返すと、すぐに会議が開かれた。

明日にでも他の場所に移動しようという意見が出された。しかし、今動けば、警察に直接移動先を襲われる危険もある。警察の作戦を攪乱するためにも、彼らが行動を開始する前日、または当日に隠身谷を抜け出すのがいいという理由で否決された。

どこに移動するかという問題に関しては、以前から検討を重ねてきたため、それほど時間がかからなかった。智異山《チリサン》に入るのだが、第一の拠点を碧松寺《ピョクソンサ》から一里ほど離れた七仙洞《チルソンドン》とし、第二の拠点は、そこから三里ほどさらに奥に入ったハプス谷と決めた。

問題は食糧の運搬だった。四ヶ月分準備した食糧を、二十五人で一度に運ぶことはできないため、明日からでも適当な場所に食糧を運ぶ作業を始めなければならなかった。そして一方で、情報の収集もしなければならず、警備体制も強化しなければならなかった。

頭領は次のような命令を下した。盧東植を責任者とする八名は、碧松寺までの中間地点に食糧を運ぶ作業を、泰英を責任者とする八名は情報収集と警備を担い、残りの者たちは、経過を見て必要な部署に補充する。同時に金進士を市場に常住、金主事《チュサ》を林洪泰の家に送り、警察の動向を探らせることとした。

危険が迫ってみると、至らぬことばかりだった。衣服、特に履き物などは、予め用意しておかねばならなかったのに、ほとんどそろっておらず、万一の場合のための医薬品もまったく準備できていなかった。それだけでなく、ダイナマイトなどの爆薬を前もって用意しておけば、サイダーやビールの空き瓶を利用して手製爆弾を作り、敵に脅威を与えることもできたはずなのにと思うと、足りないものは一つや二つではなかった。

「これが試練だ。この試練さえ乗り越えることができれば、今後はもっと徹底した体制をとることができるだろう」

頭領はこう言うと、各自与えられた任務に最善を尽くそうと言った。

行動開始一週間ほどで、各自が携帯する分量を残して食糧の運搬作戦を終えた。鬼神にも見つからぬほど、跡形もなく隠しておいたという盧東植の言葉だった。そのためその人員がそっくり余り、尾根の向こうにまで歩哨を派遣することができた。その初めての派遣で、思いがけない成果を上げることができた。

昼食を終え、その日の午後の予定について相談しているときだった。探索勤務に派遣されていた車道令が、息を切らせて小屋に駆けつけてきた。

「偵察隊らしい三人を捕らえましたがどうしますか?」

「偵察隊を捕まえた?」

頭領は少し考えてから口を開いた。

「ここに連れてくるわけにはいかないし、ご苦労だが洪《ホン》道令が出かけていってくれ。俺が行ってもいいが、顔を知られている奴だと面倒なことになるから」

洪道令、即ち盧東植が、猟銃を提げて車道令についていった。泰英も同行しようとすると、

「全道令は行かない方がいいだろう」

頭領がこう言ったが、

「私が警備責任者なのに、じっとしていられません。面の割れている奴かも知れませんから、遠くで確認して行動します。ですから心配いりません」

と、若干の距離を置いて、洪道令、車道令の後を追

っていった。

　山頂付近の道を少し外れたところに、葛蔓でぐるぐる巻きにされた三人を、猟銃を持った朴道令と崔道令が見張っていた。

「大したもんだな。どうやってこいつ等をこんなに見事に捕まえたんだ」

　盧東植がこう言うと、

「何言ってるんですか洪道令。頭領に習った武術ですよ。これくらい何でもないです」

と、朴道令は大声で笑った。

　泰英は茂みの中に身を隠し、彼らの顔を観察した。面識ある人たちのようには思われなかった。一人はみすぼらしい国防色の洋服を着ており、他の二人は木綿でできた一重のパヂチョゴリを着ていた。

「お前等何を探りに来たんだ?」

　盧東植が尋ねた。

「探るなんて。薬草を取りに来ただけなのに。そんな俺たちを捕まえてこんなことをするなんて」

　パヂチョゴリの一人が言った。

「しらばっくれるな」

　崔道令が怒鳴った。

「薬草を取りにきた奴が、籠も鎌も持たずにのそのそ森の中を這っているのか?」

「籠は下の木の根もとに置いてきたんです」

　他の一人が言った。

「正直に言え」

　盧東植が国防色の男に近づいて言った。パヂチョゴリの男たちは動揺の色を隠せないでいたが、その国防色の男だけはふてぶてしい表情で、盧東植を睨みつけた。

「この野郎。貴様の名前は?」

　盧東植が尋ねた。

「名前を知ってどうする」

　軽蔑に満ちた口調だった。

「名前を知ってどうするだと?こいつ痛い目に遭わんと分からんのか?」

　盧東植が彼のひざを蹴った。

「俺の名前を知る権利があるのか?何の権利で俺たちをこんな目に遭わせるんだ。後で後悔したくなかったら、今すぐ縄を解け」

　国防色の男は怒鳴った。

　盧東植は怒りを爆発させ、彼のほおげたを力任せに殴りつけた。

「この野郎、誰に向かって権利だの何だのとぬかしやがるんだ。貴様、権利だのとぬかすところを見ると、倭奴の手先だろう」

「ふん、お前いい度胸だな？倭奴の手先だ？それならお前は不逞鮮人だな」

「何だと？もう一度言ってみろ」

遠くから見ていた泰英は、このままでは時間ばかり過ぎて何の進展も望めないと思い、盧東植の側に行った。そして、

「洪道令、ちょっといいですか」

と、盧東植を呼ぶと、耳打ちした。

「あいつ等をいっぺんに相手にしてもだめです。一人ずつ切り離して口を割らせましょう」

「それがいいな」

盧東植が応じた。

泰英はパヂチョゴリの一人を後ろ手に縛ったまま、少し離れた岩陰に連れて行った。

「貴方はどこに住んでいますか？」

「水東面《スドンミョン》です」

「お名前は？」

「李光燮《イグヮンソプ》といいます」

「ここには何のために来られたのですか？」

「薬草を採りに来ました」

「嘘は止めましょう。あなた方は遊び半分かも知れませんが、私たちは命をかけて毎日を暮しているのです。貴方も聞いたでしょう。この谷に徴兵や徴用を避けて隠れ住んでいる人たちがいるということを」

「聞いたことはあります」

「私たちがまさしくその人間なのです。私たちは警察に捕まれば死にます。けれども私たちの罪というのは、徴兵や徴用に行って犬死にするのが嫌だと言っていることだけです。それなのに警察は私たちを叩き潰そうとしているのです。貴方も私たちも同じ境遇にいる者どうしなのです。私たちに同情できないまでも、嘘はつかないでください。正直に話をしてくれさえすれば、私たちは貴方をすぐに解放します。同時に私たちは貴方から何も聞かなかったことにします。私たちの自衛策を練るのみです」

李光燮と名乗る男は項垂れているのみだった。泰英が話を続けた。

「けれども正直に話してくれなければ、どのような事態になるか分かりません。何も聞き出せないままに、私たちが貴方たちを解放するとでも思うのですか？警察は遙か彼方で、私たちの拳はすぐここにあります。どのようなことであろうと、真実さえ聞かせてもらえれば今すぐ貴方を解放します」

李光燮は怯えた表情で周囲をうかがった。

「それなら私から何か聞いたと絶対に言わないでく

れますか？」

「もちろん」

「私たちは隠身谷に若者たちが何人いるのか、武器を持っているのか、どうやって暮しているのか、それらを知るために来たのです。一昨日からこの近くを歩き回っていたのですが、恐くてどうしても峠を越えられずにいたのです。今日も峠を越えるかどうか躊躇していたのですが、突然銃を持った人たちに捕まってしまったのです」

「貴方たちは警察官ですか？」

「違います」

「それなら？」

「警防団員です」

「三人とも？」

「国防色の服を着た人は刑事です」

「あの刑事の名前は？」

「具《ク》刑事とだけ聞いています」

「ところで警察隊が隠身谷にやって来ると聞いたのですが、いつ頃来るのですか」

「大体十月十五日頃だそうです」

「間違いありませんか？」

「間違いありません。でも、私がこのことを喋ったということは絶対秘密にしてくださいよ」

「分かっています。それなら、ここにちょっといてください。へたに逃げようとはしないでください。すぐに解放しますから安心してください」

それでも心配だったため、泰英は車道令を呼んで李光燮の側で見張らせてから、盧東植のもとに行った。

盧東植も、もう一人のパヂチョゴリの男から同じ情報を聞きだしたと言った。

「だけど、二人から情報を得たと言えば、彼らに禍が及ぶだろうから、あの刑事に何とかして吐かせてみよう」

盧東植の意見だった。泰英も同意した。

盧東植は刑事の側に行くと、猟銃の安全装置を外し、銃口を刑事の額に押しつけた。そして、崔道令に身体検査するように言った。

煙草の吸い殻や紙切れが出てくるのみで、その他には何もなかった。盧東植が再び命令した。

「股の近くも調べてみろ」

崔道令が、縛られたまま体をよじっている男の股間から拳銃を取り出した。続いて弾倉も出てきた。

「全道令、その拳銃を調べてくれ」

泰英は拳銃を注意深く触ってみた。弾丸が装填されていた。盧東植は、自分が手にしていた猟銃を泰

英に渡すと、拳銃を受け取った。そして、

「モーゼル五号だな」

と言うと、安全装置を外し、銃口を刑事の正面に向けながら言った。

「正直に言え。お前、警察官だろう？」

「そうだ」

真っ青な表情をしながらも、言葉は堂々としていた。

「それなら何をしにここに来たのかも言え」

「それは言えん」

「大した大日本帝国の臣民だな」

盧東植が笑いながら言った。

「お前も知っているだろうが、日本は日に日に破滅への道をたどっている。日本が滅びれば、我が国は独立する。そのときお前の忠誠心をありがたく思って、倭奴がお前を日本に連れて帰ってくれるとでも思っているのか？」

「生意気なことを言うな。お前のような奴は、俺の体にむやみに手を触れることもできんのだぞ」

男は相変わらず強気の態度を崩さなかった。

「お前たちは俺たちを捕まえれば殺すのだろう。お前たちは俺たちを殺すことができても、俺たちはお前を殺すことはできないと言いたいんだろう。だが、そうはいかない。俺たちも生きるためにお前を殺す」

「俺を殺してみろ。貴様等は三代九族に渡って滅びることになるぞ」

「よほど固く日本の力を信じているようだな。お前を生きて帰しても、殺しても、結果が同じならどうしたものか？正直に吐きさえすれば、今すぐ解放してやるから言え」

「言えん」

「それなら仕方ない。お前を放してやるわけにはいかん。俺たちも抜き差しならない状況なのだから」

こんな調子で一時間以上かけてみたが、最後まで刑事は口を割らなかった。仕方なく、この状況をそのまま知らせ、頭領の指示を仰ぐしかないと判断し、車道令を小屋に送った。

その間にも、様々な言い争いが展開されたが、成果はなかった。殺すことも生かすこともできない妙なジレンマに陥った。

さらに一時間が過ぎ、頭領が直接現れた。現在の様子を知らせると、頭領は刑事に近づき、彼の前に立っている大木の太い枝を、素速く飛び上がって素手で絶ち折った。そして、小枝を払うと、その枝で男の胸に突きを入れた。瞬間の出来事だった。刑事は失神したようだった。

「事実を話せばすぐに放すと言ってもこの有様なのだから、その倭奴に対する立派な忠誠心を高く褒め称えてやる必要がある。こいつをこの枝に身動きできないように縛り付けて、あの木の上に吊してやれ。私たちの手によって、血を見ることはできない。鷹に任せるしかない」

頭領はこう命令した。

周辺から集めてきた葛蔓で、先刻の枝に刑事をきつく縛り付けた。そして、やはり葛蔓を使って大木の上に吊し上げた。

気を失ったまま、刑事は何の抵抗もできなかった。吊し終えると頭領は、

「彼が素直に自白していれば、貴方たちも無事に家に帰れたのだが、こうなったからには我々と一緒に来てもらわねばなりません」

と、彼らを先に歩かせた。突然現れ、猛虎のごとく飛び上がり、素手で太い木の枝を叩き折った頭領の力に圧倒された彼らは、ただただ震え上がって大人しく従った。

歩哨二人だけを残して山を中腹まで下りてくると、悲鳴のような声が聞こえてきた。

「助けてください。何でも話します」

意識が戻ってみると、高い木の上に吊されている自分に気付いて、あの豪胆な刑事も怖じ気づいたようだった。

頭領をはじめとした道令たちが大木の下に戻ると、刑事が叫んだ。

「私は隠身谷の壮丁たちの動静を探りに来た、咸陽《ハミャン》警察署の具刑事であります。十月十五日、隠身谷を警察隊が襲撃することになっています。それから私が貴方たちについて知った事実はまだ何もありません」

その話に嘘はないと確信できた。

頭領は具刑事を木の上から下ろさせ、縄を解かせた。同時にパヂチョゴリの男たちの縄も解いた。

頭領は、精根尽き果て座り込んだ具刑事を見て言った。

「誰が正しいかということは、時期が来れば分かる。悲しいのは、同じ朝鮮人どうしで今日のような醜態を演じてしまったことだ。帰ったらいつでも隠身谷を襲撃しろと言え。そして、できることなら日本人だけで襲撃隊を編成してくれればありがたいと伝えろ。同族どうし血を流したくない。だが、日本人と一緒にやって来る奴は、同じように扱うから覚悟しろ。隠身谷には現在、二百五十人の壮丁がいる。しかし、百人力の二百五十人だから、二万人くらいは

連れてこいと伝えろ。日本人は今、権勢を欲しいままにしているから、それが絶対的なものと思っているのかも知れないが、少し視野を広げて考えれば、それが何でもないという事実に気付くはずだ。もう行け」

すると、具刑事は頭領の足下に崩れるように頭をこすりつけ、

「先生、私の拳銃を返してください。あの拳銃がなければ私は罷免されます。ついこの間、署長から臨時使用で受け取った物で、帰ったらすぐに返さなければならないのです。私の命を助けてくださるのなら、私の身分も助けてください」

と哀願した。

頭領は冷たい眼差しで具刑事を見つめていたが、

「拳銃は誰に向けて撃つための物だ？同胞を撃つための物としか考えられない。そんな物を返せるか？我々の同胞を撃つために？だが我々の手にこの拳銃があれば、民族の敵を打ち倒す貴重な武器となりうる。お前の身分を助けるために、この貴重な武器を、同族を殺す凶器にすることはできん」

と、踵を返した。

「先生、私の立場をお考えください。拳銃をお返しください」

痛哭しながら訴える声が背中に響いた。頭領は振り返りもせずに、

「普光党第一号の戦利品を返す？」

と言って、にっこり笑った。夜のとばりが下り始めた暗闇の中で、頭領の真っ白な歯が光った。

「猟銃四丁に弾丸三十発の拳銃があるから、五、六十人の烏合の衆くらいなら、一度相手してみる価値はあるな」

頭領は思いもよらぬ成果に気をよくしたのか、泰英の肩を叩きながらこう言った。

三

警察が出動する十月十五日という日付が変更される可能性が出てきた。情報が漏れたことを知れば、予定を前後させると予想されるからだ。拳銃を奪われた咸陽警察署の具刑事が、自分の体面と身分を守るため、単独行動で奇襲をかけてくることも想定しておく必要があった。

道令たちは、頭領の指示に従って、第一、第二、第三の非常線を張った。第一非常線は小屋から三里ほど離れた峠の向こうにまで出て哨戒勤務をし、第二非常線は山頂付近で山道を挟んで警戒に当たっ

た。小屋から二里ほど離れたところだ。第三非常線は小屋を中心に、付近の地形を利用して潜伏しながら警備することにした。そして第二第三の非常線の間には暗号と信号まで決めて、連絡責任者も指名した。

「我々を守ることは、まさしく祖国を守ることだ。我々は祖国の希望であり、灯火だ。この難関を無事に乗り越えることが、勝利への始まりとなる。一人の同志も犠牲にしてはならない。そのためには決して裏切りのない和合と、鋼鉄のような団結が必要だ」

頭領のこのような訓示の効果もあり、道令たちは夜を徹しても不平一つ漏らさず、疲れた顔一つ見せなかった。これから押し寄せる危険に対する警戒心が、普光党を鋼鉄のような組織に創り上げていった。

頭領の予想が的中した。偵察隊を送り返した二日後の午後、第一非常線から、拳銃を奪われた具刑事をリーダーとする七人の奇襲部隊が徳裕山に潜入したという報告が入ってきた。計画に従い、第一非常線は隠れたまま彼らを包囲して、第二非常線で捕えることにした。七人の奇襲隊のうち、三人は九十九式小銃を担ぎ、四人は棍棒を提げていたが、各自手榴弾を携帯している様子だった。

七人の奇襲隊は、用心深く森の中に入り込み、夜になるのを待つ態勢に入った。まさにそこが第二非常線の潜伏場所だった。第一非常線の道令たちが彼らの背後から近づくと、棍棒を振り上げた。一対一の対決だった。奇襲隊はうなり声一言をあげると、全員倒れ込んだ。一発の小銃も、一つの手榴弾も使うことができないまま、あっけなく捕らえられてしまった。

道令たちは彼らを葛蔓で縛り、身動きできなくすると、小屋から一里ほど離れた洞窟へと引きずっていった。

九十九式小銃三丁と弾丸百二十発、手榴弾十四個を奪うことができたのは大きな戦果だった。だが問題が残った。今回も再びそのまま帰してしまえば、次からはなめてかかってくるだろう。従って今回は痛い目に遭わせておかなければならないというのが道令たちの一致した意見だったが、効果的な方法を考え出せずにいたのだ。もしこちら側に一人でも死傷者が出ていれば殺してしまうこともできたのだが、現在の状況では殺生は避けたいというのが多くの道令の気持ちだった。

結局、頭領の決断に委ねるしかなかった。頭領は、奇襲してきた者たちの住所と姓名を正確に把握して、再びこちらに不利となる行動を取った場合、どんな手段を使ってでも報復すると脅してから帰らせようと言った。

「しかし、十月十五日以前に帰すことはできないでしょう。小屋の所在までは知っていなくとも、あらかたの地形と我々の戦闘力は把握しているでしょうから」

と、盧東植が言った。

皆、その意見が正しいと言った。七人の奇襲隊は洞窟の中に監禁することになった。七人を監禁するために、同じ人数の兵力を所要しなければならないことが惜しまれたが仕方がなかった。

監視にあたる道令たちには、普光党が隠身谷からそう遠くない茂朱九千洞《ムヂュクチョンドン》に移動するというデマをほのめかすよう指示した。

林洪泰からの知らせが来た。

十月十五日という日付に変更はないだろうということ。兵力は警察が三十名、警防団員七十名、併せて百人ほどになるだろうということ。武器は三十八式、または九十九式小銃、手榴弾、棍棒、竹槍などだということが伝えられた。そして、警防団員にまでは回らないだろうが、三十人の警察官は重武装してくると見なければならないということ。行動経路は水東面を経由して隠身谷に入る道を選択することが確実だということも伝えられた。その知らせから考えると、明らかに彼らは自分たちの計画がこちらに漏れている事実を知らないようだった。

「敵を知り、己を知れば、百戦不敗だという言葉が『孫子兵法』にあっただろう？」

頭領はそう言って、それとなく戦ってみたいという意向を示した。

「猟銃が四丁、九十九式小銃が三丁、手榴弾が十四個、その上拳銃一丁まであるのだから、地の利を生かせば絶対に勝算があると思うが」

さらに頭領は、隠身谷から三里ほど前進して、峠を両側から守り、一隊が側面から攻撃すれば、烏合の衆百人ぐらい問題ではないと自信満々だった。

盧東植はその意見に乗り気のようであったし、冒険を好む車道令も積極的に賛成した。するとすべての道令たちも賛成する方向に傾いていった。これに泰英さえ呼応すれば、大勢は決定的となるのだった。

頭領が泰英を振り返った。

「まだ二、三日余裕があるから、もう少し計画を検討してみましょう」

泰英はこう話しながら、洞窟の中に監禁している人々を思い出した。万一ここで戦闘が引き起こされれば、彼ら七人は殺さなければならないだろう。先ずそこを警備している七人の道令たちを戦闘に参加させるためにも、そうせねばならなかった。泰英は今この時期に殺生をしたくなかった。戦闘をするにしても、徳裕山のような狭くて単調な山ではなく、智異山のようなところでしなければならないと思った。頭領の言葉通り徳裕山で勝利したとしよう。だがその後が問題ではないか？いくら苦しい立場に追いやられているとはいえ、日本が一個中隊ほどの兵力を動員するのは容易いのではないか。飛行機何機かを飛ばして、徳裕山に焼夷弾をばらまくこともできるのではないか。長い目で耐えていかねばならないのに、性急に急ぐ必要はないのではないか。道令たち皆が一戦交えてみようと考えているのは、頭領河俊圭《ハチュンギュ》に対する絶対的な信頼感と崇拝心のためだろうと泰英は思い、できることなら頭領の好戦的に傾く心を引き留めなくてはならないと決心した。しかし、泰英はこのような自分の意見は、全員の前で打ち明けるのではなく、頭領にだけ話さなければならないと判断した。

十月十五日朝、ついに警察が出動したという情報が入ってきた。道令たちは整然と出発準備を完了し、頭領の指示を待った。洞窟の歩哨たちにもその知らせが伝えられた。

第一陣は洪道令が先ず出発した。第二陣の責任者は泰英だったが、頭領と同行することにして、李道令が代理を引き受けた。第三陣は洞窟の歩哨の帰りを待ち、頭領が直接率いたが、その先頭には車道令を立たせた。頭領と泰英は最後尾から出発する予定だった。

「まだ五時間は余裕があるから」

と、頭領は時計をのぞき込んでいた目を小屋に移した。すっかり慣れ親しんだ小屋だった。頭領はしばらくの間、じっと黙ったまま辺りを見回していたが、金参奉《チャムボン》の小屋へと歩き始めた。

金進士、金参奉、金主事、金参奉の妻は小屋の前で、魂を失った人のようにぼんやりと立っていた。皆の目に涙が溢れていた。頭領は参奉の手首をつかみ、込み上げてくる感情を抑えつけていた。なかなか言葉が出てこない様子だった。やがて唾を何度か飲み込んでから頭領が口を開いた。

「これまで隠してきましたが、私は瓶谷面《ピョンゴクミョン》に住む河一族の俊圭《チュンギュ》といいます。いつの日かよき日が来るはずです。そのとき必ずお訪ねしてご恩をお返しします。私たちの行く道は平坦ではないでしょうが、必ずやよき日を迎えて見せます。ご恩は必ずお返しします」

「ご恩だなんて、おかげで私たちこそ楽しかったさ」

参奉は涙をぽろぽろと流した。

「どうかお体を大切にしてください」

主事も声をつまらせた。

「山の神が見守ってくれるさ。みんな心根の優しい道令たちだから」

進士が目をしばたかせながら溜息をついた。参奉の妻は涙を見せまいと、後ろを向いていた。

頭領はこうして愁嘆場だけを演じてはいられないと思ったのか、姿勢を正して言った。

「皆さんもしばらく向山に行って隠れてください。私たちがいなければ、警察はすぐに帰るはずです。そして警察が帰った後、偶然その前を通りかかった振りをしてこの下の洞窟に行ってみてください。そこに七人の男を監禁してます。驚いたように見せて彼らを解いてやってください。金参奉の家族たちを彼らが知るはずはないので、問題はないはずです。私たちのことを聞かれたら、木を切っているときに一群れの若者が西北の方角に行ったとだけ伝えてください。それではお元気で」

言葉が終わるや頭領は素早い動作で歩き始めた。


泰英は深々と彼らに一礼してから頭領の後を追った。順伊の姿が見えないのが変だった。一言も挨拶できなかったのが心残りだった。うっとりするほど美しい紅葉の中、頭領の指示通り五、六歩の間隔を開けて消えていく道令たちの姿が見えた。頭領に続いて歩きながら、泰英の胸は裂けるように痛んだ。

(この先いつここを訪れることができるのだろうか)

十ヶ月間ここを住みかとしながら夢を育て、心を鍛えてきたのではないか。

急な坂を登り、山頂近くの平らな土地にさしかかったときだった。右側の森の中から順伊の姿が現れた。順伊は袋を肩にかけ、風呂敷を頭に載せていた。

「順伊じゃないか、どうしたんだ?」

泰英が驚いて聞いた。頭領が振り向いて立ち止まった。順伊はその場に立ちつくしたまま、もじもじと返事をしなかった。

「別れを言いたかったのに、お前がいなかったから寂しかったぞ」

頭領が落ち着き払った声で言った。

「どうして別れを言うんですか。私もついていくのに」

順伊は怒った顔で言った。

「ついてくるって、俺たちがどこに行くと思っているんだ」

頭領が寂しそうに笑った。

「泰守も牛も行くのに、どうして私は行けないのですか」

「順伊、こっちへおいで。少し話をしよう」

頭領が手招きをした。しかし順伊は動かずに言った。

「一緒に行くのにそんな必要ないわ」

「だめだ」

頭領が語気を強めて言った。

「順伊、帰るんだ。いい世の中になったら訪ねていくから。頭領と一緒に」

泰英がたまりかねて口を挟んだ。順伊はそんな泰英を恨めしそうに睨んだ。

「行こう」

と、頭領が歩き始めた。泰英もつられて動き出した。順伊もその後に続いた。

山頂に着くと、ついてくる順伊を振り返って頭領はかっと大声で叫んだ。

「順伊、どうしても言うことが聞けないのか?」

順伊はびくっとその場に立ち止まった。

「順伊、帰るんだ。きっとお前に会いに来るから」

頭領の言葉は震えていた。それでも順伊は頑なにそこから動かなかった。頭領は懐から拳銃を取りだし、自分の額に当てると我を忘れて叫んだ。

「順伊、お前がどこまでも俺の言うことを聞かないのなら、俺はここで死ぬぞ」

順伊は一瞬、顔から血の気が引いたようになった。そして、力無くぺたりと座り込むと、声を上げて泣き出した。その声は奥深い山に、もの悲しく響いた。河俊圭と泰英は踵を返すとその場を離れた。森の中をしばらく駆けて泰英が振り返ってみると、さっきの姿そのままに座り込んで泣いている順伊が小さく見えた。

四

討伐隊は、普光党が立ち去った三時間後に徳裕山隠身谷に到着した。隠身谷にはいくつかの小屋、あちこちに散らばった火田、それらを取り囲む松林を吹き抜ける風の音だけが残っていた。

意気込んでやって来た討伐隊の日本人隊長は地団駄を踏んで悔しがり、一日中かけて隊員たちが近くを調べたが、周辺の山谷をくまなく探すよう命令した。一日中かけて隊員たちが近くを調べたが、ウサギや雉を驚かしただけで何の手がかりも見つけることができなかった。小屋のかまどに火の気が残っているところからして、そこから人が立ち去ってまだいくらも経っていないはずなのだが、一体どこに消えてしまったというのか。まさに狐につままれたような出来事だった。討伐隊はやむなく何の成果もなく帰っていった。

この噂は瞬く間に近隣の村々に広がった。その上二日後、普光党によって洞窟に監禁されていた具刑事をはじめとする七人の警防団員が、命からがら解き放たれると、噂は風船のように膨れあがり、尾ひれがついて、巷の退屈しのぎに話題を提供した。

隠身谷に青年の道士たちが住んでいて、その首魁から道術を教わり、縮地法［仙術によって土地を縮め距離を短くすること］や変身の術を使うなどとまことしやかに話が作り出されていった。はなはだしくは、百名の警察隊が隠身谷の道士の術にかかって化石のように身動きできなくなり、その内数十名が捕らえられたが、道士たちは殺生を好まなかったために無事に彼らを送り返したなどという話まで登場した。

「まるで洪吉童《ホンギルトン》のような人が住んでいる」

「いや、洪吉童以上だ」

こうして噂はどんどん尾ひれがついて、近隣の村に広がっていった。何か変化があるはずだという予感が、その噂を聞いた人々の胸に芽生え始めていた。

（徴用令状や徴兵令状が来たら、俺は隠身谷に行くぞ）

こんな決心をする青年が無数に出てきたのも無理のない話だった。

このようなことを総合してみると、普光党の道令たちは戦わずして、堂々たる成果を収めたことになる。目的地の七仙渓谷に無事に到着しただけでなく、日本の警察を翻弄し、農民たちの関心を大いに集めることができたからだ。

しかし事態はとんでもない方向に展開した。七人の捕虜の中に、河俊圭と泰英を知る者がいて、その事実を警察に申告したのだ。警察は二人の父親を逮捕した。河俊圭の父親は息子が隠身谷にいることを予め知っていたため、ひょっとするとこのようなことがあるのではないかと覚悟していたようだったが、泰英の父親にとっては寝耳に水の話だった。泰英の祖父は林洪泰を通して孫の動向を知っていたが、息子には勿論一族の誰にもその事実を知らせていなかったのだ。その上泰英の父は郡庁書記をしていたため、警察の追及は猛烈だった。警察は隠身谷の不良輩たちが、討伐隊の到着直前に跡形もなく逃亡できたのは、泰英の父が予め情報を彼らに漏らしたためだと疑った。泰英の父は激しい拷問を受けて、人事不省になったということだった。警察がいくら過酷な拷問をしたところで、泰英の父が何かを知っているはずはなかった。警察は挙げ句の果てに二人の父を人質として、俊圭と泰英を自首させようという策略を考えた。同時に管内で徴兵や徴用を忌避した者たちの父兄を析出して捕まえ始めた。

「大日本帝国の警察をなめるな。郡民全員が立ち上がって奴等を一人残らず捕まえてくるか、自首させるか、さもなくばこちらにも考えがある……」

咸陽警察署の署長は郡内の面長、区長たちを集めてこのように怒鳴りつけた。

この事実を知った林洪泰は、いても立ってもいられなくなった。すぐさま七仙谷に行き、俊圭と泰英に知らせなければと思ったが、知らせたところで彼らをむやみに刺激したり、彼らの意気を阻喪したりするだけで、何の意味もないように思われた。しかし、ただ傍観しているわけにはいかなかった。林洪泰は先ず圭に会って相談してみようと考えて、手紙を書いた。圭は爆撃のひどい東京を避け、遠からず行われるであろう徴兵検査を待つという理由で、故郷に滞在していた。

林洪泰と圭が晋州《チンヂュ》の河永根宅で会ったのは、十月下旬のある日だった。その場には河永根も同席した。林洪泰が詳細を説明した。圭は河永根の顔を見つめるばかりで言葉を失った。だが心の中は激しく渦巻いていた。

「いわゆる連座法というやつだな。息子の罪を父親に追及するとは」

苦り切った表情でこう言うと、河永根も口を閉ざしてしまった。

圭はどんな思想、主義であれ父親のためには放棄するしかないだろうと思った。しかし、俊圭と泰英が一年という歳月をかけて創り上げたあの意志の塔を、放棄しろと忠告することは到底できなかった。また、彼らはそんな忠告を受け入れる人間たちでもなかった。一方、圭は徴兵検査の通知さえ来れば、泰英のもとに行こうかと漠然と思っていたのだが、こうなってしまった以上、自分のそのような考えは捨てなければならないと思った。

「自首すればどうなりますか？」

林洪泰が聞いた。

「彼らが自首するような人間だと思うか？」

河永根がこわばった表情で言った。

「万が一の場合を考えて聞いてみただけです」

「徴用や徴兵の忌避だけならば問題は簡単だ。だがすでに党を作り、警察官を殴打し監禁し、武器を持って反抗し……いくら自首してもただでは済まされないだろう」

溜息とともにこう言うと、河永根は続けて次のような話をした。

数日前、河永根は大邱《テグ》に行った。独立運動のために逮捕された友人が病気のために保釈されるという知らせを聞いて、その友人を慰問するためだった。そこで河永根は悲痛な話ばかりをさんざん聞かされてきたのだった。

慶山《キョンサン》竹槍事件というのがあった。徴兵、徴用を避ける数十人の青年たちが、竹槍を持って山に立てこもり、追跡してきた警察たちと激闘になった。その結果、数人を除いたほとんどの者が逮捕されてしまった。ひどい拷問を受けた後、検事局へと送られたが、暴動、内乱罪などによってほぼ全員が死刑になるということだった。

院垈洞《ウォンデドン》事件というものもあった。短波でアメリカ放送を聞き、その情報を伝え合い秘密結社を作ろうとしていたのが発覚した事件だが、その首謀者は日本の中央大学を卒業した人物だった。

「最近大邱《テグ》だけでも独立運動が理由でたくさんの人が捕まっていると聞く。そんな人が大邱刑務所の半分を占めているというのだから、朝鮮の独立運動の勢力も相当なものといえるだろう」

そして河永根は、そんな中でも特にすごい話だといって次の話をした。

「安東《アンドン》農林学校事件によって逮捕された李承太《イスンテ》という青年は、検事が最後に言いたいことはないかと聞いたとき、警察調書の最後に私が釈放さえしてもらえれば独立運動を放棄するだけでなく立派な皇国臣民になると言ったと書いてありますが、それは私の意志ではなく警察官が書いたものですからその部分を削除してください。と言ったそうだ。それで検事が、それならお前は独立運動を続けるつもりかと尋ねたら、無論だと答えたんだ。検事は、お前は生きてしゃばには出られなくなる、だからそんな考えは捨てろと言った。するとその李承太という青年は、生きて出られなければ死んで霊魂となってでも独立運動をするからそのつもりでいろ、日本人にだけ魂があるのではない、と言ったそうだ」

圭は全身が震えるのを感じた。自分がそんな境遇におかれたら、到底そんなことはできないと思った。

林洪泰が口を開いた。

「先生が訪ねていったという方はどんな方ですか?」

「朴東秀《パクドンス》という人だが、東京で一時同じ学校にいた」

と言いながら、河永根は少し躊躇った表情をした。口に出して言うのが憚られるという、そんな目をしていた。しかし河永根は続けた。

「その人の叔父は東京で獄死し、伯父は北京で獄死した。彼の弟は今、新京監獄にいるし、甥はソウルで拷問を受けながら死んだ。彼の父は彼が刑務所にいる間に亡くなられたそうだ……何とも酷いことではないか……東秀《トンス》は北京にいる伯父と満州にいる弟のために国内で資金調達をしていて捕まったんだ。ところでこれにはこんな話もあるんだ」

　河永根のいう話とは次のようなものだった。

　昨秋、朴東秀は彼の仲間の金善基《キムソンギ》、高勇峻《コヨンヂュン》、金《キム》泰守《テス》、朴《パク》太鎬《テホ》、甥の朴《パク》希敦《フィドン》とともに大邱警察署の留置場から高等係「日帝時代に朝鮮人の政治的・思想的活動を監視・弾圧した警察の一部所」刑事室に移送される手続きを受けていた。ところがそこに仕出し屋の日本人女将が待っていた。金善基、朴太鎬の弁当代のつけを取り立てに来たのだった。朴太鎬は、その日本人女将を見るや、

「金はない。あの弁当を食うようにした奴から受け取るんだな」

と言った。女将はとんでもないと強く否定しながら悪態をついた。すると金善基が日本語で、

「うるさい、俺たちは出て行くんじゃなくて刑務所に入るんだ。俺たちをここに引っ張ってきた人間からもらえと言ってるんだ」

と言うと、刑事たちまで爆笑した。そのとき保坂という警部が、つけはどれくらいたまっているのかと聞いた。

「たぶん七百円くらいになります」

　朴太鎬が答えた。一円の弁当を食べて、そのつけが七百円もたまっているということは、それがそのまま留置場の生活の長さを表す証拠だった。留置場ができて以来初めてのことだと保坂は驚いた顔をした。再び朴太鎬が言った。

「民事、刑事、どちらでもどうぞ告訴なさい。監獄生活を送っている奴誰でもいいから。だが今に見てなさい。世が世なら俺たちはつけを踏み倒すようないやしい人間ではない」

　続いて金善基が、数日前まで警部補だった保坂が警部の階級章をぶら下げているのを見て言った。

「昇進おめでとうございます」

「みんな貴方たちのおかげです。刑務所に行っても体に気をつけてください」

　保坂も丁重に礼を言った。すると金善基が、

「遠からずまたお目にかかるでしょう。お元気で。

この前はかなり独立運動をしてから刑務所に入れられたけど、今回はまともに何もできないうちに捕まった。それが残念です」

と愚痴をこぼした。

「独立できると思いますか？」

保坂は真顔になって聞いた。金善基は大声で叫んだ。

「もちろんです。我々が独立し、日本帝国主義が滅びてこそ、朝鮮も日本もともに幸せな暮しができるのです」

保坂は苦笑いを浮かべながら、それ以上何も言わなかった。

この話をしてから河永根は、

「皆、立派な人たちなのに」

と、溜息をついた。

「おかしなものだな」

林洪泰が独り言のように呟いた。

「河先輩や朴泰英君の行動を見て、それに日本の戦局が敗北に傾いているのを知りながらも、どうして私たちの独立が実感として感じられないのだろう」

圭は林洪泰のその気持ちが理解できるようだった。実際、河俊圭や泰英を除いて周囲に独立運動をしている人間はいなかった。日本の支配体制を忌々しく思っている人々までも、それを絶対的なものと信じているのが現実だった。ところが刑務所に行けば独立を信じ、独立のために命がけで闘っている人々で埋め尽くされているとは……彼らの目から見れば、日本人と嬉々として交わっている人々の体たらくはどのように映るのだろうか。

「独立運動家たちは可能性を前提に活動しているのでしょうか。ただ良心の問題としてのみ動いているのでしょうか」

林洪泰が切実な表情で聞いた。

「無論、可能性が前提となっているだろうさ。良心の問題としてのみ考えてしまえば、すべての情勢判断が自分の都合のいいように作り上げられてしまう。考えてごらん。日本は今滅びつつあるではないか。それなのに私たちには、まさか日本が滅びるだろうか？という意識が心のどこかに残っている。ところが朴泰英君には、そのような懐疑がないのだ。日本は滅びなくてはならない。私たちは独立しなければならない。諸々の情勢から判断すれば、日本は滅びる過程にある。だから日本は必ず滅びる。このように考えているのだろう」

「先生のお考えはどうですか？」

圭が聞いた。

「私の考えも君たちと大同小異さ。だが確かなのは日本が滅びるという事実だ。滅びるというのは大袈裟かもしれないが、この戦争には負ける。それだけは確かだ。だからといって朝鮮が独立できるかということに関しては断言できない。できると言うためには私たち自身が努力しなければならないのに、私は何もできないでいるのだから」

「日本が負ければ、情勢はどうなるのでしょう」

林洪泰が聞いた。

「それをよく考えてみなさい。私も考えてみるから。一、二時間で出てくる答えではないから、じっくり真剣に考えてみる必要がある。何の準備もなく大事件を迎えるよりも、心づもりをしておけば、過誤なく時代に対処できるはずだ」

あれこれと話を交わしていたが、いつしか短い秋の日は暮れ始めていた。朴泰英と河俊圭の問題、彼らの父親の問題に戻らざるを得なかった。泰英や俊圭が自首することはないだろうという点では意見の一致を見た。

「もしも河先輩がこの事実を知れば、咸陽警察署を襲撃するのではないでしょうか」

圭が言った。

「そうなれば大変なことになるな」

林洪泰も圭と同じことを考えていたようだった。いくら議論を繰り返しても、堂々巡りから抜け出すことはできなかった。

「ああ、何かいい方法はないのですか？このまま放っておけば河先輩と泰英のお父さんは死んでしまいます。警察署を襲撃して二人も死ぬかも知れません」

林洪泰は悲鳴に近い声を上げた。

河永根は立てた膝の上に腕を組むと、深刻な顔で考え込んだ。洪泰も圭も口を閉ざした。重苦しい沈黙が部屋の中に充満した。

（どうしてこいつ等は俺のところにこんな厄介な問題ばかり持ってくるんだ）

圭は河永根がそんな考えを抱いているのではないかと、この上なく済まなく思った。しかし、俊圭と泰英の父親を救うために何らかの手立てを打とうとすれば、河永根の力を借りるしか他に手段がないのだった。

河永根は膝の上に組んだ腕を解くと、静かに口を開いた。

「明日、私が京城に行こう」

二人は次の言葉を待った。

「事が大きすぎる。現地での解決は難しい。総督府の警務局長を訪ねて頼んでみよう」

河永根には何か考えがあるようだった。

(しかし、そんなことが可能なのか?)

口には出さなかったが、圭はそう思った。

「封建時代でもあるまいし、息子の罪を父親に問うことができるのかという名分もあるし……一度試してみる価値はあるだろう」

それでも不安そうな二人を見つめて、河永根は柔和な口調で言った。

「君たちはそんなに心配するな。国防献金をしてでも警務局長を抱き込んでみせるから」

「ご迷惑ばかりかけてすいません」

林洪泰が頭を下げた。

「迷惑だって?私は君たちとの友情を守るためなら、どんなことでも喜んでするつもりだ。それにこれは私の独立運動だ。私だって自分なりに独立運動をしなければならんだろう。君たちが気にすることは何もない」

河永根はこう言って微笑んだ。

この頃、七仙谷に集まっている普光党の道令たちは、咸陽警察署を襲撃する準備に取りかかっていた。

五

七仙谷は奥深い山の中、三里もの長さを持った起伏に富んだ渓谷だ。渓流は大小の滝へと流れ込んだり、奇岩と怪石をかすめて急流となったり、しばしば淀んで神秘的な淵を成したり、変幻自在だった。渓谷の周囲は切り立ったような絶壁や鬱蒼とした森林だった。智異山の頂上天王峰《チョナンボン》は、その渓谷をずっと遡ったところにある。

普光党が、ここに到着した頃には、その鬱蒼とした森林が華麗な紅色に彩られていた。まさに絶景といえた。その昔、七人の仙女が空から舞い降りて沐浴したという伝説そのままの風景だった。

しかし、このような景色だけで生きていくことはできない。景色は絶妙でも普光党が隠れ住むには適当でないということは明らかだった。先ず小屋を建てる場所を物色するのが困難だった。絶壁の上に建てるわけにもいかず、森の中に建てようにも森はあまりにも鬱蒼としていた。その上、開墾して種を蒔けるような土地もなかった。

「ここは観光にくるところだ。住むところじゃない」

全員の判断だった。

しかし、せっかくやって来たのだから、冬の間だけでもここで過ごそうという意見の一致を見た。渓谷と登山路を避けた場所を選んで、二つの小屋を建てた。乾いた木が豊富にあったため、冬を温かく過ごす勝算だけは立った。

小屋を建て、正常な日課が始まったある日、二人の青年がそこを訪ねてきた。彼らは反川谷《パンチョンゴル》で避難生活をしていると言った。彼らを応対したのは泰英だった。

「反川谷には何人の人たちが集まっているのですか?」

「七十人ほどになります」

「大体どんな人たちですか?」

「徴用、徴兵を逃れて集まった人たちです」

「ここにはどんな用件で来たのですか?」

「碧松寺の住職から皆さんの話を聞きました。どうせなら合流して暮してはどうかと考えて相談に来ました」

「そこでは食糧の確保はできていますか?」

「こっそり家に帰って、各自いくらかずつ食糧を持ってきて食べています。特別な食糧確保はありません」

「合流する問題は我々全員が相談した後に決めなければならない問題ですから、少し時間をください。ところで反川谷の頭領は誰ですか?」

「頭領とは?」

「団体生活をするのなら頭がいなければならないでしょう?その頭に該当する人はどなたかということです」

「そのような者はいません」

二人の青年を帰した後に会議が開かれた。

合流する必要性は誰もが感じていた。だが問題が多かった。普光党はすでに単純な避難集団ではなく、祖国独立のための結社であったため、合流するためには先ず反川谷の青年たちの思想的な共鳴が必要であり、食糧の対策も立てねばならなかった。合流するにしても来年の春にすることにして、その問題は一旦保留することにした。

そしてまた数日後のことだった。今度は巨林谷《コリムゴル》にいるという青年たちが訪ねてきた。巨林谷にも壮丁五十人ほどが徴用を避けて、集団生活をしているということで、可能ならば合流しようという話だった。反川谷とは違い、巨林谷では団体としての組織ができている様子で、車範守《チャボムス》という人物を頭領としているそうだった。

車範守という名前を聞くと、横にいた河俊圭が尋ねた。

「読書会事件で懲役となったあの方のことですか？」

「その通りです」

巨林谷の青年が答えた。

とすれば、その車範守は俊圭と泰英の中学校の先輩だった。その他にも巨林谷には、過去に独立運動によって獄苦を味わった愛国志士が数人いるということだった。

「合流の問題は先に送るとしても、巨林谷には一度行ってみなければならないな」

と、俊圭は泰英を振り返った。

巨林谷の青年たちと話を交わす中で、ざっと見積もって三百人ほどの若者が徴用を避けて智異山のあちこちに隠れ住んでいるという事実が分かった。

「三百人といえば大変な数字だ。組織さえしっかり作れば大兵力にすることができる。合同問題は真剣に研究してみる必要があるな」

俊圭はその晩の集まりでこう言うと、盧東植と泰英に、合同を前提とした編成の問題、主導権の問題、その場合の普光党の処理問題などを検討してみるよう指示した。

「普光党に吸収するのが一番早い解決方法だが」

盧東植がこう言うと、俊圭は、

「真正な合同ができるのならば、普光党に執着する必要はない。より強固で希望のある組織のためなら、普光党を発展的に解体してもいいではないか」

と、彼の態度を明らかにした。

俊圭と泰英が巨林谷の車範守を訪ねる準備をしている頃だった。碧松寺周辺で情報収集の任に当たっていた車道令が、慌ただしく小屋に駆け込んでくると、俊圭と泰英の父親が咸陽警察署に拘禁されたという知らせを伝えた。俊圭と泰英が自首するなり、逮捕されるなりしない限り、彼らの父親を釈放することはないという方針を警察署長が表明したという事実も伝えられた。

自首するなどということは笑止千万絶対にあり得ないことだった。だからといって父親を警察署の留置場に放っておくわけにもいかなかった。結論は一つしかなかった。咸陽警察署を襲撃することだった。留置場をぶち壊し救い出すより他になかった。

七仙谷の小屋から、咸陽邑までは約五里の距離だ。夕方の早い時間に行動を開始すれば、夜中には咸陽邑に到着することができる。夜中なら容易に警察署を襲撃することができる。そのような事態はまったく予測されていないはずだから、百パーセント成功すると確信できた。

一度義灘《ウィタン》まで出て、夜を待つ方法もあった。夕方まで咸陽邑近くの山に潜伏して、夜が更けるのを待つという方法もあった。市の立つ日に商人に仮装して、予め一部が咸陽邑に潜入する必要もあった。

とにかく咸陽邑を調べ上げ、精密な計画を立てることにした。そのために姜泰守《カンテス》少年と朴道令が選ばれた。

計画を立ててみると、やはり二十五人という人数では不足だった。巨林谷の車範守に事情を説明して応援を要請した。車範守は即刻、河俊圭の頼みに応じて、三十人の人員を動員してくれることを約束してきた。

「決行二日前に連絡してくれれば、前日に車範守が巨林谷の青年を直接引率して普光党と合流する」

朴道令と姜泰守少年の報告によると、咸陽邑内は夜の十二時頃にはほとんど出歩く人の姿が途絶え、警察では宿直の警察官八、九人だけを残してもぬけの殻になるということだった。咸陽邑内の地図、そして警察署構内の略図が描かれた。

計画は概して次のように立てられた。

決行日を十一月五日とする。この日は陰暦の九月二十日だ。月の出が遅い。暗い時間に潜入して、月が昇る頃に行動を開始する。

普光党は五人を小屋に残し、二十人が出動する。十一月五日午後五時までに咸陽邑まで五里というところにある山に潜伏する。そして様子を窺い、日本人の家を選んで午後七時頃に火を放つ。警察と消防隊をそこに引きつけ、村人たちの注意もそちらに集中させる。その隙を狙って反対方向の北側から普光党の道令たちが邑内に入り、警察署周辺の人気のない路地を選んで潜伏する。

火は一時間ほどで鎮火されなくてはならない。消火に疲れ果てた警察、消防隊、警防団たちが帰ってきて、宿直だけを残して退去する時間をおよそ十一時とする。そしてさらにもう一時間待って、拳銃を持った河俊圭を先頭に警察署に侵入する。警察署内でかかる時間は五分を超えてはならない。

河俊圭が警察署に飛び込む時間は、正確に零時三十分とする。この時間に車範守の部隊は邑内に入り、再び日本人の家に放火する。この混乱に乗じて、留置場から連れ出した二人の父親とともに義灘の方へと退却する……。

計画はさらに綿密に検討され、連日のように予行練習を繰り返し、十一月五日を待った。

泰英は父親が逮捕されたという知らせを聞いてか

ら食欲を失った。

泰英の父は、この上なく小心な人物だった。息子が自分の期待から外れた育ち方をしているのを、気に病みこそすれ一度も苦言を言ったことがなかった。そして、職場でも上司や同僚の目ばかりを気にして過ごしていた。下級官吏としての卑屈な根性が体質化していたのだ。そのような父が自分のために過酷な拷問を受け、人事不省になっているというのだから、泰英にとっては大きな衝撃だった。警察署襲撃というようなことは、慎重な性格の泰英としては当然引き留めなければならないことだったが、そんな彼が誰よりも積極的にその計画を推進したのは次のような理由からだった。

泰英の父は、頭のいい息子に密かに期待していた。将来、高等文官試験に合格するとか、高等農林学校を卒業して郡守になってくれることを望んでいた。泰英はそんな父の夢を踏みにじったばかりか、留置場にまで送ってしまった。警察に連れて行かれた父がどれほど卑屈に手をこすり合わせて謝罪したことかと思うと、目の前が暗澹とした。泰英は自分自身の苦労ならば、その千倍、万倍も耐え抜く自信があった。だが父が自分の代わりにひどい屈辱を受けているのかと思うと、それに耐え抜く自信がなかった。


（ただ生きていてくれさえすれば！）

泰英は父が死ぬかも知れないという思いに駆られて戦慄した。

（急がなければならない。そして必ず警察署襲撃は成功させなければならない）

泰英は銃口を留置場看守の胸元に押し当て、留置場の扉を開けさせる場面を想像して興奮した。

（そのとき父は何と言うだろうか）

そう考えた瞬間、父が留置場から素直に出てこないのではないかと思った。

（そうだ、父は留置場の中にそのまま残ると言い張るに違いない。徹底的に日本の体制を信じている父は、俺たちの行動をかえって迷惑に思うだろう。骨の髄まで奴隷根性に浸かっているのだから！）

彼は咸陽警察署襲撃の成功如何に問題があるのではなく、父を連れ出すことができるかの如何に問題があるということに気がついた。それこそが重大な問題だった。

（どうして今までそのことに気付かなかったんだ）

決行を三日後に控えた日、泰英は俊圭にそのことを話した。河俊圭は「しまった」という表情をした。

「頭領の父上は、私たちが留置場を破壊して出てきてくださいと言ったら、素直に同意してくださいま

「全道令、よく考えてくれた。警察署の襲撃が問題ではなく、まさにそれが問題だ。とすればどうすればいいのだろう？」

と尋ねた。

「警察署を襲っても、父たちを連れ出すことができないならば、禍根だけ残してしまいますし……かと言ってこのまま放っていくわけにもいかないし……」

泰英は実に困った問題だと思いながら、次のように言った。

「決行の日まで何も言わずに黙って徹底的に準備しましょう。けれども車範守さんには、別途に連絡があるまで行動しないようにと伝えておきましょう」

俊圭は座り直して、

「車範守さんに連絡する前に、もう一度別の角度から考えてみよう」

と、次のように話した。

「日本が敗亡する日を正確に計算してみよう。もし一年以内に確実に負けると確信できれば、計画通り決行し、父親たちが応じようが拒否しようが構わず無理矢理連れ出すことにして、一年以上かかりそうなら計画を放棄するしかない」

正確に計算するとは、一体どういうことなのか。

すか？」

俊圭は考え込んだ。

「恐らく父は、出て行かないと言い張るだろう。留置場から出たからといって、根本的な解決にはならないと考えると思う」

泰英も同感だった。

「出たくないというのを、無理矢理引きずり出すわけにも行かないし……そのせいでごたごたと時間がかかれば……警察署の外まで出てきてもらっても、そこでまたくどくど言い出しても……」

「うちの父も同じだろう」

俊圭はそう言うと沈痛な表情になった。徳裕山に入る前、父から言われた言葉を思い出したのだ。

「お前の思うようにするのを止めたりはしない。だが、お前だけで暮しているのではないことを忘れるな。きょうだいもいる。親戚もいる。お前のせいで皆が生きていけなくなるかも知れないのだから、用心して行動しろ。明日によき日が来るのかも分からんが、今日は倭奴の天下だ。軽挙妄動は慎むんだ」

そんな父が、息子が留置場を破壊して一緒に逃げようと言ったところで、大人しく従うわけがないのではないか。

俊圭は、

何の根拠を持って計算しようというのか。相当に頭領は悩んでいるのだろうと思われたが、泰英としては失笑すべき話だった。

「頭領、それは計算じゃなくて占いでしょう。肝心なのは信念なのであって、計算どうのという問題ではないでしょう」

「それは分かっている。だけど、信念で父を納得させることはできない。一年以内に日本は負けるという計算が立てば、父も納得するはずだ。父は私が確信を持って話せば聞いてくれるだろうから」

「うちの父は私がどれだけ確信持って話しても聞いてはくれないでしょう。根っから下級官吏の奴隷根性に冒されていますから」

「確信さえ持てれば、どんなことでもできるんじゃないかな」

俊圭は、どうしても警察署の襲撃計画を放棄したくないようだった。

俊圭は「どんなことでもできる」と言っているが、そうはいかないだろう。父親に一発お見舞いして気絶させ、抱いて出てくるわけにもいかないからだった。

だが泰英はそんなことは口にせず、

「まだ時間がありますから考えてみましょう」

と、その問題を一旦保留することにした。

その日の晩だった。碧松寺近くで情報収集にあたっていた車道令が戻ってくると、二人の父親が釈放されたという知らせを伝えた。

「変だな。奴等が俺たちの襲撃計画を探知して、怖じ気づいたということか？」

「とにかく妙だな」

河永根の尽力があったことを知らない河俊圭もこう呟いた。

「ただの噂かも知れません」

泰英は、明日瓶谷面の方に姜泰守を送ってみようと言った。

姜泰守は敏捷で勘が鋭く、その上年少だったため、そのような使いをさせるには一級品だった。姜泰守自身も、そのような任務を任されることに自負を持っていた。

「二人の父上が釈放されたなら、警察署襲撃は中止しなければなりませんな」

盧東植が言った。

河俊圭は、二人が出たのだから思う存分やってみようじゃないかと言った。

「私たちの父親が出てきたからといって、道令たちの父兄の中にはまだ捕まったままの人もいるはずでしょう。せっかく立てた計画なのだから決行しましょう」

「頭領の意志がそうなら話は別ですが……」

だが、盧東植は平地に波風を立てる必要はないのではないかという慎重論を述べた。

「我々が日本滅亡のその日まで生き残っただけでも勝利と呼べるでしょう。連合軍が上陸すれば、そのとき正面切って闘争できるように準備しておくのが賢明ではないでしょうか」

「確かにその通りだ。明日、泰守に調べてもらって父たちの釈放が事実なら、今回の作戦は中止しよう。中止といっても放棄するのではない。無期延期だ」

と、河俊圭は久しぶりに明朗に笑った。

俊圭と泰英の父親が釈放されたのは事実だった。数日前、碧松寺を通じて手に入れた新聞に、晋州の河永根が五万円の国防献金をしたという記事が載っているのを見て、泰英は釈然としない思いを抱いていた。しかし、その記事と自分の父親の事件が大きく繋がっていようとは想像すらできなかった。

六

泰英の主な任務は、短波放送を聞くことだった。直接英語放送を聞けるほど、聞き取りにも慣れてきていたため、戦局全般にかけた広範囲な情報を集めることができた。

フィリピン近海では日本艦隊がほぼ全滅し、レイテに上陸したアメリカ軍は着々とフィリピンを奪還していた。太平洋の日本軍の戦闘力は麻痺状態だという状況も詳しく知ることができた。神風特攻隊は蟷螂《とうろう》の斧を振りかざし、絶壁に向かって自殺飛行を繰り返していると、アナウンサーはユーモラスに報道していた。

十月に次いで十一月からはアメリカ軍による日本本土への空襲が熾烈に始められた。このとき泰英は次のようにメモしていた。

十月二十五日　B二九、百機、九州西部を爆撃

十一月十一日　B二九、八十機、九州西部を爆撃

十一月二十一日　B二九、八十機、九州西部を爆撃

十一月二十四日　マリアナ基地のB二九、東京を初めて空襲

十一月二十七日　B二十九、四十機、東京を爆撃

十一月三十日　B二九、二十機、東京に夜間空襲
十二月三日　B二九、七十機、東京を爆撃
……………
次いで名古屋、大阪地方にも大々的な空襲があった。

アメリカ軍は日本の重工業地帯を重点的に破壊することによって、戦力の基盤となる工業生産を麻痺させようとしているようだった。

泰英はラジオを通して、日本本土が阿鼻叫喚の生き地獄と化している様相を生々しく想像することができた。

自分の心が希望的観測に傾いていることを充分に理解しつつも、日本の敗北は明白だった。そして、その日は目前に近づいているようだった。泰英は日本の敗北が、どれだけ遅く見積もっても一九四五年を越えることはないだろうと判断した。

アメリカ軍による日本への爆撃状況をメモしながら、泰英は金淑子を想った。

（こんな激しい爆撃の中で、淑子はどうしているのだろうか？）

泰英は暫し我を忘れ、淑子の姿を脳裏に追いながら、彼女に不意の事故が無いことを祈った。淑子への想いに胸が痛んだ。

しかし、こんな感傷に浸っていることはできぬという思いも、一方で湧き上がってくるのだった。

偉大な新しい歴史の日が昇ろうとしているのだ。これほど感動的な時間が他にあるだろうか。泰英はその日のために備えなければならないと思った。

（その日が来れば、俺たちはこの国土を宝のように慈しみ、愛さねばならない。丸裸にされた山に木を植え、鬱蒼とした緑の服を着せるのだ。衰弱した老人の皺のように疲弊した田畑を作り直し、傾いた家々も建て直さねばならない。すべての百姓たちが愛し合い、笑い合い、和気藹々と国家を建設する。誰もこの大地で迫害を受けることなく、誰もこの大地で飢えることがあってはならない。しっかりとした計画のもと、万人が平等に暮すことができる土台を作り、百姓一人一人が要塞となり、二度と外敵の侵略を受けることのない国を作らねばならない。計画と創意さえあれば、真にこの国を美しく凛々しい国に育て上げることができるはずだ。白頭山《ペクトウサン》から漢拏《ハルラ》山《サン》に至るまでムクゲが咲き乱れる三千里槿域《クニヨク》「ムクゲの多い地域の意。朝鮮の別称」を作ることができるはずだ。我が民族が今まで経験した悲しみを、必ずや叡智とせねばならない。悲しみを忘れないこと、これが即ち智恵だ……）

泰英はこのような空想に浸りながら、遠い未来、淑子とともに徳裕山隠身谷とこの七仙谷を訪れることを考えながら微笑んだ。

徳裕山を思い出すと、順伊の姿が現れた。

（順伊は今頃何をしているだろうか）

隠身谷を去ったあの日、草むらに座り込んで慟哭していた順伊の姿が脳裏をかすめると、泰英の心は暗澹とした。順伊の姿は、まさしくこの国の少女たちの姿だった。貧しく不幸な国の少女たち、その少女たちの幸せのためにも偉大な新しい歴史が始まらなくてはならない。そして、その新しい歴史を価値あるものにするため努力しなければならない。

「やはり頭領の夢は実現しないようです」

俊圭の夢とは、アメリカ軍が上陸すれば彼らと呼応して倭奴撃滅の作戦を展開するということだ。

「アメリカ軍は上陸しないのか？」

「飛行機だけでも日本本土に全力を挙げているのに、朝鮮にまで上陸してくると思いますか」

「アメリカ軍が上陸してくれないと困るんだが」

「日本が負ければそれまででしょう。アメリカ軍が朝鮮に上陸する理由がないじゃないですか」

「我々の解放は我々の手で成し遂げねばならん。我々の出る幕もなく日本が滅びてしまえば、それだけ発言権が少なくなるだろう。そうじゃないか？」

「一理ありますね」

「日本が負ければ連合軍が来る。このままの状態でそうなれば、連合軍は我々を敗戦国民として扱うに違いない」

「それはないでしょう」

「どうして？強制的に連行されたとはいえ、それは言い訳に過ぎず、我々の同胞も日本軍として彼らに銃口を向けてきたじゃないか。我々の同胞が撃った弾丸で死んだアメリカ軍の兵士もたくさんいるはずだ。その上、農夫は食糧供出で日本を助けてきたし……独立運動は日陰でしてきたことだから、規模が小さくて、日本に協調した事実ばかりクローズアップされるに違いない。だからアメリカが我々を敵国人と見なさない保障は何処にもない」

俊圭の言葉には一理も二理もあった。しかし、それはあまりにも悲観的観測だった。

「カイロ宣言があるじゃないですか。朝鮮人民の奴隷状態に留意して、独立させるべきだという。頭領の話はあまりにも悲観的です」

「そこまで考えておかねばならないという話をしたまでさ。だが我々が自ら独立することと、彼らにしてもらうのでは違う。だから私は日本が降伏する前に、アメリカ軍に上陸して欲しいと言っているんだ。アメリカ軍が上陸さえすれば、骨の髄まで腐っていない限り、彼らとともに倭奴と戦うはずだ」

「晋州に行ってこようと思います」

「晋州に？どうして？」

「河永根先生の書斎から参考となる資料をもらってこようと思います」

「不審検問でも受けたらどうするんだ。そんな危険なことはするな。手紙を送って林洪泰さんに頼みなさい。我々は巨林谷の車範守さんを訪ねてみよう。あそこには愛国志士も何人かおられるそうだから、その方たちに教えを請うこともできるだろうし……

……」

七仙谷から巨林谷への近道は天王峰を越えねばならない。天王峰からサムフィ泉までが一里、チョッテ峰までが一里半、そこから細石平田《セソクピョンチョン》を通り巨林谷まで二里、合わせて四里半の山道だから、一日の旅程としてはかなりきつい。

十二月中旬のある日、早朝から俊圭と泰英は一行八人を連れて巨林谷へと向かった。

険しい地形ではあったが、登山道が比較的整えられていたため、難なく天王峰まで登ることができた。

天王峰は海抜千九百十五メートル、智異山の最高峰だ。数えきれぬほどの地脈がそれぞれの稜線を成し、四方へと広がっている。その中心部に天王峰は美しい姿で佇んでいる。四方へと開けた絶妙な眺望と、山頂の凛冽《りんれつ》とした大気は、それだけでも大きな感動だった。

一行は同伴した案内人の説明に敬虔に耳を傾けた。

東に見えるのは、クゴク稜線、チョゲ稜線、ソンブル稜線、タルトゥギ稜線が主な稜線だという。

南にはサムヂン稜線、パルベク稜線、不無長《プルムヂャン》稜線、ワンシル稜線、兄弟《ヒョンヂェ》稜線があり、その向こうに多島海をなすハルリョ水道と太平洋の水平線が見えた。

西には遮日《ソイル》稜線、カンミブル稜線、トクトゥ稜線、そして、遥か遠くに小白山脈に属する山並みが幾重にも重なっている。北に伸びる稜線は、サントゥ稜線、サムヂョン稜線ということだった。

泰英は、自分たちが日帝との妥協を拒否して智異山の住民として生きているという自負を改めて感じた。そして、

（この偉大な智異山を、さらに栄光あるものとする

ためにも奮い立たねばならない)と決心した。

厳しい寒さも忘れ、魂を失ったかのように四方を眺めている一行を、俊圭が振り返って、

「登山が目的じゃないぞ」

と道を急かした。

下りはずっと楽だった。一時間ほどでサムフィ泉に到着し、二時間で細石平田に出ることができた。

この細石平田の風景がまた雄壮だった。

細石平田はチョッテ峰とヨンシンデの間に位置する海抜千五百から六百メートル、傾斜度十五度、面積二キロ四方の、智異山最大の高原だ。案内員の言葉によれば、冬を除いて春夏秋には、黒船ツツジをはじめとする色とりどりの花で、この上なく美しいということだった。しかし、冬の風景にも何とも言えぬ風情があった。北にはハシン渓谷、南にはファゲ谷と巨林谷を見下ろし、屏風のようなセゲ谷の絶壁、ソッカン峰、シリ峰の姿が絶妙な雅趣を醸し出していた。

そこから巨林谷までは二里、二時間あれば行ける距離だ。午後三時頃、一行は巨林谷の入り口に到着した。予め連絡しておいたため、入り口には車範守をはじめとする巨林谷の青年たちが出迎えに来ていた。

車範守は俊圭一行を、百年の知己を迎えるように歓迎した。夕食には清酒が並び、雉やイノシシなどの豪勢なおかずが用意されていた。

明かりはカンテラを点していた。青年たちの車範守に対する態度、客人に対する態度を見て取ると、かなり組織的な訓練がなされているようだった。

「こうして出会ってみると、まさに水滸伝の道令たちが集まったようだな」

車範守が実に嬉しそうに笑った。

お互いに今までの出来事や、これからの方向について話を交わした。

話題は七仙谷と巨林谷の合同問題から、智異山一帯のすべての青年たちを一つに組織しようというところまで発展した。この場で河俊圭は普光党の問題に言及し、意義のある合同が達成できさえすれば、普光党を解体し、新しい組織に吸収されてもいいと言った。

車範守は普光党の趣旨と目的等を聞くと即座に、

「普光党は解体せずに、そこに私たちが入ることにしましょう。趣旨と目的が、私たちの意図するところに合致するのだから、わざわざ解体して別の団体

を作る必要がないでしょう」

と言って、自分の同志を率いて普光党に入党することを提議した。

泰英の印象としては、車範守の提議が早すぎるように感じられた。だが、車範守の次のような話によって、その理由が分かった。

「私が尊敬する志士の方々を何人かお世話しています。その方たちは明日紹介して差し上げますが、その中のお一人が我々の団体の名称を、どうしても共産党智異山党部としなければならないとおっしゃっているのです。時が来れば正式に認定してもらうからと。しかし、私は嫌なのです。将来、広く民衆の意思を集めなければならないときが来るはずです。それなのに予めそんな看板を付けてしまっては、どう考えても不利に違いありません。民族主義的な勢力は、共産党というだけでお互い話をする以前に警戒するでしょう。様々な方面の本を読んだり、話を聞いたりしてみましたが、海外の独立運動家の間では共産党を取り巻く問題のために深刻な分裂と対立を繰り返しているといいます。だから普光党に入党することにしてしまえば、無難に収拾できると思うのです」

俊圭はその問題についての言及は避け、次のように言った。

「とにかく来春に別の場所に移動する計画ですから、合同問題はそのときになってからもう一度相談しましょう」

翌朝、車範守は愛国志士たちが住んでいるという小屋に俊圭と泰英を案内した。

俊圭と泰英が挨拶をすると、志士たちは順番に自己紹介をした。

石《ソク》という人物は四十がらみ、徐《ソ》という人物と朴という人物は五十歳を過ぎているように見えた。もう一人は六十を超えた老人だったが、彼は自分を成漢《ソンハン》柱《チュ》と名乗り、

「この方たちの名前は皆仮名じゃが、わしの名前成漢柱は本名だから覚えておきなさい」

と笑った。

皆が仮名を名乗ったからといって不快に感じることはなかった。河俊圭は鄭武一《チョンムイル》、朴泰英は全昌《チョンチャン》とそれぞれ仮名を名乗っていたからだ。

世界情勢についての話が交わされ、次いで日本の敗北が決定的となったという話も出てきた。河俊圭は、この戦争が朝鮮人自身の努力なしに終わってしまえば、例え独立できたとしても朝鮮人の意図する

ところとかけ離れたものとなってしまうのではないか心配だと言って、志士たちの意見を聞いた。

　石という人物が膝を叩いて、

「まさしくそれが問題だ。若い同志は事態の真相を把握しているんだな」

と言って、次のような話をした。

「日本が負けたからといって、すぐさま独立できるわけではない。アメリカが独立させてくれるといっても、それをそのまま信じてはいかん。独立は我々の力で、我々の意志で勝ち取らねばならんものだ。国際的な潮流をしっかり把握した上で、自主的な努力が必要だ。アメリカは、彼らが何と言おうと帝国主義国家だ。領土的な野心はないかも知れんが、市場を支配しようとする経済的野心はかなりのものだ。日本との争いは帝国主義どうしの戦いに過ぎん。従ってアメリカの助けを借りた独立は、内実の伴わない形式だけの独立となる公算が高い。我々が真の独立を成し遂げるためには、そんな野心を粉砕せねばならんのだが、幸いソビエト連邦が連合軍の一員だから、その勢力を利用すればアメリカの野心を粉砕するのはそれほど難しいことではないだろう。要は我々人民の団結にあるのだ。これからの独立運動は、植民地支配の残滓を取り除くための精神運動でなければならず、人口の絶対的多数を占める労働者、農民の権益を断固保障する革命運動でなければならない。歴史は後退しない。第一次世界大戦はソビエト連邦を生んだ。第二次世界大戦もやはりそのような進歩勢力を生み出すに違いない。この歴史的方向だけを直視し、人民に奉仕するという大前提に忠実であれさえすれば、我々の未来には栄光があるはずだ」

　泰英は、この人物こそが車範守の団体に共産党の看板をかけることを勧めている人物に違いないと思った。大きな山のように信じて疑わないアメリカを警戒しろという話に、泰英は理解できるようでもあり、何か釈然としないものを感じた。

　石という人物は、さらに歴史上の大小の事件を例に挙げて、共産主義が必ず勢力を得るだろうという結論を披露した。

　石の話が途切れた隙を狙って、泰英が尋ねた。

「もしやここにいらっしゃる方の中に、李圭君の叔父上にあたる方はいらっしゃいませんか？」

　先刻朴だと自己紹介した、五十過ぎと見える人物が身震いしたかと思うと、

「李圭を知っているのか？」

と聞き返した。

泰英は、さっき全昌と名乗ったのは仮名で、自分の本名は朴泰英といい、李圭とは親友だと言うと、その人物は泰英の手をぎゅっと握りしめて涙を流した。

「私が李圭の叔父だ。朴泰英君の名前は圭から何度も聞いているぞ」

その小屋を辞して戻るとき、圭の叔父は泰英の後についてきた。そして圭の消息を詳しく尋ねてから、石という人物の正体を明らかにしてくれた。

「石という人の本名は李《イ》鉉相《ヒョンサン》だ。朝鮮共産党の創立に参加した人物さ。大田《テヂョン》刑務所に収監されていたが、病気のために仮釈放となって昨年智異山に来たんだ。じき戦争が終わるそうだから充分体を大切にしなさい。さっき石の言った言葉は話半分くらいに聞いておけばいい」

俊圭の一行は巨林谷にさらに一日滞在してから、曲店《コクチョム》を回って法界寺《ポプケサ》を経て七仙谷に帰ってきた。雪が激しく舞う夕刻だった。

俊圭と泰英の胸には「アメリカを信じるな」そして「共産党」という大きな問題が植え付けられた。そして、日本の敗亡は一つの峠に過ぎないという認識が、薬を飲んだ後のように苦い味を口の中に残した。

七

智異山に雪が降る。智異山に雪が積もる。ついに智異山の頂という頂、谷という谷は白く厚く雪に覆われた。智異山の冬眠が始まったのだ。

智異山は冬眠しても、そこに暮す人々が冬眠することはできない。普光党の道令たちは、雪の中でも積極的に動かなければならなかった。訓練を兼ねるという意味もあったが、ウサギの猟は彼らの栄養補給のためにも欠かせない日課となった。怠け者のウサギは、食糧を貯蔵しない。そのため雪の中でも餌を探し回るしかなく、反対に餌となってしまうのだった。だが、雪の中でウサギを捕まえるのは、ほとんど曲芸師の技術を必要とする。

一羽のウサギを捕まえれば、その日の戦果は大猟といえた。同時に豪勢な饗宴となった。ウサギ一羽を二十五人の道令たちが食べようとすれば、それだけ水の量を増やさなければならない。そうやって作られた汁を誰が命名したのか、「ウサギ一里許湯」と呼んだ。一里向こうでウサギが通りすぎたような痕跡があるという意味だ。それでもくず葉と塩だけの汁に比べれば遙かに珍味だった。

智異山の冬眠が始まる頃から、食事の量を従前の半分に減らした。米一粒すら補給できなくなった上、春に備えて蓄えておく必要があったためだ。智異山の春窮は、他のどこよりも過酷なはずだし、来春には別の場所に移動し、大々的に火田を開墾する計画もあり、それらの目的のために食糧を残して置かなければならなかった。

このような目的と名分のため耐え忍んではいたが、いつも空腹を抱えた道令たちは、集まりさえすれば食べ物の話になった。

「あの雪が、米の粉だったらいいのになあ。そうだろう？」

「米の粉でなくても小麦粉でもいいぞ」

「餅を蒸してさ、みんなでぐるっと囲んで大食い大会するんだ。シャリシャリ凍ったキムチ汁を飲みながらさ」

「エイを蒸して食べたら滅茶苦茶うまいそうだ。香ばしい味がたまらないってさ」

「どうせ蒸すならマダラを蒸したらどうだ。半分くらい干したやつに薬念《ヤンニョム》をつけて蒸せば、本当に二人で食べていて一人が死んでも気付かない程なんだ」

「高尚な話だな。マダラでなくてスケトウダラでもいいからかじりたいもんだ」

「ところで今はマダラが旬のはずなのに、咸陽の市場にもマダラがこなかったそうだ。一体どうしたんだ」

「海に出たら船が沈没させられるから、恐くて誰も行かないんだ」

「行こうにも船がないって聞いたぞ。みんな徴発されて」

「小舟も徴発されるのか？」

「小舟でマダラ漁に出られるか？」

「マダラだのスケトウダラだのと……ヨモギ餅でもいいから一かごあればなあ」

その日の晩も、このような話が交わされていたのだが、おどけ者の朴道令がこっそりと言った。

「ヘビは冬眠するとき、石に口をごしごし擦りつけるんだってさ。そうしたら冬の間何も食べないでよくなるそうだ。その石を探し出すことができれば、持ってきてうちの道令たちの口を擦ってやるんだが……何も食べないで済むようにさ。こいつ等のせいでよだれが出て我慢できん」

すると車道令がそれに応じた。

「耐え難いことに耐え、食べたいのを我慢し、言いたいことも言わないのが俺たち普光党党員の修行だろう」

「普光党党員は食わなくてもいいってのかよ」

誰かが不満げに言った。

「誰が食わないでもいいって言った。我慢しなけりゃならないって言ったんだ」

「お前は毎日のように碧岩寺《ピョガムサ》に行って供養米をたらふく食ってるから、そんなことが言えるんだ」

黄《ファン》道令がぼそりと言った。

「何だと？俺が供養米をたらふく食ってるだと？」

車道令が怒気を含んだ声で言った。

「寺に行きゃあ供養米があるだろうが。飯がなくても餅くらいあるだろ」

さらに黄道令がからんだ。

「お前、本気でそんなこと言ってるのか」

車道令が黄道令を睨みつけた。

「本気も嘘もあるか。そう思うから言ってみただけだ」

「そう思うという推測だけで、むやみにそんなことほざくな」

「何だと？ほざくだと？」

「そんな戯言を言うのをほざくと言うんだ。それとも、のたまうとでも言えばいいのか？」

「貴様だけいい格好するな。お前だって腹が減ってみろ。食い物の話をするに決まってる」

「俺が何をお前たちより食っていると言うんだ。お前たちと同じ物を食っているのに。余分に食ってる物なんて一つもないぞ」

「それなら寺に行って餅のひとかけらも食ったことがないというのか」

「そうだ」

「供え物があるのに餅の一つもくれないのか」

「この頃は供え物もない。もらって食うひとかけらの餅もない」

「嘘を言うな」

「嘘だと？この野郎、ただではすまさんぞ」

「この野郎だ？腹が膨れるとそこまで傲慢になれるんだな」

初めに胸倉をつかんだのは車道令だった。

朴道令が止めに入った。

「車道令、止めろ。耐え難きを耐えるのが党員の修行だって言ったのは誰だ」

その言葉を聞いて、はっとした車道令は黄道令の胸倉を放したが、黄道令が、

「そうやって自分一人いい格好するのが嘘つきっていうんだ」

と言ったために、本格的な喧嘩となってしまった。

ところが、黄道令はその口ほどに腕力は強くなかっ

た。肉薄戦は黄道令が鼻血を出したはずみで終わった。

この事件を上の小屋にいる頭領と泰英が知ったのは、三十分ほど過ぎてからだった。普光党発足以来初めて起こった事件であったため、彼らはとても慌てた。気の短い頭領は、すぐにでも黄道令を呼んで、上位者に対する不遜行為を問いただして罰を与えねばならないと主張した。

それを諫めたのは盧東植だった。

「みんな腹が減って、気が立っているんです。それに車道令を頭領が特別に目をかけているのは、みんなが知っています。上位者に対する不遜行為を問いただすといっても、他の者はそうは考えないはずです。もし変な誤解でも生じたら大変です。もう少し慎重に考えてから処理することにしましょう」

「車道令を放っておいて、黄道令だけ咎めようとしているのではないさ。事件のあらましを明らかにする前に、先ず上位者に対する下位者の不遜行為を問いただささねばならんだろう。そうでなければ私たちは党を存続させていくことはできない」

頭領は強硬だった。頭領も空腹のため、かなり神経が尖っていたのだ。

泰英が盧東植の意見に同調すると、頭領はいきなり大声を上げた。

「はっきりしていることに慎重を期すとはどういうことだ。この事件を放っておけというのか？この場合における慎重とは優柔不断に他ならん。私だってまったく慎重を忘れたわけではない。つべこべ言わずに全道令が行って、その二人の奴らを呼んでくるんだ」

泰英は何も言わずに立ち上がると外に出た。下の小屋までの道は雪かきがしてあったため、漆黒の晩にもかかわらず歩行に何ら不都合はなかったが、泰英はゆっくりと歩いた。頭領が泰英に向かって大声を上げたのも初めてであったし、道令のことを「奴」と呼んだのも初めてだった。明らかに頭領の神経は過敏状態にあった。その原因はやはり食糧の半分を節約していることにあるに違いなかった。空腹状態が継続するほど苦痛なことはない。その苦痛を精神力によって克服しなければならないのだが、普光党の道令たちにそんな精神力を要求するのは、どう考えても無理だった。とりあえずの解決策は腹一杯食べさせるより他にない。しかし今日の危機を免れるために、やがて押し寄せるであろう絶体絶命の窮地を自ら招くわけにもいかなかった。

泰英は下の小屋の灯が見え始めたところで足を止

めた。空を仰ぎ、星を探した。雲がかかっているせいなのか、枝に被われているせいなのか、星を見つけることはできなかった。厚い氷の下、息を殺したように流れている渓流の音とともに、雪が枝に落ちる「バサッ」という音が時折聞こえた。もの悲しく尾を引く獣の鳴き声が、遙か遠くから聞こえてきた。狐も腹が空いて鳴いているのだろう。

（明日は狐狩りに行こうか）

泰英は気を取り直すと小屋まで一気にたどり着き、戸を開けた。部屋の暖かい空気が泰英の顔を通り過ぎていった。

「車道令と黄道令、ついてきなさい」

泰英は抑揚のない声で言った。

一方の部屋の隅から車道令が、そのまた一方の部屋の隅から黄道令が、それぞれ立ち上がるのが見えた。泰英は何も言わずに背を向けた。ゆっくりと坂道を登っていった。背後に車道令と黄道令が歩いてくる気配が感じられた。頭領の前に彼らを連れて行く前に、何か言葉をかけておくべきか迷ったが止めることにした。万事は頭領が考えてすることだから、余計な口は挟むべきでないと考えたからだ。

正座した二人の道令をひとしきり睨みつけた後、頭領が口を開いた。

「黄道令」

「はい」

「黄道令は車道令を何だと思っているんだ？」

「……………」

「それ以前に普光党をどう考えているんだ？」

「……………」

「普光党をお遊びと思っているのか？」

「違います」

「違うならなぜ党の規則を破ったんだ」

「……………」

「普光党の規則はどうなっていた？目下の者が目上の者をどのように扱わなければならないんだ」

「尊敬し、服属しなければなりません」

「ならば今夜、黄道令は車道令を尊敬する行動を取ったのか？」

「……………」

「事実の通り言ってみろ！」

「車道令が私の胸倉をつかんだのです」

「それでどうしたんだ」

「嘘つきだと言いました」

「車道令が嘘をつくのを見たのか？」

「……………」

「どうして黙っている。そんなことを言うからには、何か証拠があるのだろう」

「胸倉をつかまれたのでただ」

「目上の者に胸倉をつかまれたからといって、むやみにそんな侮辱的なことを言うのか？」

「耐え難きを耐えるのが普光党の修行だと言っておきながら、他人の胸倉をつかむので、そのようなことを言ってしまいました」

「黄道令が何も言わないのに、車道令が胸倉をつかんだのか？」

「……」

「何も言わないのに胸倉をつかまれたのかと聞いているんだ！」

「碧岩寺で供養米をもらって腹が膨れているから、いい格好できるんだと言いました」

「もらうところを見たのか？」

「そうだろうと思ったのです」

「それが目上の者に言う言葉か？」

「いいえ」

「それならば黄道令は明らかに党の規則を破ったのではないか」

「……」

「破ったと思わないのか？」

「破ったと思います」

「党の規則を破っても、党をお遊びと思わないと言うのが話になるか？」

「……」

「党が即ち規則だ。規則を破るということは、即ち党を無視するということに他ならない」

「……」

「党を無視すれば、どのような罰を受けるのか知っているだろう」

「はい」

頭領は疲れた様子で荒い息をつくと、今度は車道令に向かって座った。

「車道令は党をお遊びだと思うか？」

「思いません」

「上下関係において、党の規則はどうなっていた？」

「目上の者は目下の者を実の弟のように保護し、指導しなければならないとなっています」

「それだけか？」

「万が一、懲罰を与えなければならない場合には、党の指導部に報告して、党の名のもとにしなければならず、個人的な懲罰はこれを行うことはできないとなっています」

「それを知りながら、なぜ黄道令の胸倉をつかんだりしたんだ？なぜ黄道令を殴ったんだ？」

「つい、かっとなって我を忘れてしまいました。どんな罰でも受けます」

「耐え難きを耐えるのが党員の修行だと言ったそうだな？」

「はい」

「そう言いながら暴力を振るうのか？偉そうに。それで目上の者としての資格があると思うのか？」

「申し訳ありません」

「それから正直に嘘をつかずに言うんだ。碧岩寺に派遣するときは昼飯を持って行くだろう？」

「はい」

「食べたのはそれだけか？」

「…………」

「どうして答えられない」

「飯は持っていったものだけを食べました」

「飯は？それ以外にもらって食べたものがあるのか？」

「昼飯を食べるとき、飯がとても冷たくてお湯をもらっていましたが、時々汁をもらったことがあります」

「それ以外に何ももらった物はないのだな」

「…………」

「あるのか？」

「この間の冬至の日に、小豆粥を一杯もらったことがあります」

頭領はそこで言葉を切ると、呆然と二人を眺めていた。睨みつけるというのではなく、ただ見ているという表情だった。泰英は頭領の困惑した心を想像することができた。しばらくして頭領は二人に向かって言った。

「戻って寝ろ。戻って反省するんだ。罰は明日の朝、発表する」

罰の決定は簡単に合意した。普光党は深夜十二時まで二時間ずつ歩哨を立てていたのだが、車道令と黄道令を一週間すべての歩哨に立てることにしたのだ。

だが、さらに重要な問題が残った。節食をこれ以上続ければ、またどんな事件が起こるかも知れないため、そのための対策を立てねばならないのだった。問題は食糧をどうやって手に入れるかということに集約された。

一つの方法は、道令たちを集団で実家に送り、各自いくばくかの食糧を持って来させることであり、もう一つの方法は、近くの村に下りて事情を説明し物乞いしようというものであった。そして第三の方法は、非常金の中からいくらか捻出して碧岩寺の住職に食糧調達を頼んでみようというものだった。

第一、第二の案は時期を見て決行することにして、先ずは非常金の中から百円を出して碧岩寺の住職に頼むという結論が出された。

翌朝、道令たちを集合させ、頭領が発表した。

「……私は皆さんをあまりにも高く評価していたようです。少しくらいの空腹は、容易く耐えきるだろうと信じていた私が誤りでした。明日明後日がどうなるか分からずとも、今日ある食糧を好きなだけ食べることができないということが、一層辛いのだということを今にして悟りました。だから、飢えるときは飢えるとして、あるときは心のままに食べていくことにしました。食糧がなくなってから、私たちは本格的に節食の訓練をすることにして、今朝からは食事を従前の状態に戻すことにします。皆さんは腹が減ると人間がどのようになるかということを、今回の節食運動を通して分かったことと思います。しかし、空腹状態を耐えることができなければ、大事を為すことはできないという事実も分かって欲しいと思います。従って今から私たちは先ず、心の修行からしなければなりません。心の修行ができていないのに節食運動を始めたのが間違いでした。だから心の修行から始めようというのです」

ここで一度言葉を切り、頭領は再びこのように続けた。

「昨夜私たちの党内でゆゆしき事件が発生しました。車道令と黄道令は重大な過ちを犯しました。皆さんはそれを単純な、ありふれた喧嘩として思うかも知れませんが、このようないさかいが党を破壊する結果を作り出すのです。いや、昨夜車道令と黄道令がいさかいを始めたとき、私たちの党は事実上破壊したのです。ですから今から私たちは党を再建しなければなりません。そのような意味で車道令と黄道令に次のような罰を与えます。二人が一つの組となり、これから一週間深夜の歩哨勤務をすることを命じます。このように寛大な処分をするのは、事件の第一の原因が空腹にあったということを考慮したからです。万が一今後再びこのような事件が発生したときは厳罰に処すことを予め宣言しておきます。車道令と黄道令は前に出てきて、同志たちに謝罪し、再びこのような過ちを犯さないと誓ってください」

車道令は、

「死に値する罪を犯してしまいました。今後は絶対にこのようなことがないことを、命をかけて誓います」

と頭を下げた。黄道令も同様の謝罪をして涙を流した。

やがて太陽が昇り、まばゆいばかりの世界が彼らを包み込んだ。

「さあ、朝飯を腹一杯食べましょう。そして今日は虎狩りをしましょう。腹一杯食べても虎を捕まえることができないのならば、私たちは糞を作る機械に過ぎません」

頭領のこの言葉に若者たちの爆笑が起こった。その爆笑もまばゆいばかりだった。

八

そして数日後のことだった。咸陽警察署と山清《サンチョン》警察署が道警察部の協力を受け、智異山に集結している忌避者たちを掃討するための合同作戦を計画しているという情報が流れてきた。

「この雪の中で討伐作戦をするなんて、よほど間抜けな奴か、さもなくば相当に大規模な計画に違いない」

頭領はそう判断した。

「いくら規模が大きいといっても程度の問題があるでしょう……こんな山奥まで雪をかき分け、彼らにどんな勝算があるというんです。何かの間違いじゃないんですか」

これは盧東植の意見だった。

「二、三千人の兵力で、飛行機の援護を受けながら火炎放射器みたいな新兵器を装備してくれば十分に可能だろう。それくらいの準備もなく襲ってくるなら、よっぽど間抜けな奴等だ」

頭領はこう言った。

近いうちにそのような事態が起こるだろうと考えて、どのような対策を立てるかという議論になった。

「今度こそは対抗しよう」

頭領が断固として言った。

「相手の規模を知った上で、対抗するかどうかを決めてはどうでしょう」

盧東植の意見だった。

「対抗しないということは、どこか違う場所に逃げるということになるだろう。けれども襲撃してくる奴等の勢力が強大で、我々がここで対抗できないほどならば、どこへ逃げても同じことだ。雪の中では歩行が困難な上に、足跡が残ってしまう。そんな規模で襲ってくるなら、結局どこまでも追撃してくるのは明らかだ。それならば我々が雪と地の利を生かして、一人が百人を相手することを目標に対抗してみよう」

東植《トンシク》と泰英はじっと黙って聞いていた。頭領が話を続けた。

「反川谷と巨林谷にも連絡して、安全態勢を作ろう。予め敵の動態を調べておいて、要所を守って奇襲すれば、山と雪に不慣れな奴等を撃退することは容易いだろう」

頭領は智異山の地図を広げ、警察隊の大まかな進路を予想してみようと言った。七仙谷の普光党を主目標としているのならば、その進路は明らかだった。義灘から入る道と、天王峰を越えてくる道、それ以外には二、三の山道があるのみだった。しかもその山道は、雪で覆われた今は智異山を熟知した人間でも探し出すのは困難であった。さらに天王峰を越えてくるということは予想する必要もなかった。従って、結局は義灘からの道だけを警戒すればいいのだった。

そのような条件を考えた挙げ句、盧東植が頭領の意見に同意した。しかし、泰英は簡単に態度を決めかねた。この深い雪の中で作戦を実行するのだから、頭領の言葉通り彼らが間抜けでない限り、何らかの準備があるはずだった。仮にこちらの勝利を確信できたとしても問題は残った。戦いの勝敗が問題なのではなく、同志の中から一人の犠牲者も出してはならないということが一番重要な問題だと泰英は思った。対抗するならば、やはり何人かの犠牲は覚悟しなければならない。しかし泰英はその犠牲を覚悟することができなかった。この戦いが国の独立、日本をこの大地から追放するための戦果に直結するというのならば別問題である。だが道令たちの当面の目標は、ある時期までは団結して生き残るということにあるのだ。生き残るためには、広く深い智異山の地形を利用して戦いを避けるのが賢明な策ではないのか。戦わずして逃げることが、この場合には戦わずして勝つという結果にもなるのだ。犠牲を覚悟してでもこの戦いをしなければならないのか、一人の犠牲も出さないためにこの戦いを避けるべきなのか、このように問題を設定するべきだと思った。やむを得ない犠牲は弁明することも、自慰することもできる。しかし、充分に避けることができたにもかかわらず、それを避けなかったが故に犠牲を出したとすれば、そのときは弁明も自慰もできない。

このように考えながら黙って座っている泰英を見て、頭領である俊圭が聞いた。

「全道令はさっきから黙っているが、何か意見はないのか？」

「正確な情報を把握するのが一番重要な問題だと思うのですが、その方法を考えています」

泰英は自分の本心をそのまま打ち明ける時ではないと思い、とりあえずそのように言葉を濁した。

「情報は正確に把握しなければならないだろう。だが碧岩寺に派遣している者たちだけでも充分にそれはできるだろう？」

頭領は泰英の過度の慎重論に幾分気分をそがれたようだった。泰英はそれを感じたが、語気を強めて言った。

「重大な事態です。その程度ではだめだと思います。咸陽邑に探索隊を潜入させる必要があります。具体的な情報が得られなければ、効果のある計画を立てることはできません」

この提案によって、咸陽邑に誰を派遣するべきかということが討議の重点となったが、なかなか名案が浮かんでこなかった。

「私が行きます」

泰英が買ってでた。

「全道令が？何を言っているんだ」

頭領の語調は意外にもとげとげしかった。

「私がどこまで役に立つか分かりませんが、この仕事はぜひ私が引き受けたいのです」

泰英は静かに言った。

「全道令は危険だ。捕まりでもしてみろ。どうなるか分かるだろう」

「捕まれば私でなくても危険なのは同じです。私たちの同志の誰にしろ、危険を顧みずに行かなければならないのです。だから私が行きます」

「全道令はこの党になくてはならない人間だ。それなのにどうしてこんな役目を買ってでるんだ」

盧東植もそのように言った。

泰英は笑った。

「私の行動を、捕まることを前提に話しているようですが、私は絶対に捕まりませんから心配しないでください」

「どうしてそんな自信があるんだ」

頭領はようやく表情をゆるめた。

「頭領の一番弟子じゃないですか。私が遊びで武術を習っていたとでもお思いですか」

「だが全道令はいかん。他の人間を考えよう」

と頭領は話題を別の方向に回そうとした。しかし泰英は引き下がらなかった。情報の収集も重要だったが、ひょっとすると犠牲を出すかも知れない争いを事前に避けるためには、自分自身が情報収集の一線に立たなくてはならないという固い覚悟ができていたからだった。

「全道令の頑固にも困ったものだな」

頭領は仕方なく泰英の提案を承諾した。


午後三時頃、泰英は李道令と姜泰守少年を連れて小屋を出た。碧岩寺で一晩泊まり、そこで咸陽邑に潜入する具体的な計画を立てるつもりだった。

碧岩寺に到着したときには、すでに日が暮れていた。泰英は足音を忍ばせて住職の部屋に近づいていった。

「どなたかな？」

という耳慣れた住職の声が聞こえてきた。

「七仙谷から来ました」

戸の前で泰英が低く言った。

戸が向こうから開いた。住職が立ち上がって泰英一行を迎え入れた。ところがその部屋に見知らぬ顔があった。泰英は幾分動揺した。見知らぬ人物は朝鮮服姿で、四十を遙かに超えて見えた。どことなく品位を漂わせていた。泰英とその一行はどぎまぎしながらもその場に座った。

「ちょうどよかった。わしが紹介しよう」

と、住職はその人物を指さしながら言った。

「このお方は七仙谷の道令たちを訪ねていらっしゃったのじゃ。明日君たちのところに案内するつもりで、今夜はこの寺にお泊めすることにしたのじゃ」

泰英は戸惑った。そして、その人物が自分たちのところに来る理由が思いつかず不審そうな表情をした。すると住職は、

「事情は後で話すとして、先ず紹介しよう」

と、泰英を指さしながら言った。

「この青年は七仙谷の道令の中でも第二人者といえる全道令じゃ」

次に泰英が李道令と姜泰守少年を紹介した。

「私は権昌赫《クォンチャンヒョク》という者です」

その人物は低く重々しい声で言った。

「皆さんご苦労なさっていますね」

泰英が聞いた。

「どうして七仙谷をお訪ねになるのですか？」

「そこに朴泰英という青年がいると聞いて、その青年に会いに行くつもりです」

泰英は胸が高鳴った。

（一体どういうことなんだ。この人は何者だ？）

泰英の動揺を看破したのか、権昌赫が言った。

「私は七仙谷の青年たちに害を与える人間ではありません。安心してください」

泰英は自分がその朴泰英だと打ち明けようかどう

か躊躇った。だが、もう少し時間をおいてみた方がいいだろうと判断した。

「ところで全道令は、こんな夜中にどうしたのかな？」

住職が尋ねた。

「明日、咸陽邑に出て行ってみようかと思うのです」

「咸陽邑に？どうして？」

泰英は住職にできない話はなかったのだが、権昌赫の存在が妨げとなっていた。

「全道令、この人の前ならどんな話をしても構わない。さっき説明するのを忘れたが、この方は思想運動のために獄中生活までした、その社会では名の知れた人だ。だから君たちを訪ねてきたわけでもあるのじゃ」

泰英が咸陽邑に行くことになった理由を大まかに説明した。すると権昌赫が言った。

「その問題なら咸陽邑まで行く必要もないでしょう。討伐作戦のために警察が咸陽邑に結集していたのは事実ですが、険しい雪道のために効果的な行動ができないと判断されて、昨日解散して帰っていくのをこの目で見てきました」

泰英はその話を信じていいものかどうか判断しかねた。それが表情に表れた様子だった。

「私が七仙谷の皆さんを訪ねる途中だったので徹底的に調べてきました。警察隊がトラックに乗って去っていくのを見てからも、色々なところから情報を聞いて討伐作戦の中止を確認しました。雪が溶けるまではそのようなことはないと考えていいでしょう」

さらに権昌赫は次のような説明まで付け加えた。

「もともと討伐作戦の計画は、現地事情をよく知らぬ道警察部の圧力で立てられたようです。智異山をよく知っている咸陽警察署や山清警察署は、不可能だと思いながらも道警の協力があるというから急いで準備したのです。ところがいざ道警の後援隊が到着してみると、その程度では話にならないという結論が出されたようです。現地の警察はもっと大きな規模の後援を予想していたのでしょう。道警の警察部長が直接咸陽と山清を視察して、討伐作戦の中止を命令したとも聞いています」

このような説明まで聞いて、それ以上疑う必要はなさそうだった。ましてやその人物が七仙谷の小屋を訪ねようとしているというのだから、さらに疑う必要はなかった。

ということは、その問題は終わったことになる。話は住職に頼んでいた食糧の問題へと変わった。

「どこでも食糧事情は深刻だ。この寺でも米が何粒か入った屑菜汁を食べてるしまつじゃからのう。でもまあ心配はいらん。わし等が食えなくても、七仙谷の道令たちにひもじい思いはさせん」

そう言うと、住職は僧たちをあらゆる方面に送って米を調達させているという話をした。

「一升がだめなら半升でもいいから、托鉢でなく金を払って集めてこいと言ってある。それから寺とつながりのあるすべての家を回って、仏様のためにいくらでも構わないからお布施を頼むとも言っておいた。区長たちにも金を渡してあるから心配はいらん」

大正年間に日本の仏教大学で学んだ経歴を持つ住職は、河俊圭と泰英と知り合うとすぐに意気投合し、七仙谷の道令たちを助けるためなら全力を尽くしてくれるのだった。

「七仙谷の道令たちを見ていると、胸のつかえがすっとするようじゃ。最近の言葉で言えば、希望がある。そんな気がするのじゃ」

住職はこう言ったりもした。

「私たちを助けている事実を警察が知ったら、住職を捕まえに来るのではないでしょうか」

いつか泰英がこんな質問をしたとき、住職は豪快に笑いながら、

「構うものか、大慈大悲が僧侶の仕事じゃ。本当にそうなったら、わしも普光党に入って武術でも習うとしよう」

その翌日の未明、泰英の一行は権昌赫を連れて、七仙谷の小屋に帰っていった。重い任務を帯びて出かけ、安心させうる情報を持って帰るというのは愉快なことだ。雪は限りなく清浄で、空はこの上なく澄み渡っていた。泰英は口笛でも吹きたいほど心が軽かった。だが権昌赫の存在が気になって、深刻な顔のまま用心深く雪道を歩いた。権昌赫の荷物を担いだ李道令と姜泰守を少し距離を置いて先に行かせ、泰英が尋ねた。

「山の中の雪景色はお気に召しませんか？」

昌赫は返事の代わりに微笑を浮かべた。

泰英は昌赫のその態度が気に入った。そして、小屋に戻って頭領と同席するまでは深刻な話はしないばかりか、自分の本名も明らかにしないつもりだったが、そのような態度が遠方から訪ねてきた来客に対して失礼ではないかという思いにとらわれた。

「七仙谷の存在をどうやってお知りになったのですか？」

「私の友人を通して知りました」

「朴泰英という人間の名前は、どのようにしてお知りになりましたか？」

「それも私の友人から知った」

「その方のお名前を教えていただけませんか？」

「朴泰英君に会えば明らかになるだろう」

「ひょっとして李圭君をご存じですか？」

「李圭君？名前は聞いたことがある」

泰英は昨夜からの推測が十中八九当たっているだろうと確信した。権昌赫は河永根の友人だろうと考えていたのだ。しかし何となく河永根の名前をこちらから言い出すのは憚られた。

「朴泰英に何か話があるのですか」

泰英は再び尋ねた。

「話もあるし……それよりも一緒に暮してみようかと思ってきたのです」

「一緒に暮すとは、七仙谷の山小屋でですか？」

泰英は驚いて聞き返した。

「承諾さえしてくれるのならば、そうするつもりです。私も貴方たちが必要だし、貴方たちも私が必要なようですから、決心してやって来たのです」

泰英はその言葉の真意を測りかねた。

「青年たちの集団に、年を食った人間が一人くらいは入っていた方がいいでしょう」

権昌赫は独り言のように呟いた。

泰英はその言葉が分かるような気がした。同時に河永根の配慮で、この人物が自分たちを訪ねてきたのだろうという思いを強くした。

「山中の生活はこの上なく不自由ですよ」

「不自由？これ以上の自由が世の中のどこにあるというのです。私はその不自由を自由だと思って来たのです。ところで一つ聞きましょう。貴方たちの集団を普光党というそうですが、その意味は何ですか？」

「普く百姓たちの光たらん、そんな意味です」

「その名前を朴泰英という人が付けたのですか？」

「いいえ、頭領である鄭道令が付けました」

「党員はすべてで何人いますか？」

「人間は二十五人で、牛が一頭います」

「牛がいるのですか？」

「あの前を歩いている姜泰守少年が連れてきたのです。私たちの党のマスコット的存在になっています」

「インドに行けば、聖牛というのがいると聞いたが」

と、権昌赫は笑った。

泰英は心の中で呟いた。

（とにかくよく笑う人だ）

「全道令といいましたね？」

権昌赫が聞いた。

「はい」

「ここに来た動機は何ですか？」

「倭奴の兵隊になるのが嫌だったからです」

「それだけ？」

「それだけです」

泰英はこう言うと、ついに本名を隠していることの気まずさに耐えられなくなった。それで思いきって尋ねた。

「先生は河永根先生のご友人ですね？」

「そうだ」

「それでは私の本名を打ち明けます。私が朴泰英です」

「そうだと思っていた」

「今まで隠していて申し訳ありません。実は頭領との相談なしに本名を明らかにすることができないのです。お許しください」

「それならば最後まで隠しておくべきではないのかな」

と、権昌赫はまた笑いながら泰英の手を握った。

「朴君に会うためにここまで来たんだ」

九

権昌赫が持参した荷物は二十冊あまりの本だった。その中にはマルクスの『資本論』と『経済学批判』があり、ベルンシュタインの『修正社会主義』、フェイビアン協会発行の『論文集』などがあった。

昌赫は、その本の包みの中から二通の手紙を取りだした。一通は河俊圭宛て、もう一通は泰英宛ての河永根からの手紙だった。河俊圭宛ての手紙は、

「世間から逃げてばかりいるのではなく、新しい世の中のために準備しておくことも大切なのではと思って、権昌赫先生をそちらに送る。そのような意味で権先生は大きな助けになるはずだ。しっかりお世話して、指導を仰いで欲しい。普光党の未来が祖国の栄光へとつながることを切に祈る。自重自愛することを願う」

となっていたが、泰英への手紙には次のように書かれていた。

「……権昌赫氏の故郷は慶尚北道安東《キョンサンプットアンドン》だ。私とは東京外国語学校の同門だが、権氏は露語科の出だ。その後、ハルピンの私塾の講師として招聘されていたが、満鉄調査部に席を移し、その頃から思想運動に荷担して何度か獄中に送られた。私とは唯一無二

の友人で、六年の刑を終えて出獄すると、すぐに私のもとを訪ねてきてくれた。そこで泰英君の話をすると、君と一緒に暮したいという意向を示した。必要な本と大体の生活費を送っておくから、お世話して熱心に勉強するように。何かを習うというよりも、共に学ぶということに意味があると思う。自重自愛、すべてに慎重を期すことを頼んで、筆を置くことにする」

権昌赫が、河永根から頼まれたものだといって差し出した一千円の金は、普光党党員たちの心を勇気づけてくれた。普光党は権昌赫に、頭領とその参謀のために建てた小さな小屋を使ってもらうことにした。権昌赫の出現により、普光党は一種の生気を取り戻した。

権昌赫の居所が決まると、毎晩河俊圭と盧東植、泰英が呼ばれて討論会が持たれた。

初めの晩の主題は「独立の真の意味」というものだった。

昌赫は先ず、何からの独立でなければならないのかと問題を提起した。次にどういう方向に向かった独立でなければならないのかを問題とした。同時に誰のための独立でなければならないのかについても問いただした。

「あらゆる問題に目を瞑って、独立さえできればいいという意識は、不合理であるだけでなく、実現もできない」

そう言いながら昌赫は、アメリカの独立闘争史を詳しく説明した。アメリカの独立運動家たちは、何からの独立でなければならないのかを正確に把握していたために、イギリスを敵としながらもイギリスの中に同盟勢力を構築した。どういう方向に向かった独立でなければならないのかも把握していたために、説得力のある独立宣言書として彼らの意欲を集約することができ、十三州の連邦政府を成立することができた。誰のための独立であるかについてもよく理解していたため、雑多な民族と人種の理解を通分し、約分できる民族主義を建設した。

「だがアメリカはあまりにも広く、人種が多様であったために、通分と約分の不足した部分が矛盾として蓄積されて南北戦争が発生した」

権昌赫の問題提起と説明は、驚嘆するほど正鵠を射ていた。泰英は権昌赫の話の内容よりも、その話を展開する方法に感嘆した。

「しばらくの間、何からの独立でなければならないのか、どういう方向に向かった独立でなければならないのか、同時に誰のための独立でなければならないのかを一人一人考えて、一つの答案を作り出しながら前進しましょう。アメリカの場合は参考にはなるが、凡例とすることはできないから、その点を忘れてはなりません」

この言葉で最初の晩の討論は終わったが、河俊圭、盧東植、泰英は自分たちの小屋に帰ってからも、夜の更けるのも忘れて権昌赫から受けた感動について語り合った。

次の晩昌赫は、先ず日本人からの独立でなければならず、次にこれと類似した勢力からの独立でなければならないという問題提起をし、これと類似した勢力とは何かについて世界的な状況を通して問題の核心を説明した。具体的な力関係が、その説明によってはっきりと分かったような気がした。

その晩、権昌赫は最後に泰英だけを残してマルクスの『資本論』を取りだし、泰英の膝の上に置いた。

「朴君はドイツ語が分かるだろう？」

「学ぶことは学びましたが」

「それならこの本を読んでみなさい。ドイツ語の勉強も兼ねて」

「読み切ることができるか自信がないですが」

「分からないことがあれば聞きなさい」

そして微笑を浮かべながらこう言った。

「私がここに来たのは普光党全体のためもあるが、本当は朴君が目当てだった。河永根君は、朴君が共産主義者になるのではないかと恐れている。共産主義というものは不思議なもので、一度のめり込んだらそればかりに執着してしまうおそれがあるんだ。河永根君はそれを心配している。だから私が買ってでたんだ。私が絶対に朴泰英君を共産党にしないと……」

「共産党になってはならない理由があるのですか」

「それは徐々に討論していくことにして、先ずはこの共産党のバイブルである『資本論』を読んでみなさい。相当に難しい本だが、天才の誉れ高い朴君だから迷わず勧めるんだ」

「それなら一つだけお聞きします。先生は共産主義者ではないのですか？」

「何年か前までは共産主義者だった」

「転向したのですか？」

「とんでもない。私は共産党に入党したことはない。それに共産主義者だと自称したこともないし……だから転向も何も必要ない」

「それなら今は何主義者ですか」

権昌赫はまた笑った。

「あえて何主義者だと言うならば、虚無主義者とでも言っておくか」

「虚無主義？」

「そうさ、ニヒリストだ」

（ニヒリストがこんなに笑うのか。いつも笑ってばかりの虚無主義者なんてあり得るのか）

泰英はこう思って、心の中で笑った。権昌赫は人の心の中を読む神通力があるらしかった。次のように言った。

「笑ってばかりいるのが間抜けに見えるのだろう？」

「……………」

「だが、いつも顔をしかめてばかりいるよりはましだろう」

そしてこうも言った。

「どんな思想も虚無主義には勝てん」

「それなら権先生は私を虚無主義者にしたいのですか」

泰英が冗談めかして聞いた。

「そうかも知れんな。ほどよい虚無主義は人生の薬味のようなものだから」

そしてまた権昌赫は笑った。

下の小屋が突然騒々しくなったために泰英は権昌赫の部屋を出た。カンテラの灯が行ったり来たりしているのが、どう考えてもおかしかった。泰英は下りていった。

黄道令が下腹を押さえ、床の上を転がりながら呻吟していた。頭領が黄道令の額に手を当てており、他の道令たちは怯えたように取り囲んで見守っていた。盧東植がたらいの水で手拭いを洗っていた。

「どうしたというのですか？」

泰英が盧東植に聞いた。

「分からん。黄道令の様子が変だというから下りてみたらこの有様だ。まるで全身がぐらぐら沸き上がっているみたいだ」

泰英は黄道令の横に行くと、額に手を当ててみた。すごい熱だった。

「何か食べ物に当たったんじゃないのか」

泰英が呟いた。

「ずっと我慢していたから、急に思いっきり食べて腹痛を起こしたんだと思います」

李道令の言葉だった。

泰英は権昌赫のもとに急いで戻ると、彼を連れて下りてきた。

「私が何の役に立つのか」

と言いながらも、昌赫は黄道令の額と腹を触ってい

たが、

「胃痙攣とか腸炎みたいなものではなくて、ひょっとすると急性盲腸炎かも知れん」

と、ひどく困惑したような顔をした。

「盲腸炎なら手術しなくてはなりませんか」

頭領が慌てて言った。

「そうさな、化膿してうみが飛び出すと取り返しがつかないから、そうなる前に処置する必要があるな」

そう言うと、権昌赫は黄道令の盲腸のあたりを触った。黄道令は激しく悲鳴をあげた。

「急性盲腸炎に間違いないようだな」

権昌赫が低い声で言った。

「義灘に医者がいるだろう?」

頭領は急いで立ち上がりながら言った。

「医者のような人がいることはいるようです」

車道令が言った。

頭領は小屋の外に飛び出した。泰英がその後に続いた。頭領は自分の部屋に行くと、服を着替えだした。

「四里を超える道です。その上、こんな険しい雪道をどうやって行くというのですか」

泰英が心配そうに言った。

「人が死にかけているのに険しいも何もないだろう」

頭領は服を着替えると、鞄から拳銃を取りだし上着の懐にしまった。

「頭領、ちょっと待ってください。私も行きます」

「全道令は残ってくれ」

「とにかく頭領一人ではだめです。誰かが一緒に行く必要があります。私がついていきます」

頭領が言った。

「車道令と朴道令を連れて行こう」

頭領と泰英、そして車道令と朴道令は義灘に向かって出発した。その時間が夜十時頃だった。

義灘までは地図上で四里だが、それは直線距離の話で、実際は勾配や回り道などを考えるとゆうに六里を越える。河俊圭一行が義灘に到着したのは明け方の三時を過ぎていた。

義灘に着くやいなや、一軒の家を起こした。まだ眠りから覚めきらない老人を急かして、医者の家に案内させた。医者は小柄でがっしりした体格の男だった。彼は目を擦りながら門を開けたが、急を要する患者がいるから一緒に来てくれという頭領の言葉に応じようとはしなかった。頭領は金はいくらでも出すからと哀願した。それでも医者が応じないでいると、頭領は拳銃を取り出した。そして医者の目の前で銃弾を装填し、

「命が惜しければ一緒に行くんだ。もしどうしても行かないというのなら私は貴方を殺すしかない。我々の同志を見殺しにする償いだ」

と、拳銃を額に押し当てた。

医者は真っ青になって、ぶるぶると震えた。そして何度も両手をすりあわせた。

「行きます、行きます」

「それなら早く手術道具、注射薬、とにかく急性盲腸炎の患者に必要な器具と薬品をそろえるんだ」

こうして強制的に医者を引きずって、七仙谷の小屋に到着したときは朝の九時を過ぎていた。

泰英が聞いたところによると、盲腸の手術は早ければ三分、遅くとも十分もあれば終了するというのだが、長々と三十分かかってようやく終わった。

手術が終わったため普光党の道令たちは安堵の溜息をついたが、医者はまだ平静を取り戻せない様子で、手術道具をしまう手が震えていた。山賊の巣窟に連れてこられたような気持ちなのだろう。

「私は鄭という者です。先ほどは失礼しました」

と頭領は医者に向かって謝罪した。

「失礼なんてとんでもありません」

医者は上の空で言った。

「ところで治療費と往診費を差し上げなければなりませんが、いくら差し上げればいいでしょうか」

治療費を払うという言葉が意外だったようだ。

医者は少し戸惑ったように頭領の顔ばかり見つめていた。

「率直に言ってください。どうやら私たちを盗賊と勘違いしているようですが、それは違います。おっしゃってください」

「そちらで適当に見積もってください」

「私たちがどうやって見積もるんです。おっしゃってください」

医者はもじもじしていたが、ようやく言った。

「大体このような場合、十円をいただいています」

「分かりました。それでは二十円お支払いします。険しい山道を歩いていただきましたから」

頭領は二十円を医者に握らせると、朝飯を一緒に食べようと勧めた。

「いいえ、腹は減っていません」

と医者は帰りを急いだ。一時も早く盗賊の巣窟から逃げ出したいと思っている様子だった。

「それなら仕方ない。昨夜のことは誰にも言ってはなりません。けれども一つだけ言っておきます」

頭領がこう言うと、医者は黙って首を何度も上下に振った。そして碧岩寺まででも道令たちに見送らせると言っても、医者は固辞した。

医者が去った後、頭領は吐き捨てるように言った。

「手術をしてもらったことは有難いが、人間味などかけらもない奴だったな」

「拳銃を突きつけられて十年は寿命が縮まったでしょう。人間味を出す余裕なんてなかったのでしょう」

泰英がこう言うと、頭領は、

「全道令、あのような場合拳銃を出さないでも済んだと思うか？拳銃があったおかげで脅しですんだんじゃないか。もしなかったら拳で殴りつけていただろう。けしからん奴だ。人が死にかけているというのに、医者ともあろう者が夜遅いから行かないだと？それはそうと全道令、私は強盗の素質もあるだろう？拳銃を額に突きつけて、おい金を出せ、なかなか様になっていただろう」

と大笑いした。

医者が帰るとき、頭領は誰にも口外するなと言ったが、彼は家に帰るやいなや警察に駆け込み大騒ぎをした様子だった。

その後、碧岩寺に流れてきた噂によると、七仙谷に盗賊の巣窟があり、その盗賊たちは各自六連発のピストルを持っているということだった。このような噂と共に、今までは単純な忌避者の集団とばかり見なしていた警察が、普光党を盗賊団として扱い、今後さらに猛烈な追及をするだろうという情報も入ってきた。

「警察が我々をどう考えようが、それは関係ない。だが来年の雪解けに向けての準備を今からしておかなければならない。河永根先生が送ってくれた金で、武器を手に入れることにしよう」

頭領はこう言ったが、金はあっても武器を買い求める方法がなかった。考えた末、鉱山を回ってダイナマイトを買い、手製爆弾を作ろうということで意見が一致した。資源開発によって戦力を増強するという政策のもと、あちこちに鉱山が開発されていたこともあり、ダイナマイトの入手は比較的容易だろうと判断したからだった。

一九四四年が暮れていった。

慌ただしい中での手術だったにもかかわらず、黄道令の経過は良好だった。やがて完全に健康を回復した。

黄道令の健康な姿を見た頭領は、喜びを隠さなかった。

「まったく黄道令には肝を冷やしたぞ。普光党から死人が一人でも出てみろ。大変なことになる。ご両親に何と言えばいいんだ。特に黄道令は私が罰を与えた直後のことだっただろう。腹が減って死にそうなのに、深夜歩哨を一週間も続けさせたんだから……私は今でもそれが発病の第一原因だと思っている……本当に冷や冷やした……でももう安心だ」

「頭領のおかげで助かったのです」

黄道令は涙を流した。

「そんなこと言うな」

頭領は黄道令を彼の小屋に帰すと、泰英と盧東植の方に目をやって言った。

「今後、安心して団体生活を送るためには、看護員程度でもいいから衛生と病気の治療を担当する人間がいなければならんな。いざそういう場面に直面してぎくっとした……今思えば普光党は運がよかった。約一年もの間、黄道令を除いて病気らしい病気にかかった者が一人もいなかったのだから。だから考えもしなかったんだが……これからは絶対に病気に詳しい人間が必要になると思う……医専か医科大学を出た人で、忌避者生活をしている人はいないものだろうか。いなければ少し年をとっていても、看護婦の経歴を持つ夫人でも探さなければならない。これは切実な問題だ。誰がいつ病気になるか分からないし、いつ怪我をするかも分からないし……来年の春は、どう考えても無事には済まされないような気がするし……」

頭領の話を聞きながら、泰英は金淑子のことを考えた。大阪にいたとき泰英は淑子から、学校で看護訓練を受けているという話を聞いたことがあった。淑子を連れてくれれば、応急治療くらいはできるのではないかとも思った。

金淑子を連れてくる名分ができたようで、泰英は興奮した。私的な恋愛感情からではなく、党のための必要によって連れてくることができるのならばどれほどいいだろうか。泰英はすぐさま圭にその旨を伝える手紙を書くことにした。

十

朴泰英を共産主義者にしないために七仙谷に来たという権昌赫の話は一時的な気分からのものではなく、ましてや冗談でもなかった。彼は彼なりの信念と使命感を持って七仙谷にやって来たのだった。

彼が五年の刑期を終えて保護観察の対象者として拘置所に残らず、すぐさま社会に出てくることができたのは、どの組織にも加担していなかったからだったのだが、いざ出てきてみると行くところがなかった。故郷安東の実家は荒れ果てた空き地となっていたし、ソウルにいる兄の家も極貧状態で身を寄せることはできなかった。元来彼は独身だったため、帰る家も養うべき何ものもなかった。考えた末に昌赫は河永根を訪ねた。

河永根と何日か過ごす間に、七仙谷に集まっている普光党の話を聞いて、朴泰英という青年に興味を持った。昌赫は朴泰英に自分の少年時代を見るような気がしたのだった。

「その青年は徹底的な共産主義者になる素質を持っているんだ」

河永根が泰英の話をしながらそう言った。

「二十で共産主義者でない者は馬鹿で、三十でまだ共産主義者の者は馬鹿だっていう言葉があるじゃないか」

昌赫はこう受け流したが、永根は真剣な顔で言った。

「それはイギリスの話で、我々の場合は違うじゃないか。朴泰英の場合、彼が共産主義者になれば、恐らく指導者級の人物になる奴だ」

「君はその青年がそうなることを望むのか？」

「私が望むとか望まないとか、そんなことは関係ない。彼が一番いいと望む道を進めばいいさ。それに将来朝鮮には優秀な共産主義者が必要になるだろうし……」

「そんなにその青年は優秀なのか？」

「優秀なだけじゃない。かなり過激な青年だ」

「君はその青年に愛着を感じているのか」

「もちろんだ。私は彼を実の弟か息子のように思っている」

「それでもその青年が共産主義者になってもいいというのか？」

「仕方ないだろう。それは信念の問題だから。それに人生においてどんな態度をとるのが最善なのかという問題について、私はまだ答えを見つけられないでいるんだ。私の気質として、共産主義にある種の懐疑を抱いてはいるが、今この時局にそんな懐疑だけで共産主義者を批判することはできない。それに、迫り来る明日がどのように展開するかも分からないのに、共産主義の是非を云々することはできないだろう」

「実に君らしい話だな」

と昌赫は言った。

「君が本当にその青年に愛着を感じているのなら、その青年を共産主義者にしてはいけない」

「何を言いたいんだ?」

永根は笑って言った。

「俺が学生時代から十年もの間、共産主義にのめり込んでいたのは君も知っているだろう。俺が共産党に入党しなかったのは、親父と兄貴のせいで俺の周辺の監視がきつかったからだ。だがその熱度においては、他のどんな共産党員よりも強かっただろう。君がそんな十年間を経験した上で言っているんだ。君がその青年を心底愛しているのなら、共産主義者にしてはだめだ」

と、権昌赫は共産主義者の創始者たちによる学問的な業績と、共産党の戦術とは厳格に区別して考えなければならないということから話を始めた。そして彼が満鉄調査部にいたときに収集したシベリア関係の資料をもとに、ソ連の農民と労働者がどれほど悲惨な状況にいるのかを説明した。知識人たちの受難は話にならないとも言った。

「しかし、それは過渡期の現象じゃないのか。発展過程の試行錯誤もあるのだろうし……そんな理由で共産主義を非難するのは知識人らしくない態度だと思うが」

河永根は言った。

「いや。過渡現象ばかりとは考えられないから言っているんだ。よりよい方向に向かうための一時的な過渡現象と、共産党という組織が必然的に犯さずにはいられない過誤とを区別できないで俺が話していると思うのか? 共産党の責任というよりも、人間性の問題だと考えるべきなのかも知れない。暴力行為と破壊行為を辞さずに革命を起こそうとするときは、その組織はこの上なく効果的で強力な組織だが、一旦革命が終わってみると、そんな組織は様々な矛盾が噴出してくるんだ。つまり平和時に戦闘的な組織を温存させようとするから、ありとあらゆる無理が生じてくるんだ。人民のための党のはずが、組織自体のための党になってしまうんだ。だから第一義的な意味から言えば、その組織が強くなればなるほど堕落していくということになる。結論的に言えば、敵を打倒するための組織としては、共産党が第一等の組織かも知れないが、百姓が良い暮しをするための組織としては危険極まりない組織だと断定できる」

「君の言いたいことは分かるような気がする」

と河永根は頷きながら、

「しかし、朴泰英を共産主義者にしてはならないという理由が出てこないじゃないか」

と笑った。

「偉大な素質を持った人間は、偉大な人間に育てなければならない。だが俺の意見として、偉大な人間と偉大な共産主義者は一致しない」

「スターリンは偉大な人間じゃないのか？」

「あれは怪物さ。人間じゃない」

「レーニンも偉大な人間じゃないのか？」

「レーニンは偉大な革命家ではあっても、偉大な人間とはいえないだろう」

「偉大な革命家は望ましくないのか」

「だが、君が愛着を感じている人間ならば、偉大な革命家ではなく偉大な人間となることを望むべきだろう。人間としての勝利は偉大な人間になることにある。これは俺の切実な願いであると共に信念でもある。逆説のようでもあるが、俺の話をよく聞いてくれ。真に偉大な革命家になろうとすれば、先ず偉大な人間にならなくてはならない。偉大な人間になろうと思えば共産主義みたいなものに捕らわれていてはだめだ。レーニンが偉大な革命家になりえたのは共産主義に捕らわれずに、それを利用だけしたからだと俺は見ている。スターリンの場合はまた違う意味を持っているが、彼もやはり共産主義者ではない。共産主義の理想は勿論、その目的までも信じていない者だ。彼は共産主義者ではないのに共産主義者のふりをして、徹底的に共産主義者を利用している奴ってことだ」

河永根は権昌赫の話が充分に理解できた。昌赫は、ツァール政権を打倒したところまでは意味があったが、その後の共産党の政治は殆どが失敗だったと言いながら、平均的市民というものを想定するならば、現在のソ連治下で昔のツァール治下よりもよくなったものは一つもないという話もした。

「その多くの犠牲、ざっと二千人もの犠牲を出してその有様なら、共産党、または共産主義の意味に懐疑を抱いても仕方がないだろう」

「だけどその代案を考えてみなければならないだろう。ツァール崩壊の後、多くの政派の中で共産党だけが生き残ったということは、それだけ民衆の支持を集めることができたという証拠じゃないのか」

「証拠と見なすことはできない。スターリンの恐怖政治は、かえって彼に反対するものが多いという事実を証明している」

「それでもドイツに対する挙国一致した反抗は、スターリンの指導力が恐怖政治にのみ依存してはいないことの証明にはならないか」

「それはスターリンの指導力というよりも祖国愛と民族感情だ。彼らはイデオロギーによって戦っているのではない」

　二人の討論は、独ソ戦から太平洋戦争にまで広がったが、再び泰英の問題に戻った。

　河永根は圭と泰英を比較した。圭はどこまでも穏健で、泰英は過激だと言うと、権昌赫は、

「それなら李圭という青年は共産主義者として育てなければならないな」

と真顔で言った。

「君はすぐにこう育てなければならないとか、育ててはならないとか言うが、いくら青年の頭が柔らかくて感受性が鋭敏だといっても、豆腐の角を削るみたいにこれは共産主義者、これは非共産主義者という具合に育てられると思っているのか？」

　河永根の言葉を聞いて、権昌赫はからからと笑った。

「誰が育てられるといった。育てなければならないと言ったんだろうが。ところで俺は穏健な青年には興味はない」

「それなら朴泰英君を共産主義者にしてはいけないと言ったが、その方法でも聞かせてもらおうか」

と河永根は聞いた。

「方法は簡単さ。『資本論』と『政治学批判』を読ませてマスターさせるのさ」

「それで？」

「それで一旦共産主義者にしてしまうのさ」

「その上で改宗させるのか？」

「いいや、『資本論』と『政治学批判』をマスターさせて、『共産党宣言』を読ませ、そのまま何の躊躇いもなく共産主義者になるのならそこまでだ。見捨てるまでだ。そんなに単純な頭脳を持った人間ならば惜しむことはないから、共産主義者になろうがどうなろうが知ったことではない。だが、『資本論』『政治学批判』『共産党宣言』を読んで、共産主義の根本を理解しながらも、何か懐疑的な態度を見せて苦悩するようであれば、そのときは一緒に勉強を始めるつもりだ」

　権昌赫は、いつから共産主義に懐疑を持ち始めたのかという河永根の問いに次のように答えた。

「ほら、いつだったかH・G・ウェールズとスターリンが対談したときがあっただろう。その対談記録を読んだのが、懐疑が芽生え始めた最初だった。ウェールズはスターリンから人間の声を聞こうとしたのに、スターリンは終始録音機のように答えていた。録音機対人間の対話という感じだった。それが俺には衝撃だった。歴史と社会と人生の問題に録音機のように教条的で機械的に答えるのが共産主義者の最

高代表の態度ならば、考え直す必要があると思ったんだ。その次の衝撃はブハーリンの裁判だ。俺はその裁判記録を、満鉄調査部にいたおかげで詳細に読むことができた。いわれのない濡れ衣を着せられて、ブハーリンが殺されたというのも何だが、犠牲者の口から彼らの裁判を正当化させる発言をさせたという裁判のあり方に戦慄を覚えた。俺が特にその裁判に関心を持ったのは、俺の弁証法に関する基礎教養はブハーリンの著作から得ていたからだ。共産主義というものが、些細な見解の違いによって死刑にされるようなものならば、そんなものは人類の理想であり得るはずがないという結論にたどり着かざるを得なかった。俺は、そんな残忍な裁判が一時的な過誤によるものではなく、共産党の模範ともいえるソ連共産党が持つ生理から必然的に表れた現象だと分かったとき、ほとんど共産主義に絶望してしまった。それでも労働者、農民が自由で豊かな暮しをしているというのならまだしもだ。アソー・ケストラーの『白昼の暗黒』を読んで、俺はそれをソ連を誹謗するために誇張された宣伝文書だと思っていたのに……誇張どころか、ケストラーはソ連の真相を十分の一も表現できていない」

「そうだとしても、それをもって即彼らの体制を悪と断定できるのか。共産主義を邪悪なサタンだと断定できるのか」

「共産主義の理想までを邪悪な思想ということはできないさ。だがソ連はその理想とはどんどん離れて行っているじゃないか。共産党を存続させるために共産主義の理想とかけ離れていくしかないのならば、共産主義は人類を導く思想としては破産したものではないのか。自ら理想を裏切った共産党が、その党の利益だけを追求していく体制を悪だと断定しないならば、どんな政治体制を悪と呼べるのか」

「ナチスもあればファッショもあるだろう。日本の軍国主義もあるし……」

「保守政権の悪は長い歳月をかけて蓄積されたものだから、現在の人物をその悪の原因として断罪することはできないが、共産主義はまがりなりにも歴史と科学的認識に基礎をおいたと自称する頭脳たちが構想したものではないか。それが悪として表れているのだから、断罪の対象は明らかではないか」

「万が一、共産主義が君の言うとおりのものならば、人類に進歩はないのか」

「まさか、漸進的に進めていく方法はいくらでもあるじゃないか」

「そういうアイデアはいいと思うが、政治的に結集できないのが致命的な事実だと思うが」

「とにかく共産主義はだめだ。君、共産党の朝鮮版を想像してみろ。規模が小さいだけ、ソ連共産党の悪を何十倍にもしたとんでもないものになるだろうさ」

「それならこの先、我が国が独立した日には、どのような方向に進めばいいんだ？」

「そうだな」

このような討論があった数日後、権昌赫は七仙谷を訪れたのだった。

七仙谷での権昌赫は、普光党党員の信頼を一身に集める存在となった。だが権昌赫は周辺の情勢を解説するなど様々な啓蒙に力を注ぐのみで、自ら彼らの方向を提示するようなことはしなかった。

権昌赫は若者たちの集団である普光党を、一種の学校として認識し、未来の世界に何らかの役割を果たし得る組織としては期待していなかった。しかし彼はそのような内心はおくびにも出さず、青年たちと夢を分かち合っているような振りをしていた。昌赫は日本が敗亡した後の朝鮮に関して、決して楽観してはいなかった。むしろ恐れを抱きながら将来の様相を想像していた。共産主義に幻滅した彼としては、どのような代案も見いだすことができなかった。それが彼の虚無主義的な気分を一層強くしていた。

彼は満鉄調査部にいたために、国内外の独立運動の様相を誰よりもよく知っていた。その知識の結果によれば、独立運動家たちは左右の別なく独立運動を笠に着て派閥闘争に明け暮れる不埒な集団に見えた。行動なしに功名だけを得ようとする精神が、そのような醜雑な党派争いを引き起こすということも分かった。虎を捕まえもしないうちに、その皮を巡って争奪戦を繰り広げている彼らには、この先期待する何ものもないと断念していた。かといって新しい勢力を想像することもできなかった。倭奴に媚びて、その勢力に便乗しようと血眼になっている大衆の中から何の希望を見いだせるというのか。

権昌赫の失望を更に深めたのは学兵たちの態度だった。死出の旅路に赴くことを知りながらも、その絶望的な状況までも意欲的に利用せず、その若い力を勢力化できなかったことを考えれば、彼ら若者にも期待することはできなかった。知識青年たちがその様なのだから、それ以外の青年たちについては言うまでもなかった。

そんな絶望の中、権昌赫は普光党の道令たちに出会った。彼らにも期待できないという考えに変わりはなかったが、堂々と学兵となることを拒否し、徴用を忌避する青年たちが、このように集まり闊達と日々を送っている姿は殊勝だというより他になかった。

「朴泰英を共産主義者にしない」

と七仙谷にやって来た権昌赫は、熱心に『資本論』を読み、驚くほどの理解力を見せる泰英を見守りながら、最後まで適当な代案を立てることができなければ、泰英をはじめとする普光党の道令たちを一人残さず共産主義者に仕立て上げてしまおうかとも考えるようになった。

（つまらぬ混乱よりは、その方がいいのではないか。ソ連共産党が犯しつつある過誤を鏡として、真に共産主義の理想を生かす党を作ることはできないだろうか！）

しかしそれは途方もない考えだと苦笑いした。あるときはアナキストの集団を作ってみようかとも思ってみたが、やはり空想の域を出なかった。

権昌赫の理想は、知識人の精髄を中核とした社会民主主義の建設にあったが、どれだけ想像力を総動員しても、その可能性を祖国から探し出すことはできなかった。

このような考えが鬱積したとき、権昌赫は雪に覆われた森の中を歩き彷徨った。雪に覆われた森の中は、昌赫にほのかな静寂と安息を与えた。いっそ人生の目的を見いだせないならば、自ら隠者となるしかない。彼はいつしかアメリカの哲人ソロに似ていく自分を感じた。

十一

雪は山を覆い、森を覆い、人々の生活を覆いはしたが、人々の心まで覆うことはできなかった。

普光党の道令たちの間に、雪の間から見え隠れするように心の動揺が起こり始めていた。奥深い山の中、雪に埋もれて暮す生活では、それがたとえ数十人の団体生活だとしても、人をして孤絶の気分に浸らせる。

年が変わり、日本の敗亡が疑いの余地のないものとなり、そのような戦況を毎日のように道令たちに伝えてはいたが、そんな戦況説明もいっこうに彼らの生気を呼び起こすことはできなかった。今の状況においては将来の希望は漠然としていて、現在の孤独はあまりにも耐え難いものなのだった。

そして遂に危機がやってきた。

三人の道令が家に帰ると言い出した。あまりにも唐突だったため、頭領河俊圭は暫く返す言葉を失った。普光党の規則では、頭領の許可なく党を離脱することはできないとなっていた。しかし、これといって何もすることのない状況、特に明らかな目的を実感できず、ただ無為に日々を送る状況においては、そのような規則を打ち立てていることが笑止なことでもあった。

「戻って警察に捕まったらどうするんだ」

河俊圭の第一声はこれだった。

「こっそり家に帰って、物置部屋にでも隠れます」

「実家には帰らず、叔母の家に行って隠れます」

「都会に出て労働者になります」

三人は各自このように言った。

「絶対に捕まらないという自信があるのだな」

俊圭が再び聞いた。

「捕まっても問題ないでしょう」

「まさか監獄に送られることもないでしょう」

「忌避者程度で……徴用に行けと言われれば行けばいいでしょう」

すらすらとこのような答えが出てくるところをみると、かなり前から彼らが七仙谷を離れる計画を立てていたことは明らかだった。

「どうしてここを離れるんだ」

暫く答えがなかった。少し経ってから一人が言った。

「私たち三人でもいなくなれば、食糧がそれだけ残るでしょう」

「食糧を気にして帰るのか？それなら」

俊圭の言葉には若干怒気が含まれていた。しかしすぐさま俊圭は自分の気持ちを抑制して言った。

「捕まっても大丈夫だと考えているようだが、そう易々とはいかないだろう。特に義灘の医者を連れてきたときから、我々を盗賊の集団と見なしているというのだから、捕まればその一味とされる危険もある。そうなれば監獄に送られるかも知れない」

「監獄に送られても何年も入ることはないでしょう」

「すぐ日本が負けると言っているではないですか」

「絶対に捕まらないように気を付ければいいでしょう」

俊圭は彼らの話を聞きながら、彼らは何が何でもここから離れる覚悟でいることを悟り、下手に引き留めては脱出される危険まであると思った。同時にそのような考えが他の道令たちに伝染する恐れまであると思った。あれこれ思いを巡らせた挙げ句、俊圭は穏やかに言った。

「道令たちの気持ちは分かった。しかし、万事慎重を期さなければならない。明日の朝までに答えを出すから、今夜は戻って休みなさい」

　彼らを帰してから、すぐに幹部会議が開かれた。幹部会議は頭領河俊圭、泰英、盧東植、そして李道令、朴道令、車道令で構成されていた。権昌赫もオブザーバーとして参席してもらった。

（頭　領）事情は大体分かったろう。みんなの意見を聞かせてくれ。

（車道令）規則は何のために作ったのですか。規則通りにすればいいでしょう。

（朴泰英）車道令の意見が正しいと思います。規則を前面に出して絶対に止めさせなければなりません。

（李道令）普光党は軍隊と同じ組織だと言ったではないですか。軍隊で兵隊が家に帰りたいと言って通りますか。気を付けて帰れよと送り返しますか。

（頭　領）私も彼らをそのまま帰そうとは思っていない。帰さないために何かいい考えはないかと聞いているんだ。私だって規則を忘れて言っているのではない……

（盧東植）彼らが心から帰ろうという考えを放棄しなければ。無理矢理引き留めて脱出されたら大変だ。

（車道令）脱出できないように警戒すればいいでしょう。

（盧東植）泥棒を見張るのに百人いても足りないというのに、作業もあるし、夜もあるのに、どうやって脱出を防ぐというんだ。大切なのは説得だ。誠意を持って説得するより他にないだろう。

（李道令）説得しても聞かなければどうするんですか。

（盧東植）脱出しようという奴を捕まえておいても仕方ないだろう。仮に脱出した奴を捕まえておいたとしよう。どうするんだ。彼らを殴るのか？殺すのか？

（朴道令）それなら脱出しても仕方がない。そうおっしゃるのですね？

（盧東植）そうは言ってない。どこまでも脱出しようという考え、離脱しようという考えを持たぬように教育しようと言っているんだ。

（朴道令）今まで教育してこなかったですか。頭領も洪道令も全道令も、あんなに熱心に教育していたじゃないですか。それでもあんな奴が出てきたのではありませんか。

（李道令）孟母三遷というではないですか。教育だけではだめです。

（車道令）道令たちの審査をしましょう。その上で危険性があると思われる道令たちは、私たちの中から一人ずつ責任持って特別監視をしましょう。

（朴道令）とにかく徹底した監視をするようにしましょう。

（頭　領）監視までしてこの団体を維持する必要があるだろうか？

（盧東植）私も頭領の意見と同じだ。説得や教育をもって一人の離脱者もないよう努力するだけはしてみて、去る者は去る、残るものは残るというようにするのが穏当だと思うが。

（頭　領）しかし、去る者は去れというようにしてしまうと、残る者が困ったことになる。去る者が我々内部の秘密をすべて口外すれば、家族に累が及ぶだけでなく、今後我々がすることに一々先手を打たれる恐れもあるだろう。

（朴道令）去る者は去れ、残る者は残れ、それでは滅茶苦茶です。普光党はその日から滅茶苦茶になります。離脱するという奴は、拳に物言わせてでも引っ張っていくしかないでしょう。

（車道令）そのためには監視を徹底する必要があります。監視のためには道令たちを審査して、等級を付けなければなりません。

（盧東植）帰りたいという者を引き留めておこうとするなら、監視制度が必要だろう。だが、この監視制度というものが問題だ。同じ組織にいながら誰かが誰かを監視するということは、どう考えても気持ちのいいものじゃないからな。

（車道令）気持ちよくなくても党を維持していくためには仕方ないではありませんか。

（朴道令）普光党はこの先重要な役割を担う党ではありませんか。国と民族のために働こうという党ではありませんか。それなら何が何でも私たちの普光党を維持していかねばなりません。そのためには徹底的に監視をして、規則も厳格に施行しなければなりません。

（頭　領）監視の方法はどうすればいい。車道令話してみてくれ。

（車道令）名簿を広げて一人一人検討しましょう。本当に危険だと思われる者には印を付けて、その人間一人一人に信用できる道令を選んで監視させるのです。

（盧東植）監視する者をまた監視する人間が必要だろう。

（車道令）その通りです。

（盧東植）その人間を更に監視する人間も要るだろう。

（車道令）そうやって一人も離脱できないようにしましょう。

（頭　領）それなら先ず家に帰りたいと言い出したさっきの三人はどうすればいい？

（李道令）頭領が呼んで、だめだと宣言すればそれまでではありませんか。

（朴道令）今後再びそのようなことを言い出せば、厳罰に処すとも言っておかなければならないでしょう。

（頭　領）皆、異議はないか？ところで全道令は一言も意見を言わないが、何か違う意見があるのか？

（朴泰英）違う意見はありません。しかし一旦この問題を全体会議で決議しましょう。頭領が一方的に宣言するのではなく、全体会議の決議を通して、絶対に離脱できないということ、規則を厳守しなければならないということ、万一破った場合には厳罰を下すということ等を決定しておいた方がいいと思います。

（盧東植）全体会議にかければ問題がこじれることはないだろうか。

（車道令）私も全体会議にかけて、全体会議の決議として強行するのがいいと思います。

（朴道令）全体会議にかけて、今私たちが合意した内容を通過させましょう。

（李道令）そのほうがはるかに効果的です。

（頭　領）ならば全体会議を招集しましょう。ところで権先生、何かおっしゃることはありませんか。

（権昌赫）別に話すことはない。


しかし、権昌赫はその会議を見守る間、様々なことに思いを巡らせていた。

組織を運営するにおいて、インテリ出身の河俊圭、盧東植、朴泰英に比べ、車道令、朴道令、李道令の方がはるかに強硬な意見を持っているという事実を知ったことは確実に収穫だった。

共産党が、核心となる中間幹部を無学な労働者の中から選抜する理由を、その例を通して知ることができたような気がした。

監視問題が提起され、その方法が具体的に模索される過程を見ることができたのも一つの収穫だった。どのような組織でも監視制度がなければ維持できないということ、その監視制度は監視する人を更に監視するという序列の連続によって成立するということ、そのような中でその監視制度が本来の目的から外れて、それ自体が強化されていき、おかしな機能を生み出していくのだが、その原型が目の前に現れたようで驚いた。

組織運営の方法についても、初歩的なものがその会議で提起されたが、それもまた昌赫にとっては収穫だった。組織の最も理想的な形態は、強圧のない自発的な人の和であり団結であるのだが、あらゆる組織がそのように理想通りにいかない。そのため強圧的手段を併用せざるを得ない。組織と人間の関係は、いつどこでも複雑で微妙な問題だ。二十数人にしかならない普光党においてすでにそのような問題が発生しているのである。もしその組織が全国的規模に拡大された場合にはどうなるのであろうかと考えずにはいられないのだが、これが長じて共産党があまたの矛盾と無理を犯さざるを得ないということを推し量ることができた。

（組織というものは、それ自体が矛盾を生み出し、無理を犯すものなのか！）

権昌赫は組織というものに対する幻滅を、この機会を通して改めて感じることになった。昌赫が何よりも驚かされたのは、最後に泰英が言った全体会議で決議しようという発言だった。

万一その発言が、重大な問題だから全体の意思を問わねばならないという気持ちからわき出たものならば、泰英の誠実さを証明する証拠となるのだろうが、予め結論を出した上で今後全体をより強固にその決定をもって拘束する目的で、手段としてのみ全体会議を利用しようというのであれば、彼が共産党的な素質を持った人間であると見なすしかなかった。

事前に少数の人間が結論を出しておき、それを全体の決定であるかのように見せかけるのは共産党の術策だ。最も民主的であるかのような振りをしながら、この上なく専制的なのが共産党の生理だとみるとき、泰英の発言は結果的にそのやり方を模倣したものとなる。権昌赫は泰英がそのような計略に長けた人間になるよりも、計略に疎い人間になって欲しいと思った。泰英の頭脳は掛け値なしに驚嘆すべきものだ。それだけに昌赫は河永根の彼に対する愛着を理解することができたし、自らも泰英に愛着を感じているのだった。

その晩、昌赫は泰英を静かに自分の小屋に呼んだ。幹部会議においての感想は話さないことにして、昌赫は尋ねた。

「朴君はアブラハム・リンカーンについての本を読んだことがあるか？」

「フェアーというオックスフォード大学の教授が書いた薄い本を読んだことがありますが……どうし

てそんなことをお尋ねになるのですか？」

「彼の人格には学ぶところが多いから聞いてみたんだ」

「先生はそんな人物にまでも関心があるのですか？」

「あるさ。あるだけじゃない。私は共産主義に幻滅を感じた後にアメリカの政治史を学び始めたのだが、共産党の創始者たちと対比してみると実に興味深いものがあるんだ」

「先生はアメリカの政体を肯定なさるのですか。いえ、アメリカの政体が私たちの模範になりえるとお考えですか？」

「模範とすべき部分もあるし、そうでない部分もあるだろう。だが、そんなことが問題なのではなく、共産党の創始者、つまりレーニンとアメリカを建国した指導者たちを比較してみると興味深いと言っているんだ。レーニンは政治家、革命家として一つの凡例となる人物だ。だが、政治を学ぶ人間は一つの凡例にばかり固着してはいけないと思うようになったんだ」

「当然のことではありませんか」

「リンカーンは、国をどうしていきたいのかということについて確かな所信を持っていた。だが彼はその所信を絶対に強要することはなかった。自分の意見を多数意見とするために術策を使うこともなかった。自分の所信を相手に理解してもらう努力をした上で、後は相手の裁量に任せた。それでも彼は南北戦争を収拾したし、国内の行政秩序を立て直した。レーニンが天才的な専制指導者だったなら、リンカーンは徹底した民主的指導者だった。強圧による支配よりも同意による解決を求めた。共産党の創始者たちは、彼らの目的のために人間性を犠牲にしたが、リンカーンは自分の人間性を少しも傷つけることなく難しい問題を解決した。リンカーンは専制または独裁による解決は、それがいくらうまくいったものであったとしても、解決ではなく問題の始まりだと見なした。その代わり民主的な同意による解決は、それが仮に拙劣な解決であったとしても後腐れのないものとなり、もしその解決に根本的な欠陥があれば再び討議することも可能なため弊害が少ない。リンカーンはそう信じてその通りに行動した人間だ」

「それはあくまでもアメリカの事情ではありませんか。どの国でも、どの時期でも、そんなやり方が通用するとは考えられないのではありませんか？」

「それはそうだろう。だがリンカーンのやり方が最善の方法だということを忘れてはいかん。言い換えれば、どんな目的があろうとも人間性を犠牲にしてまで敢行した処置は、決して人間のために有益であるはずがなく、人間のために有益であるはずのない処置は、ある集団や個人の野望を満たすための方便以上のものではないのだ」

「では戦争はどうなるのですか。闘争をしなければならないときはどうなるのですか。勝利のためには人間性を保留しなければならない場合もあるでしょうし、犠牲にしなければならないときもあるはずです。人間を殺すこと、相手を打ち負かす行為は、すべて人間性を犠牲にしたものではありませんか？」

「戦争や闘争は非常事態であって正常な状態ではないから……どんな事態も見方によっては戦争あるいは闘争状態と考えることができるが、そうやって無理矢理拡大解釈をしてはいけない。仮に今普光党の状況を例に取ってみれば、戦争状態にあると言うだろう。今後そんな状態となることを予想することもできるし……だからといって普光党の問題を処理するにおいて戦争状態にあるがごとく焦る必要はないだろう」

鋭利な泰英は、権昌赫がどうしてそんな話を持ち出したのかをすぐに悟った。そして笑って言った。

「さっきの会議のことをおっしゃっているのですね」

「そうとも言えるだろう」

「それで会議の中のどの発言が一番気にかかりましたか？」

権昌赫が、全体会議で決定しようと言った泰英の発言を指摘した。

泰英はその言葉には言及せずに、

「先生は普光党の将来をどのようにお考えですか？」

と尋ねた。

昌赫は正直に答えた。

「徴兵や徴用を忌避した青年たちが一時共同生活をしている団体、それ以上でも以下でもないと思っている」

「将来何か重要な意味を持つ団体だと考えることはできませんか？」

「このような共同生活が思い出になって、お互いの絆を強くするという意味はあるだろう」

「それだけですか？」

「率直に言って、この普光党がそれ以上の将来を持っているとは思わない。無論今後迫り来る問題によって左右されるだろう。鍛錬を受けなければならないとでも言おうか。考えてみなさい。万一日本が手を挙げたとしよう。どうなると思う。皆ばらばらに別れて家に帰らなければならないだろう。普光党から政党でも作るのか？ムッソリーニのファシスト党を作るのか？ナチスの親衛隊を作るのか？共産党の突撃隊を作るのか？君の考えはどうなのか、聞かせてくれたまえ」

「私はこの普光党を、今後いつ解散しても党員たちが民族と国のためにそれぞれ働けるように鍛錬する団体にしたいのです。そして日本が敗北して解散しても、建国の過程で必要があれば全員が集まり、力を合わせることができればと思います」

「その気持ちは分かった……だが今でも離脱者が出ようとしているのにこれでいいのか。この団体を維持することに神経を尖らす必要はないと私は思う。最善を尽くすとしても結果については介意せずに泰然としていなければ……一つだけ術策が必要だとするならば、道令たちが変な考えを起こす暇もないほど時間表をびっしり組むんだ。未明に起こして運動させて、午前中に学科を教え、午後にはウサギやノロジカ、虎などの狩りに行かせ、夜は夜で反省会や娯楽会を開いて、少しの暇もなく心と体を酷使すれば逃走しようとか離脱しようという考えもなくなるのではないかな。監視をどうするだの離脱をどう防ぐだの、つまらん議論をするよりも効果的なスケジュールを組むようにしなさい」

泰英は昌赫の話を聞いて、そのやり方が最上だと思った。そして昌赫の小屋を出ると、そのまま頭領と盧東植がいる小屋に行った。

十二

全体会議が開かれた。

権昌赫の指示があったため、会議の順序を大幅に変更した。

頭領が言った。

「私たちが集まって暮し始めてから、長い者は一年が過ぎ、短い者でも十ヶ月が過ぎた。普光党を組織してからも、すでに半年が過ぎた。私たちは将来この国の担い手となるために各自血で誓約し、力を合わせて今日まで大過なく健康に暮してきた。ところが昨今、党内にだらけた空気が流れているようだ。これは先ず頭領である私に責任があると思う。だから本来ならば厳格な規則通りに強行しなければならないのだが、半年が過ぎた今日、私たちの党を各自反省してみるという意味で、従来の約束や規則は一旦保留して、私たちの今後の方向をこの場において今一度決定しようと思う。どのような発言をしても、それをもって問責を受けることはないから、皆自分の正直な気持ちを話して欲しい。その上で今後の計画を発表する。全道令が具体的に一つひとつ尋ねていくから全員嘘偽りのない話をするようにと」

泰英が壇上に立ち、正直に答えるようにという頭領の言葉をもう一度繰り返してから質問を始めた。

「普光党を解散した方がいいと思いますか？」

このように質問を出してから先ず頭領の答えを待った。頭領が立ち上がって答えた。

「私は解散しない方がいいと考えます」

次は盧東植の番だ。盧東植は、

「私は解散した方がいいと思います」

と答えた。すると場内の空気に異変が起こった。動揺した空気が皮膚からも感じられるようだった。

「その理由を説明できますか？」

泰英が聞いた。

「理由は全体的な結果を見た上で話します」

盧東植はこう言うと座った。この盧東植の答えは、道令たちの意思表示を自由にするために前もって計画された芝居だった。しかし道令たちがそのような内幕を知るはずもなかった。

続いて順番は車道令、朴道令、李道令と回り、姜泰守少年で終わるまで、一人も普光党の解散を望む者はいなかった。

次の質問は、

「家に帰りたい人は正直にお話ください」

というものだった。

盧東植が手を挙げた。そして立ち上がると言った。

「私は家に帰りたいと思います」

「捕まった場合どうするつもりですか？」

「警察や憲兵に捕まったとしても、絶対に普光党の秘密を漏らしたりはしません」

盧東植はこのように事前に作られた台本通りに答えた。

すると前日頭領のもとを訪れ、家に帰りたいと言った道令たちが次々に立ち上がってその意思を話した。その他に二人が立ち上がって同様の意見を述べた。

「もういませんか？」

と泰英は五分間の猶予を与えた。しかし誰も立ち上がる者はいなかった。

泰英が頭領と場所を代わった。

頭領は次のように宣言した。

「普光党の解散を望む者は洪道令一人だけで、その他の者は全員存続を望みました。したがって普光党は解散しないことにします」

そして盧東植に尋ねた。

「洪道令は続けて解散を望みますか？」

「多数意思に従って私の意見を撤回します」

「次に、家に帰りたい者は洪道令をはじめ六人になりますが、この問題はどうすればいいでしょうか。各自意見を述べてください」

車道令が立ち上がった。

「絶対帰らせてはならないと思います。その理由は、警察に逮捕される危険性が大きく、そうなった場合には本人たちが不幸なだけでなく、我々の党にも禍が及ぶと考えられるからです」

泰英が発言した。

「家に帰りたい者は送り出すべきだと思います。たとえ捕まったとしても、彼らは党の秘密を漏らすようなことはしないと信じています。それに一度、帰りたいという気持ちが起こってしまっては、ここでの仕事が手につかなくなるでしょう。帰らせてあげましょう」

次いで賛否両論の意見が交わされた。

票決で決めようという意見も出された。そのため票決の是非を問う議論が展開された。

権昌赫はその光景を見守っていた。果たして全体会議が忌憚なく自由な雰囲気で話せるものとなっているかどうかを見極めようとしていた。

討論はいっこうに終わらなかった。


頭領河俊圭が場内を静まらせて言った。

「票決はしないことにします。その代わり、私の意見を聞いて賛成か反対か決めてください。私はこうしようと思います。家に帰りたい道令たちを無理矢理引き留めようとは思いません。けれどもその時期を私たちが別の場所に移動する直前にしたいと思います。そのわけは万が一、家に帰った道令たちが捕まったとき、警察が彼らを先導にして私たちの居場所を探し出そうとすれば、彼らはそれに応じないわけにはいかないだろうし、そうなれば先頭にやってくる道令たちのために、私たちが心おきなく戦うことができないからです。だから私たちがどこに移動するのか知らないまま帰るべきだと思います。遅くとも解凍する頃、つまり二ヶ月ほど後には、どのみちここを離れなければならないのだから、そのとき帰るようにすればいいと思うのですが、皆さんの意見を聞かせてください」

全員その意見がいいと言った。帰すべきではないと主張していた人々までも頭領の意見に賛成した。

頭領は明日から猛訓練が始まるだろうと付け加えて閉会を宣言した。


会議が終わるや、権昌赫が頭領のもとを訪れ賞賛の言葉を述べた。会議の進行や離脱者についての問題解決が実に見事だったということだ。

「河俊圭君には指導者としての貫禄がある」

そして、

「この集団を是が非でも維持していきたいのなら、警察とそれなりの衝突を引き起こす必要がある。一度そのような経験をすれば、何が何でも団結しなければならないという必要性を構成員一人一人が持てるはずだ。国の政治が乱れてくると、別のところに混乱を作りだして矛先を変える事例があるが、それと同じ論理だ……だが、そんな真似はできるだけ避けるべきかな」

と付け加えた。

その翌日から文字通りの猛訓練が始まった。

起床時間を一時間早め、就寝時間を一時間遅らせた。休息は午前午後それぞれ一時間というハードスケジュールによる訓練だった。

午前中にはびっしりと学科を行ったが、国史は権昌赫が、数学は盧東植が、英語は泰英がそれぞれ担当した。頭領は朝の武術訓練を引き受けた。この武術訓練には権昌赫も参加した。

昼食の後は狩りに出かけた。従前の狩りはウサギ一羽の成果すらなくとも構わないただの時間つぶしの散歩に過ぎなかったが、新しく作成した狩りの計画はまったく違うものだった。ノロジカやウサギを捕らえられない場合には、リスでも何でも捕まえてこなければならないと釘を刺された。そして、それなりの成果はあった。初日にイノシシを捕らえて凱歌をあげた。

碧松寺の近所に虎が出現したという知らせが入ったのはその頃だった。普光党は虎を捕える計画を立てた。虎を捕らえるためには、その足跡を追って何日も彷徨わなければならないと聞いて、そのための準備もした。

毎日毎日をこのように過ごしていると、不思議なことにそれまで普光党内部に流れていた弛んだ空気が一掃されていくようだった。憂鬱な表情も消え、動作にも活気が蘇った。就寝時間と共に眠りに落ちるため、お互い不満を漏らす暇もなかった。

こうして普光党は危機を脱して平穏な日々を送り、幹部たちは地図を広げて雪解け後の移動先の相談を始めた。

金淑子の手紙を同封した圭からの知らせが碧松寺を通じて届いた。泰英は先ず金淑子の手紙を開いた。

「李圭さんからの連絡を受けました。私の心はいつも貴方の横にいるつもりでいましたが、そちらに来るようにとの言葉を聞いてこの上なく嬉しく思いました。けれども出発は多少遅れます。私たちが勤労奉仕隊員として和歌山に出かけている間に大阪は大空襲を受け、不幸にも私の家の近所は一軒残らず焼け野原となってしまいました。そのため私の両親がどこに行ってしまったのか未だに捜し出せずにいます。近所の人たちの話によれば、生きていることは確かです。とにかく両親が見つかり次第、そちらに行きます。救急看護に慣れたおかげで、下手なりにお役に立てると思います。手に入る限りの薬品も買っていくつもりです。愛しい泰英さん！貴方の言葉通り、日本はもうすぐ終末を迎えることでしょう。大阪などの大都市を見れば、すでに終末を迎えた気分になります。暗く惨憺とした日々が続き、食糧も思うように手に入らない状況ですが、目前に近づいた輝ける未来を想像して胸を膨らませています。ああ、感激の未来！その日が来れば、その感激をどのように消化しましょう？どうかお体を大切に。夢にまで見たあの希望が花開き実を結ぶ日を一緒に待ちましょう。出発するときには李圭さんを通してお知らせします。それではお元気で！」

圭の手紙は次のようだった。

「……あれやこれや言いながらも徴兵検査を受けてしまった。甲種合格だそうだ。甲種が何だっていうんだ……日本の兵隊になるために甲種の体格と健康を持っていると証明してくれるなんて、何とも恐れ多いことだ。ところで悲しい知らせが一つある。俺たちより二年先輩に黄仁守《ファンインス》という人がいただろう。冬でも靴下を履かない変わった人だった。あの先輩が中国の開封で戦死したという知らせがあったので、彼の家に行ってみた。惨憺とした光景で、見ていることができなかった。この世にあんな悲痛なことが他にあるだろうか。誰のために、なぜあのような死を迎えなければならないのかという怒りが改めて沸き上がってきた。お前や河先輩が至極賢明だったと実感した。それで俺も決心した。入営通知が届きさえすれば、世の中がどのように動こうとも、俺はお前のもとに行くつもりだ。河先輩にもその旨伝えておいてくれ。河永根先生の家は近頃急に監視が厳しくなったから、連絡者を送るようなことは控えた方がいいようだ。先生の友人が訪ねてきて何日か泊まっていったそうだが、その人が行方不明になったということで先生はひどく追及を受けた。再び現れることを予想しているのか、先生の家の周辺を監視している様子だ。最近勉強はしているか？どうだ……俺は最近小説ばかり読んでいる。トルストイ、ドストエフスキー、ジイド等、手当たり次第に読んでいるが、お前も時間があればちょっと小説を読んでみろ。俺の叔父に出会ったそうだな。その知らせを親父と叔母に伝えた。とても喜んでいた。俺とうちの家族の無事を伝えてくれ。それにしても河永根先生は実に不思議な人だ。叔父とそれほどつながりがありながら、これまで一言も言ってくれなかったんだから。自重自愛するように……」

泰英は手紙を読み終えると、金淑子のことを思い、李圭のことを思った。二人が来れば泰英の世界は完成するのだ。

そして河永根が追及を受ける原因となった友人とは権昌赫のことだろうと思い、権昌赫に関する話を李圭に伝えなかった河永根の慎重さに改めて感嘆した。

昔、河俊圭の父と一緒に狩りをして歩いたという、俗称鄭砲手と呼ばれる人物が七仙谷にやって来た。俊圭がわざわざ招請したのだ。

目的は言うまでもなく虎狩りのためだった。鄭砲手の宿舎は権昌赫の小屋に決まった。

「虎狩りは砲手たちの生涯の夢だ。その夢をこの機会に叶えて見せよう」

と言いながら、鄭砲手は過去に虎と三度出くわしているが、一発の弾も撃つことができないまま逃してばかりいること、虎狩りは雪の中が好都合であることなどを説明した。六十を過ぎているにもかかわらず、顔は真っ赤な童顔で、体格も青年のようにがっしりしていた。

登山客の姿をした九人の虎狩り団が出発したのは、鄭砲手が七仙谷に現れた三日後の明け方だった。頭領と盧東植が二人とも出かけてしまうため、やむを得ず泰英が小屋に残った。

虎狩り団が出かけている間、小屋では一切の狩りを中止した。そして、要所要所に連絡網を張って待つしかなかったため、学科時間が過ぎると雑談でもしながら遊んでいる他なかった。

残っている道令たちの中に、以前帰りたいと言っていた道令たち三人が含まれていた。ある日雑談の末に泰英が聞いた。

「まだ家に帰りたいか？」

その中の一人が顔を赤らめながら呟いた。

「お恥ずかしい限りです。そのことは聞かないでください」

すると横にいた崔道令が言った。

「ちくしょう、何の楽しみがあって家に帰りたいんだ。酒でも飲みたくなったのか、新妻でもいて、ちちくりあいたくなったのか」

「そんなこと言わないでください」

「いや、雪が解けたらすぐに帰してやるって頭領が言っていたから聞いてみただけだ」

恥ずかしがる道令を救うために泰英がこう言うと、

「もう帰れと言われても帰りません」

と、その道令が言った。

「私も帰りません」

「私も」

家に帰ることを望んでいた三人は、それぞれこう答えた。すると意地悪な崔道令がまた一言付け加えた。

「虎の肉が食いたくて調子のいいこと言ってるんじゃないのか」

「そんなことないですってば」

「とにかく是非とも虎を捕まえてきて欲しいな」

「頭領が心に決めて出かけたんだから、きっと捕まえてくるさ」

「もちろんだ。捕まえて来るとも」

ちょうどその場に居合わせた権昌赫が言った。

「頭領がやると決心したことならば何でもできると思うのかい？」

「そうです」

「本当にそう信じるのか？」

「信じます」

「みんなそうなのか？」

皆が同様の答えだった。

権昌赫は満足そうに頷きながら何かを考えていたが、

「全道令もそう思うのか？」

と、泰英に向かって聞いた。

「無論です」

泰英は力強く答えた。


虎を捕まえたという知らせが駅伝方式で伝えられたのは、狩り団が出発してから四日後のことだった。峠で連絡を受けた徐道令が転がるようにして、全身泥と雪にまみれながら息せき切って小屋に飛び込んできたのが午後一時頃。狩り団が虎を丸太に吊して小屋に到着したのが午後五時頃……

七仙谷の小屋はお祭り気分に包まれた。

虎が地面に下ろされると、誰が音頭を取ったのか喚声が上がった。

「頭領万歳！」

二十五人の声が一つになった。

「頭領万歳！」

英雄が誕生した瞬間だと権昌赫は思った。

この話が噂となって近隣の村に広がったときには、普光党の頭領河俊圭が素手で虎を組み伏せて捕らえたという話に変わっていた。

第三部　小さな共和国

第一章　掛冠山

一

七仙谷《チルソンゴル》の春は渓流に乗ってやって来た。冬の間、金属性に近かった渓流の音が、その音響を高めたような気がすると、瞬く間にその音に柔らかみを増していった。

二月末から三月初め、空も大地も木も雪に埋もれ、智異山《チリサン》の姿は冬化粧そのまま変わらなかったが、その音だけが変わっていた。

「頭領、川の音が聞こえますか」

夜更けに寝付けないでいる河俊圭《ハチュンギュ》に朴泰英《パクテヨン》が話しかけた。

「川の音がどうしたんだい」

俊圭《チュンギュ》は真っ直ぐに上を向いて寝そべったまま、目を瞑って言った。

「春の音のように聞こえませんか？」

「もう三月だ。春じゃないか」

「そうじゃなくて、周りは全て冬の風景そのままなのに、水の音だけ変わっていませんか」

俊圭は言葉なく耳を澄ませた。そして、

「うん、変わったみたいだ。何というか。少しふっくらとしたようだな」

「冬の間中、金属性に近い冷たい音がしていましたが」

「多分目に見えないところで氷が薄くなっているんだろう。氷が溶けたから水量が増えて、角がとれて丸くなって……だから音も……」

見えるような見えないような光を、聞こえるような聞こえないような音響を探し出すことも喜びの一つだった。それは自然の神秘的な儀式に自分も参加することになるからだった。

「全道令《チョントリョン》は音楽家の素質もあるんだな。音に対する感覚がそれだけ敏感なのだから」

音楽家！考えたこともない話だった。しかし、ベートーベンのような音楽家になるということは、どれほど素晴らしいことだろうか。ナポレオンのヨーロッパ征服が、泡の上に刻まれた足跡のようなものだとすれば、ベートーベンは宇宙の大きさほどの、しかも果てしなく深い一つの世界を構築したのではないか。純粋かつ侵すことのできぬ、高度に抽象化され、この上なく堅固な、目に見えなくとも確実に存在する世界は、音楽の中にのみあるのではないだろうか。そして、ベートーベンはそのような世界を構築する過程で、誰も不幸にすることはなかった。

隣人の指先一つ傷つけることはなかった。ナポレオンの栄光には犯罪のにおいがつきまとうが、ベートーベンの栄光には毛ほどの傷もない。それは澄み渡った秋空の満月にも似ている。ああ、偉大なるベートーベン。人生にはベートーベンのような生き方もあるのだ。・・・・泰英の頬を静かに涙が流れ落ちた。夜は更け、彼は眠りに落ちていった。

　空は澄んでいた。朝の大気の中にもすでに春の知らせがあった。風は依然として寒気を含んでいたが、針のような棘は消えていた。「バサッ」という音は、枝に積もった雪を払って木々が伸びをする音だ。

　こうして少しずつ少しずつ春が近づいて来たと思っているうちに、いつしか雪が溶け去った。コノハズクの声が聞こえ始め、他の鳥の声も時折重なった。ダルマエナガが渓流の上を飛び交い、水鳥たちは「ギィギィ」と奇妙な声を上げていた。遂に溶けたばかりの雪の後に真っ青な草が芽を出し、枯れた木々の枝に生気が蘇った。

（春！やはり春は希望の季節なのか）

　日本の東京はすでに廃墟となり、金淑子《キムスクチャ》の住む大阪もほぼ灰燼に帰したという知らせだった。

　アメリカ軍はマニラに上陸し、硫黄島では日本軍が全滅したとも伝えられた。どこから見ても日本が生き残る道はない。日本の敗亡はすぐ目の前にあった。

（だが、それが希望といえるのか）

　昨年までの泰英ならば、日本の敗亡をすぐさま祖国の独立と直結させて、バラ色の夢を描いていた。しかし、今考えるとそれは歴史の一つの峠に過ぎないのかも知れないと思えるのだった。また違う色の惨劇の始まりに過ぎない歴史の峠！泰英は権昌《クオンチャン》赫《ヒョク》の話を聞くたびに憂鬱になった。

「これほど腑抜けた民族も珍しい。これほど抵抗力のない民族も珍しい。韓日合邦をあらしめた精神は相変わらずそのままだ。そればかりか民族の中枢神経は完全に麻痺してしまった。日本が滅びようが生き残ろうが、我々はこんな民族を相手にこの先の計画を立てねばならないという事実を忘れてはならない。ソ連を宗主国にしようという奴が出てくるだろう。中国を押戴こうという奴も出てくるだろうし、アメリカの一州になることを望む奴も出てくるだろう。勢力を持った奴等は全てそんな部類だろうし、それに反対する奴等は力無く、無気力になって彷徨するだろう。これが私の意見だ。これが私が虚無主義にならざるを得なかった理由だ。砂は流れ落ち、金だけが残らねばならないはずなのに、金は流れ落ち、砂ばかり残るのが世の中だ。それでも希望があると堂々と言えるのか」

　虚無の思想を克服しなければならないと言って話し始めながらも、ある冬の晩、権昌赫がこんな話をしたのだった。

　権昌赫はこうも言った。

「とにかく日本は敗亡しなければならない。そのときに直面したとき、我々は自ら考え自ら行動しなければならない。しかし我々の行動の成否を保障してくれるものは何もない。だから人間性を最も正しくできる方向を選択して、自分の内実を豊かにしておく必要がある」

　そのためにこの春を希望と翻訳することができるのではないか、と泰英は自身の憂鬱をぬぐい去ろうと努めた。このような悩みに加え、来るはずの金淑子が現れないという事実も泰英の憂鬱を深くしていた。

　解凍すれば警察の討伐隊が押し寄せてくるのは、まぎれもない事実だった。

　普光党は移動する準備を急がねばならなかった。移動する地域は掛冠山《ケガンサン》に決まった。白雲山《ベグンサン》、長《チャン》安山《アンサン》等も候補に上がったが、火田を開墾できる平原があるということが、掛冠山を選んだ最大の理由だった。智異山は変化無双で攻守両面において有利だったが、奥地に行けば行くほど開墾する平地がなかった。補給源を持たない普光党としては、泣く泣くねぐらを去らなければならなかった。

　掛冠山は咸陽郡《ハミャングン》の北端、全羅道《チョルラド》との境に位置する大きな山だ。小白《ソベク》山脈の支脈とつながり、大小の山が幾重にも連なった中に一際聳え上がる山でもあったが、その周囲には緩やかな勾配の草原と豊富な水量があり、普光党の自給地としては一番適しているといえた。その上、掛冠山は智異山のように名の知れた山ではなく、地形は穏やかでありながら智異山以上に僻地とされ、近隣に村落もなく訪れる人も稀だった。

　掛冠山に行くことが決まったのは二月下旬、頭領が率いる第一陣が出発したのは三月二十日だった。三月二十日まで時期を遅らせたのは、金淑子を待つためだった。第二陣が出発したのは三月二十五日、泰英は第三陣として三月三十一日まで金淑子を待ち、遅くとも四月三日までには掛冠山に向けて出発することになっていた。

　権昌赫は泰英と共に残った。

　四月二日になった。明日になれば掛冠山に向けて出発しなければならなかった。それでも金淑子は現れなかった。掛冠山は七仙谷のその場から九里、さほど遠くはなかったが、出発後に金淑子が到着すれば連絡を取ることは難しいだろう。仮に連絡が取れたとしても、馬川《マチョン》、義灘《ウィタン》を通り、咸陽邑から二里しか離れていない道を北上する途中には警察支所もあり、少数の人員では通過するのは困難だった。

泰英は焦燥するあまり明朝出発する準備を整えると、車道令《チャ》を連れて碧松寺《ピョクソンサ》に向かった。碧松寺の住職と、金淑子のことで相談しておく必要があったのだ。

泰英と車道令が碧松寺の近くに到着したときには、長い日も暮れて境内のあちこちに燈籠の灯が点っていた。

二人は碧松寺の裏山から寺の動静をうかがった。警察が時折立ち寄って普光党と碧松寺の関係を調べているという情報を聞いていたため、万全の注意を払わねばならなかった。しばらく岩陰から寺の方を眺めていたが、何となく様子が変だった。いつもなら法堂とその見張りの宿所にだけ灯が点けられているのだが、全ての建物に灯が点っているのが先ず異様だった。

「特別な法要でもしているのだろうか？」

車道令が囁いた。

「違う。何かあったようだ」

泰英が呟いた。

「法要以外にあんなに灯を点すことがあるなんて……」

「法要でもあんなに灯を点すはずはない。灯油が足りなくて大変だと住職が心配しているのを聞いたことがある」

「それならどうして」

「そうだな」

目と耳を総動員して理由を探ってみたが、全く要領を得なかった。二人はもう少し近づいてみることにして這い下りると、見張りの宿所のすぐ裏の斜面まで行った。小川のせせらぎと草虫の声以外は静寂が天地を覆っていた。寺の方からは何の音も聞こえてこなかった。風鐸の音すらしなかった。風も眠っていた。

「絶対に法要じゃない。木魚の音もしないだろう」

車道令が頷いた。

「何があったんだろう」

わけが分からないだけに不安が募った。

そのまま一時間が過ぎた。

見張りの宿舎の裏戸が音なく開かれ、輪郭からすると僧侶とおぼしき人影が出てくると、戸は再び静かに閉じられた。外へ出てきた人物は塀に沿って動いている様子だった。陰暦二十日のために月がまだ昇っておらず、その行方を遠くまで目で追うことができなかった。泰英と車道令はその後を追いかけた。

その人物は僧侶だった。碧松寺の僧侶を全員知っている車道令が暗闇に目が慣れると、

「あれは松山《ソンサン》スニム［僧侶に対する敬称］です」

と呟いた。

「松山スニムがどうしたんだろう？」

松山スニムは七仙谷へと抜ける道を用心深く歩いていた。その道をそのまま行くと普光党の山小屋へとつながっていた。

いくらか大きな声を上げても寺まで聞こえないところまで来ると、後をつける人がいないことを確認して車道令が呼んだ。

「松山スニム」

松山はびくっと足を止めた。

「車道令です。こちらにいるのは全道令です」

松山は二人を確認すると、道端の岩陰に屈んで座った。泰英と車道令は息を殺して松山の言葉を待った。

「今、山小屋に行こうとしていたところです」

「何かあったのですか」

「大変なことになりました。今日、日が暮れる頃に一人の青年と二人の若い女性が寺を訪ねてきたのですが、その後に巡査たちが飛び込んできたんです。巡査が彼らに手錠をはめて荷物を調べると、女性たちの荷物からたくさんの薬品が出てきて、青年の荷物からは本が出てきたんです。お前たちは普光党のもとに行くんだろうと言いながら警察に連行しようとしたのですが、日も暮れていたし巡査も二人しかいなかったので、明日の朝帰ることにして彼らを寺に閉じこめています。警察署に連絡もしたようなので、明日の朝には増員部隊が来るはずです」

泰英は、その青年は李圭《イギュ》であり、女性のうちの一人は金淑子だろうと思った。

「巡査たちは四方に灯を点けさせて、誰も外に出ては行けないと命令したのですが、住職がうまくごまかして、やっとのことで私が抜け出てきたのです」

「彼らはどこに閉じこめられているのですか」

「七星閣《チルソンガク》の中です」

「警察も一緒ですか」

「そうです。恐らく交替で見張っているのでしょう」

泰英はこんなときに頭領がいてくれればと痛切に感じたが、どうすることもできなかった。泰英は考えた挙げ句、松山に尋ねた。

「七星閣の右側に、古い小さな書庫のようなものがありましたが、あれは何ですか」

「昔誰かのお布施で建てたものですが、修理しようにも金がないのでそのまま放ってあります」

「分かりました。スニムは寺に戻ってください。私たちが何をしようとも知らん振りをしてください。後で聞かれれば、寺に監禁されている人たちを普光党が迎えに来て、巡査たちと一悶着あったために恐くてどうすることもできなかったと言い張ってください。住職様にもそうお伝えください。それから私たちが彼らを救い出す過程で、何か損失を与えてしまった場合には、いつか必ず保障しますからとも伝えてください」

泰英はそう話すと小屋に戻った。

小屋に残っているのは権昌赫を含めて五人、泰英と車道令を加えると総勢七人だった。この七人をもって作戦計画を立てねばならなかった。

作戦計画を精密に考えた。碧松寺に累が及ばないようにするための演劇の台本まで準備した。

泰英にとって、単独で経験する初めての試練だった。彼はとにかく冷静に行動することを肝に銘じた。

二

月がいつの間にか昇っていた。

各自割り当てられた荷物を背負って、七仙谷の小屋を後にしたのが午前一時。掛冠山へと続く道の近くで荷物を下ろしたのが一時三十分。権昌赫をそこに残して、碧松寺に到着したのが一時五十分頃。

夕方点けられていた灯籠は殆ど消されていたが、七星閣の前の庭を照らす明かりだけはそのまま残されていた。

朴泰英と車道令、徐《ソ》道令、白《ペク》道令、文《ムン》道令は七星閣の裏塀を音を立てずに乗り越えた。このとき林《イム》道令は書庫に近づき、準備してきた乾いた木をその前に敷くと油を注いだ。文道令と車道令が棍棒を持って七星閣の戸の横に張り付くのを確認して、林道令がマッチに火を点けることになっていた。泰英は猟銃を持って車道令の後ろに立ち、徐道令と朴道令は文道令の後ろに立った。

林道令がマッチを擦った。乾いた木に石油までかけていたため、火はすぐさま燃え上がった。

「火事だ！」

「火事だ！」

叫びながら林道令は七星閣の前を通り過ぎ、裏の方へ駆けていった。

予想していたとおり、七星閣の戸がダンと開いた。一人の巡査が顔を突き出した。右側に炎が燃え上がっているのが見えるだけで、戸のすぐ側で壁に張り付いている道令たちが見えるはずはなかった。

巡査は何やら喚きながら外に飛び出した。その瞬間、車道令の棍棒が巡査の肩を打ちつけた。「あっ」と一言声を上げて巡査が倒れ込むと、すかさず泰英は七星閣の中に侵入し、立ち上がろうとするもう一人の巡査の胸に銃口を突きつけ、

「手を挙げろ」

と叫んだ。

巡査を文道令に縛らせながら、泰英はぶるぶる震えている圭《キュ》と女性たちに向かって言った。

「黙って俺の言うことを聞け。約束通りお前たちが今日来ると思ってここまで迎えに来た。だがお前たちが巡査に後をつけられていたからひとまず隠れていた。夜を待っていたんだ。もう安心するんだ。我々の小屋がこのすぐ下にあるから、そこに行ってゆっくり休むんだ」

碧松寺に迷惑をかけぬよう、巡査たちに聞こえるようにわざと言った台詞だった。そして泰英は圭と女性たちの手首を確認した。幸い手錠はかけられていなかった。泰英は徐道令に圭たちを連れて行くよう命じた。

巡査たちを縛り終えるのを待って、車道令の棍棒に打たれた巡査の怪我が大したことがないことを確認し、泰英はその場を立ち去った。

寺から出てきた僧侶たちが書庫の火を消している姿を遠くに見ながら、泰英と車道令、文道令、林道令は集合場所へと向かった。

山道を曲がりながら、

「寸分違わず計画通りにやり遂げた」

と、車道令が満足そうに言った。

集合場所では出発準備を整えて待っていた。

「圭、話は後だ」

「淑子、みんなへの挨拶は後でゆっくり」

と簡単に言うと、泰英は夜道を先頭に立って歩き始めた。

「夜明け前に南川江《ナムチョンガン》までは行かなければならない。車道令は一番後ろから来て新しい客人を見てやってくれ」

義灘までの道は比較的に楽だった。月光の下ひっそりと佇んでいる義灘の村を遠くに眺めながら、迂回路を選びつつ南川江までたどり着くと、時計は五時を指していた。全身が汗でびっしょりだった。

「ここで少し休んでいこう」

皆、荷物を下ろすと言葉なく座った。休んでいる間、誰も口を開こうとしなかった。

「権先生お疲れでしょう？」

泰英が聞いた。

「なあに、大したことはない」

権昌赫は泰然として答えた。

瓶谷面《ピョンゴクミョン》松坪里《ソンピョンニ》の裏山を抜けるとき夜が明けた。その山を過ぎると元山川《ウォンサンチョン》が現れた。

清らかな流れで汗を流し、昨夜準備してきた握り飯を食べた。

その時初めて泰英は金淑子の姿をはっきりと見ることができた。

「ここに来るまで苦労しただろう」

泰英は淑子の傍らに座りながら静かに言った。淑子はじっと泰英の顔を見つめながら、こくんと頷いた。そして涙を拭った。

「もう一人の方を紹介してくれ」

泰英がそう言うと、淑子は再び顔を上げ、

「私と一番親しい友人の陳末子《チンマルヂャ》です。この方があの朴泰英さん」

と紹介した。

「初めまして」

陳末子は軽く会釈して見せた。口調は日本人が朝鮮語を話すかのようにぎこちなかった。細い顔に理性的で澄んだ瞳が印象的だった。

「末子は日本陸軍の正式看護婦でした」

淑子が説明した。

「恥ずかしいことです」

末子はうつむいた。

「圭、驚いたろう」

泰英が圭に話しかけた。

「まだ震えている」

圭の顔には困惑の表情がありありと浮かんでいた。

実際、圭はまだ泰英と一緒に山で過ごす覚悟ができていなかった。金淑子と陳末子を普光党の山小屋に送り届け、泰英の顔を見たらすぐに帰るつもりだったのだ。

それが突然の事件のために掛冠山まで同行するはめになってしまったのだ。

話し出せばきりがない。全ての話を後回しにして握り飯を食べなければならなかった。

握り飯を食べ終えると、淑子は川の水をすくって一口飲んだ。

「ああ、この水なんておいしいんでしょう。この水だけでも生きていけるようだわ」

末子も同じように飲むと、同感というように頷いた。

「水だけ飲んで生きていけるのは仙人だ。だから掛冠山への道は仙人への道なのです」

泰英が笑って言った。

半日をそこでゆっくりと休み、再び出発した。道は急で険しかった。

(仙人への道は険難だ)

その険難な道を休み休み六時間かけて、ようやく中腹に雲を巻き付けた掛冠山を望む地点までたどり着いた。

「あれが掛冠山だ」

車道令が声を上げた。

皆、足を止めて山を見つめた。それぞれの胸に感慨が込み上げていた。

金淑子には泰英と共に過ごすことのできる家のように見えた。

陳末子は未知の生活を前に、不安と興奮に震えた。

権昌赫は杜甫の「望嶽」という詩を連想した。

岱宗何處在　(岱宗《たいそう》　それいかん)
齊魯青未了　(斉魯　青いまだおわらず)
造化鐘神秀　(造化　神秀をあつめ)
陰陽割昏暁　(陰陽　昏暁をわかつ)
盪胸生曽雲　(胸をうごかす　曽雲の生ずるに)
決眥入歸鳥　(まなじりを決す　帰鳥の入に)
會當凌絶頂　(かならずまさに　絶頂を凌ぎて)
一覧衆山小　(一覧　衆山を小とすべし)

(泰山とはどんな山なのか。山の青は麓の斉と魯の国に広がって果てしがない。造化の神が技を尽くして作り、その頂上は南と北、日暮れと暁を分けているのだ。重なり合った雲が湧くのに胸は揺るがされ、巣に帰る鳥が消え去るまで目を一杯に開いて見入るのだ。いつか必ず頂上にたって、周りの山々の小さいことを実感してみたい)

再び歩き始め、峠を越えようとしたとき「全道令」という呼び声が木霊した。

頭領河俊圭が峠の頂まで迎えに来ていた。

たった半月ぶりの再会であったが、泰英は俊圭の顔を見ると涙が込み上げてきた。俊圭もやはり同じ気持ちのようだった。泰英は自分の感情の動きに驚いた。淑子を見ても、圭を見ても、涙が込み上げるほどの気持ちにはならなかったからだ。

俊圭は一行の中に圭や見知らぬ顔があるのにも介

意せず、泰英との再会に感激し、真っ先に泰英の手を取り、肩を叩いて喜んだ。

「これで普光党は無事に移動を完了した」

次いで俊圭は他の道令たちと握手を交わし、その後ようやく圭と淑子、そして末子と挨拶を交わした。気づかぬうちに、どんな友愛よりも強い同志愛が普光党の間に育まれていたことを、泰英は俊圭との再会を契機に確認することができた。


掛冠山の東の麓、ぼっこり窪んだ場所に小川を挟んで五つの小屋がすでに完成していた。半月の作業量としては目を見張る成果であった。丸太を重ね、ヒュッテ風に質素に建てられていたが、丈夫な板を重ねて屋根を作り、壁の内部にはアンペラを塗り、オンドルにはむしろが敷かれていて、殆ど完全無欠の城塞といえた。

俊圭は小屋を淑子と末子に案内して見せながら、

「この小さな小屋が女性同志のための小屋です。もしお一人でいらしたら里に下りて一人二人徴発してくるつもりでした」

と言って、五つの小屋の真ん中に建てられた小屋を指さした。

夜には盛大な祝宴が開かれた。宴会場とされた一番大きな小屋の正面の壁には虎の皮が掛けられていた。

祝宴は盧東植《ノドンシク》の司会で進められた。

「今日は一九四五年四月三日。陰暦では二月二十一日です。曜日は火曜日。なぜこんなに日付について細かく言うのかというと、我々普光党にとっては歴史的な大記念日となるであろうからです。まさしく今日、普光党は智異山七仙谷からこの掛冠山への移動を無事完了しました。そればかりか遠く日本から渡って来た金淑子さん、陳末子さんを同志として迎えた日でもあり、李圭さんを同志に迎えた日でもあります。みなさん拍手で新しい同志を歓迎しましょう」

拍手が止むのを待って、盧東植が再び話を続けた。

「新しい同志を迎え、我々普光党は総勢三十名となりました。その中には牛も一頭入っていますが、牛だって立派な我々の同志です。農作業をすれば我々の二十倍もの力を発揮します。とにかく今夜は愉快に楽しみましょう。酒も準備してますから、飲みたい人は好きなだけ飲んでください。酒が足りなければ掛冠山の水があります。この水だけでも充分に酔えるはずです。頭領の挨拶がありますが、その前にそれぞれ自己紹介をしましょう」

道令たちの自己紹介は姜泰守《カンテス》少年からさかのぼって始まり、最後に河俊圭が自己紹介をした。そして次に俊圭は頭領としての挨拶を始めた。

「空の下、これほど素晴らしい集まりはありません。空の下、これほど美しい集まりはありません。ですから、空の下、これほど楽しい集まりもないと信じます。私たちが徳裕山隠身谷《トギュサンウンシンゴル》に集い、長い者は一年四ヶ月、短い者でも半年間共に暮してきましたが、一人も病に倒れることはありませんでした。一人も悪事を働くことはありませんでした。正しく美しい行いをする者は病に伏すことはないという、その証拠としても我々普光党は神聖な集まりです。普光党は民族の良心です。普光党は民族の希望です。残忍な日本も私たちを侵すことはできないでしょう。あの智異山、この掛冠山が私たちを守ってくれます。まさしくこの祖国の山河が私たちを保護してくれるのです。私たちが正しいことをしている限り、私たちに敗北があるはずはありません。たとえ私たちの肉体は死ぬことがあろうとも、私たちの正当性は永遠なる勝利として残るでしょう。つまり我々普光党は私たちの、民族の、祖国の、永遠なる勝利のために存在するのです。永遠なる勝利のためにこれからも私たちは奮発しましょう。頭領としての挨拶はこれで終わります」

小屋に割れんばかりの拍手と歓声が響き渡った。それが止むのを待って、俊圭は次のように付け加えた。

「先刻みなさんも聞いたでしょうが、昨日未明、朴泰英同志、つまり全道令と車道令、徐道令、白道令、林道令、文道令、そして権昌赫先生は、我々普光党のため、新しい同志のため、碧松寺にて大きな功を立てました。この同志たちの功がなければ今夜のこの祝宴はなかったでしょうし、普光党の存続も、新しい同志を迎えることもなかったでしょう。ですから陣頭指揮を執った全道令とその他の同志たちを讃えるために拍手を贈りたいと思います」

再び拍手と歓声が小屋を揺るがした。洪《ホン》道令こと盧東植が立ち上がった。

「それでは全員で乾杯しましょう。酒を飲む人は酒を。水を飲む人は水を！」

乾杯の後、食事が始まった。

食事が終わると歌をはじめとした隠し芸大会となった。

余興の合間を見て泰英が立ち上がった。

「先ほど新しく迎えた同志たちから簡単な紹介がありましたが、前もって知っておいた方がいいと思いますので少し補足しておきます。李圭君は私とは中学時代の同級生です。ですから頭領の四年後輩になります。現在、東京帝国大学の学生です。朝鮮人が帝国大学に通っているからといって何も名誉なことはありませんが、倭奴《ウェノム》たちが躍起になっても入ることのできない日本の最高学府に、差別の壁を打ち破って入学したということだけでも大したことです。しかし、李君は倭奴、または彼らに追随する輩と付和雷同することなく私たちと同じ運命を歩むことを選んだのです。このことは心から歓迎しなければならないと思います。今後、みなさんの教養向上のために努力してくれるでしょう。陳末子さんは、去る大阪大空襲の時にご両親を亡くしたそうです。そのような悲しみの中、私たちの健康と不慮の禍に対処するため、遠く玄界灘を渡ってきてくださいました。看護婦としての専門知識と専門技術を身につけた方が私たちの側にいてくださいますから、みなさんは安心して戦い、安心して負傷することができるようになりました。金淑子さんも私たちのためにわざわざ看護技術を学んできてくれた方です。陳末子さんの助手として誠意を尽くしてくれるでしょう。この方たちのために、もう一度拍手を願います」

拍手と歓声がまた沸き起こった。その音が止むと、泰英は金淑子に歌の指名をするよう盧東植を促した。

金淑子は恥ずかしそうに立ち上がったが、朗々と「鳳仙花」を歌い上げた。アンコールを請う声があちこちで起こった。

夜が更けるのも忘れて祝宴は続けられた。

金淑子と陳末子は、昨夜から元山川の畔でほんの少しまどろんだだけで、強行軍を続けてきたのだが、疲れも忘れて祝宴の雰囲気に飲み込まれていった。圭もある種の感動にとらわれ、自分が掛冠山に来たことを後悔するまいという気持ちになっていた。

午前零時が近づいた頃、盧東植が立ち上がり次のような提案をした。

「我々普光党の歌があります。いや、曲があります。かの有名なベートーベン先生が私たちのために作ってくれた曲があります。歓喜の頌歌として知られているのがそれです。その曲に合わせて全道令が歌詞を付けることになっているのですが、あまりにも深く考えすぎてまだ完成に至っていません。ですから今夜は我々民族の歌、アリランを合唱して散会することにしましょう」

アリランのもの悲しい響きが、掛冠山の山神を眠りから揺り起こすかのようだった。散会に先立ち道令たちが叫んだ「頭領万歳」の声を聞いて、山神は掛冠山の主人の出現に気付いたことだろう。

三

開墾作業が始まった。

荒れた土地が人間の意志と努力によって、ある生産力を持つに至る過程は感動的だった。しかしその感動は、人間のおびただしい汗によって初めて得られるものだ。労働の苦痛が即ち感動の内容なのだ。いや、労働の苦痛を感動に翻訳できるとき、労働は神聖だという達観が生じるのかも知れない。

先ず耕地として適当な地域を選定し、その地域の雑木を切り倒し、根を掘り出す。その後、大小の石ころを取り除き、牛が鋤で耕す。鋤で耕したあとを鍬で掘り起こす。干し草でその上を覆い火を放てば、その灰が肥やしとなる。次に畝を作る。畝が完成すれば様々な種を蒔く。

粟を蒔き、陸稲も蒔いた。大豆や小豆、ジャガイモやサツマイモも植えた。時期を見て耕地を広げ、蕎麦、カボチャ、キュウリ、スイカ、マクワも植える予定だった。一人あたり二百坪の土地を使わなければ、一年間の自給自足はできないという計算のもと、六千坪の開墾と種まきを目標に作業は進められた。

労働に慣れていない権昌赫、李圭、金淑子、陳末子も全く疲れを見せずにこの作業を手伝った。

「疲れるだろう？」

日焼けして真っ赤になった圭の顔を見て泰英が聞いた。

「全然、こんなに労働が愉快だなんて想像もしなかった」

圭の正直な答えだった。

「気のせいか、毎日の仕事が苦になりません」

そう言ったのは金淑子だった。

「私は誰のためか分からない仕事ばかりしてきましたから、生まれて初めてやり甲斐のある仕事をしている気分です」

これはいつの間にかぎこちない日本訛の消えた陳末子の朗らかな言葉だった。

だが肉体の疲労はひどかった。過激な労働に疲れ果て、お互い言葉を交わす余暇もなく四月の一ヶ月はあっという間に過ぎていった。

このときの圭の日記には次のように記されていた。

「原始的な、最も原始的な労働を通して人間を回復できるということは驚くべき発見だった」

「希望だの期待だのといったものに全く介意せず、ある歴史の流れに自分自身を任せてしまうということ、夜に座して夜明けを待つ気持ち、これこそが健康な思想であり健全な生活だ」

「両親はどれほど心配しているだろうか。それでも自分に自信を持って過ごすことができるのはどうしてなのか。それは自身の生活が健全であるが故の結果だろう。卑屈にならず、何の後ろ暗いところもなく暮しているという事実、これだけでも人間は悩みを捨て去ることができるのだ」

　泰英はその日記を読み、言葉には出さなかったが内心笑ってしまった。

（圭はまだまだセンチメンタリストだ。こんな生活が一年以上続いて、それでも未来が漠然としていたとしたら、彼は耐えられないだろう）

　この頃、権昌赫は泰英のねぎらいの言葉に対してこんなことを言った。

「食べていくことの難しさを知らなければいけない。たとえ獄中生活をしても、今まで私はあまりにも楽して暮してきた」

　これらの言葉を伝え聞いた河俊圭は、

「辛い労働をさせて申し訳ないと感じていたが、そんな心配は必要ないようで安心した」

と満足そうに笑った。

　普光党の道令たちと殆ど時を同じくして反川谷《パンチョンゴル》の青年たちも掛冠山に入り、北方に居を構えて開墾作業を始めていた。巨林谷《コリムゴル》の青年たちもやはり掛冠山の南方に入っていた。しかしそれらの集団は普光党ほど準備が整っておらず、農具や種を貸してやらねばならないことが往々にしてあった。その都度河俊圭は、こちらが不足しても貸してやるようにと言った。何か足りない物があれば、四里離れた里に下りてまで調達させたために道令たちの中から若干の不満が起こることもあった。

　巨林谷の青年たちとともに、圭の叔父である李紅《イホン》雪《ソル》、成漢柱《ソンハンヂュ》、李鉉相《イヒョンサン》も移動してきたために、圭と李紅雪との劇的な再会の場面もあった。

　巨林谷の青年たちと一緒に李紅雪がいるという知らせを聞いて、圭は泰英とともに峠を一つ越え、巨林谷の小屋を訪ねた。李紅雪は数年の間に立派な大人となった甥を見ると、喜ぶ前に慌てふためいた。

「どうしてお前がこんなところに？」

　彼は声を詰まらせながら、

「ここはお前みたいな奴が来るところじゃない。わし一人で充分なのに」

と不得要領に口ごもった。

　四月は開墾と種蒔きに追われ、先延ばしにしてきた合同大会が開かれたのは五月十日だった。

　まさにその前日、ドイツ降伏のニュースをラジオを通して聞いていたため、掛冠山の合同大会はこのニュースの伝達を冒頭の祝辞として、お祝い気分の中始められた。

「まさしく昨日、ドイツは連合国の前に無条件降伏しました。昨年イタリアが降伏したので、枢軸国としては日本だけが残ったことになりました。ですから日本がどれほど頑張ったとしても、その運命は風前の灯火といえます。日本が敗北する日、私たちの歴史は新しく出発するのです。その日もそう遠くはないでしょうから、私たちはドイツ降伏の知らせを喜びを持って迎えましょう。そのような意味で、私たちのこの合同大会を連合国万歳を叫ぶことによって始めたいと思います」

　司会を担当した盧東植がこう言うと、普光党本部の前庭に集まった百五十人の道令たちは一斉に声高く叫んだ。

「連合国万歳！」

　道令百五十人の内訳は、七仙谷出身三十人、反川谷出身七十人、巨林谷出身五十名だった。

　はじめの議題は合同後の組織の名称、組織の形態についてだった。すでに幹部同士であらかた合意を得ていた問題だったが、できるだけ全員の意見を活発に発言させようという方針の下、会議は冒頭から若干の混乱を見せた。先ず名称の問題が難航した。

　独立青年団にしようという意見や青年独立団にしようという意見も飛び出した。党にすべきだという意見、会でなければならないという意見もあった。

　こうして収拾できない状況になると、巨林谷の車《チャ》範守《ボムス》が立ち上がり発言権を得た。

「現在、普光党の組織が最もよくできています。今後の私たちの集団は、それを拡大強化していくのが一番効果的だと思います。ですから私は普光党の名称をそのまま使用するのがいいと思います」

　この動議に賛成意見が出された。反川谷からは異議が出された。しかし挙手をもって票決した結果、車範守の動議が採択され、名称は普光党に決定された。組織の形態は頭領の選出後、その頭領を中心に成案するという意見がそのまま採択されたため、頭領選出の手続きへと進んだ。

　名称を普光党にしようと車範守が提議した底意に

は、頭領の座を自らが得ようという腹があるのだろうと泰英は推測した。七仙谷出身の道令は三十名足らずに過ぎない。それに比べて巨林谷と反川谷の数は圧倒的に多かったため、多数決に従うのならば、河俊圭の当選は望むべくもなかった。七仙谷の道令たちの動揺が空気を通して感じられた。それに気づいた河俊圭は、発言権を得て、このように言った。

「私は車範守氏が私たちの頭領として最も適任だと思います。したがって、選挙などすることなく満場一致で車範守氏を推戴することを提議します」

するると車範守が立ち上がった。

「普光党の核心を作り上げたのは河俊圭氏です。彼は普光党を立派に育成してきました。せっかく私たちが普光党の名称をそのまま受け継いだのですから、頭領には河俊圭氏を推戴すべきだと思います」

河俊圭は車範守が自分の先輩だという点を挙げ、再び車範守を推薦した。車範守も自分の意見を繰り返した。

このような応酬を見守っていた李鉉相が発言権を求めた。

「車範守氏と河俊圭氏が先輩後輩の関係にあるためお互い遠慮しているのは理解できますが、仮にも愛国組織を率いていく指導者を選出しようというこの場において、そのような私的な感情は排除しなければなりません。ですから民主的手続きによって選挙するのが一番合理的ではないでしょうか」

李鉉相の参考発言を受け入れ、候補者を車範守、河俊圭として挙手票決することとなった。

河俊圭自身は頭領の座を譲ってもかまわないという固い決心ができている様子だったが、七仙谷の道令たちはそうではなかった。自分たちの英雄が厳然として頭領の座を占めなければならないのだった。これは泰英の考えでもあった。李鉉相があのような発言をしたのは公正な気持ちからではなく、票決さえすれば数を頼んだ巨林谷の車範守が当選すると見込んでのことだろうと思い、泰英は不快感を抑制することができなかった。泰英は反川谷七十人の動向が頭領を決定するだろうと反射的に振り返ったの集まっている後方を振り返った。反川谷の道令たちがだった。すぐ前に車範守と河俊圭が譲り合う美しい場面を見ているのに、つまらない真似をするのは見苦しいばかりでなく危険でもあった。泰英はただ上の空で親しい何人かと視線を合わせると前を向いた。決定の場、選挙の場という事実に初めて直面し、泰英は緊張を覚えた。

名前を呼ぶ順序をどうするかが問題だった。

「年齢順が妥当でしょう」

と李鉉相が言った。

そのように合意した後、盧東植は、

「名前は李鉉相先生に呼んでいただくのがよいかと思われますが、皆さんの意見はどうですか」

と尋ねた。

「賛成」

同意する声があちこちで起こった。

「私も挙手をしなければなりませんから、李先生にお願いします」

と、盧東植は司会席を降りた。

数を数えやすくするため、二十人ずつ整列した。人数を数える役は権昌赫、李紅雪、成漢柱に決まった。

「ただ今より名前を読み上げます。その人を支持する方は挙手を願います」

李鉉相がこう前置きしてから、

「車範守氏」

と呼んだ。

巨林谷の道令たちの手が一斉に挙がった。七仙谷の道令たちは微動だにしなかった。反川谷の道令たちの中で手を挙げたのは七人だった。

「五十六人です」

成漢柱が言うと、

「五十六人、間違いありません」

と、李紅雪、権昌赫が確認した。

「河俊圭氏」

李鉉相が呼んだ。

七仙谷の道令たちが一斉に手を挙げた。反川谷の道令たちもほぼ全員が手を挙げた。泰英は軽い興奮を覚えると同時に安堵の溜息をついた。

「九十二人です」

成漢柱の報告に次いで、李紅雪と権昌赫が確認した。

「これにより普光党の頭領に河俊圭氏が選出されました。ここに宣言します」

李鉉相の宣言に続いて、満場の拍手がわき起こった。

次いで副頭領の選出があった。これは選挙の必要なく河俊圭の推薦により満場一致で承認された。副頭領には巨林谷の車範守、反川谷の金殷河《キムウナ》が選出された。

そして、組織編成は次回に発表することにして、当面は反川谷、巨林谷、七仙谷という単位そのままでいくことにした。

河俊圭が簡単な挨拶をした。そして全員による団体宣誓があった。

五月の空は澄み渡り、新緑の香りはこの上なく清々しかった。嘘偽りのない感動が掛冠山を包んでいた。河俊圭、車範守に請われて李鉉相が祝辞を述べた。

「ここに人民の息子たちが志を一つにして集いました。その志とは日帝に抵抗し、朝鮮人民としての生命と誇りを守りぬくことです。尊敬と喜びの念を禁じ得ません。一昨年、私が智異山に入ったときには、巨林谷に十数人の青年がいるのみでした。それが今日、百五十人となりました。数滴のしずくに過ぎなかった水が、小川程度になることができたといえましょう。けれども、このままでは数マヂギの田を灌漑できるに過ぎません。しかし皆さんが人民の息子としての信念を確かに持ち続けていきさえすれば、そう遠くない未来、この集団は朝鮮人民二千万の希望を代弁し、その力を吸収する大河となることを確信します。人民とは何か、特権を笠に着て道理に背く行いをしたことのない百姓、財産を餌に他人を搾取したことのない百姓、自ら汗を流して労働することによって生活を支え、それが故に収奪と支配のみ受けてきた善良な百姓を意味する言葉です。人民は貴族でもなく、ブルジョワでもなく、彼らに媚びへつらう卑劣な寄生虫でもありません。生きるすべを自らの労働力にのみ頼っている労働者、農民を指す言葉です。この国だけでなく、全世界人口の絶対多数を占める労働者、農民が即ち人民なのです。今後到来する歴史は、国家は、社会は、このような人民の歴史であり国家であり社会となるでしょう。少数の利益のため多数が犠牲となる、そのような不条理は必ずや是正されねばなりません。私は今日、拡大談合を成し遂げたこの集団が、このような信念と方向性をもって前進することを痛切に願ってやみません。日本の敗亡はすぐ目前です。しかし日本の敗亡によって問題が解決するわけではありません。人民のための人民による国家建設が目的でなければなりません。そのための闘士として、革命家として、皆さんは一層奮発しなければなりません。私はこの集まりを見守りながら、一九二七年十月江西省井崗山に集結した中国の愛国者たちを連想しました。当時彼らの数は取るに足らないものでしたが、その信念と方向性が正しかったため、現在中国大陸の半分を支配する組織にまで拡大しています。戦後期待できるものがあるとすれば、まさに彼らの動向です。普光党が以上私が述べたような信念に透徹するのならば、前進する歴史の先頭に立つ輝ける革命団体となるでしょうし、そうでなければ祖国と人民に何ら益するところのない徒党の一つとして忘れ去られるでしょう。概して革命への意欲のない団体は徒党と呼ぶしかありません。革命とは何か、半万年の歴史の中で蓄積されてきた民族の病根をまるごと抜き取ろうという意志の発現です。収奪する者とされる者の存在を可能たらしめてきた制度を粉砕しようという意志の発現です。人民の膏血を絞り取ってきた支配者階級を撲滅しようという意欲です。私たちの日帝への反抗は、日帝ばかりでなく日帝の侵略を可能たらしめた勢力、そしてそれに便乗した階級と勢力に対する反抗にまで闘争を拡大しようという意味であり、それでこそはじめて本来の目的が達成されるのです。革命は一切の病根を切り捨て、生命を蘇らせねばならないという人民の要請でもあるのです。革命！これこそが私たちの至上命令です。人民と革命に奉仕する党として発展することを今一度強調して、普光党の行く末に栄光あることを祈ります」

四

このような間にも、討伐隊の来襲への準備は着々と進められていた。七仙谷、巨林谷、反川谷の単位で三つの大隊に編成し、有事の配置計画も立てた。そしてあちこちの鉱山から集めてきたダイナマイトと瓶を使って火炎瓶も作った。火炎瓶は姜道令という爆薬の専門家がいたおかげで、かなり性能のいいものを作ることができた。サイダー瓶やビール瓶に爆薬を詰め、そこに導火線を付けた。その中のいくつかを試験してみると、その轟音はすさまじいものだった。これほどの轟音を出す火炎瓶を三百個ほど確保しておけば、そこそこの規模の討伐隊を脅かすのは造作もないことだった。

遠くから見れば銃のように見えて、実際には槍や棍棒のように使うことのできる木銃も作った。巨林谷の大隊はすでに猟銃二丁と三十八式小銃二丁を持っていたが、反川谷には全く銃器がなかったため、河俊圭は猟銃と小銃を一丁ずつ反川谷に送った。その代わりに七仙谷大隊は松坪里の派出所を奇襲して、九十九式小銃二丁と実弾六十発を奪い取ることに成功した。

元山里《ウォンサンリ》の裏山まで出かけていた前哨から、約三百人と数えられる討伐隊が松坪里に集結したという情報が入ったのが五月二十五日夕刻、それぞれの大隊が主要な地点への潜伏を完了したのが二十六日明け方の三時だった。その晩は陰暦四月十四日で月が明るかった。兵力の配置と連絡は、月明かりのおかげで順調に進行した。

配置に先立ち河俊圭は次のように指示した。

「我々が潜伏する場所は全て道より高いところにある。したがって火炎瓶を投げるときは距離をよく測って、相手が接近したとき投げるように格別注意すること。導火線に火を点けて五つ数えた後に投げればいいから、慌てず彼らのすぐ足下で爆発させるんだ。指揮者は火炎瓶が散発的にならないよう注意して、一度に五個ずつ爆発させるように。可能な限り怪我は負わせても殺さないようにしろ。銃を撃たねばならぬときは、いくら近い距離でも人間には当てずに銃の存在を知らせる程度に撃て。捕虜を捕まえてはならん。捕虜ほど後の始末に困るものはない。敵を追撃する場合は追撃する振りをしながらも、相手が負傷者を連れて逃げることができるよう余裕を与えねばならん」

河俊圭は最前線を担当した。松坪里から掛冠山に入るために必ず通らねばならない山腹にひっそり潜伏し、戦闘開始を知らせる拳銃を手にうつ伏せていた。交代で眠り、握り飯で腹を満たしているうちに、月光はおぼろげとなり朝焼けが空に広がりはじめた。朝焼けはこちらの所在を隠してくれる利点もあるが、攻撃の対象を不確かにするという弱点ともなる。だが太陽が昇るまで敵に動きは見られなかった。太陽が天高く昇り、大地と渓谷をはっきりと照らす頃、討伐隊の先頭が見えてきた。彼らは、掛冠山までまだ三里もあるそんなところに普光党が潜伏しているとは考えもしなかった様子で、登山か遠足にでも来ているかのように歩いていた。人数は七、八人。探索の任務を帯びて、先発した分隊に間違いなかった。

俊圭は本隊が現れるまでその分隊を攻撃しないことにして、一キロほど後方に陣を構えている車範守に連絡兵を送った。

「先発隊が七、八人通り過ぎましたが、それらはそのまま通過させ、反川谷の同志たちに攻撃させるよう連絡してください」

しばらくすると、先発隊のうちの二人が来た道を引き返していった。途中誰もいないから、本隊が来てもよいという合図を送るためだと俊圭は判断した。そしてまさしくその二人の先発兵は山道の曲がり角で旗を振っていた。やがてその曲がり角から、国防色の軍団が密集隊形そのまま、四、五メートルの間隔を置いて、五隊に別れて現れた。適当な地点で散開するつもりらしく、先ずは安心して行軍している様子だった。

俊圭は一瞬躊躇った。先頭を巨林谷の同志たちの担当区域まで送ってから攻撃を加えるべきか、今すぐに攻撃すべきかどうかについてだった。今攻撃すれば、わずか二十四、五人の兵力で二百人を超える敵を相手にしなければならない。だが仕方ないと思った。奇襲は一騎当千の効果を生む。俊圭はすばやく命令を下した。

「火炎瓶準備！」

討伐隊の先頭が俊圭の左の視野に入ってきた。こちらの潜伏線はざっと二十メートル。

「点火」

低い声で命令は伝えられた。

「ドカン、ドカン」

と最初の火炎瓶が炸裂すると、次々に数十発の火炎瓶が後に続き、静かな山里は修羅場と化した。密集した討伐隊は瞬く間に総崩れとなり、地面に転がる者、反対側の山に這い上がろうとする者……その慌てふためく様は七仙谷の道令たちの爆笑を誘った。巨林谷大隊の方からも火炎瓶が炸裂する音が聞こえた。

俊圭は大声を上げた。

「武器も弾薬も捨てて、全員来た道を帰れ。そうすれば命は助けてやる」

そして他の道令たちにこの言葉を繰り返して言わせた。

この声が聞こえたのか、一人が走り始めると、全員先を争って駆けだした。俊圭は猟銃で虚空を撃った。

「銃と弾薬を捨てろ。捨てなければ撃つ」

それでも銃を提げて逃げる者がいた。俊圭は武器を手に入れるため、一人くらい負傷させる必要があると思い、銃を持ったまま走っている一人の下半身を狙って撃った。撃たれた人間は地面に転がった。

「武器を捨てていかねば一人残らず撃つ」

俊圭は再び大声を上げた。

戦闘はあっけなく終わった。

討伐隊は九人の負傷者と大部分の武器を残して逃げ帰ってしまった。

討伐隊の退却を完全に確認した後、負傷者を治療する一方、遺棄された武器を拾い集めてみると殆どが木銃で、本物の銃は二十丁ほどにしかならなかった。弾丸は二百発あまり。

負傷者たちには応急処置だけ施し、這って帰るなり歩いて帰るなり好きにしろと言い残して全員掛冠山へと帰った。こちらに一人の負傷者もなかったのは幸いだった。

「武器と弾薬が大量に手に入ったからこれからは心配ない……それにしてもわざわざ討伐作戦を展開しながら木銃を持ってくるとは、それほど我々を甘く見ていたのだろうか？」

河俊圭がこう呟くと、横にいた看護員陳末子が笑って言った。

「日本軍にも銃はありません。生産が追いつかないみたいです。出征する軍人を見送りに行けば分かります。昨年までは軍人五人に銃一丁担いでいましたが、今年に入ってからは十人に一丁も回っていない様子です。日本軍の兵隊たちには銃がないのです。銃のない兵隊たちが大勢集められているのです」

「取り上げた銃で思いっきり倭奴たちと戦ってみたかったんだが、そんな機会はないかもしれないな」

「そうですね」

掛冠山には再び平和が訪れた。頭領としての河俊圭の位置は固まった。同時に英雄河俊圭の名前は瞬く間に近隣の里へと広がっていった。

五

六月も中旬になった。

掛冠山の渓谷では惜しみなく緑の饗宴が繰り広げられていた。勤勉な饗宴といえた。道令たちが耕した畝には春に蒔いた作物がすくすくと育っていた。

これほどの緑の饗宴の中で、しかし道令たちは飢えていた。作物の収穫にはまだ早かった。麦の季節もまだ先だった。七仙谷の道令たちが集めた食糧で百人以上を食わせていくことになっていたので、食糧が底をつくのは当然のことだった。頭領の立場を理解しないわけではなかったが、それが七仙谷の道令たちの不満の種となった。

山菜を掘り、辛抱強く狩りもしてみたが、穀物こそが人間にとって最も栄養となるのだと骨身にしみて感じた。二握りほどの米か麦に、山菜をはじめとする蔬菜と鳥の肉を混ぜて煮てみたところで、飢えきった腹を満たすことはできなかった。

一ヶ月さえ我慢すればいい、気を確かに持てと言い聞かせ、日本が滅びゆく状況のラジオニュースを伝えて士気を鼓舞しようと努めたが、道令たちの顔は憔悴し、精神は萎えきっていた。

「命の大敵は飢餓だ。飢餓に打ち勝つ精神力などない」

　権昌赫が河永根《ハヨングン》からもらってきた金を取りだし、それで食糧を手に入れるよう頭領に勧めてみた。

　普光党の食糧対策会議が開かれた。

　会議の結果、次のような決定がなされた。
一、反川谷の責任者であり、普光党の副頭領でもある金殷河が九人の道令を率いて食糧調達のため出動する。
二、彼らはパルチ谷に臨時本部を置き、米、麦、大豆、小麦を最低五石ずつ以上調達する。
三、食糧は手に入り次第、本部へと運搬するが、目的量が集まるまでは撤収しない。
四、峠の「가《カ》」地点に午後五時まで連絡要員を置く。必要があれば本部から応援又は交代を送る。
　この決定に従い金殷河副頭領が五百円の金を持って、反川谷、巨林谷、七仙谷から三人ずつ選出された道令九人とともに出発した。六月二十日のことだった。

　先ず三斗の米が六月二十三日に運ばれてきた。

　それだけの米でも掛冠山の道令たちの顔に喜色が浮かんだ。

　金殷河の手紙には次のように書かれていた。

「パルチ谷の事情は掛冠山の私たちと少しも変わるところはありません。ですから村の人たちに金を渡して市場や他の村から集めてくるよう頼みました。彼らの食糧も一緒に買ってやらないとうまくいきそうになかったので値は少々高くつきます。端境期の終盤ということもあり、目的量を集めるのは難しいと思われますが最善を尽くします」

「こんなに簡単に手に入れられるならば、もっと早くから行動するんだったな」

　三斗の米をそれぞれの大隊に人数分ずつ分けながら、頭領は独り言のように言った。頭領も泰英も、近隣の村からの食料調達は不可能だとはじめから絶望していたのだった。どうしても必要ならば松坪里まで出て行かねばならないと覚悟していた。しかし松坪里には駐在所があった。食料の調達に出かけて、どのような災難に出くわすか分からなかった。

　最初の米が届いてから連絡が途絶えた。峠の「가《カ》」地点に出ていた道令たちは約束の五時を遙かに超えて待ち続けたが、いつまで経っても現れなかった。

　一週間がそのまま過ぎた。

「どうやら洪道令が行ってみる必要があるな」

　頭領の命令を受けて、洪道令は六月三十日の朝、車道令と姜泰守少年だけを連れて出かけた。

　まさしくその晩、金殷河副頭領と三人の道令が食糧を背負子に載せて帰ってきた。

金殷河は開口一番、

「頭領面目ありません」

と言った。

事情を聞いてみるとこうだった。

パルチ谷の人々だけ動員してもらちがあかないようで、巨林谷の河道令、李道令、尹《ユン》道令を隣村に送ったのだが、その後何の知らせもなく、隣村に行ってみると村人たちの態度が普通でなかった。聞いてみると三人の道令たちが警防団員によって逮捕され、駐在所に連行されたとのことだった。そして彼ら自身も警察と警防団員によって包囲されていることに気づいた。掛冠山へと続く道は完全に隙間なくふさがれていた。仕方なく掛冠山とは反対の方向へと走った。そして数日彷徨いながらパルチ谷に戻ってきた。その間に七斗ほどの米が集まっていた。疲れ果てて明日あたりに戻る予定だったが、洪道令を通して話を聞き、慌てて帰ってきたのだった。

彼らの姿は見るも哀れだった。だが慰労ばかりしていることはできない。頭領が聞いた。

「捕まった道令たちはどうなった？」

「恐らく松坪駐在所にいるはずです」

金殷河は力無く答えた。

「洪道令はどうした？」

「松坪里の様子を探ってみてから、何か連絡があるまでパルチ谷の近くで待つと言っていました」

このような会話をしていると、巨林谷の責任者、車範守副頭領が現れた。

「特攻隊を組織しなければなりません」

と、頭領は次のような命令を下した。

「反川谷大隊、巨林谷大隊、七仙谷大隊からそれぞれ十人ずつ道令を選出すること。その全員に完全武装させること。くたびれた靴を履いている者には新しい靴に履き替えさせること。弾丸は各自三十発ずつ持たせること。準備でき次第すぐに本部前に集合させるように」

副頭領たちを戻らせると、頭領は七仙谷大隊から選抜をした。そして泰英を振り返って言った。

「この間の戦闘で武器と弾薬を取り上げておいてよかった……」

一時間後、完全武装した三十人の特攻隊が本部前に整列した。

壇上に上がった河俊圭の顔は、ちょうどそのとき裏山から昇った月の光を浴びて青白く光った。荒涼とした美しさとでもいえる姿だった。

「腹一杯食べてきたか？」

　壇上から頭領が聞いた。

「はい」

という声が木霊した。一週間前、三斗の米が補給されたためにそのような答えも返ってくるのだろうと思うと、泰英は胸が締め付けられた。

「全員銃の操作には自身があるな？」

「はい」

　銃器取り扱いの技術は、頭領自ら丁寧に指導していたため、尋ねる声自体に自信がみなぎっていた。

「命令がない限り一発も撃ってはならない。絶対誤発があってはならない。それを忘れるな。行動計画と要領は松坪里の近くに着いて、地形を調べてみた後で指示する。特攻隊の指揮は私が直接担当する。小隊長、分隊長の配置はパルチ谷で洪道令と相談して決める」

　頭領の頭脳は話をしている間にも緻密に回転しているのだろう。状況に合わせて隙間なく的確な指示が出せるのはそのためだろうと泰英は思った。

「看護婦として陳末子さんに来てもらおう」

　頭領の言葉が終わる前に、陳末子は小屋へと戻りすでに準備されていた重々しい鞄を肩に担いで出てきた。


　壇から降りた頭領は、後のことを車範守に頼んだ。

「常時連絡者を峠の「가《カ》」地点に出しておいてください。そしていつでも出動できるように万端の準備をしておかなければなりません」

　頭領は泰英の横に来ると、低く呟くように言った。

「どんなことが起こっても慌てずに、普光党を率いていってくれ」

　そして泰英の手をきつく握りしめた。その言い方が不自然に思われて、泰英はすぐに答えることができなかった。

「頭領、気を付けて行ってらっしゃい。後のことは心配しないでください」

と言うのがやっとだった。

　小川を渡り、道が大きく曲がる地点まで特攻隊を見送り、彼らの姿と足音が深い山陰の中に消えると泰英は踵を返した。そして空を見上げた。

（陰暦五月十五日の満月！）

　感動が溜息に変わった。

　わずか二十一年の短い人生だが、泰英は数え切れないほどの満月を見てきた。しかし今夜の満月だけは普段と違い、泰英の胸を締め付けた。

　一点の雲もない空、屏風のように周囲を取り囲む山々の曲線、声を殺して流れる渓流、泰英は中学時代に読んだ白石《ペクソク》という詩人の詩の一節を想起した。

「寂寞山河、我一人立てり」

　泰英は小川を渡りながら川の中程にある岩の上に上がった。そして突然飢えを感じて冷たい岩の上に座り込んでしまった。思えば長い間耐え続けてきた飢えだった。苦痛のごとき飢え、飢えのごとき苦痛！

ふと横光《よこみつ》利《り》一《いち》の次のような短詩が脳裏をよぎった。

「蟻台上に飢え、月高し」

　ナンセンスとしかいいようのないこの一節、遙か昔ちらっと目にしただけで忘却の彼方に埋もれてしまったそれが、なぜ今頃思い出されたのだろうか。泰英は丁寧に心の糸をたどってみた。その糸をたどっていくと「飢え」が現れた。

（そうだ。横光は詩を書いた当時がそうでなくても、それ以前のいつか飢えを経験していたのだろう。飢えた腹を抱えて満月を見上げたことがあったに違いない）

　蟻という発想がよかった。蟻ほど勤勉な動物もいないが、蟻ほどいつも飢えている印象を与える動物もいない。蟻のように働きつつも飢えていなければならない人生の一幕が月光の照明を受けて、

「蟻台上に飢え、月高し」

という詩になった。そうでなければこの詩には意味がない。感動もない。

　泰英は今特攻隊を率いて出発したばかりの河俊圭を思わずに、このような途方もない考えに思いを巡らしている自らを恥じ、顔を赤らめた。

（頭領は空腹を隠しながら、同志たちを救うため戦場へと向かった！）

　ふと捕まった道令たちが松坪駐在所でなく、咸陽警察署に移送されていたらどうなるかと思った。その時初めて泰英は俊圭が残した最後の言葉を理解した。泰英は松坪駐在所だけを考え、ことを軽視していた自分に気付いた。

（頭領は決死の覚悟をしていたのか）

　泰英の胸は高鳴った。万が一、松坪から咸陽本署に移送されていれば、俊圭は本署を襲撃するだろう。その場合を想像すると背筋が寒くなった。

　俊圭が戦死した場合を想像してみた。考えられないことだった。

（もしもそんなことが起これば、俺はかたきを取って自分も死ぬだろう）

　何の疑問も躊躇いもなく、泰英の内部ではそのような覚悟ができていた。

（だが頭領が死ぬはずはない。我らの頭領がそんなに容易く死ぬはずがない。日本が滅びゆくこの局面

に置いて、河俊圭という人物がいとも簡単に死ぬはずがない）

泰英は正体不明の感情に捕らわれ、我知らず大声を上げた。

「そんなはずがない」

瞬間、蛍の光を浴びた水面のように空気が波打ったかと思うと、寂しく木霊が返ってきた。

「……はずがない」

泰英はそれを木霊ではなく、山神の答えだと思った。泰英は不吉なことを考えるのは止めて、俊圭についての様々なことに思いを巡らせた。

俊圭は掛冠山の食糧不足が心配されるようになると、山菜のような蔬菜以外は口にしなくなった。周囲には気づかれぬよう、他の同志たちに米一粒でも多く食べさせるために極度の節食をした。それに気付いてから泰英も節食をはじめた。盧東植も同じだった。そのために河俊圭、盧東植、泰英は他の道令たちの倍の飢えを耐えねばならなかった。

ある日こんなことがあった。

偶然、俊圭と泰英が二人きりになることがあったのだが、俊圭が不意に尋ねた。

「全道令、腹が減るだろう？」

「我慢できないほどではありません」

「私は菜っ葉だけでも腹が減らないんだ。多分水がいいからだろう」

「頭領はだんだん仙人になっていくようですね」

「そうでもないさ。私は無理に我慢して食わないわけじゃないんだ。腹を減らしておけば山参《サンサム》［朝鮮人参の中でも特に高価とされるもの］を見つけることができるって聞いたことがあるんだ」

「山参ですか？」

「そう、私は山参を探しているんだ。親父に聞いたことがある。掛冠山には山参があるだろうって……」

「腹が減っていれば山参を見つけることができるという話はよく分かりますね。空腹のときは普段見えないものでも見えますからね。丸い石が餅にも見えますし。恐らく山参は飢えた目を持ってこそ見つけられるんでしょう」

「私はそんな科学的な話をしているんじゃない。飢えが極まれば、その人間がよほど悪い人間でない限り、山の神が夢に出てきてお告げをしてくれるだろう、そんな話をしているんだ」

「頭領は山の神のお告げを待つために腹を減らしているんですか？」

「そうだといえるだろう。だけどいくら食わないでいても腹が空かないから困ったものさ」

「どうおっしゃろうと私は頭領の苦痛をよく知っています」

「どうおっしゃろうと私は全道令の苦痛をよく知っています。それはそうと、山参は必ず見つけなければ。それを一つ食べさえすれば、三ヶ月と十日何も食わずにすむそうだ」

「まさかそんなこと」

「まあ見ていろ。私は必ず山参を見つけるから」

泰英はそのときのやりとりをじっくりと思い起こしてみた。空腹の人間の話題はいつでも食べる問題に行き着く。頭領の場合も例外ではない。頭領が食べ物の話ばかりしようとする自分の心を抑えて山参の話を持ち出したのは明らかだった。河俊圭は頭領としての人格を保つため、時には不自然なほど背伸びをしようとするのだが、それが泰英には涙ぐましいほど口惜しく、有難くもあるのだった。三斗の米が届いてからも俊圭と東植《トンシク》、そして泰英は今まで通り蔬菜のみを食べていた。

ひっそりと背後に近づいてくる影があった。金淑子だった。その姿は月の光を浴びて天使のように柔らかく、美しかった。しばらく泰英は眩しそうに淑子を見つめてから視線を落とした。淑子は泰英と並んで座りながら独り言のように囁いた。

「どうして泣いていたんですか？」

「泣いていた？誰が？そんな趣味はないよ」

下を向いたまま泰英が言った。

「涙の跡がありますよ」

泰英は河俊圭のことを思いながら、いつの間にか涙を流していた自分に気付きながらも、

「いや、さっき虫が目に入ったから。多分そのせいだろう」

と言い張った。そして話をそらすために聞いた。

「淑子、腹が空くだろう？」

「我慢できないほどではありません」

「ここに来たことを後悔してないか？」

「後悔ですって？女が夫の側にいるのに後悔しますか？」

この言葉に泰英は一昨年の冬、下関近くの長門三保というところで河俊圭の媒酌で結婚式を挙げたことを思い出した。結婚式を挙げても夫婦としての交わりはなかった。そのせいか泰英は淑子との結婚をすっかり忘れ、夫婦の実感を全く持っていなかった。しかしそんなことを淑子に言うことはできなかった。その代わりにこう言った。

「夫婦というだけで後悔がないなら、この世に離婚

なんてないさ」

「後悔どころか光栄に思っていますから心配要りません」

淑子の言葉はいつになく断固としていた。

「陳末子さんは後悔していないか？」

「後悔なんて。多分普光党の中でも一番熱烈な党員の一人です」

「それはよかった」

泰英は心から言った。

しばらく沈黙が続いた。

「戦争はどうなるのですか？」

淑子が聞いた。

「ちょうど今夜、道令たちにその報告をするつもりだったんだが」

と、泰英はラジオで聞いたとおりの戦況を話した。

六月初めには四百機の飛行機が大阪を空襲し、やはりその頃六百機が東京、横浜を猛打した。そして十日を前後して六百機が再び大阪を襲い、九州には延べ一千機が一週間にわたって猛襲した。去る二十三日には沖縄の日本軍が全滅、アメリカ軍は日本本土上陸作戦を敢行する予定だった。

「日本人は本当にしつこいわ。これだけやられれば手を挙げればいいものを。私が離れる頃でも大阪には無傷の家なんて一軒もありませんでした。茫々とした焦土、傾いた煙突があちこちにあって、崩れたビルの骸骨だけが残っていました。死体の腐ったにおいが充満していて、あんな状態なのに、まだ戦うとすれば日本人は根絶やしになってしまうでしょう」

「淑子は日本に同情しているみたいだな。日本人がいなくなるのがそんなに心配か？日本人が根絶やしになったら、俺たちが日本に行って暮せばいいだろう」

「日本人が根絶やしになるまで戦って、朝鮮人が生き残れると思いますか？やれ徴兵だの徴用だのと、手当たり次第に連れて行かれているのに。日本が焦土になったら、日本人はこの半島を戦場にして戦うのではありませんか？そうなればアメリカ軍は朝鮮を爆撃するじゃないですか？それでも朝鮮は生き残れますか？」

「日本の奴等もそこまで我慢できないだろう」

「どうしてそう言いきれるのですか。本土は焦土になっても、大陸には無傷の二百万の大軍が健在だって宣伝していましたよ」

泰英は淑子の言うとおり、日本が最後の最後まで持ちこたえようとするのではないかと想像してみた。

「そうなれば普光党はどうなりますか？」

淑子の問いは、そのまま泰英自身が提起している問題だった。彼は河俊圭の意見をそのまま言った。

「アメリカ軍が上陸すれば、俺たちは彼らと合流するつもりだ。アメリカ軍と呼応して日本軍と戦うのさ」

「日本軍に私たちの同胞が大勢混じっていてもですか？」

「仕方ないだろう。日本軍についた奴等は日本軍として扱うしかないじゃないか」

「それはそうですけど」

淑子は心配そうな顔をした。

「心配するな。アメリカ軍が上陸すれば、骨の髄まで腐った奴等でない限り、みんな俺たちの方に立つに違いないから」

泰英の言葉を聞いても淑子は釈然としない様子だった。

「今、徴用や徴兵に引きずられていく人たちは、自ら望んで行っているわけではないじゃないですか」

しばらく沈黙が流れた。

泰英は掛冠山の奥深く、陰暦五月十五日の満月の下、淑子と二人で岩の上に座っていることが夢のように感じられた。

「とにかく俺たちの行く先は平坦ではないはずだ。けれども耐え忍んで未来を切り開いていくことに意義があるだろう？」

「私は平坦な道を望んではいません。泰英さんと一緒でありさえすれば」

淑子のこの言葉を聞いて、泰英はこの上なくセンチメンタルな気持ちになった。それは淑子の愛に陶酔したためではなく、淑子の自分に対する感情と、自分の淑子に対する感情の間に乖離を感じ、その乖離のため淑子に対してすまなく思ったからであった。

泰英は淑子に対してよりも河俊圭に対して一層強く絆を感じている自分を確認したことがあった。淑子と圭を連れて掛冠山に入り、出迎えに来た河俊圭と山の中腹で出会ったときの形容しがたい感情が、一年半以上も離れていた淑子と再会したときの感情よりも、その濃度と密度において遙かに濃いものがあることに気付いたときのことだ。同志愛が時として恋愛感情よりも遙かに強い場合もあるという証拠でもあった。今万一、河俊圭と淑子のどちらか一方だけを選ばなければならないという二者択一の岐路に立たされれば、泰英は躊躇わずに河俊圭を選ぶだろうと思った。泰英はそんな気持ちを隠したままでいるのは淑子に対する裏切り行為だと思った。彼は罪人のような気持ちでありのままを淑子に告白した。けれども意外に淑子は泰然としていた。

「そんな場合はないでしょうから心配しないでくださ い。私は河俊圭さんを選んだ貴方を選ぶでしょうから」

泰英は淑子の手をぎゅっと握りしめた。そして一時言葉を失ったまま、淑子の手をなでさすっていた。

淑子と別れた泰英は、権昌赫と圭が起居している小屋を訪ねた。普光党では権昌赫と圭は特別顧問として扱われていた。

柴戸を開けて中に入ると、権昌赫と圭はカンテラの明かりの下で本を読んでいた。

「朴参謀、久しぶりだな」

権昌赫が顔を上げるとこう言った。圭は笑顔で泰英を見つめた。食糧問題が深刻になって以来、泰英が作業班とともに奔走していたため、ゆっくり座って話を交わす機会がなかったのだ。

「何を読んでいるんだ？」

泰英が圭の読んでいた本を取りあげた。

「『ダス・カピタル［『資本論』の原題］』だな」

「しばらくはこれだけを読むことにしたんだ」

「ドイツ語がかなり上達したんだな」

「李圭君のドイツ語は大したものさ」

権昌赫が言った。

圭は掛冠山に来るまでドイツ語を知らなかった。折良く泰英が読んでいた『資本論』がドイツ語の原書であったため、それを読むためにドイツ語の学習を開始した。昌赫はドイツ語を学んだ後に『資本論』を読むのではなく、『資本論』をテキストとしてドイツ語を教える方法をとった。

「この世で『資本論』を教科書にしてドイツ語を学ぶ人間は、李圭君ただ一人だろう」

と泰英が言うと、権昌赫は日本の無政府主義者大杉栄という人物は自分が投獄されるやいなや、辞書一冊と『資本論』でドイツ語の学習を始め、ドイツ語と『資本論』をいっぺんにマスターしたという話をした。

「その人はすごい人ですね」

「なあに、李圭君も大杉に優るとも劣らんよ」

こうして始められた学習だったが、圭は二ヶ月あまりでドイツ語を身につけた。昌赫の指導を受けながら辞書を用いて、毎日二十ページずつ『資本論』を読み進めていた。

「面白いか？」

本を置きながら泰英が聞いた。

「権先生の説明が面白い」

圭の答えだった。

泰英は昌赫の方に視線を向けると姿勢を正し、

「頭領は咸陽警察署を襲う心づもりをしているようです。どうしたらいいでしょうか」

と言った。

「どうして咸陽警察署を！」

昌赫の顔に驚きの色が浮かんだ。

「捕まった道令たちがまだ松坪駐在所にいるとは考えられません。本署に連れて行かれたに違いありません。ですから頭領も……」

「あの兵力で本署を襲撃するのは無謀だろう」

「それで心配なのです」

「頭領が一度言い出したら誰が止めても聞かないからな」

昌赫は考え込んだ。昌赫が何の違和感もなく「頭領」という言葉を使っているのが、泰英には新鮮に感じられた。

「頭領がそんな無謀なことをするとは考えられませんが」

圭が言った。

「それはそうだが」

と躊躇いながら泰英が言った。

「頭領は決死の覚悟をしていたようだ。俺に奇妙な言葉を残していったんだ」

「どんな言葉だ」

「どんなことが起こっても慌てずに、普光党を率いていけって」

沈痛な空気が漂い始めた。周囲はただただ静かだった。権昌赫と圭が心配する感情が重圧感を帯びて泰英に伝わってきた。泰英はこのままではいけないと思った。

「でも心配するのは止めましょう。頭領は天才的な戦術家ですから、負けると分かっているような戦闘をするはずがありません。それに洪道令という慎重派が一緒ですから大丈夫です」

「捕まったのは誰と誰だったかな？」

昌赫の問いに泰英は、

「巨林谷の青年たちですが、精神武装が不十分な者たちではないかと思われます」

と言うと、聞き返した。

「警察に捕まった道令たちはどうなるのでしょう？」

「単純な徴用忌避者の場合ならしばらく留置場に入ってから強制徴用される程度だろうが、この間の戦闘のこともあるから掛冠山の道令たちは暴動、あるいは騒擾罪に問われるに違いない。大邱《テグ》慶山《キョンサン》事件の関連者たちは全員死刑宣告を受けた」

「死刑？」

泰英は改めて驚愕した。同志が死刑になるのを座して見過ごすわけにはいかない。同時に頭領の覚悟は揺るがないものであろうとも思われた。

「だが死刑宣告を受けても、上告すれば確定判決が下りるまでにざっと半年はかかるだろうから、その間に日本が滅びるだろう。ひどい拷問を受けるのは避けられないだろうから、それが心配だが、先々のことまで心配する必要はないだろう」

権昌赫はこう言うのだが、日本が彼らの口癖通り本当に一億玉砕を覚悟するのなら、希望的観測だけで安心するわけにはいかなかった。

泰英は頭領が咸陽警察署を襲撃することを前提に、これについての対策を立てなければならないと思い、巨林谷の責任者かつ副頭領である車範守を今夜中に訪ねなければならないと言って権昌赫と圭の小屋を辞した。

六

車範守は李鉉相の小屋にいた。李鉉相は総督府の過酷な拷問にも節を曲げなかった人物だ。共産主義の理論家としても一流に属する人物だとも聞いていた。泰英は公開の席以外で同席したことがなかったため、若干緊張した。

李鉉相は、

「おお、朴泰英同志」

と喜色を浮かべた。

「朴参謀、どうしたのですか？」

車範守が朴泰英のために座る場を用意した。

「朴君とは静かに話をしたいと思っていたのだが、なかなか機会がなかったな」

李鉉相の口調はゆっくりと丁寧だった。

「これからはいろいろとご指導願います」

泰英は恭しく言った。

「ところで朴参謀、何か急な用事でもできたのですか？」

と車範守が聞いた。

「頭領が咸陽警察署を襲撃しようとしているようなのです」

泰英の言葉に車範守は驚いた。

「咸陽警察署を襲撃？　頭領がそう言ったのですか？」

「頭領はただ三人の道令たちを救出しに行くとだけ言っていました。でも捕まった同志たちが今も松坪里の駐在所にいるとは考えられません。恐らく本署に移送されているはずです。頭領はそういった事態までを予想して出動した模様です」

「それが事実なら大変なことになる。私は松坪駐在所だけを相手にすればいいと思っていたから楽観していたのだが……どうにかして止めさせなければ」

「やはり止めるべきでしょうか？」

泰英が車範守を正視しながら聞いた。

「それは止めなければ。今、警察は掛冠山にいる我々のために血眼になっている。捕らえられた同志たちを餌に我々をおびき寄せる罠を考えているかも知れない」

「何かいい考えはありませんか？」

「今、松坪に着いたかどうかという頃でしょう。松坪駐在所を襲撃してみて、その結果が分かるまでには時間の余裕があるはずですから、これからでも私と朴同志が出かけて咸陽には行かないよう引き留めましょう」

こう言って車範守は立ち上がろうとしたが、李鉉相が彼を座り直させた。

「二人で行かずに四、五十人で武装して行きなさい。そして河頭領を引き留めるのではなく、合流して咸陽警察署を襲撃して捕まった道令たちを奪還してくるのです」

「それはあまりにも無謀でしょう」

車範守は慎重に言った。

「三十人は完全武装しているから、後続部隊に棍棒や竹槍、火炎瓶を持たせて援護させれば奇襲は成功する。河頭領がそれほどの覚悟で出かけたなら、予め確認もしないで松坪駐在所を襲うはずはない。松坪周辺で合流して作戦を立てなさい。だから慌てないで明日の未明に合流できるよう準備すればいい」

李鉉相の言葉には、相手の反駁を許さない威厳があった。しかし、こんな重大な問題をそう易々と決定できないと思い、

「結果が問題ではありませんか」

と車範守は躊躇した。

「結果はこちらで作り出すものだ。やりもせぬ前から怯えて、この山奥で山菜掘って仙人ごっこしようというのか？　河頭領が下した決断は間違っていない。食糧調達に出かけた同志を倭奴の警察に奪われて、無為無策のまま座して見過ごすのなら、それは

頭領としての道理に反する。そしてこの組織を瓦解させる行為だ。そんな結束力で何ができるというのか。河頭領の勇断を妨害するのではなく、助けるのです」

「松坪駐在所ならまだしも、警察署の襲撃はどう考えても無謀です」

車範守も負けずに言い返した。

「まったくわからんな」

李鉉相は声を荒げた。

「頭領が決めたことならそれに従うものだろう。無謀か無謀でないかはやってみなければ分からないだろう。はじめからびびって何が普光党だ」

「段階というものがあるでしょう。現段階の我々の実力では到底不可能です」

「車君、考えてみろ。このまま座ってばかりいて、どうやって実力を養うことができるんだ。警察署を襲撃してこそ、奴等の武器を奪い、こちらの戦力を高めることができるのではないか。中国の共産党は蒋介石軍の武器と日本軍の武器によって今日の大勢力を築いたんだ。百五十人の壮丁が結束して、警察署一つ占領できないのなら、万事はそれでおしまいだ」

車範守の胸中は複雑だった。彼は泰英を振り返り、目で尋ねた。泰英は黙っていることにした。

李鉉相が再び口を開いた。

「この機会に名実ともに抗日団体、いや抗日闘争団体として発展させなければならない。日本が滅びるまでに残された時間も多くはない。今を逃せば抗日闘争を展開する機会を永遠に失ってしまう。行動するのだ。その第一歩として咸陽警察署を叩き潰せ！」

李鉉相は突然霊感に捕らわれた人間のように目に光彩を帯びた。

「それによって敵の大々的な反撃を受けた場合はどうすればいいのでしょう」

車範守が呟くように言った。

「この掛冠山と智異山、長安山《チャンアンサン》、徳裕山全域を舞台に戦うのだ。渓谷一つひとつの地理に通じているはずだ。士気も旺盛だろう。住民たちの協力を強要することもできる。方法はいくらでも生み出すことができる。行動を開始することが重要なのだ。一旦行動を起こしてしまえば道は開ける。倭奴の反撃といっても、その規模はおおよそ想像できる。決して大々的な反撃などできるはずがない。太平洋と大陸でほぼ全滅し、本土は本土で空襲を受けて瀕死の状態なのに、どうして大規模の反撃ができるというのか。我々は事態の先を読まなければならない。事態の先を読み把握するか、事態に飲まれて引きずられていくかに、栄光と屈辱との分かれ道があるのだ」

事態の先を読み把握するという李鉉相の言葉が泰英の胸に刻み込まれた。

「咸陽警察署を占領すると同時に、我々はこの智異山に解放区を作ろう。そして我々の共和国を打ち立てよう。朝鮮の延安を作るのだ。倭奴の戦闘力をこっちに分散させるのも連合軍の勝利のために大きな助けとなる。そういう業績を残しておけば、この戦争が終わった後で、我々は堂々と発言権を主張することができるだろう」

智異山周辺に共和国を作るというアイデアは、泰英の想像力を刺激した。

「車先輩、李先生のおっしゃるとおり、この智異山に共和国を作りましょう」

泰英は少年のように純真な、踊るような気持ちになり、我知らずこう叫んだ。

「まさしくそれだ」

李鉉相は胸の奥にしまい込んでいた願いを一気に爆発させ、

「これからこの智異山地区に共和国を建設する作業を始めよう」

と言うと、泰英の肩を叩いた。

車範守が口元に奇妙な笑みを浮かべて言った。

「そうおっしゃいますが普光党全員の意志を聞いてから決定することではありませんか。私たちの気分だけでできることではありません。先ず、河頭領の意見からして聞いてみなければならないでしょう」

そして、頭領が本当に咸陽警察署を襲撃する覚悟でいたならば、即刻協力できる準備をして、明日の未明頭領の部隊と合流する、そのために今夜中に巨林谷、反川谷の青年たちで後続部隊を編成する必要があると言った。

車範守と泰英は李鉉相の小屋を辞した。いくらか西に傾いてはいたが、月はまだ中天にあった。泰英の小屋に行くためには小さな山を越えなければならなかったが、車範守はそこまでついてきた。

「李先生があんなに興奮したのは初めて見た」

車範守が呟いた。

「ですが私は共和国を建設するというアイデアには感動しました」

泰英は本心から言った。

「共和国！」

車範守はこう呟くと足を止め、泰英に次のように言った。

「七仙谷の道令たちは一人も動かないでください。後続部隊は巨林谷と反川谷の道令たちだけで編成します。警察署を襲撃した後でどんな事態が起こるか分からないから、掛冠山をもぬけの殻にするわけにはいかない。どうせ誰かが残るのならば、七仙谷の道令たちが残るべきだ。最悪の事態が起こっても精鋭が残っていれば再建することも可能でしょう。だから朴参謀は明日一緒に下山して、頭領との話し合いを終えたら指示を受けて戻るようにしてください」

車範守の口調は深刻だった。泰英はその命令に従うと言って、車範守と別れた。

(共和国を建設する!)

輝ける夢だ。

(共和国を建設し、我々はその最初の国民となり、最初の主人となる。生きてはその栄光のために努力し、死すときはその名のもとに死ぬのだ)

その名のもとに死ぬことさえできれば、何も恐れることはないと思った。泰英の空想はとりとめがなかった。

(それならその共和国の名前はどうすべきか。朝鮮という名はよくない。朝鮮は恥辱の代名詞のような名前だ。智異共和国?小さすぎる。新羅《シルラ》共和国?古色蒼然としている。倍達《ペダル》「古代の朝鮮の称」共和国?実感がわかない。高麗《コリョ》共和国?復古趣味だ。大韓共和国?大という字が気に入らない……それはそうと、頭領は本当に咸陽警察署を襲撃するだろうか?)

泰英は再び権昌赫の小屋を訪ねた。灯が消えていた。しかし躊躇うことなく彼らを起こすことにした。カンテラの灯が再び点された。

「何かあったのか?」

と、権昌赫が目を擦りながらその場に座った。圭も大きな欠伸とともに起きあがると泰英の表情をうかがった。

泰英は車範守と李鉉相と交わした話を伝えた。

「李鉉相氏らしい発想だな」

権昌赫はそう言うと、何かを考え込む表情になった。

「何はともあれ、共和国を作ろうというアイデアは素晴らしいではないですか?」

泰英のこの言葉は無視して、

「可能ならば咸陽警察署は襲撃しない方がいいのではないか?」

と権昌赫は呟いた。そして次のような話をした。

「捕まった三人の同志を救出することが目的ならば、

もっと簡単な方法を選んだ方がいいだろう。警察では最終的な決定はできない。咸陽は居昌《コチャン》か晋州《チンヂュ》の検事局の管内だから、そこに送致されるはずだ。その情報を急いで手に入れて、同志たちを護送する車を襲うんだ。一人の殺生もなく無事に救出する方法はそれしかないと思うが……一台の車を相手にするなら適当な地点と時刻をこちらの有利なように考えることができる」

泰英は権昌赫の意見が一番現実的だと思った。

「明日松坪でそのように伝えてみます。頭領が聞き入れてくれるかどうかは分かりませんが、私はそうすることが妥当だと思います」

こう言って泰英は、

「ところで李鉉相先生がおっしゃるところの共和国についてはどうお考えですか？」

と聞いた。

「朴君は実にロマンチストだな。夢と現実を混同してはいないか？大きかろうが小さかろうが、国を作るためには、その地域の住民たちを強圧する実力を持っているか、彼らが同意できる客観的条件が成熟していなければならないものだ。強圧力があるか？条件がそろっているか？警察署一つを一時的に占領したからといって、咸陽郡民からの同意を受けられると思うか？普光党百五十人の力で内部の治安を確保し、外部の勢力浸透を防げると思うか？無論、本気で言っているのではないと思うが、やたらにそんなことを口外しない方がいい」

「李鉉相先生は決して冗談でおっしゃったわけではありません」

「冗談でないのなら、共産主義者たちがよく口にする言葉があるだろう。そういうのを極左冒険主義というんだ。確かレーニンの言葉だったと思うが……売名意識、あるいは英雄主義的意識から、結果に自信が持てないまま、事態の判断を誤って冒険する行為をそういうのだが。共産主義者たちが犯しやすい過誤がまさにそれさ」

権昌赫は笑いながら次のように言った。

「ツルゲーネフの小説に『処女地』というのがあるだろう。その作中人物にマルケーロフという人がいる。革命の狂信者なんだが、彼は当時のロシアの農村には革命の条件が完全に成熟していると判断したんだ。例えばチャールの専制権力が百姓たちを苦しめ、貴族や地主たちが農民を徹頭徹尾搾取していて、どこを見回しても農民たちの不平不満は絶頂に到達している。いわば革命条件は油を注いだ枯れ草の山のように、誰かがマッチを擦りさえすれば一気に燃え上がるほどにそろっているとマルケーロフは考えたのだ。それである村に入り、革命意識を高めるためにマッチを擦ろうとしたのさ。ところが農民たちは、自分たちのために立ち上がったマルケーロフを縛り上げ、チャールの警察に引き渡してしまった。農民たちは自分たちに解放をもたらしてくれようとする人間を、自分たちの敵に売ってしまったわけだが、こんな現象は帝政ロシアにだけあるのではない。我が国にもある。独立運動家や共産主義者がどうやって逮捕されるか知っているか？日本人が捕まえるのではない。まさしく我々の同胞が捕まえているんだ。我々に独立を与えようと努力している人間を、我々を奴隷にした日本人に捕まえて捧げているってことだ。そうやって独立運動家たちは根絶されたかのように地表上から姿を消してしまったのさ。共和国を作るという言葉が出てきたから思いついた話だが、万一朴参謀や李鉉相氏が共和国を建設しようと立ち上がったとしよう。そして住民たちを説得するために何処かの集落に入ったとしよう。マルケーロフのようになるのではないか？」

「もしそうだとすれば私たちは自力で永遠に国を作ることができないということですか？」

泰英は、今まさに打ち上げられようとしている花火に水をかけられたような気分でこう言った。

「そういう意味じゃない。時と条件が必要だという話をしたまでさ」

「情勢を先んじて把握することが重要な問題ではありませんか。そのためには各地で独立国の原型、またはその種を蒔く努力が必要でしょう。ただ座して待つより、そのような努力をすることが賢明ではないでしょうか」

泰英の問いが決して冗談ではないことを悟ると、権昌赫は緊張した態度に変わった。

「私がもし李鉉相氏の人格を信じていなければ、間違いなく彼を詐欺師だと言っていただろう。彼の人格を信用するからこそ、彼が自分なりの夢を描いてみたのだろうと考えるが……。到底現実化できないと分かっているならば、はじめからそんな夢はみないことだ。おもちゃのような共和国を作って何をするんだ。あぶくのように消えてなくなるものを作って何の役に立つ。事態を先んじて把握するということとは、そんな途方もない空想をすることとは違う。ざっと二千万もの人口を抱えた領土をおいて、我々普光党の意味は何かを先ず検討してみるべきだろう。無論、李鉉相氏の場合は結局空想に過ぎないが、ある意味で名分だけはある。共産党の原則通り小さな共和国を作って、共産主義の浸透に合わせて拡大させていき、ゆくゆくはそれを巨大な国家にしていくという。夢として可能性だけはあるだろう。だが、それは共産党の建設だろう。国の建設ではない。人民に問うこともせず、その勢力を持って押し切っていこうという野心の露出でもある……。まあ、こんな話はまたいつかすることにして、夜も遅い。もう寝ようではないか」

「私は明け方に車範守副頭領と一緒に松坪に行ってきます」

そう言い残して泰英は自分の小屋に帰ってきた。眠りにつこうとしたが、いっこうに眠ることができなかった。共和国への夢はバラ色に広がっていくばかりだった。権昌赫の言葉は一々的を射た常識ではあったが、泰英はその常識よりも李鉉相の非常識的な考え方に魅力を感じた。

七

月は落ち、晦明の空を山々が黒々とかたどっていた。五十人の若者たちが、小銃、棍棒、竹槍などで武装して、まだ暗い森の中を移動し始めた。

車範守と並んで李鉉相が歩いていた。泰英は訝しげに思い尋ねた。

「先生、どうなさったのですか?」

「歴史の現場に行ってみたくてな」

重々しい答えだった。しかし、鉉相の表情を読み取ることはできなかった。

ちらりと振り返ると、権昌赫の姿も少し後ろに見えた。泰英は足を止め、権昌赫を待った。

「権先生も行かれるのですか?」

「うん、行かなければ」

泰英は皆が今回の行動を重要視していることを知った。

「가《カ》」地点に到着する頃、東の空が明け始めた。その地点の連絡責任者である同志たちから、河俊圭の部隊は松坪を一里ほど前にしたウムシル渓谷に集結しているという報告を受けた。

ウムシルに到着したときには、朝の太陽が東の山の頂を真っ赤に染め上げていた。

大部隊を率いてきた車範守を見ると、河俊圭は驚いた顔で立ち上がり近づいてきた。

「どうしたというんだ?」

河俊圭の口調には不満の気持ちが込められていた。

車範守は昨夜李鉉相と泰英と交わした話を手短に

伝え、後続部隊が必要だという裁量をしたと付け加えた。

「私たちは今、松坪に斥候を送って情報を集めているところだ。その情報によって行動を決定し、同時に山にも連絡する予定だったのだが」

と、ひどく迷惑そうな顔で言った。

「重大な事態だから議論する必要があるだろう」

李鉉相が間に入って言った。

車範守は後続部隊に適当な場所を見つけて座って待つように指示をすると、再び河俊圭のもとに戻った。

岩陰に陣取ると幹部会議を始めた。河頭領、車副頭領、盧東植、朴泰英、金殷河、そして李鉉相、権昌赫が参席した。

「何の相談ですか?」

河頭領が李鉉相と車範守を交互に見つめながら言った。

「河頭領が咸陽警察署の襲撃を考えているのなら、もう少し具体的な相談が必要だろうと考えたのです」

車範守が淡々と言った。

「そんな計画をどうやって知ったんだ」

河俊圭の怒りはいっこうに収まらない様子だった。泰英が口を開いた。

「昨夜、頭領が私に残した言葉がとても変に思えたのです。それだけでなく、捕らえられた同志たちが今まで松坪にいるはずがないと考えて、私が車副頭領に相談したのです。同志たちが松坪にいなかった場合、頭領が咸陽邑まで出て行くのではないかと思ったからです」

「松坪で様子を探って、咸陽邑まで行くことに決まれば、すぐに知らせるつもりだったのだ。先走って騒ぎ立てる理由がどこにあるんだ」

頭領は泰英に冷たい視線を向けながら言った。

「しかし」

と、車範守が言いかけると、頭領はそれを遮った。

「松坪から斥候が帰ってきてから相談することにしましょう。それまで少し休みましょう」

誰も言葉を返す者はいなかった。

しばらくすると、斥候兵が帰ってきたという報告があり、斥候として出かけていた車道令と朴道令が息を切らせて岩陰に姿を現した。

「同志たちは松坪にいませんでした」

朴道令が言った。

「三日前に本署に連れて行かれたそうです」

朴道令の言葉だ。

「それは確かか？」

　頭領が聞き返した。

「間違いありません。区長の家の作男から聞き出した事実です」

　車道令が答えた。

「本署というのは咸陽警察署のことだろう？」

　頭領が言った。

「それがはっきりしないのです」

　朴道令の答えだ。

「捕まった三人の道令たちは、全員山清《サンチョン》郡の人間なのです。山清警察署に直接渡されたのかも知れないという話でした」

　頭領の顔色が変わった。今にも怒号を発しそうな険悪な感情を辛うじて堪えている様子だった。そして声だけは呟くように低く言った。

「それを確かに分からなければどうにもならないだろう」

　一瞬重々しい空気が流れた。

「山清、咸陽のどちらに移送されたのか、それを調べる方法を考えることにして、一旦本部に戻りましょう」

　盧東植が静かに言った。

「そうするしかないだろう。ところでこの大騒ぎは何だ」

　頭領は渓谷のあちこちにひっそりと待機している道令たちを眺め回すと陰鬱に言った。泰英にはその心の動きが手に取るように分かった。八十人を越える人員を動員して、手ぶらで帰らなくてはならない頭領の苦い気持ちが泰英の胸にも伝わってきた。

　李鉉相が立ち上がると、

「河頭領、ちょっと」

と、道令たちを避け、森の中に入っていった。頭領は黙ってその後に従った。

　権昌赫が何かを言おうと体を動かしたが、再び元通り座り直した。


　三十分ほど過ぎて頭領が一人で帰ってきた。

「せっかくこうして行動を起こしたのだから、咸陽警察署、山清警察署、いずれにかかわらず襲撃して、捕まっている同志たちを救出しようと思うが、皆の意見を聞かせてくれ」

　頭領はさっきの場所に座り直すとこう言って、全員の顔を眺め回した。

「咸陽警察署なら分かりますが、山清警察署は無理でしょう。ここから山清まで十里を遥かに超えます。どうやって」

盧東植が言った。

「私も盧同志と同じです」

車範守が言った。

「全道令は？」

頭領が泰英に聞いた。さっきまでの冷たい眼差しは消え、言葉も表情も穏やかになっていた。

「私は頭領の決断に従います」

泰英がこう言うと、盧東植がにやりと笑いながら言った。

「誰が頭領の意志に従わないと言った？全道令の意見を聞かせてくれと言っているんだろう？」

「私は大きな過ちを犯しました。ですから自ら発言権を撤回します」

泰英がぽつりと言った。

「大きな過ちとは？」

頭領が聞いた。

「後続部隊を動員させたのは私なのです」

「それは私の責任だ。どうして朴参謀の責任なんだ」

車範守が言った。

「そんな過ぎたことをごちゃごちゃ言う必要はない。これからのことを決定しましょう」

と言って、頭領がもう一度尋ねた。

「咸陽警察署の襲撃には同意するが、山清警察署の襲撃には同意しかねるということだな？」

全員静まりかえった。

「それなら問題は簡単だ。再び斥候を松坪に送って確認した後、捕まった同志たちが咸陽に行ったのならば、計画を立てて咸陽署を襲撃することにして、山清に行ったのならば、違う方法を考え直すことにしよう」

頭領がこう言うと、

「私が出る幕ではないみたいだが」

と、権昌赫が次のように吐露した。

「私は咸陽警察署の襲撃も放棄した方がいいと思っている。同志たちの救出のためなら、他にもっと効果的な方法を模索してみるのが賢明だろう。三人のために組織全体を危険にさらすのはどうかと思う」

「それはいけません」

いつやって来たのか、李鉉相が向こうの岩の間から顔を覗かせて言った。

「権先生は、組織全体のためなら同志三人くらいは犠牲になっても構わないという意見のようですが、実際はその三人を救出できるのか如何に組織全体の生命がかかっているのです。もし三人を救出できなければ、普光党はその体を生かすために精神を殺すことになります。精神の死んだ図体は腐っていくものです。私は普光党がその本来の目的に忠実であり続けるためには、山清警察署であっても襲撃しなければならないと思います」

緊張した空気が流れた。遠くからカッコウの鳴く声が聞こえてきた。権昌赫が李鉉相の方を向いて座り直すと口を開いた。

「私は三人の同志を組織全体のため犠牲にしようなどと言ったのではありません。救出のためには、より効果的な方法を考えようと言ったのです。ただ、三人のために組織全体が危険にさらされるような手段は避けるべきだと言ったまでです。だから警察署襲撃は放棄すべきだと言ったのです」

「警察署の襲撃なしに同志たちを救出する効果的な方法がどこにあるというのですか。漠然とした理由で、差し迫った問題を回避しようとするのは、少なくとも名分を大切にする団体が取る行動ではありません。勇気が必要とされるのはまさしく今なのです」

「漠然とした理由で、差し迫った問題を回避しようとしているのではありません。警察署を襲撃せずに、同志たちを救い出す方法は他にもあります。例えば正確な情報網を張って彼らが検事局に送致される日時を調べ、彼らが乗った車を適当な場所で襲撃するのです。警察署を襲撃するよりも車を襲撃する方が容易いでしょう？道の真ん中に岩を転がしておいて車を止めて、武器で脅せばお互い一人の負傷者も出さずに救出できるでしょう。しかし、警察署を襲撃すれば必ず戦闘状態となるのではないでしょうか。三人の同志は救出できるかも知れませんが、他にそれ以上の犠牲が出るかも知れないという推測くらいはできるでしょう。三人を救出できなければ普光党は腐った団体となってしまうと李先生はおっしゃいますが、もし彼らの救出のために三人以上の、いや、ただの一人でも命を落とす同志が出たらどうするおつもりですか。警察署の襲撃を敢行する以上は、それくらいの犠牲は予測しておかねばならないのではありませんか」

「救出すべき同志を放置するのと、救出のために何人かの同志が犠牲になるというのは全く性質が違う。前者は組織を瓦解させる毒素となり、後者は組織を発展させる酵母となるのです」

「ということは、李先生は捕まった同志を救出するのが目的なのではなくて、組織を生かすことが第一義であるとおっしゃるのですか。そのお言葉はまた、組織のためなら何人かは犠牲にしても仕方ないということにもなりませんか」

「問題をそんなふうにねじ曲げないでください。私は一般論としてはそうなるという話をしたまでです。今大切な問題は三人の同志を救出するための方法です」

「その通りです。ですから私は一番安全な方法を考えましょうと言ったのです」

「警察署を襲撃するのは安全な方法ではなくて、車を襲撃するのは安全な方法だということですか？」

「例えばの話でしょう。それが絶対安全だとは言ってません」

会議は李鉉相と権昌赫の討論の場所と化してしまった。誰もその間に割って入ることはできなかった。皆その討論の帰趨を見守るばかりだった。

「それなら私の意見を言いましょう。どのような方法であれ、今回の場合は一番安全で効果的だと確信できる方法などないと思います。それならば我々の組織の力を見せつけ、それをもって社会に警鐘を鳴らし、同時に一般大衆を啓蒙することができる、そしてこれからの我々の経歴の中で光となる、そんな方法、手段を選ぶべきです。河頭領をはじめとする普光党の同志たちは今後民族の幹部として育っていかねばならない青年たちであり、普光党は愛国愛族の抗日団体として歴史の一ページに残るべき団体であり組織です。したがって、それにふさわしい方法であり手段を使おうとするならば、この機会に警察署の一つくらいは果敢に占拠してみせる必要があるでしょう。神出鬼没に一台の車を襲撃して同志を救出するのも悪くはないでしょうが、それよりは警察署を襲撃して堂々と同志を救いだし、世の中をあっと言わせた方が民心を刺激する意味でも、将来この組織を拡大して大衆の中に根付かせていく前提としても、遙かに効果的ではないでしょうか」

李鉉相の言葉には威厳があり、訴える力もあった。河頭領は目を光らせて聞いていたし、慎重派の盧東植さえも彼の言葉に心を動かされた様子だった。車範守も金殷河もそうであったし、泰英も例外ではなかった。

しかし権昌赫は頑なに反対した。

「李先生の話は、一つひとつ正しいと思います。しかし、この問題をもう一度冷静に検討してみましょう。李先生が今回の決起で狙うところの意味や効果は、全てが漠然としています。さっき李先生がおっしゃったではありませんか？漠然とした理由で、差し迫った問題を回避してはいけないと。私はその言葉を繰り返して言いたい。警察署を襲撃するということは、数人いや数十人の死傷者を出すということを意味します。これはほぼ確実な推測です。ところが私たちの組織の力を見せつけ、社会に警笛を鳴らし、大衆を啓蒙できるというその効果については漠然としています。今後の情勢如何によっては、あぶくのように、一筋の煙のように消えてなくなる虚しい仕業かも知れません。それにもかかわらず、そんなことと無限の可能性を持った若い青年たちの命を引き替えにしようと言うのですか。それではいけません。私たちの祖国が中国のように最前線で戦っているというなら、それも象徴的でなく、実質的に勝敗を決する段階に到達しているというのなら、若い青年の命を存分に燃やすこともできるでしょう。そして李先生の信念と思想にもとづいて、普光党全員の犠牲を強要することもできるでしょう。しかし現段階、このような状況の中では、もう少し長い目をもって自重する必要があると思います」

「青年たちに勇気を教えなければならない権先生が、青年たちを無気力にさせようと主張するとは想像もできなかった。夜が暗く、一カ所だけ灯を点してても全体を明るくすることができないからといって、自分の部屋の灯まで消すのですか。他人が戦わないからといって、我々まで卑屈になれというのですか？正しいと思ったことは実行すべきでしょう。漠然としない理想などありますか？今まで独立運動をしてきた人々、思想運動をしてきた人々は、独立や主義の貫徹を、手を差し入れさえすれば取り出すことのできる籠の中の柿のように考えていたと思いますか？もう少し踏み込んで言いましょう。人類の発生以来、死を恐れぬ者は恐らく一人もいなかったでしょう。これは本能です。しかしその本能を克服するところから人間は始まったのです。いわば死を恐れぬところから歴史は始まったのです。言い換えれば死を顧みぬ極少数の人間が歴史を創造してきたのです。私はここにいる青年、普光党の道令たちを、その極少数の中に入る人間だと思っている。いや、そのように育ってほしいと願っている。今、世界の全域で人々が、特に青年たちが血を流しています。その中には、本懐を遂げて死んだ者、死んでいく者もいるでしょうし、無駄な死、何の保証も約束もなく、豚のように死んでいく者たちもいるでしょう。そんな中で我々は、意義ある死を試みることもできないというのですか？そして今ひとつ権先生にお尋ねします。何が漠然で、何が具体的なのですか。強盗日本に反抗し、祖国と人民を解放しようという思想が漠然としているのですか？今日ここでの闘争が、明日独立の旗を打ち立てられないからといって、それが漠然なのですか？闘争はリレーと同じです。自分が終着点に到着できないからといって、それが無駄な走者だといえますか？難攻不落の要塞のように見えていた警察署が、ぼろをまとった掛冠山の道令たちによって、たとえ一時であっても陥落し占領された。この事実がどうして漠然としているのですか。どうしてそれがあぶくのように、一筋の煙のように消え去るのですか。大衆はその事実を通して日本が絶対的ではないと認識するはずです。それによっていつかは日本を打倒しなければならない、打倒できるという信念が誰かの胸に植え付けられるのです。それが育ち、集まって、大きな勢力となるのです。これがまさしく歴史なのです。教育なのです。我々はそれをしようというのです。私とて自分の命が惜しい。それと同じくらい同志たちの命も惜しい。しかしその命よりも大切なものがあれば、そのために捧げる勇気も必要なのです」

李鉉相は興奮していた。権昌赫が閉じていた目を開いた。彼もやはり興奮していたが、それを抑えて静かに言った。

「李先生の気持ちを分からずに言うのではありません。焦ってはいけないと私は言いたかったのです。私は李先生の指導のもと、普光党の青年たちがこのまま何年か生き延びることができれば、それだけでも大きな成果だと思うのです。李先生のおっしゃるとおり、河頭領をはじめとした青年たちは、この先民族の幹部として大きな役割を果たさねばならない人間ではありませんか？そのような青年たちが、この難局に無事命を守り続けることだけでも大きな戦いです。日帝に飛びかかって戦うにも勇気が必要でしょうが、混乱の中で耐え忍ぶことも勇気のいることなのです。日本は今、滅びゆく時期にあります。その滅びゆく様を見守るだけでもいいのではないでしょうか。滅びゆく奴等と戦って私たちの精力を消耗したり、命を失う必要はありません。普光党は無事に生き延び、民族の新しい敵に立ち向かう力として育てるべきだというのが、私の率直な気持ちです。新しい国を建設する担い手となり、それを妨害する勢力を打ち破る力として大切にしていきましょう」

「そうだとしても警察署の一つくらいは叩き潰す実績を残しておく必要があるでしょう」

李鉉相が憤然として言った。

「何が何でもそうする必要が一体どこにあるのです？」

権昌赫も若干声を荒げた。

「権先生のそんな態度を日和見主義というのです」

「李先生のそんな態度は冒険主義ではないのです

か？」

　李鉉相の謹厳な顔が真っ赤に燃え上がった。一瞬にして険悪な空気が流れた。李鉉相は辛うじて感情を抑え、柔らかに言った。

「権先生、お互い若い人たちのためを思って自分の意見を述べあったのだが、このままではかえって若者の前で醜態ばかりをさらすことになる。いずれにせよ決定は彼らに任せて、向こうで我々だけでもう少し話を続けましょう」

「そうしましょう」

　李鉉相と権昌赫は立ち上がると岩陰から出て行った。道令たちが集まっている場所とは反対の森の中へと歩いていく二人の後ろ姿が見えた。彼らの姿が完全に視野から消えると、頭領がぽつりと言った。

「私たちはいい先生を持った。お二人とも立派な先生だ」

　皆言葉はなかった。それぞれが今の論争を反芻していたが、結論は頭領の意見と同じだった。

　すでに日は天高く昇っていた。

「飯を食わさなければなりませんな」

　盧東植が言った。

「すっかり忘れていたな。皆に食事をするよう言ってくれ」

　頭領の指示があちこちに伝えられた。道令たちは各自パヂの腰に提げていた竹で作った弁当箱から握り飯を取り出して食べ始めた。

「私たちも飯を食べてから相談しましょう。金剛山《クムガンサン》も食後の見物［朝鮮の諺、花より団子の意］という言葉があるだろう」

　河俊圭はそう言って自分の弁当を解いた。

八

　特攻隊は一旦本部へと撤収した。

　捕まった三人が咸陽警察署に収監されているという事実を知ったのは、それから三日後のことだった。緊急幹部会議を招集する前に、河俊圭は泰英を伴って権昌赫の小屋を訪れた。

　部屋に入ってきた頭領と泰英を見て圭は、

「河先輩、僕も不逞鮮人になりましたよ」

と笑った。

「不逞鮮人になったたって、そんなもん今日に始まったことか？」

　俊圭が聞き返した。

「今までは不逞鮮人の候補者に過ぎなかったんです。今日から正式に不逞鮮人の資格を持ちました」

「李圭君は昨日大邱連隊に入隊することになっていたようだ」

横から権昌赫が付け加えた。

「ふむ、徴兵忌避者になったというわけだな」

河俊圭が笑って言った。

「そうです」

「おめでとう、圭」

泰英がにこにこしながら付け加えた。

「東京帝国大学は飼い犬に手をかまれたな」

「その代わりに掛冠山大学に転学したのさ」

「圭もすっかり人間ができたな。みんな権先生のおかげだろう？」

「なんだい、私は不逞鮮人養成所の教師か？」

権昌赫が闊達に笑った。

このような冗談を交わした後、河頭領は真顔に戻って権昌赫の前に座った。

「先生、咸陽警察署の襲撃は絶対だめですか？」

「どういう意味だ？」

「自動車を襲撃するのが一番簡単でしょうが、そのための情報収集がかなり難しいと思います。いつまで咸陽警察署に置いておくのか、何時にどの車で送致するのか、これらを詳しく知るために、そして時を逃さずに連絡を受けて出動するためには、少なくとも数人が予め咸陽邑に潜伏している必要があります。潜伏したからといって、確実な情報を探り出す自信もありませんし」

「だから警察署を襲撃した方がかえって簡単だと言いたいのかね」

「そうです」

「それならそのように計画を立てればいいだろう」

「ですが先生の指導に背いて、李鉉相先生の意見に従うような結果になるのが申し訳なくて」

「頭領らしくないことを言うな……せっかく決めたんだから、最小限の犠牲で決定的な成功を収めることができるように計画を立てなさい」

「それは心配なさらないでください。以前に立てた計画もありますから、それをより細かく修正するつもりです」

「慎重を期すようにな」

前で聞いていた圭が、

「その咸陽警察署襲撃には僕も参加させてください」

と言うと、訝しがる周りの目に気付いて恥ずかしそうに付け加えた。

「不逞鮮人になった記念に一度やってみたいのです」

「そんな青二才の不逞鮮人を使うわけにはいかないのだが、一度考えてみよう」

頭領は真顔で言った。

次いで緊急幹部会議が開かれた。名前は会議となっていたが、一方的に頭領の指示を聞くことに終始した。頭領は長い間検討を重ねてきた様子で、淀みなく次のように言った。

「この作戦に動員する人数は百二十人と決めた。決行日は七月最後の咸陽に市が立つ日、時刻は午前一時とする。百二十人を三十人ずつ四隊に分ける。その編成はこの会議の最後に相談することにして、第一隊と第二隊は咸陽邑に潜入する部隊、第三隊は咸陽警察署の注意と兵力を分散させるためにH面、M面、D面等において陽動作戦を展開する部隊、第四隊は第一隊と第二隊が撤収する通路の安全確保と負傷者の運搬を担当する」

更に細部については、

「第一隊は武器を隠して商人に変装し、事前に咸陽邑に潜入する。商品に見せかける品物を作っておかなければならない。山菜がいいと思うが、量を多く見せるために雑草を混ぜよう。葛蔓もたくさん用意しておくように。葛蔓は警察官やその他の抵抗する者を縛り上げる道具として使う。銃や火炎瓶は背負子の下に隠すこと。市が終わったら警察署に一番近い旅館、もしくは酒屋に集結する。可能な限り一カ所がいいが、場合によっては二、三カ所に分散する。不審検問があったときは、他の同志に検問が及ばないように時間を引き延ばし、検問する巡査を侮辱するような言葉を使って警察署に連行されても構わない。連行された場合は可能な限り警察署の内部事情を探っておくように……。第二隊は邑の裏山に隠れて決行十分前に指定された場所に集まる。咸陽警察署の警察官の総数は三十三人だと把握している。夜にはその半数に減る。第二隊の七、八人が警察署の前で喧嘩を始める。警察官の何人かがそれを取り締まるために出てくるだろう。そのときその七、八人は棍棒で出てきた巡査たちを打ち倒す。それを合図に武装した第一隊が警察署の中に突入する……」

このように第三隊、第四隊の役割まで具体的に説明された。

会議の後、この計画に基づいた訓練が始まった。咸陽邑の地形を描き、一切の行動における指示とそれに応じた動作を教えるためだ。

第一隊の隊長は車範守、第二隊の隊長は盧東植、第三隊の隊長は金殷河、第四隊の隊長は朴泰英。圭の強い要望により、彼は第四隊に入れられた。

決行三日前、第三隊の金殷河が先ず出動した。計画通り第三隊は十人ずつの三分隊に別れ、それぞれH面、M面、D面へと出動し、最も悪質と言われる警防団員の家に火を放った。同時に掛冠山の道令たちに反抗する警防団員は徹底的な報復を受けるだろうという警告を流布させた。巨林谷の道令たちを逮捕し警察に引き渡したのが警防団員であったため、それに対する報復でもあり、警察署襲撃の際に警防団員の動きを牽制するための予防措置でもあった。

当初、悪質警防団員の家に火を放つという計画が出されたときは反対する者もいた。しかしこれが大きな効果をもたらしたことを後になって知った。警察署を襲撃した後、普光党を追撃するため警防団員たちに非常招集がかけられたのだが、大半がそれに応じなかったために追撃計画がうやむやになってしまったのだ。そして、特に悪質な者の家だけを狙ったために、一般のひんしゅくを買うこともなかった。

ついにその日が来た。

咸陽邑に知り合いのいない山清出身の道令たちで編成された第一隊は、車範守の指揮の下、無事に咸陽邑に潜入できた。車範守は山菜と葛蔓を広げて座っている道令たちの周りを歩き回り、酒屋にも出入りして警察署の動態を探った。車範守が把握した事実は次のようなものだった。

咸陽署の巡査の総数は現在三十一人、その内五、六人は放火事件が頻繁に発生している地域に出張しており、当日勤務しているのは二十五、六人。夜の一時になれば、宿直十二人だけが残るということだった。そしてまた、掛冠山の道令たちが面部で狼藉を働いているが邑内まで入ってくることはないだろうと、警察では高をくくっているということも分かった。正確に決行十分前、河頭領と盧東植が約束の場所で車範守と合流した。車範守が把握した情報によって迅速に計画が立てられた。

第二隊の道令たち二人に警察署の向かい側の通りで喧嘩を始めさせた。「殺される」「誰か助けて」と大声を上げると、二人の巡査が飛び出してきた。

それを見ると、喧嘩をしていた二人が悪態をつきながら暗い路地へと消えていった。その後を巡査たちが追いかけた。

路地の暗闇に立っていた道令たちが巡査に向かって棍棒を振り下ろした。

「うっ」

といううめき声とともに二人の巡査は倒れ込んだ。

「残りは十人だ」

車範守が言った。

「あと一人か二人引きずり出しましょう」

頭領が言った。

警察署の門前で集団の喧嘩が起こった。棒を振り回して争う振りをしていると、巡査一人が飛び出し、

「こらっ、貴様等何をしている」

と叫んだ。日本人巡査だった。

一人の道令が走っていくと、棍棒でその頭を叩きのめした。

「早く暗がりに引きずっていけ」

車範守が低い声で命令した。

外の異変に気付いた巡査がまた一人出てきた。今度は河俊圭が棍棒を使うまでもなく、空手で巡査の肩を打った。

「残り八人」

車範守が数えた。

「よし、入るぞ」

河頭領が拳銃を抜いて警察署に侵入した。

入り口のすぐ横の部屋に座っていた三人の巡査がぎくりとした様子で彼らを見つめた。小銃を持った道令たちが続いて入ってきた。

「声を出せば撃つぞ」

河頭領は道令たちに、

「あの二人は縛っておけ」

と命令し、一人の額に拳銃をあてて立ち上がらせた。

「留置場に案内しろ」

巡査の額に拳銃を押し当てながら河頭領が廊下に出たときには、車範守の指揮の下、全ての部屋が占領されていた。

河俊圭が留置場の中に入った。先に着いた道令たちが留置場の看守に銃を向けて監房の鍵を開けさせているところだった。

「尹道令、李道令、河道令」

と車範守が呼んだ。

「ここにいます」

という声がした。李道令だった。

「尹道令は？」

「ここにいます」

と尹道令が出てきた。

「河道令は？」

「あそこにいますが」

監房の隅で必死に体を動かそうとしているが、起きあがることができない様子だった。

「早く河道令を負ぶうんだ」

車範守が命令した。

「李道令たちを連れて早く集合地点に行け」

そしてその他の七、八人の収監者たちには、

「我々と一緒に行きたければ彼らについて行きなさい。だが強要はしません」

と言うと、車範守は河頭領の後を追った。

「武器庫に行こう」

武器庫には小銃十丁と拳銃二丁、手榴弾が数個、弾丸二箱があった。河頭領はそれらを素速く運び出すよう指示すると、刑事室に入った。

「あの書類庫をつぶせ。中の書類を取り出して運ぶんだ」

人数を点検して警察署から出てきたとき、河頭領は時計を見た。

「ちょうど二十分かかった」

「一発の銃も撃たずに……あまりにもあっけなかったな」

車範守が笑った。

道令たちが先を急いで通りを進んでいると、警察署近隣の全ての人々が起き出して戸の隙間、窓の隙間から彼らを見守っているのを、河俊圭は満月に近い月明かりによって知ることができた。

集結地点に着いてはじめて救出した道令たちと挨拶を交わした。

三人とも過酷な拷問のために憔悴しきっていた。

その中でも河道令が最もひどかった。同じ河姓ということで河俊圭との関係を追及され、他の二人の二倍も三倍も拷問を受けたそうである。

救出した同志たちを介助しながらパルチ谷の裏山、ウムシルに到着したとき、空が明るみはじめた。ウムシルで金殷河指揮下の第三隊が彼らの到着を待っていた。

第三隊は背負子を担いだ人々を十数人連れていた。悪質な者たちから米を奪い、背負わせてきたということだった。

「悪い奴等のところには米があるそうです。人を雇ってでも米をウムシルまで持ってくるよう道令たちに言っておいたのですが、きっちりと仕事をしてくれました。運んでもらった人たちは、ここでそのまま帰そうとしたのですが、どうしても頭領に会ってから帰りたいと言うんです」

金殷河の言葉を聞くと、河俊圭は背負子を担いだ人々のもとに行った。彼らは戸惑った様子で立ち上がった。

鬼神を見物するつもりでいたのが、意外にも人間だったというようなそんな表情だった。

「みなさんご迷惑をおかけしました。こんな遠く険しい道を私たちのために食糧を運んでくださり、これ以上に有難いことはありません。将来よき日が訪れれば、このご恩は必ずお返しします。日本はもうすぐ滅びます。そのとき私たちの国ができるのです。幸せな未来を見つめて力一杯努力しましょう。戻られたら、掛冠山の道令たちは国の未来のために情熱を燃やし、全員健康に暮していたとお伝えください」

河俊圭はこう言うと、その人々の住所と名前を記録しておくよう金殷河に言った。

彼らが運んできた米を第一隊が背負い、全員掛冠山の本部へと出発した。普光党道令たちの胸には言いしれぬ感動が満ちあふれていた。

泰英と圭の後を歩きながら金淑子と陳末子がこんな話を交わしていた。

「このままでは私たち衛生要員は何もしないで貴重な食糧だけを減らすことになってしまうわ」

「これからは私たち、飯炊きの仕事でもしましょう」

李鉉相が残っていた道令たちを率いて「가《カ》」地点まで出迎えに来ていた。河頭領の手を握った彼の目には涙が光っていた。

「頭領、本当によくやった。一人の犠牲者も、一人の落伍者も出すことなく、造作なくこんな大仕事をやってのけるとは。頭領こそ真の英雄だ」

「私の力ではありません。車範守先輩の功労がさらに大きかったのです。道令たち皆がよくやりました。ところでおかしなことに気付きました。本署、駐在所合わせて五、六十人にしかならない警察に、どうして市民は身動き一つできないのでしょうか」

「数が問題ではないさ。日本という名の勢力が問題なのさ。とにかく犠牲者が一人もいなかったのは大成功だ。偉大な戦術家だ」

「戦術なんて。運がよかっただけです」

「運は作られるものだ。運を作ることができる人間が英雄だ」

次いで李鉉相は行進する隊列に分け入って、道令たちの肩を叩き、握手を交わし、まるで少年のように明朗な笑みを絶やさなかった。

その晩、掛冠山では再び祝いの宴が開かれた。六十を超えた成漢柱老人をはじめとした愛国志士たちも、この宴に参席した。掛冠山の山神たちは若き道令たちの万歳の声を通して、掛冠山に共和国が誕生したことを知った。

「意志のあるところに道があり、意志のあるところに国は建つ。我々は真に民族の意志であり、道であり、国である」

成漢柱老人はこのように雄弁に語り、小さな共和国万歳の音頭を取った。

第二章　花園の思想

一

咸陽《ハミヤン》警察署は蜂の巣を突いたような騒ぎだった。

日本人警察官が一人死んだということだけでも大事件だった。そのうえ留置場を破壊され、留置していた人間を三人も奪われたとあって事態は更に重大だった。それればかりか極秘書類まで奪取されたため、日本警察の面目は一夜にして地に落ちてしまった。

署長は即刻罷免された。道警察部が道内の精鋭警官を募集、討伐隊を編成し、大々的な討伐作戦を計画しているという情報も入ってきた。

しかし士気が頂点に達している普光党の道令《トリョン》たちは恐れなかった。数十丁の銃砲があり、数百発の弾丸があった。普光党は厳重な警備体制を取る一方、火炎瓶の製造に全力を挙げた。火炎瓶は、サイダー瓶やビール瓶にダイナマイトを充填し、そこに導火線を付けた手製爆弾だった。ところがガラス瓶を使わなくても、一定量のダイナマイトを土で固めて導火線を付ければ、同様の威力を発揮することが実験によって分かった。そのためダイナマイトさえ手に入れれば数千発の手製爆弾を作ることができるのだった。

普光党は敏捷な道令たちを近隣の鉱山に派遣してダイナマイトを集めた。

また、三十人の道令たちによって編成された一隊は、成漢柱《ソンハンヂュ》老人の指導を受けて薬草と山菜の採取を専門に担当した。掛冠山《ケガンサン》には薬草と山菜が豊富にあった。山参《サンサム》、何首烏《ハスオ》、芝苹《チピョン》、堂帰《タングィ》、芎白芷《クンペクチ》、細辛《セシン》、南星《ナムソン》、玄参《ヒョンサム》、柴用《チヨン》、天麻《チョンマ》、蒼木《チャンモク》、茯苓《ポンニョン》、白木《ペンモク》、牛膝《ウスル》、五味《オミ》子《ヂャ》、伏盆子《ポクプンヂャ》、枸杞子《クギチャ》、車前子《チャヂョンヂャ》、桑白皮《サンペクピ》、五加皮《オガピ》、九客木《クゲンモク》、海東皮《ヘドンピ》、桑寄生《サンギセン》、柳寄生《ユギセン》、沙参《ササム》、蔓参《マンサム》など数十種の薬菜を容易に手に入れることができた。

薬草に明るい成老人は、

「掛冠山にある薬草だけでも、道令たちの病気は大概治すことができる。それにちょっとした怪我も掛冠山の薬草で治すことができる」

と言って、丁寧に作られた標本を使いながら道令たちを指導した。

「掛冠山、智異山《チリサン》には四参《ササム》というものがある。山参、玄参、沙参、蔓参のことだが、根気強く探せば山参だって見つけることができる」

ということだったが、ある日成老人は遂に山参を発見した。ところが山参は夏に採るものではないと言って、大切にその場に残しておくことにした。普光党の道令たち以外には誰も入ってこないため、他人の目につく心配がなかったからでもあった。

　食糧確保のため山菜もせっせと集めて干した。掛冠山には概ね次のような山菜があった。タラノキ、ワラビ、キキョウ、アキノキリンソウ、ヤマボクチ、茶、ゴマ、ツルニンジン、ボウフウ、フキ、シュンギク、セリ、ノエンゴサク、カワラサイコ、サイヨウシャジン、クルマバツクバネソウ、シャクナゲ、カニコウモリ、イヌビエ、シオン、サルナシなどだ。種類もこのように多かったが、その量も多かった。一人の道令が一日働けば、一抱えの山菜を採ることができた。

「このままいけば山菜だけでも三月分の食糧を確保できるな。道令たちが病気せず皆健康なのは、山菜をたくさん食べて、いい水を飲んでいるからだ」

と、成老人は満足そうに言った。

　山菜は米粉や麦粉を混ぜて、塩を加えて煮ると、この上なくうまいご馳走となるのだった。

　ジャガイモとトウモロコシの収穫もどっさりとあった。早春の食糧難に苦しんだため、今年はスイカやマクワなどといった贅沢な作物の代わりに、空いている土地という土地にカボチャを植えたのだが、あちこちの草むらにカボチャがごろごろと転がっているのが心強かった。

　咸陽警察署襲撃の成功が、道令たちの胸に同志愛の絆を植え付け、同時に国のための働き手だという自覚と誇りを与えた。このような自覚と誇りがあったために全てのことが計画通り、そして能率的に進められていた。

　八月六日
　泰英《テヨン》は何人かの道令たちと一緒に「가《カ》」地点の歩哨勤務をしていた。松坪里《ソンピョンニ》を第一前哨線としていたため、その頃「가《カ》」地点は第二前哨線となっていた。

　前哨線には衛生隊員が一人ずつ配属されていた。その日は陳末子《チンマルチャ》が第一前哨線、金淑子《キムスクチャ》が第二前哨線に配属されていた。茂みの中、しかし、こちらからの展望は開けたところを見つけて泰英と金淑子は座った。金淑子は山菜の標本を作るために採集した山菜を整理していた。泰英は膝を抱いて前を凝視していた。

「この頃ラジオではどんなニュースがありますか？」

　金淑子が聞いた。

「日本が敗退を続けるニュースばかりさ。別に変わったことはない」

「もっと具体的に話してください」

「東京を空襲した。大阪を全滅させた。フィリピンでは事実上戦闘が終わった。毎回そんなニュースさ」

「やっぱり戦争は、アメリカ軍が日本本土を占領するまで終わらないのですね？」

「そのようだな」

「私の両親は生きているのか死んでいるのか」

「心配か？」

「どうして？いけませんか」

「たぶん生きているだろう」

「どうして分かるのですか？」

「婿の顔を一度も見ないで死ぬわけないだろう」

「そうですね」

金淑子は息を殺して笑った。

「ここの生活は退屈か？」

今度は泰英が聞いた。

「朴参謀はどうしていつもそんなことを聞くんですか？」

「聞いてはいけないか？」

「貴方の側にいるのに退屈なはずがないでしょう。私は幸せです。いつでもこうしていたいわ」

「こうしていたくても、そうはいかないだろう。戦争が終わる日が来るだろうから」

「戦争が終わる日を待ちながらも、その日がなぜか恐いわ」

「どうして？」

「何となく不安です」

「俺がいても？」

「一緒にいられるなら不安ではないですけど」

「離ればなれになる理由がどこにあるんだ」

「それはそうですけど、戦争が終わって私たちが家に帰れるようになったら、貴方は何をするおつもりですか？」

「そのときにならなければ分からない」

「だから不安なのです。明確な方針が立っていないということが」

「方針が立とうがどうだろうが、一緒にいればいいじゃないか」

「家に帰るときは私を連れて行ってくれますか？」

「もちろんだとも」

「家で反対されれば？」

「反対？つまらないことを。俺は誰の支配も受けない」

しばらく沈黙が続いた。蝉の声が一斉に聞こえてきた。その蝉の声を伴奏に、蝉よりも数オクターブ高く、鳥の声が聞こえた。

「クル、クル、クルル」

というように聞こえた。

「今鳴いている鳥は何ですか？」

淑子は山菜をより分ける手を止めて、耳を傾けながら聞いた。

「クル、クルルって鳴いているからクル鳥だろう」

「まあ、そんなこと言って」

淑子は泰英が上の空でごまかしたのだと思って、横目で睨んだ。泰英は真面目に言った。

「俺がむやみに嘘を言う人間に見えるか？智異山やこの山には本当にクル鳥っていうのがいるんだ」

「それならごめんなさい。私は貴方がいい加減なことを言わない人間だと思っています。だってクルクル鳴くからクル鳥だなんて言うから……ちょっと誤解しました」

「俺はこう見えてもこの近くにいる鳥の名前を殆ど知っているんだぞ。カッコウみたいなものは誰でも知っている鳥だけど、ダルマエナガのような鳥は知らないだろう」

「どんな鳥かも知っているんですか？」

「知っている鳥もいるし、名前だけしか知らない鳥もいる」

「この山にはたくさん種類がいるんでしょう」

「恐らく数十種類にはなるだろう」

「その鳥たちをみんな採集して、はく製の標本を作れたらいいのに！」

「いいアイデアだ。いつか平和が来れば、二人で智異山の鳥類標本を作ろう。薬草の標本も、昆虫の標本も、山菜の標本も作って……」

「そんな日が来ればいいですね」

淑子は遠くを見つめるような目で言った。

「どんな標本よりも鳥類の標本がいいだろう」

泰英も遠い未来を見つめるような目になった。その目が空中を飛ぶ大きな鳥を捕らえた。

「あれをご覧」

泰英が指さした。淑子の視線がその方に向けられた。

「あれはセヂョリという鳥だ。慶尚道《キョンサンド》の方言ではセチョリだけど。ああやって飛びながら小さい鳥を見つけたらあっという間に捕まえてしまうんだ」

「猛禽類の鳥ですね」

「そうさ、でもタカやワシなんかに比べたら体はかなり小さい」

「自然って本当に不思議ね」

「そうだな……この山だけでも数十種類の鳥がいるんだからな……ソッチョク鳥、メンメンイ、トゥギョン鳥、オルッペミ、プルグク鳥、クンクンイ、クエッコリ……」

「クンクンイという鳥がいるの？」

「いるさ。クンクンイはクンクン、クンクンって鳴くからクンクンイなのさ」

「メンメンイはメンメンって鳴くの？」

「そう。タッカンチという鳥はタッカンタッカンって鳴くし、シプチュクシプチュククル鳥はシプチュクシプチュククルって鳴くんだ」

「シプチュクシプチュククル鳥なんていう鳥もいるの？」

「じゃあ俺がいないものを勝手に作ったって言うのか？」

「鳥の名前は大体鳴き声から付けられるんですね」

「そうだな。ところで面白い名前がある。劈開雀《ピョッケチェ》書房《ソバン》鳥というのがいるんだ」

「劈開雀書房鳥？」

「うん」

「何か伝説があるんですか？」

「そうさ、悲しそうに明け方鳴く鳥なんだが、劈開雀書房という人が病気で死にそうな妻の薬を買うために夜道を歩いていて、虎に食われてしまったそうだ。そして妻は明け方に死んで……その雀書房の魂が鳥になって、死んだ妻の墓を明け方になると探し回って泣いていたって話だ」

「とっても悲しいお話ね」

風が過ぎていった。松の間を通り過ぎる風は涼しかった。淑子は泰英とともに半日を過ごすことができ、この上なく幸せだった。

近くの小川の側に下りて他の道令たちと昼飯を食べ、泰英はもとの場所に戻り、淑子は山菜を摘むために谷へ入っていった。

淑子が殆ど一抱えもある山菜を葛蔓で縛って戻ってきたときには、長い夏の日も西の山に傾いていた。泰英が淑子を見て言った。

「今日も変わったことはなさそうだ。淑子は先に帰りなさい」

「一緒に帰ります。陳末子さんが戻るのを待ってから」

淑子は泰英の横に座った。

「陳末子さんは本当にいい人だな」

泰英が呟いた。

「もちろんですとも」

淑子も相づちを打った。そして心配そうにこんなことを言った。

「陳末子さんは李圭《イギュ》さんをお慕いしているみたいで

す」

「圭《キュ》を？」

「どう見てもそんな感じです」

「それは大変なことになるぞ」

「どうして？」

「圭には婚約まではしてないが、決められた人がいるようだ」

「誰です？」

「河永根《ハヨングン》という人がいるだろう？」

「もちろん知っています」

「その人に潤姫《ユニ》という娘さんがいる」

「晋州《チンヂュ》でお目にかかりました」

「その人と結婚するんじゃないかと思うんだが」

「お互い好きあっているんですか？」

「嫌いなはずはないと思う。それにお互いの家どうしつながりもあるし」

「…………」

　泰英は少年時代、潤姫に抱いていたほのかな思慕の情を思い出した。圭のために諦めざるを得なかった辛い思いが、昨日のことのようによみがえってきた。その辛さを、泰英は金淑子と出会うことによって忘れることができたのだった。

「でもそれはあくまでも俺の推測に過ぎないよ」

　泰英は陳末子の清純な顔を思い出しながら言った。

「あの潤姫さんという方と李圭さんとならお似合いだとは思います」

　そう言ってみたものの、淑子は陳末子が哀れに思えた。

「余計な詮索はよそう。結婚なんて圭にはまだまだ先の話だから」

と言って泰英は立ち上がった。時計を見ると、第一前哨線から半数の人員が戻ってくる時刻だった。夜には半数が残り、半数は帰ってくることになっていたのだ。

　向こうの山腹から第一前哨線の道令たちが帰ってくる姿が見えた。陳末子の姿も見えた。ところが陳末子と並んでもう一人女性が歩いていた。

「誰だろう？」

と不思議に思っていると、

「全《チョン》道令」

という声とともに手を振って見せたのは車《チャ》道令だった。泰英に返事をする間も与えず車道令が大声で叫んだ。

「全道令、順伊《スニ》が来ましたよ」

「順伊が？」

泰英は雷に打たれたように一瞬立ち止まっていたが、すぐに坂道を転げ落ちるように走り出した。

濃い眉の下、きらきらとした順伊の瞳がすぐ目の前にあった。順伊はわっと泰英にしがみつくと大声で泣き出した。

「よく来たな順伊、よく来たぞ順伊」

泰英も込み上げる涙を堪えることができなかった。

「全道令、全道令」

と言いながら、順伊はおんおんと泣いた。その横で車道令も李道令も涙を流していた。いきなり繰り広げられた涙の場面に、事情を知らない道令たちはあっけにとられていた。訝しがる淑子には陳末子が説明していた。

ほぼ一年近い間に順伊はかなり大きくなっていた。麻のチョゴリをふっくらと膨らませた順伊の胸元が、泰英にはこの上なくいじらしく思えた。順伊は垢染みた麻のチマ・チョゴリを着て、チプシン[藁で編まれた草履に似た履き物]を履いていたが、そのチプシンは先がほころび裸足も同然だった。泰英は順伊を落ち着かせると、小川で顔を洗わせてから聞いた。

「順伊、一体どうしたんだ?」

「叔父さんと叔母さんとお祖父さんは隠身谷《ウンシンゴル》にそのままいるわ。私とお父さんが水東面《スドンミョン》に出てきたの」

「それで父上は?」

「作男をして、私はお父さんが作男をしている家で手伝いをしていたの」

「どうしてここに来たんだ?」

「お父さんが再婚したの。だから私がいなくても心配なくなったの」

「それで来たのか」

「うん」

「俺たちがここにいることはどうやって知ったんだ」

「咸陽警察署を襲ったでしょう。警察署を襲った人たちが道令たちだって聞いたの。それで来たのよ」

「そうか、本当によく来た」

泰英は隠身谷を去る日、山腹に座り込んで慟哭していた順伊の姿を思い出して、再び胸が詰まった。

「私が来たら頭領が怒るかしら」

順伊は怯えたように泰英の顔色をうかがった。

「頭領だって喜んでくれるさ。順伊が来たって聞いたらどれほど喜ぶか。怒られるなんて、心配するな」

「そうかしら」

順伊の顔は瞬く間に明るくなった。

「喜ぶに決まってるじゃないか。俺がこんなに嬉しいのに、頭領はどれだけ嬉しいか。隠身谷にいた道令たち全員が順伊を歓迎してくれるさ。俺たちはいつも順伊の話をして心配していたんだ」

「私は一日でも道令たちを忘れたことはなかったわ」

「さあ、頭領のところに行こう。それはそうと、お前足が痛いだろう」

「大丈夫よ」

　順伊は疲れも見せずに歩き始めた。陳末子と順伊を先に歩かせ後に続きながら、泰英は並んで歩いてる淑子に話しかけた。

「精一杯あの少女の面倒を見てくれ。しっかり育ててくれ。よろしく頼む」

二

「順伊が来た」という知らせを聞いて、隠身谷で暮していた道令たちは大騒動となった。頭領河俊圭《ハチュンギュ》も順伊との邂逅には、人目もはばからずに涙を流した。

　思えば隠身谷での、まだ何の覚悟もなく、将来への展望も不確実だった頃の、暗鬱だったともいえる道令たちの生活に、順伊の存在は様々な意味で大きな慰めだった。その屈託のない天真爛漫さは新鮮な輝きでもあった。だから掛冠山に順伊が来たということは、女王の帰還といっても過言ではなかった。

　順伊を歓迎する普光党道令たちの熱狂ぶりを見て、

「お姫様の帰還ね」

と金淑子が言ったのは的を射た表現だった。

　順伊はひとしきり泣いた後、八重歯を見せて笑ってみせると、自分が持ってきた風呂敷を解いた。風呂敷から五つの石榴が転がり出てきた。

「まだ熟れてないけど美味しいわよ。頭領にあげようと思って持ってきたの」

と言って、順伊は石榴を頭領の前にずらりと並べた。そして表紙が色褪せた物語の本を取り出して見せ、

「頭領、私、物語が読めるのよ。洪吉童《ホンギルトン》伝も劉忠烈《ユチュンニョル》伝も読めるわ」

と威張った。

　頭領は順伊が並べた石榴を割ると、

「みんなが公平に分けて食べよう。せっかくの順伊の好意を無駄にしないためにも、洪道令が分けてくれ」

と言った。

　数粒の石榴は口の中に甘酸っぱい味を残した。その味覚は忘れることのできないものとなった。

「イエス・キリストが、一切れのパンで数百人の空腹を満たしたという話が荒唐無稽な話でなかったことが今夜はじめて分かった」

と盧東植《ノドンシク》が語った。

　順伊を迎える歓迎会が最高潮に達した頃、圭が慌てふためいて小屋にやってきた。

「日本の広島に原子爆弾が落とされました。今、短波放送で聞きました」

　その時間、圭が短波放送を聞く任務を担当していたのだ。

「原子爆弾って何だ」

　頭領が尋ねた。

「よく分かりませんが、とてつもなく高性能の爆弾のようです。一つの爆弾で広島市全体が破壊され、数十万人の死傷者が出たようです」

「とうとう戦争も終わりだな」

　誰かが言った。

「その爆弾を投下するとともに、連合軍は日本に無条件降伏を促す最後通告をしたという放送もありました」

と圭が付け加えた。

「無条件降伏だって！それなら我が国の独立は間違いないではないか」

　盧東植は興奮を隠せなかった。

　一瞬にして座がどよめきだった。

「李圭同志が伝えてくれた言葉を、そのまま車範守《チャボムス》副頭領と金殷河《キムウナ》副頭領に伝えてくれ」

　頭領の命を受けて、車道令と李道令が小屋から駆け出て行った。

　小屋の中は騒然としていた。

「明日にも降伏するかも知れないぞ」

「そんなに早くはいかないだろう」

「遅らせたら、またその爆弾を落とされるじゃないか。普通の神経なら明日降伏するだろう」

「李圭同志、放送をしっかり聞いておいてくれ」

「これは順伊が持ってきた知らせじゃないのか。順伊はいい日に来たなあ」

　頭領は全員を静まらせると、

「だが喜びすぎてはいけない。倭奴《ウェノム》たちは何をしでかすか分からない奴等だ。このような知らせがあったからと言って私たちの日課を怠けてはいけない。明日の仕事が待っているんだから、皆戻って充分に睡眠を取るようにしなさい」

と言って解散命令を下した。道令たちが解散した後、頭領は泰英と盧東植を見てぽつりと呟いた。

「順伊を私の妹として扱うつもりだ」

さっぱりと沐浴をして髪をきれいに梳き、金淑子のワンピースを着た順伊が、朝の太陽の下に現れたとき、道令たちはその可愛らしさに驚いた。金淑子も陳末子も美しかったが、順伊の清純可憐な容色には太刀打ちできなかった。

頭領が朝礼の席上に現れると、順伊は駆け寄って、

「頭領、私は今日から何をすればいいの」

と聞いた。

「金淑子姉さんと陳末子姉さんに相談してみなさい。その上でお前がしたいことをしなさい」

頭領は笑って言った。

そして金淑子と陳末子を別の場所に呼び、

「今もこれからも、順伊に必要なものは学問だ。我が国が独立した暁には、中学校に通うことができるように学力を付けてやってください」

と頼んだ。

八月八日、ソ連が日本に対し宣戦布告をしたというニュースが流れてきた。九日には長崎にも原子爆弾が落とされたという情報が入ってきた。次いでソ連軍が満州、朝鮮北部、サハリンに進撃したという知らせがあった。同時に千六百機の米軍機が、日本の東北地方を猛打し、三百機が九州を爆撃したというニュースも重なった。

第一前哨線で収集した情報によれば、今の咸陽警察署の事情では討伐作戦を展開するのは不可能ということだった。河頭領は第一前哨線を「가《カ》」地点まで後退させることにして、今後の方針を新しく立て直すことにした。

幹部会議によって次のような決定がなされた。

火炎瓶、手製爆弾の製造は中止する。

食糧確保のための作業は従来通り継続する。

日本が降伏したときの対策を、李鉉相《イヒョンサン》、権昌赫《クオンチャンヒョク》をはじめとした顧問団と相談して考える。

八月十日、圭は極めて悪い受信状態にもかかわらず、日本がソ連を通して降伏のための交渉をしていたという事実と、現在某国を通して無条件降伏の手続きを模索中だという情報を聞き取った。

この情報を受けて、李鉉相は、河俊圭、朴泰英、盧東植、車範守、金殷河を自分の小屋に呼び入れた。

李鉉相は車座に座った道令たちを黙ったまままじっと見つめていたが、軽く咳払いをしてから重々しく口を開いた。

「私は君たちを尊敬している。愛している。そして信頼している。君たちを信頼せずに誰を信頼できるのですか。君たちを信頼している証拠として、この

場で私の正体を明らかにするとともに、私の所信を話そうと思う。私は君たちを私の同志だと信じるからこそ、このような話をするのだから、ここでの話は当分の間、あるいは永遠に秘密にしてほしいと思う。だが秘密にするもしないも君たちの判断に委ねようと思う」

　そして深刻な表情を作ると言葉を継いだ。

「私は今まで盧明尚《ノミョンサン》という名前で世の中を渡ってきた。だが私の本名は李鉉相だ。故郷は全羅北道《チョルラプクト》の錦山《クムサン》。私は朝鮮共産党草創期から参加していた共産主義者だ。そのために十二年間監獄暮らしをしてきた。大田《テヂョン》刑務所に収監されていたが、十二年前病気のために保釈され、その隙に智異山にやってきた。そしてこうして君たちと縁を結んだ。君たちと出会えたことをこの上なく幸せに、光栄に思っている。これからもそうであろう。……今我々は偉大な歴史の峠に立っている。荘厳な瞬間だ。数十年間暗黒の中で暮し、ついに光明を見る刹那にいるのだから。報告によればソ連軍はすでに北朝鮮に進駐し、日本の勢力を掃討しているという。日本はソ連の勢力に抵抗できないだろう。遠からず日本は後退し、ソ連軍は我が半島全域を掌握するだろう。第二次世界大戦の戦後処理は、連合国に属する各国の軍隊が占領した既定事実に基づいて行われるはずだ。言い換えれば連合国、即ちアメリカとソ連の合意下に朝鮮問題は処理されるのだが、我が朝鮮はソ連の占領下に入るということだ。先ずこの事実を認識する必要がある……。日本の圧迫から抜け出すという事実、同時に労働者、農民が主人となっている、人民の国ソ連と密接な関係を結ぶという事実は、まさしく我々の未来に偉大な栄光が待っているという希望を意味するのだ。我々は二度と同じ過ちを犯すことのない道を選択しなければならない。そんな意味で私は君たちをこの場に呼んだのだ」

　重い沈黙が流れた。そしてその沈黙には緊張感がみなぎっていた。ソ連の支配下に入るという李鉉相の予想は、道令たちの胸に錯綜した風を引き起こした。だがそれは確実な予想であるように見えた。しかし、ソ連の支配下に入るということが、李鉉相の言葉通りすぐさま民族の栄光に直結するのだろうかという疑惑を、盧東植は消し去ることができなかった。

　李鉉相の話は続いた。

「私は、君たちの聡明さと勇気に期待して私の所信を打ち明ける。我が国の行く道は共産主義を支持し、共産主義を実践する道しかないことを、断固として言っておく。次にその理由を述べよう。先ずはじめに、我が国は地理的な理由もあって事大主義、事大根性という病弊を持っている。時にはアメリカに付き、時には中国に頼り、時にはイギリスにもたれようとする風土が今後も起こってくるだろう。だが共産主義は世界的な紐帯を持った、国際的性格を帯びている。要約すれば共産主義だけが我が民族の病弊である事大主義の傾向を清算できるということだ。次に、我が国は封建的な陋習を根深く持った国だ。未だに班常《パンサン》［両班《ヤンバン》と常人《サンイン》を区別する差別意識］の意識が生活の隅々にわたって残っている。このような弊害を徹底的になくすためには、共産主義の路線にしたがうより他にない。三番目、我々は日本帝国主義の支配下、徹底的に収奪を受けたため慢性的な貧困の中にいる。ところが親日地主、親日資本家だけは肥え太り、これが支配階級を形成している。このような支配階級を打倒し、絶対多数の労働者、農民の発言権を優先させる真の人民の国を作るためには、共産主義の戦術を十分に発揮させる必要がある。四番目、各階級の複雑な利害関係、混沌とした国際情勢により生まれる異質な主張、日本帝国主義が退いた後の様々な混乱、これらを調節し人民の意思を単一化する方法としては、共産主義の思想で武装し、共産主義の理念を実践していく他に道はない。五番目、全世界の趨勢は今後社会主義の方向に大きく動いているのは必至の事実だ。その上我が国にソ連軍が進駐すれば、彼らは人民の意思を尊重するのは確実だ。彼らは人民の意思、即ち共産主義に反対するどのような不純勢力も許さないだろう。同時に我が人民もそのような不純勢力を許さないだろう。このような事態を把握した上で、君たちの覚悟を決めるべきだ。失敗は許されない。国と君たちを滅ぼす道に踏み込んではいけない。人民とともに人民の国を建設する大きな道に背を向けて、誤った道に陥っては絶対にいけない……」

　李鉉相の顔は上気して、その目はふつふつと燃え上がっていた。どんな反対意思も許さない権威的で威圧的な態度がそこにあった。泰英はソ連を絶対視し、共産主義を絶対視する彼の態度に一縷の反発を感じたが、今は聞いている他はなかった。

「真の共産主義者になるためには、共産党員にならなければならない。共産党員は人類の未来のため先頭に立つ勇敢な先駆者としての誇りを持っている。人民の利益のために戦う誉れある闘士でもある。共産党員になるということは、人類のリーダーとして選ばれたことを意味する。したがって党員になるのは容易いことではない。だが私は君たちが共産党員としての資格と勇気を持った人々であるという事実を率直に認める。君たちは立派な共産党員、共産主義者となれるだろう。ところでここで共産党とは何かについて簡単に説明しておこう……」

李鉉相は共産党と共産主義を次のように解説した。

共産党はマルクス主義の党である。

マルクス主義とはドイツを経て伝来した、西洋の正統な哲学を批判的に継承した弁証法的唯物哲学であり、主にイギリスで発達した正統経済学を批判的に継承し集大成した経済理論であり、フランス革命以来の革命理論を批判的に継承して精鋭化した社会主義革命理論だ。いわば西欧思想の正統を受け継いだ、最も奥深く、最も総合的な思想体系であり、最も精巧な歴史観であり世界観である。

「人類が持つ最高の真理、最高の思想であるといえる。ところが保守反動の手先である御用思想家たちは、ありとあらゆる詭弁を駆使して、これに対抗しようとしている。だが、どんな雲も太陽の光線をふさぎきれないように、マルクス主義の真理は最終的に全世界に広まるであろう。レーニンはこのようなマルクス主義をロシアの現実に適応させた天才的指導者だ」

次に李鉉相は、戦後、世界のおよそ三分の二が共産化されるだろうと説明した。

「アメリカも例外ではない。戦争景気に沸いていたのが、戦争が終わってみれば企業の規模は縮小され、景気は後退し、失業者は町にあふれ出すだろう。その失業者と、失業者予備軍ともいえる労働者の勢威が、結局はアメリカに革命を引き起こすはずだ。イギリスもフランスも、敗戦したドイツや日本も全く同じ道を歩き出すのは明らかだ。そこで私に提案がある」

李鉉相は背筋を伸ばして座り直すと話し始めた。

「私は今掛冠山にいる道令たち全員から、朝鮮共産党が発足する日、共産党に入党するという誓約書を受け取っておきたい。これは共産党のためでもあるが、君たちの将来のためでもある。日付を一年前ほどにしておいて、その誓約書をもらっておけば、日帝下の闘争経歴として高い評価を受けることができる。全員が名誉ある共産党幹部となるだ。この私の意見について君たちの考えを聞かせてほしい」

再び沈黙が流れた。深まりつつある山中の夜は、ただひたすら静まりかえっていた。全員が頭領河俊圭の表情だけを見守っていた。

李鉉相の重々しい言葉が再び続けられた。

「私の気持ちとしては、掛冠山のこの集団に朝鮮共産党再建準備会という名称を付けたいと思っている。一年ほど前に組織されたことにして、その事実を今後発足する共産党とソ連共産党、そしてインターナショナルの承認までを受けたい。今君たちが誓約書を書けば、それが可能だと思う。咸陽警察署襲撃事件のような実績もあることだし、私が推薦するのだから容易に承認されるだろう。そうすれば君たちは朝鮮人民の英雄としてソ連進駐軍と対面することができるし、新国家建設に中心的な役割を果たすことのできる資格証明ともなる」

李鉉相の言葉には感動を与える部分もあったが、疑惑を抱かせる部分もあった。泰英は、誓約書の日付を一年前にして書こうという話には納得がいかなかった。せっかく新しい歴史が始まるというのに、そのような虚偽を出発点にして参与したくないと思った。

頭領は長い眠りから覚めた人のように口を開いた。

「先生のお話はよく分かりました。偉大な教訓として拝聴しました。これからも先生を私たちの指導者として尊敬いたします。それから今のお話については私たちの間でよく相談してみます。このようなことは一人の反対もなく、満場一致で決定しなければならないと思います」

李鉉相はその答えに不満そうに見えた。しかし言葉だけは、

「そうだ、一人の反対もなく満場一致で決めなければな」

と慎重に言った。

道令たちが李鉉相のもとを退こうとすると、彼はちょっと待てと引き留めると、このように言った。

「今日この場での話は、全体会議を開くまでは誰にも言わないように。そして全体会議でも、その他の場でも、今の提案を私から出たものだとは言わないように。どこまでも君たち独自の意見として、君たちの意思として推し進めなければならない。お互いの信義を守ってくれ。絶対に私の名前を口外してはいけない」

李鉉相の小屋を出ると、泰英は長い溜息をついて空を見上げた。満天の星が輝いていた。輝ける未来に対する希望と不安が交錯した興奮で、泰英は軽い悪寒さえ感じた。

三

泰英の小屋が見える丘の上に、俊圭《チュンギュ》と東植《トンシク》、そして泰英は並んで座った。李鉉相の衝撃的な話を受けて、それをその場で消化させたいという三人の気持ちがそうさせたのだった。
俊圭「今夜も月がないな」
泰英「今日は陰暦の一日です」
俊圭「七月の一日？」
泰英「そうです」
俊圭「共産党、共産主義！」
東植「李鉉相先生の言葉に従うなら、私たちは絶対共産主義者にならなければいけないということではありませんか」
俊圭「ソ連が進駐してくるのならば、そうするしかないだろう」
東植「ソ連が南朝鮮まで入ってくるだろうか」
俊圭「破竹の勢いで押し寄せてきているそうだから、今頃ソウルまで来ているかも知れない」
泰英「バルト三国の例を見れば、ソ連軍が進駐したところは共産国家になるしかないですね」
俊圭「共産主義が避けられないものならば仕方ないな。だけど納得できないことがある」
東植「何ですか」
俊圭「誓約書を書けということさ」
泰英「一年前の日付にしようというのが余計におかしくはないですか」
東植「私たちの功労を高くするためにそうするとおっしゃっていませんでしたか」
俊圭「それがおかしいんだ。功労を計算するという、その心構えが」
東植「だからといって李鉉相先生の誠意を疑うことはできないでしょう」
俊圭「とにかく慎重に考えよう」
泰英「権昌赫先生に相談してみましょう」
俊圭「誰にも言うなとおっしゃったではないか」
泰英「権昌赫先生にまで秘密にすることはできないでしょう」
俊圭「李鉉相先生がおっしゃったとおり、李先生の考えだということは隠して、私たちの意思だとして相談するしかないだろう」
東植「それなら今すぐ権昌赫先生のところに行きましょう。李圭さんが何か最新のニュースを聞いているかも知れませんし」
俊圭「ソ連軍だろうがアメリカ軍だろうが、そんな軍隊がやって来るのかと思うと、いい気がしないな」

東植「日本奴《イルボンノム》を追い払う軍隊は必要でしょう」

俊圭「日本が無条件降伏するのなら、カイロ宣言通り朝鮮は独立できるのだろう？それならこの地の日本奴くらい、我々の力で追い出すことができるんじゃないか」

泰英「それはそうですが、ソ連軍がすでに入ってきてしまったからには仕方ないでしょう。日本奴を追いだして、すぐに撤収してくれればそれほどいいことはないのですが」

俊圭「そうはいかないだろう。ソ連が我が半島を狙っているのは日露戦争当時からのことではないか」

東植「帝政ロシアと社会主義国家ソ連とは違うでしょう」

俊圭「そうだろうか？」

泰英「何はともあれ日本が出て行って、朝鮮が独立のときを迎えたということは嬉しいことではありませんか」

東植「それはそうだ」

俊圭「もちろんだ」

　権昌赫と圭は「ピーピー」と雑音を吐き出し続けるラジオを調節するのに必死になっていた。

　頭領と東植、そして泰英が入ってくるのを見て、圭は悪戯を見つかった子どものような笑みを浮かべて言った。

「よりによってこんなときにラジオの調子がおかしくなって、本当にいらいらします。貧弱な英語の実力に加えてラジオまでこの様で……面目ありません」

「日本が無条件降伏したってニュースもないか」

　座りながら泰英が言った。

「全く聞こえないから、どうしようもない」

　圭は顔をしかめて言った。

「日本の放送は？」

　頭領が聞いた。

「それは聞こえます。さっきも何だ、一億玉砕を覚悟してでも神州日本を守らなければならないだのって誰かが喚き散らしていました。それから、わあわあ軍歌を鳴らしながら「作るのだ」「送るのだ」「叩きのめせ」って気勢を上げています」

と言うと、圭はラジオのスイッチを切った。急に山の夜は静寂に包まれた。

　権昌赫が口を開いた。

「さっき頭領を訪ねたら、向こうの山に行ったと聞いたんだが、李鉉相先生のところに行っていたのかい？」

「そうです」

「どんな話をしたんだい？」

「時局についての話でした」

「李先生は時局をどのように見ていたのかな？」

権昌赫の問いに、俊圭は注意深く言葉を選びながら答えた。

「戦争が終われればソ連軍が朝鮮半島を占領するだろうという話でした」

権昌赫は考え込む顔つきになった。

「北朝鮮にソ連軍が入ってきているから、そう考えることもできるだろう」

なぜか権昌赫の言葉には力がなかった。

「朝鮮半島をソ連軍が占領しますか？そうなるのでしょうか？」

権昌赫の顔を正面から見つめて圭が尋ねた。

「日本がすぐさま降伏すればそうはならないだろうし、日本の降伏が遅れればそうなるかも知れない」

「その場合どうなるでしょうか。私たちの朝鮮は」

やはり圭が尋ねた。

「なるようになるだろう。だがアメリカも戦後処理をソ連にだけ任せてはおかないだろう。主に日本と戦ったのはアメリカだし、朝鮮半島の問題は日本の問題の中に含まれるだろうから。けれども、こんな推測をもって神経を使う必要はない。李鉉相先生がどんな話をなさったのか、もう少し詳しく話してみなさい」

と権昌赫は、泰英と東植、俊圭の表情をうかがった。話をするとすれば河俊圭以外にいない。気まずい時間が流れた。

河俊圭が答えを躊躇っていると、権昌赫がにっこりと笑って言った。

「ひょっとすると共産党入党のための誓約書を書くように言われたのではないかな？」

あまりに話が的中していたため泰英は息を飲んだ。頭領も東植も全く同じ衝撃を感じた様子だった。

権昌赫が微笑を絶やさぬまま、

「それにこんなことは言わなかったかな？普光党の名称を朝鮮共産党再建準備会にしようとか、誓約書は一年か二年さかのぼった日付にするとか、そんな提案はなかったかな？」

と言うと、頭領の顔をちらりと見た。

「権先生にもそんな相談があったのですか？」

頭領は静かに聞いた。

「私に？とんでもない。あの人が私に相談するはずがないだろう。私とあの人は咸陽警察署襲撃問題で話をした後は会ったこともないのに」

「それなら実に不思議なことです。どうしてそれほど今夜のことを詳しく知っていらっしゃるのですか」

　頭領がこう言うと、権昌赫は部屋の片隅に目をやりながら呟いた。

「私には共産主義者が考えることが大体分かる。戦争が終わればソ連軍が朝鮮半島を占領するだろうという話があったというのを聞いて、きっとそんな話があっただろうと思った」

「どうすればいいでしょう？」

　頭領が真剣な表情で聞いた。

「そんな提案を聞いて何と答えたんだい、頭領は」

「私たちだけで相談してからお答えしますと言いました。一人の反対もあってはならないので幹部間で満場一致の結論を出してから答えると」

「それはうまい答えだ。それでその問題を全体会議にかけるつもりなのかい？」

「一応そのつもりですが、その前に先生に相談しようと思ったのです。それでこんな夜遅くにお訪ねしたのです。どうすればいいでしょうか」

　権昌赫は膝を抱いて頭を項垂れた姿勢で座っていた。様々な思いを整頓するための姿勢のようでもあり、難しい問題を回避するための姿勢にも見えた。恐らく十分ほどの時間が経過しただろう。フクロウの声が何度か聞こえてきた。

　権昌赫がゆっくりと顔を上げた。カンテラの灯が彼の額の皺の上で揺れていた。風が吹き始め、柴戸の隙間から吹き込んでいた。

「今、現時点で考えれば、李鉉相先生は疑う余地のない愛国者であり指導者だ。彼に最大の敬意を表するのが青年としての道理だと思う。彼が青年の未来を間違った方向に導く人ではないということも私はよく分かっている。また、今夜の提案はみんなによかれと思っての純粋な動機から出たものであることも間違いない。けれども共産党に入党するということは重大なことだ。信念の問題でもあり、情勢をしっかり見極めねばならないという問題でもある。昨日の愛国者、今日の愛国者が、明日の愛国者として通用しない場合もあり、立派な指導者だからといって全ての情勢判断が正確だとは断言できない場合もある。そして今夜みんなに提起した彼の提案は、そう易々と返答できる問題ではない。一晩余裕を与えてくれれば、私なりの意見を考えてみる。みんなが私の意見を参考にしようが無視しようが、それはみんなの自由だが、最善の答えを考えてみよう。だから今夜は他の話でもすることにしよう。明日中に私の方からみんなを訪ねるから」

八月十一日

空は澄んでいた。空気も澄んでいた。昼飯の後、権昌赫を中心に、俊圭、東植、泰英は小屋の横に流れる小川をさかのぼって草原に座った。

草原にはハネナガキリギリスが楽しそうに跳び回り、すぐ横の森にはキキョウの花が紫色に美しく咲いていた。権昌赫はキキョウを手折ると、その香りをかぎながら言った。

「ここがまさに花園だ。飾りっ気のない天衣無縫の花園だ。みんなにとってはここで過ごした時間が先々美しい思い出となるだろう。オックスフォード大学、ケンブリッジ大学に通った人間以上の思い出をみんなは持ったわけだ。李圭君は掛冠山大学と称したが、この掛冠山こそみんなの青春であり、大学だ。ここで結ばれた絆以上に大切な絆はまたとないだろう。私は自分の人生において、今が花園の季節だと思っている。今までこれほど充実して楽しかった時期はなかったし、これからも永遠にないだろうと思う」

「今まさに歴史が始まろうとしているのに、先生はどうしてそんなことをおっしゃるのですか」

盧東植の口調には若干の反発が感じられた。

「その歴史を、今まさに始まろうとしているその歴史を、私は最後まで見届けることはできないだろう」

権昌赫は嘆息した。泰英が聞いた。

「先生のその厭世主義の理由は何ですか?」

「あまりにも多くのものを見過ぎてしまったからではないかな。しかし、みんなは私のこんな態度に関心を持つ必要はない。遠い未来、そんな人間もいたなあ、と思い出してくれるだけでいい」

ダルマエナガが小川の上を敏捷に飛んでいった。そよ風が吹いた。掛冠山は暑さを知らない。

「今日は少し退屈かも知れないが、私の話を聞いてもらおう。若い人たちの参考になるだろう」

権昌赫は、大学時代に日本の小林多喜二という昨家が警察の拷問を受けて死んだという新聞記事を読んで共産主義思想に興味を感じた。

「あの恐ろしい拷問に、命を捨ててまで反抗する力を与える思想とは一体どんなものなのかという意味で」

図書館で『経済学批判』を読んだ。それを通して唯物史観を知った。突然目の前がぱっと明るくなった感じがした。『資本論』を読んだ。複雑で要領を得なかった社会構造が明白に把握できたような気分になった。『共産党宣言』を読んだときは興奮した。

そうやって権昌赫は、ロシア語訳、英訳、日本語訳などの本により、マルクスとエンゲルス、レーニンの全著作を読破した。共産党に入党しなかったのは他にも理由はあったが、当時共産党が地下に潜行してしまったため、つながりを持てなかったのが主な理由だった。

学校を卒業した後、満鉄調査部を職場に選んだのは、そこならば共産主義とソ連の思想に関する資料を豊富に手に入れることができると思ったからだ。その判断は正しかった。ソ連で行われつつある大小の事件の詳細を知ることができた。ところがソ連の事情がよく分かってくるにつれて、共産党と共産主義に対する懐疑を抱くようになった。結果的には、人類の将来に光明を与えるものと信じていた共産主義の欠点を発見し、聖党とまで崇拝していた共産党が、他のどんな集団よりも残酷な毒素を持っているという事実を発見するに至った。

「私はそのような欠点と毒素が、未成熟な国の、又は周囲を敵に囲まれた国の試行錯誤から来るものであろうと自らを慰めてみたが、そんなものではなかった。共産主義の欠点と毒素は、その主義と党に内在する本質的なものだという事実を認識したのだ」

そのような認識を持つに至った一番の動機は、ブハーリンの裁判だった。権昌赫は、ブハーリンの著書を通して史的唯物論の知識を深めていたため、ブハーリンのことは他の誰に対してよりも関心を持っていた。だから権昌赫は、一九二〇年から一九二八年までの九年間に最高統治者の最も厚い信任を受けた人間であり、共産党の寵児だった立場から、謀反者、反革命者、裏切り者に転落したブハーリンの行跡を徹底的に追跡した。満鉄調査部には、その事件についてのある程度の資料があった。足りない部分については白系ロシア人を利用して個人的に入手した。

「その資料収集のために、私は日本の警察に逮捕されて監獄暮らしをしたのだが……」

権昌赫は徹底的にその事件を調べた結果、ブハーリンには一点の非もなく、共産党の生理が作り上げた捏造事件であったと分かった。それが契機となって、トハチェフ事件、キルリロフ事件なども研究したが、結果はブハーリンの場合と同じだった。

それでも権昌赫はこのような結果を、共産党の理想と現実の葛藤として理解しようと努力した。だが、どんな政党どんな主義であれ、理想という側面からのみ見れば非の打ち所がないものだ。

「そうではないか。ファッショ政党も彼らが掲げた理想は輝かしいものだ。東洋の儒教を例にとってでも同じだ。儒教の古くさい価値観念をそのまま生かしたとしても、その理想が額面通りに実現すればユートピアができるではないか。こう言えば、ファッショや儒教の理想は本質的に実現不可能なものだとの反論があるだろう。それなら私は全く同じ言葉を共産主義に対して言うことができる。共産主義の理想は、その生理において本質的に不可能なものだと」

そのようにして権昌赫は、共産党が実現不可能な理想を掲げて人民を幻惑し、彼らを奴隷化しようとする集団だという結論を得た。政権を取る前の共産党、又は地下に潜行している共産党は分からずとも、共産党が政権を握りさえすれば、そのような集団に転落してしまうものだという確信を、権昌赫はソ連共産党の行いを通して持つに至ったのだ。

「世界中の共産党はソ連共産党を尊敬し、その支配を受けている。この事実から見ても、世界のどこの国の共産党であれ、政権を握りさえすればソ連共産党を模倣するのではないか」

権昌赫は、どうして共産党がその程度のものにしかならないのかを研究した。

「共産党は元来、闘争組織だ。闘争組織である以上、勝利を目標とする。勝利のためには手段と方法を選ばない。又、共産党は彼らの言葉通り科学的な組織だ。一切の道徳、倫理、人間性などが入り込む余地はない。人間性と倫理道徳を認めないのだから、その組織を支える方法は監視制度しかない。監視制度は監視する者を監視する者が必要で、さらにその人間を監視する者が必要となる、というようにその監視系列はピラミッドの頂上にたどり着いてようやく終わる。共産党主義社会においての秩序は、この監視制度が崩壊する日、破産する。その崩壊を防ぐために恐怖を手段にするのだ。だから人民はいつも不安であり、共産党員であっても下級であるほど不安で、中級、上級の者でもそれなりに不安を抱いている。結局、少数の最高権力者だけが恐怖から自由でいられるということだ。最高権力者は、その恐怖からの自由を奪われぬために、最大量の恐怖を生産する。どんな政治も不平不満の材料を残さずにはいられない。不平不満を言う者がいてこそ、彼らの発言を通して是正されるのだ。ところがソ連では不平派は発言権を持つことができない。不平派には投獄と虐殺があるのみだ」

権昌赫は、不平派が発言権を持てない国は滅びると言った。人民のためということは、その生存権、自由権を保障するということだ。自由を抹殺して人民のためだといったところで、それは欺瞞に過ぎない。共産党は人民のためという名分を掲げながら、人民を奴隷化する二律背反の基盤の上に成り立っている。このように、共産主義を通して人間らしい社会を作り上げることは不可能だというのが権昌赫の結論だった。

「共産主義社会が見せるある部分での平等性については注目すべきものがある。だが、その平等性が実際のところ奴隷の平等性であるとき、私たちは再び失望してしまうのだ。資本主義制度での自由は、無産者においては自らを労働力として売る自由、窮するあまりに自殺する自由しかないと批判しているが、共産体制の社会では自らを売る自由すらない。鉄の鎖で縛られ自殺する自由もない。資本主義制度の社会では改革を試みて、だめなら革命を起こそうと願うこともできるが、一度共産主義社会になってしまえば革命の可能性もない。幾重にも重なった監視制度は革命を起こす隙を与えない。だからその中で暮す人々の魂を抜き去って、奴隷意識で固めてしまう魔力を持っている。共産主義は労働者、農民のための主義では決してなく、労働者、農民を餌に共産党の官僚が自分たちの支配体制を謳歌するための詐術だということに気付かなくてはならない。今、君たちは共産党員になる覚悟でいるようだが、君たちが共産党員になって国を作ったとすれば、私が今話した状況をさらに悲惨に、さらに醜悪に反映した朝鮮版ソ連を作るのがせいぜいだろう」

「構成する人間、時代的状況、立地的条件によって、共産党でもそれぞれ違うのではありませんか?」

泰英が聞いた。

「共産党には本質的な生理というものがある。どんな構成分子が構成したとしても、共産党として機能するためには、ソ連共産党が見せてくれたその本質的な生理を乗り越えることはできないだろう。朴泰英君が党首になっても事情は同じだろう」

「それでもソ連共産党は偉大な業績を残したではありませんか。ツァールの圧政から人民を解放したことだけでもすごいことではありませんか。独ソ戦に勝利した事実を通して共産党が民心を掌握しつつあると見ることもできますし。先生のお言葉通りならソ連はドイツに勝てなかったのではありませんか」

盧東植の質問だった。

「ソ連の農民と労働者の生活が、多少よくなったのは事実だろう。だが数百万の血を流してせいぜいその程度なのだとすれば、あの革命を褒め称えることはできないのではないか。ドイツに勝ったというが、アメリカの援助がなければ、またドイツが両面作戦をしなかったとすれば、どうなっていたか分からないだろう？」

権昌赫のこの言葉に俊圭が答えた。

「けれども勝利したのはソ連人民の力が結集したからでしょう」

権昌赫は目を瞑った。説得力のある話をしてやれないことにもどかしさを感じている様子だった。それに気付いたのか俊圭が言った。

「先生、いいお話を聞かせていただき有り難うございました」

泰英も俊圭と同様の気持ちを、次のような質問をすることで表した。

「もし先生のおっしゃるとおりなのだとすれば、共産主義の理論と実際を分離しなければなりません」

「共産主義の理論も破産したものだ。マルクスは共産社会を階級のない社会、能力によって働き、必要によって報酬を受ける社会だと展望したが、ソ連の共産党はその目標から離れていくばかりだ。それならば、結論として共産主義の世界観は破産したものだと見なされるべきではないかな」

「それなら唯物史観も、史観として破産しているのですか？」

泰英が聞き返した。

「唯物史観は有用だ。歴史を動かす動力にはいろいろある。その中でも強制力、つまり物の力が基礎となるという認識だから、最も強力な史観だといえるだろう。だが、それだけだ。そこから共産主義、今日見られるようなソ連共産党を合理化する根拠を見いだすことはできない」

権昌赫は、草の上に立ち上がりながら言葉を継いだ。

「私が言いたかったのは、君たちが共産党に入党するにしても急ぐことはないという忠告だった。一度入党してしまえば、失望したとしても容易く脱党できないのが共産党だ。一歩間違えれば、一生落伍者としての烙印を押されたまま暮さなければならない危険まであるということを知らせたかった。そして、これからやって来る時代を白紙状態で迎えるべきだとも言いたかった。共産党への入党を急ぐ必要は全くない。人民とともに暮していくという抱負さえあればいいではないか。共産党への入党はいくら遅れても遅すぎたということはない。政治はどこまでも現実における行動だ。初めから共産党に縛られてしまっては、政治活動において一番大切な現実感覚を失ってしまう恐れがあることを肝に銘じておく必要がある」

泰英は、権昌赫のその言葉には共感を持った。

一行が渓谷を抜けて小屋の近くまで戻ってくると、巨林谷《コリムゴル》出身の道令が一人、

「頭領」

と言って近づいてきた。

「どうした？」

と頭領が聞いた。

「車範守副頭領が頭領をすぐにお連れするようにとのことです」

その道令は言った。

「車範守副頭領が頭領を？」

盧東植は、副頭領が頭領を呼び出すということに一抹の疑惑を感じて聞き返した。

「先生と一緒におられます」

先生とは李鉉相のことだ。

「先に戻りなさい。私は用事を済ませてから行きます」

と、俊圭が小屋の中に入っていくと、権昌赫が追いかけてきて低い声で言った。

「共産党入党の誓約書を書くのなら、幹部個々人の個人行動としてするのがいいと思う。全体会議にかけて道令全員を集団的に入党させることは避けた方がいい。共産党には自発的に入党すべきだ。全体会議を開けば、それが扇動になり、強圧にもなるだろう？私は普光党というこの組織が、ゆくゆくまで事実としても追憶としても美しい集団として残ることを願っている」

権昌赫の言葉は切実だった。

「分かりました。先生のお言葉、肝に銘じます」

頭領も権昌赫の言葉を誠実に受け止めた。

泰英はそこを出ると、圭の小屋へと向かった。新しい情報がないかと思ったからだ。泰英はなぜか不吉な予感がした。李鉉相と権昌赫の間に何か軋轢が生じるような気がした。しかし、それは瞬間的な想像だった。

「三神山の雲の中、不老草掘り出したのに、私の愛しい人は、すっかり老いぼれてしまったよ」

順伊の歌声が聞こえてきた。泰英は周囲を見回した。順伊が向こうの畑で草取りをしながら、のんびりと歌を歌っていた。泰英の顔に笑みが浮かんだ。

四

ポツダム宣言を日本が受諾したという放送を圭が聞き取ったのは、八月十四日の午前零時頃だった。

数日前から「ピーピー」という音だけで全く言葉が聞き取れなかったため、圭はいらだちを感じていたのだが、その頃になって突然雑音がおさまり、

「日本政府はポツダム宣言を受諾し、全面的に無条件降伏した」

という声が聞こえてきたのだった。圭は無条件降伏、すなわち「オンコンディショナル・スレンダー（unconditional surrender）」という英語を間違いなく聞き取ると、一瞬息が詰まった。ラジオからは続けてその言葉が流れていた。

圭はようやく気持ちを落ち着けると、深い眠りについている権昌赫を呼んだ。乱暴に揺り起こすこともできず、

「権先生、権先生」

と低い声で呼んでみたが、昼間道令たちと山菜を採りに行っていた権昌赫は、その疲れのせいか、いっこうに眠りから覚めなかった。

圭は溢れる興奮を抑えることができずに大声で、

「権先生」

と言いながら肩を揺さぶった。

「うん」

と言って権先生が目を開けた。

「日本が無条件降伏をしました」

「何！」

権昌赫が目を擦りながら起きあがり、その場に座った。

「聞いてみよう」

ラジオは日本の降伏を繰り返し知らせていた。

「間違いないな。オンコンディショナル・スレンダー！間違いない」

昌赫は圭の肩をがばっと抱きしめた。

するとラジオの声は再び「ピーピー」という雑音に戻ってしまった。

昌赫は圭の肩から手を放すと、長い溜息をついた。そして震える声で言った。

「日本奴が何と言っているか聞いてみよう」

「日本奴の放送が聞こえるかどうか」

圭はダイヤルを日本の放送に合わせてみたが、雑音だけが聞こえてきた。どうしたことか、そのラジオはもともと短波は辛うじて聞き取れても、長波を聞き取ることが困難だった。

「みんなに知らせましょう」

「勿論だ」

圭は頭領と泰英が寝ている小屋へと駆けだした。

やがて掛冠山は蜂の巣を突いたような騒ぎになった。

「無条件降伏って何？」

順伊が聞いた。

「日本軍が、何でも言うことを聞くから戦争を止めましょうって連合軍に降伏したのよ」

淑子が答えた。

「そうしたらどうなるの？」

また順伊が聞いた。

「朝鮮が独立するの」

淑子が言った。

「日本人は出て行くの」

陳末子が付け加えた。

山里で火田民の娘として育った順伊には、日本人が出て行くという言葉に実感が沸かなかった。それで聞き返した。

「巡査はそのまま？」

「日本奴が出て行けば、巡査もいなくなるわよ」

淑子が言った。

「まあ、嬉しい。それじゃあ私たちの思い通りになるのね」

順伊は手を叩いた。

「そうよ、これからは巡査が必要なら私たちの手で巡査を作ればいいのよ」

陳末子が言った。

「巡査を作るの？何のために」

順伊は納得がいかない様子だった。

「日本奴の言うことを聞く巡査はいらないけど、私たちの言うことを聞く巡査は必要でしょう。泥棒も捕まえなければいけないし、その他の悪いことをする人間もなくしていかなくちゃ」

淑子が懇々と説明した。

「それじゃ頭領が巡査の大将になればいいのね」

「頭領はもっと立派な人になるでしょう」

陳末子が嬉しそうに言った。

すると順伊は急に不安な思いに駆られた。

「日本人が消えて巡査がいなくなったら、私たちは掛冠山にいなくてもよくなるのかしら」

「日本が負けたのに、何のために掛冠山にいる必要があるの」

淑子のこの言葉に、今まで浮かれていた順伊の心は急に沈んでいった。順伊にとって掛冠山は最高の住みかだった。河頭領をはじめとする道令たちがいて、淑子と末子という優しい姉がいた。ヒバリのように歌い、リスのように駆け回って遊んでいればいい日々だった。どんなことでも掛冠山でのことならば辛いとは思わなかったし、どんなことでもやり遂げようとする勇気が得られた。頭領や道令たち全員が家に帰ってしまえば、順伊もここを去らねばならない。順伊が帰るところは、作男をしている父のもとか徳裕山《トギュサン》隠身谷の祖父の家しかなかった。順伊は、いつの間にか流れはじめた涙を隠すために壁の方を向いた。

「日本が無条件降伏をすれば、掛冠山の普光党は解散しなければならないでしょう？」

「掛冠山からは下りるでしょうけど、だからといって普光党まで解散することはないんじゃない」

　壁の方を向いて涙を流している順伊の耳に、淑子と末子の会話が聞こえてきた。

「とにかく団体生活をする必要はなくなるでしょう？」

「それも事情によるでしょう」

「いつ頃ここから離れるのかしら？」

「さっき本部で聞いた話では、日本が無条件降伏をしたというのはアメリカの放送で聞いただけだから、夜が明けなければ確かなことは分からないそうよ」

「掛冠山を下りることになれば、淑子さんは朴泰英さんと一緒に行くのでしょう？」

「それはそのときになってみなければ分からないわ」

「私はどうしようかしら」

　末子もやはり不安な様子だった。

「頭領が決めてくれるでしょう。ところで末子さんは、一度ご両親のところに帰ってみなければならないでしょう？」

「日本に？」

「そうよ」

「日本に行くことができるかしら？」

「どうして行けないの？」

「朝鮮が独立するのに、これからも日本で暮さなければならないのかしら？」

「生活の基盤がそこにできていれば仕方ないでしょう」

「淑子さん、そんなに他人事のように話をしないでよ。朝鮮が独立するのに、どうして日本で差別を受けながら暮すのよ？」

「これからは日本が私たちを差別できないでしょう？」

「私は日本になんか行かない。ここで暮すわ」

「どうしても朝鮮に残るつもりなら心配しないで。私と一緒に暮せばいいじゃない？」

「一緒に行ってもいいの？」

「泰英さんがだめと言うはずないでしょう。それに頭領も李圭さんもいるのに」

「安心していいかしら？」

「もちろんよ。ちょっと寝ましょう。夜が明けたら忙しくなるはずだから」

淑子と末子はそのまま眠りにつこうとしている様子だったが、順伊はそんな気持ちになれなかった。掛冠山を去らなければならないという事実が切迫している。隠身谷の峠で普光党の道令たち別れたときの、あの悲しみがよみがえった。またあのようなことが起これば、自分は生きていけないと思った。涙がとめどなく流れてきた。

どうしても眠ることができないと、道令たちは全員起きあがって座った。衆口ふさぎ難し、いたるところで話の花が咲いた。

「ちくしょう、俺のところに徴用令状持ってきて、偉そうに大口叩いていたあの面書記の野郎！今度出会ったらあの面に唾を吐いてやる」

「偉そうに大口叩いただけなら、そいつは礼儀正しいほうだ。俺なんか何発もぶん殴られたんだぞ……天下は回り持ちというが、昔の人の言葉に間違いはないな」

「そんな感情捨てろよ。新しい国を作っていかねばならないのに、そんなつまらないことにこだわっていてどうする」

「いい格好すんな。先ずは恨みから晴らさないでどうしろというんだ」

「恨んでも仕方ないだろう。そいつをそんな立場に追いやったのは誰なんだ」

「倭奴たち、本当にあっけなかったな。こんなに簡単に観念するとは……奴等の顔を拝んでみたいものだ」

「こうなると分かっていれば、山清《サンチョン》警察署も潰しておくんだったな」

「そうだな、お前が行けばできないことは何もない」

「俺は家に帰ったら、真っ先に結婚するぞ。倭奴たちのせいで子ども二人くらい損したぞ」

「何だ、子どものことしか考えてないのか、まだそんなに若いのに……」

「ふん、子どもは早く作っておくもんだ」

「ちくしょう、もっともらしいこと言うな。笑わせるな」

「お前は結婚しないのか」

「そりゃするさ」

「それなら他人の言うことにとやかく噛みつくな」

「何はともあれ日本奴がいなくなって俺たちが急に現れたら村の人たちは驚くだろうな」

「掛冠山の道令たちといったら、かなり有名らしいぞ」

「洪吉童の集団って言われてるらしいぞ」

「その通りさ。俺たちはみんな洪吉童じゃないか」

「それは言い過ぎだろう」

「そんなに洪吉童がいいのか。洪吉童は盗賊だぞ、盗賊。自分から盗賊だって言う奴がどこにいる」

「お前学がないなあ」

「学がある奴だってたいしたことないだろう」

「とにかく今後俺たちを馬鹿にする奴はいないだろう」

「そんな奴がいたら俺に連絡しろ。俺が行って懲らしめてやるから」

「俺たちは愛国者じゃないか。誰が俺たちを馬鹿にするんだ」

「愛国者?そんなこと言うな。そんな偉そうなこと言ったらひどい目に遭うぞ」

「李鉉相先生が俺たちを愛国者だっておっしゃったじゃないか。その自負を持てって」

「あのなあ、それはこれから愛国者になるよう努力しろっていう意味だ。一度くらい咸陽警察署を襲撃したからって愛国者になれるなら、この国は愛国者だらけだ」

「咸陽警察署を襲撃した人間がそんなに多いのか?」

「例えばの話だ」

「まあ、それもこれも頭領のおかげだ。頭領がいなかったときのことを考えてみろ。俺たちは何を信じて戦うことができたか」

「戦うどころか、ここにこうして集まってもいなかったろうよ」

「北海道に行って死んでいたかも知れないし、太平洋で魚の餌になっていたかも知れない」

頭領のことが話題に上ると、皆が粛然とした。一人が頭領の噂を聞いて徳裕山隠身谷にやって来たという話をすると、誰もが口々に頭領のもとを訪れた動機を話し始めた。

「隠身谷に導師がいる。その導師は独立運動を指導する導師だ。そんな話を聞いたんだ。徴用令状を受け取って、その話をふっと思い出したんだ。その晩親父と相談した。徴用に行くのなら死ぬ覚悟をしなければならない。どうせ死ぬ覚悟をするのなら、隠身谷の道令たちと一緒に独立運動をして死にたいって……親父は何も言わなかった。どうしたらいいかって聞いたんだ。それでも答えはなかった。そしたら親父は泣いていた。胸が締め付けられたよ。それで、徴用に行かなかったら親父が駐在所の巡査にひどい目に遭うだろうから、隠身谷には行かずに徴用に行くから安心してくださいって言ったんだ。そうしたら親父は俺の手をつかんで言ったんだ。お前が徴用に行けば死ぬかも知れない。そんなことには耐えられない。自分が巡査にどんな目に遭おうとも、そんなことは恐れるに足りない。まさか殺されはしないだろう。お前がしたいようにしろ。隠身谷の導師のところに行け。そう言って、米を四斗くれた。それを背負って隠身谷に行った。頭領に会った。だから今日こうしてよき日を迎えることができた」

皆、これと似たような話だったが、全員が今後も頭領の指示に従い、裏切ることのないようにという結論だった。

「いつ頃家に帰れるだろうか」

「頭領の指示があるだろう」

「普光党はこれからどうなるだろうか」

「頭領が決断してくれるだろう」

「一度家に帰ってから、また集まって暮らせたらいいのに」

「頭領がきちんと考えてくれるさ」

「どんなことでも頭領の言うことに従おう」

「勿論だとも」

「当分の間、頭領と離れなければならないかと思うと寂しいな」

「そうだな」

「俺たちは頭領を信じていけばいいんだ。頭領が言うようにすればいいんだ」

五

「ついに時は来た」

李鉉相は重々しく言って、座中を険しい目で見回した。河俊圭、車範守、金殷河、盧東植、朴泰英は、ただじっと李鉉相を見守っていた。日本が無条件降伏をするという通告をしたと聞いて、李鉉相が普光党の幹部を深夜にもかかわらず自分の小屋に呼び集めたのだった。

「私は君たちを信じている。だからこそこうして呼んだのだ」

その態度は峻厳として、言葉には権威があった。昨日の李鉉相とは全く違う人間がそこに座っているような印象だった。泰英はあまりにも急変した李鉉相の態度を理解しかねた。

「半万年の歴史だと人々は言う。それが真実なのはどうかは問わない。そのまま半万年の歴史としよう。その半万年の歴史を経て、初めて迎える夜明けだ。

輝ける希望の夜明けだ」

李鉉相は大きく咳払いをすると話を継いだ。

「絶対にこの機会を無駄にしてはならない。今我々が道を誤れば、それこそ千秋に遺憾を残すことになる。この国を何としても真の人民の国として作り上げねばならない。君たちはその前衛隊とならねばならない。前衛隊になるということは人民に服務するということであり、人民に奉仕するということである。人民を正しい道に導くということである。人民とともに新しい国家、新しい歴史を建設する。どれほど光栄なことか。そのためには君たちが必ず守らねばならないことがある」

李鉉相は再び咳払いをすると、さらに力をこめて話を続けた。

「先ず反動どもを析出して粛清し、彼らがはびこる余地をなくさなければならない。反動どもの居場所を根こそぎ取り去らねばならないということだ。これは一挙にやり遂げねばならない。わずかな隙間も与えてはならない」

泰英は面食らった。何が反動で、どうやって一掃するのか、そもそも何のためにそんな話をしているのか分からなかった。これまであれほど明晰な話をしていた人物が、どうしてこのように変わってしまったのかと驚くほどだった。この場においての反動とは明らかに国の独立を妨げる群れを指しているのだが、その反動勢力を真っ先に口にすることが異様だった。民族の団結を図ることが急務ではないのか。それなのに反動から先ず析出しようというのは道理に反するのではないか。このような考えをしているうちに、泰英は李鉉相がその後に話した言葉を聞き流してしまった。泰英は再び李鉉相の話に精神を集中させた。

「反動とは何か。先ず第一に親日派だ。次に民族反逆者だ。三番目は悪徳地主、悪質実業家、悪質富商たちだ。このような分子をそのままにしておいては絶対に未来を切り開くことはできない。したがって人民の意志を集結してこの者たちを析出し、粛清しなければならない。この者たちを許せば、すぐさま病根となる。人間の体に病が巣くうようにこの者たちが社会の病根となるのだ。もし普光党のような組織が全国にあったならば、一朝一夕に反動たちを掃討することができるのだろうがそうはいかない。残念ながら党が発足しさえすれば、先ずこの仕事から始めるだろう。君たちは今の組織を解くことなく、中央から指令が下り次第、反動析出と粛清作業に着手しなければならない」

話がここに至っては、黙って聞いていることができなかった。泰英が尋ねた。

「親日派、民族反逆者、悪徳地主、悪質商人を反動分子だとおっしゃいましたが、それらを皆殺しにしなければならないということですか」

「過ちを反省して人民のために努力できる人間、我々の仕事を物心両面から積極的に支援する人間は除外するだろう」

「その基準はどこにおくのですか？」

「基準をどこにおくだと？人民裁判をするのだ。反動だと目星のつく奴等をひとりずつ引きずり出して、人民による審判を受けさせるのだ。人民が殺せと言えば殺し、生かしておこうと言えば生かして、今まで圧迫のみ受けてきた不幸な人民たちに支配者としての発言権を与えなければならないのだ。今こそ我らの世が来たということを、目で見て耳で聞いて皮膚で感じさせなければならないのだ」

「いくら悪人だといっても、群集の気分に人間の運命を任せてもいいのですか」

車範守が言った。

「群集の気分だと、気分ではなくそれは人民の感情だ。そうやって人民の感情を肯定してこそ革命は完遂できるのだ」

「独立をしようとしているのです。革命をしようとしているのではありません」

河俊圭がぽつりと言った。河俊圭のこの言葉が李鉉相を興奮させた。

「何を言っているんだ。革命なくしてこの国に独立があると思うのか？仮に独立できたとしよう。だが革命なくしての独立は独立ではない。保守と反動を容認して、いかにして人民の国を建設するというのだ。労働者、農民が、先頭に立つ社会へと革命しない限り、真の独立はないと思え」

「先ずは独立国家を作った後で、労働者と農民の利益のための社会へと直していけばいいではありませんか」

今度は車範守が落ち着いて言った。

「今すぐに労働者と農民の国家を建設しなくては、保守反動は必ず国際的な反動勢力と結合して事態を困難にするだけだ」

「しかしやっと解放と独立の気運を迎えたのに、血を流す騒動、特に同族どうしでお互いに血を流すような悲劇は避けるべきではありませんか」

河俊圭が言った。

「君たちは知らないのだ。今日の一升の流血は、将来一斗の流血を防ぐことになるのだ。言い換えれば、今日一升の血を惜しんだために、将来一斗、二斗、いや一石の血を流すことになるかも知れないのだ。腐った血は手術をしてでも流してしまわねばならない。保守反動の血は腐った血だ。その腐った血を惜しんで、新鮮な人民の血を流す禍根としてはならない……」

李鉉相は次に国の将来を分析する話を始めたが、泰英はそれ以上耳を傾けなかった。つい今し方日本が無条件降伏をしたという知らせがあったばかりなのに、もうすでに同族間で血を流す話をしているということは、どう考えても愉快なことではなかった。日本の降伏をどれほど願ってきたことか。祖国の独立をどれほど夢見てきたことか。その日がようやく来たのだ。手放しで喜べばいいではないか。肩を抱き合って喜べばいいではないか。罪人であろうがどうであろうが一人の同胞も殺すことなく輝く未来を見つめればいいではないか。泰英はこのような思いを反芻しながら、頭領の表情をうかがった。

すると、

「君たちはあまりにも事態を感傷的に考えすぎだ」

と李鉉相が急に大声を上げた。どのような話の結果、こんな大声を上げたのかと泰英は我に返って辺りを見回した。

「日本奴が手を挙げたからといって、それだけで喜ぶことはできない。今から険しい道が始まるのだ。君たちは事態の困難さを想像もできないのか。国を絶対に反動たちの手中に渡さないためには、今から決死の覚悟をしなければならない。反動たちが力を取り戻すことができないように先手を打たなければならないのだ。真の人民たちのために泣くことはあっても、反動たちのために涙と血を流すためには、今この瞬間、反動たちに対する涙も血も捨てなければならないのだ。反動たちは人民の敵だ。その敵どもが君たちの同情に感謝すると思うか。とんでもないことだ。奴等をのさばらせておけば、今日は子猫のようだったものが、明日には猛虎となって人民を食い殺すこととなるのだ。歴史上反動たちが同情心を持って人民に対したことなどない。自らの意志を持って屈服したこともない。人民の意志を集めるためにも反動は粛清しなければならず、人民の気勢を上げるためにも反動は粛清しなければならない。そして人民が人民らしい生活をするためにも反動は粛清しなければならない。今君たちが躊躇すれば、禍を自ら呼び込むことになるのだ。後悔の種を蒔かぬためにも大胆に、断固として行動しなければならない。智異山、掛冠山で培ってきたその反抗の精神を生かすためにも、人民の先頭に立つべきであり、人民の敵を殲滅しなければならない。これが私の願いだ」

李鉉相は声を詰まらせながら叫んでいたが、泰英の気のせいか、頭領も車範守も盧東植も金殷河も冷ややかな表情をしていた。

「私が言いたかったのは他でもない」

と李鉉相は自分の背後から分厚い書類を取り出した。

「これは君たちの名簿だ。私の願いはこの名簿にある全員の入党誓約書を受け取ることだが、それはあまりにも煩雑でもあるから、ここに集まった幹部たちの誓約書だけでも受け取っておきたい」

泰英はすぐに権昌赫の忠告を思い出した。権昌赫の忠告は、仮に共産党に入党する必要性を感じたとしても決して急ぐことはないというものだった。そのわけは、党内の高い地位を望むのでなければ急いで入る必要はないということであり、一度入党してしまえば、裏切り者または落伍者という烙印を押されぬ限りは、抜け出すことができないからだということでもあった。

「共産党でなくとも、いくらでも国と人民のために奉仕する道はある。共産党といえども人間の集団だ。どんな人間が集まったかという構成によって共産党の性格も変わる。だからその構成を見極めて判断する必要がある。急いで主人を持とうとする必要はない。共産党というものは入党したその日から、党員をがんじがらめに束縛する組織だ。是が非でも共産党に入党しなければならない差し迫った事情ができてから入党しても遅くはない。そのとき入党してもいいではないか」

泰英は昌赫からこの話を聞いたときでも、李鉉相の誘いの方により強い魅力を感じていた。だが急変した李鉉相の態度に接して疑惑を抱いたのだ。

返事がないのを見て李鉉相が再び説明を始めた。語調は見違えるほど柔らかくなっていた。

「君たちが入党誓約を出しさえすれば、我が朝鮮共産党の再建と同時に君たちは党員の資格を持つことができる。これは非常な特権だ。通常ならば入党願書を出しても相当な審査期間が必要になる。審査期間が過ぎて承認されたとしても、長ければ三年、短くても一年という候補党員の時期がなければならない。このような順序を飛び越えて、すぐに正党員になれるというのは君たちの資質を私が熟知しているからでもあり、私がそういう努力を惜しまないという意味でもある。河頭領、いかがかな？」

俊圭はしばらく視線を落として考えている様子だ

ったが、顔を上げると丁重に言った。

「李先生を私は尊敬しています。そしてそのご意志を受け止める考えでもいます。けれども共産党の入党は、党ができた後でもいいのではありませんか。まだ再建もされていない党にむやみに入党することは、私としては遠慮させていただきたいと思います」

その言葉が終わると部屋の中に重苦しい沈黙が流れた。李鉉相の額に汗が滲んでるのが、カンテラの薄暗い明かりの下でも分かった。掛冠山のその部屋は、夏の夜でも汗が出るほどに暑くはないのだ。

「車君の意見はどうだ」

「私も頭領の気持ちと同じです。党が発足すれば綱領を見て判断して決めます」

「私の話だけでは信用できないということだな」

李鉉相は若干悲しそうに言った。

「とんでもありません。ですが共産党に入党しようと思えば、それくらい慎重であってもいいのではありませんか」

「朴泰英君は？」

「私も同じです」

「頭領の考えに従うということだな」

「勿論そのような意味もありますが、党が私たちを審査するというのですから、その審査を受ける前に私たちも党を審査しなければならないのではありませんか」

泰英は李鉉相の態度があまりにも傲慢であったため、自分なりに反撃を試みたのだった。李鉉相は目を瞑った。そして再び目を開けるとこう言った。

「共産党を審査するという言葉はひどい。党は神聖なものだ。神聖なものにしなければならない。共産党ではない。マルクス・レーニン主義の党だ。人民の党だ。党を冒涜する言葉は慎みなさい」

「まるで日本の天皇陛下のようですね。神聖不可侵ならば」

泰英は言いだしたついでに皮肉を言った。

「全道令、何てことを言うんだ」

頭領が小声で泰英をたしなめた。

「まあよい。そんな誤解もあるだろう」

李鉉相は溜息をつくと無理に笑みを浮かべて言った。

「日本の天皇の神聖不可侵が迷信から出た信念ならば、党の神聖不可侵は科学的な結論による信念だということくらいは知っておくんだな。だが世の中には鋭利で博識な虚無主義者、まことしやかな詭弁を弄する機会主義者があれやこれやと美辞麗句を並べて青年たちをたぶらかすこともあるから、そんな者に言いくるめられてはだめだ。そういう者たちを反動のデマゴーグというのだ。どんな反動たちよりも悪質な反動だということを忘れてはならない。人民の意欲を減退させる虚無主義、人民を誤った方向へ導く機会主義者を警戒しなくてはならない」

泰英は、それが権昌赫を指して言っているのだと思った。その晩の李鉉相が傲慢な態度さえとっていなければ、泰英はその言葉ですら感動を持って聞いていたであろう。

李鉉相の話はさらに少し続いた。共産党の指導に従って、共産党の路線を踏むことなしに、国の前途はあり得ないという結論に帰納する話ばかりだった。

いつしか空がほのかに明るくなってきた。

「もう朝になったか」

李鉉相は座ったまま道令たちに握手を求めた。そして名簿を手にしながら、

「それではこの名簿は私がソウルに持って行く。ソウルに行って友人たちに、この名簿の人たちは全員私が智異山、掛冠山でともに過ごした同志たちだと自慢することにしよう」

と笑った。

李鉉相の小屋を出ると、東の山の頂上に朝日が輝いていた。

「今日は？」

河俊圭が聞いた。

「八月十五日、一九四五年」

泰英が答えた。

「一九四五年八月十五日、今日が歴史的な日になるかも知れないな」

俊圭が両腕をぐっと伸ばして深呼吸をした。

「車道令と朴道令を下の村まで送っていきましょう」

そう言って泰英も深呼吸をした。

車道令と朴道令を送り、七仙谷《チルソンゴル》の道令たちの待つ小屋へ戻るために峠を越えた。姜泰守《カンテス》少年が二人を見つけると、遠くから駆け寄ってきた。

「泰守よ、お前も家に帰れるなあ。牛を連れて……
……」

頭領が泰守の頭をなでさすった。

「僕は帰りたくありません」

泰守は頭領の手にしがみつきながら言った。

「家に帰らないでどうするんだ」

「僕は頭領と一緒にいたい」

泰守は唇を尖らせた。

「俺と一緒にいたければそうすればいい」

「一緒にいてもいいのですか」

「もちろんだとも」

泰守は頭領の手をつかんで激しく揺さぶりながら喜んだ。

「顔を洗って部屋に入りましょう」

泰英はそう言うと、泰守に手拭いを持ってくるよう言いつけた。泰英と頭領は小川の方に歩いていった。

「今日この日をどれだけ待ったことか」

俊圭が呟いた。

「今日この日が来ることを信じて生きてきたのではありませんか」

「何もかも全道令のおかげだ」

「とんでもない。頭領のおかげです」

「いや、全道令のおかげだ。下関で全道令に、いや朴泰英君に会ったとき、実はあのとき、私の覚悟は決まっていなかった。朴君の信念を知って私の信念も固まったんだ」

「私も同じです。頭領に会って話をするまで、私の覚悟も漠然としていました。頭領の話を聞いて覚悟したのです」

「いいや、私が正々堂々とこの日を迎えることができたのは、どこまでも朴泰英君の指導のおかげだと思う」

「そんな話は止めましょう。ところで李鉉相先生はちょっと変わったのではありませんか」

「興奮されたのだろう。半生を獄中で過ごしてこられたのだから、その興奮の度も私たちとは比べものにならないだろう」

「そうだとしても、さっきの話は筋が通っていなかったのではありませんか」

と泰英は、一升の血だの一斗の血だのといった李鉉相の話には頷くことができないという意見を打ち明けた。

「私も同感だ」

「それに共産党が神聖不可侵とはどういうことですか」

「李鉉相先生としてはそうとしか言いようがなかったのだろう」

「あんな話で一般大衆を説得できると思いますか」

「興奮が冷めれば少しずつ変わるだろう」

小川の畔には姜泰守が先に来ていた。俊圭と泰英は指で歯を磨くと、パヂを脱いで小川に入った。冷たい水の冷気が、足の先やふくらはぎを通して脳の中枢にまで上ってくるようで爽快だった。

顔を洗っていると順伊が現れた。

順伊は泣き出しそうな顔で頭領を見つめていた。

「順伊、もうお前も家に帰れるな」

泰英が話しかけた。

「帰る家がないわ」

膨れっ面で順伊が答えた。

「順伊は俺と一緒に行こう」

頭領が顔を洗いながらそう言うと、順伊は口を開けたまま、しばらくぽかんと立ちつくしていたが、

「本当に？」

と、呻るように聞き返した。

「本当だとも。嘘だと思うか？順伊が望むならどこにでも連れて行ってやるぞ。ソウルでも釜山《プサン》でも」

「まあ、嬉しい」

順伊は手を叩いて何度かその場で飛び跳ねたが、ぺたりと座り込みわんわん泣き始めた。

「嬉しいって言いながらどうして泣くんだ。おかしなお姉ちゃんだな」

姜泰守がからかった。

「泣いてなんかいないわよ」

順伊は自分がいつ泣いたんだというような表情で泰守を睨むと鋭い声で言った。

「頭領が私を連れて行くって言ったから羨ましいんでしょ」

「へへんだ。頭領はおいらも連れて行ってくれるって言ったもん」

泰守は口を尖らせた。

順伊は訝しげな表情で頭領と泰守を見比べた。

「二人とも連れて行くから喧嘩をするな。喧嘩をするなら誰も連れて行かないぞ」

河俊圭頭領の笑顔が太陽の光に美しく映えていた。

六

何人かの道令を下の村まで送っていって一時間ほど経ってからだった。「ピーピー」と雑音しか聞こえてこなかったラジオから、突然言葉が聞こえてきた。日本語だったが、従前の気勢堂々とした口調とは違っていた。その言葉はか細く力無かった。そして聞き取りにくかった。しかし、それが日本の天皇が降伏の意思を伝えるものだという事実はすぐに理解できた。

「……万世のために太平を開かんと……」

「堪えがたきを堪え、忍びがたきを忍び……」

「朝鮮と台湾は……」

「連合国の……」

この程度しか聞き取ることはできなかったが、間違いなく天皇の降伏を知らせる肉声であることだけは確認することができた。

　掛冠山に万歳の声が木霊した。今までは微かな疑惑が残って、爆発させることができなかった感激が一気に爆発した。反川谷、巨林谷の道令たちが本部前の広場に集まってきた。

　成漢柱《ソンハンヂュ》老人が肩を揺らして踊り始めると、圭の叔父が後に続いた。そして道令たちも一緒に気持ちよさそうに踊り始めた。皆、踊りながら涙を流していた。

「大韓独立万歳！」

　成漢柱老人が万歳を叫んだ。道令たちも一斉に大声を上げた。

「これで死んでも恨《ハン》はない」

　成漢柱老人は踊り叫び疲れて、木陰を探して座り込むと、むせび泣いた。

　いつの間にか順伊が水を汲んできて、成漢柱老人に勧めた。彼はその一杯の水を飲み干すと言った。

「ああ、これほど美味い水があるだろうか。これが解放されたわしの国の水じゃ。皆、この水を飲んで踊るのじゃ」

　そして順伊の手首を握った。

「わしの娘、順伊が汲んでくれた水は、どうしてこんなに美味いのじゃろう」

　そう言うと、声を上げて痛哭した。それは三・一運動に加担し死線を越え、その後今日まで二十数年間智異山に隠れ住んできた成漢柱老人の感情の爆発だった。

　夕刻、チンとケンガリ［朝鮮の民族楽器。チンは銅《ど》鑼《ら》、ケンガリは鉦《しょう》］の音を先頭にして下の村の人たちが押し寄せてきた。集められるだけの酒を集め、集められるだけの鶏と豚を集めて、ご馳走を用意してきたといって、二十人あまりの村人たちが背負子でそれらを運んできた。

「解放したのですから、誰よりも掛冠山の道令たちに食べてもらおうと思って持ってきました」

　区長が頭領の前にひざまずいてこう挨拶した。

　頭領はその人たちの好意を受け入れることにした。その晩、掛冠山では大宴会が開かれた。

　その場で李鉉相の演説があった。

「日本帝国主義が、我々の領土を完全占領したのは三十六年間であり、日本帝国主義が我々を狙って奸計を巡らし始めたのは五十年前です。いわば五十年間我々は奴等の奴隷となっていたのです。したがって我々は五十年ぶりに日本奴の束縛から逃れ解放されたのです。ところで我々は今日この時点で、なぜ我々が日本奴の圧政を受けるに至ったのか、その原因を把握しなければなりません。それは我が国を日本奴に売り渡した奴等がいたからです。誰が売り渡したのでしょうか。それは李完用《イワニョン》をはじめとする親日派民族反逆者たちです。労働者が売り渡したのではありません。農民たちが売り渡したのでもありません。両班《ヤンバン》たちが売り渡したのです。地主たちが売り渡したのです。彼らは民族と国の将来を顧みず、彼らだけが甘い汁を吸うために売り渡したのです。そして日本奴と野合して我々人民を苦しめたのです。みなさん、この事実を明白に知っておかねばなりません。一度国を売った奴らは、この次またそうすることが自分たちに有利だと思ったときは何の躊躇いもなく同じことを繰り返すでしょう。総督府政治は金持ちを優遇しました。両班たちも手厚く保護しました。地主の肩を持ち、過酷な小作料を出すように農民たちを鞭打ったのです。金持ちと地主たちは、総督府官吏たちの庇護のもと甘い汁を吸ってきました。死ぬほど苦労してきたのは労働者と農民です。農民は高い小作料を搾り取られた上に、供出まで出さねばなりませんでした。息子を徴用、徴兵に奪われ、娘は報国隊として引きずられていきました。五十年の圧政を受けたといいますが、圧政を受けたのは労働者と農民だけです。ようやく新しい世の中がやってきました。今こそ労働者と農民が幸せにならなければなりません。両班、金持ち、地主たちが国を売り渡すことができないように監視し、制圧しなければなりません。そのためにはどうすべきか。労働者、農民が主人となる国を作るしかありません。そんなことができるのかと疑う人もいるかも知れませんが、断固できるのです。我々の力、労働者と農民の力を合わせさえすれば、絶対成功するのです。労働者、農民は現在我々の人口の八割を占めています。八割を占める労働者、農民が力を合わせてできないことがどこにありますか。我々の力さえ合わせれば、誰も我々の意志を妨げることはできません。誰も、いかなる勢力も我々の国を売り渡すことはできません。半万年の歴史の中で、我々が豊かに暮すことのできる唯一の機会を迎えているのです。誰が我々の敵であり、誰が我々の側なのか、すぐに分かるでしょう。我々は我々の命を守るため、我々の子孫を守るため、我々の敵にだまされてはなりません。遠からずソウルから、君たちを導き激励する知らせが来ることでしょう。掛冠山の同志たちが頭領の指導のもと、一糸乱れず労働者と農民の側に立って働きさえすれば、勝利は我々のものであり、新しい国は我々のものであり、同志たちは新しい国の英雄となるでしょう……これが君たち全体に話をする最後の機会となるかも知れないので、よく頼んでおきます。今後君たちが私に会いたいと思ったら、頭領を訪ねて私の居場所を聞いてください。頭領に私の住所を知らせておきます。君たちの健康と、君たちが人民のために力強く戦うことを祈りながら、私の送別の挨拶を終わります。……」

成漢柱老人の演説は短かったが、その感動はさらに深いものだった。

「君たち、ここは花畑だ。花園だ。君たちは花だ。美しい花だ。その一つ一つの瞳はどうしてそんなに神秘的なのだ。どうしてそんなに美しいのだ。どう考えても六十年の生涯で、このような日を迎えることができたのは、君たちのそのきらきらと美しく、神秘的な瞳が、天地神霊を感動させたためではないかと思う。三・一運動のとき倭奴の手にかかって死んだ同志たちの、あのむごたらしい姿がはっきりと目に浮かんでくるぞ。みんな笑っているわい。あの凄惨な姿に後光が差している。翼が生えている。ああ、飛んでいく。空に向かって飛んでいく。ああ嬉しい。この上なく嬉しい。わしはこの場で今すぐ死んでも悔いはない。じゃが君たちは長く長く生きつづけて、この国が豊かで人情に溢れ、道端に財宝が落ちていても決して拾わず、悪いことをすれば自ら地面の上に円を描いてその中に立って反省する、そんな国を作ってくれ。そして掛冠山を忘れないでくれ。この花園を忘れないでくれ。ここが君たちの心と体の故郷なのだ。ああ、何と嬉しいことか。もう一度万歳を叫ぼう。大韓独立万歳！」

そして酒と踊りと歌によって、一九四五年八月十五日の掛冠山の夜は更けていった。

その晩、寝床についた権昌赫と圭の間に次のような会話が交わされた。

「先生は、今夜どうして何もお話をされなかったのですか」

「みんながいい話をしてくれたのに、私まですることはないだろう」

「成老人のお話は感動しました」

「あの老人は若い頃、李光洙《イグワンス》と崔南善《チェナムソン》に先だって文学運動をした方だ［李光洙：一八九二〜一九五〇。朝鮮近代文学の代表的作家。早稲田大学哲学科在学中の一九一九年、二・八独立宣言を起草し上海に亡命。大韓民国臨時政府に身を投じた。しかし帰国後は最大の親日文学者となり、解放後韓国で反民族行為処罰法により裁判に付されたが、朝鮮戦争中に北に連行された　崔南善…一八九〇～一九五七。李光洙とともに初期近代文学を担った文学者、歴史家。一九一九年三・一「独立宣言書」を起草した罪で二年半獄中生活を送る。解放後は日帝末期の文人報国会活動がもとで一時、反民族法に問われたが同法の廃止で返り咲き、その後は歴史研究に没頭した」

「それなのにどうしてあれほど徹底的に隠居することができたのですか」

「伯夷《はくい》叔斉《しゅくせい》となると固く覚悟なさったのだろう」

「李鉉相先生の演説は過激すぎたのではありませんか」

「共産主義者の演説としては、あの程度なら柔らかい方だ」

「そうなんですか」

「これからいくらでも聞く機会があるからじきに分かるさ」

「けれども共産主義が李鉉相先生の言葉通り、あれほど徹底して労働者や農民のためのものならば、誰もがその階級を助ける意味からも共産主義に同調する必要があるのではありませんか」

「額面その通りならそうだろう。だから世界中の、いわゆる良心あるインテリたちが共産党員になったり、その同調者になったのではないか。ところがそうではなかった。現実は、何度も話したが、共産主義者たちは労働者、農民の権益を餌に、自分たち職業革命家が政権を握ろうと権謀術策をふるっているんだ」

「その職業革命家の目的が、結局は労働者、農民のためを思ってのことではないのですか」

「名分としてはそうだ。しかし結局は彼らが権力をつかむための手段となってしまっている。権力をつかんだ後は、その権力を維持するために狂奔している。彼らが労働者、農民のための道から離脱していると指摘する人間が現れれば、どんな手段を使ってでも反革命分子として消し去り……ブハーリンが反革命分子として処断された経路を調べてみれば、ブハーリンがスターリンより労働者、農民の利益をさらに援護する路線をとっていたことは一目瞭然だ。それをあれほどまでに難癖をつけるのだから。仮にブハーリンの意見が間違っていたとしても、それを採択しなければそれで済むことだ。殺すことはないではないか。権力を握ってしかる後によくなるのではないかとも考えたが、そうではない様子だ。

ブルジョアの社会では、権力の座から滑り落ちても財産があるから自分の失脚を恐れる程度だが、共産主義社会では権力の座に着いていて失脚すれば、それは完全な破滅を意味するようだ。だからがむしゃらに自分の地位に執着するほかには。だが職務にだけ忠実にしていればいいわけではないのだ。上級者に対して忠誠を誓わねばならない上に、監視者を警戒しなければならないし……とにかく社会を支えていくために、倫理だの道徳だの人情だのというものは必要でなく、徹底的な権利義務の規定さえあればいいのだから、人間らしい行動などできなくなるのさ。ソ連がその有様なのだから、朝鮮の共産主義者たちがどうすると思う。さっきの成漢柱老人のお話は本当によかった。人情溢れる社会を作らなければならないという言葉、感動しただろう?」

「そんな社会になればどれほどいいでしょうか。ところで先生にはそういったビジョンはないのですか?こんな社会になればいいという……」

「そんなものがあればいいのだが……私は救いようのない虚無主義者だ。何かビジョンを考えようとしても、それが不可能だという条件が先に思いついてしまうのさ」

「それでは空想もありませんか?」

「空想ならあるさ」

「その空想でもいいですから、一度聞かせていただけませんか」

「そうだな」

権昌赫は黙り込んだ。しばらくの間沈黙が流れた。圭は昌赫の話を期待するのを止め、眠りにつこうとした。道令たちの小屋からはまだ歌声が聞こえていた。圭は自分もそっちに行って、道令たちの仲間に入りたい衝動に駆られた。するとそのとき権昌赫が口を開いた。

「我が国の百姓たちは、有史以来専制主義の社会しか経験したことがないだろう」

李圭はざっと記憶をたどってみた後で答えた。

「そうだといえますね」

「李朝時代もそうだったし、旧韓国時代[一八九七〜一九一〇、大韓帝国時代]もそうだったし、日本統治時代もそうだった」

権昌赫は少し間をおいて話を続けた。

「だから言うのだが、どんな形態であろうが専制主義でない政治になればいいと思う。労働者は労働者なりに、農民は農民なりに、金持ちは金持ちなりに、地主は地主なりに、それぞれが発言権を持って、イギリスのように議会政治をする段階があればいいと

「だから絶望しているんだ」

「絶望するのはやめましょう。先生」

「どこに絶望したくてする奴がいる。みていなさい、朝鮮の共産党は笑いものになるから。結局ソ連共産党の手先の役割しかできないだろう。そうすれば大衆の支持を失うだろうし、その隙に乗じて右翼が大手を振って歩き回るだろう。中間で右往左往する奴等はあちこちで大騒ぎするに違いない……ありありと目に浮かぶ。悲惨なことだ」

「先生」

「うん」

「解放の知らせを聞いた、まさに今日、そんなことを言うのですか？」

「君が言わせたんじゃないか」

「もし本当にそうなるのだとすれば、僕はどうすればいいのでしょうか？」

「君が思うようにすればいい」

「何か忠告はありませんか」

「あるさ」

「それをお聞かせください」

「どうせ聞かないだろう。言っても仕方ない」

「その通りにできなくとも、参考にはできます」

「参考にする？」

思う。共産党は暴力によって革命を起こすのではなく、労働者を組織すればいいのだし……ブルジョアは彼らなりに政党を作って……そういう段階が必要だ。言論の自由や結社の自由といった自由、古めかしい形態、古典的な形態でもかまわない。若干の欠点があってもいい。とにかくそんな自由を享受する段階があればと思う。有史以来、専制ばかりを受けてきた百姓がやっと解放を迎えたのに、すぐに再び共産独裁を受けなければならないとすれば、あまりにも寂しいことではないか。その共産独裁が文字通り、いや彼らの主張通りに労働者、農民のためのものであったとしても、李君や私のような人間にはわびしすぎるではないか。私が言うようにやってみて本当にだめなら、そのとき革命を起こすなりすればいいではないか」

「そのようなことがあり得るでしょうか」

「あり得るはずがないだろう。だから私は虚無主義だと言ったのではないか。君がしつこく頼むからたわごとを言ったまでだ」

「そうしようとして失敗したのが、ドイツの社会民主党なのではありませんか。ドイツの社会民主党はヒットラーを育てたという結果にしかならなかったではありませんか」

権昌赫は気が向かないといったように躊躇っていたが、やがてこう言った。

「君は外国に行け」

「外国？」

「フランスに行くとか、イギリスに行くとか、アメリカに行くとか」

「……」

「外国で十年くらい暮してから帰ってこい。その頃には大体の筋道はできているから」

圭は突然空しさにとらわれた。

遠くからは歌声が相変わらず聞こえてきていた。

「どうしてきたのか　どうしてきたのか　泣いていく道をどうしてきたのか　アリアリラン　スリスリラン　アラリガナンネー　アリラン　ウンウンウン
アラリガナンネー……」

七

八月十六日の未明、李鉉相はソウルに向かって旅立った。車範守だけが松坪まで見送っていった。その他には誰にも知らせなかった。ただ、車範守を通して河俊圭に書き置きを残していった。書き置きには次のように記されていた。

「遅くとも十月初旬までには左記の住所を訪ねてほしい。ソウル昌信洞《チャンシンドン》一一五番地　尹翰鎔《ユンハニョン》方　李鉉相。暗号は智異山と掛冠山」

李鉉相が忽然と去っていったと聞いて、泰英は若干の寂しさを感じた。お互いに理解し合う時間を充分に持てなかったことが心残りだった。

「何のためにそんなに急いだのだろう？」

朴泰英が不思議に思って呟くと、権昌赫が説明した。

「時期が来たと思えば、敏捷に行動しなければならないのが共産主義者だ。共産党にもたくさんの派がある。全く同じ主義主張を持っていても、人間関係によって派閥ができるのだ。地下運動の時代にも互いに暗闘があったようだ。ＭＬ派だの、コム・グループだの、高麗派だのといって……だから今の段階は、誰が先に看板を掲げるかが重要なのさ。先手を打たねばならないということだ。李鉉相先生が急いで出かけたのには、それなりの理由がある。事情は違うが、レーニンが一九一七年四月九日、スイスのチューリッヒを出発してドイツで封印列車に乗り換え、急遽ロシアに帰ってこなかったならば、ロシア革命はどのように変貌していたか分からない。李鉉相先生が八月十七日にソウルに到着して、共産党の看板を掲げるのに参与できるのと、八月十八日に到着して参与できないのとでは、その意味が大きく違ってくる。参与していれば書記長になっていた人が、遅れをとったがために末席に座らねばならないような場合がないともいえないから」

「共産党だってお遊びじゃないんだから、いくらなんでもそんなことは……」

泰英は率直に反発した。権昌赫が笑いながら言った。

「今残っている共産党員たちの経歴や年齢は大体同じだし、誰が生きているのかもはっきりしていない状態なんだ。だから集まった人間だけで準備委員会のようなものが構成されるだろう。当初には誰でもその準備委員会に入ることができるが、一旦それが構成されてしまった後では、その委員会を構成した人たちの性格、それまでの人間関係などによって、誰もが容易く入り込むことができなくなるもので、そうやって出発からねじ曲がってしまえば、ことはどんどんややこしくなっていくんだ」

「そんなものですか、分かったような分からないような」

これが泰英の正直な感情だった。

「共産党も人間の組織だ。人間の組織が持つ長所と短所が等しく反映されるのは仕方ない。だから君たちのような立場にいる人たちは、もう少し様子を見た方がいい」

「先生は徹底的に共産党に反対なさるお考えなのですね」

泰英が改まった顔つきで言った。

「私は共産党を信じないことにしたから」

権昌赫の答えも厳粛だった。

「それなら先生は何を信じるおつもりですか」

「この世の中は労働者のものでもなく、農民のものでもなく、ブルジョアのものでもなく、ましてや共産党のものでもない。どんな領域、どんな階層に属していようが、より真実に忠実であろうと努力する人間のものでなければならないという事実だけを信じるさ」

「あまりにも漠然としたお話ではありませんか」

「漠然としていようが、あえて私の信念を言えと言われれば、そう答えるしかないから仕方がない」

「それなら日本の天皇陛下に忠誠を誓った青年たち、ヒットラー主義を受け入れた青年たちも、自分たちなりに、より真実に忠実であろうと努力した人たちではありませんか。先生のお話ではそんな青年たちの信念と態度も肯定することになるのではないですか」

「より真実に忠実であろうと努力するということは、すでに価値基準を前提としている言葉ではないか」

「その価値基準は何ですか？」

「自分が自分の主人となるための個性の尊重、自分が自分の主人となるための自由の尊重、人間の生存権を尊重して、一切の反人間的条件を克服せんとする努力、私の価値基準はまさしくこんなものだ。今、君が言った天皇主義者やドイツのヒットラー主義者は、皆この基準とはかけ離れた部類のものではないか。だから彼らがより真実に忠実であろうと努力したとは見なさない」

　泰英はもう少し話したいことがあったが、ともするとこの先輩の感情を害する方向に向かってしまうかも知れないと思い、討論は避けることにして柔らかく尋ねた。

「権先生は掛冠山を離れたらどこに行かれるお考えですか？」

「さて、もう隠れて暮す必要はなくなったから、隠れ家も要らないな。だけど私にもできることはあるだろう。虚無主義者だって薬味程度には使い道があるはずだ」

　こう言って権昌赫は屈託なく笑った。


　明日の解散式を前に、掛冠山の処理問題について会議が開かれた。

　食糧、機具、武器等はそれぞれ適当な方法で掛冠山に残すことにした。

　そして道令たちは誰であっても、必要に応じて掛冠山に来て暮しても構わないことに合意された。そのときは必ず頭領に連絡することにした。

　このような議論をしていると、成漢柱老人が現れた。

「わしは掛冠山に残る。外に出てもわしにはすることがない。道令たちの家を守って余生を送るつもりだ。いつかまた何かの理由でここが道令たちに必要になるかも知れない。幸い食糧もあるし、わしは元気だから、ここのことはわしに任せて安心して行きなさい。わしの故郷は晋陽《チニャン》だ［慶尚南道《キョンサンナムド》にあった郡の名。一九九五年、行政区域改変により晋州市に統合］。そこに一度くらい帰ってから、その後はここで薬草でも掘って暮すから、みんなもたまには連絡をくれ」

　誰も成漢柱老人の意志を変えることはできなかった。近くで暮す道令たちが当番で週に一度様子を見に来ることにして、掛冠山のことは一切成漢柱老人に任せることにした。

一九四五年八月一七日―

「一年八ヶ月の間、ずっと我々はこの日が来るのを待っていた。空腹に堪え、家が恋しくなるのにも絶え、全ての欲望に堪えて、我々はこの山奥に隠れ住みながら、ただひたすらこの日だけを待っていた。そしてその日がついに来た。私は一人の落伍者もなく、一人の病人もなく、無事この日を迎えられたことをこの上なく幸せに思う。これ以上の栄光はないと思う。だが私は今日の別れが悲しい。今日を迎えた喜びよりも、この別れが一層悲しい。過ぎ去った日々は長く辛いものではあったが、今振り返ってみると、我々は花園で暮してきたようなものだ。昨夜、成漢柱先生がおっしゃったその通り、ここは花園だ。だからここで考えたことは全て花園の思想だ。この上なく美しく気高い思想、我々はこの花園の思想をいつまでも忘れてはならない。花園の思想とは他でもない。我々は祖国の独立を願った。我々は民族の解放を望んだ。日本奴の束縛、その圧政に反抗した。そして、より賢く、より正しく生きようと努めてきた。これこそが花園の思想だ。我々はこれから先、この思想をさらに育てていかねばならない。祖国の独立、民族の解放を一日も早く真実のものにせんとすることが、すなわち花園の思想を育てる道だ。今日我々百五十人は、この山を下りる。我々を待っている社会は複雑だろう。今までは忌避、反抗、そして戦うことだけを考えて暮すことができた。だが、これからは新しい秩序、新しい拠り所を作っていかなければならない。善悪を見極める目を持たなければならない。他人の苦痛を分かち合わねばならず、率先垂範しなければならない。日本の天皇が彼の国民に教えたように、堪えがたきを堪え忍びがたきを忍ばなければならない。これが花園の思想であり、智異山で学び、掛冠山で実践した我々の精神だ。我々普光党は、まさしく民族を普く照らす光とならなければならない。百五十人の同志各々が一人の同志を得れば、三百人の同志となり、それがさらに広がれば六百人の同志となる。このようにして三千万同胞の光源となり、核心となるのだ。我々普光党同志は傲慢になってならない。いつも謙遜の心と勤勉さを忘れず、怠けてはならない。我々普光党同志は詭弁を弄することなく不言実行で行こう。同志たちよ、今日我々はこの山を下りる。そして散り散りに別れる。しかし決して一人で行くのではない。皆、百五十人の念願とともに行くのだ。我々は一人のときでも百五十人だ。「私」と言うとき、そこには百五十人を代表する「私」がいるのだ。自分が嬉しいときは百五十人の同志がともに喜んでくれるのであり、自分が悲しいときは百五十人の同志がともに悲しんでくれるのだ。だから自分が間違えば、百五十人が過ちを犯した結果になるのだ。我々は一心同体だ……我々の同志の中に飢え苦しむ者がいてはならない。我々の同志の中に仕事のない者がいてもならない。困ったことがあれば、それが物質的なものであろうと精神的なものであろうと、すぐに私に連絡すること。天が崩れ、地が裂けることがあっても、私はすぐさまその同志のもとに駆けつけるだろう。同志たちよ！今日のこの別れは別れではなく、再び会うための誓いだ。だから別れの挨拶はしない。みんな今度会う日まで体を大切にして元気でいてくれ……」

頭領の挨拶が終わると、道令たちの中から「頭領万歳！」と叫び声があがった。そして「頭領万歳！」の唱和がしばらくの間続いた。

車範守が立ち上がると、

「国と民族への忠誠を、我々は頭領を通して実践しよう」

と提議し、拍手喝采が起こった。

次に盧東植が今後の連絡方法を詳しく説明した。成漢柱老人の音頭により、

「普光党万歳！」

「掛冠山万歳！」

「大韓独立万歳！」

が叫ばれ、普光党は反川谷《パンチョンゴル》の道令たちを先頭に下山を始めた。

悲喜こもごもの感激で、道令たちの瞳は宝石のように輝き、その頬には幾筋もの涙の跡があった。

掛冠山一帯に朝日が広がった。蝉の声も鳥の声も聞こえなかった。濃淡様々な緑の草木たちとともに、彼らも掛冠山の道令たちが去っていく厳粛な瞬間を静かに見守っているのだ。

だが遠い後日、圭は泰英の手帳から次のような一節を読むことになる。

神話よりも確かで鮮明な花園があった。百五十人、三百の若い瞳一つ一つが花を咲かせていた掛冠山のその花園は、オリンポスのゼウスが嫉妬するほどに恍惚とした花園だった。あの花園を去った日、草木は微動だにせず、蝉の声も鳥の声もなかった。そのわけを私は今やっと知ることができた。彼らは運命を知っていたのだ。ああ、私の骨をあの花園に埋め

てくれる慈悲はないのか。

第三章　旋風の季節

一

一九四五年八月二十日　月曜日　李圭《イギュ》の日記抄

夢のような彷徨の末、やっと私は故郷の家、自分の部屋に座っている。深夜零時を過ぎた時間、窓を開け放って蚊帳の中に座り、外を見る。十三夜の月が西の山の頂にかかっている。さっきまで村々に響いていた歓声とその木霊を飲み込み、大地と山は静まりかえっている。解放された国の山であり、村であり、夜であり、月であり、時間だ。私はふと掛冠山《ケガンサン》の月を回想した。誰もいなくなった掛冠山の小屋の上にも、あの月は澄んだ光を注いでいるのだろう。

今一度解放の意味を考えてみる。これから私がすべきこと、歩まねばならぬ道を考えてみる。「これでいいんだ」と父は喜び、「これからは離ればなれにならないで暮そう」と母は涙を流した。喜びのあまり不安になるのだろうか。本来、喜びとは不安を伴うものなのだろうか。考え急ぐ必要はない。当分は荏苒《じんぜん》とこの喜びの激流に身を任せていよう。華やかな楽園だけを夢見ていよう。戦場に行った友たちが帰ってくる日まで。彼らを待つ父母の不安が消え去る日まで、ただ何も考えずに解放の喜びを噛みしめていればいいではないか。

八月二十三日　木曜日

ソウルから様々な知らせが飛び込んできた。

保安隊や治安隊といったものができ、建国準備会が国内の治安権を引き受け、放送局、言論機関を接収したそうだ。建準の委員長が呂運亨《ヨウニョン》先生という点が頼もしい。どれも心躍る知らせだ。

ところで阿部総督が行政権委譲を取り消したというとんでもない噂が流れてきた。李範奭《イボムソク》将軍が汝矣《ヨイ》島《ド》まで飛行機でやって来て、日本軍の妨害によりソウルに入ることができずに引き返したという知らせがそれに続いた。どうやら何かよこしまな計画が進行しているのは明らかだ。日本が戦争に負けたとはいえ、得意の権謀術策を用いて水面下で何かを企んでいるのかも知れない。

李チャンセのお母さんが訪ねてきた。チャンセはフィリピンに行ったそうだ。彼の老母は涙ながらに言った。

「うちの息子は生きているでしょうか。南方に行った人はみんな死んだって聞いたんです。生きているならいつ頃帰ってくるでしょうか。生きているでしょうか。どうしてよりによってそんな遠いところに行ったのでしょう。どうしてあなたのように逃げなかったのでしょう。心配で死にそうです。どうすればいいのでしょう……」

聞いていると自分まで息苦しくて耐えられなかった。やっと思いついた慰めの言葉は、

「待ちましょう。ヂャンセは必ず生きているはずです。きっと帰ってきます」

ジャンセは志願兵訓練所出身の上等兵だ。ジャンセが平壌《ピョンヤン》部隊で上等兵になったと聞いて、村中が大騒ぎになったことがあった。そのときジャンセの老母は何が何やら分からないまま、ふわふわと蝶のように舞を舞って村人たちを笑わせた。老母は上等兵というものをとてつもない官職のようなものとばかり考えて、それが息子を死へと駆り立てるなどとは夢にも思わなかったのだ。

八月三十一日　金曜日

忘れることのできない八月が今日で終わる。しかし今年の八月は我々の歴史に永遠に残るだろう。

ソ連軍が平壌に進駐し、米軍の一部が仁川《インチョン》に上陸したとの知らせ。二十五日には米ソ両軍が、北緯三十八度線によって朝鮮半島を分割し、それぞれ分断占領することにしたというアメリカの放送があった。三八線！妙な余韻を残す言葉だ。賭け事の好きな姜《カン》主事は「三八だって。一点だ。目としては大したことないな」とおどけて言ったが、何となく後味が悪い。だが一時的な分断、便宜的な決定だろう。

マッカーサー将軍が日本に進駐したという知らせ。二千数百年間、外敵の支配を受けなかったことを誇っていた日本人たちの有様を見てみたい。皇統連綿万世一系はどうなることやら。

今日叔父の家に行った。建準の面委員長をしてほしいという頼みを断ったそうだ。

「世の中の動きがどう考えてもおかしい」

叔父の顔には憂いがあった。叔父は掛冠山での隠居生活が恋しい様子だった。だから私は強く言った。

「日帝のときは隠れ住む名分もありましたが今はいけません。叔母さんと連《ヨン》を放り出して、また何処かに行かれるのならば、冷酷な利己主義者となるだけです。苦労したとしても家族と一緒に暮すべきです」

叔父は寂しそうな笑みを浮かべただけで何も言わなかった。

崔翔鑄《チェサンヂュ》がやって来て、朝鮮共産主義青年同盟に入らないかと言う。私はそんな気はないと一言できっ

ぱり断った。

「最高学府に通った人間ならば、真理が何であるか分かっているはずだ。共産主義は人類が持つ最高の真理だ」

と、知識人なら誰もが共産主義者にならねばならないという論調で始まり、共産主義について啓蒙しようとした。私にも言いたいことはあったが、話が長くなるのが面倒で終始黙っていた。

「また来る」

と、先輩風を吹かせて帰っていった。農業学校を出てから郡農会技手をしていた彼が、いつ共産主義を研究したのかと思うと少々可笑しかった。

九月二日　土曜日

昨日、朝鮮国民党が結成されたという知らせ。委員長は安在鴻《アンチェホン》氏。この人は建準の副委員長でもある。どんな人だろう?

朝鮮学兵同盟が結成されたという。日本のために銃剣をとった彼らがどんな名分、どんな主張で立ち上がったのだろうか。これについての朴泰英《パクテヨン》の意見を聞いてみたい。学兵に行った人間ならば、静かに反省する時間を持つ必要があるのではないか。

「ミズーリー」という名の軍艦の上で日本がアメリカに降伏する調印式が挙行された。神風は吹かず、ついに降伏……歴史を実感させる知らせだ。中学校時代の皇道主義者水浸明太は、この知らせを聞いてどんな気分だろうか。高等学校のとき、フランスの降伏を自分のことのように喜んでいた芳賀《はが》という教授の顔も脳裏をかすめた。

隣村の金希徳《キムフィドク》氏が袋だたきにあって担ぎ込まれたという。金希徳氏は四回か五回失敗した末、ようやく今年の春に巡査試験に合格し、訓練を受けた後、K面駐在所に赴任し、一ヶ月後に解放を迎えた。解放の知らせを聞くや他の巡査たちは皆逃亡してしまったが、赴任して一ヶ月にしかならない自分には関係ないという気持ちで建準の治安隊にそのまま居座ろうとして、若い治安隊員たちから袋だたきにされたということだ。「米を食った犬は逃げ、糠を食った犬が捕まる」という諺をそのまま地でいく話のようで可笑しかったが、足腰が立たなくなるほど殴られたというのは気の毒だ。

九月七日　金曜日

ソウルで京電の従業員たちが、日本人幹部の退陣を要求するストを断行した。当然のことだ。

六日には韓国民主党の発起宣言があり、この日建準は人民共和国の樹立を宣布した。ラジオで聞いた名簿には李承晩《イスンマン》氏も金九《キムグ》氏も入っていた。確かなことは分からないが、高名な指導者たちは殆ど網羅されたようだ。主張と利害を超越し、先ずこのように集まって国の体面を作ったということは喜ばしいことだ。その体制を随時改良していけば独立に近づいていけるのではないか。ローマは一日にしてならず、一朝一夕に完全な国家を築くこともできない。それを母体に国会議員を選出して国会を構成し、正式に政府を発足させることもできるのだから、何が何でも全ての指導者は心を合わせて欲しい。ところで韓国民主党の発起宣言には明らかに建準に対する反対意志がある。それが分裂の種となりはしないだろうか。

どんな家であろうがないよりはましだ。これからは民主政治をするしかないのだから、民主主義のルールを守って一歩一歩前進していくべきだ。

アメリカ極東司令部は南朝鮮に軍政を実施すると言っているが、それならなおさらのこと我々は強固に団結しなければならない。我々が自ら自分たちの体制のもとに団結して、治安を守り行政を運営していくならば、彼らは占領軍としての役割のみを果たし、それ以上の干渉はしてこないに違いない。そんな意味からも、今回樹立した人民共和国は大切にしなければならない。

九月九日　日曜日
昨日米軍が仁川に上陸。司令官はホッジ中将。
韓民党発起人大会において重慶臨時政府を支持するという決議がなされた。臨政を支持するということは、人民共和国を反対するという意味だ。臨政であろうが人民共和国であろうが、要するに我々国民の意思を一つに集中させることが肝心だ。ところで臨政は未だに帰国してもいない。米軍はすでに上陸している。軍政の方向を我々に有利なものとするためには人民共和国の樹立は必要だった。それならば臨政が帰ってきてから人民共和国を吸収するなり、人民共和国に吸収されるなり決定して、とりあえずは人民共和国の旗の下に集結すべきではないのか。それが政治家としての道義ではないのか。指導者としての良心ではないのか。
学徒隊に属している安《アン》ギチャン、李インヂェ両氏がソウルの成北《ソンブク》警察署を接収しに行って、日本人警察官の銃弾を受け死んだという知らせ。そんなことがあり得るのか。ラジオのアナウンサーはむせび泣いていたが、日本が未だに我々を殺すための銃弾を持っているという事実が悲しかった。

九月十日　月曜日

仁川で日本軍が我々の同胞十三人を殺害したという知らせ！

九月十一日　火曜日

ホッジ司令官がアメリカ軍政の施政方針を発表した。どれだけ注意深く聞いても人民共和国に関する言及はない。完全な黙殺だ。なぜか不吉な予感がする。

アメリカ軍政に対して民族の単一意志を打ち立てるにはもう遅い。軍政庁は自分たちの方針通り押し進めようとするだろうし、人民共和国もやはり自分たちの意志を曲げないだろう。そうして対立したとき、どのような事態が発生するのだろうか。

夜に崔翔鑄氏が訪ねてきた。

面人民委員会に参加、もしくは民主青年同盟の委員長を引き受けて欲しいと丁重に頼まれた。主義主張を越えて我々の結束した力をこの機会に見せておかなければ、千秋に恨を残すことになるだろうと言った。ぎこちない共産主義の理論を振りかざすことなく、国と民族を憂える真情が如実にその顔と言葉に表れていた。

「誰が何と言おうと、我々は政府としての形をもった組織を持っているということ、その組織に我々人民全体が忠誠を尽くしているということ、さらには我々の念願、希望、その他一切の意欲を人民共和国を通して実現させようとしている我々の団結力と意志を見せてやらねばならないということ、これが重要ではないか。民族の分裂を防ぐためにも我々は政府を持たねばならない。軍政には服従せず、我々の政府に服従するという態度を見せなければならない。そうすれば軍政庁は、共和国首脳の承諾なしにいかなる政策もこの国では施行不可能ということを理解するだろう。そうしてこそはじめて我々の自治能力を彼らに見せつけることができ、早い時期に自主独立を成し遂げることができるのではないか。そんな意味で、李君も努力しなければならない。今我々が強い団結力を見せつければ容易く可能になることが、時期を逃せば流血の事態を招くことになるかも知れない。李君は学問をしなければならない人間だということは分かっているが、国のため人民のために一、二年くらい犠牲にしてもいいのではないか。それが社会と政治についての生きた勉強にもなるだろうし」

　私は崔翔鑄の言葉に共感した。共感しただけに、断るのが気の毒に思われた。私が住む面だけでも一つの方向に団結させてみたいという意欲が湧きもした。

「李君が立ち上がってくれさえすれば、我々の面の青年たちは一人の離脱者もなく一つに集結できる。李君は我々の偶像なんだ。学歴としてもそうだし、その学歴を捨ててまで日帝に抵抗した経歴としてもそうだし……」

　崔翔鑄は口角泡を飛ばして懇請した。日帝に抵抗したという言葉には顔を赤らめずにはいられなかったが、そんな説明をするのも躊躇われる深刻な雰囲気となった。私は今夜一日考える猶予をくれるよう頼むのがやっとだった。

　九月十二日　水曜日

　民主青年同盟参加問題について相談するために叔父を訪ねた。叔父は一言の下に反対した。

　その理由を次のように挙げた。

一、人民共和国が民族全体の意思を代表しているとはいえない。その成立過程に過誤がある。

二、左翼が主導しているという事実が明々白々である以上、ソ連と対立関係にあるアメリカが人民共和国を承認するはずがない。

三、アメリカ軍政と人民共和国の対立が深まれば流血の事態にもなりかねない。右翼政党が続々と出現している現状においては、その流血事態の責任を人民共和国側が一方的に負わされる可能性もある。

四、人民共和国に対する支持度が日を追うにつれて下がっている。ついには彼らは大衆から孤立してしまうだろう。

五、人民共和国のために死ぬ覚悟があるならいざ知らず、生半可な考えで参加するのなら、ガソリンタンクを背負って火の中に入っていくようなものだ。

　この他にも叔父はいくつかの事情説明をした。郡の人民委員長についての話、面の治安隊長が日帝時代に悪名の高かった権《クオン》ニムセだという話をしながら、現在の人民委員会は信じることができないと釘を刺し、当分の間は沈黙を守っていろという意見だった。

　九月十三日　木曜日

崔翔鑄に断りの意志を丁重に記した手紙を送った。

朴泰英から手紙が来た。便箋十枚を超える長文の手紙だった。彼もやはり私と同じように様々な葛藤を経験していることが分かった。熱い感激が次第に冷却していく過程……。十月の初旬にソウルに向かうそうだ。同行できないかという内容が書かれていた。河頭領はH郡の人民委員会治安部長をしているという……。盧東植《ノドンシク》が釜山《プサン》で陳末子《チンマルヂャ》さんと婚約式を挙げたという知らせもあった。

ソウルには病院を開業している母方の叔父がいる。朴泰英と同行したい気持ちが起こった。父に相談してみたが、ちょうど来ていた伯父に反対されてしまった。

「危邦不居、乱邦不入という聖人の言葉があるだろう。乱世には外地に出てはならぬものだ」

「ソウルに行くにしても、来年の春頃行きなさい」

父もそう言った。

伯父と父の反対を押し切ってまでソウルに行こうとは思わない。田舎に入ってくる知らせを聞いただけでも、ソウルがどれほど混乱しているかを知ることができる。危邦不居、乱邦不入とは『論語』の中の言葉だそうだ。いい言葉を教わった。

女子国民党というものができたという。晴天の空に満天の星、我が国の政党もその星の如し。

九月十六日　日曜日

国民学校に行き、明日釜山に向かって発つという日本人校長椎名氏を訪問した。この上なく小心な人、日帝時代誰に対してもぺこぺこしていた善良な人だ。だからこの面の人で彼に悪い感情を持つ人はいないだろう。

「ここに来て三年半が過ぎました。情が移りました。朝鮮はこれからいい国になるでしょう。何卒最善を尽くしてください」

椎名氏はこう言うと、解放後、面の人々から受けた親切にはとても感謝していると言った。日帝時代のことをあれこれ弁明しない姿が気持ちよかった。椎名氏は小心なのではなく、至極謙遜していたのだ。そうでありながら、心にもない見苦しい言葉を並べ立てたりしないだけの自尊心を持ち合わせた人物であることを知った。

「李君は、東京帝大での学問を終えられなかったのでしょう？私が思うに、些細な感情にこだわらずに日本に行って、東京帝大の過程を終えるのがいいと思います。日本は敗北しましたが、東京帝大が滅びることはありません。戦前よりも遙かによくなるでしょう。二、三年ですむのだし、李君はまだ若いのだから、少しくらいの不便は我慢する覚悟で東京に行って学業を続けなさい」

彼としては真心を込めた言葉だった。私は考えてみますと答え、父から預かってきた餞別金を置いて出てきた。椎名氏夫婦の目にきらきら光る涙があった。

野道を歩いて家に帰る途中、報復という問題を考えてみた。報復せずにはおかれない事件は一度や二度ではなかった。我々朝鮮人の成人ならば、誰でも胸の中に一つや二つ、日本人に対する恨みを持っているはずだ。しかし私は今になって報復することはできないと思う。我々が報復したい日本人は、権勢を振りかざす日本人、即ち獅子のごとき、豹のごとき日本人だ。けれども今その猛虎のような日本人を探してみると、すでに彼らは行き場を失い、がりがりで骨ばかりになった野良犬のようになっている。そんな日本人をどうして鞭打つことができようか。そんなことをしたところで傷つくのはこちらの心だ。今までさんざん侮辱され、今日さらにこちらの心を汚すとすれば、我々は二重の打撃を受けることになる。報復が可能だったのは奴等の権勢が盛んなときだったのだ。すでに路地裏の野良犬となってしまった者に対して、仮にそれがどれほど憎い仇であったとしても、鞭打つことはできない。飢えた腹を満たせと、パンのひとかけらでも投げてやることが、己を傷つけずに報復を成し遂げる唯一の方法ではないだろうか。

こんなことを考えながら、ある外国の雑誌に載っていた記事を思い出した。ミラノの広場にムッソリーニの死体が吊されていた。一人の老婆がその側に駆け寄ると、懐から拳銃を取り出した。そして、「貴様がわしの息子五人を殺したんじゃ」と叫びながら、ムッソリーニの死体に向かって五発の弾丸を撃った。

死体に撃ち込んだ弾丸の意味とは何か。死んだ息子が生き返るはずがない。死んだムッソリーニが痛みを感じるはずもない。虚しい憎悪が一瞬爆発したに過ぎない。報復と復讐は必ずなくてはならないと思うが、そのためには時間と場所と事情を選ばねばならないのだ。猛虎が相手ならば、猛虎である時期に報復が可能なのだ。野良犬に向かって振り下ろす鞭、死体に向かって撃つ弾丸は、どう考えても報復とはいえない。

九月十七日　月曜日
明濟世《ミョンヂェセ》という人の発起で民衆共和党が発足。
朝鮮プロレタリア文学同盟結成。
あらゆる主張に先だって、我が国は当分の間、清算文学の時期を持たなければならないと思う。日帝支配下に汚染された民族の心を反省し、その残滓を清算する誠実な努力を徹底的に先行させてこそ、初めて我々の文学は地に足のついたものとなるだろう。一体「プロ」文学同盟が目指すものは何なのであろうか。

九月二十七日　木曜日
北朝鮮では小作料を三・七制にするという。南朝鮮でも当然このような措置がとられるべきであるのに……不意に河永根《ハヨングン》先生のことを思い出した。河永根先生を訪ねれば、索漠とした私の心も再び活気を取りもどすことができるかも知れない。そうだ、明日晋州《チンヂュ》に行ってみよう。

二

菊の花が咲き乱れていた。広々とした庭一杯に咲いた菊の上に降り注ぐ初秋の日は、絢爛とした饗宴を織りなしていた。河永根宅の舎廊《サラン》の前庭は、いつ見ても華やかだった。

舎廊では河永根と権昌赫《クォンチャンヒョク》が、中門をくぐってきた圭《キュ》を迎えるために立ち上がっていたが、圭はしばらくの間足を止めて、その華やかな花園に見とれていた。

そして板の間に上がりながら挨拶の代わりに、

「河先生の庭はいつ見ても贅沢過ぎるほどですね」

と笑った。

「まったくだ。豪邸に、万巻の書籍に、高価な骨董品に、天下第一の花園に……人民の敵としての条件を全てそろえているんじゃないか」

権昌赫が相づちを打った。

「久しぶりに来たと思ったら、もうそんなことを言うのか？」

と河永根は言いながら、圭に椅子を勧めると、家族の安否を尋ねた。

「みんな元気にしています。ところで権先生はまだいらっしゃったのですね」

「李君の顔をもう一度見てから行こうと思って待っていたんじゃないか」

権昌赫が手を差し出した。

「行くところがないのさ」

河永根が笑った。

「無理矢理引き留めていたのは一体誰だ。河君は私がいなければ不安で仕方がないのさ。ところで君の叔父さんはどうしていらっしゃるのかな?」

「掛冠山にいたときと変わりありません」

「何か官職に就いてくれって、周りがやかましいだろう」

「いつだったか建準から、面の委員長に就任してくれという勧誘がありました。叔父は郡委員会の幹部名簿をざっと見て、即座にきっぱりと断ったようです。わけを聞かれても何も答えなかったそうです。僕にだけそのわけを話してくれました。郡の委員長をしている人は、一時共産党運動をしていたけれど変節して、日本の警察の手先となっていた人だそうです。その代価として邑内に旅館を建てて、かなり羽振りのいい暮しをしていたようです。叔父は、そんな人間が委員長をしている団体には入ることはできないと言っていました」

「あの人の性格からすれば当然だな」

河永根も同感だというように頷いた。

「今、君の面の建準委員長は誰だ?」

河永根が聞いた。

「文祥台《ムンサンテ》という七十近い老人です。今は人民委員会に変わりましたから人民委員長です」

と言ってから圭は、人民委員長に実権はなく、治安隊長が全権を欲しいままにしているという話を付け加えた。

「それは誰なんだい?」

「権ニムセという人です」

「権ニムセ?その人なら以前に面長をしていた人じゃないか?」

「そうです」

「面長だって?その人が解放まで面長をしていたのか?」

権昌赫が口を挟んだ。

「いいえ、解放の半年ほど前に辞めた人です」

「それでも面長だった人を、解放後も人民委員会の治安隊長にするんだから、その人の徳望はたいしたもんだな」

「徳望?」

と、河永根が苦笑いした。

「郡庁で雇員の仕事をしていた奴だが、強制的に徴用と供出をさせる必要が生じたときに、奴の忠誠心が素晴らしいという理由で面長に特別採用されたらしい」

「君はどうしてそんな事情まで知っているんだ？」

「私の土地があの面にもあるんだ。あまりにも悪名が高かったから、自然とその名を知るようになったのさ。真鍮の供出に応じない者は、老若男女を問わず面長室にひざまずかせて竹刀で殴って、喪主のほおげたまで叩いたそうだ」

「そんな奴がよりによって権姓とは」

「権姓はもともとそういう素質に恵まれているんだろう」

「河姓も似たようなものじゃないか。それはそうと、そんな奴をどうして面民たちは許しておくんだ？」

「面長の職を罷免されたという事実を利用したのです。実際は供出米の横領が発覚して罷免されたのですが、日帝に抵抗したために罷免されたと宣伝したようです」

圭がこのように補足説明しても、権昌赫は納得できない様子だった。

「しかし民衆というものは、そんなに単純ではないはずだが」

「扇動されなければ動かないのが民衆だろう」

「扇動する人間がいないということ自体がおかしいじゃないか」

「治安隊といえば組織の大小にかかわらず、一つの権力機関だ。権力機関としての威圧を利用している上に、自分を脅かすような人間を一人残らずその機関に引っ張り込んだとすれば納得がいくんじゃないか」

「いや、そんなに簡単に考えられる問題ではないようだ」

と、権昌赫は次のように分析した。

「そんな悪人を堂々と糾弾できるだけの経歴ないし良心をを持った人間が、圭君の面にはいないという証拠だ。仮にいたとしても、臆病者か争いごとを好まない者しかいないのだろう。そして大多数が望む望まずにかかわらず、日帝に協力したんだ。みんなが後ろ暗い過去を持っているってことだ。結局のところ、自分も権某も大した違いはないという一種の共犯意識が、そんな奴をのさばらせておく状況を作っているのさ。心ある人間も、至極数が少なく、組織された力もないから黙り込むしかない。それに加えて今の状況下では、そのような奴に利用価値があると共産党が判断していることを考え合わせれば少しは納得できるかも知れない。とにかく私は、朝鮮の百姓の九割までが日帝と野合した共犯意識を持っていることが重大な問題だと思っている。これが危険極まりない要素だ」

「国民の九割が共犯意識を持っているなら、それだけ寛容の風潮を作り出すことができるはずじゃないか。何が危険だというんだ？」

　この河永根の反論に圭も同感だったが、権昌赫の結論は意外なものだった。

「とんでもない。共犯意識というものは、結局のところ劣等意識だ。共産党のような組織的攻勢に一番弱い意識構造であるばかりでなく、彼らの扇動が悪質な方向に向いた場合、自らの劣等意識と罪悪意識を償うために、とてつもなく残忍になる傾向がある。民衆の暴動は、正当な目的のために、正当な主張によって扇動されるものではなく、もっともらしい主張を掲げながら民衆の劣等意識に火を点けて、その劣等意識を燃やしてなくしてしまおうと誘導することによって扇動されるんだ。ここに彼らが敵として扱う親日派がいて、彼を人民裁判にかけたとしよう。集まった人民たちは、皆、親日的行動をとったことのある人民たちだ。扇動者が現れ、その親日派の罪状を誇大に列挙し、処断を要求すれば、人民たちはその親日派が憎くてというよりも、自分たちの経歴の中にあった親日的な要素を早く払拭したいがために「殺せ」と叫ぶのだ。そうすることで自分の親日行為の罪状が少しでも軽くなるような錯覚を感じるんだ。そんな人民裁判において、裁かれる者に寛容でいられるのは親日の経歴が全くない人間、つまり微塵も共犯意識や劣等意識がない人間だ。そんな意味で、私は百姓の九割までが共犯意識を持っていることを危険視している。許してはならない人間を許してしまうのも、殺してはならない人間を殺してしまうのもその共犯意識だし、組織的扇動の支配を可能にするのもその共犯意識だということだ」

「一般論として通用するかどうかは疑わしいが、そんな場合もあり得るだろうな」

　河永根は考え込む顔つきになった。そして次のように話を継いだ。

「その権ニムセの場合にはこんな点もある。確かそいつの妻は崔家の出だ。崔家といえば、あの面では大閥族だ。大閥族なら八親等の親戚までが殆ど絶対的な勢威を誇っているものだ。そんな妻の実家のおかげではないかと私は思う」

　圭は権昌赫の話にも河永根の話にも一理があると思った。人民委員会で強大な発言力を持っている崔《チェ》サンヂュがまさしく権ニムセの義兄なのだから。圭

がその事実を言うと、権昌赫は、

「そう考えると河君の判断力も大したものだな」

と笑った。

「判断力ではなくて、事実認識だ。ところで李君には何の誘いも提議もなかったのか？」

「青年同盟に参加してくれという勧誘がありました」

「それで？」

「とても言いにくかったのですが、断りました」

「何と言って断ったんだい？」

「僕は勉強しなければならないと言いました」

「その理由が通用したのか？」

「通用するもしないもありません。とにかく参加しないと言い張りました。でももう少しで加入するところでした」

圭は人民共和国に対する自分の見解と、叔父の引き留めによって、きっぱり断ることができたと事情を説明した。

「人民共和国についての李君の見解は、純粋な青年ならば誰もが考えることだ。しかし実際は全く違う。厳しい言い方をすれば、一種の詐欺行為と言える。ロシア革命初期の臨時政府とよく似たトリックだ。ケレンスキーを先頭に立たせておいて、換骨奪胎してしまったその手法を、下手なやり方で試しているのさ。李君の叔父上はさすがに鋭い見識を持っておられる。危うく李君は大きな失敗を犯すところだった」

「私は人民共和国が成功すればどれほどいいかという思いを捨てることができない。その点、私は圭君と完全に同感だ」

このように話す河永根を、さも呆れたという表情で権昌赫は見つめていたが、ぽつりと言った。

「妄想は捨てろ。成功するわけないんだから」

沈黙が流れた。秋の空はところどころに白い雲を浮かべながら、どこまでも澄んでいた。

圭が先に口を開いた。

「日帝のときは何も思いませんでしたが、解放を迎えてみると、河先生がこのように贅沢な暮しをしているのが、かえって河先生自身にとって重荷になりはしないかと心配です」

「大体言いたいことは分かるような気がするが、もう少し具体的に話してくれないか」

河永根が静かに言った。

「例えばの話です。解放されたとはいいますが、今、農村には飢えに苦しむ人がたくさんいます。稲が熟し切る前に蒸し干しして、ついた米を食べている人もいるんですよ。晋州だけでもかなり大勢の貧しい帰還同胞がいるみたいですし。日帝の時ならば……うまく言えませんが、解放された今、助け合って暮していこうというこの状況では、ちょっと不自然ではないかということです」

　河永根はにっこり笑うばかりだった。

「李君、よく言った。ちょうどその問題について河君と私が話をしたことがあるんだ。今その話をしてもいいかな？」

と、権昌赫が河永根の表情をうかがった。だが、河永根は話題を変えた。

「そんな話は今度することにして、どうだい、河《ハ》俊圭《チュンギュ》君と朴泰英君から何か知らせはなかったのか？」

「河頭領はＨ郡人民委員会の治安部長をしています。朴泰英君は河頭領の手伝いをしている模様です」

「その話は私も知っている。河君がその仕事に深入りしなければいいんだが。アメリカ軍政が段階的に行政接収を進めている様子だが、その過程で何かトラブルに巻き込まれはしないか心配だ」

　河永根が顔を曇らせながら言った。

「その二人なら心配ないさ。状況判断を誤るような人間じゃないから」

「数日前に手紙を受け取りましたが、河頭領と朴泰英君は十月の初めにソウル見物に行く予定だそうです。多分そのとき先生たちを訪問すると思います」

　そして、圭は朴泰英が送ってよこした手紙の内容をかいつまんで話した。

　泰英はその手紙で、郡内の治安を担当して欲しいという建準の要請を河頭領が断れなかった理由を説明し、自分は人民委員会とは関係なく、河頭領個人を補佐する秘書の立場としてＨ邑に出てきていると知らせていたが、その中で印象的な一節としては次のようなものがあった。

「ひよこが出てくるか卵のまま腐ってしまうか、さっぱり分からぬ殻に包まれたこの団体、いわゆるＨ郡人民委員会という看板の団体の中で、早くも役職争いが繰り広げられている。この争いは主に謀略中傷といった手段によって展開されている。まともな人間の目と耳によって見聞きすれば、間違いなく糞豚どもの醜い争いで、呆れるばかりだ。

　彼らは他人を冒涜しながら、実際は自らを冒涜し、他人を蹴落とそうとしながら、実際は自らを滅ぼしつつあるということに気づいていない。糞豚は早く肥え太ったものから食われてしまうことを知らずに、ひとかたまりの糞をめぐって仲間どうし争っているではないか。こんな糞豚の争いがＨ郡だけでなく、全国的規模で行われているのかと思うと、国の将来も何もかも放り出して、この卵の殻を粉々に踏みつぶしてしまいたい衝動に駆られる。河頭領は俺の意見に寸分違わず共感しながらも、治安の確保にだけは最善を尽くすべきではないか、今はぐっと堪えろと言う。それで俺をなだめるつもりでソウル旅行に行こうと誘ってくれたのだ。十月初旬に晋州で合流してソウルに行こう……」

「ひよこが出てくるか卵のまま腐ってしまうかさっぱり分からぬとはうまい例えだな」

と、権昌赫が笑い、

「私は糞豚の争いという例えが気に入った」

と、河永根も笑った。

　朴泰英と河俊圭についての人物評がしばらく話題に上った。

「李君も一度ソウルに行ってみなさい」

　権昌赫が言った。

「そのつもりでいたのですが、伯父の話を聞いてやめることにしました」

「伯父上が何とおっしゃったんだい？」

　河永根が聞いた。

「危邦不居、乱邦不入、乱世には外地に出て行くなと言われました」

「それなら李君は未来永劫故郷から離れないつもりか？」

　権昌赫が尋ねた。

「来春には行ってみようと思います。どのみち学校に通うつもりですから」

　このとき河潤姫《ハユニ》がお茶と果物を載せた盆を持って入ってきた。

「おい、今日はどうしたんだ？お姫様が自らお茶をお運びになって」

　権昌赫が快活に言った。

　潤姫は圭を眩しそうに見つめながら軽く頭を下げると、湯飲みと果物をテーブルの上に置いた。

「昨日か一昨日私に見せた絵、圭君にもお見せしなさい」

　権昌赫がからかうように言った。

「あんなもの人に見せられるようなものじゃありません」

「そいつはどういうことだ。それなら私は人間じゃないってことか。私にはさあ見ろと言わんばかりに、でんと目の前に持ってきたのに」

「無理矢理ご覧になったのではありませんか。私がいつ自分から見せましたか」

　耳元まで真っ赤になって、潤姫は部屋の外に出て行ってしまった。

「権君、食客の分際で主人の娘をいじめたらどうなるか分かっているんだろうな？」

　河永根が笑みを浮かべながら言った。

「追い出されるくらいがせいぜいだろう。追い出されても、言いたいことは言わなきゃ。潤姫ちゃんの絵はもうちょっと努力しなけりゃな。色の使い方はなかなかだが、コンポジションがなってない」

「君に絵が分かるのか？一体何を根拠にうちのかわいい娘の絵をそんなふうに評するんだ？」

「まったく、自分の子どもをえこひいきする奴は大ばかだっていうのを知らんのか」

「そんなものかまうもんか」

「とにかく下手な絵を無理矢理上手だって褒めるわけにもいかんだろう」

「下手だと？私が見るに、うちの娘の絵は天下第一だ」

「こりゃ本物の大ばかだ」

「まあ聞け。ついこの間まで小さな子どもだったのに、いつの間にか大きくなって、あんな絵を描けるようになんたんだから」

　河永根は声を上げて笑った。

「いい絵を描かせたかったら、フランスのパリに送れ。東京で学んだ絵は田舎臭くてだめだ」

　もちろん冗談で交わさている会話ではあったが、友人の娘の絵について率直に評し、反対に父親はその評に反論している光景は、ほのぼのとしたものだった。それだけ父親の娘への愛情が深く、二人の友情が厚いということでもあった。

　お茶を飲み終える頃、圭が尋ねた。

「河先生には何か誘いのようなものがなかったのですか？」

「そりゃあったさ」

「どんな誘いでしたか？」

「建準から財政部長をしてくれという話、韓国民主党からも財政部長をしてくれという話、国民党からもその話、臨時政府歓迎委員会からもその話、河永根という名前からは金のことしか思いつかないようだな」

　権昌赫の言葉だった。

「それでどうなさったのですか？」

「もちろん断ったさ」

「奉王党の話を聞いたことはないか？」

「ありませんが」

「李朝を再建しようという党なんだが、まったく出鱈目な党だ。共産党からも交渉があった」

「共産党員だって金がなきゃ暮らせないんだから、黄金万能の時代ってことだろう」

権昌赫が茶化すように言った。

話題は中央政界のことに移っていった。

微熱があるという河永根を母屋に送って、その晩、権昌赫と圭は書斎の隣の部屋に並んで床についた。

「こうして並んで横になると、掛冠山を思い出すな」

「そうですね」

「もう一度掛冠山に行きたいな」

権昌赫が溜息をついた。

「先生はどこまでも悲観主義ですね」

「仕方ない」

「先生のその虚無主義を生産的に利用する方法はないものでしょうか？」

「あるさ」

「それは何ですか？」

「新聞さ」

「新聞ですか？」

「新聞を通して一切の価値をぶち壊してやるのさ。それで真理の専売特許を受けたかのように威張り散らしている奴等の思考の弱点、その背後にあるはかりごとを一つ残らず暴露するんだ。そうすればこの国の政治思想を少しでも向上させることができるだろう」

「それならやってみてはいかがですか？」

「河君もそのように勧めてくれている」

「それならば」

「意欲がない」

「僕には理解できません」

「虚無主義者を二種類に分けることができる。一つは虚無主義を商品化することのできる虚無主義者、もう一つは徹底的な虚無主義者……。私の話は止めにして、李君の話をしよう。李君はこれから学問をするつもりなのだろう？」

「そのつもりでいます」

「それならばヨーロッパに行きなさい。フランスに行くんだ。祖国も民族も何もかも、当分の間は考えないことにして、今からフランスに行って十年くらい経ってから帰ってきなさい。それから政治に関心を持つもよし、アカデミー生活を送るもよし、私のように虚無主義者になるもよし……」

「そうはおっしゃいますが、一体どうやって……」

「君は決心さえすればいい。金は河永根君が出してくれることになっている。さっき彼の贅沢な暮しについての話をしていただろう。河君は自分の全財産を、最小限度の生活費だけ残して全て処分するつもりだ」

「本当ですか？」

圭は驚いた。

「もう彼は固く覚悟している」

「どうやって処分なさるのですか？」

「公共団体に寄付はしないそうだ。政党にも差し出さないし、農夫たちに返すこともしない。慈善事業を起こしたりもしないということだ……」

「……………」

「これはなぞなぞだ。李君、解いてみろ」

「さっぱり分かりませんが」

権昌赫はしばらく黙って天井を見つめていたが、がばっと起きあがって座った。圭も反射的に続いて起きあがった。

「李君、君だ。君に全財産を譲るということだ。今から土地も何もかも全て売り払って、アメリカドルに換えて、その全てを君にやろうというんだ」

圭は面食らった。

「だが一つだけ条件がある。その金を向こう十年間は、この国で使ってはならぬという条件だ。フランスやスイスの銀行に預けておいて、十年後に持って帰って使うのはいいが、それ以前はだめだということだ。この条件は私の提案を河君が受け入れたものだ」

圭は何が何だかさっぱり分からず、何も言うことができなかった。権昌赫が話を続けた。

「河君と私の願いは、李君を何が何でもヨーロッパに送ろうというところにある。可能ならば朴泰英を連れて行ってもいい。朴泰英君には恋人がいるというから、その恋人も連れて行けばいい。金は君のものだから、国外でどう使おうと君の自由だ。朴泰英君の生活費を君が出してやればいいことだ。くだくだした説明はしない。君や朴泰英は必ずヨーロッパ、でなければアメリカに行って、十年間はそこにとどまる必要があるのだ。その必要が何であるかは、十年後に君自身が悟るはずだ。何も聞かずに行くことにしなさい。旅券やその他の手続きは金さえあれば問題ないから、心配する必要はないし……。今答えを出さなくてもいい。ご両親と相談した後でもいい。もし、李君にその気があるのにご両親が反対なさるのだったら、私が訪ねていってお願いしてもいい」

「河先生がどうしてそんな決断をなさったのか、その動機の一端だけでも知りたいのですが」

「動機は三つある。だが河君との約束があるから全てを明らかにすることはできない。その中の一つだけ教えよう。河君の健康が悪化している。もうそう長くは生きられないと思っていいだろう。死ぬ前にその財産を一番有効に、そして自分の気に入った方法で処理したいということだ。これがそんな決断をした理由であり動機だ。それ以上は聞くな」

こう言うと権昌赫は眠りについてしまった。

その翌日。

朝食を済ませるとすぐに権昌赫はどこかに出かけていった。使用人が膳を片付けた後も河永根は黙ったまま座っていた。そんな河永根と向かいあって座っているのが気まずくなった圭は、立ち上がると書架をぶらぶらしてみた。

(この書架を利用してでも三、四年は勉強することができるだろう。あえて今外国に行かなければならない理由がどこにあるというのか)

圭は昨夜の権昌赫の提案が、相当な重さで心の負担になっていることを感じた。

本を一冊取り出してみた。アンリ・モンドリューの書いた『マラルメの一生』NRF版だった。その本が目に留まったのは、圭が大学に在学中、ある用事でフランス文学研究室に行ったとき、鈴木という教授が一人の学生を相手にその本の話をしていた場面を思い出したからだった。そのとき鈴木教授はこんな話をしていた。

「この本はマラルメの研究には欠かせないものなんだが、この微妙な国際情勢下では手に入れるのが非常に困難だ。一冊しか研究室にないから、貸してやることもできない。だからここに出てきて読むようにしなさい」

そんな本が河永根の書架にあるからといって、いまさら驚くことはなかったが、日本でのことを思い出したため、一度手に取ってみたのだった。本を開くと、仮綴じのその本は最後まで丁寧に切りそろえられていて、河永根の筆跡で所々に註釈まで挿入されていた。河永根が熟読した本であった。圭は何となく河永根の孤独が分かるように思った。極東の、しかも朝鮮の片田舎に座って、実用としては無論何の価値もなく、教養としても何の役にも立ちそうにないそんな本を、神経を集中させ、註釈まで付けながら読んでいる彼の態度は、どう見てもアブノーマルなものだ。彼は水の中の岩、水の上に浮いた油のようなものだ。贅沢というにはあまりにも孤絶した贅沢ではないか。このような行為を趣味と呼ぶこともできまい。せめてギリシャの詩や唐詩を読んでいたのならば理解できただろう。しかしマラルメはあまりにも難解だ。だとすれば河永根の心象は容易に接近することのできない、理解することのできない観念と情念によって満たされているに違いなかった。

(どこまでも孤独な人!)

救済される術のないディレッタント、そうでなければ彼は徹底的に孤独な人間だ。

あれやこれやと思いをめぐらせながら、河永根が挿入した註釈を探しつつ頁をめくってみたが、それらの殆どはラテン語で書かれた部分をフランス語に直したものだった。

(何の知的再生産もなく、従って光を放つことなく死蔵された教養や智恵とは、一体どんな意味を持つというのか)

圭は心の底からこう呟かずにはいられなかった。

障子が開く音に圭は振り返った。潤姫が盆にコーヒーを載せて入ってくるところだった。河永根が言った。

「李君、こっちに来てコーヒーでも飲みなさい」

圭は本を書架に戻して河永根のもとに行った。同じ部屋でも、書架のあるところから河永根が座っているところまで行くためにはずいぶん歩かなければならなかった。盆を置いて出て行こうとする潤姫を河永根が引き留めた。

「ちょっとここにいなさい」

潤姫はその場に座り直すと、圭を眩しそうに見つめた。

「いつもご迷惑をおかけします」

と、座りながら圭が軽く頭を下げて見せた。

「迷惑だなんて」

潤姫が驚いたように言った。

「その通りだ。これからはそんな他人行儀な言葉は抜きにしよう」

河永根が潤姫の意を汲んでそう言った。

「これからは美味いコーヒーが飲めるようになるだろう。これも多分釜山で買ってきたものだろう」

河永根は圭にコーヒーを勧めると、何か言いたげな素振りを見せたが、少し考えてから潤姫に笑いかけた。

「それじゃ潤姫はもう行っていいぞ。外出するなら必ず私に知らせなさい」

「出かけるところもありません」

潤姫は静かに後ずさりすると、障子を開けて出て行った。潤姫が座っていた場所に芳しい匂いが立ちこめているようだった。

「李君」

河永根の小さな声に、圭は顔を上げた。

「昨日の晩、権先生から大体の話は聞いただろう」

「はい」

しばらく沈黙が続いた。

「長い話はしない。君の考えはどうだ？」

「あまりにも急なお話でしたので、まだ何ともお答えすることができません」

再び沈黙が流れた。

「八・一五以後、ずっと考えていたことだ。それで得た結論だ。李君、私は不安でたまらないのだ」

あまりに沈痛な河永根の語調に圭は驚いた。

圭は何も言うことができなかった。

「解放は無条件に嬉しいことだ。今後、いかなる混乱が訪れようとも、解放の喜びを消し去ることはできないだろう。だが私は不安だ。不安で仕方がない。権君は私を神経過敏だと言うが、私にはそれをどうすることもできない」

圭は河永根の不安が理解できるように思えた。しかし、あまりにも度が過ぎているようにも思えた。そのため勇気を出して言ってみた。

「不安にお考えになることなど何もないではありませんか。先生はご自分の良心のおもむくままに生きてこられました。親日派的な行動をしなかった人間が、周囲にどれほどいるというのです。その中でも先生は潔く生きた方ではありませんか」

河永根の顔に寂しそうな笑みが浮かんだ。

「草根木皮によって命を繋いでいる貧民たちを放ったまま、巨額の金を献納して日帝に飛行機を作ってやったのに、それが良心のおもむくままに生きたと言えるのか？だが私はそんなことで悩んではいない。そのために不安なのでもない」

圭は自分の浅はかな早合点が恥ずかしかった。もう少しのところで、河永根の窮地を救うために、河俊圭、朴泰英をはじめとした普光党道令たちを証人に立たせようと提案するところだった。

「私が親日行為をしたからといって、または民族反逆行為をしたからといって罰を受けるのは簡単だ。そのときが来れば、当然受けねばならない。私に罰を与えるだけの名分と権威と秩序が、一日も早く確立されることを願っている。それが国が建つ日であり、民族の未来が明るく開ける日だ。だがそうはいくまい」

路地裏を駆け回って遊ぶ子どもたちの声が、微かに聞こえてきた。軒先に吊された風鈴が鳴っていた。風が出てきたようだった。

圭は河永根の不安の原因を早く知ろうと焦った。

「これは権君と私の一致した意見だ。権君の世の中を見る目は確かだ。彼の意見と私の意見が完全に一致したということは、必ずそうなると判断してもいいだろう。私たちの予見が外れてくれればどれほどいいことかと思うが、そんなはずはない」

　我慢できずに圭は尋ねた。

「どういうことですか？はっきり教えてください」

「戦争が起こる」

「戦争ですって？」

「そうだ。解放になってまだ二ヶ月も経たないのに、熾烈を極めていく左右の対立を見てみなさい。一年も経てば、収拾できないほどに左右の対立がエスカレートするのは目に見えている。そうなれば戦争だ。左翼と右翼がいれば、必ず闘争が起こるものだ。その闘争が、政治的な伝統と基盤が確立していないところで起これば、ほぼ間違いなく内乱となる。ロシアがそうであったし、スペインもそうだった。中国でも今現在、現実の問題となっている……その上、我が国にはそんな対立を、人格の力によって調節し収拾できるだけのガンジーのような人物もいないだろう。戦争は起こってしまう。右翼にはアメリカ軍がつき、左翼にはソ連軍がついて……それに大陸で繰り広げられている国共戦が、この半島にそのまま波及してくるかも知れない」

「アメリカとソ連が背後にいるのですから、その両国が調節の役割をするのではありませんか？」

「とんでもない。アメリカとソ連の対立はもうすでに始まっている。ドイツという共通の敵がいなくなったときから、ソ連はアメリカを仮想敵国とし、アメリカはソ連を仮想敵国と見なしているんだ。一年ほど過ぎればアメリカは戦後処理を容易にするため、戦争という手段が必要になってくるだろう。そればかりでなく、蒋介石政権を助けるためにも戦場を必要とするはずだ。ソ連は言うまでもなく、近世以来この半島をどれほど欲しがってきたか……その上、共産党という手先がいる。理由はいくらでも作ることができる。共産党を先頭に立たせて、自分たちは血を流さないで、この半島を手に入れられればこんなに楽なことはない」

　圭は完全に河永根の不安に感染してしまった。聞いてみると一つ一つがその通りだった。特に、アメリカが蒋介石政権を放棄しないのならば、現在優勢な共産軍を打倒するためにも、この半島に新しい戦場を必要とするだろうという意見は、日増しに熾烈化していく左右の対立と考え合わせるとき、決定的な説得力を持って圭の胸に迫ってきた。

「戦争が起こればどうなりますか？」

圭はおずおずと聞いた。

「灰燼という言葉があるだろう。原子爆弾が落ちた広島の惨状を写した写真を見たろう？あのようになるしかない」

「あんなに恐ろしい戦争を再び始めるでしょうか？」

「いつでも人間は、戦争の恐ろしさを知らずに戦争を始めているわけではない。情勢の変化には加速というものがあり、惰力というものがある。私の知るところでは、この半島ほど戦争の原因が一度に集中した例もまずない。これだけ条件がそろっている上に、国際情勢による加速力や惰力がついてみろ。戦争は一時に爆発してしまうだろう」

「戦争をして、何の利益がなくてもですか？」

「どうして利益がないんだ。利益も、利益への幻想もある。ソ連は気候のいい半島の一つくらいせしめてやろうと計算しているだろうし、アメリカは軍需産業を拡大して財閥が懐を肥やすことができる上に、アジア大陸での発言権を確かなものにできると幻想している。また、共産党は闘争を口癖のように掲げている集団ではないか。闘争を繰り返せば、この地に共産政権を打ち立てることができると希望に燃えているに違いないし、右翼は共産党の天下で暮すなら死んだ方がましだと喚き散らしている……みんなそれぞれに利害打算を持っている」

圭の口からひとりでに溜息が漏れた。そのため息をかみ殺して聞いた。

「戦争が起きるとすればいつ頃ですか？」

「私は一年を越えぬうちに戦争があると思う。中国大陸での戦争がまさしくそれだと思ってもいいし、今ソウルや地方の各地で起こっている左右間のテロをその前哨線だと考えることもできるだろう？」

河永根は次に、米ソの対立が深刻化しているという事例、国共内戦の現状とその展望、現在国内で起こり始めている左右対立の実情と、それが一年後拡大した場合の様相、アメリカ資本主義の生理、ソ連の対外政策の核心などについて、詳しい説明を始めた。

長い説明を終えた河永根は、縁側へと動いて座った。午前の太陽が、菊の上でひときわ恍惚としていた。秋の空は限りなく高かった。

永根の暗鬱とした表情は、空と庭を交互に見つめながらも晴れることはなかった。そして重大な決心をしたように、圭の方に椅子を向けて座った。

「そんなわけで私は覚悟した。私の財産と私の希望を、全て圭君、君に託すことにした。親戚の中には養子をとるよう勧める人もいたが断った。一切を潤姫に任せようかとも思ったが、潤姫は女だ。私の財産と希望を引き継ぐには荷が重すぎる。いつか初めて君が訪ねてきたとき、あのとき私は本当に嬉しかった。親戚にいい少年がいるとは聞いていたが、別に関心はなかった。けれど会ってみて、なぜか満ち足りた気持ちになった。聡明でありながらも角がなく、温厚な性格でありながらも好悪の感情がはっきりしている。朴泰英君のような天才ではないが、努力すれば天才に負けないほどの大器となるだろう。どこから見ても学問によって大成し、その学問をさらに発展させるだけの素質があると見た。私がもう一度少年に戻れるのなら、君のような少年になりたいと思った。私は健康のためもあるが、意志が弱くて何事にも最善を尽くして努力することができなかった。学問を好みながらも徹底的に極めることができなかったし、芸術を愛しながらも修練を積むことができなかった。その上、人の何倍もエゴイズムと傲慢心ばかりが強くて、見境のない一種の怪物になってしまった。君としては困った頼みかも知れないが、李君、黙って言うとおりにしてくれ」

「先生のおっしゃることならどんなことでも従うつもりですが、財産をお引き受けすることは……」

「遠慮することはない。私は絶対にいかなる政党にも、政治資金は出さないと決心した。政党に政治資金を出すのは、内乱に火を点けるようなものだと思ったからだ。政治資金を出さなければ、その結果は明らかだ。全て没収される。私は自分の意に反して財産を没収されるのは絶対に嫌だ。社会事業も、小作人に農地を分け与えるのも嫌だ。私はそれほど利己主義者なんだ。吝嗇家だ。ましてや世の中の脅迫に負けて、慈善事業をするなんてことは死んでも嫌だ。しかしじっとしていればやがて起こる戦争が全てをさらっていくのは目に見えている。その上私には何が何でも財産を守る勇気も健康もない。つまりどうあがいてもなくなるものなのだから、李君に任せてしまおうという話だ」

「どのみちなくなってしまうものでしたら、僕が預かっても同じことではありませんか?」

「李君に任せればなくなることはない。李君なら社会事業をしてもいいし、慈善事業をしてもいいんだ。それに李君自身を育てる資金としてもいいし」

「どうしてもそうなさるおつもりでしたら、潤姫さんに預けてはいかがでしょうか。潤姫さんは女だとおっしゃいますが、頭がいいし、落ち着いているし、物事の判断を誤るような方ではありませんから」

圭はきっぱりと言った。

河永根の顔色が変わった。そして哀願した。

「違うんだ、李君。私は私の財産を君に託すだけでなく、私の希望も託したいんだ。私と君は学問の方向がよく似ている。だから、希望をかなえられなかった落伍者が、いくらにもならない財産を餌に、自分の夢を前途洋々たる君に託そうとしているのではないか。全財産を託すとは言ったが、私と妻、そして潤姫に必要な部分は残すから、そんなに負担に思うことはないだろう？李君」

圭は黙って座っていた。河永根は圭の手を握った。

「李君、私の頼みを聞いてくれ」

「父に相談してみます」

圭がやっとのことで言った。すると河永根は驚き慌てた。

「それはいかん。父子間の義を損なう行いかも知れないが、このことは当分の間、君の叔父上にも内緒にしておいてくれ。このことを私と李君、そして権君以外の人間が知れば大騒動になる。河永根という人間に少しでも同情してくれるのならば、君のお父さんにも当分は内緒にしたままま、どうか私の頼みを聞いてくれ」

「……………」

「そうしてくれ」

「……………」

「君の沈黙を同意と思って次の話をしよう」

河永根はそう言ったが、後を続けるのが躊躇われるのか、顔をしかめて目を瞑り、うつむいたまま左手の薬指で眉間を押さえていた。圭は急に不安になった。それが、河永根が心臓病の発作を起こしたときにいつもとるポーズだったからだ。

「ちょっと横になった方がいいのではありませんか」

圭は河永根の表情を心配そうに見つめながら言った。

「いや、大したことはない。話しかけたついでに全部話しておかなければ。こんな恥ずかしい話を何度もすることはできないから」

河永根はやっとのことで目を開けると、力無く圭を見つめて言った。

「李君は準備ができ次第外国に行きなさい。権君からも聞いただろうが、何が何でもそうしなければならない必要があるんだ。李君自身のためでも、私のためでも、国のためでもあるし、学問のためでもある……何より私の願いだ。この不幸な国を離れ、国や民族の不幸に囚われて歪曲されてしまうことなく、ふわふわ空を飛んで見るんだ。それが私のしたかったことだ。李君の気持ちは複雑だろうが、今すぐにでもこの国を離れて、進んだ文明の中で十年暮して来るんだ」

「戦争が起こるから私に避難しろということですね。それならなぜ先生が避難なさらないのですか？」

「避難することは卑怯なことではない。明日の贅沢のために今日は倹約しなければならない場合があるように、明日辛い仕事を引き受けるために、今日は楽をして体を休ませる必要があるんだ。同族が皆不幸なのに自分だけ安全な場所に避難することは、若者の心には受け入れがたいかも知れないが、隣人が死ぬからといって自分も死ななければならないなんてセンチメンタリズムもはなはだしい。自分がいれば戦争が回避できるとか、自分がいれば同志を勝利に導くことができるという決定的な自負や理由があるならば別だが、今君が避難したからといって良心に背くことなど何もない。そしてこれから起こる内乱は、君や私がどちら側にもつくことのできない、そんな性格のものではないかと思う。どうしても国のために働きたいのなら、十年間君個人の力を培った上で働くんだ。君が頷いてくれさえすれば、明日からでも全ての準備を急ぐつもりだ。ジ・アーリーアー・トゥー・ベター、善は急げだ。何も言わずに私の言うとおりにしてくれ。十年だけフランスやイギリスに行ってくるんだ」

河永根の必死の説得がなくても、圭はどのみちいつかは外国に行くつもりだった。そして朴泰英のような闘志がないのだから、アカデミックな平坦大路を歩き始めるのもいいのではないかと思った。しかし、そのためには両親の考えを聞かなければならなかった。そんな心の動きを見抜いたかのように河永根が言った。

「ご両親には外国に勉強しに行く、その学費は私が補助すると言っていたとだけ伝えなさい。万が一許しがもらえなければ、私が何度でも足を運ぼう」

「ありがとうございます」

圭は丁重に頭を下げた。

「よし、これでいい」

と、河永根の顔がぱっとほころんだ。圭は今まで河永根がこれほど屈託なく喜ぶ顔を見たことがなかった。ところが河永根の額からは脂汗が流れていた。

圭は再び不安になった。

「先生、お加減が悪いのではありませんか？」

「かまわん、大丈夫だ。まだ話しておくことが一つ残っている」

圭は河永根の言葉を待った。

「できるなら潤姫を連れて行ってくれないか。お互い嫌な感情は持っていないようだから、道連れにはなれるんじゃないか。いつか二人が夫婦になってくれれば嬉しいが、無理にそこまでは望まない。道連れとして支え合い、お互いの気持ちが通じればそうなってもいいし、通じなければ生涯きょうだいのような関係になってもいいだろう。潤姫を連れて行って欲しいのは、あの子に絵の勉強をさせたいからだ。昨日、権君が潤姫の絵のことをからかっていたが、彼は絵については私よりも門外漢だ。潤姫の絵の素質は大したものだ。色感については天才的ともいえるところがある。権君は潤姫のデッサン、コンポジションに不満があって、あんなことを言っていたが、潤姫の絵はデッサンの過程を飛び越したところから始まるそんな絵だ。自分の娘だからでなく、いや、自分の娘だからこそ、あの子の素質を誰よりもよく分かっている。だが必ず連れて行けと強要はしたくない。それからもう一つ、朴泰英君にも勧めて一緒に行ってくれればどれほどいいか。金淑子《キムスクチャ》という女性と一緒に……朴泰英君は惜しい、実に惜しい……彼には君が勧めてみてくれ。一緒に外国留学に行こうって……それ以上のことは言わずに…………」

河永根の顔に疲労の色が増した。圭は即座に、

「分かりました。潤姫さんが同意してくれれば一緒に行きます。泰英君にも勧めてみます」

と言って、河永根の脇を支えて部屋にはいると敷物の上に寝かせた。

「医者を呼びましょうか？」

「いや、少しこうしていれば治るだろう。ちょっとしゃべりすぎたようだ」

目を瞑って横になった河永根の顔はひどく憔悴して見えた。四十代半ばには到底見えない老いまで感じられた。圭は今までの河永根の言葉全てを、その根底にある思いとともに理解できたような気がした。

いつ財産を没収されるかも知れない孤独な富豪の恐怖、良心がなかったわけではないが、日帝下に財産と命と体面を守りながら生きるために犯した数々の親日的行為に対する呵責、いかなる階層、いかなるグループにも同志を見いだせない複雑な思想、一族郎党までも敬遠するところから来る孤絶感、叶わぬ夢、戦争の脅威、それらを跳ね返してでも生きていこうとする健康と意志力の欠落が原因となった絶望、そんな中でも切実な娘に対する愛情、圭に対する静かな好感、それでこのような一大英断を下した

のに間違いなかった。

圭が見下ろしているのは、まさしく絶望を前にした人の姿だった。

河永根は伸びをすると、長い溜息をついて目を開けた。目を開けると同時に再び生気を取りもどした。

「どうせなら先生も一緒に行ってはいかがですか？」

圭は心からそう言った。

「私が外国に？何のために？避難するために？できない。私はここに座って歴史の審判を待たねば……何より先祖の墓を守らねば、私は三代続いての一人っ子だから……それに体がこれでは……死ぬのにわざわざ外国にまで出て行く必要はないだろう……」

「外国に行けばいい病院があるのではありませんか？」

「だが今の私の主治医ほどの医者を、外国で見つけることはできないだろう……君が外国に行って、いい薬でもあれば送ってくれ。奇跡的に、そう、奇跡だ。奇跡的に健康が回復することがあれば、私もヨーロッパに一度行ってみたい」

「行きましょう。行って療養なされば！」

「私の病気では船に乗れない。飛行機は無論無理だし……君と潤姫が、私の代わりに行ってくれ……君に私の気持ちを打ち明けることができてすっきりしたよ……」

こう言いながら河永根は起きあがった。

「私は奥で薬を飲んで、ちょっと休んでくる。権先生が帰ってきたら、話は全て終わったと伝えなさい。今から権君はちょっと忙しくなるぞ」

そして障子を開けて出て行こうとしたが、後に続いて立ち上がった圭を振り返って言った。

「潤姫をこっちに来させるよ。音楽でも聞いて遊びなさい。私が君にした話は、潤姫は全然知らないから、先ずは一緒にフランスにでも行こうと勧めてみてくれ」

潤姫が果物と茶を提げて入ってきた。

「お父さんが、圭さんに音楽を聞かせて差し上げるように言ってました」

「音楽より、今日は潤姫さんの話を聞きましょう」

圭は甘柿をかじりながら言った。

「私の話を？」

「そう、潤姫さんの話が聞きたい」

「空っぽの頭にお話しすることなんてありませんわ」

「絵の話でも」

「思想がないから絵を描くんです。お話しできることがあれば絵なんて描きません」

「それが立派な思想じゃないですか」

「私に思想なんてありません」

潤姫はそう言うと、開け放たれた障子の向こうに広がる庭と空を見つめた。その清楚な横顔には、少女期を越えたばかりの女性とは思えない憂いが漂っていた。圭は、日本人女性を母として生まれ、その生母と離れて暮す女性の悲しみを考えた。潤姫は東京の美術学校に通いながらも、東京に暮す生母を訪ねなかったという。

いわば潤姫は、この世に生まれたときから悲しみの影を背負っていた女性なのだ。圭は自分が、潤姫にとってしっかりとした保護者とならなければならないというほのかな意欲を感じた。

「潤姫さん、フランスに行きませんか？」

「フランスに？」

「本格的に絵を学ぶためには、パリに行くべきでしょう？」

「フランス、パリ！」

潤姫は何かを言いかけながらも、圭から顔を背けてしまった。

「どうしたんですか？」

おろおろと圭が尋ねた。

「お父さんが病気なのに、私が行くなんて」

力無い言葉だった。

「お父さんが行けといったら？」

「お父さんが行けといっても行きません。私は何があってもお父さんの横についていています。お父さんから離れることはできません」

「それなら仕方ありませんね」

「圭さんはフランスに行くんですか？」

「はい、そのつもりです」

「いつ？」

「できるだけ早く」

「行くことが可能なんですか？」

「大丈夫でしょう。金があれば問題ないそうです。潤姫さんのお父さんが、私をフランスに送ってくれるそうです」

「お父さんが？」

潤姫の目が、いつしか圭を正面から見つめていた。その澄んだ瞳は、何かに怯えたように大きく見開かれていた。

「はい、潤姫さんのお父さんに、フランスに行くよう強く勧められました。旅費と学費を全て出すから、十年くらいフランスに行ってくるようにという言いつけでした」

「十年間も？」

「はい」

「それでお父さんの言うとおりになさるんですか」

「仰せに従うつもりです」

そう言ってから圭は偶然に、チョゴリの結び紐を触っている潤姫の手が微かに震えているのに気がついた。圭はすぐに目線をそらした。

「それでさっき私にフランスに行かないかとお尋ねになったんですね」

潤姫は独り言のように呟いた。

「そうです」

圭はぽつりと言った。

「それもお父さんが頼んだんですか？」

「違います。お父さんは、私が望んで潤姫さんが応じれば、潤姫さんをフランスに連れて行くようにおっしゃいました」

そう言うと、圭は萩原朔太郎が書いた次のような詩を脳裏に浮かべた。

ふらんすへ行きたしと思へども
ふらんすはあまりに遠し
せめては新しき背広をきて
きままなる旅にいでてみん

「それで圭さんは私をお望みですか？」

消え入るような震える潤姫の声に、圭ははっと我に返った。そして答える言葉を見つけようと慌てた。言葉を間違えたことに気付いたが、すでに遅かった。圭はゆっくり一言一言言葉を選びながら言った。

「僕は潤姫さんと一緒にフランスに行くことを、心から望んでいます」

潤姫は耳元まで真っ赤に染まっていた。

「お父さんの病気さえなかったら」

潤姫はまた顔を庭の方に向け、囁くように言った。

圭は、潤姫の父に対する深い愛情を感じた。だからこそ河永根も自分の娘をあれほどまでに愛しているのだろう。そんな娘を自分に託し、遠い外国まで送り出す決心をした父親の情とはどれほど深いことか。

圭はそんな意味の話をしてから付け加えた。

「潤姫さん、お父さんは心から潤姫さんのことを愛しています。その深い愛情に報いるためにも、お父さんの考えに従うべきではありませんか」

「考えてみます」

潤姫は右手の中指の先でオンドルの床をなでさすった。

そしてしばらく沈黙の中で座っていると、中門をがたんと開けて権昌赫が入ってきた。潤姫は慌てて立ち上がった。

「なんだ二人とも、泥棒が見つかったみたいに慌てて」

権昌赫がおどけた笑いを浮かべながら床の上に上がった。

「おじさんって本当に意地悪ね」

潤姫は飛ぶように母屋に続く板の間へと消えていった。権昌赫はその後ろ姿に向かって「わっはっは」と笑い声を送ると、今度は圭の顔を見つめた。

三

圭はそのまま河永根の家に泊まりながら朴泰英を待つつもりだったが、権昌赫の再三の勧めに負けて、父と相談するため家に帰ってきた。

まさにその日、圭の面でむごたらしい事件が発生した。数年前に面長をしていた文致永《ムンチヨン》が、棍棒や石で乱打された凄惨な死体となって、裏山の谷で発見されたのだ。誰による仕業なのか判然としなかった。家族の話によると前々日の夜、誰かが訪ねてきて外に出て行ったきり夜が明けても帰ってこなかったため、心配していたところこんなことになってしまったという。

「治安隊員たちが犯人を捜すって山に入っていったけど、犯人がいつまでもそんなところにいるわけないだろう。這いつくばって隠れているっていうのか?」

圭の従弟泰《テ》はこう言うと、

「どう考えても治安隊、あいつ等が怪しい」

と付け加えた。その理由は、何事においても用心深い文面長が、どこの誰かも分からぬ相手と夜道を出て行くはずがないということだ。もっともらしい推測ではある。しかし、むやみに口外できる性質のものではなかった。

文致永は徴用と供出が激しくなってきた頃、到底この職責に堪えられないと辞表を出した人で、その後任者が今、治安隊長をしている権ニムセだった。日帝時代に面長をしていたのだから親日行為をした人には違いないが、決して悪質な人ではなかった。そんな人が夜中に呼び出され、棍棒や石で叩き殺されるほどの私怨を持たれていたのかと思うと、世の中が実に恐ろしく思われた。

数日前O面では、区長をしていた人が同様の目に遭ったという。泰が言った。

「青年団体から金を要求されて、それを断ったんだ。そのことでもめてから、二日後に死んだ。よく分からないけど、金を出せって脅迫した奴等が殺したんだろうってさ。文面長もそんな理由でやられたんじゃないかな」

泰の話を聞いて、圭は邑内でも、C面やK面でも、似たような事件があったことを思い出した。圭もそれらの事件を知ってはいたが、混乱の中で偶発的に起こったものだと思っていた。だが、文致永の事件までを合わせて考えてみると、各面で一件ずつ順番にそんな殺害事件が発生していることになるのだ。

圭は、あるいはこの一連の事件が組織的な計画によって行われたものではないかと考えてみた。そうだとすれば、誰が何の目的でやったのか。

左翼が非同調者たちを恐怖に陥れるために行ったことと考えることはできる。しかし、このような推測ほど危険かつ軽率なものはない。

文致永と親しい間だった圭の父は、この事件によってかなりの衝撃を受けた様子だった。商店街から帰ってきた父は、庭から挨拶する圭を見ても何も言わずに舎廊に入ると戸を閉めてしまった。圭は家に帰ってすぐに父に相談するつもりだったが、それを明日の晩に延ばすしかなかった。

翌日の晩、圭は舎廊の父のもとに行った。

「晋州はどうだった？」

「変わりないようです」

「はとこの兄さんの家には行ったのか？」

「行けませんでした」

「それならどこにいたんだ？」

「河永根先生のお宅にいました」

父は何も言わなかった。口には出して言わなかったが、圭が河永根を訪ねて、はとこを訪ねなかったのが気にくわないようだった。その上、圭の父は河永根に対してはなぜか好感を持っていなかった。

圭はある尊敬する先輩の話だといって、河永根の戦争逼迫説を丁寧に説明した。

圭の父は注意深くその説明を聞くと「ふう」と溜息をついた。それは全面的にその意見に同感しているという態度に見てとれた。しかし口をついて出てきた言葉はこうだった。

「そこまで我が国が不幸か？これから朝鮮が歩む道は平坦ではないだろうが、そうはならないだろう。口は禍の元だ。今後そんな恐ろしいことは口にするな」

圭はしばらく黙って座っていたが、海外で勉強したいという意見を言ってみた。

にべもなく反対されると思っていたが、父の反応は意外だった。

「そうしてやりたいのは山々だが……世の中もこうだし……とにかく勉強を途中で放り出すのはいかんから一度考えてみよう」

圭は父が海外留学を、日本の東京に行くことだと勘違いしているのだと思った。

「東京に行くという意味ではありません」

「それならどういうことだ？」

「フランスやアメリカに行きたいと思っています」

そう言っても父は別段驚いた様子もなく、

「問題は金だ」

と静かに言った。

「事情が許せば、僕が海外に行くことを許しくれますか？」

父は考える表情になったが、しばらくすると口を開いた。

「アメリカやフランスに行くとすれば、どれくらい学費がかかるんだ？」

「学生生活ですから余計な金はかからないでしょうが、日本に行くよりは遙かにかかるでしょう。うちの事情では到底無理です」

「やると決めたらできないことはないだろう。財産と呼べるほどのものはないが、何もかも売り払えばできんことではない」

自分の息子を愛さぬ父親はいないだろうが、圭の父は特別だった。それだけ息子の素質に自信を持っているのだろう。東京帝国大学に通う息子を持った父親の、それがまさしく生きがいでもあったのだ。

「そんなことはできません。準《チュン》も誠《ソン》もいますし、お父さんやお母さんの老後のこともありますし、そんな無理までして勉強したくはありません」

「それなら何でそんなことを言い出したんだ？」

「河永根先生の提案があったからです」

「河永根氏が？」

「フランスやアメリカに行って勉強できるように資金を出してくれると、自分からおっしゃったのです」

「それはありがたいことだ」

父はそう言ったが、その言葉には微妙な感情の揺れが感じられた。

その後の言葉は、圭の気のせいか冷淡に聞こえた。

「他人の同情を買ってまでフランスだかアメリカだか知らんが、そんなところまで行きたいのか？」

圭は答えることができなかった。

気まずい親子の雰囲気を、山村の夜が深く深く包み込んでいた。

「文面長が死んだ知らせを聞いて驚いた。本当に世の中はどうなっているんだ。戦争が起きるって話もまったくのデマではないかも知れんな」

父は独り言のように言った。

圭が聞いた。

「誰がやったのでしょう?」

父はそれには答えず、眉間に皺を寄せた。

「どの面でも同じような事件が起こっているではありませんか。これはどう考えても……」

圭が言いかけると父は、

「つまらぬ詮索はするな」

と言葉を遮って、顔をしかめた。

「文面長は、金を惜しんだから死んだんだ」

圭はふと、青年団体の幹部たちが治安隊員を先頭に立たせて寄付金を集めて回っていたことを思い出した。圭の父は十万円を出したそうだ。ところが文面長は拒絶したようだ。圭の父は文面長惨殺の原因がそこにあると思っているようだった。

(しかし、果たしてそれだけなのだろうか)

そう考えながら、圭は灯火に照らされた父の額の深い皺を見つめた。

父は圭の顔を見つめ直した。そして静かに言った。

「お前は田舎にいてはだめだ。青年たちの仲間になってはいかんし、かといって彼らを無視することもできないじゃないか」

「僕もそう思っていました」

「今朝お前の伯父さんたちに会ってきたが、そこでもその話が出た。乱世には外地に行くものではないと何日か前に言ったが、あれは間違いだったと伯父さんは言っていた。お前のことだ」

父は再び考え込んだ。そしてしばらく時間だけが過ぎていった。圭は挨拶をして出て行こうかどうかと躊躇った。すると父が口を開いた。

「お前の好きなようにしろ。外国に行くって話だ。お前ももう大人だ。愚かな真似はすまい。しっかり学問をするんだ。だがわしも父親だ。黙っているわけにはいかん。うちだって全くの一文無しではないのだから、河氏の好意にだけ甘えてはいられない。田んぼを多少売ってでも、費用の半分くらいはわしが出してやるから、家のことは心配しないでしっかり準備をするんだ」

圭は父の部屋を出ると、庭の中央に立って空の星を仰いだ。あの星たちを来年の今夜、一体何処で見ているだろうかと考えると感無量だった。そんな感傷に浸りながら、星に刺繍された大空を頂いた漆黒の屏風のような山を見て、あの山々は智異山へと続き、智異山には祖父の墓があるという事実をあらためて噛みしめた。

李圭はその日の夜、次のような日記を書いた。

一九四五年十月一日月曜日

父が私の海外留学をすんなり許してくれた。うちの暮らし向きも良くないのに、費用の半分を負担してくれるという。その必要はないと言い張るためには、河永根先生と私の間で交わされた話、權昌赫先生の話まで全てをしなければならないため、ひとまずは黙っていることにしたが、父をだましているような気がして心が痛い。父が許してくれたその心の底には、恐らく戦争の脅威があったのだろう。父は私の戦争切迫説に刺激を受けて、文致永氏の死をその戦争の始まりだと考えたのかも知れない。戦場から息子一人だけでも避難させようという意思が、私の海外留学を許すという態度として表れたのは明らかだ。すると私は父と先輩の好意に図々しく便乗して、自分自身のエゴだけを満たそうとする恥知らずということになってしまう。しかしどうすることもできない。人間は進まねばならない道と、進むことができる道を、歩いていくしかないのだ。

Ducunt volentem fata nonlentem trahunt. — Senea —

（運命は志あるものを導き、志なきものを引きずっていく—セネカ—）

翌日、圭が晋州に向かう準備をしていると、父が彼を舎廊へと呼んだ。父の表情は尋常でなかった。

父は圭が座るやいなや聞いた。

「お前、三日前河永根氏のお宅にいたと言ってたな？」

「そうです」

「それでそのとき、あの家に何か変った様子はなかったか？」

「特にそんなことは感じませんでした」

「おかしいなあ」

父は首をかしげた。

「何かあったんですか？」

圭は慌てて尋ねた。

「河永根氏が自分の土地を全部売りに出したそうだ」

「……………」

「この面を担当しているあの家の支配人がさっきここに立ち寄った。その人の話では、この面の土地だけでなくそっくり全て売りに出したそうだが……」

「あり得る話ではありませんか？」

「だが全ての土地を慌てて売るということは……しかも捨て値で処分しようとするってことは何か問題があったんじゃないのか」

「捨て値とは……」

「坪百円で売りに出したというから、相場の半分だ。近頃土地の売買はあまりないが、坪百円は安すぎる」

「河永根先生の土地は、この面にもたくさんあるのですか？」

「隣の面よりは少ないだろうが、毎年五百石をこの面から持って行くそうだから、ざっと十万坪は越えるだろう」

「もうじき無償没収、無償分配するって人民委員会や民青が騒いでいるのに、買い手がいるでしょうか？」

「無償没収、無償分配はそうなってみなければ分からん……とにかくあれだけ安ければ買う人も出てくるだろう」

父はそう言いながら、まったく納得がいかないという表情をした。

「お父さんはその土地を買うつもりですか？」

なぜか圭の心はさざ波立った。

「そうだな。わしも少し土地を売らなければならん立場だが、あまりにも安いからあの家の支配人が勧めに来たんだ。買ってからすぐ売ってもいいだろうし……」

圭の父は相当に動揺していた。圭は勇気を出して言った。

「お父さん、河永根先生の土地を買ってはいけません」

息子の強い語調に父は驚いた様子だった。

「なぜだ？」

「河永根先生は僕の留学費用を作るために土地を売るのです。それをお父さんが買ってしまえば問題がややこしくなるでしょう？」

「お前の学費のために、あんなに多くの土地を売るのか？」

「理由はそれしかありません」

「いいや、他にも何かわけがあるはずだ」

「いいえ、理由はそれしかありません。もちろん細々した理由はいくつかあるでしょうが、一番大きな理由はそれです」

「海外留学の費用がそんなにたくさんかかるのか？」

「それはよく分かりません。でも河永根先生は僕が安心して何年でも勉強できるよう、一度に費用を準備してくれようとしているみたいです」

父の顔色が変った。

「理由がそれしかないのならだめだ。土地を売らしてはいかん。わしらが、いや、お前がそこまであの家の世話になるいわれはない。九代に渡って受け継がれてきた財産だそうではないか。絶対にいかん。いくらかかるか調べた上で、半分くらい補助してくれるというならいざ知らず、全財産を売ってまでなど絶対に反対だ」

「先生には先生のお考えがあるのではありませんか?」

「お考えがどうであろうと、他に理由があるなら別だが、お前のためにそうするなど絶対にだめだ。お前はわしの息子だ。河永根の息子でもなければ親戚でもないのだ。他人が財産を売り払って金を用意してくれるなどと、わしの体面はどうなるのだ……わしは彼の土地を買いもせんが、そんなことを許すこともできん。絶対にだ」

父は極度に興奮していた。

「今すぐ行って止めさせてこい。そうでなければ海外留学も何もかも、わしは絶対に許さん」

圭の父は自分の息子に対する河永根の過分な思いやりに、突然嫉妬したのかも知れなかった。

圭は父の言うとおりにすると言って、バスの停留所まで出てきた。

バスを待ちながらうろうろしていると、金世憲《キムセホン》氏に出会った。金世憲氏は朝から酒を飲んでいるのか、真っ赤な顔に柔和な笑みを浮かべながら圭と出会ったことを喜んだ。金世憲氏は酒の卸屋を経営していて、圭の父とはとても親しい間だった。圭に出会うといつでも手を握り肩を叩いて嬉しがる人だった。

圭が挨拶をすると金世憲氏は、

「李君、晋州に行くのか?お父さんは家にいらっしゃるのかな?」

と圭の手首をつかんだ。

「暻灶《キョンチュ》兄さんから知らせがあったと聞きました。本当によかったですね」

「うん、今上海にいるらしい。もうすぐ帰ってくるそうだ。何日か前、中国から帰ってきた人に手紙を預けていたんだ」

暻灶とは金世憲氏の息子だ。圭の国民学校の三年先輩だが、彼もやはり面内に名の知れた秀才だった。しかし、他人や友人の息子にはそのように優しい金世憲氏が、自分の息子には厳格を通り越して殆ど暴君といえるほど辛く当たった。

暻灶は国民学校を卒業するとき中学校進学を希望し、学校の先生たちもそれを勧めたが、父親の金世憲氏は頑なに農林学校を主張し、暻灶をそこに進学させた。それが金暻灶の少年時代を滅茶苦茶にしただけでなく、前途洋々としていた彼の学歴をねじ曲げてしまった。暻灶は父の命令により、意に反して農林学校に通いながらも、その学校生活に激しく反発した。もしも金暻灶《キムギョンチュ》が非凡な学生でなかったならば、一年生か二年生のときに退学処分を受けていたことだろう。彼は実習には一切出席せず、ことあるごとに教師に反抗していたが、なぜか教師たちは彼をかばい四年生まで進級できた。だが四年生の末、金暻灶はついに大事件を起こしてしまった。ある教師を椅子で殴り回して、全治二週間の傷を負わせてしまった。そのとき親子の間にも激しい衝突があった。農林学校を追われた彼は日本に渡り、検定試験に合格して上級学校に進学したのだが、彼の父親は充分な財力がありながらもろくに学費を送ってやろうとはしなかった。そうするうちに金暻灶は学兵にとられてしまった。戦場に旅立つ暻灶を見送った金世憲氏は、慟哭をもって一夜を明かしたという。

　圭の父は、暻灶の問題についていつも金世憲氏に忠告をしていた。暻灶を中学校に通わせるため努力を惜しまなかった。しかし、金世憲氏の次のような話を聞いて諦めたのだった。

「暻灶の奴は軽率なところがある。才能はあるが軽率な奴を、大学にまでやって勉強させたら思想家か不平家になるのが関の山だ。それで監獄に出たり入ったりするようになったらどうしてくれるんだ。農林学校にでも送って、技術を学ばせて立派な農夫に育てなければならん。あいつは長男だから、何があっても家を継いでもらわないと困る。親の心子知らずだ。あいつのことを一番知っているのもわしだし、あいつの将来を一番心配しているのも親父であるわしだろうが」

　圭の父は金世憲氏からそんなことを言われて、それ以上に暻灶の問題に干渉できるほどの勇気は持ち合わせていなかった。

　圭は晋州に向かうバスの中で、河永根の提案を取り巻く複雑な問題に心を奪われながらも、金世憲氏の息子金暻灶のことを考えずにはいられなかった。圭の目に映った金暻灶は、その内部の成長過程は知るよしもなかったが、外部の様子を見たところ、学兵にとられた時点までは完全に落伍した青年だった。極めて頭が良く、検定試験に合格して私立大学にでも入学できたのは幸いだったが、基礎学問が重要な時期に農林学校で、しかも反抗的に過ごしてしまったため、学問をする人間としては相当に損をしてしまっただろう。そのために専攻学問を決定できず、雑学乱読によって享楽的な学問ばかりに傾いてしまった。

しかし、圭は金曝灶の将来は見物《みもの》だと思った。まだ二十代前半なのだから無限の可能性を秘めているだろうし、軍隊生活の体験が人格形成にプラスとなっているかも知れなかった。

あれこれと考えながらも、圭は金世憲氏のような人が自分の父でなかったことを幸いに思った。金世憲氏と比べれば、圭の父は神聖な後光を帯びた人物のように見えるのだった。


バスを降りた圭は、目の前に展開する奇怪な光景に驚いた。

歓声を上げ、歌を叫びながら通り過ぎる巨大なデモの群集に出くわしたのだった。

「朝鮮共産党万歳」と書かれたプラカードがあった。「人民共和国万歳」と書かれたプラカードもあった。「朝鮮女性同盟万歳」「民主青年同盟万歳」「農民組合万歳」「労働組合万歳」などと書かれたプラカードが、濁流の上の泡沫のように流れていくのだが、人々の目はなぜか一様に血走っていた。

「高く掲げよ!紅き旗を!……」

という歌声が聞こえると、圭はプラカードを取り囲んだ赤旗の氾濫に初めて気がついた。どうしてそのたくさんの赤旗に気付かなかったのかと自分の目を疑った。群衆の目が血走っているのは、その赤旗の反映だった。圭はプラカードと群集の目の色に心を奪われて、氾濫する赤旗を網膜に捕らえることができなかったのだ。現在目の前にあるにもかかわらず、知覚できない瞬間があることを知ったのは大発見だった。視覚の盲点とでもいうべきだろうか。

「敵の血に染まった旗を!」

という途方もなく物騒な歌に気をとられながらも、圭は視覚の盲点という言葉を反芻していた。

群集は次々にあふれ出てきた。人口十万にも満たないこの小都市のどこからこんなにたくさんの人間があふれてくるのだろうか。圭はその人々が手に手に鍬や斧を手にした姿を想像してみた。本で読んだロシア十月革命が一瞬脳裏をかすめた。

洪水のように通り過ぎるデモ隊を、圭が魂の抜けた人のように見つめていたときだった。

「李圭、李圭」

と呼ぶ女の声が聞こえた。圭がきょろきょろ辺りを見回すと、すぐ目の前に若い女性の顔があった。

蘇貞子《ソヂョンチャ》だった。

蘇貞子は圭が中学時代に一時下宿していた家の隣に住んでいた少女だった。いつの間にか「圭」「貞《チョン》子《ヂャ》」と呼び合うほど親しくなっていたのだが、まさしくその貞子が赤い旗を振りながら通り過ぎようとしていた。あまりにも面食らったせいで、圭は笑顔で応じる余裕すらなかった。

デモ隊をやり過ごした後、圭は激しい疲労を感じた。そしてそのときようやく圭は、自分が立っている場所が「江南《カンナム》楽器店」のすぐ前であることに気付いた。江南楽器店は、圭が中学時代によく出入りしていた店だ。圭はその店で「トリゴのセレナーデ」「トロイメライ」やベートーベンのレコードを買い、それを傷つけないように竹の針なども買っていたため、店の主人とは顔見知りだった。圭は少し休みたくもあり、その店の中に入った。丸い顔をした小柄なおかみさんが、

「まあ、学生さん久しぶりだこと」

と笑顔で立ち上がった。圭は挨拶代わりに、

「李先生はいらっしゃいますか？」

と聞いた。主人は李氏だった。

「さっきこの前を大きな看板を持って通り過ぎたでしょう？」

おかみさんはそう言って笑った。

「そうですか？」

圭は力無く笑顔を作ってみせると店を出た。そして河永根の家に向かって歩き出した。

（まさに旋風の季節だな。あの伊達男の主人が赤旗を持ってデモをするなんて……）

圭は歩きながら、女学校の向かいにある三階建ての建物に掲げられた「朝鮮共産党晋州市党」という看板を、新しい感慨を持って見つめた。

その手前で左に曲がれば河永根の家へと続く道だ。

河永根の家の表門が開いていた。これまでになかったことだ。表門をくぐり抜け、左側に位置した行《ヘン》廊《ナン》の棟を見て、その理由を理解した。いつも閑散としていた行廊に大勢の人々が集まっていた。

（土地売買の関係者だな）

表門が開け放たれている代わりに、舎廊に通じる中門と母屋に通じる仕切り戸が閉じられていた。

中門を開けてくれたのは権昌赫だった。権昌赫は圭を見ると、

「いいところに来た。河頭領と朴泰英の一行が来ているぞ」

と言った。

「どこにいますか？」

「デモを見物しに出かけている。すぐ帰ってくるだろう。私は河永根宅の総支配人になっているから忙しくて仕方がない。君は中門の中に入っていなさい」

権昌赫はそう言って外に出て行った。行廊に行くらしかった。

河永根は揺り椅子に座っていた。

「朴泰英君が来たぞ」

河永根は上機嫌でそう言うと、圭に聞いた。

「お父さんとの相談はうまくいったかい？」

圭は父に言われた言葉をそのまま伝えた。

「李君、それはちょっとしくじったな」

と言いながら河永根は努めて明るい表情を作った。

「心配するな。君のために財産整理するんじゃないってお父さんに手紙を書くから。実際、君のためだけじゃないのだし。理由なんていくらでもあるじゃないか。だからすべては決まったんだ。李君は心の準備でもしておきなさい」

中門の外から声が聞こえた。朴泰英の声だった。圭は庭に飛び降りると駆けつけて中門を開けた。

河頭領、朴泰英、金淑子《キムスクチャ》、金順伊《キムスニ》が満面に笑みを浮かべて立っていた。

ああ、これほど嬉しいことがあるだろうか。圭は先ず河頭領の手を握った。

四

三日間続けて宴が開かれた。河永根とその家族は若い来客たちを心を込めてもてなした。

花札やユンノリ［すごろくに似た遊び］もした。その合間合間に酒も飲み歌も歌ったが、ときには河永根が権昌赫とともにその座に加わり、皆に請われるままにその歌声を披露した。

若者たちに比べ、河永根と権昌赫の歌の技量は桁外れだった。

特にシャリアピンの「ボルガの舟歌」を歌う権昌赫は、その声量と技巧において一流の歌手といえた。

「権先生は道をお間違えになったのではありませんか？」

と言う河俊圭の言葉は、まんざら冗談ではなかった。

河永根は詩を吟じたが、その声音も並々ならぬものがあった。

「歌の技術と頭の良さは反比例するようだな？」

と言ったのは河永根。権昌赫は、

「我々の世代はそれなりに青春を謳歌できたからさ。今の若い世代は、成長期からそれどころではなかった」

と、自分たちの歌の技量について社会学的に説明しようとした。

「素質の問題でしょう。僕たちだって掛冠山で青春を謳歌していましたから」

朴泰英が反発した。

ところで河永根の吟じた詩の中に印象的な一節があった。

「兵卒たちは去り、百姓たちが戻りくる日、花は雪の晴れた空の下咲いているが、河原には多年草が荒涼と、廃墟からは煙がたなびく。腹を空かせたネズミは墟壁をかじり、飢えたカラスは廃田をついばむ、絶望した人間のうわごとのように、そして今税吏たちは税を促す」

これは金朝の詩人辛愿《しんげん》が、蒙古兵によって蹂躙された故郷に帰って作った「乱後」という詩だそうだ。辛愿は元遺山の友人だが、河永根は特に元遺山の「喪乱詩」が好きだと言った。

河永根が披露した「乱後」を原書によって復元すると次のようになる。

兵去人歸　花開雪霽天　川原宿草荒　墟落新煙動

困鼠鳴虛壁　飢鳴啄廢田　似聞人語乱　縣吏巳催銭

若い来客たちは夫人の部屋にも案内された。数年前からこの家に出入りしていたが、河永根の夫人を見たのは初めてだった。

高く厚い塀に囲まれた豪邸の奥、静かに隠れ住む李朝風の夫人は、言葉少なく隠花植物を連想させたが、河永根と並んで座っている姿を見たとき、河永根にとってはなくてはならない伴侶の意味を感じた。

豪華な膳が並び、若い笑いもあり、河永根もひたすら嬉しそうな表情をしていたが、なぜか暗い影がこの家全体を包んでいるような印象を消し去ることはできなかった。事実その頃この家には重大な問題が発生していた。

土地を売って、その金を銀行に集めているという情報をどこかでつかんだらしく、共産党晋州市党が河永根に政治資金を差し出すよう圧力を加え始めていたのだった。

はじめは財政責任者とみられる人間が数人でやって来て、党のために分相応の協調をしてくれと話を持ちかけてきた。河永根の代理で彼らに応対した権昌赫は、一言の下に断った。それが河永根の断固とした意思でもあった。

すると正体不明の青年が河永根に面会を申し入れてきた。その度に河永根が病床にいることを理由に、権昌赫が面会した。どれも一様に金を出せという話だった。権昌赫の拒否も一様だった。

　そうこうするうちに、数日前無署名の手紙が舞い込んできた。

「人民の保護を受け、人民とともに生きるつもりであるならば百円を出せ。人民の敵として滅亡する覚悟であるならばそのように行動しろ」

という文面だった。

　権昌赫はいくばくかの金を与えて妥協しようと言ったが、河永根は微動だにしなかった。

「私は絶対に妥協しない。ましてや脅迫に負けての行動など死んでも嫌だ。河永根、共産党に妥協しなかったが故に死ぬ運命にあるというならそれでも満足だ」

　河永根はこのように複雑な状況の中で戦々恐々としていた。

　しかしその事実は権昌赫が圭一人に知らせただけで、河俊圭と朴泰英には一切秘密にしていた。

　一行が明日ソウルに旅立つという日の夜、圭は彼らとともにソウルに行ってみたいと言った。

「それなら潤姫も連れて行きなさい」

河永根はそう付け加えて応じた。

「ソウルの明倫洞《ミョンニュンドン》に私の家がある。今うちの者に管理させているんだが、ずいぶん広いからソウルにいる間はそこにいなさい。そんな意味でも潤姫を連れて行った方が便利だろう。私と権君も財産整理が終わり次第ソウルに行くから、そこで会うことにしよう」

　圭はソウルに行けば母方のおじの家に行くつもりだったが、黙って聞いていた。

　そのとき河永根がもう一度圭に念を押した。

「ソウルで機会を見つけて、朴泰英君に外国留学を勧めてくれ。やはり朴君は外国に行ったほうがいい」

　河俊圭、朴泰英、金淑子、金順伊、河潤姫とともに晋州駅に出てきた圭は、駅舎周辺の光景を見ると驚きのあまり言葉を失った。

　駅舎というよりは廃品集積所と呼んだ方が適当かと思われるほど、駅舎の周辺は不潔この上なかった。待合室の床にはたばこの吸い殻や紙くずとともに四方に痰が吐かれてあり、足を踏み入れるのもはばかられた。便所の醜雑さはさらにひどいものだった。その醜雑な便所が解放がもたらした一つの現象なのだとすれば、解放は失敗したと断言するしかなかった。

「何だこれは」

一緒に便所に入った泰英が舌打ちをして言った。あまりにも呆れて、それ以上言葉が出てこない様子だった。

待合室にごった返す人々は、ぼろをまとっているというよりも、ぼろが人間の形で押し合いへし合いしているといった方がよかった。まともな服装の人間もいるにはいたが、ぼろの波の中に埋没していた。

駅員たちの服装もみすぼらしかった。制服というものはその端正さによって体面が保たれるものであるが、紺色がはげきって灰色に近く、ズボンは原型を失い膝が出ていた。はなはだしくは助役「鉄道局で、駅長を補佐する職位」と見られる人がかぶった帽子の金縁には、白く埃が積もってヨモギ色になっていた。

淑子と潤姫は待合室の隅に立って外を眺めており、河俊圭は天井を見つめていた。順伊だけが群集をかき分けながら行ったり来たりしていた。

泰英が切符を買って戻ってきた。釜山経由でソウルに行くことになっていたため、とりあえずは釜山までの切符を買ったと泰英は言った。

改札をしてプラットホームに立ち入ったとき、圭はもう一度驚かされた。もくもくと煙を吐き出す機関車には三両の客車が連結されているだけだったが、その客車の窓には一枚のガラスも残されていなかった。ガラスをはがされた窓は目玉をくりぬかれた後のように空虚で無様だった。空虚で無様な窓がずらりと続いた汽車は、すでに汽車でなく汽車の骸骨というしかなかった。

車内はさらに荒涼としていた。座席のシートは全てなくなっていて、その下の板でできたベンチだけが残っていた。それすら板のいくつかははがれ落ち、残った板のあちこちからは釘が突き出ていたため、用心深く座らねばならなかった。

「針のむしろって言葉はあるけど、これじゃ釘のむしろだな」

河俊圭が憮然とした顔で言った。

それでも幸いに一行全員が向かいあって座れる席を見つけることができた。窓側から順伊、潤姫、淑子が座り、その反対側には河俊圭、圭、泰英の順に座った。窓ガラスがないため風が容赦なく吹き込んできたが、それでも車内に漂うすえた匂いは鼻の奥に残った。なによりトンネルを通り過ぎるときが心配だった。

日帝時代もこの晋州線の汽車はそれほど立派だと

はいえなかった。それでも窓にガラスがなかったり、座席のシートが外れていたりしたことはなかったし、きちんと掃除もされていた。いわば汽車として最低限の体面は保たれていた。それが解放を迎えると同時にこの有様になってしまったのかと思うと愉快であるはずがなかった。日本人たちが言うように、我々の民族性は教え導く術のないほど腐りきっているのだろうか。

　駅を出ると間もなくトンネルを抜けた。真っ黒い煙がどっと客室に流れ込み、呼吸ができないほどだった。トンネルを抜け出た後も、その煙はなかなか消えなかった。

　通路を挟んで反対側の座席に座っていた老人が苦しそうに咳き込みながら呟いた。

「まったく、朝鮮人なんか身動きできないように抑えつけておくもんだ。この汽車の様は何だ」

「その通りですとも。汽車の窓をかっぱらうなんて、非常識にもほどがある。ガラスをはがして椅子を持っていった奴等の手首をぶった切ってやらなければ」

　老人の横に座っていた中年の男が相づちを打った。

　すると、

「ええい、ちくしょう。貴方たちは朝鮮人ではないのか？」

と、老人の向かいに座っていた青年が大声を上げた。

「人民を搾取して太鼓腹を満たしているなら黙っていてもらいたい。飢え死にする者も多いというのに、汽車の窓くらい盗むのは当たり前ではないか」

　老人と中年の男は慌ててばつが悪そうに口をつぐんだ。青年はさらに熱を上げて言った。

「汽車の窓を盗むような行為は、公衆道徳がなっていないせいだ。だから朝鮮人は抑えつけておかなければならない、手首をぶった切ってやらねばならない、そういうことでしょう？それならお行儀のいい貴方たちも三日だけ飢えてみなさい。三日飢えて盗みを働かぬ者はいないとう。金剛山《クムガンサン》も食後の見物、道徳も腹が膨れたときに生まれる。乞食たちに礼節を求めることができるのか？貧しい者たちの腹を満たしてから、抑えつけるなり手首を切るなりしたらどうだ。この窓を誰が食ったというのだ。人民を搾取している奴等が食ったと言っても過言ではない。搾取階級をなくしてみろ。皆が平等に暮らせるようにしてみろ。拝んで頼まれても汽車の窓ガラスなんて盗む奴はいなくなるはずだ。ガラスを盗んだ奴の手首を切る前に、腹に脂が巻き付いた奴ののど首を切るべきではないのか」

「その通り」

という若者たちの声がどっと後ろで上がった。汽車通学の学生たちの歓声だった。そしてその中学生たちは赤旗歌を歌い始めた。

泰英が何か言うのではないかと思われたが、彼は口を閉ざしていた。俊圭や泰英も駅舎の光景と車内の状況には少なからず衝撃を受けていたようだったが何も言わなかった。口に出して言うには幻滅があまりにも大きかったのであろうか。とにかく彼らの胸中には尋常でない感情が渦巻いていることを、圭は彼らの眼差しを通して推し量ることができた。

圭はまさしくこれ、この汽車の中の有様こそが、今し方の青年の長口舌、中学生たちの赤旗歌と相まって、いわゆる解放された祖国の荒涼たる精神風景をそのまま表現しているのだと思い憂鬱になった。

こうして各自の思いに浸りながら誰もが口を閉ざして座っている中で、順伊だけが快活としていた。窓外を過ぎる風景が珍しくて仕方がないといった表情で、終始にこにこ笑っていた。

「この汽車を日本人の物だと思って壊したのではないでしょうか？」

金淑子が聞き取れないほどの小さな声で呟いた。

だが、全員がその意味を理解した。淑子も自分なりに汽車から受けた衝撃を消化させようと努めていたのだ。

淑子の言葉を聞いて、泰英の顔が一瞬明るくなった。河俊圭も同様だった。圭も息苦しかった胸の片隅に穴が空いたような気がした。

（どんな恥ずべき行動も報復の意味に解されるとき、理解され許されることができる）

という感情は、圭にとって新しい発見だった。

ところで潤姫の表情と態度には、さっきから何の変化もないように見えた。衝撃も何の反応もなく、順伊とまったく同じように純真無垢な顔をしていた。

圭はふと考え込んだ。

順伊は初めて汽車を見たのだから、珍しくて喜んでいるのも無理はない。だが、ある程度の比較感覚があるはずの潤姫の場合、何らかの反応があってしかるべきではないのか。

（それほどこの女性は白痴だというのか？純真だというのか？）

女性の美しさには、白痴美というものがあると聞いたことがある。

（それなら潤姫の美しさは、その白痴美だというのか？）

　そう考えながら、圭は不意に次のような想念にとらわれた。

（自分が富豪の娘だという意識から、本能的に怯えているのではないか？だから目の前の現象が不快だからといってその感情を表に表すこともできずに：：：汽車の中の醜雑な有様を見ても、それが当然だというような素振りをするしかなく：：：：特権階級の傲慢さが露出することを恐れて：：：：いや、そこまで考えていなくても潜在意識が本能的にそんな反応をさせたのでは：：：とにかく今の社会情勢下では、潤姫のような富豪の娘が思いのままに行動することはできないだろう：：：：）

　稲妻が真っ暗な夜の一部分を鮮明に照らし出すように、圭は河永根とその娘の心理をひょっとすると正確に把握できたのではないかと思った。全財産を自分に託し、愛する娘をフランスに連れて行けと懇願する河永根の心中と、潤姫が使っている白痴の仮面には通じるところがあるように思えた。

　圭は昔、河永根が上海時代を回想しながら、ボルシェビキ革命によって祖国を追われたロシア貴族たちの悲惨な末路について語ったときのことを思い出した。

「罪といえば、貴族の両親を持ったということだけの純真な子どもたちが、あれほど過酷な目に遭っているなんて可哀想なことだ」

　河永根がこのような話をしたとき、同席していた泰英はこう言った。

「ツァール圧制下に惨殺された貧民たちの悲劇を思えば五分五分ではありませんか？」

「いや、それはそれ、これはこれだ。それをもってお互いの運命が補償されるわけでも相殺されるわけでもない。それぞれ悲しい出来事だ。喜びは分かち合うことができても悲しみはそうはいかない」

　河永根の寂しそうな笑顔を思いうかべながら、圭は彼が共産党からの脅迫をどうやって処理するのだろうかと考え込んだ。

「日本奴《イルボンノム》の手垢にまみれたものなら、汽車のガラスだけでなくさらに大きなものまで徹底的に叩き潰してしまった方がいいのかも知れんな」

　班城《パンソン》を通過する頃、泰英が突然そんなことを言った。

「昔日本奴のものだったといっても、今は我々のものになったのだから、我々の財産として大切にするべきだろう」

河俊圭の言葉だった。

「屈辱の時代の痕跡は全て清算して、無から始めるべきだと思いますが」

「それはあまりにも感情的に過ぎる」

「感情が重要なのです。革命を成し遂げるものは理論ではなく感情です。日本奴が残した豪華な汽車に乗って旅行するより、我々自らの手で作った貧弱な汽車で旅行した方がはるかに気持ちがいいではありませんか？」

「欠乏の上では何事も成し遂げることはできないというだろう」

圭はこのような朴泰英と河俊圭の応酬を聞きながら、自分はまだまだ幼いと思った。もし二人の意見のどちらに同調するかと尋ねられたとしたら、恐らく答えることができないだろうと思ったからだった。

泰英と俊圭の対話は続いていた。

「日本奴のものは全部捨て去って、当分は歩いてソウルまで行ってもいい」

と泰英は極論を展開した。

「それはいい考えです」

先刻、搾取階級の首を切るべきだと騒ぎ立てていた青年が話に参加してきた。しかし、次第に話題は途方もない方向に展開していった。

焦眉の急務は親日派の粛清だという話が出てきた。どの程度までを親日派と規定するかの基準問題も登場した。行政官吏ならば郡守以上、警察の場合は刑事から、教育者は教育内容を検討して、地主については独立運動に寄与した度合いを見て、そして日本奴から利権をもらって富を築いた者は一人残らず親日派と規定する。そしてその財産を没収して、いち早く貧民たちに分け与えなければならないと泰英は強調した。

圭は再び考え込んだ。泰英の言葉に従えば、圭の父も親日派として処断されねばならない。圭の父が経営する搗精《とうせい》工場も、総督府からもらった利権だからだ。同時に圭は親日派問題こそが民族が当面している大きなジレンマだということに気づいた。

この点においては、圭は河俊圭の意見に共感した。

「親日派云々の問題は朝鮮が完全に独立した後で挙論されるべき性質のもので、今取りあげる問題ではないと思う。そうでなければ民族の分裂を防ぐことはできない。親日派だったとしても、建国の過程で功労のあった人ならば情状酌量してやる必要もあるし」

「私も今まではそう思っていました」

と前置きしてから泰英は言った。

「この間、デモに参加してから考えが変りました。親日派を粛清することによってしか人民大衆の力を効果的に集結させることはできないと考えたからです。親日派は、これを野放しにしておけば必ずアメリカ軍政と結託して、人民大衆の前に立ちはだかるはずです。今人民大衆の側に立っていない奴ならば見込みはありません。子猫を虎にそだてる必要はないでしょう。人民大衆が熱を上げてデモをしているのに、それを見て冷笑している奴等を私は見ました。はらわたが煮えくりかえるような気持ちでした……」

圭は急に神経が逆立った。自分がデモを見ていたときの態度を思い出してぎくりとしたからだった。あのデモを冷笑はしなかった。かといって決して同調していたわけでもなく、肯定もしていなかった。どちらかといえば否定的な気持ちで傍観していただけであった。

泰英の言葉が本当に心底から沸き上がったものならば、彼と自分との距離は遠くかけ離れてしまっていると圭は認識せざるを得なかった。

短い秋の日が瞬く間に暮れていった。夕日の残影が消え去ると同時に、闇が水に落とした墨汁のように広がり始めた。汽車はいつしか闇の中を走っていた。時折ホタルにも似た光が闇の底から現れもしたが、殆ど無人の荒野を走っているようだった。ガラス窓をかすめ取っていった手が電灯をそのまま置いていくはずがない。真っ暗な車内を、乗務員たちはカンテラを持って行き来していた。漆黒の夜を、漆黒の汽車が進んでいるわけだ。こんな状況に敏感な詩人であれば、国の行く末を予見していただろう。

「今夜は月もないな」

闇の中から河俊圭の声が聞こえてきた。

「今夜は月がありません。陽暦では十月七日、陰暦では九月二日ですから。そして日曜日」

朴泰英が答えていた。

「なんで陰暦までそんなに詳しいんだ?」

圭が言った。

「掛冠山以来の癖さ」

泰英の声に金淑子の低い笑い声が重なった。

「日曜なのに汽車通学の学生が乗っているのか?」

河俊圭がそれだけは間違いだろうというように言った。

「政治集会があったのでしょう」

泰英が断定的に言った。確かに最近の学生たちは学校の授業よりも政治活動に熱を上げているから、泰英の推測は当たっているのかも知れなかった。しかし圭は、万事に断定的な言葉と態度で応じる朴泰英のそんな言動が鼻についた。

郡北《クンブク》駅に到着したとき、搾取階級をなくさなければならないと熱を上げていた青年が下車した。下りていきながら、彼は泰英の手をおずおずと握り、

「今日はいい話を聞かせてもらいました。これからも人民大衆のために精一杯働きましょう」

という言葉を残した。

郡北では殆ど一時間の間汽車が停車した。馬山《マサン》から来る汽車を待たなければならないということだった。

「何か買って食おう」

と泰英が外に出て行ったが、

「腐った奴等の町には、月もなければ買うものもない」

とぼやきながら戻ってきた。

圭は河永根の家で権昌赫が泰英に言った言葉を思い出して、物思いにふけった。

「朴君は人民大衆って言葉をむやみやたらと使いすぎるようだ」

権昌赫がこのようなことを言う前に、泰英は次のような話をしていた。

「ことの善し悪しで考えるのではなく、どちらが人民大衆のための方向であるかで判断すべきだと思います。価値基準はそれしかありません。人民大衆のための道が正義の道であり、人民大衆に反する道が悪の道となるのです。このように明白な前提をした上で、道徳だの良心だのといった問題を取り扱うべきだと私は確信します」

ところが権昌赫の言葉に刺激されたのか、泰英は興奮して言った。

「歴史は濁流に例えることができます。鋭い知性によって分析すれば不純物も多いでしょう。けれどもその不純物に気をとられて流れの方向を正しく把握できなければ、木を見て森を見ぬ結果となるのではありませんか。ですから私は人民大衆を強調するのです。多少の不純物があったとしても、それが人民大衆のための方向であるのならば、その道に従うべきですから」

「人民大衆を専売特許のように主張する輩が、実際には人民大衆を裏切る場合が多いんだ。利用するためにのみ人民大衆を口にする奴等もいるし。何をどうすることが人民大衆のための道なのかとは、実に難しい問題だ」

権昌赫はこのようにだけ言って、その場から立ち

上がった。泰英が河永根の家にいる間で政治的な発言をしたのはそのときだけだった。

　圭は汽車が郡北を出発する頃から外套を被って眠ったふりをしながら、泰英と自分との距離を痛感していた。そして彼を外国に連れて行くためにはどうやって説得すべきか考えた。河永根は心から泰英を惜しみ愛していた。権昌赫と泰英の応酬を見守る河永根の目は穏やかで愛情にあふれていた。泰英がどんな思想を持とうが彼に対する河永根の愛情には変わりなく、これからもそうに違いないと圭は思った。圭は河永根の泰英に対する気遣いを無駄にしないためにも彼を外国に連れて行きたかった。

　しかし、どうやって……思い悩んでいるうちに、いつしか圭は眠りに落ちていった。

……………

　釜山駅に到着したのは夜十一時を過ぎてからだった。晋州を四時に出発した汽車が、わずか二百キロあまりの距離に延々七時間もかかったのだ。日帝時代には四時間だった距離だ。

　遅くても盧東植の家に行かなければと言う河俊圭に順伊を同行させ、泰英と圭は金淑子と河潤姫を連れて駅前の旅館に入った。

　旅館は汚いことこの上なく、寝具に手を触れることさえためらわれた。男女一部屋ずつで入ったのだが、到底手足を広げて寝られる状態ではなかったため、一つの部屋に集まって雑談でもしながら夜を明かすしかなかった。

「マイダスの手が触れさえすればどんなものでも黄金に変わるっていうけど、朝鮮人の手が触れさえすれば豪邸は廃屋になって、絹の布団はぼろ着になって、汽車はくず鉄になるってことか？」

　圭はこう言いながら欠伸をかみ殺した。

「五千年も抑圧されてきたんだから仕方がない。これから俺たちの民族性を溶鉱炉で溶かしてハンマーで鍛錬するんだ」

　泰英は力強く言ったが、圭には空虚に聞こえるだけだった。

五

　盧東植と陳末子は丘の上に新居を建て、ままごとのような暮しを始めていた。

　台所と二つの部屋、家の外に便所と倉庫をともなった鳥かごのような家だったが、すぐ目の前に海があり、庭には菊をはじめとする秋の花々が咲いていた。まさしく「貧しくとも楽しき我家」といった風情だった。

　台所に続く部屋には新婚の匂いを漂わせるタンスと鏡台があり、壁には白いカーテンがかかっていた。カーテンの後ろには服が掛けられているらしい。

　鏡台の横には大きな見るからに高価そうなラジオが置かれていた。挨拶を終えると盧東植がそのラジオのスイッチを入れた。きれいに澄んだ音で音楽が流れてきた。

　皆、目を丸くした。それほど音の良いラジオを見るのは初めてだったのだ。

「これはジェニスっていうラジオだそうだ。中学校の同窓生たちが結婚記念に買ってくれたんだが、いい音だろう？何と言ってもアメリカの奴等はいいものを作るもんだな」

　盧東植がそのラジオをなでさすりながら得意げに言った。

「鳥も飼っているんですね」

と泰英が軒下を見た。鳥かごが二つ並んでかかっていた。

「かみさんが欲しがるからカナリアを買ったんだ」

　盧東植が恥ずかしそうに言った。

　女性たちが狭い台所で用意した膳が入ってきた。酒も用意されていた。

「これは山海の珍味が盛りだくさんだな」

　河俊圭が感嘆の声を上げた。

「朝から酒か？」

　そう言いながらも盧東植の新居祝いの意味で全員が杯を上げた。

　盧東植は、成漢柱《ソンハンヂュ》から始まって道令たち一人一人の安否を尋ねた。

「先生は掛冠山においでで同志たちがときどき遊びに行っている。みんな元気だ。それから車範守《チャボムス》さんは今ソウルにいる」

　河俊圭が概ねこのように説明した。

　盧東植は母校の釜山商業学校から教師になってくれと頼まれているのだが、河頭領の裁可を受けるまでは保留にしていると言って笑った。

　陳末子は世界中の幸福を独占した女性のように見えた。

「頭領、うちの人に先生をさせてあげてください」

と冗談半分本気半分で頼みながら酌をする、その指先にまで末子の幸福感が漂っていた。

「国のために大仕事をしなければならないご主人を、ちっぽけな学校に閉じこめておくお考えですか？」

と泰英が冷やかした。

「私たちもこんな家で静かに暮したいわ」

金淑子は心底羨ましそうに陳末子を見つめながら言った。

「それじゃ誰が建国運動をするんだ」

泰英が声を上げて笑った。

「奥さんが本当にそうお望みなのでしたら、盧君は学校で教鞭を執ったらいい。後輩たちを精一杯教えながら、平和な家庭を作っていくのもいいことじゃないか」

河俊圭は静かに言った。

「ほう、頭領は私をのけ者にするつもりですか」

盧東植は膨れっ面をした。

「とんでもない」

河俊圭は真面目な顔で陳末子に聞いた。

「奥さんがそのようにお考えでしたら、盧君は釜山にいてもらうことにします。正直にお話ください」

「私はそうなってくれればいいと思っています。けれど……」

「分かりました。奥さんのお望み通りにしましょう」

「頭領！」

と盧東植が何かを言いかけたが、俊圭がそれを遮って話を続けた。

「盧君は釜山にいるんだ。あの海を見て、庭の菊を見て、軒先のカナリアを見て、陳末子同志の幸せそうな姿を見て……なぜが胸がつまるようだった。私たちの中で、一人くらいは嵐を避けて平和に暮すべきだ。違うか？それでこそ私たちに何かあったときは、駆けつけてその平和な陰の下で休むこともできるだろう」

「頭領！私の話も聞いてください」

と盧東植が顔色を変えて言った。

「今急いで決める必要はないでしょう。私のような奴でもきっと必要になるときが来るはずです。たしかに私はこのまま家庭を築いていきたい。しかし私がやりたいことをしたからといって、家庭が壊れるわけでもないでしょう。教鞭を執る仕事も重要で、決してそれを軽視するわけではないですが、私はどうしても掛冠山での誓いを守りたいのです。私は絶対に掛冠山の道令たちの組織から離れたくない」

「頭領の命令に従うのですから、盧先生が釜山に残って教鞭を執るからといって組織から離れることにはならないでしょう。ですからそのように受け止めないで、盧先生のおっしゃるように急がずゆっくり考えましょう。ソウルに行ってきてから決めてもいいではありませんか？」

「それもそうだな」

河俊圭は泰英の言葉に頷きながら、盧東植夫婦も一緒にソウルに行くことを勧めた。盧東植と陳末子が反対するはずはなかった。

その日の晩の寝台車に乗ってソウルに向かう計画を立てた。寝台車の切符は、釜山に知人の多い盧東植が準備することにした。


朝食を済ませると、少しの間仮眠をとって休んでから汽車の時間まで、一行は龍頭山《ヨンドゥサン》公園に行った。龍頭山公園は日帝時代に神社があった場所だ。

神社の鳥居が倒されたまま転がっているのが、何か怪物の死体のように不気味な雰囲気を醸し出していた。日帝時代にも圭は神社の神聖性を感じたことはなかった。しかし抑圧の象徴としていつも不吉な影を心に刻み込んでいたため、それが無惨にも廃墟となっている状況には感慨が深かった。

圭は日本人が支配していた当時の釜山を回想しながら、海岸線に沿って長く広がるさびれた町を見下ろした。

「何となく情が湧かないわ。釜山は」

いつの間にか圭の横に立っていた潤姫が言った。

「僕もです。釜山には情が湧かない。でも、この港は我が国第一の港です。いつか僕たちの手で美しくて活気のある、そして愛情を感じることができる港にしなければ」

圭がこう言うと潤姫は妙な笑いを浮かべた。

「変な笑い方ですね」

「まるで朴泰英さんの言葉みたいだから」

「そうかな？」

河俊圭、朴泰英、盧東植は、陳末子、金順伊とともにかなり離れたところを歩いていた。

潤姫は彼らに視線をやりながら小さな声で言った。

「あの人たちと、これからもずっと一緒に行動しなければならないんですか？」

「しなければならないということはないけど、どうして？」

「何となく疲れるんです」

そう言う潤姫の顔は無表情ではなかった。眉間に潤姫らしい個性が光っているようだった。圭は潤姫の気持ちを充分に推測することができた。

「それならソウルに着いた後は別々に行動することにしましょう。河先生は明倫洞の家で一緒に泊まるようにおっしゃっていましたが、潤姫さんが神経を使うのならば」

「お願いです。明倫洞の家には連れてこないでください。いつも人民大衆という言葉を口にするのが、私にはからかわれているように聞こえるんです」

「そんなことはないさ」

「それでも」

「分かりました」

　圭は短く言った。

　そのとき河俊圭がこちらに向かって声を上げた。

「李圭君、ちょっとこっちに来てくれ」

　圭が行ってみると、一人の米軍兵士に何かを聞かれて皆がお手上げの状態だった。

「こいつ何を言っているのかさっぱり分からん」

と泰英が口を尖らせた。

　圭は高等学校時代、亡命生活をしているイギリス人教師から英会話を習ったことがあった。聞き取れるか自信はなかったが、とりあえず聞いてみることにした。

　はじめの質問は、釜山の人口がどれくらいなのかというたわいのない質問だった。およそ四十万くらいだろうと答えると、質問の答えを得たことよりも容易く言葉が通じたことが嬉しいらしく、米兵はとても喜んで圭に握手を求めた。

　年齢を推し量ることはできなかったが、まだ子どもっぽさの残る若い兵士だったため、

「階級は何ですか？」

と圭は聞いた。

「コーポレル」

という答えだった。日本の階級に直すと伍長に該当する階級だ。

　彼は自分をジェイスン・ジャックだと紹介すると、そこから見える町の地名と島について説明して欲しいと言った。

　圭は影島《ヨンド》、松島《ソンド》、五六島《オリュクト》について説明し、それらの名前の由来まで話してやった。そして近くに加《カ》徳島《ドクト》があるという話とともに、イギリスのネルソン提督にも匹敵する李舜臣《イスンシン》将軍の話もしてやった。

　こうして圭に親しみを感じたジェイスンは、圭の英語が素晴らしいと褒めたたえ、どこで英語を習ったのかと聞いた。圭は日本のことを口にしたくなかったため、大学で習ったとだけ伝えた。彼は驚いた表情で聞いた。

「朝鮮にも大学があるのですか？」

「あります」

　するとジェイスンは自分も大学生で、除隊すれば復学しなければならないと言った。

「そいつに何で三八線を作ったのかと聞いてみろ。それからどうして軍政庁は人民委員会を承認しないのかも」

泰英の言葉だった。

「一兵卒にそんなこと聞いてみたところで仕方ないだろう」

と言いながらも圭はその質問をぶつけてみた。彼の答えは簡単だった。

「そういった質問は大統領が答える性質のものです」

河俊圭は朝鮮の印象を聞いてみるよう言った。ジェイスンの答えはこうだった。

「古い歴史を持っているようだが非常に貧しい。何よりも先ず豊かな国になる必要があると思う。あの山に木が鬱蒼と茂り、あの海に大きな船がたくさん浮かび、あの町から煙がもくもくと上がる、そんな国にならなければならない」

「そいつなかなか賢いな」

泰英は冷ややかに笑うと、お前たちアメリカ軍が早く撤退すればそうなるだろうと伝えるように言った。

圭はまさかそのように言うこともできなかった。その代わりに次のように伝えた。

「日本奴の収奪が激しかったせいで、我が国が貧しくなるより他になかったが、豊かな国アメリカがそんな真似をするはずはないからじきに豊かになるだろう」


その他にも数々の話を交わした。別れるとき、彼は圭の一行の写真を撮りたいと言って肩からカメラを下ろした。

「写真はだめだ」

河俊圭が言った。

その意思を伝えた。ジェイスンは肩を反らしていぶかしげな表情をした。

「東方の紳士はむやみに写真を撮らない」

と言うと、ジェイスンは再び分からないというように肩を反らして見せた。そして圭にだけ挨拶をすると帰っていった。

「とても純真そうだったな」

これは盧東植の言葉であり、

「やっぱり東京帝国大学の学生は違うな」

と言ったのは河俊圭で、泰英は、

「中学校で習った発音とどうしてあんなに違うんだ」

とぶつぶつぼやいていた。

一行の後から少し遅れてゆっくり歩いていた潤姫が圭に囁いた。

「安心して李圭さんと一緒にアメリカでもフランスでも行けそうです」

「それでは僕と一緒に行く心の準備ができたのですね？」

「李圭さんは私を置いて、一人で行くつもりだったのですか？」

「お父さんのことを考えて、潤姫さんは行かないのではないかと思っていました」

「お父さんのためにも行きます。お父さんの気持ちが分かりましたので。私を連れて行ってくれますね」

「もちろん」

圭は一年後の今日、自分と潤姫はどこにいるだろうかと考えながら、心の中で笑った。

河潤姫の希望もあって、圭はソウル駅で一行と別れた。今後の連絡先として母方の叔父宅の住所と電話番号を泰英に教えた。

河俊圭、泰英、盧東植は昌信洞《チャンシンドン》一一五番地の尹《ユン》翰鎔《ハニョン》を訪ねていく様子だった。彼らがソウルに来た目的は李鉉相に会うことだった。

圭にとってソウルは初めてだった。河潤姫に引かれるままにタクシーに乗り、総督府の前を通り過ぎ、秘苑《ピウォン》、昌慶苑《チャンギョンウォン》を車窓から眺めながら、圭はここが我らのソウルなのだという感慨に浸った。

明倫洞の家は昌慶苑の鬱蒼とした森を望む地域にあった。晋州の家には及ばなかったが、大門を三つもくぐらなければ家の中に入ることのできないかなり大きな家だった。

その家に入って先ず圭が驚いたのは、一昨日晋州の家で見た中老の下男がすでにそこで待っていたことだった。

「一体どうしたんですか？」

と聞く圭に、人の良さそうなその下男は笑顔で言った。

「私はぼっちゃんたちが出発する前の日にソウルに来ました。旦那様がそうするようにおっしゃったのです」

「このエビが私と一番親しいのです。だからお父さんが来させてくれたみたいです」

と言うと、一緒に出迎えてくれた初老の女性には、

「エミ、元気だった？」

と潤姫は優しくその手首を握った。

初老の女性は、

「まあ、お嬢さんがこんなにべっぴんさんになって」

と涙を浮かべた。

晋州の風習では大人の家僕を呼ぶとき、男は「エビ」と呼び、女は「エミ」と呼ぶことになっていた。

家の内外の掃除は行き届いており、どの部屋のオンドルにも火が入っていた。二人が不便のないよう全ての準備ができている様子だった。

「ぼっちゃんたちがお使いになる舍廊の部屋もきれ

いに空けておきましたよ。ところで他のぼっちゃんたちはどちらに行かれたのですか？」

と下男は尋ねた。

「他の方たちは来ないわ。李圭さんの部屋だけ用意してね」

潤姫はそう言うと、圭を板の間に置かれたソファーに座るよう勧めた。しかし圭は、

「僕は叔父さんの家に挨拶に行ってきます。明日戻ってきますから」

と言うと外に出て行った。

潤姫がその後を追って出てきた。

「道はご存じなの？」

「住所を書いてきたから大丈夫でしょう」

「住所を見せてください」

潤姫はそれを見ると、

「恵化洞《ヘファドン》ならすぐ隣ね。病院の看板があるはずだからすぐ見つかるわ。一緒に行きましょう」

と言って先に歩き出した。

「疲れているでしょう。家で休んでいてください」

圭がいくらそう言っても、

「疲れてなんかいません。行ってみたいんです」

と、最後まで潤姫は意地を張った。

恵化洞の叔父の病院は簡単に見つけることができた。自宅を兼ねていたため、いっぺんに叔父と叔母、従兄弟と出会うことができた。

最後に会ったのは中学に入学する頃だったため、圭の叔父はとても喜んでくれた。

「わしがソウルで暮し始めて、一番のお客さんだ」

叔父は圭をもてなす準備を急げと大騒ぎをした。

圭は河潤姫を叔父夫婦に紹介した。河永根の名前は以前から知っていたらしく、

「ああ、河長者の娘さんだな」

と、叔父は温かい微笑を送った。

河潤姫も圭とともに昼食のもてなしを受けることになった。そして、叔父の家に泊まろうとする圭を、最後には明倫洞の家に連れ戻してきた。

「空っぽの家に私一人でいろっておっしゃるの？叔父さんの家にはいつでも行けるじゃないですか。入院室も付いているから、あそこで寝起きするのは不便でしょう？」

明倫洞への帰り道、潤姫はこう愚痴を言った。潤姫は圭が強情だとこぼしたが、結局その強情を押さえ込んだのは潤姫の強情だった。

河俊圭一行の中にいるときの潤姫は何の主張もしない、はなはだしくは個性すらないように見える従順な女性だったが、圭と二人っきりになると意外に

も我の強いところを見せた。
このような潤姫を不憫と思うべきか卑怯と思うべきか、圭は考えあぐねた。

昌信洞一一五番地に小さな家を持っている尹翰鎔は、李鉉相の娘婿だった。尹翰鎔は日本の慶応大学在学中、実家に帰省したときに不穏書籍所持が発覚し、大田《テジョン》刑務所に収監された。李鉉相と知り合ったのはその刑務所の中だった。意気投合した二人が同じ頃出獄すると、李鉉相は尹翰鎔を婿として迎えたのだった。

尹翰鎔は河俊圭一行を迎えると自宅で昼食をもてなし、すぐに瑞麟《ソリン》洞の瑞麟旅館へと彼らを案内した。すでに連絡されていたらしく、旅館には大きな部屋が三つ用意されていた。事情を話して順伊だけは尹翰鎔の家に残し、五人は当分の間その旅館で起居することとなった。

「夕飯は義父《ちち》と一緒のつもりでいてください。遅くとも六時にはここに出てくるはずです」

そう言い残して尹翰鎔は帰っていった。

「これくらいの部屋だとかなり費用がかかるはずだ。李先生はもうそんな金を準備したのか？」

元来小心者の盧東植は心配そうに言った。

「それはそうと頭領に申し訳ないです。私たちは夫婦で部屋に入るのに、頭領だけ一人になってしまって」

朴泰英が頭をかきながら言った。

「変な気を使わないでくれ。妻が必要なら私も連れてくるさ」

河俊圭は闊達に笑った。

夕方五時頃になって車範守がやって来た。

「車同志はどこにいらっしゃるのですか？」

挨拶を終えると盧東植が聞いた。

「私もこの旅館にいる。頭領が来るまでここにいるようにと言われていたんだ」

車範守を通して共産党の経緯と李鉉相の現況を知ることができた。

朝鮮共産党は朴憲永《パクホニヨン》と李鉉相を主軸に整備されたという。そして李鉉相は名実ともに朴憲永に次ぐ党内の実力者となり、旅館の費用など心配しなくてもいいくらい資金も用意されているとのことだった。

「ところで皆さんを六時までに茶洞《タドン》にある清風館まで連れてくるように言われています。歓迎を兼ねて食事をしようということです。恐らくそこに李鉉相先生はもちろん朴憲永先生もいらっしゃると思います」

この車範守の言葉に河俊圭は躊躇いながら聞いた。

「それなら私たち全員が一緒に行けばいいのですね？」

「女性の方たちは旅館で食事をしてもらうようにとのことでしたが」

「共産党も男女を区別するのか？」

泰英は納得できないようだった。

「私たちならかまいません。疲れてもいますし、ここで食事を済ませて休んでいます」

陳末子が言った。

釈然としなかったが、そのように決められているのならばどうすることもできなかった。金淑子と陳末子を旅館に残して、一行は車範守に従って清風館へと向かった。

密集した家々の間にどうやってこんなに大きな建物を造ったのかと不思議に思うほど、地方出身の一行には清風館が豪華絢爛な料亭に見えた。

一行は掛け軸や屛風できらびやかに飾られた広い部屋に案内された。

少しすると李鉉相が見知らぬ紳士二人をともなって現れた。空色のトゥルマギに黒縁眼鏡をかけた李鉉相は見違えるほど立派な身なりで河俊圭、泰英、盧東植の順に握手をすると、

「よく来た、本当によく来てくれた。我々が再び会えるとは……本当によく来てくれた」

と何度も繰り返した。

その後、李鉉相は二人の紳士を紹介した。

「この方が李康國《イガングク》先生だ」

李康國という人物は褐色のトゥルマギを着た、見るからに頭の良さそうな男だった。京城帝国大学出身の、それでいて輝かしい抗日経歴を持った闘士だと紹介された。

「この方は崔容達《チェヨンダル》先生だ」

崔容達は顔が浅黒く、いかにも陰湿そうに見えた。やはり京城帝国大学出身のインテリで、李康國に劣らぬ抗日闘士としての経歴を持っているとのことだった。

次に掛冠山の道令たちが彼らに紹介された。

「崔同志、李同志、この同志こそが河俊圭同志です。鋼鉄のような体と意志力、そして統率力を持った、将来我々の第一線を担うべき人材です」

「そして彼が朴泰英同志。非凡な頭脳と強い抵抗意識を持った青年です。今後理論面の第一線を担う天才だといえるでしょう」

「その次が盧東植同志。慎重な中にも強い意志を持ち、人の和を作り上げるのに秀でた能力を持っています。人民を団結させる第一線で活躍するであろう青年です」

「車範守同志はすでに紹介したでしょう。河同志に次ぐ統率力を持った、それでいて謙遜を重んじる青年です。皆、人民の宝となる同志たちです」

　紹介が終わる頃、料理を載せた膳と妓生《キーセン》たちがどっと入ってきた。それを見て李鉉相は一緒に入ってきた支配人の男に命令した。

「表門を閉めなさい。今夜は他の客は一切受け付けぬことになっているから、そう心得てそそうのないよう頼む」

「はい」

　返事をすると支配人はさがっていった。

　全員の杯に酒がつがれ、李鉉相が杯を持ち上げた。

「今夜は難しい話は一切抜きにして、我々の懐抱を開きましょう。掛冠山、智異山でのあの苦痛と闘争を回想しながら、これからの英気を養うために思う存分飲んで楽しもうではないか。この盃を、我らの全人民が、彼らに奉仕する我々に贈った祝福の盃だと思って甘んじて受けることにしよう」

　杯の応酬が始まった。妓生たちも彼らの間に入ってきた。李康國が時々泰英を試すような質問をしてくる以外には気兼ねのない話が交わされた。ところで泰英が気づいたことが一つあった。それは掛冠山、智異山での生活を李鉉相がかなり大袈裟に宣伝しているのではないかということだった。なぜなら崔容達と李康國は掛冠山の道令たちが毎日のように日本奴と戦闘していたかのように考えて質問してくるからであった。

　例えば、掛冠山の道令《トリョン》たちが警察署を襲撃したのは咸陽《ハミャン》警察署ただ一つであったのに、山清《サンチョン》警察署、居昌《コチャン》警察署、陜川《ハプチョン》警察署まで襲撃したことがあるかのように李康國と崔容達は思っていた。

　それればかりか智異山と掛冠山での生活が、全て李鉉相の指導下に成し遂げられたかのように、その組織自体が李鉉相の努力によって作り上げられたかのように認識されているという事実も分かった。

　しかしあえてそのような事実を否認したり修正したりする必要はなかった。

　李康國と崔容達は河俊圭、朴泰英、盧東植、車範守と接触することによって、李鉉相の功績をさらに一層強く確認することができたとも言った。

「ソウルの片隅で我々共産党幹部が公然と宴会を開くことができるというだけでも歴史が変わった、そしてこれからも変わるであろうと確認できるのではないかな？」

李康國が真っ赤な顔で、横にいる妓生の膝をなでさすりながら言った。泰英はかっと反発心を感じた。

「私は共産党のことはよく分かりません。歴史が変わったのは間違いないでしょうが、その代わりに共産党は堕落したのではありませんか？」

李康國は一瞬びくりとした様子だった。

崔容達は、

「朴同志の意見は鋭い。考え方によってはこんな豪勢な宴会は、共産党の堕落だと見ることもできるだろう」

と前置きしてから言った。

「しかし共産党も人間が集まった組織だ。人間の組織には情が必要だ。そういった情の表現だと考えれば、これは堕落ではなく発展だと考えられるのではないかな」

朴泰英としては納得できない話だったが、それ以上の追及は控えることにした。

歓迎の宴は大過なく夜十一時まで続けられた。

「二、三日はソウル見物でもしてゆっくり休みなさい。重要な話はそれからにしよう」

という李鉉相の言葉を合図に、一行は立ち上がり旅館へと帰ってきた。

歓迎を口実にした彼ら自身の享楽行為だという断定が、泰英の頭の中で渦巻いていた。酒席に慣れぬ、また酒席の興を理解できぬ青年としては、当然抱く考えだった。そして泰英は、なぜ妓生のいない座敷を用意して、女性同志を招待しなかったのかという不満をぬぐい去ることができなかった。

一九四五年十月十日は河俊圭、朴泰英、盧東植にとって忘れられぬ日となった。この日、アーノルド軍政長官が正面から人民共和国を否認したのだが、夕方遅く瑞麟旅館に現れた李鉉相は興奮を隠せぬ語調で、

「我々が打ち立てた人民共和国を、最後まで押し進めることだけが国と民族の生きる道であり、全人民を人民共和国に結集させるため、我々は先頭に立たなければならない」

と力説し、

「そのためには、人民共和国の母体であり核心である共産党員にならねばならない」

と急かすあまり、共産党入党を勧める李鉉相の提議をその場で受け入れざるを得なかったのだ。全員が承諾すると、李鉉相は次のような指示を下した。

「今から党幹部としての訓練を実施する。その方法は追って知らせるが、とりあえず次の事項を予備知識として持っておかねばならない。河俊圭、盧東植、車範守は第一線の担い手として抜擢されるだろう。そう遠くない時期に郡党責任者以上の職責を担う訓練を受けねばならない。特に盧東植同志は、釜山に結成される埠頭労組をはじめとした各種労働組合を組織、掌握する職責を担わねばならないだろう。朴泰英同志は将来、党の理論家として成長しなければならないが、当面の課業としてはソウル大学に籍を置き、学生たちを我々の路線に集結させる役割を果たしてもらう。そのために今後指示が下り次第、朴同志は崔容達同志と寝食をともにすることになる。河同志、盧同志、車同志は先ず私と共に生活しながら次の指示を待たねばならない。そして君たちは今日から朝鮮共産党の党員であることを肝に銘じて、党の命令には絶対服従であることを忘れないでいてもらいたい」

意見も質問も存在し得なかった。一同は黙って李鉉相の口を見守りながら、その指示に従わねばならなかった。

瑞麟旅館を出ると李鉉相はとりあえず安堵の溜息をついた。もし河俊圭一行が共産党入党を拒否していたならば、彼の立場は苦しいものになっていたのだ。

李鉉相は、すでに智異山において共産党の細胞を組織し、河俊圭たちを共産党員として養成したと党指導部に報告していた。その業績を誇示することによって、党内の重要な職責を掌握するにいたったのだった。

李鉉相が帰っていった後、四人の青年はしばらくの間呆然とお互いの顔を見つめていた。あえて共産党を拒否する考えはなかったが、このように何が何やら分からぬまま突然共産党に巻き込まれることになろうとは全く予見できなかった。

河俊圭が静かに口を開いた。

「人民共和国が負けるわけにはいかないだろう？」

その通りだというように全員が頷いた。

「人民共和国を支持するために、一番核心的な組織の中で献身するのも悪くはないだろう？」

「その通りです」

泰英は率直に肯定した。盧東植は黙っていたが否定的な表情ではなかった。車範守は無表情だった。

こうして河俊圭、朴泰英、盧東植、車範守は、あまりにも簡単に彼らの運命を選択してしまった。

第四章　岐路

一

ソウルでの圭《キュ》の日課は、早朝昌慶苑《チャンギョンウォン》の前を通って宗廟《チョンミョ》を一回りする散歩から始まった。ときには潤姫《ユニ》も一緒だったが、一人で行くことが多かった。

長い歳月に苔むした塀の向こう、鬱蒼とした森が、濃い朝焼けの中で死んだように静かに息づいている風景は、沈黙してしまった歴史の姿だといえた。

―歴史は森だ。雑草は雑草なりに、木は木なりに、それぞれ自分の色と形の花を咲かせ枝を伸ばす。そして全体としての輪郭を形成し、雰囲気を醸成するのだが、一本の草、一株の木がそれを知るはずもない。

歴史の中の人間は、まさしく森の中の雑草、森の中の木と同じである。高くそびえ立つ巨木に例えられる人物も、雑草としか例えようのない人間も、究極の事情は全く同じだ。目で見ることのできる、手で触ることのできる、そんな小さな森も無窮の神秘を帯びて展開している。植物学者や昆虫学者が動員され、有史以来の頭脳を全て活用しても、その神秘は閉ざされた門を持っている。フィヒテは一粒の砂がなぜそこに存在してここに存在しないのかについての理由さえ説明できれば、宇宙の神秘は解明されるだろうと言った。ましてや歴史を解明するなど。知ろうと努力するのではなく、ただただ感動し、驚愕し、嘆息することだけが人間にできることなのではないか。歴史家になるのではなく、詩人にならなければ……。

故宮に沿って回る毎朝の散策から、圭は歴史を定点で考えるとともに、今日の出来事をざっと李朝以来の時間的規模で観察して秤にかける思考の習慣が身に付いた。

百年前にどんな出来事があっただろうかという考えとともに、百年後はどうなっているだろうかと考えていると、現在起こっている騒動が何かの演劇を見ているかのように感じられてくる。しかし演劇と違うのは、演劇では登場する俳優たちが自分の役割の意味を知った上で演じているのに対し、この現実での群像たちは、彼らが担うべき役割もその終末も分からぬままに行動しているという点だ。圭は、はっきりとした理由や具体的事実も把握せぬまま、雨後の筍のごとく登場する政党や団体の熱を帯びた活動が、全て悲劇のうちに終わるのではないかという予感を抱いた。デモをしながら人民共和国を守ろうとする動き、重慶の臨時政府を支持する動き、あちこちで発生している労働者のスト、これら全てが洪水現象に過ぎないのではないかとも思った。豪雨の後には洪水が起こる。しかしその洪水が絶対に正常なものであるという保証はないのだ。

このように圭の思考と態度は冷静なものであったが、自分のこうした態度の原因が、やがて自分は外国に行く身であるということに起因している事実に自分自身気付いていなかった。

朝の空気や温度ほど季節に敏感なものはない。薄いシャツを着ていてもかまわなかったのが、分厚いセーターを着なければ耐えられないほど秋が深まった。プラタナスの落ち葉を踏み鳴らす頃となっていた。

そんなある日の朝だった。

圭が昌慶苑の石垣を通り過ぎ、宗廟の方に向かって歩いていると、いつものようにその老人を見かけた。その老人は七十近くに見えるのだが、よく言うところの美しく年をとった老人だった。空色のマゴヂャには黄色いめのうのボタンが付いており、灰色のパヂからは革の眼鏡入れがぶら下がっているところを見ると、裕福な家庭で老後の心配もなく暮しているものと推測できた。頭は白く、髭も白かった。黒縁のロイド眼鏡が顔全体にアクセントを与えていたが、その眼鏡のために顔が一層白く見えた。気概も教養もあるように見える、そんな風采でもあった。

その老人を、圭は散歩を始めた初日から見てきていた。ところでその老人は昌慶苑や宗廟を一回りするのではなく、宗廟の塀に沿った百メートルあまりの道を決めておいて、何度もそこだけを往復するのである。それは散歩とも運動ともいえぬ動作だったが、その老人としては散歩を兼ねて運動しているつもりのようだった。せっかくなら単調さから逃れるためにも、その分、散歩の範囲を広げればいいものを、なぜそんなことをしているのか疑問に思ったが、その老人の性格の表れだろうと考えていた。

圭はその老人とすれ違うたびに目礼をしていた。しかし老人の目には何も映っていないかのように、その表情には何の反応もなかった。圭はその老人にいつか声をかけてみたいと思っていた。その老人から故宮の変遷やそれにまつわる話をたくさん聞くことができるだろうと考えたからだ。今まではそんな誘惑を抑制してきたのだが、その日の朝はどうしたわけかどうしても声をかけたいという衝動を抑えることができなかった。

いかめしい顔をして無念無想で一定の距離を行ったり来たりしているその老人には、うかつに声をかけられぬ威厳が漂っていた。圭は帰り道に機会を作るつもりで、一旦は目礼だけをして老人の横を通り過ぎると、宗廟を一回りした。

圭が戻ってくると、その老人は往復運動を終えて東崇洞《トンスンドン》へと向かう道を歩き始めていた。圭は早足で後を追い、老人と肩を並べると歩調をゆるめた。

「おじいさん、毎日お目にかかりながら挨拶もせず申し訳ありませんでした」

圭はこのように話しかけてみた。

老人はちらっと圭に目をやると、

「君の家もこの近くにあるのか？」

と聞いた。

「はい、私は明倫洞《ミョンニュンドン》にいます」

「慶尚道《キョンサンド》出身だな」

「はい」

「慶尚道のどこかね？」

「晋州《チンヂュ》です」

「晋州だと？わしも二十年くらい前に行ってみたことがある」

高くも低くもなく、力強くもか細くもない、純粋なソウル言葉だったが、その言い方は「晋州に行ってみたこと」が、何か施しでもしてやったと言わんばかりに恩着せがましく聞こえた。

「おじいさんの故郷はソウルのようですね」

「五代にわたってソウルに住んでいる」

「それならおじいさんは李朝末期の事情をよくご存じですね」

「知っているなら何だというんだ。つまらぬことだ。つまらぬという言葉が何なら虚しいとでも言うか」

「なぜ虚しいのですか？」

「虚しいから虚しいのさ」

圭は老人の経歴に興味を感じた。どのように聞けば失礼にならないかと躊躇っていたが、老人の方から聞いてきた。

「君は今、何をしているんだ？」

「学生です」

「学生？どこの学校に通っている？」

「今はどこにも通っていません。解放前までは東京帝国大学に通っていました」

圭は老人の気を引くために、面はゆさを感じながらも正直に言った。はたして老人の圭を見る目に若干の変化が生じたようだった。

「君はいくつだ？もうそんな学校を出たのか？」

「今、二十一です。卒業はできませんでした。二年生に上がる頃に止めましたから」

「学徒兵には行ったのか？」

「行ってません」

「どうして？」

「そのときはまだ徴兵年齢に足らなかったのです」

「大学生が徴兵年齢に足りないだと？」

「幼い頃から学校に通っていました。それに中学校四年生のときに高等学校に上がって、高等学校の年限が二年に減らされましたから……」

「相当秀才だったんだな」

「そんなことはありません」

老人は自分の孫の一人が東京の大学に在学中、学徒兵として中国に連れて行かれたままま［ま］だ帰ってこないと言うと再び聞いた。

「それで学生は大学で何を勉強していたんだ？」

「歴史を学ぶつもりでした」

「ほっほ」

と老人は妙な笑い方をした。圭にとっては耳障りな笑い声だった。

「我が国で歴史を研究した人間といえば、崔南善《チェナムソン》が第一に挙げられるだろう？」

「そう考える人もいるでしょう」

「だから学生も崔南善のような人間になるつもりだろう」

圭は老人の妙な笑いの意味を悟った。そしてひそかに腹が立って、不満そうに言った。

「歴史を学ぶからといって、皆が崔南善のようになるとは限らないではありませんか？」

圭は、二年前のその頃、東京の明治大学の講堂で朝鮮出身の学生たちに日本軍への入隊を勧める演説をしていた崔南善の姿を思い出していた。

そのとき崔南善は、東洋は東洋人のものであり、今後の問題は黄色人と白人の対決だと言った。したがって大東亜戦争に勝利する道だけが、黄色人が白人の圧迫を排除して生き残る唯一の道だということだった。

日本人が東洋人を圧迫し収奪している現実を飛び越えて、問題を黄色人と白人の対決として説明するのはどう考えても強引であり詭弁だ。圭はそのような崔南善に失望以上の大きな衝撃を受けたのだった。

「崔南善のようになると言ったのが気に入らないようだな」

老人はまたほっほと笑った。

圭は自制できぬほどの憤激を、辛うじて我慢した。

「歴史学者は崔南善だけではないでしょう？」

圭の言葉が震えた。

しかしその老人は圭の気持ちの動きには全くお構いなしだった。

「歴史家の中で崔南善が第一なんだから、そんな学問をいくらしたところでその周辺をぐるぐる回るのがせいぜいだろう。最高があの様だ、それ以下の人間などたかが知れている」

そして老人は次のような話をした。十年ほど前のことだそうだ。そのとき崔南善がどんな話をしたか詳しい記憶はないが、ただ一つだけ覚えている話がある。それはある「宦官」についての話だ。

韓末、宦官たちはかなりの勢力を誇っていた。したがってコネさえあれば、宦官になるのが一番簡単な栄達への道だった。宦官になるためには睾丸を取り除かねばならない。そこで廣州《クワンヂュ》のある家が、息子を宦官の養子にするつもりでその子の睾丸を取ってしまった。ところが韓日合邦とともに宦官制度が廃止されてしまった。結果として彼らは息子の体を傷つけただけだった。

崔南善はその例話を取りあげながら「時代を見通せない者たちの愚かさが引き起こした悲劇」だと言って、およそ人間が人間としての尊厳と品位を持ちながら生きていこうとすれば、すべからく時代認識に透徹しなければならないと熱弁を振るっていた。

「ところがその崔南善の様は何だ。自分が嘲笑っていた宦官とどこが違うというのだ。宦官は無知だったからだと弁明もできるだろうが、我が国一番の歴史家がこの様だ。睾丸を抜かなかっただけ幸いというのか？孫の言葉を借りれば、彼はくちばしをもがれたも同じだ。今後二度と口を開くことができなくなったのだから」

こう付け加えると、老人はもう一度ほっほと笑った。

老人の話は歴史学者にとどまらず、文学者までをこき下ろす方向に進んでいった。要するに歴史や文学を学ぶ人間たちは腰抜けばかりだということだった。

「李朝を滅ぼした者たちも、全てはその学者という一門ではないか」

圭は一言の下に老人のその主張を打ち負かしてやりたかったが、すぐにいい考えが浮かんでこなかった。それでも怒りを抑えきれずに尋ねた。

「おじいさんのお孫さんは何を学んでおられるのですか？」

「法律だ。息子が法官だったからな。今は弁護士をしているが」

老人の表情はいくらか自慢げだった。

「ところで学生は、この時局をどのように考えているのかな？」

老人はまるで試験でもするかのように聞いた。

「特にこれといった考えはありません」

「もしや左翼運動をしているのではないかな？歴史だの文学だのを勉強している人たちは猫も杓子も左翼のようだが」

「私はそういったことに関心はありません。ところでおじいさんは歴史や文学の勉強は、たちが悪いもののようにおっしゃいましたが、法律の勉強はいいものだとお考えですか？」

圭は黙っていられずに聞いてみた。

「そりゃ法律は善悪の基準、社会の秩序を学ぶものではないか？法律がなかったときのことを考えてみなさい。この国が今のように持ちこたえているのは法律の力だろう」

今度は圭が笑う番だった。圭はその老人を相手にしないことにして別れようとしたが、老人が放してくれなかった。

「左翼に関心がないなら右翼ということかな？」

「右翼にも関心ありません」

「それは不思議だな」

「不思議なことはありません。私はもうすぐ国を離れる人間ですから」

「国を離れるとは……」

「外国に留学することになっています」

圭はさっきまでの感情のしこりが残っていたせいで、不自然なほど威張って言った。

「外国とはどこに行くのかな？」

「フランスに行こうと思います」

仏蘭西と言うところを、圭はわざとこう言って見せた［当時は日帝時代の日本語使用強制の影響で仏蘭西という漢字を朝鮮語音でプルランソと発音していたが、朝鮮語で正しくはプランスという。圭はそのプランスという発音で話したということ］。

「仏蘭西に留学するということは、お宅は大した金持ちのようだな」

この言葉には返事もせずに、

「こんなに国が混乱しているときは、外国に行って学問に没頭するのも悪くはないでしょう」

と言って、それとなく老人の表情をうかがった。

「仏蘭西に行っても歴史だか何だかの勉強をするのかな？」

「さあ、とにかく一番必要な勉強をしようと思います。まだ若いので選択の余裕はいくらでもありますから」

老人は明らかに意地の悪そうな表情を浮かべた。

ソウル大学を左に望む東崇洞の入り口にある石橋を渡りながら、老人が最後に言った言葉はこうだった。

「せいぜい頑張るんだな」

圭は明倫洞に向かって歩きながら、その老人をかなりたちの悪い人間だと思った。そして同時に不快な気分になった。先ず無様に振る舞った自分自身の態度からが後味悪いものであった。そうなったのもあの老人のせいだと思うと、老人に対する憎しみさえ込み上げてきた。

昔に関する話を穏やかに聞くはずが、むしろ朝の散策の気分を損なう結果となってしまった。

自分の持つ尺度によって世の中のことを評価するのは人間として不可避ではあろうが、故意に相手の気持ちを逆なでしてまで自分の意見を主張するのはどのようなものかと思った。

昔は法官で現在は弁護士の息子を持ったという事実が、あれほど人を傲慢にしてしまうのだろうか。それが自慢の種になるというのか。日帝時代に法官をしていたことが、それが判事か検事か知らぬが、どうして他人に威張ることができるのか、圭は理解に苦しんだ。日帝時代の法律は、一言で言って日帝の朝鮮に対する支配と収奪を効果的にするための手段ではなかったのか。したがってその法律を執行する場にいたということは、総督府時代の他のどの公職よりも徹底的に日帝の走狗として働いたということではないのか。ぬかずいて処罰を待てとまでは言わないにしても、決してその父親が威張れる立場ではないのだ。そんな老人がどうして崔南善を侮辱できるのかと思うと、見かけが端正で美しく老いた老人であるだけに、余計に精神的には醜く老いた老人だと思われた。

いつの間にか朝焼けの太陽に染まった路地に、人々の往来が繁くなり始めた。仰ぎ見ると今日も空は澄んでいた。時計は八時を二十分も過ぎていた。

圭は朝食の準備をして待っているだろう潤姫を思うと急いで歩き出した。

二

圭が崔南善を訪ねてみたいと思ったのは、明らかにあの老人から刺激を受けたためであった。

崔南善が市井の一老人からあれほど酷評されるべき人物なのかどうか、自分の目で確認したいと圭は思った。あの老人からの刺激がなければ、圭は東京で聴いた彼の講演だけで崔南善という人間を評価し、そのまま一生過ごしてしまったのかも知れない。

ところが老人の「あの様は何だ」という罵声を聞いて、圭は崔南善に同情を感じた。悪口はそれを言うに値する人間の口から発せられるべきである。あの程度の老人が崔南善のことをあれこれあげつらう性質のものではない。

圭は不確かではあったが、自分の心の中の審判において崔南善を救うことが、彼とともに血まみれになった歴史学の体面を救うことになるのではないかと考えた。

ガリレオが宗教裁判で「地球は回っておらず、太陽が回っている」と言わざるを得なかった、まさしくそれと同じ事情が崔南善にもあったのではないか?崔南善が講壇から下りながらガリレオのように「しかしそうではない」と心の中で呟いていたとすれば、ガリレオが世論の赦免を受けたように、崔南善も世論の許しを得ることができるのではないか?理解するということは許すということだ。理解しようとする努力すら拒否しなければならない場合も無論あるだろう。この場合、理解する努力が必要なのだろうか。先ずこの問題から解決しなければならないと思い、朝食の膳がさがると圭は潤姫に相談してみた。

「その気持ち、十分に理解できるわ」

潤姫はこのように優しく応じながらも、圭が崔南善を訪ねてみることには同調しなかった。

「そっとしておきましょう。圭さんが行っても行かなくても、崔南善さんの価値は寸分も上がりもしないし下がりもしないわ」

「そんなことはありません」

圭は潤姫のその単純な論法に微笑みながら反対した。

「価値というものがどういうものか分かりますか?学者の価値が銅像の大きさのように不変だと思っているのですか?物差しで測れたり、秤で量れたりする、そんなものだと考えているのなら大変な誤解です。学者の価値は、その学者を問題とする人々の主観の中で決定されるのです。僕には全然無価値な学者が、他の人とっては素晴らしい価値を持っている場合もあるし、その反対もあるのです」

「でも個人個人の主観とは関係なしに、ですから把握することはできないけれど、ある程度客観的な価値のようなものはあるんじゃないかしら?誰も補うことも損なうこともできない絶対的な価値が」

「それが荒唐無稽な観念論というものです。存在しない実体を存在するかのごとく仮定して、とんでもない理論を振りかざすのが観念論なのです」

「とにかく李圭《イギュ》さんが崔南善さんと会う必要はないと思いますが」

　潤姫は自分が出過ぎたことを言ったと思ったのか、えくぼを作って恥ずかしそうに笑った。

「今、崔南善氏に会わなければ、彼は僕にとって存在しないのも同じことになってしまう。もし彼にあって何かを、崔南善という人をより深く理解して、彼が本当に惜しい人だと発見できるのだとすれば、彼との出会いは僕にとってとても有意義なものになります。一人の理解者を得たということで、彼にとっても意義のあることだし」

「あの方の学問的な業績だけ必要に合わせて吸収すればいいのではありませんか？学者を理解するのに必ずその学者と会わなければならないのですか？」

「潤姫さんの言うとおりです。でも崔南善氏の場合は違うんだ。あの人に多少でも愛着心を持ってその学問的な業績に接するのと、嫌悪感を持って接するのとでは全然違うと思うんだ」

「それはそうでしょう。でもどうして今、崔南善さんを問題にしなくてはならないのですか？」

「僕たちはもうすぐ外国に行かなければならないでしょう？気になることを残したまま行きたくないんです。もしかしたら、潤姫さんが一生懸命ソウルやその周辺のスケッチをしているのと同じ気持ちかも知れない」

「それなら仕方ないですね」

　潤姫は朗らかに笑った。

　潤姫は外国に旅立つに先立って、その準備として様々な祖国の風物を熱心にスケッチしているところだった。

　崔南善の居場所を知るためもあって、圭は李凌植《イヌンシク》という大学の先輩を訪ねていった。李凌植は圭の三年ほど先輩に当たり、東京帝大で東洋史を専攻していた人だ。今は延禧《ヨンヒ》専門学校「現在の延世《ヨンセ》大学校。日帝時代当時は京城帝国大学を除いて朝鮮での大学設置は禁止されていた」の教授をしていた。

　圭が李凌植を阿峴洞《アヒョンドン》の自宅に訪ねたのは午後二時頃だった。

　李凌植は応接室で四、五人の来客と話をしていた。元来、言葉数の少ない彼は、主に来客たちの話を聞いてばかりいた。

　挨拶を済ませると、圭は応接室の片隅に座って古い雑誌をめくりながらその人たちの話に耳を傾けた。

　科学者同盟や文学者同盟といった内容の話が交わされていた。話題の焦点は、別途に史学者同盟を創るべきか、科学者同盟の社会科学部門に加えるべきかということにある様子だった。

　科学者同盟や文学者同盟を創るということは、左翼系列に参加するということになるのだが、そんな大前提は問題とされないところを見ると、全員左翼に属する学者のようだった。

　来客たちが帰っていったのは一時間ほど後のことだった。李凌植は待たせてすまないと言いながら、圭を自分の小さな書斎へと案内した。河永根《ハヨングン》の書斎に出入りしていた圭の目には李凌植の書斎は取るに足らないものだったが、二千冊あまりの本で満たされたその書斎にはそれなりに学問をする人間の雰囲気が漂っていた。

「さっきのあの方たちはみんな左翼の方たちですね？」

　圭が聞いた。

「左翼がおかしいか？」

　李凌植が微笑みながら言った。

「そんなことはありません。ただ」

「仕方がないさ。その道しか」

　李凌植は溜息混じりに言った。そのときの彼の視線には焦点がなかった。圭はそのとき初めて李凌植が斜視であることに気づいた。

　李凌植の視線は、確かに何かを見ているにもかかわらず、何も見ていないようだった。それは驚いた子どもの表情のようでもあり、限りない悲しみを抱いた巨人の表情のようでもあった。

「先輩が仕方がないとおっしゃる、その理由を説明していただくわけにはいきませんか？」

　そう言いながら、圭はなぜか李凌植に同情している自分を感じた。

「ご覧の通りさ」

　李凌植は力無く言った。

　圭はどうしてもはっきりとした答えを聞きたかったのだが、李凌植の態度はどこまでも曖昧だった。できることなら圭が提起する問題から逃げたいという素振りさえ感じられた。圭は次のような問題を提起していたのだった。

　マルクス史観までを批判する立場に立った史観の可能性はないのか。

　ところが李凌植はこの問題提起を微笑みながら聞いているだけで、何も答えようとはしなかった。ひょっとすると李凌植自身その問題について研究していながらも、まだこれといった結論を出せずにいるために、そんな態度をとっているのかも知れなかった。

李凌植は姫路高等学校を経て東京帝大の東洋史学科を卒業した人だ。在学当時俊才の評判が高かった様子で、圭は主任教授の白鳥先生から「昨年卒業した学生の中に、李凌植という君と同じ朝鮮の学生がいたんだが、実に優秀な学生だった。連絡を取って、今後お互い親しく交流しなさい」という紹介を受けていた。

そのため圭はソウルに来るとすぐに李凌植を訪ね、李凌植も喜んで圭を受け入れてくれた。だがこれまで二人で静かに話をする機会がなかった。だからこの日の午後、初めてまともに話を交わすことができたのだった。

圭は、崔南善を訪ねてみたいと切り出した。動機と理由を聞いた李凌植は、行っても会ってはくれないだろうと言いながら、次のように話した。

「あの人の過誤はあまりにも大きかった。しかしその過誤はこの国の全ての史学者たちがともに責任を負うべき性質のものだ」

それならば何らかの策を講じる必要があるのではないかと圭は聞いてみた。

不可能だという李凌植の答えだった。

「崔南善はもう終わったんだ。崔南善をいけにえとしなければ朝鮮の史学は生き延びることができない」

圭は、崔南善の過誤の責任を、全ての史学者がともに負うべきだという話と矛盾するのではないかと問いただした。

「理想と現実は違う、そんな言葉があるだろう」

李凌植は静かに言った。圭はこれ以上李凌植と話をしても仕方がないと感じて、崔南善の住所を教えてくれと頼んだ。

李凌植が書いてくれた牛耳洞《ウイドン》にある崔南善の住所と略図を受け取ると、圭は立ち上がった。戸の外に出ようとしたとき、後ろから李凌植が声をかけた。

「もしも崔先生に会うことができれば、私がよろしく言っていたとだけ伝えてくれ」

そして李凌植は、自分は京城大学に転勤するつもりなのだが、そこに籍を置いて一緒に勉強しないかと圭を誘った。

圭は外国に行くつもりだと言いかけたが止めて、

「考えてみます」

という言葉を残すと帰っていった。

秋色深い牛耳洞の山中に、崔南善の寓居はあった。同行した潤姫はここのスケッチをしなくてはと言いながら、道端の石の上に座って画用紙を広げた。

「行ってらっしゃい。私はここでスケッチをしながら待っています」

そんな潤姫をその場に残して、圭は重々しく閉じられた大門に近づいていった。呼び鈴を探してみたが、それらしきものは見あたらなかった。

軽く門を叩きながら、

「ごめんください」

と呼んでみたが、何の反応もなかった。少し強く門を叩いてみた。それでも何の気配も感じられなかった。人が住んでいる家とは思われなかった。通り過ぎる人も、近い隣人もいないため、誰かに聞くこともできなかった。圭は帰ろうかと思ったが、もう一度失礼を顧みず、どんどんと大門を叩きながら「ごめんください」と大声を上げた。

するとようやく人の気配がして、左側のくぐり戸が開くとともに声が聞こえた。

「どなたかね？」

圭はそのくぐり戸の中をのぞき込んだ。古びた一重のチョゴリを着た、どこから見ても農夫姿の初老の男がこちらを見つめていた。意外にもそれが崔南善本人だった。

「私は李圭という学生です」

圭は慌てて名乗った。

中に入れとも言わずに、そのままの姿勢で崔南善は、

「学生が何しに来た？」

と無愛想に聞いた。

「六堂《ユクタン》先生［六堂は崔南善の号］にお目にかかりたくて来ました」

「六堂崔南善が死んだのを知らぬのか？」

依然としてぶっきらぼうな声だった。

「六堂先生がお亡くなりになったとはどういうことですか？」

圭は呆れた。

「死んだから死んだと言っておるのだ」

「それでは今お話しになっている方はどなたですか？」

「わしが見えるのか？」

「はい」

「それならわしは崔南善の亡霊だ」

「先生に会ってお話ししたいことがあったので来ました」

圭はその場で頭を下げて挨拶をした。

「中へお入り」

その声は柔らかかった。

崔南善は圭を舎廊《サラン》に案内した。暖かい午後の日差しがその部屋いっぱいに降り注いでいた。そこから見える秋の風景は美しく静かだった。圭は崔南善が勧める座布団に座ると、改めて挨拶をした。

「君子は何度も頭を下げるものではない」

崔南善はそう言うと、使いを頼む子どもが来ていないときは家内と二人きりだから自分が門を開けるのだが、初対面の場合は顔が分からないから「崔南善は死んだ」と言えば大体そのまま帰っていくという話をして笑った。

「ところで学生はわしのことがよく分かったな」

「お見かけしたことがあります」

「どこで？」

「道で遠くからなのですがお見かけしたことがあるんです」

圭は講演会のことは口にしなかった。自分なりに気を使ってのことであった。

「話とは何かね？」

圭は簡単に自己紹介をしてから、

「外国に行く前にぜひ先生にお目にかかってご挨拶をしたかったのです」

と言った。崔南善は寂しそうに、

「しかばねに挨拶をしてどうするつもりだ」

と言った。

そして圭が行くところがフランスだということを知ると、フランスでの東洋学の発達はめざましいものがあると言って圭の幸運を祝った。

圭はなるべく崔南善の弱点に触れないような話題を選んで話をした。例えば、百年前の国の様子はどのようなものだったかなどといった質問から始めた。

「百年前といえば純祖《スンヂョ》が崩御して、八歳の憲宗《ホンヂョン》が即位した年だろう。派閥争いが激化していく頃で……」

二百年前のことを尋ねたときには仁祖反正《インヂョバンヂョン》と丙子胡乱《ピョンヂャホラン》［仁祖反正とは一六二三年仁祖が先王光海君《クワンヘグン》を退けて自分が即位した政変のことで、丙子胡乱は一六三六年仁祖の代に清が侵入してきた乱］を取りあげて話は尽きることなかった。さすがは博覧強記の人物だった。五千年の歴史がこの坊主頭の中に理路整然と一つ一つしまわれているのかと思うと圧倒されるようでもあり、一方では憐憫の情を禁じ得なかった。朝鮮の歴史を悲しい歴史と呼ぶならば、崔南善自身が悲しい歴史のひとこまであるのだ。圭は李凌植からの伝言を伝え、次いで数日前李凌植に提起した問題を取り出した。

「史観にとらわれた歴史学も、史料にのみとらわれた歴史学も正しい歴史学とはなりえない」

と前置きして、崔南善は最近の若い史学者の欠陥は、史観を重視するあまり史料を等閑視するところにあると言った。

「史学とは歴史に対する愛着だ」

という崔南善の言葉を受けて、圭は、

「愛着だけでなく、歴史に対する恐れの念もなくてはならないのではありませんか？」

と言ってみた。崔南善の心中を探るために圭が精選しておいた言葉だった。

するとと崔南善は圭の表情を子細に観察するように見つめていたが、

「学生は実にいい顔をしている。貴と福と聡明と健康がよく調和した顔だ。その顔なら大成できるだろう。歴史もよくよく調べてみると、結局は運命学だな。法則があるわけでなし、因果によってのみ問いただすこともできない。だからといって偶然の連続であるはずもなく……」

と、誰かに聞かせるというよりも、自分自身に言い聞かせるように呟いた。そして、

「わしはこんな境遇になって門外不出、訪ねてくる人にも会っていない。けれども学生の印象がとてもよかったから会うことにしたのだが、会ってみて実によかった」

と付け加えた。

圭も崔南善と会えて本当によかったと思った。そんな気持ちから、圭は学生時代に感じたことをはじめ、掛冠山《ケガンサン》の道令《トリョン》たちの話、特に朴泰英《パクテヨン》の動向まで崔南善の前で話すことができた。

崔南善も嘘偽りなく、孫に話す祖父のような態度で、自分の過ちを詳しく吐露した。

後からやって来たお手伝いの子どもが持ってきた茶を勧めながら、

「これはわしが植えた枸杞《くこ》で作った枸杞茶なんだ。飲んでみなさい」

と言ったり、罪を犯さずに生きることができる唯一の生業は農業であり、晴耕雨読が理想的な生活だという話もした。

こうして実に三時間もの間座っていたのだが、潤姫のことを思い出すと圭は慌てて立ち上がった。

「用事がなければ一晩この家で泊まっていってもいいんだぞ」

「連れがいるのです。すっかり忘れていました」

「一緒に入ってくればよかったものを」

崔南善は名残惜しそうだった。

「いえ、その人はこの辺をスケッチしたいからと言って、すぐそこの石の上に座り込んでしまったのです」

崔南善は圭の後について、潤姫がスケッチをしている場所まで出てきた。

潤姫はすでに四、五枚のスケッチを終えて、くたびれた表情で座っていた。潤姫は、圭と一緒に歩いてくる老人が崔南善だとは気付かずにそのまま座っていたが、その人こそが崔南善先生だと分かると慌てて立ち上がり挨拶した。崔南善は慈愛に満ちた表情で頷くと、潤姫のスケッチブックをめくった。

「ほう、これは大した腕前だな」

「この人も私と一緒にフランスに行くことになっています。絵の修行をするつもりなのです。ちょうど先生のお宅のスケッチができたので、これをフランスに持っていって我が国の碩学、六堂先生はこんな家に住んでいらっしゃるんだと威張ることができます」

崔南善は感慨無量といった様子でスケッチブックから目を離さないまま、

「フランスに行く直前に必ずわしを訪ねなさい。フランスの東洋学者たちが見れば大喜びする品物をいくつか用意しておくから」

と言った。

山陰がいつしか周囲を包み込んでいた。崔南善は広い通りまで二人を見送ってくれた。別れ際に崔南善は潤姫には聞こえないような低い声で圭に言った。

「三十前に犯した過ちはすすぐこともできるし、それをきっかけにさらに跳躍することもできるが、五十を過ぎてからの過ちは墓の中まで背負っていかねばならん。悲しいものだ！」

肺腑から吐き出された言葉だった。圭は崔南善を抱きしめ、大声で泣きたい衝動を辛うじて堪えた。

その後、崔南善をよく知る人から崔南善が傲慢かつ偏屈で取り付く島もない性格の持ち主だと聞いて、圭は彼が自分に示してくれた好意をどう解釈すべきか考え込んだ。

三

圭と泰英がソウルに来て以来初めて顔を合わせたのは、圭が崔南善と会ってから一週間ほど後のことだった。

泰英と河俊圭《ハチュンギュ》、盧東植《ノドンシク》、車範守《チャボムス》はいわゆる密封教育を受けていた。将来、朝鮮共産党の中堅幹部として嘱望されているだけに、その教育は秘かに、そして徹底的に行われていた。

李鉉相《イヒョンサン》の誇張も手伝って、共産党員としての資格の上で彼らを凌ぐ者は誰一人いなかった。年をとった共産党員の大部分が日帝時代に変節したり、日帝と妥協したりという経歴を持っていたが、彼らにはそのような傷がないだけでなく、一年半にわたる智異山生活を抗日闘争の経歴とみなすことができたので、共産党が将来の担い手として期待するのも当然だった。

泰英は密封教育を受けながらも、共産党の外郭団体を作っていくための事前工作に参加していた。密封教育と工作活動を通して、泰英は共産党の生理をあらかた推測することができた。したがって多くの矛盾点と、理性や良心をもってしては理解できない難点を発見せざるを得なかった。その中でも最たるものが、民族と国家のための大義にはおかまいなしに派閥中心の戦略にのみ執着する傾向だった。例えば趙《チョ》某という人を組織局に入れようという提案があったとすれば、その人の能力、人格、勤勉性、そして党員としての忠誠度等、このようなものを問題としなければならないものを「彼は金《キム》某の派だ」だとか「彼は河某と近い」などといった事情によって可否を決定してしまうのだった。

さらにもう一つ、泰英を当惑させたのは、全ての問題を朝鮮民族の自主性に立脚して処理するのではなく、ソ連の態度がどう出てくるか予め予想し、それに合わせて決定するという態度だった。スターリンの言葉なら、金剛山《クムガンサン》を切り取ってモスクワに移す行為でも辞さないような態度がいわゆる共産党幹部に共通した態度だったのだ。

このような点を挙げて泰英がある日崔容達《チェヨンダル》に質問したことがあった。

崔容達の答えは簡単だった。

「我々は今、戦争をしているのです。いや、戦争よりもさらに熾烈な革命をしようとしているのです。革命のためにはソ連の指導を受けないわけにはいきません。理念としてもそうですし、戦略としてもそうです。先ず戦争には勝たねばなりません。戦争に勝利した上で、共産党本来の任務が始まるのです。ですから今は共産主義者として人民を豊かにするための与件を作る前段階にあるわけです。このような意味からソ連とのつながりが最も重要な問題です。

我々の特殊性みたいなものは、そのつながりを確かなものにするまで一時保留するしかないでしょう」

泰英は「自主性」と言うべきところを「特殊性」と言い換えた崔容達の慎重な態度を肝に銘じた。同時に詭弁を感じた。

しかし泰英は共産党に反対する意思は全くなかった。むしろ共産党員であることに自負すら感じていたし、崔容達の言葉通り前段階においての共産党としては不可避なことだと、自ら共産党の過ちを弁明する気持ちになっていた。そればかりか共産党が戦略を決定する過程で、ときには泰英の発言がそのまま通ってしまうこともあったのだ。例を挙げれば次のようなことがあった。

九月二十五日の改編によって、学兵同盟の委員長に王益権《ワンイックォン》という釜山の人が選ばれていたのだが、泰英たちが共産党に入党していくらも経たないうちに、党組織部から盧東植に学兵同盟に入って党との連絡責任を担当するようにとの指令が下った。

この指令を伝え聞いた場で泰英が、

「盧東植同志は学兵を忌避した人です。どうしてそんな組織に入れるというのですか」

と反対した。そのとき李康國《イカングク》がこう言った。

「学兵同盟は三千人近い盟員を持つ軍事団体です。これから共産党が政権を取れば、人民軍の母体となるでしょう。現在、共産党を助けている最も大きな武力です。だから学兵に行ったかどうかを問題とするのではなく、あの団体を効果的に利用する戦略を立てるべきです。盧東植同志は学兵には行ってませんが、経歴や年齢から見てもあの団体の趣旨に賛同さえすれば学兵同盟に入ることができます。恐らく規則にもそう書かれているはずです。学兵同盟は重要な団体ですから、盧東植同志のような我が党の核心的人物がその中に入って活躍する必要があるのです」

泰英は、学兵同盟を過渡期に一時的に利用するのはいいが、断固とした態度で日帝に反抗する勇気もなかった者たちの烏合の衆のような団体を将来我々の軍隊の中心にすることはできず、盧東植同志をそこに送って彼の経歴に傷を作ることはできないと主張した。そして次のようにも言った。

「王益権という人が委員長だとおっしゃいましたが、それも不当千万です。王益権は盧東植同志の釜山《プサン》二商時代の先輩ですが、一高に三度も落第して四度目でやっと入学した人です。一高でなくても入れる学校はいくらでもあるのに、どうしてそんなに一高に執着したと思いますか。日帝の体制の中で何が何でも出世したかったからです。いわば恥ずべき出世主義者です。一高を出た後は東京帝大の法学部に行きました。学兵から帰ってくれば法務将校にでもなるつもりだったのでしょう。法務将校になっていれば、朝鮮出身の脱出兵に平気で死刑宣告を下していただろうそんな人間です。私は学兵同盟という看板も気に入りませんが、そんな者が委員長というのですからその団体の性格を疑わずにはいられません。見ていてください。絶対にその団体は、我々の党や人民の敵となるはずです」

泰英のこの発言があった十日後の十月二十三日、王益権は学兵同盟の委員長を解任された。共産党が泰英の発言を検討した結果、正当だと判断したからであった。

「どうして今まで会えなかったんだ？」

と圭が言うと、泰英はぽつりと言った。

「俺は共産党に入党した。お前も入る気はないか？」

圭は呆れた。そんな考えはないと答えるのがやっとだった。

「李鉉相先生が誘ってみろとおっしゃったから言ってみただけだ。無理に勧めるつもりはない」

泰英の語調が以前とは全く変わっていた。圭はどうしたものかと戸惑いを感じた。しかし黙っているわけにもいかず、崔南善と会った話をした。

「何のためにそんな人間と会ったんだ。お前はそのセンチメンタリズムを清算しろ」

「会ったのがどうしていけないんだ？」

崔南善と会った感激がまだ冷めていなかったため、圭も憤然として言った。

「そんな醜物は見るにも値しない」

圭は、

「人をそんなに簡単に評価できるのか？仮に尊敬できないとしても、あの人の苦悩だけは理解してあげるべきじゃないのか？」

と、それとなく言った。

「いつかは民族の法廷に引きずり出すべき人間だ。そんな奴の苦悩をどうして理解できる」

圭はガリレオの話を取り出した。

「ガリレオは理解できるだろう？それなら崔南善先生を理解できないはずはない」

「ガリレオ？笑わせるな。ガリレオは瞬間犯であって、崔南善は連続犯だ」

「人それぞれに事情があったはずだ」

「盗人にも三分の理というだろう。言い訳など何とでも言える」

圭は崔南善を弁明するつもりが、かえって逆効果になると思い、口を閉ざしてしまった。

「ところでお前はこれからどうするつもりだ？京城大学に籍でも置いてみないか？」

「どうして京城大学に？」

圭は不快感を隠さずに言った。

「俺はあの学校に籍を置こうと思う」

「お前が？」

「うん」

泰英は共産党の指令によって、京城大学に籍を置き、学内の左翼運動を操る計画となっていた。

「俺はフランスに行く」

泰英は驚いた。

「いつ？」

「準備ができ次第すぐに行く。早ければ年内になるだろうし、遅くとも年明けには出発する」

「お前は本当に運のいい奴だな。お前はそういう星のもとに生きろ。その資格もある」

圭のフランス行きは泰英に少なからぬ衝撃を与えたようだった。

「河永根先生がお金を出すとおっしゃるからフランスに行くんだけど、先生はお前も外国に行って欲しいと望んでおられるんだ」

「河永根先生が俺にも外国留学をさせてくれるというのか？」

「そうさ。ぜひともそうして欲しいとのことだ。朴泰英は惜しい人間だから、外国に連れて行って勉強をさせて欲しいと頼まれてきた」

泰英は深刻な顔つきでしばらく考え込んだ。そして顔を上げると天井を見つめながら言った。

「お前が行ってこい。俺は行けない。この国を離れることはできない。俺はこの国の革命をしなければならない。かわいそうなこの国を救わなければならない」

泰英の言葉が哀しげに聞こえた。圭はさっきから胸の中でくすぶっていた不快感を捨て去って、自分の思いを打ち明けた。

「泰英、一緒に行こう。十年後に帰ってきて、それから革命運動をしたって遅くはないじゃないか。李鉉相先生だってもう五十に近い歳だろう。あの歳で始めたっていいじゃないか。河永根先生はこうおっしゃった。できることならアインシュタインやマルクスのようになってから愛国運動をするのがより効果的ではないのかって」

泰英はにっこり笑った。

「アインシュタインのように、マルクスのように、かっこいい表現だな。河永根先生が言いそうな言葉だ。だけどだめだ。俺はスターリンのように人生を革命運動から始めなければならない」

さっきまでのもの悲しげな態度はすっかり消え去り、いつの間にか傲慢な泰英に戻っていた。圭の情熱も一時に冷めてしまった。周囲を全く気にせず二人だけで座っているかのごとく話を交わしていたのだが、圭は急にそこがソウルのど真ん中の喫茶店であることを意識した。

圭は泰英に対する距離感を改めて感じながらそのまま立ち上がろうとしたが、河永根への晋州共産党の脅迫がふと脳裏に浮かんだ。泰英が共産党に入党したという話を聞いたからかも知れなかった。圭はその場に座り直すと、その話を泰英に打ち明けた。

「あれだけの金持ちが、けちなことを言うからだ」

泰英の言葉はあまりにも冷たいものだった。圭はかっとなった。

「泰英、河永根先生にそんな冷たいことしか言えないのか？」

圭の真剣な形相に気づいたのか泰英は、

「ちょっと言ってみただけさ」

と言って、はははと笑った。

「何かいい方法はないか？」

「俺が李鉉相先生に話してみよう」

「それでいけるのか？」

「共産党の命令系統は軍隊以上だ。李鉉相先生が命令を下しさえすれば万事は解決するさ」

「智異山《チリサン》や掛冠山でどれだけ河永根先生の助けを借りたことか。そんな話をすれば李鉉相先生も……」

「俺が話をすれば必ず聞いてくれる。最善を尽くすから心配するな」

「すまない」

「そんなこと言うな。河永根先生のことなのに放っておけるか。」

その話をきっかけに、二人は中学時代に戻って話に花を咲かせた。別れる頃、圭は飯でも一緒に食おうと誘ったが、泰英は断った。

「五時間の休暇をもらってきた。俺は目下教育期間中なんだ」

泰英と別れて総督府庁舎の前を歩きながら、圭は様々に思いをめぐらせた。

泰英が共産党に入党したという事実がどう考えても気にかかった。共産党について権昌赫《クオンチャンヒョク》からいろいろと話を聞いていたため、何となく不吉な予感を消し去ることができなかった。

「革命運動に参加するのもいいし、共産主義思想を持つのもいいが、共産党の党員にだけはなってはいけない。共産党員になったその瞬間から人間を捨てなければならない。その理由を説明すればこうだ……」

と、共産党が非人間的な組織とならざるを得ない理由を、ソ連を例に挙げ、または理論的に権昌赫は何度も説明してくれた。

我が国の未来はどうなるのだろうか。

目の前を疾走する米軍のジープを見つめながら、この先、万が一共産党がアメリカと対決しなければならない立場に追いやられれば、泰英の受難はそのときから始まるのではないかと思うと圭の心は重かった。圭はその足で恵化洞《ヘファドン》の叔父の家に行くつもりで電車に乗った。

叔父の家で圭は意外な話を聞いて慌てふためいた。

数日前、叔父の息子、つまり圭の従兄弟に当たる人が田舎に行ったのだが、圭の父が息子が叔父の家でなく潤姫と一緒に住んでいるという知らせを聞いて仰天したということだった。

「潤姫というあの娘は、河永根氏の本妻の娘ではないそうだな？」

叔父は意地の悪い表情で聞いた。

「そうですが、それがどうかしましたか？」

「お前の父上が仰天した理由はまさにそれだ」

「どういうことでしょうか？」

「まったく。一歩間違えればお前の父上が庶出の嫁を迎えることになるから驚いたのではないか」

圭はようやく納得できた。

圭の故郷では結婚において嫡庶にひどくこだわる風習があった。圭の父も例外ではなかったということだ。息子が河永根の庶出の娘と一つ屋根の下に住んでいるという話を聞いて仰天したのも当然といえば当然だった。圭は目の前が真っ暗になったような気がして、辛うじてソファにもたれて体を支えた。圭が想像もしていなかったことが起こっていた。

四

ソウルは十一月になると完全に冬景色となった。故宮の森は色褪せて荒涼とし、その塀は日の光が当たっていても冷たい感触だった。丸裸になった街路樹の下を行き交う人々の、肩をすくめた姿が目についた。解放の感激も季節の移り変わりとともに衰えていくかのようだった。冬！冬はいつでもどこでも寂しいものだ。

圭は故郷の父宛ての手紙を懐に入れ、敦化門《トンファムン》［昌徳宮《チャンドックン》の正門］の前を通り鐘路《チョンノ》に向かって歩いていた。悩み抜いた挙げ句に書いた手紙の内容が、曇った冬空のように圭の心を覆っていた。

「……今、小子は河永根先生のソウルのお宅に泊まっています。けれどもそれは他意があってのことではありません。叔父さんの家は手狭な上に入院室が近く、じっくり勉強できる環境ではないのですが、この家はがらがらに空いていて、何の気も使わずに生活できるからです。叔父さんに聞いたところによると、お父さんがひどく気にしておられる様子ですが、どうかご心配なく。小生は三十歳になるまでは何があっても誰とも結婚するつもりはありません。それに結婚についての話を誰からも聞いたことはありませんし、それに類似した話をする人に会ったこともありません。変な噂を気にかけることのないようお願いします。そんな根も葉もない噂が、河永根先生やその周辺の人の耳に入りはしないかとそれが心配です。他人の家の大切な娘さんのことを本人の知らないところであれこれ詮索することほど恥ずかしいことはないと思います……」

慎重かつ正直に書こうと努力したつもりだったが、圭はその手紙の中の嘘を自ら認めざるを得なかった。正直に言って、圭の心はすでに河潤姫に傾いていたし、結婚するなら河潤姫をおいて他にはないと決めていた。その手紙に唯一真実があるとすれば、三十歳以前には結婚しないという決心だけだった。

だが圭はそのようには書けなかった。

父に本当のことを打ち明けられなかった事実、それこそが不遜不孝の証拠ではないのかと思うと、心は一層重かった。そんな思いのために何度も郵便ポストを目の前にしながら手紙を投函することができず、足はいつしか鐘路に向かっていたのだった。

鐘路に出ると光化門《クワンファムン》［景福宮《キョンボックン》の正門］に向かった。西日が冷たい風とともに圭の額を通り過ぎた。街はいつものようににぎわい、電信柱には血の色で縁取られたビラがぼろ切れのようにべたべたと貼り付けてあった。

「人民共和国万歳！」

「人民の友、共産党万歳！」

「勤労人民の友、朝鮮共産党！」

圭はそれらのビラに到底実感を持てない自分を発見した。一体それらのビラにどんな効果があるのだろうかとも思った。新しく貼られたビラもあったが、大部分は古びてぼろぼろになっているということが、それらのビラの意味をそのまま物語っているのだとも思った。

ファシン百貨店の近くまで来たときだった。門を閉ざした店があり、その店の戸にたった今貼られたばかりとみられるビラがあった。

（悪名高い日本人警察官齊賀殺される！）

しかし圭にとっては、交通事故で誰かが死んだ程度のことにしか思われなかった。そして恥ずべき報復行為だとも思った。

（殺すならば奴等の勢威が盛んだったときに殺すべきだったのではないか！今の日本人は生ける屍も同じではないか。死体に鞭を打ってどうする）

圭は心の中でこう呟いた。憂鬱だった。

ちょうどファシン百貨店の前まで来たときだった。どこからか、

「李君！」

という声が聞こえてきた。

立ち止まって辺りを見回していると背後から、

「圭！」

と、いきなり金尚泰《キムサンテ》の姿が現れた。

「ああ、尚泰！」

圭はこう呼ぶのがやっとだった。二人は通り過ぎる人々の目を気にすることもなく抱き合った。お互い次の言葉を見つけるまでに時間が必要だった。

「李君、どれほどお前に会いたかったか」

尚泰が言った。

「俺もだ」

圭はそのとき初めて解放以後最も会いたかった人物が、往年の名級長金尚泰であったことに気付いた。

「何年ぶりだ？」

「五年は過ぎただろう」

二人は一瞬で昔中学時代に使っていた言葉遣いに戻っていた。

「道端でこうしているのも何だろう。どこかに入って座ろう」

尚泰が言った。

「そうしよう」

お互い気が急くあまり、場所を選ぼうともせず、ファシン百貨店の裏通りにあるソルロンタン［朝鮮料理の一つ。牛の頭・足・ひじ・骨・内臓などを煮たスープ］の店に入った。

「泰英と一緒に智異山にいたんだって？」

「ちょっとの間だけど一緒にいた」

「泰英は今どこにいるんだ？」

「ソウルにいる」

「ソウルに？どこ？」

「よく分からん」

「ソウルにいるのが分かっているのに、お前が住所を知らないのか?」

　金尚泰は不思議そうな顔をした。

　圭は泰英が共産党に入党したという話をしなければ、尚泰の疑問は解けないだろうと思ったが、その話をすることはできなかった。

「居場所が決まり次第俺に連絡するって言ってた」

「前もって知っていれば俺のところに来てもらったのに」

　金尚泰は手帳を取り出して紙を一枚破くと、それに自分の住所を書き込んで圭に差し出した。圭も自分の住所と電話番号を教えながら、泰英は尚泰の下宿には行けないだろうと付け加えた。

「どうして?」

「泰英は結婚した」

「泰英が結婚を?」

　尚泰は目を丸くした。

　圭は泰英が結婚した経緯を細かく説明した。

「思ったより幸せな奴だな。智異山の山ん中で苦労ばかりしていたと思ってたけど、ロマンスもしていたんだな」

　尚泰は愉快そうに笑った。

「ところで泰英は就職したのか?」

「泰英は職業革命家になるってさ」

「職業革命家?」

　尚泰は顔をしかめた。そして聞き返した。

「そりゃ何だ?」

「俺にも分からん。今度会う機会があればお前が直接聞いてみな」

「泰英は変わり者だからな」

　ソルロンタンを平らげた後で圭が聞いた。

「俺が泰英と一緒に智異山にいたことを誰に聞いたんだ」

「林洪泰《イムホンテ》から手紙をもらって知ったんだ」

「ああそうか、お前と林洪泰は特に親しかったからな」

「林洪泰、あいつはいい奴だろう」

「いい奴だ。俺たちはさんざん林洪泰の世話になった」

「何の助けもできなくてすまなかったって手紙には書いあったぞ」

「いや、林洪泰は智異山にいる人たちのために命をかけて働いたんだ」

「そうだろうな、林洪泰なら。もう解放になったんだから、あいつは堂々と好きなだけ朝鮮語で文学作品が書けるな」

「あいつの文学は期待できるな。そうだろう？」

金尚泰は次に昔の旧友たちの消息を順番に話し始めた。

高等工業を出た鄭善采《チョンソンチェ》は故郷のN市で中学校の教師をしているという。学兵によって羅南《ナナム》師団に連れて行かれた林榮泰《ヨンテ》は、帰ってきて学兵同盟に加担しているそうだ。金鐘業《キムヂョンオブ》、元斗杓《ウォンドゥピョ》たちは故郷にいるが、時々ソウルにやってくるということで、鄭武龍《チョンムリョン》、郭病漢《クワクビョンハン》は満州から帰ってきた様子はなく、桜井信夫すなわち朱榮中《チュヨンヂュン》は国軍準備隊にいるとのことだ。フィリピンに行った李香石《イヒャンソク》、朴石《パクソッ》均《キュン》の消息はいまだ分からず、学兵で中国に連れて行かれた崔両國《チェヤングク》、朴瀚洙《パクハンス》、李孝根《イヒョグン》、金達石《キムダルソク》たちは今上海にいるらしい。そして許準根《ホヂュングン》、宋海頭《ソンヘドゥ》は税務官吏をしていて、金勇愚《キムヨンウ》、萬成高《マンソンゴ》は慶南《キョンナム》道庁にいる。李准近《イヂュングン》、朴太靂《パクテヂョ》は国民学校の教師、成基杉《ソンギサム》、梁春在《ヤンチュンヂェ》は金融組合の書記をしているとのことだった。その他にも金尚泰は先輩や後輩の消息も詳しく知ったいた。

「驚いたな。どうしてそんなに友だちのことをよく知っているんだ」

圭は本当に驚いた。

「俺は級長じゃないか。級長は級友たちの動態をちゃんと把握しておかなければならないもんだ」

「そうだ、お前は俺たちの級長だ。永遠の級長だ」

圭は感動して言った。

「俺はお前らの級長だったことを生涯の栄光と思っている。俺の一生において、最初で最後の栄光ある官職だ。どんな官職とも交換することのできない」

尚泰は威張った口調で言った。

「それはそうと、お前、朴泰英のためにも弁護士になるって言ってたのに、どうして医者になることにしたんだ？」

「親父の意思を受け入れたんだ」

「お前は親孝行だな」

「親孝行？そんなこともないさ。親父の話を聞いて、自分で決めたのさ。日本奴《イルボンノム》の法律を勉強して、日本奴の下で恥さらしの人生を送るより、医者として人の生命を救う仕事をするほうが堂々と生きられるのじゃないかって言われたんだ」

「いいことをおっしゃったな。それで人の生命を救えるだけの医者になる自信はあるのか？」

「とんでもない」

「お前、医専を卒業しただろ？」

「いや、まだ一年残っている。友人たちが学兵やら徴用にとられていって、どうにも落ち着かなくって一年さぼっちまった。だけどそれがよかったみたいだ。物事が分かるようになってきた。これからは自信ができるまで、じっくり勉強するつもりだ」

「それならお前は政治から超然としていられるな」

「そう努力しようと思う。世界と人間を医学的な目でのみ見るつもりだ」

「いい言葉だ」

「だってそうだろう？将軍も兵卒も、王様も臣下も、善人も悪人も、刀で切れば血が出るし、銃で撃たれれば死ぬものじゃないか。誰も生理的な限界を超えられないってことだ。政治だの経済だのってものは全て二次的な問題だ。だからこそより重要なのかも知れないが……俺は何が何でも一次的な事業に執着してやる。三十歳まで生きていれば天才になっていた人間が二十九で死んだせいで無意味な人生になってしまった、そんなことだってあるだろう」

「それに似たことをドイツの哲学者ジンメルはこう言っている。人は望遠鏡を通して肉眼の能力を数万、数十万倍に高めることができるし、顕微鏡を通してもやはりそんな能力を持つことができる。飛行機を使って一時間で数百キロを飛ぶこともできる。しかし生物としての人間は、せいぜい左右一・五の視力の限界を超えることはできず、百メートルたかだか十秒前後で走るのが最高という走力の限界を超えることはできない。永遠という観念を持ちながら、その命は百年を超えることはできない。人間の本質的な悲劇がまさしくこのような事情の中にある……」

「秀才と会えてやっぱり嬉しいよ」

金尚泰は満面の笑みを浮かべながら、

「どうだ、これから一杯やろうか？」

と、圭の顔色をうかがった。

「お前、酒の味が分かるのか？」

「味が分からなければ飲んじゃいけないのか？酔いたいんだ。昔、中学のとき南江《ナムガン》の河原でマッコルリを一緒に飲んだじゃないか？」

圭は金鐘業、元斗杓、李香石、朴石均が退学した日、南江の白砂の河原で送別の宴を開いた光景を思い出した。あのときは圭もマッコルリをずいぶん飲んだものだ。そしてしたたかに酔ったのだった。

「よし、飲みに行くか」

圭は胸がわくわくした。

ソルロンタンの店を出た。外はいつの間にか夜になっていた。街灯が冷たく街を照らしていた。人々は足早に過ぎ去っていた。

「ソウルってところは妙なところだ。冬が終わったと思ったら夏で、夏が終わったと思ったら冬がやってくる」

金尚泰はバーバリーコートの襟を立てながら呟いた。そして、せっかくなら酌をしてもらえるところに行こうといって、京城医専の級友たちと行ったことがある店を訪ねて茶洞《タドン》の路地へと圭を案内した。

「ソウルの店は千層萬層九万層だ。名月館、菊日館のようなところがあると思えば、晋州の路地裏の色酒家「売春を兼ねた飲み屋」みたいなところもあるし、それよりもっと安い一杯飲み屋もある」

尚泰が歩きながら言った。

「お前は飲み屋を全部マスターしたみたいだな」

「マスターだなんて、何言ってんだ。行かなくったって見れば分かるだろう」

尚泰は狭い路地に入っていくと、ある小さな家の前で立ち止まった。

「この店だったと思うんだが」

と、狭い戸口の中をのぞき込みながら、

「ソウルの飲み屋の女の子には慶尚道なまりが受けるんだ」

と言って、家の中に入っていった。

居間の戸がガラリと開くと、厚化粧をした中年の女が顔をのぞかせた。

「あら、どなたかと思ったら。医者学生の先生じゃないの」

女は喜色を浮かべて、尚泰と圭を部屋の中に招じ入れた。色とりどりの服を着た娘たちがずらりと立ち上がった。

一所に集まっていたアゲハチョウの群れが、一斉に羽を開いて飛び立ったようだった。

嗅いだことのない匂いが圭の鼻を突いた。

「今日はまた美人が勢揃いだな」

と言いながら、尚泰はオンドルの焚き口に近いところ「上座」に圭を座らせた。圭は戸惑いのあまりなすべを知らなかった。田舎の鶏が市に来た気分という言葉は、このようなときに使われる言葉ではないかと思った。

「さあ、挨拶してください。この人は友人だ。私の友人といっても、私より遙かによくできた友人です」

尚泰が主人とおぼしきその中年の女に向かって言った。

「それならこの方も医者学生の先生なのね?」

中年の女は満面に愛想を浮かべた。

「ところでその医者学生の先生ってのは何ですか?」

尚泰がからかった。

「お医者さんになる勉強をなさっていらっしゃるか

ら医者学生でしょう。それに敬意を込めて先生を付けたんですよ」

尚泰は呆れたように笑った。圭も照れくさそうに笑った。

慌ただしく酒肴を整えた膳が運ばれてきた。娘たちが強いおしろいの匂いを漂わせながら、膳の周りに座った。

格式通りに杯に酒が注がれると、尚泰は自分の杯を圭の杯にカチリと当てて一気に飲み干した。そして言った。

「今度は君の話を聞こう」

「するほどの話なんてないさ」

「大学は卒業してないだろう?」

「そんな余裕なかった」

「京城大学にでも通えばいいじゃないか?」

「京城大学には行かない」

「日本に行って最後まで通うのか?」

「とにかく外国に行くつもりだ」

「外国人として東京帝大に通うのもかっこいいだろうな。俺は修学旅行で東京に行って、外国人としてこの都市で暮してみたいと思ったことがある」

「俺は東京でそんな気分だった。あの大学は比較的自由だったから」

「さっき朴泰英君が職業革命家になるって言ってたけど、それは左翼をするってことだろう?」

「そのようだ」

「お前も朴君と同じ思想なのか?」

「俺はちょっと違う」

尚泰は杯を持ったまま、ぼんやりと考え込んでいたが、

「親友どうし思想が違うってことは寂しいことだな」

と暗い顔をした。

「しかたないだろう」

「それならお前は右翼か?」

「右翼でもない」

「もちろん左翼でも?」

「そうだ」

「だけどそれはあり得ない。左翼でなければ右翼だし、右翼でなければ左翼だ。どちらかに傾斜しているのは事実だろう?」

「それはそうかも知れん。それならお前はどっちだ?」

「俺は医者の卵だ。右翼左翼にとらわれずにできる唯一の職業が医者じゃないか。右翼の患者も治さなきゃならないし、左翼の患者も治さなきゃならない」

「だけどお前が言ったように、どっちかに気持ちが

傾くってことはあるだろう」

「それをなくすのが俺の努力じゃないか。健康と生命の問題だけが俺の問題だ。医者が右翼なら左翼の患者をおざなりにしてしまうだろう。その逆も同じだ。だから一切政治的な意見は口にしないし行動にも出さない。体温は三十七度です、消化臓器に異常があります、お酒を飲み過ぎないように、そんな言葉以外は言わないつもりだ」

「徹底的だな」

「徹底しなければならないのさ。生半可な気持ちで医者になろうとしているんじゃないんだから。それに永遠の級長を務めるためにも、俺は俺の態度が最高だと思う。元斗杓の級長もしなけりゃならないし、朴泰英、李圭の級長もしなけりゃならない」

「朱榮中の級長もか？」

「もちろん」

「級長の座をお前から奪ったのが朱榮中なのに？」

「それは違うだろ。あいつは日本の天皇陛下が任命した級長で、俺はみんなが選挙した級長じゃないか。天皇陛下はいなくなったんだから、みんなが選んでくれたとおり、俺が級長に戻るべきだろう。まあ、そんなことはどうでもいい。俺は級長の座をそのまま守っていたのだから」


「そうだ、お前の言うとおりだ。俺たちの永遠の級長だ、お前は。この世にお前ほど立派な級長はいない。I am proud of being a classmate under the class master as you.（私はあなたのような級長の級員だったことを誇らしく思う）」

酔いのためばかりではなく、こんな英語を口にしないではいられないほど、圭は金尚泰のような級長を友としたことが光栄であり、幸せに思えた。

「私たちが借りてきた猫だとでも思っていらっしゃるの？お客さんたちばっかり話をして」

顔つきからして気の強そうな娘が口を尖らせてそう言うと、

「私たちにも一杯くださいな」

と、金尚泰と圭の顔をかわるがわる見つめた。

「よし、分かった。今夜はみんなで大いに飲もう」

金尚泰は自分の前に置かれた大きな盆の中身を空けると、やかんを取りあげその盆になみなみと酒を注いだ。

「さあ見ていろ。先ずは俺から飲むからな」

「みんなで回し飲みするの？」

「そうよ、あんたやらないの？」

今まで置物のように口を閉ざしていた娘たちが、慶尚道なまりを真似して、ぺちゃくちゃ話し始めると、突然酒席が活気だった。

五

いつの間にか、どの部屋も客で満員になった様子で、尚泰と圭の部屋が騒々しくなった頃には他の部屋から歌声が聞こえてきた。箸で膳を叩いて調子をとるその調べは、場所が場所だけに圭のセンチメンタリズムを誘った。

石炭白炭焚くところ　煙がもくもく上がるけど
君の心臓焚くところには　煙も上がらないのか
オランオランオホラ　君が私の愛する人なのさ
私は君を空山名月のように思って見つめているのに
君は私を花札一枚くらいにしか思っていない
オランオランオホラ　君が私の愛する人なのさ

いつも耳にしていた俗謡だったが、そのむせび泣くような旋律には民族の悲哀に通じる何かがあった。

「私たちも歌を歌いましょうよ」

と、酔いの回った娘が「十五夜明月に貴方を訪ねて」を歌おうとしたが、金尚泰が止めた。

「他の部屋から聞こえてくる歌だけで十分にいい気持ちじゃないか。俺たちは静かに聞こう」

「そんなのあり？」

と、娘は膨れっ面をした。

「それじゃあ後であの歌が終わったら、俺たちも歌うことにして、先ずはあの歌を聞こう」

このように言うところをみると、尚泰も圭と同じ気分のようだった。

隣の部屋では「熱を失った若者の悲しみに濡れ」が歌われていたが、「流れ流れて」に変わった。

違う部屋からも歌が聞こえてきた。そうなると小さな店の中は騒音のるつぼとなった。

「こりゃうるさくてかなわんな。俺たちは酒でも飲もう」

尚泰が圭に杯を勧めた。そして不意に思いついたように言った。

「俺たち、ソウルにいる同期同窓だけでも集まってみないか」

「面白そうだな」

「早めに連絡しておけば、田舎にいる奴等でも来れる奴がいるだろう」

尚泰は指を折って数えていたが、今すぐにでも七、八人は集めることができるだろうと言った。

「あっ、そうだ。林榮泰と朱榮中はあれからどうなったんだ？」

圭は昔を思い出して聞いた。

「さあな」

尚泰は考え込んだ。

中学四年の時だ。郭病漢に飛びかかろうとする朱榮中に、林榮泰が間に入って対抗した。それから二人の間は仇どうしのようになっていたのだが、圭は四年生を修了すると高等学校に行ってしまったために、彼らが和解したのかどうか知らなかった。さらに一年ともに過ごした金尚泰も知らないというのだから、恐らくそのまま卒業してしまったのだろう。

「学級の重大事を知らないというのは、級長としての資格がちょっと不足しているんじゃないのか」

「不足じゃなくて、ちょっと怠慢だった。だからあいつ等を仲直りさせるためにも級会を招集するべきだ」

「今会えば和解できるだろう」

「もちろんだとも。みんな大人になったんだから」

するとさっきの気の強いおどけた娘が、

「また始まった。医者学生の先生たちはおしゃべりばっかりしているから白けるわ」

「白けさせてすまん。俺たちは五年ぶりに再会したんだ。大目に見てくれよ」

尚泰はその娘の肩を抱いた。

「電気が来たみたい」

娘が体をすくめて震えるような真似をした。

「電気って？」

「男の人の体に触れたから電気が来たってこと」

「それなら本当に電気を通してみるかい？」

「いいわよ。独宿空房三年っていうけど、三年にはならなくても三月は過ぎたから、殿方が恋しくてたまらなかったのよ」

「李君、どうだ？今夜は俺たち」

と、尚泰が妙な目配せをした。圭はその意味が分かって、顔を赤らめた。だが、突然体内の一部で男性がうごめき始めた。圭は時々河潤姫の肉体を想像して、猛烈な欲望に駆られることがあった。そのたびに娼家にでも行こうかと考えたが、その衝動を辛うじて堪えて、たいがいは便所で処理していた。

（愛する女性の純潔を守るために娼家に行ったり、不潔な便所で不潔な行為をしなければならないこの様は？）

と、圭は自己嫌悪に陥ることもあったが、恐らく機会が与えられれば今夜はその誘惑を退けることはできないだろうと予感した。

そんな心の葛藤を隠すためにも、圭は早く酔わなければならなかった。前に置かれた杯を一息に飲み干して、その杯を尚泰の前にぐいと差し出した。

圭の傍らに座っていた娘がそっと手を圭の太ももの上にのせた。

「詠子《ヨンヂャ》、うちら今夜は医者学生の旦那様たちと贅沢しましょう」

尚泰と並んで座っているおどけ者の娘が、酔いの助けも借りて大胆に宣言した。

隣の部屋の歌はいつしか赤旗歌に変わっていた。

高く掲げよ！紅き旗を

………

すると、

「そんな歌、歌っている奴等は誰だ！」

という大声が別の部屋から響いてきた。隣の部屋は一瞬静まりかえったが、前よりも大きな声で赤旗歌を繰り返した。

「その歌止めないか」

再び怒鳴り声がすると、隣の部屋の戸がガラリと開き、

「どこの犬だ。今吠えているのは」

と、荒々しい声が続いた。

それが合図となった。あちこちの部屋から飛び出してきた人々が、狭い廊下でいさかいを始めた。

「止めてください」

という女たちの悲鳴が男たちの悪態と殴り合う音に重なった。尚泰が戸を開けようとした。

「開けないでください。騒ぐのは止めましょう。エビの喧嘩に鯨の背が裂けるっていうじゃないですか。放っておきましょう。反動野郎、ちょっとひどい目に遭えばいいのよ」

おどけ娘のこの言葉に、圭は目眩がするほどの衝撃を受けた。

（反動野郎とはどういう意味なのか）

と思ったが、金尚泰がだらしない笑いを浮かべながら言った。

「あんたはなかなか政治的なんだな」

「政治が何か私には分からないわ。でも私たちは人民の娘よ。人民の娘が資本階級の犠牲となってここにいるんじゃないの。分かった？」

圭はどぎまぎしながらおどけ娘を見つめていたが、金尚泰は面白くて仕方がないという様子で、圭の横にいる娘に聞いた。

「詠子さんて言いましたね？詠子さんも人民の娘で

すか？」

詠子という娘は恥ずかしそうに笑うばかりだった。代わりにおどけ娘が答えた。

「当たり前でしょ。詠子も人民の娘よ。この茶洞、武橋洞《ムギョドン》の娘たちはみんな人民の娘だわ」

外の喧嘩はうやむやになった様子だった。隣の部屋の人々が息を切らせながら入ってくる気配がした。

「相手をするまでもなかった。ちんぴらが酒に酔ってほざいていただけだ」

「だからといってあんな反動野郎を放っておけるか」

「ここがどこだと思って、まったく呆れたものだ……。とにかくあのような奴等は根絶やしにしなくては。金ドンム、よくやった」

「だめだ、新しい酒を持ってこい。熱くしてな」

などといった話し声が聞こえてきた。彼らは再び飲み直す様子だった。圭は完全に酔いが覚めた気分で、いわゆる左翼たちの浸透力の強さを改めて感じていた。

それからどれほど酒を飲んだだろうか。のどの渇きに目が覚めたとき、圭は全く知らない部屋に横たわっていた。横にはぐっすり眠り込んでいる女の体があった。

圭は昨夜のことを一つ一つ思い出してみた。女たちとともにあの店を出た。一つの電灯が二つ三つに見え、道はひどく曲がって見えた。路地の出口の黒い電信柱が倒れてくるようで危なかった。無数の路地を彷徨った。腰をかがめて戸をくぐった。小さな部屋に尚泰や女たちとともに狭苦しく座った。何やらしゃべりたて、歌も歌った。そうしているうちに……女の裸の白い体があった。日本の京都の旅館での木下節子の肉体が脳裏をかすめた。……それとは違う……詠子という女だ。その白い肉体の上で、幾度となく繰り返された行動……

圭はようやく起きあがると、電球を手探りで探して明かりを点けた。眩しい、しかしわびしげな電灯の光が、みすぼらしい部屋の中を照らし出した。部屋の隅に水が置かれていた。その水を一気に飲み干した。水を飲むと掛け布団をめくってみた。下着をまとっただけの裸体が静かに息づいていた。その体からは、娼婦または酌婦という観念を断固として拒否する高貴さが漂っていた。化粧を落とした顔にもすさんだところなどなかった。新鮮ともいえる女性の素顔が象牙色に輝いていた。

（この女が昨日の夜、酒席の隅に座っていたあの女なのか？）

全く信じられぬほどの変身だったが、この女性があの女であることに間違いなかった。　圭は自分の内部から静かに燃え上がってくる情念を感じた。そして布団の中に滑り込むと、女を軽く抱きしめた。女の目が花のつぼみのように開かれたが、再び眩しそうに細められた。圭の存在に気付くと、女の顔に静かな、そして恥ずかしげな笑みが広がった。口元から目尻へと広がっていくその微笑の波は神秘的かつ繊細だった。

圭はふとその微笑こそ新婚初夜の新婦が新郎に見せるべきものだと思った。それなのにこの女はどうして一夜の仮初めの恋の相手にそんな微笑を見せるのだろうか。

（笑顔を売ってもいい、体を売ってもいい、精神を、魂を売ってもいい、だがそのような微笑だけは売ってはならないのではないか。それは売るものではなく、愛する人のために贈らなければならない）

圭はそんなことを考えながらも愛の動作を始めた。昨夜の行動を動物の動作、蕩児の動作だとするならば、明け方のその動作は明らかに愛の動作だった。柔らかく、強く、冷静に、情熱を込めて熱く、匠のように精巧に……愛の秘儀はこのように行わなければならないという範例を作るような気持ちで、圭の愛の動作は、彼女の敏感で激烈で甘美な反応を確認しながらいつまでも繰り返された。瞬間、河潤姫に罪悪を感じ、そう感じることによって詠子にも罪の意識を覚えたが、そんな罪悪感すらこの愛の秘儀を装飾し、より素晴らしいものにする要因となった……

激情が去り、恍惚とした疲労が残った。圭は横を向いて体を支えながらもう一度彼女を抱きしめた。

「姓氏も知らないのに……」

圭が言った。

「姓は金です。あのありふれた金！」

彼女の言葉には軽い溜息がこめられていた。

「金詠子、金詠子さんですね」

「詠子ではありません。貞蘭《チョンナン》が私の本名です」

「貞蘭、金貞蘭《キムチョンナン》、いい名前ですね」

「名前がよくっても仕方がありません」

それはそうだと圭は思った。

「故郷はどこですか？」

「故郷ですか？」

貞蘭はしばらく何も言わなかった。

「満州です。父の故郷は忠州《チュンチュ》」

「満州なら解放前までそこにいたのですか？」

「そうです」

「お父さんとお母さんは？」

「亡くなりました」

「解放の後に？」

「直後でした。父は満州の人々に恨まれていたようです。日本人の仕事を手伝っていましたから」

「では一人で朝鮮に出てこられたのですね」

貞蘭は圭の懐から体を外してうつ伏せると泣き始めた。声もなく肩を震わせてむせび泣く貞蘭を見ながら、圭は後悔した。いたずらに身の上を聞いて、たとえ仮初めのものであったとしてもその愛の饗宴を台無しにしてしまったと思った。

下手ななぐさめもできず、圭は貞蘭の素肌の肩に布団を掛けてやる動作を何度も繰り返した。そしていつの間にか再び眠りに落ちていった。


圭が再び眠りから覚めたときは、日の光が窓から差し込んでいた。部屋の中には誰もいなかった。耳を澄ませてみた。外から何かを囁きながら行ったり来たりする女たちの声が聞こえてきた。朝飯を用意している音のようだった。

圭は部屋の戸を開けた。前掛け姿の二人の女が同時に振り返った。

「よくお休みになられましたか？」

おどけ娘が挨拶をした。

部屋のすぐ外に小さな板の間があり、その板の間に続いて台所があった。細々とした壺や皿が小綺麗に片付けられていた。

「金君はどこに行ったのですか？」

圭は気恥ずかしさを紛らわすために聞いた。

「顔を洗って散歩に出かけました。学生さんも顔を洗って行ってらっしゃいな。その間に私たちが美味しいご飯を用意しておきますから」

おどけ娘が言った。貞蘭はおどけ娘の向こうで忙しそうに立ち働いていた。

部屋を出て庭に下りてみた。眺めのいい高台にあった。冷たい朝のかぜが爽快だった。一体ここはどこだろうかと圭は辺りを見回した。

電車が見えた。そこが電車の終点のようだった。独立門が眼下にあった。ここは西大門《ソデムン》だった。右手に赤壁の刑務所があり、刑務所の構造がおもちゃのように見下ろせた。崖の上の危なっかしいあばら屋が、おどけ娘と金貞蘭の住む家だった。

「顔を洗ってください」

貞蘭が洗面器を持って出てきて、圭の足下に置いた。歯磨き塩と水、石けんも持ってきてくれた。

（今、歯を磨いて顔を洗っているのだから、確かに夢ではない……）

　だが圭はまるで夢を見ているようだった。もう一度あばら屋を見つめた。板の垣根に囲まれた三十坪ほどの土地の上、建坪十坪ほどの家が建てられていたが、台所を間にL字の形になっていた。

「あばら屋でもこれが私の家ですから」

　後ろからおどけ娘がこう自慢したが、なるほど自慢するだけのことはある家だった。それなりに材木はしっかりしているし瓦も頑丈で、眺望もよかった。

「空気はいいし、隣がうるさくもないし」

おどけ娘が付け加えた。

　金尚泰が板戸を押して入ってきた。彼も何となく後ろめたい様子で、それを隠すためか、

「お前、そうやって立っていると本当にここの主人みたいだな」

と冗談を言った。

「板戸を押して、すっと入ってくるお前の方が主人みたいだ」

　圭もこうやり返すしかなかった。

　二人の青年は夜明けを待って、逃げ出すように帰ることはできなかった。なぜ帰れなかったのか、その理由をお互い説明しなくても理解できた。

　あばら屋の朝飯としてはかなりのご馳走だった。凍太《トンテ》［凍明太《トンミョンテ》の略。冬に捕って凍らせたスケトウダラ］チゲがあり、牛肉を添えた豆腐《トゥブ》チム［チムとは鶏肉・肉・魚・野菜・などを薬味といっしょに煮込んだもの、または蒸したもの］があった。その上、酒まで出された。

「お嬢さん方は我々を飲み助だとお考えですかな？」

　金尚泰がにっこり笑いながら言った。

「飲み助さんならこのお屋敷に連れてきたりしないわ」

「それなら何だと思って俺たちを連れてきたんだい？まさか道楽者には見えなかっただろう」

「医者学生の先生だから連れてきたんじゃないの。これからいいお医者様になって私たちの病気を治してくださいって」

「僕は医者学生の先生じゃないんですが」

　圭が言った。

「医者学生になるにはまだ年が足りないってことでしょ」

　おどけ娘のこの言葉を受けて、金尚泰が説明した。

「俺は医者学生だから、せいぜい一人一人の病気を治す術を身につけるのがやっとだけど、李君は天下の病気を治す勉強をするお方だ。何？年が足りないって？そりゃ俺より二つか三つ下だけど、東京のも

のすごい大学の学生なんだぞ」

「天下の病気はどうでもいいわ。とにかく私はお医者さんが好き」

「飯を食おう」

尚泰が匙を手に取った。

食事中、そして食事が終わってからも様々な話が飛び交った。

おどけ娘の本名は梁恵淑《ヤンヘスク》、金貞蘭とは母どうしが姉妹という従姉妹の関係だった。梁恵淑は朝酒に酔って、活動写真の弁士調で次のように身世打令《シンセタリョン》［身の上話］をした。

「天安生まれの梁恵淑は、不遇な八字《パルチャ》［持って生まれた運命］よ、早くして父母を亡くし、春風秋雨彷徨いながら、天安三叉路シダレヤナギの霊に憑かれて茶洞苦海を彷徨う身の上とあいなりましたが、忠州生まれの金貞蘭は豊かな両親の膝下、金枝玉葉に育てられたが、ああ天道は何と無情な、あっという間に天涯孤独、中国人に追われてこの梁恵淑を訪ねてこようとは何と奇妙な出会いではありませんか。ネズミの穴に光の差す日を待ちながら茶洞苦海でともに暮そうと誓い合ったが、姉の私は貞蘭の親代わり。いい新郎見つけてこの子の幸せ用意したいと苦慮していた矢先、李道令のような方に出会うとは、どうか心変わりなきように。一夜寝ても万里の城を築くという言葉のごとく、今が今生の別れとなっても、貞蘭の美しき真心どうかお忘れなきよう」

そう話しながら、梁恵淑は突然泣き崩れた。そして肩を震わせながら言った。

「この子が、貞蘭が、今日起きて何って言ったか分かります？幸せすぎて、今死んでも悔いはないって言ったんです。たとえ正式に夫を迎えて暮らせなくとも、一晩でも李先生と情を交わすことができたのだから、もうこれ以上望むものはないって言うじゃないですか。この子は満州で強姦されたんです。けれども茶洞に来てから一月になるけど全然男を知らないわ。全くの処女とどこが違うんです。そんな子がこんなことを言うんですから胸が潰れそうになりました」

圭と尚泰は意外な展開に慌ててしまった。流暢なソウル言葉で話すのを忘れ、忠清道《チュンチョンド》なまりが飛び出すほどに梁恵淑は真実を話していた。

金をやろうにも金がなく、何か約束をしようにもそれもできなかった。またいつか来るという曖昧な言葉だけを残して尚泰と圭は坂道を下り、西大門で電車に乗った。時刻はすでに正午を過ぎていた。

六

席は空いていたが、圭と尚泰はお互い示し合わせたかのように乗客の少ない隅へ行って吊革につかまった。西大門交差点を通り過ぎる頃、金尚泰がぽつりと言った。

「人生とは不思議なものだ」

梁恵淑と金貞蘭のことを考えているのは明らかだった。圭もずっと彼女たちのことばかりを考えていた。しかし何も話すことはできなかった。

「実はな」

と尚泰が囁いた。

「今朝起きたらすぐに君を連れて病院に行こうと思っていたんだ。性病が恐かったからさ。少し痛くてもカテーテルで洗浄しなければと思ってな。だけどあの娘たちの話を聞いて、病気にかかるのならかかってしまえ、って思ったんだ。病気にでもかかって苦労しなければって気分になったんだから不思議なものだ」

「あのひょうきんな娘はどうか分からないけど、金貞蘭って娘はそんな病気を持っているようには見えなかったけど」

「梁恵淑って女もそうさ。だけど性病ってのは妙なものだ。本人の自覚症状が全然ないこともあるんだ。まあそんなことはどうだっていい」

電車が光化門《クワンファムン》まで来た。

「どうだ、ここで下りて茶でも飲んでいくか？」

尚泰が言った。

「それより俺の叔父さんの病院に行こう」

不意に思い出して圭が言った。

「君は将来医者になる人間だから、今医者をしているうちの叔父さんに紹介したいんだ」

尚泰は快く応じた。しかし、圭の底意は別のところにあった。今、こんな状態で河潤姫と会うのが躊躇われたのだ。叔父の家から電話をかければ外泊の弁明がしやすくなるのではと考えたからだった。

人生は不思議なものだという尚泰の言葉が、圭の心に波紋を投げかけていた。一夜の冒険によって潤姫に嘘をつく羽目になったこと、それこそが不思議な人生の断面ではないか。そう考えながらも圭は金貞蘭から受けた衝撃が頭から離れなかった。明け方に見せてくれた、あの艶やかで神秘的な愛くるしい微笑、そしてあの情熱的で敏感な肉体の反応、娼婦でありながらも全く娼婦に似つかわしくないはにかんだ気品とつつましい魅力！そしてその女性が背負っている驚くべき運命！圭は窓外を流れていく街の風景から顔を背けて目を瞑った。

(再び会うことができなくても忘れないでほしいだと？この世にどうしてそんな悲しい言葉が存在するのか！)

圭はふとそのような不幸をなくすためには、どのような政治が必要なのかと考えてみた。そして、政治の力ではどうすることもできない問題だという思いがすぐに続いた。

圭の叔父は金尚泰が京城医専の学生だと知ってとても喜んだ。叔父は自分は医者でなく、医術の力を借りた商人に過ぎないと謙遜しながら、金尚泰には立派な医者にならなければならないという忠告を惜しまなかった。

叔父は金尚泰が圭の友人ということで気を許したのか、韓民党の発起宣言が出されると同時に参加したという話もした。金尚泰は、医者はその本分から見て政派を超越するべきだという彼の所信を明らかにした。

圭は叔父に尚泰を任せておいて、薬剤師室に行くと、明倫洞に電話をかけた。

「今どこにいらっしゃるの？」

潤姫の声は震えていた。

「叔父さんの家にいます」

「そこに何度も電話をかけたんですよ。いつ着いたのですか？」

「一時間くらい前に」

圭は言い繕う口実がなくなったと思いながらも、一度恵化洞に来てみてよかったと思った。もし直接帰っていたら、叔父の家で寝たと言い訳をして、すぐさま嘘がばれてしまうところだったからだ。

「私は昨日一睡もできませんでした。エビもエミもお手伝いの子どももまでもです。どうしてそんなに心配をかけるのですか？」

「ごめんなさい。昨日金尚泰という中学時代の級長に会ったんです。とても懐かしかったから徹夜で話をして寝坊したんです」

「電話一本もできなかったの？」

「その家に電話がなかったんです」

「近くに公衆電話もなかったんですか？」

「田舎者がソウルでどうやって公衆電話を見つけるんですか」

「私、圭さんがそんな人だとは思わなかったわ」

「だから謝っているじゃないですか」

「謝らなくてもいいわ」

圭は今後こんなことはしないと言いかけて止めた。金貞蘭の姿が脳裏に浮かんだからだった。その

代わり、

「潤姫さんにこんなこと言われるとは思いませんでした」

と言った。受け取り方によってどうとでも取れる言葉だった。潤姫はしょげ返った声で言った。

「今日も帰ってこないんですか？」

「帰ってこない方がいいですか？」

「あんまりだわ」

「必ず帰ります」

「早く帰ってきてください。朴泰英さんからも手紙が来ています」

「分かりました」

圭は受話器を置いた。薬剤師室にいた看護員がくすくす笑っていた。

夕方まで遊んでいけというおじの誘いを断って、圭は尚泰を連れて出てきた。ぜひ尚泰を明倫洞へ連れて行きたかったが、昨夜のことを考えると躊躇わずにはいられなかった。明日必ず会うことにして、圭と尚泰は恵化洞ロータリーで別れた。尚泰と別れた圭は、目についた郵便ポストに昨日から持ち歩いていた手紙を躊躇うことなく投函した。自分も不良になったものだとひとりでに溜息が出てきた。


田舎から来たという手紙は、権昌赫からのものだった。

「……河永根宅の頭の痛い問題は無難に解決した。共産党晋州市党の責任者だという姜《カン》某氏が河君を訪ねてきて、丁重に謝罪をしていった。恐らく李鉉相氏から何か指示があったのだろう。財産整理は着々と進んでいるから、十二月中には河君と一緒にソウルに行く。だから実家と連絡を取って、戸籍謄本を用意しておきなさい。できる限り急ぐ必要があるから、旅券の手続きに必要な書類をあらかじめそろえておいてほしい。姫君にもよろしく伝えてくれ：……」

次に泰英の手紙を開けてみた。ゴマ粒のような文字で七枚にも及ぶ長い手紙だった。要約すると次のような内容だった。

「事態は予想以上に困難だ。流血の事態にまで発展する憂慮もある。徹底的に不幸な民族だという思いすらする。今考えれば後悔することが一つや二つではない。しかし時すでに遅しだ。賽は投げられた。今、俺は個人と個性を殺す訓練をしている。最後まで踏ん張るしかない。正義も当分保留だ。真理も当分保留だ。勝利だけが、勝者となることだけが問題だ。お前はお前の道を行け！それがフランスに続いているのならフランスに、アメリカに続いているのならアメリカに行け！いつの日かお前だけが俺の証人になってくれるだろう。俺は今、京城大学の学生でない学生だ。新学期が来れば正式な学生としての登録もするが、学生の使命以外の使命を帯びた学生の身分とはおかしなものだ。指導者の言葉によれば、そんな考えをすること自体が生半可な小児病だそうだ。我らの河頭領は使命を帯びてどこかに旅立った。盧東植同志は学兵同盟に行った。正直に言って、その学兵同盟というのはあまり気に食わない。日帝時代、学兵行きを拒否して智異山に隠れ住んでいた人間を、解放された今になって学兵同盟の盟員として送り込むなんて話にならないじゃないか。俺と河頭領が主動になって学兵拒否者同盟を作ろうとしたが反古になった。学兵に行った人間が多く、拒否者は少なかったというのがその理由だ。毎日東に向かって日本の天皇陛下に遙拝していた奴等が、一朝一夕に愛国者となって威張っているんだから見られたものじゃない。彼らに武力があるからといって、それを利用するために批判もできないのだから、消化不良もいいところだ。まあ戦争なのだから、外人部隊や傭兵を採用するつもりで目を瞑れないこともないが。それから先日、お前が話していた河永根先生に対する脅迫事件のことだが、指導者に報告しておいたから無事に解決するだろうが、その結果が気がかりだ。最後にお前に頼みがある。金淑子を河永根先生のソウルの家に泊めてもらうことはできないだろうか。現在の俺の立場では、妻を連れて動くこともできず、だからといって故郷に帰すわけにもいかない。どんなことでもして少しでも迷惑のかからないように努力する女性だから、大きな負担にはならないはずだ。重ねて申し訳ないが、河永根先生に相談して俺に十万円ほど融通してもらえないだろうか。金は金淑子の住居問題が解決した後でもいいから、先ず金淑子のことを頼む。俺への連絡は封筒に書いてある住所にしてくれればいい。複雑な事情は書かないでいいから「イエス」か「ノー」だけを書いて、できるだけ早く連絡してほしい。今は自由に使える時間の余裕がないが、お前が外国に行くときには必ず一度会いたい……」

この手紙を読んで、圭は泰英が可哀想だと思った。

(どうして朴泰英は、自らを進んで不幸の奈落へと追いやるのだ)

という激情が込み上げてきた。

まだ人生はこれからではないか。ゆっくり歩いていけばいいではないか。急いで答えを出そうとせずに、難しい問題はしばらく避けてやり過ごしてもいいではないか。正義も保留するという。真理も保留するという。そうなれば人間性まで保留することになるではないか。圭は手紙を開いたまま、暗澹とした気持ちでガラス越しに暮れゆく空を見つめた。

「明かりも点けずにどうしたんですか」

潤姫が入ってきて電灯を点けた。そして暗い表情の圭をうかがい見ながら、

「何か心配事でもあるのですか？」

と尋ねた。

圭は答える代わりに泰英の手紙を差し出した。結局は金淑子の問題は潤姫が決めなければならないのだ。

潤姫は手紙をしまいまで読み終えると顔色一つ変えず、

「金淑子さんの居場所がないのでしたら、お金を用意して下宿を借りてあげればいいのではありませんか」

と言った。金淑子と一つ屋根の下にはいたくないという潤姫の意思表示だった。

圭は叔父の病院の看護員として推薦してみようかと思ったが、すぐにその考えを打ち消した。韓民党の発足と同時に入党願書を出した人間の家に、共産党員の妻を連れて行くわけにはいかなかった。

「十万円を融通するお話しは、父に相談する必要ありません。生活費として持ってきたお金が残っていますから、その中からお渡しすればいいわ」

潤姫は圭の心配を減らすために言った。だが圭にとっては金淑子の問題がより重要だった。金を渡してまで下宿をしろというのは、金淑子を歓迎していないという決定的な意思表示となる。圭としては到底受け入れられることではなかった。圭はその意思を潤姫に話してみた。

「他のことなら何でもお手伝いします。でも一緒に住むのだけは困るんです。あの方たちと一緒にいるとなぜか息がつまるんです。何も考えられなくなるんです。自分が何か悪いことでもしているような気持ちになるんです。下宿費を用意して差し上げるのではだめでしょうか？」

ここまで言う潤姫に、これ以上頼むこともできなかった。しかし泰英は「イエス」か「ノー」かだけを知らせてくれと言っているのだ。

圭はひそかに腹が立った。潤姫の心の中に染みついているブルジョワ根性に対する憎悪だった。同時に金淑子は泰英の夫人という意味以上に、圭にとっても大切な人間であるということを改めて感じた。

優しくて情け深い、それでいて強い意志を持った女性だ。東京で、掛冠山で、圭はずいぶんと金淑子の世話になった。圭の洗濯物を金淑子が洗ってくれたこともあった。

潤姫が金淑子を拒否するのなら、友だち、あるいは人間の道理として、自分もここにいることはできないのではないかと圭は考えた。泰英がこのような提案をしてきた一番の原因は自分がここにいることにあるのだから、泰英と金淑子に対する友情のために決然とした行動をしなければならないと心を固めた。

圭はそうなった場合、金尚泰と相談するか、もしくは叔父の家に金淑子を預けることにして、潤姫に向かって柔らかな口調で話しかけた。

「潤姫さん」

「はい」

「権昌赫先生からの手紙も見たでしょう?」

「見ました」

「旅券の手続きに必要な書類もありますから、僕は田舎に戻ろうと思います」

「郵便ではだめなのですか?」

「どのみち一度は帰らなければなりませんから」

「でもまだ時間はたくさんあるじゃないですか。今から慌てる必要ないでしょう?それでいつ帰るおつもりですか?」

「今夜にでも行こうかと思います」

潤姫の顔がこわばった。そして言った。

「私も一緒に行きます」

今度は圭の方が慌てた。

「今夜は叔父の家に泊まって……叔父と相談することもあるし……明日か明後日に帰るつもりです」

「今日叔父さんの家に行ってきたのに、そのとき相談できなかったのですか?」

「……」

「圭さんは私と一緒にいるのが嫌なんでしょう?」

「とんでもない」

「それならどうして」

「さっき言ったじゃないですか」

「そんな理由では納得できないわ」

「とにかく僕は帰ります」

圭は我知らず冷たい口調でそう言って立ち上がると、荷物を整理し始めた。

圭のそんな行動をしばらくの間化石のように見つめていた潤姫が、突然わっと圭の腕にしがみついた。

「私が間違っていました」

「何が間違っていたというのです？」

「圭さんの気持ちも知らないで、私が金淑子さんを……」

「そんなことは関係ありません」

「私には分かります。金淑子さんをうちにお迎えしますから。あの方を理解するよう努力しますから」

潤姫はわんわん泣き始めた。突然の泣き声に、居間からエミが駆けつけて戸を開けた。

「お嬢さん、どうしたんですか？」

潤姫は泣き続け、エミはその場でおろおろした。圭は荷物をまとめていた手を止めざるを得なかった。

「私が間違っていました」

潤姫は泣きやむと静かに言った。圭は取り出したトランクを隅へ押しやると、膝を抱えて座った。何となく落ち着かなかった。考えてみれば潤姫が間違っていたと謝る理由はどこにもなかった。

「潤姫さんが何を間違ったというのですか？」

「圭さんの気持ちを考えなかったというのが間違いではないのですか？」

潤姫は目を伏せたまま溜息をついた。

「そんなことはないけど」

と圭が躊躇うと潤姫は、

「すぐにでも私が手紙を書きます。困った立場にいる人を助けなければならないのに私が心得違いをしていました。とにかく私が軽率でした」

と言って立ち上がった。

潤姫が消えた後、圭はしばらく呆然と座っていたが、ごろんとその場に横になった。

人と人との関係は実に微妙なものだと思った。ごく小さな出来事が人生の方向を大きく変えてしまうこともあるのだと思った。圭は自分がトランクを持って外に飛び出していた場合を想像してみた。

先ず泰英と潤姫の間が釈然としなくなるであろうし、さらには河永根と泰英との間にひびが入るのも明らかだった。そうなれば圭自身もどちらか一方につかなくてはならなくなる。

圭はまた自分が決然とした行動をとる覚悟をした心の底に、泰英との友情以外に昨夜ともに過ごした金貞蘭の姿があることを発見して驚いた。金貞蘭に対する愛着から河潤姫と決別してもいいと考えたわけではなく、人生のまた違う可能性に対する暗示のようなものを金貞蘭との一夜が提示してくれたのだ。

とにかく全てが破綻の方向に流れず小康状態を維

持できたのは、潤姫の素速い判断力と温かい心根のおかげだというほかなかった。

（俺にとってかけがえのない河潤姫！）

圭はその出来事によって、いっそう強く潤姫と結びついた自分を感じていた。

七

金淑子が明倫洞のその家にやって来たのは、それから一週間ほど後のことだった。

金淑子は驚くほど変わっていた。わずか一ヶ月あまりのうちに、人がこれほど変わるのだろうかと思うほどに変わりはてていた。

闊達かつ冷静な女性だった金淑子は、沈鬱でいつも不安そうな女性に変わっていた。圭と潤姫の歓待に努めて愛想を振りまいて見せていたが、淑子のそんな微笑は長くは続かなかった。すぐに暗い影が彼女の顔を覆い、声にも生気がなくなってしまった。

「どうしてだろう？」

潤姫と二人きりになったとき、圭はこのように切り出した。

「朴泰英さんと何かあったんでしょうか？」

潤姫も心配そうに言った。

「そんなはずはないと思うんだけど」

「それならどうして？」

「分からないから心配なんだ」

潤姫によれば、淑子はずっと部屋に閉じこもって何かを熱心に書き続けているようだった。それは泰英に宛てた手紙のようでもあるのだが、それを送ったような形跡はないということだった。

「潤姫さんが一度聞いてみてください。何か悩み事でもあるのかって」

「どうやってそんなこと」

潤姫は躊躇った。確かに無理矢理人の心の奥まで立ち入ることはできなかった。

このようにして金淑子は、少しずつ圭と潤姫にとって負担な存在となっていった。知らん振りをするわけにもいかず、かといって関心をあからさまにすることも躊躇われた。

そんなある日の晩だった。

圭が書斎で寝そべったまま本を読んでいると、ノックの音とともに、

「まだお休みではありませんか？」

という淑子の声がした。

「まだ起きていますよ」

圭は慌てて起きあがると、服の乱れを直して戸を開けた。

電灯の明かりの下、淑子の姿はいっそうやつれて見えた。

「風が冷たいでしょう。入ってください」

「失礼します」

淑子は部屋に入ると隅の方でかしこまって座った。

「どこか体の具合でも悪いんですか？」

圭が聞いた。

「い、いいえ」

淑子の力無い答えが返ってきた。

「お話しがあって来ました」

「お聞かせください」

淑子はチョゴリの結び紐をいじりながら長い間うつむいていたが、やがて口を開いた。

「泰英さんが共産党を辞めるよう、李圭さんからお話ししていただけないでしょうか？」

意外な話に圭は言葉を失った。

「李圭さんのおっしゃることなら泰英さんも聞き入れてくれるかも知れません。どうかできるだけ早く……」

「ちょっとやそっとの覚悟で始めたことではないでしょうから、僕が言ったとしても難しいでしょう」

圭は戸惑いながらこう言うしかなかった。

「いいえ、先生」

先生という言葉が気恥ずかしかったが、そんなことを問いただせるような雰囲気ではなかった。

「何が何でも泰英さんに共産党から手をひいてもらわないといけないんです」

淑子の言葉はとても沈痛だった。

「どうしたんです？何があったんですか？」

「大きな不幸が来るような気がするんです」

「どうしてですか？」

「共産党をしなくても、国と民族のために奉仕できるのではないでしょうか？」

「それはそうでしょう」

「それなのに、どうしてあんなに頑なに共産党にこだわるのか理解できません」

「それは僕も同感です。だから僕と一緒に外国留学をしようって勧めたんです。泰英が言ってませんでしたか？」

「聞いていません」

「河永根先生が、お金は用意するから朴君に外国留学を勧めてくれっておっしゃったんです。淑子さんも一緒にです。でも朴君は即座に断りました」

淑子はチョゴリの紐で目頭を押さえた。「きっと大きな不幸が訪れます。それを知りながら黙って見ていられないのです。先生、泰英さんを止めてください。私の力ではどうすることもできないんですか。私の力ではどうすることもできないんです」

「努力してみます。でも大きな不幸が来るっておっしゃいましたが、何かそんな兆しでもあるのですか？」

「見るもの聞くもの全てが兆候ではありませんか？北の方ではソ連が入ってきて北方全域をソビエト化していると聞きます。でも南でそんなことを米軍が放っておくと思いますか？たくさんの兵士を犠牲にして戦争に勝利して、この南朝鮮を占領した米軍が、自分たちとは利害が全く異なる共産党の行為を指をくわえて見ているでしょうか？」

「それは常識でしょう」

「それなのに共産党は南朝鮮の共産化を必死に急いでいるのです。あちこちで暴動を起こす計画まで立てている様子です。日本を叩き伏せた米軍の武力に対抗してですよ。そんなことができると思いますか？泰英さんはそんなことをやろうとしているのです」

「それなりの自信があるのでしょう」

「その自信が無謀な夢なのです。何の根拠もない妄想なのです。民衆を組織する、そして合図を下す、全国で一斉に暴動が起きる、そうすれば米軍は屈服して自分の国に帰るだろう。そんなふうに考えているのです。笑ってしまうではないですか？アメリカを恐ろしい資本主義国家、反動国家だと非難しながら、アメリカは民主主義の国だから我が国民の集結した姿を見せれば撤収するだろうと楽観しているのですから、呆れたものです。アメリカが恐ろしくて凶悪な国だという彼らの非難が正しいならば、どうしてそんな楽観論が成立するのでしょう。反対に楽観論が成立するのなら、どうしてアメリカが凶悪な国といえるのでしょう。子どもにでも理解できる分かり切った矛盾が、あの人たちには分からないのです」

「分からないんじゃなくて、分かろうとしないのでしょう」

「それならそれのどこが政治運動なのですか？」

「淑子さんのおっしゃることは全て正しいと思います」

「共産化の夢にとらわれているから、明らかな事実も見えなくなっているのです。そればかりか、どんなことでも自分たちの妄想を膨らます方向にばかり解説しようとするのです」

「革命政党は、そんなふうに引っ張っていかなければ維持できないのでしょう」

「李圭さんの方がよくご存じでしょうが、泰英さんはとても聡明な人ではありませんか？それなのに最近の話を聞いていると、全く人が変わったみたいです。こんなことを言うんですよ。我が国で人民が暴動を起こしても、米軍は銃を撃たない。わけを聞くと、米軍の兵士はみんな人民の息子だから、人民に同情するはずだ。我が国で暴動が起これば、アメリカの全労働者がストに突入して我々を助けてくれるだろう。どう考えたらそんなばかげた話が出てくるのでしょう？」

「わざと冗談で言ったんでしょう」

「とんでもありません。どこかの集会でそんなことを言ったのなら大衆の心をつかむための方便だとも考えられますけど、私に向かってそんなことを言うのですよ。真剣な顔をしてです。あるときその話をするから笑ったんです。そうしたら本気で怒るんです。つまらぬ反動思想を持っているからその様なんだと」

「そんなに変わってしまったんですか」

「本当におかしくなってしまったみたいです。共産党が号令さえ下せば、全国の人民が一斉に立ち上がると信じているのです。私には到底そうなるとは思えません。共産党は今にとんでもないことを起こしてしまうでしょう。そして一人残らず死んでしまうに違いありません。そうなれば泰英さんのような人が一番先に死にます。今、共産党は何か軍事組織のようなものを作っているようです。そんなもので米軍に対抗するつもりなのですから話になりますか？」

淑子は少しも興奮することなく順序よく、時折溜息を混ぜながら、泰英を通して知り得た共産党の内情を説明していった。そんな淑子の言葉には微塵の嘘も感じられず、その判断力も確かなものに思われた。それだけに朝鮮共産党はその始まりから失敗作だったと圭は思った。

共産党が成功するためには、世界情勢をはじめ内外の現実を最も正確に把握した上で、堅実な政策と行動方針を立てなければならないはずだが、淑子の言葉によれば、根拠のない妄想を追って狂奔しているに過ぎなかった。

「李圭さんが何とかして早く泰英さんを助けてください」

淑子は体全体で哀願した。

「それほど共産党を信奉している人間が、僕の話を聞くでしょうか？」

「不安でいても立ってもいられないんです。溺れようとしている人を目の前にどうすることもできない、そんな気持ちです。このままでは到底生きていくことができません。共産党は今、ガソリンを頭からかぶって火の中に飛び込もうとしている刹那にいます」

圭は金淑子や自分に分かることが、どうして泰英に分からないのかという口惜しさを禁じ得なかった。

「とにかく最善を尽くしてみます。友人たちの助けを借りてでも」

と言いながら、圭は金尚泰と林洪泰のことを想起した。その二人と協力して泰英を説得してみようと思った。

（だけど無理だろう）

という諦めが先立った。

同時に圭は、淑子の泰英に対する深い愛情を理解した。

闊達かつ冷静な女性が、沈鬱で不安な女性に変わるほど、淑子は泰英のことを思い詰めているのだ。

「それではお休みなさい」

と、淑子は立ち上がろうとしたが、ふと動きを止め、何気なく言った。

「李圭さんが言ってもだめなら最後の手段があります」

「何ですか？」

「私が命をかけて引き留めます」

「命をかけて？」

「遺書を残して死ねば、ひょっとして考え直してくれるかもしれません」

圭は恐怖に怯えた。

「何てことを言うんです？」

「私が死んでも考え直してくれないならば仕方ないでしょう」

淑子の目から突然涙があふれて、ほおの上を流れ落ちた。

「そんなこと考えないでください。絶対にそんなこと考えないでください」

「あのまま放っておけば泰英さんは絶対死んでしまいます。泰英さんが死んだら私も生きてはいられません。それなら私が先に死にます。ひょっとすれば、それで一人は生き残れるかも知れません。そうでなくても結果は同じでしょうから」

「そんな考えは止めて、もう少し待ってください。

僕が最善を尽くしてみます」

「失礼しました」

淑子は静かに立ち上がると外に出て行った。

淑子が出て行った戸を見つめながら呆然と座っていると、障子が音を立てずに開いた。

寝巻に外套を引っ掛けた潤姫が入ってきた。夜中に潤姫が書斎に入ってくることは今までになかったことだった。そんな戸惑いを圭の表情から読み取った潤姫は、そっと圭の横に座りながら、

「お友だちの夫人が入っていける部屋に、私が入ってはいけませんか？」

と囁くように言った。

圭が、

「淑子さんは……」

と言いかけると、潤姫は手を振った。

「全部知っています。淑子さんが可哀想で私も泣いてしまいました」

「聞いていたんですね」

「悪いと思ったんですけど、そうなってしまいました」

「外は寒かったでしょうに」

「どれだけ寒くたって、李圭さんの部屋に女の人が入っていったのに黙っていられます？」

「それなら入ってくれればよかったのに」

「話を聞いているうちに、気後れしてしまって」

「気後れなんて」

「でもその間に、ああ私もこの部屋に入っていけるんだなあという勇気が沸いてきました」

「それはそうと淑子さんは大変な状況です」

「ああ私は幸せ」

潤姫はにわかに体を圭の膝の上にあずけると、片腕を圭の首に回した。自然に唇が重なった。

他人の不幸を通して自分の幸せを確認するなどということは、この上なく恥ずべき行為だが、それだけにしびれるような恍惚感が伴いもした。圭は焼けるように熱くなった自分の男性に気付くと、潤姫の腕を解いて床の上に座らせた。

「そんなに私が嫌いなの？」

「嫌いだなんて」

「私、この部屋に李圭さんが寝ているって思うだけでも幸せな気持ちで眠ることができたのに……」

「それなのに？」

「今夜はなぜかそれだけでは物足りないんです。かえって寝付けないんです」

「それなら僕がどこかに出て行くしかないですね」

「金淑子さんだけが死ぬと思っていらっしゃるの？」

「今夜はこの部屋に死が飛び交っていますね」

「だからそんなこと言わないで」

潤姫の上気した顔と濡れた瞳が息がつまるほど美しかった。

「今夜ここで寝てもいいですか？」

「とんでもない、大変なことになります」

「大変なことって？」

「お父さんが知ったらどうするんです」

「お父さんはもう覚悟してると思うわ」

「何の覚悟を？」

「大人になった娘を独身の男の人と、誰もいない家に同居させるんですから、ある程度の覚悟はしているはずでしょう？」

「僕をそれだけ信頼しているんでしょう」

「何でもそうやって優等生のように振る舞う人は私嫌いです」

「そう言われても仕方ないです」

「本気でそう思っているの？」

「相手の感情まで僕が支配することはできませんから」

こんなやりとりをしている瞬間にも、内面では炎が弾け飛んでいた。圭は危険水位を見守るような冷や冷やした気分になった。


「結婚式という手続きがそんなに重要ですか？」

冗談めかして潤姫は言ったが、その声は震えていた。

「重要でないことはないでしょう」

圭の答えは上の空だった。

息のつまるような瞬間が続いていた。

「潤姫さん、戻ってお休みなさい」

圭はやっとのことで言った。

「どうしても帰らなければいけないの？」

潤姫の瞳は赤々と燃え上がっていた。

「さあ、僕たちの偉大な未来のために」

圭はぱっと立ち上がると、潤姫の腕をひいた。潤姫は立ち上がると、その姿勢のまま圭の胸に顔を埋めてすすり泣きを始めた。

「泣くなよ」

戸を開けて外に出た。潤姫が母屋に消えていくのを見届けた後も、圭はしばらく冷気の中で立ちつくしていた。業火にも似た欲望の火種を消し去ることは容易ではなかった。

澄んだ空に無数の星たちが、冷たい金属性の光を放ちながらまたたいていた。

第四部　西林の壁

第一章　氷点下の双曲線

一

季節は寒くとも、政治の熱風はすさまじかった。右翼が独立促成青年連合会を作ったかと思えば、左翼は全評を組織した。李承晩《イスンマン》はついに人民共和国の主席就任を拒否した。

軍政庁は人共の解体を命令し、人共側は反対声明を発表した。

遠く北の咸興《ハムフン》では反共学生事件が発生、数十人の学生が死に、数十人の学生が逮捕されたという情報が流れてきた。新義州《シニチュ》でも学生の暴動事件が発生、やはり数十人の死傷者が出て、八十人あまりが逮捕されたそうだ。

人民委員会代表者大会会場ではテロ事件が起こり、共産党の主導権を狙って再建派と争っていた長安派共産党はついに解体してしまった［再建派…朝鮮共産党の解体後、日帝時代終焉まで「ソウル・コムグループ」を組織して地下活動を展開していた朴憲永《パクホニョン》を中心とするメンバーが、一九四五年八月二十日に朝鮮共産党再建準備委員会を結成した。彼らは自分たちの正統性を主張して長安派と対立した。長安派…一九四五年八月十五日の夜、ソウル鐘路《チョンノ》の長安ビルにおいて、李英《イヨン》らが朝鮮共産党を組織して、ヘゲモニーを獲得しようとした。そして十六日の早朝、長安ビルに「朝鮮共産党本部」の看板を掲げたことから、この党を通称「長安派共産党」という］。

「朝鮮無産階級運動の攪乱者、李英一派を断固撲滅せよ」

というビラが電信柱や壁に一斉に貼られた。

共産党内部で争いが起こるとは不思議だった。圭《キュ》は泰英《テヨン》に尋ねてみるべき問題だと、胸の中に宿題としてしまっておくことにした。

十一月二十三日、金九《キムグ》主席が帰ってきた。圭はラジオを通して金九先生の到着声明に耳を傾けた。

「二十七年間、夢にも忘れることのなかった祖国の山河を再び踏みしめたとき、私の興奮した情緒は言葉で形容できないものでありました。私と私の同僚たちは、過去二、三十年間、中国の援助のもとで命をつなぎ、我々の工作を展開してまいりました。特に今回の帰国においては、蒋介石将軍以下、各界各層のお世話になりました。そしてまた、韓国の米軍当局の丁重な誠意に負うところも大きなものでありました。したがって私と私の同僚は、中米両国に対し最大の敬意を表すところであります。今回の戦争は、民主主義を擁護するためにファシストを打倒する戦争でありました。ところで、この戦争に於ける勝利の唯一の要因は、同盟という約束を通して相互団結、協調したことにあったのです。私と私の同僚は、一介の市民として帰国しました。同胞の皆さんの期待を背に努力してまいりましたが、このような形で皆さんと対面することとなり、大変申し訳ありません。しかし皆さんは、私に罰を与えることなく、むしろ熱烈な歓迎を持って迎えてくださいました。感激の涙を流すばかりであります」

圭はせっかくの帰国声明を他人に代読させた点を不思議に感じ、また、話の内容にも釈然としないいくつかの点を発見した。

例えば「私と私の同僚は、一介の市民として帰国した」と言ったが、そんなことを一々明らかにする必要があったのか。また「私に罰を与えることなく」という言葉があったが、祖国光復「独立」のために亡命政権を引っ張ってこられた方が、いくら謙遜したとしても「罰」を云々する必要があったのか。圭はその帰国声明が、前半部をのぞいては、極めて不自然だと感じた。

夢にも描いた祖国の地を踏んだ独立闘士の感激が、もう少し率直に、飾るところなく切実に表れるべきではなかったのか。それだけに圭は、他人には理解されない複雑な事情が金九先生を取り巻いているのではないかとも考えた。

圭は新聞綴りをめくって李承晩の帰国声明を探してみた。李承晩の帰国声明は次のようだった。

「三十三年ぶりに懐かしい故国に戻り、感慨無量です。しかし今、この状況で感傷談を話している場合ではありません。世界中の人々が、今、私たちに注目していること、それは四十年間他国の圧迫と蔑みを受けてきた韓民族が、一体自分たちの力で見事に自主国家を創っていけるのかどうか、この一点にあります。私は帰国後アメリカ人たちと接してみました。彼らが望んでいるのは、韓民族が速やかに一つに団結してくれることです。なぜなら、ここにいるアメリカ人たちは皆一日も早く自分たちの国に帰りたがっているからです。私は平民として故国に帰ってきました。決して臨時政府の代表でも、外交部の責任者でもありません。したがって軍政府とつながりがあったわけでもありません。しかしここに帰る道を開いてくれたのはこの方たちであります。私は今後、私たちの自主独立のために働く所存でありますが、戦わねばならぬときは戦います。みなさんの五千年の歴史が暗闇に埋もれているのは、私たちの民族が愚かであったためであります。その中でも私のように年老いた者たちの過ちが多くありました。それは私が責任を負います」

圭は李承晩の帰国声明にも、やはり釈然としない箇所を発見した。「私は平民として故国に帰ってきた」という箇所や「年老いた者たちの過ちが多くあったが、それは私が責任をとる」という箇所などだ。あえて平民であることを明らかにするところには、一般大衆が自分を平民として受け入れないだろうという前提がある。いわばそう述べることによって、自分の位置をわざと浮き彫りにしたのだといえた。

年老いた者たちの過ちを「私が責任をとる」と言ったが、それが何を意味するのだろうか。責任をとるとすれば、どのようにとるというのだろうか。

昔の過誤を繰り返すことなく、本当に新しい国を創ろうとするならば、先ず指導者がいい加減なことを言ってはならない。無意味な、そして飾りばかりで彩られた言葉は一切追放されなければならず、心にもない言葉は絶対に禁忌としなければならない。

圭はアブラハム・リンカーンとトーマス・ジェファーソンの声明や演説を想起しながらこう思った。

(年老いた者たちの過ちが多くありました。それは私が責任を負います。ちっ!)

しかし、圭は金九先生、李承晩博士の愛国的業績が、その意図するとおりに実を結ぶことを痛切に願った。

十一月二十六日、午後五時から雅敍園にて同期同窓会が開かれた。参加者は金尚泰《キムサンテ》、李圭《イギュ》、朴泰英《パクテヨン》、林榮泰《イムヨンテ》、林洪泰《イムホンテ》、朱榮中《チュヨンヂュン》、金鐘業《キムヂョンオプ》、元斗杓《ウォンドゥピョ》、鄭善采《チョンソンチェ》、金勇愚《キムヨンウ》の十人だった。

金尚泰=祖国解放が成就した今、こうして再会することができて限りなく嬉しい。久しぶりだから積もる話もたくさんあるだろうし、それぞれ抱負もあることだろう。だから宴会を始める前に、順番に一人五分ずつ演説をしてもらうことにしよう。そのあと酒を飲みだしたら、一切の政治談を抜きにして、昔の思い出話でもして楽しもうじゃないか。久しぶりだし、それぞれ異なる考え方を持っているだろうから、そうしなければ意見の対立が起こって、せっかくの再会が台無しになると思うからだ。どんな演説をしても反駁するのは止めよう。それじゃ俺に近いところから、金鐘業君から始めよう。

金鐘業＝解放になったのは俺もこの上なく嬉しい。知らせを聞いてから十日間は正気ではいられなかった。けど今は悪質反動地主として責められる立場だ。こうなってみると抱負も何もあったものじゃない。韓国民主党に入ればいいじゃないかって勧められもしたが、俺はあんな政党に入る気はない。それから土地を農民たちに分配してしまえば後腐れないだろうとも言われたが、びびってするようで、それもしないつもりだ。お前たちがいい世の中を作ってくれることを信じて、小説でも読みながら過ごすつもりだ。林洪泰君、いい小説をたくさん書いてくれよ。全部俺が読んでやるから。こんなんでも演説になるのか？そうだ、学兵に行った友人たちにはすまない話だが、俺は四年生で学校をやめたおかげでそんな屈辱を経験しないですんだ。学校に行かないことであのときは親父にひどくしかられたけど、学兵の問題が出てきたら親父は俺を呼んでこう言ったんだ。「鐘業、ひょっとするとお前は義人なのかも知れん。そうでなければ、どうしてこんなわざわいを前もって避けることができようか。お前のおかげで郡守や署長に苦しめられることもない。こんな幸せなことはない。どうやらうちには王運があるのかも知れん」生まれて初めて親父に褒められて背中がむずがゆかったけど、悪い気分じゃなかったな。親父の言うとおり、俺は義人かも知れないから、そう思って俺と付き合ってくれよ。

朱榮中＝俺は満州軍官学校を卒業した。はじめその学校に入ったとき、周りに俺を嘲笑う奴等がたくさんいた。ツバメやスズメどもに大鵬のことが理解できるはずもない。俺が軍官学校に入学したのは日本や満州国に忠誠を誓ったからじゃなく、いつか我が国のためになる日が来ると思ったからだ。どんな国でも、国がその独立を保つためには軍事力が必要だ。奴隷としての鉄鎖を断ち切るためには武力がなくてはならない。思ったよりもその日は早く来た。俺は命を国と民族に捧げるつもりで国軍準備隊に入った。だが国軍準備隊の中には若干の不純分子がいる。この不純分子を除去して国軍準備隊を立て直すなり、国軍準備隊を解体して別途の組織を作る予定で目下準備中だ。ソ連を祖国とする不純分子も許すことはできないし、それ以外の事大主義根性に染まっている奴等も許すことはできない。民族魂、そうだ、民族魂《イルボンノム》だけが俺たちが守るべき唯一のものだ。我々が日本奴の支配を受けるようになったのも、この民族魂を守り通せなかったからだ。ここに集まった同期同窓は、一人残らず俺の趣旨に賛同してくれることと信じている。お互い協力して頑張ろう。以上。

鄭善采＝昔の友だちに会えて懐かしいよ。俺には特に抱負なんてない。この国が工業国として発展するのに必要な科学教育を、俺にできる範囲で最善の努力をするだけだ。

林洪泰＝過ぎた日々を思い出すとこの上なく恥ずかしい。解放されたって聞いたとき、胸の震えをどうすることもできなかった。涙がしきりにあふれて……仕方なく俺は、臭い便所に隠れて思いっきり泣いた。でも俺の心はしきりに聞いていた。はたして俺に、俺たちに、この解放を喜ぶ資格があるのかと。奴隷の状態から解き放たれたってことは限りなく嬉しい。しかし、自ら奴隷状態から抜け出そうとする努力がなかったばかりか、その奴隷状態を甘受して主人に媚びへつらっていたのなら、大手を振ってその喜びを表すことなどできないんじゃないか、俺はこう思った。だから解放以後ずっと考えていた。他人の力で解放されたが、今から俺たち自身で真の解放を奪い取ろうって。先ず三八線というものができてしまった。まさしくそれこそが俺たちの闘争目標だ。ただなんてものはあり得ない。解放、すなわち日帝からの解放はお膳立てされたが、課題は俺たちの手に残された。それが三八線だ。あの三八線を今崩しておかなければ、永久に固定されてしまうだろう。三八線が未来永劫、分断線として硬化したときのことを想像してみろ。それ以上に大きな悲劇はない。それ以上にむごい不幸もない。俺は青年も老人も政治家も労働者も農夫も関係なく、全民族の力を合わせて三八線撤廃に集中すべきだと思う。金鐘業君は俺に小説を書けって言ったが、三八線をあのままにして小説を書くことはできない。さっき俺たちにはたして解放を喜ぶ資格があるのかと自らに尋ねたって話したが、みんなにはそれなりの資格があるだろう。特に朴泰英、李圭両君はその中でも一番輝く存在だ。この二人は智異山《チリサン》に立てこもって日帝に抵抗した。今になってみれば何でもないことのようだが、あのとき、あの状況では想像もできなかったことだ。そして場合によっては歴史に残るほどの偉大な功績を作るだけの精神力が彼らには備わったいた。この事実は特に我が同期同窓に知っておいてもらいたい。今後もこの二人に格別の関心を注ぐことにしよう。

元斗杓＝俺の立場も金鐘業君と全く同じだ。だけど俺は学兵から逃れられたからって、親父から褒められたりはしなかった。親父は君たちも知っているとおり親日派だ。それなのにこの親日派だった親父が、李承晩博士が帰国するや突然生気を取りもどしたのには唖然とした。少しくらいは反省すべきではないかと思うのだが、息子としてはどうすることもできず……その罪滅ぼしに、俺は左翼系の政治人に同情的な活動をしていたんだが、それがまた妙な結果になった。感謝する態度は全くなく、自分たちのものを自分たちの思いのままにして何が悪いって感じだ。いや、彼らを恐れて俺が媚びていると錯覚している様子だ。こんちくしょうって腹が立ったから、彼らとは付き合わないことにしてしまった。好きなようにしてくれ、そんな気分だ。俺は故郷の財産を整理して、ソウルで暮すつもりだ。できるだけでかい家を建てるつもりだから、みんなソウルに来たら旅館をとらずに俺ん家に来てくれ。君たちのためにできることはせいぜいそれくらいのことだ。朴泰英、李圭みたいな人間と同期同窓になれたってことがとても嬉しいし、金尚泰のような級長を持てたことも光栄に思う。民族のために命をかけようって決意表明した朱榮中君には、無条件に尊敬の意を表したい。わらくずの力を信じて曲芸師は綱を渡るって言葉もあるだろう。君たちの力を信じて、この親日派の息子も生きる道を探すつもりだ。

金勇愚＝俺は日帝時代から官吏をしている人間だから、君たちの高尚な話を聞いているとちょっと戸惑ってしまう。政治がどうなってもかまわない。俺が食っていければそれでいい。君たちがバックになって、右翼の世になれば右翼が、左翼の世になれば左翼が俺を助けてくれ。官吏なんて、機械にたとえればネジじゃないか。自分の意見なんてあるはずがない。言われたとおりにするから、そう思って俺の後ろ盾になってくれ。

李圭＝さっき林洪泰君がとんでもないことを言ったけど、それは朴泰英の話で、俺には全く関係のない話だ。偶然碧松寺《ピョクソンサ》に行って、帰れなくなっただけのことなんだ。そんな俺に比べれば林洪泰君の苦労は計り知れない。百数十人の掛冠山《ケガンサン》の道令《トリョン》たちは、林洪泰という後援者のおかげで無事に解放を迎えることができたといっても過言じゃない。俺個人の話をすれば、俺は来年の年明けにフランスに行くつもりだ。そこで何年か勉強してきてからみんなの隊列に加わるつもりだ。祖国のこのような状況をおいて外国に行くことがいいことなのか悪いことなのか分からないが、まだ学生の身分だから大目に見てもらいたい。出て行く人間として俺が一番気になるのは、しだいに激しくなっていく左右翼の対立だ。対立より妥協が、闘争よりは和解が、分裂よりは談合が、今のこの国には必要なのに、それがどんどん逆の方向に流れているのが心配でならない。こんな政治的な混乱によって、俺たちの友だちが一人も犠牲になってほしくない。今日この場をもうけるために奔走してくれた我らが級長金尚泰に満腔の敬意を表したい。

林榮泰＝先ず朴泰英同志、李圭同志に尊敬の意を表したい。二人は学兵行きを拒否して断固とした道を選んだ。俺は日帝のために銃剣をとる卑屈な道を選んだ。幸い俺の所属が羅南《ナナム》師団だったおかげで、誰よりも早く生きて帰ることができたが、運が悪ければ犬死にして千秋に恨《ハン》を残すところだった。恐ろしいことだ。だから俺はこれからはこの命を真に意義のあることに使いたいと思う。人民のための人民の国を創るために、その最前線に立って戦う覚悟だ。倭奴《ウェノム》のために捧げてしまうところだったこの命、祖国のため、人民のために惜しむことはない。同期同窓諸君の指導と鞭撻をよろしく頼む。

朴泰英＝俺を何かの英雄のように話す友人がいたが、実に気恥ずかしい限りだ。朴泰英は今から始まる。これからすべき課業を思えば、智異山での出来事は「センチメンタルジャーニー」だ。おままごとだ。諸君も祖国がおかれた現在の状況をよく知っているだろう。この国が、人民が、どこに向かっていくべきかも分かっていると信じている。この国の主人は誰だ？人民だ。人民の八割を占めているのが労働者と農民だ。労働者と農民が人民の代表となるべきで、この代表が国の主人とならなければならない。政治の任務は、まさしくこの主人を主人らしい座に座らせ、主人らしい行動をとることができるようにすることにある。これ以外のことはいくら美辞麗句、巧言令色で飾ってみたところで、全ては虚言であり詐欺だ。過去に民族を売り渡した者たちが、今日民族を云々している。昨日民族を搾取し裏切った輩が、魂を唱えている。今民族を搾取している部類が民族主義を唱えている。隣人が飢え死にしても眉一つ動かさなかった奴等が、もっともらしく民族愛という旗を掲げて出てきた。同胞、いや友人のために藁くずーつくれてやる気のなかった、これからもそうである薄情な者が、むやみに民族精神というラッパを吹き始めた。一体どうなっているんだ。一言で言って、これは詐欺だ。だが賢明な人民たちはこれにだまされたりはしない。人民たちの情熱は、その意志は、今燎原の火のごとく燃え上がっている。反動という言葉はまさしくこのような現実を直視せず、その現実を歪曲して私利私欲をむさぼる者たちのことをいう。人民に奉仕し服務するところに政治人の栄光があり、文化人の誇りがあり、芸術家の生きがいがある。人民、人民こそが我々の歩む道を照らす光明であり目的だ。そして何よりも国の主人だ。俺はここに集まった友人が、一人もこの大原則から外れぬことを願う。そして俺は最善の努力を尽くしてこの道を進むことを誓う。国の主人は人民でなければならず、その人民の主体は絶対多数を占めている労働者、農民だという、この単純かつ決定的な事実がなぜそのまま通用しないのか、その原因を考えてみる必要がある。人民の敵がいるためだ。人民の敵が支配権を握っているためだ。今我々は人民の側に立つか、その反対に立つかの岐路にいる。ここに集まった賢明な友人たちは、人民の敵が何であるかをよく理解していることと信じている。人民の敵となることは破滅を意味する。歴史への反逆を意味する。歴史も絶対多数の労働者と農民を越えることはできない。労働者と農民に益しない民族精神など存在しない。さっき朱榮中君が口にした民族、または民族魂という言葉を、俺はこのように理解して歓迎する。林榮泰君の発言もそのような意味で歓迎する。金鐘業君と元斗杓君は、その財産を人民のための運動を助ける方向に使うことで、良心的地主とならなければならない。林洪泰君の三八線撤廃問題には俺も同感だ。しかし人民の意志が集結してこそ三八線問題は解決できる。鄭善采君の工業国家への夢も、人民への服務を通してこそ可能となる。金勇愚君は職を失うことを恐れて戦々恐々とするのでなく、官庁内部でも人民に有利な方向への努力を積極的に展開して、その位置を勝ち取らなければならない。こうして大風呂敷を広げていると、自分が何かにでもなったようだ。話が長くなって申し訳ない。

金尚泰＝一回りしたようなので俺も何か言わなきゃならんな。改めて言う必要もないが、俺は医者になるつもりだ。朴泰英君は人民に奉仕し服務するって言ったが、俺は患者に奉仕し服務するつもりだ。俺から奉仕を要求できるのは患者だ。人民の敵であろうと患者であれば、その人のために俺の家の門は開かれているだろう。だから病気になったらいつでも俺のところに来てくれ。俺にその病気を治す技術がなければ楽に死なせてやるし、死ぬのが嫌なら俺より優れた医者を探してでも奉仕するから安心して来てくれ。金鐘業や元斗杓みたいな金持ちはわけないが、金のない奴には無料奉仕も辞さないからそのつもりでいてくれ。俺が医者の勉強をするからには、級友のみんなに病院の心配はさせない。これが俺のメッセージだ。それでは今から酒を飲もう。妓生《キーセン》たちも待っている。先に言っておくが、今日のこの費用は元斗杓が出してくれるそうだ。もう一度注意しておくが、酒を飲むときは一切政治の話は抜きにしよう。民族って単語も人民って単語も絶対禁句だ。

金尚泰の機知にとんだ司会で、酒宴は終始和気藹々としていた。政治の話ができなかったおかげで意見の対立もなく、その他のやかましい論争もなかった。朱榮中と林榮泰は満座が見守る中で和解の握手を交わした。

金鐘業が横にいた圭に向かって言った。

「金尚泰こそ医者じゃなくて政治家になってほしいものだな」

圭も同感だった。言いたいことは全て先に言わせておくなど、脱政治の宴会の雰囲気を作り出す手腕は見事だと言うほかなかった。

同窓会が終わった後、圭は金尚泰、朴泰英、金鐘業、鄭善采、林洪泰を明倫洞《ミョンニュンドン》の家に連れて行った。あらかじめ連絡しておいたので、夜遅くではあったが、そこで朴泰英の結婚披露宴をかねた宴を始めた。潤姫《ユニ》も同席して楽しい晩となった。

宴が終わり泰英を淑子《スクチャ》の部屋に送ってから、圭は友人たちに泰英の問題を打ち明けた。問題の焦点は淑子が自殺まで考えているということに置いた。

「俺は政治問題には一切関与しない」

と、泰英の脱党問題に関わることを躊躇していた金尚泰が、

「そうなったら、これは政治問題じゃなくて命の問題だな」

と真顔になった。そして林洪泰を見て言った。

「お前がはっきり言ってやれ」

「圭が自信ないって言うのにどうして俺が……」

と言いながら、林洪泰も深刻な表情をした。

「何といったってお前は俺たちの級長じゃないか。

尚泰、お前が言え」

金鐘業が言った。

「明日の朝、みんなで囲んで査問形式でやってみるか？」

金尚泰が言った。

「それはだめだ。そんなふうに解決できる問題じゃない。あいつの自尊心の問題もあるし」

これは鄭善采の言葉だった。

結論を出せないままに寝てしまったのだが、朝起きてみると金尚泰が泰英を連れて散歩に出かけたということだった。

「あいつ本当に散歩が好きだな」

金鐘業が欠伸をかみ殺しながら言った。

「あいつ俺と同じ下宿にいるだろう。どんなに寒くても雪が降ろうとも散歩だけは欠かさないんだ」

圭も金貞蘭《キムチョンナン》と一夜を過ごした朝のことを思い出し、秘かに顔を赤らめた。そんなときでも金尚泰は朝の散歩に出かけたのだった
「我らの級長は衛生観念からして医者そのものだな……」

鄭善采のこの言葉は適評だった。

朝飯をすますとすぐ、泰英は急用があると言って帰ってしまった。

「休日なのに何の用事だ」

金鐘業が口を尖らせた。

「共産党に休日があるもんか」

林洪泰の言葉。

「それはそうと、あの話してみたのか？」

鄭善采が金尚泰に聞いた。

「ひどい奴だ」

金尚泰が呟いた。

「あの話をするつもりで泰英を連れ出したんだけど、あいつは即座に、そんなことを淑子が言っているなら今すぐ絶縁を言い渡すって言うんだ」

「慌ててそうじゃなくって、昨日の態度を見ていて俺がそう思ったんだってごまかしたんだけど」

「それで話はそれだけか？」

「取り付く島もない。共産党を辞めるなんて想像もできないってさ。共産党員になったら、あんなにひどい奴になるのか。それとも泰英がもともとあんなにひどい奴だったのか」

金尚泰は暗い表情で口を閉ざした。

「金淑子さんが自殺したらどうするんだって言えばよかったじゃないか？」

金鐘業が言った。

「そんな理由で自殺する女なら、共産党員としての資格がないって言うんだから、それ以上何が言える？もし金淑子さんがそんなことを考えているなら、死のうがどうしようが未練はないだとさ。どうしようもない」

金鐘業がたばこをもみ消して座り直した。そして、

「おい、この中に共産党の幹部を知っている奴はいないか？」

とみんなの顔を見回した。

「李《イ》鉉相《ヒョンサン》氏だったら圭がよく知ってるだろう」

林洪泰がこう言うと金鐘業は、

「その人、俺に紹介してくれないか？」

と言って、次のように続けた。

「金を山ほど持っていって、これをやるから朴泰英を除名してくれって秘密交渉してみたらどうだろうか？」

「この野郎、だから金持ちは嫌いなんだ。何でも金さえあれば解決できるって思っていやがる。お前、共産党を金で買収できると思ってるのか？」

金尚泰が顔をしかめた。

「何言ってんだ。共産党ほど金を欲しがる集団はないんだぞ。共産党幹部の奴等は、みんな追いつめられて見境なくなってるんだ。俺自身が奴等と取引したんだから。金をいくら出しさえすれば、今後俺ん家を保護してくれるって、そう言うんだぞ。だから要求された金の十分の一でけりをつけてやった」

「金淑子さんの自殺を止めようとして、泰英を自殺させることになるかも知れんな」

と、林洪泰はからからと笑いながら、

「もし泰英が共産党から除名処分を受けたら自殺するかも知れんぞ」

と付け加えた。

二

朝鮮日報と東亜日報が復刊された。

この二つの新聞は圭にとって郷愁のようなものだった。圭は毎日この新聞を楽しみながら、その喜びを泰英とともに分かち合うことができればと思った。圭が朝鮮日報と東亜日報に対して愛着を持つようになったのは泰英を通してだった。中学校で朝鮮語科が廃止されたとき、泰英が圭にこんな提案をした。

「お前は東亜日報を読め。俺は朝鮮日報を読む。そうすれば朝鮮語科の廃止を自分たちで保障することができる」

圭は泰英の勧めどおり東亜日報が廃刊されるその日、一九四〇年八月十日まで購読したのだった。

それ以外に、腹を割って相談したいこともあって、圭は泰英の連絡先に手紙を出してみたが返事はなかった。ある日は淑子と潤姫を連れてその場所まで訪ねてみた。一週間に一度、誰かが手紙などを取りに来るだけで、本人は現れないということだった。

淑子の顔は目に見えて青白くやせ衰えていった。今に何かをしでかすのではないかと思われて、圭は金尚泰に相談した。手紙の連絡先を教え、今泰英がいるところが分からぬものかと聞いてみた。

「ソウルで金さんの家だって探し出せるんだ。それくらいたやすいものさ」

金尚泰は気軽に協力してくれた。一方で圭は潤姫を通して、

「最後の手段はいつでも使えるのだから、決してはやまった真似はしないように」

という意味のことを繰り返し淑子に伝えた。

ひどく寒い日のことだった。ソウルの街全体が酷寒にしびれているような日、米軍司令官ホッジ中将が「この国の独立を阻害してきたのがまさしく人民共和国を操っている部類」という強い声明を朝鮮日報と東亜日報に発表した日だった。金尚泰が、明倫洞の圭を訪ねてきた。

「泰英の居場所が分かったぞ。墨井洞《ムクチョンドン》だ。共産党の言葉でアジトっていうそうだ。そこまでして俺たちに隠しているところに押しかけていってもいいのかどうか」

尚泰は躊躇った。圭は尚泰の気持ちが分かるような気がした。

「淑子さんに相談してみよう」

圭の言葉に尚泰も同意した。淑子の意見は次のようなものだった。

「女の本能的な予感、おかしな話でしょう？でもなぜか私には匂いがするんです。今、共産党がしていること、しようとしていることは絶対に不可能だと思います。何もかもが無理矢理で、あれで何ができるのでしょう。十の事実があって、九の不利な事実は見ようともせず、一つの有利な事実だけを選び出して、それを拡大解釈するのです。マルクス・レーニン主義の理想までは知りません。でも朝鮮共産党がすることだけは絶対にだめだ、こう思うんです。なぜかみんな焦っています。大衆に対する政策よりも、身内どうしの闘争に忙しいようです。北との関係も微妙ですし。泰英さんはそんなことを一番敏感に感じ取る人のはずなのに、それができないんです。

私はあの人のためならいつでも死ねます。あの人が正しいことだけするのなら、私はどんな苦痛にでも耐えられます。もし先生方が泰英さんに対して友情をお持ちなのでしたら、今すぐにでも行ってみてください。向こうの事情を気にする必要はありません。今日の結果を聞いて、私の身の振り方も決めます」

圭は淑子がどれほど鋭利な女性であるかをよく知っていた。そんな女性がこれほどまでに思い詰めるからには、必ず何かわけがあるのだろう。

「一度行ってみよう」

圭の決心はそのまま尚泰の決心でもあった。

昌慶苑《チャンギョンウォン》の前を過ぎるとき、風が吹き荒れた。鼻をそがれるようなとげのある風だ。

「これはシベリアから吹いてくる風だ」

金尚泰は寒くてたまらないとき、好んでこの表現を使う。

「墨井洞まで歩いていこう」

圭が言った。

「よし、歩いていくか」

尚泰と圭は鐘路を目指して歩いた。鐘路四街あたりまで来ると、埃をふくんだ強風が正面から襲ってきた。

「これはどこから来た風だ？」

圭も寒いと言わずにこう言ってみた。

「こりゃフルンボイルの風だ」

金尚泰が大声で怒鳴った。大声を上げても行き交う人々は無関心だった。誰も寒さで他人のことなどかまっていられないのだ。

「シベリアから吹こうが、フルンボイルから吹こうが、ちっとも寒くはない。そうだろ？」

「そうとも。寒いはずがない。俺たちはそんなにやわじゃない」

尚泰は力強く両腕を振った。

清渓川《チョンゲチョン》の橋を渡るとき、不思議にも風が四方から吹きつけてきた。その風をやり過ごして、ようやく一息ついた圭が聞いた。

「全く方向感覚がないな。こりゃどこからの風だ？」

「ヒットラーが送ってよこした風だろう」

圭は喫茶店のようなところがあれば、入って凍えた体を温めたかった。だがそのようなものはどこにもなく、さびれた飲み屋ばかりが目についた。

「おい尚泰、いや級長、俺たち三回だけ寒いって叫ぼう。どうも俺たちが正直じゃないみたいだ。だから風が意地を張って襲ってくるんじゃないか」

「風に吹かれて北岳山《プガクサン》に飛ばされたって、俺は寒いなんて言わんぞ」

「それなら俺も言わん」

そんなやりとりをしているうちに墨井洞の近くに来た。

「あの路地を入って左の二軒目だけど……」

尚泰はここまで来て気後れしたようだった。

「お前一人で行ってこい」

「お前が級長だろうが？」

「いくら級長でもお前ほど親しくないじゃないか。それに共産党を辞めろなんてどうやって言うんだ。共産党と議論するなら理論が必要だろう」

「理論なんて必要ない。友情で話せばいい」

「政治とは関わらないって決めて気楽だったのに、泰英の問題が俺に政治のことばっかり考えさせるから頭が痛いや」

「とにかく今日は級長のお前が話してくれ。俺の話は聞きすぎて、泰英は免疫ができているから」

表門は閉められていた。尚泰が拳でどんどんと叩いた。

門が半分ほど開いて、中老の男が顔を出した。

「どなたで？」

尚泰はさっと門の隙間に身を入れて中に入った。圭もその後に続いた。水道を中心においた狭い庭だった。

「朴泰英という人を訪ねてきたのですが」

尚泰が言うと、その老人はぼんやりした瞳で不思議そうに尚泰と圭を交互に見比べた。そして口ごもった。

「朴泰英って、そんな人は……」

そのとき庭の向こうの部屋の戸が開いた。泰英が板の間に出てきた。うろたえた表情だった。

「どうやってここを……」

「友だちの下宿を訪ねてきたのがそんなに驚くことか？」

尚泰が素速く板の間に上がった。

部屋の中はしんしんと冷え切っていた。火の気一つないようだった。枕の垢が目についた。片隅に粗末な布団が重ねられていた。もう一方の隅には机として使われているらしいお膳があり、その上に書類の束が積まれていた。

殺風景この上ない部屋、壁紙には南京虫の血痕までであった。

（ここで泰英は何をしているんだ）

圭は全ての感情に先立って索漠とした気持ちになった。

「この家がどうやって分かったんだ？」

泰英が無理して笑顔を浮かべた。

「いくら隠れたって探し出してやるさ」

尚泰が皮肉っぽく言った。そして付け加えた。

「この部屋はえらく涼しいな。冬なら冷房装置完備だな。それはそうと、こんな様をしてまで共産党はしなければならないのか？」

「こんな様が悪いか？欺瞞と搾取の塊の上にあぐらをかいた贅沢よりは何倍もいいだろ」

泰英が真顔で言った。

「いくら厳格な学校でも退学願いを出せば退学させてくれるっていうのに、共産党には退学もないのか？」

尚泰がからかうように言った。

「共産党は学校じゃないから」

「学校じゃないなら何なんだ？」

「共産党は共産党だ。しいて例えるなら思想を同じくした軍隊組織のようなものとでもいえるか」

「軍隊だって期限が来れば除隊するけど、共産党にはそんなものもないのか？」

泰英の顔に影が差したように見えた。

「尚泰、お前そんなことを言うためにここに来たのか？俺は遊びでこんなことをしてるんじゃないんだ」

「それじゃ言わせてもらおう」

尚泰も顔をこわばらせた。

「お前が何が何でも共産党をするってのは民族のためか？お前のためか？共産党のためか？」

「三つ全て含まれている」

「どうしてそうなったのか具体的に説明してくれ。俺も納得がいけば共産党になるから」

「やめておけ。俺にそんな時間はない。お前らは共産党員にならなくてもいい。もし俺への友情があるなら、俺のすることを妨害しないでくれ」

「どうすることが妨害しないことになるのか、先ずそれが分からなければならないじゃないか？」

「本当に分からないのか？」

「さっぱり分からん」

泰英は呆れたというように笑った。そして言った。

「それなら一つだけ言っておく。人民共和国を推進する勢力の妨害になることだけはするな」

「人民共和国？それじゃお前はあれが可能だって思っているのか？」

「思っている」

「どうやって？」

「方法は二つだ。一つはアメリカ軍政庁を納得させて、速やかに行政権を譲り受けること。それがだめなら大衆の圧力と支持によって人民共和国を強力に推し進めていくことだ」

「それが可能なのか？」

尚泰が聞いた。

「可能不可能を問う前に、可能にするため努力すべきだ」

「努力してもだめなら？」

「共産党に不可能はない」

「どこかで聞いた言葉だな？ナポレオンが言った言葉じゃないか？」

「ばかにするのか、尚泰！」

「俺は政治を知らん。だが皮膚で感じることはできる。俺が感じたとおりならば、人民共和国はすでに破産している。割れた器と同じだ。それはどこかの誰かが、どこかの勢力が壊したわけじゃない。それ自体が破産するようになっていたんだ。その成立過程からがそうだ。お前らは民族の総意で人民共和国が宣布されたように言うが、それがそもそも間違いだ。俺も民族の一人で、圭も民族の一人だ。その他にもたくさんの人を俺は知っているが、俺の周りの誰一人として人民共和国の宣布に同意した人も相談を受けた人もいなかった。もし人民共和国が民族の総意で成り立ったものならば何も問題はない。一糸乱れず三千万がその体制を推し進めていくのなら、アメリカ軍政庁に何ができる。全ての国民が支持して立ち上がれば、アメリカ軍政庁が行政権を発揮できるわけがない。米軍が軍政を敷くことができたのは、望もうが望むまいがそれに呼応した民族がいたからじゃないか。彼らを民族反逆者と言ってもいい。だがそんな反逆者の数が多いのだから仕方ないだろう。共産党が強引に人民共和国を推し進めようとして、これを支持しない人間を一人残らず民族反逆者だってさげすむのは勝手だが、そうすれば孤立するのは共産党の方だ。共産党を成功させるためにはどうして人民共和国を最後まで貫徹できなかったのか、その理由を具体的に把握して効果的な方策を立てる必要があるんじゃないのか。大衆がついて行けないような方策はいくら頑張っても効力を発揮することはできない。お前の言ったのが共産党の基本方針ならば、はじめから失敗だ。見てみろ。俺は政治に関心ないから、それだけ見る目が公平だともいえるだろう。そんな政治に未熟な俺にも見える厳然とした事実を、共産党が見えないのだとしたら、そのことだけで共産党は失敗した組織であり、もし知っていながらも自分たちの主張に固執しているのならば、これもやはり失敗の標本のようなものじゃないか」

圭は尚泰の話を聞いて、少し驚いた。政治には無関心だと言いながらも、尚泰は見るべきものは正確に見ているのだった。圭は泰英の反応を待った。

「反動には反動の思想というものがあるだろう。尚泰、お前の意見は反動の思想そのままだ。どんなときでも人々を集めて、一つ一つ聞かなければ民族の総意を知ることができないのか。一々聞いて意見を総合していたら、一つの結論も得られない場合もあるだろう。歴史の方向、これが重要だ。歴史の方向を正しく把握した上で、与えられた情勢をその方向にしたがって料理すれば、それが仮に一人の頭脳から出てきたものであったとしても民族の総意といえるのだ。人民共和国が掲げた綱領を研究してみたか？そこに我が民族が進むべき目標があるだろう。そしてもう一つ、人物の構成を見ろ。完全無欠だとはいえないが、今後の補完を予想すればあれ以上の案はないといえるほどのものになっている。そんなものに反対するのだとすれば、それは反対のための反対だとしか言いようがない。民族の利益に相反する野心ゆえの反対だと断定するしかないだろう。もしそれが多少の欠点を持っていても、その輪郭をもって民族の意思を結集できるだけのものにはなっている。それをもって先ず占領軍と交渉できる代表機関としなければならないんじゃないのか。人民共和国の組織をぶち壊したとき、残るのは民族の分裂しかないんだ。この組織を推し進めていくことだけが我が民族の唯一の活路なんだ。にもかかわらず反対する人間は民族反逆者だ。そんな民族反逆者を相手にするのか？お前はそんな奴等がたくさんいると思っているみたいだが、決してそんなことはない。事大主義根性に染まった衆愚は、これを啓蒙して教え導く必要があるだろう。そんな意味からも人民共和国にこだわらなければならないんだ。お前はすでに終わったもののように考えているが、そんな考えこそが皮相的な見解だ。大衆の心の中には相当に根を下ろしている。人民共和国は絶対に貫徹しなければならない」

「絶対に貫徹しなければならないっていう希望的な考えと現実の問題は違うだろう。政治ってものは現実をしっかり見据えることが大切だと思う。希望的観測にばかりとらわれて現実を直視できないなら成功なんてできるわけない」

「共産党は階級政党であり理念政党だ。現実を理念に沿うよう指導していくのが共産党だ。現実の前に右往左往する反動政党とは違う。理念の勝利、これが共産党の目標だ」

「とにかく俺は今のやり方では共産党は成功しないと思う。人民共和国を引っ張っていくことはおろか、党自体の維持も難しいだろう」

「何を根拠にそんな暴言を吐く？」

「根拠はさっき言った俺が皮膚で感じたその感覚だけだ」

「政治は気分じゃない。原則があり、理論があり、目標があり、実践があるんだ」

「とにかく俺は自分の気分を信じる」

「それなら話は終わりだ」

泰英は悲しそうな表情をした。尚泰は気まずそうに笑いながら言った。

「それはそうと何でこの部屋はこんなにひんやりしてるんだ。火をたけよ」

「このソウルの八割以上の人が火のない部屋で暮している」

泰英は厳しい顔で言った。

尚泰は呆れたように、

「その八割の人たちと苦楽をともにする、そういうことだな」

と言うと、穏やかな口調で話題を変えた。

「下手な政治討論をしたから腹が減ったよ。ちょっと出かけて温かいソルロンタンでも食おうや」

「お前らだけで食いに行け」

「革命家だって飯は食うだろう」

「俺は人を待っている。もう来る頃だ」

「それなら仕方ない」

尚泰が立ち上がろうとすると、泰英が圭に向かって言った。

「お前も何か言いたいことがあるんじゃないのか？」

「俺のかわりに尚泰が全部言ってくれた」

「尚泰とお前の意見が同じってことか？」

「お前が共産党を辞めてくれたらって思いは一緒だ」

「驚いたな。お前だけは俺のことを分かってくれていると思っていた」

泰英の言葉には悲しみが込められていた。

尚泰と圭が部屋を出て行くとき、泰英が言った。

「これからはこの家に来るな。俺はここにいないだろうし、会えばお互い気まずいだけだ……」

「政治の話をしなけりゃいいんだ。いくら忙しくっても友だちには会うもんだ」

尚泰はこう言い、圭は次のように言った。

「体だけはくれぐれも大事にしろ。俺たち掛冠山ではこんなに冷たい部屋にはいなかったじゃないか」

泰英は言葉なく二人の手を握った。目元には笑みさえ浮かべていた。

「何て言ったって友だちはいいもんだ。そうだろ？迷惑かけてすまない」

　この言葉を最後に尚泰と圭は墨井洞のその家を出た。

　その家を出て数歩歩き出したとき、路地の向こうから二人の男が出てきて尚泰と圭の様子をうかがうようにしていたが、やがて墨井洞のその家に入っていった。

　尚泰がぼやいた。

「ちくしょう！あいつ等を泰英は待っていたんだな」

　圭は急に心が重くなった。大きな秘密を抱いた人間のようにあの家この家を転々としながら、泰英は火の気のない部屋にうずくまって座り、人相の悪い人たちと何を企んでいるというのか。寒風吹きすさぶこの道をともに歩きたかった。どれだけ寒くとも一言も寒いと言わず、闊達と歩きながら青年らしい夢をともに膨らましたかった。

　細い路地からつむじ風がほこりを巻き上げ吹いてきた。尚泰と圭は慌てて道を空けた。つむじ風は嘘のように目の前で消えてしまった。

「あの風はどこから来た風だ？」

　圭は尚泰の顔を見た。あうんの呼吸で尚泰の答えが返ってきた。

「あれはモスクワの風だ」

「モスクワの風があれくらいですめば幸いだな？」

「いや、いろいろあるさ。超大型、大型、中型、小型、ミニ型、さっきのはミニ型モスクワ風だろうさ」

「お前は医者より漫談家をやればよかったな」

「漫談家をやらせたら申不出《シンプルチュル》［一九〇五～一九七六？　解放前から活躍した漫談創作家、俳優、詩人。日本名江原野原《えはらのはら》］にも負けないだろ？けど漫談も医術の一つさ。ちょっとした胃もたれくらいなら漫談だけで十分なんだ」

　チンコゲに出ると二人はソルロンタンの店に入った。ソルロンタンに塩をふり、ずるずるすすりながら尚泰が呟いた。

「苦労を買ってでもするって言うんだから止められんさ。だけどソルロンタンの一杯くらい一緒に食ったっていいじゃないか」

　圭もその言葉には同感だった。

　ソルロンタンを平らげると尚泰が、

「今夜茶洞《タドン》に行ってみるか？」

と圭の表情をうかがった。

　金貞蘭の顔が浮かんだ。もう一度あの娘に会ってみたいと痛切に思った。しかし同時に潤姫の顔が脳裏をかすめた。

「また今度にしよう」

「こいつ」

尚泰はにやりと笑った。

「変な笑い方だな？」

「笑わすようなことを言うからさ」

「何が？」

「恋人に誠意を尽くさにゃいかん、ってわけだろ」

「よく分かったな」

「医者がそれくらいのこと見抜けないでどうする」

「二言目には医者だな。あんまり医者医者って言うな」

「いい忠告だ。ところでどこに行く？」

圭にもいい考えは浮かばなかった。

「ちょっと歩きながら、淑子さんに何て言ったらいいか考えよう」

「それはお前が考えろ」

そう言いながら尚泰に妙案が浮かんだようだった。

「おい、洪震《ホンヂン》先生に会いに行こう」

「洪震先生って誰だ？」

「数日前に帰ってきた臨政の要人じゃないか。議政院の議長か何かだ」

それを聞いて圭は新聞にそんな記事があったことを思い出した。

「どうしてその人に？」

「俺の祖父《じい》さんと親しかったそうだ。だから何日か前に親父が挨拶に行ってきたんだけど、そのとき俺の話をしたら一回会いたいって言ってたそうだ」

「すごいバックを持ってんだな」

「医者にバックがあったって仕方ないさ。お前みたいに学問する奴なら、そんな人に会っておくのもいいだろう」

圭は秘かに興味を覚えた。

「どこに行けば会えるんだ？」

「今、韓美ホテルってとこにいる」

「それはどこだい？」

「明洞《ミョンドン》だ。俺がよく知ってる」

「それじゃ一度行ってみるか」

尚泰と圭は韓美ホテルに向かって歩き始めた。

「議政院って何だ？」

圭が聞いた。

「そんなこと俺に分かると思うか。国会みたいなものだろう？」

「国会？国会なら国家議員がいるんじゃないのか？」

「似たようなのがいるだろうさ。亡命政府だって政府は政府なんだからそういったものはそろえてあるはずだ」

「だから国会議長に相当するんだな。議政院議長は」

「そうだろう」

「それならどえらい大物じゃないか?」

「そうだといえるな」

チンコゲから韓美ホテルは近かった。ところがその韓美ホテルのすぐ前の電信柱に、赤い文字で太々と書かれた檄文が貼り付けられていた。

「臨時政府は解散しろ!」

「人民共和国だけが我らの政権機関だ」

「臨政は民族統一への妨害行為を止めろ!」

筆跡や紙を見ると貼られて間もないもののようだった。臨政の要人が投宿しているホテルのすぐ前に、そんなビラが貼られているということが好奇心をそそった。先刻の泰英の言葉が思い出された。

人民共和国をアメリカ軍政と交渉する代表機関としなければならないという要旨だったが、それなら臨政をもって民族の代表機関とすべきだという主張もあってしかるべきではないかと思われた。臨政を解体してこそ、人民共和国が唯一の代表機関として残ることができるのだ。だがビラで臨政を解体できるのだろうか。

三

守衛を探してみたが、それらしき人も近くにいなかった。入り口でうろうろしながら通り過ぎる人をつかまえて尚泰が尋ねた。

「洪震先生にお目にかかりに来たのですが、どこに行けばいいのでしょうか?」

「二階に上がってみなさい。二〇三号室があの方の部屋ですよ」

とてつもない大物に会いに来たつもりでいたのだが、その人物との面会がこれほどまでに簡単なのかと思うと少し妙な気がした。

二階に上がって二〇三号室を探した。廊下の一番奥にその番号はあった。尚泰がノックをした。

ドアが開くと小さな体躯の、四十がらみの男が現れた。斜視だった。エドガー・アラン・ポーの小説に出てきそうな人だと圭は思った。

「洪震先生にお目にかかりに来ました」

尚泰が丁寧に来意を伝えた。

「どなたかね?」

漢方薬局や不動産屋でよく耳にする言い方で斜視

の男は言った。

「僕は金宗植《キムチョンシク》の孫です。先日、元孝《ウォンヒョ》という人が訪ねてきたと思いますが、その息子です」

「ああ、そうですか？」

斜視の男は中に声をかけることもせずにドアを大きく開けると二人を招じ入れた。

狭い部屋だった。毛布が上にのった寝台が壁際にあり、その反対側にテーブルと椅子が置かれていたが、そこで三人の人が話をしていた。たばこの煙が立ちこめていたが、火の気がなく部屋の中は冷え冷えとしていた。

「僕は金宗植の孫です」

と、尚泰が三人に向かってぺこりと頭を下げた。すると、

「おお、君が金宗植公の孫か？」

と言いながら立ち上がる人がいた。その人が洪震先生だった。背が低くひどく痩せていた。顔にはそばかすがキノコのように出ていた。八十はとうに過ぎているように見える老人だった。

「僕は尚泰の友人です。李圭と申します」

圭もぺこりとお辞儀をした。

「ああ、そう？この方たちにもご挨拶なさい」

と、洪震先生が紹介した人は、一人は金鵬俊《キムボンチュン》といい、もう一人は崔東五《チェドンオ》といった。二人とも臨政の要人だった。

「そこの寝台にでもお座り」

と洪震に言われ、尚泰と圭は斜視の男の横に腰をかけた。

「わしの息子だ。お互い挨拶しなさい」

男は洪震の息子だった。

再びその場に座ると洪震は尚泰の祖父にどれほど世話になったかという話を始めた。満州に行くときたくさんの路銀を出してもらったという話や、上海にいるときにも人知れず金を送ってくれたおかげで困窮を免れたという話をしてから、

「何を学んでいるのかな？」

と尚泰に聞いた。

「医学を学んでいます」

尚泰が答えると洪震は、

「医術は仁術なりという。いい学問をしているな」

と言ってから、圭にも聞いた。

「李君も医学の勉強をしているのだね？」

「いいえ、僕は歴史を学ぶつもりです」

「歴史だって！歴史は天理と人事を明らかにする学問だ。いいものを選びましたね」

このとき金鵬俊と崔東五が立ち上がった。そして

また立ち寄るからと挨拶をすると帰っていった。金鵬俊は太い眉と鋭い眼光の武人タイプであり、崔東五は半白の髭を長く伸ばした学者タイプの人物だった。

その二人が出て行くと、洪震はこう言った。

「共産主義だの資本主義だのといってごちゃごちゃ言い争う必要はない。共産主義のいい点、資本主義のいい点を取り入れていい政治を作ればいい」

「それがそうはいかないから大変なのでしょう?」

尚泰が言った。

「どうしてだめなんだ。大丈夫だ。亡国の恨を抱いて生きてきた百姓たちじゃないか。亡国の痛みに比べればこれしきのこと。今は多少やかましいようだが、わしら臨政が戻ってきたからにはこれからはだんだん秩序も回復するだろう」

圭はさっき韓美ホテルの前で見たビラを思った。洪震は度外れた楽観主義者のようだった。

「どこに秩序があるっていうんです」

洪震の息子だという斜視の男が突然声を上げた。洪震は一瞬びっくりしたようだった。息子は金属性の凛とした声で速射砲のようにまくし立てた。

「議政院の議長の部屋が何たる様ですか。この寒い冬にストーブ一つないこの部屋の様は何です。こんな待遇をされて、どこに秩序があるっていうんです。金九先生が京橋荘［ソウル特別市鐘路区平洞《ピョンドン》一〇八番地にある建物。金九が帰国後宿舎とし、またここで暗殺された］を使っているのなら、少なくともその半分くらいの邸宅は用意されてしかるべきではありませんか?」

それを聞いて圭は息子の言葉の意味を理解した。主席の金九先生が京橋荘のような大きな家に入ることができるのなら、国会議長格の自分の父もその半分くらいの贅沢はしてもいいではないかと言いたいのだ。

「そんなことを言うもんじゃない。この部屋がどうしたっていうんだ。雨風をしのぐ天井と壁があって、寒さを免れるだけの布団があるのに何が不足だ。臨政の同志たちが皆このホテルにいるというのに何が不満というのだ……自分の住まいが問題なのではなく、国のことが重要なのだ。わしはここよりひどいところでもかまわん」

洪震がこう言い聞かせても息子は聞き入れなかった。

「公平でなければならないと言っているんです。三権分立の政府ならば、父さんは主席の次、いや主席と肩を並べる地位にいるのではありませんか?それなのにこれはあんまりだと言っているんです。見込みありません。人にまともな待遇もできないくせに、まともな政治ができるのですか？話になりません」

「こいつ、言葉を慎まないか！」

洪震はかっと声を荒げた。

圭は顔を上げることができずに視線を落としていたが、洪震が履いている靴が目についた。確かに革靴であるには違いないのだが、その格好が妙だった。靴の両側にそれぞれ穴が三つずつ開いているのだが、その穴の大きさが親指が入るほど大きかった。その大きな穴に通っているのは糸くずのように細い靴ひもだった。靴ひもを結びあわせた形跡はなく、穴だけが開いているといった様子だった。そのユーモラスな靴を履いて重慶から上海へ、上海から故国へと帰ってきたのかと思うと目頭が熱くなった。

洪震親子の言い争いはそのまま続いた。息子が引き下がる様子は一向になかった。

「愛国者をこんなふうに扱ってもいいっていうのですか？父さんは人がよすぎます。お人好しがばかを見るってことに気付かねばなりません。どうして怒らないのですか。さっきだって軍政庁から人が来ていたのに、どうして叱りつけてやらなかったのです。これがわしに対する待遇なのかって、どうしてそう言ってやらないのですか」

息子がこのように騒ぎ続けていると、洪震は極度に興奮した。

「こやつ黙らんか。愛国闘争をしたのはわしだ。お前がいつしたんだ？」

「父さんは愛国運動をしましたが、私は父さんが顧みなかった家を守ってきました。父さんが安心して愛国運動ができるように」

「だからでかい口を叩くのか？」

「父さんのために言っているんじゃないですか」

「わしのためなら口を閉じろ！」

「怒りのあまり黙っていられないんです」

洪震は言葉につまった様子で力無く手を振った。そして辛うじて言った。

「分かった分かった。わしはこの若者たちと話をしなければならん。お前はちょっと外に出て行ってなさい」

「誰がこんなところにいるものですか」

息子は憤然として立ち上がると、さっさと外に出て行ってしまった。

「すまんな。見苦しいところを見せてしまって」

洪震は深い溜息をつくとたばこをくわえた。尚泰がマッチを取り出して火をつけてやりながら言った。

「父の住まいがあまりにもむさ苦しくて、息子としては頭にくるのでしょう」

「この部屋がどうしたっていうんだ」

洪震は独り言のように呟いた。

「ここが気に入らないのなら自分の力でいい家を準備すればいいことだ。そんな力がないのなら黙っているべきじゃないのか」

圭は洪震の言うとおりだと思った。

「とにかくここはひどすぎます。ストーブの一つくらいなければならないでしょう？」

尚泰が言った。

「重慶での生活に比べればここは豪華版だ。わしには少しも不足でない。かえってここまでしてもらって申し訳なく思っている。わしが何をしたというのだ。わしが愛国者だって？恥ずかしい話だ。わしは民族のために何一つすることができなかった。ただみんなと一緒にかけずり回っていただけだ。その間わしがしたことといえば、争いを止めることだけだった。人が二人集まれば党が二つでき、三人集まれば党が三つでき、党派争いばかりするからそれを止めさせようと無為に日々を送ってしまった。しかもまともに争いを止めることもできなかった。そんなものが愛国者か？あいつはこんなわしの気持ちも知らずに、口を開けば愛国者と議政院議長を持ち出して騒ぎ立てるのだから呆れたものだ。まともな愛国者としての仕事もできず、子どもの教育もできなかった罪だと思ってぐっと堪えてはいるが……」

洪震は垢まみれのハンカチを取り出して目を拭った。泣いているのだった。

尚泰と圭は我を忘れて老愛国者の姿を見つめていた。やがて洪震は背筋を伸ばして座り直すと尚泰に聞いた。

「臨時政府に対する若者たちの意見はどんなものかな？」

「みんな尊敬はしています」

「尊敬はしているが？」

「国事を任すことができるかどうかについては大部分が懐疑的だと思います」

「臨政を中心にした統一勢力が可能だろうか？」

「左翼は人民共和国を支持していますから難しいのではと思います」

「人民共和国と臨政を合わせようと提議すれば？」

「どうでしょうか。そこまでは分かりません」

「民族陣営内でも呉越同舟なのだからどうしようもないな」

洪震は再び溜息をついた。

「民族陣営は概ね臨政を支持していると思いますが」

圭が口を挟んだ。

「いや」

洪震が首を横に振った。

「臨政内部にすでに葛藤が起こっているのに。重慶を発つときあれだけ固く約束したのにこの様だ。どこに行こうとも何をしようとも、統一行動をしようと誓っていたのだ。確かにそれは無理な約束だったのかも知れない。だが帰国して一月にもならないのにこの様とは情けない」

「誰が裏切ったのですか？」

尚泰が聞いた。

「そんなことここで言えるか？じきに新聞に声明のようなものが出るはずだ。さっき崔東五、金鵬俊両氏ともその話をしていたのだ。彼らにも妙案はないらしい」

「金九先生はどうなのですか？」

「あの御仁の考えとわしの考えは大同小異だが、あの御仁の周囲には問題がある。何やら企んでいる様子だ。だがみんな良心に帰るはずだ。わしはそう信じている。このままでは我が民族があまりにも可哀想だ」

「先生の政治信念は大まかにどのようなものですか？」

やはり尚泰の質問だ。

「民族の魂を生き返らせねば。それが原則で、次はルソーの「民約論」に依拠した政治。簡単に言えばそうなるかな」

ルソーがここに登場するとは意外だった。圭はこの老人がはたしてルソーをどの程度理解しているのかということに興味を感じた。

それで、

「ルソーよりも近いところに政治の原則を探した方が、より現実的ではありませんか？」

と言ってみた。

「ルソーで十分だ。百姓たちが契約によって国を創り、その契約を履行する方向で政治を行い、その契約に違反すれば退く……この民約説に根拠を置けばいい国になるのではないか？」

圭は洪震のその素朴な政治思想に微笑した。

洪震は再び尚泰の祖父を回想する話に戻った。

「君のお祖父さんに帰国したらすぐに会いたかったから連絡したんだが、お父さんが現れたんだ。嬉しかったが何やら胸騒ぎがしてな。予感どおりお亡くなりになったと言うじゃないか。涙があふれてきたさ。声を上げて泣きたいのをやっとこさ我慢した」

　そばかすだらけの皺の上に涙が二筋三筋と流れ落ちた。

「君のお父さんはかなりのお金を持ってきてくれた。それをこの韓美ホテルの同志たちと山分けさせてもらった。それがまた息子の奴の気に障ったようだ。親父がこの様なんだから息子がつまらぬ人間なのは仕方ないが、それら全てが悲しい」

　顔を上げることができずに圭は目を伏せて寝台の上を見つめていた。何やらもぞもぞとうごめいているものが目についた。虱だった。一匹の虱が圭の膝の上に上がろうとする刹那だった。圭はそれをこっそりつかみ、ポケットからちり紙を取り出して包んだ。どこに捨てようかと見回すと、畳んである毛布の上にも虱を見つけた。それも一匹ではなく、二匹、三匹……圭は息がつまりそうになった。何とも言い表しようのない感情がじいんと胸から込み上げてきて、のどがふさがれるようだった。圭は立ち上がった。

「ちょっと便所に行ってくる」

　圭は近くの薬局に行くと虱を殺す特効薬はないかと尋ねた。ＤＤＴというアメリカ製の薬があるというので、それを一本買った。そして近所に電気ストーブのようなものを売る店はないかと尋ねて、近くの電気店を教えてもらった。

　圭はその日泰英とどこかで食事でもしようと金を用意してきたのを幸いだと思った。電気店でウエスティングハウス製の中古の小型電気ストーブを買った。

　ホテルに戻るとソケットを探して電気ストーブのスイッチを入れ、洪震の足下に置いた。

「これはどうしたんだ？」

　洪震が聞いた。

「電気ストーブですが、少しは寒さをしのげると思います」

「こんなことしてくれなくてもいいものを」

　洪震は無感動な表情だった。

　次に圭は虱退治の薬をまかなければと言った。洪震は恥ずかしそうな顔をした。そして、

「この青年は人に恥をかかせるんだな」

　と言いながら立ち上がった。

　圭は尚泰と手分けしてＤＤＴをまき始めた。毛布、寝台、椅子、ありとあらゆる場所に部屋中真っ白になるまでＤＤＴをまいた。

「臭いがきついと思いますが、一晩だけ堪えてくだされば大丈夫です。この薬は虱に対しては原子爆弾

のようなものだそうです。お休みになるときは先生の体にもかけてください」

　圭が説明すると尚泰が、

「やっぱり圭が一番だ」

と歓声を上げた。

「それじゃあ他の部屋にも分けてあげなければ」

と、洪震はすぐに同志たちに分けることを考えた。

　部屋全体をＤＤＴまみれにしてから、尚泰と圭は洪震を連れて外に出た。

「息子さんを探さなければ。一緒に食事しましょう」

　そう言いながら尚泰が辺りを見回すと洪震は、

「止めておけ。わしらだけで行こう」

と先に歩き出した。

　槿亭《クンヂョン》というチンコゲにある料亭に入ると、洪震は突然生気を取りもどした。

「君たちはわしを哀れな老人と思っているようだが無駄な気遣いだ。わしはこう見えても大韓臨時政府議政院議長だぞ」

と言って笑ったり、

「虱を怖がると思うか？虱はときとして友にもなるんだぞ。一時は虱がいるってことだけが生きている唯一の証拠だったときもあったからな」

と悲しんで見せたりした。

　亡命と流浪の生活は想像より遙かに過酷な生活のようだった。

「ところでその間に何かロマンスのようなものもなかったのですか？」

　尚泰が悪戯っぽく質問した。

「枯れ木に花が咲くと思うか？ロマンスなんて花みたいなもの」

「先生にだって若い頃があったでしょう？」

「若い頃からわしはずっとこうだった。背が他人より高いか？顔が男前か？話術でもあればまた分からんが。どうすればロマンスに縁のない人間を作れるかって神様が研究して作ったのがわしだ」

　圭は、

「臨政が今後とっていく態度として、先生はどんな形式と方向が一番いいとお考えですか？」

と聞いてみた。

「わしの考えをそのまま話せば、これからの政治は行政技術者と愛国者が協力していくものになってほしい。愛国者は特殊な技術や能力がない限り、全員元老院を構成する。その下に下院を置いて国民の意思を反映させるのだ。下院で議決したものを元老院が審議して、妥当だと決定したものを行政部に渡す。元老院が指行政部に裁量権を持たせてはならない。元老院が指示したとおりに実践させる。わしは臨政が元老院の母体になればと思う。それ以上を望んではならんし、それ以下の処遇を受けてもならない」

圭は洪震のその意見が臨政に関して一番妥当な意見ではないかと思いながら、

「そんな趣旨の運動を起こしてはいかがでしょうか？」

と言ってみた。

「とんでもない。今、臨政の要人たちは大統領、もしくは実権を持った長官の地位を狙って躍起になっているのに、そんなことを言ってみろ。この洪震は神隠しにあったかのように消されてしまうさ」

「ところで韓美ホテルの警備があまりにも手薄ではありませんか？」

尚泰が言った。

「ははは」

洪震は笑いながら答えた。

「韓美ホテルにいる臨政の要人たちはテロの対象にもならんさ」

韓美ホテルの前で見たビラを思い出した。出てくるとき見るといつの間にか破られてなくなっていたが、その文面はそのまま圭の脳裏に刻みつけられていた。

「左翼は臨政を敵と見なしているようです。恐怖感を植え付けるためにテロがあるかも知れないではありませんか？」

「共産党は賢い。事を荒立てるだけで効果のないことはしないさ。彼らは臨政が内部から崩壊するのを待っている。下手に臨政の要人にテロを加えては、団結の動機を与えてしまうだけだという計算までしている人たちだ」

「それでも注意してください」

尚泰はこう言うと、

「明日医者を連れてきます。健康診断をしてみる必要がありますから」

と付け加えた。

「健康診断？そんなことしてどうする。わしは七十を超えている。これだけ生きれば十分だ。天命というものがある。いらぬ心配はするな」

「ところで先生のその靴はどうなさったのですか？」

圭が聞いた。

「わしの靴がどうかしたか？靴なんて足に合っていて水が染みこんでこなければそれでいい」

洪震はその靴や服など全てを蒋介石総統がくれた送別金で買ったという話をした。

重慶の路地裏で一番丈夫で安いものを選んだのが

まさにその靴であり、靴と嫁さんは似たようなものだという冗談も付け加えた。

食事を終え韓美ホテルまで送っていく途中、洪震は二人に時々遊びに来るようにと何度も繰り返した。

「やっぱりどこか違うな」

帰り道、尚泰が言った。

「うん、国内の老人たちとは確かに違う」

「何だろう？」

「分からないけど洪震先生は脱俗した人間のような感じがしたな」

「脱俗した人間が泣くか？」

「情が厚いのさ」

「ところであの息子は困ったもんだな。親父が帰ってきたら、にわか成金にでもなれると思っていたんだな」

「One of the tragedies」

「そうだ、確かに悲劇だ」

「俺が見たところ洪震先生はこの政治情勢を克服していく方ではないようだな」

「そんな野心もなさそうだったな」

「本人の言うとおり元老院の議員としては適格じゃあないな」

「独立運動家は元老院に入れて、行政技術者は能力を見て選抜して……洪震先生の政治プランはあながち絵空事でもないと思うな」

圭と尚泰はこんな話を交わしながら、今し方別れたばかりの洪震の輪郭を鮮明に把握しようと試みたが、はっきりした輪郭をつかむことはできなかった。

「考えてみれば今日俺たちは二人の政治家と会ったことになるな」

圭は尚泰の言葉の意味を即座に理解できなかった。

「二十代の政治家朴泰英と七十代の政治家洪震先生」

そのように言われてみると、朴泰英と洪震は韓国の政治を理解するにおいてうってつけの対照的な存在なのかも知れないと思った。

同時に洪震の次のような言葉が思い出された。

「わしらは中国で派閥争いばかりしていた。今思えばどうでもいいこと、何の意味もない争いばかりしていた。何の成果も残せないまま無為に日々を送ってしまった」

朴泰英がそんな後悔にとらわれるときが来ないだろうか。大衆からもっとも離れた火の気のない奥まった部屋に座って、大衆のために努力するんだと必死になっている、その努力が実を結ぶどころか自分の身を滅ぼすことになるとすれば、朴泰英という人生は何なのか。

　泰英にとって一番大切な存在は、何といっても金淑子であろう。だがその一番大切な人を苦しめるだけならば、取り返しのつかない不幸なのではないか。

「どうした、ぼーっとして？」

　尚泰が圭の脇腹を突いた。

「泰英の問題を考えてる」

「泰英は英雄だ。凡人が英雄の心配したって仕方ないだろ。それぞれ進む道があるんだ」

「万人のために自分の幸福を犠牲にできるだろうか。自発的にだぞ。誰からも、どの勢力からも強制されたわけでもないのに。人はみんな自分の幸福を建設する権利があるんじゃないのか？そんな意味から生存競争も容認されているんじゃないか？それなのに大衆のために自らの幸福を犠牲にするっていう人間がいるなんて……」

「だから英雄なんじゃないか」

「そんな簡単に片付けられることじゃない。何か原因がある。偽善でなければ錯覚、もしくは射幸心、そのどれでもない明晰な理想から死を覚悟する冒険なんてあり得るのか。俺は今夜初めて何かが分かったような気がする。洪震先生を考えながら浮かんできたんだ。洪震先生は錯覚なしに七十年間あんなふうに生きてきたのだろうか。偽善なくあのように生きてきたのだろうか。射幸心なくあのように生きてきたのだろうか。本当にそうだとすれば惰性で生きてきたんじゃないだろうか」

「洪震先生は分からんが、泰英は朝鮮のレーニンやスターリンになろうとしているんだろう。偽善でもなく錯覚でもない」

「それなら射幸心じゃないのか？」

「射幸心はあるだろう」

「真理への情熱が強いのか、射幸的な野心が強いのか？」

「泰英の場合は自分が真理だと信じるものが根底にあるから、射幸的な野心が成立する、そういうことじゃないのか？」

「いや、そうじゃないと思う」

　圭はほとんど断定的に言い切った。

「泰英の態度は絶対に真理への態度じゃない。真理自体は排他性を持っているんだろうけど、真理を求める人間の態度は排他的なはずがない。泰英が信奉する弁証法的唯物論がまさにその教訓じゃないか。おかしいじゃないか。弁証法的唯物論からは絶対に泰英みたいな、共産党みたいな主張が現れるはずはないのに。弁証法は真理が相対的だってことを教える方法以外の何ものでもないんだ。それなのに共産党はその弁証法的唯物論を、自分たちの戦術に必要な範囲でのみ利用している。策略を巡らしてまで、暴力を使ってまで、火の海を作ってまでして守らねばならない絶対的な真理なんてないという哲学がすなわち弁証法的唯物論なのに、共産党はそれを爆弾の原料にしているんだからおかしな話だ」

「俺にはなんのことやらさっぱり分からん。とにかく泰英のことは気にしないことにしよう。俺は今後そうするつもりだ。かみさんや友だちは人間の天性に直結する関係で、共産主義は意識がつく作り出した後天的なものなのに、それをもって天性を踏みにじろうとする態度だけは俺は納得できない。俺は学がないからそんな思想で満足だ。他の臨政の要人に会ってみたことがないから比較はできないが、天性に直結した関係まで無視しなければ党員になれない共産党は自然に反している。自然に反するものを俺は承服できないってことだ」

二人はいつの間にか乙支路《ウルチロ》まで来ていた。

「今日は明倫洞に行って寝よう」

「そうだな」

二人は明倫洞の家に着くまで黙って歩いた。

(金淑子に何と答えればいいのだろうか)

待っている金淑子の姿が圭の胸を圧迫した。

淑子にしても尚泰と圭の言葉をやすやすと聞き入れる泰英でないことは十分分かっているはずだ。しかし何とも面目ない思いだった。

考え抜いた末、ようやく圭は淑子に告げる言葉を準備した。それは、

「朴泰英は私たちとは遠いところにいます」

という一言だけだった。

淑子がどのように受け止めるかは分からなかったが、真実から目を背けて避けることはできないと圭は考えたのだ。

四

十二月中旬、河永根《ハヨングン》と権昌赫《クォンチャンヒョク》が上京してきた。河永根の健康はかなり回復しているように見えた。

「ソウルの印象はどうだ？」

という問いに始まって、河永根はこの数ヶ月間の圭の行動について一つ一つ尋ねた。

崔南善《チェナムソン》に会ったという話をすると、

「よくやった」

と褒めてくれもした。

そしてこんな話を付け加えた。

「崔南善氏の変節は、日帝に媚びへつらって自分だけいい暮しをしようとしたのが原因ではなく、この国自体に失望したためだと考える必要がある。歴史に精通しすぎたために、民族の力量と運命に対しての限界意識のようなものがあったのかも知れない。六堂《ユクタン》がこの国の山水を書いた作品は美しく風雅な趣があるのに、人事についてのものはほとんどが沈鬱だ」

「君のセンチメンタリズムはどうしようもないな」

横で聞いていた権昌赫がこう応酬した。

「歴史家が歴史に失望したのなら沈黙すればいいだけの話じゃないか。内鮮一体論を広げる必要がどこにあったんだ？批判は批判、同情は同情、明瞭に区別しなけりゃ」

「君が区別しろ」

河永根は笑った。

それが契機となって、二人の間に六堂崔南善の話がかなり長時間にわたって交わされた。結論は二人とも、

「何と言おうと六堂は惜しい人物」

という全く同じ意見だった。


朴泰英の消息についても尋ねられた。

圭は見たまま感じたままを話した。

河永根はふぅと溜息をついた。

「ところで朴君には本当に世話になった」

これは権昌赫の言葉だ。共産党晋州市党の脅迫を中止させてくれたことを言っているようだった。

「そんなこと世話にならなくてもいい。朴君が共産党から抜けてくれさえすれば」

河永根は憂鬱げに言った。

圭は金淑子の苦悩とあわせて、金尚泰と自分の努力を話した。

「主治医を決めなければならないから、李君のおじさんを訪ねなければならないな」

という話もその場で出てきた。

上京するやいなや権昌赫は活動を開始した。圭と潤姫の旅券の作成、金を米貨に換える仕事などだ。

その二つの仕事はどちらも困難な仕事に属したが、知り合いが多かったせいか意外に順調に進んでいるようだった。

圭と潤姫の在学証明書が旅券申請に必要となったのだが、権昌赫は東京の学校からそれをわずか一週間で受け取るという鮮やかな手腕を振るったりもし

た。

「アメリカ人飛行士に頼んだのさ。いくらかの手間賃を握らせて」

権昌赫は涼しい顔で話してくれたが、そんな頼み事ができるほどにアメリカ人飛行士と親しくなっているという事実自体が驚くべきことだった。

「僕たちのために苦労していただいているのに、ぶらぶら遊んでばかりいて申し訳ありません」

ある日圭がこんなことを言うと、

「俺は今自分のことをしているんだよ」

と、いかにも心外だという表情をした。そしてこう言った。

「みんなが政治の渦に飲まれて右往左往しているのに、俺たちはこうやって静かに未来を準備しているんだと思うと悪い気はしない」

圭の世話をすることが未来を準備することだと思うほど、権昌赫は圭のことを愛しているということになるのだが、圭は時々自分にそこまで好意を受けるほどの価値があるのかと疑いを持つことがあった。

十二月二十七日、モスクワでの三相会議［一九四五年十二月モスクワで開かれた米・英・ソ三カ国の外相会議］が朝鮮を信託統治することを決議したという情報が入ってきた。

年の暮れのソウルの街は、このニュースによって蜂の巣をついたような騒ぎとなった。権昌赫は具体的な内容を知らなければと言って合同通信社に駆けつけていった。

夜中になって権昌赫は英文で書かれた条約文の写本を手に入れて帰ってきた。内容は次のようなものだった。

一．コリアを独立国とし、コリアが民主主義の原則に基づいて発展するようにし、長年の日本統治の悪徳な結果を迅速に清算させるためにコリアに臨時政府をおく。この臨時政府はコリアの産業、運輸、農村、経済およびコリア人民の民族文化発展のために必要な全ての方策を講ずる。

二．臨時政府の組織に協力し、これに適当な諸方策をあらかじめ作成するため、南のアメリカ軍司令部代表と北のソ連司令部代表により合同委員会を組織する。委員会自らの案を作成するにあたって、民主主義諸政党や諸々の社会団体と必ず協議する。委員会が作成した建議文は、合同委員会の最終的決定に先だち米・ソ・英・中国政府の審議を受ける。

三．合同委員会はコリアの臨時政府を参加させ、民主主義諸団体を受け入れ、コリア人の政治的・経済的・社会的進歩と民主主義的自治の発展、コリアの独立のため相当期間協力する諸々の方策も作成する。合同委員会はコリア臨時政府と協議後、六年を期限とするコリアに対する四国信託統治協定を作成するため、その提案を米・ソ・英・中国の共同審議を受けなければならない。

四．南北コリアの緊急な諸問題を審議するため、またはアメリカ軍司令部とソ連軍司令部間の行政、経済部門における日常的調節を確立するための諸々の方策を作成するために、二週間以内にコリアに駐屯する米ソ両軍司令部代表をもって会議を招集する。

権昌赫がこのように翻訳しながら読み進めていくと、河永根が圭を振り返って言った。

「やはり李君を外国に送ることにして幸いだったな」

「そうとも」

権昌赫が相づちを打った。

「どうなるのでしょうか？」

圭は権昌赫と河永根の表情をかわるがわる見つめた。

「この半島を信託統治しようってことだろう」

権昌赫が興味なさそうに言った。

「信託統治か、それもあり得るだろう」

河永根もそう呟いた。

「五年間の信託統治というが、いったん始まってしまえばいつまで続くか分からないことだ。姑が四人もいるんだから議論がかみ合うはずもないし、各々派閥ができて、とにかく滅茶苦茶だ」

これは権昌赫の言葉。

「共産党が跳ね回るだろう。ソ連の後見があるし、組織も強い。共産党の天下になってしまう気がするな」

これは河永根の言葉。

「そんなに悲観的にばかり考えることはできないでしょう。本当に事態がそうなっていくのなら反対すべきではありませんか？」

圭が一言言ってみた。

「間違いなく明日あたりに何か動きがある。右翼は必ず反対するだろうし、左翼は賛成するだろう」

という権昌赫の言葉に、

「左翼がどうして賛成するのですか？」

と圭が聞いた。

「ソ連の代表がソウルに常駐することになるから、それだけ彼らに有利な情勢になるのさ。合法的闘争と非合法的闘争を同様にできるようになるんだから、信託統治に共産党があえて反対するはずがないだろう。右翼もいったんは信託統治に反対するだろうが、それはアメリカの態度如何にかかっている。アメリカが強力に信託統治をするっていえばおとなしくなるだろう。三八線を見れば分かるだろう？」

と権昌赫が答えた。

「悲しい国だ」

河永根が粛然として言った。

更けゆく夜に、外では激しい風が吹き荒れていた。二重窓の外側の戸をかすめる風音は猛烈だった。

一晩たって目を覚ますと世の中が変わっていたという話がある。

ついに金九先生が信託統治反対の旗幟《きし》を掲げて立ち上がった。李承晩博士も震える声で国民たちに反託を訴えた。信託統治反対国民総決起集会が開かれた。

ところで権昌赫の予想には反して、朝鮮共産党も信託統治には反対する趣旨の声明を発表した。解放日報と人民報は、その声明書を大書特筆して第一面に載せた。

「我が党は過去にもそうであったし、現在も自主独立のために戦っている。ポツダム宣言で約束されていたにもかかわらず託治制が挙論されることに対し、無計画的・興奮的行動によって解決することはできない。唯一の解決方法は民主主義的な民族統一戦線をさらに強固に結成してゆくところにのみある」

これに敷衍して、朝鮮共産党幹部洪南杓《ホンナムピョ》は、

「十二月二十八日、三相会議で決定されたという朝鮮託治問題が伝えられるや、我々は民族的誇りに大きな衝撃を受けた。我々は信託統治に対しては無論全国的に反対闘争を展開せざるにはおけない……」

と興奮した。

圭はその記事を権昌赫に見せながら、

「先生の予見がこの問題に限っては外れたようです」

と言うと、権昌赫は断固として言った。

「共産党がそう出てくるなら独特な共産党になるだろうが、恐らくそうはならないだろうさ。託治はソ連が主張したって聞いたのに、共産党が反対するはずがない。すぐに何か指令が着くさ。そのとき慌てふためく様が見物だろう」

「そうですか？」

圭は笑った。

「今に見ていれば分かるさ」

権昌赫は確信を持っているようだった。

金九先生の動きをはじめ、臨政の陣営は託治問題が出てくると俄然活気を帯び始めた。

反託の強力な波を臨時政府の擁立に利用する戦術のようだった。それもそのはず、臨政は軍政の神経を逆なでするのを恐れて、その看板を前面に押し出すこともできず、他の保守政党と鮮明に区別できるはっきりした主張を掲げることもできず、李博士率いる独立促成国民会議傘下の団体としてその鬱憤を我慢しかねていたのだった。

そんなときに名分と闘争目標が鮮明な問題、反託問題が登場したのだ。臨政はこの問題に社会の転機をかけることにした。「反託」「即時独立」のスローガンを掲げることによって、臨政推戴の基盤を構築するつもりだった。

大韓民国臨時政府内務部長申翼熙《シンイッキ》の名によって「布告第一号」「布告第二号」が発表されたのは一九四五年も最後の十二月三十一日のことだ。

布告第一号は次のようだ。

一・現在全国の行政庁所属の警察機構および韓人職員は全員、本政府の指揮下に隷属すること。

二・託治反対の示威運動は系統的・秩序的に行うこと。

三・暴力行為と破壊行為は絶対禁止とすること。

四・国民の最低生活に必要な食糧、燃料、水道、電気、交通、金融、医療機関などの確保、運営に対する妨害を禁止とすること。

五・不良商人などの暴利、買い占めなどは厳重に取り締まること。

布告第二号は次のようだ。

この運動は必ず我々の最後の勝利を獲得するまで継続することを要し、一般国民は今後我が政府指導のもと、諸般の産業を復興することを要望する。

この布告が発表されるや、ソウル市庁の職員たちは休勤を決定し、京畿道《キョンギド》庁の職員たちは総辞職を決定した。ソウルの商店街は一斉に休業状態に突入した。

託治反対のイニシアチブを臨政が握り、臨政の周囲に大衆が集まっていく現象を目撃すると左翼たちは慌てふためいた。

臨政と人民共和国を同時に解体しようという提議までなされるようになった。

その晩、泰英が明倫洞に河永根を訪ねてきた。

河永根は泰英に外国行きを勧めた。権昌赫も勧めた。泰英は好意は有難いが、自分の行く道はすでに決まってしまったと断った。

自然と託治問題が話題に上った。泰英は興奮した語調で次のような話をした。

「託治反対は共産党の基本方針です。共産党はその組織と愛国的熱意と力量から見て、十分統治能力を持っています。それなのに自治能力が不足しているといった侮辱的な決定をどうして甘受することができますか。しかし僕たちは臨政のように恥知らずかつ無秩序、無原則な、この機会に民心を壟断しようという野心まるだしの、そんな反対はしません。どこまでも人民の力と意志を秩序整然と集結させて、連合国に自分たちの過ちを自ら悟らせるようなやり方で反託運動を展開するつもりです。右翼は託治反対の名分を独占することによって、テロ行為をほしいままにして、民族の分裂を策動しています。託治に対する人民の感情を、彼らの野心を満たすために利用しているのです。これは到底許すことはできません」

微笑しながら聞いていた権昌赫が聞いた。

「朴君は共産党が最後まで反託の路線を進んでいくと思うのかい？」

「もちろんです」

「恐らくそうはならないだろう。確かに共産党が君の言うとおりのやり方で反託運動をするのであれば、国民の反託運動を右翼が独占するのを防ぐ効果もあるから賢明なことだともいえる。しかし私は朝鮮共産党がそれほど独自路線を取れるとは思っていない。問題はソ連の態度にかかっている。私は今日も通信社に行って確認してきたんだが、コリアの託治を最初に言いだしたのはソ連だった。ソ連の提案をアメリカが同意したんだ。それなのに共産党がソ連の提案に背くことができるのか。これも通信社で知ったことだが、北朝鮮ではまだ何の反応も見せていないそうだ。ソ連の司令を待っていると考えられるのではないかな」

「とにかく信託統治反対は党の基本路線です。変更されるはずがありません」

「そうでありさえすれば、朝鮮共産党はそれこそ英雄的共産党となるだろう。朴憲永をはじめとする幹部たちを私は尊敬する。しかしそんなはずはないから見ていなさい」

「もし基本路線を変更するのなら、僕も黙ってはいません」

「ほう、それならどうするんだ？」

「決死の覚悟で反対します」

「そりゃいかん。危険だ。君は永遠に反党分子、または解党分子の烙印を押されてしまう。共産党員であるためには、無条件、幹部の指示に従わなければならない」

「共産党が万が一基本路線を変えたときは、それを契機に共産党を辞めるのがいいんじゃないのか？」

河永根が一言口を挟んだ。

「絶対に路線を変えることはありません」

泰英が自信満々に答えた。

「だから言っているんじゃないか。万が一、そんなことがあればそうしろって言ってるのさ」

この河永根の言葉に次いで権昌赫が、

「重い寺に動けと言うより、軽い坊主が動いた方がいいって言葉もあるじゃないか？」

と笑った。

河永根は何が何でも泰英を脱党させたい様子だった。

「共産党だって試行錯誤があるでしょうが、そんな重要な問題に錯誤があるはずはありません。そして右翼の扇動が巧妙だったとしても、布告文一枚で軍政庁の朝鮮人職員が総辞職して、ソウルの商店や市が全て店を閉めているこの時局に、共産党がそんな民心に逆行するような真似をすると思いますか？」

「それはそうとして……いや、とにかく時間がたてば分かることだから、しばらく見守ることにして……朴君、共産党員として生活していて感じたことを簡単に話してくれないかな？」

権昌赫が真面目な口調で言った。

泰英はしばらく考え込んでから口を開いた。

「僕はあれほどみんなが熱心に働こうとしている団体や組織を、今まで見たことがありません。報酬や栄達を望むこともなくです。真理に対する献身、人民に対する情熱が徹底しています。僕はあのような組織が、あのような人々の努力が、実を結ばぬはずはないと思います。これが僕の感想です」

「根本が間違っていれば、部分部分がいくら精巧でも仕方ない。目的がいくらよくても、手段がよくなければ実を結ぶこともないし……ドイツ民族がどれだけ優秀かを、私はヴァレリーの『方法論的制覇』という本で読んだが、その優秀な民族が引き起こしたのはどんなことだったか……それに何事も普通でなければ。普通の努力で支えられる、そんな組織でなければ永続性はないし、人間性もない。報酬も栄達も望まず、何が何でも他人よりたくさん働こうとする、そんな非常性に問題があるんだ。反自然的な集団は、すなわち反人間的なんだ。そんな非常性、反自然性、反人間性、協同してこそ一時的であっても革命を成功させることが可能なのに、その非常性のために、反自然性のために、せっかく成し遂げた成功が結局は汚辱にまみれざるを得ないんだ」

「そんな難しい論理が適用されるには、この世の中はあまりにも簡単すぎます。抑圧する者がいて抑圧される者がいる、金持ちがいて貧乏人がいる、真理があって虚偽がある、正があって不正がある、同志がいて敵がいる、そんな簡単明瞭な社会ではありませんか。簡単なものを複雑にして、十分に解決できる問題を解決不能にしてしまう、そんな論理こそ正すべきではありませんか？」

「朴君の話し方は本当に共産党員そのものになったな」

と権昌赫は声を上げて笑いながら付け加えた。

「複雑な問題を簡単化しすぎて本質を見逃す危険もあるから」

柱時計が鳴った。圭はその数を数えた。十二回だった。

「一九四五年が今終わりました」

圭は静かに言った。

五

権昌赫の予見は寸分違わず的中した。

一月二日だった。朝鮮共産党は信託統治を支持する内容のビラをソウルの街頭にばらまいた。このビラの内容は次のようなものだった。

「モスクワ三相会議を慎重に検討した結果、我々は次の態度を表明する。問題の五年期限は、その責任が三相会議にあるのではなく、我が民族自体の欠陥、すなわち長年にわたる日帝支配の害毒と民族的分裂などにあることを我々は反省しなければならない。それにもかかわらず、今回の決定の責任を意識的に三国のものとして、これに正面から反対、排除することに熱中し、三国の友好的援助と協力、信託をあたかも帝国主義的委任統治だと歪曲し、過去の日本帝国主義の侵略と同一視して朝鮮民族を誤った道へと導きながら、民族主義的連合国と敵対する方向へと大衆を欺瞞する政策を進めている金九一派のいわゆる反信託統治運動は、朝鮮にとって極めて危険千万な結果をもたらすことは必然的だ……」

このビラを読んで、圭は自信満々だった泰英のことを思った。同時にこの機会に泰英が共産党を脱党してくれるのではという希望を持った。

圭は河永根と二人でいるとき、

「どうして権先生はあれほど正確に情勢を判断できるのですか？」

と驚きをあらわにした。

「専門家ならあれくらいできなければ」

河永根は、権昌赫とは長いつきあいだが、彼の情勢判断は今まで一度も外れたことはないと言った。

「すごい方ですね」

「惜しい人材さ」

「自分の国のために何かなさるべきなのに」

「彼は何かをするには、あまりにも虚無主義的すぎる。それが問題だ。それがまた魅力でもあるんだが」

「先生が勧めてみたらどうでしょうか？」

「今、通信社からしきりに来てほしいと勧められているようだが、そんな気はないようだ」

「そんなにやりたいことがないのでしょうか？」

「さあね。イギリスのような政治制度が確立されさえすれば、国会議員でもやってみようという意向はあるようだけど、夢のような話だし……」

「イギリスのような政治制度が確立されるのをただ待っているのではなくて、そうなるように努力するべきではありませんか。権昌赫先生や先生のような方が立ち上がらなければ誰がするのですか。先生方はあまりにも無責任ではありませんか」

「権先生に李君からそう勧めてみなさい」

「いつだったか自分は未来を創っているんだとおっしゃっていましたが」

「その話は私も聞いた。そんな点でも大したものだ。君たちを外国に送るアイデアは権君が考えたんだ」

「期待が大きすぎて恐い気がします」

「そんなこと気にするな。ただ元気に気の向くままに勉強して帰ってくればいい。博士になれとか、学者として大成しろとか言っているんじゃないんだ。権君の言うとおり、自然体で無理をせず遊学してくればいいんだから。確かにこんな期待はあるかも知れない。朝鮮人がどの程度大きくなれるのか見てみたい気持ちとでもいえばいいか。私たちはみんな、いばらの藪の中に蒔かれた種のようなものだ。その種の一つを、太陽がさんさんと降り注ぐ、空気のきれいな、肥沃な大地に移し替えてみるような気持ちとでもいえば納得してくれるかな？」

圭を見つめる河永根の眼差しは、かわいい息子を見つめるように優しかった。

「それはそうと」

と河永根は声を落とした。

「一緒に生活してみて大方分かっただろう？潤姫を

連れていくことが負担にはならないか？」

「とんでもありません」

「正直に言ってくれ。少しでも負担になるのなら計画を変えればすむことなんだから」

「負担どころか大きな助けになってくれると思います。潤姫さんは絵を描くから、僕が勉強ばかりしていても気を使わずにすみます。絵を描いていれば退屈しないでしょうから」

「本当にそうか？」

「はい」

「ひょっとして潤姫を連れていくことを条件に、あんな提案をしたと思っているんじゃないかって心配していたんだ。絶対にそんなことはないから。潤姫を連れて行くのかどうかは君の自由意志だ」

「連れて行くなとおっしゃっても、僕が無理矢理連れて行くつもりです」

「そうか？」

河永根の顔に再び笑みが広がった。

「一九四六年！四年たてば一九五〇年だ。二十世紀の半分だ。それまでは私も生きていたい。これからの世界は急速度で変わっていくだろうから、その変わっていく様を見守ることも興味深い。ヨーロッパの真ん中で二十世紀の正午を迎えてみるのも意味があるだろう。権君の言うとおりなら、この国は一九五〇年に向かって奈落の底に転げ落ちていくのだろうが、それを外から観察してみるのもいいだろう」

河永根は実に気分がいいように見えた。

次々に話を取り出した。


一月三日。

権昌赫は河永根と圭に、

「今日の午後一時、ソウル運動場でソウル市人民委員会が市民大会を開くらしいが見に行かないか」

と言った。

「この寒い中、何をしに？」

河永根が聞いた。

「君も李君もそんな集会を一度くらいは見ておく必要がある。左翼が市民大会をどんなふうにするのか私自身見てみたいし」

権昌赫に誘われるまま、河永根と圭はソウル運動場に行くと、入口から一番離れた隅の席に座った。

「事故はいつでも入り口の方から起こるものだから、席はこの辺がいいだろう」

という権昌赫の意見だった。

集会の名前は民族統一の自主独立促進市民大会となっていた。

二十万人ほど集まっただろうか。気温は寒かったが、二十万人もの人間の体温が集まったせいか、それほど寒いとは感じられなかった。

ぎっしりと広場を満たした群集の中に、各種各様の旗がなびき、プラカードが櫛比《しっぴ》していた。赤旗の群れが、二十万人という人間の集合に猛々しさを付与しているような気がした。確かに二十万人が集まってみると、その集まり自体が威力を持っていた。

「反託大会と思って集まった人たちも多いはずだ」

一昨日まで信託統治に反対していた共産党をはじめとする左翼団体が、どのように賛託を表明するのか、その過程が見物だと権昌赫が言った。

赤旗歌が鳴り響いた。

リズムを持った喚声は、しだいに会場の雰囲気を左翼的なものに染め上げていった。

次いで「解放の歌」がかけられた。

「朝鮮の大衆たちよ、聞け！」

二十万人の群集が「聞け！」と言われて、何が何でも聞かねばならないような気持ちになった。

愛国歌斉唱、建国行進曲斉唱が続いた。

殉国先烈《せんれつ》「義のために戦って死んだ烈士のこと。普通日帝の侵略に抗って死んだ志士をさす」に対する黙とうには、中国共産党から輸入したという「追悼歌」が伴奏された。

「山河を飛び交うカラスよ
死体を見て泣くな
例え身は滅びようと
革命精神は不滅だ」

黙とうとは何か、革命精神とは何か。圭はその大群衆の中で言いしれようのない孤独を感じた。

（この群集はこの先どこに行こうとしているのか！）

（風になびく葦のようなものではないのか！）

（本当にこの大会の意味を分かって集まっているのだろうか！）

（ある意味では奴隷となるしかない群れではないのか！）

圭は群集が黙とうをしている間、一段高いところに作られたロイヤルボックスの方に目をやっていた。左翼系の大物たちが座っていた。距離が離れすぎていたため、顔を識別することはできなかった。

「呂運亨《ヨウニョン》氏も出てきているのか？」

「さあな」

「朴憲永は？」

「さあ」

河永根と権昌赫がこのようにささやきあっていると、マイクを通して叫び声が聞こえてきた。

「緊急動議です。現在獄中にいらっしゃるソウル市人民委員長崔元澤《チェウォンテク》同志をこの大会の名誉会長として推戴しましょう」

「いいぞ！」

「そうだ！」

という喚声とともに拍手が荒波のように起こった。

「満場一致により崔元澤同志を本大会の名誉会長に推戴することにします」

　この言葉に続いて再び拍手喝采が響き渡った。開会の辞があった。金光洙《キムグワンス》というソウル市人民委員会の副委員長だった。

「満場の人民諸君！」

　こう前置きしてから判に押したような挨拶を羅列していた金光洙は突然叫んだ。

「いわゆる臨政というものは親日派、民族反逆者、ファシスト、テロ分子たちに囲まれながら、この地、朝鮮に専制政治をほしいままにしようと策動と謀略を繰り返しており、人民共和国の合作提議を一蹴した、許すことのできない反動集団だ」

「そうだ！」

「奴等を叩き潰せ！」

　叫び声があちこちから弾け飛んだ。金光洙は言葉を継いだ。

「三相決定は、ただ漠然と朝鮮の独立を謳ったカイロ宣言から一歩踏みだし、先ず臨時的に民主主義政府を樹立するとしました。アメリカ軍政がこのまま続けば我々はどうなりますか。我らの民主主義的政府が一ヶ月以内に樹立されるということは、どれほど喜ばしい知らせでしょうか。それにもかかわらず親日派、民族反逆者に操られた反動集団は、アメリカ軍政と野合して専制政治を敷くために、このような連合国の好意を無視しようとしています。連合国の好意なくして我々が独立できるでしょうか。朝鮮の経済復興が先進国家の好意的援助なくして可能でしょうか。それなのに彼ら反動は連合国と合作しないと宣言しています。三国の代表者たちは五年以内に必ず我々に独立を与えてくれると、その期限を決めてくれています。これに反対するということは、入ってこようとする福を足蹴にする行為に他なりません。我々は三相決定を支持し、これに協力しなくてはなりません」

　相変わらず「そうだ！」という声と拍手が起こっていたが、主席団に近い前の方で散発的に起こるのみで、その他の群集はこれといった反応を見せなかった。

　続いて経過報告に入った。

「あれは誰だ？」

河永根が聞いた。

「韓鎰《ハンイル》という人だ」

権昌赫が答えた。

経過報告の次に大会の趣旨説明があった。

それは、

「この大会はモスクワ三相会議の朝鮮問題に対する決議を支持し、国内全ての反動勢力の反信託運動の反動的・反人民的謀略を粉砕する」

ということに重点を置いていたが、おかしなことはその次の説明だった。

「この大会は金九一派の陰謀的組織であるいわゆる反託国民総動員委員会の即時解体を命令すると同時に、市民生活を根本から破壊する強圧的罷業を即時回復させることを決議し、金九一派が国際的、国内的に犯した過ちを完全に清算することを命令する」

「李君、笑わせる話じゃないか？」

と権昌赫は前に立っていた圭の肩を叩いた。

「共産党が秩序回復に立ち上がるとは。市民生活を根本から脅かす罷業を即時現状復帰しろとご命令なさったが、信託統治に賛成するってだけであの有様なんだから、政府ができたら猫のようになりさがるだろうな」


共産党代表の李承燁《イスンヨプ》の演説はさらに懐疑的なものだった。

「……我々は先ず、非民族的野心を持った政治ブローカーを排撃しなければならない。次に国際情勢に対する正確な判断能力を持たず、朝鮮がどのような国とならなければならないのかを理解しない無能な者に、我々の政治を任せることはできない。そして、民族の意思を反映せず、民衆の支持を得られぬ彼らは到底この国を背負っていくことができないのだから、全民衆の総意に基づいた、能力ある者に政治を任せねばならない」

次にいわゆる人民共和国代表をはじめ、各左翼団体代表の型にはまった演説が続いた後、決議文の採択があった。

朝鮮問題に対する三相会議決定支持の決議文、民主主義民族統一戦線結成促進決議文、韓民党一派の国民大会招集反対決議文、いわゆる大韓民国臨時政府排撃に関する決議文などだ。

最後に「人民共和国万歳」があり、大会に参集した人々は示威行進に入っていった。

帰り道、三人は明洞の喫茶店に立ち寄った。席に座ると権昌赫が聞いた。

「李君、あの大会を見てどんなことを感じたかな？」

「あのような大会が政治的にどんな効果を生むのでしょうか？」

「さあな、左翼も右翼も政治をする人間たちは、人をたくさん集めて演説すれば、それだけで何かの効果があるって錯覚しているようだ」

「人を集めて演説して……それが政治だろう。他にどんな政治があるんだ？朝鮮の政治家がすることなんてせいぜいその程度だろう」

河永根が言った。

「確かに僕は二十万人が集まったという、その事実に威圧を感じました。示威とはそういうものではありませんか？それくらいの効果はあるのでしょう」

「私はあの集会を見て、この国の左翼勢力の程度が分かったような気がする。その知的水準と能力の程度がね。金光洙の開会の辞、李承燁の演説、あれは何だ。説得力も訴える力もないくせに、国際情勢を正しく判断しろだって？国際情勢の判断はおいといて、民衆たちへの話し方から学習しなければ。民衆をばかにして、とにかく何かしゃべっておけばそれでいいって安易に考えているのだからどうしようもない」

「だからそんなに心配なら、君が共産党学校の教師にでもなればいいじゃないか」

河永根が笑って言った。

「俺が教師になれば見事に教育してやるさ」

「君の行く道は決して平坦ではないな」

「託治賛成で左翼は致命傷を負ったも同じだ。反対は簡単でも、賛成や支持はそうはいかない。特に左翼政党が今の段階で支持や賛成をするのは絶対に合わない。攻撃、反対で押し通すべきだ。今の大衆の気分は、いかなる局面においても否定的な面に傾いている。その心の傾斜を利用しなければならないんだ。軍政反対の姿勢をとることで今まで左翼は一目置かれていたのに、託治支持に回ったことで託治を決定した連合国の一員である軍政庁が進めるどんな政策にも同調せざるを得なくなった。これからは右翼が軍政を反対して、左翼が軍政を支持する奇妙な現象が現れるだろう。そうなれば左翼の面目は丸つぶれさ。いくら左翼の組織が強いといっても、浮動する民心を自分たちの側につけなければ勢力化できない。親日派や民族反逆者たちは、この託治問題のおかげで命拾いしたな」

「どういう意味だ？」

河永根が聞いた。

「反託することで愛国のポーズをとれるじゃないか。

今まではデモする口実も面目もなかったのに、これからはデモの口実ができたじゃないか。そうだろ？反対する何かをつかんだってことは、それだけで有利になるって話だ。どう解釈したって信託統治は俺たちにとって一種の侮辱だ。この侮辱に対して反対するってことは、やり甲斐もあるし簡単だけど、賛成は卑屈で汲々とした説明が必要だ。政治活動において汲々とした態度は、それだけで不利なものさ」

「こんな状況で統一独立をするためには、米・ソの意思を全く無視することはできないのですから、信託統治五年を我慢すべきだという結論が出てくるのではありませんか？」

圭が聞いた。

「そんな意見もあり得るだろう。だから左翼が賛託できるんじゃないか？」

「展望はどうでしょうか？」

「託治を避けることができるかも知れないな」

「それはまたどうしてですか？」

「左翼が熱心に託治を支持して回れば、自然とアメリカの態度も変わるだろうから。考えてみろ。信託統治は、たとえこれに反対できなくとも、熱烈に賛成することはできないそんなデリケートな問題だ。それを左翼がソ連の指令を受けて賛託を叫んで回れば、アメリカも考え直すんじゃないか？信託統治がソ連と共産党に益するものだという判断を下せば、アメリカの政策にも変化が起こるだろう」

権昌赫の分析は正鵠を射ているように思えた。

「ご高説は家に帰ってから拝聴することにして」と、河永根が立ち上がった。

三人がタクシーで明倫洞に向かっている途中、ファシン百貨店の近くで鐘路三街の方から歩いてくるデモ隊の先頭を見ることができた。冬空の下のデモ行進には、また違った意味があるということを圭は感じた。

「お客さんたちは反託ですか？賛託ですか？」

年をとった運転手が突然話しかけてきた。

「どうしてそんなことを聞くんですか？」

権昌赫が聞き返した。

「独立したって喜んでいたばかりなのに、信託統治がどうのこうのって、悲しいじゃありませんか」

長年の生活に疲れ果てたような、そんな顔をしていたが、その運転手の心は若いようだった。

「託治はだめになりますから心配いりません」

権昌赫が何でもないというように言った。

「だめになるって、どうしてそんなことが分かるんです？」

「さっきデモ行進がいたでしょう。あれは信託統治を賛成する左翼系列のデモです。左翼がやろうとすることは、託治だけじゃなく全てがうまくいかないからそう思ってください」

「どうしてそんなによくご存じで？」

「私は占い師です。ざっと十年先は見通すことのできる占い師です」

と言って権昌赫は笑った。

タクシーを降りて路地に入ると、権昌赫が圭の顔を見て言った。

「さっきの運転手の意見、あれが感化される前の庶民の感覚さ。あの感覚を賛託の方に向かせようと思えば、左翼もかなり骨が折れるだろう」

六

一九四六年一月十五日
圭と潤姫は軍政庁から旅券を受け取った。旅券を受け取ると即時に、両親に別れの挨拶をするために故郷へと向かった。今回も潤姫と同行した。潤姫も母親に別れを告げなければならなかったからだ。

圭は故郷で一週間過ごした。その間、祖父と祖母の墓参りにも行き、親戚回りにも出かけた。

田舎でも反託、賛託の旋風が起こっていた。左右翼の対立は、目に見えて民心を分断させていた。

ついに故郷を発とうというその日、圭は少年のように泣いた。十年という期限が遥か彼方のように思えた。二度と父母やきょうだいと会えぬのではないかという恐怖もあった。

「何よりも体が大切だぞ」

伯父はこう言った。叔父や父はただ言葉なく見守っていた。

晋州《チンヂュ》に着くと、潤姫の家の舎廊《サラン》で一夜を過ごした。そこで圭は父がくれた包みを開けてみた。百万円が入っていた。圭は胸が締め付けられるような思いだった。いくら貨幣価値が落ちているとはいえ、百万円といえば家の財産をほとんど全て処分して作った金額に違いなかった。昨夜、確かに父は、

「ソウルに戻ったらしっかり数えてみろ。やっと十万円を用意した。あまりにも河永根氏に頼りすぎるようで気が引けるが、うちの事情ではどうすることもできん。もし困ったら手紙を書きなさい」

と言っていたのだ。

百万円と分かれば、圭が受け取らないだろうと察してのことだった。親戚や家族の目を気にしていた

のかも知れない。どうであれ家の全財産をそっくり持っていくのではないかと思うと辛かった。圭はそのまま故郷に帰って、その金を返してこようという衝動に駆られた。父が晋州までついてこなかった理由も、きょうだいたちを同行させなかった理由も、それによって理解できた。河永根が最低でも五十万ドルを準備すると言っていたので、家族を犠牲にするかも知れないそんな巨額の金は実際必要がなかったのだ。

一月二十三日

圭と潤姫はソウルに帰ってきた。便乗する飛行機を待つばかりの日々が始まった。権昌赫の言葉によれば、遅くとも一週間以内にはアメリカの軍用機に便乗できるはずだった。

圭は金尚泰を訪ねておよその経過説明をすると、その晩、尚泰とともに茶洞の金貞蘭を訪れた。

「牽牛織女もよっぽどだけど、学生さんたちはあんまりだわ」

梁恵淑《ヤンヘスク》は皮肉ってみせたが、喜びを隠せなかった。金貞蘭は部屋に入るやいなや手で顔を覆った。涙があふれてきたのだ。

「獄中の春香《チュニャン》が李道令に出会った気分みたいね［朝鮮時代の代表的小説『春香伝』の主人公。『春香伝』は身分の低い妓生の娘である春香と両班の息子李夢龍《イモンニョン》が曲折を経てついに結ばれるというロマンス］」

と、梁恵淑は貞蘭《チョンナン》の手をひいて圭の横に座らせた。

酒肴が入ってきた。

盃を一回りさせると、尚泰が説明した。

「李君はもうすぐ外国に行くんだ。それでその準備に忙しい中、お二人と送別の宴を持ちたいがために出てきたんです。だから今日は、李君の前途を祝う意味で思いっきり飲んで遊びましょう」

思いきり飲んで遊ぼうというせっかくの説明が、かえって沈鬱な雰囲気を醸し出すことになってしまった。

「外国ってどこ？」

おどけ娘の梁恵淑が、突然深刻な表情になった。

「フランスに行くんだそうだ」

「フランス？そこって遠いんでしょう？」

梁恵淑は金貞蘭の代わりに聞いているのだった。

貞蘭は全く何も言わなかった。注がれるままに杯ばかり空けていた。

「どうしてこんなに静かなのよ」

と、梁恵淑が膳を叩きながら歌を歌い始めたが、途中で萎えてしまった。

「さよならだけが人生だっていうじゃないか。なんでこんなに暗いんだ」

と、尚泰が「他郷暮らし」を披露したが、それもやはり興に乗らない様子だった。

「どうしてフランスに行くんです？」

梁恵淑が圭に聞いた。

「そこで勉強でもしようと思って」

圭は曖昧な返事をした。

「ここでは勉強にならないの？」

梁恵淑がまた聞いた。

「ここでできる勉強もあるし、フランスに行かなきゃできない勉強もある。そんなものさ、そんなもん」

尚泰も煮え切らない口調で言った。

「貞蘭、昔の春香はせいぜい漢陽《ハニャン》［現在のソウル］に行った旦那を思って泣いていたけど、最近の春香は旦那をフランスだかどこだかまで送らなきゃならないのね」

と言うと、梁恵淑はいきなり声を上げて歌を歌い出した。

「見下すな、見下すな、そんなに人を見下すな」

梁恵淑のほおを涙が伝っていた。

「どうしたんだ？」

尚泰が驚いて言った。

「人の旦那がフランスに行くっていうのを、おどけ娘が何で泣くんだ？」

「貞蘭が可哀想だからよ。貞蘭は学生さんにすっかり情が移ったみたい。やめなさいって言っても、毎日のように学生さんのことを話すのよ。花柳界の恋なんてたばこの火みたいなもの、吸い終われば捨てられるそんな恋だって、いくら言っても聞かないのよ」

貞蘭はうつむいたまま肩を震わせていた。

「大変なことになったな。これじゃお通夜だ。李君の送別会をしようって言ったじゃないか、お通夜をしようなんて言ってないぞ」

尚泰が真顔で言った。梁恵淑がハンカチを取り出して、貞蘭の膝の上に投げた。

「泣かないで、貞蘭。恥ずかしいじゃない。泣かないで」

貞蘭が涙をふいて顔を上げた。大きな瞳には、まだ涙がいっぱいにあふれていた。

「ちくしょう、俺や李君に金があったら、堂々と貞蘭さんを他に移して、李君が帰ってくるまで誰の手にも触れさせないのに」

尚泰の言葉を聞いて、圭は故郷で受け取った百万円のことを思い出した。しかし、それは瞬間的に頭をよぎった想念に過ぎなかった。

「気持ちさえあれば、お金なんて要らないわ。私が貞蘭を大切に、傷一つつけずに守ってみせるわ。でも、そんなことしてどうなるの。暗行御使《アメンオサ》になって春香を迎えに来てくれるって言うの？［暗行御使とは朝鮮時代、王命によりひそかに地方官の治績や非行を調査するために派遣された臨時の官職。『春香伝』の李夢龍は最後に暗行御使となって、獄につながれていた春香を救い出し結ばれる］新派演劇みたいな話は止めましょう」

「演劇といえば新派演劇が最高なんだぞ。紅桃《ホンド》よ泣くな、兄さんがいるさ……これは妓生の妹にしがみついて暮らす、できそこないの兄貴が自分の面目を保つために書いたもんだそうだ」

「まあ」

梁恵淑が横目で睨んだ。

「でも、おどけ娘がいいこと言ってくれた。出会いと別れは人生の道理だ。遙か未来を約束するなんてことは、それこそ新派演劇だ。くよくよした感情はきれいに流して、闊達と別れよう。それでまた会える日が来れば、気持ちよく再会しよう。十年なんてあっという間に過ぎてしまうさ」

尚泰と恵淑の冗談のおかげで、なんとか宴は興を保つことができた。

圭は貞蘭とその晩をともに明かしたいと思っていたが、きれいさっぱり放棄することにした。潤姫のためにも、貞蘭のためにも、自分のためにもよくないと思ったからだった。その代わり帰り際に、尚泰と恵淑を座らせたままこう言った。

「今から十年後といえば、一九五六年一月二十五日になります。貞蘭さん、その日を覚えていてください。その日の十二時にファシン百貨店の前で会いましょう。一時間だけ時間をください。可能な限りそのとき一度会いましょう。貞蘭さんはそのときお母さんになっていてもいいし、どんなことをしていてもかまいません。十年後必ず会いましょう。お茶一杯飲んで別れてもかまいません。もしそのとき会いたくなければ、その場所から右でも左でも、一番近い喫茶店の伝言板にそのことを書いておくことにしましょう。お互いの安否を知るために」

「それこそ新派演劇みたいだな。でもそりゃかっこいいな。どうだいおどけ娘、俺たちもその日その時間にその場所で会わないか」

尚泰が提案した。

「医者学生の先生もこれからはここに来ないつもり

なの？」

「とんでもない」

「じゃあ何でそんなこと言うのよ？」

「いや、李君と貞蘭さんの付き添いとして、その約束に便乗してみようってことさ」

「いいわ」

惠淑が受け入れた。

「僕はまだ貞蘭さんから承諾を受けていないんだけど」

圭が言った。

「約束します」

貞蘭がうつむいたまま囁くような声で言った。

「よし、一九五六年一月二十五日正午、ファシンの前。これで未来の楽しみができたな」

尚泰は手帳を取り出してメモした。そして一枚一枚その記録をちぎると、惠淑と貞蘭に渡した。圭は受け取らなかった。

「俺は胸の中にもう刻み込んだ」

すると貞蘭もそのメモを尚泰に返した。

「私もです」

「分かった。それなら付添どうしで持っていよう」

そう言うと尚泰は満面に笑みを浮かべた。

圭はどうしても一度泰英に会いたかったが、その願いは叶わなかった。そのためその口惜しさを淑子に伝えておくしかなかった。

崔南善《チェナムソン》とは河永根と同道して会った。そのとき言った崔南善の言葉が印象的だった。

「私は自分の息子が歴史を学ぼうとするのを必死で止めたことがある。恥ずかしい話だが、私は自分の才能にかなりの自負心を持っている。だが私は歴史の研究に失敗した人間だ。私の息子はどう見ても才能において私には及ばない。だから止めさせたんだが、最近になって、歴史の研究は才能だけではだめだということを悟った。才能以上に必要なのが精神だ。哲学化された精神、それなくしていくら研究したところで、古文書の倉庫にしかなれない。李君は先ず哲学化された精神から学びなさい。フランスに行けば、哲学化された精神を持った碩学にたくさん会えるから可能だろう。学問の道には二つある。一つは学問を生かして自分も生かす道、もう一つは学問を殺して自分も殺す道だ。この崔南善はどうやら後者の道を歩いてしまったようだ。李君は何があっても学問も生かし、自分も生かす道を歩いていってくれ……」


一月三十一日。

圭と潤姫は汝矣島《ヨイド》を飛び立った。

反託と賛託が激突し、今まさに祖国が激動の渦に飲み込まれようとしているそのときに、祖国を離れる圭の胸には複雑な感情が横たわっていた。

しかし圭は我々とは遠く離れた遙か彼方に消えていった。今後、圭からは断片的な知らせを聞くことができるのみだ。圭が東海《トンヘ》［日本海］の上空にいる頃、泰英は圭が旅立ったという知らせを聞いた。

（日向ばかりを歩く人間、危難が向こうの方から避けてくれる人間！圭よ、どうかお前だけは幸せになってくれ！）

泰英は心の中でむせび泣いた。

泰英の顔に涙が流れ落ちるのを見ると、圭の出国を知らせに来た淑子はわっと泰英の膝に崩れ落ちて泣き始めた。そして涙の中で決心していた。

（この可哀想な朴泰英のために、身も心も捧げよう！どんな道を歩もうとも、私は貴方と同じ道を行く！）

第二章　灰色の虹

一

真っ白に雪が積もった。

山にも雪、屋根にも雪、街中に雪。

しかし二月の雪には感動がない。雪のその白さまでもが、わびしく色褪せて見えた。その上、雪が溶けた部分は真っ黒く腐った傷口を彷彿とさせた。そんな雪景色の中、淑子《スクチャ》は新堂洞《シンダンドン》の坂道を上っていた。

泰英《テヨン》から新設洞《シンソルドン》のアジトを新堂洞に移したという手紙を受け取ったのは昨日の午後だった。淑子はその手紙に同封されていた地図にしたがって泰英を訪ねる途中だった。

圭《キュ》が去ってはや半月、あの日新設洞のアジトで会って以来、淑子は初めて泰英のもとを訪れるのだった。

（どうしてこんなに頻繁に居場所を変えるのだろう？）

そのことからして淑子の理解を超えていた。共産党員という事実だけでは、誰からも干渉されることのない時代だったのだ。

坂を登っていると道が三つに分かれていた。淑子は手にしていた地図を広げた。右手の道に矢印が描かれていた。その道を進んで右側五件目に丸印があった。表札の名前は裵成植《ペソンシク》。

その前で淑子は立ち止まった。路地に人影はなかった。その路地に積もった雪は、いくつかの足跡が刻まれている以外、降ったときそのままで残されていた。

静かに表門の板を叩いた。

「どなたですか？」

と、ジャンバー姿の中年の男が縁側に出てきたのが戸の隙間から見えた。

「全《チョン》先生を訪ねてきました」

淑子はできるだけ小さな声で、しかしはっきりとした発音で言った。泰英の手紙に書かれていたそのままを実行していた。泰英はその家で全浩吉《チョンホギル》という名前になっている様子だった。

中年の男は庭に下りて近づくと、門を開けた。淑子は挨拶をするつもりで体をかがめたが、どんな挨拶も受け付けないという男の表情だった。

淑子はその門から中に入った。背後で門が閉められる音がした。右側に狭い庭を隔てて別棟があった。その別棟の戸が開いた。何日も髭を剃っていないのか、無精髭を伸ばした泰英が顔を見せた。淑子は胸が締め付けられた。

「寒いだろ？」

と言って、泰英はオンドルの焚き口に近いところに敷いてある毛布の上に淑子を座らせた。部屋の中は寒々としていた。泰英は部屋の中なのに外套を肩にかけていた。

食膳を代用した机、小さなトランク、そして安宿でよく見かけるような粗末な布団と枕。タオルでくるんだ枕は一瞥しただけで不潔だった。墨井洞《ムクチョンドン》のアジトよりも、新設洞のアジトよりも、さらにみすぼらしい不潔な部屋だった。壁に貼られた新聞紙が糊気を失って、途中からだらりと垂れ下がってさえいた。

「どうして」

と、淑子は溜息をついた。そのあまりのみすぼらしさに、ひとりでに溜息が出てきたのだった。

泰英が淑子の手を握った。

「手が冷たいな」

「貴方の手の方が冷たいわ」

淑子の手を握った泰英の手に力がこめられた。そして言った。

「寒さに耐えることも党員の修養だ」

淑子は言葉を失った。

（党員？党員の修養？党員って何！）

「酷寒のロシアで、共産党が勝利するためには、先ず寒さに勝ち残らねばならなかった」

だがそれは淑子の目には、泰英の虚勢としか映らなかった。しかしそんなことを言うこともできなかった。

「ところで、どうしてこんなに連絡が取れないの？」

問いただすわけではなかったが、若干恨めしそうな口調で淑子が言った。

「あのアジトは使えなくなった」

あのアジトとは、連絡さえすれば翌日にはその知らせが届くようになっていた一種の通信センターのようなところを意味していた。

「どうして使えなくなったの？」

「譴責《けんせき》処分を受けた」

泰英が憂鬱そうに答えた。

「どうしてなの？」

「それ以上は聞くな。答えられないことになっている」

泰英は淑子の手を放して、天井を見つめた。障子が風に震えた。

「こんなに寒い部屋にいるんだから、もっと布団が要るんじゃないのですか？」

「ここも長くはいないだろう。俺のことは心配しないでいいから、自分の心配でもしろ」

「それじゃこれからどうやって連絡をすればいいのですか？」

「何かあったら俺から手紙を書く。河永根《ハチュンギュ》先生の家に」

「あのお宅には悪いです。李圭《イギュ》さんと潤姫《ユニ》さんが行ってしまってからは、なおさら悪いです」

「気を使うことない。それくらいの世話になってもいいだろう」

「でも」

「それがプチブルジョワ、小市民根性というものだ」

「人の世話になって、悪いと思うことが小市民根性なのですか？」

「そうだ、悪いと思ってもどうすることもできないことを、ただ悪いとだけ思うのが小市民根性なんだ」

「そんな屁理屈言わないでください」

「屁理屈だって？俺たちは革命をしようとしているんだ。革命をするってことは、非常手段を使うってことだ。非常手段とは、他人の意思を無視しても仕方のない行為だ。そんな行為も辞さない人間が、小さなことでいちいち気を使っていることはできない。そうじゃないか？」

　淑子は呆れた。

「泰英さんは変わったわ」

「変わったとも。党員としての修養が進んできているからな」

「その党員の修養って言葉、聞きたくないわ」

「そうか？」

と、泰英は笑顔を作ろうとした。しかし顔が歪んだだけだった。

　淑子は風呂敷を引き寄せた。洗濯した下着などは後ろへ押しやって、セーターを取り出すと、

「これを一回着てみて」

と言って広げた。

「変わった形のセーターだな」

「アメリカ軍が持ってきた物資ですけど、最近町にたくさん出回っているの。トックリシャツっていうのよ」

「トックリシャツ？」

　泰英は外套とその下に着ていた服を脱ぐと、それを着てみようとした。

「ついでにその下着も脱いでください。洗濯しなくちゃ」

　淑子は洗濯してきた下着を泰英の前に差し出し

た。

「そうか」

泰英は裸になった。肋骨の浮き上がった胸に鳥肌が立っていた。何という体！淑子は急に涙が込み上げてきた。

下着の上にトックリシャツを着た泰英は、

「どうだ、ちょっとスマートになったか？」

と笑った。しかしすぐに、

「こんな米軍の物資を着てもいいか分からんな」

と呟いた。

他の共産党員たちの目を気にして言った言葉であった。

「上着の下に着る服ですもの。温かければいいじゃないの？」

と、淑子は涙をふいた。床にも涙がこぼれ落ちた。それを泰英に気付かれぬよう、チマの裾で拭った。

「いつまでこんな生活を続けるの？」

「勝利するその日まで」

「勝利するその日？」

「そうだ」

その日がいつなのか、淑子は聞かなかった。泰英にも分からないということを、淑子はよく知っていた。

「党はうまくいっているの？」

「まあまあさ」

「河頭領の消息は聞きましたか？」

「俺もそれが気になっているんだが、分からないんだ」

「それも分からない」

「盧東植《ノドンシク》同志の消息は？」

「党の組織局みたいなところに聞いてみればいいんじゃないの？」

「そんなことは聞けないことになっている」

「気むずかしい組織なのね」

「革命を起こそうっていう政党だ。そうならざるを得ないさ」

「でも、友だちや家族との情まで断ち切ってしまうなんてあんまりだと思います」

「そんなことは言うな。勝利するその日まで、個人の感情みたいなものは一切抑制しなければならない」

泰英の言う勝利するその日！淑子にはそんな日が永遠に来ないのではないかと思われた。

「食事は大丈夫？」

オンドルの煙突に近い下座に、今朝置かれたらしいスンニュン［釜の底に残ったおこげに水を加えて温めたお茶代わりの湯」が、半分くらい凍っているのを見ながら淑子が聞いた。

「食事なんて。飢え死にさえしなければいいさ。智《チ》異山《リサン》でも生きられたのに」

「智異山？あそこでの生活はどれほど楽しかったか。麦の粉をナムルに混ぜて塩をふって、それを食べて暮らしてたけど、あのときは私は贅沢をしたわ」

淑子の目の前に、掛冠山《ケガンサン》一帯の風景がよぎった。高い空、白い雲、様々な鳥たち、愛くるしい花々！

「そうだな、思えばあの頃が一番だった」

泰英も智異山、掛冠山での生活を、一瞬回想した。沈黙が流れた。その沈黙の間、空気は冷たかった。

「私も遊んでばかりはいられないわ。党にでも入ろうかしら？」

淑子がふとこんなことを言った。

「党に？」

「党がだめなら女性同盟みたいなところでもいいわ。私も泰英さんが進む方向で努力したいの」

「だめだ。組織に入れば制約が多すぎる」

「それを泰英さんのためにしてみたいのよ」

「だめだ」

「わたしたちは夫婦じゃないの？夫婦が心を合わせてやっていこうとすることがいけないの？」

「とにかく淑子は組織の外にいてほしい。その理由があるんだ」

「それならいつまでもぶらぶら遊んでいろとおっしゃるの？」

「できることを考えてみよう。故郷に帰って待つとか、適当なところを見つけて就職するとか」

淑子は前から考えていたことを打ち明けてみようと思った。

「どうしてもそうおっしゃるのなら、学校に行こうと思います」

「学校？どこの学校？」

「医科大学です」

泰英はちょっと考え込んでから、

「それはいい考えだけど」

と言いながら尋ねた。

「入学試験に受かる自信はあるのか？」

「頭は泰英さんにだけあるんじゃないわ。今から準備すれば大丈夫です。まだ半年ありますから。みんな似たような立場にいるんだから、ちょっと努力すれば大丈夫だと思います」

「分かった。そうしよう」

「問題は学費よ」

「それは俺が河永根先生に頼んでみる」

「また河永根先生？」

「仕方ないだろう。それに俺たちに外国留学までさせてくれようとした度量のある方だから、それくらいの頼みは聞いてくれるだろう」

「それはそうでしょうけど、貴方が最後まで共産党にこだわったのをよく思っていないようです」

「地主が共産党を好きなわけがないさ。でも河永根先生は、党が良心的地主と認めた人だから大丈夫だ。彼に対する恩は必ず返すから」

「そんな日が来るかしら？」

「淑子はどうしてそんなことを言うんだ」

泰英は外の様子を気にしていた。しかし電線を鳴らす風の音、遠くから聞こえる車の音が聞こえるだけだった。

「権《クオン》昌《チャン》赫《ヒヨク》先生のお話しによれば、永久に望みはなさそうだって」

「そんなこと言うなってば」

泰英は深刻な顔つきになった。

しかし淑子は話を止めることはできなかった。

「共産党は泥沼みたいだって。すぐに抜け出さなかったら、後で抜けだそうとしてもどんどん深みにはまっていく、そしてついには完全に陥没してしまう沼。そんなものだっておっしゃったわ」

「権昌赫先生には限界がある。いくら明晰な頭脳を持っていても、超えられない限界があるんだ。あの人は共産党に感情的な嫌悪感を持っている。それが限界だ。ある程度までは正確に判断できるが、ある一線を越えるとその感情に染まってしまう。レーニンの勝利をロシアのインテリゲンチャは誰も予想できなかった。権昌赫先生は、そんなインテリに属する人間だ。感情的な先入観で推理するから、革命の飛躍を理解できないのさ。今に見ていろ。俺たち共産党は必ず勝利してみせるから」

淑子は寂しそうに笑った。

「君のその笑いは気になるな。君も俺と同じように確信を持てよ。確信を持てなければ、機会主義者や敗北主義者になるしかない」

こんなことを言う泰英の前で、これ以上懐疑的な話をするわけにはいかなかった。

「権昌赫先生のおっしゃることが百パーセント正しかったとしても、私は貴方の後についていきますから心配しないでください」

「どういう意味だ？」

「額面その通りです」

「確信もないのに俺についてくるのか？」

「貴方を確信していますから。私の夫として、恋人として、友人として、そしてこの世に一人しかいない朴泰英《パクテヨン》として確信しているから」

「それなら信念も俺と一緒にするべきじゃないか」

「私には信念よりも貴方が重要です。貴方こそが私の信念です。ですから貴方が行くところならどこにでもついていくし、貴方が行けと言うところならどこにでも行きます。それ以外に、まだ信念が必要なの？」

　泰英は淑子の肩を抱いた。服の上からも肩の骨が尖っているのが分かった。淑子はひどくやせ細っていた。のどの奥から何かが込み上げてきた。泰英はそれを吐き出すためにも、声を上げて泣きたかった。しかし、気を取り直した。

「俺たちがこれから生きていくにおいて、センチメンタリズムは禁物だ。どこまでも理性的に、冷たい目を持って、戦っていかなければならない。今は勝利か死かという二者択一の岐路に立たされているんだ。些細な失敗も許されない。そのためには思想と信念で武装しなければならない」

　話しながら、突然泰英は自分の言っていることが、いつか聞いた崔容達《チェヨンダル》の言葉そのままだと言うことに気付いて驚いた。

（いつの間にか、俺もオウムになったようだな）

と思ったが、

（党はしばらくの間、オウムを必要としているのだ）

と自らを慰めた。

　一方、淑子は泰英からそんな型にはまった言葉は聞きたくなかった。心の声を聞きたかった。

　いつしか昼時になっていた。

「私たち食事をしに行きません？」

　時計を振り向きながら淑子が言った。

「出かけることはできない」

「一時間もあれば十分じゃない？」

「だめだ」

「どうして？」

「じきに連絡のために人が来ることになっている」

「いない間に来たら、少し待ってもらうように主人に言っておいたらどうかしら？」

「それができないんだってば」

「困ったものねえ」

　淑子は溜息をついた。そして付け加えた。

「じゃあ、お昼を食べに行く時間の余裕もないっていうの？」

「昼はここで食べることになっているんだ」

　泰英の表情には、単純な遠慮以上に何かがあることを暗示するものがあった。淑子の敏感な目がそれを見逃すはずがなかった。

「泰英さん、何かあるんでしょう？そうでなければ久しぶりに妻が訪ねてきたっていうのに、ほんの一時間も外に出られないはずがないじゃないの」

「いや、人が来ることになっているから」

「分かりました。それなら私もここにいます。泰英さんがどんな食事をなさっているのかを見せてもらって、ついでにどんな人と会うのかも知っておかなければなりません」

「だめだ。淑子にはもう帰ってもらわないと」

泰英は慌てる素振りさえ見せた。

「妻が夫の食事するところを見るのがだめだなんて、そんな話がありますか。妻が夫を訪ねてくる友だちに挨拶するのがどうして悪いんですか」

「そういう事情があるんだ」

「その事情って何？」

「俺は今、譴責処分を受けているって言ったじゃないか」

「貴方みたいな忠実な党員が、どうして譴責処分を受けなければならないの？」

「さっきも言ったじゃないか。話すことができないって」

淑子はそれほど取り乱す泰英を見たのは初めてだった。いつでも冷静沈着な泰英だったのではないか。

まだ言いたいことはたくさんあったが、泰英の表情があまりにも辛そうで深刻だったため、淑子は自分自身をおさえようと努めた。そして辛うじてこう言った。

「それなら私は今すぐこの部屋から帰らなければなりませんか？」

「いや、まだ一時間くらい余裕がある」

泰英が貧弱な机の上に置かれた時計を振り返りながら言った。

一陣の激情が消え去ると、全てのことが虚しく、寂しかった。淑子は泰英が脱いだ垢染みた下着を風呂敷に包み始めた。

「すまん、淑子」

風呂敷を包む淑子の手の上に、泰英の手が重なった。淑子は泰英の首にしがみついて唇を合わせたい情炎を感じたが、その部屋はあまりにも荒涼としていた。その部屋の空気があまりにも冷たすぎた。その荒涼とした雰囲気と冷気の中では、いかなる情炎も燃え上がることはできなかった。

「ここに十万円あります。河先生がくださったものです」

淑子は懐から封筒を取り出すと、泰英の前に置いた。

「ありがとうございますと伝えてくれ」

泰英が顔を伏せたまま言った。

新堂洞の坂道を、滑らないように気をつけながら下りていく淑子の目には、涙がいっぱいにあふれていた。

二

淑子が帰った後、泰英はしばらく呆然と座っていた。

圭のことを思った。

（あいつは今東京にいるというが……）

しかし、すぐにその思いを打ち消した。

（河頭領は今どこにいるのだろうか？）

河俊圭《ハヂュンギュ》とさえ一緒にいれば、どんな困難にでも耐えられるような気がした。今、河俊圭も自分と全く同じ境遇にいるのではないかと思うと、泰英は突然不安を感じた。

（河頭領がこんな境遇に耐えられるのだろうか？あの自尊心の強い河頭領が！）

万一、河俊圭が党の処理に不満を感じて党を去るようなことがあればどうすればいいのだろうか。泰英の心配はそこにあった。

泰英はこのような妄想を消し去るために外に出た。庭に下りると母屋の戸が半分ほど開いた。

「ちょっと運動しようと思って」

人の姿は見えなかったが、半分開いた戸の方に向かって泰英は快活に声を高めて言った。泰英は狭い庭で跳躍を始めた。しばらくそうしていると、妄想も消え、寒さも忘れた。

泰英が運動を止めて部屋に戻ろうとすると、再び母屋の戸が開いて中年の男が顔を出した。

「ご心配なく」

そして戸は閉められた。

「ありがとうございます」

という言葉を残して、泰英は部屋に入った。そして机の前に座った。その日の反省文を書くつもりだった。

泰英が淑子に言ったとおり、彼は譴責処分を受けていた。三ヶ月の謹慎、言い換えれば軟禁を受けていた。先刻、母屋の人を見て「ありがとうございます」と言ったのは、軟禁中は誰にも会えないことになっていたのを、妻である淑子に会わせてくれて感謝するという意味だった。

しかし、そんな特恵は、決してこの家の主人の好意から出たものではなかった。主人は泰英の衣服を洗濯する手間を省くため、泰英の手紙をポストに入れ、淑子の訪問を数時間許可してくれたに過ぎなかった。泰英が現在泊まっているこの家は、基本階級である上に共産党功労者の息子の家ということで、党の信任の厚い家だった。主人は泰英の監視役をしているのだった。

泰英がそのような譴責処分を受けることになった理由は、託治問題にあった。

共産党が公式に賛託へと態度を変える前の晩、泰英は党中央から招集を受けた。

会合場所である斉洞《チェドン》の家へ行ってみると、何の事前説明もなく、託治を支持する道だけが正当だということを骨子とした数種類の文例を渡された。そして、それを筆で書くか謄写版で謄写して、通行禁止が解除される時間を期して一斉に街に出かけ、そのビラをまいたり壁や電信柱に貼ることを命令された。

泰英は何が何やらさっぱり分からなかった。ひょっとすると共産党に反対する部類の謀略にかかっているのではないかとさえ思った。

「ここに集まった同志たちは、互いに挨拶をする必要はない」

「ビラをまき、壁に貼り終えたら、速やかに各自のアジトに帰って次の指示を待つように」

等々の処置が、従来、党が行ってきたやり方とは全く違っていたためでもあったが、いくら見回してみても、普段名前を聞いている人や面識のある人が周辺に一人もいなかったからでもあった。

さらに泰英はここに集まるように指示した自分の上司尹《ユン》を疑いさえした。

（彼が反動と結託した謀略ではないのか）

一瞬にして泰英の頭脳は敏捷に回転した。彼の推測、彼の計算からすれば、今の時点で賛託など考えも及ばぬことであった。共産党がそんな真似をするはずがなかった。モスクワの三相決定によって託治問題が出てきたときの民衆心理を考えてみても、決してそんなことはあり得なかった。共産党は人民とともに前進し、民衆と共に生きる政党であり組織ではなかったのか。

このように結論を出したとき、泰英はさっと手を挙げ大声で叫んだ。

「質問があります」

一瞬座が静まりかえった。門を三つもくぐり抜ける奥まった旧家の母屋が持つ、何とも形容しがたい静寂が、三十数名の頭を抑えつけているような静けさだった。

「質問とはどういうことですか？」

隅の方から声がした。しかし、その声の主が誰であるのかは分からなかった。

「責任者がいるのではありませんか？その責任者にお聞きします」

泰英が落ち着いた声で言った。

「今は忙しい。ここにいる者で、龍山《ヨンサン》から孝子洞《ヒョヂャドン》までの広い地域を担当しなければならないんだ。つまらぬ話で時間を浪費することはできない。つべこべ言わずに与えられた仕事をしたまえ」

文例を説明していた三十代の男が高圧的に言った。

「忙しいって、そのような言葉で納得できません。今、指示されたことは、我が党が数日前に出した主張とは百八十度違います。それなのに、これといった説明もなく、こんなことをせよというのですか？」

泰英の声は震えていた。

「さっき説明したときどこにいたんだ？」

どこからか罵声が飛んできた。

「私はその説明を聞けませんでした」

泰英が冷たく言い放った。

「それなら遅刻したのではないか？遅刻したくせに偉そうなことを言うな」

また違うところから声が飛んできた。

「私は遅刻していません。私が連絡を受けたのは七時三十五分、ここに到着したのは八時です。墨井洞からここまで走ってくるためには、孫基禎《ソンギチョン》選手［一九三六年のベルリンオリンピックのマラソン優勝者。表彰台に上った写真を、朝鮮の東亜日報は日の丸を消して掲載し、廃刊処分となった］でもそれくらいの時間はかかるはずです。ですから私は遅刻していません」

「うるさい奴だな」

「仕事をしろって言ってるんだ」

「何を騒いでいやがる」

口々に罵声が浴びせられた。泰英は周囲の敵意を感じ取った。明らかにこれは謀略だという判断が立った。

「我が朝鮮共産党が、このように不合理なことをするはずがない。私は退場する」

泰英は板の間から庭先に降り立った。

「あいつを捕まえろ」

という叫び声が起こった。

同時に頑丈な腕が、泰英の体を身動きできないように捕まえた。泰英はそのまま裏の家に引きずられていった。そこには四十代と見られる韓服姿の紳士が上座に座り、三十代、二十代の青年たちが彼を中心に会議をしている様子だった。

　泰英を連れて行った男たちの中の一人が、韓服姿の男に何かを耳打ちした。その人物は泰英の顔をじっと見つめていたが、

「私は党の中央委員だ。党の命令にトンム［友だち、仲間などを表す朝鮮語。現在は主に朝鮮民主主義人民共和国で使用され、大韓民国ではチングという］は不満があるのか」

と聞いた。

「党の命令なのか、何かの謀略なのか、分からなかったので質問したまでです」

「それならそこに座りなさい」

　男はそう言うと、泰英を連れてきた男たちを退かせてから口を開いた。

「名前は何という？」

「全道三《チョンドサム》です」

「本名は？」

「相手を確認せずにどうして言えますか？」

「私が中央委員だとしても？」

「それを誰が証明するのです？」

「ここに集まったトンムたちが承認しても？」

「ここにいる人たちを私は知りません」

するとその男はチョッキの内ポケットから、日帝時代に使われていた五十銭銀貨を取り出して見せた。そして言った。

「今日は臨津江《イムヂンガン》へと向かう日だ」

「汶山《ムンサン》で待ちます」

　泰英は従順に暗号を答えた。

「では本名を言ってもいいだろう？」

「私は朴泰英です」

「朴泰英？」

「うむ、李《イ》鉉相《ヒョンサン》同志が話していた若者だな」

と言って、その男は頷いた。

「これでこの集まりが党のためのものだと分かっただろう。行って仕事をしなさい」

　しかし泰英は立ち上がらなかった。

「どうしたというのだ」

　中央委員の男は怒気を帯びた声で言った。

「到底納得ができません」

　泰英はその男を真正面から見据えて言った。

「何が納得いかんのだ？」

「どうして反託が賛託へと入れ替わったのですか？」

「情報が間違って入ってきたからだ。後見と信託を混同していたのだ。少し前に正しい情報が入ってきた。だから党は急いでいるんだ。人民たちの誤った印象を洗い流すためにな」

「それでは信託統治しないということを、するものと誤解していたということですか？」

「違うだろ。託治はするが、我ら朝鮮人民にとって有利な方向でするだろうという内容を把握したということだ」

「どうであろうと託治ではありませんか？」

「託治にはいろいろな種類があるだろうが？託治と同時に、南北朝鮮に統一政府ができる。我が共産党が主導権を持つ臨時政府ができ、それから段階的に正式な政府ができていくことになっているのだ」

「そんな絵に描いた餅のようなことを、右翼が黙って見ていると思いますか？」

　すると、

「こやつ」

と、怒鳴り声が響き渡った。そして、

「わしがお前といつ討論すると言った？小賢しい。優しく言い聞かせてもらったなら、おとなしく応じるものだ。何だその態度は。今すぐ出て行け。行って仕事をしろ」

と中央委員は荒い息を吐いた。

「今、民心はそのようにはいきません。昨日まで反託だったのに、明日は賛託だと言えば、党の威信は地に落ちてしまいます」

　泰英はすがるような気持ちで言った。

「党の威信は、わしらがもっと考えている。党員は党の指示に従えばいいのだ。党の命令は神聖かつ絶対だ。つべこべ言わずに早く出て行け！」

　それでも泰英は動かなかった。党の重要問題なのだから、自分としては何が何でも目の前の中央委員の考えだけでも変えさせたかった。

「いくら党の命令でも、納得できないものをどうしてできますか。方法の問題は慎重に検討するとして、反託の原則だけは党が放棄してはいけません」

「こやつ、さては正気でないな。すでに党は賛託を決定した。だから今夜非常作業をしているのだ。これ以上食い下がるなら、反党行為者と規定する。さっさと行って仕事をするのだ」

　それでも泰英が動かずに何かを言おうとすると、中央委員は大声を上げた。

「こいつをつまみ出せ！」

　座中の青年たちが一斉に立ち上がり、泰英の腕をつかんで引きずった。泰英は黙って立ち上がった。

そしておとなしく部屋の外に出た。障子が閉められた。

「とんでもない奴もいたもんだ。明日にでも、すぐに懲戒委員会に回すべきだ」

という声が、障子の向こうから聞こえてきた。

泰英は一人になった機に乗じて、目まぐるしく謄写版を回している建物を避けて、裏の塀の方に回った。明かりもない暗闇の中で空を見上げた。空には星があった。

泰英はしばらく立ちつくしたままその星を見上げていたが、いつまでも躊躇ってはいられないと思った。

(行くか、やめるか)

行くということは、党が命じる仕事をするために行くという意味であり、やめるということは、党の指示に背くという意味である。泰英はいかなる理由があろうとも、党に背きたくはなかった。しかし、信託統治に賛成することもできなかった。

決心しかねて、暗闇の中、塀に沿って徘徊していると、

「誰です?」

という低い声が聞こえた。闇に慣れた目をこらして見ると、そこに戸があり、戸の横に人が立っていた。不意の乱入者を防ぐためのようだった。

「誰です?」

という声が繰り返し聞こえた。

「臨津江に向かいます」

泰英の口から反射的に暗号が飛び出した。

「汶山で待っています」

と言うと、門番は、

「この戸は開きませんから、表から出てください」

と言った。

「表の戸は出入りが禁止されています」

泰英が落ち着いて言った。

「それなら一度試してみます」

門番はマッチをすると、かんぬきを探した。さび付いたかんぬきは尋常な力では動かなかった。泰英は石を拾い上げて、かんぬきを叩いた。大きな音が響いたが、庭が広かったせいか、妨害する者は現れなかった。

ようやくかんぬきを外すと、泰英はその家から抜けだした。街灯の下で時計を見ると、十時半だった。泰英は大通りに出ると、先ず戸を開けるのを手伝ってくれた青年のことを考えた。暗かったために顔や表情は分からなかったが、忠実な党員であることに間違いなかった。暗号を言っただけで無条件に信頼

して戸を開けてくれた、そんな行動が、極めて厳格かつ形式的に硬化した組織の弊害であることを泰英が悟ったのは遙か後のことであったが、その青年に対する感慨はいつまでも残った。

(鬼神のような人だ)

泰英は不安感にさいなまれながらも、権昌赫の予言を思い出さずにはいられなかった。

「絶対に共産党は賛託路線を選ぶだろう」

権昌赫はこう言った。

「万が一、共産党が最後まで反託路線を守れば、朝鮮共産党を尊敬する」

権昌赫はこんな意味のことも言った。

(しかし、どうして権昌赫先生はそんな予測ができたのだろうか。朝鮮共産党の誰一人そんなことは予測できなかったのに、一体どうして。偶然だろうか？偶然というには、権昌赫先生の言葉はあまりにも自信に満ちあふれていた)

それほど権昌赫が共産党の生理に精通しているのなら、彼が言ったことは全て真実なのではないかという思いに泰英はとらわれていった。

(だが、そんなことはあるまい。ロシアの革命を勝ち取った共産党ではないか。中国の半分を支配している共産党ではないか。歴史が後退するはずはない。唯物史観は真理だ。権昌赫先生の判断は一時的、局部的な場合にのみ当てはまる、そんなものに過ぎない)

こんなことを考えながらも、泰英は懲戒委員会に回されたときの状況を想像した。

(どんな処分が下るだろうか)

そう考えると不安でもあった。

しかし一方では、この機会を利用して、自分の反託理論を展開してやろうという期待感も持った。

(みんな良識があるし、正義を望んでいる人たちではないか。真理を渇望する人たちではないか。愛国者ではないか。それならば、誠意と理論を尽くした俺の話が通じるのではないか)

こう考えてみると、立派な党員として認められるいい機会となるのではないかと思われて、軽い興奮まで覚えた。だが、さっきの中央委員を思い起こすと、再び不安感が濃い雲のように沸き上がってきた。

(あんな人間が、どうして共産党の中央委員になれるのだろうか。いや、あんな人間がいるから、反託を賛託に変えるようなとんでもない過ちを犯すのではないか)

泰英はあの中央委員と対決するつもりで、自分の反託理論を頭の中で整理することに没頭した。そして、まんじりともせずに夜を明かした。

その翌朝、泰英は朝飯をすますと机の前に座り、反託をすべきだという意見を整理し始めた。

第一に、一般大衆の心理とかけ離れた政策はあり得ない。

第二に、賛託によって右翼に名分を与えてはならない。

第三に、賛託は、自主独立のために必ずや障害となる。

第四に、信託統治を受け入れることは、我々に自治能力がないことを自認する卑屈な行為となる。

第五に、関与する国が四カ国にも及ぶため、民族の分裂が激化し、韓末と同じ状況を作り出す恐れがある。

第六に、仕方なく託治を受け入れざるを得ない場合には、前提条件を付け、その条件を履行する確約を取った上で受け入れねばならない。

「その前提条件とはこうだ」

と書こうとしたとき、外で咳払いが聞こえた。泰英が戸を開けた。泰英の上位者尹炳昌《ユンビョンチャン》が、いきなり仏頂面で入ってきた。その後ろからは二人の見知らぬ青年がついてきた。

「こんなに早く、どうしたのですか?」

と、泰英が挨拶をした。

尹は返事もせずに、命令調で言った。

「全ての本、書類を出したまえ」

反論できるような雰囲気ではなかった。泰英は机の上にあった本と書類を、大まかにそろえて尹の前に差し出した。

「これしかないのか?」

尹が聞いた。

「鞄の中にもありますが、それは私個人の本です」

「それも出したまえ。本と名の付くもの、ただの一行でも文字の書かれた紙は全て出すんだ」

泰英は見知らぬ青年の前で、そのようなことを言われて不快に感じたが仕方がなかった。鞄を探って本と書類を抜き出した。

「これで全部か?」

「そうです」

すると尹は押し入れの中を自らの手で探った。そして、今泰英が書きかけていた紙を机の上に見つけると、

「これも一緒にしまうんだ」

と、連れてきた青年たちに命じた。

本が包み終わると、尹は青年たちに先に行くよう

目配せして、自分はその場に座った。

　昨日まで優しく接してくれていた尹が、突然形相を変えて豹変したのが不思議だった。泰英の表情も自然とこわばるしかなかった。

「昨夜、朴トンムはとんでもないことをしでかしましたね」

「……………」

「党命に背いたらどうなるか分かっていますね？」

「それなりの理由があったのです」

「理由？」

　尹は冷たく笑った。

「理由なく、そんな行動をしますか？」

「理由がどうであれ、党名に背いたのは事実でしょう？懲戒は覚悟していますね？」

「懲戒委員会の席上で話します」

「誰が貴方を懲戒委員会に参席させると言いましたか？」

「いくら懲戒委員会でも、本人の話を聞きもしないで処理することはできないのではありませんか？」

「事実がはっきりしないとき、何人かの人間が関連しているとき、供述に食い違いのある両者を付き合わせて尋問するために、懲戒委員会から呼び出すことはあるでしょう。しかし朴トンムの場合は反党行為があまりにも明白だ。党命拒否、上位者に対する不遜、事業場からの無断離脱、同僚団員に対する欺瞞、罪名がこれだけ羅列されて、その証拠が全てはっきりしているのに、わざわざ呼んで何をするのです？」

「それでは私の話を聞きもしないで処断するというのですか？」

　泰英が激しい口調になった。

「では懲戒委員会の決定にまで反対してみなさい」

　尹は冷笑して立ち上がった。そして彼は戸の引き手を触りながら、冷たく言い放った。

「党から指示があるまで、現在の位置から動かないでください。朴トンムに連絡しに来たトンムにも会わないでください。貴方の任務は解除されました。逃げることはないと思いますが、逃げだそうとしても無駄です」

　こんな言葉を残して尹は帰って行った。

　尹が帰った後、泰英は家の外の様子をうかがってみた。何人かは分からないが、監視者がおかれている気配だった。だが逃避する考えの全くない泰英にとって、それは問題ではなかった。我慢できないのは、こちらの話を一言も聞かずに懲戒処分に伏すというその仕打ちであった。言うべきことを整理していた自分が実に愚かに思われた。

長く憂鬱な一日が暮れていった。

尹が再び現れた。衣類をまとめて出てくるようにとのことだった。

泰英がついていったところは、新設洞の奥まった家だった。奥まった家の、奥まった部屋に泰英を座らせると、尹は党の命令を伝達した。

「今後三ヶ月間の謹慎を命ずる。謹慎中は党の指示によらぬ限りは、外出を禁ずる。毎日二千字以上の反省文を書くこと。どんな人間とも、党の指示を受けた者以外には面会できない」

こうして泰英は謹慎処分を受ける身となった。圭があれほど会おうとしても、思いを遂げられなかったのはそのためであった。しかし、その間に淑子と一度会うことができたのは、主に李鉉相の好意によるものだった。

李鉉相の配慮がなかったとしたら、泰英は北に送られて、炭坑にでも連れて行かれていたかも知れない。そんな事情を泰英は崔容達を通して知った。

そのときまでの泰英は、京城大学民主化のための一単位の細胞として働いていた。民主化とは彼らの宣伝用語であり、実際は赤化を意味していた。

京城大学赤化をねらった共産党の組織の全貌と、自分が占めている座標がどんなものであるのか泰英自身も知らなかった。ただ、自分の直属の上位者に尹炳昌がいるということと、自分の下位者に権、趙《チョ》、徐《ソ》の三人がいるということ、そして何段階上なのかは知らないが、ピラミッドの頂点に崔容達という教授がいる、それらの事実だけは知っていた。

三

新設洞で十日ほど過ごしたとき、泰英は党中央に呼び出された。党中央とは崔容達だった。崔容達とはすでに顔見知りであったため、泰英は躊躇うことなく自分の思いを打ち明けることができた。崔容達の態度も柔和だった。幹部が部下に対する、そんなものではなく、師匠が弟子に対する、そんな態度だった。

崔容達は、先ず、李鉉相の体面と好意によって比較的穏やかな処分となったと前提してから、信託統治を指示せざるを得なかった理由を列挙した。結論をいえば、ソ連の庇護なくして朝鮮の革命は不可能であり、ソ連の庇護を受けるためにはソ連に従うしかないという内容だった。

「民族の主体性はどうなるのですか？」

という泰英の質問に対しては、

「民族の主体性云々は、すでに時代錯誤であるばかりか、民族という観念の導入によって、階級闘争の実情を曖昧にし、革命課業を鈍化させる有害なものとなる」

と答え、

「世界は資本主義勢力、社会主義勢力の対立として理解すべき段階にあり、細分化された民族を扱う段階ではない」

と付け加えた。

「党の組織は民主的でなくてはならないのに、現在の党はあまりにも上意下達的専制ではないのか」

という質問に対しては、崔容達の答えは次のようだった。

「共産党の組織は二本の足で立っている。一本は民主的で、もう一本は戦闘的だ。しかし、今の段階は戦闘的なものに重点を置かなければならない。戦闘的なものに重点を置くということは、上意下達的な絶対支配体制を強化しなければならないという意味だ。兵卒たちにうかがいを立てて作戦を立てる軍隊があるか？だが共産党が普通の軍隊と違う点は、どんな命令も、それを受けるときは自分の意思として消化しなければならないという点だ。軍隊においては盲目的に命令にさえ従えばいいが、我が党の場合、上部が下した命令を自分が自覚してそうすることを決心する。つまり各自の信念として受け入れなければならないということが重要だ」

「共産党には過誤がないのですか？」

「あってはならないだろう」

「あってはならないことと、現実とは違うのではありませんか？」

「それがスコラ的な考え方というんだ。資本主義を打倒しなければならない。そのためには共産革命以外にはあり得ない。共産革命のための権威的な組織が即ち共産党だ。このように共産党の目的は鮮明だ。そしてその目的は哲学的真理、経済学的真理、歴史的真理と一致する。だから共産党に過誤はあり得ない。党員はこの信念さえ持っていればいい。それ以外の煩雑な考えは、すべてスコラ的な不毛の思想だ。マルクスの言葉があるだろう。従来の思想は様々に世界を解説したが、改革をなし得ることはなかった。問題は解説することにあるのではなく、改革することにある。だから、マルクス主義のみが世界を改革できる思想だという点を肝に銘じなければならない。信託統治の問題にしてもそうだ。党がそれを賛成したのなら、それで仕舞いだ。情勢と情報を分析した結果、下した決定なのだから、無条件に従わなければならない。いや、それを自分の信念としなければならない。そうしてこそ大衆を承服させる説得力が生じるのではないのか?」

「それなら人間の個性はどうなるのですか?」

「個性は人民の意思に融合させるんだ」

「ソ連の言うことばかり聞いていて、ソ連の属国になったらどうするのですか?」

「本当の共産主義者なら、そんな質問はできないはずだ。共産主義の祖国がソ連ではないか。その祖国と一体化することがどうして悪い?共産主義者の究極の目標は、世界の共産化だろう。そうなれば祖国だの国家だの、民族だの独立だの、主体だの主権だのといったものは、前時代の遺物になるとは思わないか?」

「それならどうして、共産党はソ連を祖国と考えていると攻撃されたとき、決してそんなことはないと弁明するのですか?」

「それはあまりにも浅はかな大衆の心をつかむため、やむを得ず使っている戦術だ。戦術と方針は違うものだ。道義だの道徳だの人情だのといった古めかしい封建的遺物も、必要によっては利用しようという戦術だ」

そして崔容達が泰英に言った最後の言葉はこうだった。

「朴君は我が党で最も嘱望している青年党員だ。今回の失敗は実に遺憾だが、この試練を乗り越えることが大きな飛躍につながるかも知れない。禍転じて福となると言うではないか。処分期間が終われば、朴君の力を十分に発揮できる任務を与えるから、安心して党員としての修養を積んでいなさい」

泰英が帰ろうとすると、崔容達は一冊のパンフレットを与えた。『党員の修養』という中国の劉少奇が書いた本の日本語訳版だった。

金淑子《キムスクチャ》から泰英の動態を聞いた河永根と権昌赫は、お互いの顔を見つめたまましばらく言葉を失った。

先に口を開いたのは河永根だった。

「譴責処分を受けても、共産党を辞めるつもりはないのですね?」

「そんな様子は全く見られませんでした」

淑子は自分が感じた通りを素直に話した。

「なぜ譴責処分を受けたのかも分からないのですね?」

「はい」

「信託統治をめぐってのことが原因だと私は思う。託治問題については共産党にも両論があったそうだから」

権昌赫が言った。

「そんな処分を受けたらどうなるものなんだ？」

河永根が聞いた。

「しばらく軟禁、または監禁状態に置かれるくらいだろう。それよりその後のことが重大だ。一度、反党行為者の烙印を押されてしまえば、容易に抜け出せないのが共産党の特色だ。それればかりか、過酷な課業を任されていけにえになることもあるし……だからそんな処分を受けたのなら、辞めてしまった方がいいと思うのだが……」

「脱出できないのだろうか？」

再び河永根が聞いた。

「脱獄だってするのに、その程度の軟禁から逃げ出せないわけない。問題は本人の意思だ。共産党は朴君が脱出することはないと判断して、その程度の処分にしているのだろう。脱出の危険があると見たら、違う手段を使っただろうさ」

「何かいい手はないか？」

河永根の顔に焦りが浮かんだ。

「馬を川辺まで連れて行くことはできても、無理矢理水を飲ませることはできないって言葉があるだろう。親しい警官に連絡して、拉致してくることもできるだろうが、朴君の考えが変わらない限り無駄だろう」

権昌赫の顔にも無念の色が浮かんでいた。

「あんなに聡明な人が……」

「共産党員になると聡明さが曇ってしまうようだな。共産党は沼のようなものさ。立ちこめるガスを吸えば、一種の中毒状態に陥ってしまうそんな沼……」

「いっそ除名されればいいものを」

河永根は溜息をついた。

「内々では除名されているかも知れない。だが職権を行使する幹部でない限り、その事実を本人に知らせないのが共産党の不文律なんだ」

「除名したのに本人に知らせないでどうするんだ」

「万事が秘密主義だから困ったものなんだ。さっきも言ったように、危険が伴う仕事をさせるために、除名したことを隠す場合も想像できるだろう？ 謹慎処分を受けただけでも、当分の間は課業から解除されるんだから。そして次の段階で、非党員でもできるようなことをさせることだってできるんだから、本人が分かるはずないだろう」

「そういう話をして、もう一度朴君を説得してみてはどうだろうか？」

「機会があれば、そんな話をしてみようとは思うが」

「淑子さんが家を知っているから、一緒に行ってみてはどうだ？」

「何言ってるんだ。監視がついていることを忘れるな。かえって朴君の立場を悪くするだけで、本当に監禁されることになるかも知れないぞ。しばらくは経過を見守っているしかないさ」

と言うと、権昌赫は淑子に聞かせるために次のようなことを話した。

理想としての共産主義は、ソ連の革命の過程を通して死滅し、純真な青年たちの空想の中だけに生きつづけているに過ぎないということ。

したがって目的と手段の関係に一貫性がなく、目的のためには手段と方法を選ばぬ凶暴性を現しているということ。

愚民を扇動するために情勢を歪曲して流布する悪い癖がついていて、彼ら自身がその弊害に溺れて、正しい情勢判断ができなくなっているということ。

貧しい大衆の復讐心理に火をつけて彼らを操縦し、党自体を少数の利権団体にしてしまうということ。

権力と利権が表裏一体となっているため、党内のヘゲモニー争いが熾烈を極めているということ。

それらの理由により、一度反党分子の烙印を押されたり、反党の素質ありと認定されれば、危険な活動にいけにえとして差し出されるか、粛清の対象となるしかないということ。

過激な革命路線が、その過激さゆえに犯した過誤のために、次々に非常事態を作り出し、結局は人間の幸福とはかけ離れた方向に向かってしまうということ。

いまだ全貌が明らかにはなっていないが、ソ連は広大な監獄と何ら変わらないということ。

現在、中国の共産党は革命過程にあるため、人民の友の振りをしているが、彼らが目標を達成し、ある段階まで行けば、ソ連と全く同じ生理と病理を見せるに違いないということ。

等々を、例を挙げながら権昌赫は説明したのだが、淑子はそれを泰英に伝えろという意味に受け取った。

その晩、淑子は権昌赫から聞いた話を、順序一つ変えずに一冊のノートに記録した。そしてその翌朝、権昌赫の前にそれを差し出し、もし間違っている部分があれば直してくれと言った。

「どういうつもりでこれを記録したのですか？」

権昌赫が聞いた。

「泰英さんに伝えるつもりです」

淑子の答えを聞いて、権昌赫は笑いながら言った。

「この程度の話なら、何回繰り返して泰英君に話したか分からないほどです。でもそれが何の効果もなかったということが、今の朴君の態度を見れば分かるでしょう?」

「ですが、どうしてもこれを伝えたいんです」

「それなら一度読んでみましょう」

そのノートを読んだ権昌赫は心底驚いた。自分の話を寸分違わず、本質的な部分だけを、的確かつ要領よく記録していたのだ。その後で権昌赫は河永根に言った。

「無理矢理にでも淑子さんを圭と潤姫に同行させるべきだったな。どうせ朴君と離れて暮らしているのだから。素晴らしい才媛だ。ひょっとすると朴君以上の天才かも知れんぞ」

内々で泰英が共産党から除名されているかも知れないという権昌赫の推測は正しかった。

泰英は共産党の懲戒委員会において除名処分を受けていた。

ただ、李鉉相のたっての願いによって、北に追放される処分だけは免れ、改心すれば復党させるという留保条件を付けられていた。

このように過酷な処分となったのは、党が反託と賛託によって分裂する危険性を内包していたからだ。それだけ朴憲《パクホニョン》永体制が確立されていなかったということでもあった。

党の公式機構の決定を待たずに、賛託のビラを作ってまいたのも、そんなところに理由があった。託治に対する見解不一致を見せることによって、朴憲永の指導力不足を暴露しようという陰謀もあったのだった。

したがって託治支持に応じないということは、その名分がどうであれ、朴憲永体制への反発と見なされた。泰英の除名を、李鉉相が最後まで反対しきれなかった原因もここにあった。

「日帝時代からの闘士であり、青年党員の中では最も透徹した理論家でもある人物だから、党は彼に対する処分を寛大なものにするべきだ」

という意見もあったが、

「党員の第一義的な義務は、党に対する忠誠にある。党は百パーセントの能力を持ちながらも六十パーセントの忠誠度しかない人間よりも、六十パーセントの能力しかなくても、百パーセントの忠誠度を持った人間を要求している」

という反論の前にはどうすることもできなかった。

それで、

「除名処分とするが、本人に通知はしない。当分の間、非党員の身分で党員を補佐させ、その実績を見て復党を検討する」

という決定が下されたのだ。

だから、崔容達が彼と接見したのは一種の煙幕戦術でもあり、今後の利用価値があるかどうかを見極める手段でもあった。

そうであるとは知らずに、泰英は火の気のない部屋の中でぶるぶる震えながら、毎日、二千字以上の反省文を書いていた。

世界が、そして国内がどうなっているのか知るよしもなかった。

いつの間にか、共産党なしでは生きられないという意識を持つほどになった泰英の頭脳は、次第にさび付きつつあったのだ。

自分の中の人間を殺していた。虚空の一角にかけられた、理想社会への虹のような橋を模索している彼は、党が自分に下した過酷な処分に対してまで感謝していた。

「……私は私の中に深く潜在している自由主義的思考を、一時も早く清算しなければならない。その性向を列挙すると次のようだ。昔読んだブルジョワ小説の一場面を感動とともに回想する癖、非党員である友人に対する友情、小さな妥当性があるだけでそれを正しいと考えて読んでいた様々な学説に対する記憶、支配階級が効果的に支配するために施した好意をありがたく受け入れようとする心の傾斜、これらは人民の前衛に立って働く者にとって百害あって一利なしの感情の落し穴である……」

このような記録は正気の人間が書いたものとは思われない。

ところが、聡明だと評判の高かった朴泰英がこのような文を書いていた。

権昌赫の言うとおり、共産党は有毒ガスを放つ沼のようなものなのかも知れない。

とにかく朴泰英の共産主義者としての人生は、このように挫折から始まった。

四

淑子が訪れた数日後、泰英は謹慎処分を解かれた。三ヶ月の謹慎が二ヶ月に縮められたのだ。その命令を伝えに来たのは張基日《チャンギイル》という人物だった。

張基日は、今後自分の指令に従って行動しなければならないと言った。そして外に出てソルロンタンを食べようと誘った。食事より風呂に入りたいと思ったが、無愛想で威圧的な張の提案を断るわけにはいかなかった。

チンコゲまで出て、ソルロンタンの店に入った。久しぶりに見る街の風景や食堂の姿が、外国のようによそよそしく感じられた。

張は自分は忠清道《チュンチョンド》の丹陽《タニヤン》出身だと、聞いてもいないことを言ってから、

「慶尚道《キョンサンド》の人は猪突的なところが欠点だが、トンムはそんなところを気をつけなければならない」

と、一方的かつ威圧的な忠告をした。泰英が処分された経緯を知っている様子だった。

黙っている泰英を不審そうに睨みつけながら、張はもう一度繰り返した。

「一度くらいの失敗はあるものだ。だが、その失敗が二度繰り返されれば、取り返しのつかないことになるから格別注意するように」

それでも泰英が何も言わずにいると張は、

「分かっているのか」

と、答えを催促した。

「分かりました」

泰英は憂鬱げに言った。

食事が終わると、張は紙切れを取りだして、そこに地図を描いた。そしてそれを泰英の前に置いた。

「ここが私のアジトだ。明日の朝六時にここに来なさい。外から呼ぶときは、トンムとは言わずに張先生と呼ぶように」

泰英はその紙切れを受け取りながら、もう少しで失笑するところだった。そこに書かれていた家は、数ヶ月前泰英自身が使っていた墨井洞のアジトだった。けれども泰英は何も言わずにその紙切れをしまい込んだ。

チンコゲで張と別れた泰英は、先ず銭湯を探して入った。二ヶ月間、風呂に入れなかった泰英の体からは果てしなく垢が沸き上がってきた。ソバのように出てくる垢を見つめながら、泰英はわけもなく涙を流した。

明日の朝六時に墨井洞のアジトへ行かなければならないということは、数ヶ月前自分に報告しに来ていた細胞の身分へと格下げされたことを意味していた。だが泰英はそんな事実を嘆いているのではなかった。二月もの間、べたべたと垢を積み上げていたという事実、そして今その垢を落としているという事実に、何となく人間としての屈辱を感じたのだっ

た。

　銭湯から出てきた泰英は、明洞《ミョンドン》の通りを下りながら、ある古本屋の前で足を止めた。日本人たちが捨てていったと見られる日本語の本が、雑然と積み上げられていた。泰英は店の中に入ってあれこれと本をめくってみた。読んでみたい本があまりにもたくさんあった。懐には河永根に送ってもらったかなりの額の金があった。

　彼はイプセンの戯曲集と、ヒルファディングの『金融資本論』、そしてジンメルの『生の哲学』の三冊を買った。本の包みを持って出てくると、昔の学生時代に戻ったような気分になった。

　教会の前を過ぎるとき、誰かが後ろで呼んでいるような気がして振り返った。東京の私立大学専門部で泰英と同じく籍を置いていた、姜斗眞《カンドゥジン》という青年がそこに立っていた。

　二人は抱き合うようにして握手を交わした。

「姜君は咸鏡道《ハムギョンド》じゃなかったのか？」

　泰英は記憶をたどるように聞いた。

「咸鏡道咸興《ハムフン》が俺の故郷さ」

「学兵には行かなかったのか？」

「徴用で窒素工場に行ってたよ」

「いつ南に来たんだ？」

「一週間前だ」

「ここで立ち話もなんだから、どこかに入って座ろう」

　泰英は姜斗眞を連れて明洞へと引き返した。

　喫茶店の看板が掛った店に入っていった。

「ところでソウル見物にでも来たのか？」

　椅子に座ると泰英が聞いた。

「生きるために来たのさ」

　姜斗眞の言葉には力がなかった。

「姜君のような人が働くときが来たのに、北の方がよっぽどいいだろう？」

　不穏書籍所持で、姜斗眞が何度か警察の世話になった前歴を知っていたため、泰英はこう言った。

「何言ってんだい。北も滅茶苦茶だ」

「滅茶苦茶？」

「昨日まで作男をしていた奴が、突然主人のように威張り出すのまでは我慢できるが、とにかく息をつく間もない。親日派を粛清するんだって青年たちが飛び回っている様は見られたもんじゃない」

「君は大丈夫だろう？日帝時代に警察の世話にまでなったんだし……」

「俺一人大丈夫だからって安心できないさ。俺にそんな経歴があるからって、しつこく俺を前に立たせようとするから頭が痛いんだ。せっかく解放になったんだから、その喜びをみんなで分かち合うためにも寛大になろうって言ったら、俺のことを反動分子だって言うんだ。物騒で到底耐えられなかった。だからふらっと出てきてしまったのさ」

「過渡期にはどこでもあるようなことじゃないのか。それくらい我慢しろよ」

「正常期は過渡期の次に来る時期じゃないか。過渡期の有様を見てれば、正常期の様も推測はつく。遠からず北には共産政権ができるはずだ。今、こんな混乱を作り出している背後には共産党がいる。明らかだ、これから先も……」

「ソ連軍の態度はどうだ？」

「話になるか。彼らは人間じゃない。まさしく獣だ。獣だから単純でもあるけど、彼らを操縦しているのもやっぱり共産党だから、その単純さがまた有害なんだ」

「姜君はすっかり共産党に失望したようだな」

「失望するしかないさ。最小限度の道義、最小限度の分別もないんだから。抑えつけることしか考えないで、少しも百姓たちの同意を得ようとしないんだから、奴等の政治なんて信用できない」

「ふむ」

泰英は考え込んだ。抑えつけることしか考えないで、百姓たちの同意を得ようとしないという姜斗眞の言葉に思い当たるふしがあったからだ。さっき別れたばかりの張の顔、少し前までの「キャップ」だった尹の顔とともに、反託が賛託に変わった日の夜のことが脳裏をかすめた。

「貧しい労働者や農夫の、豊かな人々への報復感情だけを刺激して、彼らから奪えるものは一つも残さず奪い取っていくんだ。貴方たちの恨みを晴らすためには共産党が強固でなければならない。共産党が強固になるためには、米でも雑穀でも、とにかくたくさん集める必要がある。今はひもじくとも、共産党が確立された日には腹一杯食えるから、あるものは全て差し出せ。お前が持っていなければ、裕福な奴から奪い取ってでも差し出せ。こんなやり方さ」

「いくらなんでも」

と泰英が笑った。

「こいつ、俺が嘘を言っていると思うのか？俺は俺の面の人民委員長だか何だかをしていたから、上部の無茶苦茶な指示について建議したんだ。少しずつ、寛大に、そしてお互い話し合いながら進めていくべきだって。そしたらいきなり俺を反動分子だって言うんだ。ブルジョワ根性を清算できていないって。

俺は辞表を出した。それが反抗的な態度に見えたんだろう。ソ連軍司令部に連れて行かれた。俺がソ連軍を侮辱したって、つまらん密告をした奴がいたみたいだ。十日間しぼられて帰ってきたら、もう何もかもが面倒くさくなった。共産党って言葉を聞いただけで飯ものどを通らないほどだった……」

「それで南に来たってわけだな」

「それだけでもないさ。でも話したくもない……これからどうなることやら」

「南はどうだ？南はよくなりそうか？」

「それは分からないさ。でも自分のやりたいようにできるじゃないか？左翼は左翼なりに、右翼は右翼なりに……同じように飢えてはいても、自由があるからいいじゃないか？」

「自由？今のこの様が自由って言えるのか？」

「難しく考えるなよ。ただ単純な意味で言ったままだ」

姜斗眞の表情は物憂げだった。泰英はいつも快活だった姜斗眞の姿を思い出した。留置場の世話になって出てきたときも、姜斗眞は笑顔を忘れなかった。そしていつも歌を歌っていた。姜斗眞は声楽家にしたいと思われるほど、豊かな声量と美しい声を持ったテナーだった。彼の愛唱曲は、「オ・ソレミオ」「帰れソレントへ」などだったが、仲間きりで下宿の部屋に集まりさえすれば、いつも決まって友人たちは彼に歌をせがんだ。

「今も歌を歌っているのか？」

「歌？」

「君はテナー歌手だったじゃないか？」

「歌を忘れたカナリアになった」

「カナリアなら歌を取りもどさなくちゃ」

「そんな日が来るかな」

「来るに決まってるだろう」

泰英は自分の信念を姜斗眞に伝えたい衝動に駆られたが、姜斗眞がそんな話を受け入れられる境遇にはないと考えて止めることにした。ただこのようには言った。

「歴史が大きく流れようとしているんだから、様々な不合理はあるものだろう。川が平原だけを流れるか。荒れ地にも流れるし、小枝もヘビの死骸も糞尿も一緒に流れていくものじゃないのか。だからといって川の水の流れを否定することはできないだろう。歴史は、これに逆らっても自分の思うままに流れていってしまう、それ自体の法則を持っているんだ。そんなとき、人は多少の自意識を犠牲にすべきじゃないのか。一時的な不合理は我慢すべきじゃないのか。労働者、農民の大多数が幸福に暮らせるならば、自分自身の利害関係くらい超越しなければならないのが知識人の道理ではないだろうか？」

　姜斗眞は泰英をじっと見つめていたが、

「朴君の言うとおりだ。だけど、いくら歴史の方向だとしても、自分の意思と全く違うなら、逆らうなり避けるなりすべきじゃないのか。心にもないことをどうしてできるんだ。死んでも俺にはできない。労働者、農民が幸福になれるって確かな保障さえあるのなら、俺一人くらい犠牲になったっていいさ。だけど今、北で進んでいる様を見れば、労働者、農民が幸せになれるはずがない。そりゃあ檻の中の豚と同じで、飢え死にすることはないだろう。だけど人間として飢え死にしないことに意味があるんだ。豚のようにおとしめられて飢え死にしない程度になれたとしても、何の意味もないばかりか人間に対する冒涜じゃないのか？」

「君の話はちょっと感情的すぎるんじゃないか」

「おい、これは俺が直接見て感じたことだ。ソ連軍が初めてやって来たとき、俺は本当に失望した。いくら独立戦争を熾烈に繰り広げたからって、兵士たちのあの様は何だ。二十八年間、社会主義政策をやってきた結果があれだけにしかならないなら失敗だろう。日帝に奪い尽くされた朝鮮の最下級の農民以下だ。理論がどうであろうと、実際に俺が見た社会主義の一端がそうなんだから仕方がない。見たところ君は共産主義に心酔しているようだが、その思想が悪いとは俺は思わない。だけど、もう少し冷徹に考えてみる必要がある。本に書かれていることと、実際との距離があまりにもかけ離れているということには、それなりの理由があるってことを忘れてはだめだ」

　泰英は姜斗眞の話を聞きながら、漠然としてではあるが、祖国の共産化は思ったよりも難しいのではないかと思った。それまでの泰英は、凝り固まった偏見を持った人間や無気力者でない限り、理論による説伏は容易だろうと思っていたのだ。

　泰英はもう少し自分の意見を明らかにしておきたいと思ったが、それは次の機会にするつもりで、

「ところで君の宿所はどこだい？」

と聞いた。

「永登浦《ヨンドゥンポ》に遠い親戚がいる」

　姜斗眞はそう言ってから付け加えた。

「今はその家の世話になっているけど、そう長くはいられない。どこかに就職しなけりゃ」

「どんなところがいいんだ？」

「そうだな、中学校の先生くらいが無難じゃないかと思うんだけど」

「音楽の教師をすればいいな。仕事もして、忘れていた歌も取りもどして……」

「音楽教師がそう簡単に務まると思うか？楽典なら問題ないだろうけど、器楽だっていくつかはできなけりゃならないさ」

「勉強すればいいじゃないか」

「どこかに空きがあるのか？」

「一度俺が探してみる」

　泰英は金尚泰《キムサンテ》を念頭においてそう言った。金尚泰の親戚がソウルのどこかで中学教師をしていると聞いたことがあったからだった。

「できるだけ力を貸してくれ。本当に困っているんだ。今世話になってる親戚が、熱烈な左翼なんだ。針のむしろに座っているみたいなんだ」

　姜斗眞は自分の住所を紙に書いて渡しながら、泰英の住所を聞いた。泰英は明倫洞《ミョンニュンドン》の河永根宅の住所を教えた。

「俺はそこに住んでないけど、そこに手紙か電話をすれば俺に連絡できる」

　一杯の茶を酌み交わして、二人の青年は東西に別れた。一人で歩きながら、泰英は考えた。

（どうも俺は気弱になっているみたいだ。何の抵抗もなく姜斗眞のあんな話を聞いていたし、あんな人間と分かっていながら就職の斡旋までしてやるなんて……）

　あれこれと思いを巡らしながら闇雲に歩いていたが、足はいつしか明倫洞に向かっていた。明朝六時までは自由に行動できるのだと改めて感じた。足取りが一際軽くなった。

　淑子は家庭教師と一緒に英語の勉強をしていた。河永根の好意によって、淑子は英語と数学と国語の三人の家庭教師をつけてもらっていた。泰英はそれを初めて知り、心から河永根に頭を下げたい気持ちになった。

　淑子の英語の家庭教師は、五十を遙かに過ぎた、アメリカ留学の経験を持つ某大学の教授だったが、そんな人を家庭教師にするためにはかなりの費用がかかるはずだった。朴《パク》教授というその人物は、泰英が淑子の夫であることを知ると、

「英語教師の仕事もいつの間にか二十年になりましたが、金淑子さんほど優秀な学生は初めてです」

と淑子を激賞した。

　権昌赫はおらず、河永根だけが舎廊《サラン》で本を読んで

いた。

泰英が淑子のことをはじめ、いろいろと迷惑をかけていると感謝の言葉を言うと、

「金淑子さんを私の主治医にするつもりで、今から投資をしているんだから、ありがたがることなんてないさ」

と、河永根は笑った。そして泰英に聞いた。

「君は謹慎処分だか何かを受けているって聞いたけど、出歩いてもかまわないのか？」

「今日、謹慎を解かれました」

「それはいい知らせだ」

河永根は心から喜んでくれた。

河永根は、この機会に共産党を辞めてはどうかと忠告したかったが、会うたびにそんな話ばかりしては、いたずらに泰英を苦しめるだけだと思いとどまった。その代わりに、

「李圭君から手紙が来た。君の安否も聞いていたぞ」

と、文箱から圭の手紙を取り出した。

「……日本の荒廃は言葉で言い表せないほどです。東京一帯が瓦礫の山と化しています。しかし皆、そんな状況を自分自身の責任として耐えているように見えて、けなげにも感じられます。日本の政治も我々に負けず劣らず混沌としているようですが、三八線がないということ、つまり国土の物理的な分断がないという事実のためか、我が国の混乱に比べ、毒気がないように思われます。フランス行きを一年ほど遅らせることにしました。指導教授が、どうせなら東京大学を卒業してから行ってはどうかと勧めてくれ、自分にもその方がリーズナブルだと感じられたからです。僕一人ならどこにでも転がり込むことができるのですが、潤姫さんがいることもあり、生活費が高くつきますが高級アパートを探して入りました。東京の食糧難、住宅難は世界一だといいますが、お金で解決できないほど逼迫しているわけではないので、そのようなことに関してはご心配なさらないでください。……泰英君はどうしているのか心配です。信念を持って歩いている道ですから、それ自体に意味があるのだとは思いますが、彼があまりにも急ぎすぎているようで心配です。これからも先生が泰英君の面倒を見てあげてください。とても自尊心が強く、容易に悲鳴を上げるような人間ではありませんが、先生の助けなしに、これから直面する様々な問題に彼一人で耐えていくことはできないでしょうから……」

手紙を読み終えても、しばらく泰英は顔を上げることができなかった。圭の手紙は正鵠を射ていた。

河永根の助けなく、泰英は自分に直面する問題を解決することができないのだった。淑子の問題一つ取ってみてもそうだ。泰英自身の経済的問題にしてもそうだ。古本屋で本を買い、銭湯で体を洗うことができたのも、全ては河永根のおかげではなかったのか。河永根からの経済的な援助があったからこそ、党員生活も軟禁生活も闊達と耐え抜くことができたのではなかったのか。

「体は大丈夫かい？」

「はい」

「少し痩せたな。健康にはくれぐれも注意しなさい」

「はい」

「必要なものはないか？金はあるのか？」

「先生が送ってくださったお金で十分です」

「何でも言いなさい。私たちの間で体面を繕うことはない」

「はい」

「権昌赫君は通信社の解説委員として出かけている。恐らく国際情勢において、我が国では一番正確に理解している人間の一人だろう。政治運動をするためには、素速い情勢判断が必要だ。権昌赫君をたくさん利用しなさい」

「そうします」

言葉ではそう言ったが、今の泰英の立場では、国際情勢の判断を権昌赫を通して知ったところで意味がなかった。党から伝えられるもの以外の判断を持つこと自体が裏切り行為だった。党が知らない国際情勢を知っている振りをしただけでも重大な過誤となる。上部から伝えられた国際情勢の判断に過誤があることを確認しても、それを指摘しようとしてはだめだ。万一そのようなことをすれば、たちどころに反党行為と見なされてしまう。

泰英が謹慎処分を受ける前、党が下部に伝えたアメリカについての公式的判断は次のようなものだった。

アメリカは元来、武装蜂起をもって独立を勝ち取った国だ。したがって武装蜂起に対してはいつも同情的だ。南朝鮮に武装蜂起が起これば、アメリカはそれに合わせて政策を変更する。我々は恐れることなく、武装蜂起も辞さない態勢で臨まねばならない。

アメリカは言論を尊重する国だ。南朝鮮人民の大多数の意見は必ず尊重される。したがって我々は大衆動員に熱を上げ、我々の主張が絶対多数の意見であることを彼らに反映させねばならない。

アメリカは労働運動が極めて発達した国だ。万が一、朝鮮の労働大衆と米軍が衝突する事態が起こり、それが戦争状態へと発展すれば、アメリカの労働者は、大砲の弾丸は無論小銃の弾丸までも不発弾を作って送ってくる。

アメリカ国民は第二次世界大戦に疲れ、戦争を望んでいない。したがってソ連との対立も望んではいない。ソ連の主張を打ち負かすこともできない。もしアメリカ軍政が我々に不利となる行動を取れば、ソ連が黙っていないということを彼らは知っている。我々はこうした彼らの態度を予見し、また、ソ連が我々の背後にいるという事実を認識して、果敢にアメリカ軍政と対決しなければならない……。

泰英はこのような伝達とともに、情勢分析をする場合には必ずこのように考えるようにという命令を受けたとき、唖然としてなすすべを知らなかった。ところが機会あるごとにこのような言葉を繰り返しているうちに、いつの間にか泰英自身もこのような見解を信じるようになった。

国際情勢について知りたければ、権昌赫を利用しろという河永根の言葉を聞きながら、泰英は共産党の生理を想起していた。

共産党がアメリカ帝国主義がどれほど悪辣なのかを声高に叫ぶ一方で、全くおかしな情勢分析をしているという事実に矛盾を感じる人間が、党員の中には一人もいなかったのだ。

河永根と泰英の話題は、圭の手紙へと移っていった。

李圭こそ期待すべき人間だと泰英が言うと、河永根は首を横に振った。

「期待すべき人間は、朴君、君だ。李圭君は、平凡な青年がどれくらい成長できるのかを見せてくれる凡例となれれば成功だろう……」

五

その二日後、泰英は以前自分がアジトとして使っていた墨井洞の家に張基日を訪ねた。

張基日は泰英に、今日中に宿所を朝鮮共産党青年同盟（共青）東大門《トンデムン》合宿所に移せという指令とともに、現在準備中の朝鮮文学家大会に関わる仕事をすることになるだろうという暗示を与えた。

「文学家大会の進行を見守りながら、その構成員の中の何人かの動態を内偵するのがトンムの課業だ。誰の動態を内偵することになるかはまだ未定だが、元来あのような組織は隙だらけで、反動が容易く入り込むことができる。構成員個々人の性格、その背後などを徹底的に把握して、あの組織が党の外郭団体としての役目をぬかりなくするように仕向けなければならない。これから帰って引っ越しを済ませ、今夜六時にここに来なさい。共青宿所に行ったら責任者を探して、俗離山《ソンニサン》から来た全《チョン》ドンムとだけ告げるように。共青東大門合宿所は知っているね？」

「知っています」

そう言い残して泰英はその家を出た。路地でその家の娘に出会った。

「まあ、全先生。またうちにいらっしゃったの？」

と、その娘は嬉しそうな表情をした。その嬉しそうな表情も、泰英には煩わしかった。

「違います」

無関心な顔で答えると、泰英は路地を出てきた。

共青東大門合宿所に行くということは、決定的な降等を意味していた。まがりなりにも単独アジトを持っていた者が合宿所に移らなければならないということは、耐え難い屈辱でもあった。

（だが耐えなければ。これも党員の修養だ。監獄に行く場合だってあるではないか！）

新堂洞に帰って荷物をまとめた。荷物といっても服と下着が入ったトランクが一つだった。本という本、書類という書類が一つもないトランクは、この上なく軽かった。


共青東大門合宿所は昌信洞《チャンシンドン》の路地の中にあった。

「俗離山から来た全ドンムでございます」

と告げると、いかにも敏捷そうな青年が現れた。青年は泰英を上から下まで値踏みするように鋭い目つきで観察していたが、三つ並んだ部屋の一番奥の障子を開け、そこに入るように言った。

「布団はありますか？」

「ありません」

青年はどこからか毛布三、四枚を持ってくると、

「それならこれを使いなさい」

と床の上に放った。ほこりが舞い上がった。

「全ドンムを入れて四人部屋です。ここの規則は知っていますね？」

「知りません」

青年は懐から謄写版で作った冊子を取り出すと、泰英に差し出した。

「ここに規則が書いてあります。これに従わなくてはなりません。共同生活には秩序が必要ですから」

泰英は分かったという意思表示のため頷いた。

「夕食は六時から七時までに、この家のすぐ前にある金泉屋でとることになっています。食券をあらかじめ出してください」

食券とは名刺大の、日付と時間が書かれ、文字の

分からない印が押された美濃紙のことだった。

「トンムは共青員ではないから、課業は我々と関係ありませんが、共同生活に関する規則だけは守らねばなりません」

この言葉を最後に、青年は玄関近くの部屋に入ってしまった。

泰英は部屋の床の上に投げられた毛布を拾い上げると、辛うじて日の当たっている場所に広げてほこりを払った。ＤＤＴを買わねばと思った。

毛布を部屋の隅に畳んで置くと、規則書を広げた。共青の綱領規約の次に宿所の規約があった。

起床六時、就寝十時、無駄口をきかぬこと……室長の指示に絶対服従することなど細々としたつまらぬ規則が二十数事項にわたって羅列されていた。

（これも党員の修養だ）

という決心なしには読むに耐えない、実にくだらぬ文書だった。

六時に食事を済ませると、歩いて墨井洞に行った。張基日は明日朝鮮文学家大会があることと、その時間と場所だけを知らせ、その会議の経過を詳しく記録してくるようにという指示だけをすると、もう帰れと言った。その程度のことなら朝に伝えてもよかったのではないかと不満に思ったが、その不満も、

（これも党員の修養だ）

という心で我慢することにした。

鐘路《チョンノ》を一回りして、十時近くになってから合宿所に戻ったのだが、合宿所はがらんとしていた。四人がいるという泰英の部屋には、強情そうな青年一人が座っているだけだった。

「私は全浩吉です」

泰英がこう自己紹介をすると、

「私は鄭昊根《チョンホグン》といいます」

という全羅道《チョルラド》なまりが返ってきた。

会話はそれだけで終わったのだが、就寝時間になっても人々が帰ってくる気配がないので、

「他のトンムたちはいつ帰ってくるのですか？」

と泰英が聞いた。

「みんな課業があるようです」

鄭昊根という全羅道の青年は、短く答えると布団をかぶってしまった。

二月八日、泰英は張基日が指定した通り、午前十時頃に鐘路ＹＭＣＡ会館の前に行った。張基日はすでに来て待機していた。

張基日は泰英を人気のない場所に連れて行くと、

「今日の会議の状況を詳細に報告しなければならないから、終始神経を集中させておくように」

と言いながら、紙の束と鉛筆を泰英に渡した。

　そして見知らぬ青年と挨拶をさせると、その青年に、

「全ドンムが会議の進行をよく観察できるように、席を用意しなさい」

と指示した。

　張基日は泰英をその場に残して去りながら、もう一度さっきの言葉を繰り返した。

　以下に全国文学家大会の状況を記しておく。

金台俊《キムテヂュン》、権煥《クオンファン》、李源朝《イウォンヂョ》、韓曉《ハンヒョ》、朴世永《パクセヨン》、李泰俊《イテヂュン》、林和《イムファ》、金南天《キムナムチョン》、安懐南《アンフェナム》、金起林《キムギリム》、金永鍵《キムヨンゴン》、朴賛模《パクチャンモ》などで構成された全国文学家大会準備委員会は、大会に参加する文学人二百三十三人を選定、彼らに一九四六年一月二十日付で大会通知書を発送した。

　このような準備過程を経た後、一九四六年二月八日と九日の二日間、第一回朝鮮文学家大会がソウル鐘路YMCAにて開かれた。

　一九四六年二月八日、第一回朝鮮文学家大会初日の集会は、午前十一時、二百余名の文学人、サブシンソ連総領事とその夫人、金元鳳《キムウォンボン》、金乎《キムホ》、李舟河《イヂュハ》などの来賓、第一政治学校の学生百五十名などの傍聴客、総勢五百名が参加する中で権煥の司会によって開催された。

　先ず朝鮮音楽同盟員の奏楽に合わせて愛国歌と建国行進曲を斉唱した。

　開会辞は文学同盟委員長洪命熹《ホンミョンヒ》によるものを李泰俊が代読した。式次第にしたがって出席者の点呼、続いて臨時執行部が構成された。臨時執行部の構成は下記の通りである。

　議長＝李泰俊、金台俊、林和、李箕永《イギヨン》、韓雪野《ハンソリヤ》。

　書記＝洪九《ホング》、朴賛模、呂尚玄《ヨサンヒョン》、李鳳九《イボング》、金永錫《キムヨンソク》。

（李箕永、韓雪野は不参加）

　次に呉章煥《オヂャンファン》の緊急動議により大会は、ソ連のニコライ・チホノフ、アメリカのアップトン・シンクレアー、中国の郭沫若などの外国作家を名誉議長に推戴した。大会は連合国に対する感謝文および連合国著名作家に送るメッセージ発送を決議し、草案作成を李源朝、金南天、金起林、韓曉の四人に委任した。

　そして大会は経過報告へと移り、李源朝から簡単な報告を受けた。

　この大会は各界から送られた数多くのメッセージや祝辞があった。

　ソ連作家同盟代表ニコライ・チホノフのメッセー

ジは金永鍵、朝鮮学術員代表白南雲《ペクナムン》のメッセージは金良瑕《キムヤンハ》、科学者同盟代表朴克采《パクグッチェ》のメッセージは李《イ》昌器《チャンギ》、民主主義民族戦線準備委員会のメッセージは金午星《キムオソン》、朝鮮人民共和国中央人民委員会のメッセージは徐重錫《ソヂュンソク》、朝鮮演劇同盟のメッセージは金兌《キムテ》鎮《ヂン》、朝鮮共産党代表朴憲永の祝辞は李舟河、朝鮮共産党青年同盟のメッセージは金勇愚《キムヨンウ》、そして朝鮮映画同盟のメッセージは羅雄《ナウン》が朗読した。

朝鮮共産党の祝辞の要旨は次のようなものである。

「朝鮮の文化人は一．ソ・米・英等連合国に感謝し、文化面においてこれらの国と協調し、民主主義の教育者とならねばならない。二．日帝の邪悪な精神を、新たな朝鮮精神へと浄化せねばならない。三．民族文化の建設者とならねばならない。四．偏狭な民族主義を排撃し、文化人たちの分派性を清算しつつ、人民文化、民族文化を建設せねばならない」

初日の会議は、各界から送られたメッセージや祝辞が朗読された後、連合国に対する感謝文および連合国著名作家に送るメッセージの草案審議へと移っていった。

大会では先ず起草委員の韓暁が朗読した「連合国に対する感謝決議文」草案から始まり、ソ連作家同盟代表チホノフに対するメッセージ（金南天朗読）、そして米英の作家たちに送るメッセージ（金起林朗読）、中華民国文学者同志たちに送るメッセージ（李源朝朗読）の順に討議されたが、一人も異議を唱える者がいなかったため原案どおりに全て通過した。

ソ連の作家チホノフに送られるメッセージの一部を紹介すると、次のようになる。

「……我が朝鮮の年若く新しい文学は、その成長の初期から貴国の偉大なる民族文学に甚大なる教訓と影響を受けたことを申し上げておかねばなりません。この一堂に集った文学家たち、または我々を取り巻く文学の愛好者や芸術と知識の指導者の中で、プーシキン、トルストイ、ドストエフスキー、ゴーリキー、チェーホフ、ツルゲーネフを、彼らの成長と発育のための精神的な糧としなかった者は一人もいないでしょう。……我々の遅れた民族文化の樹立過程において、ゴーリキーをはじめとする貴方と貴方の偉大なる同僚デミヤンベドヌイ、マヤコーフスキイ、エセニン、リベディンスキー、セラピモビチ、パンピョロフ、ベセルロフスキー、ソロホフ、グラーニン、エレンブルグなどの文学が、我々の精神を豊かにする上でどれほど助けになったか、またどれほど指標になってきたか、それは貴方の想像を遙かに超えるものであったでしょう」

　このようにチホノフへのメッセージは、当時大会に参加した全ての文学者たちが上に列挙されたソ連の作家から深い文学的影響を受けたと断定し、「朝鮮文学」はソ連のプロ文学を基礎として成長したかのように事実を歪曲している。

　無論一九二〇年代に共産主義に傾倒した一部の作家たち（朴英熙《パクヨンヒ》、李箕永、韓雪野など）がＣＡＰ（朝鮮プロレタリア芸術同盟）を組織し、芸術活動を展開したという事実もあるにはあったが、それが朝鮮文学の主流となることはなかったのだ。

　一方これとは対照的に、米英の作家たちに送るメッセージの内容は極めて簡単で、文学家大会が開催されていることを知らせる挨拶程度のものであった。

　中華民国の文学家に送るメッセージは、若干の特色があった。

　この頃、「第三次国共合作」が模索されていたため、これを考慮してどちら側（毛沢東と蒋介石）にも偏らない、中道的な内容だった。

　しかしこのメッセージでは、

「多年にわたった国共対立が、今日に来て完全に統合されたということは、中国の将来にとって慶賀すべきことであるだけでなく……特に我々のように、民族統一を絶対的に要請する段階にある者たちにとって、中国の統一的進路は民主主義民族戦線の一つの原型であると確信するところであります」

と、国共合作を極めて肯定的に評価しながらも、当時共産党が推進中であった「民主主義民族戦線」と国共合作を結びつけて解釈していた。

　以上のようなメッセージ内容からみて、この文学家大会が共産党に操られて進行されていたということは容易に推測がついた。

　これで午前の会議が終わり、一時四十分から再び午後の会議が始められた。

　議長李泰俊からバトンを受け取った金台俊は、議長交代の簡単な挨拶をすると、式次第にもない朴致《パクチ》祐《ウ》の特別報告を先ず聞こうと突拍子もない提案をした。その理由は「現下の国際情勢を鑑みると、国粋主義が次第にファシズム化しつつある危険を感得できるため、この大会に付議上案する」というものであった。

　このような議長の緊急提案を受け入れた大会は、朴致祐の次のような報告を聞いた。

「……文学家が制作をないがしろにして政治問題に口を出すことは、文学家の立場からすれば消耗的な越境に違いない。しかし政治問題が一国の文化の浮沈消長と非常に大きな関係を持つ場合、文学家は単純な日常の弁護や防御のためだけでなく、国家と民族の文化の守護と発展のため、勇敢に前線へと出て行かねばならない……ファシズムとその温床である国家主義に対する闘争こそが、このような性質の問題だ……。ファシズム台頭の危険を目の前にして、文学家が自己と文学、文化のために、これと正面から戦うことは、自分のためにも文化のためにも至極当然なことだ」

朴致祐はこのように文学家の政治参与の必要性と当為性を強調しながら、その闘争の方向として、一．非合理主義的なものとの闘争展開。二．民主主義戦線組織に積極参加。三．勤労人民との団結強化、を提示した。

朴致祐の特別報告が終わると、李源朝は、

「朴致祐の演説は、その科学的理論的根拠に因った、客観的情勢に適切な理論として認められるため、本大会においてこの件について決議しよう。しかし、その決議案は執行部から提案することにした方がいいだろう」

と動議した。

大会は李源朝の緊急動議を異議なく受け入れ、執行部に決議案を上程させた。

この決議案の草案は、執行部の委任によって金南天が朗読し、これを満場一致で可決採択した。

採択された「ファシズムの危険と文学家の任務に関する決議」の要旨は次のようだ。

一．解放後、半年間、文学芸術に従事する者は微力ではあるが民主主義国家建設に寄与してきた。

二．我が国の後進性がゆえの隙をついた、外来金融資本を背景にしたファシズムの急激な台頭を軽視することはできない。

三．全国の文学家は民主主義民族戦線の一翼として、その与えられた任務を誠実に遂行するため、一切のファシズムの台頭と横行に対して果敢な闘争を展開すること。

ここで言うファシズムの台頭とは、右翼勢力を指して称しており、大会で全ての文学家は民族戦線の成員となって、右翼ファシズムに反対する闘争に積極参与しなければならないという内容の決議文まで採択させたのは、共産党の統一戦線の戦術によるものだと見ることができる。式次第にもない「特別報告」を挿入したそれ自体が、共産党の事前計略によるものであったことは繰り返し言うまでもない。

朴致祐の特別報告に対する決議文を採択した後

は、予定通り各部門の一般報告とそれについての審議に入っていった。
報告の題目としては、
一・朝鮮民族文学建設の基本過程に関する一般報告（林和）
二・国語再建と文学家の使命（李泰俊）
三・朝鮮詩に関する報告と今後の方向（金起林）
などであった。
大会は一般報告に次いで討議があったが、李泰俊が演説した「国語再建と文学家の使命」については参加者の間で論争があった。そのため大会の名前で何らかの決議をしようという動議（朴賛模）まで出てきた。しかし、議長金台俊は「李泰俊の報告内容によれば、現在、漢字廃止主張者は単純な学者的立場からの主張ではなく、この問題に政治的偏狭性を結びつけてファッショ的・国粋主義的傾向を現していることが明らかだ。さらにこの問題は、民族文化の基礎的手段を決定する重大な問題であるため、充分に討議してほしい」と念を入れて頼み、性急な決議採択に反対した。結局この問題は時間の制約のため、李泰俊の「文学家の立場で全国的な専門委員会を組織して、その委員会において充分な研究と対策を講究させることにしよう」という提議を採択、大会の立場を決定した。
こうして朝鮮文学家大会の初日は午後六時頃に閉会された。
朝鮮文学家大会の第二日の集まりは二月九日十一時四十分、同じ場所であるソウル鐘路ＹＭＣＡで、李泰俊の司会のもとに続開された。
大会は予定の内容に入る前に、羅稲香《ナドヒャン》、金素月《キムソウォル》、崔曙海《チェソヘ》、沈熏《シムフン》、李相和《イサンファ》、李孝石《イヒョソク》、韓仁澤《ハンインテク》、姜敬愛《カンギョンエ》など亡くなった作家二十七名に対して黙とうが捧げられ、三十八度以北から交通事情のために参席できなかった李箕永、韓雪野、崔明翊《チェミョンイク》、鄭英澤《チョンヨンテク》たちが送ってきた祝文、祝電が読み上げられた。そして人民党党首の呂運亨《ヨウンニョン》と在米韓族連合会代表金平《キムホ》の祝賀演説を聞いた。
呂運亨の祝辞から一部を引用してみる。
「国家の混乱期においては、文人たちの筆先が銃剣よりもさらに力を持つものだ。……我々朝鮮人の大部分は、すなわち農民や労働者たちは、あまりにも苦労して生きてきたために自分の感情を表現する術を知らない。いわば精神的な世界が砂利石のように固まっている。しかし、この砂利石の畑に柔らかい肥やしを与え、美しい芸術の水を注いでやれば、彼らの生命にみずみずしい人間性が再び回復するだろう。このような点を考えて文学家諸君は、我々の文学を一般大衆の文学として育成するよう根本的に改革し、特定の特権階級に利用されることのないようにしなければならない」

呂運亨と金平の祝辞が終わると、大会は一日目の会議の一般報告に続いて、李源朝から「朝鮮文学批判に関する報告」を聞き、次に申南澈《シンナムチョル》の「特殊報告」である「民主主義とヒューマニズム」—すなわち、

「日帝の残滓が八・一五以後、次の保護者を迎えんがために汲々として、建国独立までも眼中にないかのごとく見受けられる現在の右翼陣営の頑固派は、未来に対する輝かしい展望もなく、自派の利益と維持伸張だけのために、搾取社会の秩序を長らえようとしている。無理論、無原則、無思想が彼ら右翼の性格だ。彼らが持つ理論、原則、思想というものは、科学的理論の前に持ちこたえられるものではない」と「朝鮮革命の民主主義的性格と段階」を規定、右翼勢力非難演説をした。

次に「小説に関する報告演説」を安懐南がすることになっていたが、彼が参席していなかったために林和が代わりに報告した。

これをもって午前の会議を終え、午後二時二十五分、金台俊の司会により再び続開された。

午前の会議に続いて「朝鮮農民文学の基本方向」(権煥)「新しい創作方法に関して」(金南天)などの一般報告を聞いた。

そして時間の関係上、残りのいくつかについては報告を聞かずに原稿を受け取ることとした。

このとき原稿として提出された報告の題目は次のようだ。

「朝鮮児童文学の現状と今後の方向」(朴世永)
「文学遺産の正当な継承方法」(金台俊)
「啓蒙運動と新人の育成」(金午星)
「世界文学の過去と将来の動向」(金永鍵)

大会は二日にわたって発表された各部門の一般報告に対して決定書を採択したが、林和が朗読した草案を修正することなく満場一致で可決した。

大会で採択した「民族文学建設に関する決定書」の要旨は次のようだ。

一.朝鮮文学の基本任務は民族文学の樹立であり、日帝の残滓と封建遺物の清算にある。
二.朝鮮文学家同盟の活動是認。
三.階級文学建設の促進。
四.国粋主義的傾向との闘争展開。
五.民族文学は民主主義国家建設によってのみ存

在し得る。
　六．文学家は民主主義祖国建設に積極参与する。
　七．文学同盟指導機関は、一．民衆と文学家の連携強化策樹立　二．文学家の創作活動を容易にするための方法樹立　三．国語の再建と正当な発展のための政策樹立　四．文学の大衆化運動、都市偏重主義是正、三八度以北に総局設置　五．共産文学と農民文学の育成発展策講究
　以上の決定は、当時朝鮮共産党の文学政策と完全に一致している。
　大会は「民族文学建設に関する決定書」を採択した後、予定にしたがって「国語問題に関する決定書」を執行部の原案通りに通過させた。
　続いて文学家同盟の綱領、規約の審議に入ったが、韓暁が発表した綱領は次のような要旨の内容だった。
　一．日帝残滓の掃討
　二．封建主義残滓の清算
　三．国粋主義排撃
　四．進歩的民族文学の建設
　五．国際文学との提携
　大会では規約の原案に対して特別な異議を提案する者は一人もいなかったが、「文学家同盟」という名称をめぐって論争が繰り広げられた。
　呉章煥＝文学同盟というのはあまりにも漠然としているから、文学家同盟とするべきではないか。
　洪《ホン》暁《ヒョ》民《ミン》＝文学同盟という名称は、すでに昨年十二月二十三日、文学同盟結成大会において決定されているのだから、ここで論議する必要はない。
　金午星＝文学同盟というのは暫定的名称だった。したがってこの大会で決定する必要がある。文学家同盟にしようという呉章煥の動議に賛成する。
　朴賛模＝どの国でも文学家の団体は、作家同盟、文学家同盟といっている。
　洪暁民＝金午星の発言は法理的にみておかしい。文学家大会において同盟の名称を云々するべきではない。
　朴《パク》芽《ア》枝《チ》＝文学家大会の招集を、文学同盟がしたのか、さもなくば文学家大会準備委員会がしたのかを、明白にすべきだ。
　洪暁民＝無論、準備委員会が招集したのだろう。よってこの大会では名称を論議するのは止めよう。文学家大会というのはあまりにも専門家の集まりのような印象を与える。
　金《キム》光《グヮン》均《ギュン》＝論争は止めて準備委員会の説明を聞くことにしよう。

韓曉＝名称はこの大会で慎重に討議して決定すればいいと思う。「盟員」と「盟友」を区別すれば、大衆的サークルを持つにも何ら支障はないだろう。

議長＝文学家同盟でも文学同盟でも別に問題はないだろう。科学者同盟もあるのだから、そんなことに時間を浪費するのは止めよう。

朴賛模＝我々文学家の組織は、その名称一つについても慎重に考察した上で決定しなければならない。

今まで文学同盟と呼んでいたとしても、この大会で新しく決定することができると考える。

朴世永＝文学同盟では少し限定されすぎているような感じがする。より多くの大衆と緊密になるためには文学家同盟がいいと思う。

朴勝植《パクスンシク》＝過去のプロレタリア文学同盟系は文学同盟を、文学建設本部系は文学家同盟をそれぞれ固執しているようだ。お互いそのようなこだわりは捨てよう。農民組合、労働組合というではないか、労働者組合というところは一つもない。文学家の集まりだからといって、必ず文学家同盟とする必要はない。

洪曉民＝文学家同盟という問題がどうして出てきたのか、それについて反省し、執着するのは止めよう。

このように「家」の字を付けるかどうかで意見が対立し、合意できない状態になると、李源朝は多数決によって決定することを提議した。

議長は李源朝の動議を受け入れ、挙手によって多数決をした。その結果「文学同盟」が二十八名、「文学家同盟」が四十三名で、「家」を付けることに決定された。これによって「文学同盟」は「文学家同盟」に名称が変更された。

綱領について大会は、「進歩的民族文学」という表現から「進歩的」を削除し、そのまま「民族文学」に直そうという申鼓頌《シンゴソン》の異議を受け入れ、これを可決した。

大会は予定通り、文学家同盟中央執行委員の選挙に入っていった。

李源朝の「現文学同盟中央執行委員を全員再任し、副委員長として韓雪野を選任することにしよう」という案と、許俊《ホチュン》の「全ての中央執行委員を改選しよう」という案が出されたが、大会は多数の支持を受けた李源朝の案を採択した。

選出された中央委員の名簿は次のようだ。

委員長＝洪命熹

副委員長＝李箕永、韓雪野、李泰俊

書記長＝権煥

委員＝李源朝、林和、金午星、金南天、安懐南、鄭芝鎔《チョンヂヨン》、金台俊、韓曉、金起林、朴世永、趙碧岩《チョピョガム》、他六名

大会は「啓蒙問題」「組織問題」等、いくつかの未解決議案があったが、中央執行委員会に一任することにして午後六時に閉会となった。

全国文学家大会の状況を詳しく記録しなければならない任務を帯びて見守っていただけに、泰英の観察は鋭利だった。

泰英は結果的に大きな幻滅を感じた。

いわゆる文学家という種類の人々に幻滅し、彼らを利用しようと狂奔している党のやり方に幻滅した。

一言で言って、時間と精力の浪費だと言えた。泰英の考えでは、文学と政治の結合は自然で流れる水のごとくあらねばならないものであった。政治の侍女として文学を利用する意図ならば、なおさらその関係に細かく神経を使うべきものである。

そうでなければ読者の目には文学と政治の野合としか映らないだろう。

魅力を失った文学は、政治の宣伝としての効果も失う。文学、政治のどちらも益するところを失ってしまうだろう。

泰英はこの段階においては文学が共産党に奉仕するべきだという主張を肯定している。

しかし文学が共産党に奉仕するためには方法を持たねばならない。野合の印象を与える方法は一番拙劣な方法だ。

全国文学家大会はそんな意味で、文学家と共産党が野合するという最も恥ずべき光景を見せる結果しか生まなかった。

（何か焦りすぎだ）

これが文学家大会を操作した党の意図に対する泰英の感想であり、

（誇りはおろか文学家としての知覚もない）

というのは、そこに集まった文学家に対する泰英の印象だった。

（わめく通りに事態が進んでいくと思ってやっているのならば、あまりにも単純すぎるし、あんな権謀術策を使うことで何人かの功名心を満たすためにのみしているのだとすれば実にくだらないことだ）

このように考えながら、泰英はふと共産党傘下の全ての団体が例外なくあのように中身のない組織なのではないかと思った。

（文学家の団体はどこまでも文学家らしい団体でな

ければならず、学生の団体はどこまでも学生らしい団体でなければならない。そうやって充分に親和団結した上で、何かきっかけが見つかったときに政治的に爆発させるよう緻密な脚本を書かなければならないのではないか）

考えがここに至ると、泰英は結果がどうであれ自分の所信を堂々と披瀝する報告を書こうと決心した。

合宿所の規則は、

「特別な課業によって十時就寝を守ることができないときは、その目的を責任者に知らせ、指定された部屋でその課業を進行しなければならない」

となっていたため、事務室の横の静かな部屋を借りて報告書の作成を始めた。

ほぼ半分まで進んだとき、泰英は張基日の権威的な態度を想起して気が萎え始めた。

「誰がトンムに意見を書けと言った？状況をそのまま書けと言っただろう」

と怒鳴られるのは明らかだった。

泰英は万年筆を置くと、ぼうっと座ったまま天井を見上げたり壁を見つめたりしていた。

泰英はもう一度勇気を奮い立たせようとしてみた。しかし一度冷めてしまった意欲は再びよみがえることはなかった。

どこからか二時を知らせる時計の音がした。焦燥感が泰英を襲った。

何があろうと明日の朝十時までに文学家大会の状況報告を提出しなければならないのだ。

泰英は唇を噛みしめた。そして今まで書いてきた原稿を一枚残らず破り捨て、再び白紙の原稿を前に座った。

（これも党員の修養だ）

泰英は寂しそうに笑うと、党がなぜ自分にこのような報告を書かせるのか、その意図を推測してみた。

（状況を知りたいだけならば、文学家大会を操っている党員に書かせればいいのではないか。いや、そこからも報告が入ってくるはずだ。それなのにどうして俺に書かせるのだ？俺の態度を確かめるとともに、俺の能力も試そうとしているのだろう）

そう考えると、泰英の思考はどのように書けば上部の気に入られるのかということに傾いていった。

正論を避け、媚びへつらう文を書かねばならない自分の卑屈な姿を発見したとき、泰英は正体不明の恐怖にとらわれた。

（これも党員の修養なのか？）

泰英はできるだけ無味乾燥な文章で、順序と内容に寸分の狂いもない報告を書くほかにないと心に決めると万年筆を取りあげた。

作者註＝全国文学家大会の記述は金南植《キムナムシク》氏の『南労党』からの引用です。原著者に謝罪と感謝の意を表します。

六

文学家大会の報告の可否について泰英には何の知らせもなかった。そして次の課業が与えられることもなかった。

党員が何の課業もなくこんなに重要な時期を送っているというのは、どう考えても納得のいかないことだった。にもかかわらず毎日毎日何をしたかについて墨井洞のアジトに報告しなければならなかったのだから退屈極まりなかった。

朝六時起床、起床と同時に洗顔、簡単な徒手体操、読書、朝食、食後三十分間散策、合宿所に帰ると部屋の掃除、洗濯、読書、昼食、読書、散策、読書、夕食、読書、夜十時に就寝……。

結局こんな無内容の報告をするしかなかった。ところがある日、突然キャップから質問された。

「トンムの報告は毎日同じだが、何か隠していることはないのか」

「ありません」

「そんなはずがないだろう」

「課業がないのに何をするというのです。毎日毎日何もせずにいるのですから、全く同じになるしかないではありませんか？」

「昼寝はしないのか？」

「しません」

実際、寒くて昼寝どころではなかったし、夜は夜で冬の長夜を寝ずに起きていることができなかったのだ。

「読書と書いてあるが大体どんな本を読んでいるのかね？」

泰英は適当に答えた。先ず劉少奇の『党員の修養』をあげ、次に毛沢東の『新民主主義』とレーニンの『帝国主義論』をあげた。

「『資本論』は読まないのか？」

「それはもう読みました」

「いつ読んだのだ？」

「日帝時代に掛冠山で全て読みました」

「スターリン大元首の著書を読む考えはないのか？」

「手に入るものは全て読みましたが」

「何を読んだ？」

「『レーニン主義の基本問題』を読みました」

「それならその著書の内容を簡単に説明してみたまえ」

泰英は工業が発達し、したがってプロレタリア階級が厳然とした勢力として成長しているイギリス、ドイツをはじめとするヨーロッパ社会の状況を前提として作られたマルクス理論を、工業が未発達の、したがってプロレタリアが階級としての勢力を持ち得ないロシアの後進社会に適合するように考えられた革命理論がすなわちレーニン主義だとしたスターリンのその著書の内容を冷静に説明した。

張という姓のキャップの口元に嘲笑が浮かんだ。そしてこう言った。

「トンムは知識によって革命が成功すると思っているのか？」

泰英は一瞬不快に感じた。

「では知識が革命に不必要なのですか？」

そう言ってから、泰英はしまったと思った。言ってはならないことを言ってしまったという後悔が後に続いた。

張の顔に血の気が上ったように思えた。

「トンムはインテリの罪悪をどう思う？」

「何をおっしゃりたいのか分かりませんが？」

泰英は正直に言った。

「インテリの罪悪が分からないのか？」

「罪悪ならば、インテリの罪悪だけをあげる必要はないのではありませんか？」

「革命の敵はインテリだ」

「ロシア革命を指導したのはレーニンをはじめとするインテリたちではありませんか？」

「レーニンはインテリではない」

「……」

「レーニンは指導者だ。インテリというのは、浅はかな知識を何かの宝のように振りかざす虫けらのような一門に付けられた名前だ。だからトンムはレーニンを冒涜したのだ。レーニンを冒涜する行為を私は許すことができない」

泰英は呆れて笑ってしまった。

「トンム、なぜ笑う。私の言っていることが間違っているというのか？」

張は興奮して泰英を睨みつけた。泰英はそんな言いがかりは止めてくれと言いたかったが、終始自分の感情を抑えつけるしかなかった。

「私がいつレーニンを冒涜しましたか。私はインテリという言葉を知識という意味で使いました。レーニンは偉大な革命の指導者であり、卓越した知識人でもあります。そんな意味で私はレーニンをインテリと言ったのです」

「レーニンをそのインテリのカテゴリーに入れること自体が間違いだと言っているのだ。レーニンはそのカテゴリーを超越した人間だ。よく聞きなさい。知識を持ったからこその弱点、そんな弱点だらけの知識人をインテリというのだ。知識人がインテリとしての弱点を克服したとき、インテリではなくなるのだ。レーニンやスターリン、毛沢東は偉大な知識人だがインテリと呼ばないのは、あの方たちがインテリとしての弱点を全て克服し、全く違う人格を持っているからだ」

「インテリの中には悪いインテリもいいインテリもいると考えればいいのではありませんか？」

「とんでもない。そんな考えを微温的だというのだ。我々は革命のためには、単語一つでも厳格に規定していかねばならない」

「いくら厳格に規定するといっても、本来の意味を歪曲してまですることはないのではありませんか？」

「本来の意味を歪曲するとは、それはどういうことだ？」

「そうではありませんか？知識人をインテリと呼べばいいのですし、知識階級をインテリゲンチャと呼べばいいのです。弱点を持った知識人をインテリという、それが歪曲でなくて何なのですか？」

泰英は我知らず興奮していた。

張は再び嘲笑を浮かべると、抑えた声で言った。

「トンムは分かったようなことを言うが、それが間違いなのだ。言葉には歴史がある。いや、歴史が言葉に意味を付与するのだ。知識人イコールインテリ、これは言語学的な概念操作だ。私が今言っているのは、社会学的、歴史的、革命的概念のことだ。フランス革命以来幾度にわたる革命が繰り返されたが、知識人は彼らが持つ知識によって輝かしい業績を残しもしたが、一方ではその知識のために歴史を逆行させ、革命を裏切る過ちを犯しもした。トロツキー、ブハーリン、カウツキーなどがその代表的人物と呼べるだろう。いわば彼らは知識のために反動分子となったのだ。したがって知識人には反動の機会がいつもその内部にあるといえる。だから今日我々が知識人という言葉を使うのは、知識のある人間とそうでない人間を単純に区別するための言語学的用語としてではなく、反動となる恐れを持った危険分子という意味に重きを置いて使っているということだ。分かったかな？」

泰英は張の言葉をようやく理解したような気がしたが、依然として不快感が残った。何のためにそんな話を持ち出したというのだ。

張は泰英の沈黙が気に入らないようだった。

「要はインテリを警戒しなければならないということだ。インテリはいつも監視の対象となるということでもある。そんな意味で、トンムはインテリの罪悪ということを考えてみたことがあるのかと聞いているのだ」

「過ちを犯したインテリについて考えてみたことがありません」

泰英は幾分冷淡な口調で答えた。しかし、自分の答えは正しいという自信があった。

「過ちを犯さないインテリは、すでにインテリのカテゴリーを抜けだした存在だとさっき言ったではないか。インテリというときは、否定的な人間を意味するのだと言ったではないか。とにかくトンムはインテリの罪悪について考えたことがないものとして私は認識する」

「そんな一般論に何の意味があるのですか?」

「一般論から原則が生み出されるのだ。そして原則から戦術が生み出されるのだ。トンムがインテリの罪悪を考えたことがないということは、インテリとしてのトンムの自己批判が不足しているという告白に他ならない」

「お好きなように解析してください。私には張ドンムがどうしてこんな話を持ち出したのか、その意図が分かりません」

「私の意図が分からない?」

「分かるはずがないではありませんか?」

「私はトンムのことを相当に頭の切れる人間だと思っていたのだが」

「過大評価なさっていたようですね」

「過大評価なのか過小評価なのか分からんが」

と言うと、張は辛辣に付け加えた。

「それはトンムが典型的なインテリだからだ。トンム内部のインテリを追放するなり克服するなりしなければならない」

泰英は自分が毎日本ばかり読んでいると報告したことが、張の機嫌を損ねてしまったのだと思った。それで言った。

「私に課業をください。いくら私がインテリだとしても、毎日本ばかり読んで過ごしたりはしません」

「トンム、君は何を言っているんだ?」

張はかっと怒りをあらわにした。

「トンムが本を読んでいるから、私がこんなことを言っていると思っているのか？冗談じゃない。トンムはこれからもっと本を読まなければならない。レーニンも、スターリンも、毛沢東も、もっともっと読まねばならない。必要によってはルカチーの文学理論も読まねばならないだろう。だからトンムが本をたくさん読んでいるからといって、トンムのことをインテリだと言ったのではない」

「それではどうしてですか？」

「これから党は大々的にインテリ糾弾運動を始めるだろう。インテリを人民の友と区別する作業を始めるということだ。となれば我々自らが己の内部にあるインテリを掃討する必要がある。自己合理化の手段となる知識、反動のきっかけとなる知識、振りかざすためだけの知識、指導階級として振る舞うために見せびらかす知識、つまり人民のため、人民を導くために必要な知識でないものは全て燃やし尽くすのだ。この国で、インテリを人民の敵と規定し、大衆の前で断罪するためには、その働き手としての我々は断固インテリとなってはならない。簡単に言おう。我々がインテリでありながら、どうしてインテリを追放できるというのだ？どうしてインテリを人民の敵として規定できるのだ？それで大衆を指導できるのか？インテリは人民の敵だ。これがスローガンだ。しかしこれは公公然とは宣言できないスローガンだ。公公然と宣言せずとも、人民大衆が自ら体得できるように啓蒙しなければならないスローガンだ。そのためにはこうならなければならない。我々にも知識はある。奴等よりも卓越した知識がある。しかしこれはどこまでも人民のしもべとなるための知識であって、それ以外のものであってはならない。したがって我々はインテリでも知識人でもない。労働者と農民の代弁者であり、その前衛だ。ところが我々と違ってあの知識人たち、インテリたちは、彼らが持つ知識によって革命を妨害する。労働者と農民をしもべのようにこき使おうとする。したがって絶対彼らに同調してはならないばかりか、彼らを敵、または仇と見なして徹底的に抹殺しなくてはならない。彼らを抹殺してこそ、労働者、農民、それ以外の無産大衆は革命を完遂することができる。このような観念を徹底して注入しなければならないのだ。分かったかな」

「大体分かりました」

泰英は不得要領な態度で、しかし言葉だけはそう答えた。

「今からが重要だ。しっかり聞きなさい」

張はこう前置きしてから次のように言った。

「今、我々の革命課業は難関に逢着している。労働者、農民を組織しながら、一方ではインテリの協力と指導も望んでいる。だからありとあらゆる文化団体を作っている。ところが文化人を接待するかのようなこのような作業がとんでもない逆効果を生んでいることを、党は最近になってようやく発見した。我が党が文化人、または知識人に丁重に接しているため、一般大衆の間にも知識人を尊重する風潮が出てきたのだ。このような風潮のために、全ての下部組織の責任細胞にインテリが入り込んでいる。そこまでもよしとしよう。時期を見て、すげ替えることもできるから。だが我々の路線に反対する知識人まででも大衆から尊敬される傾向と同時に、そんな分子たちが率いる団体が、少数だが大衆を吸収する兆候を見せている。知識人を尊敬する古来の弊習が、次第に復活しつつあるということだ。だから我々内部の知識人たちの積極的な協力を受けて、朝鮮の知識人の面目を完膚無きまでに地に落としてしまうのだ。知識人を信用しない運動、知識人を罵倒する運動、知識人のあの薄っぺらい虚栄心と利己主義を暴露する運動を展開していくのだ。反動の病菌がまさしく知識人だ。一人の知識人が数十人の人民を反動化させているのが現在の実情だ。そうではないか？」

「その通りです」

「先日の報告、全国文学家大会に関するトンムの報告はよくできていました。上部からの称賛もありました。ですからトンムと知識人問題について討論してみたかったのです」

張は言葉とともに態度も柔らかくした。泰英ははじめからそう言えばいいものをと思うと同時に、今までの自分の態度が軽率だったと後悔した。

「あの文学家大会に集まった人間たちは、何人かをのぞいてはゲス野郎ばかりだったでしょう？」

張ははじめて同志きりで話す口調に変えると、こんなことも言った。

「まあそれはそれなりに利用価値があると考えておきましょう。ですがとんでもない反動野郎が、あの大会を通して文学家のおかれた地位を利用しようとしているのです。これはゆゆしき問題です」

「要は知識人たちの威信を丸つぶれにして、人民が信頼しないようにしよう。そういうことですね」

「そう、その通り」

「でしたら先ずは名分の問題ではありませんか？」

「名分の問題ならそれほど難しくはないでしょう。古来から我が国を滅ぼしてきたのが知識人なのですから。最近ならば李朝の腐った政治も、両班《ヤンバン》階級、特に知識人たちがしでかしたことではありませんか。官吏の悪行もひどかったけれども、儒林の悪行はさらに深刻だったのです。つまり李朝を滅ぼしたのは知識人ということになるでしょう？日本に屈服したのも知識人のせいではありませんか。総督府政治にへつらって人民を苦しめたのもインテリではありませんか。にもかかわらず、そのインテリたちが今度はアメリカと野合して、我々が打ち立てた人民共和国を破壊しようといているのではありませんか。こうしてあげていけば、この国にはインテリがはびこる場所などどこにもないのです。悪行はインテリどもがして、その代価は人民が支払って、それが数百年にもなるのに、また知識を持った奴等の話を聞いてもいいのか、そんな不甲斐ないことでいいのか、いまだにそんな奴の話に振り回される人がいるから困ったものだ……このように話を進めていけばいいのですから。ですから問題は決定的な契機を作ることにあるのです。平地に波風を立てねばなりません。知識人の何人かを、人民の意思によって殺してしまうのです。その上でその知識人の罪状を暴露するんです。そしてそいつらと同様の奴等をしらみつぶしに探し出して消してしまう、そんな暴風的な状況を作り出すのです」

「しかしそれが簡単ではないでしょう？」

「簡単ではないからトンムと相談しているのではありませんか？」

張はそのときはじめてたばこを泰英の前に出して吸うように勧めた。

「私はたばこを吸いません」

と泰英は断った。

張はたばこをくわえると、

「たばこは吸った方がいいですよ。考え事をするときにはたばこでも吸わなければ……」

と言うと、突然語調を変えた。

「京城大学を民主化するのに最も障害となる教授の名前をあげてみてください」

「……」

「知識人を信用しない風潮を作るための最初の作業に必要だから聞いているのです。トンムは数ヶ月前まで、京城大学細胞責の一人だったのでしょう？」

聞くまでもない話だった。泰英はそのときはじめて自分の前に座っている張が、以前自分が担当していた課業を担っていることを確信した。

（京城大学に関する仕事は俺が続けた方が効果的だろうに……）

という思いとともに、

（謹慎処分以来、学校についての話しが全くなかったが、俺の学籍はどうなっているのだろう）

という考えが頭をよぎった。

学籍がどうなろうとかまわなかったが、泰英は以前の自分の職責に張が座り、自分は以前自分が支配していた細胞の立場になってしまったのかと思うと寂しい気持ちになった。

「詳しく話してください。どんな教授たちが京城大学民主化の障害物ですか？」

張はさっきと同じ言葉を繰り返した。泰英は、

「それはすでに私が党中央に報告しましたが」

と躊躇した。すでに文書で報告してある内容を、張の前で口頭で説明するのは何となく気が進まなかった。

「以前の報告は党中央への報告で、私は私でトンムの意見を聞いてみたいのです」

「そうでしたら私はお話しできません。責任のある人間に、責任のある人間として、口頭であれ書面であれ報告しなければならないと党の規則ではなってるではありませんか？」

「トンムは私の責任下にいる人間です。ですから私には話してもかまいません」

「張ドンムの責任は分かっています。ですが私は何の資格で話をすればよいのですか？」

「以前知ったことを同志に知らせる、そんな軽い気分で話せばいいです。大したことではありません」

張の顔に再び不快の色が浮かび上がった。

「党の規則は軽い気持ちで、党の機密を許しもなく、例えそれが上位の同志であっても話すことはできないことになっているのではありませんか？」

「トンムは党、党と言うが、今のトンムの立場なら、それほど党の規則にこだわる必要はないと思うが」

張は露骨に不快な表情を作ると、吐き捨てるように言った。

「それはどういうことですか？党員が党の規則にこだわらなくてもいいとはどういうことですか？」

張は不快の色を嘲笑に変えると、

「まあ、そう興奮しないで本論に入りましょう。さっき私が話したインテリ排撃運動の趣旨は納得してくれたでしょう？」

と言うと、言葉を続けた。

「要はその運動に必要だから聞いているのです。インテリ排撃第一号、第二号、第三号を、京城大学教授の中から出すつもりですから、率直に答えてもかまいません」

張は泰英に、お前はもう党員ではないと怒鳴りつ

けたい衝動を辛うじて堪えて、このように言葉を変えた。泰英が党を除名された事実を、泰英本人に知らせてはならないと厳命が下されていたのだった。

泰英は言い知れようのない圧迫感に抑えつけられ、自分が把握しているとおりの京城大学の事情を説明し始めた。

日本のある大学で地下工作をしていたため、刑務所生活五年を経て解放と同時に出獄したという張は、知識においても泰英の上位者であることに間違いなく、権謀術策においてもそうだった。泰英は京城大学の事情説明をしながらも、後ろめたい気持ちを終始消し去ることができなかった。しかし、まさしくそれが党員としての修養が不足している証拠だとされて、不利な立場に陥る材料となろうとは夢にも思わなかった。

七

メモを取るため、張は泰英の説明を時折中断させながら注意深く聞いた。張は泰英の事情説明を土台に、京城大学に関しての詳しい報告書を作成する様子だった。

説明が終わると張は、ご苦労だった、明朝六時きっかりに来るようにと言って終わろうとしたが、泰英はそのまま立ち上がることができなかった。

「早く課業を決めていただきたいのですが」

「トンムは今、課業を担っています」

張は何を言い出すのだというような表情で泰英を振り返った。そして聞いた。

「トンムは自分に与えられた課業を知らないのですか？」

「知りません」

「トンムは今、東大門合宿所で毎日本を読んでいるではありませんか。それが課業です」

「そんな指示はありませんでしたが」

「指示が必要ですか？時間を与えられればそれでいではありませんか？本を読む人間に改まって本を読めと指示をする必要はないでしょう」

「それでもどんな本を読むようにくらいの指示がなければ、課業として成立しないではありませんか？」

「我が党は形式的、機械的な党ではありません。自由と融通性もあります。トンムのような人に、そんな指示はしません。指示を受けてする読書は、義務感が生じて興味が半減するという人間の属性までを党は計算しています。トンムは自発的に有益な本を選んで読むだろうと党は考えているのです。だからさっき何を読んでいるのかと私が聞いたではありませんか。その程度ならば、党が読書の方向を修正する必要はないと判断しました。党の考えは正しかったのです」

「それならばいつまでこんな状況にいればいいのでしょうか？」

「それは私にも分かりません。上部が決定する問題ですから」

「できるだけ早く、行動できる課業が下されるようご尽力願います」

「いいでしょう」

張は力強く言うと、妙な笑いを浮かべながら付け加えた。

「行動を望む、そういうことですね。決定的で猛烈な行動、孤独の中で読書を通して身につけた意志と力量を、行動によって試してみなければなりませんね。トンムのその意思を上部に伝えておきましょう」

冷たい風の吹く路地へと出た。

二月も半ばを過ぎたにもかかわらず、春の訪れを感じさせるものは何一つなかった。

空も灰色、家並みも灰色、街も灰色、過ぎゆく人々も灰色、吹き抜ける風も灰色！

（トンムたちよ、灰色の寒さというものが分かるか？）

泰英の脳裏を、こんなとんでもない詩句のようなものがよぎった。

一時期、泰英はこの通りをこの上なく愛していた。この通りは、革命に通じる道と、革命を望んで身もだえする家々で満ちあふれていた。人々の眼差しから泰英は革命を渇望する情熱を発見しては、

（人民大衆たちよ、もう少しだけ待ってくれ！今ここに、革命への道を切り開く一人の闘士が通り過ぎる）

と会心の笑みを浮かべたりもしたものだった。

そんな通りが突然、耐え難い敵意を抱いて迫ってきたのはいつからだろうか。泰英の内部で革命への情熱が冷めてしまったわけではない。だが、いつの間にか通りがその面貌を変えて現れたのだった。しかし敵意を感じたときはまだよかった。今、泰英はこの通りに対して敵意まで喪失した立場となってしまった。だから、空と街と人々が、この上なく灰色となるのだった。

泰英は党が知識人を排撃する事業を展開することに決めたという張の言葉を検討してみることにした。

知識人が、反動化する危険性をいつも内部に抱い

ているという判断は正しい。しかし、だからどうして?という疑惑が残った。

(知識人を排撃しようとしている党の上層部自体が、知識人としての弱点を持っているのではないか。知識人の最も醜雑な根性、つまり独善意識のようなものに冒されている俗物が、まさしく共産党の幹部ではないのか?)

　泰英は自分のキャップである張が、誰よりも知識人としての偏屈な臭いを漂わせているという事実に思いがいたるや、何としても奴の上位者となって、奴を辛辣にこき使ってやりたいという野心が沸々と沸き上がってくるのを感じた。

(そのようになる方法はないものか。党の上層部があっと驚くような、そんなことがないだろうか。政治局の幹部にさえなれれば?そのときは奴を!)

　こんな空想をしているときの泰英は、完全に理性を失っている瞬間だった。出世欲にとらわれた俗物たちを嘲笑う泰英自身が、己もやはりそんな出世欲にとらわれている事実に気づけないでいた。

　世俗的な出世欲は糾弾すべきだが、共産党内部における出世欲は肯定しなければならないということなのか。この程度の反省すら泰英になかったということは注目すべきことだ。

　泰英は自分が知っている党員たちの全てが欠陥だらけだということを感じた。仕事を熱心にしようとする誠意と努力には見るべき部分もあるが、人間としての程度は十人いれば十人ともが最低だった。

　共産主義者は自分自身を党の意図に合わせて改造しなければならないというのが、党の至上命令の一つだ。その至上命令に合わせて改造された人格が、全てそのような有様なのだとすれば、共産党は怪物の集団というほかにない。しかし、

「党は神聖だ」

「党は正当だ」

「党は決して過ちを犯さない」

というスローガンを叫びながら、泰英は共産党に対して疑惑を感じそうになる心の傾向をすぐさま消し去らねばならなかった。

　泰英はいつも全く同じ道順を歩いていた。墨井洞から退渓路《テゲロ》、退渓路から鐘路二街の左側の道を通って東大門合宿所。

　泰英はパゴダ公園の近くまで来たとき空腹を感じた。横の路地にはいると、彼がよく立ち寄るソルロンタンの店がある。

　食事時を過ぎていたため、食堂の中は閑散としていた。泰英が座った席とは反対側の隅で、三人の男

が一つの机を囲んで食事をしていた。

　泰英がソルロンタンを平らげて立ち上がったとき、隅に座っている男たちの一人が知り合いであることに気付いた。

　分厚いロイド眼鏡をかけたその人は、泰英の中学時代の二級上の金勇圭《キムヨンギュ》という先輩だった。

　彼は日帝時代、晋州《チンチュ》で最も大きな百貨店の息子だった。泰英は金勇圭に挨拶をすべきかどうか迷った。今の立場では、むやみに人と会ってはならないという党員の自覚のようなものもあったし、学兵に行ったと聞いていた先輩がこうして無事に帰ってきた姿を見せているのに、知らん振りをして通り過ぎてしまうのは人情に反するという思いもあった。

　迷った末に泰英は挨拶だけでもしようと考えて彼らに近づくと、

「金先輩ではありませんか？」

と声をかけた。

「これは朴泰英君じゃないか？」

と言って真っ先に立ち上がったのは、金勇圭ではなく沈龍運《シムヨンウン》だった。沈龍運も金勇圭と同様、泰英の二年先輩だった。沈龍運の横にいるのは盧尚弼《ノサンピル》、やはり泰英の二年先輩だ。

「朴泰英君、どうしたんです？」

金勇圭も立ち上がり、

「これは懐かしい」

と、盧尚弼も立ち上がった。

「こうしてお集まりのところを見ると、同窓会のようですね？」

　泰英が笑いながら言った。

「悪運が強かったおかげで、死地から帰って、またこうして集まっている」

と言いながら、金勇圭が泰英のために席を勧めた。

　下級生が上級生をよく知っていても、上級生は下級生を知らないのが中学時代だが、泰英の場合は違った。ずば抜けた秀才ということで、全校にその名が知れ渡っていたため、泰英は在学中、下級生からは尊敬され、上級生からはかわいがられていた。

「故郷に帰ってみたら、朴君は智異山の英雄になっていたよ」

　盧尚弼が言った。盧尚弼は泰英と同じ郡の出身で、その家は数千石の富豪だった。

「朴君の話はたくさん聞いた。朴君こそ将来が楽しみだな」

　これは沈龍運の言葉だった。

「こんなところでぐずぐずしてないで、俺の家に行って話しをしよう」

そう言って金勇圭が立ち上がった。金勇圭の家とは、食堂の向かいにある三階建ての小さな建物だった。一階は店をしていたが解放直後に止めてしまったそうで、二階は事務室用、三階は生活できるように作られていた。

泰英は誘われるままに、金勇圭の家の二階へとついていった。

「まだ整理できていないからこの様さ」

と言って、金勇圭は乱雑に積まれた家具の間に置かれた椅子を勧めた。

ストーブが焚かれていて部屋の中は暖かかった。

「金持ちはいいな。田舎に行けば田舎の家、ソウルに来ればソウルの家があるから」

沈龍運が部屋を見回しながら言った。

「尚弼の家に比べれば、こんなの家じゃないさ」

「だけどここは鐘路のど真ん中じゃないか。土地の値段で考えたら俺の家なんか問題にならない」

盧尚弼が言った。

「君の家がある桂洞《ケドン》だってだいぶするだろう」

と言って、金勇圭は笑いながら付け加えた。

「とにかくインフレがどこまで上がるか見物だな」

「インフレ？話にもならない。中国じゃ今、うどん一杯で十万円くらいするんじゃないか」

沈龍運がそう言うと、

「多分それくらいはするだろうな。俺たちが帰ってくるときが一杯三万円だったからな。何て言ったって桁外れに物価が上がっていたから」

と盧尚弼が相づちを打った。

しばらくの間インフレの話題に花を咲かせた。

「紙幣よりも白紙が何倍も高いっていうじゃないか」

「ドイツにこんな話があるっていうじゃないか。兄弟が遺産をもらったんだけど、勤倹貯蓄をしていた弟は瞬く間に乞食になって、毎日酒ばかり飲んでいた兄は、空き瓶を売って成金になったって話しが」

金勇圭と盧尚弼のやりとりを聞いていた沈龍運がこんな話しをした。

「ステファン・ツバイクというドイツの作家がいるじゃないか。その人が書いたものの中にこんなのがある。一次大戦のとき彼はスイスにいたんだが、原稿料を小切手でもらったそうだ。戦争が終わってスイスから帰ると、銀行に金を下ろしに行ったんだ。金を下ろして切手を買いに行ったんだけど、小切手をもらった当時、一年間の生活費にもなったその額数が、切手一枚にも足りなかったそうだ。呆れかえって道に出てくると、道端に座っていた乞食の帽子の中に、その金の数百倍にもなる紙幣が入っていた

「行くときは何が何だか分からないままに行ったけど、帰ってきてみると恥ずかしい」

盧尚弼が言った。

「中国に行ったお前たちは、修学旅行に行ったようなものだろう。蘇州や上海を回って、思う存分見物してきたっていうじゃないか」

金勇圭はこう言った。

聞いてみると盧尚弼、沈龍運は中国に行き、金勇圭だけは日本の名古屋に行っていた。中国に行った盧尚弼と沈龍運は初年兵の時期には訓練のために苦労したが、その後は比較的楽に過ごすことができたが、名古屋に行った金勇圭は繰り返される空襲によって、何度も死にかけたということだった。

学兵生活についての様々な話が出てきた。全ての話が泰英には初めて聞くものばかりで興味深く聞いた。

「ところでいつ頃戻ってこられたのですか？」

「金勇圭君は名古屋にいたからすぐに帰ってきたようだが、俺と盧君は二月の初めに上海から帰ってきた」

「これから先輩方は何をなさるおつもりですか？」

「俺は文学をするつもりだ。どの程度客観性を保てるか分からないが、不偏不党の立場を堅持する文学んだと」

「この国のインフレがそこまで行くか？」

盧尚弼が言うと、沈龍運は、

「経済学を専攻した金勇圭にでも聞いてみな」

と、あごで金勇圭を指した。

「こいつの経済学は高利貸し経済学じゃないか。インフレの理論なんか分かるはずないじゃないか」

盧尚弼が笑ってからかった。

インフレの話が一段落すると、三人の関心は泰英に向けられた。

「今は何をしているのですか？」

沈龍運が聞いた。

「ぶらぶらしています」

「一切何も考えずに、朴君は学問をなさい。世の中がどうなろうと、学者は必要だから。朴君は学問を続けさえすれば、世界的な学者になるはずだ。解放された朝鮮から、世界的な学者を一度出してみましょう」

沈龍運が熱心にこんな話をしたが、泰英は曖昧に答えるしかなかった。それで次のように提案した。

「僕のことよりも先輩方の話を聞きたいです。学兵に行かれたって聞いたのですが、その話を聞かせてください」

をやるつもりだ」

　これは沈龍運の言葉。

「俺は当分ここの下で店でもやるつもりだ。商売人の息子は商売をしなくちゃ」

　これは金勇圭の言葉。

　盧尚弼はただ笑っていた。

「盧先輩は何をなさるのですか？」

「日本奴《イルボンノム》の味方をして銃剣を持った分際で何ができるというんだ。しばらくは学校にでも行くさ」

「学校といえば京城大学？」

「時期が来れば編入試験でも受けようと思う」

「僕も京城大学に籍は置いています」

「どこの科かな？」

「哲学科です。でもまだ一度も行ったことはありません」

「秩序ができてから行けばいいさ」

　金勇圭が言った。

「今、京城大学は左翼一色だそうだね」

　沈龍運が聞いた。

「真っ赤っかさ」

　金勇圭が代わりに答えた。

「金君は左翼って聞くだけで本能的に恐怖を感じるみたいだな？」

　盧尚弼が言うと、

「仕方ないじゃないか。共産党の天下になれば、高利貸し業者は皆殺しになるんだから」

と沈龍運が相づちを打った。

　金勇圭の父は商店の主人でもあったが、高利貸しとしても名の知れた人物だった。

「今から高利貸しの話はするな。もうやっていないんだし、これからも俺が絶対させないから」

　金勇圭は高利貸しという言葉に抵抗がある様子だった。

　泰英は話題を変えるために、

「学兵に行った人の中で、何人くらい亡くなったのでしょうか？」

と聞いた。沈龍運が答えた。

「まだ分からない。太平洋地域に行った人も相当いるみたいだから、その人たちが帰ってこなければはっきりしたことは言えないが、大陸の方に行った人の中で戦死した人は少ないようだ。晋州地方から行った人の中では黄仁守《ファンインス》君一人が死んだそうだ」

　次いで黄仁守が話題に上った。

　どれだけ寒くても下着を着なかったという話、コンサイスを破って食べながら英単語を必死に覚えようとしていたという話など、彼は奇行の多い人物だった。そして晋州出身者として東京に留学した者の中では唯一の苦学生でもあった。

「あんなに情熱的で向上心や生きる意欲にもあふれていた人が戦死するなんて、運命ってものはおかしなものだ」

沈龍運が感慨深げに言った。

「だから人は普通が一番なんだ」

金勇圭が含みのある言い方をした。

「黄仁守のどこが普通じゃなかったんだ？」

盧尚弼が金勇圭の言葉に反発するように言った。

「ちょっと常識外れのところがあったじゃないか」

金勇圭がどぎまぎしながら答えた。

「青年が青年らしい気迫を持って生きようとしていたのが常識外れか？」

沈龍運が言った。

「確かに黄君は金君にはひどかったな」

泰英はその理由を知りたかったが、沈龍運と盧尚弼は笑っているだけで何も話してくれなかった。後で聞いた話だが、黄仁守は金勇圭の顔を見るたびに「シャイロック［シェークスピア作『ベニスの商人』中の冷酷な高利貸し］の息子」と呼んでいたため、それがきっかけで皆が金勇圭をそう呼ぶようになったそうだ。


少しぎこちなくなった雰囲気を感じて、泰英は立ち上がった。

「そろそろ帰ります」

すると盧尚弼が、

「朴君に話があるんだが」

と言って立ち上がった。沈龍運は盧尚弼と一緒に帰ることになっていたらしく、ともに立ち上がった。

金勇圭は泰英の手を握ると、

「時々遊びに来なさい」

という別れの挨拶をした。

「そうします」

と言いながらも、泰英は沈龍運の言葉を借りるなら共産党に本能的な恐怖を感じているという金勇圭が、自分の正体を知ったらどんな顔をするだろうかと考えて心の中で笑った。

八

「忙しくはないでしょう？」

歩き出すと盧尚弼が聞いた。

「別に忙しくはありませんが……」

泰英が躊躇う素振りを見せると、

「朴君、今日は一緒に遊ぼう」

と沈龍運が言った。

　泰英は東大門合宿所をあまり長い間空けてはいられないという気持ちになっていた。彼は自分を監視する目を皮膚で感じていた。

　しかし先輩たちのせっかくの誘いを、理由を明らかにしないで断ることはできなかった。

「どこかで喫茶店にでも入ろう」

　盧尚弼がファシンの方に歩きだした。沈龍運が彼と肩を並べながら吐き捨てるように言った。

「顔に唾でも吐きかけて出てくれればよかったものを！」

「そんなことできんさ」

「まったく、あれでも人間か？」

「だから俺が言っただろう。勇圭にそんな話するのは止めようって」

「それでも学兵に行って苦労もして帰ってきたんだから、ちょっとは人間が変わってるんじゃないかって期待したっておかしくはないだろう」

「その期待が無駄だったってことさ」

「それに後で自分だけのけ者にしたって恨まれても困ると思ったし」

「人の心理をそんなに見抜けない奴が文学なんてできるのか？」

「あれのどこが人なんだ。動物だ。あんな動物の心理なんて分からなくても文学はできるさ」

　二人が何の話をしているのか分からず、泰英はただ黙って彼らの後をついていった。

　喫茶店の椅子に座ってから、沈龍運が泰英に今日の出来事を説明した。

　盧尚弼、沈龍運たちは帰郷してはじめて黄仁守の戦死を知った。黄仁守は中国北部の部隊に行っていたため、中部にいた彼らがその事実を知るよしはなかったのだ。

　黄仁守の家族は悲惨な生活をしていた。その家族を慰労するために金を集めた。盧尚弼と沈龍運は友人たちと相談して、相当な金額を集めてその家に届けた。だが金は多ければ多いほどいい。金勇圭にもいくらか出してくれるように勧めてみることにした。それで訪ねてみると今はソウルにいるということだったため、盧尚弼と沈龍運がソウルに来たついでに金勇圭のもとを訪れた。事情を話すと金勇圭は、

「俺に金なんかあると思うか？」

と一言の下に断った。

「お前になくてもお前の親父にはあるだろう。俺たちだって金なんかなかった。両親にもらって出したんじゃないか」

と言うと、金勇圭は、

「俺の親父をシャイロックって侮辱した奴を同情してくれって、親父にそんなこと言えると思うのか？」

と怒り出した。

それで話は終わったのに、一緒に昼飯を食いに行ったのが失敗だったと沈龍運は嘆息した。

「一緒に行ったんじゃない。俺たちが食堂にいたら、あいつが入ってきたんじゃないか。だからといって注文したものを食わずに出てくるなんてできないだろう。いくら勇圭がつまらない奴だからって、俺たちまでそんなつまらぬこともできないし」

盧尚弼はそう言うと、そんな不快な話はもう止めようと手を振った。

話を聞いて納得できた。

さっき金勇圭の家の二階まで上がっていったのは、明らかに泰英が現れたからだということと、そこで交わされた話が親しい仲ではあり得ないようなぎこちなさを漂わせていたその理由が分かった。

「それはそうと」

と盧尚弼が泰英の方に顔を向けた。

「お祖父さんが危篤だってことを、朴君は知らないだろう？」

「お祖父さんが危篤ですって？」

泰英は仰天した。

「今頃どうなっているのか。俺が帰ってきた知らせを聞いて朴君のお父さんが訪ねていらしたんだ。そのとき聞いた話だから、もう二週間以上過ぎている。泰英君にお祖父さんの危篤を知らせなければならないのに、居場所が分からず困っているっておっしゃっていた」

泰英はあまりの衝撃に、盧尚弼の顔ばかりを呆然と見つめていた。

盧尚弼が聞いた。

「すぐ故郷に帰ったほうがいいんじゃないのかな？」

「帰りますが、今日はちょっと」

泰英はおずおずと言った。

「帰る気なら、今夜の汽車にでも乗りなさい」

泰英は一瞬、張を訪ねて許可を取ろうかと思った。しかしそれは不可能だった。党の安全に関する重大事でない限り、どんなことがあっても指令された時間以外にキャップのアジトを訪ねてはいけないという鉄則があった。やむを得ず、明日の六時に行って張に事情を話すしかなかった。

「明日の朝、行くことにします」

「汽車賃がないからか？それなら」

「いいえ」

泰英は慌てた。

「ところで朴君！」

盧尚弼が諭すような口調で言った。

「どうして家に手紙を出さないんだ。手紙も書けないような困った事情でもあるのか？」

「……」

「朴君のお父さんも、それが心配みたいだ。一週間に一度が無理でも、月に一度くらいなら手紙を書けるだろうに、全く知らせがないから不安だっておっしゃっていた」

「特別な理由はありません。ただ怠けていたんです」

「とにかく明日には必ず帰郷しなさい」

「はい」

返事をして立ち上がろうとしたが、泰英はなぜか盧尚弼の側を離れたくない気持ちになっていた。遠くに離れていて再会した兄に対するような気持ちが込み上げてきていた。

盧尚弼と泰英は、面はそれぞれ違ったが、学期が終わって実家に帰るときや、新学期が始まって晋州に来るときは行動をともにすることがしばしばだった。尚弼は二歳年下の泰英に、学校での慣例通り必ず敬語を使った。休みの間には時々連れだって魚取りに行ったり、尚弼が泰英の家を訪ねてきたりもした、そんな仲だったのだ。

盧尚弼と泰英の話を聞いていた沈龍運が静かに言った。

「泰英君は自分自身を大切にしなさい。ある中国の文書に、大人《たいじん》は他人のために努力する必要はないという言葉があります。最初はどういう意味なのか分からなかったけど、よくよく考えてみるとその意味が分かるような気がするんです。大人はその存在だけで、その行跡だけで、民族、または人類の光となり力となるのだから、小さな奉仕などに気を使うことなく、ひたすら自分自身を保全しなければならない。そんな意味だと思います。そうでなければその言葉の存在理由がないではありませんか。今日、偶然泰英さんに出会って、その言葉を思い出しました。泰英さんは自重自愛して、大成しさえすれば、それだけで民族、国家の光になるでしょう」

泰英は顔が火照るのを感じた。もし沈龍運や盧尚弼が、つい今し方、張から説教を受けていた光景を見たらどう思うだろうかと思ったからでもあり、先輩たちの過大評価が恥ずかしかったからでもあった。

「世の中の移りゆく様を見ていると嘆かわしい。解放後半年外地にいて帰ってきたのが俺たちには幸いだった。客観的な視点で国の様子を見ることができたから」

沈龍運のこの言葉をきっかけに、様々な話題が飛び出してきた。

盧尚弼は臨時政府の話をした。

金《キムグ》九先生一行が重慶から上海に下ってきて、大光明劇場というところで開かれた歓迎会の席上での第一声が、

「日帝に媚びへつらい悪行をはたらいた奴を、一人残らず我々臨時政府に告発したまえ」

というものだった。

盧尚弼はそこで受けた臨時政府に対する悪い印象を、終始消し去ることができなかったばかりか、その後も幻滅ばかりを感じ、最近に至っては全く無関心になってしまったということだった。そして、

「将来どうなるかは分からないが、今右翼が政権を握った日には、この国は滅茶苦茶になってしまう」

というのが彼の結論だった。

「だからといって左翼が政権をとるべきだという話ではないだろう？」

と沈龍運は、上海から故郷に帰ってみると、日帝時代に警察の手先をしていた奴が、人民委員会の委員長をしていたという話をして舌打ちをした。

「左翼もあの様だ。話にならない」

泰英はその言葉だけは聞き流すことができなかった。

「何郡の誰ですか？」

「H郡のKっていう奴だ。そいつは朝鮮共産党の初期に加担した経歴がある。だけどすぐに転向して、H邑で旅館を経営していた。H郡の独立運動家たちは、ほとんどそいつの密告で一網打尽になった、そんな人物だ。それで解放になったら建準の委員長になって、建準が人民委員会にとって変わるとその委員長にのし上がったってわけだ」

泰英はその事実こそ党に報告すべきだと考えて、さらに具体的な状況を尋ねた。

「だから少しでも考えのある人間は、人民委員会にそっぽを向いて、無能な奴等、それこそ日帝時代に日本奴に媚びへつらっていた奴等だけが、その下にうようよしているのさ。俺たちの面を例にとっていえば、日帝時代に面長として供出を督励するためなら喪主の顔まで殴った奴が、そいつは供出させた穀物を横領して日帝末期に罷免された奴でもあるんだが、そんな奴が治安部長になって警察署を占領しているんだ。それだけじゃない。面の人民委員長は日帝時代に郡庁書記をしていた奴だし、治安部長の下

で行動隊長をしている奴は志願兵に行って帰ってきた奴だし……まさに漫画だ」

「そんなはずはないのですが。親日派と民族反逆者の粛清が左翼たちのスローガンでもあるのに、どうしてそんなことになったのでしょう？」

と、泰英は全く納得のいかない気持ちで聞き返した。

「郡の人民委員長がそんな奴だから、自分の過去をカモフラージュするためにそうなったようだ」

「いくらなんでも親日派を」

「それはこう弁明しているようだ。日帝に協力する振りをして、地下運動をしていたと……全く笑わせる話だが、共産党だか何だか知らないが、そんな様で革命も何もあったもんじゃない」

「それは部分的な現象じゃないのか。俺の郡はそんなことはない」

盧尚弼が言った。

泰英は自分が故郷を離れる頃の、郡の建国準備会内部の見苦しい主導権争いを思い出して、盧尚弼の言葉に疑問を持った。

（盧先輩は沈先輩の言葉に反対するために、嘘をついているのではないか。そんな人ではないはずだが……あの頃の建準がそのまま変身しただけなら、沈先輩の言ったH郡ほどではないにしろ、一大粛清作業をしなければならない、そんなところのはずだが……）

「それならお前の郡はどうなっているんだ？」

「先ず、治安部長が河俊圭先輩じゃないか」

泰英は飛び上がるほど驚いた。

それなら河俊圭頭領が故郷に戻っているということなのか。

「河俊圭先輩が治安部長なら、うまくいっているんだな。それで委員長はどんな人物なんだ？」

沈龍運がこう聞くと、盧尚弼は若干困ったような顔をした。

「委員長はぱっとしない感じだな」

沈龍運が笑った。

泰英もそうだろうと思った。

「まあちょっとさえないけど、俺はそれなりに適任だと思うけど」

と盧尚弼が言葉を濁した。

「誰ですか？」

今度は泰英が聞いた。

「うちの兄貴だよ」

盧尚弼は恥ずかしそうに笑った。

泰英は再び驚かずにはいられなかった。盧尚弼の兄、盧正弼《ノチョンピル》は思想家として、日帝時代から周囲に名高かった。しかし、どこかに姿を隠してしまったために、その名前は神秘的でさえあった。ある人は金剛山《クムガンサン》に入って仙人修行をしていると言い、またある人は中国に行って独立軍を指揮していると言った。だが解放後、泰英がソウルに上京してくる頃までには、盧正弼は故郷に現れなかった。それで、

「いつ、どこから帰ってこられたのですか？」

と、泰英は聞かずにいられなかった。

「去年の年末に帰ってこられたようだ。意外にも日本の北海道の炭坑におられたそうだ」

数千石の富豪の息子が炭坑にいたなど信じられない話だった。

「どうしてそんなに遅れたのですか？」

「最後まで残って、同胞坑夫の問題を処理していたようだ」

沈龍運がにっこり笑っていたが、

「尚弼！」

と呼んでから、

「一万石の委員長に、千万石の治安部長なら、人民委員会なんてやらないで地主党をすればいいじゃないか」

と言って、からからと笑った。

「だから俺も兄貴に止めろって言ったんだ。兄貴もそんな仕事はできないって言っていた。だけど郡民たちが聞き入れてくれなかった。何が何でも兄貴が人民委員長をしなければならないって言うんだ。どうすることもできなかった。兄貴は河俊圭先輩が治安隊長になることを条件に、委員長を引き受けたんだ」

泰英はようやく事情を理解した。河俊圭頭領が故郷に帰ることになったのは、盧正弼の要求によるものだったのだ。ということは盧正弼が党中央と通じているのは明らかだった。

泰英は一筋の明かりが見えたような気がした。盧正弼と河俊圭に自分の立場を相談することができるはずだった。

祖父の見舞いのために帰郷して、河俊圭に会えると思うと胸にときめきすら感じた。こうして泰英が興奮している間、沈龍運は次のような話をしていた。

「右翼はもちろんやらないが、左翼もやらない。俺は俺たちの部隊が捕まえてきた新四軍［中国工農紅軍が第二次国共合作により華南地区で再編された軍隊。正式名は国民革命軍新編第四軍。主力は中国共産党だったが、抗日統一戦線に向けた国民軍だった］の捕虜たちのことを時々思い出す。拷問を受けても、首が飛んでも、びくともしなかった彼らの勇気と志

操を思い出す。すごいものだった。もし俺が左翼運動、いや、政治運動をするとしたら、先ずあの勇気と志操を学ばなければならない。だけど到底俺にはあんな勇気、あんな志操、あんな覚悟を身につける素質はないだろう。今、この国の状況では、政治は生死をかけてすべき一大冒険じゃないか。新四軍の兵隊たちのような覚悟なしには手を出す性質のものではない。聞いたところ、お前の兄さんは覚悟ができている方のようだ。だから政治運動のできる人間だ。だけど尚弼、お前は止めておけ。お前、時々変なことを言ってたけど、それは全てお前の兄さんの影響だったんだな。独創も危険だが、模倣もだめだ。それに一つの家に左翼運動をする人間は一人だければ十分だ。家族全員が立ち上がることはないだろう? 乱世を生き抜く処世術としては、むしろお前は右翼運動をした方がいいだろう。でもしたくないことをすることもできないから、お前は政治運動には手を出すな」

盧尚弼はただ曖昧に笑っているだけだった。

沈龍運は泰英の方を向いて座った。

「泰英君も今、政治運動をしているのなら、一時も早くそこから手をひいて、していないのならば、これからも政治運動に加担しようなんて考えないことです。頼りない先輩の言うことだけど、よく聞いてください。泰英君には政治運動なんかしなくても、他に才能があるでしょう。中国で経験したことだけど、政治ってのは恐いものだ。朝鮮の政治運動も最後には、中国と全く同じことになってしまうでしょう。僕たちは国府軍のようになって、左翼は中共軍のようになるのは明らかです。どうだ泰英君、僕と一緒に文学をやりましょう。右翼だ左翼だって言いながら喪失されていく人間を、文学から見つけ出そうじゃないか。右翼が行く道、または左翼が行く道を、不偏不党の観察によってのみ見守り、記録していくのも意味があるとは思いませんか。僕は文学の本質を、土壌の質に関心を持つ作業だと思っています。政治はその土壌から収穫される作物を、いかに分かち合うかに重点を置いた作業だと比喩できませんか。僕たちはそんな問題からはしばらく目を背けよう。収穫物を誰がたくさん得ようとも、公平に分配しようとも、そんなことには関心を持たず、できるだけ質のいい収穫物がたくさん生産できるように土壌を耕し、肥やしをまき、酸性をアルカリ性に変える、そんな仕事に没頭してみましょう。肥沃な土壌なくして、どうしていい収穫物をたくさん得ることができますか。どれだけいい体制であっても、民族の文化的な力量、いわば土壌の肥沃度に比喩できる底力がなければ、何もできないでしょう。体制の問題は政治家たちに任せて、僕たちは人間の心に関係するより本質的な問題を追求しながら、同時に司馬遷のような、トゥキディデスのような、トルストイのような、ドストエフスキーのような、魯迅のような記録者になりましょう。僕はこのような考えにいたるまでに無数の夜を明かしました。でも僕には力量がありません。生まれ持った才能がありません。泰英君なら、その気にさえなれば大成できます。僕はあまりにも多くの死を見てきたために、死が恐いのです。天命によって死を迎えるのも恐いのに、拷問によって死んだり、死刑を受けたりするなど想像するだけで恐ろしいです。政治の中には死がありま す。政治をするということは、死を自ら招くことになるのです。できるだけ長生きできるよう、僕たちは自分を大切にして、やり甲斐のある仕事をしようじゃありませんか」

泰英は沈龍運先輩の誠意を疑うことはできなかった。それなりの覚悟なく、日帝時代に就職の可能性などほとんどなかった仏文学科を選んで進学するはずがなかった。しかし泰英としては同調することはできなかった。にもかかわらずおとなしく聞いていたるのは、先輩の誠意に偽善をもって対することになる。泰英は注意深く口を開いた。

「文学が土壌を改良する仕事ならば、政治は土地を得るための努力だと僕は思います。日帝時代、朝鮮に文学が可能でしたか。土地がないのに、どうやって改良するのですか。体制と土地の問題は、絶対に同一です。植民地体制では土地は僕たちのものではありませんでした。資本主義的体制でも、土地は人民大衆のものではありません。真の文学を可能たらしめるためには、政治が土地を作ってやらねばなりません。文学が踏みにじられた者の苦痛を記録して、勝った者の意気揚々とした姿を記録するものならば、そこに何の意味がありましょう。真の文学者は、自分の文学のためには政治の第一線に立たなければならないと僕は思います。死とおっしゃいましたね？もちろん政治の中には死があります。途方もない数の生命が死ななければならないかも知れません。それを文学の力で防ぐことはできないのではありませんか。政治の力で防がねばなりません。死を恐れる気持ちは僕にも分かります。しかしこんな言葉があります。臆病者は何百回も死に、勇敢な者は一度だけ死ぬ。恐ろしい死を何度繰り返すのですか。一度だけ死ぬ勇敢な道を選ぶべきです……」

死を口にしたとたん、泰英は自分の祖父が危篤状態にあることを思い出した。むやみに死を口にすべきではなかった。

泰英は、

「ひどく生意気なことを言ってしまいました。結局僕は文学以前の問題に囚われすぎているのです。根本問題を回避できない、そんな気分でもあります。先ず僕たちの考えに合った政治体制を作ることに心を奪われているのです。でも沈先輩の文学には期待します」

と不得要領なようすで言葉を終えた。

「結局泰英君は文学に愛着を感じることができないと言いたいのですね。僕としては、根本問題を回避できないから文学に執着するのです。どんな体制を作ろうとも、根本問題は人間ですから」

沈龍運の言葉はどこまでも柔らかかった。

「夕飯までにはまだ時間があるから、どこか劇場にでも行って時間をつぶすか？」

と言って、盧尚弼が時計を見た。

「僕は帰らなくてはなりません」

泰英が立ち上がった。

「だめです。朴君と沈君の討論は実に面白かった。夕飯を食べながら討論を再開しなけりゃ」

「明日実家に帰ろうと思ったら、今から準備しなくてはなりません」

そう言う泰英を盧尚弼が無理に引き留めることはできなかった。

「惜しい、まったく惜しい人なのに」

泰英が消えた後の喫茶店の戸を見つめながら、沈龍運が口惜しそうに呟いた。

九

沈龍運と盧尚弼に出会ったその翌日、泰英は決められた時間より三十分ほど早く墨井洞へ行った。釜山に向かう汽車が朝の九時にあり、できるだけその汽車に乗りたかったのだ。

だがキャップである張は、早い時間にやって来た泰英に対し露骨に不快感を表した。決められた時間をどうして守らないのかという暗黙の非難だった。

「私が今朝早く来たのは、ちょっと故郷に帰りたかったからです」

泰英は部屋の外に立ったままこう言った。

「中に入って話しなさい」

張は無愛想に言った。

そんな時間でも寝具は片付けられていて、部屋の中がきれいに掃除されているところを見ると、張はかなり早起きのようだった。

「故郷に帰るとはどういうことですか？」

張は服の乱れを正して座り直すと尋ねた。

「祖父が病気だと聞いて、帰ろうと思ったのです」

「だいぶ悪いのですか？」

「危篤だと聞きました」

すると張の表情が一瞬こわばった。

「トンムは宿所を家族に知らせているのですね」

「知らせていません」

「ならばどうしてそんな知らせをすぐに聞くことができるのです？」

「すぐに聞いたのではありません。祖父が倒れてからずいぶん経っているようです」

「とにかくその知らせをどうやって知ったのですか？」

「昨日ここから宿所に帰る途中、故郷の人にあったのです」

「その人と会う約束をしていたのですか？」

「偶然出会ったのです」

「偶然出会った？」

「はい」

「偶然会ったのに、そんな知らせを伝えたというのですか？」

「祖父が悪いという知らせを私が知らないために、家族が心配していたという話でした」

「実に不思議な偶然ですね」

祖父が危篤だと言ったにもかかわらず、それに対する慰労の言葉はなく、先ずは疑ってかかる張の態度がひどく腹立たしかったが、そんな素振りは見せずに、

「そんな事情ですから故郷に帰らなければなりません」

ともう一度頼み込んだ。

「それで三十分も早くここに来たのですか？」

「汽車が九時にあります。それで」

「そう決めているのなら私に許可を受ける必要もないでしょう」

「……」

「……」

「つまり通告しに来たのでしょう」

「……」

「トンムは今日何があるのか分かっていますか？」

「知りませんが」

「知らない？」

「知りません」

「今日、民主主義民族戦線の結成大会があるという

のを知らなかったのですか？」

「それは知っていますが、私には……」

「そんな重大事があるというのに、トンムとは関係がないということですか？」

「何の指示もありませんでしたから」

「何か指示があれば重要視して、指示がなければどんな重要なことでもトンムとは関係がないということですか？」

泰英としては実に怒り心頭に発する言葉だった。民主主義民族戦線結成のために準備委員会が開かれたのは一月末だった。そのとき泰英は謹慎処分を受けていた。二次準備委員会があったのも泰英の謹慎処分期間中だった。泰英はその事実を「解放日報」を通して知ったのみで、党から知らせを受けたことはなかった。しかしその後、泰英は他でもない張本人に民主主義民族戦線が結成されるのならば、その組織に関わる仕事を与えてくれないかと頼み込んだのだった。しかし張は、

「指令のない仕事に関心を持つな」

と激しく叱りつけたのだった。

ところが今に来て、

「指示がなければどんな重要なことでもトンムとは関係がないということですか？」

と非難するのだから、泰英は張の悪意を感じずにはいられなかった。それで泰英は聞いた。

「民主主義民族戦線に関心を持って、何をすればいいのですか？」

「分からないで聞くのか？」

「分からないで聞くのです」

「ほほう、まったく呆れたものだ」

「何が呆れるのですか？」

「トンムは私に喧嘩を売っているのか？」

「分からないから聞いているのです」

「トンムは傲慢だ。気をつけなさい」

「つい先日、指令のない仕事に関心を持つなとおっしゃったのに、指示がなければ関心を持たないのかと非難なさるとはどういうことですか？」

「私がいつ指令のない仕事に関心を持つななどと言った？」

泰英は呆れかえった。呆れたあまりに沈黙してしまった泰英に向かって、張は猛烈に罵詈雑言を浴びせかけた。

「こいつ、デマゴーグの素質があるな。謀略と中傷を平気ですることのできる人間だ。反党行為の危険性ありという中央委員会の決定は正しかった。君は革命をする人間ではなく、革命戦線を攪乱する分子

だ」

「いいでしょう」

と、泰英は立ち上がった。そして冷たく言い放った。

「貴方は貴方の言った言葉に責任を持つべきです。私がたとえ信託統治問題によって謹慎処分を受けていたとしても、その他のことで党から非難されるようなことはしたことがない。その上、私は貴方から虐待と悪意を受け続けてきたが、そんな屈辱までも党のためだと思って我慢してきた。貴方は党が私を捨てると思って言いたいことを言っているようだが、私にも上部に直訴する方法はある。はっきり言っておくが、党が私にどれほど過酷な罰を与えようとも、私は甘んじて受ける覚悟がある。それでも貴方のそのような癖を直さずにはいられない。貴方は私をどう見ているか分からないが、私は貴方を党員の資格がない人間だと思っている。党は下位者が上位者に抵抗することも許さないが、上位者が下位者に不当な仕打ちを与えて党の親和団結を壊す行為も許さないはずだ。私は自分が罪に問われることを前提として、貴方を党に告発する」

泰英が部屋を出て庭に降り立とうとしたとき、張が飛び出してきた。そして泰英の手を握って部屋の中に引き戻した。

「ちょっと言ってみただけです。私たちの仲じゃないですか。討論はいくらでもできるでしょう。これも討論の一つだと思えばいいのに、あれくらいで急に出て行くことはないでしょう」

張の言葉と態度は嘘のように豹変していた。

「あんな言葉に腹を立てないのは骨のない人間です。朴泰英ドンムはやはり気骨がある。私も安心しました。その代わり朴ドンムも言いたいことは言ったでしょう。これからはこんなことがないようにしましょう」

泰英は再び呆れた。このような張を相手に、どのように振る舞えばいいか分からなかった。

「忘れましょう。厳しい課業をしていると、本意でない言葉も言ってしまうものです。トンムや同志というものは意見の対立、感情の衝突を調節して、同じ目的を追求する人間たちのことでしょう？攻撃して、反発して、和合して、これが弁証法的友情というものです。さあ！」

と、張は手を差し出した。泰英はその手を握らざるを得なかった。張が手を力強く振った。気まずい握手だったが、泰英は断ることができなかった。

「これで和解できましたよね？」

張が尋ねた。

「いいでしょう。和解しました」

泰英はこう答えたが、釈然としなかった。

「ところで」

と張が切り出した話には、泰英の機嫌を取ろうとする匂いすら感じられた。

「実は今日、トンムを民主主義民族戦線結成大会にオブザーバーとして参席させるつもりだったのです。そしてもう一度ルポを書いてもらって、それをもって党から認められれば、解放日報の記者に推挙するすもりでした。まあ、それがなくてもトンムが望めば解放日報の記者にはなれるでしょうが……」

「私は解放日報の記者になることを望んではいません」

泰英がきっぱりと言った。

「それはどうしてですか？」

張は解放日報の記者になることは、党の政治局員になるのと同じだという話とともに、

「いつも党の上層部と接触できるから、うまくいけば異例の出世ができるのに」

と言って惜しんだ。

「解放日報の記者になるには、私はまだ未熟です」

泰英はこう言ったが、解放日報の記者を望まなかったのは権昌赫の忠告があったからだった。

「朴君は私の忠告を一つも聞こうとしてくれないが、これだけは聞いてくれ。何をしてもいいが、共産党または左翼系列の機関誌の記者だけは止めてくれ。今後時局はさらに難しくなっていくのが明らかなのに、焦って自分を露出させる必要はない。これが理由の一つだ。もう一つの理由は、今、共産党は情勢に追われて意見を変更しているが、共産党の生理上、その報道の責任はいつでも記者が負うことになっているということ。三つ目の理由は、新聞記者になるためには朴君は若すぎる。それに世間を知らなすぎるから、本意でない過ちを犯してしまうのではないか、それが恐い」

泰英は権昌赫のその忠告だけは聞き入れようと思ったのだった。

権昌赫がそんな忠告をしたのは、泰英を共産党から離脱させることができないのならば、露出だけでも防がなければという老婆心からだった。泰英は新聞記者というものに対して一種の不信感を持っていたためその忠告がとても気に入ったのだった。

「お祖父さんはおいくつですか？」

張はどうしても泰英の怒りを解きたい様子だった。

「七十を過ぎています」

「それでは心配ですね。早く行っておやりなさい」

泰英が立ち上がった。

「故郷まで汽車賃はどれくらいかかりますか？」

と聞いていても泰英が答えないでいると、

「これくらいあればどうかな？」

と言って、張は三千円を懐から取り出して泰英に差し出した。泰英は断りたい気持ちをぐっと堪えて、その金を受け取った。それを受け取らなければ、どこに金があって党がくれる金を受け取らないのかという新しい問題が提起される恐れがあったからだった。


明倫洞の金淑子には知らせずにソウル駅に直行したのは、淑子が同行すると言い出すのを恐れてだった。

ソウル駅で釜山行きの切符を買った。学兵同盟が解散同然となった後に、盧東植が釜山《プサン》に下って労働組合の組織責の役割をしていると聞いていたため、故郷に行く途中で彼に会ってみようと思った。

汽車の内部は解放直後に比べ、幾分秩序を取りもどしたように感じられた。座席のシートは外されたままになっていたが、窓ガラスははめ込まれていた。乗客も少なかったので余裕を持って席に座って行くことができた。

一つ泰英には大きな衝撃があった。

中老の男たちと同席していたのだが、彼らの交わす言葉を通して、アメリカ軍政が民心に根を下ろしていて、そのアメリカ軍政の方向に行政秩序が整いつつあることを実感したのだった。泰英はソウルのアジトを転々としながら、街を走る米軍のジープと軍人たちがソウル市民の生活背景から浮いていると感じていた。どこまでも行政の内実は人民委員会にあり、アメリカ軍政は水に浮いた油のようなものであって、一般大衆とは遊離していると漠然と思っていたのだった。

ところが泰英が車中で聞いた対話の断片は大方このようなものだった。


「わしらの慶尚南道《キョンサンナムド》の道知事は、日帝のとき牧師をしていた金《キム》という人ですよ」

「うちの郡守も日帝のとき長老「宣教および教会の運営に参与する聖職の一階級」をしていましたわ」

「これからはイエスを信心しなければ出世できませんな」

「まったくそのようですな」

「日本奴よりアメリカ人の方が情が厚いでしょう？」

「まだ混乱しているから分かりませんが、いくらなんでも日本奴よりはましでしょう」

「徴兵だの徴用だのって言い出さないだけでもどれだけいいか」

「通訳たちがしっかりしなければ。今は通訳政治ですからね」

軍政に何の抵抗も感じずに受け入れているような彼らの考え方が不快に思われて「わしらの慶尚南道の道知事は、日帝のとき牧師をしていた」と言った人に泰英が聞いた。

「慶南《キョンナム》の人民委員長は誰ですか？」

「人民委員長ですか？」

「はい、人民委員長です」

「さあ、誰だったかな。知りませんが」

「軍政庁の道知事は知っていても、道の人民委員長は知らないということですか？」

「軍政庁の道知事は私らの生活と直接関係があるから知っていますが、委員長なんて……」

「人民委員長は行政と全然関係がないのですか？」

こう言うと、その人は泰英をいぶかしげに見つめながら尋ねた。

「君は北から来たのですか？」

「い、いいえ」

「じゃあ何でそんなことを聞くのですか？」

「人民委員会が多少なりとも行政に介入しているのではないかと思ったものですから」

「人民委員会は政党、いや左翼政党じゃないですか。政党がどうして行政をするのですか？」

「ああ、そうですか」

泰英は口を閉ざしてしまった。

共産党は人民委員会に行政機関として持ちこたえるように指令を下していた。泰英はその指令通りに人民委員会が行政機関の役割を、全面的といわぬまでもある程度は果たしているのではないかと思っていたのだ。

そんな泰英を意識したのか、中老の男たちの対話は次のように続けられた。

「左翼たちは人民共和国を作って、それをもって政治をするつもりだったようだが、アメリカがそれを聞き入れるはずがないでしょう」

「人民委員会はなくなったも同じです」

「政党の役割をしているのではないかな」

「あんな政党が百個あったところで何の役にも立たないでしょう？」

「そうとは限らないでしょう」

「すでにアメリカ軍政が執権を掌握してしまったの

に、人民委員会がアメリカを追い出すことができるとでもいうのですか？」

「それはどうなるか分かりません。左翼が勢力を握るかも知れないでしょう？」

「あり得もしない話は止めましょう。日本奴を追い払った米軍が、やすやすと人民委員会に押し出されるもんですか。絶対に無理です」

我慢できなくなった泰英が口を挟んだ。

「だからといってアメリカの支配を受けるのですか？」

「受けたくなければどうしろというのです。私たちが日本奴の支配を受けたくて受けたのですか？」

「ですから反抗しなければならないのです。私たちの主権を取りもどすのです」

「誰に反抗するというのですか。アメリカに？」

「私たちが心を合わせれば可能です」

「どうやって合わせるのですか？今も右翼だ左翼だって争ってばかりいるのに……」

百万回こんな話を繰り返したところで何も得るところはなさそうだった。泰英は自分以外にこの男の意見に反対してくれる人が現れないものかと辺りの座席を見回してみたが、そこに見えるものは全て無表情な顔ばかりだった。

泰英は運悪く右翼反動たちの中に入り込んでしまったと思ったが、こんな右翼反動たちが堂々と汽車に乗っているということは、それだけ左翼勢力が劣勢だといえるのではないかと考え込んだ。

泰英の知る限り共産党中央は、右翼反動はソウルにうごめいている幾人かの政客とこれらに買収された一部徒輩たちのみで、いつでも火をつけさえすれば大衆たちは一気に燃え上がるだろうと計算していた。

しかし実情がその計算とかけ離れているのならば、党は決定的な錯誤を犯しているのではないだろうか。

泰英は声高く、

「共産党、または左翼を支持する人！手を挙げてください！」

と叫びたい衝動に駆られた。ちょっとあいにく反動たちの間に座ってしまったが、彼らを除けば皆左翼を支持しているのだという確信を得たかったのだ。

十時間を超える退屈な時間を、泰英は物思いに浸りながら、時々立ち上がっては車内のあちこちを彷徨ってみたが、自分を満足させるような現象にぶつかることはなかった。

（解放後、あんなに沸き上がっていた革命の気運はどこに行ってしまったんだ！）

去年の十月、泰英がソウルに上京してくるときの汽車の中は、革命の気運で満ちあふれていた。だが今はいくら見回してみても、そんな気運を車内から見つけ出すことはできなかった。

（ということは革命の情熱を隠さなければならない、そんな段階になったということなのか）

あまりにも虚しくなって、泰英は立ち上がると車内をもう一回りしてみた。ある車両で大学生らしい青年の横にちょうど空席があり、その青年と話でもしてみるつもりで座った。だが泰英はすぐに立ち上がってしまった。その青年が手にしていたものは英語の単語帳だった。米軍通訳、もしくは軍政庁の官吏が志望の青年を相手に話を交わす意思などなかったからだった。

十

釜山に到着したのは十時過ぎだった。それでも泰英は一度だけ行ったことのある、盧東植のあの鳩の巣のような家を訪ねていった。

幸いにも盧東植は家にいた。深夜の来客が泰英であることを知った盧東植は手放しで大喜びした。夫人も夫に負けないくらい泰英を歓迎してくれた。

酒と夜食を用意して、話は尽きることがなかった。

「泰英君の意見は正しかった。あの学兵同盟ってやつはとんでもない集団だった。明日にでも何かの官職に就いてやるって功名心だけは強くて、散々暴れ回って一発がつんとやられたら立ち直れないんだから。金斗漢《キムドゥハン》［独立運動家金佐鎮《キムチャヂン》の息子として生まれ、日帝時代末期に鐘路の朝鮮人やくざの頭目として日本人やくざと抗争を繰り広げ名をあげた。独立後、韓独党財政委員、大韓民主青年同盟副委員長などを歴任。反託運動と労働運動に参与した。韓国では彼を主人公にした映画や大河ドラマが度々制作されている］との激闘もあって、幹部何人かが捕まったら残った奴等はこそこそしっぽを巻いて逃げ出してしまった。まったく呆れたもんだ……あんなのを利用しようと躍起になっていたんだから、党の指導部も考えものだな」

他の人間の言葉だとしたら抵抗を感じたかも知れないが、盧東植の口を通して聞くと、党の指導部に対する非難も気持ちよく聞こえた。泰英も安心して党指導部に対する不満を打ち明けることができた。

「指導部がまともに構成されずに、感情的、地域的に構成されているようですから、戦術に一貫性がないのです。組織の大きさを誇示するためだけに、やたらと拡大ばかり考えて、有効に使えないものばかりのような気がします。数百もの同盟がありますが、それが一体何をするというのか」

そんな話をしてから、泰英は盧東植の近況を聞いた。

「釜山にある労働組合総連合会のオルグを担当している。信じられるのは労働組合運動だけだ」

と言って、盧東植は労働者の団結力と革命的起爆力などについて説明した。そして、こう付け加えた。

「やはり革命の前衛は賃金労働者しかあり得ない。生活の基盤が一致しているから、団結の必要性を徹底的に認識している」

「でもその数がわずかですから、労働者に依存するのは無理ではありませんか？」

「だから農民の組織が必要なんだ。賃金労働者を前衛にして、農民を後援部隊にする。そしてそれを次第に前衛化していけば、確かな革命の力を養えると思うのだが」

労働者とともに活動しているせいか、盧東植は楽観的だった。

話をしながら気付いたのだが、盧東植はかなり頻繁に杯を空けていた。

「ずいぶん飲むようになりましたね」

「労働者の輪の中に入っていくうちに自然と酒量が増えた」

「お酒のせいで大変なんですよ」

夫人が一言口を挟んだ。

「酒癖でも悪いのですか？」

「そんなことはないですが」

「それならどうして」

「やっぱり健康が心配ではありませんか」

「節度を失うような人じゃありませんから、そんなに心配はいりませんよ」

そう言うと泰英は汽車の中で感じたことを話し始めた。人民委員会が全く力を持ち得ていないことに対する憂慮であった。

「もともと無理があったんだ。少なくとも行政能力を発揮するためには合法性があるとか、そうでなければ銃や刀の脅威が必要なのに、そんなものが全然なかった。人民委員会の選出にしてもどさくさ紛れで、一般大衆を納得させられるようなものではなかったし」

要するに盧東植の話は、米軍の権威に対抗するだけの力が人民委員会、すなわち人民共和国にはなかったということだった。

「でも党は人民委員会、つまり郡の人民委員会を単位として持ちこたえる方針を今も固守しているのではありませんか？」

党中央から疎外されていたのだが、その方針には変動ないだろうと泰英は信じていた。

「そうさ。でも人民共和国の中央組織が何の権威も持っていないくせに、下部組織にばかり持ちこたえろって言うんだからお笑いさ。昨日も人民委員会の組織責に会ったんだけど、中央から毎日のように行政命令や訓令が来るそうだ。その人が言うには、中央にはまともな人間が一人もいない様子だってことだ」

「慶南道党はどうですか？」

「人民委員会が権力を握ることに躍起になっている。今の現状を上層部に報告してはいないようだ。全ての原因は人民委員会の無能にあると考えているんだから困ったものさ」

「それじゃあ滅茶苦茶じゃないですか？」

泰英は不安を隠しきれなかった。ソウルで「解放日報」や「人民日報」を読みながら、一切他人との接触を断って指令通りに動いている間に、泰英は世の中の物情に全く疎くなってしまっていた。ソウルでは各派の政客たちが集まって、収拾のつかないほどに混乱していても、地方だけは人民委員会単位で結束しているだろうと信じていたのだ。十万足らずの米軍が、行政にまで浸透するのは不可能だと漠然と考えていた。人民委員会の下にいる人民たちが結束していれば、アメリカ軍政が行政を行うにしてもやむを得ず人民委員会を通さずにはいられないだろうと想像していたのだ。

「滅茶苦茶という表現がぴったりかも知れないな。米兵三、四人乗ったジープがたった一台郡内に入ってきただけで、その郡の人民委員会は太陽に朝露が溶けてなくなるみたいに消えてしまったんだから。河東《ハドン》、山清《サンチヨン》、陜川《ハプチヨン》、咸陽《ハミヤン》、宜寧《ウィリヨン》などでは若干の抵抗があったみたいだが、結果は同じだ。まだ人民委員会の看板はかかっているが、政治団体としての意味以上の機能は持っていないのだから」

「咸陽もそうなのですか？」

「そのようだ」

「それでは河頭領は何をしているというのですか？」

「後に来る事態に備えているんじゃないのか」

「後に来る事態とは？」

「恐らく党では軍政反対の運動を大々的に起こして、人民委員会の復権を図るつもりなのだろうが、泰英君はそれを知らなかったのかい？」

「初耳です。でも米軍のジープ一台でいなくなる人民委員会が、どうやって復権するというのですか？」

「従来の人民委員会の構成はあまりにもお粗末だった。今、党性の強い人物たちで人民委員会を改編している。いわば党と表裏一体の人民委員会を構成しているんだ。外郭の民青団体も軍隊のように組織して、その構成と組織が完成すると同時に一気に人民委員会の復権を達成する、そんな戦略を立てているようだ」

　こんな話を釜山に来て盧東植の口から聞かなければならない泰英の心中はとても錯雑としていた。

（俺は党から教育的に疎外されているのではなく、実質的に疎外されているのではないか）

という疑惑が初めて泰英の中に芽生えた。悲しみが込み上げてきた泰英は、これまでのこと全てを打ち明けた。信託統治に関すること、謹慎処分を受けたこと、一時はキャップの仕事をしていたのに今はその位置がひっくり返ってしまったこと、今のキャップである張から受けた数々の屈辱……。こうして一つ一つを話しているうちに、泰英は胸がつかえた。

「それでも僕は党のために、僕たちの革命のために、我慢して耐えてきたのです」

　粛然とした表情で聞いていた盧東植は泰英の手をぎゅっと握りしめた。

「ずいぶん苦労したな。俺はもう全部知っていた。でもどうすることもできなかった。泰英君は知恵と能力のある人間だから、より大きな人間になるためにはそれくらいは耐え抜くだろうと信じていた。けれども今聞くと、怒りで体が震えるほどだ。どうしてこんなに有能で忠実な党員にそんな仕打ちができるんだ」

「どうやって僕のことを知ったのですか？」

　泰英は悔しさよりも好奇心が先立って聞いた。

「河頭領を通して知ったんだ」

「頭領が？」

「そう」

「それならどうして頭領は」

　泰英は激しく動揺した。

「頭領もすさまじく興奮していた。一時は党を辞めるとまで言ったそうだ。でも李鉉相先生から懇願されたそうだ。泰英君の問題は必ず自分が責任を持つから、頭領は全く知らなかったことにしてくれと何度も念を押されたということだ。頭領が問題を起こせば、李鉉相先生自身が苦しい立場になるという話だったそうだ。小さな感情にとらわれていては党を滅ぼす結果になるかも知れないから、半年間だけ黙っていてくれという頼みとともに、ある種の指令を受けて頭領は咸陽に下ってきたそうだ」

そして盧東植は次のような話もした。

「長安派との争いが予想以上に深刻で、そんな中で党の主導権を維持するために朴憲永先生は神経過敏になっている様子だ。その上、共産党北朝鮮分局との問題がまた複雑なようだ。共産党は一国一党が原則だが、今、北朝鮮では新しいヘゲモニーの秩序を打ち立てようとしているんだろう？その背景にソ連と中共がいるんだから、朴憲永先生の心情も分かる気がする。だから少しでも自分の命令に従わない者がいれば、その人が有能であればあるほど警戒しているんだ。泰英君もそれに引っかかったんだ。そんな微妙な問題だから、李鉉相先生も強く言えないんじゃないかな。だけど、指導者があんなに狭量なのも問題だ」

泰英は初めて自分の置かれた立場について、おぼろげにではあるが納得できた。そして寂しそうに笑って言った。

「党の性格が人の性格を変えていかなければならないのに、党が指導者の性格に似て偏狭になっていくのだとすれば本当に困ったことですね。ところでどうして党の事情にそんなに明るいんですか？」

「明るいこともないさ。労働組合連合体の仕事をしているから、自然と会う人が多くなるんだ。その人たちから聞いた話を自分なりに整理しただけだ」

「党がそんな様子なら、先輩がやっている労働組合運動も大変ですね」

「それもそうだ。党が目標をしっかり立てて、適切な戦術を使わなければ。一つ間違えばとんでもないことになる」

「具体的に言ってどんな点がそうなんですか？」

「党はややもすると労働者をデモの第一線に立てようとするんだ。ところが労働者というものは自分たちの利害関係に極めて敏感だ。例えばソ米共委支持のデモを指令してくるんだが、そんなことに労働者を濫用すれば、労働者の団結にひびが入る危険がある。一、二時間の平和的に終わるデモ集会ならいいが、万が一衝突が起こってみろ。党はその衝突を利用して労働者の憤激を高めて革命的に転換しろと言うが、そうなるのはごく一部分で、大部分は萎縮してしまうものだ。革命的に転換できる部分を一とすれば、萎縮する比率は五くらいになると見なければならない。だから下手に政治的な動員を繰り返したら、決定的な瞬間に彼らを利用できない場合が生じてくる。賃金闘争の場合は事情が違う。賃金闘争の最中に犠牲者が出れば、それこそ強固に団結して、ちょっとやそっとの力ではその団結を崩すことはできない。だがこれもやはり濫用は禁物だ。ネズミも逃げ込む穴を残しておいてから追えというだろう。賃金引き上げにも余裕と条件を考慮して、妥協の余地を残しながら闘争を展開すべきで、問答無用でやっていては両者が共倒れになる危険がある。労働者が職場を失ってルンペンになってみろ。これはレーニンの理論を待つまでもなく、反動勢力化してしまう。ルンペンプロレタリアは百害あって一利なしだ。その上、絶えず反動労働者の侵入も警戒しなければならない。労働者を彼らの目前の利害とは関係ない政治目的にのみ利用すれば、シンディカルリズムの毒素を導入する危険があるんだ。シンディカルリズムというものは一言で言って、どんな政体になろうとも労働者は労働者であるほかにない、したがって我々は労働者として可能な限り有利な生活条件さえ確保すればいい、つまり労働時間短縮および可能な限り高い賃金を引き出すことが労働運動の目的であり限界だ、という主張だ。萎縮しやすく、安逸を望む労働者にこれ以上甘い言葉がどこにある。暴行を受ける恐れもなく、警察に連れて行かれる危険もなしに生活条件を高めようという運動なのだから。アメリカの労働運動が革命勢力になり得ない理由が、まさにこのシンディカルリズムのためじゃないか。それなのに党はあまりにも性急に労働者を政治の道具として使おうとしている。こんなことをしていては労働者をシンディカルリズムに追いやる結果になってしまう」

「そんなことをどこで研究したんですか？」

「寝ても覚めても労働組合なのに、それくらいの見識がないようではやっていけないさ」

と言って盧東植は、自分が背にしていた本棚を開けて見せた。薄暗い電灯の下でも、その中に労働運動に関する書籍がぎっしりつまっているのが分かった。

「先輩みたいな人が釜山の労働運動を掌握しているんだから、釜山の労働運動は何の心配もないですね」

「そうでもないさ。俺は党から来た指令でも、検討した結果、現地の事情に適当でないと思えば、その理由をつけて中央に送り返すんだが、単位組合の組合長の中には過剰忠誠者がいて、党の命令なら何でも飛びついて暴走しようとするから困ったことがよくあるんだ」

「そんなときはどうするのですか？」

「俺の意見に自信があるときは、どこまでも反対する」

「それでも党は何も言わないのですか？」

「今、釜山の労働組合は党が持っている最大の武器庫のようなものだ。そんなところに関することだし、誰よりも俺が現地の事情をよく把握していると党も認めているから、俺が強く断れば党が承認してくれる。でもそれも今までそうだったって話で、今後どうなるのかは分からない」

「道党からは何も言ってきませんか？」

「俺が道党の幹部でもあるから、道党はいつでも俺の肩を持ってくれるんだ」

「名実ともに釜山の王子と言えますね」

「それだけに責任も重い」

「どうです先輩、僕も当分釜山に来て仕事をしてみたくなりました。聞いていると労働組合の運動がとても面白そうです。一介の労働者として単位組合に加わって、それこそ基本階級成分として再出発してみたいんですが」

「言われるまでもなく、俺が何度も中央党に要求していた。謹慎処分の状態そのままでもいいから、俺に引き取らしてくれと。しかしだめだそうだ。李鉉相先生にきっぱり断られた。朴泰英君はどんな曲折があろうとも、中央党の要員として配置しなければならない、人材は、いるべきところにいてこそその能力を発揮できるということだった。李鉉相先生は泰英君を党の理論家に育てたい様子だ」

「革命の理論はレーニン一人で十分です。レーニンの理論をどのように消化すべきかが現在僕たちが抱える問題であって、新しい理論家なんて必要ありません」

「そんなことはない。情勢は似ているようでもいつでも新しいものだから。公式をそのまま当てはめて解ける現実なんてない。公式の柔軟な適用、それこそが我々が必要とする理論ではないのか？労働組合の世話をしているから、そんなことを一層切実に感じる。ブダペストやベオグラードでは、ある家の資本家を追い出してその家を自分たちの宿舎にしようと叫ぶのがふさわしいような場合に、釜山では暴徒たちがその家を潰そうとするために、労働者がその家を守ってそこにいる資本家を保護しなければならないというようなこともある。理論はそんなときに必要だ。なぜ現段階では資本家を保護しなければならないのかの理由を労働者に説明する必要があるからだ。これは極端な例だけど、これに似た例はいくらでもある。そんな度に理論の貧困を感じるんだ。今はどんな段階だから、どんな目的の下にどんな後退をするのがこれからの飛躍のために必要だという明確な説明が理論として提示されなければならないということだ。泰英君はそんな仕事をやり遂げることができる。李鉉相先生も、その点に目をつけているんだ。朝鮮のレーニンを泰英君に期待しているんだ」

泰英はこんな話を聞く度に顔が火照ってたまらなかった。

「酔っぱらったんじゃないですか？」

「なんの、ちょっと酩酊はしている。だけど酔ったからってていい加減なことを言っているんじゃない。頭ははっきりしている」

「頭がはっきりしているのなら、僕の頼みを一つ聞いてください」

「どんな頼みだ？」

「さっき言ったじゃないですか。僕を釜山に置いてください」

「党が断ったことを俺にどうしろと言うんだ。それに俺も泰英君は中央党の要員になるべきだと思う」

「中央党の要員になるとしても、しばらく釜山にいることはできるのじゃないですか」

「それはそうだが、党が許可しないことを俺がどうやって？」

「僕をどこかの単位組合に入れてください。そうしたら僕は除名処分覚悟で労働者として再出発しますから」

「無理な相談だ」

「どうして無理なんですか？」

「将来、党の大黒柱となる人間を、俺の勝手にすることはできない」

「共産党は労働者の党ではありませんか。その共産党の基本成分になろうというのに、はばかることなどないではありませんか。除名処分を覚悟して、一介の労働者として働くというのに、何が問題なのですか。先輩がすることは、労働希望者に職場を与えてやる行為にすぎないではありませんか」

泰英がこのように懇願すると、盧東植の顔は緊張した。そして溜息をついて言った。

「泰英君は今の立場がそんなに辛いのかい？」

その質問に泰英は慌てた。しかしすぐさまそんな感情を抑えて、

「今が辛くてではありません。基本階級として出発したいのです。労働者としての経験を通して、労働者の前衛隊になりたいのです」

盧東植はしばらく目を瞑って考えていたが、再び目を開けて言った。

「泰英君、それならこうしよう。故郷に帰ったら河頭領に会うだろう？河頭領と相談して、河頭領が同意するのなら泰英君の望み通りにしよう。俺たちは共産党の党員である前に、普光党の党員だろう？だからこの問題は河頭領の意思に任せることにしよう」

普光党という名前を聞いて、泰英は鼻の奥がしめつけられた。

（ああ、普光党！懐かしくも愛おしい名前、この数ヶ月、その名を忘れて俺は生きてきた！）

そう思うと今にも涙があふれてくるようだった。

「泰英君どうした？」

突然顔を伏せてしまった泰英を見て盧東植が聞いた。

「普光党の名前を聞いて胸がいっぱいになりました」

「考えてみればあの時が一番よかったな」

顔を伏せたまま、泰英は盧東植が杯を空ける音を聞いた。そして再び顔を上げると快活として言った。

「そうしましょう。僕たちの頭領の言う通りにしましょう」

「誰かに聞かれるぞ」

と、盧東植が悪戯っぽく笑った。

「誰かに聞かれたら、分派行動を画策していると誤解されるぞ」

「僕たちには普光党が母体で、共産党が分派ではありませんか？」

泰英がこう言うと盧東植は、

「そうだ、まさしくその通りだ」

と大笑いした。

十一

寝床を敷いて横になってからも二人の話は終わらなかった。

様々な話を交わすうちに「党は神聖だ」という信条を変えることはできないが、党の事情を秘かに研究する努力も怠ってはいけないという意見の一致を見た。

「僕は全くそんなことを考えたことがありませんでした。おかしいでしょう」

「泰英君みたいな人が自分が属している党の事情を等閑視するんだから、共産党ってのはその名前だけでも何かの魔力を、カリスマとでもいうか……そんなものを持っているのは確かだな」

「そのようですね。党は神聖だ、党は過ちを犯さない、党に対して懐疑を抱いてはならないと信じて、少しも党の事情を調べようとはしなかったのですから呆れたものです。キリスト教徒にだって神学というものがあるのに、党学がないなんて話になりません。今夜いいアイデアをもらいました。僕は当分党学をします。党の生理と病理を徹底的に把握してこそ党を改善することもできるし、後輩たちを教えることもできるではありませんか」

「けれどもその党学ってものが形而上学的になってはいけないだろう」

「そうなるはずがありません。僕は党首の性格から研究を始めるつもりですから。つまり朴憲永においての党首の研究、または朴憲永においての指導者の研究、または朴憲永においての人間の研究……」

「題目だけ聞いてもかなり面白そうだな」

「とにかくその人に国の運命、党の運命がかかっているというのに、その人物の研究を等閑視していたというのは大きな失敗でした」

「ところで泰英君は朴憲永党首についてどの程度知っているんだ？」

「幹部たちが時々説明してくれたこと、ですから公式的に出された記録程度です」

「河頭領と俺が一時世話になっていた、李鉉相先生の娘婿、尹氏はそんな点で徹底していたな」

「どんな点ですか？」

「恐らく彼は、自分の義父と朴憲永先生の伝記を書くつもりでいるらしい。とにかく徹底的に調べている。例えば京城第一高普、だから今の京畿《キョンギ》中学だな。そこに行って朴憲永先生の学籍簿を書き写してくるくらいに」

「それを見ましたか？」

「見たよ」

「どうでしたか？」

「当時は農科と商科に分かれていたんだが、朴憲永先生は商科だった。英語を除いては別に大したことはなかった」

「英語の成績はよかったんですか？」

「大体九点か十点だった。朴先生はその頃アメリカに行くつもりだったらしい。ＹＭＣＡの英語講座にも出ていた。とにかく英語だけはマスターしようとしていたようだ」

「彼が卒業する年に三・一運動があったのではありませんか？」

「卒業を二十三日後に控えて三・一運動が起こったんだ」

「それなのにどうやって無事に卒業できたのですか？」

「三・一運動に参与したようだが、うまいこと逮捕されずに卒業できたようだ」

「その頃から逃げたり隠れたりすることには素質があったようですね」

「尹氏は第一高普の成績表だけでなく、普通学校の学籍簿も写してきていたんだけど、そのときの成績は上位に入っていた」

「どこの普通学校ですか？」

「朴先生の故郷は忠《チユン》清《チヨン》南《ナム》道《ド》禮《イエ》山《サン》郡《グン》新《シ》陽《ニヤン》面《ミヨン》だけど、そこには学校がなくて二里くらい離れた大《テ》興《フン》面《ミヨン》に四年制の普通学校があった。朴先生はその大興普通学校に通っていたんだ」

「実家は比較的裕福だったそうですね？」

「お父さんは朴《パク》鉉《ヒヨン》柱《チユ》という人で、米穀商と金貸しでかなり稼いで中農程度の暮しをしていたようだ」

　泰英はふと中共の毛沢東を連想した。彼の父も湖南省の小さな村で米穀商と金貸しを営んでいたと何かの本で読んだことがあった。それで、

「そんなところまで毛沢東と似ているのですね」

と言った。

「毛沢東の父親も米穀商だったのか？」

「そうです」

「だけど朴先生の生まれは少し複雑だ」

　朴鉉柱の本妻には子どもができなかった。どうしても子どもがほしかった彼は、貧農の李氏の娘を米何俵かで妾として買ったのだが、朴憲永はその妾の子どもだった。そんな生まれの朴憲永だからこそ、長じて共産主義者になるほど強い抵抗意識を持ったのではないかと盧東植は言ったが、泰英はそんな生まれだからこそ疑い深く、寛容の心のない性格になったのではないかと思った。

「朴先生が共産主義の思想を持つようになったのはいつ頃からですか？」

「そうだな、正確には分からないが尹氏の言葉によれば、二十歳のときに上海に行ったそうだが、それ以後ではないかということだった」

「その当時のことがもう少し詳しく分かりませんか？」

「いろいろ聞いたけど俺の記憶はあてにならない。泰英君がソウルに帰ったら、昌信洞の尹氏を訪ねて聞いてみた方がいい」

　泰英は自分が起居している東大門宿泊所のすぐ側に李鉉相の娘婿尹氏が住んでいることを知りながら、一度も訪ねてみたことはなかった。それほど泰英が忠実に党の命令を守っていたということでもあった。

話題は再び釜山の状況に戻っていった。泰英が聞いた。

「釜山の人民委員会が行政的な力を持てないということは、釜山の革命状況は沈滞しているということになりませんか？」

「そんなことはない。今でも何かの選挙をするというなら、俺たちが支持する人間を勝たせる自信があるから」

「その程度でいいのですか？革命が目的だというのに」

「泰英君も党の中央から来た人らしくせっかちだな。中央党は今日にでも革命を成し遂げろって焦っているんだ。でもそうはいかないものを無理矢理どうしろと言うんだ。俺はこう考えるんだ。人民全体の多数意思を俺たち側に集めて、それを投票によって表現できないと思われたとき暴力革命が必要なのであって、それができるならできるだけ暴力は排除すべきではないのかと。今俺たちの周りの状況をよく見てみろ。面なら面、郡なら郡、道なら道の代表者を選出する選挙があるとしよう。右翼には組織と呼べるものもない。群雄割拠だろう。どうしたって立候補者が複数で出てくるものだ。だけど俺たちの組織は立候補者を単数で出す程度には整備されているじゃないか？それに組織的に運動することもできるし。選挙があるなら、俺たちがその気になりさえすればどんな選挙にでも勝つ自信がある。逆にそれを右翼反動たちが妨害するだろう。だから俺たちの党、俺たちの組織は、今のような情勢を維持するために、どこまでも合法的にやっていってはどうだろうか。軍政や右翼を刺激するような真似はしないで、内部の団結を固める方向で組織を拡大して訓練していけば、栗が熟れて落ちてくるように俺たちの目標は達成できるんじゃないかと思う」

「つまりは議会主義をしようということではありませんか？」

「今の段階ではそうだということだ。労働組合はそういう平和的な方法で拡大することができるんだ」

「でも議会主義には限界があります。現体制を肯定する所から始めなければなりませんから」

「そんなことはない。一度は投票で決定する段階が必要だろう。民主主義の方向に進むという大義を掲げながら、投票という形式もなく通り過ぎることはできないじゃないか？そんな段階を研究しながら次の段階に備えろってことだ。そして多数票を獲得すれば、そのときはどんなことでもできるじゃないか。票が集まらなければ、そのときになって戦術を修正してもいいし。それでも全くだめだと思われたとき、はじめて組織の総力を上げて命をかけた戦線を展開すればいいだろう?」

元来慎重な性格の盧東植が考えそうな思想だといえた。しかし泰英はそんな思想を受け入れることができなかった。

「革命的な政党は革命的な方法によってのみ、目的を達成することができるのです。議会主義を採択するということは、革命的な政党がそれだけ革命性を失うということになるのではありませんか?」

「戦術としては議会主義も十分に成立すると思うんだが……議会主義に囚われるのではなく、議会主義を一時の手段にしようというのだから別に悪くないんじゃないか。レーニンもケレンスキー政権時代にはこんな戦術を使ったはずだが」

「とにかく今の党の事情では、先輩の見解は受け入れられないでしょう」

「俺もそう考えてみたというだけのことだ。それに固執するつもりはない。だけど今の中央党の戦略と戦術には、どうも釈然としないものがある。長い目で見た展望や戦術がないようだ。目の前のことに囚われすぎている。各地で衝突ばかり引き起こして、犠牲者だけ出して、それで何の効果があるというんだ。拳闘の試合のように審判でもいて、判定で勝敗を決定するとでもいうのか。政治においては最後の勝利が唯一の勝利ではないのか。ソ米共委問題で衝突して、人民共和国を守るといって狼藉をはたらいて、こんな冒険主義はその都度小英雄を作り出すかも知れないが、結果的には大衆を萎縮させるマイナスの効果しか生まないのではないか。俺はこう思う。どこまでも合法的に進めることによって、軍政が俺たちの組織につけ込む隙を与えず、その間に俺たち内部の実力を高めていくんだ。軍政が提議する会議には欠かさずに参席して、俺たちの意見を多数の意見としてしまう。ソ米共委のどんな政党であれ参与させる。いつかは総選挙があるだろう?そのときになって決着をつけるなり、その前に決定的な破綻があればそれを名分に背水の陣をひいて革命的な暴力を組織すればいいじゃないか?」

「先輩の言いたいことはよく分かります。でもさっきも言ったように、党がそんな考えを許さないと思います。党は闘争を通してこそ、革命性を高め、党員を鍛錬し、難攻不落の要塞を作ることができると考えていますから」

盧東植はしばらく黙っていたが、金淑子や河永根、権昌赫、李圭たちの消息を次々に尋ねた。

泰英は適当に答えてから聞いた。

「車範守《チャボムス》さんは今どこにいますか？」

「山清郡《サンチョングン》の人民委員長をしている」

それも泰英には初耳だった。

「山清郡党の委員長ではなくて、人民委員長なのですか！」

と、泰英は聞き返した。

「それが不思議なんだ。恐らく党性が弱いという指摘を受けたんだろう」

「車範守さんの党性が弱い？」

「慎重な人は概して党性が弱く見られてしまうものだろう」

盧東植は寂しそうに笑った。

「車範守さんほど立派な人がどこにいるんですか」

泰英が呟いた。盧東植もそれを受けて言った。

「その通りだ。普光党の党首を決めたときのあの人の態度を俺は忘れられない。李鉉相氏が言い張ったから挙手投票までしたけど、その前に車範守さんが俺に言った言葉がある。河俊圭さんは私の後輩だが、党の名のもとに出発するのなら、絶対に党首は河俊圭頭領でなければならないと。それだけじゃない。その後の行動を見ても実によくできた人だ……」

あれこれと話を交わしていると、柱時計が二時を知らせる音が聞こえてきた。

「もう二時か？汽車に揺られて疲れているだろう。ちょっと寝よう」

盧東植が言った。

まだ目がさえていた泰英は、無理にでも眠らなければならないと思った。

盧東植はもう一日休んでいくように勧めてくれたが、泰英は祖父の病状が気になって出発することにした。

盧東植が釜山駅まで来てくれた。汽車を待つ間、二人は待合室の隅で話を交わしていたが、異様な眼差しの男が少し距離を置いた所をぐるぐる回りながら自分たちを見張っていることに泰英は気付いた。

「変な男が僕たちを監視しているようですが」

と泰英が言うと、盧東植はそちらに視線を送ってから、

「あ、あの人？あの人は道警の刑事部長なんだけど、よく知っている人だ。職責上ああしているんだ。気にすることはない。俺とは釜山二商の同期同窓でもあるし」

と言った。そしてその男に向かって手を挙げて見せた。

男も手を挙げて見せたが、その目つきが泰英には

気がかりだった。

「名前は何というのですか？」

「文南錫《ムンナムソク》だったな」

「目の冷たい人ですね」

「大丈夫だ。労働組合の内部を調べる刑事のようだけど、同期の俺に危害を加えるような人間じゃない」

「商業学校を出たのに警察官になるなんてちょっと変ですね」

「別に変なことはない。二商出身には時々そんな人もいる」

「日帝時代から警察官でしたか？」

「卒業と同時に警察に入ったそうだから、日帝時代からだろう」

「僕は注意した方がいいと思いますが」

「労働組合は目下合法なんだから心配はいらないさ」

「とにかく注意してください」

「つかず離れずの態度でいればいいだろう」

小声でこんな話を交わしている間、その文南錫という刑事は、泰英の顔を記憶しておくつもりなのか、周りをぐるぐる回りながら鋭い視線を泰英に送り続けていた。

盧東植がプラットホームまで入ってきてくれたが、文南錫も続いて入ってきた。泰英はもう一度盧東植に、

「あの刑事は気をつけなければなりません」

という言葉を残して汽車に乗り込んだ。

釜山から晋州に行く汽車は解放直後の姿そのままだった。車窓のガラスは跡形もなく、座席も板がむき出しで、晩冬の風が容赦なく吹き込んで来るため、その寒さには耐え難いものがあった。

泰英は外套の襟を立てて、スッポンのように首をすくめていた。それほど寒かったが、昨夜ほとんど一睡もせずに話をしていたため眠気が襲ってきた。

少し眠っては寒さで目が覚めるということを繰り返しながら馬山《マサン》まで来たときだ。

泰英の前に誰かが立っていた。

「朴漢秀《パクハンス》じゃないか？」

泰英が思わず立ち上がった。

「本当に久しぶりだな」

と朴漢秀はちょうど空いていた泰英の前に座った。

朴漢秀は泰英の晋州中学時代の同級生だったが、剣道の選手で、朱榮中《チュヨンチュン》とともに学生報国会を作って日本の天皇に忠誠を誓ったクラブの一員だった。

しかし朴漢秀はさっぱりとした性格の人間だったため、朱榮中とは違い泰英と争うようなことはなかった。

「君は何をしているんだ？」

泰英が聞いた。

「俺は国防警備隊に入る。今まで国軍準備隊にいたんだけど、そこは完全にアカの巣窟だったんだ。だから意見の合う友だちと相談して、国防警備隊に入ることにした。国防警備隊こそ今後新生独立国家の国軍になるはずだから」

「それじゃあ君は将来、朝鮮国軍の大将クラスになるんだな」

「大将になるか何になるかは分からないけど、俺たちの国を立派な独立国家にしなくちゃあ」

と言って、朴漢秀は剣道選手らしい堂々とした体格を誇示するかのように胸を反らせて見せた。そして聞いた。

「そうそう、君は共産党なんだって？」

「誰に聞いた？」

「朱榮中が言っていた。ソウルで一度会ったんだって？」

「会った」

「共産党だろうと右翼だろうと、国を愛する気持ちは同じじゃないか。特に朴君は日帝時代から民族意識がはっきりしていたんだから。それぞれ道は違うけど、精一杯やってみよう。どっちが勝つかは時間が解決してくれるはずだ。そしてお互いフェアプレイしようじゃないか。正々堂々と思想的に戦うんだ。その結果にしたがっていけば間違いない。そうだろう？俺は朴君を信じている。フェアプレイでいこう」

「もちろんだ」

泰英は朴漢秀らしい言葉だと思いながら相づちを打った。

「朝鮮の政治家たち全てがフェアプレイの精神に徹していれば、もっと政局も明るくなるんだろうけれど、そうはいかずに謀略中傷ばかりが幅をきかせているんだから頭が痛い。でも朴君だけはフェアプレイをする人間だと信じているよ」

「朱榮中君も国防警備隊に入るのか？」

「朱君はもう入っている」

「朱君に会ったら、彼にもフェアプレイでいくよう勧めてくれ」

「もちろんだとも。朱君もフェアプレイのできる人だ」

「その他にも俺たちの同級生の中で国防警備隊に入る人がいるのか？」

「いるよ。李孝根《イヒョグン》も入るだろうし、金達石《キムダルソク》も入るはずだ」

「昔の君たちのクラブがそっくり入るってわけだな」

「みんな武道をやっていたから、軍人としての適正があるみたいだ」

朴漢秀は咸安《ハマン》にある妻の実家に行く途中だった。新婚の妻のもとに向かう浮かれた気分だったためか、朴漢秀は何度もフェアプレイをとりあげて、

「世の中がどうなろうとも、君と俺とはフェアプレイの精神で貫き通そう」

と繰り返した。

朴漢秀が咸安駅で降りた後、泰英は再び目を閉じて考え込んだ。

（朴漢秀はどこでフェアプレイという言葉を仕入れたのだろう。恐らくはアメリカ式民主主義の教科書に載っていたのだろう。しかしフェアプレイとは何か。一体それが可能なのか。ましてやアメリカ軍政の手先である国防警備隊の隊員と、朝鮮共産党の党員である俺との間にフェアプレイがどうやって成立するのか）

そう思いながらも、泰英は政治においてのフェアプレイの問題は、これを等閑視するのではなく真摯に研究してみなければならないと思った。

同時に盧東植の同級生だという文南錫刑事のあの鋭い眼差しが脳裏をかすめた。あのような目を持った刑事にフェアプレイの精神があるのだろうか？

三年後、盧東植は結局文南錫刑事によって捕らえられ死ぬことになるのだが、泰英はこのとき漠然としてではあるがそんな予感の周辺を彷徨っていたのだろう。

上巻解説

松田暢裕

『智異山《チリサン》』の著者李炳注《イビョンヂュ》は一九二一年、慶尚南道《キョンサンナムド》河東《ハドン》で生まれ、日本の明治大学文学部を卒業、その後、早稲田大学でフランス文学を専攻中に学徒兵として中国の蘇州に動員され、そこで日本の敗戦、つまり朝鮮の解放を迎えた。帰国後、一九四八年に晋州《チンヂュ》農科大学講師、一九五一年に海印《ヘイン》大学（現在の慶南《キョンナム》大学）教授となり、海印大学在職中の一九五三年『明日なきあの日』を「釜山《プサン》新報」に連載した。一九五五年より「国際新報」論説委員、主筆兼編集局長などを歴任したが、一九六一年、五・一六クーデターにより実権を握った朴正熙《パクチョンヒ》治下で、教職員組合の顧問をしていたという名目で逮捕、懲役十年を宣告された。この逮捕については、李炳注が「国際新報」に「祖国の不在」「統一に民族の力量を総集結せよ」という論文を載せ、朝鮮半島の永世中立国化を主張したことが問題視されたというのが真相である。彼は西大門《ソデムン》刑務所に収監され、二年七ヶ月後に出所した。服役中に構想を練ったといわれる『小説アレクサンドリア』で一九六五年、本格的に作家デビューし、その後『関釜連絡船』『イェナン風物詩』『亡命の沼』『智異山』『風と雲と碑』『山河』『幸福語辞典』『小説南労党』などの話題作を次々に発表し、作家としての地位を確立した。

「太陽の光に色あせると歴史となり、月光に染まると神話となる」という言葉を好んだ彼は、作家とは太陽の光に色あせた歴史を生き返らせる復元者、厳粛な史官に他ならないと考えていた。つまり彼は、「すべての歴史は勝者のための記録にすぎない。したがって歴史は勝者中心で記述され、結果のみ問われることになる。しかし、文学は歴史からこぼれ落ちたもの、忘れ去られたものを拾い集めてその穴を埋めることができる。名もなく死んでいった敗者にも発言権を与え、結果だけでなく、動機や過程にも光を当てることができる」と考えたのである。そして「歴史の網が把握できなかった民族の哀しみの意味を模索すること」を自身の文学の目標とした。朝鮮の司馬遷たらんとした李炳注は、徹底的な資料収集と取材を基盤に、韓国近現代史を小説という舞台において忠実に生き返らせたのである。

『智異山』は一九七二年九月から一九七八年八月まで月刊「世代」誌に連載され、一九七八年世運文化社から単行本一、二集が刊行された。その後すぐに奨学社から「世代」に連載されたすべての分量が全八巻で刊行され、一九八五年に原稿用紙三千枚分が追加されて麒麟苑から全七巻で刊行されることで完成した。完成までに十五年の歳月を要した長編である。現在（二〇一五年）はハンギル社から刊行されている。

『智異山』は一九三〇年代から一九五〇年代半ば、日本の植民地時代末期から祖国解放、左翼と右翼の葛藤、朝鮮戦争という激動の時代を生きた朝鮮の若者たちを描いた実録歴史大河小説である。作中の朴泰英《パクテヨン》、河俊圭《ハチュンギュ》など登場人物の多くは実在の人物がモデルとなっており、彼らを李圭《イギュ》という傍観者の目を通して語るという手法が取られている。つまり李圭は李炳注の分身ともいえる。そのような手法を取ることで、歴史に名を残すことなく死んでいった若者たちの生を極力中立の立場で描こうとしたのだ。題名となった智異山は、朝鮮半島の南部、慶尚南道《キョンサンナムド》、全羅北道《チョルラプクト》、全羅南道《チョルラナムド》の三道にまたがる、百以上の峰を持つ山で、一九一五メートルの天王峰《チョナンボン》が主峰である。植民地時代の末期には徴用、徴兵を忌避する朝鮮の若者たちが智異山に集まり日本の警察と戦った。戦後はアメリカの信託統治、朝鮮半島南部の単独政府樹立に反対する人々が集まり大韓民国の国軍と戦った。そのような抵抗の舞台、悲劇の舞台が智異山である。

韓国では『智異山』が発表されるまで、智異山のパルチザンが小説の主題となることはなかった。パルチザンたちは韓国政府と戦った国家反逆者である。パルチザンを肯定的に取り上げることは、自らが国家反逆者となることを意味する。一九七〇年代の韓国で、そのような微妙な問題を小説の主題とすることは極めて難しいことだったろう。興味深いエピソードがある。当時、作家たちが集まった酒席で、李炳注に対して若い後輩の作家が「先生はパルチザンだったのでしょう？」と言ったことがあった。それまでほろ酔いで上機嫌だった李炳注の表情が瞬時に変わり、杯をその若者に投げつけ「私がパルチザンだったことを誰が見たんだ。証拠があるなら出してみろ。この野郎」と興奮し、さらに若者の胸ぐらをつかんで周囲に止められたという。また彼の死後、有力月刊誌に特ダネとして「私はパルチザンだった」という記事が載ったことがあった。それによると朝鮮戦争以後、海印寺に避難していた李炳注は、海印寺を襲撃したパルチザンの隊長が明治大学の同窓だったため、彼に従って智異山に入りパルチザンになったというものだった。それはまったくの誤報だったが、彼には一生そのような嫌疑がつきまとっていた。実際の彼の左翼経歴は、朝鮮戦争当時、人民軍占領治下で演劇同盟という組織を担当したということがすべてであった。しかも人民軍の撤退後、晋州警察署に自首し「不可抗力の賦役行為」として不起訴となったのである。そのような時代の中でも李炳注はあえて『智異山』を執筆したのである。

李炳注は「世代」誌に『智異山』の連載を開始するときこのように語った。

「私はこの国で、文学が可能だとするならば、歴史の網によって把握できなかった民族の哀しみを模索するところにあると信じている人間だ。過酷な試みも、作家が経験すべき当然の試練だと考える。私は『智異山』を失敗することを前提として書く。民族の巨大な挫折を、失敗なく描写できると考えるような傲慢は私にはない。挫折の記録が挫折するのは必然ではないか。最善を尽くして、私の文学に対する信念を『智異山』とともに殉教させる覚悟だ」

私の友人で韓国の民主化運動に身を投じ、戦闘警察に銃で足を撃たれた過去を持つ人が言う。「李炳注の『智異山』には限界がある」と。その理由を聞くと、彼は「『智異山』はパルチザンを敗者として書いている。そうではない。時代がパルチザンを要求したのだ」と言った。確かにそうかも知れない。それでもなお、一九七〇年代という時代に、韓国で初めてパルチザンを主題にし、また実在の人物を丁寧に調べて書き上げられた『智異山』の意味は大きい。その後、一九八七年に金源一《キムウォニル》の『冬の谷間』一九八八年に李泰《イテ》の『南部軍』一九八九年に趙廷來《チョヂョンネ》の『太白山脈』一九九〇年に鄭智我《チョンヂア》の『パルチザンの娘』とパルチザンを主題とした文学が次々に発表された。『智異山』はその先駆けとなったのだ。ちなみに『冬の谷間』（尹学準《ユンハクチュン》訳）は栄光教育文化研究所から、『南部軍』（安宇植《アンウシク》訳）は平凡社から、『太白山脈』全十巻（尹学準監修、川村湊《かわむらみなと》校閲、筒井真樹子《つついまきこ》、安岡明子《やすおかあきこ》、神谷丹路《かみやにじ》、川村亜子《かわむらあこ》共訳）は集英社から日本で出版されている。

さて『智異山』上巻は一九三〇年代から一九四五年の日本敗戦直後、つまり朝鮮の解放直後までが描かれている。ここでは植民地時代について、経済と教育の二面から解説を加えておく。

まず経済についてだが、植民地朝鮮を統治するために設置された日本の官庁である朝鮮総督府は、土地調査事業というものを行った。これは日本の明治維新後の地租改正にあたる。目的は植民地支配のための財源確保だった。総督府は朝鮮の土地を徹底的に調べ、土地の所有権を明らかにしていった。朝鮮王朝時代の封建的な社会においては耕作する者、その土地から税をとる者の区別はあったが、土地の所有権自体は曖昧だった。そのままでは土地の売買や、土地を抵当にして金を貸すということが不可能なため、近代的な土地の所有を明らかにしていった。ここで問題になるのが申告主義だった。土地の所有をだれに認めたかというと、その土地を耕している農民にではなく、総督府に対してその土地との縁故関係を文書にして申告した者に認めたのだ。当時の朝鮮の農民は大部分が文盲だった。彼らはそのような法的手続きが理解できず、次々に土地を奪われていった。その結果、一九一八年の時点で、全農家の三・三％という少数の人々が全耕地面積の五〇・四％を所有するといういびつな土地所有を生み出した。この三・三％の中には日本人地主や朝鮮人地主も含まれ、その中で最大のものは東洋拓殖株式会社という特殊会社だった。土地を奪われた農民は小作農に転落し、小作農の人口が飽和状態になったため、地主たちは自分たちにとってより条件のいい小作人に土地を貸した。その結果、小作料が跳ね上がり、ひどい場合は収穫の七割が小作料という状態を生み出した。小作を放棄した農民は流浪し、夜逃げ同然で山に入って火田民となったり、都市に流れて低賃金で働く労働者となった。『智異山』に登場する河永根《ハヨングン》や李圭の家は地主であり、小作農の悲惨さはあまり描かれていないが、それでも李圭の本家に窮状を訴えた「ファチョンじいさん」や朴泰英の故郷で起こった農民どうしの争いなどに当時の様子をうかがい知ることができる。

　次に教育についてである。朝鮮総督府は日韓併合の翌年である一九一一年に第一次朝鮮教育令を公布し、「教育勅語の趣旨に基づき忠良なる国民を育成することを本義」として、公立普通学校（小学校にあたるが四年制）普及計画を実施、「国語（日本語）」による「皇国臣民」教育を強行し、あわせて実業教育、専門教育の制度を定めたが、大学教育は禁止した。これは日本にとって有益な労働者、技術者の育成を目指すとともに、反日思想につながるおそれのある高等教育は禁じたからだった。三・一独立運動後、一九二二年の第二次教育令では、内地延長主義による学制改革を行った。初等教育六年、中等教育五年と修学年限をそれぞれ延長したが、皇民化教育は強調され、一面一校の普通学校増設計画が完了した一九三六年でも、初等教育の就学率は二五％にすぎなかった。また、大学教育の規定が盛り込まれ、一九二四年に京城帝国大学が設立されるが、その他の大学を設置することは許されなかった。一九三八年の第三次教育令では、朝鮮語は随意科目とされるが実質的には廃止された。主人公の李圭や朴泰英が晋州中学校に通っていたのはこの頃である。一九三九年には朝鮮民事令改正という形で創氏改名が公布され、翌年から施行された。創氏改名は日本式氏の創設、朝鮮人が日本式に名を改める道を開くという二つの部分からなっていたが、氏の創設（朝鮮では男系血統とその血族団体を基本構成とし、夫婦別姓であったのを改め、戸主を中心とする家の観念を確立するため）は全朝鮮人に適用され、日本式改名は任意とされたが、様々な形で強要された。『智異山』の中でも創氏改名に応じない学生には卒業証書を渡さない、上級学校進学のための内申書を出さないなどの圧迫や、担任教師からの執拗な強要の様子が描かれ、拒んで退学する学生や、自殺する学生のことも描かれている。さらに総督府は一九四三年から一九四六年の三年間で、第三次朝鮮人初等教育の普及拡充計画を、義務教育制と徴兵制の施行を前提として実施しようとしたが、日本の敗戦により中途で挫折した。また徴用に関わっては、一九三八年に日本国内で国家総動員法、国民徴用令が公布され、日本の内外地における労務動員計画が立てられた。例えば一九三九年の動員計画数一一〇万人のうち八万五千人は朝鮮人に割り当てられ、各事業主に狩り出しを認可した。一九四二年からは国家自身の手による官斡旋が行われた。これらの集め方が強制的であったため、強制連行とよばれたのである。徴兵については一九三八年に朝鮮人に対して陸軍特別志願兵制度が、一九四三年には海軍特別志願兵制度が始まり、一九四四年には徴兵制が実施された。戦争末期には李圭や朴泰英らには徴用か徴兵かの二者選択しか残されていなかったのだ。これらの歴史的背景を『智異山』理解の一助としていただきたい。

上巻解説の終わりに、私が『智異山』と出会うに至った経緯を記しておきたい。私は高校卒業まで千葉県で過ごし、教員になるために奈良教育大学に進学した。奈良教育大学で韓国人留学生から豊臣秀吉の朝鮮侵略や近代の日本による植民地支配について聞かされ、それらの歴史を知らなかった私は非常に恥ずかしい思いをした。それから日本と朝鮮の関係に関心を持ち、大学三年生だった一九九二年に奈良県天理市で開かれた強制連行被害者の証言を聞く集会に参加した。戦争末期の一九四四年、天理市柳本に大和海軍航空隊の飛行場が軍の発注を受けた大林組により建設され、三〇〇〇人もの朝鮮人が労働者として強制連行された。その敷地内には慰安所も作られ二〇人あまりの朝鮮人女性が性奴隷にされた。そのときの強制連行、強制労働被害者である金永敦《キムヨンドン》さんと宋将用《ソンチャンヨン》さんが当時の証言をするために韓国から来日したのだった。また、従軍慰安婦として初めて名乗りを上げた金学順《キムハクスン》さんの証言を聞く集会も同じ年に奈良市で行われ参加した。その方々の話は本当に衝撃的だった。私は中学生の頃、二年間にわたって無視、悪口、暴力などの激しいいじめを受けた経験がある。だから、いじめに対しては激しい憤りを持っていたのだが、自分の祖国が国を挙げて他国をいじめていたのかと思うと涙が止まらなかった。このような歴史を知らないまま教師になることはできないと強く思った。その思いが高じて韓国語を学び始め、奈良教育大学を卒業後に、韓国の延世《ヨンセ》大学に留学した。留学初期に知り合い、意気投合した崔浩眞《チェホジン》という友人の家に転がり込み、そこで一年間お世話になった。浩眞は一緒に暮らしながら、徹底的に韓国語を教えてくれ、また毎晩のように歴史認識や日韓の文化比較、勤労観や恋愛観について議論してくれた（させられた）。そして、朝鮮総督府跡や西大門刑務所跡、独立記念館など様々なところに連れて行ってくれた。その崔浩眞の書架にあったのが『智異山』だった。浩眞は私が帰国する少し前に『智異山』のページをめくりながら、植民地時代のことやパルチザンの悲劇について語り、いつか『智異山』を翻訳して日本で紹介してほしいと言った。その崔浩眞の言葉が忘れられずに、帰国後も韓国語の勉強を続け、三〇歳から七年間かけて『智異山』を翻訳したのである。

『智異山』全七巻を完訳したのはよかったが、翻訳を終えてから、出版してくれる出版社がないことに気が付いた。まったく無謀なことをしたものである。手当たり次第に出版社に話を持ちかけたが、どこも応じてはくれなかった。関心を持ってくれる出版社もあったのだが、全七巻という分量がネックになってなかなか出版というところまでは話が進まなかった。そんなときに相談に乗ってくださったのがジャーナリストの川瀬俊治さんだった。川瀬さんがいなければ『智異山』が日本で出版されることはなかった。本当に感謝してもしきれない思いでいっぱいである。私が一九九二年に衝撃を受け、韓国留学の動機となった天理市柳本飛行場強制連行被害者の証言を聞く集会と、従軍慰安婦被害者の金学順さんの証言を聞く集会を計画、主催したのが川瀬さんだったと最近になって知り、人間の縁の妙《みょう》を感じている。

『智異山』の日本での出版については、川瀬さん以外にも本当に様々な方にお世話になった。翻訳中も出版のために奔走しているときも、様々な形で励ましてくださり、本書のために素晴らしい題字と詩を提供してくださったブルース歌手の新井英一さん。智異山現地取材や原作の出版社ハンギル社との橋渡しをしてくださった韓国グリーンコリアの徐載哲《ソヂェチョル》兄。日本での出版を快く支援してくださった韓国の出版社ハンギル社と李炳注さんのご長男李権基《イクォンギ》さん。出版費用を援助してくださった韓国文学翻訳院のみなさん。出版の話が進まないことにくよくよする私を慰め、励ましてくれた職場の同僚、奈良教組の仲間、識字学級のみなさん、大切な友人たち。『智異山』を紹介してくれ、また、本書のために智異山の写真を提供してくれた我が友崔浩眞。家事や子育て、家族サービスをおろそかにしながら翻訳をする私を温かく応援してくれた妻と息子、娘。そして最後に『智異山』を送り出してくださった東方出版会長の今東成人さんと編集部の北川幸さんに感謝の思いを表したい。本当にありがとうございました。

著者紹介

李炳注（イ・ビョンヂュ）

１９２１年、韓国慶尚南道河東出身。日本の明治大学文学部卒業。早稲田大学仏文科修学。戦時中、学徒志願兵として日本軍にとられ中国で解放を迎えた。帰国後、晋州農大、海印大、外国語大学、梨花女子大学などで教鞭をとり、釜山国際新聞の主筆兼編集長を務めた。１９６５年中編『小説アレクサンドリア』を『世代』誌に発表して文壇に登場。『関釜連絡船』『落葉』『山河』『虚妄と真実』『小説南労党』『智異山』等数多くの作品を発表し、韓国文壇における元老作家としての地位を確立した。１９９２年没。

訳者紹介

松田暢裕（まつだ　のぶひろ）

１９７０年、千葉県出身。奈良教育大学卒業。１９９３年〜１９９４年に韓国延世大学校韓国語学堂に留学。新東京国際空港（現成田国際空港）輸入貨物搬入の仕事を経て、１９９６年より奈良県の小学校に勤務。

지리산
이병주
Copyright © 2006 by Lee Byeng-Ju.
Original Korean edition published by HANGILSA Publishing Co.,Ltd.
本書は、韓国文学翻訳院の出版助成を得た。

智異山　上

2015年8月22日　初版第1刷発行

著　者 ---------- 李　炳注
訳　者 ---------- 松田暢裕
発行者 ---------- 稲川博久
発行所 ---------- 東方出版（株）
〒543-0062 大阪市天王寺区逢阪 2-3-2-602　TEL 06-6779-9571　Fax06-6779-9573
装　丁 ---------- 藤澤佳代
カバー・本文挿絵 ---------- 黄　泰殊
題字・詩画 ---------- 新井英一
印刷所 ---------- 錦湖 C & DP（韓国）
カバー印刷 ---------- （株）国際印刷出版研究所（日本）
製本総括 ---------- 論衡出版社（韓国）

落丁本・乱丁本はお取り替えいたします。ISBN978-4-86249-245-6